HEYNE <

Das Buch

Die ferne Zukunft: Inzwischen ist das Universum von einer Vielzahl von intelligenten Spezies bevölkert. Jede von ihnen wurde von einer weiter entwickelten Kultur »upgeliftet« und musste sich einer strengen Prüfung unterziehen, um den Status als Raumfahrerspezies zu erreichen. Die Menschen haben – obwohl nicht bekannt ist, wer ihre eigenen Progenitoren sind – bereits zwei Arten, den Neodelfinen und den Neoschimpansen, den Sprung auf eine höhere Entwicklungsstufe ermöglicht. Doch dann wird Garth, der Planet der Neoschimpansen, von den vogelartigen Gubru angegriffen. Die Gubru wollen ihre Vormachtstellung im Universum auf Kosten der Neoschimpansen ausbauen, und schon bald droht es zum Krieg der Welten zu kommen. Einem Krieg, der die gesamte Galaxis an den Rand einer existenziellen Katastrophe bringen würde …

»David Brins *Uplift*-Universum gehört zum Besten, das je in der Science-Fiction geschrieben wurde.« *Encyclopedia of Science Fiction*

Das *Uplift*-Universum:
Erstes Buch: *Sternenflut*
Zweites Buch: *Sonnentaucher*
Drittes Buch: *Entwicklungskrieg*

Der Autor

David Brin, 1950 im amerikanischen Glendale geboren, studierte Astronomie und Physik und arbeitete lange als Wissenschaftler und Dozent, bevor er sich ganz dem Schreiben widmete. Mittlerweile gehört er zu den bedeutendsten amerikanischen Science-Fiction-Autoren der Gegenwart und erobert regelmäßig die Bestsellerlisten. Mit seinem Roman *Existenz* ist ihm eine der eindrucksvollsten Zukunftsvisionen der Science Fiction gelungen. David Brin lebt in Südkalifornien.

Mehr über David Brin und seine Romane erfahren Sie auf:

DAVID BRIN

Entwicklungskrieg

Roman

WILHELM HEYNE VERLAG
MÜNCHEN

Titel der amerikanischen Originalausgabe: *The Uplift War*
Deutsche Übersetzung von Gottfried Feidel

MIX
Papier aus verantwortungsvollen Quellen
FSC® C014496

Verlagsgruppe Random House FSC® N001967
Das für dieses Buch verwendete
FSC®-zertifizierte Papier *Salzer Alpin*
liefert Salzer Papier, St. Pölten, Austria.

Redaktion: Wolfgang Jeschke

Printed in Germany 2014
Umschlaggestaltung: Nele Schütz Design, München,
unter Verwendung von Shutterstock/diversepixel
Satz: Leingärtner, Nabburg
Druck und Bindung: GGP Media GmbH, Pößneck
ISBN 978-3-453-31451-1
www.diezukunft.de

Für Jane Goodall, Sarah Hrdy
und all die anderen,
die uns halfen, schließlich zu begreifen.

Und für Dian Fossey,
die im Kampf fiel,
damit die Schönheit und das
Potentielle weiterleben.

Inhalt

ZWEITER TEIL

PATRIOTEN

DRITTER TEIL

VIERTER TEIL

Glossar und Personen

ANGLIC: Sprache der Terragener (Erdlinge), die von Erdenmenschen, Schimpansen und Delfinen abstammen.

ATHACLENA: Tochter des tymbrimischen Botschafters Uthacalting. Führerin der Irregulären Streitkräfte von Garth.

BK: (s. Suzerain)

FIBEN BOLGER: Ein Neoschimpanse. Ökologe und Lieutenant der Kolonialmiliz.

BURURALLER: Die letzte in der Reihe der Priorenspezies, denen es gestattet war, Garth zu mieten. Eine erst kürzlich entwickelte Spezies, die durch Sinneswandel und Nichtbeachtung der Vorschriften den Planeten nahezu ruinierte.

CHEN: Anglicwort für einen männlichen Neoschimpansen.

CHIM: Anglicwort für ein Mitglied der Neoschimpansen-Klientenspezies (männlich oder weiblich).

CHIMMIE: Anglicwort für einen weiblichen Neoschimpansen. Eine Neoschimpansin.

FEM: Anglicwort für einen Menschen weiblichen Geschlechts.

GALAKTIKER (anglic: *Galactics*): Raumfahrernationen, welche die Gemeinschaft der Fünf Galaxien leiten. Viele von ihnen wurden zu »Patronatsspezies«, welche die alte Tradition des Upliftings (auch Lifting, d.h. Hochzüchten, Höherentwickeln) pflegen (s. dort).

GARTHLING: Angeblich eine präsapiente, vorbewusste einheimische Kreatur von Garth. Ein großes Tier, das den Bururaller-Terror überlebt hat.

GS: (s. Suzerain)

GUBRU: Eine pseudo-avianische galaktische Spezies, den Erdlingen feindlich gesinnt.

IFNI: die Unendlichkeit (»Infinity«) oder Lady Luck, Göttin des Glücks.

GAILET JONES: Chimmie-Expertin in der Galaktischen Soziologie mit unbegrenztem Geburtenrecht (»weiße Karte«). Führerin der Stadtguerilla.

KAULT: Thennaninischer Botschafter auf Garth.

KV: (s. Suzerain)

LIBRARY: Bibliothek – Ein antikes Informationsreservoir und Archiv für Fachliteratur. Eine der wichtigsten Einrichtungen der Gesellschaft der Fünf Galaxien.

LIFTING: (s. Uplift)

MAN: Anglicwort für die Bezeichnung männlicher und weiblicher Erdenmenschen.

MATHICULANNA: Die verstorbene Mutter Athaclenas.

LYDIA MCCUE: Offizier der Terragens Marines.

MEL: Anglicwort speziell zur Bezeichnung eines männlichen Erdenmenschen.

NAHALLI: Nahaller – eine Patronatsspezies der Bururalli, die für die Verbrechen ihrer »Klienten« eine hohe (Konventional-) Strafe zahlen musste.

MEGAN ONEAGLE: Planetarkoordinatorin der terranischen »Leasing Hold Kolonie«-Welt auf Garth.

ROBERT ONEAGLE: Captain der Kolonialmiliz auf Garth und Sohn der Planetarkoordinatorin.

PANARGONOSTES: Bezeichnung für die geliftete Klientenspezies der Neoschimpansen (Neochims).

MAJOR PRATHACHULTHORN: Ein terragenischer Marineoffizier.

SER: Eine respektvolle Anrede (von urspr. »Sir«) für ältere Terraner beiderlei Geschlechts.

SORO: Eine alte galaktische Patronatsspezies, den Erdlingen feindlich gesinnt.

STREAKER: Ein Sternenschiff mit Neodelfin-Besatzung, das

eine kritische Entdeckung in der Galaxie fern von Garth gemacht hat. Diese Entdeckung hat zur jüngsten Krise geführt.

SUZERAIN(S): Kommandanten der Gubru-Invasionsarmee, jeder mit eigenem Ressort: Kosten und Vorsicht (KV), d.h. Finanzen und Verwaltung; Balken (Sitzstange für den besten Überblick) und Klaue (um den Gegner zu zerfleischen) (BK), d.h. Strategie und Taktik; Gute Sitten (GS), d.h. Ethik und Religion. Jede Entscheidung wird stets durch einen Konsens dieser drei getroffen. Gleichzeitig Kandidaten für die Gubru-Royalty und sich ergänzend in ihrer Sexualität.

SYLVIE: Eine Neoschimpansin mit »grüner Karte«.

SYNTHIER: Eine der wenigen Galaktiker, den Erdlingen freundlich gesinnt.

TANDU: Ein Volk von galaktischen Raumfahrern, eine Art »Raubritter«, den Erdlingen feindlich gesinnt.

THENNANINER: Eine der fantastischen galaktischen Spezies, die in die gegenwärtige Krise verwickelt sind. Zwar humorlos, aber mit Sinn für Anstand und Ehre.

TINGERS AND TUMB: Die greiffähigen kleinen und die große Zehe der Neoschimpansen.

TURSIOPS AMICUS: Eine Spezies der gelifteten Neodelfine.

TYMBRIMER: Galaktiker, bekannt für ihre Anpassungsfähigkeit und ihren Sinn für Sarkasmus. Freunde und Verbündete der Erdlinge.

UPLIFT, LIFTING: Ein herkömmliches Verfahren, mit dessen Hilfe raumfahrende Völker von jeher durch Gentechnologie hochgezüchtete, höherentwickelte neue Spezies in die galaktische Zivilisation einführen. Die dadurch entstandene »Klientenspezies« dient dem »Patron« im Rahmen eines Zeitvertrags, um ihre Schuld abzutragen. Der Status einer galaktischen Spezies wird z.T. durch die Anzahl der »Klienten« bestimmt.

UTHACALTING: Tymbrimischer Gesandter auf Garth.

WOLFLINGER: Eine Spezies, die ohne Hilfe eines Patrons den Sternfahrerstatus erreicht hat – wie etwa die Menschen.

Tymbrimisches Vokabular und Glyphen

fornell: Unsicherheit.
fsu'usturatu: Sympathie, Fröhlichkeit.
gheer transformation: Ein Hormon- und Enzymstoß, der es den Tymbrimern ermöglicht, auf eigenes Risiko schnell ihre Physiologie zu ändern.
k'chu-non: Tymbrimisches Wort für herrenlose Wolflinge.
k'chu-non krann: Eine Wolflinger-Armee.
kenning: Wellen der Wahrnehmung, des Einfühlungsvermögens.
kiniwullun: Anerkennung von Leistungen (jeder Art).
kuhunnagarra: Glyphe für Unsicherheit
la'thsthoon: Intimität von Paaren.
lurrunanu: Jemandem Misstrauen einflößen.
l'yuth'tsaka: Eine Glyphe zum Ausdruck der Missachtung des Universums.
nahakieri: Einfühlungsvermögen der Tymbrimer, um gelegentlich geliebte Wesen wahrnehmen zu können.
nuturunow: Eine Glyphe, um die Gheer-Reaktion abzuwehren.
palanq: Eine Glyphe, die einem Achselzucken entspricht.
rittities: Glyphe als Ausdruck der Kinderfreundlichkeit.
sh'cha'kuon: Ein Spiegel, in dem sich der Betreffende sehen kann, wie ihn die anderen sehen.
s'ustru'thoon: Ein Kind, das zum Ausdruck bringt, was es von seinen Eltern will.
syrtunu: Seufzer, Ausdruck der Enttäuschung und der Frustration.
syulff-kuonn: Vorwegnahme eines bösen Scherzes.
syullf-tha: Freude über ein gelöstes Rätsel.
teev'nus: Die Nutzlosigkeit der Kommunikation.

totanoo: Realitätsflucht aus Angst.
tu'fluk: Ein unangebrachter Scherz.
tutsunucann: Glyphe für furchtvolle Erwartung schlimmer Dinge.
usunltlan: Schutznetz beim engeren Kontakt mit anderen.
zunour-thzun: Eine Glyphe für die Bezeichnung von Dingen, die erst die Erfahrung erweisen wird.

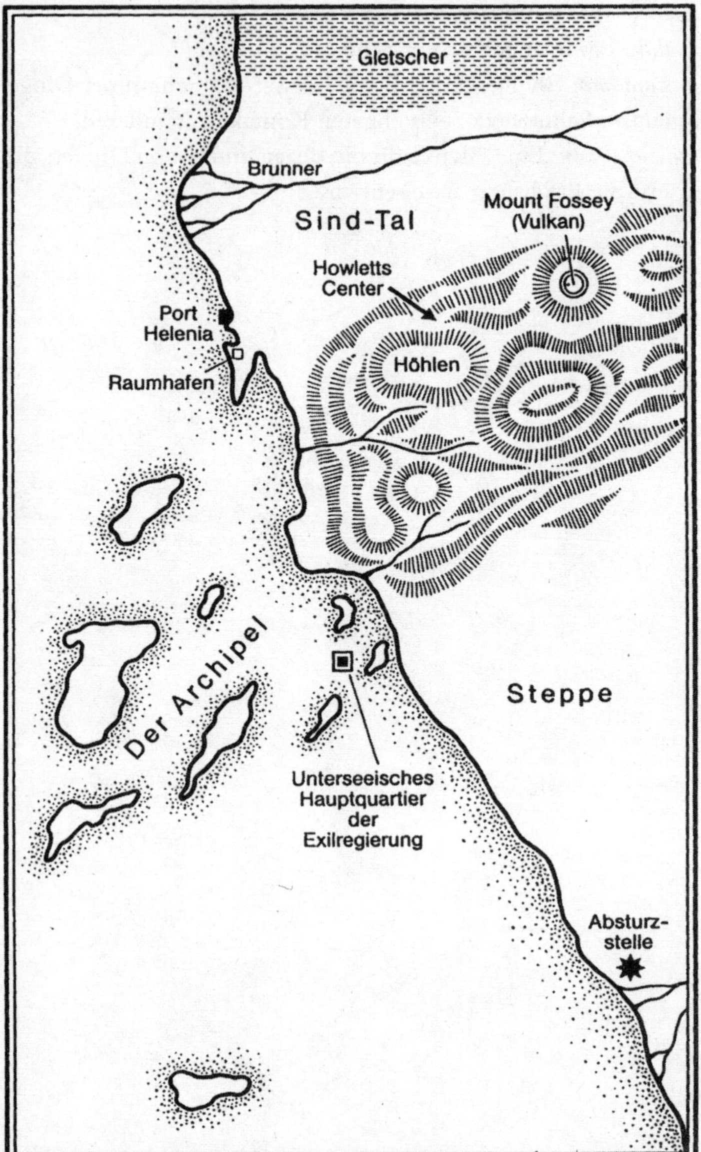

Gletscher
Brunner
Sind-Tal
Mount Fossey
(Vulkan)
Howletts
Center
Port
Helenia
Raumhafen
Höhlen
Der Archipel
Steppe
Unterseeisches
Hauptquartier
der
Exilregierung
Absturz-
stelle

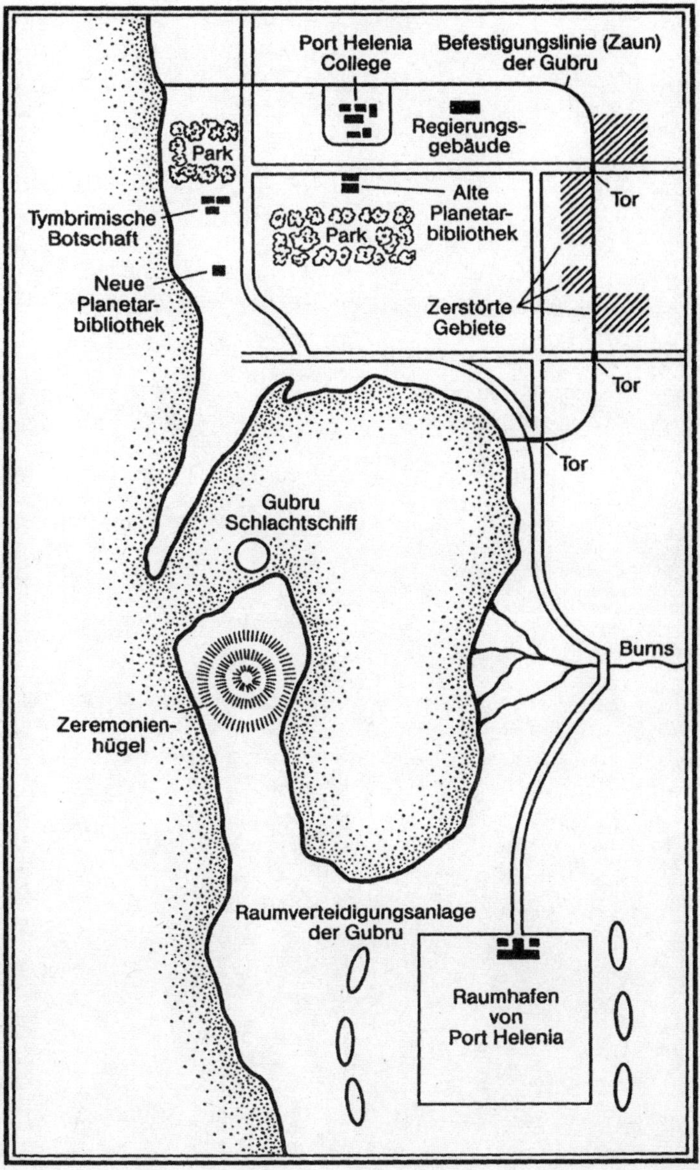

Port Helenia
College
Befestigungslinie (Zaun)
der Gubru
Park
Regierungs-
gebäude
Alte
Planetar-
bibliothek
Tor
Tymbrimische
Botschaft
Park
Neue
Planetar-
bibliothek
Zerstörte
Gebiete
Tor
Tor
Gubru
Schlachtschiff
Burns
Zeremonien-
hügel
Raumverteidigungsanlage
der Gubru
Raumhafen
von
Port Helenia

Vorspiel

Wie seltsam, dass so eine unscheinbare kleine Welt solche Bedeutung erlangen kann.

Der Verkehr zwischen den Hochhäusern und Türmen der Hauptstadt rauschte jenseits der geschlossenen Kristallkuppel des offiziellen *palanquin* vorbei. Kein Laut drang ins Innere, kein Ton störte den Regierungsbeamten von Kosten und Vorsicht, der wie gebannt auf das Holobild eines kleinen Planeten starrte, auf das Bild dieses kleinen Planeten, der sich auf Armeslänge vor ihm drehte. Blaue Meere und weit verstreute Inseln, die wie Perlen und Edelsteine funkelten, tauchten vor den Augen des Betrachters auf und schimmerten im reflektierten Licht eines Sterns, der sich außerhalb seines Gesichtsfeldes befand.

Wenn ich einer dieser Götter wäre, von denen die Legenden der Wolflinger berichten … Seine Federn sträubten sich, seine Schwingen zuckten. Man brauchte nur die Klauen auszustrecken und zuzupacken …

Doch nein. Diese absurde Idee war der Beweis dafür, dass der Beamte zu viel Zeit verschwendet hatte, um den Feind unter die Lupe zu nehmen. All diese terranischen Konzepte hatten seine Denkweise infiziert.

Seine Assistenten umflatterten ihn fast lautlos, während sie sein Gefieder putzten und ihn für den bevorstehenden Empfang zurechtmachten – aber sie wurden geflissentlich übersehen. Eine Eskorte von Luftfahrzeugen und schwebenden Booten schoss vorbei, regelte den Verkehr und fegte den Weg vor dem mit Blinklicht nahenden Dienstfahrzeug leer. Solch eine Ehre wurde gewöhnlich nur königlichen Gästen erwiesen. Doch der Beamte, der in seinem *palanquin* saß, nahm nichts davon wahr, weil er seinen gewaltigen Schnabel schier ins Holobild steckte.

Garth. So oft schon das Opfer.

Die Umrisse brauner Kontinente und seichter blauer Meere waren teilweise von Wolken bedeckt, weiß und sanft wie das Gefieder eines Gubru. Entlang einer Inselkette – und an einem einzigen Punkt am Rande des größten Kontinents – leuchteten die Lichter einiger kleiner Städte. Ansonsten schien diese Welt unberührt, nur hier und da flackerten Blitze schwerer Gewitter auf.

Doch eine Reihe von Code-Symbolen deuteten auf eine weitaus düsterere Wahrheit hin. Garth war ein armseliger Ort, ein gefährliches Risiko. Warum sonst hätte man den Wolflingern und ihren Klienten ausgerechnet dort eine Kolonial-Lizenz erteilt? Dieser Ort war von den Galaktischen Instituten längst abgeschrieben.

Und jetzt, kleine, unglückliche Welt, wurdest du als Kriegsschauplatz ausersehen.

Aus praktischen Gründen pflegte der Beamte in Anglic zu denken, in dieser nicht sanktionierten, unzulänglichen Sprache der irdischen Kreaturen. Die meisten Gubru betrachteten die Studien fremder Dinge als notwendiges Übel, doch diesmal schien die Leidenschaft des Beamten Früchte zu tragen.

Zumindest heute, an diesem Tag.

Nun hatte das Fahrzeug die Hochhäuser und Türme der Hauptstadt passiert. Ein Mammutgebäude aus halb durchsichtigem Stein tauchte vor ihm auf: die Konklave-Arena, der Regierungssitz aller Gubru-Völker und Clans.

Der Beamte spürte, wie ihm kalte Schauer über den Rücken liefen und bis in seine rudimentären Flugfedern fuhren, was seine Assistenten, die beiden Kwackoo zu einem aufgeregten, empörten Gezirp veranlassten. Wie sollten sie mit der Kosmetik des Beamten fertig werden, fragten sie, sein Gefieder glätten und seinen langen Krummschnabel schminken, wenn er nicht stillhielt?

»Freilich, freilich, ihr habt ja recht. Ich will ja auch ganz still sein«, erwiderte der Beamte irritiert in Standard-Galactic Drei. Diese Kwackoo waren loyale Kreaturen, die sich einiges herausnehmen konnten. Der Beamte aber kehrte in Gedanken wieder zu Garth zurück, um sich abzulenken.

Garth ist der schwächste Außenposten der Erdlinge ... Verteidigung gleich null, leicht zu packen. Dies war auch der Grund, warum die Militärs auf dieser Operation bestanden, weil wir anderswo im Weltraum ziemlich unter Druck stehen. Dies wird auch die Wolflinger hart treffen, sodass sie letzten Endes bereit sein werden, sich zu fügen.

Nach den Militärs war die Priesterschaft am ehesten bereit, für den Plan zu stimmen. Erst neulich hatten die Wächter der Guten Sitten argumentiert, dass eine Invasion ohne Weiteres möglich wäre, ohne das Gesicht zu verlieren.

Das war das Aus für die Verwaltung – die dritte Säule des Kommando-Perch. Ihr Konsens war gebrochen, die Meinungen gingen auseinander. Die Vorgesetzten des Beamten im Ressort Kosten und Vorsicht hatten protestiert. Der Plan sei zu riskant, erklärten sie, und obendrein zu kostspielig.

Ein Perch* kann nicht lange auf zwei Beinen stehen. Es bedarf der Einigkeit, des Konsenses und der Bereitschaft, Kompromisse zu schließen.

Und es gibt Zeiten, wo es gilt, ein Risiko einzugehen, ohne Wenn und Aber.

Die gewaltige Konklave-Arena war inzwischen zu einem Fels aus behauenem Stein emporgewachsen, der den halben Himmel bedeckte. Eine Art Höhlenschlund tat sich auf und verschluckte das Fahrzeug. Die Triebwerke des kleinen Fahrzeugs verstummten, und die Kuppel öffnete sich.

---

* *perch:* Sitzplatz für Vögel

Am Fuß der Landestelle wartete bereits eine Gubru-Delegation im schlichten weißen Federkleid der ausgewachsenen Geschlechtslosen.

Die wissen es bereits, dachte der Beamte, während er sie mit dem rechten Auge scharf beobachtete. *Die wissen längst, dass ich keiner der ihren mehr bin.*

Aus dem anderen Auge warf er noch einen kurzen, letzten Blick auf die blaue Kugel, die in weiße Wolkenschwaden gehüllt war, riskierte noch einmal einen Blick auf Garth.

Bald, dachte der Beamte, diesmal wieder in Anglic. *Wir müssen uns bald treffen.*

Die Konklave-Arena war ein einziges Farbenmeer. Und was für Farben! Überall schimmerten und glänzten Federn und Federkleider in den königlichen Farben Karmesinrot, Gelb und Arsenblau.

Zwei Kwackoo-Diener öffneten ein Zeremonialportal für den Regierungsbeamten, der für einen Augenblick den Schritt verhielt und die Großartigkeit der Arena auf sich wirken ließ. Hunderte von Sitzstangen an den hohen Mauern, die terrassenförmig anstiegen, mit Edelhölzern beplankt, die aus Hunderten von Ländern und Welten importiert wurden. Ringsherum aber standen im königlichen Glanz die Roost Masters* der Gubru-Spezies.

Sosehr der Beamte sich auch auf diesen Tag vorbereitet hatte, war er irgendwie zutiefst gerührt und bewegt. Denn noch nie hatte er so viele Königinnen und Prinzen auf einem Haufen gesehen.

Für einen Alien war es nicht leicht, einen Beamten von seinem Herrn zu unterscheiden. Alle waren von hoher Statur, allesamt Abkömmlinge flugunfähiger Vogelarten. Nur der Roost Master

---

* *roost:* Schlafplatz für Vögel; Roost Masters: hier etwa: Herren des heimatlichen Nestes

in seinem bunten Federkleid fiel auf. Jene Unterschiede aber, die wirklich von Bedeutung waren, ließen sich nicht auf den ersten Blick erkennen. Alle, die da saßen, waren Königinnen und Prinzen, von Geburt dazu ausersehen zu befehlen und zu herrschen.

Die Roost Masters in seiner Nähe drehten ihre scharfen Schnäbel zur Seite, um einen Blick zu riskieren, als der Beamte einen schnellen, demütigen rituellen Reverenztanz aufführte, ein Trippeln, das in einer Art Hofknicks endete.

Welch eine Farbenpracht! Dieses liebliche Rosa auf der Brust des Beamten, hervorgerufen durch einen Hormonstoß angesichts all der königlichen Farben war eine althergebrachte Reaktion. Und die Gubru wollten dies nicht ändern, selbst nachdem sie die Kunst der Genmanipulation gelernt hatten und zu Sternfahrern geworden waren. Die immer noch Weißen und Geschlechtslosen aber mussten diejenigen, welche die höchste Stufe – nämlich Farbe und Geschlecht – erklommen hatten, respektieren, verehren und ihnen gehorchen.

Denn das war es, was einen echten Gubru ausmachte.

Der Beamte bemerkte, dass zwei weitere Gubru mit weißem Gefieder die Arena durch Nebentüren betreten hatten und sich zum Beamten auf der Zentralplattform gesellten. Dann nahmen die drei auf niedrigeren Sitzstangen gegenüber den versammelten Roost Masters Platz.

Das Wesen zu des Beamten Rechten war in eine silberne Robe gekleidet und hatte das gestreifte Band der Priester um den schmalen Hals.

Der Kandidat zu seiner Linken trug die Insignien eines Offiziers. Die Spitzen seiner Kopffedern waren gefärbt – das Rangabzeichen eines *Stoop-Colonel.*

Die beiden weiß gefiederten Gubru nahmen von dem Beamten scheinbar keine Notiz, und auch er tat so, als wären sie Luft für ihn. Trotzdem war ihm nicht wohl zumute. *Wir sind unserer drei!,* dachte er ahnungsvoll. Und das ist nicht so gut.

Die Präsidentin des Konklave – eine ältliche Königin, deren einst leuchtend buntes Gefieder zu einem verwaschenen Rosa verblasst war, sträubte die Federn und öffnete den Schnabel. Die Verstärkeranlage der Arena ließ ihre Stimme anschwellen, als sie mit zirpenden Lauten um Gehör bat. Die Königinnen und Prinzen aber, die sie umgaben, versanken in tiefes Schweigen.

Die Präsidentin hob einen ihrer daunenbedeckten Arme. Dann begann sie zu summen und sich im Takt zu wiegen.

Die Roost Masters fielen nacheinander ein, und all die blauen, gelben und karmesinroten Gestalten wiegten sich mit ihr im Takt. Aus der königlichen Gruppe stieg ein tiefes, atonales Gemurmel auf.

»Summ – mm …«

»Seit undenklichen Zeiten«, zirpte die Präsidentin in gestochenem Galactic Drei, »lange vor der Zeit unseres Triumphs und unseres Patronats, lange bevor wir die Stufen der Wissenschaft erklommen hatten, waren wir stets bestrebt, Ausgleich und Harmonie zu finden und zu schaffen.«

Der Chor erwiderte im Kontrapunkt:

»Balance in den braunen Furchen des Bodens
Balance in den Lüften im Sturmwind
Balance in unseren größten Unternehmungen.«

»Schon zu Urzeiten, als unsere Vorfahren noch in den Bäumen hockten, bevor uns unsere Patrone, die Gooksyu fanden, uns Wissen und Vernunft verliehen, bevor wir der Sprache mächtig waren oder Werkzeuge kannten, haben wir diese Weisheit gelernt – diese Art, durch Konsens zu Entscheidungen zu finden, diese einmalige Art zu lieben.«

»Summ – mm …«

»Selbst als Halbtiere wussten unsere Vorfahren bereits, dass wir die Wahl haben … dass wir wählen müssen … dass wir drei wählen müssen.

Einen, der jagt und zuschlägt mit Mut
für unseren Ruhm und für unser Land.
Einen, der die rechte Haltung hat
im Hinblick auf Reinheit von Tun und Sitten.
Einen, der uns vor lauernden Gefahren warnt,
die der Sicherheit des Geleges drohen.«

Der Beamte von Kosten und Vorsicht spürte die beiden Kandidaten an seiner Seite und wusste genau, dass diese ebenso von Erwartung erfüllt und ebenso gespannt waren wie er selbst. Es gab keine größere Ehre, als auserwählt zu sein – eine Ehre, die ihnen dreien jetzt widerfuhr.

Den jungen Gubru wurde stets eingetrichtert, dass dies die beste aller Methoden sei. Denn welche andere Spezies hatte es verstanden, Politik und Philosophie auf so elegante Weise mit Liebe und Fortpflanzung unter einen Hut zu bringen? Das System hatte ihrer Spezies und ihrem Clan allzeit bestens gedient, hatte sie im Rahmen der galaktischen Gesellschaft auf den höchsten Gipfel der Macht katapultiert.

Und jetzt kann es uns an den Rand des Ruins bringen.

Wahrscheinlich war der Gedanke allein schon ein Sakrileg, doch der Beamte konnte sich nicht helfen und musste sich fragen, ob vielleicht eine der anderen Methoden, die er studiert hatte, am Ende eventuell nicht doch besser wäre. Er hatte über so viele Staatsformen gelesen, die andere Spezies und Clans praktizierten: Autarchien und Aristokratien, Technokratien und Demokratien, Syndikate und Meritokratien. Wäre vielleicht eines dieser Systeme nicht doch eher geeignet, um in einem Universum, wo überall Gefahren lauerten, den einzig richtigen Weg zu finden?

Mochte der Gedanke auch unehrerbietig sein – dennoch war solch unkonventionelles Denken der Grund dafür, dass gewisse Roost Masters ausgerechnet diesen Beamten dazu ausersehen hatten, in diesem besonderen Fall Schicksal zu spielen. Während der nächsten Tage und Wochen würde man einen von den drei Kandidaten sicher in die Pflicht nehmen. Das war von jeher die Rolle von Kosten und Vorsicht.

»Auf diese Weise werden wir unser Gleichgewicht finden. Auf diese Weise suchen wir nach einem Konsens. Auf diese Weise werden wir den Konflikt lösen.«

»Summ – mm!«, stimmte die Versammlung der Königinnen und Prinzen zu.

Es hatte so mancher Verhandlung bedurft, um die einzelnen Kandidaten auszuwählen: einen aus Militärkreisen, einen aus der Priesterschaft und einen vom Staatsdienst. Wenn alles gut ging, würde aus dieser Gemeinschaft eine Königin und zwei neue Prinzen hervorgehen. Und neben einer vitalen neuen Linie von Eiern würde auch eine neue *Politik* hervorgehen, die aus der Summe der verschiedenen Ansichten erwächst.

So zumindest stellte man sich das vor. Der *Anfang* freilich war eine andere Sache.

Vielleicht würden die drei durch irgendwelche Liebesbeziehungen von Anfang an zu Rivalen und damit zu Gegnern werden.

Weil es nämlich nur eine Königin geben durfte.

»Wir senden diese drei aus, um eine lebenswichtige Mission zu erfüllen, eine Mission der Eroberung, eine Mission der Macht.«

»Wir senden sie aber auch aus, um nach Einigkeit zu suchen … nach Übereinstimmung, nach dem Konsens, um uns alle in diesen schweren Zeiten zu vereinen.«

»Summ – mm!«

Bei diesem Chorgesang war der verzweifelte Wunsch des Konklave nach Erlösung, nach der Beendigung bitteren Zwists deutlich zu spüren. Die drei Kandidaten hatten nichts weiter zu tun, als eine der zahlreichen Streitkräfte anzuführen, die der Clan der

Gooksyu-Gubru ausgesandt hatte. Freilich verknüpften die Roost Masters auch ganz bestimmte Hoffnungen mit diesem Triumvirat.

Die Kwackoo-Diener reichten den Kandidaten kugelförmige Trinkgefäße. Der Beamte streckte den Arm aus und nahm einen tiefen Schluck. Das Getränk rann wie goldenes Feuer durch seine Kehle.

Der erste Schluck aus dem königlichen Kelch …

Das Getränk hatte einen unvergleichlichen Geschmack, wirkte wie eine Art Zaubertrank. Denn das weiße Federkleid der Kandidaten begann zu glühen wie ein Versprechen auf zukünftige Farbenpracht.

Wir müssen gemeinsam streiten und kämpfen. Am Ende wird einer von uns bernsteingelb sein und der andere blau …

Einer aber, der Stärkste, der mit der besseren Politik, wird schließlich den höchsten Preis erringen.

Dieser Preis aber gehört nur mir allein. Das Schicksal hat ihn mir zugedacht. Denn es heißt, dass alles vorher arrangiert wurde. Kosten und Vorsicht *musste* den geforderten Konsens erringen. Weil nämlich sorgfältige Analysen gezeigt hatten, dass jede andere Alternative untragbar war.

»Also müsst ihr ausziehen«, sang die Präsidentin des Konklave. »Ihr müsst ausziehen, ihr, unsere drei neuen Suzerains unserer Spezies und unseres Clans. Ihr müsst ausziehen und den Sieg erringen. Ihr müsst hingehen und diese Häretiker von Wolflingern unterwerfen.«

»Summm – mmm!«, sang der Chor der Versammlung.

Die Präsidentin senkte den Schnabel auf die Brust, als wäre sie plötzlich todmüde und erschöpft. Dann hörte der neue Suzerain von Kosten und Vorsicht, wie sie mit leiser Stimme hinzusetzte: »Zieht aus und tut euer Bestes, um uns zu retten …«

ERSTER TEIL

INVASION

Lasst sie uns aufrichten, schulterhoch. Dann werden wir über ihre Köpfe
hinwegschauen können und so manches gelobte Land erblicken
aus dem wir gekommen sind und wohin wir streben.

J. B. Yeats

Fiben

Der verschlafene Flughafen von Port Helenia hatte noch nie einen solchen Trubel erlebt, zumindest nicht in den Jahren, die Fiben Bolger hier verbracht hatte. Das Tafelland, welches sich über der Aspinal Bay erhob, erbebte unter dem Ultraschall-Gedröhn der Triebwerke und warf es mit tausendfachem Echo zurück. Dunst- und Rauchschwaden verdunkelten die Startsilos, was aber die Schaulustigen nicht davon abhielt, sich an die Zäune zu hängen und den ganzen Betrieb genüsslich zu beobachten. Diejenigen, die auch nur über einen Hauch von Psi-Talenten verfügten, konnten ziemlich genau vorhersagen, wann ein Raumschiff startbereit war. Wenn ein Triebwerk kurz aussetzte, kam zwar etwas Unsicherheit auf, doch schon bald wurde ihre Vorhersage bestätigt, noch bevor ein Raumschiff aus all dem Nebel und Staub abhob und dann im wolkenverhangenen Himmel verschwand.

All der Lärm, der Dunst und der Staub waren schier unerträglich. Für alle, die auf der geteerten Rollbahn standen, war es schon schlimm genug. Besonders schlimm aber für diejenigen, die gegen ihren Willen hier antreten mussten.

Was Fiben betraf, wäre er wohl lieber an einem anderen Ort gewesen. Am liebsten in einer Kneipe, um gemütlich einen zu zwitschern. Das aber konnte, das durfte nicht sein.

Also betrachtete er das ganze Treiben um sich herum mit einem hämischen Lächeln. *Wir sind ein sinkendes Schiff,* dachte er, *und alle Ratten gehen von Bord.*

Alles, was Beine hatte, war eifrig und hastig bestrebt, Garth zu verlassen. Und schon bald würde der Flughafen wie leergefegt sein.

Bis der Feind heranrückt – wer das auch immer sein mag.

»Psst, Fiben. Reiß dich am Riemen!«

Fiben warf einen kurzen Blick nach rechts. Der Chim, der neben ihm in der Reihe stand, schien sich genauso unwohl zu fühlen wie er selbst. Unter Simon Levins Parademütze lag ein dunkler Schatten direkt über den knochigen Augenwülsten, wo braunes Fell unter dem Mützenrand hervorlugte. Simon schaute Fiben scharf an: Haltung und Augen geradeaus, signalisierte sein Blick.

Fiben seufzte. Er wusste nur zu gut, dass er Haltung bewahren musste. Die Zeremonie für die scheidenden Würdenträger war fast zu Ende, und ein Mitglied der Planetaren Ehrengarde durfte nicht schlappmachen.

Doch sein Blick schweifte immer wieder zum südlichen Ende des Tafellandes, weit über die Endstation und die startenden Frachter hinaus. Dort hinten lag ungetarnt eine Reihe von Flugmaschinen, zigarrenförmige Objekte, die aussahen, als hätte jemand eine Handvoll Zigarillos in eine Kiste geworfen. Einige dieser Aufklärer – das waren sie wohl – schimmerten im Licht, während eine technische Mannschaft sie erklomm, über sie hinwegkletterte und ihre Detektoren und Schutzschilder für den kommenden Einsatz rüstete.

Fiben musste sich fragen, ob das Oberkommando bereits beschlossen hatte, welche Maschine er fliegen sollte. Vielleicht war es aber auch die Absicht, die halbtrainierten Piloten der Kolonialmiliz zu veranlassen, untereinander auszulosen, wer sich in eins dieser Uraltfahrzeuge, in diese Oldtimer setzen sollte, die erst neulich für wenig Geld von einem fliegenden Schrotthändler der Xantiner gekauft worden waren.

Fiben zerrte mit der linken Hand am engen Kragen seiner Uniformjacke und fuhr mit den Fingern durch seine dichte Haarpracht, die ihm bis zu den Schultern reichte.

Oldtimer müssen nicht unbedingt Schrott sein, rief er sich zur Ordnung. *Zieh an Bord einer uralten Röhre in die Schlacht, und du wirst dein blaues Wunder erleben.*

Die meisten dieser Veteranen hatten bereits in den unendlichen Weiten des Weltraums ihre Feuertaufe erhalten, lange bevor der Mensch etwas von galaktischen Zivilisationen wusste … lange bevor er mit Schießpulver-Raketen herumzuspielen begann, sich die Finger verbrannte und auf seinem Heimatplaneten Erde die Vögel aufscheuchte.

Diese Vorstellung entlockte Fiben ein kleines Lächeln. Es zeugte zwar nicht unbedingt von Respekt, so über seine Patronatsspezies zu denken, doch hatten die Menschen sein Volk alles andere als Ehrfurcht gelehrt.

Himmel, wie dieses Affenkostüm juckt! Nackte Affen wie der Mensch können vielleicht so was tragen. Doch für behaarte Typen wie unsereiner sind Kleider eine Zumutung!

Nun schien sich die Zeremonie für den scheidenden synthischen Konsul ihrem Ende zu nähern. Swoio Shochuhuhn, dieser pompöse Ball aus Fell und Backenbart war nahezu am Ende ihrer Ansprache angelangt, mit der sie sich von den Pächtern und Bewohnern von Garth, von den Menschen und von den Chims verabschiedete, die sie nunmehr ihrem Schicksal überließen. Fiben kratzte sich wieder am Kinn und wünschte sich, dass dieser kleine Windbeutel endlich in ihr Fahrzeug klettern und zum Teufel gehen würde, wenn sie es schon so eilig hatte wegzukommen.

Jemand rammte ihm den Ellbogen zwischen die Rippen, und Simon murmelte ihm eindringlich zu: »Fiben, reiß dich zusammen! Der alte Schnabel hat dich im Visier!«

Megan Oneagle, die grauhaarige Planetarkoordinatorin, die unter den Würdenträgern stand, schürzte die Lippen und schüttelte missbilligend den Kopf, wobei sie Fiben scharf ansah.

Zum Teufel noch mal!, dachte er.

Megans Sohn Robert war ein Kommilitone von Fiben an der kleinen Universität von Garth gewesen. Fiben zog die Augenbrauen hoch, als wollte er dem menschlichen Administrator sagen, dass *er* absolut nicht scharf darauf war, in dieser dubiosen

Ehrengarde zu dienen. Und überhaupt: Wenn die Menschen keine Klienten haben wollten, die sich gelegentlich kratzen, hätten sie keine Schimpansen liften dürfen.

Fiben knöpfte seinen Kragen zu und versuchte wieder Haltung anzunehmen. Denn er wusste nur zu gut, dass die Form für diese Galaktiker das höchste aller Gefühle war, und dass sich selbst ein Neoschimpanse der untersten Stufe ans Reglement halten musste, weil sonst die Erde ihr Gesicht verloren hätte.

Zu beiden Seiten der Koordinatorin Oneagle standen die anderen Würdenträger, die gekommen waren, um Swoio Shochuhuhn zu verabschieden. Zu Megans Linker stand Kault, der plumpe thennaninische Gelehrte, ledern und doch strahlend mit seinem schimmernden Umhang und seinem hohen Kamm. Die Kiemen an seiner Kehle gingen auf und zu wie Jalousien, sooft dieses Geschöpf mit der gewaltigen Kinnlade Luft holte.

Zu Megans Rechter stand eine eher humanoide Gestalt, schlank und langbeinig, die im Nachmittagssonnenschein etwas schlapp und teilnahmslos wirkte.

Uthacalting findet etwas lustig, meinte Fiben. *Alsdann, was ist los?*

In der Tat fand der Botschafter Uthacalting *alles bestens* und vor allem höchst amüsant. Seine Haltung, seine Silberlocken, die ihm über die kleinen Ohren fielen und der schelmische Blick seiner großen goldenen Augen – lauter Signale für all das, was dieser kleine Tymbrimer nicht aussprechen konnte oder wollte, wahrscheinlich etwas Ungehöriges, vielleicht auch eine Schmähung, die der scheidenden synthischen Diplomatin galt.

Swoio Shochuhuhn streifte ihren Backenbart zurück, bevor sie vortrat, um ihren Kollegen rundum Lebewohl zu sagen. Während sie jetzt vor Kault stand und die übliche Zeremonie vollführte, musste Fiben verblüfft feststellen, wie sehr sie einem pummeligen fetten Waschbären ähnlich sah, der in das Kostüm eines orientalischen Höflings aus alter Zeit geschlüpft war.

Kault, der riesige Thennaniner, blähte seinen Kamm auf, während er sich vor der Dame verbeugte. Die beiden so verschieden großen Galaktiker tauschten in fließendem Galactic Sechs Gemeinplätze und Höflichkeiten aus. Fiben aber wusste, dass sich die beiden nicht riechen konnten.

»Man kann sich seine Freunde nicht aussuchen«, flüsterte ihm Simon zu.

»Genau«, gab Fiben zurück. Die behaarten cleveren Synthier gehörten bei all den politischen und militärischen Querelen der Fünf Galaxien zu den wenigen »Verbündeten« der Erde. Gleichzeitig waren sie aber auch als fanatische Egozentriker berüchtigt und nicht unbedingt mit Tapferkeit gesegnet. Swoios Abreise war garantiert ein untrügliches Zeichen dafür, dass es mit an Sicherheit grenzender Wahrscheinlichkeit keine Armee von pummeligen behaarten Kriegern geben würde, die Garth in der Stunde der Not zu Hilfe eilte.

Ebenso war weder von der Erde noch von den Tymbrimern Hilfe zu erwarten, weil sie gerade im Augenblick selbst genug zu beißen hatten.

Fiben verstand genug GalSechs, um einigermaßen mitzukriegen, was der große Thennaniner zu Swoio sagte. Anscheinend hielt Kault nicht viel von Botschaftern, die im Augenblick der Gefahr die Segel strichen.

Gib der Thennaninerin Saures, dachte Fiben. Kaults Volk mochte zwar fanatisch sein und gehörte im Augenblick zu den offiziellen Feinden Terras. Doch es war überall für seinen Mut und für sein Ehrgefühl bekannt.

Man kann sich seine Freunde oder seine Feinde nicht immer aussuchen.

Swoio ging einen Schritt weiter und stand jetzt Megan Oneagle gegenüber. Diesmal fiel die Verbeugung der Synthierin etwas zurückhaltender und weniger tief aus als bei Kault. Schließlich nahmen die Erdenmenschen in der Hierarchie der Patronatsspezies der Galaxie einen ziemlich niedrigen Rang ein.

Also weißt du, wo du stehst, ermahnte sich Fiben.

Megan erwiderte die Verbeugung. »Es tut mir leid, Sie scheiden zu sehen«, sagte sie zu Swoio auf GalSechs mit schwerem Akzent. »Bitte, überbringen Sie Ihrem Volk unseren besten Dank für seine guten Wünsche.«

»Gut so«, murmelte Fiben. »Allen Waschbären verbindlichsten Dank.« Doch dann nahm er sich wieder zusammen, weil Colonel Maiven, der Menschen-Kommandant der Ehrengarde ihn scharf ansah.

Swoios Erwiderung war voller Gemeinplätze.

»Habt etwas Geduld«, sagte sie. »Die Fünf Galaxien befinden sich im Aufruhr, in den Fünf Galaxien gärt es. Die Fanatiker unter den Großmächten machen Schwierigkeiten, weil sie glauben, das Millennium, das Ende einer großen Ära sei gekommen. Sie sind als Erste dran, um zu handeln. In der Zwischenzeit müssen die Galaktischen Institute langsamer und vorsichtiger umgehen. Doch wir werden das kleine Garth nicht vergessen.«

Sicher, dachte Fiben sarkastisch. *Die Rettung ist nicht mehr weit, es kann höchstens ein oder zwei Jahrhunderte dauern!*

Die übrigen Chims der Ehrengarde schauten sich gegenseitig an und rollten empört die Augen. Die menschlichen Offiziere verhielten sich zwar etwas reservierter, doch Fiben konnte deutlich sehen, dass einer von ihnen die Wange mit der Zunge bearbeitete.

Schließlich war Swoio beim Doyen des diplomatischen Corps, Menschenfreund Uthacalting, dem konsularischen Botschafter der Tymbrimer, angelangt.

Der große E.T. trug eine weite schwarze Robe, von der sich sein bleiches Gesicht scharf abhob. Uthacaltings Mund war schmal, und die unirdische Trennung zwischen seinen umschatteten Augen wirkte besonders tief und breit. Trotzdem machte er einen stark humanoiden Eindruck. Fiben kam es immer so vor, als würde der Vertreter des größten Alliierten der Erde sich stets über etwas lustig machen, über große und über kleine Dinge. Uthacalting mit seinem hellbraunen Schopf und den feinen wehenden Locken, Uthacalting mit den zarten schmalen Händen und mit seinem Humor schien der Einzige weit und breit, den der ganze Wirbel nicht berührte. Das ironische Lächeln des Tymbrimers wirkte erfrischend auf Fiben und weckte seine Lebensgeister.

Endlich! Fiben seufzte erleichtert auf. Swoio schien ihre Abschiedsrunde beendet zu haben. Sie wandte sich ab und kletterte die Rampe zu der wartenden Raumfähre hoch. Mit einem kurzen Kommando ließ Colonel Maiven die Garde Haltung annehmen. Fiben aber zählte in Gedanken bereits die Schritte, die ihn von einem schattigen Plätzchen und von einem kühlen Getränk trennten.

Doch er hatte sich zu früh gefreut. Und er war auch nicht der Einzige, der murrte, als sich die Synthierin hoch auf der Rampe noch einmal umdrehte, um den Zuschauern ein letztes Lebewohl zu sagen.

Was dann geschah und in welcher Reihenfolge, konnte sich Fiben lange nicht zusammenreimen. Wie dem auch sei: Als Swoio den Mund öffnete und die ersten Worte in fließendem GalSechs sprach, nahmen auf der Landebahn bizarre Ereignisse ihren Lauf. Fiben spürte einen Druck im Augapfel und schaute nach links, gerade rechtzeitig, um einen funkelnden Glanz um einen der Aufklärer herum zu erblicken. Das kleine Flugboot schien zu *explodieren*.

Er konnte sich später nicht mehr daran erinnern, dass er sich auf dem Asphalt ausgestreckt hatte. Doch genau dort fand er sich wieder und ertappte sich bei dem Versuch, sich in die zähe, gummiartige Oberfläche einzugraben. *Was war denn das? Vielleicht schon ein feindlicher Angriff – so plötzlich und unerwartet?*

Er hörte Simon deutlich schnaufen, worauf ein ganzer niesender Chor antwortete. Als sich die Staubwolke einigermaßen verzogen hatte, schaute Fiben genauer hin und sah, dass der kleine Aufklärer immer noch intakt war. Also war er nicht explodiert!

Doch seine *Felder* waren außer Kontrolle geraten. Es funkelte und sprühte, und überall war blendendes Licht und Getöse. Ingenieure in Schutzanzügen waren eifrig damit beschäftigt, den fehlfunktionierenden Generator abzuschalten. Bis dahin aber war das lärmende Schauspiel allen Anwesenden durch Mark und Bein gedrungen, hatte Leib und Seele durch und durch erschüttert und alle Sinne aufgewühlt.

»Huiii!«, pfiff die Chimmie zu Fibens Linker und hielt sich völlig nutzlos die Nase zu. »Wer, zum Teufel, hat diese Stinkbombe geworfen?«

Und plötzlich wurde Fiben klar, dass sie ins Schwarze getroffen hatte. Er drehte sich schnell um, machte eine Rolle, gerade noch rechtzeitig, um zu sehen, wie die Botschafterin der Synthier die Nase rümpfte und beschämt mit wehendem Backenbart bar aller Würde in ihre Raumfähre kletterte. Dann wurde die Luke hinter ihr mit einem Knall geschlossen.

Schließlich fand irgendjemand den richtigen Schalter, kappte die schauerliche Überlastung, wobei nur ein bitterer Nachgeschmack und ein Klingen in den Ohren übrig blieben. Die Soldaten der Ehrengarde rappelten sich hoch, klopften den Staub von ihrer Uniform, machten ihrem Ärger und ihrer Bestürzung Luft. Einige Menschen und Chims kicherten und lachten, nur der thennaninische Gesandte war scheinbar von alldem unberührt. Kault schien in der Tat von diesem unmöglichen Benehmen der Erdlinge schockiert zu sein.

Eine Stinkbombe also, nickte Fiben vor sich hin. *Irgendjemand hat sich da einen üblen Scherz geleistet. Und ich glaube auch zu wissen, wer es war.*

Fiben schaute Uthacalting scharf an. Er beobachtete dieses Wesen, den man »Menschenfreund« nannte, und dachte daran, wie der schlanke Tymbrimer gelächelt hatte, als Swoio, die pompöse kleine Synthierin zu ihrer Abschiedsrede ansetzte. Fiben war bereit, auf Darwin zu schwören, dass just einen Moment, bevor der

Aufklärer versagte, Uthacaltings Silberhaar sich zu sträuben begann und der Botschafter in froher *Erwartung* geschmunzelt hatte – in Erwartung der Dinge, die da kommen sollten.

Fiben musste den Kopf schütteln. Bei allem Respekt vor ihren berühmten psychischen Fähigkeiten hätte es wohl kein Tymbrimer fertiggebracht, so einen Streich aus dem Stegreif allein durch Willenskraft zu inszenieren.

Also war es ein abgekartetes Spiel.

Die synthische Fähre startete und donnerte in sicherem Abstand über die Rollbahn dahin. Dann heulten die Triebwerke auf, die glitzernde Flugmaschine schwang sich in die Lüfte und war schon bald in den Wolken verschwunden.

Auf ein kurzes Kommando von Colonel Maiven hin stand die Ehrengarde noch einmal stramm. Die Planetarkoordinatorin und die beiden übrigen Gesandten aber schritten die Reihen ab.

Vielleicht war es nur Einbildung – aber Fiben war sich so gut wie sicher, dass Uthacalting direkt vor ihm seine Schritte verhielt. Ebenso sicher war er auch, dass ihn der Botschafter aus seinen silberumrandeten großen gelben Augen direkt anschaute.

Und mit dem einen Auge zwinkerte er Fiben zu.

Fiben seufzte. *Sehr lustig,* dachte er und hoffte, dass der Tymbrimer seine sarkastischen Gedanken empfangen würde. *In einer Woche werden wir alle auf dem letzten Loch pfeifen – aber du hast beliebt zu scherzen.*

Wirklich sehr lustig, Uthacalting.

Athaclena 2

Zornbebend, mit wehenden Fühlern stand sie da und ließ ihrer Wut freien Lauf. Ihre Haarspitzen knisterten, als wollte sich ihr Frust in statischer Elektrizität entladen. Ihr Ärger, ihr Groll war schier greifbar. Ebenso, dass sie sich über etwas *Bestimmtes* ärgerte …

Einer der *Menschen,* der auf die Audienz beim Planetarkoordinator wartete, witterte die Gewitterstimmung, die in der Luft lag und schaute sich verblüfft um. Er rückte von Athaclena ab, ohne genau zu wissen, warum ihm plötzlich mulmig geworden war. Wahrscheinlich besaß er von Natur aus ein instinktives Einfühlungsvermögen, einen sechsten Sinn. Zwar gab es so manchen, der sich einigermaßen in den tymbrimischen Glyphen auskannte, doch waren nur wenige in der Lage, solche Gefühlsausbrüche richtig zu deuten.

Doch da war noch jemand, der Athaclenas dramatischen Auftritt bemerkt hatte. Ihr Vater, der in der Empfangshalle inmitten einer kleinen Gruppe stand, warf plötzlich den Kopf hoch. Doch seine Frisur blieb intakt. Uthacalting wandte sich seiner Tochter zu, schaute sie halb fragend, halb belustigt an.

Es war, als hätte ein Erdenvater seine widerspenstige Tochter dabei ertappt, wie sie vor lauter Wut das Sofa im Wohnzimmer mit den Füßen bearbeitet oder schmollend in einem Winkel sitzt. Der Frust war im Wesentlichen der gleiche, nur dass er sich bei Athaclena eher durch ihre tymbrimische Aura äußerte. Als sie den warnenden Blick ihres Vaters erhaschte, strich sie sich hastig die Locken aus der Stirn, brachte ihr wirres Haar in Ordnung und versuchte, den Ärger niederzukämpfen, der sie übermannt hatte.

Ihr Zorn war aber noch keineswegs ganz verflogen. Bei diesem

Haufen Erdlingen war es schwer zu vergessen. *Lauter Karikaturen,* dachte Athaclena böse, wobei sie allerdings nur zu gut wusste, dass ihre Gedanken sowohl unschicklich als auch unfair waren. Freilich konnten die Erdlinge nichts dafür, dass sie waren, was und wie sie waren – nämlich mit der seltsamste Stamm, der seit Äonen die galaktische Szene betreten hatte. Das war aber noch lange kein Grund, sie zu mögen!

Vielleicht, wenn sie ein bisschen *fremdartiger* gewesen wären … wenn auch nicht gerade so plump und schlitzäugig wie die weniger ansprechenden Variationen der Tymbrimer. Ihre verschiedene Hautfarbe, ihre seltsame Gestalt, ihr mürrisches, oft launenhaftes Wesen, ihre Behaarung, die nicht ihren Körpermaßen entsprach und noch vieles mehr löste bei Athaclena Depressionen aus, wenn sie sich längere Zeit in menschlicher Gesellschaft aufhalten musste.

Und da war noch ein weiterer Gedanke, welcher der Tochter eines Diplomaten nicht gut zu Gesicht stand. Sie rief sich zur Ordnung und versuchte, sich zu sammeln und wieder klar zu denken. Schließlich konnte man es den Menschen nicht anlasten, dass sie ausgerechnet jetzt ihrer Angst vor einem Krieg Luft machten, den sie weder gewollt noch angezettelt hatten und der nun ihre Welt zu vernichten drohte.

Sie sah, wie ihr Vater über einen Scherz lachte, den einer der Erdlingsoffiziere gemacht hatte, und fragte sich, wie er das fertigbrachte und wie er alles so gut vertrug.

Ich werde diese elegante zuversichtliche Art niemals lernen. Und ich werde es nie hinkriegen, dass mein Vater stolz auf mich ist.

Athaclena wünschte, ihr Vater möge mit diesen Terranern endlich Schluss machen, damit sie ihn allein sprechen konnte. In wenigen Minuten würde Robert Oneagle kommen, um sie abzuholen, und sie wollte noch einmal versuchen, ihren Vater zu überreden, sie nicht mit dem jungen Erdenmenschen ziehen zu lassen.

Ich könnte mich nützlich machen! Ich weiß, dass ich das kann! Und ich möchte nicht in die Berge verschickt werden wie ein Kind, nur damit ich in Sicherheit bin!

Athaclena riss sich zusammen, bevor der Zorn sie wieder übermannte. Und sie suchte nach einer Ablenkung, nach einer Beschäftigung für die Wartezeit. Also ging sie auf die menschlichen Offiziere zu, die mit gesenktem Kopf in eine Unterhaltung vertieft waren. Sie sprachen Anglic, diese am meisten verbreitete Erdensprache.

»Schau«, sagte der eine. »Alles, was wir wissen, ist, dass ein Aufklärer von der Erde völlig unverhofft auf etwas Unheimliches gestoßen ist, weit draußen in diesen uralten Sternhaufen am Rand der Galaxis.«

»Aber *was war es?*«, fragte der andere Offizier. »Was haben sie gefunden? Du studierst doch die *Aliens,* Alice. Kannst du dir vorstellen, was diese armen Delfine entdeckt haben, was einen solchen Wirbel verursacht?«

»Frag mich nicht, ich weiß es selbst nicht genau. Doch war es nicht mehr als die Hinweise im ersten Bericht der *Streaker,* dass nämlich die fanatischsten Clans der Fünf Galaxien einen Krieg entfesselt haben, wie er seit Jahrmillionen nicht mehr vorgekommen war. Nach den neuesten Nachrichten soll es ein paar sehr harte Gefechte gegeben haben. Du hast doch selbst gesehen, wie betroffen die Synthierin letzte Woche war, bevor sie beschloss, Leine zu ziehen.«

Der andere nickte düster. Keines der Menschenwesen sprach auch nur ein Wort, versank in langes Schweigen. Die Spannung war wie eine Brücke, welche den Raum zwischen den beiden überspannte. Athaclena aber *wusste,* dass es sich um eine einfache, aber finstere Glyphe der Furcht und der Unsicherheit handelte.

»Da ist eine größere Sache im Gange«, sagte der erste Offizier schließlich mit leiser Stimme. »Das wird es wohl sein.«

Athaclena zog sich zurück, als sie spürte, dass die beiden menschlichen Wesen sie zu bemerken schienen. Seit ihrer Ankunft auf Garth hatte sie zwar versucht, ihre normale Gestalt zu ändern, damit sie in etwa aussah wie ein Menschenkind, ein Mädchen von der Erde. Trotzdem gab es auch bei solchen Manipulationen gewisse Grenzen, selbst wenn man sich der tymbrimischen *Körperbildmethode* bediente. Denn es gab eigentlich kaum eine Möglichkeit zu verbergen, wer sie eigentlich war. Wäre sie geblieben, so hätten sie die Menschen sicher gefragt, wie die Tymbrimer über die gegenwärtige Krise dachten. Sie aber war nicht bereit, den Erdlingen zu verraten, dass sie nicht mehr wusste als sie selbst.

Athaclena empfand die bittere Ironie der Situation. Wieder einmal standen die Erdlinge im Rampenlicht, wie seinerzeit bei der notorischen »Sundiver«-Affäre vor zweihundert Jahren. Diesmal aber hatte das Sternenschiff unter dem Kommando von *Neodelfinen* eine interstellare Krise ausgelöst.

Die zweite Klientenspezies der Menschheit war erst knapp zweihundert Jahre alt, jünger als die Neoschimpansen. Wie sie nun einen Weg aus der Klemme finden würden, einen Ausweg aus dem Chaos, das sie selbst angerichtet hatten, das blieb für alle ein Rätsel. Doch das Echo war überall zu vernehmen. Das Pendel schlug zurück, und die Nachricht verbreitete sich wie ein Lauffeuer, erreichte sogar solch fern gelegene und isolierte Kolonien wie Garth.

»Athaclena!«

Sie drehte sich um. Uthacalting stand dicht neben ihr und schaute sie besorgt an. »Geht es dir gut, Tochter?«

In Uthacaltings Gegenwart kam sie sich stets sehr klein vor. Und Athaclena empfand immer etwas Furcht, ganz gleich, wie zärtlich der Vater auch mit ihr umging. Seine Kunst und seine Disziplin waren so überwältigend, dass sie nicht merkte, wie ihr Vater nahte, bis er den Ärmel ihres Gewandes berührte. Und selbst jetzt, wo er dicht neben ihr stand, konnte sie seiner komplexen Aura nichts weiter entnehmen als jene wirbelnde empathische Glyphe … ein *caridouo* … den Ausdruck der Liebe eines Vaters zu seinem Kind.

»Ja, Vater. Ja … mir geht es gut.«

»In Ordnung. Hast du alles gepackt und bist zu deiner Expedition bereit?«

Er sprach Anglic, sie aber erwiderte im tymbrimischen Dialekt Galactic Sieben.

»Vater, ich möchte nicht mit Robert Oneagle in die Berge ziehen.« Uthacalting runzelte die Stirn. »Ich dachte, dass ihr, du und Robert, befreundet seid.«

Athaclena war tief enttäuscht. Warum wollte sie der Vater nicht verstehen? War es vielleicht Absicht? Er hätte doch wissen müssen, dass der Sohn der Planetarkoordinatorin nichts weiter war als ein Kamerad, als all die anderen jungen Menschensöhne in Port Helenia.

»Teilweise kommt es *Robert* zugute, wenn ich dich bitte, die ganze Sache noch einmal zu überlegen«, sagte sie zu ihrem Vater. »Er schämt sich, dass er für mich den Babysitter spielen soll, während all seine Kommilitonen bei der Miliz sind und sich auf den Kriegseinsatz vorbereiten. Und ich kann ihm dies wirklich nicht übelnehmen.«

Und als Uthacalting zum Sprechen ansetzte, fuhr sie eifrig fort: »Außerdem, Vater, möchte ich dich nicht verlassen. Ich möchte noch einmal daran erinnern, dass ich dir in den nächsten Wochen durchaus nützlich sein kann. Und jetzt möchte ich mein Angebot, meinen Vorschlag wiederholen.«

Nun versuchte sie sehr vorsichtig, sich auf jene Glyphe zu konzentrieren, die sie in den frühen Stunden dieses Tages gebaut hatte und die sie *ke'ipathye* nannte – ein Argument jenseits aller Gefühle, damit sie es fertigbrachte, der Gefahr an der Seite eines geliebten und verehrten Wesens zu begegnen. Die

Fühler fielen ihr über die Ohren, und das Glyphengebilde schwebte über ihrem Haupt, während es langsam zu rotieren begann. Und als es dann endlich stabil geworden war, sandte sie es aus, um der Aura ihres Vaters zu begegnen. In diesem entscheidenden Moment scherte sich Athaclena wenig darum, dass es in dem Raum, wo sie sich befanden, von menschlichen Wesen und ihren kleinen behaarten Chim-Klienten wimmelte. Denn nichts auf dieser Welt war im Augenblick so wichtig wie sie beide und jene Brücke, die Athaclena durch ihre Glyphe geschlagen hatte.

Ke'ipathye senkte sich auf Uthacaltings erwartungsvoll ausgefahrene Fühler, begann zu kreisen und ihn heiter und aufgeschlossen zu stimmen.

Dann fiel die Glyphe wie ein leichter Nebel von Morgentau und umgab die Corona ihres Vaters wie eine Gloriole.

»Welch schönes Geschenk.« Seine Stimme war sanft, und sie wusste, dass er gerührt war.

Doch … Sie wusste sofort, dass sein Entschluss nach wie vor unerschütterlich war.

»Ich will dir ein Gegengeschenk machen«, sprach er zu ihr. Aus dem weiten Ärmel seines Gewandes holte er ein kleines goldenes Medaillon mit einer silbernen Schließe. »Deine Mutter, Mathiculanna, hatte den Wunsch, dass du dieses Medaillon bekommst, sobald du mündig bist. Nun haben wir zwar keinen bestimmten Tag festgelegt, aber ich glaube, dass jetzt die Zeit gekommen ist, dir den Schmuck zu übergeben.«

Athaclena aber wusste nichts zu erwidern, weil sie ebenso überrascht wie verwirrt war. Wie lange schon hätte sie gern gewusst, was ihr die Mutter hinterlassen hatte! Das Medaillon konnte aber ebenso gut ein Abschiedsgeschenk sein.

Denn Uthacalting hätte ihr wohl das Medaillon nicht jetzt schon gegeben, wenn er nicht gewusst hätte, dass sich Vater und Tochter vielleicht nie mehr wiedersahen.

Der Gedanke tat ihr weh. »Also hast du vor zu kämpfen.«

Uthacalting zuckte die Achseln – eine menschliche Geste der Gleichgültigkeit. »Die Feinde der Menschen sind auch die meinen, Tochter. Die Erdlinge sind zwar kühn und verwegen, doch schließlich nichts weiter als Wolflinger. Sie brauchen meine Hilfe.«

In seiner Stimme schwang etwas Endgültiges mit, und Athaclena wusste genau, dass jeder weitere Protest sinnlos war und den Vater nur noch verärgern konnte. Ihre langen schlanken Finger umschlossen das Medaillon, und die beiden schritten Hand in Hand aus dem Raum. Für einen Moment schien es, als wären sie nicht zu zweit, sondern zu dritt, weil in diesem Medaillon etwas von Mathiculanna wohnte. Der Augenblick war süß und schmerzlich zugleich. Die Milizgarde der Neoschimpansen nahm Haltung an und öffnete die Türen, während die beiden das Gebäude des Ministeriums verließen und in den hellen klaren Sonnenschein des Vorfrühlings hinausschritten. Uthacalting begleitete sie bis zur Auffahrt, wo bereits ihr Gepäck stand. Nun ließ der eine des anderen Hand los, Athaclena aber hielt das Medaillon ihrer Mutter fest in ihrer Linken umklammert.

»Da kommt Robert, pünktlich auf die Minute«, sagte Uthacalting, während er die Hand wie einen Schirm über die Augen legte. »Seine Mutter meint zwar, er sei stets unpünktlich. Doch ich habe noch nie erlebt, dass er zu spät kam, wenn es um etwas Wichtiges ging.«

Ein etwas bejahrtes Fahrzeug näherte sich über den langen Kiesweg, rollte an parkenden Limousinen und Militärwagen vorbei. Uthacalting aber wandte sich an seine Tochter. »Versuche, dich an den Bergen zu erfreuen. Ich kenne sie, und die Landschaft ist wirklich schön, da oben im Mulun-Massiv. Betrachte es als eine Chance, Athaclena.«

Sie nickte. »Ich werde tun, was du von mir verlangst, Vater. Ich werde die Zeit damit verbringen, meine Anglic-Kenntnisse zu verbessern und mich mit den Emotionsmustern der Wolflinger zu beschäftigen.«

»Gut so. Und halte die Augen offen, ob du irgendwelche Anzeichen oder Spuren der legendären Garthlinger finden kannst.«

Athaclena runzelte die Stirn. Das Interesse ihres Vaters an alten Wolflinger-Legenden war in letzter Zeit zur fixen Idee geworden. Dennoch konnte man nie wissen, wann Uthacalting es ernst meinte oder sich nur einen Scherz erlaubte.

»Ich werde nach irgendwelchen Zeichen Ausschau halten, obwohl diese Geschöpfe mit Sicherheit mythisch sind.«

Uthacalting lächelte. »Ich muss jetzt gehen. Meine Liebe und meine Gedanken werden dich begleiten. Meine Liebe wird sein wie ein Vogel, der ...« – und er machte eine entsprechende Handbewegung – »... über deiner Schulter schwebt.«

Seine Fühler berührten kurz die ihren, dann wandte er sich ab und stieg die Treppe hinauf, um sich wieder zu den besorgten Kolonialen zu begeben. Athaclena aber stand allein da und fragte sich, warum er sich beim Abschied solch einer menschlichen Metapher bedient hatte.

Wie kann die Liebe ein Vogel sein?

Manchmal benahm sich Uthacalting so merkwürdig, dass sie selbst darüber erschrak.

Der Kies knirschte, als der Schwebwagen dicht neben ihr aufsetzte. Robert Oneagle, der junge dunkelhaarige Menschensohn, der ihr Partner im Exil werden sollte, saß am Steuer, lächelte und winkte ihr zu. Doch diese heitere Miene war nur eine Maske, die er aufgesetzt hatte, um sie fröhlich zu stimmen. Tief in seinem Herzen war Robert von dieser Reise ebenso wenig begeistert wie sie selbst. Das Schicksal – und die Macht der Erwachsenen – hatte sie zusammengeführt und ein Ziel für sie bestimmt, das sie sich nicht selbst gewählt hatten.

Die grobe Glyphe, die Athaclena – für Robert unsichtbar –

formte, war kaum mehr als ein Stoßseufzer, ein Ausdruck ihrer Niederlage, ihrer Resignation. Aber sie nahm sich zusammen und zwang sich zu einem freundlichen irdischen Lächeln.

»Hallo, Robert!«, rief sie und nahm ihr Gepäck.

Galaktiker 3

Der Suzerain der Guten Sitten lüpfte sein immer noch weißes Gefieder. Doch an den Federwurzeln war bereits ein schimmernder Glanz zu erkennen, welcher königliche Würde verhieß. Der Suzerain hüpfte stolz auf die Rednerstange und bat zirpend um Gehör.

Die Schlachtschiffe der Expeditionskräfte kreuzten immer noch im Weltraum zwischen den Welten. Eine Schlacht war vorerst noch nicht in Sicht. Also hatte der Suzerain der Guten Sitten vorerst noch die Oberhand und konnte die Aktivitäten der Flaggschiffbesatzung jederzeit unterbrechen.

Ihm gegenüber, jenseits der Brücke, hockte der Suzerain von Balken und Klaue auf seiner Kommandostange. Auch das Gefieder des Admirals wies jene Färbung auf, die einem Prominenten zustand. Nun musste aber alles schweigen, wenn es um religiöse Dinge, um eine religiöse Ankündigung ging. Der Admiral unterbrach unverzüglich jene Befehlskette, die er pausenlos seinen Untergebenen zugezirpt hatte und nahm eine gesammelte, andächtige Haltung an.

All die Gubru-Ingenieure und Astronauten dämpften ihre Stimme, sodass nur noch ein leises Zirpen zu hören war. Selbst ihre vierbeinigen Kwackoo-Klienten hörten auf zu gurren und setzten sich hin, um erwartungsvoll zu lauschen.

Dennoch wartete der Suzerain der Guten Sitten noch ab. Es wäre unschicklich gewesen zu beginnen, bevor die Drei nicht anwesend waren.

Jetzt wurde eine Luke geöffnet, und herein trat der letzte der Meister der Expedition, das dritte Mitglied der Trierarchie.

Der Suzerain von Kosten und Vorsicht, skeptisch wie immer, als er jetzt mit einem ganzen Rattenschwanz von Beamten einzog und sich eine bequeme Sitzstange aussuchte.

Für einen Moment trafen sich ihre Blicke über die Brücke hinweg. Die Spannung zwischen den Drei hatte bereits begonnen, und sie würde sich Woche für Woche, Monat für Monat steigern, bis zu dem Tag, wo endlich ein Konsens erreicht war – wenn sie sich vereinigt hatten und wenn aus dieser Vereinigung eine neue Königin hervorgegangen war.

Alles war aufregend, sexuell und erheiternd zugleich. Und keiner wusste, wie es enden würde. Balken und Klaue startete natürlich mit einem Vorteil, weil diese Expedition in einer Schlacht beginnen würde. Doch diese Überlegenheit musste nicht unbedingt von Dauer sein. Dieser Moment zum Beispiel gehörte zweifellos der Priesterschaft. Als der Suzerain der Guten Sitten erst den einen, dann den anderen Fuß hob als Zeichen dafür, dass er ums Wort bat, stieg aus der Menge der versammelten Avianer ein leises Raunen auf.

– *Summ-mm* –

»Wir haben eine Mission zu erfüllen, eine heilige Mission«, flötete der Suzerain.

– *Summ-mm* –

»Bei dieser Mission müssen wir beharrlich, ausdauernd und standhaft sein.«

– *Summ-mm* –

»Beharrlich und standhaft, um vier große Aufgaben zu erfüllen.«

– *Summ-mm* –

»Eroberung zum Ruhme unseres Clans – *summ-mm.*«

– *Summ-mm* –

»Eroberung und Zwangsherrschaft, um das Geheimnis zu enträtseln, das die Erdlinge vor uns verbergen, *summ-mm.*«

– *Summ-mm* –

»Eroberung, Zwangsherrschaft und Abrechnung mit unseren

Feinden, um Ansehen zu gewinnen, unseren Gegner zu beschämen, ohne selbst Schande über uns zu bringen, *summ-mm.*«

– *Summm-mm* –

»Schimpf und Schande zu vermeiden, siegen und herrschen und letztlich unsere Wertigkeit beweisen, das Gesicht vor unseren Ahnen wahren, vor unseren Vorfahren, deren Rückkehr gewiss ist, und unsere Meisterschaft, *summ-mm.*«

Und enthusiastisch klang der Refrain auf:

– *Summ-mm!* –

Die beiden anderen Suzerains verbeugten sich respektvoll vor dem Priester, und damit war die Zeremonie offiziell zu Ende. Die Klauensoldaten und Raumfahrer gingen unverzüglich wieder an die Arbeit. Doch als sich die Beamten und Zivilbediensteten in ihre eigenen abgeschirmten Büros zurückzogen, war ein leises Raunen nicht zu überhören.

»Alles … alles … all dieses. Doch noch etwas mehr …«

»Vor allem … dass das Nest überlebt …«

Der Priester schaute scharf auf und sah einen Glanz im Auge des Suzerain von Kosten und Vorsicht. Und in diesem Augenblick wusste er, dass sein Rivale einen subtilen, aber wichtigen Punkt gewonnen hatte. Etwas wie ein Triumph war in seinem Blick zu lesen, als er sich noch einmal verbeugte und ein leises Summen hören ließ.

»Summ-mm.«

Robert 4

Gedämpftes Sonnenlicht fiel durch das Laub des Regenwaldes und malte helle Farbkleckse auf den schattigen, von Kletterpflanzen umsäumten Weg. Die starken Winterstürme hatten sich gelegt, doch eine steife Brise erinnerte noch an jene Tage, fuhr durch die Äste und ließ die Wassertropfen herniederrieseln, die vom Regen der vergangenen Nacht übrig geblieben waren und sich im Laubwerk gefangen hatten. Die dicken Tropfen plumpsten wie schwere Bälle herab und zerplatzten mit leisem Knall, sobald sie in einer Pfütze landeten. In den Bergen, die das Sind-Tal säumten, war es still, vielleicht viel zu still, stiller als es in einem Wald sein sollte. Der Wald sah irgendwie krank und angegriffen aus, und seine Schönheit konnte kaum über seine Krankheit hinwegtäuschen, über die alten Wunden, die man ihm einst geschlagen hatte. Selbst in der noch würzigen Luft schwebte ein Hauch von Modergeruch und Verfall. Man musste nicht unbedingt zart besaitet sein, um zu merken, dass dies ein trauriger Ort, eine melancholische Welt war.

Doch gerade diese Traurigkeit war es, welche die Erdlinge hierhergeführt hatte. Noch hatte die Geschichte das letzte Kapitel von Garth nicht geschrieben, aber der Planet stand bereits auf der Abschussliste – auf der Liste der sterbenden Welten.

Ein Sonnenstrahl fiel auf die bunten Ranken, die scheinbar unordentlich von den Ästen eines Riesenbaumes baumelten. Robert Oneagle zeigte in jene Richtung. »Vielleicht möchtest du diese Pflanzen näher untersuchen, Athaclena. Die lassen sich nämlich zähmen.«

Das Tymbrimermädchen, das soeben damit beschäftigt war, eine Blume, die wie eine Orchidee aussah, näher zu betrachten, schaute auf und blickte in die Richtung, wo Robert hindeutete, zu einem Punkt, der jenseits der schräg einfallenden Lichtbündel lag. Dann sagte sie in nicht ganz akzentfreiem, aber sauberem Anglic: »Was lässt sich zähmen, Robert? Ich sehe nichts weiter als Lianen und Ranken.«

Robert lächelte. »Eben diese Ranken, Athaclena. Die sind nämlich sehr lustig.«

Athaclena runzelte die Stirn, und dies sah sehr menschenähnlich aus, trotz ihrer weit auseinanderliegenden Augen und des fremdartigen goldgefleckten Grüns in ihrer übergroßen Iris. Das leicht gebogene Kinn und die hochgezogenen Brauen zeugten von Überheblichkeit und Ironie.

Natürlich hatte es Athaclena als Tochter eines Diplomaten gelernt, sich in Anwesenheit menschlicher Wesen zu beherrschen. Robert aber wusste, dass sie irgendwie ehrlich überrascht und verwirrt war. Ihr Sprachrhythmus deutete darauf hin, dass sie sich mit Anglic schwertat und dass diese Sprache sie irgendwie hemmte und einengte.

»Robert, du glaubst doch nicht im Ernst, dass diese Hängepflanzen irgendwie *empfindsam* sind? Natürlich gibt es einige autotrophe Sophonten-Arten, doch diese Vegetation weist keins der charakteristischen Merkmale auf. Wie dem auch sei ...« Ihre Tymbrimi-Frisur sträubte sich über den Ohren, und ihre silbernen Fühler wehten heftig, als sie angestrengt nachdachte. »Wie dem auch sei ... ich kann keinerlei emotionale Ausstrahlung feststellen.«

Robert grinste. »Freilich kannst du das nicht. Ich habe nicht behauptet, dass sie ein Entwicklungspotential oder gar ein Nervensystem als solches besitzen. Es sind nichts weiter als Pflanzen des Regenwalds. Aber sie haben irgendein Geheimnis. Komm mit! Ich zeig es dir.« Athaclena nickte – eine weitere menschliche

Geste, die nicht unbedingt zur Natur eines Tymbrimers gehörte. Sie legte die Blume, die sie soeben betrachtet hatte, sorgfältig wieder hin und erhob sich mit einer grazilen, fließenden Bewegung.

Dieses fremdartige Mädchen war schlank von Gestalt. Die Proportionen ihrer Arme und Beine aber wichen von der menschlichen Norm ab. So waren ihre Waden etwas länger und die Oberschenkel etwas kürzer. Aus dem betont schmalen Becken wuchs eine noch schlankere Wespentaille empor. Robert kam es vor, als würde sie sich mit der Anmut einer Katze bewegen. Und diese schleichende Art der Bewegung hatte ihn vom ersten Augenblick an fasziniert, seit er vor einem halben Jahr auf Garth angekommen war.

Dass die Tymbrimer zu den Säugetieren gehörten, konnte er unschwer an ihrem schwellenden Busen erkennen, der sich scharf unter dem engen Mieder abzeichnete. Von seinen Studien her war ihm aber auch bekannt, dass sie noch zwei Brüste und einen Beutel wie die Beuteltiere hatte. Doch beide Merkmale waren im Augenblick nicht zu sehen. Denn im Moment sah das Mädchen sehr humanoid, wenn nicht gar elfenhaft aus – auf keinen Fall wie ein Alien.

»Na schön, Robert. Ich habe meinem Vater versprochen, das Beste aus diesem unfreiwilligen, aufgezwungenen Exil zu machen. Zeig mir also mehr von den Wundern dieses kleinen Planeten.«

Ihre Stimme hörte sich schwer und resigniert an, sodass Robert den Eindruck hatte, es sei nichts als Effekthascherei. Durch ihr nahezu theatralisches Verhalten wirkte sie eher wie ein Menschenkind, benahm sich wie ein frustrierter Teenager – eine Art, die Robert auf die Nerven ging. Also führte er sie an einen Ort, wo das Rankengewächs besonders dicht wucherte. »Hier ist es. Schau nur, wie dicht die Pflanzen über dem Waldboden hängen.«

Athaclenas braunes Fell, dieser schmale Streifen, der dicht über ihrem Kreuz ansetzte, in ihrem Nacken auslief und dann nahtlos in ihr Kopfhaar überging, das sich wie eine Kappe oder eine Witwenhaube gleich über ihre Nasenwurzel legte – dieses Fell sträubte sich und knisterte vor Spannung. Über ihren runden Ohren aber wogte die tymbrimische Corona, als wollte sie jede Spur von Bewusstsein außer dem ihren auf dieser kleinen Lichtung aufspüren.

Robert wusste, dass er die mentalen Kräfte der Tymbrimer nicht überschätzen durfte, wie das die Menschen sehr oft taten. Diese smarten Galaktiker verfügten über eindrucksvolle Fähigkeiten, starke Emotionen aufzuspüren. Außerdem hieß es, sie hätten eine gewisse Begabung, aus ihrer Empathie kunstvolle Gebilde zu formen. Immerhin kam echtes telepathisches Talent bei den Tymbrimern nicht häufiger vor als bei den Erdenmenschen.

Robert fragte sich, was sie sich wohl denken mochte. Ob sie wohl gemerkt hatte, dass seine Faszination ihr gegenüber gewachsen war, seit sie Port Helenia verlassen hatten? Er hoffte, dass es ihr nicht aufgefallen war. Im Augenblick jedenfalls war er sich nicht sicher, ob er sich solche Gefühle erlauben konnte.

Die Pflanzen bestanden aus dicken, faserigen Strähnen mit knotenartigen Wülsten, die im Abstand von etwa einem halben Meter saßen. Ihre Ranken wucherten von allen Seiten, erstreckten sich aus verschiedenen Richtungen und überzogen die kleine Waldlichtung. Robert schob ein Bündel der bunten Ranken beiseite und zeigte Athaclena, dass alle in einem kleinen Teich mit schattigem Wasser wurzelten.

»Solche Teiche sind überall auf diesem Kontinent zu finden, und alle sind durch dieses Rankenwerk miteinander verbunden. Sie spielen im Ökosystem der Regenwälder eine wichtige Rolle. Kein Busch, kein Strauch wächst weit und breit in solchen Gebieten, wo diese Kletterpflanzen ihr Werk tun.«

Athaclena kniete sich hin, um besser zu sehen. Ihre Corona schwebte immer noch über ihrem Haupt, und sie schien interessiert.

»Warum hat dieser Teich so eine merkwürdige Farbe? Ist das Wasser verunreinigt?«

»Richtig. Hätten wir eine Instrumententasche für die Analyse dabei, könnten wir von Teich zu Teich wandern und beweisen, dass in jeder Pfütze ein bestimmtes Spurenelement oder eine Chemikalie überwiegt. Diese Kletterpflanzen bilden anscheinend eine Art Netz zwischen den Baumriesen und transportieren Nahrung von einem Ort zum anderen nach dem Prinzip: Sie holen die Nahrung dort, wo sie reichlich vorhanden ist und bringen sie dorthin, wo Nahrungsmangel herrscht.«

»Also eine Art Tauschhandel!« Athaclenas Fell sträubte sich – ein Ausdruck tymbrimischer Emotion. Robert aber war sicher, dass sie auch für gefühlsmäßige Dinge empfänglich war. Denn es war zum ersten Mal, seit sie die Stadt verlassen hatten, dass er deutlich merkte, wie sehr auch dieses fremdartige Wesen durch gewisse Dinge erregt wurde.

Er fragte sich, ob sie nicht gerade in diesem Augenblick eine Empathie-Glyphe kreierte, dieses seltsame künstliche, aber auch künstlerische Gebilde, das die Menschen angeblich wahrnehmen konnten – so mancher schwor darauf – und das sie allmählich zu begreifen begannen. Robert wusste, dass die federähnlichen Fühler der tymbrimischen Corona etwas damit zu tun hatten und diesen Prozess irgendwie steuerten. Einmal, als er seine Mutter zu einem diplomatischen Empfang begleitet hatte, war ihm, als hätte er so etwas Ähnliches gefühlt oder gesehen. Es muss wohl eine Glyphe gewesen sein, was da über dem Kopf des tymbrimischen Gesandten, Uthacalting, schwebte.

Es war eine seltsame, flüchtige Wahrnehmung, so als hätte er etwas gesehen, was man nur mit dem blinden Fleck seines Auges wahrnehmen kann, eine Erscheinung, die sich sofort den Blicken entzog, sobald man sie näher ins Auge fassen wollte. Doch ebenso wie die Vision auftauchte, war sie auch wieder verschwunden. Und am Ende wusste er nicht mehr genau, ob er nun wirklich etwas gesehen hatte, oder ob es nur eine Sinnestäuschung gewesen war und er sich alles nur eingebildet hatte.

»Freilich ist diese Beziehung eine Art Symbiose«, betonte Athaclena. Robert aber blinzelte. Natürlich meinte sie die Kletterpflanzen – was sonst?

»O ja, du hast wieder einmal recht. Die Pflanzen holen sich Nahrung von den Riesenbäumen und transportieren im Austausch Nährstoffe, welche die Baumwurzeln dem kargen Boden nicht entnehmen können. Ebenso spülen sie Giftstoffe aus und entsorgen sie weit vom jeweiligen Ort entfernt. Teiche wie diese dienen als Sammelstellen, wo sich die Kletterpflanzen treffen und wichtige Chemikalien horten oder tauschen.«

»Unglaublich!« Athaclena untersuchte die kleinen Wurzelstöcke. »Sie verhalten sich wie denkende intelligente Wesen. Und ich nehme an, dass die Pflanzen irgendwo und irgendwann diese Technik weiterentwickeln. Ich glaube, die Kantener haben auf gleiche Weise begonnen, bevor die Gärtner der Linten sie weiterentwickelt und schließlich zu Raumfahrern gemacht haben.«

Sie schaute zu Robert auf. »Ist dieses Phänomen katalogisiert? Es wird angenommen, dass die Z'Tang Garth für die Institute überwachten, bevor dieser Planet den Menschen übergeben wurde. Es wundert mich, dass ich nie etwas davon gehört habe.«

Robert erlaubte sich die Spur eines Lächelns. »Freilich werden im Z'Tang-Bericht an die Große Bibliothek die Transporteigenschaften der Kletterpflanzen erwähnt, was die Übertragung von Chemikalien betrifft. Die Tragödie von Garth mag teilweise dem Umstand zu verdanken sein, dass dieses Versorgungsnetz zusammenzubrechen drohte, als es der Erde schließlich gestattet wurde, diesen Planeten zu mieten. Und wenn dies eines Tages der Fall ist, wird dieser Kontinent zur Wüste werden.«

»Doch die Z'Tang haben einen entscheidenden Punkt übersehen. Denn sie scheinen nicht gemerkt zu haben, dass sich diese Pflanzen bewegen, dass sie durch den Wald schleichen und nach neuen Mineralien für ihre Wirtsbäume suchen. Der Wald aber gleicht sich dieser Gemeinschaft an, indem er sich ändert. Und man darf hoffen, dass bei entsprechender Nachhilfe dieses Netz zum Kernpunkt wird, von dem aus die Ökosphäre dieses Planeten regeneriert werden kann. Wenn dies zutrifft, werden wir in der angenehmen Lage sein, diese Technik mit gutem Gewinn zu vermarkten.«

Er hoffte, dass ihm Athaclena begeistert zustimmen würde. Doch als sie die Wurzeln wieder ins Wasser gelegt hatte, sagte sie mit kühler Stimme: »Du scheinst besonders stolz darauf zu sein, Robert, dass du eine intelligente und ältere Spezies wie die Z'Tang bei einem Irrtum erwischt hast, wie dies bei euren Teledramen der Fall ist. Die Eatees und ihre Bibliothek haben wieder einmal versagt. Ist es so?«

»Nun mal langsam, einen Moment … Ich …«

»So sag mir doch: Wollt ihr Erdenmenschen diese Informationen speichern und dann bei jeder passenden Gelegenheit euch mit eurem Wissen brüsten? Oder wollt ihr es an die große Glocke hängen, was jedes vernünftige Wesen, jede denkende Spezies längst weiß: dass nämlich die Große Bibliothek niemals perfekt war?«

Robert war betroffen. Der stereotype Tymbrimer, wie ihn die Erdlinge beschrieben, war anpassungsfähig, weise, oft aber auch mutwillig. Doch Athaclena hörte sich im Augenblick an wie ein junges Ding, das einen Sparren hatte.

Freilich waren die Erdlinge mit ihrer Kritik an den galaktischen Zivilisationen zu weit gegangen. Als das erste »Wolflinger«-Volk, das in über fünfzig Megajahren bekannt wurde, hatten sie viel zu oft und viel zu laut verkündet, dass sie die einzige lebende Spezies seien, die sich ohne fremde Hilfe in den Weltraum katapultiert hatte. Was glaubten sie eigentlich in der Großen Bibliothek der Fünf Galaxien zu finden? Waren doch die populären Medien geneigt, den Hass gegen Ausländer zu schüren – gegen diese Fremdlinge, die ihrerseits eher bereit waren, die Errungenschaften anderer Welten zu bewundern als irgendwelche Möglichkeiten für ihre Zwecke zu ihrem eigenen Vorteil zu erforschen.

Demnach also war durchaus ein Grund vorhanden, eine positive Einstellung zu untermauern. Denn sonst – wollte man den Psychologen der Terragener glauben – hätte eine weitere Ablehnung zu einem katastrophalen Minderwertigkeitskomplex geführt. Der Stolz nämlich war das höchste aller Gefühle für alle Spezies im bisher unbekannten Universum, eine Weltanschauung zwischen Humanität und Verzweiflung.

Leider hatte diese Haltung dazu geführt, auch solche Spezies zu entfremden, die sonst der Menschheit freundlich gesonnen gewesen wären.

Doch was dies betraf, war Athaclenas Volk wirklich so harmlos? Denn auch die Tymbrimer waren bekannt dafür, dass sie stets nach irgendwelchen Lücken in der Tradition suchten, sich nicht damit zufrieden gaben, was ihnen überliefert worden war, und stets ein Haar in der Suppe fanden.

»Wann werdet ihr Menschen endlich begreifen, dass das Universum *gefährlich* ist, dass es viele alte und mächtige Clans gibt, die keine Emporkömmlinge mögen, insbesondere keine Neuankömmlinge, die Änderungen durchführen, ohne die möglichen Folgen zu bedenken?«

Nun wusste Robert, was Athaclena meinte, was der Grund für ihren zornigen Ausbruch war. Er erhob sich vom Teichufer und wischte den Staub von den Händen. »Schau, keiner von uns weiß so richtig, was sich im Augenblick in der Galaxie tut. Doch es ist nicht *unsere* Schuld, dass ein Sternenschiff mit Delfin-Besatzung …«

»Die *Streaker*.«

»… also, dass die *Streaker* zufällig etwas Bizarres entdeckt hat, etwas, das in all diesen Äonen übersehen wurde. Ebenso hätte jeder andere darüber stolpern können! Zum Teufel, Athaclena!

Wir wissen noch nicht einmal, was diese armen Neodelfine aufgestöbert haben! Wir wissen lediglich, dass ihr Raumschiff vom Morgran-Transferpunkt bis *Ifni*-weiß-wohin von zwanzig verschiedenen Flotten verfolgt und gejagt wurde, die sich alle darum stritten, wer die *Streaker* kapern darf.«

Robert merkte, dass sein Puls heftig ging. Seine gefalteten, ineinander verkrampften Hände waren ein weiteres Zeichen dafür, welche Spannung diese Angelegenheit in ihm hervorrief. Schließlich ist es frustrierend genug, wenn das Universum über dir zusammenzubrechen droht. Noch mehr aber, wenn all die Ereignisse, die zu einer Katastrophe führen können, Kiloparsecs entfernt zwischen trüben roten Sternen ablaufen, die so weit weg sind, dass kein Auge sie erblicken kann.

Athaclenas Augen mit den dunklen Lidern trafen die seinen, und jetzt war es zum ersten Mal, dass er etwas wie Verständnis in ihrem Blick erkennen konnte. Ihre linke Hand mit den langen Fingern machte eine wegwerfende, gleichzeitig aber auch entschuldigende Geste.

»Ich weiß, was du sagen willst, Robert. Und ich weiß auch, dass ich mit meinem Urteil manchmal zu vorschnell bin. Das ist ein Fehler, auf den mich mein Vater schon oft aufmerksam gemacht und mir nahegelegt hat, diesen zu überwinden.

Du musst aber bedenken, dass wir Tymbrimer die Protektoren und die Verbündeten der Erde waren, seit eure plumpen, langsamen Raumschiffe vor 89 Paktaars in unser Gebiet vorgestoßen sind. Doch im Laufe der Zeit nützt sich alles ab, man wird der Dinge müde, und du musst schon entschuldigen, wenn wir gelegentlich so was äußern.«

»Wie soll ich das verstehen?«, fragte Robert ebenso verblüfft wie verwirrt.

»Nun, zunächst einmal: Seit dem Kontakt mussten wir all dies wolflingerische Geschnalze, Geknurre und Gebrumm ertragen, das ihr überheblicherweise als Sprache bezeichnet.«

Athaclenas Stimme klang ruhig, doch glaubte Robert diesmal wirklich zu spüren, dass *irgendetwas* aus diesen wehenden Fühlern aufstieg. Vielleicht wollte dieses *Ding* etwas vermitteln, was ein Menschenmädchen einfach durch Mienenspiel ausgedrückt hätte. Auf jeden Fall wollte sie ihn necken.

»Ha ha. Sehr lustig.« Er schaute zu Boden.

»Also, Robert, nun mal im Ernst. Haben wir euch während dieser sieben Generationen seit dem Kontakt nicht dauernd ermahnt und euch ans Herz gelegt, euch Menschen und euren Klienten, etwas langsamer zu treten? Die *Streaker* hätte einfach nicht in Gebiete vordringen dürfen, wo sie nichts zu suchen hatte – zumindest solange euer kleiner Völkerclan so jung und so hilflos ist. Man kann doch nicht ewig in den Regeln herumstochern, um zu prüfen, welche mehr und welche weniger flexibel sind!«

Robert zuckte die Achseln. »Es hat sich schon öfters gelohnt.«

»Ja, aber jetzt – wie heißt nur wieder dieser tierische Ausdruck? – habt ihr eure Schäfchen im Trockenen.

Robert, die Fanatiker werden nie aufgeben. Sie werden das Neodelfinschiff jagen, bis sie es gekapert haben. Und wenn sie ihre Informationen auf diese Weise nicht kriegen, werden mächtige Clans wie die Jophur oder die Soro nach *anderen* Mitteln suchen, um ihr Ziel zu erreichen.«

Staubkörnchen tanzten in ruhigem Reigen durch die schmalen Streifen des Sonnenlichts, und Regenpfützen blinkten auf, wo ein Lichtstrahl auf sie fiel. In der Stille stocherte Robert im weichen Humus herum, weil er genau wusste, worauf Athaclena hinauswollte.

Die Jophur, die Soro, die Gubru, die Tandu – die mächtigen galaktischen Patronatsvölker, die immer wieder ihre feindliche Einstellung der Menschheit gegenüber bewiesen hatten. Sollte es ihnen nicht gelingen, die *Streaker* zu kapern, dann lag der nächste Schritt auf der Hand. Früher oder später würde einer dieser Clans seine Aufmerksamkeit Garth oder Atlast oder auch

Calafia widmen – diesen weit draußen liegenden und ungeschützten Außenposten der Erde – und nach Geiseln Ausschau halten, um das mysteriöse Geheimnis der Delfine zu erpressen. Bei den recht lockeren Gesetzen, welche das alte Galaktische Institut für Zivilisierte Kriegführung seinerzeit geschaffen hatte, konnte eine solche Taktik hart am Rande der Legalität gerade noch durchgehen.

Wie zivilisiert? Welche Zivilisation?, dachte Robert bitter. Ironie des Schicksals. Denn die Neodelfine würden sich wahrscheinlich genauso verhalten, wie es die Galaktiker erwarteten.

Traditionsgemäß schuldete eine Klientenspezies ihrem Patron Treue und Gehorsam, jener Sternfahrerspezies, die den Klienten »auf die Beine gestellt« hatte. Dies aber hatten die Menschen bei den *Pan*-Schimpansen und den *Tursiops*-Delfinen getan, lange bevor der Kontakt zustande gekommen war. So hatte die Menschheit unbewusst ein Muster geschaffen, das die Fünf Galaxien für etwa drei Milliarden Jahre beherrschte.

Traditionsgemäß mussten die Klientenspezies ihrem Patron für ein paar Jahrtausende oder länger dienen, bis sie frei waren und nun ihrerseits nach Klienten suchen durften. Nur wenige galaktische Clans glaubten oder wussten, wieviel Freiheit die Menschen den Chims und den Delfinen geschenkt hatten. Also war es auch schwer zu sagen, was die Neodelfine der *Streaker*-Crew tun würden, wenn man Menschen als Geiseln nahm. Dies aber würde die Eatees nicht davon abhalten, ihr Glück trotzdem zu versuchen. Ferne Horchposten hatten bereits das Schlimmste bestätigt. Kampfverbände waren im Anflug und näherten sich Garth, während er und Athaclena dastanden und sich unterhielten.

»Was ist jetzt wichtiger, Robert«, fragte Athaclena sanft. »Diese Ansammlung von uralten Raumschiffen, auf die die Delfine angeblich gestoßen sind … all diese Wracks, dieses herrenlose Gut, die für einen so jungen Clan wie den euren gar nichts bedeutet? Oder eure *Welten* mit all ihren Farmen und Parks und Orbit-

Städten? Ich kann die Logik eures Terragenen Rats nicht begreifen, der verfügt hat, dass die *Streaker* unbedingt ihr Geheimnis wahren muss, wenn ihr und eure Klienten so verletzlich seid!«

Robert schaute wieder zu Boden, weil er keine Antwort auf ihre Frage wusste. Er dachte an seine Kommilitonen und seine Freunde, die jetzt ohne ihn in den Krieg ziehen mussten, um für eine Sache zu kämpfen, deren Sinn keiner so richtig begriff. Und das war hart.

Für Athaclena aber war es ebenso schlimm: Fern von ihrem Vater, gefangen in einer fremden Welt wegen einer Sache, mit der sie wirklich nichts zu tun hatte. Robert beschloss, ihr das letzte Wort zu überlassen. Sie hatte mehr vom Universum gesehen als er und stammte aus einem älteren Clan von weit höherem Stand.

»Vielleicht hast du recht!«, sagte er. »Vielleicht hast du wirklich recht.«

Obwohl – sagte er zu sich, während er ihren Rucksack nahm und den seinen für die nächste Etappe schulterte – *obwohl eine junge Tymbrimerin ebenso unwissend und ebenso verunsichert sein kann wie ein junger Erdensohn, etwas verschüchtert und fern der Heimat.*

Fiben 5

»TAASF Scoutship Bonobo *ruft Scoutship* Proconsul … *Fiben, du tanzt wieder einmal aus der Reihe. Komm, alter Chim, sieh zu, dass du die Sache wieder ausbügelst!«*

Fiben aber hatte mit den Kontrollen seines uralten, von Aliens gebauten Raumschiffs seine liebe Not. Nur das eingeschaltete Mikrofon hielt ihn davon ab, seiner Enttäuschung, seinem Frust in einigen Kraftausdrücken Luft zu machen. Schließlich, in letzter Verzweiflung, versetzte er dem Steuerpult, das die Techniker auf Garth eingebaut hatten, einen gewaltigen Tritt.

Das half! Ein rotes Licht erlosch, als die Antigrav-Vernier-Steuertriebwerke plötzlich ansprachen. *Na endlich!,* seufzte Fiben.

Sein Gesicht war vor lauter Anstrengung in Schweiß gebadet. »Das bringt selbst einen Affen zum Schwitzen«, knurrte er, während er den Defogger aufdrehte. Aber es verging fast eine Minute, bevor die Sterne wieder auftauchten.

»Wie war das, Fiben? Was hast du gesagt?«

»Ich sagte, dass ich diese alte Mühle beizeiten abgefangen habe«, maulte er. »Die Eatees werden nicht enttäuscht sein.«

Das populäre Slangwort für die Bezeichnung fremder Galaktiker hatte ihren Ursprung in dem Acronym für »Exterraner«, d.h. Außerirdische oder ETs. Gleichzeitig aber musste Fiben auch an Eat, an Nahrung und Essen denken. Tagelang hatten sie nur von einer Paste, einer Art Astronautennahrung gelebt. Beim Gedanken an Brathühnchen und frisches Palmblätter-Sandwich lief ihm das Wasser im Mund zusammen. Eine schöne Platte, aber sofort! Die Ernährungsexperten waren dauernd hinter den Chims her, um ihren Appetit auf Fleisch zu zügeln. Sie meinten, dass zu viel Fleisch nicht gut für den Blutdruck sei. Fiben aber schnaufte.

Ha, ich würde einen Senftopf gegen die neueste Ausgabe der Port Helenia Times *setzen,* dachte er.

»Sag mal, Fiben, du weißt immer, was so läuft. Ist schon jemand dahintergekommen, wer eine Invasion gegen uns plant?«

»Nun, ich kenne eine Chimmie im Büro des Koordinators, die mir erzählte, dass sie einen Freund hat, der beim Geheimdienst ist, und der meint, dass es sich bei diesen Bastarden um Soro oder vielleicht um Tandu handelt.«

»Tandu! Hoffentlich ist das ein Witz!« Simon hörte sich bestürzt an, und Fiben musste ihm recht geben. Es gab Gedanken, die man lieber nicht denken sollte.

»Nun ja, ich schätze, es sind nur ein paar Linten-Gärtner, die hereinschauen, um zu sehen, ob wir die Pflanzen auch richtig pflegen.«

Simon lachte, und Fiben war froh. Ein guter Adjutant war mehr wert als der halbe Sold eines Reserveoffiziers.

Er brachte sein kleines Raumschiff wieder auf die vorgeschriebene Bahn. Das Scoutboot – das sie erst vor wenigen Monaten von einem fliegenden xantinnischen Schrotthändler gekauft hatten – war viel älter als seine eigene Sapiensspezies. Während seine Vorfahren noch in den Bäumen Afrikas hockten, hatte dieses Raumschiff bereits Gefechte unter fernen Sonnen gesehen – gesteuert von den Händen, Klauen und Tentakeln anderer armseliger Kreaturen, dazu ausersehen, bei sinnlosen interstellaren Scharmützeln ihr Leben zu lassen.

Fiben hatte nur zwei Wochen Zeit, die Schemata zu studieren und seine Kenntnisse in Galascript so weit aufzufrischen, um die Instrumente ablesen zu können. Zum Glück hatte sich das Grundkonzept in der äonenalten galaktischen Kultur nur wenig geändert, und es gab Grundzüge in der Konstruktion, nach denen die meisten Raumschiffe gebaut waren.

Eins aber war sicher, dass nämlich die galaktische Technologie beeindruckend war. Die besten Raumschiffe der Menschheit wurden immer noch gekauft und nicht auf der Erde gebaut. Und obwohl diese alte Röhre in allen Fugen ächzte, würde sie ihn am heutigen Tag mit Sicherheit überleben.

Um Fiben herum glitzerten überall helle Sternenfelder, ausgenommen jene Stellen, wo die tintenschwarzen Staubnebel das dicke Band der galaktischen Scheibe bedeckten. Das war die Richtung, in der die Erde lag, Fibens Heimatwelt, die er noch nie gesehen hatte und nun wahrscheinlich auch nie mehr sehen würde.

Garth dagegen war nur ein heller grüner Fleck, der etwa drei Millionen Kilometer hinter ihm lag. Die kleine Flotte war zu schwach, um die fernen Hyperraum-Transferpunkte zu beschützen. Ihre armselige Luftwaffe, die aus Aufklärern, Meteor-Bergbauschiffen und umgerüsteten Frachtern plus drei modernen Korvetten bestand, reichte kaum aus, um dem Planeten an sich Schutz zu bieten.

Zum Glück trug Fiben nicht die Verantwortung und brauchte sich also auch den Kopf über die geringen Chancen nicht zu zerbrechen. Er hatte nichts weiter zu tun, als seinen Dienst zu versehen und abzuwarten. Außerdem war es nicht seine Art, über irgendwelche Dinge nachzugrübeln.

Er versuchte sich abzulenken, während er an die Throop-Familie, diesen kleinen Clan auf Quintana Island dachte, der ihn zu seiner Gruppenhochzeit eingeladen hatte. Für einen modernen Chim war dies eine wichtige Entscheidung, etwa wie bei einer Gruppe von Menschen, die sich zusammentun wollten, um eine Familie zu gründen. Er hatte wochenlang über die Sache nachgedacht.

Der Throop-Clan besaß ein hübsches großes Haus, verfügte über gute Manieren und ging angesehenen Berufen nach. Die Erwachsenen waren interessante und attraktive Chims, alle mit grünem genetischem Pass. Vom sozialen Standpunkt aus gesehen wäre es kein Missgriff.

Doch es gab auch einige Nachteile. Erstens hätte man von Port Helenia auf die Inseln umziehen müssen, wo die meisten Chims und Menschensiedler immer noch lebten. Fiben wusste nicht so recht, ob er zu einem solchen Umzug bereit war. Er liebte die weiten, offenen Räume des Festlands, den Frieden der Berge und der Wildnis von Garth.

Außerdem gab es noch etwas Wichtiges zu bedenken. Fiben musste sich fragen, ob ihn die Throops nun haben wollten, weil sie ihn besonders mochten oder weil ihm das Entwicklungsamt für Neoschimpansen eine blaue Karte zugesprochen hatte – eine Art Bescheinigung für Speziesreinheit, ein »Unbedenklichkeitszeugnis« oder »Ariernachweis«, wie es beliebt.

Nur eine weiße Karte stach höher. Der blaue Status bedeutete, dass der Besitzer jeder Hochzeitsgruppe beitreten und bei geringen genetischen Risiken Nachkommen zeugen durfte. Wie dem auch sei, sein Status musste sich auf die Entscheidung des Throop-Clans ausgewirkt haben.

»Hör doch endlich mit dem ganzen Käse auf!«, brummte er schließlich vor sich hin. »Die ganze Sache war sowieso suspekt. Und jetzt, wo du nicht weißt, ob du mit dem Leben davonkommst und deine Heimat wiedersiehst, ist eh alles sinnlos.«

»Fiben? Bist du noch da, Junge?«

»Ja, Simon. Was liegt an?«

Eine kurze Pause folgte.

»Soeben habe ich einen Anruf von Major Forthness erhalten. Er sagt, er hat angesichts des Spalts im vierten Dodekanten ein ungutes Gefühl.«

Fiben gähnte. »Diese menschlichen Wesen haben stets ungute Gefühle. Immer in Angst, immer in Sorge. Und so was will ein Patronatstyp in großen Zeiten sein.«

Sein Partner lachte. Denn auf Garth war es selbst bei gut erzogenen Chims Mode, die Menschen von Zeit zu Zeit auf den

Arm zu nehmen. Die meisten menschlichen Wesen trugen es mit Humor. Die Miesepeter aber mussten zusehen, wo sie blieben.

»Ich sag dir was«, meinte Fiben zu Simon. »Ich schwenke mal kurz zum guten alten vierten Dodekanten rüber und gebe dem Major eine kurze Übersicht.«

»Wir dürfen aber nicht ausscheren«, protestierte die Stimme in Fibens Kopfhörer schwach. Dennoch wussten beide, dass ein guter Adjutant bei dem Kampf, der ihnen bevorstand, wenig ausrichten könnte.

»Ich werde in null Komma nichts zurück sein«, sagte Fiben zum Freund. »Heb mir ein paar Bananen auf!«

Er ließ die Stasis und die Schwerefelder ganz sachte kommen, wobei er das alte Vehikel wie eine Chimmie-Jungfrau in der Hochzeitsnacht behandelte. Die Rakete aber reagierte sanft und beschleunigte ihr Tempo.

Der Verteidigungsplan war sorgfältig vorbereitet, wobei die normalerweise konservative galaktische Psychologie berücksichtigt wurde. Die Schiffe der Erdlinge waren strategisch wie ein Netz ausgelegt, wobei die größeren Schiffe in Reserve gehalten wurden. Das Schema beruhte auf Scoutschiffen, wie dem seinen, um das Herannahen des Feindes rechtzeitig zu melden und eine koordinierte zeitgerechte Reaktion zu ermöglichen. Das Problem lag nur in der Tatsache, dass es zu wenig Scouts gab, um den Anforderungen gerecht zu werden und sämtliche Gebiete abzudecken.

Fiben konnte den gewaltigen Schub der Triebwerke buchstäblich an seiner Sitzfläche spüren. Sein kleines Schiff schoss wie ein Pfeil durch das Sternenfeld dahin. *Gib den Galaktikern, was ihnen gebührt,* dachte er. Ihre Kultur war schwer verdaulich und intolerant – manchmal fast faschistisch –, aber sie verstanden es, ihren Standpunkt zu behaupten.

Fiben wurde es in seinem Anzug eng. Schon oft hatte er sich gewünscht, dass sich irgendwelche Menschenpiloten finden würden, um diese kleinen Xatinni-Maschinen zu fliegen. Es würde ihnen nicht schaden, nach drei Tagen im Weltraum in ihrem eigenen Schweiß zu baden. Gelegentlich, wenn Fiben in einer stillen Stunde darüber nachdachte, musste er sich fragen, ob die Menschenkinder mit ihrer Idee richtiggelegen hatten, Affen zu Ingenieuren, Poeten und Teilzeit-Starfightern heranzubilden – Affen, die doch am liebsten in ihren Wäldern geblieben wären. Wie würde es ihm gehen, wenn er noch ein Affe wäre? Freilich wäre er immer noch dreckig und unwissend. Aber, zum Teufel noch mal, er könnte sich zumindest kratzen, wie es ihm beliebte!

Was er am meisten vermisste, war sein Grooming Club. Was war das für ein Genuss, von einem treuen, echten, guten Chen oder Chimmie gestriegelt zu werden, im Schatten zu liegen und einfach an nichts denken …?

Auf seinem Detection Tank flammte ein rosa Licht auf. Er streckte die Hand aus und versetzte dem Display einen Schlag, doch die Anzeige wollte nicht verschwinden. Im Gegenteil: Je mehr er sich seinem Bestimmungsort näherte, desto intensiver leuchtete die Anzeige, um sich dann zu spalten und erneut zu teilen.

Fiben wurde heiß und kalt zugleich. »Ifnis Inkontinenz …« Er tastete nach dem Schalter der Bordsprechanlage. »Scoutschiff *Proconsul* an alle Einheiten. Sie sind hinter uns! Drei … nein, *vier* Schlachtkreuzer-Squadronen. Kommen aus dem B-Level Hyperspace im vierten Dodekant!« Er blinzelte, als eine fünfte Flottille wie aus dem Nichts auftauchte. Die Sternenschiffe schimmerten und glänzten, während sie in die Echtzeit eintauchten und ihren Überschuss an Hyperprobabilität in das Vakuum des realen Raums entluden. Selbst aus dieser Entfernung konnte man leicht feststellen, dass die Raumkreuzer *gigantisch* waren.

Durch seinen Kopfhörer kam ein einziger Schwall der Bestürzung.

»Da soll mich doch dieser oder jener holen! Wie konnten die wissen, *dass da ein Loch im Zaun ist?«*

»… Fiben, bist du sicher? Warum haben die ausgerechnet diesen …«

»… Wer, zum Teufel, sind sie denn? Kannst du …?«

Das Geschwätz erstarb aber sofort, als Major Forthness sich über den Kommandokanal einschaltete.

»Nachricht erhalten, Proconsul. *Wir sind unterwegs. Fiben, bitte Verstärker einschalten.«*

Fiben gab seinem Helm einen Klaps. Seine militärische Ausbildung lag bereits Jahre zurück, und in der Zwischenzeit hatte er so manches vergessen. Er schaltete auf Telemetrie um, sodass die anderen nun alles mitbekamen, was seine Instrumente registrierten.

Freilich geriet er durch die Übertragung dieser Daten ins Schussfeld, doch das war jetzt unwichtig. Und natürlich wussten die Gegner, wo sich die Verteidiger befanden, wahrscheinlich hin bis zum letzten Schiff. Er hatte bereits Suchraketen entdeckt, die auf ihn zukamen.

Nun war die Katze aus dem Sack. Als Fiben auf den Feind losspurtete – egal, wer diese Teufel auch sein mochten –, stellte er fest, dass die Invasionsflotte fast unmittelbar zwischen ihm und dem hellgrünen Tupfen von Garth stand.

»Na großartig!«, schnarrte er. »Wenn die mich hochgehen lassen, werde ich zumindest Richtung Heimat katapultiert. Vielleicht wird eine Handvoll Fell noch vor den Eatees dort landen.«

»Also wenn die unbedingt auf einem Vulkan tanzen wollen – das Vergnügen können sie haben. Schon morgen Abend werden sie ihr blaues Wunder erleben.«

Er gab dem alten Kasten die Sporen, drehte die Beschleunigung auf Maximum und konnte dabei sogar durch die zähen Stasisfelder den Druck spüren. Die Triebwerke heulten auf, und als das kleine Schiff vorpreschte, kam es Fiben vor, als würden die Motoren einen Schlachtgesang anstimmen, ein Lied der Freude und der Kampfeslust.

Uthacalting 6

Vier Menschen-Offiziere schritten über die Steinfliesen des Konservatoriums, wobei ihre auf Hochglanz gebrachten braunen Stiefel im Gleichschritt klickten. Drei von ihnen blieben in respektvoller Entfernung vor dem großen Fenster stehen, wo der Botschafter und die Planetarkoordinatorin warteten. Der vierte Offizier aber ging einige Schritte weiter und salutierte kurz.

»Madam Koordinator, es hat begonnen.« Der grauhaarige Militärkommandeur holte ein Dokument aus seiner Tasche und überreichte sie der Koordinatorin.

Uthacalting musste Megan Oneagle bewundern, wie gefasst sie das Dokument entgegennahm. Es war ihr nicht anzumerken, wie sehr sie bestürzt war, jetzt, wo ihre schlimmsten Befürchtungen wahr geworden waren.

»Danke, Colonel Maiven«, sagte sie.

Uthacalting konnte auch feststellen, dass die jungen Offiziere einen Blick auf ihn riskierten, um herauszufinden, wie er die Nachricht aufnehmen würde. Nach außen hin blieb er passiv, wie es sich für ein Mitglied des diplomatischen Corps gehörte. Doch die Spitzen seiner Corona begannen unwillkürlich unter dem Einfluss jener Spannung zu zittern, welche die Boten in dieses feuchte Treibhausklima eingebracht hatten.

Eine Reihe großer Fenster gestattete einen herrlichen Ausblick auf das Sind-Tal, aufs Entzückendste von Farmen, von Büschen und Bäumen einheimischer und importierter, terraner Bäume durchsetzt. Es war ein lieblicher, friedvoller Anblick. Und nur der Himmel wusste, wie lange dies noch dauerte.

Doch Uthacalting war im Augenblick mit etwas anderem beschäftigt.

Oneagle, die Planetarkoordinatorin überflog kurz den Bericht. »Weiß jemand, wer der Feind ist?«

Colonel Maiven schüttelte den Kopf. »Nicht genau, Madam. Die Flotten gehen gerade in Formation. Eine Identifizierung wird in Kürze erwartet.«

Trotz des Ernstes dieses Augenblicks und der Situation musste Uthacalting feststellen, wie sehr ihn dieser altertümliche Dialekt irritierte, welchen die menschlichen Wesen hier auf Garth pflegten. In allen anderen terranischen Kolonien, die er besucht hatte, war Anglic zu einem Kauderwelsch geworden, dessen Wortschatz teilweise den Sprachen Galactic Sieben, Zwei und Zehn entliehen war. Hier aber unterschied sich die Umgangssprache wenig von jener, die auf Garth gesprochen wurde, bevor dieser Planet vor mehr als zwei Generationen an die Menschen und ihre Klienten vermietet worden war.

Hübsche Wesen, die immer für eine Überraschung gut sind, dachte er, wenn auch etwas altmodisch. Wo sonst hätte man ein weibliches Wesen in führender Position mit »Madam« angeredet? Auf anderen Welten, die von den Terranern besetzt waren, wurden die Vorgesetzten höchstens mit »Ser« angeredet, ganz gleich, welchen Rang sie bekleideten.

Freilich gab es auf Garth auch noch andere ungewöhnliche Dinge. Seit seiner Ankunft auf Garth hatte sich Uthacalting die Freizeit damit vertrieben, jeder alten Geschichte, jeder Sage, jedem Märchen zu lauschen, das die Farmer, Trapper und die Leute vom ökologischen Recovery Service vom flachen Land und aus der Wildnis mitbrachten und zu erzählen wussten. Denn da war ein Gerücht, das besagte, dass dort oben in den Bergen geheimnisvolle Dinge passierten.

Nun waren dies zum Teil wüste, närrische Geschichten, maßlos übertrieben, Erzeugnisse einer regen Fantasie. Eben jene Art von Märchen, die man von Wolflingern erwarten konnte, die hinter dem Mond am Rande der Wildnis lebten. Dennoch waren sie dazu angetan, ihn auf bestimmte Gedanken zu bringen.

Uthacalting hörte schweigend zu, während die Offiziere einer nach dem anderen ihre Meldung machten und ihren Bericht ablieferten. Dann trat eine lange Pause ein, wo keiner mehr etwas zu sagen wusste und jeder auf den anderen wartete. Erst jetzt machte sich Uthacalting bemerkbar. »Colonel Maiven, sind Sie sicher, dass der Feind glaubt, Garth isolieren zu können?«

Der Verteidigungsrat deutete Uthacalting gegenüber eine Verbeugung an. »Herr Botschafter, wir wissen, dass der Hyperraum durch feindliche Kreuzer auf nahezu sechs Millionen Pseudometer und auf mindestens vier Hauptebenen vermint wird.«

»Einschließlich Ebene D?«

»Jawohl, Ser. Das heißt, dass wir es nicht wagen, eines unserer leicht bewaffneten Schiffe über einen der wenigen verfügbaren Hyperpfade auszusenden, selbst wenn wir einige bei der Schlacht entbehren könnten. Es heißt aber auch, dass jemand, der versuchen würde, *in* das Garth-System einzudringen, sehr entschlossen sein müsste.«

Uthacalting war beeindruckt. *Sie haben die D-Ebene vermint. Ich hätte nicht angenommen, dass sie sich die Mühe machen. Die wollten wohl verhindern, dass ihnen jemand ins Handwerk pfuscht!*

Das zeugte von einem erheblichen Aufwand. Irgendjemand hatte bei dieser Operation weder Mühe noch Kosten gescheut.

»Das ist ein strittiger Punkt«, sagte die Planetarkoordinatorin. Megan blickte hinaus auf das wallende Gras des Sind-Tals mit seinen Farmen und seinen Stationen für Umweltforschung. Direkt unter dem Fenster war ein Chim-Gärtner, der auf einem Traktor saß, mit der Rasenpflege beschäftigt, mit diesem irdischen Gras, welches das Regierungsgebäude umgab.

Dann wandte sie sich wieder den anderen zu. »Das letzte Kurierschiff hat Befehle vom Terragenischen Rat mitgebracht. Wir müssen uns selbst verteidigen, so gut es geht, um Ruhm und Ehre zu erringen. Darüber hinaus müssen wir eine Art Widerstandskampf im Untergrund führen, bis Hilfe von draußen kommt.«

Uthacalting hätte am liebsten laut aufgelacht, weil die im Raum anwesenden Menschen alles versuchten, um ihn *nicht* anschauen zu müssen. Colonel Maiven räusperte sich und prüfte seinen Bericht, während seine Offiziere Löcher in die Luft schauten. Dennoch waren ihre Gedanken nicht schwer zu erraten.

Unter den wenigen Galaktiker-Clans, die als Freunde der Erde gelten konnten, waren die Tymbrimer die Einzigen, die über die notwendige militärische Macht verfügten, um in dieser Krise Beistand zu leisten. Und die Menschen hofften, dass die Tymbrimer die Menschen und ihre Klienten nicht im Stich lassen würden.

Dem war auch so. Denn Uthacalting wusste, dass die Alliierten diese Krise zusammen meistern würden.

Es war aber genauso klar, dass der kleine Planet Garth der letzte in der Reihe war. In diesen Tagen hatten die Heimatwelten den Vorrang.

Das bleibt sich gleich, dachte Uthacalting. *Der beste Weg, sein Ziel zu erreichen, führt nicht immer geradeaus.*

Also lachte Uthacalting nicht laut auf, wie er es am liebsten getan hätte. Das hätte zu nichts geführt, höchstens dazu, diese armseligen Erdlinge noch mehr einzuschüchtern. Im Lauf seiner Karriere war Uthacalting so manchem Erdenmenschen begegnet, der eine natürliche Begabung für Scherz und Ironie besaß – und mancher unter ihnen war den Tymbrimern sogar ebenbürtig. Die meisten aber waren ein humorloses, stumpfsinniges, sauertöpfisches Volk. Sie versuchten, in jenen Momenten bierernst zu sein, wo etwas mehr Humor eher über eine prekäre Situation hinweggeholfen hätte.

Dennoch musste sich Uthacalting mit Recht fragen:

Als Diplomat habe ich mich selbst dazu erzogen, auf jedes Wort zu achten, weil die Neigung unseres Clans zu Spaß und Ironie zu kostspieligen Zusammenstößen führen könnte. Doch war dies wohl weise? Meine eigene Tochter hat diesen Charakterzug von mir geerbt ... diesen Deckmantel der Seriosität. Mag sein, dass sie deswegen zu so einem seltsamen, ernsten kleinen Wesen herangewachsen ist.

Der Gedanke an Athaclena weckte den Wunsch in ihm, die Situation so schnell wie möglich zu klären. Sonst musste er wie ein Mensch denken und sich die Gefahr vor Augen führen, in der sie sich befand. Er wusste, dass sich auch Megan Sorgen um ihren Sohn machte. *Sie unterschätzt Robert,* dachte Uthacalting. *Sie müsste ihn besser kennen.*

»Sehr geehrte Damen und Herren«, sagte er, wobei er diese altertümliche Anrede sichtlich genoss und seine Augen fröhlich Funken sprühten. »Wir können erwarten, dass die Fanatiker in den nächsten Tagen eintreffen. Sie haben konventionelle Pläne gemacht und angeboten, und zwar im Rahmen ihrer dürftigen Möglichkeiten. Diese Pläne werden ihrer Funktion gerecht werden.«

»Aber? Da ist doch ein ›Aber‹ dabei!« Megan Oneagle war es, die diese Frage stellte. Eine Augenbraue hochgezogen über diesen braunen Iriden – groß und weit genug auseinanderliegend, um im klassischen tymbrimischen Sinn attraktiv zu wirken. Dieser Blick ließ sich nicht missdeuten.

Sie weiß so gut wie ich, dass dies nicht genügt. Hätte Robert nur halb so viel Grips wie seine Mutter, brauchte ich für Athaclena nichts zu befürchten, die durch die finsteren Wälder dieser öden Welt wandert.

Uthacaltings Corona bebte. *»Aber«,* sagte er, »nun wäre es an der Zeit, die Zweigbibliothek zu konsultieren.«

Uthacalting spürte instinktiv, dass sie enttäuscht war. Erstaunliche Wesen! Die tymbrimische Skepsis gegen die moderne galaktische Zivilisation ging nie so weit wie jene Skepsis, die so viele Menschen dieser Bibliothek entgegenbrachten.

Wolflinger. Uthacalting seufzte leise. Im Raum über seinem Kopf kreierte er die Glpyhe *syullf-tha,* die Antizipation eines Rätsels, das im Augenblick schwer zu lösen war. Das Gebilde rotierte, für Menschen unsichtbar – Megan aber wurde für einen Moment abgelenkt, so als hätte sie etwas gemerkt.

Arme Wolflinger. Trotz aller Mängel war die Bibliothek jener Ort, wo alles seinen Anfang und sein Ende hatte. Denn in diesem Schatzkästlein des Wissens war stets irgendwo ein Körnchen Weisheit zu finden, vielleicht auch eine Lösung – wer weiß? Aber bis ihr das begriffen habt, meine Freunde, müsst ihr mit kleinen Störungen rechnen, wie etwa mit diesen tobsüchtigen feindlichen Flotten, die durchaus dazu angetan sind, einen so schönen Frühlingstag wie diesen zu verderben.

7 Athaclena

Robert ging ein paar Schritte vor ihr her und schnitt mit einer Machete die Lianen und Zweige ab, die über dem schmalen Pfad baumelten. Der helle Schein der Sonne Gimelhai durchdrang das Laubdach, fiel in gefilterten Strahlen auf den Weg, und die Frühlingsluft war warm.

Athaclena war froh und glücklich, weil ihr dieser Ausflug Spaß machte. Sie schritt leichtfüßig dahin, war doch ein solcher Spaziergang für sie ein besonderes Erlebnis. Sie fragte sich, wie es die Menschenfrauen mit ihrem breiten Becken fertigbrachten, sich einigermaßen grazil zu bewegen. Dieses Becken war wahrscheinlich ein Opfer, das sie bringen mussten, um Babys mit großen Köpfen zur Welt zu bringen, anstatt sie früher zu gebären und die Kinder dann im Brutkasten voll ausreifen zu lassen.

Dieses Experiment – wobei sie ihre Gestalt etwas verändern musste, um einem Menschenweib ähnlicher zu sehen – war eins der faszinierendsten Aspekte ihres Besuchs auf einer Erdenkolonie. Freilich musste sie sich unter den Einheimischen anders verhalten als in der Welt der reptiloiden Soro oder den Sap-Ring-Kreaturen von Jophur. Dabei lernte sie viel mehr über physiologische Kontrolle, als ihr ihre Lehrer seinerzeit auf der Schule beigebracht hatten.

Dennoch war die ganze Sache äußerst unbequem, und sie überlegte, ob es nicht vielleicht besser wäre, das Experiment abzubrechen.

O, Ifni. Eine Glyphe der Frustration tanzte über ihren Fühlerspitzen. *Eine Verwandlung an diesem Punkt hätte mehr Kraft gefordert, als die ganze Sache wert war.*

Denn es gab gewisse Grenzen, die auch die stets adaptable tymbrimische Physiologie kaum überschreiten konnte. Wenn man versuchte, sich innerhalb kurzer Zeit zu oft zu verwandeln, bestand die Gefahr, eine Erschöpfung des Enzymhaushalts zu riskieren.

Immerhin war es nicht ganz leicht, jene Konflikte herauszufinden, die in Roberts Kopf Gestalt annahmen. Athaclena aber musste sich fragen: *Fühlt er sich zu mir hingezogen?* Noch vor einem Jahr hätte sie der Gedanke schockiert. Denn selbst die tymbrimischen Jungs gingen ihr auf den Geist, und Robert war ein Alien!

Aus welchen Gründen auch immer – im Augenblick verspürte sie eher Neugierde als Ablehnung.

Das gleichmäßige Schwanken des Rucksacks hatte etwas Hypnotisches an sich, der Rhythmus ihrer Schritte, der weiche Stiefel auf dem rauen Boden und die Wärme in den Wadenmuskeln, die durch das Schreiten über Stadtstraßen zu lasch geworden waren. Hier in dieser Höhe zwischen Berg und Tal war die Luft warm und feucht, von Düften durchwoben, von Tausend und Abertausend Düften, von Sauerstoff, dem Faulgeruch der Erde und dem Geruch von Schweiß.

Und während Athaclena so hinter ihrem Führer daherschritt, war plötzlich über ihnen ein leises Summen und Brummen zu hören, das aus der Ferne kam. Es hörte sich an wie das Gebrumm großer Motoren oder das Raunen einer Fabrikanlage. Das Raunen verblasste, kam aber immer wieder zurück und wurde immer stärker, je weiter sie sich der mysteriösen Lärmquelle näherten. Auch Robert schien überrascht, aber er sagte nichts. Also zügelte Athaclena ihre Neugier und stellte keine Fragen.

Schließlich blieb Robert stehen und wartete an einer Wegbiegung. Er schloss die Augen, um sich zu konzentrieren. Athaclena aber glaubte, für einen Moment so etwas wie die Spur einer primitiven Emotionsglyphe wahrgenommen zu haben. Anstatt einer konkreten Erkenntnis hatte er ein *visuelles* Bild geschaffen – eine Art Fontäne, die in grellem Blau und Grün erstrahlte.

Wassertropfen, Milliarden kleiner flüssiger Linsen glitzerten in den Bündeln der Sonnenstrahlen, die messerscharf den dämmrigen Wald durchschnitten. Das leichte Dröhnen, das sie vor einer guten Stunde aufgeschreckt hatte, war jetzt zum Gedonner und Getöse eines Erdbebens geworden, das die Felsen erschütterte und ihnen in Mark und Bein drang. Nun sahen sie den gewaltigen Wasserfall direkt vor sich, der über glasglatte Steine sprudelte und in einem Canyon Dampf und Schaum aufrührte.

Dieser Wasserfall, dieser Sturzbach war eine Laune der Natur, der sich da stolz und großspurig breitmachte, stolzer und großspuriger, als es sich je ein Dichter hätte träumen lassen.

Der Anblick, der Eindruck war so überwältigend, dass er sich nicht mit Augen und Ohren allein fassen ließ. Athaclenas Fühler wehten, suchten, wollten erkennen und Eindrücke sammeln. Es war einer dieser Momente, von denen die tymbrimischen Glyphenkünstler manchmal sprachen, ein Moment der Erleuchtung, wo sich die *Welt* scheinbar mit dem Flechtwerk der Empathie vereinte, die gewöhnlich für lebende Dinge oder Wesen reserviert war. Und in dieser Minute, die eine Ewigkeit zu dauern schien, wurde ihr bewusst, dass dieser alte Planet Garth, verwundet und verkrüppelt, immer noch singen konnte.

Robert lächelte. Athaclena aber schaute ihm in die Augen und erwiderte sein Lächeln. Ihre Hände fanden sich. Sie schwiegen lange und betrachteten die schimmernden, sich ewig verwandelnden Regenbogen, die sich über dieses Naturwunder wölbten.

Dieser Anblick, diese Erscheinung aber war seltsamerweise dazu angetan, Athaclena traurig zu stimmen und ihr gleichzeitig mehr Achtung gegenüber dieser Welt abzuringen. Eigentlich wollte sie hier nichts Schönes entdecken. Aber die Schönheit, die sie gesehen hatte, ließ ihr das Schicksal dieser kleinen Welt noch tragischer erscheinen.

Wie oft hatte sie sich gewünscht, Uthacalting hätte seinen Posten nicht angenommen. Doch im Leben geht selten alles nach Wunsch.

Sosehr sie ihn auch liebte, war Athaclena das Wesen ihres Vaters stets unergründlich geblieben. Seine Logik kam ihr viel zu kompliziert vor, um sie nachvollziehen zu können, seine Handlungsweise unvorhersagbar. So etwa die Tatsache, dass er diesen Posten angenommen hatte, obwohl er es viel einfacher gehabt hätte, eine angesehenere Stellung zu bekleiden, indem er sich einfach um eine solche bewarb.

Und dass er sie mit Robert in die Berge geschickt hatte ... Das war nicht *allein zu ihrer Sicherheit geschehen,* das wusste sie genau. Sollte sie nun wirklich diesem lächerlichen Gerücht über exotische Bergwesen nachjagen? Das kam ihr unwahrscheinlich vor. Wahrscheinlich war es von Uthacalting als Beschäftigungstherapie gedacht, um sie von ihren Gedanken und Sorgen abzulenken.

Dann aber fiel ihr ein anderes mögliches Motiv ein.

Konnte sich ihr Vater vorstellen, dass sie eine Verbindung eingehen würde ... und das mit einem *Menschensohn?* Bei diesem Gedanken blähten sich ihre Nüstern und wurden zweimal so groß wie sonst. Nun aber versuchte sie, ihre Corona zu unterdrücken, um ihre Gefühle zu verbergen. Sie ließ Roberts Hand los und war froh, dass er nicht erneut ihre Hand ergriff.

Athaclena kreuzte die Arme und erschauerte.

Zu Hause hatte sie seinerzeit ein paar lockere Beziehungen zu jungen Männern gehabt, aber eher versuchsweise, wobei sich die Kandidaten jeweils aus dem Kreis ihrer Schulkameraden rekrutierten. Vor dem Tod ihrer Mutter hatte dies stets Anlass zu familiären Kontroversen gegeben. Denn Mathiculanna wollte über der reservierten Art und der Verschlossenheit ihrer Tochter schier verzweifeln. Ihr Vater aber hatte sie nie dazu gedrängt, etwas gegen ihren Willen zu tun.

Vielleicht aber nur bis jetzt?

Freilich war Robert sehr charmant und liebenswürdig. Mit seinen hohen Backenknochen und seinen weit auseinanderliegenden Augen war er so hübsch, wie ein Erdenmensch nur sein kann. Doch selbst die Tatsache, dass sie so was überhaupt denken konnte, war für Athaclena ein Schock.

Ihre Fühler zuckten. Sie schüttelte den Kopf und verscheuchte eine Glyphe, die gerade entstehen wollte, bevor sie überhaupt wusste, was die Glyphe aussagen wollte. Wahrscheinlich war es etwas, das sie einfach nicht wahrnehmen wollte, noch weniger als die Aussicht auf einen Krieg.

»Das Wasser ist wunderschön, Robert«, sagte sie feierlich auf Anglic. »Doch wenn wir hier noch weiter herumstehen, werden wir nass wie die Katzen.«

Robert tauchte aus tiefen Gedanken auf wie aus einem Traum. »O ja. Entschuldige. Lass uns gehen!« Er wandte sich mit einem kleinen Lächeln ab und ging wieder voran, während er seine menschlichen Gefühlswallungen hinter sich ließ.

Der Regenwald breitete sich zwischen den Hügeln aus, seine Ausläufer glichen langen Fingern, die sich über Berg und Tal erstreckten. Kleine garthianische Lebewesen, furchtsam und scheu, Kleintiere der unteren Stufe huschten durch das Gebüsch, neckten und schreckten die beiden Wanderer durch ihren Ruf.

Schon bald waren sie am Fuß eines Hügels angelangt, wo eine gezackte Felsenkette nackt und grau in den Himmel ragte, gleich den hornigen Kämmen jener Reptilien aus der Urzeit, die Athaclena aus einem Buch über die Frühgeschichte der Erde kannte. Während sie ihre Rucksäcke ablegten, um zu rasten, sagte ihr Robert, dass niemand eine Erklärung für diese Formationen habe, die auf den Hügeln unterhalb der Mulun-Berge gewachsen waren und diese Hügel krönten.

»Selbst in der Zweigbibliothek auf der Erde ist kein Hinweis zu finden«, sagte er, während er einen der rissigen Steine streichelte. »Wir haben eine Anfrage niedriger Priorität an die Zweigstelle auf

Tanith gerichtet. Vielleicht werden die Computer des Bibliotheksinstituts in einem Jahrhundert irgendwelche Berichte über alte Völker ausgraben, die einst hier gelebt haben. Dann werden wir die Antwort wissen.«

»Wahrscheinlich werden sie nichts finden«, meinte sie.

Robert zuckte die Achseln. »Ich schätze, dass es für immer ein Geheimnis bleiben wird. Vielleicht aber werden wir die ersten sein, die dieses Geheimnis enträtseln«, setzte er hinzu, wobei er seinen Blick starr auf die Felsen heftete.

Nun neigten die meisten Tymbrimer dazu, ein gutes Rätsel irgendwelchen festgeschriebenen Tatsachen vorzuziehen. Nicht so Athaclena. Diese Haltung – dieses Ressentiment gegenüber der Großen Bibliothek – das war ein Ding, das ihr absurd vorkam.

Ohne die Bibliothek und die anderen Galaktischen Institute wäre die sauerstoffatmende Zivilisation, welche in den Fünf Galaxien vorherrschte, längst zusammengebrochen und wahrscheinlich in wilden Schlachten und totalem Krieg untergegangen.

Freilich nahmen all die Clans, die zu den Sternfahrern gehörten, die Bibliothek zu oft und zu sehr in Anspruch. Die Institute hatten aber alle Hände voll zu tun, um den Streit um die Prioritäten zu schlichten, gelegentlich auch, um allzu hartnäckige Kunden abzuweisen. Die gegenwärtige Krise war nur das letzte Glied in einer Kette, die weit in die Zeit zurückreichte, als es die jetzt lebenden Spezies noch gar nicht gegeben hatte.

Und gerade dieser Planet war ein Musterbeispiel dafür, was geschehen konnte, wenn die alte Tradition in Scherben ging. Athaclena lauschte den Tönen des Waldes. Sie beschattete die Augen und beobachtete ein Rudel kleiner Pelztiere, die sich von Ast zu Ast in Richtung der Nachmittagssonne schwangen.

»Man würde beim ersten Anblick kaum glauben, dass dies eine Terror-Welt war«, meinte sie sanft.

Robert hatte die Rucksäcke im Schatten eines hohen Felsens abgelegt. Nun war er dabei, Sojasalami in Scheiben zu schneiden und Brot für ihren Imbiss. »Es ist fünfzigtausend Jahre her, seitdem die Bururaller auf Garth aufräumten, Athaclena. Das ist eine Menge Zeit, und sie hat gereicht, dass eine Menge Tiere, die überlebt haben, sich ausbreiten und die leeren Nischen füllen konnten. Man müsste schon Zoologe sein, um die Liste der überlebenden Arten im Kopf zu haben.«

Athaclenas Corona war voll ausgebildet und nahm auch die geringste Spur von Emotion aus dem Wald wahr. »Ich aber, Robert«, sagte sie, »ich kann es fühlen. Diese Wasserscheide lebt, doch sie ist verlassen. Hier gibt es nichts von all dem vielfältigen Leben, was in einem Wildwald vorhanden sein müsste. Außerdem gibt es hier keine Spur von einem Potenzial.«

Robert nickte mit ernster Miene. Der Bururaller-Terror lag bereits sehr weit zurück, zumindest vom Standpunkt der Erdlinge aus.

Damals waren die Bururaller ein junges Volk, das sich gerade aus dem Vertrag der Nahalli gelöst hatte, jener Patronatsspezies, welche die Bururaller entwickelt und aufgebaut hatte. Dies war für die Bururaller sehr wichtig. Denn eine Klientenspezies konnte erst dann eigene Klienten werben, wenn sie ihren Vertrag erfüllt hatte. Nur dann war es gestattet, eigene Kolonien zu erwerben, die kein Patron mehr beaufsichtigen konnte. Und als dann ihre Zeit gekommen war, gab das Galaktische Institut für Auswanderung die kleine Welt von Garth für eine beschränkte Besetzung frei. Vor allem aber wurde vorausgesetzt, dass alle örtlichen Lebensformen, vor allem aber solche, die ein gewisses Entwicklungspotenzial aufwiesen, von den neuen Herrschern des Planeten nach Kräften geschützt würden.

Die Nahalli erklärten, dass die Bururaller ein Urvolk von Fleischfressern seien, Raubtiere also, und erzogen sie zu perfekten galaktischen Bürgern, zu verantwortungsbewussten und zuverlässigen Bürgern, die eines solchen Vertrauens wert waren.

Doch da hatten sich die Nahalli schwer getäuscht.

»Was soll man schon erwarten, wenn ein ganzes Volk verrückt spielt und alles zu vernichten droht, was in seine Reichweite kommt?«, fragte Robert. »Irgendetwas ist schiefgegangen, und die Bururaller wurden plötzlich zu Berserkern, die eine Welt in Stücke rissen – eine Welt, die sie eigentlich hegen und pflegen sollten. Kein Wunder, dass du in einem Garth-Wald kein Potenzial entdecken kannst, Clennie. Nur jene Kleinlebewesen, die sich eingraben oder verstecken konnten, sind dem Irrsinn der Bururaller entronnen. Die größeren Tierarten sind alle dahin wie der Schnee von gestern.«

Athaclena blinzelte. Immer wenn sie meinte, dass sie etwas erhascht hatte, was in Anglic gesagt wurde, tat ihr Robert dies an, dass er sich nämlich einer *Metapher* bediente, für die die Menschen eine besondere Vorliebe zu haben schienen. Anders als bei *Gleichnissen,* wo zwei Dinge miteinander verglichen wurden, waren Metaphern dazu da, einem weiszumachen, dass zwei ungleiche Dinge gleich seien! Es gab keine Galactic-Sprache, die einen solchen Unsinn erlaubte.

Im Allgemeinen wurde sie mit solchen linguistischen Widersprüchen leicht fertig, doch diesmal war sie wirklich verblüfft. Über ihrer wehenden Corona nahm die Kleinglyphe *teev'nus* für kurze Zeit Gestalt an – das Signal für eine gestörte Kommunikation.

»Ich habe nur kurz über diese Ära gehört. Was ist aus den mörderischen Bururallern geworden?«

Robert zuckte die Achseln. »Nun, die Beamten des Instituts für das Entwicklungs- und Auswandererwesen schauten schließlich herein, etwa ein Jahrhundert nach Beginn des Terrors. Die Inspektoren waren natürlich entsetzt.

Die Bururaller waren außer Rand und Band und hetzten alles zu Tode, was ihnen über den Weg lief. Zu jener Zeit hatten sie bereits jenen fürchterlichen technischen Waffen entsagt, mit denen sie begonnen hatten, und bedienten sich buchstäblich nur noch ihrer Zähne und Klauen. Ich nehme an, das ist der Grund, weshalb einige Kleintiere überlebt haben. Nun sind ökologische Katastrophen nicht so ungewöhnlich, wie es dem Institut vorkam, dies aber war ein großer Skandal, der die ganze Galaxie aufscheuchte. Viele der großen Clans sandten Schlachtschiffe aus, die unter einem gemeinsamen Kommando standen. Und schon bald gab es keine Bururaller mehr.«

Athaclena nickte. »Ich nehme an, dass ihre Patronatsspezies, die Nahalli, ebenfalls bestraft wurde.«

»Richtig. Sie verloren ihren Status und sind jetzt Klienten irgendeiner anderen Spezies als Buße für ihre Nachlässigkeit. Die Geschichte wurde uns in der Schule mehrmals erzählt.«

Robert bot erneut die Salami an, doch Athaclena schüttelte den Kopf. Ihr war der Appetit vergangen. »Also habt ihr Menschen eine weitere urbare Welt geerbt.«

Robert packte ihren Imbiss wieder ein. »Ja. Da wir Zwei-Klienten-Patrone sind, durften wir Kolonien haben. Doch die Institute haben uns meistens Welten überlassen, auf denen bereits andere Völker gewütet hatten. Wir hatten alle Hände voll zu tun, um die Ökologie dieser Welt wieder auf Vordermann zu bringen. Dennoch ist Garth im Vergleich zu anderen eine sehr schöne Welt. Du müsstest erst einmal Deemi oder Jorst weit draußen im Canaan-Cluster sehen.«

»Ich habe davon gehört.« Athaclena erschauerte. »Ich glaube nicht, dass ich je den Wunsch hätte …«

Sie hielt mitten im Satz inne. »Ich weiß nicht …« Ihre Augenlider flatterten, als sie plötzlich verwirrt um sich blickte. *»Thu'un dun!«* Ihr Fell sträubte sich. Athaclena sprang auf und ging – halb in Trance – auf die Stelle zu, wo die Felsen die von Dunst umwallten Baumgipfel des Regenwaldes überragten.

Robert trat von hinten an sie heran. »Was ist los?«

»Ich spüre etwas«, sagte sie sanft und leise.

»Hmm. Das überrascht mich nicht, bei diesem deinem tymbrimischen Nervensystem. Auch nicht die Art und Weise, wie du deinen Körper verwandelt hast, nur um mir zu gefallen. Also ist es kein Wunder, dass du statische Aufladungen empfängst.«

Athaclena schüttelte ungeduldig den Kopf. »Ich habe mich *nicht* verwandelt, um dir zu gefallen, du arroganter Menschensohn! Und ich habe dich schon oft gebeten, dass du mich mit deinen grässlichen Metaphern verschonst. Eine tymbrimische Corona ist kein Radio!« Und dann, mit einer ebenso ungeduldigen Geste: »Ich möchte dich bitten, für einen Moment den Mund zu halten.«

Robert verstummte. Athaclena aber konzentrierte sich, um erneut zu *kennen* …

Eine Corona kann zwar statische Aufladung wie ein Radio empfangen, aber sie kann Interferenzen wahrnehmen. Sie suchte nach der flüchtigen Aura, die sie nur kurze Zeit gespürt hatte, doch vergebens. Denn Roberts eifriger Gefühlsstrom hatte sie vollkommen ausgelöscht.

»Was war es, Clennie?«, fragte er leise.

»Ich weiß nicht. Etwas, nicht sehr fern, in Richtung Südwesten. Es war wie ein Wesen – eher Mensch oder Neoschimpanse –, doch da war auch noch etwas anderes.«

Robert runzelte die Stirn. »Vielleicht war es eine der ökologischen Management-Stationen. Außerdem gibt es auch isolierte Bauernhöfe überall in diesem Gebiet, weiter oben, wo das Seisin wächst.«

Sie drehte sich schnell um. »Robert, ich habe Potenzial gespürt! Im kurzen Augenblick der Klarsicht habe ich Emotionen eines denkenden und fühlenden Wesens gespürt!«

Robert fühlte sich plötzlich in einem Zustand der Verwirrung, wenn er sich auch nichts anmerken ließ. »Was willst du damit sagen?«

»Mein Vater hat mir etwas erzählt, bevor du und ich in die Berge aufbrachen. Damals habe ich kaum hingehört. Es kam mir unwahrscheinlich vor, wie jene Märchen und Geschichten, die uns eure Autoren auftischen, und die uns Tymbrimern Albträume verursachen.«

»Euer Volk kauft dies alles mit den Schiffsladungen«, warf Robert ein. »Romane, alte Filme, Fernsehserien, Gedichte …«

Athaclena aber tat so, als hätte sie nichts gehört. »Uthacalting sprach von irgendwelchen Legenden über ein Wesen dieses Planeten, ein einheimisches Wesen mit hohem Potenzial … Ein Wesen, von dem man annimmt, dass es den Bururaller-Terror überlebt hat.« Athaclenas Corona schien zu kochen und bildete eine Glyphe, die bei ihr nur selten vorkam … *syullf-tha,* ein Ausdruck der Freude, des Vergnügens an einem Rätsel, das gelöst werden sollte. »Ich frage mich, ob in diesen Legenden nicht doch ein Körnchen Wahrheit steckt.«

War Robert am Ende erleichtert? Athaclena spürte deutlich, wie seine Spannung nachließ.

»Hmmm. Nun ja, es *ist* eine Legende«, sagte er. »Eine einfache Geschichte, die sich die Wolflinger erzählen. Eine Mär, die für einen schlauen Galaktiker kaum von Interesse sein dürfte.«

Athaclena schaute ihm in die Augen, berührte seinen Arm und streichelte ihn zärtlich. »Willst du mich auf die Folter spannen, während du zwischen die einzelnen Szenen Kunstpausen einlegst? Oder bist du vielleicht bereit, über deinen Schatten zu springen und mir vielleicht zu verraten, was du weißt?«

Robert lachte. »Freilich, weil du sonst keine Ruhe gibst. Wahrscheinlich hast du die Gefühlsausbrüche eines Garthling registriert.«

Athaclenas große Augen mit den goldenen Flecken leuchteten. »Das ist der Ausdruck, den mein Vater gebraucht hat!«

»Aha. Also hat Uthacalting den Märchen der alten Seisin-Jäger gelauscht. Irgendwelchen Märchen und Sagen, die hier seit Hunderten von Erdenjahren kursieren … Wie dem auch sei: Es heißt, dass es irgendein großes Tier geschafft hat, den Bururallern zu entkommen, trotz ihrer Wildheit und einer Menge Potenzial.

Die Bergmenschen und Chims wissen über ausgeräuberte Fallen, über gestohlene Wäsche von der Wäscheleine und über seltsame Spuren an nicht zu erklimmenden Felswänden zu berichten.«

»Vielleicht ist das nichts weiter als Augenwischerei«, sagte Robert lächelnd. »Doch ich habe mich an diese Legenden erinnert, als mir Mutter sagte, dass ich hierherkommen soll. Also, dachte ich mir, wäre es nicht verkehrt, bei einer Tymbrimerin den Bärenführer zu machen, die es fertigbringt, einen Garthling in ihrem Gefühlsnetz zu fangen.«

Athaclena verstand ihn nur zu gut. Ihre Finger umklammerten Roberts Arm. »So?«, fragte sie und schlug die Augen auf. »Ist das der Grund, weshalb ich jetzt in dieser Wildnis bin? Bin ich eine Art Spürhund, um alte Legenden für dich zu enträtseln?«

»Was denn sonst?«, scherzte Robert. »Warum wäre ich sonst in die Berge gezogen, ganz allein mit einem Alien aus dem äußeren Weltraum?«

Athaclena biss die Zähne zusammen. Trotzdem war sie irgendwie heiter und guten Muts. Dieser menschliche Spott war einer Kontroverse bei ihrem Volk nicht unähnlich. Und als Robert lauthals zu lachen begann, stimmte sie in sein Lachen ein. Für den Augenblick schienen alle Sorgen über den Krieg und über die Gefahr gebannt – eine Entspannung, die beiden willkommen war.

»Wenn es ein solches Wesen wirklich gibt, müssen wir es finden, du und ich«, meinte sie schließlich.

»Ja, Clennie. Du und ich – wir werden es finden.«

Fiben 8

Nun hatte das TAASF-Scoutship *Proconsul* seinen Piloten doch nicht überlebt. Es hatte seine letzte Mission gesehen – die uralte Rostlaube hing wie tot im Weltraum –, doch unter ihrem Dach ging das Leben weiter.

Es reichte, um den penetranten Geruch eines seit sechs Tagen ungewaschenen Affen einzuatmen und einen Haufen Flüche von sich zu geben.

Schließlich hörte Fiben auf zu überlegen, nachdem er alle möglichen Eigenschaften, Beweggründe und Beschaffenheiten durchgespielt hatte, über die der Gegner möglicherweise verfügte. Diese Übung hatte ihn verfolgt, diese Gedanken hatten ihn nicht ruhen lassen während der kurzen Zeit, wo er an dieser Raumschlacht teilnahm, wobei wie verrückt aus allen Rohren gefeuert wurde, und er hörte, wie beim Aufprall der Geschosse das Metall knirschte. Dies alles in der festen Hoffnung und Zuversicht, dass er wohl nicht gleich draufgehen würde, zumindest vorerst nicht.

Als er dann feststellte, dass die Rettungskapsel immer noch funktionierte und nicht mit den traurigen Resten seines Raumschiffs dahinschwinden würde, schälte sich Fiben aus seinem Raumanzug und schaute sich um, wo er am besten das Weite gewinnen könnte. Er schaufelte und grub wie wild, wobei er sich nicht nur seiner Hände, sondern auch der Ballen und Greifzehen seines linken Fußes bediente. Dann sank er mit einem Seufzer zurück, von all den Anstrengungen und Mühen fast zu Tode erschöpft.

Seine Hauptaufgabe bestand darin, sich so nahe anzuschleichen, um brauchbare Daten für die Verteidiger zu sammeln. Fiben glaubte, dass er dies am besten tun könnte, wenn er mitten in die Invasionsflotte rauschte, um so den Feind in die Enge zu treiben.

Wahrscheinlich aber wussten die Eindringlinge seinen Vorstoß wenig zu schätzen, als die *Proconsul* in ihrer Mitte auftauchte. Er wusste nicht, wie oft er nahe daran war, in Atome aufgelöst zu werden. Mittlerweile war er über die angreifende Flotte hinausgeschossen, wobei das Heck der *Proconsul* zu Schlacke und Asche wurde.

Freilich war auch der Hauptantrieb im Eimer. Es gab keinen Weg, keine Möglichkeit der Umkehr, um seinen Kameraden in ihrer verzweifelten Lage zu helfen. Und Fiben – während er sich von diesem einseitigen Schlachtfeld immer weiter entfernte – blieb nichts anderes übrig, als hilflos dazusitzen und der Dinge zu harren, die da kommen sollten.

Es war eigentlich nur ein Wettkampf, und das Gefecht dauerte kaum einen Tag.

Er dachte an den letzten Einsatz der Korvette *Darwin,* die von zwei umgebauten Frachtern und einem kleinen Schwarm übrig gebliebener Scoutboote begleitet war. Sie hatten einen Ausfall gewagt, hatten sich einen Weg durch die Flanke der Invasoren gebahnt, hatten sie getäuscht, wobei sie den einen Flügel der Schlachtkreuzer durcheinanderbrachten und sie mit Rauchwolken und Probability-Wellen eindeckten.

Diesem Mahlstrom konnte kein einziges terranisches Raumschiff entrinnen. Fiben wusste, dass TAASF *Bonobo* und sein Freund Simon das Zeitliche gesegnet hatten. Im Augenblick schien der Feind einige Flüchtende bis *Ifni*-weiß-wohin zu verfolgen. Sie ließen sich Zeit gründlich aufzuräumen, bevor sie sich anschickten, Garth zu unterwerfen.

Fiben begann wieder zu fluchen. Bei allem Respekt und aller wohlwollenden Kritik konnte er nicht anders, als die Charakterfehler jener Spezies unter die Lupe zu nehmen, die unglücklicherweise seine eigene Patronatsspezies war.

Warum?, fragte er das Universum. *Warum hatten die Menschen – diese glücklosen haarlosen Wolflinger-Wracks – ein unglaublich schlechtes Gespür gezeigt und einen schlechten Geschmack obendrein, Neoschimpansen in einer Galaxie zu ziehen, die offensichtlich von Idioten regiert wurde?*

Schließlich nickte er ein.

Seine Träume waren wechselhaft. Fiben kam es vor, als würde er versuchen zu sprechen, doch seine Stimme versagte, und er brachte kein Wort heraus. Ein Albtraum für ihn, dessen Urgroßvater nur wenige Worte sprechen konnte, und auch das nur mit Hilfe von Sprechgeräten, und dessen Vorfahren ohne ein einziges Wort ausgekommen waren.

Fiben schwitzte. Für ihn gab es keine größere Schande als diese. Im Traum suchte er nach der Sprache wie nach einem Gegenstand, den er irgendwo *verlegt* hatte.

Er schaute zu Boden und erblickte einen glitzernden Edelstein, der auf der Erde lag. Vielleicht war dies das Geschenk der Worte, dachte Fiben und bückte sich, um den Edelstein aufzuheben, aber es wollte ihm nicht gelingen. Sein Daumen und sein Zeigefinger versagten den Dienst, und er brachte es nicht fertig, den glitzernden Tand aus dem Staub zu klauben. Im Gegenteil: Je mehr er sich bemühte, umso tiefer grub sich der Gegenstand in den Sand ein.

Fast am Rande der Verzweiflung sah er sich gezwungen, sich auf alle viere niederzulassen, und den Gegenstand mit den Lippen aufzuheben. *Der Stein aber war heiß und verbrannte seine Lippen.* Er schrie im Traum laut auf, als ein flüssiges Feuer seine Kehle hinunterrann.

Gleichzeitig merkte er, dass es sich hier um einen dieser seltsamen Albträume handelte, wo der Träumende gleichzeitig objektiv und zu Tode erschrocken sein kann. Während sich ein Teil von ihm in Agonie wand, schaute der andere Teil interessiert zu und registrierte jede Regung.

Plötzlich änderte sich die Szene. Fiben stand inmitten einer Versammlung bärtiger Männer in schwarzen Kaftans und breitkrempigen Hüten. Sie blätterten in verstaubten Büchern und stritten miteinander. *Eine Talmud-Konklave aus Urzeiten,* fiel ihm plötzlich ein. Darüber hatte er auf der Universität bei Vorlesungen über vergleichende Religionswissenschaft gehört. Die Rabbiner saßen im Kreis und diskutierten über Symbolismus und Bibelinterpretation. Einer von ihnen hob jetzt die Greisenhand und zeigte auf Fiben.

»Er wurde als Tier geboren, Gideon, und so einer soll nicht …«

»Ist es das, was mein Traum bedeutet?«, fragte Fiben. Der Schmerz war verschwunden und hatte einer frohen Erwartung Platz gemacht. Sein Freund Simon war Jude gewesen. Zweifellos war dies teilweise eine Erklärung für diesen närrischen Symbolismus. Nun war es offensichtlich, was hier vorging. Diese Schriftgelehrten, diese weisen menschlichen Scholaren versuchten, den Sinn seines Albtraums zu erklären.

»Nein, nein«, warf ein anderer Weiser ein. *»Die Symbole verweisen auf die Erprobung des Moseknaben! Ein Engel führte seine Hand zu den glühenden Kohlen, nicht zu einem Edelstein, und Moses verbrannte sich den Mund …«*

»Aber ich kann nicht erkennen, was dies für mich bedeuten soll!«, protestierte Fiben.

Der älteste Rabbi hob die Hand, und die anderen schwiegen.

»Der Traum steht nicht für all diese Dinge. Die symbolische Bedeutung ist eindeutig«, sagte er.

»Sie stammt aus dem Buch der Bücher …«

Der Weise zog die Augenbrauen zusammen.

»… und sie nahm von der Frucht und aß und gab ihrem Mann davon, und er aß …«

»Aaach!«, rief Fiben laut und erwachte in Schweiß gebadet. Die kleine, enge, stinkende Kapsel war immer noch um ihn. Die Traumgebilde zerstoben, und Fiben musste sich fragen, was nun

Wirklichkeit und was nur ein Traum gewesen war. Schließlich schüttelte er alles von sich ab wie ein nasser Hund. »Die gute alte *Proconsul* muss in einen Probabilitätstunnel geraten sein, während ich schlief. Ja, so muss es gewesen sein. Nun werde ich nicht mehr über die Geschichten lachen, die in einer Raumfahrer-Bar beim Bier erzählt werden.«

Als er seine mitgenommenen Instrumente überprüfte, stellte er fest, dass die Schlacht im Bereich der Sonne fortgeschritten war. Seine alte Rostlaube aber stand inzwischen auf einem fast perfekten Intersekt-Orbit eines Planeten.

»Hmmmm«, knurrte er, während er den Computer befragte. Die Antwort aber, die aus dem Computer kam, war fast ironisch. *Es war wirklich Garth.* Nun hatte er immer noch eine kleine Kraftreserve im Schwerkraftsystem, mit deren Hilfe er manövrieren konnte. Vielleicht reichte sie sogar aus, um dem Desaster zu entkommen.

Und Wunder über Wunder: Wenn ihm die Sterne wohlgesinnt waren, konnte er vielleicht auch noch das westliche Seegebiet erreichen … etwas östlich von Port Helenia. Fiben pfiff ein paar Minuten tonlos vor sich hin und überlegte, wie hoch seine Chancen lagen. Vielleicht eins zu einer Million? Vielleicht aber auch nur eins zu einer Trillion.

Oder wollte ihn das Universum mit ein bisschen Hoffnung täuschen, bevor der nächste Schlag kam?

Wie dem auch sei – es war gut zu wissen, dass es unter all diesen Sternen jemanden gab, der persönlich an ihn dachte.

Er holte seinen Werkzeugkasten hervor und begann mit den notwendigen Reparaturen.

Uthacalting 9

Uthacalting wusste, dass es nicht klug war, noch länger zu warten. Dennoch verweilte er noch eine Zeit bei den Bibliothekaren und schaute zu, wie sie verzweifelt versuchten, irgendwelche wertvollen Einzelheiten auszugraben, bis er sie dann schließlich verlassen musste.

Er beobachtete die menschlichen und die Neoschimpansen-Techniker, die unter der hohen Kuppel der Planetaren Bibliothek eifrig hin und her liefen. Sie hatten alle wichtige Aufgaben zu erfüllen, auf die sie sich mit aller Kraft konzentrierten. Dennoch konnte er jene unterdrückte Angst spüren, die sie nur mit Mühe verheimlichten.

Ungewollt bildeten sich *rittities* in seiner funkensprühenden Corona. Diese Glyphe wurde von tymbrimischen Eltern benutzt, um ängstliche Kinder zu beruhigen.

Nun waren aber diese Leute keine Kinder mehr. Die Menschen wussten von der Großen Bibliothek erst seit etwa zwei Erdenjahrhunderten. Doch sie hatten schon vorher eine mehrtausendjährige Geschichte. Sie mochten zwar wenig galaktischen Lack oder Blasiertheit errungen haben, doch dieses Defizit war für sie manchmal ein Vorteil.

Selten, meinte sein *rittitie.*

Uthacalting machte dem Zwiespalt ein Ende, indem er die unsichere Glyphe wieder dorthin verbannte, wo sie hingehörte, nämlich in die Tiefen seines eigenen Wesens.

Unter der gewölbten Steindecke ragte ein fünf Meter hoher grauer Monolith empor, mit einem Siegel versehen – das Symbol der Großen Bibliothek seit drei Milliarden Jahren. Daneben standen Datenverarbeiter in kristallinen Speicherkuben. Drucker summten und spuckten Berichte aus, die schnell registriert und weggespeichert wurden. Diese Bibliotheksstation der Klasse *K* war freilich nur eine kleine Außenstelle. Sie enthielt nichts weiter als tausendmal alle Exemplare von Büchern, welche die Menschen vor dem Kontakt je geschrieben hatten – ein Nichts gegenüber der Großbibliothek auf der Erde oder jener auf Tanith.

Wenn aber Garth von den Invasoren erobert werden sollte, so würde auch diese Bibliothek in die Hände des Feindes fallen.

Traditionsgemäß hätte das nicht viel ausgemacht. Denn die Bibliothek stand für jeden offen, ob Freund oder Feind. In Zeiten wie diesen wäre es aber unklug gewesen, an solche freundliche Gesten zu denken. Denn die kolonialen Widerstandstruppen hatten vor, alles auszuräumen und mitzunehmen, was sie vielleicht später als Informationsmaterial brauchten.

Ein Schnäppchen, ein Häppchen nur. Freilich war es sein Vorschlag gewesen, solches zu tun. Dennoch war Uthacalting etwas verblüfft, dass ihn die Menschen so genau beim Wort genommen hatten. Doch was soll's? Was konnte so ein geringes Informationsmaterial schon viel nützen?

Dieser Run auf die Planetare Bibliothek diente seinem Zweck, bestärkte ihn aber auch in seiner Meinung über die Erdenmenschen. Sie resignierten nicht, sie wollten nie aufgeben – ein weiterer Grund, der ihm diese Geschöpfe so sympathisch machte.

Der heimliche Grund für dieses Chaos – sein Privatvergnügen – forderte geradezu heraus, einige spezifische Megadateien zu leeren und zu verstecken, die bei all dem Durcheinander leicht übersehen werden konnten. Anscheinend hatte keiner bemerkt, als er kurz seinen Input/Output-Kubus an die massive Bibliothek anschloss, ein paar Sekunden wartete und dann das kleine Sabotagegerät wieder einsteckte.

Das wäre geschafft. Nun gab es nichts mehr zu tun als die Wolflinger zu beobachten, während er auf seinen Wagen wartete.

Irgendwo in weiter Ferne war ein jaulender, an- und abschwellender Ton zu hören. Es war die Sirene des Flughafens jenseits der Bucht, die aufheulte, wenn ein angeschlagenes Schiff, das aus dem Weltraum kam, zu einer Notlandung ansetzte. Sooft die Sirene ertönte, wusste jeder, dass ein solches Raumschiff auf der Flucht war und dass es nur wenig Überlebende gab.

Was den Verkehr betraf, handelte es sich meistens um Starts. Die meisten Passagiere hatten einen Flug nach der Inselkette im Westmeer gebucht, wo die überwiegende Mehrheit der Erdlinge zu Hause war. Die Regierung aber bereitete ihre eigene Evakuierung vor.

Als die Sirenen ertönten, schauten alle Menschen und alle Chims kurz auf. Im Augenblick strahlten alle Angstgefühle aus, die Uthacalting mit seiner Corona fast schmecken konnte.

Nur fühlen, nur schmecken?

Was waren doch diese Metaphern so hübsch und so überraschend, dachte Uthacalting. *Kann man mit seiner Corona fühlen oder schmecken? Oder kann man mit den Augen tasten? Das Anglic ist zwar unlogisch, dennoch so reizend und herausfordernd.*

Und ist es nicht so, dass Delfine mit den Ohren sehen?

Zunour'thzun nahm unter seinen wehenden Fühlern Gestalt an und schwang im Takt und im Rhythmus der Ängste von Menschen und Chims mit.

Ja, wir alle hoffen zu leben und zu überleben, weil es noch so viel zu tun, zu schmecken oder zu erforschen gibt …

Uthacalting wünschte, die Diplomatie hätte nicht verlangt, dass die Tymbrimer ausgerechnet ihre finstersten Typen zu Gesandten wählten. Er wurde zum Botschafter gewählt, weil er trotz seiner unbestrittenen Qualitäten als langweiliger Patron galt, zumindest nach Meinung der Leute auf seiner Heimatwelt.

Die bedauernswerte Athaclena aber war noch schlimmer dran, weil sie so reserviert und so ernst war.

Er war bereit, offen zuzugeben, dass dies teilweise sein Fehler war. Dies war mit ein Grund gewesen, warum er die große Sammlung seines Vaters, all diese Trickfilme und Comic-Aufzeichnungen aus der Zeit vor dem Kontakt mit den Erdlingen aufbewahrt hatte. Besonders die »Three Stooges« inspirierten ihn. Dennoch, so schien es, hatte Athaclena die ironische Brillanz dieser alten terranischen Komödien-Genies bis heute nicht begriffen.

Durch *Sylth* – diesen Boten der unvergessenen Verstorbenen – tadelte ihn seine längst verstorbene Frau aus dem Jenseits und sagte ihm, dass ihre Tochter daheim sein sollte, in einer Umgebung, die sie aus ihrer selbstgewählten Isolation befreite.

Vielleicht hatte sie recht, dachte er. Doch Mathiculanna hatte bereits alles versucht, seinerzeit ohne Erfolg. Uthacalting aber glaubte eher an sein eigenes Rezept, was seine seltsame Tochter betraf.

Ein kleiner uniformierter weiblicher Neoschimpanse – ein Chimmie – trat vor Uthacalting hin und verbeugte sich, die Hände respektvoll auf der Brust gefaltet.

»Ja, Miss?«, fragte er, wie es das Protokoll verlangte. Obwohl er ein Patron war, der zu einem Klienten sprach, bediente er sich der althergebrachten höflichen Form.

»E-Euer Exzellenz.« Die raue Stimme der Chimmie zitterte leise. Vielleicht war dies das erste Mal, dass sie zu einem Nicht-Terraner sprach. »Die Planetarkoordinatorin Oneagle lässt ausrichten, dass alle Vorbereitungen getroffen sind. Alles ist bereit. Außerdem fragt sie, ob Sie Ihr Programm wahrnehmen wollen … ah … wie vorgesehen.«

Uthacalting riss amüsiert die Augen auf, und das Fell zwischen seinen Brauen flatterte für einen Moment. Sein »Programm« war kaum der Rede wert. Es war nichts weiter als ein abwegiger, boshafter, praktischer Scherz, ein Streich, den er den Invasoren spielen wollte. Vielleicht nichts weiter als ein vergeblicher Versuch.

Selbst Megan Oneagle konnte nicht wissen, was er eigentlich vorhatte. Natürlich war dies schade, sehr schade. Denn selbst wenn der Versuch danebengehen sollte – was durchaus möglich war –, wäre die Sache ein Lachen wert gewesen. Ein kleines Lachen wirkt manchmal Wunder und hilft über düstere Zeiten hinweg, die einem bevorstehen.

»Danke, Corporal«, sagte er. »Bitte gehen Sie voran!«

Während Uthacalting hinter der kleinen Klientin dahinschritt, fühlte er etwas wie ein Bedauern, dass er so viele Dinge unerledigt lassen musste. Ein guter Scherz bedurfte der Vorbereitung, und gerade im Augenblick war nicht viel Zeit übrig.

Ach, hätte ich nur einen anständigen Sinn für Humor!

Nun ja. Wenn wir nicht weiterwissen, müssen wir uns mit Tortenschlachten helfen.

Zwei Stunden später kehrte er aus dem Regierungsgebäude in die Stadt zurück. Die Besprechung war nur kurz, während immer wieder Kampfflotten sich dem Orbit näherten und eine Landung kurz vor der Tür stand. Megan Oneagle hatte den Großteil ihrer Regierung und die restlichen Kampfverbände an einen sicheren Ort geschafft.

Uthacalting rechnete sich aus, dass sie noch etwas Zeit hatten. Denn die Invasoren würden nicht landen, bevor sie ihr Manifest verkündet hatten, weil dies das Institut für Zivilisierte Kriegsführung so verlangte.

Freilich, jetzt, wo sich die Fünf Galaxien im Aufruhr befanden, spielten viele sternfahrende Clans Vabanque, was die Tradition betraf. Nun würde es den Feind nichts kosten, die Besitzerverhältnisse zu ignorieren. Sie hatten das Spiel gewonnen. Jetzt ging es nur noch darum, das Territorium zu erobern.

Außerdem hatte die Schlacht im Weltraum eindeutig bewiesen, dass es sich beim Feind um die *Gubru* handelte.

Die Menschen und die Chims auf diesem Planeten hatten wirklich nichts mehr zu lachen. Denn der Gubru-Clan gehörte seit dem Kontakt zu den ärgsten Feinden der Erde. Diese avianischen

Galaktiker waren andererseits pedantische Verfechter der Regeln und Gesetze – zumindest von ihrem Standpunkt aus.

Megan war enttäuscht, als er ihr Angebot ablehnte, ins Allerheiligste gebracht zu werden. Doch Uthacalting hatte sein eigenes Schiff. Immerhin hatte er auch noch einiges in der Stadt zu erledigen. Also verabschiedete er sich von der Koordinatorin und versprach, sie bald wieder zu besuchen.

Dieses »bald« war ein großartiges zweideutiges Wort – mit ein Grund dafür, warum er Anglic so sehr schätzte, weil man sich in dieser Sprache so herrlich zweideutig ausdrücken konnte.

Im Mondschein sah Port Helenia kleiner und verlorener aus als bei Tage. Der Winter war schon vorbei, doch eine steife Brise wehte immer noch vom Osten her und fegte welkes Laub über die Straßen, auf denen er mit seinem Wagen dahinfuhr. Der Wind wehte einen feuchten Duft herbei, und Uthacalting kam es vor wie der Duft von den Bergen, wo seine Tochter und Megans Sohn Zuflucht gefunden hatten.

Dies war eine Entscheidung, für welche die jungen Leute ihren Eltern nicht besonders dankbar waren.

Auf dem Weg zur tymbrimischen Botschaft musste sein Wagen wieder an der Bibliothek vorbeifahren. Sein Fahrer musste bremsen, um einem anderen Fahrzeug auszuweichen. Nun bot sich Uthacalting ein seltener Anblick: ein Thennaniner höherer Kaste, der in vollem Wichs und Montur unter einer Straßenlampe stand.

»Bitte, halten Sie an!«, sagte er rasch.

Direkt vor dem Steingebäude der Bibliothek parkte ein großes Schwebefahrzeug mit laufenden Triebwerken. Aus der hochgehobenen Kuppel fiel Licht und malte dunkle Schatten auf die breiten Stufen. Schatten von den langen Armen von Neoschimpansen und von schlanken Gestalten, die dicht neben dem Fahrzeug standen. Zwei Ynniner, die wie bewehrte Känguruhs aussahen, standen unbeweglich da, wie aus Stein gemeißelt. Ihr Herr und Patron aber, der den größten Schatten warf, überragte die kleinen Terraner um Kopfeslänge. Er stand da wie ein Block, und seine gewaltigen Schultern schienen nahtlos in seinen bulligen Nacken überzugehen. Sein Kopf aber ähnelte einem altgriechischen Helm, der wuchtig auf seinem Hals saß.

Als Uthacalting aus seinem Wagen stieg, schlugen gutturale Laute an sein Ohr.

»Natha'kl ghoom'ph? Veraich'sch hooman'velch! Nittaro K'Anglee!«

Die Schimpansen schüttelten den Kopf, und es war ihnen anzusehen, dass sie verwirrt und eindeutig eingeschüchtert waren. Wahrscheinlich konnte keiner von ihnen Galactic Sechs sprechen. Dennoch: Als der riesige Thennaniner voranschritt, rückten die kleinen Terraner etwas beiseite, machten eine kleine Verbeugung, schlossen sich aber wieder zusammen, sodass der Riese nicht passieren konnte.

Dies aber machte den Sprecher nur noch wütender. *»Idatess! Nittaril kollunta ...«*

Der riesige Galaktiker verhielt plötzlich seinen Schritt, als er Uthacalting erblickte. Sein lederner, froschähnlicher Mund blieb geschlossen, während er auf Galactic Sieben umschaltete und durch seine Kiemen sprach.

»Ach! Uthacalting, ab-Caltmour ab-Brma abKrallnith ul-Tytlal! Seien Sie mir gegrüßt!«

Uthacalting hätte Kault selbst inmitten einer Stadt sofort erkannt, wo es von Thennaninern wimmelte. Dieses große, hochgebaute männliche Wesen wusste nur zu gut, dass das Protokoll bei gelegentlichen Begegnungen nicht eine volle Namensnennung forderte. Doch nun blieb Uthacalting aus Höflichkeit keine andere Wahl.

»Kault, ab-Wortl ab-Kosh ab-Rosh ab-Tothtoon ul-Paimin ul-Rammin ul-Ynnin ul-Olumimin, sei mir gegrüßt!«

Jedes »ab« in diesem endlosen Patronym bezeichnete eine der Patronatsspezies, von der der Clan der Thennaniner abstammte bis hin zu dem ältesten noch lebenden Vorfahr. »Ul« war eine Vorsilbe, die jedem Namen vorangesetzt wurde, für jede Spezies, welche die Thennaniner selbst zu Sternfahrern entwickelt und erzogen hatten. Kaults Volk war während des letzten Megajahres sehr eifrig und sehr fleißig gewesen – daher der lange Name. Die Thennaniner waren Idioten.

»Uthacalting! Du bist ein Experte für dieses Kauderwelsch, das die Terraner sprechen. Bitte erkläre diesen unwissenden, halbentwickelten Kreaturen, dass ich passieren will. Ich musste die Bibliothek benutzen. Und wenn sie mir nicht aus dem Weg gehen, bin ich gezwungen, sie durch ihre Herren züchtigen zu lassen!«

Uthacalting zuckte bedauernd die Achseln. »Sie tun nur ihre Pflicht, Gesandter Kault. Wenn die Bibliothek aus Gründen der planetaren Verteidigung überlaufen und überlastet ist, so ist es ihr gutes Recht, für kurze Zeit den Zugang für die Kundschaft zu verweigern.«

Kault starrte Uthacalting an. Seine Kiemen hoben und senkten sich. *»Kinder«,* murmelte er in einem obskuren Dialekt von Galactic Zwölf vor sich hin, ohne zu überlegen, ob ihn Uthacalting nicht vielleicht doch verstand. *»Lauter Kinder, von unmündigen Kindeskindern beherrscht, von jugendlichen Delinquenten erzogen!«*

Uthacaltings Augen weiteten sich, und seine Fühler pulsierten ironisch. Sie signalisierten *fsu'usturatu,* eine Glyphe, die sowohl Sympathie als auch Frohsinn ausdrückte.

Nur gut, dass die Thennaniner keine Antenne für Gefühle haben!, dachte Uthacalting in Anglic, während er die Glyphe schnell löschte. Unter all den Galaktiker-Clans, die momentan zu den Fanatikern zählten, gehörten die Thennaniner eher zur sympathischen Sorte. Manche von ihnen waren sogar fest überzeugt, dass sie im Interesse der unterjochten Völker handelten.

Nun war es unschwer zu erkennen, wen Kault meinte, als er von ›Delinquenten‹ sprach, der den Clan der Erdlinge in die Irre führte.

Doch Uthacalting war weit davon entfernt, sich betroffen zu fühlen. »Diese *Kinder* fliegen Raumschiffe, Kault«, erwiderte er im gleichen Dialekt, zur größten Überraschung des Thennaniners. »Die Neoschimpansen sind mit die besten Klienten seit einem halben Megajahr … Ausgenommen vielleicht ihre Vettern, die Neodelfine. Sollten wir ihre ernsthaften Bemühungen nicht respektieren, ihre Pflicht zu erfüllen?«

Kaults Nacken versteifte sich bei der Erwähnung der anderen Klientenspezies der Erdlinge. »Mein tymbrimischer Freund, wolltest du damit sagen, dass du etwas über das Delfinenschiff gehört hast? Hat man sie gefunden?«

Uthacalting fühlte sich ein bisschen schuldig, dass er mit Kault seinen Spaß getrieben hatte. Bei all seinen Nachteilen war der Thennaniner doch kein übler Bursche. Er stammte aus einer Minorität, aus einer politischen Fraktion, die eine Zeit lang für den Frieden mit den Tymbrimern plädiert hatte. Trotzdem hatte Uthacalting seine Gründe, das Interesse seines Diplomaten-Kollegen zu wecken und hatte sich auf eine solche Begegnung vorbereitet.

»Wahrscheinlich habe ich mehr gesagt, als ich sollte. Bitte, vergiss es, und mach dir darüber keine Gedanken. Es tut mir leid, aber ich muss jetzt gehen. Bin sowieso schon zu spät dran, weil ich an einer Besprechung teilnehmen muss. Ich wünsche dir Glück allezeit, Kault, und dass du die nächsten Tage überlebst.«

Er verbeugte sich, wie es bei Patronen üblich war, und wandte sich zum Gehen. Dabei aber musste Uthacalting ein Lachen unterdrücken, weil er wusste, warum Kault die Bibliothek aufsuchen wollte. Der Thennaniner nämlich war nur gekommen, um nach ihm zu sehen.

»Warte!«, rief Kault in Anglic.

Uthacalting blickte zurück. »Ja, verehrter Kollege?«

»Ich …« Kault sprach nun wieder Galactic Sieben. »Ich muss mit dir über die Evakuierung reden. Wie du vielleicht weißt, wird mein Raumschiff gerade überholt. Im Moment habe ich keine Transportgelegenheit.«

Der Kamm des Thennaniners flatterte vor Aufregung und Ungemach. Protokoll und Diplomatie waren eine Sache, doch der Freund würde wahrscheinlich nicht mehr in der Stadt sein, wenn die Gubru landeten. »Also muss ich dich fragen: Gibt es eine Möglichkeit, um eine eventuelle gegenseitige Hilfe zu verhandeln?«, setzte die große Kreatur schnell hinzu.

Uthacalting wollte sich die Sache genau überlegen. Schließlich befanden sich seine Spezies und die Kaults offiziell im Kriegszustand. Schließlich nickte er zustimmend. »Komm in mein Reservat morgen gegen Mitternacht – nicht früher und nicht später. Und bring bitte nur das notwendigste Gepäck mit. Mein Schiff ist sehr klein. Ich will dich gern zum Sanctuary mitnehmen.«

Dann wandte er sich an seinen Neoschimpansen-Fahrer. »Das wäre nur würdig und recht, nicht wahr, Corporal?«

Die arme Chimmie schaute verwirrt zu Uthacalting auf. Sie war für diesen Job ausgewählt worden, weil sie GalSieben sprach. Doch im Moment wurde ihr einfach alles zu viel.

»Jj-ja. Jawohl, Sir. Dies ist das Mindeste, was man tut. Ein Akt der Höflichkeit, wenn ich so sagen darf.«

Uthacalting nickte und lächelte Kault an. »Das ist es, lieber Herr Kollege. Zwar nicht ganz korrekt, doch immerhin ein Akt der Höflichkeit. Es ist nur recht, wenn wir von den Jüngeren lernen und uns ihre unbestreitbaren Qualitäten zu eigen machen, nicht wahr?«

Zum ersten Mal sah Uthacalting, dass Kault blinzelte. Die Kreatur strahlte Angst und Entsetzen aus. Doch dann schien Kault schließlich doch überzeugt, dass man ihn nicht zum Narren gehalten hatte. Also verbeugte er sich vor Uthacalting. Und da Uthacalting auch die Fahrerin angesprochen hatte, nickte er auch der kleinen Chimmie huldvoll zu.

»Ichhhh möhte michhh im Namen meiner Klienten und auchh

im Namen meiner ssselbst bedanken«, sagte er in schlechtem Anglic. Kault schnappte mit seinen Ellbogen-Spikes, und seine Ynnin-Klienten folgten ihm, als er in sein Fahrzeug stieg. Die Kuppel, die sich jetzt schloss, löschte die scharfen Deckenlichter aus. Die Chims aus der Bibliothek aber schauten Uthacalting dankbar an.

Das Luftboot startete auf seinen Antischwerkraft-Feldern und gewann schnell an Höhe. Uthacaltings Fahrerin hielt den Wagenschlag für ihn auf. Er aber streckte die Arme aus und atmete tief ein. »Es wäre vielleicht gut, einen Spaziergang zu machen«, meinte er. »Die Botschaft liegt ganz in der Nähe. Nehmen Sie sich ein paar Stunden frei, Corporal, und verbringen Sie Ihre Zeit mit Ihrer Familie und Ihren Freunden.«

»A-aber, Ser …«

»Geht schon in Ordnung«, sagte er bestimmt. Er verbeugte sich und spürte den Anflug unschuldiger Freude bei dieser Geste der Höflichkeit. Sie erwiderte seinen Gruß mit einer noch tieferen Verbeugung.

Nette Geschöpfe, dachte Uthacalting, während er dem davonfahrenden Wagen nachblickte. *Ich bin schon vielen Neoschimpansen begegnet, die einen echten Sinn für Humor hatten.*

Ich hoffe, sie werden überleben.

Also zog er nun zu Fuß los. Schon bald hatte er das Bibliotheksgelände hinter sich gelassen, wanderte durch eine Wohnsiedlung. Die kühle Brise hatte die Nachtluft gesäubert, und die sanfte Stadtbeleuchtung war keine Konkurrenz für die Sterne, die am Himmel funkelten. Zu dieser Stunde glich die Galaxis einem Band, von Diamantenstaub übersät. Von den Kämpfen im Weltraum keine Spur. Denn all diese Ereignisse waren viel zu gering, um irgendwelche Spuren zu hinterlassen.

Überall um Uthacalting herum rauschten Töne, die von der Zerrissenheit dieses Abends berichteten. Da war das Geheul ferner Sirenen und das Röhren der Motoren startender Flugzeuge.

Fast aus jedem Block hörte er Stimmen und Weinen … Stimmen von Menschen oder Schimpansen, die in Angst und Schrecken klagten oder riefen. Bei all den Gefühlswallungen, die wie Wellen gegen seine Corona brandeten, sah er sich außerstande, die Furcht der Bewohner abzuwehren, die zitternd und bebend den Morgen erwarteten.

Uthacalting wollte all diese Eindrücke nicht aussparen, während er über die schlecht erleuchteten Straßen unter dekorativen Bäumen dahinging. Er tauchte seine Fühler in den emotionalen Strom und versuchte, eine neue Glyphe zu bilden. Nun schwebte sie namenlos über seinem Kopf, sodass die zeitlose Zeit fast greifbar wurde.

Uthacalting lächelte ein uraltes, seltsames Lächeln. Und in diesem Augenblick hätte ihn niemand, trotz der Dunkelheit, mit einem menschlichen Wesen verwechseln können.

Es gibt viele Wege …, dachte er, während er sich an den offenen, undisziplinierten Nuancen des Anglic erfreute.

Er ließ das Ding, das er geschaffen hatte, einfach in der Luft hängen, das sich hinter seinem Rücken allmählich auflöste, während er unter den Sternen weiter dahinschritt.

Robert 10

Robert erwachte zwei Stunden vor der Morgendämmerung.

Für eine Weile war er etwas benommen, während die seltsamen Gefühle und Traumgebilde von ihm wichen. Er rieb sich die Augen, um wieder einen klaren Kopf zu bekommen und endgültig in die Wirklichkeit zurückzukehren.

Er erinnerte sich, dass er im Traum gelaufen war, so wie dies manchmal geschieht, aber nur im Traum – mit langen, schwebenden Schritten, wobei die Füße kaum den Boden berühren. Um ihn herum waren schwankende Gestalten, Mysterien und vage Bilder, verwaschene Gebilde, die sofort wieder verschwanden, sobald er sie zu fassen versuchte.

Robert schaute auf Athaclena, die an seiner Seite in ihrem Schlafsack lag. Ihr braunes tymbrimisches Fell – dieser spitz zulaufende Helm aus hellbraunem Haar – war gesträubt. Die silbernen Fühler ihrer Corona wehten leicht wie Zweige im Wind, als tasteten sie nach etwas Unsichtbarem, das über ihrem Kopf schwebte.

Sie seufzte und redete im Traum leise vor sich hin – ein paar kurze Sätze in diesem schnellen, tymbrimischen Dialekt, der Galaktik Sieben genannt wurde.

Vielleicht war dies mit ein Grund für seine seltsamen Träume, stellte Robert fest. Vielleicht hatte er ein paar Worte von ihren aufgeschnappt.

Er blinzelte, während er die wehenden Fühler betrachtete. Für einen Augenblick schien es, als wäre *etwas* da, etwas, das direkt über dem fremden Mädchen in der Luft schwebte. Es war wie … wie …

Robert runzelte die Stirn und schüttelte den Kopf. Es war nichts, was *irgendetwas* ähnlich sah. Allein schon der Gedanke, das Ding mit irgendetwas zu vergleichen, war dazu angetan, dieses Ding zu verscheuchen, selbst wenn er nur daran *dachte.*

Athaclena seufzte und drehte sich auf die andere Seite. Ihre Corona sank in sich zusammen, und das Glitzern erlosch in der Dämmerung.

Robert schlüpfte aus seinem Schlafsack und tastete nach seinen Stiefeln, bevor er sich aufrichtete. Er tastete sich an dem Felsen entlang, an dessen Fuß sie kampierten. Das Sternenlicht reichte gerade aus, um seinen Weg zwischen den fremdartigen Monolithen zu finden.

Nun konnte er über die westliche Gebirgskette und über die nördlichen Ebenen zu seiner Rechten hinwegblicken. Unter ihm lag eine Waldlandschaft, die einer ruhigen, grünen See glich. Die Bäume verbreiteten einen dumpfen, schweren Duft.

Er lehnte sich gegen einen Stein, setzte sich auf den Boden und versuchte seine Gedanken zu sammeln.

Wenn dies alles nur ein Abenteuer wäre, dieser Ausflug, dieses idyllische Zwischenspiel in den Bergen von Mulun in Gesellschaft einer fremden Schönen aus einer anderen Welt! Aber er konnte einfach nicht vergessen, konnte sich nicht über den Gedanken hinwegsetzen, dass sein Platz nicht hier, sondern woanders war. Nichts wäre ihm lieber gewesen, als bei seinen Kommilitonen in der Miliz zu sein und mit ihnen allen Gefahren ins Auge zu schauen.

Nun, es sollte wohl nicht sein. Denn wieder einmal hatte die Karriere seiner Mutter seinen Lebensweg gekreuzt. Es war nicht das erste Mal, dass sich Robert wünschte, nicht der Sohn einer Politikerin zu sein.

Er beobachtete die Sterne, diese großen, schimmernden Fackeln, dieses glitzernde Band, das sich an die Spiralarme der Galaxis schmiegte.

Wäre mir das Leben nicht so leicht gemacht worden, wäre ich nun besser auf die Dinge vorbereitet, die da kommen sollen, könnte ich Enttäuschungen besser verkraften.

Es ging nicht einfach darum, der Sohn der Planetarkoordinatorin zu sein, mit all den Vorteilen, die dieser Stand mit sich brachte. Es ging um mehr, um Dinge, die über diesen Status hinausreichten.

Während seiner Kindheit hatte er oft gemerkt, dass er, während die anderen Jungs sich schwertaten, erwachsen zu werden und über so manchen Stein stolperten, stets einen Weg fand, um sich elegant hindurchzuschlängeln. Und während die anderen mit der Pubertät und der erwachenden Sexualität zu kämpfen hatten, wurde er gefördert und geliebt.

Seine Mutter und sein Vater, der Sternfahrer – sooft Sam Tennance auf Garth vor Anker ging –, hatten ihn stets ermahnt, den Dingen nicht einfach ihren Lauf zu lassen und sie als unumgänglich hinzunehmen. Und tatsächlich wurden ihm die Augen geöffnet, und er sah, dass es in jeder Altersgruppe welche gab, die ihm ähnlich waren – für die das Erwachsenwerden etwas leichter war. Sie schritten leichtfüßig durch den Morast der Pubertät, während andere es schwer hatten, festen Boden unter die Füße zu kriegen. Und es sah auch ganz danach aus, dass diejenigen, denen ein gütiges Schicksal beschieden war, es einfach als Zeichen einer göttlichen Fügung hinnahmen. Dies galt für Jungen wie für Mädchen. Und keiner von ihnen hatte auch nur einen Gedanken für die Kinder normaler Sterblicher übrig.

Was Robert betraf, hatte er wenig Interesse daran, sich den Ruf eines Playboys einzuhandeln. Doch eines Tages war es dann doch so weit, obwohl er es nicht wollte. Tief in seinem Herzen aber wuchs allmählich eine Angst empor, ein Gefühl, das ihm sagte, dass er keinem mehr vertraute. War es das Universum, das für den Ausgleich aller Dinge sorgte? Oder wollte es, dass man für all seine Geschenke teuer bezahlte? Der Kult von Ifni wurde allgemein für einen Sternfahrer-Scherz gehalten. Dennoch – manchmal schien es so, als wäre ein Körnchen Wahrheit drin.

Es war unsinnig anzunehmen, dass das Schicksal den Menschen hart machte, und dass er durch all die Versuchungen und Eroberungen weise wurde. Er kannte eine Menge Leute, die dumm und arrogant waren, obwohl sie viel durchgemacht hatten.

Dennoch …

Wie die meisten Menschen, beneidete auch er manchmal die fröhlichen, flexiblen Tymbrimer, die sich allem Anschein nach selbst genügten. Eine noch junge Spezies nach galaktischen Normen, waren sie im Vergleich zur Menschheit dennoch uralt, klug und weise, galaxisweise: eine Eigenschaft, die dem Menschen zu fehlen schien. Die Menschen hatten die Vernunft, den Frieden und den gesunden Menschenverstand erst kurz vor dem Kontakt entdeckt, etwa eine Generation vor dem Kontakt. Für die Gesellschaft der Terragener gab es manche Nuss zu knacken, während die Tymbrimer, so schien es, ihre Schäfchen bereits im Trockenen hatten.

Ist dies der eigentliche Grund dafür, dass ich mich zu Athaclena hingezogen fühle? Eigentlich ist sie die Ältere, die Wissendere, die Klügere von uns beiden. Sie gibt mir die Möglichkeit, mich töricht wie ein Mensch zu benehmen und mir darauf auch noch etwas einzubilden.

Alles war so undurchsichtig und verwirrend, dass sich Robert über seine Gefühle nicht sicher war. Er hatte hier in den Bergen mit Athaclena seinen Spaß an der Freude gehabt, und diese Einsicht war beschämend. Er nahm es seiner Mutter übel, dass sie ihn weggeschickt hatte, während er sich bei diesem Gedanken gleichzeitig schuldig fühlte.

Ach, hätte man mir nur erlaubt zu kämpfen! Eine Schlacht war immerhin eine eindeutige Sache und ebenso leicht zu begreifen. Eine uralte, ehrwürdige, einfache Sache.

Robert schaute schnell auf. Dort oben zwischen den Sternen war ein winziger Punkt aufgeflammt, schimmernd wie ein

Brillant. Und während er noch einmal genau hinschaute, explodierten noch zwei kleine Punkte, und dann ein dritter. Diese scharfen, hellen Funken blieben lange genug am Himmel, sodass sich Robert ihre Position merken konnte.

Das alles war so regelmäßig, dass es sich wohl kaum um einen Zufall handeln konnte … Ein Intervall von 20° über dem Äquator, von der Sphinx bis zum Batman, wo der rote Planet Tloona im Gürtel des antiken Helden schimmerte.

Also war die Zeit gekommen. Zwar war die Zerstörung des synchronen Satellitennetzes vorauszusehen, dennoch war es faszinierend, dies mitzuerleben. Also stand eine Landung unmittelbar bevor. Robert wurde es schwer ums Herz, und er hoffte, dass nicht zu viele seiner menschlichen Freunde und seiner Chim-Freunde ihr Leben lassen mussten.

Ich habe nie gewusst, welche Dinge in der Welt wirklich zählen. Und nun werde ich wahrscheinlich nie mehr dahinterkommen.

Nun aber war er sich einer Sache gewiss. Er würde den Auftrag ausführen, den man ihm erteilt hatte – also eine nicht kämpfende Alienfrau in die Berge zu führen, wo sie angeblich einigermaßen sicher war. Doch da war noch etwas, das er heute Nacht erledigen musste, während Athaclena schlief. So leise wie nur möglich schlich sich Robert an die Rucksäcke heran. Er holte das Radio aus der linken unteren Tasche und zerlegte das Gerät in der Dunkelheit.

Er war schon so gut wie fertig, als ein neuer Lichtblitz am östlichen Himmel erschien und seine Aufmerksamkeit auf sich zog. Es war eine langgezogene Flamme, die quer über das glitzernde Sternenfeld ging und eine glühende Spur hinterließ. Irgendetwas, irgendein Gegenstand näherte sich mit rasender Geschwindigkeit und verbrannte, sobald er in die Atmosphäre eintauchte.

Der Schrott und der Abfall des Krieges.

Robert stand auf und beobachtete den von Menschenhand gebauten Meteor, der einen feurigen Schweif über den Himmel zog.

Dann verschwand er hinter einer Hügelgruppe, kaum zwanzig Kilometer entfernt.

»Mag euch der Himmel beschützen«, flüsterte er, während er an jene dachte, deren Raumschiff soeben gestrandet war.

Irgendwie musste er auch dem Feind dankbar sein. Denn jetzt wusste er, welche Seite der Hilfe und des Beistands bedurfte – nicht nur in dieser Nacht, sondern für lange, lange Zeit.

Galaktiker 11

Der Suzerain der Guten Sitten hüpfte sichtlich erfreut über die Brücke des Flaggschiffs, während ihm all die Gubru und Kwackoo-Soldaten Platz machten und sich vor ihm verbeugten.

Es würde womöglich lange Zeit dauern, bis der Hohepriester der Gubru sich wieder eines solchen Friedens und einer solch unbeschränkten Bewegungsfreiheit erfreuen konnte. Vor der Landung der Besatzungsarmee konnte der Suzerain kaum damit rechnen, für viele Mitkaars »den Fuß auf den Boden zu setzen«. Zumindest nicht bevor Anstand und Würde gesichert und eine Konsolidation erreicht war – auf dem Boden dieses Planeten, der direkt vor der vorrückenden Armee lag.

Die beiden anderen Führer der Invasionsarmee – der Suzerain von Balken und Klaue und der Suzerain von Kosten und Vorsicht – mussten nicht unter solchen Einschränkungen handeln. Und das war gut so. Die Militärs und die Bürokraten hatten ihre eigene Funktion. Doch der Suzerain der Guten Sitten hatte für richtiges Benehmen bei der Gubru-Expedition zu sorgen. Und um solches zu tun, musste sich der Priester zurückhalten.

Von der anderen Seite der Kommandobrücke drang die Stimme des Suzerain von Kosten und Vorsicht, der sich beschwerte und beklagte. Bei dem heftigen kleinen Scharmützel, das die Menschen angezettelt hatten, hatte es unvermutete Verluste gegeben. Jedes Schiff aber, das in dieser Situation auch nur vorübergehend nicht voll einsatzfähig war, war der Sache der Gubru in diesen schweren Zeiten abträglich.

Unsinnige kurzsichtige Nörgelei, dachte der Suzerain der Guten Sitten. Der physische Schaden, den ihnen die Menschen zugefügt hatten, war nichts gegen den ethischen und legalen Verlust, den sie erlitten hatten. Da das kurze Scharmützel so heftig und so effektiv gewesen war, konnte man es nicht einfach ignorieren. Vielmehr musste es *belegt* werden.

Die Erden-Wolflinger hatten mehr als deutlich gemacht, dass sie nicht bereit waren, sich kampflos zu ergeben und der Gubru-Macht Widerstand geleistet. Gleichzeitig hatten sie alle Ereignisse minutiös protokolliert.

Vielleicht sind sie mehr als kluge Tiere –
Mehr als nur Tiere –
Vielleicht sollte man sie und ihre Klienten studieren –
studieren – Summ

Der Widerstand der Erdling-Flottille war mit ein Grund dafür, dass sich der Suzerain zurückhalten musste, zumindest während der ersten Besetzungsphase. Nun musste er eine Ausrede finden, jene Art von *casus belli,* die den Gubru gestatten würde, den Fünf Galaxien gegenüber zu erklären, dass die Lizenz der Erdlinge auf Garth null und nichtig sei.

Bis zu diesem Zeitpunkt aber galt das Kriegsrecht, und der Suzerain der Guten Sitten wusste nur zu gut, dass es mit den anderen Kommandeuren zu Konflikten kommen würde, mit seinen zukünftigen Liebhabern und Konkurrenten. Ein korrektes Vorgehen brachte zwangsläufig Spannungen mit sich, eben weil jene Methoden, die der Priester anwenden und durchzudrücken gedachte, so manchem schockierend, hanebüchen und teilweise unlogisch vorkommen musste.

Ach, diese Zeit, sie möge bald kommen –
Wenn wir befreit werden von den Regeln,
Bald, wenn die Wende die Tugendhaften beschenkt –
Wenn die Progenitoren zurückkehren – Summ

Der Suzerain plusterte sein Federkleid und befahl einem seiner Diener, einem kleinen, flaumigen Kwackoo, Kamm und Bürste zu bringen.

Die Erdlinge werden stolpern und fallen –
Sie werden uns rechtfertigen – Summ

Athaclena 12

An diesem Morgen hatte Athaclena das Gefühl, dass irgendetwas in der Nacht geschehen war. Doch Robert gab auf ihre Fragen nur einsilbige Antworten. Seine raue, aber effektive Empathie war dazu angetan, ihre *kenning*-Versuche abzublocken.

Athaclena versuchte, nicht unbedingt verdrossen zu erscheinen. Schließlich hatte ihr Freund, der Menschensohn erst vor Kurzem damit begonnen, seine bescheidenen Talente zu nutzen. Also konnte er nicht wissen, wie viele subtile Möglichkeiten es gab sich abzuschirmen, wenn man allein sein wollte. Er wusste nur, wie man eine Tür hinter sich zuwirft.

Während des Frühstücks herrschte Schweigen. Wenn Robert etwas sagte, fielen ihre Antworten stets kurz angebunden aus. Athaclena konnte zwar seine reservierte Haltung gut verstehen, doch sie sah nicht ein, warum ausgerechnet sie es sein sollte, die ausgesperrt wurde.

An diesem Morgen zogen die Wolken tief über die Bergkämme hinweg, streiften die Spitzen der hochragenden Felsnadeln, die sie in Fetzen rissen: ein düsteres bedrohliches Bild, das Unheil verkündete. Sie stapften wortlos und still durch den wabernden Nebel und stiegen immer höher und höher über die Hügel hinauf zu den Bergen von Mulun. Die Luft war ruhig, aber sie barg eine gewisse Spannung, die Athaclena nicht identifizieren konnte. In dieser seltsamen Umgebung wurden Erinnerungen wach.

Sie dachte an damals, als sie ihre Mutter in die nördlichen Berge auf Tymbrimi begleitet hatte, wo sie einen ähnlich steilen Pfad erklimmen musste, um an einer Entwicklungszeremonie für die Tytlaler teilzunehmen.

Ihr Vater war zu dieser Zeit in einer diplomatischen Mission unterwegs, und niemand wusste, welche Transportmöglichkeiten er hatte, um wieder nach Hause zurückzukehren. Dies aber war eine Frage von entscheidender Bedeutung. Denn wenn er durch den Hyperraum auf der A-Ebene reisen konnte, wäre er in rund hundert Tagen wieder daheim gewesen. Sollte er aber Ebene D benutzen oder gar im schlimmsten Fall durch den normalen Raum reisen müssen, wäre Uthacalting bis zum Ende ihrer Tage nicht mehr zurückgekehrt.

Der diplomatische Dienst versuchte zwar, die Familien seiner Mitglieder zu informieren, sobald er einigermaßen einen Durchblick hatte, doch diesmal hatte die Sache mehr Zeit als sonst in Anspruch genommen. Athaclena und ihre Mutter wurden fast zum öffentlichen Ärgernis, weil die Nachbarn immer aufgeregter und immer misstrauischer wurden. Hier war es angezeigt, wie es auch die Höflichkeit und die Rücksicht forderte, die Stadt für eine Weile zu verlassen. Der diplomatische Dienst bot ihnen Tickets an, um der Feier beizuwohnen – einem weiteren rituellen Schritt der Tytlaler auf dem langen Entwicklungsweg.

Roberts Schweigen und Verschlossenheit erinnerte sie an das Verhalten ihrer Mutter Mathiculanna, während sie damals über die frostig violetten Hügel dahinschritten. Mutter und Tochter wechselten kaum ein Wort, während sie durch das weite Land stapften und schließlich die weite Grasebene am Fuße eines erloschenen Vulkans erreichten. Dort, in der Nähe einer fast symmetrischen Hügelkuppe hatten sich Tausende von Tymbrimern unter bunten Zeltdächern versammelt, um der Einweihungszeremonie beizuwohnen.

Auch viele Beobachter anderer raumfahrender Clans waren gekommen: Synthianer, Kanten, Mrgh'4kuargi – und freilich auch ein ganzer Tross menschlicher Wesen. Die Menschen standen in bunter Reihe mit ihren tymbrimischen Alliierten am

Büfett und schienen bester Laune zu sein. Sie konnte sich genau daran erinnern, was sie sich beim Anblick dieser seltsamen und für sie so fremden Wesen gedacht hatte. *Bin ich wirklich ein Snob?* hatte sich Athaclena damals gedacht.

Ihr war das laute Gelächter der Menschen zuwider, ihre aufdringliche Art, wie sie ihre Kraft demonstrierten und ihre Muskeln spielen ließen. Selbst ihre Frauen sahen aus wie Karikaturen tymbrimischer Gewichtheber.

Freilich war Athaclena gerade aus den Kinderschuhen geschlüpft. Jetzt, wo sie zurückblickte, musste sie zugeben, dass ihr Volk ebenso enthusiastisch und prahlerisch war wie die Menschen, streckten doch ihre Leute die Arme hoch, wedelten mit den Händen und ließen ein wahres Feuerwerk an Glyphen steigen. Immerhin war dies ein großer Tag. Denn die Tytlaler mussten an diesem Tag ihre Patrone und ihre neuen Entwicklungssponsoren »wählen«.

Unter den ausladenden Zeltdächern saßen zahlreiche Würdenträger. Nur die direkten Patrone, Tymbrimer und Caltmour, waren nicht erschienen, doch ihre Fahnen, Farben und Wappen waren zu ihren Ehren gehisst.

Die Anwesenden allerdings wurden durch eine Delegation schwatzhafter langbeiniger Brma beehrt, ein Volk, das die Caltmour vor langer Zeit erzogen und entwickelt hatten.

Athaclena erinnerte sich, wie ihr damals fast die Luft weggeblieben und ihre Corona vor Überraschung schier zusammengebrochen war, als sie diese hohe Gestalt im dunkelbraunen Gewand hoch oben auf dem Zeremonienhügel erblickt hatte. Das war ein Krallnith! Die höchste Spezies ihrer Patronatslinie hatte einen Repräsentanten geschickt! Die Krallnith hatten sich bisher etwas reserviert verhalten, hatten ihren Enthusiasmus gegen seltsame Formen der Mediation eingetauscht. Also wurde mit Recht angenommen, dass sie in absehbarer Zeit, vielleicht epochenlang nicht mehr auftauchen würden. Nun war es eine große Ehre, dass einer von ihnen gekommen war, um dem neuesten Mitglied des Clans seinen Segen zu geben.

Freilich standen die Tytlaler im Mittelpunkt des Interesses. Obwohl sie kurze Silberroben trugen, sahen sie aus wie jene Erdenkreaturen, die als Ottern bezeichnet werden. Die Tytlal-Legaten waren sichtlich stolz, während sie sich auf die letzte Entwicklungszeremonie vorbereiteten.

»Schau«, sagte Athaclenas Mutter. »Die Tytlaler haben ihren Dichter Sustruk als Repräsentanten gewählt. Kannst du dich noch erinnern, dass du ihm einmal begegnet bist, Athaclena?«

Natürlich konnte sie sich daran erinnern. Es war im vorigen Jahr, als Sustruk sie in ihrem Heim in der Stadt besuchte. Uthacalting hatte das Tytlal-Genie mitgebracht, um dem Dichter Frau und Tochter vorzustellen, kurz bevor er seine neueste Mission antrat.

»Sustruks Gedichte sind nichts weiter als primitive Knittelverse«, brummte Athaclena.

Mathiculanna schaute sie scharf an. Dann begann ihre Corona zu wehen und bildete die Glyphe *sh'cha'kuon,* diesen dunklen Spiegel, den einem nur die eigene Mutter vorhalten konnte. Er reflektierte Athaclenas ganzen Groll, dessen Grund unschwer zu erkennen war. Sie aber schaute beschämt weg. Immerhin war es unfair, den armen Tytlaler für die Abwesenheit ihres Vaters verantwortlich zu machen.

Die Zeremonie war in der Tat sehr schön. Ein Glyphen-Chor der Tymbrimer von der Koloniewelt Juthath brachte die »Apotheose von Lerensini« zu Gehör, und selbst die barhäuptigen Menschenkinder waren von den herrlichen Harmonien begeistert. Nur die blasierten, undurchschaubaren thennaninischen Botschafter blieben scheinbar ungerührt, als würde es ihnen nichts ausmachen, dass sie ausgeklammert wurden. Nun stimmte der Brma-Sänger Kuff-Kuff't eine alte atonale Weise an die Progenitoren an.

Für Athaclena war es ein schlimmer Moment, als die Versammlung einer Komposition lauschte, die speziell für diese Gelegenheit von einem der *Zwölf Träumer der Erde,* dem Wal mit Namen Fünf-Spiralen-Blasen geschaffen worden war. Wenn Wale auch nicht zu den vernünftigen Wesen gehörten, zumindest offiziell nicht, waren sie dennoch ein Schatz, den man entsprechend würdigte. Dass sie aber auf der Erde lebten und von den Wolflingern, diesen humanoiden Kreaturen gehegt und gepflegt wurden, war ein weiterer Grund, den Groll gewisser konservativer Galaktiker-Clans auf sich zu ziehen.

Athaclena setzte sich hin und legte die Hände über die Ohren, während sich die anderen im Takt dieser lieblichen Musik wiegten. Sie konnte diese Musik einfach nicht ertragen. Mathiculanna aber schaute ihr Kind besorgt an. *Meine seltsame Tochter, was sollen wir mit dir anfangen?* Doch Athaclenas Mutter beherrschte sich, sprach ihre Gedanken nicht aus und bildete auch keine Glyphe, um ihre Tochter in der Öffentlichkeit nicht zu blamieren. Schließlich ging die Aufführung zu Athaclenas großer Erleichterung zu Ende. Nun war die Tytlal-Delegation an der Reihe, denn die Stunde der Einweihung war gekommen.

Mit Sustruk, ihrem großen Dichter, an der Spitze näherte sich die Delegation dem Krallnith-Würdenträger und machte eine tiefe Verbeugung. Dann machten sie bei den Bram-Repräsentativen die Honneurs, gingen nachher reihum und brachten den Menschen und den anderen fremden Vertretern der Patronatsklasse ihre Reverenz.

Der tymbrimische *Meister des Liftens* wurde als Letzter geehrt. Sustruk und sein Konsorte, ein tytlalischer Wissenschaftler namens Kihimik traten vor – ein Paar, das ausgesucht worden war, um »die Spezies zu repräsentieren«. Sie antworteten abwechselnd, als der Meister eine Liste von Fragen vorlas und die entsprechenden Antworten notierte. Nun wurde das Paar von den Kritikern des Galaktischen Entwicklungsinstituts einer genauen Prüfung unterzogen.

Alles, was bisher geschehen war, stellte lediglich eine Routineprüfung nach den Regeln des 4. Niveautests der Bewusstheit dar. Doch jetzt hatten die Tytlaler noch eine letzte schwere Hürde zu nehmen, über die sie vielleicht stolpern konnten. Denn einer der Prüfer, der irgendwelche komplizierten Instrumente auf Sustruk und Kihimik richtete, war ein *Soro* – kein Freund von Athaclenas Clan. Wahrscheinlich war der Soro bestrebt, irgendeine Ausrede, irgendeinen triftigen Grund zu finden, die Tymbrimer vor den Kopf zu stoßen, indem er ihre Klienten ablehnte.

Nun verfügten aber die Tymbrimer über eine geheime Ausrüstung, die Athaclenas Spezies ein Vermögen gekostet hatte. Die Eignung der Tytlaler war in allen Fünf Galaxien verbreitet worden, und so konnte heute eigentlich nichts schiefgehen.

Sustruk und Kihimik konnten also die Prüfung leicht bestehen. Hinterher machten sie vor all den fremden Prüfern eine tiefe Verbeugung. Und wenn der Soro vielleicht auch enttäuscht war, ließ er sich nichts anmerken.

Die Delegation der behaarten kurzbeinigen Tytlaler bildete einen Kreis auf der Hügelkuppe. Sie begannen zu singen und wiegten sich im Takt, wie es auf ihrem Heimatplaneten üblich war, in dieser Welt, wo sie die Tymbrimer gefunden und sie durch den langen Prozess der Entwicklung geführt hatten.

Techniker waren am Werk, um den Verstärker einzuschalten, der dann für alle, die hier versammelt waren, und Milliarden anderer Welten jene Wahl übertragen würde, welche die Tytlaler getroffen hatten. Unter dem Boden aber war ein tiefes Brummen zu hören, das davon zeugte, dass dort große und kräftige Motoren liefen.

Theoretisch hatten die Kreaturen die Möglichkeit, ihre Patrone abzulehnen und auf eine Höherentwicklung zu verzichten. Doch da gab es so viele Vorschriften und Einschränkungen, dass eine solche Ablehnung praktisch niemals durchführbar war.

Doch an einem Tag wie heute wurde so etwas nicht erwartet, denn die Tymbrimer hatten ausgezeichnete Beziehungen zu ihren Klienten.

Dennoch war ein deutliches Unbehagen zu spüren, das die Menge erfasste, als sich die Einweihungsfeier ihrem Ende näherte. Die Tytlaler brummten vor sich hin, und aus dem Verstärker drang ein leises Summen. Über ihren Köpfen nahm ein holografisches Bild Gestalt an, dem die Menge Beifall spendete. Es war das Gesicht eines Tymbrimers, das jeder sofort erkannte: Oshoyoythuma, dieser Eulenspiegel der Stadt Foyon, der den Tytlalern schon so manchen Streich gespielt hatte.

Nun hatten zwar die Tytlaler die Tymbrimer erneut als Patron bestätigt, doch dass sie ausgerechnet Oshoyoythuma zu ihrem Symbol gewählt hatten, schlug dem Fass den Boden aus. Wahrscheinlich hatten sie sich auf diese Weise hervortun und voller Stolz verkünden wollen, was es für sie bedeutete, zu ihrem Clan zu gehören.

Nachdem sich die allgemeine Heiterkeit gelegt hatte, blieb nur noch der letzte Teil der Zeremonie übrig, nämlich die Wahl des Sprechers, der die Tytlaler während der letzten Entwicklungsphase vertreten sollte. Die Menschen in ihrer fremden Sprache nannten ihn den »Geburtshelfer«.

Der Sprecher musste einer Spezies angehören, die kein Mitglied des Tymbrimer-Clans war. Und da dieser Posten überwiegend zeremonieller Art war, konnte er gesetzliche Schritte unternehmen, wenn der Entwicklungsprozess in Schwierigkeiten geriet. Falsche Entscheidungen in der Vergangenheit hatten nämlich oft schwere Probleme zur Folge gehabt.

Keiner hatte auch nur die leiseste Ahnung, welche Spezies die Tytlaler gewählt hatten. Dies war eine dieser Entscheidungen, die selbst ein solch aufdringlicher, naseweiser Patron wie die Soro jeweils dem Betreffenden überlassen musste.

Sustruk und Kihimik begannen wieder mit ihrem Gesumm,

und Athaclena, die weit hinten stand, konnte dennoch deutlich jene erwartungsvolle Spannung spüren, die von den haarigen kleinen Burschen ausging. Die kleinen Teufel führten etwas im Schilde, das war gewiss!

Wieder erbebte der Boden, der Verstärker summte und brummte, und die holografischen Projektoren formten eine Art blaue Wolke über der Hügelkuppe, in welcher seltsame Figuren schwebten und hin und her schossen wie Fische in einem Aquarium.

Ihre Corona bot keinen Hinweis an, weil das Bild streng visueller Natur war. Sie beneidete die Menschen um ihre schärferen Augen, als verwunderte Rufe aus jener Gegend erklangen, wo sich die meisten Erdlinge versammelt hatten. Überall standen Tymbrimer auf und wunderten sich. Dann schlossen sich Athaclena und ihre Mutter den anderen etwas enttäuscht und verdrossen an.

Eine der düsteren Gestalten trat vor, lächelte die Zuschauer an, wobei sie eine Reihe nadelspitzer Zähne entblößte. Da war ein glitzerndes Auge, Blasen stiegen aus den schimmernden grauen Brauen auf.

Eine ganze Weile herrschte tödliche Stille. Denn niemand hatte erwartet, dass sich die Tytlaler ausgerechnet für die *Delfine* entscheiden würden.

Also hatte man die anwesenden Galaktiker an der Nase herumgeführt. *Neodelfine* – warum in aller Welt ausgerechnet diese? War doch diese zweite Klientenspezies der Erde die jüngste anerkannte Sapiensspezies in allen fünf Galaxien – viel jünger als die Tytlaler selbst! Das war erstaunlich und unerhört.

Es war …

Es war zum Schießen! Die Tymbrimer aber brachen in Gelächter aus, lachten laut und hemmungslos im Chor. Ihre Corona sprühte Funken und formte eine einzige zustimmende Glyphe, sodass selbst der thennaninische Gesandte aufmerksam wurde. Und da die Menschen nun sahen, dass ihre Alliierten sich nicht betroffen fühlten, brachen sie in Jubelrufe aus und klatschten begeistert in die Hände.

Kihimik aber und die meisten der Tytlaler, die sich hier versammelt hatten, verbeugten sich höflich und nahmen die Ovationen entgegen. Alle waren froh und glücklich, die Sache zu einem guten Ende gebracht zu haben. Nur Sustruk stand steif und verloren im Hintergrund, wobei ihm die Spannung und Erregung immer noch deutlich anzusehen war.

Von allen Seiten stürmten Wellen der Zustimmung und der Freude auf Athaclena ein. Und sie hörte, wie auch ihre Mutter in das Lachen der anderen einstimmte.

Athaclena aber zog sich zurück, bahnte sich einen Weg durch die Menge, bis sie endlich Luft und Raum genug hatte, um sich abzuwenden und davonzulaufen. Sie lief und lief, sie rannte atemlos dahin, bis sie endlich die Hügel hinter sich gebracht und einen Punkt erreicht hatte, von wo aus sie das herrliche Tal der Ziehenden Schatten überblicken konnte. Dann brach sie zusammen, während sie von den Wellen der Enzymreaktion geschüttelt wurde.

Dieser fürchterliche Delfin …

Niemals, auch später nicht, hatte sie jemandem anvertraut, was sie in den Augen dieses Wesens erblickt hatte. Sie hatte weder ihrer Mutter, nicht einmal ihrem Vater die volle Wahrheit gesagt … dass sie nämlich in diesem projizierten Hologramm eine *Glyphe* wahrgenommen hatte, die von Sustruk selbst stammte, von Sustruk, dem Dichter der Tytlaler.

Alles war nichts weiter als ein großer Bluff gewesen, nichts als ein großer Luftballon, ein herrlicher Scherz, den man steigen ließ. Durch ihre Wahl hatten die Tytlaler deutlich zum Ausdruck gebracht, dass sie keinen Protektor brauchten und dass sie ihrem tymbrimischen Patron in Treue ergeben waren. Dabei wollten sie auch den Clans einen Seitenhieb versetzen, die die Freundschaft zwischen Tymbrimern und Wolflingern missbilligten – eine diplomatische, feine Geste, in einen Scherz verpackt.

War denn Athaclena die Einzige gewesen, die den tieferen Sinn, die tiefere Wahrheit erkannt hatte? Nach so langer Zeit auf einem fernen Planeten erschauerte Athaclena immer noch, wenn sie an diesen Tag dachte.

War sie die Einzige gewesen, die das spöttische Gelächter des Poeten wahrgenommen und seinen tieferen Sinn begriffen hatte? Der Dichter starb einen Tag nach dieser Feier und nahm sein Geheimnis mit ins Grab.

Nur Athaclena schien zu spüren, ja zu wissen, dass die Zeremonie kein Scherz gewesen war, und dass Sustruks Bild nicht aus den Gedanken, sondern aus der *Zeit* kam. Die Tytlaler hatten ihre Protektoren gewählt, und es war ihnen bitter ernst.

Jetzt, einige Jahre später, waren die Fünf Galaxien in Schwierigkeiten geraten und wurden von Panik ergriffen wegen irgendwelcher Entdeckungen, die eben diese jüngste aller Klientenspezies gemacht hatte – die Delfine.

Oh, ihr Erdlinge, dachte sie, während sie hinter Robert immer höher in die Berge von Mulun aufstieg. *Was habt ihr getan?*

Aber nein, dies war nicht die richtige Frage.

Was habt ihr vor? Was soll noch alles geschehen?

Am Nachmittag stießen die beiden Wanderer auf einen steilen Abhang, der im Südwesten von breitblättrigen tropischen Pflanzen überwuchert war und ihren weiteren Aufstieg blockierte.

»Nun wirst du dich sicher fragen«, meinte Robert, »wie wir dieses Hindernis überwinden sollen.«

»Die Wand ist ziemlich steil«, gab Athaclena zurück. »Sie erstreckt sich weit in beiden Richtungen. Ich glaube, wir müssen einen Umweg suchen, oder vielleicht sogar umkehren.«

Doch Robert hatte anscheinend etwas ganz anderes im Sinn. »Diese Pflanzen sind faszinierend«, sagte er, während er sich vor eine Steinplatte hockte, die etwa einen Durchmesser von zwei Metern hatte und einem umgekehrten Schildpanzer glich. Nun packte er die Kante mit beiden Händen und zog sich an der Platte hoch. Am Ende der Platte aber erblickte Athaclena eine Art zähe Wurzel, die aus dem Stein herausragte. Sie rückte näher heran, um ihm zu helfen, den Wurzelstock herauszuziehen, wobei sie sich fragte, was er eigentlich vorhatte.

»Alle paar Wochen geht aus diesen Knospen eine neue Generation hervor, wobei die einzelnen Schichten jeweils die vorhergehenden überlappen«, erläuterte Robert, während er ächzend an der faserigen Wurzel zerrte.

»Im Spätherbst blühen dann die letzten Knospen und werden so dünn wie Papier. Sie brechen auf, schwingen sich auf die Flügel der starken Winterwinde und segeln zu Millionen in den Himmel. Glaube mir, es ist eine Schau, all diese regenbogenfarbenen Schleier, die unter den Wolken dahinziehen – obwohl sie für die Flieger eine nicht zu unterschätzende Gefahr bedeuten.«

»Also handelt es sich um eine Art Samen?«, fragte Athaclena.

»Ja, Sporenträger eigentlich. Die meisten Samen aber, die über dem Sind im Frühwinter niedergehen, sind steril. Vermutlich eine Spezies, die während des Bururalli-Terror ausgestorben war – ein weiteres Problem für die Ökologen zur Regenerierung der Natur.« Robert zuckte die Achseln. »Freilich, jetzt im Frühling sind die Knospen noch fest verschlossen. Es wird nicht leicht sein, einen Zweig abzuschneiden.«

Robert zog sein Messer und versuchte, einen zähen Zweig abzuschneiden. Die Kapsel aber sprang plötzlich auf, der Zweig schnellte zurück und traf Athaclena mit voller Wucht.

»Hoppla! Tut mir leid, Clennie.« Sie merkte, wie Robert versuchte, sein Lachen zu unterdrücken, während er ihr wieder auf die Beine half. *Wie ein kleiner Junge …,* dachte Athaclena.

»Bist du okay?«

»Danke, alles bestens«, gab sie süffisant zurück, während sie sich den Staub von den Hosen klopfte. Die gewölbte Innenfläche der

Platte ähnelte einer Schüssel, aus deren Mitte ein dicker zerfranster Wurzelstrang ragte.

»Gut so. Dann hilf mir bitte, dieses Ding da zu der Sandbank zu schleppen, die dicht über dem Abhang liegt.«

Das Plateau erstreckte sich bis hin zum überhängenden Felsen, der ihn von drei Seiten begrenzte. Mit vereinten Kräften wuchteten sie den schalenförmigen Stein bis zu der Stelle, wo der grüne Abhang begann.

Robert säuberte den Innenraum, so gut es ging, trat dann einen Schritt zurück, um sein Werk zu betrachten. »Das müsste gehen.« Er stieß das Ding mit dem Fuß an. »Dein Vater wollte, dass ich dir alles zeige, was ich von Garth kenne. Ich glaube, es gehört dazu, dass du auch einmal in einer solchen Kutsche fährst.«

Athaclena schaute sich um und riskierte einen Blick in den Abgrund, der sich vor ihnen auftat. »Meinst du wirklich …« Aber Robert war bereits dabei, ihr Gepäck in ihrem neuen Fahrzeug zu verladen. »Das ist doch wohl nicht dein Ernst, Robert.«

Er aber zuckte die Achseln und schaute zu ihr auf. »Wir können freilich auch eine oder zwei Meilen zurücklaufen und versuchen, diese Stelle zu umgehen, wenn dir das lieber ist.«

»Du meinst es *wirklich* ernst«, seufzte Athaclena. Es war schon schlimm genug, dass ihr Vater und ihre Freunde daheim sie für furchtsam hielten. Also konnte sie das Angebot dieses *Menschensohnes* nicht gut ablehnen. »Nun gut, Robert. Zeig mir, wie es geht!«

Robert stieg in das »Boot« und prüfte seine Standfestigkeit. Dann forderte er sie auf, ebenfalls einzusteigen. Sie kletterte in das wacklige Ding, setzte sich auf den Platz, den Robert ihr anwies, ihm direkt gegenüber, mit gespreizten Knien, während sie die Wurzel umklammerte.

Dann, während ihre Corona vor nervöser Spannung wehte,

geschah es wieder. Athaclena spürte etwas, das sie veranlasste, die rauen Kanten der Platte zu umklammern und sie in wiegende Bewegung zu versetzen.

»He! Vorsicht! Wir wären um ein Haar gekentert!«

Athaclena packte seinen Arm, während sie das Tal unter ihnen mit den Augen abtastete. Rund um ihr Gesicht flatterten kleine dünne Fühler. »Ich habe es deutlich gespürt. Es steckt irgendwo da unten im Wald, Robert!«

»Was? *Was* ist dort unten?«

»Dieses Etwas, das ich bereits früher wahrgenommen habe: Dieses Ding, das weder ein Mensch noch ein Schimpanse ist! Es war ein bisschen wie früher, aber doch ganz anders. Und es strotzt vor Potenzial!«

Robert schirmte seine Augen ab. »Wo denn? Kannst du mir die Richtung zeigen?«

Athaclena konzentrierte sich und versuchte, diese vage Quelle der Emotionen zu lokalisieren.

»Jetzt … jetzt ist es weg«, seufzte sie schließlich.

Robert war sichtlich nervös. »Bist du sicher, dass es nicht doch nur ein Chim war? Da in den Bergen gibt es eine Menge, die in den Hügeln und im Tal arbeiten.«

Athaclena bildete eine *Palanq*-Glyphe. Dann fiel ihr ein, dass Robert nicht fähig war, eine Glyphe zu deuten und ihre Enttäuschung nachzuvollziehen. Also *zuckte sie die Achseln,* was etwa das gleiche Gefühl ausdrückte.

»Nein, Robert. Du weißt, dass ich viele Neoschimpansen gesehen habe. Doch jenes Wesen, das ich gespürt habe, war ganz anders! Ich schwöre, dass es kein voll vernunftbegabtes Wesen war. Und außerdem war da ein Gefühl von Traurigkeit, von unterdrückter Kraft …«

Athaclena wandte sich in plötzlicher Erregung Robert zu. »Könnte es vielleicht ein ›Garthlinger‹ gewesen sein? Geschwind, Robert, lass uns eilen. Vielleicht können wir näher ran!« Sie setzte sich in die Steinschale vor den Wurzelstock und schaute erwartungsvoll zu Robert auf.

»Die berühmte tymbrimische Anpassungsfähigkeit«, seufzte Robert. »Jetzt auf einmal kannst du es gar nicht mehr abwarten! Und ich hatte gehofft, dir eine schöne und einmalige Abfahrt bieten zu können.«

Jungs, dachte sie erneut und schüttelte den Kopf. *Lauter unreife Kinder. Wie können sie so was denken, selbst im Scherz?*

»Nun hör auf zu spaßen und lass uns endlich gehen!«, drängte sie.

Er setzte sich in die Muschel direkt hinter sie, und Athaclena klammerte sich an seinen Knien fest. Ihre Fühler wehten über sein Gesicht, doch Robert beklagte sich nicht. »Alles bestens. Und ab geht's!«

Der Duft seines menschlichen Körpers umwehte sie, als er das »Fahrzeug« mit den Füßen abstieß und die steinerne Muschel zu schlittern begann.

Robert musste an seine Kindertage denken, während ihr Schlitten an Geschwindigkeit gewann und über den unebenen Boden, über Stein und Gras stolperte. Athaclena hatte seine Knie fest umschlungen. Ihr Lachen klang höher und erinnerte eher an den Klang einer Glocke als an das Lachen der Menschenmädchen. Auch er musste lachen und rufen, während sich Athaclena mal nach rechts, mal nach links hinauslehnte, um ihren hüpfenden Schlitten zu steuern.

Ich war höchstens elf Jahre alt, als ich eine solche Schlittenpartie machte.

Bei jedem Hopser schlug sein Herz höher. Keine Achterbahn in keinem Lunapark der Erde konnte ein solches Vergnügen bereiten! Athaclena stieß kurze Laute des Entzückens aus, sooft sich ihr Fahrzeug vom Boden löste, einen Moment frei schwebte und dann wieder schwer auf den Grund knallte. Ihre Corona war ein einziger Sturm aus silbernen Fühlern, die vor lauter Spaß an der Freude wehten wie Fahnen im Wind.

Ich hoffe nur, dass ich noch weiß, wie man so einen Schlitten richtig steuert.

Vielleicht lag es daran, dass er nicht richtig fit war, oder dass ihn Athaclenas Gegenwart irgendwie ablenkte. Wie dem auch sei – Robert reagierte zu spät, als plötzlich ein Baumstumpf vor ihm auftauchte – ein Relikt des Eichenwaldes, der früher die Hügel bedeckt hatte – und wie ein Pfahl aus dem Boden ragte.

Athaclena lachte froh, als sich Robert scharf nach links hinauslehnte, um ihr störrisches Boot wieder in den Griff zu bekommen. Nun war ihr Fahrzeug ganz und gar außer Kontrolle geraten, drehte sich wie wild um die eigene Achse, schlitterte und taumelte dahin. Dann stieß es gegen irgendein unsichtbares Ding. Der Aufprall war so heftig, dass ihr Gepäck aus der Muschel flog.

In diesem Augenblick waren das Glück und ihr tymbrimischer Instinkt mit Athaclena. Ihre Stresshormone ergossen sich in ihren Körper, und wie in einer Reflexbewegung zog sie den Kopf ein und rollte sich zusammen wie ein Ball. Beim Zusammenstoß aber reagierte ihr Körper wie ein Gummiball und wurde auf die Steinplatten geschleudert.

All dies ging in Sekundenschnelle vor sich. Sie wurde von gewaltigen Kräften hin und her gerissen, herumgestoßen wie ein rollender Stein. Ihre Ohren klangen, es sauste und brauste, und ihre Corona blähte sich auf, während sie sich um ihre eigene Achse drehte und immer tiefer stürzte.

Schließlich gelang es Athaclena, sich festzuhalten und sich direkt am Waldrand in der Talsohle hochzurappeln. Zunächst musste sie sich anlehnen, weil die *Gheer*-Enzyme den Preis für ihre schnelle Reaktion forderten. Ihr Atem ging schwer und keuchend, ihr ganzer Organismus stand Kopf und konnte die plötzliche Überlastung nur schwer verkraften.

Außerdem spürte sie Schmerzen, die in ihr aufstiegen und die sie kaum lokalisieren konnte. Wahrscheinlich hatte sie nur ein paar Prellungen und Schrammen davongetragen. Wo also kamen die Schmerzen her, die sie empfand ...?

Doch dann wusste sie es sofort, sobald sie sich gestreckt und die Augen geöffnet hatte. Dieser Schmerz kam von Robert! Denn der Menschensohn lag irgendwo auf dem Boden und wand sich vor Schmerzen.

Sie stand vorsichtig auf, immer noch benebelt von der Reaktion und beschattete ihre Augen, während sie den sanften Hügelhang beobachtete. Der Menschensohn aber war nicht in Sicht. Also versuchte sie, ihn mit Hilfe ihrer Corona aufzuspüren. Diese Flut von Schmerz, die sie empfing, führte sie weiter. Und sie folgte dem Ruf, hinkend und stolpernd bis zu einer Stelle unweit des umgestürzten Schlittens.

Roberts Beine schauten unter einer dicken Schicht von Steinen und Platten hervor. Athaclena versuchte ihn zu befreien, aber der Versuch misslang. Er stöhnte und murmelte etwas vor sich hin. Ein heißer Schauer von *agones* fuhr durch Athaclenas Corona.

Sie aber kniete sich neben dem Verletzten hin. »Robert! Was ist mit dir? Kannst du überhaupt atmen?«

Wie dumm von mir, dachte sie gleichzeitig, *so viele Fragen zu stellen, da Robert wohl kaum bei Bewusstsein ist!*

Ich muss irgendetwas unternehmen! Athaclena zückte ihren Laser und versuchte, all die schweren Steinplatten und all das Geröll und Wurzelwerk zu lockern. Doch so ganz wollte es ihr nicht gelingen.

Denn immer noch versperrten verknotete, verschlungene, fleischige Lianen den Weg zu dem Verunglückten, nagelten ihm Arme und Beine fest. »Robert, ich muss jetzt direkt an deinem Ohr schneiden. Bleib jetzt still und rühr dich nicht!«

Robert gab unverständliche Laute und Wortfetzen von sich.

Sein rechter Arm war verdreht, und um ihn herum war soviel Angst und Schmerz, dass Athaclena ihre Corona einziehen musste, um sie nicht zu überlasten.

Diese Aliens waren nun mal nicht so widerstandsfähig wie die Tymbrimer, so die Erfahrung. Nun musste sie sich aber wundern, dass sie mindestens so zäh waren.

Robert schnappte nach Luft, als sie endlich den letzten Stein angehoben und beiseitegeräumt hatte. Seine Augen waren geschlossen, doch seine Lippen bewegten sich, als würde er leise vor sich hinsprechen. *Was ging in ihm vor?*

Wahrscheinlich versuchte er sich zu sammeln, vielleicht wollte er auch nur Schäfchen zählen – eine Art »Selbsthypnose«, die man den Menschenkindern in der Schule beibrachte. Eine primitive Methode, die aber bei Robert anscheinend wirkte.

»Ich werde versuchen, all das Wurzelwerk wegzuschneiden, das deine Arme festhält«, sagte sie zu ihm.

Er aber schüttelte verzweifelt den Kopf. »Schnell, Clennie. Ich habe solche Schmerzen nie gekannt …« Er seufzte tief auf, als auch die letzte Wurzel, der letzte Ast gespalten war. Nun war sein Arm zwar frei, aber er war gebrochen.

Und was jetzt?, dachte Athaclena besorgt. Es war stets gefährlich, mit einem Verwundeten einer anderen Spezies Kontakt aufzunehmen und ihn zu betreuen. Der Mangel an Erfahrung war nur ein Teil des Problems. Und wenn man unvoreingenommen und instinktiv helfen wollte, konnte man schwer danebengreifen, wenn es sich um ein Wesen handelte, das einer fremden Spezies entstammte.

Athaclena griff sich eine Handvoll coronaler Fühler und drehte sie unentschlossen in ihrer Hand hin und her. *Einige Dinge,* so dachte sie, müssten doch irgendwie universal sein.

Zunächst einmal galt es festzustellen, ob der Patient atmete – dies hatte sie automatisch getan.

Den Ausfluss von Körperflüssigkeiten – also etwa Blutungen –

stoppen. Ihre Erfahrungen, was solche betraf, beschränkten sich auf alte Filme aus der Vorkontakt-Zeit, die sie sich zusammen mit ihrem Vater bei einer Reise nach Garth angeschaut hatte, irgendwelche uralten Krimis, wo dauernd von Räubern und Gendarmen die Rede war. Nach diesen Filmen zu urteilen waren Roberts Wunden höchstens »Kratzer«. Doch sie vermutete, dass diese alten Filme nicht sehr realistisch waren.

Ach, wenn die Menschen nur nicht so schwach und zerbrechlich wären!

Athaclena eilte zu Roberts Rucksack und suchte nach dem Radio in der unteren Seitentasche. Aus Port Helenia konnte in einer knappen Stunde Hilfe kommen, und der Rettungsdienst konnte ihr sagen, was sie in der Zwischenzeit zu tun hatte.

Das Radio war ein einfaches tymbrimisches Gerät, doch es blieb stumm, als sie auf den Schalter drückte.

Nein. Das Ding musste funktionieren! Sie schüttelte das Gerät und drückte erneut auf die Taste, aber nichts geschah.

Athaclena öffnete den Deckel auf der Rückseite und stellte fest, dass der Transmitterkristall fehlte. Sie runzelte die Stirn und dachte nach. Wie konnte das sein?

Also waren sie von der Welt abgeschnitten und ganz auf sich angewiesen. »Robert«, sagte sie, während sie sich wieder zu ihm hinkniete. »Du musst mir einen Rat geben. Ich kann dir nicht helfen, wenn du mir nicht sagst, was ich tun soll!«

Der Menschensohn aber zählte weiter von eins bis zehn, immer und immer wieder. Sie musste ihre Frage einige Male wiederholen, bis er sie endlich verstand und sein Blick klarer wurde. »Ich … ich glaube, mein Arm ist k-kaputt, Clennie …« Er schnappte nach Luft. »Hilf mir aus der Sonne … dann gib mir Tabletten …«

Dann verdrehte er die Augen und fiel wieder in Ohnmacht. Für Athaclena war zwar ein solches Nervensystem unvorstellbar, das, von Schmerz gepeinigt, dem Patienten keine Selbsthilfe erlaubte. Doch Robert konnte schließlich nichts dafür, dass sein Gehirn einen Kurzschluss hatte.

Immerhin war es gut, dass er in Ohnmacht gefallen war. So waren die Schmerzen für eine Weile ausgeschaltet, und Athaclena fiel es leichter, ihn über den unebenen Boden in den Schatten zu bringen, ohne seinen gebrochenen Arm unnötig zu belasten.

Du schwerknochiger, sehniger, muskulöser Mensch!, schimpfte Athaclena vor sich hin und ließ eine entsprechende Glyphe steigen, während sie den schweren Körper in den Schatten des Waldes zog.

Sie durchsuchte Roberts Gepäck und fand bald den Erste Hilfe-Kasten. Er enthielt unter anderem eine Tinktur, die Robert erst vor zwei Tagen benutzt hatte, als er sich am Finger verletzte. Nun goss sie diese Tinktur ganz einfach auf seine Wunden.

Robert murmelte etwas vor sich hin und bewegte sich. Sie aber konnte deutlich spüren, wie sich sein Körper gegen den Schmerz aufbäumte. Und dann begann er wieder automatisch zu zählen, wie vorhin, von eins bis zehn.

Sie bewegte die Lippen, während sie die Gebrauchsanweisung in Anglic auf einer Spraydose mit der Aufschrift »Fleisch-Schaum« las. Dann richtete sie die Düse auf Roberts Wunden und drückte auf den Knopf. Die Wunden wurden von einer Schutzschicht überzogen.

Jetzt musste sie sich nur noch um den Arm und um die Schmerzen kümmern. Robert hatte etwas von Tabletten oder Medikamenten gesagt – doch welche hatte er gemeint?

Es gab eine ganze Reihe kleiner Ampullen, säuberlich in Anglic und GalSieben beschriftet. Doch die Anweisungen für eine Indikation waren sehr spärlich. Außerdem gab es keinen Hinweis dafür, wie ein Nicht-Terraner ein menschliches Wesen behandeln sollte, ohne ihm Schaden zuzufügen. Also musste sie sich auf ihren logischen Verstand verlassen. Medikamente für den Notfall waren stets in Glasampullen verpackt, um eine schnelle und problemlose

Verabreichung zu sichern. Athaclena zog drei Glaszylinder heraus, auf gut Glück, die sich ähnlich sahen. Sie beugte sich vor, bis die Silberstreifen ihrer Corona über Roberts Gesicht fielen und ihr sein menschlicher Körpergeruch entgegenschlug – dumpf, und diesmal sehr männlich. »Robert«, flüsterte sie zärtlich in Anglic. »Ich weiß, dass du mich hören kannst. Nimm dich zusammen! Ich brauche dein Wissen, hier und jetzt!«

Wahrscheinlich wollte sie ihn nur aufrütteln, ihn aus seiner Ohnmacht wecken, weil sie spürte, dass seine Schmerzen zunahmen. Robert verzog das Gesicht und begann wieder laut zu zählen.

Tymbrimer schimpfen nicht wie die Menschen. Ein Purist würde sagen, dass sie stattdessen »stilistische Statements« von sich gaben. Doch von Zeit zu Zeit, wie etwa in einer solchen Situation konnte sich auch ein Tymbrimer nicht helfen. Athaclena murmelte in ihrer Muttersprache Unverständliches vor sich hin.

Nun war Robert freilich kein Adept, selbst nicht in dieser harten Technik der »Selbsthypnose«. Seine Schmerzen, seine Pein gingen ihr durch Mark und Bein, sodass Athaclena einen tiefen, verzweifelten Seufzer hören ließ. All dies war für sie fremd und ungewöhnlich. Und sie spürte etwas unter ihren Augenlidern, was ihren Blick trübte und verdammt nach menschlichen Tränen aussah.

Also gab es für sie nur eine Möglichkeit, und das hieß, mehr aus sich herauszugehen als üblich, mehr als im Familienkreis. Ihr war dabei nicht wohl zumute, aber sie hatte keine andere Wahl. Sie musste noch näher an ihn heranrücken, wenn sie ihn ansprechen wollte.

»Ich … ich bin bei dir, Robert. Teil mit mir dein Leid und deine Schmerzen. Wir wollen sie gemeinsam tragen.«

Sie versuchte, sich all den Schmerzen, all den Gefühlen und Gedanken zu öffnen, die auf sie einströmten – so un-tymbrimisch und dennoch so vertraut, als wären sie ihr längst bekannt.

Ihr wurde heiß und kalt, und ihr war, als fielen schwere Tropfen wie Metallklumpen in ihr Gemüt.

… *Metallklumpen?* …

Dieser Gedanke brachte Athaclena schier aus dem Gleichgewicht. Noch nie hatte sie die Bedeutung einer Metapher so deutlich empfunden. Dies war mehr als nur ein Vergleich, bei dem es hieß, dass ein Ding wie das andere sei. Für einen Augenblick hatte sie das Gefühl, dass diese Metallkugeln auf ihrer Haut brannten.

Es ist merkwürdig und schwer, ein Mensch zu sein.

Athaclena versuchte, all die Bilder zu verscheuchen und zu verdrängen, die auf sie einstürmten. Sie näherte sich wieder dem *agone*-Nexus, bis sie eine Barriere stoppte. *Eine weitere Metapher?* Diesmal war es ein leiser Strom von Schmerz – ein Fluss, der ihren Weg kreuzte.

Was sie brauchte, war ein *usunltlan,* ein Schutzfeld, um zu den Ursprüngen dieses Stroms vorzudringen. Doch wie konnte man in die Gedanken eines menschlichen Wesens eindringen?

Während sie noch mit diesem Problem beschäftigt war, war es ihr, als würden nebelhafte Gestalten an ihr vorbeiziehen. Die Gestalten verdichteten sich und nahmen allmählich Gestalt an. Athaclena sah sich plötzlich in einem kleinen Boot stehen. Und sie hielt ein Ruder in den Händen.

War dies jetzt ein *usunltlan,* das sich in den Gedanken, im Sinn eines Menschen manifestierte? Vielleicht in Form einer *Metapher?*

Nun begann sie gegen den Strom zu schwimmen, hinein in den brodelnden Mahlstrom.

Formen und Gestalten schwebten an ihr vorüber, wanden sich und drehten sich in dem Nebel, der sie umgab. Jetzt trieb eine Maske an ihr vorbei, die aussah wie ein Gesicht, das eine Grimasse schnitt. Die meisten grotesken Dinge aber, die sie erblickte, konnten nie in einem realen Universum existiert haben.

Da nun Athaclena nicht gewöhnt war, das Netzwerk eines Gehirns optisch zu erfassen, dauerte es eine ganze Weile, bis sie sich bewusst wurde, dass all die seltsamen Formen und Gestalten nichts weiter waren als Erinnerungsbilder, der Niederschlag von Konflikten und Emotionen.

So ein Haufen Emotionen! Athaclena wäre am liebsten davongelaufen, weil sie unter all diesen Eindrücken schier verrückt wurde.

Nun war es aber ihre tymbrimische Neugier, die sie festhielt, und obendrein auch die Pflicht.

Das alles ist so seltsam und so fremd, dachte sie, während sie durch diesen metaphorischen Sumpf watete. Halb geblendet durch Schwaden von Schmerzen, die an ihr vorbeizogen, blieb ihr nichts anderes übrig, als sich zu wundern und sich durchzukämpfen. Ach, wäre sie nur ein echter Telepath, um zu *wissen,* anstatt zu raten, was all diese Symbole zu bedeuten hatten!

Hier gab es mindestens so viele Strömungen, so viele Wege wie im Seelenbereich eines Tymbrimers. Einige dieser fremden Bilder und Wahrnehmungen kamen ihr seltsam bekannt und vertraut vor. Vielleicht ging das alles auf Urzeiten zurück, als ihre Spezies oder Roberts Spezies sprechen gelernt hatte – ihr Volk durch die Entwicklung und die Menschen durch Schwerstarbeit – zu einer Zeit, als zwei verschiedene kluge Tiere unter ähnlichen Verhältnissen in der Wildnis zweier verschiedener Welten lebten, auf irgendwelchen Planeten, die Lichtjahre weit voneinander entfernt waren.

Es war schon recht seltsam, mit zwei Augenpaaren gleichzeitig zu sehen. Da war das eine, das mit Staunen das Reich der Metaphern schaute, und das andere, das reale, das Roberts Gesicht in nächster Nähe des ihren unter dem Dach ihrer Corona betrachtete.

Der junge Mann blinzelte, seine Lider zuckten. Er hatte endlich aufgehört zu zählen. Sie aber schien allmählich begriffen zu haben, was da vor sich ging. Robert musste aber etwas recht Bizarres empfinden. Sie erhaschte einen Ausdruck: *déjà vu* … kurze

Erinnerungen an Dinge, die neu und gleichzeitig alt waren. (Eine neuartige Situation wird für einen kurzen Augenblick als bereits bekannt erlebt. Ein paradoxes Gefühlserlebnis.)

Athaclena konzentrierte sich und bildete eine zarte Glyphe, ein flackerndes Leuchtfeuer, das mit seinen tiefsten Gehirnharmonien im Gleichtakt schwang. Robert schnappte nach Luft. Sie aber konnte deutlich spüren, wie er versuchte, das Gedankengebilde zu fassen.

Sein metaphorisches Ich nahm neben ihr im kleinen Boot Gestalt an und hielt ebenfalls ein Ruder in der Hand. Auf diesem Niveau schien es so, als würde er sich nicht einmal fragen, wie er überhaupt hierhergekommen war.

Nun wateten sie gemeinsam durch das Meer der Schmerzen, die ihren Ursprung in seinem gebrochenen Arm hatten. Sie mussten durch Wolkenwirbel schreiten, Wolken von *agones,* die heranbrandeten und wie Vampire ihr Blut auszusaugen versuchten. Da gab es Hürden, Stolpersteine und Strudel und Stimmen, die aus finsteren Tiefen an ihr Ohr drangen.

Schließlich waren sie an einem Teich angelangt, am Zentrum des Problems. Tief unten lag ein Eisengitter, das in eine Art Steinboden eingelassen war. Der Abfluss aber war mit entsetzlichem, stinkendem Müll verstopft. Robert wich erschrocken zurück. Athaclena aber wusste, dass dies nichts weiter waren als emotionsgeladene Erinnerungen – die als Zähne und Klauen, in Masken und Fratzen Gestalt angenommen hatten. *Wie konnten die Menschen eine solche fürchterliche Ansammlung von seelischem Abfall zulassen?* Sie war benommen und irgendwie auch erschrocken.

»Das sind Neurosen«, sprach Roberts innere Stimme zu ihr. Er wusste genau, was sich vor ihrem inneren Auge abspielte und war mehr erschrocken als sie.

Robert schaute hinab auf seine Feinde – und Athaclena sah, dass viele Gesichter, die unter ihm schwebten, nichts weiter waren als zerknitterte, scheußliche Versionen seines eigenen Gesichts.

»Das ist nun meine Aufgabe, Clennie. Wir haben bereits lange vor dem Kontakt gelernt, dass es nur einen Weg gibt, mit solchen Situationen wie diesen fertigzuwerden. Die Wahrheit ist die einzige wirksame Waffe.«

Das Boot schwankte, als Roberts metaphorisches Ich sich abwandte und in den Schmelztiegel des Schmerzes eintauchte.

Robert!

Schaum und Gischt kamen auf. Das kleine Fahrzeug wiegte sich auf den stürmischen Wellen; sie musste sich mit beiden Händen am Rande dieses ungewöhnlichen *usunltlan* festhalten. Die Flut kam von allen Seiten, und unten über dem Gitter rumorte es gewaltig.

In der realen Welt, in der Wirklichkeit war Roberts Gesicht von Schweiß überströmt. Und Athaclena musste sich fragen, wieviel Schmerz und Pein er noch ertragen konnte.

Zögernd nur steckte sie ihre Image-Hand in den Teich. Es tat zwar weh und brannte höllisch, doch sie streckte diese imaginäre Hand nach dem Gitter aus.

Und da war etwas, das nach ihr griff! Sie versuchte, ihre Hand zurückzuziehen, doch sie konnte sich aus diesem festen Griff nicht lösen. Ein entsetzliches Monster, das Roberts verzerrte Züge trug, tauchte auf und versuchte lüstern, sie in die Tiefe zu zerren. Athaclena schrie laut auf.

Jetzt tauchte eine andere Schattengestalt auf und umschlang das Monster. Der feste Griff an ihrem Arm lockerte sich, und sie stürzte rücklings ins Boot. Und siehe da, das kleine Fahrzeug fuhr los, preschte vorwärts. Um sie herum aber strömte der ganze Schmerz in den Abfluss. Ihr Boot aber fuhr rasch dahin, flussaufwärts, gegen den Strom.

Robert will mich abwehren, wurde ihr plötzlich bewusst. Der Kontakt wurde immer schwächer und brach schließlich ganz ab. Auch die metaphorischen Bilder waren plötzlich verschwunden.

Athaclena blinzelte wie jemand, der aus einem Traum erwacht. Sie kniete auf dem weichen Boden, und Robert hielt ihre Hand, während er durch zusammengebissene Zähne atmete.

»Ich musste dich stoppen, Clennie … Das war viel zu gefährlich für dich …«

»Doch du leidest solche Schmerzen!«

Er aber schüttelte den Kopf. »Du hast mir gezeigt, wo die Blockade liegt. Ich … ich kann jetzt mit diesem neurotischen Mist allein fertigwerden, nachdem ich weiß, dass es ihn gibt … Zumindest vorerst. Und … darf ich dir sagen, dass es einem Burschen nicht schwerfällt, sich in dich zu verlieben?«

Athaclena richtete sich plötzlich auf, um ihre Gefühle zu verbergen. Sie hielt die drei Ampullen hoch. »Nun sag mir, welches Medikament deine Schmerzen lindert, aber dein Bewusstsein nicht trübt, damit du mir helfen kannst!«

»Die blaue da. Halt mir die Ampulle unter die Nase, aber sieh zu, dass du nichts davon erwischst! Ich habe keine Ahnung, wie du auf Paraendorphine reagieren würdest!«

Als Athaclena die Ampulle aufbrach, stieg eine dichte kleine Rauchwolke auf. Robert atmete einen Teil davon ein, während der Rest schnell verflog.

Robert stieß wieder einen tiefen Seufzer aus, sein Körper entspannte sich. Nun schaute er wieder zu ihr auf, und seine Augen leuchteten hell und klar. »Ich weiß nicht, ob ich noch länger bei Bewusstsein geblieben wäre. Doch es war die Sache wert … nämlich meinen Geist und meinen Sinn mit dir zu teilen.«

Ihr aber kam es so vor, als würde sie in ihrer Aura eine simple, aber elegante Version von *zunour'thzun* tanzen. Athaclena war überrascht und musste an sich halten.

»Du bist ein seltsames Wesen, Robert. Ich …«

Dann schwieg sie. Die Glyphe … sie war entschwunden, dachte sie. Doch wie konnte Robert eine solche Glyphe hervorrufen?

Athaclena nickte und lächelte. Die menschlichen Manierismen kamen leicht, wie gerufen, wie eine Art Programm.

»Ich habe genau dasselbe gedacht, Robert. Ich … ich halte es auch für wertvoll.«

Fiben 13

Direkt über einer Klippe am Rande eines schmalen Tafellandes stiegen immer noch schwere Staubwolken auf, von jener Stelle, wo die abgestürzte Maschine tiefe Furchen in den Boden gegraben hatte. In nur wenigen Sekunden war dort ein ganzes Waldstück wegrasiert worden, weil der Havarist erst über den Boden gehüpft, sich dann um die eigene Achse gedreht, Erde und Pflanzen wie ein Vulkan verstreut hatte, bevor die Maschine endlich zum Stillstand kam.

Der Unfall hatte sich bei Nacht ereignet. Ganz in der Nähe waren auch andere Bruchstücke niedergegangen – lauter Weltraummüll; sie hatten die Steine gespalten und Brände entfacht – doch an dieser Stelle hatte es nur eine gewaltige Explosion gegeben.

Nach dem Aufprall aber kam die Welt erst richtig in Bewegung. Es gab einen gewaltigen Erdrutsch, Bäume wurden entwurzelt und schlitterten den Abhang hinab. Unten aber, am Fuß eines Hügels lag das Wrack, knisternd und funkensprühend, als der kalte Nebel die glühenden Metallflächen berührte. Dann wurde es wieder still, die Natur hatte sich beruhigt. Einheimische Kleintiere lugten aus ihrem Bau. Einige von ihnen wagten sich weiter vor, beschnüffelten das heiße, qualmende Ding und wandten sich dann ab, gingen ihrem Tagesgeschäft nach, auf Futtersuche, um einen weiteren Tag zu überleben.

Es war eine schlimme, eine harte Landung. Der Pilot in seiner Rettungskapsel rührte sich nicht. Eine Nacht und ein Tag vergingen, und immer noch kein Lebenszeichen.

Endlich kam Fiben mit einem Seufzer wieder zu sich. *»Wo …? Was …?«*, krächzte er.

Sein erster bewusster Gedanke war, dass er sogleich in Anglic gesprochen hatte. *Das ist gut,* meinte er zufrieden, wenn auch noch etwas benommen. *Also kein Gehirnschaden.*

Das Sprachvermögen war bei Neoschimpansen eine kritische Sache, eine Fähigkeit, die nur zu leicht verloren gehen konnte. Eine Aphasie aber – der Verlust des Sprachvermögens – konnte sich nachteilig auf die Beurteilung und Einstufung auswirken, unter Umständen eine genetische Rückstufung bedeuten.

Freilich waren Plasmaproben von Fiben zur Erde gesandt worden, und wahrscheinlich war es bereits zu spät, sie zurückzurufen. Also was soll's? Außerdem hatte er sich nie darum gekümmert, welche Farbe seine Prokreationskarte hatte.

Zumindest aber nicht mehr und nicht weniger als die anderen Chims.

Oha, jetzt werden wir auch noch philosophisch? Wollen versuchen, das Unvermeidliche hinauszuschieben? Fiben, alter Chim, nur keine Müdigkeit vorgeschützt! Öffne die Augen, reiß dich am Riemen und schau nach, ob du alle deine Knochen beisammenhast!

Schließlich gelang es ihm, seine fünf Sinne zusammenzuklauben und sich umzusehen. Er sah, dass die Schutzscheibe gebrochen und verschmutzt war. Eine dicke Schicht aus Schlamm und Pflanzenresten verklebte sie, da und dort vom Regen abgewaschen, der seit seiner Bruchlandung gefallen war.

Jetzt merkte Fiben auch, warum er sich zunächst nicht orientieren konnte. Die Kapsel hatte nämlich mehr als 50 Grad Schlagseite. Er zerrte an den Sicherheitsgurten, bis sie endlich ausklinkten und er gegen die Armlehne prallte. Dann dauerte es noch eine Weile – und er musste sich, leise vor sich hin fluchend, gewaltig anstrengen – bis endlich die verklemmte Luke aufging und den Weg unter einem wahren Regen von Blättern und Steinchen freigab.

Dann musste er ein paar Minuten lang verschnaufen, bis er endlich schwer atmend am Lukenrand hing.

Fiben biss die Zähne zusammen. »Also los, weiter!«, knurrte er leise. »Nichts wie *raus* da!« Er stemmte sich hoch, ohne auf die heiße Außenhaut und seine Prellungen zu achten, zwängte sich durch die schmale Öffnung und tastete nach einem sicheren Halt, wo er den Fuß aufsetzen konnte. Dann endlich spürte er festen Boden unter den Füßen. Doch als er den Lukenrand losließ, versagte sein linker Knöchel. Er stürzte und fiel hart auf die Nase.

»Au!«, rief Fiben laut. Er streckte die Hand aus und holte einen scharfen Stecken hervor, auf dem sein Handbuch aufgespießt war. Er starrte das Ding ungläubig an, dann sank er auf den Berg von Dreck und Pflanzen, der die Kapsel umgab.

Direkt vor ihm, keine zehn Meter weit entfernt, ragte ein steiler Abhang im Dämmerlicht des Morgens in den Himmel. Darunter rauschte ein Wasserfall. *Ja nun,* dachte er, *noch ein paar Meter weiter, und ich hätte ein kühles Bad nehmen und meinen Durst löschen können.*

Als die Morgensonne höher stieg und die Berghänge beleuchtete, als die ersten Strahlen ins Tal fielen, wurden erst die Trümmer des Raumschiffs sichtbarer, die in der ganzen Gegend verstreut waren. *Also lebe wohl, gute alte* Proconsul, dachte Fiben. *Siebentausend Jahre lang loyal im Dienst der rund fünfzig galaktischen Spezies – und nun alles zersplittert und verstreut, über einen kleinen Planeten, durch Fiben Bolger, den Klienten der Wolflinger, einem nur halb ausgebildeten Piloten der Miliz. Welch ein unwürdiges Ende für einen alten Kämpen!*

Nun hatte er sein Schiff überlebt, und auch er selbst hatte überlebt, zumindest für eine Weile.

Irgendjemand hatte einmal gesagt, die Vernunft sei daran zu messen, wie viel Energie einer für andere Dinge als für das Überleben übrig hatte. Fibens Körper fühlte sich zwar an wie ein Stück halb gargekochtes Fleisch – dennoch brachte er es fertig, den

Mund zu einem Lächeln zu verziehen. Er war einige Millionen Meilen gestürzt, war aber immer noch am Leben. Eines Tages konnte er die Geschichte vielleicht sogar seinen Enkeln erzählen.

Er rappelte sich hoch, stützte sich auf den aufgewühlten Boden und lachte trocken auf.

»Also los, Tarzan, pack es an!«

Uthacalting 14

»… Wir kommen als Freunde der galaktischen Tradition, als Beschützer des Friedens und der Ehre, die das Vermächtnis unserer Vorfahren erfüllen, ihren Willen durchsetzen wollen, derjenigen, die unseren Weg vor unendlichen Zeiten vorgezeichnet haben …«

Uthacalting war in Galactic Drei nicht so gut bewandert. Darum hatte er das Invasionsmanifest der Gubru auf seinem Recorder aufgezeichnet, um es dann später wieder abhören und studieren zu können. Er hörte nur mit einem Ohr zu, während er seine Vorbereitungen traf.

… mit einem Ohr … Seine Corona zirpte wie ein Spatz vor lauter Vergnügen, als er feststellte, dass er sich in Gedanken dieser Phrase bedient hatte. Diese menschliche Metapher tat seinen Ohren weh.

Die Chims um ihn herum hatten ihre Empfänger auf Anglic-Übersetzung eingestellt, weil die Sendungen vom Gubru-Schiff in dieser Sprache eingingen. Dies war eine »inoffizielle« Version des Manifests, da Anglic als eine Wolflinger-Sprache betrachtet wurde, die sich für die Diplomatie nicht eignete.

Uthacalting bildete die Glyphe *l'yuth'tsaka,* eine Art lange Nase, die er den Invasoren machte. Einer seiner Assistenten, ein Neoschimpanse, schaute verwundert zu ihm auf. Dieser Chim musste eine latente Psi-Begabung besitzen, stellte er fest. Die anderen drei haarigen Klienten aber hatten sich unter einem Baum verkrochen und lauschten den Doktrinen der Invasionsarmee.

»… im Einvernehmen mit dem Protokoll und allen Kriegsgesetzen wurde ein Rescript zur Erde gesandt, in dem wir unsere Anliegen dargelegt haben …«

Uthacalting brachte das letzte Siegel an der Luke des Diplomatenspeichers an. Die pyramidalen Strukturen standen auf einem Steilhang, von wo aus man die See von Cilmar südwestlich der anderen Gebäude der tymbrimischen Botschaft überblicken konnte. Draußen auf dem Ozean herrschte reges Leben und Treiben. Alles war friedlich. Kleine Fischerboote kreuzten auf dem stillen Wasser, als hätte der Tag nichts Unfreundlicheres zu bieten als die paar Wolken am Himmel.

In der anderen Richtung, jenseits eines kleinen mit Thula-Gras bewachsenen Hains, das aus seiner Heimatwelt stammte, lag Uthacaltings Hauptquartier leer und verlassen da.

Genau genommen hätte er auf seinem Posten bleiben können. Doch Uthacalting wollte dem Versprechen der Invasoren nicht recht trauen, dass sie die Kriegsgesetze und Abmachungen stets einhalten würden. Denn die Gubru waren dafür bekannt, dass sie die Tradition stets zu ihrem Vorteil auslegten.

Immerhin hatte er Pläne geschmiedet.

Uthacalting prüfte das Siegel und trat einen Schritt zurück. Weit von der Botschaft entfernt war der Speicher, versiegelt und bewacht, für Jahrmillionen gesichert. Bei den Botschaftsgebäuden war es etwas anderes, auch wenn sie exterritorial waren, doch bei diesem sakrosankten Speicher hätten die Invasoren schon eine sehr gute Ausrede haben müssen, um das Siegel aufzubrechen.

Dennoch, Uthacalting lächelte. Hier wollte er den Gubru Vertrauen schenken.

Als er sich etwa zehn Meter von diesem Ort entfernt hatte, formte er eine einfache Glyphe und sandte sie zur Spitze der Pyramide, wo sich eine kleine blaue Kugel langsam zu drehen begann. Der Wächter wurde plötzlich ganz hell und ließ einen Summton hören. Darauf wandte sich Uthacalting ab und näherte sich den wartenden Chims.

»... vor allem wollen wir uns darüber beschweren, dass die Klientenspezies der Erdlinge, die als Tursiops amicus *oder als ›Neodelfine‹*

bezeichnet werden, eine Entdeckung gemacht hat, über die sie keine Mitteilung machen wollen. Es heißt, dass diese Entdeckung schwerwiegende Konsequenzen für die Galaktische Gesellschaft haben wird.

Der Clan der Gooksyu-Gubru aber, als Hüter der Tradition und Erbe der Progenitoren darf nicht ausgeschlossen werden! Es ist unser verbrieftes Recht, Geiseln zu nehmen, um diese halbgeformten Wasserwesen und ihre Wolflinger-Meister zu zwingen, ihre bislang geheim gehaltenen Informationen preiszugeben …«

Irgendwo in Uthacaltings Hinterkopf tauchte die Frage auf, was wohl die Klientenspezies der Menschen dort draußen jenseits der Galaxis entdeckt haben könnte. Er seufzte sehnsüchtig. So wie es in den Fünf Galaxien aussah, so, wie die Dinge liefen, musste er wohl eine lange Reise durch den Hyperraum auf der D-Ebene antreten und in einer Million Jahren wieder auftauchen, um das Geheimnis zu lüften. Bis dahin aber würde das alles längst der Vergangenheit angehören.

In der Tat: Was die *Streaker* getan hatte, um die Krise aufzuheizen, war im Augenblick kaum von Bedeutung. Der Großrat der Tymbrimer hatte sowieso angenommen, dass ein Ausbruch irgendwelcher Art in den kommenden Jahrhunderten zu erwarten war. Den Erdlingen war es lediglich gelungen, die Sache etwas hinauszuschieben. Das war alles.

Es ist allerhöchste Zeit … Uthacalting suchte nach der richtigen Metapher. Es war, als wäre ein kleines Kind aus seiner Wiege geklettert, wäre mitten unter VI'Korg-Bestien gelandet und hätte der Königin einen auf die Schnauze gehauen:

»… Zweitens haben wir den Verdacht – und dies ist ein weiterer Grund für unsere Intervention –, dass auf dem Planeten Garth Unregelmäßigkeiten bei der Entwicklung vorkommen!

Wir haben den schlüssigen Beweis dafür, dass die Klientenspezies, die als ›Neoschimpansen‹ bezeichnet werden, weder von ihrem menschlichen Patron noch von dessen tymbrimischen Konsorten entsprechende Betreuung erfahren …«

Die Tymbrimer? Und Konsorten? O ihr arroganten Avianer, ihr werdet für diese Beleidigung noch teuer bezahlen, dachte Uthacalting aufgebracht.

Die Chims erhoben sich schnell und verbeugten sich tief, als er sich ihnen näherte. Syulff-kuonn leuchtete kurz über den Spitzen seiner Corona auf, als er die Begrüßung erwiderte.

»Ich möchte ein paar Nachrichten senden. Wollt ihr mir helfen?«

Alle nickten. Die Chims fühlten sich offensichtlich untereinander nicht wohl, da sie aus verschiedenen sozialen Schichten stammten. Einer von ihnen trug stolz die Uniform eines Milizoffiziers, zwei andere auffallend elegante Zivilkleidung. Der Letzte aber, der ein seltsames Kostüm trug – eine Art Harnisch mit Tastaturen auf beiden Seiten, die dieser armseligen Kreatur das Sprechen ermöglichte, stand etwas abseits, und wagte kaum die Augen zu heben.

»Wir stehen zu Ihren Diensten«, sagte der schneidige Lieutenant, während er Habtacht stand. Dabei war er sich voll jener bewundernden Blicke bewusst, mit denen ihn seine Freunde in Zivil betrachteten.

»Gut so, mein Freund.« Uthacalting legte die Hand auf die Schulter und reichte ihm einen kleinen schwarzen Würfel. »Bring dies bitte zur Planetarkoordinatorin Oneagle mit meinen besten Grüßen. Sag ihr, dass ich meine Abreise verschoben habe und dass ich hoffe, sie bald wiederzusehen.«

Eigentlich ist dies keine Lüge, dachte Uthacalting, *dank der Sprache Anglic und ihrer Zweideutigkeit.*

Der Chim-Lieutenant verbeugte sich protokollgemäß, um dem Seniorpatron seine Reverenz zu erweisen. Dann machte er auf dem Absatz kehrt, ohne die anderen eines Blickes zu würdigen, und schritt mit gestelzten Schritten zu seinem Kurier-Motorrad.

Einer der Zivilisten, in der berechtigten Hoffnung, dass Uthacalting ihn hören würde, flüsterte seinem Kollegen ziemlich laut zu: »Ich hoffe, dass dieser eingebildete uniformierte Fatzke irgendwo auf die Nase fällt und in einer Pfütze landet.«

Uthacalting aber zog es vor, so zu tun, als hätte er nichts gehört. Manchmal war es von Vorteil, die anderen glauben zu lassen, dass die Tymbrimer ebenso schlecht hören wie sehen konnten.

»Und das hier ist für euch«, sagte er zu den beiden eleganten Zivilisten, wobei er jedem einen Beutel in die Hand drückte. Das Geld in diesen Beuteln war eine gute Währung, weil sie durch den Schatz der Großen Bibliothek gedeckt wurde.

Die beiden Chims verbeugten sich vor Uthacalting und versuchten ebenso forsch und vornehm zu wirken wie der Offizier. Er aber musste ein Lächeln unterdrücken, weil er die *foci* – das Zentrum des Bewusstseins der Chims – deutlich wahrgenommen hatte und daraus ersehen konnte, dass nichts auf dieser Welt für sie so wichtig war wie der Inhalt ihrer Geldbeutel.

»Also geht und verwendet das Geld, wie ihr wollt. Ich danke euch für eure Dienste.«

Die beiden aber, die zur kleinen kriminellen Unterwelt von Port Helenia gehörten, drehten sich auf dem Absatz um und zogen Leine. Uthacalting aber bediente sich einer weiteren menschlichen Metapher, die besagte, dass diese Affen seit seiner Ankunft seine ›Augen und Ohren‹ gewesen waren. Und freilich glaubten sie jetzt, endgültig ihre Pflicht erfüllt zu haben.

Und vielen Dank für alles, was ihr noch tun werdet, dachte Uthacalting. Er kannte seine Pappenheimer. Sie würden mit dem Geld um sich schmeißen und wahrscheinlich noch mehr Geld haben wollen. Denn in ein paar Tagen würden sie keinen Pfennig mehr in der Tasche haben.

Und eines Tages, schon sehr bald, würden sie andere Geldgeber finden, das wusste Uthacalting sicher.

»... gekommen sind als Freunde und Beschützer der vorbewussten Völker, um nachzuprüfen, ob sie in einem würdigen Clan als vollwertige Mitglieder aufgenommen und entsprechend betreut werden ...«

Nur ein einziger Chim blieb zurück und versuchte so aufrecht wie möglich zu stehen. Doch das arme Wesen trat von einem Fuß auf den anderen und grinste ängstlich.

»Und was ...?« Uthacalting brach unvermittelt ab. Seine Fühler wehten, und er drehte sich um und schaute über das Meer.

Ein Lichtstreifen tauchte über dem Kap auf der anderen Seite der Bucht auf, stieg und strebte Richtung Osten himmelwärts. Uthacalting beschattete die Augen, doch er verschwendete keine Zeit darauf, die Erdlinge wegen ihres Sehvermögens zu beneiden. Das glühende Ding stieg in die Wolken hinauf und zog einen hellen Kondensstreifen hinter sich her, den nur er ausmachen konnte. Das war wie der Hoffnungsschimmer eines fröhlichen Starts. Das Ding glühte noch einmal auf, glänzte im Licht, verblasste dann innerhalb weniger Sekunden und wurde dann eins mit den flockig weißen Kondensstreifen.

Oth'thushutn, sein Adjutant, Sekretär und Freund war es, der ihr Raumschiff aus dem Herzen der Kampfflotte hinausflog, die Garth umzingelte. Und wer weiß? Das tymbrimische Schiff war eine Spezialkonstruktion. Vielleicht würde ihm der Ausbruch gelingen.

Das allerdings war Sache seines Adjutanten. Seine Aufgabe bestand lediglich darin, den Versuch zu wagen.

Uthacalting schaltete wieder auf *kenning*. Irgendetwas glitt über diesen Lichtstrahl herab, eine Art funkensprühendes Vermächtnis. Er holte die letzte Glyphe seines Adjutanten ein und verwahrte sie an einem sicheren Ort, um sie eines Tages, sollte er durchkommen, den Hinterbliebenen zu überbringen.

Nun weilten nur noch zwei Tymbrimer auf Garth, und Athaclena war so sicher, wie es nur irgend möglich war. Nun wurde es für Uthacalting Zeit, sich um sein eigenes Schicksal zu kümmern.

»... um diese unschuldigen Wesen aus den Klauen all der Wolflinger und Kriminellen zu befreien ...«

Uthacalting wandte sich wieder dem kleinen Chim, seinem letzten Helfer, zu. »Und was ist mit dir, Jo-Jo? Willst du auch eine Aufgabe haben?«

Jo-Jo fummelte an den Tasten auf seinem Harnisch herum.

JA. BITTE.
ICH MÖCHTE DIR HELFEN

Uthacalting lächelte. Er musste sich beeilen, um Kault zu treffen. Der thennaninische Gesandte musste mittlerweile vor Wut platzen, während er neben Uthacaltings Fahrzeug auf und ab ging. Doch der Bursche konnte ruhig noch ein paar Minuten warten.

»Also gut«, sagte er zu Jo-Jo. »Du kannst etwas für mich erledigen. Kannst du ein Geheimnis bewahren?«

Der kleine Chim nickte eifrig. In seinen sanften braunen Augen war echte Achtung und Unterwürfigkeit zu lesen. Uthacalting hatte Jo-Jo eine Menge Zeit gewidmet, indem er ihm Dinge beibrachte, mit denen sich die Schulen auf Garth überhaupt nicht befassten – so etwa, wie man in der Wildnis überlebt oder einen einfachen Flitzer fährt. Jo-Jo war zwar nicht unbedingt der Stolz der Entwickelten, doch er hatte ein großes Herz. Eine Eigenschaft, die Uthacalting durchaus zu schätzen wusste.

»Siehst du das blaue Licht da oben, Jo-Jo?«

JO-JO ERINNERT SICH

erwiderte der Chim über seine Sprachhilfe.

JO-JO WEISS ALLES
WAS DU GESAGT HAST

»Also gut«, sagte Uthacalting und nickte. »Ich weiß Bescheid. Aber ich muss mich auf dich verlassen, kleiner Freund.« Er lächelte, und Jo-Jo versuchte, dieses Lächeln durch ein eifriges Grinsen zu erwidern.

In der Zwischenzeit dröhnte die Computerstimme aus dem Weltraum weiter, um das Invasionsmanifest abzuschließen.

»... und sie zur Adoption an einen geeigneten älteren Clan freizugeben – einen Clan, der sie nicht verführen wird ...«

Ihr geschwätzigen Vögel, dachte Uthacalting. *Ihr seid total übergeschnappt.*

»Wir werden es ihnen schon zeigen, nicht wahr, Jo-Jo?«

Der kleine Chim nickte nervös. Und er grinste, obwohl er nicht ganz verstanden hatte.

Athaclena 15

In dieser Nacht warf ihr kleines Lagerfeuer gelbe und orangefarbene Flecken auf die Stämme der Eichen, die sie umgaben.

»Ich hatte so viel Hunger, dass selbst der vakuumverpackte Eintopf geschmeckt hat«, seufzte Robert, während er Teller und Löffel weglegte. »Ich hatte vor, uns ein Gericht aus gebackenen Wurzeln zu bereiten, doch ich glaub kaum, dass wir bald Appetit auf eine solche Delikatesse bekommen.«

Athaclena glaubte zu begreifen, warum Robert all diese Dinge herunterspielte. Tymbrimer und Terraner gerieten leicht in Panik – das zumindest hatten sie gemeinsam.

Sie selbst hatte nur wenig gegessen. Ihr Körper hatte zwar all die Peptide bereits ausgeschieden, die von der Gheer-Reaktion übrig geblieben waren, doch sie fühlte sich nach den Abenteuern dieses Nachmittags noch immer etwas geschwächt.

Über ihren Köpfen füllte ein dunkler galaktischer Staub den Großteil des Himmels aus, von hellen Nebeln aus Wasserstoff umrahmt. Athaclena blickte zum Sternenzelt, und ihre Corona schwebte leicht über ihrem Ohr. Vom Wald her spürte sie die ängstlichen Reaktionen der Kleinlebewesen, die sich im Unterholz verbargen.

»Robert?«

»Hmmm. Ja, Clennie?«

»Robert, warum hast du die Kristalle aus unserem Radio herausgenommen?«

Er aber schwieg eine Weile, und als er wieder zu sprechen begann, klang seine Stimme gedämpft. »Ich wollte etwas Zeit gewinnen, um dir das nicht zu verraten, Athaclena. Doch heute Nacht habe ich gesehen, dass die Fernmeldesatelliten zerstört wurden. Das kann nur heißen, dass die Galaktiker gekommen sind, so wie es unsere Eltern erwartet haben.

Die Radiokristalle können auch von Bord eines Raumschiffes geortet werden, selbst dann, wenn sie an keine Kraftquelle angeschlossen sind. Also habe ich sie entfernt, um sicherzugehen, dass man uns durch sie nicht lokalisieren kann. Das ist eine Standarddoktrin.«

Athaclena spürte einen kalten Schauer, der von ihrem Kopfhaar direkt über ihre Nasenwurzel und dann über ihren Rücken hinabrann. *Also hatte es begonnen!*

Ein Teil von ihr spürte Sehnsucht nach dem Vater, bei dem sie jetzt am liebsten sein wollte. Ihr tat es immer noch weh, dass er sie einfach fortgeschickt hatte, wo sie doch, wäre sie bei ihm gewesen, in manchen Dingen hätte behilflich sein können.

Die Stille lastete auf den beiden, eine wortlose Stille, die sich lange hinzog. Sie spürte deutlich Roberts Nervosität. Er setzte immer wieder zum Reden an, doch jedes Mal schien er es sich zu überlegen. Schließlich nickte sie. »Also gut. Nun weiß ich, warum du die Kristalle entfernt hast, sehe es auch ein, Robert. Und ich weiß jetzt auch, warum du mir vorerst nichts sagen wolltest, nur um mich zu schützen. Dennoch solltest du so etwas nie wieder tun. Es war närrisch.«

Robert sagte ernst: »Ich will so etwas nie wieder tun, Athaclena.«

Sie lagen eine Weile schweigend nebeneinander, bis Robert seine heile Hand ausstreckte und die ihre ergriff. »Clennie, ich … ich möchte dir sagen, wie dankbar ich bin. Du hast mir das Leben gerettet …«

»Robert«, seufzte sie müde.

»… doch das geht noch weit darüber hinaus. Als du in mein Wesen eindrangst, hast du mir Dinge über mein Ich verraten, die ich nie vorher gekannt hatte. Und das ist wichtig. Das kann man alles nachlesen, wenn man will. Selbsttäuschung und Neurosen gehören nun einmal zu den Plagen, die ein menschliches Wesen heimsuchen.«

»Nicht nur Menschen, Robert.«

»Nein, ich glaube nicht. Was du in mir, in meinem Sinn, in meinen Erinnerungen gesehen hast, waren möglicherweise nichts als Präkontakt-Normen. Doch angesichts unserer Geschichte muss jeder von Zeit zu Zeit aufgerüttelt werden.«

Athaclena schwieg, weil sie nichts zu erwidern wusste. Es muss schlimm genug gewesen sein, in der finsteren Vergangenheit der Menschheit zu leben, in einer Zeit, die als »finsteres Mittelalter« im allgemeinen Sinn bezeichnet wurde.

Robert räusperte sich. »Was ich zu sagen versuche ... Was ich dir sagen möchte ... Du musstest über deinen eigenen Schatten springen, um dich anzupassen – indem du menschliche Sprachen gelernt und deine Physiologie ein bisschen verändert hast ...«

»Ein Experiment.« Sie zuckte die Achseln – eine weitere menschliche Geste. Und plötzlich merkte sie, dass ihre Wangen glühten. Ihre Kapillaren hatten sich geweitet bei dieser menschlichen Reaktion – und sie errötete wie ein Teenager.

»Ja, nichts weiter als ein Experiment. Aber man kann auch diesen oder jenen Weg gehen, Clennie. Die Tymbrimer sind in den Fünf Galaxien für ihre Anpassungsfähigkeit berühmt. Doch wir Menschen sind auch fähig, einiges dazuzulernen.«

Sie blickte auf. »Was meinst du, Robert?«

»Ich möchte, dass du mir noch mehr über die tymbrimischen Methoden verrätst. Über euer Leben, über eure Gewohnheiten, eure Gesten, eure Mimik. Ich möchte wissen, wie deine Landsleute reagieren und was etwa einer Verwunderung, einem Kopfnicken oder einem Lächeln entspricht.«

Nun war da wieder ein Flackern, wie das kurze Aufflammen einer Kerze. Doch die zarte schwebende Glyphe, die er gebildet hatte, verwehte wie Schall und Rauch. Wahrscheinlich hatte er gar nicht gemerkt, dass er eine Glyphe hervorgebracht hatte.

»Nun ja«, sagte sie blinzelnd und schüttelte den Kopf. »Ich bin mir zwar noch nicht ganz sicher, Robert, aber ich glaube, du bist auf dem besten Weg.«

Robert war steif und hatte Fieber, als sie am nächsten Morgen ihr Lager abbrachen. Also musste er ein Schmerzmittel für seinen gebrochenen Arm nehmen, um überhaupt gehen zu können.

Athaclena steckte die meisten Sachen in einen hohlen Gummibaum und markierte die Stelle auf der Rinde. Dabei wurde ihr bewusst, dass kaum jemals jemand kommen könnte, um die Sachen abzuholen. »Ich muss dich zu einem Arzt bringen«, meinte sie, während sie seinen Puls fühlte. Das hohe Fieber ließ nichts Gutes ahnen.

Robert zeigte auf einen schmalen Spalt zwischen den Bergen, der nach Süden wies. »Zwei Tage Fußmarsch über diesen Weg. Dort liegt die Mendoza-Ranch. Mendoza war ein Heilpraktiker, bevor er Juan heiratete und sich als Farmer niederließ.«

Athaclena beäugte den Pass misstrauisch. Sie mussten einige tausend Meter aufsteigen, um ihn zu erreichen.

»Robert, bist du sicher, dass dies der beste Weg ist? Ich habe mittlerweile Signale aus nächster Nähe empfangen, über diese Hügelkette im Osten.«

Robert aber stützte sich auf seinen selbstgezimmerten Stab, eine Art Krücke und humpelte in Richtung Süden. »Komm schon, Clennie«, sagte er über die Schulter. »Ich weiß zwar, dass du gern einen Garthlinger sehen möchtest, doch dies ist nicht der richtige Zeitpunkt dafür. Wir können weitersuchen, wenn ich erst wieder auf dem Damm bin.«

Athaclena schaute ihn an und wunderte sich über die Unlogik seiner Bemerkung. »Robert, das ist nicht schön von dir, so was zu sagen! Hast du denn wirklich geglaubt, dass ich an diese einheimischen Kreaturen denken könnte, solange du noch krank bist! Die Sophonten, die ich weiter östlich wahrgenommen habe, waren zweifellos Menschen oder Chims, obwohl ich zugeben muss, dass da ein weiteres fremdes Element vorhanden war, so etwas wie …«

»Aha!« Robert lächelte, als ob sie ein Geständnis abgelegt hätte. Und sie gingen weiter.

Erstaunt versuchte Athaclena, seine Gefühle zu sondieren, doch der Menschensohn war so diszipliniert und so sicher, dass es für ein Mitglied der Wolflinger-Spezies schier unglaublich war. Sie konnte lediglich herausfinden, dass er irgendwie irritiert war – und dass es etwas damit zu tun hatte, dass sie im Osten vernunftbegabte Wesen geortet hatte.

Ach, wäre ich nur ein echter Telepath! Und wieder einmal musste sie sich fragen, warum der Große Rat der Tymbrimer die Vorschriften für das Entwicklungsinstitut nicht genau umrissen und die Fähigkeiten nicht weiterentwickelt hatte. Schon so oft hatte sie die Menschen beneidet, weil sie es verstanden, ihr Privatleben abzuschirmen und selbst die Invasoren ihrer eigenen Kultur abzuwimmeln. Doch im Augenblick wollte sie nur in Roberts Gehirn eindringen und feststellen, was er vor ihr verbarg.

Ihre Corona wehte. Und wäre im Umkreis einer halben Meile auch nur ein einziger Tymbrimer vorhanden gewesen, hätte er sich unter ihren Gedanken gekrümmt wie ein Wurm, unter ihrem Zornesausbruch, der einem Vulkan glich.

Roberts Kräfte ließen wieder nach, noch bevor sie den ersten Hügelkamm erreicht hatten, kaum eine Stunde später. Nun wusste Athaclena auch, was die glitzernden Schweißperlen auf seiner Stirn bedeuteten: Nämlich dasselbe wie das Rotwerden und Flattern einer tymbrimischen Corona, also Überhitzung oder schlicht Fieber.

Sie überhörte geflissentlich, dass er schwer atmend wieder zu zählen begann, sie wusste, dass sie rasten mussten. »Nein.« Er schüttelte den Kopf, seine Stimme klang brüchig. »Lass uns erst über den Kamm gehen und ins nächste Tal hinabsteigen. Von da aus ist der Weg schattig bis hin zum Pass.« Und Robert stapfte mühsam weiter.

»Hier ist Schatten genug«, beharrte sie, zog ihn über einen Felsrücken, der von schirmartigen Blättern überdacht und von wildem Wein umrankt war.

Robert seufzte, während sie ihm half, sich hinzusetzen und sich im Schatten an einen großen Stein zu lehnen. Sie wischte ihm den Schweiß von der Stirn und begann dann, den Verband von seinem gebrochenen Arm abzuwickeln. Robert aber biss die Zähne zusammen, wenn er auch manchmal vor Schmerzen aufschreien wollte.

An der Stelle, wo der Knochen gebrochen war, war die Haut violett verfärbt. »Ein schlechtes Zeichen, nicht wahr, Robert?«

Für einen Augenblick war er etwas irritiert. Dann nahm er sich zusammen und schüttelte den Kopf. »N-nein. Ich glaube, es ist eine Infektion. Vielleicht sollte ich noch etwas Universal nehmen …«

Er versuchte, die Hand nach dem Rucksack auszustrecken, wo sein Erste-Hilfe-Kasten steckte. Doch er schwankte, sodass ihn Athaclena auffangen musste.

»Genug, Robert! Du kannst nicht bis zur Mendoza-Farm gehen. Ich kann dich nicht tragen, und ich werde dich auch nicht für zwei oder drei Tage allein lassen! Wahrscheinlich hast du deine Gründe dafür, diesen Wesen auszuweichen, die ich östlich von hier aufgespürt habe. Doch wie dem auch sei: Nichts ist wichtiger als dein Leben zu retten!«

Robert ließ sich die blauen Pillen in den Mund legen und trank aus dem Napf, den sie vor seine Lippen hielt. »Alles in Ordnung, Clennie«, seufzte er. »Wir gehen nach Osten. Du musst mir nur versprechen, von Zeit zu Zeit deine Corona für mich in Gang zu setzen. Diese Gebilde sind ebenso hübsch anzuschauen wie du, und sie werden mir helfen, dich besser zu verstehen … Jetzt aber sollten wir aufbrechen, bevor ich wieder schwach werde. Dies ist das erste Zeichen dafür, dass ein menschliches Wesen abbaut. Dies musst du jetzt wissen.«

Athaclenas Augen weiteten sich, und sie lächelte. »Das habe ich schon immer gewusst, Robert. Nun sag mir, wie der Ort heißt, wo wir hingehen wollen.«

»Es heißt Howletts Center und liegt genau hinter diesen Hügeln.« Er zeigte in Richtung Ost-Südost.

»Allerdings mögen sie keine ungebetenen Gäste«, setzte er hinzu. »Wir müssen laut sprechen, wenn wir uns der Stelle nähern.«

Schritt für Schritt hatten sie den ersten Bergkamm bis kurz vor der Mittagsstunde überwunden und rasteten im Schatten neben einer kleinen Quelle. Hier nickte Robert ein, fiel dann in einen unruhigen Schlaf. Athaclena aber betrachtete den jungen Mann in hilfloser Verzweiflung. Und sie ertappte sich dabei, dass sie Thlufallthreelas Klagelied, das berühmte Lied vom Tod und von der Unvermeidbarkeit des Schicksals vor sich hin summte. Das Stück für Aura und Singstimmen war mehr als 4000 Jahre alt, komponiert zu einer Zeit der Sorge und Verzweiflung, als die tymbrimische Patronatsspezies, die Caltmour, in einem blutigen interstellaren Krieg vernichtet wurden.

Die Unvermeidbarkeit war kein angenehmer Gedanke für ihr Volk, noch weniger als für die Menschen. Doch schon vor langer Zeit hatten die Tymbrimer beschlossen, alle Möglichkeiten auszuschöpfen – und sich alle Philosophien anzueignen.

Doch diesmal nicht!, schwor sie sich. Athaclena steckte Robert in seinen Schlafsack und ließ ihn noch zwei Pillen schlucken. Dann sicherte sie seinen Arm, so gut es eben ging und schleppte Felsbrocken herbei, um ihn vor herabstürzenden Steinen zu schützen.

Eine kleine Palisade aus Buschwerk würde wohl ausreichen, um ihn vor wilden Tieren zu schützen. Freilich hatten die Bururaller die größeren Tiere in den Wäldern ausgerottet, doch sie hatte trotzdem noch ihre Bedenken. Würde ein bewusstloses Menschenkind einigermaßen in Sicherheit sein, wenn sie den jungen Mann für kurze Zeit allein ließ?

Sie stellte ihren Laser in Reichweite und eine Kanne daneben. Dann beugte sie sich zu ihm hinunter und berührte seine Stirn mit den Lippen. Ihre Corona umgab ihn und sank auf sein Gesicht und streichelte ihn zärtlich – eine Art Liebkosung, so wie es ihr Volk eben verstand.

Kein Reh konnte schneller laufen, kein Tier leiser durch die Wälder streichen. Doch Athaclena hatte noch nie etwas von solchen Wesen gehört. Und selbst dann brauchte ein Tymbrimer den Vergleich nicht zu scheuen. Denn ihre Maxime hieß Anpassung.

Bereits beim ersten Kilometer wurden die automatischen Verwandlungen und Umwandlungen in Gang gesetzt. Ihre Drüsen lieferten Energie für ihre Beine, und die Veränderungen in ihrem Blut sorgten dafür, dass die Luft, die sie atmete, besser verwendet wurde. Ihre Sehnen, ihr Gewebe lockerte sich, ihre Nüstern wurden weiter, um noch mehr Luft einatmen zu können, während sich ihre Haut straffte, damit ihre Brust nicht hüpfte und nicht verletzt wurde, während sie wie ein Wiesel dahinrannte.

Das Gelände stieg steil an, als sie das zweite enge Tal verlassen hatte, und da war noch ein steiler Pfad, den es zu bezwingen galt und der über den letzten Bergkamm zu ihrem Ziel führte. Sie lief mit leichten Schritten über den Lehmboden hinweg. Nur manchmal war ihr Schritt zu hören und verscheuchte die Kleintiere des Waldes, die im Schatten der Büsche und Bäume Schutz suchten. Nur ein leises Zirpen und Schnattern folgte ihren Schritten, Töne und Laute, die sie durch ihre Corona empfing.

Athaclena musste auf ihre tymbrimische Art lächeln. Tiere

waren im Allgemeinen so bierernst. Nur einige unter ihnen, die an der Schwelle einer Entwicklung standen, besaßen einen Anflug von Humor. Und dann, nachdem sie adoptiert waren und in die Entwicklungsphase eintraten, trieb ihnen der Patron die Schrullen aus, die als »unstabiler Charakterzug« bezeichnet wurden.

Nach dem nächsten Kilometer steckte Athaclena ein wenig zurück. Sie musste sich schonen, um nicht ins Schwitzen zu geraten, weil dies für einen Tymbrimer gefährlich war.

Als sie den Kamm mit seinen bizarren Felsformationen erreicht hatte, hielt sie an, um das Gelände zu prüfen. Hier machte sie auch eine kurze Rast. Sie lehnte sich an einen Felsen, atmete schwer und breitete ihre Corona aus, während sie suchend ihre Fühler ausstreckte.

Ja! Da waren zweifellos Menschen in der Nähe – Menschen und Neoschimpansen. Mittlerweile waren ihr beide Muster vertraut.

Und ... Jetzt musste sie sich konzentrieren. Da war auch noch etwas anderes, etwas Quälendes.

Es musste dieses rätselhafte Wesen sein, das sie vorhin schon einmal wahrgenommen hatte. Dieses Etwas, dieses Ding, was sich einmal irdisch anfühlte und dann doch wieder den Eindruck eines Wesens von dieser Welt machte. Und es war vorbewusst, von ernster, finsterer Natur.

Wäre nur die Empathie ein Gefühl, das eher wie ein Kompass funktionierte und die Richtung anzeigte! Sie ging weiter, stolperte über Steine, kämpfte sich in Richtung der Quelle, wo sie das Wesen vermutete.

Ein Schatten fiel auf sie. Sie trat instinktiv zurück und duckte sich, während sich die Hormone in ihre Hände und Arme ergossen und sie kampfbereit machten. Athaclena schnappte nach Luft und versuchte, die Gheer-Reaktion niederzukämpfen. Sie war darauf vorbereitet, auf irgendein Kleinlebewesen zu stoßen, das den Bururaller-Terror überlebt hatte – doch auf die Begegnung mit einem Riesen war sie nicht gefasst.

Nun mal langsam, sagte sie zu sich. Immer mit der Ruhe. Bei der Silhouette, die über ihr auf dem Felsen stand, handelte es sich um einen großen Zweibeiner, eindeutig ein Cousin des Menschen, kein Eingeborener von Garth. Ein Schimpanse hätte sie nie erschrecken können.

»H-hallo!«, sagte sie in Anglic, während ihre linke Seite durch den wiederkehrenden Gheer-Schock zu zittern begann. Im Stillen aber verfluchte sie diese instinktiven Reaktionen, die die Tymbrimer zwar zu gefährlichen Zeitgenossen machten, mit denen nicht gut Kirschen essen war, die aber ihr Leben verkürzten und sie in Gesellschaft oft in Verlegenheit brachten.

Die Gestalt über ihr starrte auf sie herab. So wie sie da oben stand, mit einem Gürtel voller Werkzeuge um die Hüften, war sie im Gegenlicht schwer auszumachen. Die helle, bläuliche Sonne von Garth blendete sie, dennoch konnte Athaclena feststellen, dass die Gestalt für einen Schimpansen viel zu groß war.

Das Wesen reagierte nicht, starrte nur unbeweglich auf sie herab. Eine Klientenspezies so jung wie die Neoschimpansen konnte nicht unbedingt sehr helle sein. Sie schaute zu diesem Wesen hinauf, zu dieser mächtigen, behaarten Gestalt und sprach langsam in artikuliertem Anglic zu ihr.

»Ich will einen Unfall melden. Da ist ein menschliches Wesen«, betonte sie, »schwer verletzt, nicht weit von hier. Er braucht sofort Hilfe. Du musst mich zu den Menschen bringen, und zwar sofort.« Sie erwartete eine umgehende Reaktion, doch das Wesen tat nichts weiter, als einmal den einen, dann den anderen Fuß zu heben und sie anzustarren.

Athaclena kam sich allmählich närrisch vor. War sie vielleicht auf einen besonders beschränkten Chim gestoßen? Oder vielleicht auf einen *Devianten* oder auf einen *Sport?* Neue Klientenspezies neigten oft dazu, zahlreiche Variationen zu produzieren, ein Verfahren, das oft gefährliche Rückschläge nach sich zog. Ein Beweis dafür waren die Bururaller, die vor längerer Zeit auf Garth gelebt hatten.

Athaclena erweiterte ihre Sinne und streckte die Fühler aus. Ihre Corona weitete sich und wand sich dann vor Überraschung.

Dies war der *Vorbewusste!* Die oberflächliche Ähnlichkeit – das Fell und die langen Arme – hatten sie getäuscht. Das war kein Chim! Es war dieses fremde Wesen, das sie vor wenigen Minuten gespürt hatte. Kein Wunder, dass diese Kreatur keine Antwort gab. Denn sie hatte noch keinen Patron gehabt, der sie das Sprechen gelehrt hätte. Das Einzige, was von diesem Wesen ausging, war Potenzial, eine gewaltige Ausstrahlung, die ihr unter die Haut ging.

Athaclena fragte sich, wie man ein solches Urwesen ansprechen konnte. Das dunkle Fell der Kreatur sah im Sonnenlicht ausgefranst aus. Über kurzen krummen Beinen baute sich ein massiger Körper auf, über dem ein großer, spitz zulaufender Kopf saß. Zwischen den gewaltigen Schultern und dem Kopf war keine Halspartie zu entdecken.

Athaclena musste an die Sage von Ma'chutallil denken, wo es um einen Raumfahrer ging, der weit von jeder Kolonie entfernt in den Wäldern einem Kind begegnete, das von wilden Tieren aufgezogen worden war. Nachdem der Raumfahrer das kleine zappelnde Ding in seinem Netz gefangen hatte, bildete seine Aura eine einfache Version von *sh'cha'kuon,* dem Spiegel der Seele.

Nun versuchte Athaclena, die gleiche Glyphe nachzuvollziehen, so gut es eben ging.

SCHAU IN MICH HINEIN –

ICH BIN DAS BILD DEINES WAHREN ICH

Das Wesen erhob sich. Es trat schnaufend zurück und schnüffelte. Zunächst dachte sie, dass es auf ihre Glyphe reagierte. Dann war in der Nähe ein Geräusch zu hören, das die flüchtige Verbindung unterbrach. Die Kreatur ließ ein tiefes Grunzen hören –

dann drehte sie sich auf dem Absatz um und hüpfte davon, von Stein zu Stein, bis es ihren Blicken entschwand.

Athaclena lief hinterher, aber vergebens. In wenigen Augenblicken hatte sie seine Spur verloren. Schließlich wandte sie sich mit einem Seufzer wieder gen Osten, wo nach Roberts Angaben das »Howletts Center« der Erdlinge lag. Hilfe zu finden und Hilfe zu holen war jetzt wichtiger als alles andere.

Sie bahnte sich ihren Weg durch die Steinwüste. Die Steine wurden immer spitzer, sobald sich der Hang dem nächsten Tal zuneigte. Dann ging sie um einen größeren Stein herum und lief direkt in die Arme des Suchtrupps.

»Tut mir leid, dass wir Sie erschreckt haben, Ma'm«, sagte der Anführer der Truppe mit gutturaler, quakender Stimme, die sich anhörte wie ein Teich voller Frösche, während er sich noch einmal verbeugte. »Ein Seisin-Picker hat uns erzählt, dass hier irgendwo eine Flugmaschine abgestürzt sei. Also haben wir einige Suchtrupps ausgesandt. Haben Sie vielleicht ein abstürzendes Raumschiff beobachtet?«

Athaclena fröstelte immer noch von der Ifni-verdammten Überreaktion. Sie musste in den ersten Sekunden fürchterlich ausgeschaut haben, als die Überraschung eine weitere furiose Verwandlungsreaktion auslöste. Hinter dem Anführer lugten noch vier weitere Chims hervor, die sie nervös anstarrten.

»Ich bin nicht erschrocken.« Athaclena sprach langsam und vorsichtig, um die kleinen Klienten nicht zu verschrecken. »Aber auch ich muss einen Unfall melden. Mein Kamerad, ein menschliches Wesen, wurde gestern Nachmittag verletzt. Sein Arm ist gebrochen und wahrscheinlich auch infiziert. Ich muss irgendeinen Vorgesetzten sprechen, damit der Patient abtransportiert und versorgt wird.«

Der Anführer war etwas größer als die anderen, etwa hundertfünfzig Zentimeter groß. Er trug Shorts wie die anderen, dazu einen Werkzeuggürtel und einen leichten Rucksack. Wenn er lächelte, entblößte er eine Reihe unregelmäßiger gelblicher Zähne, ein imposantes Gebiss.

»Ich habe genügend Vollmachten. Ich heiße Benjamin, Mizz … Mizz …«, sagte er in fragendem Ton.

»Athaclena. Mein Begleiter heißt Robert Oneagle und ist der Sohn der Planetarkoordinatorin.«

Benjamin riss die Augen auf. »Ich verstehe. Nun Mizz, Athac … also, Ma'm. Vielleicht wissen Sie schon, dass Garth von einer ganzen Flotte Eatee-Kreuzer umzingelt ist. Unter diesen Umständen müssen wir es nach Möglichkeit vermeiden, Luftfahrzeuge zu benutzen. Doch meine Mannschaft ist gerüstet, einen Patienten zu versorgen, der die von Ihnen beschriebenen Verletzungen hat. Wenn Sie uns zu Mr. Oneagle führen wollen, werden wir sehen, was wir für ihn tun können.«

Athaclena war einerseits erleichtert, andererseits auch wieder besorgt. Also musste sie fragen. »Weiß man schon, um wen es sich bei den Invasoren handelt? Sind sie bereits gelandet?«

Der Chim Benjamin versuchte zwar sachlich zu bleiben und sich nichts anmerken zu lassen. Dennoch gelang es ihm nicht ganz, sein Staunen zu verbergen. Er neigte den Kopf zur Seite, um sie aus einem anderen Blickwinkel zu betrachten. Die anderen Chims aber starrten sie mit unverhohlener Neugier an. Denn sie hatten noch nie ein solches Wesen wie Athaclena gesehen.

»Nun ja … Es tut mir leid, Ma'm … Die Nachrichten haben auch nichts Besonderes gebracht. Die Eatees … nun ja …« Der Chim riskierte einen Blick auf sie. »Verzeihen Sie, Ma'm … aber Sie sind kein menschliches Wesen, nicht wahr?«

»Großer Caltmour, nein!«, brauste Athaclena auf. »Wieso, zum Teufel …?« Dann fielen ihr all die kleinen externen Veränderungen ein, die sie als Teil ihres Experiments vorgenommen hatte. Nun musste sie allmählich fast wie ein menschliches Wesen aussehen, vor allem im Gegenlicht, weil die Sonne hinter ihrem Rücken stand. Kein Wunder, dass die armen Klienten verwirrt waren.

»Nein«, sagte sie diesmal etwas sanfter. »Ich bin kein Mensch. Ich bin eine Tymbrimerin.«

Die Chims seufzten und wechselten einen schnellen Blick. Benjamin verbeugte sich, die Arme vor der Brust gekreuzt – die erste Ehrenbezeugung eines Klienten gegenüber der Vertreterin einer Patronatsspezies.

Athaclena wie auch die Menschen war wenig daran interessiert, die Patronatsspezies ihren Klienten gegenüber hervorzukehren. Dennoch trug Benjamins Geste dazu bei, sie einigermaßen zu besänftigen. Und als Benjamin wieder zu sprechen begann, war seine Diktion bedeutend besser.

»Verzeihen Sie, Ma'm. Was ich sagen wollte: Ich weiß nicht genau, wer die Invasoren sind. Ich hatte gerade kein Radio, als das Manifest durchgegeben wurde, erst vor wenigen Stunden. Irgendjemand sagte mir, es seien die Gubru, doch ein anderes Gerücht besagt, dass es sich um die Thennaniner handelt.«

Athaclena seufzte. Thennaniner oder Gubru – eins war so schlimm wie das andere. Die einen waren stur und beschränkt, die anderen gemein, roh und grausam. Doch keiner von beiden war so schlimm wie die manipulativen Soro oder die unheimlichen, tödlichen Tandu.

Benjamin flüsterte einem seiner Begleiter etwas ins Ohr. Der kleinere Chim eilte über den Pfad hinab, über den sie gekommen waren, hin zum geheimnisvollen Howletts Center. In Athaclena aber stieg Furcht auf. Und wieder einmal musste sie sich fragen, was in diesem Tal eigentlich vor sich ging, und warum Robert unbedingt versucht hatte, dieses Tal zu meiden, selbst wenn er dabei die eigene Gesundheit aufs Spiel setzte.

»Der Kurier wird den Zustand von Mr. Oneagle schildern und für den Transport sorgen«, sagte Benjamin. »Bis dahin werden wir ihm schnellstens Erste Hilfe zukommen lassen. Wenn Sie uns bitte den Weg zeigen wollen …«

Nun drängte er zum Aufbruch, und Athaclena musste im Augenblick ihre Neugier beherrschen. Denn Robert ging natürlich allem vor. »Also gut«, sagte sie. »Brechen wir auf!«

Als sie unter dem Felsen vorbeigingen, wo sie dieser merkwürdigen Gestalt begegnet war, schaute Athaclena noch einmal die Felswand empor. War es wirklich ein »Garthling« gewesen? Vielleicht wussten die Chims darüber Bescheid. Doch bevor sie fragen konnte, stolperte sie, fiel hin und knallte mit der Schläfe auf den Boden. Die Chims aber starrten auf ihre Corona, die plötzlich zu wehen begann, und auf ihre Augen, die eng beieinanderlagen.

Zum Teil war es eine Frequenz, ein *kenning,* die im Ultraschallbereich lag, zum Teil aber auch ein stechender Schmerz, der über ihr Rückgrat emporraste.

»Ma'am?«, fragte Benjamin besorgt. »Ist Ihnen etwas passiert?«

Athaclena schüttelte den Kopf. »Nein … nein … es ist nur …«

Doch sie konnte ihren Satz nicht beenden. Denn in diesem Moment sah sie einen Blitz am westlichen Horizont, irgendetwas Unbeschreibliches, das über den Himmel raste und mit Höchstgeschwindigkeit auf sie zukam. Und bevor sich Athaclena versah, war der kleine Punkt, der aus der Ferne kam, zu einem unheimlichen, riesigen Ding angewachsen. Ebenso schnell tauchte ein gewaltiges Raumschiff auf und schwebte lautlos über dem Tal.

Athaclena hatte gerade noch Zeit, um den anderen zuzurufen: »Haltet euch die Ohren zu!« Dann brach ein Sturm los mit Blitz und Donner, der sie alle zu Boden drückte. Der Knall erschütterte die Steinwüste, und die Berghänge warfen das schaurige Echo tausendfach zurück. Bäume wehten im Sturm, einige brachen und stürzten um, und der Wind trieb abgerissenes Blattwerk vor sich her.

Dann, allmählich, legte sich der Sturm, verzog sich und verschwand schließlich in den Tiefen des Waldes. Erst jetzt, nachdem sie sich von ihrem Schreck erholt hatten, konnten sie das tiefe Brummen der Triebwerke des Raumschiffs hören. Das graue Monster warf Schatten über das Tal, ein gewaltiger, glühender Zylinder. Und während sie noch wie erstarrt zuschauten, ging die gewaltige Flugmaschine tiefer, bis sie hinter den Felsen untertauchte und ihren Blicken entschwand. Das Röhren der Motoren wurde zu einem tiefen Donnergrollen und überdeckte das Geräusch der Steine, die über den Hang rollten.

Die Chims erhoben sich langsam und hielten sich nervös an den Händen, während sie sich leise etwas zuflüsterten. Benjamin half Athaclena auf die Beine. Das Schwerefeld des Raumschiffes hatte ihre voll ausgefahrene Corona unvorbereitet getroffen. Sie aber schüttelte den Kopf, um ihn wieder klar zu bekommen.

»Das war ein Kriegsschiff, nicht wahr?«, fragte Benjamin. »Meine Chims haben noch nie ein Raumschiff gesehen. Ich hatte Gelegenheit, die alte *Vesarius* zu besichtigen. Das ist schon ein paar Jahre her. Aber auch sie war nicht so gewaltig wie dieses Raumschiff, das wir soeben gesehen haben.«

Athaclena seufzte. »In der Tat, es war ein Kriegsschiff, ein Schiff der Soro-Bauart, wenn mich nicht alles täuscht. Nun sind es die Gubru, die sich dieses Modells bedienen.« Sie schaute auf den Erdling hinab. »Ich würde sagen, dass Garth kein verbotenes Land mehr ist, Chim Benjamin. Jetzt hat die Invasion begonnen.«

Benjamin faltete die Hände. Dann zupfte er nervös an seinem Daumen. »Sie schweben über dem Tal. Ich kann sie hören. Was haben sie nur vor?«

»Ich weiß nicht«, erwiderte sie. »Warum gehen wir nicht und schauen nach?«

Benjamin zögerte für einen Moment, dann nickte er. Er ließ seine Gruppe an einer Stelle zurück, wo sich die Felsen teilten und einen Überblick über das ganze Tal ermöglichten.

Das Kriegsschiff schwebte etwa vier Kilometer östlich von ihrer Position entfernt einige hundert Meter über dem Boden und warf seinen gewaltigen Schatten über einige weiße Gebäude im Talboden. Athaclena schirmte ihre Augen gegen die Sonnenstrahlen ab, welche die grauen Metallflanken des Raumschiffes zurückwarfen.

Das Brummen und Grollen des riesigen Kreuzers war ominös. »Das Ding schwebt nur über uns! Was wollen wir tun?«, fragte einer der Chims sichtlich nervös.

Athaclena aber schüttelte den Kopf. »Ich weiß es nicht«, sagte sie auf Anglic. Sie spürte die Angst, die von den Menschen und Neoschimpansen dort unten in der Siedlung ausging. Außerdem gab es auch noch andere Quellen der Emotion.

Das kommt von den Invasoren, wusste sie plötzlich. Ihre Psi-Schilder waren geschlossen – eine arrogante Geste, die jede Möglichkeit einer Verteidigung ausschloss. Athaclena aber erhaschte den Anblick einiger dünnknochiger gefiederter Wesen, Abkömmlinge einer flugunfähigen Vogelart. Und jetzt konnte sie mit den Augen einen der Schiffsoffiziere sehen. Obwohl der Kontakt nur Bruchteile von Sekunden dauerte, wich ihre Corona entsetzt zurück.

Gubru, stellte sie entsetzt fest. Dann aber überstürzten sich die Ereignisse.

»Schau!«, keuchte Benjamin. »Schau doch!«

Vom Schiffsboden aus drang brauner Nebel durch die Luken. Und dieser Nebel sank allmählich auf die Talsohle nieder.

Die Angst, die aus dem Tal heraufstieg, schlug in Panik um. Athaclena lehnte sich gegen einen Felsen und verschränkte die Arme über dem Kopf, um die schier tastbare Aura der Furcht auszuschalten.

Das aber war einfach zu viel. Athaclena versuchte, eine Glyphe des Friedens im Raum vor sich zu bilden, um den Schmerz und die entsetzliche Angst abzuwehren. Doch jedes Gebilde, das sie hervorbrachte, wurde einfach hinweggefegt von diesem heißen Flammenwind.

»Die töten die Menschen und die 'Rillas!«, rief einer der Chims, der über den Abhang lief. Benjamin aber rief ihm nach: »Petrie! Komm zurück! Wo willst du hin?«

»Ich will helfen!«, rief der junge Chim zurück. »Und das solltest du auch tun, wenn du ein Gewissen hast! Hör doch, wie sie rufen und schreien! Alle die da unten.« Und dann stürzte er den gewundenen Pfad hinunter – den direkten Weg, der ihn in den brodelnden Nebel führte, den verzweifelten Rufen entgegen …

Die beiden anderen Chims schauten Benjamin aufmüpfig an. Sie hatten wohl den gleichen Gedanken wie ihr Kamerad. »Ich werde auch losziehen«, sagte der eine von ihnen.

Athaclenas Lider über ihren vor Schreck zugekniffenen Augen bebten. Was hatten diese närrischen Wesen vor?

»Ich gehe mit euch«, sagte darauf der letzte Chim. Und obwohl Benjamin wie ein Droschkenkutscher fluchte, kletterten die beiden die steile Böschung hinunter.

»Haltet an, aber sofort!«

Sie drehten sich um und schauten Athaclena an. Selbst Petrie hielt sofort an und schaute zu ihr hinauf, während er sich mit einer Hand an einem Felsvorsprung festhielt. Sie hatte sich des Tons des Gebietenden Befehls bedient, zum dritten Mal in ihrem Leben.

»Hört mit dem Unsinn auf und kommt zurück, aber sofort!«, befahl sie. Athaclenas Corona schwappte über ihre Ohren. Ihr sorgfältig gepflegter menschlicher Akzent war dahin. Sie sprach Anglic mit tymbrimischem Akzent, eine Sprache, die die Neoschimpansen über Video schon oft gehört hatten. Sie sah zwar aus wie ein Mensch, doch kein Mensch konnte diese Laute hervorbringen.

Die Terraner-Klienten starrten sie mit offenem Mund an.

»Zurück, aber sofort!«, zischte sie.

Die Schimpansen kletterten wieder den Steilhang herauf und bauten sich vor ihr auf. Und dann, während sie einen nervösen Blick auf Benjamin riskierten, folgten sie seinem Beispiel, kreuzten die Arme über der Brust und verbeugten sich einer nach dem anderen.

Athaclena versuchte, jene Schauer niederzukämpfen, die ihren Körper erschütterten, um nach außen hin ruhig und gefasst zu erscheinen. »Bringt mich nicht wieder dazu, dass ich laut werde«, sagte sie mit gedämpfter Stimme. »Wir müssen zusammenarbeiten. Also versucht, kühl und vernünftig zu denken und brauchbare Pläne zu schmieden.«

Die Chims schauten sie erstaunt aus weit aufgerissenen Augen an. Menschen schlugen Chims gegenüber nur selten solch einen herrischen Ton an. Die Spezies waren zwar dem Menschen untertan, doch nach irdischen Gesetzen waren sie so gut wie gleichberechtigt, nahezu mündige Bürger.

Wir Tymbrimer sind freilich aus anderem Holz geschnitzt. Nur die Pflicht und nichts als die Pflicht war es, die sie von ihrem *totanoo* befreit und ihre Flucht vor der Realität aus lauter Angst gestoppt hatte. Irgendjemand musste die Verantwortung übernehmen, um das Leben dieser Wesen zu retten.

Der hässliche braune Nebel, den das Gubru-Schiff ausgespien hatte, war versiegt. Der Dampf verbreitete sich über das schmale Tal wie ein dunkler, schäumender See, deckte die Gebäude in der Talsohle nur teilweise zu.

Die Luken wurden geschlossen, das Schiff begann zu steigen. »Geht in Deckung!«, sagte sie und führte die Chims um den nächsten Felsbrocken herum. Das leise Summen des Gubru-Schiffes stieg um eine Oktave höher und schwebte alsbald über die Steinwüste hinweg.

»Schützt euch!«

Die Chims rückten näher zusammen und legten die Hände auf die Ohren. Einen Augenblick lang schwebte das Schiff noch in etwa tausend Metern Höhe über der Talsohle. Dann war es wie durch einen Zaubertrick verschwunden. Der Luftdruck fegte über sie hinweg wie die Hand eines Riesen, und ein Donnerschlag schleuderte sie zu Boden, der in rollenden Wellen wiederkam, den Staub aufwirbelte und das Laub des Waldes wie ein Sturmwind dahinfegte.

Die verschreckten Neoschimpansen starrten sich eine Weile gegenseitig an, bis schließlich auch das letzte Echo verebbte. Nun schüttelte sich Benjamin, der Älteste von ihnen, wie ein nasser Pudel. Er klopfte sich den Staub von den Händen, packte den jungen Chim namens Petrie am Nacken und zwang ihn, vor Athaclena hinzutreten und ihr ins Gesicht zu schauen.

Petrie aber schlug beschämt die Augen nieder. »Es … es tut mir leid, Ma'am«, murmelte er. »Es ist nur, weil dort unten Menschen sind … und meine Gefährten …«

Athaclena nickte. Man sollte stets versuchen, einem Klienten gegenüber nicht zu hart zu sein, der in bester Absicht gehandelt hatte. »Deine Motive sind bewundernswert. Jetzt, wo wir uns beruhigt haben und wieder planen können, sind wir auch in der Lage, deinen Patrons und Freunden effektiver zu helfen.«

Sie reichte ihm die Hand. Diese Geste war mehr als ein Tätscheln, was er eigentlich von einer Galaktikerin erwartet hätte. Er schüttelte ihre Hand und wagte ein scheues Grinsen.

Als sie nun eilig um die Ecke gingen, um erneut das Tal zu überblicken, schnappten bereits viele Terraner nach Luft. Die braune Wolke hatte sich über die Niederung verbreitet wie ein dicker, verfilzter See, der bis an die bewaldeten Hänge zu ihren Füßen reichte. Der schwere Dunst schien eine scharf umrissene Obergrenze zu besitzen, die dicht über den Wurzeln der nahen Bäume endete.

Es war nicht möglich zu erfahren, was dort unten vor sich ging, oder ob überhaupt jemand überlebt hatte.

»Wir werden uns in zwei Gruppen teilen«, sagte Athaclena zu

ihren Gefährten. »Robert Oneagle braucht immer noch Pflege. Irgendjemand muss zu ihm gehen.«

Der Gedanke, dass Robert halb bewusstlos immer noch dort lag, wo sie ihn gelassen hatte, schürte eine namenlose Angst in ihr. Sie wusste nur zu gut, dass er Hilfe brauchte und versorgt werden musste. Immerhin, dachte sie, ist es besser, wenn die meisten dieser Chims zu ihm gehen als hier an diesem tödlichen Tal herumzuhängen. Diese Wesen waren zu sehr erschüttert und flatterhaft angesichts dieser Katastrophe. »Benjamin, können deine Kameraden Robert finden, wenn ich ihnen nur einfach die Richtung zeige?«

»Sie meinen, ohne dass sie von Ihnen angeführt werden?« Benjamin runzelte die Stirn und schüttelte den Kopf. »Also … ich weiß nicht, Ma'am. Ich … glaube, es ist besser, wenn Sie mitgehen.«

Athaclena hatte Robert bei einer deutlichen Wegmarkierung liegen lassen, unter einem großen Nussbaum dicht an der Hauptstraße. Also durfte es nicht schwerfallen, den Verletzten zu finden.

Sie konnte die Erregung des Chims deutlich spüren. Teils war es Benjamins heißester Wunsch, eine so berühmte Tymbrimerin bei sich zu wissen, um in dieser Situation zu helfen, vor allem den Menschen dort unten im Tal. Dennoch hatte er versucht, sie wegzuschicken, um Robert beizustehen!

Die öligen Rauchwolken wallten wie Wellen einer stürmischen See, rollten und grollten und sanken immer tiefer herab. Sie aber konnte deutlich spüren, wie die Menschen dort unten vor Angst und Schrecken schier vergingen.

»Ich werde bleiben«, sagte sie fest entschlossen. »Du hast gesagt, dass es sich bei den anderen um ein qualifiziertes Rettungsteam handelt. Sie können Robert sicher finden und ihm helfen. Doch jemand muss hierbleiben und zusehen, was man für die Menschen dort unten tun kann.«

Mit einem menschlichen Wesen hätte man vielleicht noch streiten können. Doch den Chims fiel es im Traum nicht ein, einer Galaktikerin von so hohem Stand und so hoher Intelligenz zu widersprechen. So was war bei den Sophonten der Klientenklasse einfach nicht drin.

Bei Benjamin spürte sie so etwas wie Erleichterung ... Anscheinend war die Angst von ihm gewichen.

Die drei jüngeren Chims schulterten ihr Gepäck. Dann stapften sie durch die Steinwüste westwärts, wobei sie immer wieder nervös zurückblickten, bis sie außer Sichtweite waren.

Athaclena aber versuchte sich zu entspannen, sie war nun etwas erleichtert, was Roberts Schicksal betraf. Doch in ihrem Unterbewusstsein geisterte immer noch die Angst und die Sorge um ihren Vater. Denn es war so gut wie sicher, dass der Feind als Erstes Port Helenia angegriffen hatte.

»Komm, Benjamin! Wir wollen sehen, was wir für die armen Menschen dort unten tun können.«

Bei all ihren ungewöhnlichen und schnellen Erfolgen bei der Entwicklung wollten die terranischen Genetiker nicht von den Neoschimpansen und den Delfinen lassen, obwohl bei beiden Spezies kaum ein Exemplar zu finden war, das eine natürliche Intelligenz besaß, das heißt, in der Lage war, selbständig zu denken. Nach galaktischen Normen hatten sie große Erfolge erzielt, doch die Erdmenschen wollten noch mehr Erfolge sehen. Es sah fast danach aus, als wollten sie, dass ihre Klienten sehr schnell und sehr bald den höchsten Reifegrad erreichen sollten.

Und sobald irgendwo ein fähiger Kopf auftauchte, wurde er entsprechend gefördert. Athaclena wusste, dass Benjamin zu dieser Gruppe gehörte. Dieser Chim besaß zweifellos eine blaue Karte und hatte wohl eine Menge Kinder in die Welt gesetzt.

»Vielleicht ist es besser, wenn ich erst einmal das Gelände erforsche, Ma'am«, schlug Benjamin vor. »Ich kann auf diese Bäume steigen und über der Gasschicht ausharren. Ich will sehen, was sich da alles tut, und komme dann zurück, um Sie zu holen.«

Athaclena spürte deutlich die Erregung des Chims, während sie über den See dieses geheimnisvollen Gases hinwegblickten. Hier war er etwa knöcheltief, doch unten im Tal waberte der Nebel mindestens sechs Meter hoch.

»Nein, wir werden beieinanderbleiben«, meinte Athaclena entschlossen. »Wie du weißt, kann ich auch auf die Bäume klettern.«

Benjamin musterte sie von Kopf bis Fuß, wobei er sich die fabelhafte Anpassungsfähigkeit der Tymbrimer ins Gedächtnis rief. »Vielleicht hat Ihr Volk einst auch auf den Bäumen gehockt. Ich wollte Sie nicht verletzen«, setzte er mit einem breiten Grinsen hinzu. »Also gut, Miss, es geht los.«

Beide nahmen einen Anlauf und katapultierten sich in die Zweige einer Eiche, die dicht vor ihnen stand, hangelten sich um den Stamm herum und fassten das nächste Ziel ins Auge. Dann schwang sich Benjamin durch einen schmalen Spalt zum nächsten Baum hinüber. Er setzte sich auf einen schwingenden Ast und schaute sie aus neugierigen braunen Augen an.

Athaclena aber hatte begriffen und nahm die Herausforderung an. Sie holte tief Luft, atmete mehrmals tief ein, während sie sich konzentrierte. Die Verwandlung begann, indem sich ihre Fingerspitzen verhärteten und ihr Brustkasten sich weitete. Dann atmete sie aus, rollte sich zusammen und schwang sich in den nächsten Eichenbaum, wobei sie den Chim Stück für Stück imitierte.

Benjamin nickte ihr anerkennend zu, als sie direkt neben ihm landete. Und schon war er wieder weiter, schwang sich von Ast zu Ast.

Sie kamen nur langsam voran, während sie von Baum zu Baum hüpften und rankenbewachsene Baumstümpfe umrundeten. Oft mussten sie um Lichtungen herumgehen, in denen stickige Rauchschwaden wallten. Sie versuchten den Atem anzuhalten, wenn sie durch Gasfelder wateten, dennoch schnappte Athaclena etwas von dem stinkenden, öligen Stoff auf. Sie aber redete sich ein, dass der zunehmende Juckreiz, den sie empfand, eher psychosomatischer Natur sei.

Benjamin riskierte immer wieder einen Blick auf sie und registrierte so manche Veränderung im Lauf der Zeit – baumelnde Arme, rollende Schultern und die Hände, die sie immer wieder zur Faust ballte. Er hatte wohl nie geglaubt, dass es eine Galaktikerin mit ihm aufnehmen und von Baum zu Baum schwingen würde.

Sicher wusste er aber nicht, welchen Preis sie für die *Gheer*-Transformation zahlen musste. Die Reaktion hatte bereits eingesetzt, und Athaclena wusste nur zu gut, dass dies nur der Anfang war.

Der Wald war voller Geräusche. Kleine Tiere huschten an ihnen vorbei, flohen vor dem ungewohnten Rauch und dem Gestank. Athaclena nahm kleine, heiße Impulse ihrer Furcht wahr. Als sie eine Hügelkuppe erreicht hatten, welche die Siedlung überragte, konnten sie ferne Schreie vernehmen – verängstigte Terraner, die sich ihren Weg durch den finsteren Wald bahnten.

Benjamins braune Augen sagten ihr, dass die da unten seine Freunde waren. »Sehen Sie, wie sich dieses Gas am Boden festklammert?«, sagte er. »Es steigt kaum ein paar Meter über die Dächer der Häuser hinauf. Wenn wir nur ein einziges Hochhaus gebaut hätten!«

»Dann hätten sie dieses Gebäude als Erstes in die Luft gejagt«, meinte Athaclena. »Erst dann hätten sie ihr Gas ausströmen lassen.«

»Hmmm«, sagte Benjamin und nickte. »Lasst uns gehen und schauen, ob irgendwelche meiner Kameraden es geschafft haben, sich in den Bäumen zu verkriechen. Vielleicht ist es ihnen gelungen, ein paar Menschen zu retten.«

Sie wollte nicht weiter in Benjamin dringen, um nach seinen verborgenen Ängsten zu fragen – nach diesen Ängsten, die er selbst verdrängte. Doch da war noch etwas, das mit der Sorge um die Menschen und Chims dort unten zu tun hatte – obwohl sie sowieso schon genug zu beißen hatten.

Je tiefer sie ins Tal hinabstiegen, umso höher mussten sie in die Bäume klettern. Und immer öfter mussten sie hinabsteigen und mit den Füßen den rauchenden, dampfenden Boden aufwühlen, um dann wieder ihren Weg durch die Baumkronen zu bahnen. Zum Glück schien sich das ölige Gas allmählich zu verteilen, wurde immer schwerer und ging dann als feiner Regen nieder, der aus grauem Dunst herabrieselte.

Benjamin beschleunigte seine Schritte, sobald er die immer noch weit entfernten weißen Gebäude des Center jenseits der Bäume erblickte. Athaclena folgte ihm, so schnell sie konnte, doch fiel es ihr immer schwerer, mit dem Chim Schritt zu halten. Ihre Enzymvorräte waren nahezu erschöpft, und ihre Corona flammte, während ihr Körper versuchte, die Erhitzung niederzukämpfen.

Konzentriere dich!, dachte sie, während sie über einen wehenden Ast hinwegkroch. Athaclena hielt sich mit den Beinen fest und versuchte, durch das Laub- und Buschwerk hindurchzublicken.

Weiter, immer weiter.

Sie straffte ihren Körper, aber sie hatte keinen Schwung mehr. Kaum dass sie die nächsten zwei Meter überwinden konnte. Athaclena klammerte sich an dem schwebenden, schwingenden Ast fest. Ihre Corona pulsierte wie Feuer.

Nun klammerte sie sich an diesem Baum fest, holte mit offenem Mund tief Luft, während die Welt vor ihren Augen verschwamm. *Vielleicht ist es etwas mehr als nur ein Gheer-Schmerz*, dachte sie. *Mag auch sein, dass dieses Gas nicht nur für Terraner bestimmt ist. Vielleicht kann es auch mich töten.*

Es dauerte einige Sekunden, bis sie wieder richtig sehen konnte. Dann aber erblickte sie einen Fuß mit schwarzer Sohle, einen behaarten Fuß … Es war Benjamin, der im Baum über ihr hing.

Seine Hände berührten zart die wehenden heißen Fühler ihrer Corona.

»Bleiben Sie nur da und ruhen Sie sich aus, Miss! Ich werde das Gelände erkunden und sofort wieder zurückkehren.«

Noch einmal schwankte der Ast, dann war der Chim weg.

Athaclena verhielt sich still. Sie konnte kaum etwas anderes tun, als auf die leisen Töne und Geräusche zu achten, die vom Howletts Center zu hören waren. Nun war fast eine Stunde vergangen, seitdem der Gubru-Kreuzer wieder gestartet war, doch sie konnte nichts weiter hören als die panischen Rufe der Chims und das Geschrei von irgendwelchen Tieren, die sie nicht identifizieren konnte.

Das Gas verflog allmählich, doch es stank noch immer, direkt über ihrem Kopf. Athaclena hielt sich die Nase zu und atmete durch den Mund. *Schade, dass die armen Erdlinge Nase und Ohren immer offen halten und so alles mitkriegen müssen, was auf sie zukommt.* Doch ihre Ironie konnte weder ihr noch ihnen helfen. Denn diese Wesen konnten nicht mit ihren Sinnen lauschen.

Sobald sich ihre Corona abgekühlt hatte, sah sich Athaclena in ein Netz von Emotionen verstrickt … Menschen, Schimpansen und die anderen zogen an ihr vorbei, und der »Fremde«, an den sie sich allmählich gewöhnt hatte. Die Zeit verging, und Athaclena fühlte sich allmählich wohl … zumindest um dorthin zu klettern, wo der Ast in den Stamm mündete. Sie lehnte sich erleichtert gegen die raue Rinde, während der Fluss von Geräuschen und Emotionen sie umbrandete.

Vielleicht werde ich am Ende doch nicht sterben, zumindest nicht sofort.

Erst nach einer Weile merkte sie, dass ganz in ihrer Nähe etwas vor sich ging. Sie spürte deutlich, dass sie beobachtet wurde – und zwar aus nächster Nähe! Sie wirbelte herum und hielt den

Atem an. Von den Ästen eines Baumes nur etwa sechs Meter entfernt starrten sie vier Augenpaare an – drei dunkelbraune und ein blaues.

Außer vielleicht der bewussten, halbpflanzlichen Kanten gehörten die Tymbrimer zu jenen Galaktikern, welche die Erdlinge am besten kannten. Trotzdem blinzelte Athaclena erstaunt, weil sie sich nicht sicher war, ob sie ihre Augen nicht doch täuschten und dass sie wirklich sah, was sie sah.

Ganz nahe am Baumstamm kauerte ein erwachsener weiblicher Neoschimpanse – ein »Chimmie« – der nur Shorts trug und ein Schimpansenbaby im Arm hielt. Die braunen Augen der kleinen Mutter waren vor Schreck geweitet.

Neben ihnen saß ein Menschenkind mit glatter Haut in einem Latzhöschen, ein kleines blondes Mädchen, das Athaclena scheu anlächelte. Doch das vierte Wesen, das im anderen Baum saß, war es, das Athaclena verwirrte.

Athaclena erinnerte sich an die Skulptur eines Neodelfins, die ihr Vater von einer seiner Reisen nach Tymbrim mitgebracht hatte. Das war kurz nach der Einweihungszeremonie der Tytlaler, wo sie sich seinerzeit in diesem erloschenen Vulkan so seltsam benommen hatte. Vielleicht hatte ihr Vater beabsichtigt, sie durch dieses Geschenk umzustimmen und ihr beizubringen, dass die Erdenbürger freundliche Wesen waren, vor denen man sich nicht zu fürchten brauchte. Eigentlich war das Ding eine kleine Spieldose, und ihr Vater hatte gesagt, sie sollte einfach das Werk anstellen und der Melodie lauschen, die aus der Dose kam.

Doch was immer auch sein Motiv gewesen sein mochte – seine Absicht schlug fehl und erreichte genau das Gegenteil. Denn während sie den wilden Rhythmen, der seltsamen atonalen Musik lauschte, hatte sie das Gefühl, in einem Ozean zu versinken und das Kreischen und Wimmern einer Bö über einer stürmischen See zu hören. Selbst als sie die Augen öffnete und sah, dass sie im Kreis ihrer Familie saß, konnte sie sich nicht helfen. Zum ersten Mal in ihrem Leben hatte die Akustik über die Optik gesiegt.

Athaclena hatte diese Musik nie mehr gespielt, noch war ihr später je etwas so Seltsames untergekommen … bis sie eines Tages auf die metaphorische Landschaft in Roberts Seele stieß.

Und jetzt war ihr wieder genauso zumute wie einst! Denn während dieses vierte Wesen, das ihr gegenübersaß, auf den ersten Blick wie ein sehr großer Schimpanse aussah, sagte ihre Corona etwas anderes.

Das kann nicht sein!

Die braunen Augen schauten sie ruhig und freundlich an. Das Wesen überragte alle anderen an Größe, doch es hielt das Menschenkind zärtlich und vorsichtig im Schoß. Als das kleine Mädchen zu quengeln begann, schnaufte die riesige Kreatur nur und rückte ein Stück weiter, doch ihr Blick blieb nach wie vor auf Athaclena haften. Im Gegensatz zu normalen Schimpansen war ihr Gesicht dunkel, fast schwarz.

Trotz ihrer Schmerzen trat Athaclena vorsichtig vor, um diese Wesen nicht zu erschrecken. »Hallo!«, sagte sie vorsichtig auf Anglic.

Das Menschenkind lächelte wieder und barg das Köpfchen scheu an der gewaltigen behaarten Brust ihres Beschützers, während die Neochimp-Mutter ängstlich zurückwich.

Die massive Kreatur mit dem hohen flachen Gesicht nickte zweimal und schnaufte wieder.

Sie sprühte nur so vor lauter Kraft und Energie!

Athaclena war bisher nur einmal einer Spezies begegnet, die in dieser schmalen Zone zwischen Tier und akzeptierter Klientenspezies existierte. Dies war ein sehr seltener Status in den Fünf Galaxien, weil alle neu entdeckten vernunftbegabten Wesen sofort registriert und irgendeiner Sternfahrerspezies zur Weiterentwicklung zugeteilt wurden.

Athaclena aber kam es vor, als ob dieses Wesen bereits auf dem besten Weg zu einem vollbewussten denkenden Wesen war.

Doch es war undenkbar, die Kluft zwischen Tier und denkendem Wesen ohne jede fremde Hilfe zu überbrücken. Freilich hielten einige Menschen immer noch an der vagen Theorie fest, die aus unwissenden Zeiten vor dem Kontakt stammten – an Theorien, wonach sich die echte Intelligenz auch von selbst im Laufe der Evolution entwickeln kann. Doch die galaktische Wissenschaft hatte festgestellt, dass die Schwelle nur mit Hilfe einer anderen Spezies überschritten werden konnte, die diese Schwelle bereits hinter sich gebracht hatte.

So war es gewesen alle Zeit seit den sagenhaften Tagen der Progenitoren vor Milliarden von Jahren.

Doch noch nie hatte man auch nur die Spur eines Patrons für die Menschheit gefunden. Darum wurden sie *k'chu-non* ... Wolflinger genannt. Wenn dem so war, konnte diese Kreatur vielleicht auch ...?

Aber nein! Warum habe ich das nicht sofort gemerkt?

Und Athaclena wusste plötzlich, dass es sich bei diesem Wesen nicht um den sagenhaften »Garthling« handelte, den sie im Auftrag ihres Vaters suchen sollte. Die Ähnlichkeit war unmissverständlich.

Was sie da vor sich hatte, all diese Wesen gehörten zu ein und derselben Familie, die da über dem Gubru-Nebel im Baum hockten. Menschen, Neoschimpansen, und ... was noch?

Sie versuchte sich daran zu erinnern, was ihr Vater gesagt hatte, nämlich über die Lizenz der Menschheit, ihren Heimatplaneten, die Erde, zu besetzen. Nach dem Kontakt hatten die Institute das Recht der Menschen de facto anerkannt. Doch es gab da gewisse Regeln, Vorschriften und sonstige Einschränkungen, soweit sie wusste.

Und einige besondere Erdenspezies wurden dabei besonders erwähnt. Dieses große Tier strahlte ein Potenzial aus wie ...

Athaclena fiel eine *Metapher* ein – es war eine Art Leuchtfeuer, das da in den Zweigen des Baumes ihr gegenüber brannte. Sie durchforschte ihre Erinnerung auf tymbrimische Art und stieß endlich auf den Namen, den sie so lange gesucht hatte.

»Du liebes Wesen«, sagte sie. »Du bist ein Gorilla, nicht wahr?«

Das Howletts Center 16

Das Tier wiegte seinen Kopf hin und her und grunzte. Die Schimpansenmutter aber blinzelte und schaute Athaclena mit unverhohlener Angst an.

Doch das kleine Menschenkind klatschte in die Hände und begann eine Art Kindervers zu singen. »'rilla! Jonny ist ein 'rilla wie ich!« Und sie trommelte mit ihren kleinen Fäusten gegen die gewaltige Brust. Dann warf sie den Kopf zurück und ließ eine Art Urschrei hören, der einem Jodler glich.

Also ein *Gorilla.* Athaclena betrachtete verwundert diese gewaltige schweigsame Kreatur und versuchte sich zu erinnern, was sie über diese Wesen so nebenher gehört hatte.

Seine dunklen Nüstern blähten sich, während sie in Richtung Athaclena schnüffelten, wobei er seine freie Hand benutzte, um in einer schnellen Zeichensprache zu dem Kind auf seinem Schoß zu sprechen.

»Jonny will wissen, ob jetzt du die Chefin bist«, lispelte das kleine Mädchen. »Das ist gut. Du warst sehr müde, als du hinter Benjamin hergelaufen bist. Hat er etwas angestellt? Du weißt, dass er weggelaufen ist.«

Athaclena wagte sich etwas näher heran. »Nein«, sagte sie, »Benjamin hat nichts Böses getan, zumindest nicht, seitdem ich ihn getroffen habe – obwohl ich allmählich bezweifle, ob …«

Athaclena brach ab. Weder dieses Kind noch der Gorilla würden begreifen, warum sie ihre Bedenken hatte. Doch der erwachsene Chim hatte begriffen, und sein Blick war von Furcht erfüllt.

»Ich heiße April«, sagte das kleine Mädchen. »Und das ist Nita.

Ihr Baby heißt Cha-Cha. Die Chimmies geben ihren Kleinen manchmal einfache Namen zuerst, weil sie noch nicht so gut sprechen können«, setzte es hinzu.

Ihre Augen glänzten, als sie Athaclena anschaute. »Bist du wirklich eine Tym…bim … Tymbimmie?«

Athaclena nickte. »Ja, ich bin eine Tymbrimerin.«

April klatschte in die Hände. »Oh, das sind ganz liebe Leute! Hast du das große Raumschiff gesehen? Es kam mit viel Donner, und Daddy ließ mich mit Jonny gehen, weil da so viel Gas war. Und Jonny hat seine Hand auf meinen Mund gelegt, und ich konnte nicht atmen!«

April verzog das Gesicht, um zu zeigen, wie es tut, wenn man am Ersticken ist.

»Dann ließ er mich los, als wir in den Bäumen waren. Und da haben wir Nita und Cha-Cha getroffen.« Sie warf einen kurzen Blick auf die Chims. »Nita hat zu viel Angst, um zu sprechen.«

»Warst du auch erschrocken?«, fragte Athaclena.

April nickte ganz ernst. »Schon. Doch dann musste ich damit aufhören. Ich war der einzige *Mensch* hier und musste auf alle aufpassen.«

»Könntest du jetzt an meine Stelle treten? Du bist wirklich eine sehr nette Tymbimmi.«

Nun aber wurde das kleine Mädchen wieder scheu, kuschelte sich an Jonnys massige Brust und lächelte Athaclena zu, wobei sie nur ein Auge riskierte.

Athaclena aber kam aus dem Staunen nicht heraus. Bei allem, was sie bisher über die Menschen erfahren hatte, war noch nie so klar geworden, wozu diese Wesen wirklich fähig waren. Und obwohl ihr eigenes Volk mit den Terranern verbündet war, hatte sie immer noch ein Teil jenes Vorurteils der Galaktiker bewahrt, wonach die Erdenmenschen irgendwie »tierisch« und bestialisch waren. Und so manche Galaktiker bezweifelten, dass menschliche Wesen sich wirklich als Patrone eigneten. Auch die Gubru hatten solche und ähnliche Gedanken in ihrem Kriegsmanifest ausgesprochen.

Nun brachte dieses Kind alles durcheinander. Nach Sitte und Gesetz hätte Klein-April für seine Klienten sorgen müssen, egal wie jung sie auch war. Es war aber auch klar, dass sie sich ihrer Verantwortung voll bewusst war.

Nun wusste Athaclena aber auch, warum Robert und Benjamin sie nicht an diesen Ort führen wollten. Also verhielt sie sich vorerst still, versuchte ihre Angst zu meistern und ein bisschen nachzudenken. Vielleicht würde es ihr später gelingen, Kontakt mit ihrem Vater aufzunehmen, nachdem sie sicher war, dass ihre Befürchtungen zutrafen.

Fast schon hätte sie sich wie ein Tymbrimer gefühlt, als die *Gheer*-Reaktion wieder einsetzte und ein brennender Schmerz durch ihre Muskeln und ihre Nerven raste. »Haben es noch mehr menschliche Wesen geschafft, in den Wald oder in die Bäume zu entkommen?«, fragte sie.

Jonny wedelte mit den Händen und machte eine ganze Reihe von Zeichen. April übersetzte, obwohl sie nicht genau wusste, worum es ging. »Er sagt, einige haben es versucht. Doch sie waren nicht schnell genug. Die meisten liefen nur hilflos herum und taten Dinge, die Gorillas nicht tun ... das, was die 'Rillas närrisch nennen ...«, sagte sie leise.

Schließlich meldete sich die Schimpansenmutter Nita zu Wort. »Das G-Gas ...« Sie zögerte. »Das Gas hat die Menschen schwach gemacht.« Ihre Stimme war kaum hörbar. »Einige Chims spürten es auch ... Die 'Rillas weniger.«

Also war die ursprüngliche Vermutung Athaclenas über das Gas richtig. Es sollte nicht sofort tödlich wirken. Der Massenmord an Zivilisten war vom Institut für Zivilisierte Kriegsführung im Allgemeinen verpönt. Wer die Gubru kannte, wusste genau, dass ihre Absicht weitaus heimtückischer war.

Es krachte zu ihrer Rechten. Der große männliche Chim,

Benjamin, landete auf einem Ast zwei Bäume weiter entfernt und rief Athaclena zu: »Alles in Ordnung, Miss! Ich habe Dr. Taka und Dr. Schultz gefunden. Sie möchten unbedingt mit Ihnen sprechen!«

Athaclena winkte ihn heran. »Komm her zu mir, Benjamin!«

Benjamin stieß mit typischer *Pongo*-Übertreibung einen tiefen Seufzer aus. Dann hüpfte er heran, schwang sich von Ast zu Ast, bis er die drei Affen und das Menschenmädchen erblickte. Vor Staunen blieb ihm der Mund offen, und um ein Haar hätte er den Ast losgelassen, an dem er sich gerade festhielt. Dann huschte so etwas wie ein Schatten der Enttäuschung über sein Gesicht. Er wandte sich Athaclena zu, befeuchtete die Lippen und räusperte sich.

»Mach dir nicht daraus«, meinte sie. »Du hast während der letzten zwanzig Minuten alles versucht, trotz all dem Durcheinander, die Wahrheit zu verbergen. Aber es hat nichts genützt. Ich weiß genau, was hier geschehen ist.«

Benjamin machte den Mund zu, dann zuckte er die Achseln. »So?«, gab er mit einem kleinen Seufzer zurück.

Athaclena aber wandte sich an die anderen vier, die auf dem Ast hockten. »Wollt ihr meine Autorität anerkennen?«

»Ja«, sagte April. Nita schaute von Athaclena auf das Kind, dann nickte sie. »Also dann gut. Bleibt, wo ihr seid und wartet, bis euch jemand abholt. Habt ihr verstanden?«

»Ja, Ma'm.« Nita nickte wieder, während Jonny und Cha-Cha sie weiter anstarrten.

Athaclena erhob sich, versuchte, auf dem Ast ihr Gleichgewicht zu halten, und wandte sich an Benjamin. »Also lasst uns jetzt über diese eure Entwicklungsspezialisten reden. Wenn das Gas sie nicht ganz außer Gefecht gesetzt hat, möchte ich gern wissen, was sie dazu gebracht hat, die Galaktischen Gesetze zu verletzen.«

Benjamin war sichtlich geschlagen und nickte resigniert.

»Außerdem«, fuhr Athaclena fort, nachdem sie auf einem Ast neben ihm gelandet war, »wäre es besser, wenn du dich um die Chims und Gorillas kümmern würdest, die du fortgeschickt hast, damit ich sie nicht sehe. Du solltest sie zurückrufen.«

»Wir werden ihre Hilfe brauchen.«

Fiben 17

Fiben hatte sich schließlich aus dem zerborstenen Holz, das in der Nähe seiner Kapsel herumlag, eine Art Krücke zusammengebastelt und sie mit den Resten seines Raumanzugs gefüttert. Also tat seine Schulter nicht gar so weh, wenn er sich auf seine Krücke stützte.

Hmmm, dachte er. *Hätten die Menschen unser Rückgrat nicht geradegebogen und unsere Arme verkürzt, könnte ich auf allen vieren in die Zivilisation zurückwanken.*

Benommen, verletzt und hungrig … das war's. Dennoch war Fiben ziemlich gut gelaunt, während er über Hindernisse stolperte und sich seinen Weg Richtung Norden bahnte. *Teufel noch mal, ich lebe noch. Darf mich also nicht beklagen.*

Er hatte viel Zeit in den Bergen von Mulun verbracht, wo er ökologische Studien für das Restaurationsprojekt betrieb. Also wusste er, dass er auf dem richtigen Weg war, nicht zu weit von erforschtem, erschlossenem Land entfernt. Die abwechslungsreiche Vegetation war deutlich zu erkennen, überwiegend einheimische Pflanzen, aber auch solche, die importiert und ins Ökosystem eingeführt worden waren, um die Lücken zu füllen, welche der Bururalli-Terror hinterlassen hatte.

Fibens Optimismus war durchaus begründet. Dass er vorerst überlebt hatte, dass er in einem Gebiet abstürzte, das ihm vertraut war … All dies war wohl ein Zeichen dafür, dass *Ifni* noch weitere Pläne mit ihm hatte. Er wurde gerettet, weil er für eine besondere Aufgabe vorgesehen war. Vielleicht aber auch ein Schicksal, das viel schlimmer und viel schmerzlicher war, als in der Wildnis zu verhungern.

Fiben spitzte die Ohren und schaute auf. Hatte er sich dieses Geräusch nur eingebildet?

Nein! Das waren Stimmen! Er humpelte den Pfad hinunter, wobei er mit Hilfe seiner Krücke gelegentlich sogar einen Sprung wagte, bis er zu einer leicht abfallenden Lichtung gelangte, von der aus der Blick über einen steilen Canyon ging.

Er strengte seine Augen an, doch es dauerte einige Minuten, bis er endlich durchblicken konnte. Was war doch dieser Regenwald so verdammt dicht!

Da! Auf der anderen Seite halbwegs bergab erblickte er sechs Chims mit Rucksäcken, die sich überaus eilig ihren Weg durch den Wald bahnten und auf die rauchenden Trümmer der *Proconsul* zugingen. Jetzt schwiegen sie – und es war wohl nur einem glücklichen Zufall zu verdanken, dass sie vorhin gesprochen hatten, als sie genau jene Stelle passierten, wo Fiben Ausschau hielt.

»He! Dummies! Hierher!«, rief er, während er mit den Armen wedelte und auf den rechten Fuß gestützt weiterhumpelte. Der Suchtrupp hielt an. Die Chims schauten sich um und blinzelten, während das Echo seiner Stimme von den Wänden des Hohlwegs widerhallte. Fiben entblößte die Zähne und grunzte vor Enttäuschung. Die schauten überallhin, nur nicht in seine Richtung!

Schließlich packte er seine Krücke, drehte sie über dem Kopf und schleuderte sie über den Canyon.

Einer der Chims stieß einen Schrei aus und packte den nächsten am Arm. Und beide schauten zu, als der Ast wie ein Speer in den Wald schoss. »So ist's recht«, meinte Fiben. »Nun seht zu, wo das Geschoss herkam.«

Zwei aus dem Suchtrupp zeigten jetzt nach oben und merkten endlich, dass da ihnen jemand zuwinkte. Sie riefen und schrien und tanzten im Kreise.

Fiben aber vergaß für einen Augenblick seinen Kummer und seinen Schmerz. »Was für ein Glück, dass ich ausgerechnet von meinen Artgenossen gerettet werde! Also los, Kinder, hört endlich mit eurem Rundtanz auf!«

Er grinste immer noch, als sich der Rettungstrupp seiner Lichtung näherte. Und dann war endlich alles vergessen. Fiben stimmte in die Freudenrufe ein und ließ so manchen Jauchzer hören.

Uthacalting 18

Sein kleines Boot war das letzte Fahrzeug, das vom Flughafen Port Helenia startete. Auf den Bildschirmen waren bereits Schlachtkreuzer zu erkennen, die in die tiefere Atmosphäre herabkamen.

Dort auf dem Flughafen war eine kleine Miliztruppe nebst ein paar Terragenern damit beschäftigt, eine letzte Barrikade zu errichten, die ebenso sinnlos wie nutzlos war. Dennoch: Ihre Herausforderung, ihre Botschaft wurde durch alle Kanäle übertragen.

»... Wir glauben nicht daran, dass die Invasoren das Recht haben, hier zu landen und weisen ihre Handlungsweise aufs Schärfste zurück. Wir fordern den Schutz der Galaktischen Zivilisation gegen diese Aggression. Wir weisen das Ansinnen der Gubru entschieden zurück, auf unserer legal erworbenen Welt Fuß zu fassen.

Um zu beweisen, wie ernst wir es meinen, wird eine kleine, bewaffnete Widerstandsgruppe die Gubru auf dem Flughafen der Hauptstadt erwarten. Wir fordern die Invasoren auf ...«

Uthacalting lenkte sein kleines Boot mit zwei Fingern. Das kleine Schiff raste Richtung Süden auf die Küste des Cilmar-Meeres mit Überschallgeschwindigkeit zu. In den weiten Wassern zur Rechten spiegelte sich der helle Sonnenschein.

»... uns in einem Kampf Mann gegen Mann zu begegnen und sich nicht in ihren Schlachtschiffen zu verstecken ...«

Uthacalting nickte. »Gebt es ihnen, ihr Erdlinge!«, murmelte er leise in Anglic. Der Befehlshaber hatte dennoch keine andere Lösung gefunden, als mit Worten zu drohen, weil ihm sonst herzlich wenig Mittel zur Verfügung standen. Uthacalting aber hoffte, dass er mit seinen Tiraden Erfolg haben würde.

Nun wurden in der Sendung all jene Waffen aufgeführt, welche die Armada auf dem Weltraumbahnhof erwarteten, sollte sie eine Landung wagen, sodass der Feind nicht berechtigt war, schwerere Waffen aufzufahren. Unter diesen Umständen blieb den Gubru wohl nichts anderes übrig, als die Verteidiger mit einer Infanterie anzugreifen. Das aber konnte verheerende Folgen haben.

Vorausgesetzt, dass sich der Feind an die Spielregeln hält, dachte Uthacalting. *Es konnte aber auch sein, dass sich der Feind nicht mehr an die üblichen Kriegsregeln hielt.* Aber eine solche Situation war kaum vorstellbar. Doch es gab auch Gerüchte aus fernen Sternenwelten …

In seinem Cockpit war eine ganze Reihe von Bildschirmen eingebaut. Einer davon zeigte Raumkreuzer, die im Sichtfeld der Fernsehkameras auf Port Helenia auftauchten. Andere wieder zeigten schnelle Kampfflugzeuge, die am Himmel über dem Flugplatz ihre Kreise zogen.

Hinter sich hörte Uthacalting die beiden Ynniner reden, zwei baumlange Kerle, die zumindest in die Rücksitze passten, die für Tymbrimer zugeschnitten waren. Ihr riesengroßer Chef aber musste sich mit einem Stehplatz begnügen.

Kault aber stand nicht einfach da – er ging auf und ab, so weit es die enge Kabine zuließ und stieß mit seinem Kamm immer wieder gegen das Dach. Der Thennaniner war sichtlich schlecht gelaunt.

»Warum, Uthacalting?«, fragte er zum wiederholten Mal. »Warum hast du so lange gezögert? Wir sind wirklich die Letzten, die von hier abhauen.«

Kault schnaufte durch die Kiemen, die sich blähten wie bei einem großen Fisch. »Du hast mir gesagt, dass wir schon vorgestern Nacht aufbrechen würden! Ich habe in aller Eile meine Sachen zusammengesucht, war bereit, aber du bist nicht gekommen! Ich wartete vergebens. Dabei verpasste ich die Gelegenheit, andere Transportmöglichkeiten zu finden, während du mir Nachricht über Nachricht zusandtest, ich sollte mich gedulden. Und als du dann in der Dämmerung endlich daherkamst, sind wir so blauäugig aufgebrochen, als wollten wir einen Wochenendtrip in Noes Barke unternehmen!«

Uthacalting aber scherte sich wenig um seinen Kollegen und ließ ihn brummen. Schließlich hatte er sich in aller Form entschuldigt und ihm ein diplomatisches Zuckerbrot nach allen Regeln der Kunst zugeschoben. Mehr konnte man von ihm nicht verlangen.

Abgesehen davon nahmen die Dinge genau jenen Lauf, den er sich vorgestellt hatte.

Ein gelbes Licht leuchtete am Steuerpult auf, und ein Summton ertönte.

»Was ist das?«, fragte Kault und schlurfte aufgeregt herbei. »Haben die unsere Triebwerke geortet?«

»Nein.« Kault seufzte erleichtert.

»Es sind nicht die Triebwerke«, fuhr Uthacalting fort. »Dieses Licht bedeutet nur, dass wir durch einen Suchstrahl abgetastet wurden.«

»Was?«, rief Kault. »Ist denn dieses Fahrzeug nicht abgeschirmt? Sie verwenden ja nicht einmal Schwerkraftgradienten! Was, in aller Welt, wollen die entdeckt haben?«

Uthacalting zuckte die Achseln, als wäre ihm diese menschliche Geste angeboren. »Vielleicht ist etwas Besonderes an uns«, meinte er. »Mag sein, dass sich unser Schicksal auf irgendeine seltsame Weise manifestiert hat. Eine Ausstrahlung, die ein technisches Gerät irritiert und auf die Quelle hinweist – und diese Ausstrahlung schwingt durch den Raum.«

Aus dem Augenwinkel konnte Uthacalting deutlich sehen, wie Kault erschauerte. Die Thennaniner hatten einen heiligen Respekt vor allen unfassbaren Dingen, die nicht in ihren Kopf hineinwollten. Uthacalting bildete *looth'troo* – die Entschuldigungsglyphe einem Feind gegenüber – und ließ ihn leicht zwischen seinen Fühlern schweben, während er sich daran erinnerte, dass sein Volk und das Volk Kaults sich offiziell im Kriegszustand befanden. Er hatte das gute Recht, seinen Feind-Freund auf den Arm zu nehmen, ebenso wie es auch ethisch durchaus akzeptabel war, als er dafür sorgte, dass Kaults eigenes Schiff sabotiert wurde.

»Ich würde mir darüber keine Gedanken machen«, meinte er. »Wir sind ja ganz gut weggekommen.«

Doch bevor noch der Thennaniner etwas erwidern konnte, beugte sich Uthacalting vor und sprach schnell einige Worte in GalSieben, worauf sich das Bild auf einem der Schirme weitete.

»Thwill'kou-chlliou!«, fluchte er. »Da schau mal, was die da machen!« Kault drehte sich um und starrte auf den Bildschirm. Das Holo-Bild zeigte riesige Kreuzer, die über der Hauptstadt schwebten und einen braunen Dunst über den Häusern verbreiteten. Und obwohl das Gerät leise eingestellt war, konnte man die Panik aus der Stimme des Nachrichtensprechers deutlich heraushören, als er den Himmel beschrieb, der sich allmählich verdunkelte, als ob jemand in Port Helenia überhaupt seines Kommentars bedurft hätte.

»Das ist nicht gut, das ist gar nicht gut!« Kault rannte mit seinem Kamm jetzt immer öfter gegen die Kabinendecke. »Die Gubru gehen viel massiver vor, als es die Situation und das Kriegsrecht erlaubt.«

Uthacalting nickte. Doch bevor er etwas erwidern konnte, ging ein weiteres gelbes Licht an.

»Was ist jetzt wieder los?«, erkundigte sich Kault mit einem Seufzer. Uthacaltings Augen waren weit aufgerissen. »Das heißt, dass wir von einem Jäger verfolgt werden«, gab er zurück. »Wir müssen uns vielleicht auf einen Kampf vorbereiten. Kannst du mit einer 57er Waffenkonsole umgehen, Kault?«

»Nein, aber vielleicht einer meiner Ynniner …«

Uthacalting aber unterbrach ihn und rief: »Halt dich fest!« und schaltete die Schwerkraft-Stabilisierung auf. Der Boden unter ihren Füßen bebte. »Ich leite jetzt Ausweichmanöver ein«, setzte er warnend hinzu.

»Gut«, flüsterte Kault durch seine Nackenkiemen.

Gesegnet sei das dicke Fell der Thennaniner, dachte Uthacalting. Dann aber nahm er sich zusammen und versuchte, sich nichts anmerken zu lassen, obwohl er wusste, dass sein Kollege so empfindungslos war wie ein Felsbrocken und nichts von seiner Freude merken würde.

Und als der Jäger zu feuern begann, begann auch seine Corona zu singen.

19 Athaclena

Wälder verschränkten sich wie grüne Finger mit dem Rasen, der die tarnfarbenen Gebäude des Centers umgab, so als sollte die Siedlung aus der Luft nicht auszumachen sein. Zwar hatte der Westwind die letzten sichtbaren Spuren des Gases hinweggeweht, das die Invasoren versprüht hatten – doch immer noch lag eine sandige Staubschicht fünf Meter hoch über Pflanzen und Häusern und verbreitete einen üblen, scharfen, widerwärtigen Geruch. Athaclenas Corona hatte sich beruhigt, die panische Angst war von ihr gewichen, während sie den Blick über Häuser und Buschwerk streifen ließ. Auch ihre Stimmung war umgeschlagen. Sie spürte so etwas wie Resignation, während echter Zorn und Wut in ihr aufstiegen.

Sie folgte Benjamin zur ersten Lichtung, wo eine kleine Gruppe Neoschimpansen kopflos herumlief. Zwei trugen ein undefinierbares Ding auf einer Trage vorbei.

»Es wäre besser, wenn Sie nicht da runtergehen würden, Miss«, meinte Benjamin. »Das Gas war offensichtlich für die Menschen bestimmt, auch wenn selbst wir Schimpansen uns etwas benommen fühlen. Sie aber sind eine wichtige Persönlichkeit …«

»Ich bin eine Tymbrimerin«, gab Athaclena kühl zurück. »Ich kann nicht einfach hier herumsitzen, wenn mich meine Klienten und Angehörigen brauchen.«

Benjamin machte eine devote Verbeugung. Dann führte er sie über eine Reihe von Ästen hinab, die gleich Treppenstufen untereinanderlagen, bis sie endlich ihren Fuß auf festen Boden setzen konnte. Hier unten war der widerliche Gestank noch deutlicher zu spüren. Athaclena versuchte zwar, ihn zu ignorieren, doch ihr Puls raste vor Nervosität.

Sie gingen an Behausungen vorbei, die wahrscheinlich als Trainingslager und Unterkunft für Gorillas vorgesehen waren. Da gab es umzäunte Flächen, Spielflächen und Prüfstände. Hatte Benjamin wirklich geglaubt, sie zum Narren halten zu können, indem er die vorbewussten Affen in den Urwald gesandt hatte, nur um sie abzulenken?

Sie konnte nur hoffen, dass keiner durch das Gas oder bei der Panik, die hinterher ausgebrochen war, irgendeinen Schaden erlitten hatte. Aus ihren Vorlesungen über die Lebewesen der Erde wusste sie immerhin, dass Gorillas, so groß und so gewaltig sie auch waren, zu den überaus empfindlichen, ja zerbrechlichen Geschöpfen gehörten.

Chims in Shorts, Sandalen und dem unvermeidlichen Werkzeuggürtel um die Hüfte liefen geschäftig hin und her. Einige starrten Athaclena an, als sie sich ihnen näherte, doch sie blieben nicht stehen, um mit ihnen zu reden. Obendrein konnten die meisten von ihnen nur wenige Worte sprechen.

Sie wateten durch den dunklen Staub und gelangten schließlich in die Mitte des Lagers. Hier stießen sie dann endlich auf menschliche Wesen. Sie waren Seite an Seite auf Liegen gebettet, ein Mann und eine Frau auf den Treppenstufen des Hauptgebäudes. Der Mann hatte keine Haare mehr auf dem Kopf, seine Augen waren schmal und zugeschwollen. Wahrscheinlich war er bewusstlos oder lag im Koma.

Das andere Wesen war eine hochgewachsene, dunkelhaarige Frau. Ihre Hautfarbe war seltsam dunkel, fast tiefschwarz, wie sie Athaclena bisher noch nie gesehen hatte. Vielleicht gehörte sie zu den seltenen »pur erzeugten« Wesen, die die Merkmale ihres alten »Volkes« bewahrt hatten. Die Hautfarbe der Chims dagegen, welche ihnen am nächsten standen, schimmerte blassrosa durch das schüttere Haarkleid.

Mit Hilfe von zwei älteren Chims brachte es die schwarze Frau fertig, sich auf den Ellbogen zu stützen, als sich Athaclena näherte. Benjamin trat vor, um sie vorzustellen.

»Dr. Taka, Dr. Schultz, Dr. M'Bzwelli, Chim Frederick, alle vom terranischen Wolflinger-Clan, ich möchte Ihnen die ehrenwerte Athaclena, eine Tymbrimerin ab-Caltmour ab-Brma ab-Krallnith ul-Tytlal vorstellen.«

Athaclena warf Benjamin einen bewundernden Blick zu, weil er es fertiggebracht hatte, all ihre Titel in einem Atemzug aus dem Gedächtnis zu rezitieren – eine bewundernswerte Leistung.

»Dr. Schultz«, sagte Athaclena und nickte dem Chim an ihrer Linken zu. Dann verbeugte sie sich tiefer vor der Frau. »Dr. Taka.« Mit einer letzten Neigung ihres Kopfes schloss sie die anderen Menschen und Chims ein. »Dr. M'Bzwelli und Chim Frederick. Bitte, nehmen Sie mein aufrichtiges Bedauern und mein Mitgefühl angesichts der Katastrophe entgegen, welche über Ihre Siedlung und über Ihre Welt hereingebrochen ist.«

Die Chims machten eine tiefe Verbeugung. Auch die Frau versuchte, eine Verneigung anzudeuten, aber es wollte ihr wegen ihrer Schwäche nicht so recht gelingen.

»Haben Sie Dank für Ihr Mitgefühl«, sagte sie mühsam. »Wir Erdlinge werden uns bestimmt durchschlagen … Ich muss zugeben, dass ich etwas erstaunt bin, die Tochter des tymbrimischen Botschafters so plötzlich und unerwartet vor mir zu sehen.«

Darauf würde ich meinen Kopf wetten, dachte Athaclena in Anglic, wobei sie sich diesmal aufrichtig über diesen Anflug menschlichen Sarkasmus' freute.

Meine Anwesenheit bedeutet mindestens so eine Katastrophe für euch und für eure Pläne wie die Gubru mit ihrem Gas!

»Mein Freund ist verletzt«, sagte sie. »Drei Ihrer Neoschimpansen sind ausgezogen, um ihn zu holen, und das bereits vor geraumer Zeit. Haben Sie etwas von ihnen gehört?«

Die Frau nickte eifrig. »Ja, o ja, gewiss! Wir haben erst kürzlich Nachricht vom Suchtrupp empfangen. Robert Oneagle ist bei Bewusstsein, und es geht ihm den Umständen entsprechend gut. Ein zweiter Trupp, den wir ausgesandt haben, um einen abgestürzten

Piloten zu bergen, wird in Kürze zu den anderen stoßen. Sie sind bestens ausgerüstet, eine Rettungsmannschaft mit allen erforderlichen ärztlichen Geräten und Medikamenten.«

Athaclena spürte, wie ihre Spannung nachließ, wie ihre Sorgen schwanden und verflogen – all die trüben Gedanken, die sie irgendwo in die Tiefen ihrer Seele verdrängt hatte. »Gut. Sehr gut. Dann möchte ich zu anderen Dingen übergehen.«

Ihre Corona blühte auf, während sie die Glyphe *kuou-wassooe* bildete – ein böses Vorgefühl – obwohl sie nicht glaubte, dass diese Leute die Bedeutung einer solchen Glyphe begreifen würden, wenn sie sie überhaupt wahrnahmen.

»Als Mitglied einer Spezies, die mit der Ihren bereits verbündet war, bevor ihr Wolflinger in die Fünf Galaxien eingebrochen seid, biete ich in diesem Notfall meinen Beistand und meine Hilfe an. Was ich als Patron tun kann, als Verbündete eurer Spezies, werde ich tun. Dafür verlange ich nichts weiter als eine Möglichkeit, mit meinem Vater Verbindung aufzunehmen.«

»Schon gewährt«, sagte Dr. Taka. »Und nehmen Sie unseren heißesten Dank entgegen.«

Athaclena trat einen Schritt vor. »Ich muss aber auch meine Enttäuschung zum Ausdruck bringen, nachdem ich die wahren Absichten, die Funktion dieses Centers entdeckt habe. Ich bin nämlich dahintergekommen, dass Sie sich damit beschäftigen, auf unerlaubte Weise irgendwelche Spezies zu züchten, Tiere, gleich welcher Art, die sich bisher verborgen hielten.«

Die vier Direktoren schauten sich an. Nun konnte Athaclena bereits so gut in den Gesichtern der Menschen lesen, dass sie ihre Trauer und ihre Resignation deutlich erkannte. »Ferner muss ich bemerken«, fuhr sie fort, »haben Sie jedes Taktgefühl vermissen lassen, mit diesem Verbrechen auch auf Garth fortzufahren, auf einem Planeten, der schon in der Vergangenheit ökologisch schwer missbraucht worden ist.«

»Einen Moment, bitte!«, protestierte Chim Frederick. »Wieso

wollen Sie das, was wir tun, mit dem Bururaller-Terror vergleichen? Wie kommen Sie überhaupt dazu …«

»Fred, sei still!«, warf Dr. Schultz, der andere Chim ein.

Frederick begann verlegen zu blinzeln. Da es aber bereits zu spät war, einen Rückzieher zu machen, fuhr er stotternd fort: »… die einzigen Planeten, auf denen die Erdlinge siedeln durften, hatten bereits andere Eatees verhunzt …«

Dr. M'Bzwelli hüstelte leise vor sich hin. Frederick hielt endlich die Klappe und wandte sich ab.

Der Menschenmann blickte zu Athaclena auf. »Sie haben uns an die Wand gespielt, Miss.« Er seufzte. »Dürfen wir Sie bitten, uns zumindest erst einmal anzuhören, bevor Sie irgendwelche Maßnahmen ergreifen? Wir … wir sind keine Vertreter unserer Regierung, wie Sie wissen. Wir sind sozusagen *Privatverbrecher.*«

Athaclena war seltsam leicht zumute. Irgendwie machte ihr die ganze Sache Spaß. In den alten Filmen, die vor dem Kontakt gedreht worden waren – vor allem in den Krimis, die bei den Tymbrimern besonders beliebt waren –, drehte es sich immer um irgendwelche vorsintflutlichen Gesetzesbrecher, die stets bestrebt waren, die Wahrheit zu verheimlichen und »Beweise beiseite zu schaffen«. Ein Teil von ihr wunderte sich darüber, wie atavistisch diese Leute in Wirklichkeit waren.

Sie atmete tief aus und nickte. »Also gut. Wollen wir die Frage in dieser Notlage zunächst einmal zurückstellen. Sagt mir lieber, wie es hier aussieht. Was will der Feind mit diesem Gas erreichen?«

»Es raubt den Menschen, die es einatmen, die Kraft«, erwiderte Dr. Taka. »Vor einer Stunde kam eine Nachricht durch. Die Invasoren teilten mit, dass die betroffenen Menschen innerhalb einer Woche das Gegenmittel einnehmen müssten. Sonst sterben sie.«

»Freilich wird das Gegenmittel nur in den Stadtgebieten angeboten.«

»Also eine Art Geiselgas!«, flüsterte Athaclena. »Die wollen die ganze menschliche Bevölkerung des Planeten als Pfand haben.«

»Genau. Wir müssen uns beugen oder in sechs Tagen sterben.«

Athaclenas Corona sprühte vor Wut und Empörung. Ein solches Gas war eine verantwortungslose Waffe, selbst wenn sie unter gewissen Umständen bei der Kriegsführung leider durchaus legal war.

»Was wird mit Ihren Klienten geschehen?« Die Neoschimpansen waren erst wenige Jahrhunderte alt und sollten nicht unbeaufsichtigt in der Wildnis bleiben.

Dr. Taka verzog das Gesicht, weil sie vermutlich ebenso besorgt war. »Die meisten Chims scheinen gegen das Gas immun zu sein. Doch sie haben nur wenige natürliche Anführer, wie etwa Dr. Schultz oder Benjamin.«

Schultz blickte aus seinen braunen Augen zärtlich auf seine Menschenfreundin hinab. »Mach dir keine Sorgen, Susan. Wir werden uns schon durchschlagen, wie du zu sagen pflegst.« Dann wandte er sich an Athaclena. »Wir werden die Menschen schrittweise evakuieren, wobei wir mit den Kindern und Alten beginnen, noch heute Nacht. In der Zwischenzeit werden wir hier alles zerstören und sämtliche Spuren verwischen.«

Athaclena wollte etwas einwenden, doch der ältere Neoschimpanse hob mahnend die Hand. »Ja, Miss. Wir werden Sie mit Kameras und Assistenten versehen, sodass Sie zunächst Ihr Beweismaterial sammeln können. Wird das vorerst reichen? Wir möchten Sie in keiner Weise behindern.«

Athaclena konnte die Verbitterung des Chims deutlich spüren. Doch sie konnte keine Sympathie für ihn aufbringen, wenn sie sich vorstellte, wie ihr Vater reagieren würde, wenn er alles erfuhr. Uthacalting mochte die Erdlinge. Und diese unverantwortliche Kriminalität würde ihn zutiefst verwunden.

»Es hat keinen Sinn, den Gubru irgendeine Rechtfertigung für ihre Aggression zu bieten«, setzte Dr. Taka hinzu. »Die Sache der

Gorillas kann vor den Großen Rat der Tymbrimer gebracht werden, sofern Sie es wünschen. Die Alliierten mögen dann entscheiden, wie es weitergehen soll, wo wir hinsollen. Ob wir nun regresspflichtig gemacht werden oder ob das Strafmaß unserer eigenen Regierung überlassen wird, bleibt sich gleich.«

Athaclena überlegte kurz und musste einsehen, dass eine solche Einstellung logisch war. Sie nickte, nachdem sie einen Moment lang nachgedacht hatte. »Das wird reichen. Bringen Sie mir Ihre Kameras, und ich werde diese Katastrophe festhalten.«

Galaktiker 20

Für den Flottenadmiral hörte sich das Argument unsinnig an. Doch war dies freilich nicht zu ändern, weil es bei Zivilisten einfach der Brauch war, sich um des Kaisers Bart zu streiten. Denn Priester und Bürokraten hatten stets etwas zu meckern. Nur die Kämpfer waren es, die an Action glaubten! Dennoch musste der Admiral zugeben, dass es äußerst interessant war, ihrer Debatte zu lauschen. Dies war bei den Gubru traditionell, dass sie nämlich auf diese Weise die Wahrheit zu finden versuchten, indem sie sich gegenseitig rupften, sich bis aufs Blut bekämpften, wahre Hahnenkämpfe ausfochten und Kriegstänze aufführten, bis sie sich schließlich wieder einig waren.

Und am Ende, wer weiß …

Der Suzerain von Balken und Klaue verdrängte seine Gedanken. Es war noch viel zu früh, über die Mauser nachzudenken. Es würde mit Sicherheit noch mehr Einwände geben, noch mehr Streitereien, um die höchste Stufe auf der Leiter zu erklimmen, bis der Tag gekommen war.

Was nun die erste Debatte betraf, sah sich der Admiral in der angenehmen Lage eines Schiedsrichters zwischen den Parteien. Das immerhin war ein guter Anfang.

Die Terraner auf dem kleinen Weltraumbahnhof hatten ihre Herausforderung recht geschickt formuliert. Der Suzerain der Guten Sitten bestand darauf, dass Talon-Soldaten ausgesandt werden mussten, um die Verteidiger in einem Kampf Mann gegen Mann zu überwinden. Doch der Suzerain von Kosten und Vorsicht stimmte nicht zu. Eine Zeit lang umkreisten sie sich gegenseitig auf der Brücke des Flaggschiffs, während der eine den anderen beäugte und sie sich gegenseitig Argumente wie Tennisbälle zuwarfen.

»Die Kosten müssen niedrig sein!
Niedrig genug, dass wir keine anderen –
keine anderen Fronten belasten müssen!«

Auf diese Weise wollte der Suzerain von Kosten und Vorsicht klar machen, dass diese Expedition nichts weiter war als einige der Engagements, die gegenwärtig der Macht und Stärke der Gooksyu-Gubru abträglich waren. Und in der Tat handelte es sich hier nur um einen Krieg am Rande. In der Galaktischen Spirale gab es Spannungen. Und in solchen Zeiten war es die Aufgabe des Suzerain von Kosten und Vorsicht, den Clan davor zu bewahren, sich zu übernehmen.

Der Suzerain der Guten Sitten aber plusterte sein Federkleid indigniert auf.

»Was sollen Kosten bedeuten,
bedeuten
welch ein Argument – für
wen und für was, wenn wir
fallen, stolpern
vergehen
Wenn wir uns vor unseren
Vorfahren schämen müssen?
Wir müssen tun, was rechtens ist! Summ-mmm!«

Von seinem Kommandostand aus beobachtete der Suzerain von Balken und Klaue die Auseinandersetzung, um zu sehen, ob sich irgendwelche deutlichen Konturen der Dominanz abzeichneten. Es war erregend, den großartigen Argumenten-Tänzen zuzuschauen, und den Rivalen zu lauschen, die ausgewählt worden waren, um die Gefährten des Admirals zu werden. Alle drei repräsentierten die feinsten Produkte der »Hot-Egg«-Technik, die dafür bestimmt waren, die beste Qualität der Spezies hervorzubringen.

Offensichtlich war bereits ein Kandidat gefunden, doch die Entscheidung lag beim Suzerain von Balken und Klaue.

Freilich wäre es weniger kostspielig gewesen, wenn die Expeditionskräfte die Wolflinger dort unten vorerst einfach ignoriert und sie ihrem Schicksal überlassen hätten, bis sie das Gas zur Aufgabe zwang. Noch einfacher wäre es gewesen, durch einen kurzen Befehl ihre Anlagen in Schutt und Asche zu legen. Doch der Suzerain der Guten Sitten lehnte beide Alternativen ab. Solche Aktionen könnten katastrophale Folgen haben, meinte der Priester.

Der Bürokrat war ebenso wenig daran interessiert, den Verlust guter Soldaten in Kauf zu nehmen für ein Unternehmen, das nichts weiter als eine Geste war.

Die beiden anderen Kommandeure riskierten immer wieder einen Blick auf den Suzerain von Balken und Klaue, während sie sich schnatternd im Kreise drehten und ihr weißes Gefieder aufplusterten. Schließlich plusterte sich auch der Kommandeur auf und betrat das Podium, um sich ihnen anzuschließen.

»In die Schlacht am Boden einzugreifen
wäre teuer,
würde Ausgaben bedeuten.
Doch es wäre ehrenhaft,
bewundernswert.
Ein dritter Faktor ist
für die Wahl entscheidend:
Die Notwendigkeit, Talon-Soldaten
auszubilden.

Auszubilden für den Kampf
gegen Wolflinger-Truppen.
Die Bodentruppen, die Infanterie, soll sie angreifen,
Welle für Welle,
Schritt für Schritt, Hand gegen Klauen.«

Nun war die Entscheidung gefallen. Ein Colonel der Klauen-Soldaten salutierte und eilte mit dem Befehl davon.

Freilich trug diese Lösung dazu bei, die Position der Guten Sitten zu stärken und die der Vorsicht herabzustufen. Doch der Kampf um die Macht hatte erst begonnen.

So hatten es schon die Vorfahren gehalten, lange bevor die Gooksyu die primitiven Proto-Gubru in Sternfahrer verwandelten. Und in ihrer Weisheit waren die Patronatsspezies den alten Vorlagen gefolgt und hatten sie zu einer nützlichen, logischen Regierungsform für vernünftige Völker entwickelt. Dennoch war ein Teil der alten Funktion übriggeblieben. Der Suzerain von Balken und Klaue erschauerte, als die Spannung sich löste. Und obwohl alle drei vorerst noch ziemlich neutral und sachlich waren, spürte der Admiral eine Erregung, die eindeutig sexueller Natur war.

Fiben und Robert 21

Die beiden Rettungsmannschaften stießen aufeinander, nachdem sie mehr als eine Meile in den Pass vorgedrungen waren. Sie alle hatten einen schweren, mühsamen Weg hinter sich. Die drei, die am Morgen mit Benjamin aufgebrochen waren, waren schon so erschöpft, dass sie den anderen nur müde zunicken konnten, die von der Absturzstelle zurückkehrten. Die beiden aber, die aus höchster Not gerettet worden waren, fielen sich buchstäblich um den Hals.

»Robert! Robert Oneagle! Wann in aller Welt hast du dich von der Uni losgeeist? Weiß denn Mami überhaupt, wo sich ihr Nesthäkchen herumtreibt?«

Der blessierte Chim stützte sich immer noch auf seine selbstgebastelte Krücke und trug noch seinen ramponierten Raumanzug. Robert aber schaute zu ihm von seiner Bahre auf, der Blick immer noch von irgendeiner Droge getrübt.

»Fiben! Im Namen aller Götter – also warst du es, der den Himmel mit Schwefel und Gestank verpestet hat? Was hast du dir denn dabei gedacht, so eine kostbare Luftkutsche einfach in den Sand zu setzen?«

Fiben rollte die Augen. »Das Ding war ein alter Blecheimer, auch wenn es mir sonst gute Dienste geleistet hat.«

Robert spürte ein seltsames Neidgefühl in sich aufsteigen. »So? Ich denke, wir wurden geschlagen.«

»Das kann man wohl sagen. Wir haben alle unser Möglichstes getan. Und es wäre vielleicht gut ausgegangen, wenn mehrere von uns dabei gewesen wären.«

Robert wusste, was sein Freund meinte. »Du glaubst, unserer Leistung wären keine Grenzen gesetzt, wenn …«

»Wenn es nur genügend Affen gegeben hätte«, warf Fiben ein. Er grunzte, und dieses Grunzen war zwar ein Lachen, aber doch etwas mehr als ein ironisches Grinsen.

Die übrigen Chims blinzelten bestürzt. Diese Art Scherz ging zwar über ihre Begriffe. Was sie aber am meisten schockierte, war die Art und Weise, wie dieser Chim dem Sohn der Planetaren Koordinatorin das Wort abschnitt.

»Ich wollte, ich wäre bei dir gewesen«, sagte Robert ernst.

Fiben zuckte die Achseln. »Ja, Robert, ich weiß. Doch wir hatten alle unsere Befehle.« Dann schwiegen sie für einen langen Moment. Fiben kannte Megan Oneagle gut genug, und Robert war ihm sympathisch.

»Ich glaube, wir sind gerade zur richtigen Zeit wieder aufgetaucht, um in den Bergen nach dem Rechten zu sehen.« Fiben seufzte und blickte Richtung Süden. »Das heißt, wenn wir genügend frische Luft haben.« Dann schaute er auf Robert hinab. »Diese Chims haben mir über die Katastrophe im Center berichtet. Eine scheußliche Sache.«

»Clennie wird ihnen helfen, die Sache wieder geradezubiegen«, erwiderte Robert. Seine Sinne schwanden. Wahrscheinlich hatte man ihm eine große Dosis verpasst. »Sie weiß eine ganze Menge … viel mehr als sie sich bewusst ist.«

Fiben hatte bereits von der Tochter des timbrimischen Gesandten gehört. »Sicher«, sagte er, während die anderen die Trage wieder hochhoben. »Ein Eatee wird die Sache zurechtbiegen. Wahrscheinlich wird sie aber die Karre eher in den Dreck fahren, Invasion hin oder her!«

Doch Robert war bereits weit entrückt. Fiben aber musste feststellen, dass das Gesicht dieses Erdenmenschen nicht mehr ganz terranisch war. Seine verträumte Miene war wie eine Maske, mit etwas Undefinierbarem übertüncht … etwas, das absolut unirdisch war.

Athaclena 22

Eine große Anzahl Chims kehrte ins Center zurück. Sie kamen aus den Wäldern, wo sie sich bisher verborgen gehalten hatten. Frederick und Benjamin hatten sie damit beauftragt, die Gebäude abzureißen und alles zu verbrennen, was noch an Inventar vorhanden war. Athaclena und ihre beiden Assistenten eilten von Ort zu Ort, wobei sie alles genau aufschrieben und registrierten, bevor die Sachen den Flammen übergeben wurden.

Es war eine mühselige Arbeit. Noch nie in ihrem Leben hatte sich Athaclena als Tochter eines Diplomaten so erschöpft gefühlt. Dennoch war sie besorgt und achtete darauf, dass nicht ein einziges Stück an Beweismaterial übersehen wurde. Und da war eine Menge zu tun.

Etwa eine Stunde vor Sonnenuntergang traf eine Gorillatruppe im Lager ein – größer, dunkler und mehr geduckt als die anderen Chim-Wachen. Nun mussten sie bei vorsichtiger Anleitung einfache Aufgaben durchführen, indem sie mithalfen, ihre einzige Heimat zu zerstören, die sie je gekannt hatten.

Die verwirrten Geschöpfe mussten tatenlos zusehen, wie ihr Trainings- und Testzentrum und die Quartiere der Klienten in Schutt und Asche sanken. Einige von ihnen versuchten noch, der Zerstörung Einhalt zu gebieten, indem sie vor die kleineren rußbedeckten Chims hintraten und sich mit Handzeichen zu verständigen versuchten, um ihnen klarzumachen, dass hier etwas Schlimmes vor sich ging.

Athaclena wusste, dass alles vergebens war. Doch die Patronatsklassen benahmen sich oft recht merkwürdig und unlogisch.

Schließlich standen die Prä-Klienten ganz allein da, von Rauchschwaden umhüllt und mit den Resten ihrer Habe – Spielsachen, Mementos und einfache Werkzeuge –, die sich vor ihren Füßen stapelten. Sie schauten auf die Trümmer ihres Besitzes, die ganze Vernichtung vor Augen. Und sie waren ratlos, wussten nicht, wie es weitergehen sollte.

Als die Abenddämmerung hereinbrach, war Athaclena von den verschiedenen Emotionen und all der Aufregung, denen sie ausgesetzt gewesen war, total erschöpft. Sie saß auf einem Baumstumpf mit dem Rücken gegen die brennenden Klientenquartiere und lauschte den tiefen gutturalen Lauten der großen Affen. Ihre Assistenten mit ihren Kameras und Probesäcken standen unweit von ihr herum und starrten hilflos in das flammende Inferno. Der flackernde Flammenschein spiegelte sich im Weiß ihrer Augen.

Athaclena zog ihre Corona ein, bis nichts weiter übrig blieb als die Einheitsglyphe – jene Koaleszenz, zu der alle Wesen im Waldtal beitrugen. Doch selbst dieses Bild wackelte und flimmerte. Sie erblickte es *metaphorisch* – schlaff und in sich zusammengesunken, wie eine bunte, zerknitterte Flagge.

Immerhin war die Leistung dieser Wissenschaftler anerkennenswert, gab sie unumwunden zu. Sie hatten zwar gegen einen Vertrag verstoßen, doch sie taten es nach bestem Wissen und Gewissen und hatten eigentlich weder ihre Kompetenzen überschritten noch irgendwelche Naturgesetze verletzt.

Wenn man es richtig betrachtete, waren die Gorillas für eine Weiterentwicklung ebenso geeignet wie die Schimpansen seinerzeit, hundert Erdenjahre vor dem Kontakt. Die Menschen waren gezwungen, Kompromisse zu schließen, seinerzeit, als der Kontakt sie in die Domäne der Galaktischen Gesellschaft brachte. Der offizielle Pachtvertrag, der ihre Rechte in ihrer Heimatwelt sanktionierte, sah vor, dass all jene Spezies, die auf Erden heimisch waren, gehegt und gepflegt werden mussten, damit ihr Potenzial an Vernunft nicht zu schnell aufgebraucht wurde. Doch jeder wusste, dass die Erde – trotz der legendären Neigung des primitiven

Menschen zum Gruppenmord – immer noch ein leuchtendes Beispiel für eine genetische Vielfalt war, eine seltene Ausnahme bei all den Typen und Formen, die von der galaktischen Zivilisation unberührt geblieben waren.

Wie dem auch sei … sobald eine vorbewusste Spezies zur Weiterentwicklung taugte, standen alle Ampeln auf Grün.

Dieser Vertrag war den Menschen eindeutig aufgezwungen worden, weil sie einfach zu schwach waren, um sich dagegen zu wehren. Es wurde ihnen gestattet, Neodelfine und Neoschimpansen hervorzubringen – alles Tierarten, die bereits vor dem Kontakt den Weg zur Vernunft eingeschlagen hatten. Doch die Seniorenclans waren nicht bereit, dem Homo sapiens zu erlauben, dass er mehr Klienten entwickelte als alle anderen!

Andernfalls wären nämlich die Wolflinger in den Status eines Seniorpatrons erhoben worden!

Athaclena seufzte.

Dies war freilich nicht fair. Doch das spielte in diesem Fall wohl kaum eine Rolle. Die Galaktische Gesellschaft war an ihren Eid gebunden. Ein Vertrag war nun mal eine ernste Sache von Spezies zu Spezies. Und Verstöße gegen solche Verträge mussten zumindest gemeldet werden, ließen sich nicht einfach unter den Teppich kehren.

Athaclena wünschte sich, ihr Vater wäre da. Uthacalting hätte bestimmt gewusst, was mit all den Dingen anzufangen war, mit all den Ereignissen, deren Zeugin sie wurde – so etwa mit der gutgemeinten Arbeit dieses illegalen Centers und den zwar schändlichen, wohl aber doch legalen Taten der Gubru.

Doch war Uthacalting weit, sehr weit entfernt, viel zu weit, um zumindest das Empathie-Netz zu berühren. Alles, was sie von ihm wusste, war lediglich, dass sein Rhythmus immer noch auf dem *Nahakieri*-Level schwang. Und während sie noch versuchte, ihre Augen und ihre inneren Ohren fest zu schließen und ein zartes *kenning* zu versuchen, gab ihr die ferne blasse Erinnerung an ihn nur wenig Auskunft. Die *Nahakieri*-Essenzen konnten noch lange über einer Person schweben, die bereits das Zeitliche gesegnet hatte, so wie dies bei ihrer verstorbenen Mutter Mathiculanna der Fall gewesen war. Sie schwebten dahin wie der Gesang der Erden-Wale, wie es einst bei jenen Urwesen der Fall war, die an der Grenze zwischen alter und neuer Zeit lebten.

»Entschuldigen Sie, Ma'am.« Eine Stimme, die sich wie ein heiseres Flüstern anhörte, brach harsch in die blasse Unter-Glyphe ein und verscheuchte sie. Sie schlug die Augen auf und erblickte einen Neoschimpansen mit rußigem Fell, dessen Schultern vor Erschöpfung gebeugt waren.

»Ma'am? Geht es Ihnen gut?«

»Danke, mir geht es gut. Was liegt an?« Die Worte in Anglic kamen nur schwer aus ihrer Kehle, von Rauch und Müdigkeit gereizt.

»Die Direktoren möchten Sie sprechen, Ma'am.«

Schade um jedes Wort, dachte Athaclena, während sie sich vom Baumstumpf gleiten ließ. Ihre Begleiter murrten theatralisch auf Chim-Art, suchten ihre Bänder und ihre Proben zusammen, schulterten ihr Gepäck und folgten ihr.

Am Ladedock standen mehrere Liftkabinen bereit. Chims und Gorillas schleppten Tragbahren herbei und verstauten sie in Fliegern, die sich dann vom Boden erhoben und auf leise summenden Schwerkraftpolstern in den Nachthimmel schwangen. Ihre Lichter verblassten, während sie Kurs auf Port Helenia nahmen.

»Ich dachte, dass alle Kinder und Alten bereits evakuiert worden sind. Warum seid ihr immer noch eifrig dabei, die Menschen einzuschiffen?«

Der Bote zuckte die Achseln. Der Stress des Tages hatte so manchem Chim seinen sprichwörtlichen Elan geraubt. Athaclena war sicher, dass es allein der Anwesenheit der Gorillas zu verdanken war – die ein Beispiel geben mussten –, dass ein Massenanfall an Atavismus verhütet wurde. Bei einer noch so jungen Klientenspezies war es immerhin erstaunlich, dass die Chims so positiv reagierten.

Kuriere eilten von und zum Krankenhaus, doch es kam nur selten vor, dass sie die beiden menschlichen Direktoren unmittelbar störten. Der Neochimp-Wissenschaftler, Dr. Schultz, stand vor ihnen, und es sah so aus, als würde er das meiste selbst erledigen. Sein Adjutant Chim Frederick war durch Athaclenas ehemaligen Wanderkameraden Benjamin ersetzt worden.

Auf einer Plattform lagen ein kleiner Stapel Dokumente und Protokollwürfel. Sie enthielten die Genealogie und die genetischen Aufzeichnungen eines jeden einzelnen Gorillas, der je hier gelebt hatte.

»Ach, hochverehrte Tymbrimerin Athaclena.« Schultz sprach sehr deutlich, in seiner Stimme war nur noch eine leise Spur der Chim-Gutturallaute zu hören. Er verbeugte sich, dann schüttelte er ihre Hand mit der bei seinem Volk üblichen Geste – eine Art Handschlag, wobei er seinen biegsamen Daumen demonstrierte.

»Bitte verzeihen Sie unsere armselige Gastfreundschaft«, meinte er entschuldigend. »Wir hatten vor, ein besonderes Abendessen aus unserer Hauptküche zu servieren ... Eine Art großes Abschiedsbankett. Doch ich fürchte, dass wir uns unter den gegebenen Umständen mit Konservenrationen begnügen müssen.«

Ein kleiner Chimmie näherte sich mit einem Tablett, auf dem eine Reihe von Büchsen stand.

»Dr. Elayne Soo ist unsere Ernährungsexpertin«, fuhr Schultz fort. »Sie sagte mir, dass Sie diese Delikatessen genießbar finden würden.«

Athaclena starrte auf die Büchsen. Koothra! Hier, fünfhundert Parsecs von ihrer Heimat entfernt ein Gebäck, in ihrer eigenen Heimatstadt hergestellt! Sie konnte sich nicht helfen und musste laut lachen.

»Wir haben eine ganze Ladung davon nebst anderen Versorgungsgütern an Bord eines Flitzers für Sie verstaut. Wir empfehlen, dass Sie Ihr Flugzeug nach dem Ausstieg so schnell wie möglich verlassen. Es wird nicht mehr lange dauern, bis die Gubru ihr eigenes Satellitennetz hier aufgebaut haben. Dann wird der Luftverkehr ebenso unpraktisch wie illusorisch.«

»Es dürfte nicht gefährlich sein, in Richtung Port Helenia zu fliegen«, meinte Athaclena. »Die Gubru erwarten einen Zustrom, der Tage dauern kann, während die Bevölkerung nach einem Gegenmittel sucht, um damit behandelt zu werden.« Und dann, während sie auf die hektischen Aktivitäten zu sprechen kam: »Also warum diese panische Hast? Warum wollen Sie die menschlichen Wesen so plötzlich in einem Aufwasch evakuieren? Wer …?«

Schultz wollte sie nicht unterbrechen – dennoch räusperte er sich und schüttelte bedenklich den Kopf. Benjamin aber warf Athaclena einen bittenden Blick zu.

»Bitte, Ser«, sagte Schultz leise, »sprechen Sie etwas leiser. Die meisten unserer Chims haben noch nicht begriffen …« Er brach ab, ohne den Satz zu vollenden.

Athaclena spürte einen kalten Schauer, der über ihren Rücken herabrieselte.

Zum ersten Mal schaute sie sich die beiden Menschen-Direktoren, Taka und M'Bzwelli, näher an. Sie hatten die ganze Zeit kein Wort gesprochen, hatten nur genickt, als ob sie alles verstehen würden und mit allem einverstanden wären, was gesagt wurde.

Die schwarzhäutige Frau, Dr. Taka, lächelte ihr zu. Athaclenas Corona fuhr aus, zog sich aber gleich wieder zurück.

Dann wandte sie sich plötzlich Schultz zu. »Ihr bringt sie um!«

Schultz nickte verzweifelt. »Bitte, Ser. Nicht so laut. Freilich haben Sie recht. Ich habe meine teuren Freunde unter Drogen gesetzt und damit vorerst kampfunfähig gemacht, bis meine guten Chim-Administratoren hier aufgeräumt und unsere Leute evakuiert haben, ohne dass eine Panik ausbricht. Dr. Taka und Dr. M'Bzwelli fühlten, dass sie unter der Einwirkung des Gases dahinschwinden«, setzte er verbittert und leise hinzu.

»Das hätten Sie nicht tun dürfen! Das ist Mord!«

Benjamin sah aus wie ein begossener Pudel. Schultz aber nickte. »Es war nicht leicht. Chim Frederick konnte es nicht mehr ertragen und hat seinen Frieden gefunden. Was mich betrifft – ich würde mir gern das Leben nehmen, wäre mein Tod nicht ebenso unvermeidlich wie der meiner Kollegen.«

»Was wollen Sie damit sagen?«

»Ich glaube, dass die Gubru nicht unbedingt gute Chemiker sind.« Der ältere Neoschimpanse lachte bitter auf, ein Lachen, das in einem Hüsteln und Seufzen endete. »Ihr Gas tötet einige von den menschlichen Wesen und wirkt viel schneller als angenommen. Außerdem scheint es auch einige Chims anzugreifen.«

»Ich verstehe«, murmelte Athaclena.

»Und da ist noch etwas, das Sie wissen sollten«, sagte Dr. Schultz. »Eine Nachricht von den Invasoren. Leider in Galactic Drei. Die Gubru sprachen Anglic, und unser Übersetzungsprogramm ist primitiv. Immerhin wissen wir, dass es sich um Ihren Vater handelte.«

Athaclena kam sich vor, als würde sie schweben. In diesem Zustand schweiften ihre betäubten Sinne durch den Raum, verweilten an diesem und jenem Ort. Sie *spürte* deutlich das Ökosystem, das einfache System des Waldes – kleine einheimische Tiere, die sich ins Tal zurücktasteten, ihre Nasen bei dem Gestank rümpften und die Gegend in der Nähe des Centers sorgfältig mieden, vor allem wegen der Feuer, die hier immer noch flackerten.

»Ja.« Sie nickte – eine geborgte Geste, die sie sofort wieder als fremd empfand. »Bitte, berichten Sie.«

Schultz räusperte sich. »Nun ja, es sieht so aus, dass der Kreuzer Ihres Vaters gesichtet wurde, als er den Planeten verließ. Er wurde von Kriegsschiffen verfolgt. Die Gubru sagen, dass er den Transferpunkt nicht erreicht hat. Freilich darf man nicht glauben, was sie sagen …«

Athaclena begann sich leicht in den Hüften zu wiegen, wie ein irdisches Mädchen in einer Disco. Dabei bebten ihre Lippen.

Sie war dem Weinen nahe, wie ein ganz gewöhnliches kleines Mädchen, das unendlich verzweifelt ist.

Nein. Ich will jetzt nicht darüber nachdenken. Später vielleicht. Ich werde sehen, was ich dann empfinde.

»Freilich sollen Sie jede Hilfe haben, die wir Ihnen anbieten können«, fuhr Chim Schultz ruhig fort. »Ihr Fahrzeug ist mit Waffen bestückt, und Sie haben ausreichend Lebensmittel an Bord. Sie können, wenn Sie wollen, dorthin fliegen, wo man Ihren Freund Robert Oneagle hingebracht hat.«

»Wir aber hoffen, dass Sie vorerst bei den Evakuierten bleiben werden, zumindest bis die Gorillas sicher untergebracht sind, bis wir sie in den Bergen versteckt haben. Dort werden sie von einigen qualifizierten *Menschen* betreut, denen die Flucht gelungen ist.«

Schultz schaute aus seinen traurigen braunen Augen zu ihr auf.

»Ich weiß, dass es zu viel verlangt ist, ehrenwerte Athaclena – aber würden Sie vielleicht unsere Kinder in Ihre Obhut nehmen, bis sie dann in die Wildnis ins Exil gehen können?«

Exil 23

Die leise vor sich hin summende Schwerkraftmaschine schwebte über dem steinigen Gelände. Die kurzen Schatten begannen wieder zu wachsen, als die Sonne Gimelhai den Zenit überschritt. Dann landete das Flugzeug auf dem harten Boden inmitten von Felsnadeln, und die röhrenden Triebwerke verstummten.

Ein Bote erwartete die Passagiere am Treffpunkt. Der Chim-Kurier überreichte Athaclena eine Note, als sie aus der Maschine stieg, während Benjamin das kleine Schiff in aller Eile tarnte, damit es nicht durch Radar geortet werden konnte.

In dem Brief berichtete Juan Mendoza, ein Freisasse des Lorne-Passes, dass Robert Oneagle sicher angekommen war, ebenso die glückliche Ankunft der kleinen April Wu. In einer Woche etwa würde er über dem Berg sein.

Athaclena war erleichtert. Sie wünschte sich nichts sehnlicher, als Robert zu sehen – und nicht allein, um zu erfahren, wie man mit einer Rasselbande von geflüchteten Gorillas und Neoschimpansen fertigwird.

Einige der Chims aus dem Howlett Center – solche, die das Gubru-Gas erwischt hatte – waren mit den Menschen in die Stadt gezogen und hofften auf das Gegenmittel … vor allem aber darauf, dass es wirken würde. Ihr waren nur eine Handvoll wirklich brauchbarer Chim-Techniker übrig geblieben, auf deren Beistand sie sich verlassen konnte.

Wahrscheinlich würden auch noch mehr Chims auftauchen, sagte Athaclena zu sich, vielleicht sogar auch noch ein paar menschliche Würdenträger und Beamte, die der Vergasung durch die Gubru entgangen waren. Sie hoffte auch, dass eine offizielle

Persönlichkeit mit den entsprechenden Vollmachten erscheinen würde, um das Regiment zu übernehmen.

Eine weitere Botschaft von der Mendoza-Farm war von einem Chim geschrieben, der die Raumschlacht beobachtete. Der Milizmann bat um Hilfe und Beistand im Falle eines Kontakts mit den Widerstandskräften.

Athaclena wusste nicht, was sie antworten sollte. In den späten Stunden der vergangenen Nacht, als sich große Schiffe über Port Helenia und die Städte des Archipels senkten, waren die Drähte von Ort zu Ort auf dem ganzen Planeten heißgelaufen. Es wurde über Kämpfe am Boden in der Nähe des Raumhafens berichtet. Einige Berichte besagten, dass es stellenweise ein Kampf Mann gegen Mann war. Dann herrschte plötzlich Funkstille, und die Gubru-Armada konnte sich ohne jeden weiteren Zwischenfall konsolidieren. Es sah ganz so aus, als wäre der so sorgfältig vom Planetaren Rat geplante Widerstand in einem halben Tag total zusammengebrochen. Auch die letzten Spuren einer irgendwie gearteten Kommandokette waren über Nacht verschwunden, weil niemand einen Gaseinsatz vorausgesehen und einkalkuliert hatte. Wie sollte man etwas unternehmen, wenn nahezu jedes menschliche Wesen auf diesem Planeten auf so einfache Weise aus dem Verkehr gezogen worden war? Ein paar Chims versuchten hier und da, etwas zu organisieren und die Lage in den Griff zu bekommen, meistens über Telefon. Doch keiner von ihnen hatte einen vernünftigen Vorschlag parat, nur nebulöse, teils irrwitzige Pläne.

Athaclena legte die Papiere beiseite und bedankte sich beim Kurier. Während der Stunden der Evakuierung hatte sie das Gefühl, dass sich etwas in ihr veränderte. Was gestern noch Verwirrung und Zorn gewesen, war heute in Entschlossenheit umgeschlagen.

Ich muss und will mich zusammennehmen. Uthacalting würde es von mir verlangen, und ich möchte ihn nicht enttäuschen.

Wo immer ich auch bin – der Feind wird mich nicht kriegen.

Natürlich schwor sie sich, auch all die Beweise zu hüten, die sie zusammengetragen hatte. Doch der Tag würde kommen, an dem sie all diese Unterlagen den tymbrimischen Behörden präsentieren konnte. Das wäre dann eine Gelegenheit, den Menschen eine längst fällige Lektion zu verpassen, wie sich eine galaktische Patronatsspezies verhalten muss, bevor es zu spät ist …

… wenn es nicht überhaupt schon zu spät war.

Benjamin trat zu ihr, oben auf dem abschüssigen Felsen. »Da!«, sagte er und zeigte ins Tal hinunter. »Da sind sie, und beizeiten!«

Athaclena beschattete die Augen. Ihre Corona weitete sich und berührte das Netz, welches sie umgab. *Ja. Und jetzt kann ich sie auch sehen.* Eine lange Kolonne von Gestalten bewegte sich durch den Wald zu ihren Füßen. Einige kleine braune Gestalten eskortierten zahlreiche größere, dunklere Typen. Jede der gewaltigen Kreaturen trug einen schweren Rucksack. Einige von ihnen hatten sich niedergebeugt und stützten sich auf ihre Hände, während sie weiter dahinschlurften. Gorillababys liefen zwischen den Erwachsenen herum und wedelten mit Händen und Armen, um das Gleichgewicht zu halten.

Die Chim-Eskorte aber war wachsam, die Strahlenwaffen im Anschlag. Sie beobachteten weder die Kolonne noch den Wald – ihr Blick war himmelwärts gerichtet.

Sie hatten es auf Umwegen geschafft, die Kalkhöhlen in den Bergen zu erreichen. Aber der Exodus war so lange nicht sicher, bis schließlich alle Flüchtlinge diese unterirdischen Luftschutzkeller erreicht hatten.

Athaclena fragte sich, was wohl in Port Helenia oder in den irdischen Siedlungen auf den Inseln vor sich ging. Der Versuch des tymbrimischen Kurierschiffs, dem Feind zu entkommen, wurde von den Invasoren zweimal erwähnt, und dann nicht mehr.

Sie musste also herausfinden, ob ihr Vater noch auf Garth und überhaupt noch am Leben war.

Sie berührte das Amulett, das sie immer noch an einer dünnen Kette um den Hals trug, diesen kleinen Behälter, der das Vermächtnis ihrer Mutter enthielt – einen Widerschein aus Mathiculannas Corona. Es war nur ein bescheidener Trost, doch Uthacalting hatte ihr kaum mehr zu bieten.

Ach Vater! Wie konntest du mich verlassen, spurlos und ohne einen Wink, was ich jetzt tun soll?

Die Kolonne der dunklen Gestalten näherte sich schnell. Und während sie vorbeizogen, war eine Art von Gesang zu hören, eine Halb-Musik, die sie noch nie gehört hatte. Diese Kreaturen waren von jeher zäh und ausdauernd gewesen, und die Aufzucht und die Schulung, der sie unterzogen wurden, hatten so manche Schwächen ausgemerzt.

Athaclena aber wollte nicht tatenlos bleiben, wollte nicht nur ein Kindermädchen für vorbewusste und haarige Klienten sein. Eine Sache, welche die Tymbrimer mit den Menschen teilten, war, dass sie sofort einschreiten mussten, wenn Not am Mann war. Der Brief des verwundeten Chim-Raumpiloten hatte den ersten Anstoß gegeben.

Sie wandte sich an ihren Begleiter.

»Ich bin nicht so gut in der Erdensprache bewandert, Benjamin. Ich suche nach einem Wort, einem Begriff, der eine besondere Art einer Armee beschreibt. Ich denke dabei an eine Armee, die sich bei Nacht und im Schatten dahinbewegt. Eine Truppe, die schnell und leise ist, ein kleiner Trupp, der mit wenig Waffen auskommt. Ich habe sowas gelesen, dass solche Truppen in der Vorkontakt-Geschichte der Erde durchaus üblich waren. Sie bedienten sich der Konventionen sogenannter zivilisierter Legionen, wenn es angebracht war, aber sie gingen auch andere Wege, wenn sie es für richtig hielten. Es wäre ein *k'chu-non krann,* eine Wolflinger-Armee, etwas, was bisher noch nicht dagewesen ist. Verstehst du, was ich meine, Benjamin? Gibt es dafür einen Begriff?«

»Meinen Sie etwa …?« Benjamin riskierte einen kurzen Blick auf die Kolonne, die zu ihren Füßen vorbeizog. All diese Affen, die durch den Wald zogen und ihr seltsames, brummendes Marschlied sangen.

Benjamin schüttelte den Kopf und versuchte sich zu beherrschen. Doch sein Gesicht lief rot an, bis das Lachen wie ein Vulkan aus ihm herausbrach. Er warf sich gegen einen Felsen, rollte sich ab, wälzte sich im Staub von Garth und warf die Arme himmelwärts.

Athaclena seufzte. Zunächst auf Tymbrim, dann unter menschlichen Wesen und jetzt hier in Gesellschaft der neuesten, rauesten Klienten, die man sich überhaupt vorstellen kann – doch überall war sie nur lauter *Spaßmachern* begegnet.

Sie schaute dem Schimpansen zu, wartete geduldig, bis er wieder Atem schöpfen konnte und ihr dann endlich verriet, was er so lustig fand.

ZWEITER TEIL

PATRIOTEN

Evelyn, eine modifizierte Hündin, schaute erstaunt
auf die bebenden Fransen des speziellen Deckchens,
das man über das Klavier gebreitet hatte.
In dem verdunkelten Zimmer,
wo die Stühle das Entsetzen packte
und die entsetzlichen Vorhänge den Regen dämpften,
mochte sie ihren Augen nicht trauen ...
Eine merkwürdige Brise, ein Knoblauchatem,
der wie ein Schnarchen klang, irgendwo in der Nähe
des Steinway (oder sogar aus ihm), ließ die Deckchenfransen
wehen und zittern im Halbdunkel ...
Evelyn, eine Hündin, die weitergehende Veränderungen
urchgemacht hatte, erwog die Bedeutung des Verhaltens
von kleinwüchsigen Menschen in pedaldrückender
panchromatischer Resonanz und anderer
unmittelbar umgebender Bereiche ...
»Arf!«, sagte sie.

Frank Zappa

Fiben 24

Hochgeschossene, spindeldürre, storchähnliche Gestalten beobachteten die Straße vom Dach eines dunklen, langgezogenen Bunkers aus. Ihre Silhouetten waren im Gegenlicht der späten Nachmittagssonne ständig in Bewegung, verlagerten ihr Gewicht nervös von einem Bohnenstangen-Bein aufs andere, ständig bereit, auch beim leisesten Geräusch davonzufliegen.

Seriöse Kreaturen, diese Vögel – und höllisch gefährlich.

Keine Vögel, erinnerte sich Fiben, als er sich dem Kontrollpunkt näherte. Zumindest nicht im irdischen Sinn des Wortes.

Doch der Vergleich stimmte. Ihr Körper war mit feinem Flaum bedeckt, und aus ihrem flachen, nach hinten gebogenen Gesicht sprang ein großer hellgelber Schnabel hervor.

Und obwohl sich ihre Schwingen in schlanke gefiederte Arme verwandelt hatten, konnten sie dennoch fliegen. Und dies mit großen, schweren Kraftpaketen, welche jene Flugunfähigkeit ersetzten, die ihre avianen Vorfahren schon vor langer Zeit verloren hatten.

Klauen-Soldaten. Fiben wischte sich die Hände an den Shorts ab, doch seine Handflächen fühlten sich immer noch klamm und feucht an. Er kickte einen Kieselstein mit dem nackten Fuß und gab seinem Pferd die Sporen – das heißt, er trat ihm leicht in die Flanken. Das sanfte Tier hatte damit begonnen, das blaue einheimische Gras am Straßenrand abzuweiden.

»Komm schon, Tycho«, sagte Fiben und zog an den Zügeln. »Wir können da nicht herumstehen, sonst werden die noch misstrauisch. Immerhin weißt du, dass dich dieses Futter in Schwung bringt.«

Tycho aber schüttelte seinen massigen grauen Kopf und wieherte laut.

»Also komm, los, mein Freund«, mahnte Fiben und wedelte mit der Hand. Direkt hinter dem Pferd schwebte ein Lastwagen, bis zum Rand mit Jutesäcken voll Korn beladen.

Der Antigrav-Stator schien noch zu funktionieren, aber der Antrieb war kaputt.

»Vorwärts, keine Müdigkeit vorschützen!«, sagte Fiben und zog wieder am Zügel.

Tycho nickte zustimmend, als würde dieser Ackergaul verstehen, was Fiben gesagt hatte. Die Zügel strafften sich, und der Anhänger schwankte hinterher, während sie sich dem Kontrollpunkt näherten.

Es ertönte ein akustisches Signal, das Gegenverkehr anzeigte. Fiben lenkte Ross und Wagen schnell an den Straßenrand. Ein Luftkissenboot schwebte in einem Luftsog mit heulenden Triebwerken vorbei. Solche Fahrzeuge flogen in regelmäßigen Abständen allein oder zu zweit täglich Richtung Osten.

Fiben schaute sich vorsichtig um, ob auch kein weiteres Fahrzeug daherkam, bevor er Tycho wieder auf die Straße lenkte. Fibens Schultern zuckten nervös. Tycho aber schnaufte verächtlich, als ihm der ungewöhnliche fremde Geruch der Invasoren in die Nüstern stieg.

»Halt!«

Fiben machte unwillkürlich einen Luftsprung. Die verstärkte Stimme hörte sich mechanisch, tonlos und hart an. »Los … auf diese Seite … auf diese Seite zur Inspektion!«

Fibens Herz pochte laut. Er war froh, dass er die Rolle des Eingeschüchterten spielen musste. Das würde ihm nicht schwerfallen.

»Schnell! Ein bisschen schneller! Komm her und weise dich aus!«

Fiben lenkte Tycho zum Inspektionsstand, der etwa zehn Meter weiter am Straßenrand aufgebaut war. Er band sein Pferd an einen Pfosten und begab sich eilig dorthin, wo zwei Klauen-Soldaten standen.

Fibens Nüstern blähten sich, als er den Geruch wie nach staubigem Lavendel einatmete. *Ich habe mich schon immer gefragt, wie die wohl riechen,* dachte er wütend. Seinen Urvätern hätte es wahrscheinlich nichts ausgemacht, ob diese komischen Vögel nun lieblich dufteten oder stanken wie die Pest. Vogel bleibt Vogel, hätten seine Vorfahren gedacht.

Er verbeugte sich tief, die Hände vor der Brust gekreuzt und nahm dann die Invasoren näher in Augenschein.

Aus der Nähe betrachtet machten sie keinen besonderen Eindruck. Freilich sahen ihre scharfen gelben Schnäbel und ihre messerscharfen Kämme imposant aus. Doch diese hochbeinigen Geschöpfe waren kaum größer als Fiben, und ihre Knochen waren anscheinend dünn und hohl.

Immerhin waren es Sternfahrer, Angehörige der Senior-Patronatsklasse, deren Zivilisation und Technologie schon zu einer Zeit einen hohen Stand hatte, ehe der Mensch sich in den Savannen Afrikas aufrichtete und neugierig und ängstlich ins Sonnenlicht blinzelte. Als sehr viel später die langsamen Raumschiffe der Menschen die Galaktische Zivilisation erreichten, hatten die Gubru und ihre Klienten eine Art Vormachtstellung unter den mächtigen interstellaren Clans errungen. Ein strenger Konservatismus und der leichte Umgang mit der Großen Bibliothek hatten sie weit gebracht, seit ihr Patron auf dem Heimatplaneten der Gubru auf sie gestoßen und ihnen die Gabe der Vernunft geschenkt hatte.

Fiben erinnerte sich an mächtige, kampftüchtige Schlachtschiffe, finster und unbesiegbar unter ihren schimmernden Schutzschildern, die funkelnde Galaxie im Hintergrund …

Tycho scheute und sprang beiseite, als einer der Klauen-Soldaten, der seine Waffe lose über der Schulter trug, hinter ihn trat, um den vollbeladenen Wagen zu inspizieren. Er kletterte auf den Anhänger, um die Ladung zu kontrollieren, während der andere

Wachmann in ein Mikrophon zwitscherte. Unter dem Flaum direkt über dem mageren Brustbein baumelte ein silbrig schimmerndes Medaillon, wahrscheinlich eine Art Übersetzer/Sender, aus welchem abgehackte Worte in Anglic drangen.

»Stand ... Stand und Identität ... Identität und Zweck!«

Fiben kauerte sich hin, machte sich so klein wie möglich und deutete in Zeichensprache an, dass er Angst hatte. Er war sich fast sicher, dass die meisten Gubru so gut wie nichts über Neoschimpansen wussten. Während der paar Jahrhunderte nach dem Kontakt durften nur spärliche Informationen durch die aufgeblähte Bürokratie des Bibliotheksinstituts gedrungen und ihren Weg zu den örtlichen Zweigstellen gefunden haben. Und freilich griffen die Galaktiker bei allen ihren Fragen und Problemen stets auf die Bibliothek zurück.

Immerhin galt es, sich anzupassen. Schon die Vorfahren Fibens wussten genau, was zu tun war, wenn man seine Gegner austricksen wollte – sich unterwürfig, höflich und devot zu geben und möglichst nicht aufzufallen. Also machte er sich noch kleiner und winselte vor sich hin.

Der Gubru pfiff enttäuscht, wahrscheinlich weil er so was schon früher erlebt hatte. Dann zirpte er erneut, diesmal etwas leiser.

»Keine Bange, dir geschieht nichts«, tönte es aus seinem Sprechgerät, diesmal etwas freundlicher und leiser als zuvor. »Dir geschieht nichts ... du bist in Sicherheit ... Sicherheit ... Sicherheit ... Wir sind Gubru ... Galaktische Patrone von hoher Geburt und höchstem Clan ... Dir kann nichts passieren ... passieren ... junge, vernünftige Völker und Halbentwickelte sind sicher ... sicher, wenn sie kooperativ sind ... Du bist in Sicherheit ... Sicherheit ...«

Junges, vernünftiges Volk, Halbentwickelte ... Was bildeten die sich bloß ein? ... Fiben rieb sich die Nase, um einen indignierten Laut zu unterdrücken. Freilich mussten die Gubru so denken. Und in der Tat konnte man nur von wenigen Klientenspezies, die kaum vierhundert Jahre alt waren, mit Fug und Recht behaupten, dass sie die höchste Entwicklungsstufe erreicht hatten.

Doch Fiben hatte noch etwas anderes bemerkt. Es war ihm gelungen, aus dem Gezirp und Gezwitscher etwas aufzuschnappen, bevor der Vodor übersetzte. Aber der Kurzlehrgang in Galactic Drei, den er seinerzeit auf der Schule mitgemacht hatte, war zu dürftig gewesen, um viel zu verstehen, weil die Gubru ihren eigenen Akzent und Dialekt hatten.

»... Du bist in Sicherheit«, klang es aus dem Vodor. »Die Menschen haben solch feine Klienten überhaupt nicht verdient ... Du bist in Sicherheit ... Fürchte dich nicht ...«

Fiben zog sich Schritt für Schritt zurück und schaute immer noch zitternd auf. *Nur nicht übertreiben,* ermahnte er sich selbst. Du hast als zweibeiniger Juniorklient einem Seniorpatron deine Reverenz erwiesen. Doch die Fremden würden sicher den gestreckten Mittelfinger vermissen, eine Nuance der Unterwürfigkeit.

»Jetzt aber«, schnauzte der Vodor, als wäre der Sprecher etwas erleichtert, »gib Namen und Zweck an!«

»O ja, ich heiße F-Fiben ... hm, S-ser.« Dabei wedelte er mit den Händen. Das war zwar Theater, aber vielleicht wussten die Gubru, dass Neoschimpansen, wenn sie unter Stress sprachen, stets jenen Teil ihres Gehirns einsetzten, der für die Steuerung der Hände zuständig war.

Anscheinend war der Soldat tatsächlich frustriert. Sein Gefieder sträubte sich, er hüpfte und machte ein paar tänzelnde Schritte. »... Ziel und Zweck ... gib an, warum du dich dem Stadtgebiet näherst!«

Fiben machte wieder eine kurze schnelle Verbeugung.

»Na ja, wissen Sie, meine Maschine tut's nicht mehr. Die Menschen sind alle abgehauen ... Keiner sagt uns, was auf der Farm getan werden soll ...« Er kratzte sich am Kopf. »Nun dachte ich, die brauchen was zu essen in der Stadt ... und dass vielleicht ...

vielleicht jemand die Karre gegen ein bisschen Getreide wieder in Ordnung bringt …?«, setzte er mit hoffnungsvoll erhobener Stimme hinzu.

Der zweite Gubru zirpte dem Diensthabenden kurz etwas zu. Fiben aber konnte das GalDrei gut genug verstehen, um den Sinn seiner Worte zu erfassen.

Die Maschine war ein echtes landwirtschaftliches Gerät, und es gehörte nicht viel dazu, um herauszufinden, dass lediglich die Rotoren blockiert waren. Nur ein hilfloser Kuli würde einen Antigrav-Laster mitgeschleifen, weil er unfähig war, die kleine Reparatur selbst durchzuführen.

Der erste Wachmann legte einen Finger auf den Vodor, doch Fiben erriet ihre Absicht und gleichzeitig auch ihre Meinung über die Chims, die dieses Volk wenig achtete. Die Invasoren hatten sich nicht einmal die Mühe gemacht, Ausweise für die Neoschimpansen auszustellen. Schon seit Jahrhunderten wussten alle Erdlinge – Menschen, Delfine und Chims –, dass die Galaxien gefährliche Orte sind, wo es oft angebracht war, schlau zu sein wie ein Fuchs. Schon vor der Invasion raunte man sich unter den Chims auf Garth zu, dass es vielleicht nötig sei, sich die alte »Jawohl Massa!«-Routine zuzulegen.

So weit, so gut, dachte Fiben. Doch keiner hatte damit gerechnet, dass alle menschlichen Wesen mit einem Schlag weggeschafft würden! Fiben hatte einen Kloß im Hals, als er sich alle menschlichen Wesen – all die Männer, Frauen und Kinder – vorstellte, die in überfüllten Lagern hinter Stacheldraht saßen.

O ja. Die Invasoren würden bezahlen.

Die Soldaten studierten eine Karte. Der erste Gubru nahm die Hand von seinem Vodor und zwitscherte Fiben zu:

»Du kannst passieren«, schnauzte der Vodor. »Geh zum Garagenkomplex an der Ostseite … Kannst passieren … Garage an der Ostseite … Weißt du, wo diese Garage liegt?«

Fiben nickte eifrig. »J-Jassir.«

»Gut … liebes Tier … nimm dein Getreide, bring es zum Lager und geh dann zur Garage … zur Garage, liebes, gutes Ding … Hast du verstanden?«

»J-jawoll!«

Fiben verbeugte sich mehrmals, während er rückwärtsschritt und begab sich dann zu dem Pfosten, wo er sein Pferd angebunden hatte. Er wandte den Blick ab, während er das Tier zum schmutzigen Bankett am Straßenrand führte. Die Soldaten aber schauten tatenlos zu, während sie sich verächtliche Bemerkungen zuzirpten, in der Meinung, der Affe würde sie sowieso nicht verstehen.

Verdammte, dumme Vögel, dachte er, während seine versteckte Kamera die Befestigungen aufnahm, die Soldaten, einen Schwebewagen, der ein paar Minuten später eintraf, dessen Besatzung sich auf dem flachen Oberdeck sonnte.

Fiben winkte den Soldaten zu, als sie einschwebten und ihn verwundert anstarrten.

Ich mag wetten, dass euch der Spaß noch vergeht, dachte er, während er den gefiederten Wesen nachblickte.

Fiben zog an den Zügeln seines Pferdes. »Hüa, Tycho!« Er trieb sein Ross an. »Wir müssen Port Helenia noch vor Einbruch der Nacht erreichen.«

Die Farmen im Sind-Tal waren immer noch voll in Betrieb.

Es gehörte zur Tradition, dass, wann auch immer eine Sternfahrerspezies die Lizenz erhielt, eine neue Welt zu kolonisieren, die Kontinente gewöhnlich im Urzustand belassen wurden. Auch auf Garth wurden die Siedlungen der Erdlinge vor allem im Archipel im seichten Westmeer errichtet. Und nur diese Inseln wurden umfunktioniert, um den irdischen Tieren und der irdischen Vegetation zu entsprechen. Doch Garth war ein Sonderfall. Die Bururaller hatten ein Chaos hinterlassen, und es musste unbedingt etwas unternommen werden, um das labile Ökosystem des Planeten zu stabilisieren. Neue Formen mussten von außen eingeführt werden, um einen kompletten Zusammenbruch der Biosphäre zu verhüten.

Im Schatten der Berge von Mulun wurde ein schmales Einzugsgebiet eingerichtet. Terranische Pflanzen und Tiere, die hier lebten, durften sich bis an den Fuß der Hügel verbreiten, freilich unter sorgfältiger Beobachtung, um die ökologischen Nischen aufzufüllen, die durch den Bururaller-Terror leergefegt worden waren. Es war ein delikates Experiment in der praktischen planetaren Ökologie, doch immerhin ein Versuch, der die Sache wert war. Auf Garth und auf anderen Katastrophenplaneten waren die drei Spezies der Terragener eifrig am Werk, um die Natur zu sanieren – ein Unterfangen, dem selbst die schärfsten Kritiker der Menschheit Achtung zollen mussten.

Dennoch war hier und jetzt etwas nicht in Ordnung. Fiben war an drei verwaisten ökologischen Stationen vorbeigekommen, wo all die Probevorrichtungen und sonstigen Instrumente auf dem Boden verstreut lagen.

Dies war ein Zeichen dafür, wie schwer die Krise überhaupt sein musste. Die Menschen als Geiseln zu nehmen war eine Sache – eine Taktik, die am Rande moderner Kriegsführungsgesetze noch einigermaßen zu akzeptieren war. Doch für die Gubru, welche die Restauration auf Garth vereiteln wollten, kam der Aufruhr in den Galaxien wie gerufen.

Doch die Rebellion stand unter keinem guten Stern. Was wäre, wenn … wenn die Gesetze des Krieges missachtet wurden? Würden dann die Gubru massiv vorgehen? Würden sie den totalen Krieg erklären?

Nun, dies ist nicht mein Problem, sondern das Problem des Generals, stellte Fiben fest. *Ich bin nur ein Spion. Sie ist die Eatee-Expertin.*

Immerhin funktionierten die Farmen noch einigermaßen. Fiben ging an Feldern vorbei, auf denen Zygoweizen und Karotten gediehen. Roboter zogen ihre Kreise, jäteten und bewässerten. Hie und da erblickte er einen einsamen Chim, der auf einem spinnenähnlichen Fahrzeug saß und die Maschinen steuerte und überwachte. Manchmal winkten sie ihm zu. Er winkte zurück.

Einmal kam er an zwei bewaffneten Gubru vorbei, die auf einem Acker neben ihrem Fahrzeug standen. Als Fiben näher herankam, sah er, dass die Aufseher einen Arbeiter tadelten. Die Avianer flatterten und hopsten, während sie immer wieder auf die fallenden Halme hindeuteten. Der Vormann nickte unwirsch – es war ein weibliches Wesen –, während es seine Hände an seiner groben Kattunschürze abwischte. Es riskierte einen Blick auf Fiben, während er an ihm vorbeiging, doch die Gubru passten mit Argusaugen auf und registrierten jeden Schritt, jede Bewegung. Wahrscheinlich lag den Gubru sehr viel daran, dass die Ernte eingebracht wurde. Fiben hoffte, dass sie die Ernte für ihre Geiseln brauchten. Es konnte aber auch sein, dass sie nur wenig Vorräte an Bord hatten und die Ernte für ihren eigenen Bedarf brauchten.

Fiben gelang es, eine Menge Zeit zu gewinnen, indem er Tycho von der Straße weg in einen kleinen Obstgarten lenkte. Dort konnte das Tier ruhig grasen, während sich Fiben in die Äste eines Baumes schwang, um sich auszuruhen.

Im Garten war seit längerer Zeit nicht mehr gesprüht worden, stellte er fest. Eine Art stachelloser Wespen schwärmte um die prallen Orangen, obwohl die Zeit der zweiten Blüte bereits seit Wochen vorbei war und die Wespen für die Befruchtung nicht mehr gebraucht wurden.

Die Luft war vom schweren Duft reifender Früchte erfüllt. Die Wespen krabbelten über die Zweige und versuchten durch die dünne Rinde etwas Süßes zu naschen.

Und ganz plötzlich, ohne zu überlegen, streckte Fiben die Hand aus und fing ein paar dieser Insekten, was ihm nicht besonders schwerfiel. Er zögerte einen Moment, dann steckte er sie in den Mund.

Sie waren saftig und knusprig. *Hier kann ich meinen Beitrag leisten, um die Pest-Population zu dezimieren,* dachte er, während seine braune Hand immer wieder hervorschoss, um noch mehr von den Biestern zu fangen. Und während er die knusprigen Wespen kaute, fiel ihm ein, wie lange er nichts mehr gegessen hatte.

»Ich brauche etwas Futter, wenn ich in der Stadt heute Nacht durchhalten und mein Werk vollenden will«, dachte er laut. Fiben schaute sich um. Sein Pferd graste friedlich, und weit und breit war niemand zu entdecken.

Er ließ seinen schweren Gürtel fallen und trat einen Schritt zurück. Und dann, während er sich auf seinen linken Fuß verließ, glitt er den Stamm hinab und landete auf einem Ast, der sich unter der Last der reifen Früchte bog. *Ach, wie schön,* dachte er, während er eine dieser fast reifen Kugeln pflückte. Er biss hinein wie in einen Apfel und aß die Frucht mit der Schale auf. Sie schmeckte sauer, fast wie Zitrone, ganz anders als jene Speisen menschlicher Herkunft, welche die Chims neuerdings bevorzugten.

Er pflückte noch zwei Orangen und steckte auch noch ein paar Blätter in den Mund, die der Verdauung zuträglich waren. Dann legte er sich auf den Rücken, streckte sich lang hin und schloss die Augen.

Hier oben, wo ihn nur die Wespen umsummten, wäre Fiben fast bereit gewesen zu behaupten, dass er weder auf dieser Welt noch sonstwo irgendwelche Sorgen hatte. Also konnte er all die Kriege und all die sonstigen Dinge vergessen, mit denen sich die »vernünftigen Wesen« beschäftigten.

Fiben rülpste und öffnete die Lippen, während er sich unter den Armen kraulte.

»Oook, ook.«

Er schnaufte und grunzte – was sich fast wie ein unterdrücktes Lachen anhörte – und stellte sich vor, er wäre in Afrika, auf einem Kontinent, den selbst sein Urahn nicht gekannt hatte, in bewaldeten Hügeln, in die seine haarlosen, großnasigen Vettern noch nie einen Fuß gesetzt hatten.

Wie hätte wohl das Universum ohne die Menschen ausgesehen?

Ohne die Eatees? Ein Universum, in dem nur lauter Schimpansen lebten?

Früher oder später hätten wir Raumschiffe erfunden, und vielleicht hätte das Universum uns gehört.

Wolken zogen über ihn hinweg; Fiben streckte sich rücklings auf dem Ast aus, schloss die Augen und erfreute sich an den Bildern seiner Fantasie. Die Wespen summten wütend über seine Anwesenheit. Doch er vergab ihnen, während er einige aus der Luft fing und sie genüsslich als Nachtisch verzehrte.

Dennoch wollte es ihm nicht gelingen, sich selbst vorzumachen, dass er allein sei. Und er konnte tun, was er wollte, er konnte das Dröhnen einfach nicht überhören, das von hoch oben an sein Ohr drang, weil er wusste, dass es sich dabei um fremde Transportschiffe handelte, um ungeladene Gäste, die über den Himmel kreuzten.

Ein glitzernder Zaun, über drei Meter hoch, zog sich durch das wellige Land um Port Helenia – eine imposante Barriere, die kurz nach der Invasion von Spezialrobotern in aller Eile errichtet worden war. Es gab mehrere Tore, die die Chim-Bewohner der Stadt anscheinend ohne jede Behinderung passieren durften. Dennoch waren sie durch die so plötzlich errichtete Mauer irgendwie eingeschüchtert. Und dies war wohl auch der eigentliche Zweck dieser Barriere.

Fiben fragte sich, wie wohl die Gubru diesen Trick fertiggebracht hätten, wäre dies eine echte Stadt und nicht einfach ein Städtchen auf einer rustikalen Koloniewelt gewesen.

Und ebenso musste er sich fragen, wo man wohl die Menschen gefangen hielt.

Es dunkelte bereits, als er durch einen breiten Gürtel kniehoher Baumstümpfe schritt, der etwa 100 Meter vor dem Zaun lag. Dieses Gebiet war einst ein Park gewesen, doch jetzt lagen nur noch gefällte Bäume herum, bis hin zum finsteren Wachturm und zum offenen Tor.

Fiben machte sich bereit, die gleiche Schau abzuziehen wie vorher am Kontrollpunkt, doch zu seiner größten Verwunderung hielt ihn niemand auf. Zwei Lampen, die an Masten befestigt waren, warfen kleine runde Lichtflecken auf die Straße. Weiter hinten standen dunkle kantige Gebäude. Die schwach erleuchteten Gassen waren wie leergefegt.

Die Stille war erdrückend. Fiben zog die Schultern hoch. »Los, Tycho, leise!« Das Pferd schnaufte und zog den Wagen langsam an dem stahlgrauen Bunker vorbei.

Fiben riskierte im Vorüberfahren einen kurzen Blick in das Innere des Gebäudes. Drinnen standen zwei Wachen auf einem Bein wie Störche, den langen spitzen Schnäbel im Flaum unter der linken Schwinge versteckt. Auf dem Tresen unter einem Galaktik-Standardregal lagen zwei Saber-Flinten griffbereit.

Die beiden Klauen-Soldaten schienen fest zu schlafen.

Fiben schnüffelte und rümpfte die flache Nase, als er den süßlichen Geruch der Aliens witterte. Es war nicht das erste Mal, dass er bei den Gubru Schwachstellen entdeckte, die allgemein als unbesiegbar galten. Bisher hatten sie es leicht gehabt – viel zu leicht. Da nun die Menschen aus dem Verkehr gezogen und eingesperrt waren, glaubten die Gubru, wie es schien, nur noch irgendwelche Gefahren aus dem Weltraum fürchten zu müssen. Auch all die Befestigungen, die nach oben gerichtet waren, zeugten davon, während die Verteidigungsanlagen für einen möglichen Angriff vom Boden aus gleich null waren.

Fiben zog seinen Dolch. Er war versucht, sich in die Wachstube zu schleichen, unter den kaum getarnten Alarmanlagen hindurchzurobben und den Gubru wegen ihrer Nachlässigkeit eine Lektion zu erteilen.

Doch dann war seine Wut verflogen, und er schüttelte den Kopf.

Später, dachte er. *Später, wenn es sie noch härter trifft.*

Er tätschelte Tychos Hals und führte das Pferd durch den beleuchteten Bereich am Posten vorbei in das Industriegebiet der

Stadt. In den Straßen zwischen den Lagerhäusern und Fabrikanlagen war es still – nur hie und da huschten ein paar Chims wie Schatten durch das Gelände und tauchten sofort unter, sobald eine Gubru-Streife um die Ecke ging.

Vorsichtig, um nicht entdeckt zu werden, schlüpfte Fiben in eine Seitenstraße und stieß auf ein fensterloses Lagergebäude, nicht weit von der einzigen Gießerei der Kolonie entfernt. Er flüsterte Tycho leise etwas zu, und das brave Ross zog den Wagen in den Schatten am Hintereingang eines Lagerhauses. Eine Staubschicht zeugte davon, dass die Rampe seit Wochen nicht mehr benutzt worden war. Er untersuchte die Rampe genau. »Hmmm.«

Er holte einen Lappen aus seiner Gürtelschürze und wickelte ihn um den Riegel. Er packte mit beiden Händen fest zu und zählte bis drei, bevor er fest am Riegel zog.

Das Schloss hielt zwar fest, doch die Schrauben waren verrostet, wie er vermutet hatte. Fiben zog den Riegel auf, der mit einem dumpfen Knacken nachgab, und stieß das Tor auf. Tycho aber folgte ihm froh und heiter in den düsteren Innenraum. Fiben schaute sich um und prägte sich die Position all der Geräte und Maschinen ein. Dann verließ er die Halle schleunigst und zog das Tor hinter sich zu.

»Alles bestens, mein Freund«, sagte er, während er dem Gaul das Geschirr abnahm. Er holte einen Sack voll Eicheln vom Anhänger und streute den Inhalt auf den Boden. Dann füllte er aus einem nahe gelegenen Wasserhahn einen Eimer und stellte ihn vor Tycho hin. »Ich komme so schnell wie möglich zurück. Wenn nicht, dann friss und trink und melde dich. Ich bin sicher, dass dich jemand finden wird.«

Tycho wedelte mit dem Schweif und schaute von seinem Futter auf. Er warf Fiben in der Düsternis des Raumes einen bösen Blick zu und ließ einen duftenden Kommentar folgen, der unter seinem Schweif hervorkam.

»Hm ja«, sagte Fiben, während er die stinkende Wolke verscheuchte. »Vielleicht hast du recht, alter Freund. Dennoch wage ich zu behaupten, dass sich deine Nachkommen dafür bedanken würden, wenn ihnen jemand das dubiose Geschenk der Intelligenz machen würde.«

Er tätschelte sein Pferd noch einmal zum Abschied und lugte durch den Türspalt hinaus. Draußen war es still, stiller als in den verlassenen Wäldern von Garth, wo sich kein Lebewesen mehr regte. Das Leuchtfeuer über dem Terragener-Haus leuchtete noch immer – diesmal aber diente es dazu, die Invasoren während ihrer nächtlichen Operationen zu leiten. Irgendwo in der Ferne war ein leises elektrisches Summen zu hören.

Es durfte nicht mehr weit sein bis zu jenem Ort, wo er Kontakt aufnehmen konnte. Dies war der riskanteste Teil seines Plans, in die Stadt einzudringen.

Während dieser zwei Tage, die zwischen dem ersten Gasangriff der Gubru und der Besetzung durch die Invasoren vergangen waren, wurden die wildesten Pläne für eine mögliche Kommunikation geschmiedet. Von Port Helenia aus versuchte man, den Archipel und den Kontinent mit Radiosendungen zu alarmieren. Das führte aber nur dazu, die Menschen gründlich zu verwirren. Es waren überwiegend Chims, die von sich aus, privat und aus eigener Initiative funkten, den Äther mit panischen Rufen und wilden Gerüchten erfüllten – die meisten davon waren keinen Pfifferling wert und trugen nur zur allgemeinen Verunsicherung bei.

Fiben kam dies alles sehr gelegen. Denn zweifellos hatten die Feinde mitgehört und ihre Meinung über die Chims gebildet, von denen sie sowieso nicht viel hielten. Und die allgemeine Hysterie bestärkte sie nur noch in ihrer Meinung. Immerhin hatte es in diesem Chaos auch Stimmen gegeben, die sich vernünftig anhörten – *eine Saat, die jetzt allmählich aufging.* Bevor sie starb, hatte die Menschen-Anthropologin Dr. Taka festgestellt, dass eine der Botschaften von einem ihrer Studenten stammte –

einem gewissen Gailet Jones, einem Bewohner von Port Helenia. Es war jener Chim, den der General ausgesandt hatte, um mit Fiben Kontakt aufzunehmen.

Leider hatte es so mancherlei Verwirrung gegeben. Keiner außer Dr. Taka wusste, wie dieser Jones aussah, und bis jemand auf den Gedanken kam, Dr. Taka zu fragen, war sie bereits tot.

Fiben traute dem Frieden nicht und hatte so seine Zweifel, sowohl was den Treffpunkt als auch was das Losungswort betraf. *Vielleicht ist es auch nicht die richtige Nacht,* murmelte er vor sich hin.

Er schlüpfte hinaus und zog das Tor hinter sich zu, steckte den Bolzen wieder ein, sodass das Schloss wieder an Ort und Stelle hing. Der Ring stand zwar etwas schief, doch es konnte keinem auffallen, der nicht genau hinschaute.

Der Mond würde in einer guten Stunde aufgehen. Also musste er sich sputen, um den Treff nicht zu versäumen.

Näher am Zentrum von Port Helenia, doch immer noch auf der »falschen« Seite der Stadt, blieb er auf einem kleinen Platz stehen und beobachtete das Licht, das aus dem kleinen Kellerfenster einer Chim-Bar drang, die bereits geöffnet hatte. Die brummenden Bässe der Musik brachten die Fensterscheiben in ihren Holzrahmen zum Klirren. Fiben konnte die Schwingungen selbst auf der anderen Straßenseite mit seinen Fußsohlen spüren. Es war das einzige Lebenszeichen weit und breit, wenn man von den schwachen Lichtern absah, die aus den Wohnungen rund um den kleinen Platz hinter fest zugezogenen Vorhängen drangen.

Er duckte sich wieder und tauchte im Schatten unter, als eine Roboterstreife etwa einen Meter über dem Boden heranschwebte. Der Turm der kleinen Maschine schwenkte in seine Richtung, um im Vorübergehen seine Position zu orten. Wahrscheinlich hatten ihn die Sensoren registriert, einen infraroten glühenden Punkt im Baumschatten. Doch die Maschine schwebte vorbei, wahrscheinlich weil sie ihn als einen gewöhnlichen Neoschimpansen identifiziert hatte.

Fiben hatte noch weitere dunkle, behaarte Gestalten erblickt, die sich wie er in den Schatten drückten und mit hochgezogenen Schultern durch die Straßen huschten. Offensichtlich war das Ausgehverbot eher psychologisch als kriegsrechtlich gedacht. Die Besatzungsmächte waren nicht besonders streng, weil sie glaubten, nichts befürchten zu müssen.

Viele von jenen, die jetzt noch nicht zu Hause waren, schienen nur ein Ziel zu haben: die Affentraube. Fiben musste sich beherrschen, um sich nicht unter dem Kinn zu kratzen, wo es ständig juckte. Dies war ein Etablissement, das die Arbeiter und die Chims auf Bewährung bevorzugten, also jene, deren Vermehrungsprivilegien durch das Edikt der Entwicklung eingeschränkt waren.

Es gab Gesetze, nach denen selbst die Menschen verpflichtet waren, sich einen genetischen Rat einzuholen, wenn sie sich vermehren wollten. Für ihre Klienten aber, für die Neodelfine und Neoschimpansen waren die Vorschriften sehr viel strenger. Auf diesem Spezialgebiet glich sich das sonst so liberale terranische Gesetz eng den galaktischen Normen an. Denn entweder hielt man sich daran, oder die Chims und Delfine waren für immer verloren und würden in den Besitz eines mächtigeren Clans übergehen. Und die Erde war viel zu schwach, um dieses höchste Gesetz, die höchste galaktische Tradition zu brechen.

Etwa ein Drittel der Chim-Bevölkerung war im Besitz der grünen Reproduktionskarte, die ihnen erlaubte, ihre eigene Fruchtbarkeit zu kontrollieren, d.h. eine Art Geburtenregelung zu betreiben. Sie unterlagen lediglich der Entwicklungskammer (Uplift Board) und hatten Strafen zu erwarten, wenn sie nicht vorsichtig genug waren. Die Chims mit den grauen oder gelben Karten waren noch mehr eingeschränkt. Sie konnten, nachdem sie sich einer Hochzeitsgruppe angeschlossen hatten, einen Antrag stellen, um das Sperma oder die Eier zu benutzen, welche die Behörden vor der routinemäßigen Sterilisation entnommen und für sie aufbewahrt hatten. Dem Antrag wurde zugestimmt, sofern sie sich in ihrem bisherigen Leben bewährt hatten. Eine Chimmie mit gelber Karte musste ein Embryo austragen, das mit den »Verbesserungen« nach dem neuesten Stand versehen und von den Fachleuten der Behörde eingepflanzt wurde. Die mit der roten Karte jedoch durften sich Chim-Kindern nicht einmal *nähern*.

Gemessen an den Normen vor dem Kontakt mochte dieses Gesetz grausam sein. Doch Fiben hatte ein Leben lang nichts anderes gekannt. Bei dem rasanten Entwicklungsprozess musste sich eine Klientenspezies stets mit diesem Problem herumschlagen. Zumindest galten die Chims als Teil dieses Prozesses – und es gab nur wenige Klientenspezies, denen dieses Glück zuteil wurde.

Nun gab es also unter den Chims verschiedene Kasten. Und Chims mit der blauen Karte wie Fiben waren an solchen Orten wie etwa in der Affentraube stets willkommen.

Also war dies der Ort, wo der Kontakt stattfinden sollte. Er hatte keine weitere Nachricht mehr erhalten – also blieb ihm nichts anderes übrig, als zuzusehen, ob das Treffen überhaupt stattfinden würde. Er holte tief Luft und machte sich dann auf den Weg in jene Richtung, aus der die laute Musik an sein Ohr drang.

Als er die Türklinke berührte, flüsterte ihm ein Schatten von links her zu.

»Pink?«

Zunächst meinte er, nicht richtig gehört oder sich die Stimme nur eingebildet zu haben. Doch der Schatten fragte erneut: *»Pink?* Suchst du eine *Party?«*

Fiben schaute sich um und starrte in die Finsternis. Das Licht, das aus dem Fenster fiel, hatte die Vision verscheucht, doch er konnte gerade noch ein Simian-Gesicht erhaschen, das etwas kindlich aussah. Etwas Weißes blitzte auf, als der Chim lächelte.

»Pink Party?«

Er ließ die Klinke los, wollte seinen Ohren nicht trauen. »Wie bitte?«

Fiben trat einen Schritt vor. Doch im selben Augenblick ging die Tür auf, Licht und Musik drang in die dunkle Straße. Ein paar finstere Gestalten, die lachend und grölend aus der Kneipe drängten und deren Fell nach Bier roch, stießen ihn beiseite, während sie an ihm vorbeitorkelten. Dann waren die Zecher verschwunden. Die Tür schlug wieder zu und die dunkle Straße war auf einmal ebenso leergefegt wie vorher. Die kleine schattenhafte Gestalt war untergetaucht.

Fiben sah sich versucht, diesem Schatten zu folgen, um zumindest festzustellen, welches Angebot ihm da soeben gemacht worden war. Und warum wohl der Schlepper sein Angebot plötzlich zurückgezogen hatte.

Offensichtlich hatte sich in Port Helenia so manches geändert. Freilich war Fiben seit seiner Collegezeit nicht mehr in einer solchen Kaschemme gewesen. Doch Schatten oder Schlepper, die plötzlich und unerwartet in dunklen Straßen auftauchten, waren selbst in diesem Stadtteil eine Seltenheit. Vielleicht auf der Erde, oder auch in alten TV-Filmen – aber hier auf Garth?

Er schüttelte den Kopf, weil er die Welt nicht mehr verstand. Dann machte er endlich die Tür auf und trat ein.

Fiben schnitt eine Grimasse und blähte die Nüstern, als ihm der schwere Gestank aus Bier, Sniff-hi und nassem Fell in die Nase stieg. Zuckende Lichter fegten über die Tanzfläche, wo einige Paare einen irren Reigen aufführten und immer wieder die Hände über dem Kopf zusammenschlugen. Aus den Verstärkern hinter der Bar donnerten aufpeitschende Rhythmen in voller Lautstärke. Die Gäste lagen auf Strohmatten und Kissen, rauchten, tranken aus Pappbechern und kommentierten die Leistungen der Tänzer mit Ausdrücken, die nicht unbedingt stubenrein waren.

Fiben bahnte sich seinen Weg zwischen den niedrigen Tischen

zu der rauchgeschwärzten Bar, wo er sich einen Krug Bier bestellte. Zum Glück schien das Kolonialgeld immer noch gut im Kurs zu liegen. Er lehnte sich an die Brüstung und musterte die Kundschaft eingehend, wobei er sich wünschte, dass die Botschaft, was den Treff anging, weniger vage gewesen wäre.

Fiben hielt nach einer Gestalt Ausschau, die wie ein Fischer gekleidet war, obwohl der Hafen weit hinter den Docks von Aspinal Bay lag. Konnte auch sein, dass der Funker, der die Botschaft von Dr. Takas ehemaligem Studenten entgegengenommen hatte, diese gründlich missverstanden hatte – kein Wunder an diesem schrecklichen Abend, als das Howlett Center brannte und es von Rettungsfahrzeugen nur so wimmelte. Die Botschaft lautete etwa, es handele sich um einen »Fischer mit blassem Gesicht« – so zumindest wurde Gailet Jones Nachricht ausgelegt.

»Großartig«, brummte Fiben, als er seine Anweisungen erhielt. »Eine echte Spionagestory wie aus dem Buch. Blendend, wirklich blendend.« Sein Gefühl sagte ihm, dass der Funker den ganzen Text einfach falsch abgeschrieben hatte.

Dies war nun nicht unbedingt der richtige Weg, um einen Aufstand zu starten. Außer für einige wenige Chims, die am terragenen Service-Training teilgenommen hatten, gehörten Geheimcodes, Verkleidungen und Losungsworte ins Reich der Fabeln, eher noch in das Reich von Oldtimer-Thrillern von Film und Fernsehen.

Wahrscheinlich waren mittlerweile all jene Miliz-Offiziere entweder bereits tot oder interniert. *Bis auf meine Wenigkeit. Doch Geheimdienst und ähnliche Scherze waren nie mein Fach gewesen. Zum Teufel noch mal, ich hätte nicht einmal die gute alte TAASF* Proconsul *täuschen können!*

Die Resistance musste sich damit abfinden, dass die Dinge jetzt anders lagen und sich dementsprechend einstellen, gelegentlich sogar im Dunklen herumtasten, um den richtigen Weg zu finden.

Immerhin schmeckte das Bier sehr gut, vor allem nach diesem

langen Treck über staubige Straßen. Fiben nahm immer wieder einen Schluck aus seinem Pappbecher und versuchte sich zu entspannen. Er wiegte den Kopf im Takt der Musik und amüsierte sich über die Verrenkungen der Tänzer.

Sie waren alle männlichen Geschlechts, die sich da im Discolicht wanden. Dieses Gefühl, diese Ekstase war so ausgeprägt, dass man es schon fast als ein religiöses Gefühl bezeichnen konnte. Die Menschen aber, die sich sonst über sexuelle Verirrungen aufregten, schritten in diesem Fall nicht ein. Denn die Klientenspezies hatten das Recht, ihre eigenen Traditionen zu entwickeln, solange sie ihren Pflichten nachkamen und die Gesetze der Entwicklung nicht verletzten.

Und dementsprechend hatten Chimmies hier nichts zu suchen und durften an diesen rituellen Tänzen auch nicht teilnehmen.

Fiben beobachtete ein großes männliches Geschöpf, das sich auf eine Felsenkulisse schwang und mit einer Rassel Krach machte. Der Tänzer – tagsüber ein Mechaniker oder Fabrikarbeiter – schwang ebenfalls ein Lärminstrument über seinem Kopf, während die Trommeln dröhnten und die Lichter wie Pfeile an die Decke schossen, ihn für einen Moment zur Hälfte weiß und zur Hälfte schwarz erscheinen ließen.

Die Rassel ratterte und knarrte, während er zu den Klängen der Musik hüpfte und sprang und die Arme hochwarf, als wollte er allen Göttern, allen himmlischen Mächten Trotz bieten.

Fiben hatte sich schon oft gefragt, in welchem Maße die Popularität des Donnertanzes den angeborenen, vererbten Gefühlen der Brontophilie beziehungsweise der wohlbekannten Tatsache zu verdanken war, dass man in den Urwäldern der Erde unmodifizierte Schimpansen bei einer Art »Rundtanz« beobachtet hatte, den diese Primaten bei einem Gewitter aufführten. Fiben aber argwöhnte, dass ein Großteil dieser »Tradition« bei den Neoschimpansen die Folge all jener Veröffentlichungen war, welche die Verhaltensweise ihrer irdischen Vettern behandelten.

Wie viele Chims mit College-Bildung war aber Fiben der Meinung, dass er viel zu aufgeklärt sei, um an solchen primitiven antiken Riten Gefallen zu finden. Und wenn schon Blitz und Donner, dann bevorzugte er eher klassische Musik oder den Gesang der Wale, um ein Gewitter zu simulieren.

Und dennoch gab es so manche Stunde, allein im stillen Kämmerlein, wo er gern ein Tonband mit der Musik der Fulminates hervorholte, die Kopfhörer anlegte und dann wissen wollte, wie viel Lärm er ertragen konnte, bevor sein Trommelfell am Platzen war. Und hier, in diesem verräucherten Schuppen rann es ihm kalt den Rücken herunter, während die Verstärker dröhnten, die »Lichtblitze« durch den Raum zuckten und das Gedröhn der Trommeln die Einrichtung erzittern ließ.

Ein weiterer nackter Tänzer erklomm das Podium, schüttelte seine Rassel und stieß herausfordernde Urschreie aus. Dabei strapazierte er seine Knöchel auf eine Art und Weise, die jeden Orthopäden in Angst und Schrecken versetzt hätte – eine Darbietung, die von den Zuschauern mit frenetischem Applaus quittiert wurde. Der Bursche würde es zwar mit unerträglichen Schmerzen bezahlen, doch was war das schon im Vergleich mit dem Erfolg, den er hier erntete?

Der Affe auf dem Stein schrie seinen Herausforderer an. Er hüpfte und machte Pirouetten wie ein Balletttänzer, während ein neuer Lichtstrahl durch den Raum schoss und die Kneipe in blendend weißes Licht tauchte. Es war ein wilder und faszinierender Anblick, eine Erinnerung an jene Zeit vor kaum vier Jahrhunderten, als seine Vorfahren die Wettergötter auf gleiche Weise von den bewaldeten Hügelkuppen aus herausforderten, ohne der Menschen oder ihrer Vormundschaft zu bedürfen, um zu wissen, dass die Macht der Elemente auf eine Antwort wartete.

Die Chims an den Tischen grölten und spendeten Beifall, als der König des Hügels von seinem Podest sprang und sie angrinste. Dann kehrte er schwankend zu seinem Platz zurück, während er im Vorübergehen seinem Herausforderer einen gewaltigen Klaps versetzte.

Dies und Ähnliches war ein weiterer Grund dafür, dass weibliche Schimpansen nur sehr selten am Donnertanz teilnahmen. Ein ausgewachsener Neoschimpanse männlichen Geschlechts war ein harter Bursche und hatte viel mit seinen natürlichen irdischen Vettern gemeinsam. Chimmies, die dennoch an der Belustigung teilnehmen wollten, spielten im Allgemeinen in der Band.

Fiben hatte es stets merkwürdig gefunden, dass die Rollenverteilung bei den Menschen so seltsam war. Dort gaben die *Männer* den Ton an, und die Frauen tanzten nach ihrer Pfeife. Und selten war es umgekehrt. Auch in manch anderer Hinsicht waren die Menschen seltsam, vor allem, was ihre eigenartigen Sexualpraktiken betraf.

Fiben suchte den Club mit den Augen ab, sein Blick tastete durch den Raum. Gewöhnlich waren mehr männliche als weibliche Gäste vorhanden, doch diesmal konnte er nur auffallend wenige Chimmies entdecken. Meistens saßen sie in großen Gruppen irgendwo an einem versteckten Tisch, von großen Männchen flankiert. Freilich waren da auch noch die Barmädchen, die Kellnerinnen, die zwischen den Tischen hin und her eilten und in ihren falschen Leopardenkostümen die Gäste bedienten.

Fiben machte sich allmählich Sorgen. Wie sollte ihn sein Kontaktmann in diesem Irrenhaus finden? Er konnte niemanden entdecken, der wie ein bleicher Fischer mit Narbengesicht aussah.

Eine Art Empore oder Galerie lief an den drei Wänden entlang, welche die Tanzfläche begrenzten. Patrons lehnten sich über das Geländer und feuerten die Tänzer an. Fiben wandte sich ab, trat einen Schritt zurück, um besser zu sehen, und wäre fast über einen niedrigen Tisch gefallen … – dann riss er vor Staunen die Augen weit auf.

Hier, in einer Nische, die mit Schnüren abgegrenzt und von vier schwebenden Kampfrobotern bewacht war – da, genau an dieser Stelle saß einer der Invasoren. Das weiße Federkleid, das scharf hervorspringende Brustbein, der Krummschnabel – alles stimmte bis aufs i-Tüpfelchen … Doch dieser Gubru trug eine Art Wollmütze auf dem Kopf, wo sein kammähnliches Hörorgan saß. Obendrein trug er eine dunkle Brille, die seine Augen verdeckte.

Fiben schaute erst einmal weg, weil er nicht zu sehr überrascht erscheinen wollte. Wahrscheinlich hatten sich die Gäste im Lauf der Zeit daran gewöhnt, dass ein Fremder unter ihnen weilte. Fiben sah aber auch die nervösen Blicke, die immer wieder zu dem Kasten schweiften, der über der Bar stand. Vielleicht war es die zusätzliche Spannung, welche die Feiernden anfeuerte, weil es in der Traube sehr laut zuging, lauter, als es sonst in einer Chim-Bar, in einer Arbeiterkneipe, üblich war.

Fiben nippte wiederholt an seinem Krug und ließ seine Blicke schweifen. Zweifellos trug der Gubru die Kappe und die dunkle Brille, um sich gegen den Lärm und die flackernden Lichter zu schützen. Die Wachen hatten nur ein ganz kleines Gebiet um ihn herum abgeschirmt, obwohl die ganze Galerie ziemlich leer war.

So ziemlich leer. Denn da saßen noch zwei Chims innerhalb der Schutzzone in unmittelbarer Nähe des Gubru mit dem scharfen Schnabel.

Quislinge?, fragte sich Fiben. *Haben wir schon Verräter in den eigenen Reihen?*

Er schüttelte verwundert den Kopf. Warum war der Gubru da? Was war so wichtig, das die Aufmerksamkeit der Invasoren erregte?

Fiben begab sich wieder an die Bar.

Offensichtlich sind sie an Chims interessiert, und dies nicht nur, weil wir als Geiseln wertvoll wären.

Doch aus welchen Gründen? Warum sollten die Galaktiker an einer Handvoll behaarter Klienten interessiert sein, die kaum als intelligent bezeichnet werden konnten?

Der Donnertanz gipfelte in einem Crescendo und einem Krach, dann wurde es allmählich still wie nach einem Gewitter, wenn der Wind die letzten Wolken hinwegfegt. Es dauerte aber noch einige Sekunden, bis auch das letzte Echo in Fibens Kopf verhallt war.

Die Tänzer kehrten zu ihren Tischen zurück. Sie schwitzten und grinsten und versuchten ihre Blößen mit irgendwelchen Tüchern zu verdecken. Ihr Lachen aber kam von Herzen – zumindest schien es so.

Nun begriff auch Fiben allmählich den Reiz dieses Ortes, den alle Welt aufsuchte. Denn hätte man ein Etablissement boykottiert, das von den Invasoren patronisiert wurde, das wäre viel zu einfach gewesen, eine Form von *ashima* – von passivem Widerstand. Denn es lag wohl nahe, dass der einfache Chim auf der Straße diese Art Feind ebenso wenig leiden mochte wie all die Terragener und Konsorten.

Was war es dann, was all dieses Volk zu nachtschlafender Zeit hierhergetrieben hatte?

Fiben bestellte noch ein Bier zum Schein, obwohl er bereits an Aufbruch dachte. Der Gubru machte ihn nervös. Wenn sich die Kontaktperson nicht zu erkennen geben wollte, war es wohl besser, das Lokal zu verlassen und auf eigene Faust weiterzusuchen. Irgendwie würde er schon dahinterkommen, was sich hier in Port Helenia abspielte, und mit denjenigen Kontakt aufnehmen, die irgendetwas in dieser Stadt organisieren wollten.

Nun begannen einige Gäste mit den Füßen zu stampfen und zu singen. Dann aber riefen sie im Chor: »Sylvie! Sylvie!«

Die Musiker kletterten wieder auf ihr Podium, und das Publikum dankte mit Applaus, als sie eine etwas sanftere Weise anstimmten. Und im Dämmerlicht traten ein paar Chimmies auf, die an ihren Saxophonen hingen und sich wie Schlangen wanden.

Ein Spotlight warf einen hellen Lichtfleck auf die Tanzfläche, und eine neue Gestalt wirbelte hinter einem Perlenvorhang hervor, baute sich im Scheinwerferstrahl auf. Fiben blinzelte überrascht. Was hatte eine Chimmie dort zu suchen?

Die obere Hälfte ihres Gesichts war von einer Schnabelmaske bedeckt, die mit Federn garniert war. Ihre nackten Brustwarzen waren mit funkelnden Steinen besetzt und waren im gleißenden Licht deutlich zu erkennen. Ihr Hemdchen aus Silberstreifen begann sich mit dem langsamen Rhythmus zu wiegen.

Das Becken der weiblichen Neoschimpansen war breiter als das ihrer Vorfahren, und daher besser geeignet, Babys mit größerem Kopf zu gebären. Doch schwingende Hüften übten keinen erotischen Reiz aus, wie dies bei den Menschen der Fall war.

Dennoch begann Fibens Herz höher zu schlagen, als er ihre lasziven Bewegungen beobachtete. Trotz der Maske machte sie den Eindruck eines jungen Mädchens, dennoch stellte er gleich anschließend fest, dass es sich bei der Tänzerin um eine junge, voll erblühte Frau handelte, die bereits gestillt hatte – ein Umstand, der sie nur noch reizvoller erscheinen ließ.

Während sie sich bewegte, flatterten die Bänder ihres Kostüms, und Fiben sah, dass diese Bänder nur an der Außenseite silbrig waren. Die Innenfläche dagegen war farbig, und das Futter ging allmählich in ein helles Rosa über.

Fiben errötete und wandte sich ab. Der Donnertanz war nichts Ungewöhnliches – auch er selbst hatte öfters an solchen Tänzen teilgenommen. Doch das da … das war etwas anderes. Erst der kleine Schlepper auf der Straße und jetzt *das!* Waren die Chims von Port Helenia dem Sexrausch verfallen?

Plötzlich legte sich eine große behaarte Hand schwer auf seine Schulter. Fiben schaute auf und erblickte einen der größten Chims, die er je in seinem Leben gesehen hatte. Er war fast so groß wie ein durchschnittlicher Menschenmann, und offensichtlich viel kräftiger. Der männliche Neochimp trug eine blassblaue, verwaschene Arbeitsmontur. Er hatte die Oberlippe geschürzt und bleckte sein beachtliches Gebiss.

»Was'n los? Gefällt dir Sylvie nicht?«, fragte der Riese.

Obwohl der Tanz erst begonnen hatte, stießen die meisten der männlichen Zuschauer anfeuernde Laute aus. Fiben merkte, dass er sich wie ein Idiot benommen hatte, weil er sich seine Ablehnung deutlich anmerken ließ. Ein echter Spion hätte sich wohl besser zu beherrschen gewusst, um nicht aufzufallen.

»Kopfschmerzen«, sagte er und deutete auf seine rechte Schläfe. »Es war ein schwerer Tag. Ich glaube, es ist besser, wenn ich jetzt gehe.«

Der große Neochimp grinste, und seine gewaltige Pranke lastete immer noch auf Fibens Schulter. »Kopfschmerzen, was? Oder vielleicht etwas zu starker Tobak für deinen Geschmack! Vielleicht hast du deine Feuertaufe noch nicht gehabt, Kleiner, ha?«

Fiben betrachtete diese aufreizende Szene aus den Augenwinkeln. Er konnte die sexuelle Spannung fast mit Händen greifen, die den Raum zu füllen begann und fragte sich, wo dies alles noch hinführen würde. Es gab eine Menge Gründe, warum diese Art Darbietung illegal war … einige der wenigen Aktivitäten, welche die Menschen ihren Klienten bei Strafe verboten hatten.

»Freilich habe ich schon so was mitgemacht!«, gab er wütend zurück. »Aber hier – ausgerechnet hier, in aller Öffentlichkeit … Das könnte zu einem Chaos führen.«

Der große Fremde klopfte ihm freundschaftlich auf die Schultern. »Wann war das?«

»Verzeihung, ich … was meinst du?«

»Ich meine, *wann* du deine Feuertaufe gehabt hast. Nach der Art, wie du sprichst, muss es bei einer dieser College-Partys passiert sein. Stimmt's? Liege ich richtig, Mr. Bluecard?«

Fiben schaute schnell nach rechts und nach links. Auf den ersten Blick schien dieser große Bursche eher neugierig und etwas betrunken als feindselig zu sein. Fiben aber wünschte sich, er würde sich endlich verziehen und ihn in Frieden lassen. Seine Größe war furchterregend, und vielleicht würden sie irgendwie auffallen.

»Nun ja«, murmelte er, wobei es ihm nicht recht wohl in seiner Haut war. »Es war eher eine Fraternitäts-Initiation …« Die Chimmie-Studenten auf dem College waren zwar gute Kumpel, wurden jedoch nie zu Sexpartys eingeladen. Es war einfach zu gefährlich, weibliche Wesen mit grüner Karte als Sexualpartner zu betrachten. Außerdem neigten sie dazu, bei einer möglichen Schwangerschaft vor der Ehe und vor einer genetischen Beratung auszuflippen. Denn die möglichen Kosten waren horrend.

Wenn die Kommilitonen auf der Universität eine Party steigen ließen, luden sie Chimmie-Girls vom anderen Ufer ein, Chimmies mit gelben und grauen Karten, die mehr Schein waren als Sein, und die sich selbst und den anderen etwas vormachten.

Es war natürlich falsch, ein solches Verhalten nach menschlichen Maßstäben zu beurteilen. *Wir sind von Grund auf verschieden,* hatte Fiben schon damals und später sehr oft gedacht. Immerhin hatte er diese Treffs nie besonders schön oder erfreulich gefunden – irgendwo blieb stets ein bitterer Nachgeschmack. Vielleicht, eines Tages, wenn er die richtige Hochzeitsgruppe findet …

»Nun ja, mein Schwesterlein ging oft zu solchen College-Partys. Es muss ihr Spaß gemacht haben.« Der große Chim wandte sich an den Barkeeper und trommelte auf die blankpolierte Theke. »Zwei Halbe! Eine für mich und eine für meinen Kommilitonen!« Fiben tat die laute Stimme richtig weh. Einige Gäste drehten sich um und blickten in ihre Richtung.

»Also sag mir, Kumpel«, fuhr der ungebetene Gast fort und drückte Fiben einen Papierbecher in die Hand. »Hast du schon Kinder in die Welt gesetzt? Vielleicht solche, die zwar registriert sind, die du aber nie gesehen hast?« Seine Stimme klang eher neiderfüllt als unfreundlich.

Fiben nahm einen tiefen Zug von dem warmen, bitteren Gesöff. Er schüttelte den Kopf und sagte mit leiser Stimme: »So geht es nun wirklich nicht. Ein offenes Brutrecht ist nicht dasselbe wie eine unbegrenzte – also eine weiße Karte. Wenn die Planer mein Plasma irgendwo verwendet haben, so kann ich es nicht wissen.«

»Zum Teufel, warum denn nicht! Ich meine, es ist für euch Blaue schon schlimm genug, dass ihr auf Befehl der Behörden in irgendwelche Röhrchen ficken müsst, ohne zu wissen, wie und wo der Stoff verwendet wird, wenn überhaupt … Meine Hauptfrau hat vor einem Jahr ein geplantes Kind geboren … vielleicht bist du sogar der Vater meines Sohnes!« Der große Chim lachte schallend und hieb Fiben wieder auf die Schultern.

So konnte es nicht weitergehen. Immer mehr Gäste wurden aufmerksam, und dieses Geschwätz um blaue Karten war nicht gerade dazu angetan, neue Freunde zu gewinnen. Zumindest aber wollte Fiben kein Aufsehen erregen, während ein Gubru nur in einigen Metern Entfernung von ihm saß.

»Nun muss ich aber wirklich gehen«, sagte er, während er sich erhob und langsam den Rückzug antrat. »Vielen Dank für das Bier …«

Doch irgendjemand verstellte ihm den Weg. »Entschuldigung«, sagte Fiben. Er drehte sich um und sah sich vier Chims in einer Art Motorradkluft gegenüber, die einfach dastanden, die Arme über der Brust gekreuzt. Einer von ihnen, etwas größer als die anderen, rempelte Fiben an und stieß ihn an die Bar.

»Wen haben wir denn da?«, grölte der Chim. Er hatte seinen Bart gestutzt, und sein Schnurrbart war gewachst und spitz gedreht.

»Schau dir mal seine Klauen an. Ich mag wetten, dass er noch nie wie ein ehrlicher Chim gearbeitet hat, nicht einen einzigen Tag. Mag sein, dass er ein Tech ist, oder gar ein *Gelehrter.*« Das hörte sich an, als würde einer, der so einen Titel trug, vor allem, wenn er ein Neoschimpanse war, gewisse Vorrechte besitzen wie ein hochwohlgeborenes Kind, das sich schon alles leisten konnte.

Welch eine Ironie des Schicksals! Fibens Hände waren vielleicht nicht so schwielig wie die der meisten hier im Raum, doch unter seinem Hemd verbargen sich Narben von Verbrennungen, die er sich beim Absturz eingehandelt hatte, als seine Maschine bei Mach 5 auf den Hügelabhang stürzte. Das aber wollte er hier lieber nicht erwähnen.

»Schaut, Jungs, warum sollte ich nicht eine Runde schmeißen …«

Er warf ein paar Münzen auf die Theke, doch der größte unter den Leuten mit der Motorradkluft ergriff seine Hand. »Wertloser Plunder. Wird bald eingezogen, so wie man euch Affen-Aristokraten bald aus dem Verkehr ziehen wird.«

»Halt's Maul!«, rief einer aus der Menge, ein braunes Muskelpaket mit massigen Schultern. Fiben riskierte einen Blick auf Sylvie, die auf der Bühne ihren Bauchtanz präsentierte. Die Bänder ihrer Bluse flatterten, und Fiben musste erstaunt feststellen, dass sie wirklich *rosa* war … weil sie für einen Moment alles zeigte, was sie hatte.

Der Mann in der Motorradkluft rempelte Fiben wieder an. »Also, Mr. Collegeman? Was wird deine blaue Karte wert sein, wenn die Gubru eines Tages alle Freibrüter einfangen und sterilisieren, he?«

Einer der Neuankömmlinge, ein Chim mit abfallenden Schultern und flacher fliehender Stirn, hatte eine Hand in die Tasche seines weiten Gewandes gesteckt, wo er anscheinend irgendeinen Gegenstand umklammerte. Seine scharfen Augen glichen den Augen einer Raubkatze, und er überließ das Reden seinem bärtigen Freund.

Fiben hatte mittlerweile festgestellt, dass diese Burschen nichts mit dem großen Chim zu tun hatten, der sich inzwischen in einen dunklen Winkel verzogen und im Schatten untergetaucht war. »Ich … ich weiß nicht, was ihr meint.«

»Wirklich nicht? Die haben die Kolonialpapiere durchforstet und haben eine Reihe *College-Chims* wie dich herausgepickt, um sie zu verhören. Vorerst sind es nur Stichproben, aber ich habe Freunde, die mir gesagt haben, dass sie bald Nägel mit Köpfen machen wollen. Was sagst du dazu?«

»Halt die Klappe!«, rief jemand. Diesmal wandte sich ihnen so manches Gesicht zu. Fiben erblickte glasige Augen, geifernde Münder und bleckende Gebisse, gefletschte Zähne.

Ihm wurde mulmig zumute, und er wünschte sich nichts sehnlicher, als hier endlich rauszukommen. Doch was dann, wenn etwas Wahres dran war, was die Motorradfans behaupteten? Wenn ja, dann war diese Information Gold wert.

Fiben beschloss, noch eine Weile zuzuhören. »Das ist eine Überraschung«, sagte er und stützte sich mit dem Ellbogen auf die Theke. »Die Gubru sind fanatisch konservativ. Mögen sie anderen Patronatsspezies antun, was sie wollen, so mag ich doch wetten, dass sie nicht in den Entwicklungsprozess eingreifen. Das ist gegen ihre Religion.«

Der Schnurrbart aber lächelte nur. »Ist es das, was du auf dem College gelernt hast, Blue Boy? Nun haben die Galaktiker das Sagen – und was sie sagen, ist Gesetz.«

Sie bedrängten Fiben, drängten ihn immer mehr in die Ecke und schienen eher an ihm als an Sylvies herausforderndem Bauchtanz interessiert. Die Menge grölte immer lauter, der Rhythmus der Kapelle wurde immer härter. Fiben glaubte, ihm müsste der Kopf bei all dem Lärm und Getöse zerspringen.

»... viel zu cool, um eine Show für Arbeiter zu genießen. Hat noch nie in seinem Leben richtig geschuftet. Aber er braucht nur mit dem Finger zu schnippen, und unsere Chimmies kommen angerannt!«

Fiben hatte das ungute Gefühl, dass hier etwas nicht mit rechten Dingen zuging. Der Schnurrbart gab sich ruhig und überlegen, die anderen aber viel zu frei und unbändig. In einer Atmosphäre wie dieser, die von Lärm und sexueller Spannung erfüllt war, hätte es auch ein schweinisches Grunzen getan.

Dann ging Fiben plötzlich ein Licht auf. *Probanden!,* schoss es ihm durch den Kopf. Jetzt erst konnte er die Zeichen richtig deuten. Denn zwei von ihnen trugen unübersehbare Merkmale im

Gesicht – das Stigma eines genetischen Eingriffs, einer genetischen Manipulation, welches eindeutig bewies, dass dieses Uplifting, die zwangsweise herbeigeführte Evolution, ein scheußlicher Prozess war, der seinen Preis forderte.

Er hatte in einem Lokalblatt kurz vor der Invasion gelesen, wie sich in der Probanden-Kommune dieser Trend durchsetzte und wie dieses Kostüm, diese Lederjacke mit den Reißverschlüssen langsam, aber sicher zum Modehit wurde. Und Fiben wurde plötzlich bewusst, dass er auf die schlimmste und widerwärtigste Art auf sich aufmerksam gemacht hatte. Ohne ein menschliches Wesen weit und breit, ohne die Anwesenheit einer zivilen Autorität war er so gut wie verloren, weil er nicht wusste, was diese Rotkarten vorhatten.

Auf jeden Fall musste er hier Leine ziehen, und das so schnell wie möglich. Doch wie? Die Lederjacken drängten ihn immer mehr in die Enge.

»Schaut, Leute – ich bin nur hergekommen, um zu sehen, was hier so läuft. Vielen Dank für alles. Aber jetzt muss ich wirklich gehen.«

»Mir ist was Besseres eingefallen«, schnarrte ihr Anführer. »Wie wäre es, wenn wir dich einem Gubru vorstellen, der dir dann alles haarklein erzählen kann, was sie mit euch College-Chims vorhaben, ha?«

Fiben blinzelte und überlegte. War es möglich, dass diese Chims mit den Invasoren zusammenarbeiteten?

Er hatte die antike Geschichte der Erde studiert – die Geschichte dieser langen finsteren Jahrhunderte vor dem Kontakt, wo die ignorante Menschheit alles ausprobiert hatte, entsetzliche Experimente, die vom Mystizismus über die Tyrannei bis zum Krieg reichten. Er hatte so manches gelesen und gesehen – insbesondere Berichte, aber auch Sagen über einzelne Menschen, Mann und Weib, die es gewagt hatten, den Missständen zu trotzen und bis zum letzten Atemzug zu kämpfen. Fiben war der Kolonialmiliz mit dem wahrscheinlich romantischen Wunsch beigetreten, den mutigen Kämpfern der Maquis, den Palmach und der Power Sattelite League nachzueifern.

Doch die Geschichte wusste auch über Verräter zu berichten: Über solche, die nichts als ihren Vorteil suchten, und dies sogar auf dem Rücken ihrer Mitmenschen.

»Komm mit, Kollege Chum! Da ist ein Vogel, mit dem du unbedingt zusammentreffen solltest.«

Der Griff an Fibens Arm fühlte sich an wie ein Schraubstock. Sein schmerzlicher Blick aber lockte beim Schnurrbärtigen nur ein Grinsen hervor. »Die haben mir etwas in meine Gene gemixt, was mich besonders stark macht«, schnarrte er. »Bei mir hatten sie Erfolg, bei anderen weniger. Ich werde ›Eisenfaust‹ genannt, aber ich habe keine blaue Karte gekriegt, nicht einmal eine gelbe.«

»Lass es jetzt gut sein. Wir werden den Lieutenant von der Squadron Leuchtende Klaue bitten, wie die Pläne der Gubru für diese glänzenden Chimboys aussehen.«

Trotz des Schmerzes in seinem Arm durch den eisernen Griff versuchte Fiben, sich gelassen zu geben. »Freilich. Warum auch nicht? Oder wollt ihr euch vielleicht einen Kuppelpelz verdienen?« Er schürzte die Lippen. »Wenn ich mich an meine sophomore Xenologie richtig erinnere, sind die Gubru nicht unbedingt so wachsam, wie sie zu sein scheinen. Außerdem unterliegen sie einem täglichen Zyklus. Ich mag wetten, dass dieser Vogel hinter seiner dunklen Brille die Augen geschlossen hat und tief eingeschlafen ist. Glaubt ihr wirklich, dass er gerne geweckt würde, um die Details der Entwicklung mit Typen wie euch zu diskutieren?«

Eisenfaust war wahrscheinlich durch Fibens akademische Ausbildung wohl etwas beeindruckt, so kriegerisch er sich auch gab. Fibens Sicherheit und Entschlossenheit waren dazu angetan, ihn zunächst einmal auf die Plätze zu verweisen, obwohl er immer noch nicht ganz begriffen hatte, wie jemand bei all diesem Lärm schlafen konnte.

Schließlich nahm er sich zusammen und brummte: »Also gut, schauen wir mal nach. Los, komm!«

Die anderen in ihrer Motorradkluft rückten näher. Fiben wusste nur zu gut, dass er keine Chance hatte, mit allen sechs auf einmal fertigzuwerden. Und das Gesetz konnte er auch nicht anrufen. Denn in diesen Tagen war die Autorität gefiedert.

Seine Eskorte schubste ihn zwischen den niedrigen Tischen hindurch. Einige Gäste protestierten lautstark, als Eisenfaust sie einfach beiseiteschob, doch sie konnten den glasigen Blick dennoch nicht von Sylvie losreißen, deren Tanz immer aufreizender wurde, während sich Musik und Rhythmus immer mehr steigerten.

Ein kurzer Blick über die Schulter, den Fiben auf die Verrenkungen der Tänzerin riskierte, trieb ihm die Hitze ins Gesicht. Er trat einen Schritt zurück, ohne sich umzusehen und stolperte über eine weiche Masse aus Fell und Muskeln.

»Au!«, schrie einer der Gäste und verschüttete sein Getränk.

»Verzeihung«, murmelte Fiben und entfernte sich mit schnellen Schritten. Seine Sandalen streiften eine weitere braune Hand, und wieder schrie einer vor Schmerzen auf. Der Schmerzensschrei wurde zum Gebrüll, als Fiben den Fuß fest auf den Boden setzte und sich umdrehte, um sich noch einmal zu entschuldigen.

»Hinsetzen!«, rief eine Stimme aus dem Hintergrund. Und eine weitere quäkende Stimme setzte hinzu: »Ja! Gib's ihm! Ihr steht im Weg!«

Eisenfaust schaute Fiben argwöhnisch an und zerrte an seinem Arm. Er aber widersetzte sich für einen Moment, machte sich plötzlich frei, tat einen gewaltigen Satz und schleuderte Eisenfaust gegen einen Tisch. Getränke wurden verschüttet, Gläser gingen zu Bruch, Stände und Aufbauten kippten um. Die Chims aber rappelten sich hoch und schimpften beleidigt und aufgebracht.

»Hey!«

»Pass doch auf, du verdammter Probie!«

Von Drogen und von Sylvies Tanz aufgeputscht und vom Alkohol benebelt starrten die Gäste ihn aus verschleierten Augen an. Eisenfaust war blass und von Angst erfüllt. Er rief gestikulierend etwas seinen Kameraden zu, um sie in Marsch zu setzen. Fiben aber lächelte konspirativ und stieß ihn mit dem Ellenbogen in die Seite. Er spielte seine Rolle als Betrunkener perfekt und wurde dementsprechend laut.

»Siehst du, Kumpel, was du angerichtet hast? Habe ich dir nicht gesagt, lass die Leute in Frieden und stör sie nicht? Du sagst, die sind so sturzbetrunken, dass sie nicht mehr sprechen können – wolltest du das herausfinden, oder was?«

Einer der Chims, der in unmittelbarer Nähe saß, holte tief Luft und erhob sich schwankend von seinem Stuhl.

»Wer sagt denn, dass ich nicht mehr reden kann?«, schnarrte er beleidigt, obwohl ihm das Sprechen wirklich schwerfiel. Der kleine Borachio trat einen Schritt vor und versuchte denjenigen auszumachen, der ihn bis aufs Blut beleidigt hatte. »Bist du's gewesen?«

Eisenfaust schaute ihn drohend an, griff noch fester zu, sodass seine Klauen sich wie Eisenringe um Fibens Arm legten. Dennoch brachte es Fiben irgendwie fertig, weiter wie ein Betrunkener zu grinsen, und zwinkerte.

»Freilich können sie reden. Doch du hast recht, wenn du sagst, dass es lauter Schisser sind …«

»Was sagst du da?«

Der eine Chim, der ihnen am nächsten stand, schrie auf und streckte den Arm nach Eisenfaust aus. Doch der schnaufende Mutant trat beiseite, holte aus und versetzte ihm mit der freien Hand einen Handkantenschlag. Der Betrunkene taumelte, verlor das Gleichgewicht und stieß mit Fiben zusammen.

Doch dann stürmten die Freunde heran, eine schreiende Meute. Der Griff an Fibens Arm lockerte sich, während alles in einem einzigen Knäuel braunbehaarter Leiber unterging.

Fiben duckte sich, als ein schnaufender Affe in einer Lederkleidung sich über ihn hermachte. Der Schlag verfehlte ihn, und die geballte Faust landete am Kinn eines anderen. Fiben trat einem Probie in die Kniescheibe, als der nach ihm langte – doch dann ging alles in einem Chaos von herumfliegenden Tischen, Sesseln und dunklen Leibern unter. Tische und Stühle zerbarsten, wenn sie auf Köpfe und Schädel niedersausten. Die Luft war mit sprühendem, verschüttetem Bier und herumfliegenden Haaren erfüllt.

Die Band beschleunigte ihr Tempo, konnte aber die Schreie und das Kampfgetöse kaum übertönen. Da gab es einen wilden Moment, wo sich Fiben von starken Armen hochgehoben fühlte, die nicht gerade zart mit ihm umgingen.

»Wau-uu!«

Er segelte über das Chaos hinweg und landete inmitten einer Gruppe von Zechern, die noch nicht in die Schlägerei verwickelt waren. Die Gäste starrten ihn einen Augenblick lang verdutzt an. Doch bevor sie sich's versahen, hatte sich Fiben bereits hochgerappelt. Er rollte in den Gang und stolperte, als ein scharfer, stechender Schmerz durch sein immer noch empfindliches linkes Fußgelenk fuhr. Der Kampf hatte um sich gegriffen, weitete sich aus, und zwei der Lederjacken kamen mit blitzenden Zähnen auf ihn zu. Noch schlimmer: Die Gäste, die friedlich beim Bier gesessen und die er aufgescheucht hatte, waren jetzt ebenfalls auf den Beinen und kochten vor Wut. Hände streckten sich nach ihm aus.

»Vielleicht ein andermal«, sagte Fiben höflich. Er hüpfte davon, über den ganzen Plunder hinweg, wobei er sorgfältig die Scherben mied, und rannte Haken schlagend zwischen den niedrigen Tischen davon. Und als er plötzlich keinen Ausweg mehr sah, zögerte er keinen Augenblick, schwang sich auf zwei breite muskulöse Schultern, die seinem Vordermann gehörten, und stieß sich ab, während sein unfreiwilliges Sprungbrett schwankte, das

Gleichgewicht verlor und auf einen Haufen geborstenen Mobiliars krachte.

Fiben setzte über das letzte Spalier von Gästen hinweg und landete auf den Knien auf einer weiten freien Fläche – dem Tanzboden. Nur ein paar Meter weiter erhob sich der Donnerhügel, wo sich die aufreizende Sylvie, anscheinend unberührt von all dem Krach, zum Finale rüstete.

Fiben huschte eilig über den Boden und versuchte, hinter die Bar zu kommen und zu einem der Hinterausgänge zu gelangen. Doch im selben Augenblick, als er auf die Tanzfläche hinaustrat, schoss ein Lichtstrahl von oben herab und blendete ihn. Von allen Seiten brandete Beifall auf.

Die Menge schien sich über irgendetwas zu amüsieren. Doch was war das wohl? Fiben starrte ins Licht, aber er konnte nichts Besonderes erkennen, zumindest hatte er den Eindruck, dass sich nichts verändert hatte. Dann aber merkte er plötzlich, dass Sylvie ihn direkt anschaute. Und trotz der Vogelmaske konnte er deutlich erkennen, dass sie ihn amüsiert betrachtete.

Er drehte sich auf dem Absatz um und sah jetzt, dass auch die anderen Zuschauer, die nicht in die Keilerei verwickelt waren, *ihm* zujubelten. Selbst der Gubru auf der Galerie schaute durch seine Sonnenbrille auf ihn herab.

Nur hatte er aber nicht genug Zeit, um den Sinn all dieser Dinge und Geheimnisse auszuloten. Denn er sah, dass einige seiner Gegner sich von der Menge befreit hatten. Er konnte sie deutlich an ihrer auffallenden Kleidung erkennen. Und sie kamen auf ihn zu, um ihm den Weg zu den Ausgängen abzuschneiden.

Für einen kurzen Moment geriet Fiben in Panik. *Sie hatten ihn eingekreist und in die Ecke gedrückt. Aber es musste noch einen Ausweg geben,* dachte er wütend.

Und plötzlich ging ihm ein Licht auf. *Der Bühnenausgang hinter den Kulissen!* Das war die Rettung. Der Ausgang hinter dem

Perlenvorhang, durch den Sylvie aufgetreten war. Nur ein Augenblick – schon war er an ihr vorbei und wäre auf Nimmerwiedersehen verschwunden.

Er rannte über den Tanzboden und kletterte auf den Pappfelsen hinauf und landete auf einem gepolsterten Sims.

Und wieder brandete Beifall auf. Fiben aber machte sich so klein wie möglich und erstarrte. Denn die gleißenden Spots, der Scheinwerferkegel, war ihm gefolgt.

Er schaute zu Sylvie auf. Die Tänzerin leckte die Lippen und wiegte aufreizend die Hüften.

Fiben fühlte sich von ihr gleichzeitig angezogen und abgestoßen. Er hatte den Wunsch, noch weiter hinaufzuklettern und sie in die Arme zu nehmen, irgendwo ein dunkles Versteck in den Zweigen eines Baumes zu finden und dort unterzutauchen.

Unten ging die Keilerei immer noch munter weiter, hatte sich aber auf einen bestimmten Punkt konzentriert. Und da nur Pappbecher und Rattanmöbel zur Verfügung standen, war es nunmehr eher ein lustiger Krieg. Den eigentlichen Grund hatten die Parteien wohl schon längst vergessen.

Doch am Rand des Tanzbodens standen vier Chims in leuchtenden Lederanzügen, beobachteten ihn scharf, ließen ihn nicht aus den Augen, während sie die Hände in die Taschen steckten und dort nach irgendwelchen Gegenständen suchten. Also blieb nur noch der eine Weg übrig. Fiben kletterte über den Kulissenberg eine Stufe höher. Und wieder erscholl Applaus, die Zuschauer spendeten Beifall. All der Lärm, all diese Gerüche, all dies Durcheinander … Fiben schaute in ein Meer von Gesichtern, die sich ihm erwartungsvoll zukehrten. Was ging da eigentlich vor?

Aber Fibens Aufmerksamkeit wurde abgelenkt. Denn vom Balkon über der Bar winkte ihm jemand zu: ein kleiner Chim in einem dunklen Gewand, einer Art Domino, der sich deutlich von den anderen unterschied. Denn seine Miene war ruhig, unbeweglich und eiskalt.

Fiben erkannte in ihm den kleinen *Schlepper,* der ihn vor dem Eingang zur Affentraube angesprochen hatte. Die Stimme des Chim konnte sich zwar kaum über die Kakophonie im Saal erheben, doch Fiben konnte seine leisen Worte dennoch verstehen.

»Hey, Mann, pass auf!«

Er verzog sein Bubengesicht zu einer Grimasse. Der Schlepper zeigte nach oben.

Auch Fiben schaute hinauf … gerade noch rechtzeitig, um jenes glitzernde Drahtnetz zu erblicken, das sich von oben herabsenkte. Er trat instinktiv einen Schritt beiseite und stieß hart gegen einen Pappfelsen, als die Schlinge des herabsinkenden Netzes seinen linken Fuß streifte. Gleichzeitig spürte er im Bein einen elektrischen Schlag.

»Verfluchter Mist! Was in aller Welt …«, schimpfte er lauthals. Es dauerte einen Augenblick, bis er merkte, dass das Dröhnen in seinen Ohren überwiegend dem donnernden Applaus zuzuschreiben war. Der Beifall aber wurde zur stehenden Ovation, während er sich abrollte, sein Bein festhielt und es ihm auf diese Weise gelang, einer weiteren Schlinge zu entgehen. Doch das nützte wenig oder gar nichts. Denn aus den Kulissen schossen noch mindestens ein Dutzend Netze mit ebenso vielen Fußangeln hervor und breiteten sich über den Boden aus, den er sich bereits erobert hatte.

Fiben verhielt sich so still wie nur möglich, massierte sein Bein und schaute sich misstrauisch um. Bereits zweimal hatte man ihn zum Narren gemacht, ihn an der Nase herumgeführt wie ein dummes Vieh. Das Publikum hatte zwar seinen Spaß, er aber war nicht unbedingt willens, weiter über einen irren, lächerlichen Parcours zu reiten.

Unten auf dem Tanzboden erblickte er eine Reihe Lederjacken, die den Tanzboden umstellt hatten. Der Gubru auf der Empore schien zwar interessiert, wollte aber offensichtlich nicht einschreiten.

Fiben seufzte. Ihm blieb nichts anderes übrig, kein anderer Fluchtweg, als weiter nach oben zu steigen.

Er schaute sich vorsichtig um und kletterte eine Stufe höher. All diese Netze und Schlingen waren sonst wohl ein Jux, ein Theatergag, ein leichter Anreiz, und die schwachen Stromschläge sollten vielleicht die Darsteller animieren. In diesem Fall aber sah die Sache anders aus. Hätte man *ihn* erwischt, so wären seine ungebetenen Feinde im Nu über ihm gewesen.

Vorsichtig schritt er zum nächsten »Felsbrocken« weiter. Fiben spürte etwas unter seinem rechten Fuß, als hätte sich da etwas gerührt und zog das Bein noch rechtzeitig zurück, als sich unter ihm eine Falltür öffnete. Die Zuschauer hielten den Atem an, während er am Rand des Schachtes balancierte. Er wagte einen Sprung und konnte gerade noch die nächste Terrasse erreichen.

Seine Füße schwebten über dem Nichts, und sein Atem ging schwer. Und er wünschte, die Menschen hätten seine Vorfahren in Frieden und ihnen ihre angeborenen Eigenschaften, so etwa ihre Kletterkünste, gelassen, anstatt sie durch Trivialitäten wie Sprache und Vernunft zu ersetzen.

Er knurrte und kletterte langsam aus der Grube. Die Zuschauer aber wollten noch mehr sehen.

Als er nach dem Rand der nächst höheren Stufe griff und versuchte, gleichzeitig in alle Richtungen zu blicken, wurde sich Fiben allmählich bewusst, dass eine Art Lautsprecher- oder Rufanlage einen Text verbreitete, kurze, abgehackte Wörter, eine mechanische Stimme wie aus einem Computer wiederholte immer wieder den gleichen Text und versuchte, den Lärm zu übertönen.

… eine aufschlussreichere, fortschrittlichere Entwicklungsmethode … den Erfordernissen der Klientenspezies entsprechend … die Möglichkeiten für jedermann bietet … unberührt von komplizierten menschlichen Normen …

Oben in seiner Kabine zirpte der Invasor in ein kleines Mikrophon. Seine von einer Maschine übersetzten Worte dröhnten über der Musik und schwebten über dem aufgeregten Getöse der Zuschauer. Fiben mochte eins zu zehn wetten, dass die Chims dort unten in ihrem jetzigen Zustand den Monolog des Alien überhaupt nicht wahrnahmen. Doch wahrscheinlich war dies gar nicht so wichtig.

Denn sie wurden konditioniert!

Kein Wunder, dass er noch nie etwas von Sylvies Venusberg-Striptease noch über diesen verrückten Parcours etwas gehört hatte. Das war eine Innovation der Invasoren!

Doch zu welchem *Zweck?*

Das konnten sie unmöglich ohne jede Hilfe fertiggebracht haben, dachte Fiben zornig. Die beiden gutgekleideten Chims, die beim Invasor saßen, flüsterten miteinander und klapperten auf einer Art Tastatur. Offensichtlich waren sie damit beschäftigt, die Reaktionen der Menge für ihren neuen Meister aufzuzeichnen.

Fiben suchte mit den Blicken die Empore ab und stellte fest, dass der kleine Schlepper im Domino mit der Kapuze nicht weit außerhalb des Schutzringes stand, den die Roboterwache um den Gubru gezogen hatte. Er brauchte nur eine Sekunde, um die Knabengestalt des Chims zu erkennen. Ein Verräter!

Sylvie befand sich nur ein paar Terrassen über ihm. Die Tänzerin kehrte ihm den rosa Hintern zu und grinste, während sein Gesicht in Schweiß gebadet war. Menschen männlichen Geschlechts reagierten auf andere Reize: auf pralle Busen, runde Hüften und zarte Haut. Doch kein Reiz ließ sich mit jenem vergleichen, den eine richtige Farbe am richtigen Ort auf einen männlichen Chim ausübte.

Fiben schüttelte wild den Kopf. »Raus. Nicht rein. Du willst hier raus!«

Er konzentrierte sich darauf, das Gleichgewicht zu halten, wobei er sein linkes Fußgelenk immer noch schonte, und hangelte sich Stück für Stück hoch, bis er die Grube hinter sich hatte. Dann robbte er auf Händen und Knien weiter.

Sylvie lehnte über ihm, zwei Ebenen höher. Ihr Duft überdeckte sogar den beißenden Geruch der Halle, sodass Fibens Nüstern zu flattern begannen.

Plötzlich schüttelte er den Kopf. Denn da war noch ein *anderer* scharfer Geruch, ein satter Gestank, der sich just an dieser Stelle ausbreitete.

Mit dem kleinen Finger der linken Hand prüfte er die Terrasse, die er jetzt erklimmen wollte. Doch in wenigen Zentimetern Tiefe griff er in einen Stoff, der wie Feuer brannte. Er schrie laut auf und fuhr zurück, wobei er einen kleinen Hautfetzen hinterließ.

Wie gut, dass sein Instinkt noch funktionierte! Denn er steckte den verletzten Finger automatisch in den Mund. *Welch eine Gemeinheit!,* dachte Fiben.

Das war eine gemeine Falle. Wenn er versuchte, weiter hinaufzuklettern, würde er immer wieder in diesen ätzenden Stoff greifen. Und wenn er den Rückzug antrat, würde er wieder in der Grube landen.

Dieses Labyrinth von Fallen, durch das er gestolpert war, gab ihm schon früher zu denken. Kein Wunder, dass all die Chims dort unten Bescheid wussten und diesen Papphügel einfach geladen hatten (im selben Moment, in dem Sylvie »pink« signalisierte), ohne selbst den Hügel zu stürmen. Denn sie wussten genau, dass einer schon sehr bescheuert sein musste, um dort hinaufzuklettern. Die anderen aber schauten gespannt zu, ob sich wohl ein solcher Narr finden würde, der den Versuch wagte. Denn Sylvies Tanz war nur die erste Hälfte der Show. Und wenn irgendein glücklicher Kerl es dennoch schaffte? Nun, dann hatten die Zuschauer das Vergnügen, der Dinge zu harren, die da kommen sollten.

Fiben fand einen solchen Einfall abstoßend. Hinter verschlossenen Türen mochte jeder tun und lassen, was ihm beliebte. Aber diese öffentliche Show war einfach ekelhaft!

Gleichzeitig merkte er, dass er die längste Strecke bereits geschafft hatte. Sein Blut begann zu prickeln wie in früheren Zeiten. Sylvie neigte sich zu ihm, und er meinte, sie bereits berühren zu können. Die Kapelle beschleunigte ihr Tempo, die Lichter begannen wieder zu flackern wie Blitze, die durch dunkle Wolken fegen. Fiben spürte ein paar Tropfen, als wollte gleich ein Regenschauer niedergehen.

Sylvie aber tanzte im Licht des Scheinwerferkegels und feuerte die Zuschauer an. Fiben leckte sich die Lippen und fühlte sich selbst von ihr angezogen.

Dann, im aufflackernden Licht eines einzigen Scheinwerfers erblickte Fiben etwas, das ihn noch mehr erregte als Sylvies hypnotische Attraktion: eine kleine grüne Leuchttafel über Sylvies Schultern, und das Zauberwort:

AUSGANG

Plötzlich waren all die Pein, die Erschöpfung und die Spannung von Fiben gewichen. Er hatte das Gefühl, über all dem Lärm, all dem Tumult zu schweben. Und ebenso plötzlich fiel ihm auch etwas ein, das Athaclena zu ihm gesagt hatte, kurz bevor er das Lager in den Bergen verließ, um in die Stadt aufzubrechen. Die silbernen Fühler ihrer Corona, ihrer tymbrimischen Corona wehten leicht wie in einer Brise reiner Gedanken.

»Da ist eine Sage, ein Gedanke, den mir einst mein Vater vermittelt hat, Fiben. Es ist ein ›haiku-Gedicht‹ in einer Erdensprache, die man dort als Japanisch bezeichnet. Ich möchte, dass du diesen Gedanken mit auf den Weg nimmst.«

»Japanisch«, hatte er protestiert. *»Diese Sprache wird auf der Erde und auf Calafia gesprochen, aber ich glaube, dass es kaum eine Handvoll Chims oder Menschen auf Garth gibt, die diese Sprache verstehen!«*

Doch Athaclena hatte nur den Kopf geschüttelt. *»Kaum jemand* *kennt diese Sprache. Aber ich will dir das Gedicht auf jene Weise vermitteln, die mir gegeben ist.«*

Was dann aus ihrem Mund kam, war kein Ton, eher eine Kristallisierung, ein Substrat von Gedanken, das einen bleibenden Eindruck hinterließ, selbst als er sich bereits verflüchtigt hatte.

Gewisse Momente sind geeignet
in den dunkelsten Stürmen des Winters,
wenn die Sterne rufen, musst du fliegen.

Fiben blinzelte, aber das Trugbild war bereits entschwunden. Doch immer noch leuchtete die Schrift

AUSGANG

wie die grünen Lichter eines Heimathafens.

Nun kam auch alles wieder: die Düfte und Gerüche und der scharfe Gestank, den diese kleinen Regentropfen verbreiteten. Doch Fiben hatte das Gefühl, dass sein Brustkorb weit geworden war, doppelt so groß wie sonst, und dass er wieder frei atmen konnte. Ein Gefühl von Schwerelosigkeit stieg ihm in Arme und Beine, sodass er glaubte, plötzlich über dem Boden zu schweben, leicht und schwerelos wie ein Geist.

Dann zog er die Knie an, schwang sich hoch und landete genau auf der Kante der nächsten Terrasse, während seine Zehen sich an den Rand klammerten, nur ein paar Zentimeter von der heißen Stelle entfernt. Das Publikum applaudierte, Sylvie aber trat zurück und klatschte in die Hände.

Fiben lachte. Er trommelte mit kurzen Schlägen auf seine Brust, wie er es bei den Gorillas gesehen hatte im Gegentakt zu dem rollenden Donner. Dem Publikum aber schien es zu gefallen.

Er grinste und balancierte am Rande des klebrigen Pfuhls entlang, eher seinem Instinkt als dem geringen Farbunterschied folgend, die Arme weit ausgestreckt, um den Balanceakt schwerer erscheinen zu lassen, als er wirklich war.

Der Pfad endete an einer Stelle, wo ein hoher »Baum« aus Fiberglas und grünen Plastiktroddeln aus dem Hang emporwuchs.

Freilich war auch dieses Ding nur Augenauswischerei, eine Falle, in die ein Tollpatsch tappen sollte. Fiben nahm sich nicht die Zeit, das Ding näher zu untersuchen. Er sprang hoch, um einen der tief hängenden Äste vorsichtig zu berühren, während die Zuschauer den Atem anhielten.

Der Ast reagierte innerhalb einer Sekunde auf die Berührung ... Zeit genug für ihn, um den Ast zu packen, hätte er es nur versucht. Der ganze Baum schien sich zu krümmen. Die Äste verwandelten sich in Seile, die sich wie Schlangen wanden und sich um seinen Arm zu legen drohten.

Fiben stieß einen Schrei aus und tat wieder einen Satz. Diesmal erwischte er ein baumelndes Seil, als sich der Ast wieder neigte. Er schwang sich hoch wie ein Stabspringer, segelte über die beiden letzten Terrassen, über die verblüffte Tänzerin hinweg und flog hinauf zwischen die Balken und den Drahtverhau, die dort oben eine Art dichtes Gestrüpp bildeten.

Fiben ließ im letzten Augenblick los und landete geduckt auf einer Art Katzensteg. Es dauerte einen Moment, bis er sein Gleichgewicht wiederfand. Um ihn herum standen eine Menge Scheinwerfer, lagen Fallen herum, die auf ihre Opfer warteten. Er lachte, hüpfte über sie hinweg, trat auf Auslöseschalter und ließ Drähte, Netze und Seile auf den Hügel unter sich hinabregnen. Da standen Behälter mit irgendwelchen ätzenden, stinkenden Substanzen herum, die er mit dem Fuß umstieß. Das Zeug tropfte auf die Kapelle hinunter, sodass die Musiker nach Deckung suchten.

Jetzt konnte Fiben die Konturen und Grenzen des Parcours

überblicken. Tatsächlich hatte es keinen anderen Weg gegeben, um die Hindernisse zu überwinden, als die letzten Terrassen einfach zu umgehen, wie er es instinktiv getan hatte.

Mit anderen Worten: Man musste betrügen.

Denn auch dieser Berg, den es zu erklimmen galt, war kein fairer Test. Ein Chim konnte kaum gewinnen, allein nur weil er klug war, klüger als die anderen, indem er anderen den Vortritt ließ, die sich dann unweigerlich in all den Fallen und Fallstricken verfingen. Die Lektion, welche die Gubru hier erteilten, war ebenso einfach wie wirkungsvoll.

»Diese Bastarde«, murmelte er vor sich hin.

Die exaltierte Stimmung ließ allmählich nach, und mit ihr schwand auch sein aufgesetztes, wohl nur eingebildetes Gefühl der Unverwundbarkeit dahin. Athaclena hatte ihm ein großes Geschenk gemacht, eine Art Posthypnose, die ihm aus der Klemme helfen sollte, wenn er einmal in Not geriete. Doch was es auch immer war, dachte Fiben, war es nicht dazu angetan, ihm unbedingt Glück zu bringen.

Höchste Zeit, dass ich hier rauskomme, dachte er.

Die Musik hatte aufgehört zu spielen, weil die Musiker vor dem herabtropfenden Stoff Deckung gesucht hatten. Doch nun kam wieder diese quakende Stimme aus dem Lautsprecher, spuckte abgehackte Wörter in den Raum, diesmal etwas schneller als vorher.

... unannehmbares Verhalten für saubere Klienten ... Jeder, der gegen die Regeln verstoßen hat, muss entsprechend bestraft werden ... Sie müssen gezüchtigt werden ...

Doch der Aufruf des Gubru ging unter, weil die Menge jetzt ganz aus dem Häuschen geraten war. Denn als Fiben über die großen Lautsprecher hüpfte und die Kabel aus den Steckdosen zog, brach die Tirade des Fremden ganz plötzlich ab, während sich die Zuschauer vor Begeisterung schier überschlugen.

Fiben lehnte sich an einen Scheinwerfer und drehte ihn so hin, dass sein Lichtkegel durch die Halle streifte. Und als der Lichtstrahl über ihre Köpfe huschte, griffen die Chims nach Stühlen und Tischen und brachen sie über ihren Köpfen entzwei. Dann streifte der Lichtkegel den Alien auf dem Balkon, der immer noch versuchte, sein Mikrofon in Gang zu bringen. Das vogelartige Wesen wand sich im scharfen Scheinwerferlicht.

Die zwei Chims in der VIP-Kabine aber duckten sich und suchten Schutz, als sich die Kampfroboter umdrehten und aus allen Rohren das Feuer eröffneten. Fiben konnte sich gerade noch mit einem Sprung retten, bevor der Scheinwerfer im Kugelhagel, in einem Platzregen von zerborstenem Glas und Metall explodierte.

Er landete in einer Rolle und kam oben auf der Spitze des »Tanzberges« wieder auf die Beine … Ein König der Berge. Er winkte dem Publikum zu, das ihm frenetischen Beifall spendete.

Doch dann wurde es plötzlich still, als sich Fiben umdrehte und auf Sylvie zuschritt.

Dies war die Stunde der Wahrheit. Männliche Schimpansen in der freien Natur scheuten sich nicht, sich in aller Öffentlichkeit zu paaren, und selbst die hochentwickelten Neoschimpansen holten sich, was ihnen zustand, wenn die Zeit gekommen und die Gelegenheit günstig war. Und sie besaßen nur wenige Tabus, wie etwa Heimlichkeiten oder Eifersucht, die das Leben der Menschenmänner so schwer machten.

Der Höhepunkt des Abends kam viel früher, als es der Gubru vorgesehen hatte, vielleicht auch in einer Art und Weise, die ihm nicht besonders schmeckte, doch die Wirkung der Lektion, die er erteilen wollte, blieb stets dieselbe. Die dort unten warteten auf eine Art Ersatz für ihre Lüste, weil man sie entsprechend konditioniert hatte.

Sylvies Vogelmaske war ein Teil dieser Konditionierung. Ihre gefletschten Zähne blitzten, als sie ihm ihr Hinterteil zukehrte. Das geschlitzte Hemd wirbelte in herausfordernden Farben.

Selbst die Lederjacken machten jetzt Glupschaugen und leckten sich genüsslich die Lippen. Das Scharmützel mit Fiben war vergessen. In diesem Moment war er ihr Held, war er einer von ihnen.

Fiben wurde rot vor Scham. *Wir sind nicht so schlecht … vor allem, wenn man bedenkt, dass wir erst dreihundert Jahre alt sind. Die Gubru wollen uns glauben machen, dass wir kaum besser sind als Tiere, also sind wir harmlos. Aber ich habe schon gehört, dass sich in früheren Zeiten auch die Menschen solcher Mittel bedient hatten.*

Sylvie schaute ihn freundlich und erwartungsvoll an, als er sich näherte. Fiben spürte eine gewaltige Spannung in seinen Lenden, als sie sich erwartungsvoll duckte. Er streckte die Hand nach ihr aus und packte sie bei den Schultern.

Dann wirbelte Fiben sie herum, sodass sie ihn anschauen musste, und stellte sie unsanft auf die Beine.

Das Publikum hörte auf zu applaudieren, ein leises Gemurmel war aus der Menge zu hören. Sylvie schaute verwirrt und verwundert zu ihm auf. Und Fiben wurde klar, dass sie irgendeine Droge genommen haben musste, um in diesen Zustand zu geraten.

»V-von vorne?«, fragte sie mit schwerer Zunge. »Doch Großschnabel sagte, s-sagte, es soll natürlich aussehen …«

Fiben nahm ihr Gesicht in beide Hände. Die Maske wies eine Reihe von Wülsten auf, sodass er den großen Schnabel beiseiteschieben musste, um sie zärtlich zu küssen, ohne die Maske abzunehmen.

»Geh heim zu deinen Leuten«, sagte er. »Lass nicht zu, dass dich deine Feinde beschämen.«

Sylvie wich zurück, als hätte er ihr eine Ohrfeige versetzt.

Fiben aber wandte sich dem Publikum zu und hob die Arme. »Ihr Freunde der Wolflinger von Terra!«, rief er. »Geht alle nach Hause zu euren Familien! Mit Hilfe unserer Patrone werden wir die Entwicklung selbst in die Hand nehmen, werden *selbst* für unsere Entwicklung sorgen. Wir brauchen keine Eatees, keine Fremden, die uns sagen, wie wir es machen sollen!«

Aus der Menge stieg ein Murmeln der Bestürzung auf. Fiben sah, dass der Alien auf der Galerie in einen kleinen Kasten zirpte, wahrscheinlich, um Hilfe anzufordern.

»Geht nach Hause, alle miteinander!«, wiederholte er eindringlich. »Und lasst euch nicht von Aliens zum Gespött machen!«

Das Gemurmel im Publikum wurde lauter. Da und dort blickte Fiben in besorgte Gesichter – in verlegene Chim-Gesichter – Chims, die die Stirn runzelten und die Brauen hochzogen.

Doch erklang plötzlich eine Stimme aus der Menge, und irgendjemand rief ihm zu: »Was'n los? Kriegst'n nich hoch?«

Ein Teil des Publikums lachte schallend. Einzelne Rufe waren zu hören, auch Pfiffe ertönten, besonders in den vorderen Reihen.

Nun war es für Fiben wirklich höchste Zeit zu verschwinden. Der Gubru wagte offensichtlich nicht, ihn einfach abzuknallen, zumindest nicht vor allen Leuten, doch er hatte sicher Verstärkung angefordert.

Immerhin konnte er nicht den kürzesten Weg wählen. Er trat an den Rand des Plateaus und warf einen Blick auf Sylvie zurück. Dann ließ er die Hosen runter und entblößte seine gewaltige Erektion.

Die Rufe verstummten, und die kurze Stille, die dann eintrat, wurde durch Pfiffe und frenetischen Beifall gebrochen.

Idioten, dachte Fiben. Doch er grinste und winkte dem Publikum zu, bevor er den Schlitz wieder zuknöpfte.

Bis jetzt hatte der Gubru nur herumgestikuliert und mit den Armen gewedelt, und die eleganten Neoschimpansen hin und wieder geschubst, die seine Loge teilten. Die aber machten sich wenig daraus und lehnten sich an die Brüstung, um ja alles mitzubekommen, was dort unten geschah. Aus der Ferne drangen leise Töne an ihr Ohr, die sich wie Sirenengeheul anhörten.

Fiben umarmte Sylvie und drückte ihr noch einen Kuss auf die Lippen. Diesmal gab sie den Kuss zurück und schwankte leicht, als er sie losließ. Er nahm sich noch einen Moment Zeit, um dem Alien zuzuwinken – eine Geste, die das Publikum mit dröhnendem Gelächter quittierte. Dann machte er auf dem Absatz kehrt und rannte auf den Ausgang zu.

In seinem Hinterkopf aber war eine Stimme, die ihn als extrovertierten Idioten beschimpfte. *Das war es wohl nicht, warum dich der General ausgesandt hat, du Idiot!*

Er schlüpfte durch den Perlenvorhang, doch dann hielt er plötzlich inne, weil er unerwartet einem Neoschimpansen gegenüberstand, der einen Domino trug und ihm böse Blicke zuwarf. Fiben aber erkannte sofort den kleinen Schlepper, den er an diesem Abend bereits zweimal gesehen hatte – einmal vor der Tür und dann hinter der Loge des Gubru.

»Du! Schon wieder du!«, sagte er anklagend.

»Ja, ich«, erwiderte der Schlepper. »Tut mir leid, dass ich mein Angebot von vorhin nicht wiederholen kann. Aber ich glaube, du hattest an diesem Abend etwas anderes im Sinn.«

Fiben runzelte die Stirn. »Aus dem Weg!«, sagte er und schob den anderen beiseite.

»Max!«, rief der kleinere Chim. Aus dem Schatten löste sich eine massige Gestalt. Es war der große Bursche mit dem Narbengesicht, den Fiben an der Bar getroffen hatte, kurz bevor die Rotkarten auftauchten, die so sehr an seiner blauen Karte interessiert waren. Der Riese umklammerte ein Gewehr und lächelte entschuldigend. »Tut mir leid, Kumpel.«

Fiben spannte die Muskeln, aber es war bereits zu spät. Er wurde einfach überrollt und taumelte in die Arme des kleineren Chims.

Sanfte Arme umklammerten ihn, hielten ihn fest, und ein wohlbekannter, angenehmer Duft stieg ihm in die Nase. *Bei Ifni,* dachte er verwundert, das darf doch nicht wahr sein.

»Hilf mir, Max«, sagte eine Stimme dicht an seinem Ohr. »Wir müssen uns beeilen.«

Starke Arme hoben ihn hoch, und Fiben nahm erstaunt zur Kenntnis, dass dieser kleine Schlepper eine Chimmie, ein Mädchen war.

Galaktiker 25

Der Suzerain von Kosten und Vorsicht verließ das Kommando-Konklave in einem Zustand seltsamer Erregung. Die Debatte mit den anderen Suzerains hatte ihn erschöpft. Drei Gegenkandidaten, die einen Rundtanz aufführten, ein Ringelpietz mit Anfassen, die für kurze Zeit zusammenfanden, sich dann wieder trennten und eine neue Gruppe bildeten und sich immer wieder zu neuen Formationen zusammenschlossen. Und so würde es auch bleiben, solange die Situation in der Außenwelt noch nicht entschieden, gewissermaßen noch fließend war.

Freilich würde sich die Lage auf Garth mit der Zeit stabilisieren. Und einer der drei Anführer würde sich letzten Endes als der beste von allen erweisen. Vieles hing davon ab, welche Farbe und welches Geschlecht am Ende jedem von ihnen zugewiesen würde.

Doch mit der Mauser hatte es noch keine Eile, zumindest vorerst noch nicht. Es würde noch so manche Konklaven geben, bevor der bewusste Tag anbrach, und es gab auch noch so manches Hühnchen zu rupfen.

Der Suzerain von Kosten und Vorsicht hatte die erste Debatte mit dem Suzerain der Guten Sitten über das Thema geführt, Klauen-Soldaten einzusetzen, um die Streitkräfte der Terragener auf dem Raumhafen lahmzulegen und zu unterwerfen. In der Tat war die ursprüngliche Argumentation nichts weiter als ein Geplänkel, und als dann schließlich der Suzerain von Balken und Klaue Partei des Suzerain der Guten Sitten ergriff, konnte Kosten und Vorsicht willig und mit gutem Gewissen aufgeben. Die drauffolgende Schlacht am Boden hatte zwar so manches Opfer gefordert, doch am Ende hatte sich der Einsatz doch gelohnt und war für andere Zwecke dienlich.

Der Suzerain von Kosten und Vorsicht hatte von vornherein gewusst, dass die Wahl so und nicht anders ausgehen würde. In Wahrheit wollte er eigentlich gar nicht die erste Wahl gewinnen. Er wusste nur zu gut, dass es besser war, den Wettlauf als Letzter zu beginnen, im vorübergehenden Einvernehmen mit dem Priester und dem Admiral. Als Ergebnis würden beide dazu neigen, den Staatsdienst für eine Weile zu ignorieren. Die Einrichtung einer entsprechenden Bürokratie für Besatzung und Verwaltung würde eine Menge Aufwand kosten. Der KV-Suzerain aber hatte nicht die Absicht, viel Zeit und Energie auf irgendwelches Vorgeplänkel zu verschwenden.

So etwa, wie diese Debatte neulich. Als der Chefbürokrat den Versammlungsraum verließ und von seinen Adjutanten und seiner Eskorte flankiert wurde, hörte er, wie die anderen hinter seinem Rücken summten und brummten. Das Konklave war zu Ende, doch immer noch wurde über das Ergebnis debattiert.

Vorerst wollten die Militärs mit dem Gasangriff fortfahren und nach menschlichen Wesen fahnden, die die erste Dosis vielleicht noch verkraftet hatten. Der Befehl war erst vor wenigen Minuten erteilt worden.

Der Hohepriester – der GS-Suzerain – war bestürzt, dass so viele Menschen aus der Zivilbevölkerung durch das Gas vergiftet oder sogar getötet wurden. Auch einige Neoschimpansen waren betroffen. Zwar war dies vom legalen oder religiösen Standpunkt aus keine Katastrophe, doch die Angelegenheit war dazu angetan, die Dinge zu einem späteren Zeitpunkt zu komplizieren. Vielleicht musste eine Entschädigung gezahlt werden, und sollte der Fall jemals vor den Interstellaren Gerichtshof kommen, konnte die Position der Gubru geschwächt werden.

Der BK-Suzerain behauptete, dass eine Gerichtsverhandlung unwahrscheinlich sei. Und da die Fünf Galaxien im Aufruhr waren, würde sich kaum jemand um solche Kleinigkeiten und Missgriffe kümmern, die hier passiert waren.

»Aber wir kümmern uns darum!«, erklärte der GS-Suzerain. Und er machte dies deutlich, indem er sich beharrlich weigerte, von seiner Stange herabzusteigen und den Fuß auf den Boden von Garth zu setzen. Denn dadurch wäre die Invasion offiziell bestätigt, erklärte er. Dies aber hatte noch Zeit. Der kurze, aber harte Luftkampf und der Widerstand, den der Raumhafen bot, hatten solches bewiesen. Durch ihren kurzen, aber effektiven Widerstand hatten die legalen Lizenznehmer nahegelegt, dass man den Gedanken an eine formale Besetzung für eine Weile aufgeben musste. Jeder weitere Fehlgriff konnte nicht nur die Ansprüche der Gubru verletzen, sondern würde sich am Ende auch noch äußerst kostspielig erweisen.

Dann plusterte der Priester sein Gefieder auf und war sich seines Sieges sicher. Immerhin waren Kosten und Ausgaben ein gewichtiges Argument, das schwer in die Waagschale fiel. Denn GS war sicher, dass ihn KV in dieser Sache unterstützen würde.

Wie töricht zu glauben, dass die Mauser durch solch lächerliche Vorgeplänkel wie diese entschieden würde, dachte der KV-Suzerain, während er weiter die Partei der Soldaten ergriff.

»Lasst sie ziehen und diejenigen aufstöbern, die sich immer noch verbergen«, sagte er zum Entsetzen des Priesters und zur großen Freude des Admirals.

Der Luftkampf und die Landungen hatten sich tatsächlich als äußerst kostspielig erwiesen, doch nicht so teuer wie es ohne das Zwangsprogramm gewesen wäre. Durch die Gasangriffe hatte man immerhin erreicht, die gesamte menschliche Bevölkerung auf ein paar Inseln zu vertreiben, wo sie einfacher zu kontrollieren waren. Also war es nicht schwer zu begreifen, warum es der BK so gewollt hatte. Auch der Bürokrat hatte im Umgang mit Wolflingern einige Erfahrung. Auch ihm war es wohler, all die gefährlichen Erdenmenschen an einem Ort zu wissen, wo man sie stets im Auge hatte.

Immerhin musste etwas geschehen, um die enormen Kosten dieser Expedition einzuschränken. Die Roost Masters hatten bereits Teile der Flotte zurückbeordert, denn auch an anderen Fronten war die Lage kritisch. Es war also unbedingt erforderlich, die Kosten hier in den Griff zu bekommen. Dies allerdings war ein Thema für ein weiteres Konklave.

Heute saß der BK auf dem hohen Ross. Und morgen? Nun ja, die Bündnisse würden wechseln und wechseln, bis schließlich eine neue Politik gefunden war – und eine Königin.

Der KV drehte sich um und sagte zu einem seiner Kwackoo-Adjutanten: »Bring mich so schnell wie möglich in mein Hauptquartier!«

Das Dienstfahrzeug hob ab und nahm Kurs auf die Gebäude, welche der Zivildienst für sich beschlagnahmt hatte und die auf einem Hügel standen, von wo aus der Blick auf die nahe See hinausging. Doch während das Fahrzeug, von einem Schwarm Kampfroboter begleitet, durch die kleine Menschensiedlung huschte, wurde es aus dem Schatten von niedlichen haarigen Geschöpfen beobachtet, welche die Wolflinger als ihre ältesten Klienten priesen.

Und wieder sprach der Suzerain zu seinem Adjutanten. »Wenn wir in der Kanzlei angelangt sind, trommle die ganze Belegschaft zusammen. Wir müssen über den neuen Vorschlag nachdenken, den der Hohepriester heute gemacht hat, was die Behandlung dieser Neoschimpansen betrifft.«

Einige der Ideen, die das GS-Department vorgeschlagen hatte, waren zwar gewagt, lagen zum Teil hart an der Grenze der Legalität. Doch sie waren brillant und eröffneten neue Perspektiven – ein Umstand, der dazu beitrug, dass der Bürokrat stolz auf seine zukünftigen Lebensgefährten war. *Welch ein Triumvirat!*

Freilich gab es auch andere Aspekte, die einer Änderung bedurften, wenn der Plan nicht zu einer Katastrophe führen sollte.

Denn nur einer der Drei war dazu ausersehen, diesen Plan zu einem glücklichen Ende zu führen. Das aber war von vornherein bekannt, schon damals, als die Roost Masters diese Drei ausgewählt hatten, um den Plan in die Tat umzusetzen.

Der KV-Suzerain stieß einen Seufzer aus und begann darüber nachzudenken, wie das nächste Konklave zu manipulieren sei, wo es um die Führung ging: morgen, übermorgen, nächste Woche. Der Tag war nicht mehr sehr weit. Und jede Debatte würde dringender und wichtiger sein, weil sowohl der Konsens als auch die Mauser nicht mehr fern waren. Also hieß es, hoffnungsvoll in die Zukunft zu blicken, einen kühlen Kopf zu bewahren und der Dinge zu harren, die da kommen sollten.

Robert 26

Die Stille und die Ruhe in den tiefen, finsteren Höhlen wurde durch all die hellen Lichter und all den Lärm, den die Neuankömmlinge mit sich brachten, empfindlich gestört. Ganze Schwärme aufgescheuchter fledermausähnlicher Wesen flatterten in wilder Flucht davon und ließen einen dicken Dungteppich zurück, der sich in Jahrhunderten angesammelt hatte. Unter schwitzenden Kalkwänden, die Feuchtigkeit absonderten, wurden alkalische Rinnsale mit selbstgebastelten Bretterstegen überbrückt. In trockeneren Winkeln, unter dem fahlen Licht von Glühlampen liefen die Wesen der Oberwelt nervös hin und her, vorsichtig allerdings, als wollten sie die Ruhe dieses Ortes nicht stören.

Es war der schlimmste Ort, um aufzuwachen und das Bewusstsein wiederzuerlangen. Ein vorspringender Felsen konnte bedrohlich aussehen und dann von einer anderen Seite betrachtet fast vertraut erscheinen, wie die Umrisse eines Monsters, dem man hundertmal in seinen Albträumen begegnet war.

An einem Ort wie diesem *musste* man Albträume haben.

Robert, der im Morgenrock und Pantoffeln herumschlurfte, fühlte sich erleichtert, da er endlich das Operationszentrum der Rebellen gefunden hatte. Es war ein ziemlich großer Raum, etwas heller erleuchtet als die anderen, sehr sparsam eingerichtet. Ein paar alte Kartentische und Nischen waren durch Bänke ersetzt worden, die aus abgebrochenen Stalagmiten gemacht waren. Auch hatte man ein paar Trennwände aufgestellt – ein paar Wände, die aus dem rohen Holz des Waldes gezimmert waren, in dem die Höhle stand. Das alles ließ das Gewölbe nur noch mächtiger und das Flickwerk der Flüchtlinge nur noch armseliger erscheinen.

Robert rieb sich die Augen. Da standen ein paar Chims um eine hölzerne Trennwand herum, unterhielten sich und steckten Nadeln in eine große Landkarte, sprachen leise miteinander, während sie in irgendwelchen Papieren blätterten. Und wenn einer von ihnen zu laut wurde und seine Stimme erhob, gab es ein tausendfaches Echo, das in den Höhlengängen widerhallte, sodass die anderen erschrocken aufblickten. Offenbar waren die Chims mit ihrem neuen Quartier nicht so recht zufrieden und fürchteten sich.

Robert trat mit schlurfenden Schritten ins Licht. »Gut so«, sagte er, wobei er sich räuspern musste, weil er das Sprechen fast verlernt hatte und seine Kehle noch rau war. »Was geht hier vor? Wo ist sie und was macht sie jetzt?«

Er wurde angestarrt, und Robert wurde sich bewusst, dass er in seinem lumpigen Schlafrock, in Schlafanzug und Pantoffeln keine besonders gute Figur machte. Sein Haar hing ihm ungekämmt über die Schultern, sein verletzter Arm steckte in einem Plastverband.

»Captain Oneagle«, sagte einer der Chims. »Sie müssten immer noch das Bett hüten. Ihr Fieber …«

»Ach, vergiss es … Micah.« Robert musste erst nachdenken, um sich an den Namen des Burschen zu erinnern. Die letzten Wochen kamen ihm immer noch nebelhaft vor. »Mein Fieber hat schon vor zwei Tagen nachgelassen. Ich kann doch wohl meine eigene Fieberkurve lesen. Also sag mir, was hier vor sich geht! Wo sind all die Leute? Wo ist Athaclena?«

Sie schauten sich an, bis dann endlich eine Chimmie eine Handvoll Stecknadeln mit bunten Köpfen aus dem Mund nahm. »D' General … das heißt, Mizz Athaclena ist fort. Sie leitet einen Noteinsatz … eine Art Razzia.«

»Noteinsatz, Razzia … vielleicht gegen die Gubru?«, fragte Robert und blinzelte. Er legte eine Hand vor die Augen, als der Raum vor ihm plötzlich zu verschwimmen begann. *»Oh, Ifni.«*

Drei Chims, die sich vor lauter Eifer gegenseitig behinderten, schafften geschwind einen hölzernen Klappstuhl herbei. Robert ließ sich schwer in den Sessel fallen. Er sah, dass diese Chims entweder noch sehr jung oder alt waren. Anscheinend hatte Athaclena alle Chims mitgenommen, die fit und leistungsfähig waren.

»Also fangt schon endlich an zu erzählen«, sagte Robert ungeduldig. Eine ältere, seriöse Chimmie mit Brille verscheuchte die anderen und stellte sich vor. »Ich bin Dr. Soo«, sagte sie. »Ich habe im Zentrum an der genetischen Geschichte der Gorillas gearbeitet.«

Robert nickte. »Ach ja, Dr. Soo, ja. Ich weiß, dass Sie mir geholfen haben, meine Verletzungen zu behandeln.« Er konnte sich an ihr Gesicht erinnern, das sich über ihn gebeugt hatte und das er wie durch einen Nebel erblickte, als die Infektion heiß in seinem Lymphsystem wütete.

»Sie waren sehr krank, Captain Oneagle. Es war nicht allein Ihr gebrochener Arm oder diese Giftstoffe, die Sie bei Ihrem Unfall eingeatmet haben. Wir wissen inzwischen ziemlich sicher, dass Sie auch Spuren des Gubru-Gases absorbiert haben, als die Mendoza-Ranch vergast wurde.«

Robert blinzelte. Seine Erinnerungen waren sporadisch und verwischt. Er war bereits auf dem Weg der Besserung dort oben in der Mendoza Gebirgsranch, wo er mit Fiben ein paar Tage verbracht hatte, während sie sich unterhielten und Pläne schmiedeten. Irgendwann und irgendwo, so hofften sie, würden sie Gleichgesinnte finden und irgendeine Aktion in die Wege leiten. Vielleicht konnten sie einen Kontakt mit der Exilregierung seiner Mutter aufnehmen, wenn diese noch existierte. Athaclena berichtete über ein Höhlensystem, das sich sehr gut als Schlupfwinkel eignete, wo man eine Art Hauptquartier einrichten konnte. Vielleicht konnte dieses Gebirge zur Operationsbasis gegen den Feind werden.

Dann, eines Tages, tauchten plötzlich Chims auf, die eifrig hin und her liefen. Und bevor Robert auch nur ein Wort sagen konnte, hatten sie ihn schon gepackt und aus dem Farmhaus in die Berge getragen.

Es blitzte und donnerte … der Himmel war düster … doch das alles waren nur vage Erinnerungen.

»Ich … ich dachte, das Gas wäre tödlich, wenn …« Seine Stimme erstarb.

»Wenn es kein Gegengift gibt. Jawohl. Aber Sie haben nur sehr wenig abbekommen.« Dr. Soo zuckte die Achseln. »Trotzdem – Sie wären um ein Haar verloren gewesen.«

Robert erschauerte. »Was ist mit dem kleinen Mädchen geschehen?«

»Sie ist bei den Gorillas.« Die Chimmie lächelte. »Sie ist so sicher, wie man in diesen Tagen nur sein kann.«

Er seufzte und lehnte sich zurück. »So weit, so gut.«

Die Chims, die das Mädchen April Wu mitnahmen, hatten eine Menge Zeit, die Berge zu erklimmen. Robert hatte es offensichtlich gerade noch geschafft. Aber die Mendozas waren etwas langsamer und wurden von jener stinkenden Wolke erfasst, die das fremde Raumschiff aus seinem Bauch ausstieß.

Dr. Soo aber fuhr fort: »Die ’rillas mögen die Höhlen nicht, also halten sie sich meistens in den Hochtälern auf, in kleinen Gruppen und nur locker überwacht, möglichst fern von allen Gebäuden. Denn die Gebäude werden immer noch regelmäßig vergast, ob sie nun bewohnt oder unbewohnt sind, ob es da noch Menschen gibt oder nicht.«

Robert nickte. »Also haben es die Gubru geschafft.«

Er schaute auf die Wandtafel, die mit farbigen Stecknadeln gespickt war. Die Landkarte zeigte das ganze Gebiet von den nördlichen Bergen über das Sind-Tal bis hin zum Westen, zum Meer. Dort stellten die Inseln des Archipelagus einen letzten Zufluchtsort der terragenen Zivilisation dar. Nur eine Stadt lag an der

Küste, nämlich Port Helenia im Norden der Aspinal Bay. Südlich und östlich von den Mulun-Bergen lag die Wildnis des großen Kontinents. Doch das Wichtigste von allem war an der obersten Kante der Karte dargestellt. Dort oben lösten sich langsam, aber stetig die Eismassen Jahr für Jahr – der letzte Fluch von Garth.

Doch die Stecknadeln auf der Karte zeigten eine größere Katastrophe an, die sich in unmittelbarer Nähe entwickelte. Sie war aus all den rosa und roten Markierungen leicht abzulesen. »Sie haben wirklich alles im Griff, nicht wahr?«

Der ältliche Chim namens Micah brachte Robert ein Glas Wasser und riskierte ebenfalls einen besorgten Blick auf die Landkarte. »Jassir. Überall wird gefochten und gekämpft. Bisher haben die Gubru sich auf den Hafen und auf das Archipel konzentriert. Hier in den Bergen ist es vorerst noch ruhig, bis auf diese Roboter, die ständig dieses Gas versprühen. Doch der Feind hat sich überall fest eingenistet, an jedem größeren Ort der Kolonie.«

»Wo hast du deine Informationen her?«

»Meistens aus den Sendungen der Invasoren und aus den zensierten Stationen in Port Helenia. Der General hat auch Streifen und Beobachter in alle Himmelsrichtungen ausgesandt. Einige von ihnen haben sich bereits zurückgemeldet.«

»*Wer* hat die Streifen ausgeschickt …?«

»Der Gen … hm.« Micah schien etwas verlegen. »Ach … einige Chims hatten es schwer, Miss Athaclena … Miss Athaclenas Namen auszusprechen, Sir. Also …« Seine Stimme erstarb.

Robert schnaubte und holte tief Luft. *Ich muss mit diesem Mädchen ein ernstes Wort sprechen,* dachte er bei sich.

Er hob sein Wasserglas hoch und fragte: »Wen hat sie nach Port Helenia geschickt? Das wäre für einen Spion ein sehr gefährlicher Ort.«

Dr. Soo aber erwiderte gelassen: »Sie hat einen Chim namens Fiben Bolger ausgewählt.«

Robert hustete und spuckte das Wasser über seinen Morgenmantel. Dr. Soo aber setzte eifrig hinzu: »Er ist Soldat, ein Mitglied der Miliz, Captain. Und Miss Athaclena dachte, dass man sich … nun ja … ungewöhnlicher Methoden und Mittel bedienen musste, um in der Stadt herumzuspionieren.«

Doch Robert war keineswegs beruhigt. Er musste nur noch mehr schnaufen. Ungewöhnlich, unkonventionell – ja, das war Fiben, wie er leibte und lebte. Wenn Athaclena den alten Kämpen Bolger gewählt hatte, dann lag sie goldrichtig. Zumindest würde sie dann nicht im Dunkeln herumtappen.

Dennoch, sie ist fast noch ein Kind, und eine Fremde obendrein! Glaubt sie wirklich, sie sei ein General? Ein Oberbefehlshaber von was?

Robert schaute sich in der sparsam eingerichteten Höhle um. Sein Blick streifte all die selbstgezimmerten Möbel und das recht spärliche Inventar. Alles in allem, dachte er, war es eine recht traurige Sache.

»Diese Karte ist aber nicht sehr genau«, bemerkte Robert, während er sich auf einen bestimmten Punkt konzentrierte.

Ein älterer Chim, der bisher geschwiegen hatte, kratzte sich an seinem spärlichen Kinnbart. »Wir hätten auch eine bessere Landkarte zeichnen können«, gab er zu. »Wir haben zwar ein paar Computer erwischt, und einige Chims sind dabei, Programme zu schreiben. Doch uns fehlt die Energie, um die Computer auf volle Touren zu bringen.«

Er schenkte Robert einen scheuen Blick. »Athaclena von Tymbrim hatte zwar darauf bestanden, erst einmal eine geothermische Quelle anzubohren. Doch ich glaube, wenn wir ein paar Sonnenkollektoren im Freien aufstellen … freilich gut getarnt …«

Der Gedanke blieb im Raum stehen. Doch Robert wusste, dass sich ein Chim merkwürdig vorkam, von einem Mädchen herumkommandiert zu werden, das weder dem Erdenclan angehörte noch die terragene Staatsbürgerschaft besaß.

»Wie heißt du?«

»Jobert, Captain.«

Robert schüttelte den Kopf. »Nun gut, Jobert, wir können uns später darüber unterhalten. Würdest du mir erst einmal über diese Expedition berichten? Was hat Athaclena eigentlich vor?«

Micah und Soo schauten sich an. Dann sprach die Chimmie zuerst. »Sie sind noch vor dem Morgengrauen aufgebrochen. Jetzt ist es bereits später Nachmittag. Jetzt müsste jeden Augenblick ein Kurier ankommen.«

Jobert schnitt wieder eine Grimasse, und sein faltiges, altersdunkles Gesicht drückte Zweifel aus. »Sie sind mit Flinten und Granaten ausgezogen und hofften, eine Gubru-Streife aus dem Hinterhalt zu überfallen.«

»In der Tat«, setzte der ältliche Chim trocken hinzu. »Wir hatten bereits vor einer Stunde eine Nachricht erwartet. Ich fürchte, dass sie ihre Chance verpasst haben.«

Fiben 27

Fiben erwachte in totaler Finsternis, unter einer staubigen Decke zusammengerollt.

Mit dem Bewusstsein kehrte auch der Schmerz zurück. Es bedurfte einer gewaltigen Anstrengung und eines starken Willens, den rechten Arm von den Augen zu heben, und auf die Anstrengung folgte eine Welle der Übelkeit. Sein Bewusstsein drohte wieder zu schwinden.

Sein Traum war es, der seine Widerstandskraft stählte, diese filmähnlichen, schwebenden, verwaschenen Bilder, die ihn dazu getrieben hatten, das Bewusstsein wiederzuerlangen ... all diese albtraumhaften fürchterlichen Bilder und Wahrnehmungen. Die letzte, sehr lebhafte Szene spielte sich in einer Wüstenlandschaft ab, die mit Kratern übersät war. Blitze schlugen ein, wirbelten den Sand um ihn herum auf, versprühten scharfe Felsbrocken und deckten ihn mit einem Trommelfeuer ein, vor dem es kein Entrinnen gab, sosehr er auch versuchte, sich zu ducken oder zu verbergen.

Er erinnerte sich daran, dass er heftig protestieren wollte, als ob es Worte gäbe, einen Gewittersturm zu beschreiben. Doch er hatte die Sprache verloren.

Mit größter Willensanstrengung gelang es Fiben schließlich, sich auf seinem quietschenden Lager umzudrehen. Er musste sich erst die Augen fest reiben, bevor er sie öffnen konnte, doch er sah nichts weiter als die Düsternis, die in diesem schäbigen kleinen Raum herrschte. Dort, wo sich zwei schwere Vorhänge vor einem kleinen Fenster überlappten, fiel ein schmaler Lichtstrahl ein.

Seine Muskeln zitterten krampfhaft. Fiben konnte sich daran

erinnern, dass es ihm schon einmal so lausig zumute war, seinerzeit auf Cilmar Island. Ein Zirkus von Neoschimpansen hatte seine Zelte aufgeschlagen, um eine Show zu geben. Der »starke Mann« der Truppe hatte einen aus dem Publikum zum Kampf herausgefordert, und Fiben war dumm genug gewesen, die Herausforderung anzunehmen.

Nachher hatte es noch Wochen gedauert, bis er wieder ohne Krücken gehen konnte.

Fiben setzte sich ächzend und stöhnend auf. Sein ganzes Inneres brannte wie Feuer. »O Mama!«, seufzte er. »Ich will nie wieder so ein Narr sein!«

Seine Haut und seine Körperhaare waren feucht. Fiben stieg der Geruch von ›Dalsebo‹, einem starken Muskelrelaxans, in die Nase. Zumindest hatten seine Häscher versucht, ihm die schlimmsten Nachwirkungen der Betäubung zu ersparen. Dennoch summte und brummte sein Kopf, als er versuchte, sich zu erheben. Fiben hielt sich am wackligen Nachttisch fest und presste die Hand auf seine Seite, während er zu dem kleinen Fenster schlurfte.

Er packte die Vorhänge vor dem Fenster und riss sie auseinander. Im selben Augenblick aber wich er vor dem plötzlich hereinströmenden, hellen Licht zurück, während Nachbilder vor seinen Augen herumwirbelten.

»Oha!«, murmelte er vor sich hin, aber es war eher ein Krächzen. Wo war er denn gelandet? War dies vielleicht eine Art Gubru-Gefängnis? Auf jeden Fall befand er sich nicht an Bord eines Raumschiffs der Invasoren. Denn die Galaktiker würden wohl kaum Möbel aus einheimischem Holz verwenden oder einen solchen Raum so schäbig ausstatten.

Er ließ die Arme sinken, blinzelte und versuchte durch einen Tränenvorhang zu blicken. Durchs Fenster sah er einen eingezäunten Hof, einen ungepflegten Gemüsegarten und ein paar Bäume, die sich nur mühsam aufrecht hielten. Alles sah nach einem typischen kleinen Haus mit Garten aus, ähnlich denen, die eine Chim-Kommune zu bewohnen pflegte.

Über den nahen Dächern erblickte er eine Reihe von Eukalyptusbäumen auf einem Hügel. Und nun wusste er, dass er sich immer noch in Port Helenia befand, unweit vom Sea Bluff Park.

Wahrscheinlich wollten die Gubru sein Verhör ihren Quislingen überlassen. Oder seine Häscher gehörten zu den feindlichen Probanden, die ihre eigenen Pläne mit ihm hatten.

Fiben hatte einen Geschmack im Mund, als hätten Spinnen ein Netz in seiner Kehle gespannt, als würde er auf Wüstensand kauen. Auf dem einzigen Tisch, der in diesem Raum stand, erblickte er einen Wasserbehälter mit Tassen. Er stolperte zum Tisch und wollte die Hand nach einer Tasse ausstrecken, aber er verfehlte sie und schlug lang hin.

Nimm dich zusammen!, sagte Fiben zu sich. *Wenn du hier jemals rauskommen willst, musst du wie ein Mitglied einer sternfahrenden Spezies denken!*

Aber es fiel ihm schwer, sehr schwer. Wörter und Begriffe wirbelten durch sein Hirn, stauten sich hinter seiner Stirn. Und er spürte deutlich, wie sein Verstand versuchte, die Anglic-Wörter abzustreifen und auf einfache, natürliche Art zu denken.

Fiben musste sich sehr beherrschen, um nicht einfach den Wasserbehälter zu nehmen und ihn auszutrinken. Er versuchte, alle Kraft zusammenzunehmen, sich zusammenzureißen und vorsichtig eine Tasse mit Wasser zu füllen.

Seine Finger zitterten, als er nach dem Wasserbehälter griff.

Nimm dich zusammen!

Fiben erinnerte sich an einen alten Zen-Satz. »Vor der Erleuchtung: Holz hacken und Wasser tragen. Nach der Erleuchtung: Holz hacken und Wasser tragen.«

Trotz seiner Schmerzen versuchte Fiben, diesen Satz in die Tat umzusetzen. Trotz seiner zitternden Hände gelang es ihm, sich eine halbe Tasse Wasser einzugießen, während er etwas Wasser auf den Tisch und auf den Boden schüttete. Egal. Jetzt nahm er den Behälter und trank in langen, tiefen Schlucken.

Die zweite Tasse ließ sich schon leichter füllen, und auch seine Hände zitterten nicht mehr so stark.

Das ist's. Nimm dich zusammen, konzentriere dich, beschreite den schwereren Weg, den Weg des Denkens. Immerhin hatten es Chims noch leichter als Neodelfine. Denn diese Klientenspezies war hundert Jahre jünger und musste sich dreier Sprachen bedienen, um überhaupt denken zu können.

Er hatte sich so sehr konzentriert, dass er es nicht merkte, als die Tür hinter seinem Rücken aufging.

»Für einen Burschen, der eine so schwere Nacht hinter sich hat, siehst du aber taufrisch aus.«

Fiben drehte sich auf dem Absatz um. Das Wasser, das er verschüttete, landete an der Wand, als er mit seiner Tasse zum Wurf ausholte. Die plötzliche Bewegung machte ihn schwindlig. Die Tasse fiel zu Boden, Fiben aber griff sich an die Schläfen und ächzte, während sich die Welt um ihn wie ein Karussell drehte.

Wie durch einen Nebel erblickte er eine Chimmie in einem blauen Sarong. Sie kam näher, und nun sah er, dass sie ein Tablett in den Händen trug. Fiben versuchte sich aufrecht zu halten. Doch seine Beine versagten, knickten ein, und er sank auf die Knie.

»Du verdammter Narr!«, hörte er sie sagen. Doch er hatte einen Kloß im Hals und konnte nicht antworten.

Sie stellte das Tablett auf den Tisch und half ihm wieder auf die Beine. »Nur ein Narr würde versuchen, sich hochzurappeln, nachdem er eine volle Ladung aus nächster Nähe abgekriegt hat.«

Fiben schnaufte und versuchte ihre Hände abzuschütteln. Nun wusste er es genau! Sie war der kleine Schlepper von der Affentraube, dieselbe, die auf der Galerie beim Gubru gestanden hatte und die ihn daran hinderte, letztendlich doch noch zu entkommen.

»Geh, lass mich!«, sagte er. »Ich brauche keine Hilfe von einem Verräter!«

Das war es, was er eigentlich sagen wollte, doch es wurde nicht mehr draus als ein unverständliches Genuschel.

»Schon gut. Alles in Ordnung. Habe verstanden«, sagte die Chimmie ruhig. Dann hievte sie ihn mit einem Arm wieder auf die Liege. Trotz ihrer zierlichen Gestalt entwickelte sie dabei erstaunliche Kräfte.

Fiben landete ächzend auf der lumpigen Matratze. Er versuchte zwar mit aller Gewalt, sich zusammenzunehmen, doch sein rationales Denkvermögen kam und ging wie die Gezeiten.

»Ich werde dir jetzt was geben, und dann wirst du mindestens zehn Stunden schlafen. Vielleicht bist du dann bereit, ein paar Fragen zu beantworten.«

Fiben konnte nicht die Kraft aufbringen, sie zu beschimpfen. Denn er musste seine ganze Aufmerksamkeit darauf konzentrieren, einen festen Punkt zu finden, auf den er sich konzentrieren konnte. Anglic fand er nicht mehr so gut, also versuchte er es in Galactic Sieben. *»Na … Ka … tcha … kresh …«,* begann er langsam und schwerfällig zu zählen.

»Ja, ja«, hörte er sie sagen. »Nun wissen wir, wie gebildet du bist.«

Fiben schlug die Augen auf, als sich die Chimmie über ihn beugte, eine Kapsel in der Hand. Sie zerbrach die Kapsel mit zwei Fingern, und ein schwerer Dunst stieg aus der Ampulle auf.

Er versuchte zwar noch, die Luft anzuhalten, um das Narkosegas nicht einzuatmen, obwohl er wusste, dass es nutzlos war. Gleichzeitig musste Fiben feststellen, dass die Chimmie wirklich recht hübsch war, mit ihrem schmalen kindlichen Kinn und der glatten Haut. Nur ihr verzerrtes bitteres Lächeln störte den lieblichen Anblick.

»Du bist mir vielleicht ein hartnäckiger Bursche! Jetzt sei ein guter Junge und atme den Rest ein!«, befahl sie.

Nun konnte Fiben die Luft nicht länger anhalten, sodass ihm nichts anderes übrigblieb, als einzuatmen. Ein süßlicher Geruch stieg ihm in die Nase, der an überreife Waldfrüchte erinnerte. Sein Bewusstsein begann in einem flutenden Lichterglanz dahinzuschwinden. .

Erst jetzt, bevor ihm die Sinne schwanden, registrierte Fiben, dass die kleine Chimmie in perfektem akzentfreien Galactic Sieben gesprochen hatte.

Die Regierung im Untergrund 28

Megan Oneagle wischte ihre Tränen fort. Erst wollte sie sich vom Bildschirm abwenden, doch dann zwang sie sich dazu, noch einmal hinzuschauen und sich die Bilder noch einmal anzusehen – dieses Blutbad, das seinesgleichen suchte.

Der große Holotank zeigte eine Nachtszene – eine sturmgepeitschte Bucht, die im Schlagschatten grauer Klippen lag. Kein Mond, kein Stern, nirgendwo ein Licht. Die Kameras hatten trotzdem ihr Bestes getan, um diese Bilder aufzunehmen.

An der Bucht waren die fünf schwarzen Gestalten kaum zu erkennen, die an der Küste entlangkrochen, durch den Sand wateten und das Steilufer zu erklimmen versuchten.

»Man kann wohl sagen, dass sie ihr Handwerk verstehen und ihren Plan genau befolgt haben«, erläuterte Major Prathachulthorn von der Terragenischen Marine. »Erst haben sie Taucher aus ihren U-Booten hinausgeschickt, um das Gelände zu erkunden und zu sichern. Und dann, als ihnen die Küste einigermaßen sicher vorkam, kamen die Sabots an die Reihe.«

Megan schaute zu, wie die kleinen Boote an die Oberfläche kamen – kleine schwarze Kugeln, die zwischen Schaumblasen emporstiegen – und die dann schnell Kurs auf die Küste nahmen. Schließlich gingen sie vor Anker, die Luken gingen auf, und weitere dunkle Gestalten stiegen aus.

»Sie hatten eine Ausrüstung bei sich, die vom Feinsten war. Und sie waren bestens ausgebildet. Das waren terragene Marinelandetruppen.«

So? Megan schüttelte den Kopf. *Soll das etwa heißen, dass sie keine Mütter hatten?*

Dennoch wusste sie nur zu gut, was Prathachulthorn sagen wollte. Denn wenn schon diese Profis in solche Kalamitäten geraten waren – wer würde es wagen, die Kolonialmiliz von Garth wegen der Katastrophen der letzten Wochen anzuklagen?

Die dunklen Gestalten bewegten sich auf die Klippe zu, mit gebeugten Schultern, wie jemand, der eine schwere Last trägt.

Schon seit Wochen hatte der klägliche Rest der Streitkräfte, die immer noch unter Megans Kommando stand, zusammen mit ihr in diesem Unterwasserasyl ausgeharrt und über Plänen für einen organisierten Widerstand gebrütet. Die Agenten und Saboteure standen auf Abruf bereit, die Waffen waren organisiert worden, und auch die Widerstandszellen waren einsatzbereit. Dann aber war dieses verdammte Gubru-Gas gekommen, und durch diese tödlichen Wolken wurden alle Pläne und Hoffnungen vernichtet.

Die wenigen menschlichen Wesen, die auf dem Festland noch übrig geblieben waren, mussten inzwischen tot oder so gut wie tot sein. Und keiner wusste, nicht einmal der Feind, wie vielen es gelungen war, die Inseln zu erreichen – und dies noch rechtzeitig, um mit einem Gegenmittel behandelt zu werden.

Megan vermied es, an ihren Sohn zu denken. Mit etwas Glück war er jetzt vielleicht bereits auf Cilmar Island, wo er mit Freunden in irgendeinem Pub zechte oder sich bei hübschen jungen Mädchen darüber beschwerte, wie ihn seine Mutter aus dem Krieg herausgehalten hatte. Sie konnte nur hoffen und beten, dass dies der Fall war, und dass auch Uthacaltings Tochter in Sicherheit war.

Das Schicksal des tymbrimischen Gesandten war allerdings nach wie vor ein Rätsel. Uthacalting hatte versprochen, dem Planetarischen Rat ins Exil zu folgen, doch er war bisher nicht aufgetaucht. Es kursierten Gerüchte, dass sein Schiff versucht haben soll, in die Tiefe des Weltraums zu entkommen, und dabei zerstört worden sei.

So viele Leben, so sinnlos geopfert. Warum nur, warum?

Megan beobachtete den Bildschirm, während die Sabots wieder in See stachen. Die größte Gruppe der Leute begann bereits den Steilhang zu erklimmen.

Ohne Menschen war freilich jede Hoffnung auf Widerstand trügerisch. Einige der cleversten Chims mochten hie und da vielleicht einen Coup landen, doch was konnte man ohne ihre Patrone wirklich von ihnen erwarten?

Ein Zweck dieser Landung war, irgendetwas wieder in Gang zu bringen, sich den neuen Gegebenheiten anzupassen.

Schon zum dritten Mal – obwohl sie wusste, dass es kommen musste – war Megan erstaunt, als plötzlich ein Blitz auf die Bucht niederfuhr. In Sekundenschnelle war alles in leuchtende Farben gehüllt.

Als Erstes explodierten die kleinen Boote, die Sabots.

Dann waren die Menschen an der Reihe.

»Das U-Boot hat die Kamera eingezogen und ist rechtzeitig weggetaucht«, sagte Major Prathachulthorn.

Der Bildschirm erlosch. Der weibliche Marineleutnant, die den Projektor bedient hatte, drehte das Licht an. Die anderen Ratsmitglieder blinzelten, einige rieben sich die Augen.

Die asiatischen Züge des Majors waren ziemlich finster, als er wieder zu sprechen begann. »Es ist genauso wie während des Kampfes im Weltraum. Und irgendwie haben sie es fertiggebracht, alle geheimen Basen zu vergasen, die wir an Land eingerichtet hatten. Und irgendwie finden sie auch immer wieder heraus, wo wir sind.«

»Haben Sie eine Ahnung, wie es ihnen gelingt, uns immer wieder aufzuspüren?«, fragte eines der Ratsmitglieder.

Megan erkannte wie durch einen Schleier, dass es der weibliche Marineleutnant Lydia McCue war, die die Frage beantwortete. »Natürlich haben wir alle unsere Techniker auf das Problem angesetzt. Doch solange wir nicht wissen, wie wir dem Problem zu Leibe rücken sollen, wollen wir vermeiden, durch weitere Landungen noch mehr Opfer zu bringen.«

Megan Oneagle schloss die Augen. »Ich glaube, dass wir nicht in der Verfassung sind, weiter über die Sache zu diskutieren. Ich erkläre diese Sitzung für geschlossen und vertagt.«

Als sich dann Megan in ihr kleines Zimmer zurückzog, glaubte sie in Tränen ausbrechen zu müssen. Aber sie verstand es, sich zu beherrschen, setzte sich in der Dunkelheit auf ihre Bettkante und ließ ihren Blick in jene Richtung schweifen, wo sie ihre Hände vermutete.

Nach einer Weile glaubte sie ihre Hände zu sehen, die Hände mit den geschwollenen Fingern, die müde auf ihren Knien ruhten. Ihr kam es so vor, als wären sie versteinert – wie aus rotem Sandstein gehauen.

Robert 29

Hier, an diesem Ort, tief unter der Erde, war es unmöglich, den Lauf der Zeit zu verfolgen. Dennoch, wenn Robert in seinem Sessel aus dem Schlaf hochfuhr, wusste er genau, wie viel die Uhr geschlagen hatte.

Spät. Verdammt zu spät. Athaclena hätte bereits vor Stunden eintreffen müssen.

Wäre er nicht in so schlechter Verfassung gewesen, hätte er sich längst über die Bedenken von Micah und Dr. Soo hinweggesetzt, wäre hinaufgestiegen, um Ausschau nach dem längst überfälligen Suchtrupp zu halten. Die beiden Chim-Gelehrten hatten alle Mühe, um ihn festzuhalten.

Das Fieber kehrte in größeren und kleineren Wellen immer wieder und machte Robert schwach. Er wischte sich den Schweiß von der Stirn und versuchte, die kurzen Schauer zu unterdrücken. *Nein,* dachte er, *ich habe mich noch immer in der Gewalt.*

Er stand auf und schlich sich vorsichtig durch die Höhle, in eine Richtung, aus der Stimmen an sein Ohr drangen. Dort saßen zwei Chims, die im fahlen Licht des Bildschirms an einem geretteten Computer Stufe Sieben arbeiteten. Robert setzte sich auf eine Kiste hinter ihrem Rücken und hörte eine Weile zu. Und als er dann einen Vorschlag machte, wurde dieser befolgt – und siehe da, es funktionierte. Und schon bald hatte er es fertiggebracht, seine Skrupel loszuwerden. Er vertiefte sich in die Arbeit und half den Chims, ein Programm über militärische Taktik zu entwerfen – und das für eine Maschine, für ein harmloses Ding, das einst lediglich als Schachcomputer vorgesehen gewesen war.

Jemand kam mit einem Krug Obstsaft vorbei, und er trank. Jemand reichte ihm ein belegtes Brot, und er aß.

Nach geraumer Zeit hallte ein Ruf durch den Raum, und Füße liefen hastig über Holzbrücken. Roberts Augen hatten sich an den hellen Bildschirm gewöhnt, sodass er nur wie durch einen Nebel erkennen konnte, dass immer wieder Chims an ihm vorbeirannten und altmodische Waffen mit sich trugen, während sie auf den Gang zuliefen, der nach oben führte.

Er rappelte sich hoch und griff sich die nächstbeste braune Gestalt. »Was ist los?«

Er hätte aber ebenso gut versuchen können, einen rasenden Stier zu bändigen. Der Chim machte sich frei und verschwand durch den Tunnel, ohne ihn eines Blickes zu würdigen. Der Nächste, den sich Robert griff, blieb tatsächlich stehen und schaute ihn an. »'s is die Expedition«, erklärte er nervös. »Sie ist zurück … Ein paar wenigstens, wie ich hörte.«

Robert ließ den Burschen laufen und begann, nach einer seiner eigenen Waffen zu suchen. Sollte dem Stoßtrupp jemand bis hierhergefolgt sein …

Freilich fand er nichts, was ihm zusagte. Und er musste sich verbittert gestehen, dass ihm eine Flinte mit seinem in Plast eingegossenen Arm kaum behilflich wäre. Außerdem würden ihn die Chims sowieso nicht kämpfen lassen. Viel eher würden sie ihn packen und noch tiefer in die Höhle bringen.

Für eine Weile herrschte Stille. Einige ältere Chims standen in seiner Nähe und warteten auf das Gewehrfeuer.

Doch stattdessen wurden Stimmen laut, kamen immer näher, und die Rufe hörten sich eher aufgeregt als ängstlich an.

Und da war irgendetwas, das ihn berührte, direkt über den Ohren. Seit dem Unfall hatte er sich kaum noch praktisch geübt, doch nun sagte ihm sein verborgener Sinn, dass etwas Vertrautes und Gutes in der Nähe war. Und Robert begann wieder zu hoffen.

Jetzt kam eine müde Schar um die Ecke – abgerissene, schmutzige Neoschimpansen, die Waffen über den Schultern und abenteuerliche Verbände an ihren Gliedmaßen trugen. Im selben Augenblick aber, als er Athaclena erblickte, schien sich ein Kloß in Roberts Hals zu lösen.

Doch ebenso schnell wurde die Wiedersehensfreude durch Sorgen abgelöst. Das Tymbrimer-Mädchen hatte sich offenbar der Gheer-Transformation bedient. Er konnte ihre Erschöpfung fast greifen, und ihr Gesicht war blass und schmal.

Außerdem sah Robert, dass sie sich immer noch sehr anstrengte. Ihre Corona war aufgedunsen und sprühte kein Licht. Die Chims aber hatten anscheinend nichts gemerkt, weil sie von den Daheimgebliebenen in Beschlag genommen und nach Neuigkeiten ausgequetscht wurden. Doch Robert konnte deutlich sehen, wie hart sich Athaclena konzentrieren musste, um alles zu verkraften, was auf sie einstürmte. Auch ihm war es nicht leichtgefallen, die Zeit ohne sie zu überstehen.

»Robert!« Ihre Augen weiteten sich. »Bist du schon wieder auf den Beinen? Dein Fieber hat erst gestern nachgelassen.«

»Mir geht es soweit gut. Aber …«

»Wie schön. Es freut mich, dass du wieder laufen kannst.«

Robert sah, wie zwei vermummte Gestalten auf einer Tragbahre schleunigst ins Hilfslazarett gebracht wurden. Und er spürte auch, wie sich Athaclena bemühte, nicht an die blutenden, vielleicht sterbenden Soldaten zu denken, bis sie endlich außer Sicht waren. Nur die Anwesenheit der Chims veranlasste Robert, leise zu sprechen. »Ich möchte mit dir reden, Athaclena.«

Sie schaute ihm in die Augen. Ihre Blicke trafen sich, und für einen kurzen Moment kam es Robert vor, als würde er eine schwebende Gestalt oder einen Wirbel über den wehenden Fühlern ihrer Corona erkennen. Es war eine *besorgte* Glyphe.

Die zurückgekehrte Mannschaft war mit Essen und Trinken beschäftigt und nahm von alldem keine Notiz. Nur Benjamin, mit den aufgenähten Insignien eines Lieutenants am Ärmel, stand neben Athaclena. Sie aber nickte. »Gut, Robert. Lass uns irgendwo hingehen, wo wir ungestört sind.«

»Lass mich mal raten«, sagte er leise. »Man hat euch den Arsch versohlt.«

Chim Benjamin wimmerte, aber er hatte wohl nichts einzuwenden. Er klopfte mit dem Finger auf eine ausgebreitete Landkarte.

»Wir haben sie hier in der Yenching-Schlucht geschlagen«, sagte er. »Es war unser vierter Ausfall, also wussten wir, was uns erwartete.«

»Euer vierter«, sagte Robert und wandte sich Athaclena zu. »Wie lange hat's denn gedauert?«

Athaclena kaute auf einer kleinen Plastiktube herum, die mit einem stark duftenden Stoff gefüllt war. Sie rümpfte die Nase. »Wir haben fast eine Woche gebraucht, um uns zurechtzufinden, Robert. Doch dies war das erste Mal, dass wir einen richtigen Streich wagten.«

»Und was weiter?«

Benjamin schien gegen Athaclenas Versuch, ihn zu beeinflussen, irgendwie immun zu sein. Sie aber tat es mit voller Absicht, da sie zumindest eine neutrale Stütze brauchte. Vielleicht war er auch nur einfach zu klug, er rollte die Augen. »Wir sind diejenigen, die etwas abgekriegt haben.« Dann fuhr er mit seiner Erklärung fort. »Wir teilten uns in fünf Gruppen auf. Mizz Athaclena hatte darauf bestanden. Und das war's, was uns gerettet hat.«

»Wen hattet ihr aufs Korn genommen?«

»Eine kleine Streife. Zwei leichte Schwebetanks und ein paar offene Geländewagen.«

Robert suchte die Stelle auf der Landkarte, wo eine der wenigen Straßen in die Berge führte. Robert wusste vom Hörensagen, dass der Feind sich oberhalb des Sind-Tales nur selten blicken ließ.

Sie schienen damit zufrieden zu sein, den Archipel und den schmalen Siedlungsstreifen entlang der Küste um Port Helenia zu kontrollieren.

Warum sollten sie sich auch um das Hinterland kümmern? Fast alle Menschen saßen bereits hinter Schloss und Riegel. Garth gehörte ihnen, mit Haut und Haaren.

Offensichtlich hatte es sich bei den ersten drei Raubzügen der Rebellen um Übungen gehandelt – um eine Art Manöver, wobei die altgedienten Militärs unter den Chims ihren Rekruten beibringen wollten, wie man sich im Schatten der Wälder bewegt und kämpft. Erst beim vierten Versuch fühlten sie sich dann endlich stark genug, um dem Feind auf die Pelle zu rücken.

»Sie müssen von Anfang an gewusst haben, dass wir da sind«, fuhr Benjamin fort. »Wir folgten ihnen auf ihrem Streifengang, schlichen unter den Bäumen hinter ihnen her und behielten sie im Auge wie früher. Und dann …«

»Dann habt ihr die Streife angegriffen.«

Benjamin nickte. »Wir nahmen an, dass sie wussten, wo wir sind. Aber wir mussten sichergehen. Dann kam der General mit einem Plan …«

Robert blinzelte, dann nickte er ebenfalls. Er hatte sich immer noch nicht an Athaclenas neuen Titel gewöhnt. Und sein Staunen wuchs, als er Benjamins Bericht über diesen Morgen lauschte.

Der Hinterhalt war so angelegt, dass die fünf Gruppen ohne großes Risiko abwechselnd die Streife beschießen konnten.

Und ohne große Chance, den Feind zu vernichten, bemerkte er. Die Stellungen lagen viel zu hoch oder viel zu weit weg, um eine gute Schussposition zu bieten. Was konnten sie schon mit Jagdgewehren und ein paar Granaten ausrichten?

Beim ersten Feuergefecht wurde ein Gubru-Geländewagen zerstört. Ein weiterer Wagen wurde beschädigt, bevor die Tanks das Feuer eröffneten und die einzelnen Gruppen zum Rückzug zwangen. Auch die Unterstützung aus der Luft traf sehr bald ein, sodass sich die Angreifer gerade noch rechtzeitig retten konnten. In einer knappen Viertelstunde war der ganze Spuk vorbei. Doch der Rückzug und die Bergung des Materials dauerten viel länger.

»Die Gubru aber ließen sich nicht täuschen, nicht wahr?«, fragte Robert.

Benjamin schüttelte den Kopf. »Sie hätten uns jederzeit erwischen können. Es war so schon ein Wunder, dass wir sie zumindest austricksen und unsere Haut retten konnten.«

Robert riskierte einen kurzen Seitenblick auf den »General«. Erst wollte er lauthals protestieren, doch dann wandte er sich wieder der Karte zu, überprüfte die einzelnen Positionen und folgte mit dem Finger der Feuerlinie und dem Rückzugsweg.

»Dir war auch nicht ganz wohl dabei«, sagte er an Athaclena gewandt. Ihre Augen rückten etwas näher zueinander und glitten dann gleich wieder auseinander – eine Art tymbrimisches Achselzucken. »Ich glaubte, wir sollten uns beim ersten Versuch nicht zu nahe heranwagen.«

Robert nickte zustimmend. Hätte man andere Positionen gewählt, die näher am Feind lagen, so hätte noch so mancher Chim sein Leben lassen müssen.

Der Plan war gut.

Nicht einfach nur gut, sondern *inspiriert.* Er war nicht dafür gedacht, den Feind zu treffen, sondern um Vertrauen zu gewinnen. Die Truppen waren verteilt, sodass jeder bei minimalem Risiko auf die Streife schießen konnte. Die Angreifer hatten zwar einiges abbekommen, doch sie konnten mehr oder weniger blessiert immerhin den Heimweg antreten.

Freilich war das alles nicht ohne Opfer vor sich gegangen. Robert konnte deutlich spüren, wie erschöpft Athaclena war, vor allem durch den Versuch, jedem das Gefühl eines »Siegers« zu vermitteln.

Er spürte eine Berührung am Knie und nahm Athaclenas

Hände in die seinen. Ihre zarten Finger umschlossen fest seine Hand, und er konnte ihren dreifachen Puls spüren.

Ihre Blicke begegneten sich, und sie schauten sich tief in die Augen.

»Wir haben es heute geschafft, eine vermeintliche Katastrophe in einen kleinen Sieg zu verwandeln«, sagte Benjamin. »Doch solange der Feind immer weiß, wo wir sind, sehe ich keine andere Möglichkeit, als ihn weiter an der Nase herumzuführen. Und selbst solche Scherze werden uns mehr kosten, als wir uns leisten können.«

Fiben 30

Fiben rieb sich den Nacken und schaute irritiert über den Tisch hinweg. Also war dies sein »Kontaktmann«, die brillante Studentin von Dr. Taka, die designierte Führerin der Stadtguerilla.

»Was war das für ein Unsinn?«, fragte er aufgebracht. »Du hast mich blind und nichtsahnend in diesen Club tappen lassen. Ich wäre letzte Nacht ein dutzendmal fast geschnappt, ja um ein Haar getötet worden!«

»Es war nicht letzte, sondern vorletzte Nacht«, verbesserte ihn Gailet Jones. Sie saß in einem Stuhl mit steifer Lehne und streichelte mit den Händen immer wieder über ihren blauen seidenen Sarong. »Immerhin war ich in der Affentraube und habe im Hintergrund gewartet, um den Kontakt aufzunehmen. Ich sah, dass du ein Fremder bist, dass du allein gekommen warst, dass du eine Arbeiterkluft trugst – also habe ich dich mit dem Losungswort angesprochen.«

»Pink?« Fiben blinzelte. »Du kommst daher, flüsterst mir ›pink‹ ins Ohr – und sowas soll das *Losungswort* sein?«

Normalerweise hätte er nicht so harsch mit einer jungen Dame gesprochen. In diesem Moment sah Gailet Jones eher nach einem jungen Chimmie-Mädchen mit hervorragender Bildung aus, eine kleine Dame aus bestem Stall. Doch er hatte sie auch unter anderen Umständen kennengelernt und war nicht bereit, dies so schnell zu vergessen.

»Und so was nennst du ein Losungswort? Mir wurde gesagt, ich soll nach einem Fischer mit blassem Gesicht suchen!«

Die Anstrengung bereitete ihm physische Schmerzen. Fiben hatte immer noch das Gefühl, dass sein Kopf gleich platzen und sein Hirn an mehreren Stellen austreten würde. Seine Muskelkrämpfe hatten sich zwar gelöst, dennoch taten ihm alle Glieder weh, sodass er leicht aus der Haut fuhr.

»Ein Fischer? In diesem Stadtteil?« Gailet Jones runzelte die Stirn, und für einen Moment glitt ein Schatten über ihr Gesicht. »Hör zu! Es herrschten bereits chaotische Zustände, als ich im Center anrief, um mit Dr. Taka zu sprechen. Ich nahm an, dass ihre Gruppe als Geheimnisträger ausersehen war, also ein idealer Kern auf dem flachen Land. Ich hatte nur wenige Augenblicke Zeit, mir die Möglichkeit für einen späteren Kontakt zu überlegen, bevor die Gubru die Telefonleitungen besetzten. Freilich habe ich mir auch gedacht, dass sie jetzt alle Leitungen anzapfen und alles aufzeichnen werden – also musste ich mich eines Gemeinplatzes bedienen, einer Redewendung, welche ihre Computer, wenn überhaupt, nur mit Müh' und Not entschlüsseln konnten.«

Dann brach sie plötzlich ab und legte die Hand vor den Mund. »O nein!«

»Was denn?«, drängte Fiben.

Sie blinzelte, dann machte sie eine weit ausholende Geste. »Ich habe diesem bekloppten Operator im Center gesagt, wie sich ihr Abgesandter kleiden soll und wo er mich treffen kann, und sagte auch, dass ich mich wie ein Schlepper verkleiden würde …«

»Als *was,* bitte? Das verstehe ich nicht«, warf Fiben kopfschüttelnd ein.

»Es ist ein uraltes Wort aus der Zeit vor dem Kontakt. So pflegten die Menschen früher eine Person zu bezeichnen, die billigen Sex gegen Sofortkasse anbot.«

»All diese Ifni-verfluchten blöden Ideen! Da sollte doch das Donnerwetter einschlagen!«, stöhnte Fiben.

Gailet Jones aber erwiderte hitzig: »Schon gut, Smartie. Was hätte ich denn sonst tun sollen? Die Miliz löste sich allmählich auf. Und keiner hatte sich vorher überlegt, was zu tun sei, wenn den Menschen auf diesem Planeten mit einem Schlag das Kommando entrissen wird. Also war Not am Mann, und aus dieser Not heraus wurde der Gedanke geboren, eine Widerstandsbewegung ins Leben zu rufen. Also habe ich versucht, ein Treffen zu arrangieren …«

»Ja, freilich. Und dann sich als Schlepper verkleiden und Liebesdienste anzubieten, während die Gubru drauf und dran waren, eine Sexshow zu starten.«

»Wie konnte ich wissen, was sie vorhaben, und dass sie ausgerechnet diese kleine Kaschemme wählen würden? Ich konnte nur hoffen, dass sich die Moral etwas gelockert hatte, damit ich die Rolle des Schleppers spielen und mich an Fremde heranmachen konnte. Doch *so etwas* ist mir noch nie passiert! Ich dachte mir: Wenn ich jemanden treffe, und sei es durch Zufall, der sich über solche Zustände aufregt – so wie du –, dass ich dann richtigliege.«

»Anscheinend hat es aber nicht geklappt.«

»Leider nicht. Denn noch bevor du auftauchtest, kamen ein paar einsame Chims vorbei, die verloren genug aussahen und die meiner vermeintlichen Dienste bedurften. Der arme Max musste mindestens ein halbes Dutzend Passanten betäuben, aber es war bereits zu spät, das Rendezvous oder das Losungswort zu ändern.«

»Ein Wort, das keiner verstand. Ein *Schlepper?* Das ist im alten Anglic ein *Hooker.* Du hättest dir leicht denken können, dass man so etwas missversteht oder falsch auffasst!«

»Ich war sicher, dass es Dr. Taka verstehen würde. Wir hatten uns früher gern alte Filme angesehen und uns darüber unterhalten. Wir haben auch die alten Wörter studiert, die alten Ausdrücke von einst. Ich weiß nicht, warum sie …« Aber ihre Stimme erstarb, als sie Fiben ins Gesicht schaute. »Wieso … Warum schaust du mich so an?«

»Tut mir leid. Mir ist soeben eingefallen, dass du es nicht wissen konntest.« Er schüttelte den Kopf. »Schau, Dr. Taka ist genau zu jener Zeit gestorben, als deine Botschaft einging – an einer allergischen Reaktion auf das Gubru-Gas.«

Ihr Atem ging schwer, und Gailet sank in sich zusammen. »Ich … ich hatte schon so was befürchtet, weil sie sich nicht mehr in der Stadt sehen ließ. Es … es ist ein großer Verlust.« Sie schloss die Augen und wandte sich ab, wahrscheinlich von Trauer überwältigt. Dies sagte mehr als alle Worte.

Zumindest blieb ihr der Anblick erspart, wie das Howletts Center in Flammen aufging und wie die rußbedeckten Rettungswagen mit Sirene und Blaulicht hin und her fuhren, auch musste sie ihrer Mentorin nicht noch einmal ins Gesicht sehen, als sie mit glasigen Augen und mehr tot als lebendig auf einer Bahre lag, als dieses verdammte Gas seine Opfer forderte. Fiben hatte Videoaufnahmen von dieser schrecklichen Nacht gesehen und die Bilder in seinem Unterbewusstsein aufbewahrt.

Gailet nahm sich zusammen und versuchte, ihre Trauer auf einen späteren Zeitpunkt zu verschieben. Sie wischte sich die Tränen ab und versuchte, wieder entschlossen und gefasst zu erscheinen. »Ich muss mir etwas überlegen, was ein Chim verstehen würde, nicht aber die Computer der Eatees. Und es war nicht das letzte Mal, dass wir improvisieren müssen. Zunächst aber ist es wichtig, dass du da bist. Jetzt haben unsere beiden Gruppen Kontakt.«

»Ich wurde um ein Haar umgebracht«, bemerkte er, doch diesmal kam er sich etwas schäbig vor.

»Aber du lebst noch. Und vielleicht gibt es eine Möglichkeit, dein kleines Missgeschick in einen Vorteil zu verwandeln. Draußen auf den Straßen wird immer noch darüber gesprochen, was du in jener Nacht geleistet hast.«

Schwang da so etwas wie *Respekt* in ihrer Stimme mit? War es vielleicht sogar ein Friedensangebot?

Und auf einmal lief der Becher über. Es war einfach zu viel. Fiben wusste zwar, dass er die falschen Dinge zum falschen

Zeitpunkt tat, aber er konnte sich nicht helfen. Er brach in schallendes Gelächter aus.

»Ein Schlepper?«, kicherte er, obwohl sein Gehirn selbst bei der geringsten Bewegung in seinem Schädel zu rasseln schien. »Ein *Schlepper?*« Er warf den Kopf zurück und trommelte auf die Armlehnen seines Sessels. Dann riss er plötzlich die Beine hoch und begann wie wild zu strampeln. »Allmächtiger! Ein *Hooker,* ein Schlepper! Das war alles, worauf ich achten musste! Und der Trottel hat das wörtlich genommen und den *Hooker* für einen … für einen …« – er prustete vor Lachen – »für einen *Fischer* gehalten.«

Gailet Jones starrte ihn an, während er nach Luft rang. Es hätte ihr auch nichts ausgemacht, den großen Chim Max zu rufen, um den Burschen zu narkotisieren.

Es war einfach zu viel.

Doch wenn man den Blick in ihren Augen richtig deutete, dann musste Fiben bereits wissen, dass ihr Bündnis so gut wie geschlossen war.

31 Galaktiker

Der Suzerain von Balken und Klaue ging an Bord seines Schiffs und erwiderte die Ehrenbezeigungen seiner Eskorte, die sich aus Klauen-Soldaten zusammensetzte. Das war seine Elitetruppe, eine erlesene Mannschaft mit perfekt gebürstetem Gefieder, die Kämme sauber je nach Rang und Einheit gefärbt. Der Kwackoo-Adjutant des Admirals hatte es eilig, in seinen Ornat zu schlüpfen. Als dann endlich alle auf ihren Stangen Platz genommen hatten, startete der Pilot die Maschine und nahm Kurs auf die Verteidigungsanlagen, die an den Hügeln östlich von Port Helenia gebaut wurden. Der BK-Suzerain schaute schweigend aus dem Fenster, während sie den neuen Stadtzaun überflogen und die Farmen dieser kleinen Erdling-Siedlung unter ihnen hinweghuschten. Der dienstälteste Offizier, ein kommandierender Oberst, nahm Haltung an und salutierte mit zackigem Schnabelgeklapper. »Alles in Ordnung? Ist das Konklave gut ausgegangen? Waren die Ergebnisse zufriedenstellend?«, fragte er.

Der Suzerain beschloss, diese schier unverschämte Frage lieber zu überhören. Ihm wäre es lieber gewesen, einen Offizier zur Verfügung zu haben, der denken konnte, anstatt einen mit perfekt frisiertem Gefieder und aalglatten Manieren. Dass er sich mit solchen schleimigen Kreaturen umgeben hatte, war einer der Gründe dafür, dass seine Kandidatur erfolgreich war. Also bedachte er seinen Untergebenen mit einem freundlichen Blick. »Unser Konsens ist vorerst adäquat und ausreichend, also wird die Sache laufen.«

Der Offizier verbeugte sich und zog sich auf seine Station zurück. Freilich wusste jeder, dass ein Konsens in diesem frühen

Stadium der Mauser niemals perfekt sein konnte. Und jeder, der genau hinsah, konnte dies am zerrupften Gefieder und an den trüben Augen des Suzerains erkennen.

Das letzte Kommandeurskonklave war besonders unbefriedigend und entschlusslos verlaufen. Außerdem gab es da eine Reihe von Aspekten, die den Admiral zutiefst irritierten.

Erstens einmal hatte der KV-Suzerain darauf bestanden, einen Großteil der Flotte freizustellen, damit andere Gubru-Operationen fern von diesem Ort durchgeführt werden konnten. Und als ob dies nicht schon genug gewesen wäre, versteifte sich der GS-Suzerain nach wie vor darauf, mit seiner Sitzstange überall hingetragen zu werden, weil er sich strikt weigerte, den Fuß auf den Boden von Garth zu setzen, bis sämtliche Punkte und Vorschriften der Etikette erfüllt waren. Der Priester hatte sich über eine Menge Dinge aufgeregt – so etwa darüber, dass so viele Menschen durch das Gas getötet worden waren, ferner über die Gefährdung des Projekts der Urbarmachung von Garth, über das armselige Material und den geringen Umfang der Planetarbibliothek und den Entwicklungsstand der Neoschimpansen.

Also musste jeder Punkt anscheinend neu überdacht werden, wobei zähe Verhandlungen und Debatten ins Haus standen – ein weiteres Hindernis für den Konsens.

Dennoch gab es schwierigere Probleme als diese. Die Drei hatten nämlich versucht, an den Grundsätzen zu rütteln – und spätestens an diesem Punkt wurde die Sache lustig. Nun traten die erfreulicheren Aspekte des Triumvirats deutlich hervor, insbesondere, wenn sie tanzten, summten und sich tieferen Gedanken widmeten.

Bis jetzt hatte es so ausgesehen, als ob der Flug des Admirals zur Königswürde unbehindert und geradeaus erfolgen würde, weil er von Anfang an das Sagen hatte. Nun aber ging dem BK-Suzerain allmählich ein Licht auf – und ihm schwante, dass alles nicht ganz so einfach verlaufen würde wie bei einer üblichen Mauser.

Freilich lief die Sache nicht glatt. Bei der Wahl der drei Anführer der Expeditionsstreitkräfte waren verschiedene Faktoren berücksichtigt worden, weil die Roost Masters fern in der Heimat eine einheitliche Politik anstrebten und dieses Triumvirat unbedingt entzweien wollten. Um dies zu erreichen, mussten die Kandidaten entsprechend reagieren und möglichst verschiedene Standpunkte vertreten.

Wie weit sich diese Absicht in die Tat umsetzen ließ, wurde jetzt allmählich klar. Einige Vorschläge, die mittlerweile vorgelegt worden waren, hatten sich als ebenso klug wie entnervend erwiesen.

In einem Punkt haben sie aber recht, musste der Admiral zugeben. *Wir müssen die Wolflinger nicht nur einfach erobern, besiegen, überrennen. Wir müssen sie diskreditieren!*

Der BK-Suzerain hatte sich so sehr auf militärische Dinge konzentriert, dass er seine Kollegen allmählich als ein Hindernis zu betrachten begann.

Das war verkehrt, impertinent und illoyal von mir, dachte der Admiral. Man konnte nur hoffen und wünschen, dass der Bürokrat und der Priester auf ihrem Gebiet ebenso gut bewandert waren wie der Admiral in militärischen Dingen. Wenn die beiden anderen ihr Handwerk ebenso gut verstanden und so großartig regierten, wie dies bei der Invasion der Fall war, dann war dieses Triumvirat einfach unschlagbar.

Einige Dinge waren vorherbestimmt, das wusste der BK-Suzerain nur zu gut. Sie standen seit den Tagen der Progenitoren fest, seit langer, langer Zeit. Lange bevor es all diese ketzerischen, unwürdigen Clans gab, welche die Sternenclans verseuchten – all die fürchterlichen, miserablen Wolflinger, Tymbrimer, Thennaniner und Soro … Es war von vitaler Bedeutung, dass der Clan der Gooksyu-Gubru sich endlich erhob und dieser Situation Herr wurde. Der Clan musste Größe und Sieg erringen!

Der Admiral dachte über jene Methode nach, mit deren Hilfe der Sieg über die Erdlinge vor so vielen Jahren vorprogrammiert worden war, wie es die Armee der Gubru fertiggebracht hatte, jede Bewegung des Feindes zu registrieren und sofort entsprechende Gegenmaßnahmen zu ergreifen, und wie der Gasangriff alle ihre Pläne zunichtegemacht hatte. Das allerdings war die ureigene Idee des Suzerains – freilich in Zusammenarbeit mit seinem persönlichen Mitarbeiterstab. Es hatte Jahre gedauert, bis sie nun endlich Früchte trugen.

Der BK-Suzerain streckte die Arme aus und spürte eine wohlige Spannung in seinen Flexoren, genau an jener Stelle, wo einst die Flügel saßen, auf denen seine Vorfahren sich vor langer Zeit in die Lüfte geschwungen hatten und im warmen trockenen Aufwind über die Heimatwelt der Gubru dahinsegelten.

Ja! Lass die Ideen meiner Unteroffiziere kühn, einfallsreich und glänzend sein … So gut wie die meinen, fast so gut – aber nicht unbedingt ganz so gut.

Dann begann der Suzerain seine Federn zu glätten, während der Kreuzer an Höhe gewann und unter einem bewölkten Himmel Kurs nach Osten nahm.

Athaclena 32

»Ich werde hier unten noch verrückt. Ich komme mir vor wie in einem Gefängnis.«

Robert ging unruhig auf und ab, gefolgt von den kleinen Schatten, die im spärlichen Licht der zwei elenden Glühbirnen entstanden. Das Licht brach sich in den Wasserperlen, die aus den Wänden der unterirdischen Kammer austraten und langsam an ihnen herabrieselten.

Roberts linker Arm war immer noch bandagiert, bis hinauf zu seinen muskulösen Schultern. Er stieß im Vorübergehen gegen einen Schrank, und die unterirdischen Gänge antworteten mit einem Echo. »Ich warne dich, Clennie. Ich kann nicht länger warten. Wann wirst du mich endlich hier rauslassen?«

Athaclena wimmerte, als Robert erneut gegen den Schrank stieß und auf diese Weise seinen Frust abreagierte. Schon zweimal hatte er versucht, seinen verletzten rechten Arm zu gebrauchen, anstatt sich auf seinen unversehrten linken Arm zu verlassen. »Robert«, sagte sie eindringlich. »Du hast großartige Fortschritte gemacht. Bald schon können wir den Verband abnehmen. Bitte, sei vernünftig …«

»Du siehst den Wald vor lauter Bäumen nicht, gehst um den heißen Brei herum«, unterbrach er sie. »Selbst mit meinem bandagierten Arm könnte ich sehr wohl draußen sein, die Truppen trainieren und die Gubru-Positionen lokalisieren. Du aber hast mich in diese Höhlen verbannt, hältst mich hier gefangen, wo ich Minicomputer programmieren und Stecknadeln in irgendwelche Landkarten stecken muss. Was ist denn das für ein Leben?« Robert ließ seinem Kummer und seiner Enttäuschung freien Lauf.

Denn Athaclena hatte ihn aufgefordert, nach Möglichkeit Dampf abzulassen, *um ein Auge auf ihn zu haben,* wie die Metapher besagt. Doch aus gewissen Gründen konnte sie für solche Gefühlsausbrüche durchaus Verständnis aufbringen, die ebenso heftig waren wie bei den jugendlichen Tymbrimern.

»Robert, du weißt genau, warum wir dich nicht nach oben schicken können. Die Gubru-Schiffe sind bereits zigmal über dieses Gelände hinweggeflogen und haben ihr tödliches Gas versprüht. Wärst du während dieser Zeit auch nur einmal oben gewesen, so wärst du längst nach Cilmar Island unterwegs und für uns und für unsere Sache verloren. Du hast noch einmal Glück gehabt – ich wage es nicht, mir das Gegenteil auszumalen!«

Athaclenas Fell sträubte sich bei diesem Gedanken, und die Silberfühler ihrer Corona wehten vor Aufregung.

Es war eher ein Glücksfall, dass Robert aus der Mendoza-Ranch gerettet wurde, bevor die unermüdlich suchenden und forschenden Gubru-Roboter ihn in seinem Bergasyl aufstöbern konnten. Denn alle Tarnung und die Stilllegung sowie der Ausbau aller elektronischen Geräte wäre wohl nutzlos gewesen, um diesen Ort zu sichern.

Meline Mendoza und die Kinder waren sofort nach Port Helenia aufgebrochen und waren wahrscheinlich noch früh genug eingetroffen, um sich einer Behandlung zu unterziehen. Juan Mendoza aber hatte kein Glück gehabt. Er war zurückgeblieben, um einige ökologische Einrichtungen zu versiegeln, wurde von seiner Gas-Allergie niedergestreckt und starb innerhalb von wenigen Minuten, Schaum vor dem Mund, während seine Chim-Partner tatenlos zusehen mussten.

»Du warst nicht da, Robert, um Juan sterben zu sehen, aber du hast sicher davon gehört. Würdest du so einen Tod riskieren? Bist du dir dessen bewusst, dass wir dich um ein Haar verloren hätten?«

Ihre Blicke trafen sich, Braun begegnete goldgeflecktem Grau.

Sie konnte Roberts Entschlossenheit deutlich erkennen, aber auch seine Bemühungen, seinen Zorn niederzukämpfen. Allmählich lockerte sich sein linker Arm. Robert seufzte tief und sank in einen Sessel aus Segeltuch.

»Ich weiß Bescheid, Clennie. Ich weiß auch, wie du dich fühlst. Doch du musst verstehen, ich bin ein *Teil* des Ganzen.« Er lehnte sich vor. Sein Zorn war verraucht, aber seine Stimme klang immer noch eindringlich. »Ich bin der Aufforderung meiner Mutter nachgekommen, dich in den Busch zu begleiten, anstatt mich bei meiner Einheit zu melden, weil Megan meinte, es sei wichtig. Jetzt aber bist du nicht mehr mein Gast im Wald – du organisierst eine Armee! Und ich komme mir vor wie das fünfte Rad am Wagen.«

Athaclena seufzte. »Wir beide wissen, dass es bei Weitem keine Armee sein wird … bestenfalls eine Geste. Etwas, das den Chims vielleicht Hoffnung gibt. Allerdings hast du als Terragen-Offizier das Recht, jederzeit das Kommando zu übernehmen.«

Robert schüttelte den Kopf. »Das ist nicht das, was ich meine. Ich bin nicht so eingebildet, um zu glauben, dass ich etwas besser gemacht hätte. Ich bin kein Anführer, und ich weiß es. Die meisten Chims verehren dich und glauben fest an deine tymbrimische Mystik. Dennoch bin ich vielleicht das einzige menschliche Wesen in diesen Bergen, das einigermaßen über eine militärische Ausbildung verfügt … Ein Vorteil, den du ausnützen musst, wenn wir überhaupt die geringste Chance haben sollten, um …«

Robert brach plötzlich ab, hob den Blick und schaute über Athaclenas Schultern hinweg. Athaclena drehte sich um und erblickte eine kleine Chimmie in Shorts und Patronengurt, die den unterirdischen Raum betrat und salutierte.

»Entschuldigen Sie, General, Captain Oneagle, aber Lieutenant Benjamin ist soeben eingetroffen. Er berichtet, dass auch in Spring Valley die Dinge nicht zum Besten stehen. Menschen gibt es dort überhaupt nicht mehr. Doch die Außenposten in allen Canyons werden mindestens einmal täglich von diesen verdammten Gasbooten belästigt. Und es gibt kein Anzeichen dafür, dass sie bald aufhören werden, in keinem der Gebiete, in welche unsere Streifen vordringen konnten.«

»Was ist mit den Chims in Spring Valley?«, fragte Athaclena. »Macht sie das Gas krank?« Dabei musste sie sich an Dr. Schulz erinnern und an die Wirkung des Gases auf einige der Chims im Center.

Der Kurier schüttelte den Kopf. »Nein, Ma'am. Jetzt nicht mehr. Es ist überall dieselbe Geschichte. Alle verdächtigen Chims wurden bereits ausgeflogen und nach Port Helenia gebracht. Und jeder, der sich jetzt noch in den Bergen aufhält, müsste mittlerweile immun sein.« Athaclena riskierte einen Blick auf Robert. Anscheinend hatten beide den gleichen Gedanken.

Jeder, bis auf eine bestimmte Person.

»Verdammt und zugenäht!«, fluchte er. »Wollen die denn nie aufhören? Die haben 99,9% der Menschen gefangen. Müssen sie denn unbedingt alles vergasen, was da kreucht und fleucht, nur um auch noch den Allerletzten zu erwischen?«

»Offensichtlich fürchten sie sich vor dem Homo sapiens, Robert«, sagte Athaclena lächelnd. »Schließlich seid ihr ja Alliierte der Tymbrimer. Und wir suchen uns keine harmlosen Spezies als Partner aus.«

Robert schüttelte mit düsterem Blick den Kopf. Athaclena aber streckte ihre Aura aus, berührte ihn, rührte an seine Persönlichkeit und zwang ihn, aufzuschauen und ihren humorvollen Blick wahrzunehmen. Und gegen seinen Willen musste Robert lächeln. Schließlich musste er sogar lachen. »Ach, ich glaube, diese verdammten Vögel sind gar nicht so dumm. Sie gehen lieber auf Nummer sicher, nicht wahr?«

Athaclena schüttelte den Kopf, während ihre Corona eine Glyphe der Zustimmung bildete, eine einfache Glyphe, die seinem *kenning* entsprach. »Nein, Robert. Die sind gar nicht dumm. Doch sie haben zumindest *ein* menschliches Wesen nicht erwischt – also müssen sie sich weiter sorgen.«

Die kleine Neochimp-Botin schaute von der Tymbrimerin zum Menschen und seufzte. Für sie hörte sich alles eher traurig als lustig an. Und sie konnte nicht begreifen, warum die beiden lächelten.

Vielleicht war es etwas Subtiles und Verwickeltes. Typischer Patronklassen-Humor … trocken und intellektuell. Einige Chims schlugen in die gleiche Kerbe, seltsame Kandidaten, die sich nicht so sehr durch ihre Intelligenz, sondern durch irgendwelche undefinierbaren Eigenschaften von den anderen Neoschimpansen unterschieden.

Sie aber beneidete jene Chims keineswegs. Verantwortung war eine heikle und widerwärtige Sache, schlimmer als die Aussicht, einen mächtigen Feind zu bekämpfen oder sogar zu sterben.

Es war die Aussicht, *allein und verlassen zu sein,* die ihr Furcht einjagte. Vielleicht konnte sie nicht begreifen, warum diese beiden lachten, aber es tat gut, ihrem Lachen zu lauschen.

Die Botin nahm Haltung an, als sich Athaclena an sie wandte.

»Ich möchte Lieutenant Benjamins Bericht selbst hören. Grüßen Sie also Dr. Soo und bitten Sie darum, dass sie uns im Operationsraum aufsucht.«

»Jawohl, Ser!« Die Chimmie salutierte stramm, machte auf dem Absatz kehrt und eilte davon.

»Robert?«, fragte Athaclena. »Ich würde gern deine Meinung hören.« Er schaute auf, und sein Blick schien verloren in die Ferne zu schweifen. »Einen Moment, Clennie. Ich werde gleich nachkommen. Aber es gibt da noch etwas, das ich vorher durchdenken möchte.«

»In Ordnung«, erwiderte Athaclena. »Bis nachher, also.« Sie wandte sich ab und folgte der Botin durch einen Korridor, der in langen Abständen von trüben Birnen erleuchtet wurde, deren Licht sich in den feuchten Stalaktiten brach.

Robert schaute ihr nach, bis sie außer Sicht war. Dann versuchte er in der fast vollkommenen Stille seine Gedanken zu ordnen.

Warum waren die Gubru so darauf versessen, die Berge nach wie vor zu vergasen, obwohl sie bereits so gut wie alle menschlichen Wesen vertrieben hatten? Das musste enorme Kosten verursachen, selbst wenn ihre Gasschiffe nur dort niedergingen, wo sie einen Erdling vermuteten.

Und wie brachten sie es fertig, Gebäude, Fahrzeuge und sogar isolierte Chims zu orten, ganz gleich wie gut sie getarnt waren?

Im Moment spielte es keine Rolle, dass sie unsere Siedlungen an der Oberfläche vergasen. Die Gasschiffe sind nichts weiter als simple Maschinen und können nicht wissen, dass wir in diesem Tal eine Armee ausbilden. Sie können nichts weiter als Erdlinge aufspüren, runtergehen, ihr Werk verrichten und wieder verschwinden.

Doch was dann, wenn wir mit den Operationen beginnen und die Aufmerksamkeit der Gubru selbst auf uns lenken? Dann können wir uns wohl nicht mehr länger verstecken.

Doch es gab noch einen weiteren Grund, diese Grundsatzfrage zu beantworten.

Solange diese Sache dauert, bin ich hier unten gefangen!

Robert lauschte den Wassertropfen, die von den Wänden fielen und dachte über den Feind nach.

Diese ganze Geschichte auf Garth war kaum mehr als ein Scharmützel im Vergleich zu jenen Schlachten, die in den Fünf Galaxien tobten. Die Gubru konnten nicht einfach den ganzen Planeten vergasen. Die Kosten dafür standen zu den übrigen Kosten in keinem Verhältnis.

Also hatten sie einen Schwarm billiger, stupider, aber wirksamer Suchroboter ausgeschickt, um alles das aufzuspüren, was für Garth nicht natürlich war … alles, was auch nur im Entferntesten nach Erde roch. Bis jetzt hatte der Angriff immer nur verstörten

Chims gegolten – die allerdings gegen das Gas immun waren – und leeren Gebäuden, die über den Planeten verstreut waren.

Es war ein Ärgernis und eine Plage, doch sehr wirkungsvoll. Also musste ein Weg gefunden werden, um dieser Plage Einhalt zu gebieten.

Robert holte ein Blatt Papier aus einer Mappe, die am Ende des Tisches lag. Dann zeichnete er all die möglichen Wege auf, notierte alle Methoden, deren sich die Gasschiffe bedienen konnten, um Erdlinge auf einem fremden Planeten zu orten.

OPTISCHE VORSTELLUNG
INFRAROTSTRAHLUNG VON KÖRPERN
ABTASTRESONANZ
PSI
REALITÄTSTWIST

Robert bedauerte, dass er so viele Kurse in öffentlicher Verwaltung und so wenige in galaktischer Technik belegt hatte. Er war sich fast sicher, dass die gigajahrealten Archive der Großen Bibliothek noch weitere Methoden über diese fünf hinaus bargen. *Wie, wenn die Gasschiffe tatsächlich in der Lage wären, die charakteristische Ausdünstung von Menschen zu »riechen« und die Terraner durch eine Art »Geruchssinn« ausfindig zu machen?*

Aber nein, dachte er kopfschüttelnd. Er war an einem Punkt angelangt, wo er seine Liste zusammenstreichen und alles aussondern musste, was offensichtlich lächerlich war. *Vielleicht, dass man solche Überlegungen noch für den Fall aufsparte, wenn einem nichts anderes mehr einfiel.*

Die Rebellen verfügten über einen Pico-Zweig, den sie aus dem Howletts Center gerettet hatten. Vielleicht würde sich ein Versuch lohnen. Allerdings waren die Chancen, dort alle militärischen Eintragungen zu finden, äußerst gering. Es war nur eine sehr kleine Zweigstelle, die kaum mehr Informationen enthalten konnte als all die Bücher, welche die Menschen vor dem Kontakt geschrieben hatten. Außerdem war diese Bibliothek auf die

Gebiete Entwicklung und Evolution sowie auf die Gentechnik spezialisiert.

Vielleicht könnten wir uns an die Distrikt-Zentralbibliothek auf Tanith wenden und um entsprechende Recherchen bitten. Robert musste bei diesem ironischen Gedanken lächeln. Selbst ein Volk, das von Invasoren gefangen gehalten wurde, hatte wahrscheinlich das Recht, die Galaktische Bibliothek zu befragen, wann immer es das wünschte. Dies war ein Teil des Progenitoren-Codes.

Richtig! Bei diesem Gedanken musste er kichern. *Wir werden ganz einfach zum Hauptquartier der Gubru hinaufmarschieren und die Herren höflichst bitten, unsere Anfrage nach Tanith weiterzuleiten … Eine Anfrage über die Militärtechnik unserer Invasoren! Und die werden natürlich sofort hüpfen. Bei all dem Chaos, der in den Galaxien herrschte, musste die Bibliothek mit Fragen geradezu überschwemmt sein. Freilich würden sie unsere Anfrage prüfen und sie nach reiflicher Überlegung etwa in … nun ja … hundert Jahren beantworten.*

Robert überflog noch einmal seine Liste. Zumindest diese aufgezeichneten Punkte stellten einige Methoden dar, von denen er bereits gehört hatte oder von denen er etwas wusste.

Immerhin bestand noch eine weitere Möglichkeit: Vielleicht kreiste irgendwo ein mit raffinierten Scannern bestückter Satellit, der den Planeten Garth Meter für Meter abtastete und regelmäßige Formen ausmachte, die auf Gebäude oder Fahrzeuge hinwiesen. Solch eine Vorrichtung wäre durchaus in der Lage, die Gasschiffe zu ihrem jeweiligen Ziel zu lenken.

Durchaus denkbar und durchführbar – aber warum wurden die gleichen Gegenden immer und immer wieder angegriffen? Hatte ein solcher Satellit kein »Gedächtnis«? Und wie sollte es ein solcher Satellit fertigbringen, Roboterbomber auszusenden, die in der Lage waren, selbst isolierte Chim-Gruppen, die sich im Schatten eines Regenwaldes bewegten, zu orten und anzugreifen?

Also konnte man auch eine mögliche Infrarotsteuerung vergessen. Die Maschinen konnten offensichtlich keine Körper aufgrund ihrer Wärmeausstrahlung orten. Denn die Gubru-Drohnen schwärmten immer noch über leeren Gebäuden, die seit Wochen verlassen waren und daher auch keine Wärme mehr abstrahlen konnten.

Robert war nicht geschult genug, um alle vagen Möglichkeiten auf seiner Liste zu eliminieren. Denn über PSI wusste er so gut wie nichts, ebensowenig über physikalische Vorgänge. Die Wochen mit Athaclena hatten zwar einige Türen geöffnet, doch er war immer noch weit davon entfernt, mehr als ein Anfänger zu sein, und das auf einem Gebiet, das den meisten Menschen und Chims kalte Schauer über den Rücken jagte.

Also, dachte er, *solange ich im Untergrund leben muss, kann ich etwas für meine Bildung tun.*

Er versuchte sich hochzurappeln, um Athaclena und Benjamin zu folgen. Dann hielt er plötzlich inne. Ein Blick auf seine Liste genügte, um festzustellen, dass es da noch einen weiteren Punkt gab, eine weitere Möglichkeit, die er bisher nicht berücksichtigt hatte.

... Dennoch gibt es für die Gubru einen Weg, in unsere Verteidigungsanlagen einzudringen ... einen Weg und eine Möglichkeit, warum ihnen nach der Invasion so gut wie alles gelang ... Eine Möglichkeit, uns zu finden, wohin wir auch immer gehen und wo wir uns auch immer verbergen ... eine Möglichkeit, jeden unserer Schritte zu überwachen ...

Er musste gegen sich ankämpfen, doch der Anstand wollte es, dass er noch einmal den Stift ergriff.

Und er schrieb nur ein einziges Wort auf:

VERRAT

Fiben 33

Gailet nahm an diesem Nachmittag Fiben zu einer Tour in Port Helenia mit – zumindest in jene Bezirke, welche die Invasoren nicht als Sperrgebiet für Neoschimpansen erklärt hatten.

Fischerboote kamen und gingen nach wie vor, und es herrschte reger Verkehr in den Docks, nur dass die Schiffe jetzt ausschließlich mit Neoschimpansen besetzt waren. Aber es waren nur halb so viele wie sonst, und auch diese machten einen großen Bogen um das Gubru-Schiff, das den Zugang zur Aspinal Bay fast zur Hälfte ausfüllte.

Auf den Märkten waren einige Waren reichlich vorhanden, an einigen Stellen aber gab es fast nur leergeräumte Stände. Die Kolonialwährung galt immer noch und hatte eine gewisse Kaufkraft, so etwa bei Bier und Fisch. Doch Fleisch, frisches Obst und Gemüse waren nur noch gegen Gubru-Währung zu haben. Die irritierte Käuferschar begann allmählich zu merken, was das archaische Wort »Inflation« zu bedeuten hatte.

Es schien, als würde die Hälfte der Bevölkerung für die Invasoren arbeiten.

Südlich von der Bucht, in der Nähe des Raumhafens, wurden Fundamente gebaut, und die Ausgrabungen zeugten von massiven Strukturen, die dort errichtet werden sollten.

Überall in der Stadt hingen Plakate, auf denen grinsende Neoschimpansen abgebildet waren. Der Text aber versprach goldene Berge, sobald erst das »richtige« Geld in Umlauf war. Gute Arbeit würde diesen Tag näherbringen, lautete die Versprechung.

»Nun, hast du genug gesehen?«, fragte sein Führer.

Fiben lächelte. »Bei Weitem nicht. Wir haben kaum die Oberfläche angekratzt. Wahrscheinlich ist dies nur die Spitze des Eisbergs.«

Gailet zuckte die Achseln und ließ ihn jetzt einfach gehen, wo er gerade hinwollte.

Nun ja, dachte er, während er die leergeräumten Stände betrachtete, *die Ernährungswissenschaftler wollen uns weismachen, dass wir Neochimps mehr Fleisch verzehren, als es uns guttut … Viel mehr, als wir in der guten alten Zeit je bekommen konnten. Vielleicht ist das sogar gut für uns.*

Zuletzt kamen sie bei ihrem Spaziergang am Glockenturm an, der das Port Helenia College überragte. Es war ein kleinerer Campus als die Universität auf Cilmar Island, doch Fiben hatte hier an einigen ökologischen Konferenzen teilgenommen und kannte sich gut aus.

Als er das Gebäude und das Gelände überblickte, fiel ihm etwas Merkwürdiges auf.

Es war nicht nur der Gubru-Schwebetank oben auf dem Hügel, auch nicht die hässliche neue Mauer, die das Collegegebäude umgab und von der Straße trennte. Es ging eher um die Studenten und um die Fakultät an sich.

Er war ehrlich überrascht, hier alle versammelt zu finden.

Es waren lauter Chims. Als Fiben nach Port Helenia gekommen war, hatte er Ghettos oder gar Konzentrationslager erwartet, vollgestopft mit der menschlichen Bevölkerung aus dem Landesinnern. Doch die letzten Frauen und Männer waren vor wenigen Tagen allesamt auf die Inseln gebracht worden. An ihrer Stelle waren Tausende von Chims aus den Außenbezirken hereingeströmt, einschließlich solcher, die wahrscheinlich gasanfällig oder auch verseucht waren, obwohl die Invasoren Stein und Bein schworen, dass dies nicht der Fall sei.

All diese wurden mit einem Gegenmittel behandelt, zahlten eine kleine Reparation und wurden dann zur Arbeit eingeteilt.

Doch hier im College sah alles seltsam friedlich und natürlich aus. Fiben und Gailet schauten vom Glockenturm hinab. Tief unter ihnen gingen Chims und Chimmies hin und her, wechselten von einem Vorlesungsraum zum anderen. Sie trugen Bücher mit sich, unterhielten sich mit leiser Stimme und riskierten gelegentlich einen kurzen Blick auf die fremden Kreuzer, die im Stundentakt über ihren Köpfen hinwegbrausten.

Fiben schüttelte den Kopf und musste sich über ihre Beharrlichkeit und Ausdauer wundern.

Freilich waren die Menschen in ihrer Entwicklungspolitik ziemlich liberal und behandelten ihre Klienten so gut wie gleichberechtigt. Die galaktische Tradition war da weniger großzügig. Die älteren Galaktik-Clans waren entsetzt, doch Chims und Delfine saßen in den Räten und Ausschüssen ihrer terragenen Patrone. Einigen der Klientenspezies wurden sogar Raumschiffe anvertraut.

Doch ein *College* ohne *Menschen?*

Fiben fragte sich, warum die Invasoren die Chim-Bevölkerung an der langen Leine laufen ließen und nur gelegentlich auf krasse Weise eingriffen, wie dies in der Affentraube der Fall gewesen war. Nun glaubte er endlich den Grund entdeckt zu haben, glaubte zu wissen warum.

»Mimikri! Die glauben, dass wir nur so tun als ob!«, murmelte er halblaut vor sich hin.

»Was hast du gesagt?«, fragte Gailet und schaute ihn an. Sie hatten zwar eine Art Waffenstillstand vereinbart, um die Sache zu erledigen, doch nun war sie wohl nicht mehr bereit, den ganzen Tag für diese Tour zu opfern und den Bärenführer zu machen.

Fiben zeigte auf die Studenten. »Sag mir, was du dort unten siehst.« Erst maunzte sie, dann seufzte sie und beugte sich vor, um einen Blick auf den Campus zu werfen. »Ich sehe Professor Jimmie Sung, der gerade den Hörsaal verlässt und einigen Studenten etwas erklärt.« Sie lächelte. »Vielleicht geht es um mittelalterliche galaktische Geschichte … Früher mal war ich seine TA, und ich kann mich sehr wohl an die verblüfften Mienen seiner Studenten erinnern.«

»Gut. Das ist das, was *du* siehst. Nun schau dir das mit den Augen eines Gubru an.«

Gailet runzelte die Stirn. »Was meinst du?«

Fiben holte erneut zu einer Erklärung aus. »Nach der galaktischen Tradition sind wir Neochimps kaum dreihundert Jahre älter als eine vernünftige Klientenspezies, kaum älter als die Delfine – und unsere Probandenzeit, das heißt unser Hunderttausend-Jahresvertrag hat gerade erst begonnen.«

»Du darfst auch nicht vergessen, dass viele der Eatee-Fanatiker den Menschen nicht ganz grün sind. Dennoch wurde den Menschen der Patronats-Status nebst allen Privilegien zuerkannt, die damit einhergehen. Und warum? Weil sie nämlich Chims und Delfine schon vor dem Kontakt einer Höherentwicklung zuführten. Das ist der Weg, um in den Fünf Galaxien einen gewissen Status zu erringen – nämlich, dass man Klienten hat und einem Clan vorsteht.«

Gailet schüttelte den Kopf. »Ich weiß nicht, worauf du hinauswillst. Warum erklärst du Dinge, die offensichtlich sind?« Freilich wollte sie nicht von einem Hinterwäldler belehrt werden, von einem Chim, der außer seinem Examen nichts aufzuweisen hatte.

»Denk mal nach! Wie haben die Menschen ihren Status errungen? Wie war das? Was war im 22. Jahrhundert geschehen? Die Fanatiker hatten die Wahl verloren, als es darum ging, die Neochimps und die Neodelfine zu vernünftigen Wesen zu erklären.« Fiben ruderte mit den Armen. »Es war ein diplomatischer Coup, begünstigt durch die Kanten, die Tymbrimer und von anderen Moderaten, bevor die Menschen überhaupt wahrnahmen, worum es eigentlich ging!«

Gailet schaute etwas beschämt drein, weil ihr wohl eingefallen war, dass die Galaktische Soziologie zu ihren Spezialgebieten gehörte. »Natürlich, aber …«

»Das wurde ein *Fait accompli.* Doch den Gubru, den Soro und den anderen Fanatikern wollte die Sache nicht schmecken. Die glauben immer noch, dass wir kaum besser sind als irgendwelche Tiere. Und daran *müssen* sie glauben, sonst würden die Menschen in der galaktischen Gesellschaft einen gleichrangigen Platz einnehmen, vielleicht einen höheren als jeder andere.«

»Ich weiß immer noch nicht, was du ...«

»Da *schau* dort hinunter!«, sagte Fiben und deutete mit dem Finger auf den Campus. »Schau mit Gubru-Augen und sag mir, was du siehst!«

Gailet Jones warf Fiben einen kurzen Blick zu. Schließlich seufzte sie. »Nun gut, wenn du darauf bestehst.« Sie drehte sich wieder um und schaute in den Hof hinunter.

Dann war sie eine ganze Weile still.

»Das gefällt mir nicht«, sagte sie schließlich, so leise, dass Fiben sie kaum hören konnte. Also rückte er näher an sie heran.

»Sag mir, was du siehst!«

Sie schaute weg, und er kleidete ihre Meinung in Worte. »Was du da siehst, sind kluge, wohltrainierte Tiere – Kreaturen, die das Verhalten ihres Herrn *nachahmen.* Ist es nicht so? Mit den Augen eines Galaktikers betrachtet, kann man clevere *Imitationen* menschlicher Professoren und menschlicher Studenten sehen ... Repliken für bessere Zeiten, wahrscheinlich erzogen und in Gang gesetzt durch irgendwelche loyalen ...«

»Hör endlich auf!«, rief Gailet und legte sich die Hände über die Ohren. Dann wandte sie sich plötzlich Fiben zu, und ihre Augen sprühten. »Ich hasse dich!«

Es war ein harter Schlag für sie, und Fiben wusste das. War dies seine Rache für all die Demütigungen und Qualen, die er während der letzten drei Tage erleiden und ertragen musste – teilweise durch ihre Schuld?

Aber nein. Man musste ihr deutlich vor Augen führen, wie der

Feind ihr Volk sah. Wie sollte sie sonst lernen, diesen Feind zu bekämpfen.

Freilich hatte er jetzt seine Genugtuung – gut so. *Dennoch,* dachte Fiben, *war es nicht besonders erfreulich, den Abscheu eines hübschen Mädchens zu erwecken.*

Gailet Jones lehnte sich gegen eine Säule, die das Dach des Glockenturms stützte. »O Ifni und alle Götter!«, schluchzte sie und bedeckte ihr Gesicht mit den Händen. »Was ist, wenn sie recht haben? Was ist, wenn das wahr ist?«

Athaclena 34

Die Glyphe *paraphrenll* schwebte über dem schlafenden Mädchen, eine Wolke der Unsicherheit, die im verdunkelten Raum vibrierte.

Dies war eine verhängnisvolle Glyphe. Besser als jedes Lebewesen konnte sie das eigene Schicksal vorhersagen, wusste, was die Zukunft bringen würde – ein Schicksal, das unvermeidlich war.

Dennoch versuchte sie zu entkommen, ihr blieb nichts anderes übrig. Das war nun mal die Natur dieser Glyphe, pur und simpel.

Die Glyphe schwebte auf Athaclenas Träumen nach oben, bis sie fast die Felsendecke berührte. Doch durch die brennende Realität des dämpfenden Gesteins verschreckt sank sie wieder herab und strebte ihrer Geburtsstätte zu.

Athaclena bewegte den Kopf auf dem Kissen leicht hin und her, während sie schneller zu atmen begann. Die Glyphe aber flackerte in unterdrückter Panik direkt über ihr.

Dann begann sich die formlose Traumglyphe allmählich aufzulösen, verdichtete sich wieder, wobei das schimmernde Gebilde allmählich die symmetrischen Konturen eines menschlichen Antlitzes annahm.

Diese Glyphe war eine Essenz – eine Destillation. Ihr Thema war der Widerstand gegen das Unvermeidliche. Es wand sich und vibrierte, sodass das Gesicht für eine Weile verschwand.

Hier, direkt über der Quelle, war die Gefahr am höchsten. Die Glyphe schoss in Richtung des verhängten Ausgangs davon, wurde aber sofort zurückgerissen, als würde sie an straffen Seilen hängen.

Die Glyphe aber streckte sich dünn aus wie ein Gummiband und versuchte sich zu befreien. Doch über dem schlafenden Mädchen wehten schlanke Fühler einer verzweifelten physischen Energie, die die Glyphe wie ein Magnet anzogen – zurück, zurück zur Quelle.

Athaclena seufzte erschrocken. Ihre blasse, fast durchsichtige Haut pulsierte, als ihr Körper alarmiert wurde und sich zur Gegenwehr bereitmachte. Doch dann folgte kein weiterer Befehl, kein Plan. Ihre Hormone und Enzyme brauchten nicht aktiviert zu werden.

Ihre Fühler wurden ausgefahren, ergriffen die Glyphe und holten sie wieder ein. Sie legten sich wie Finger um das strampelnde Symbol, wie Künstlerhände um einen formlosen Tonklumpen, verwandelten Unsicherheit in Wahrheit, in Realität, schiere Angst in feste Form.

Dann fielen die Fühler ab und enthüllten das, was aus der Glyphe geworden war … ein Gesicht, eine grinsende Fratze mit schmalen, glitzernden Katzenaugen, ein Gesicht, das alles andere als sympathisch war.

Athaclena stöhnte.

Dann tauchte ein Riss in der Stirn auf, das Gesicht fiel auseinander, und die beiden Hälften wurden getrennt. Und plötzlich gab es *zwei* Gesichter! Athaclenas Atemzüge wurden immer schneller und kürzer …

Die beiden Figuren spalteten sich der Länge nach, dann waren es schon vier. Der Vorgang wiederholte sich … nun waren es acht … und wieder … jetzt sechzehn. Die Gesichter multiplizierten sich, lachten tonlos, aber hämisch, wie grinsende Masken.

»Ach! Ach!« Athaclena öffnete die Augen. Die schwebenden Maskengesichter glühten in opalem, phosphoreszierendem Licht. Sie setzte sich auf, klammerte sich an ihre Decken und starrte in das Zwielicht der kleinen unterirdischen Kammer, suchte mit den Blicken verzweifelt nach Wirklichkeit – nach einem Tisch, nach realen Dingen, nach dem trüben Licht der Glühbirnen draußen in der Halle, das durch den Vorhang sickerte. Das Ding aber, das die Glyphe geformt hatte, konnte sie immer noch deutlich spüren. Freilich löste sich die Erscheinung allmählich auf, jetzt, wo sie wach war – doch nur allmählich und langsam, sehr langsam. Das Gelächter, das Gekicher schwang mit ihrem Herzschlag mit, und Athaclena wusste, dass es nichts nützen würde, einfach die Ohren zu verschließen.

Wie nennen die Menschen ihre Albträume? Nachtmahr. Doch Athaclena hatte auch gehört, dass es sich dabei um blasse Erinnerungen, Vorstellungen und Szenen aus dem Alltag handelte, die im Traum verarbeitet wurden, die man im Allgemeinen vergaß, sobald man aufwachte.

Die Dinge im Raum nahmen allmählich wieder feste Umrisse an und stabilisierten sich. Doch das Gelächter war nicht einfach verschwunden. Es hatte sich in die Wände verzogen und sich dort eingenistet. Es lauerte und wartete auf Wiederkehr.

»tutsunucann«, seufzte sie laut. Ihr tymbrimischer Dialekt hörte sich seltsam nasal an, nachdem sie wochenlang ausschließlich Anglic gesprochen hatte.

Die lachende Glyphe, *tutsunucann,* würde nicht endgültig verschwinden, nicht bevor sich etwas änderte oder irgendein verborgener Gedanke auftauchte und seinerseits zum Scherz wurde.

Und für einen Tymbrimer waren Scherze nicht immer lustig.

Athaclena saß still da, während sich die zuckenden Krämpfe unter ihrer Haut allmählich legten und die unerwünschte *Gheer*-Aktivität stufenweise verschwand. *Ihr werdet nicht gebraucht,* sagte sie zu ihren Enzymen. *Keine Notsituation, kein Alarm. Verschwindet und lasst mich in Frieden!*

Bereits von Kindesbeinen an waren die kleinen Änderungsknoten ein Teil ihres Lebens gewesen – gelegentlich lästig zwar, aber unvermeidlich. Erst nachdem sie nach Garth gekommen war, hatte sie begonnen, sich diese kleinen Organe als kleine, mausähnliche

Geschöpfe oder als geschäftige kleine Gnome vorzustellen, die eifrig bemüht waren, in ihrem Körper Veränderungen vorzunehmen, wann immer es notwendig war.

Welch eine bizarre Betrachtungsweise natürlicher organischer Funktionen! Auch viele Tiere der Tymbrimer hatten die gleiche Eigenschaft. Diese Fähigkeit hatte sich in den Wäldern ihrer Heimatwelt entwickelt, lange bevor der Sternfahrer Caltmour gekommen war, um ihren Vorfahren Sprache und Gesetze zu geben.

Das war es wohl, das war der Grund, warum sie diese Knoten nicht mit kleinen fleißigen Geschöpfen verglichen hatte, bevor sie nach Garth gekommen war. Vor der Entwicklung, vor der Evolution wären ihre Vorfahren nicht fähig gewesen, solche bizarre Vergleiche zu ziehen. Und *nachher* war ihnen die wissenschaftliche Wahrheit bekannt.

Aber ach, die Menschen … die terranischen Wolflinger … waren ohne Anleitung zur Vernunft gelangt. Sie bekamen keine Antworten auf ihre Fragen, wie Kinder, die von ihren Eltern aufgeklärt und von ihren Lehrern belehrt werden, um das notwendige Wissen und eine gewisse Reife zu erlangen. Sie waren unwissend ins Reich der Vernunft entlassen worden, nachdem sie Jahrtausende in Unwissenheit und Finsternis verbracht hatten.

Da sie aber irgendwelche Erklärungen brauchten und keine bekamen, hatten sie sich angewöhnt, sich ihre eigenen Erklärungen zurechtzubiegen! Athaclena erinnerte sich daran, dass sie alles recht lustig fand – alle diese selbstgezimmerten Weisheiten, über die sie so manches gelesen und erfahren hatte.

Krankheiten wurden durch »Dämpfe« hervorgerufen, durch zu viel Galle oder durch den Fluch eines Feindes … Die Sonne raste in einem großen Wagen über das Himmelszelt … Der Lauf der Geschichte wurde durch wirtschaftliche Gegebenheiten bestimmt …

In ihrem Körper aber hauste *animus* … die Seele …

Athaclena tastete nach einem schwellenden Knoten hinter ihrem Kiefer und fuhr hoch, als sich der kleine Knoten verlagerte und zurückzog wie ein scheues Geschöpf. Sie war eine erschreckende Vorstellung, diese *Metapher,* weitaus schlimmer als *tutsunucann,* weil sie ihren Körper angriff – ihr eigenes Selbstbewusstsein!

Athaclena stöhnte und vergrub ihr Gesicht in den Händen. *Verrückte Erdlinge! Was habt ihr mir angetan?*

Sie musste daran denken, wie ihr Vater sie buchstäblich angefleht hatte, mehr über die Art und die Lebensweise der Menschen zu erfahren, sie genau zu studieren, um ihre Vorurteile über die Bewohner von Sol III abzubauen. Und was war jetzt geschehen? Ihr Schicksal war mit dem der Erdenmenschen verstrickt, und es lag nicht mehr in ihrer Macht, über ihr eigenes Schicksal zu bestimmen.

»Vater«, sagte sie laut in GalSieben. »Vater, ich habe Angst.«

Nichts von ihm war ihr geblieben als die Erinnerung. Selbst der *Nahakieri*-Schimmer, den sie im brennenden Howletts Center deutlich gespürt hatte, war unerreichbar, vielleicht auch für immer verloren. Sie konnte einfach nicht ausziehen und suchen, weil *tutsunucann* auf der Lauer lag wie ein Höllentier und nur auf die Gelegenheit wartete, um sie zu ergreifen.

Metaphern, immer mehr Metaphern, stellte sie fest. *All meine Gedanken sind von ihnen erfüllt, während mich meine eigenen Glyphen schrecken!*

Draußen in der Halle bewegte sich etwas, sodass sie aufschaute. Ein trapezförmiger Lichtfleck fiel in den Raum, als der Vorhang beiseitegezogen wurde. Im Dämmerlicht stand die etwas gebeugte Gestalt eines Chim, der sich wie ein Schatten vom hellen Hintergrund abhob.

»Entschuldigen Sie, Mizz Athaclena. Es tut mir leid, dass ich Sie während Ihrer Ruhezeit stören muss, aber wir dachten uns, Sie würden gern Bescheid wissen.«

»Ja … ja, was ist?«, fragte Athaclena und räusperte sich. Sie erschauerte und versuchte, sich auf Anglic zu konzentrieren. »Was ist geschehen?«

Der Chim trat einen Schritt vor und verdeckte zum Teil das einfallende Licht. »Es geht um Captain Oneagle, Ser. Ich … wir können ihn nirgendwo finden.«

Athaclena blinzelte. »Robert?«

Der Chim nickte. »Er ist fort, Ser. Er ist einfach verschwunden.«

Robert 35

Die Tiere im Wald standen still und horchten, lauschten mit Augen und Ohren. Denn es raschelte im Busch, und schwere Schritte, die durch Laub und Unterholz schlurften, machten sie nervös. Alle versuchten, irgendwo ein Versteck zu finden und schauten dann zu, wie ein großes Tier an ihnen vorbeirannte, von Stein zu Stein hüpfte und auf dem weichen Waldboden landete.

Allmählich hatten sie sich zwar an die kleineren Spezies der Zweibeiner gewöhnt, auch an die größeren, die auf zwei, oft aber auch auf drei Beinen daherschlurften. Jene zumindest waren behaart und rochen nach Tier. Dieser da aber war anders. Er rannte zwar, doch er jagte nicht. Er wurde gejagt, machte keine Anstalten, seine Verfolger abzuschütteln. Er war ein Warmblütler, denn er lag in der prallen Sonne, selbst wenn er Rast machte, was sonst kein vernünftiges Geschöpf je getan hätte.

Die kleinen einheimischen Kreaturen hatten mit jenen Dingen nichts im Sinn, diesen »Geschöpfen« aus Metall und Plastik, die über sie hinwegflogen und einen üblen Geruch verbreiteten, weil diese Dinger so viel Lärm machten und für so viel Aufruhr sorgten.

Dieser aber … dieser Läufer da, war unbekleidet.

»Captain, halt!«

Robert hüpfte auf dem mit Steinen übersäten Hang einen Felsbrocken höher, lehnte sich an den nächsten Stein, um Luft zu holen, und schaute auf seinen Verfolger hinab.

»Bist du müde, Benjamin?«

Der Chim-Offizier keuchte. Er war auf die Knie gesunken

und stützte sich auf beide Hände. Weiter unten am Hang lagen die übrigen Mitglieder des Suchtrupps, einige von ihnen flach auf dem Rücken, erschöpft und unfähig, sich zu rühren.

Robert lächelte. Die haben wohl gedacht, dass es leicht sei, ihn zu fangen. Immerhin waren Chims im Wald zu Hause. Und grade einer von ihnen, ein weibliches Wesen obendrein, sollte stark genug sein, ihn zu fesseln und in Ketten zu legen.

Doch Robert hatte alles ganz genau geplant. Er hielt sich deshalb im offenen Gelände auf und ließ sich jagen, während er den Vorteil seiner längeren Beine nutzte.

»Captain Oneagle …«, versuchte es Benjamin erneut, während er nach Luft rang. Er schaute hinauf und trat einen Schritt vor. »Captain, bitte, Sie sind noch nicht ganz gesund.«

»Mir geht es prächtig«, behauptete Robert, wobei er nur ein bisschen log. Denn immerhin spürte er einen Krampf in den Beinen, und sein rechter Arm schmerzte an jener Stelle, wo er den Plastverband abgerissen hatte.

Und dann seine nackten Füße …

»Nimm's logisch, Benjamin«, sagte er. »*Beweise* mir, dass ich krank bin – dann werde ich dich vielleicht zu diesen stinkenden Höhlen zurückbegleiten.«

Benjamin blinzelte zu ihm hinauf. Dann zuckte er die Achseln, weil er offensichtlich bereit war, sich an jedem Strohhalm festzuhalten. Vielleicht könnte er mit Logik weiterkommen.

»Gut, Ser.« Benjamin befeuchtete seine Lippen. »Zunächst müssen Sie bedenken, dass Sie unbekleidet sind.«

Robert nickte. »Na schön, also wollen wir mal Tacheles reden, wenn du weißt, was ich meine. Die Erklärung für meine Nacktheit, die am nächsten liegt, ist, dass ich übergeschnappt bin. Dennoch behalte ich mir das Recht vor, eine alternative Theorie anzubieten.«

Der Chim erschauerte, als er Roberts Lächeln sah. Robert aber konnte nicht anders – Benjamin war ihm einfach sympathisch.

Vom Standpunkt des Chims aus war dies eine Tragödie, die sich da anbahnte, und er konnte nichts tun, um sie zu verhindern.

»Also bitte weiter«, drängte Robert.

»Nun gut.« Benjamin seufzte. »Zweitens laufen Sie vor den Chims davon, die unter Ihrem Kommando stehen. Ein Herr aber, ein Patron, der vor seinen loyalen Klienten Angst hat, kann nicht alle fünf Sinne beieinanderhaben.«

Robert nickte. »Klienten, die bereit sind, diesen Patron in eine Zwangsjacke zu stecken und ihn mit Drogen vollzupumpen, bei der nächsten Gelegenheit, die sich ihnen bietet – das finde ich nicht sehr gut. Und wenn du meine Einstellung akzeptierst, dass ich gute Gründe habe, so und nicht anders zu handeln, dann wirst du verstehen, dass ich alles versuchen muss, damit ihr Burschen mich nicht wieder in die Höhle schleppt.«

»Nun ja …« Benjamin trat einen Schritt näher, während sich Robert auf den nächsthöheren Felsen zurückzog. »Vielleicht gehen Sie von falschen Voraussetzungen aus«, meinte Benjamin. »Ein Neurotiker versucht stets, mit der Vernunft zu argumentieren, um sein bizarres Verhalten wegzureden. Der Kranke glaubt wirklich …«

»Nicht schlecht«, gab Robert freundlich zu. »Bei einer späteren Auseinandersetzung will ich gern darüber reden, dass meine Argumente einem gestörten Geist entspringen. Wärst du bereit, für den Augenblick zu akzeptieren, dass sie vielleicht rechtens und gültig sind?«

Benjamin schürzte die Lippen. »Sie haben gegen alle Regeln gehandelt, weil Sie ausgerissen sind!«

Robert seufzte. »Welche Regeln? Welche Vorschriften! Vielleicht die Befehle eines E.T.-Zivilisten an einen Terragen-Offizier? Chim Benjamin, ich muss mich sehr wundern. Na schön, ich gebe zu, dass Athaclena von sich aus den Widerstand ad hoc organisieren soll und muss. Sie scheint ein Gespür dafür zu haben, und die meisten Chims verehren sie. Ich habe mich aber dafür entschieden, unabhängig zu handeln. Und du weißt genau, dass mir dieses Recht zusteht.«

Benjamin war offensichtlich frustriert. Ihm kamen fast die Tränen. »Aber hier draußen sind Sie in Gefahr!«

Na endlich! Robert hatte sich schon gefragt, wie lange Benjamin dieses Logikspiel mitmachen würde, während er um die Sicherheit des letzten freien Menschen auf diesem Planeten besorgt war. Und Robert wagte daran zu zweifeln, ob unter solchen Umständen irgendein Mensch besser reagiert hätte.

Er war bereits drauf und dran, etwas in dieser Richtung zu sagen, als Benjamin plötzlich den Kopf hochriss. Der Chim legte die Hand an sein Ohr und lauschte einem kleinen Empfänger, während sich Schrecken und Furcht auf seinem Gesicht abzeichneten.

Die anderen Chims hatten die Nachricht offensichtlich ebenfalls vernommen, denn sie rappelten sich hoch und starrten Robert in panischer Angst an.

»Captain Oneagle – die Zentrale meldet akustische Signale aus Nordost. Gasschiffe im Anflug!«

»Wann werden sie da sein?«

»In etwa vier Minuten. *Bitte,* Captain, wollen Sie nun endlich mitgehen?«

»Mitgehen? Wohin?«, fragte Robert achselzuckend. »Wir werden die Höhlen wahrscheinlich nicht mehr rechtzeitig erreichen.«

»Wir könnten uns verstecken«, meinte Benjamin, aber seine Stimme klang nicht sehr überzeugend. Außerdem wusste er, dass es sinnlos war.

Robert schüttelte den Kopf. »Ich weiß etwas Besseres. Aber wir müssen es kurz machen. Du musst zugeben, Chim Benjamin, dass ich aus guten Gründen hier draußen bin – und das sofort!«

Der Chim schaute ihn an, dann nickte er. »Ich ... ich habe keine andere Wahl.«

»Also gut«, sagte Robert. »Jetzt zieh dich aus!«

»S-ser?«

»Zieh dich aus, wirf deine Kleider weg, und auch diesen Empfänger, dieses Gerät da! Das sollen auch all die anderen tun. Alles wegwerfen und alles vernichten! Wenn du deinen Patron magst, trag nichts weiter als Haut und Haare. Dann komm rauf zu mir! Dann treffen wir uns oben in den Bäumen, die auf dem Hügel stehen!«

Robert wartete nicht ab, bis der verblüffte Chim diesen ungewöhnlichen Befehl akzeptierte. Er drehte sich um und begann den Hügel hinaufzuklettern, wobei er seine Füße zu schonen versuchte, die unter seinen morgendlichen Eskapaden gelitten hatten.

Wie viel Zeit bleibt uns noch?, fragte er sich. Selbst wenn er richtiglag – wobei Robert wusste, dass er ein gewagtes Spiel trieb – musste er so viel Höhe wie nur möglich gewinnen.

Doch bei aller Anstrengung konnte er nicht bleiben lassen, den Himmel nach den erwarteten Robotschiffen abzusuchen. Und weil er dabei nicht aufpasste, wo er hintrat, strauchelte er und fiel auf die Knie, noch bevor er den Hügelkamm erreichte. Aber er schaute weiter himmelwärts, während er die letzten paar Meter dahinkroch und endlich im Schatten der Zwergbäume landete. Nach seiner Theorie machte es wenig oder gar nichts aus, ob er sich nun verstecken konnte oder nicht – dennoch versuchte er, sich so gut wie möglich zu tarnen. Denn die Gubru-Maschinen konnten durchaus über einfache optische Sensoren verfügen, die ihre primären Ortungsmechanismen ergänzten.

Von unten drangen aufgeregte Stimmen zu ihm herauf, wo sich einige Chims lautstark stritten. Dann kam plötzlich ein leiser, wimmernder Ton aus nördlicher Richtung.

Robert zog sich weiter in die Büsche zurück, obwohl scharfe Dornen und Zweige seine zarte, empfindliche Haut verletzten. Sein Herz schlug schneller, und sein Mund war trocken. Wenn er sich geirrt hatte, oder wenn die Chims beschlossen hatten, seinen Befehl zu ignorieren …

Wenn er auch nur einen einzigen Punkt übersehen hatte, würde er alsbald auf dem Weg zum Internierungslager in Port Helenia oder sogar tot sein. In jedem Fall müsste er Athaclena mutterseelenallein zurücklassen, den einzigen Patron, der dann noch in den Bergen bliebe, und er würde die restlichen Minuten oder Jahre damit zubringen, sich einen verdammten Idioten zu schimpfen.

Wahrscheinlich hatte Mutter recht, was mich betraf. Vielleicht bin ich auch nichts anderes als ein nichtsnutziger Playboy. Nun, das wird sich bald erweisen.

Da war ein ratterndes Geräusch, ein Rumpeln, als würden Felsbrocken über den Abhang kullern. Fünf braune Gestalten taumelten unter die Büsche, kurz bevor der Heulton seinen Höhepunkt erreichte. Staub wirbelte von dem trockenen Boden auf, als die Chims schnell kehrtmachten und mit weit aufgerissenen Augen starrten. Denn im Tal war ein fremdes Flugobjekt aufgetaucht.

Robert räusperte sich in seinem Versteck. Die Chims, die sich ohne ihre Kleider ziemlich unwohl fühlten, waren überrascht. »Ihr Burschen solltet alles, aber auch alles ablegen, einschließlich eurer Mikros, oder ich gehe fort und lasse euch allein!«

»Unser Striptease ist komplett«, schnaufte Benjamin. Dann, mit einer Kopfbewegung in Richtung Tal setzte er hinzu. »Harry und Frank haben sich geweigert, unserem Beispiel zu folgen. Ich habe ihnen gesagt, sie sollen den anderen Hang hinaufklettern und sich von uns fernhalten.«

Robert nickte und schaute mit seinen Gefährten zu, wie das Gasboot mit seiner Aktivität begann. Auch die anderen hatten dieses Phänomen mitbekommen, er aber hatte bisher kaum die Möglichkeit gehabt, genauer hinzuschauen. Also ergriff Robert jetzt die Gelegenheit, das Ding näher in Augenschein zu nehmen.

Das Objekt war etwa 50 Meter lang, tropfenförmig, mit langsam rotierenden Scannern am zugespitzten Schwanzende. Das

Gasboot kreuzte das Tal von rechts nach links, während seine Triebwerke das Laub bewegten wie ein Sturmwind.

Es war, als würde das Ding *herumschnüffeln,* während es im Zickzack durch den Canyon fegte, um dann plötzlich hinter einer Biegung in den Hügeln zu verschwinden.

Der Heulton verebbte, aber nicht für lange. Dann wurde er wieder lauter, und kurz darauf tauchte das Flugobjekt wieder auf. Diesmal aber zog es eine dunkle Wolke hinter sich her, eine wirbelnde Rauchwolke, die bestialischen Gestank verbreitete. Das Gasboot zog durch das schmale, enge Tal und bedeckte genau jene Stelle mit dicken, öligen Rauchschwaden, wo die Chims ihre Sachen abgelegt hatten.

»Ich hätte schwören können, dass sie diesen Krempel nicht entdecken«, murmelte einer der nackten Chims.

»Wir müssen ganz ohne Elektronik auskommen«, setzte ein anderer sauer hinzu, während er das Flugobjekt mit den Blicken verfolgte, bis es wieder außer Sicht war. Die Talsohle aber war bereits verdunkelt.

Benjamin schaute Robert an, und beide wussten, dass es noch nicht zu Ende war.

Der Heulton kam wieder, als das Gubru-Schiff wieder ihren Weg kreuzte, diesmal in größerer Höhe. Seine Scanner tasteten die Hügel auf beiden Seiten ab.

Die Maschine hielt genau ihnen gegenüber an. Die Chims erschauerten, als würden sie einem großen Tiger Auge in Auge gegenüberstehen. Das Tableau war für einen Moment erstarrt. Dann begann sich der Bomber im rechten Winkel zu seinem früheren Kurs zu bewegen.

Und zwar von ihnen *weg.*

Innerhalb weniger Augenblicke war der gegenüberliegende Hügel in schwarzen Nebel gehüllt. Von der anderen Seite war Keuchen und Husten zu hören – und das Schimpfen und Fluchen der Chims, die den anderen Hügel erklommen hatten und die Vorstellung der Gubru über ein besseres Leben durch Chemie verwünschten.

Der Roboter begann zu kreisen und schraubte sich hoch. Es war aber zu erwarten, dass ihn sein Suchmuster umgehend dorthin führen würde, wo sich die Erdlinge diesseits verbargen.

»Hat jemand was zu verzollen?«, fragte Robert trocken.

Benjamin wandte sich an einen der jüngeren Chims, schnippte mit dem Finger und hielt die Hand auf. Der junge Chim aber schaute ihn schuldbewusst an und öffnete die Faust. Metall glänzte auf.

Benjamin nahm die Kette mit dem Medaillon, stand auf und warf es weg. Das kleine Schmuckstück funkelte, dann kullerte es über den Abhang und ward nicht mehr gesehen.

»Das hätte nicht sein müssen«, sagte Robert. »Wir müssen experimentieren, verschiedene Gegenstände an verschiedenen Orten auslegen und dann sehen, welche Stellen bombardiert werden …« Was er sagte, galt der Moral und der Zuversicht – für *seine* Moral ebenso wie für die ihre. »Ich nehme an, dass es sich um etwas ganz Einfaches handelt, um ein ganz gewöhnliches, alltägliches Ding, das auf irgendwelchen Wegen nach Garth gebracht wurde, ein sicheres Zeichen für die Anwesenheit von Erdlingen.«

Benjamin und Robert schauten sich lange an, und dieser Blickkontakt bedurfte keiner weiteren Worte. *Vernunft und Rationalisierung.* Die nächsten zehn Sekunden würden darüber entscheiden, ob Robert richtiglag oder ob er sich gründlich geirrt hatte.

Es könnte sein, dass sie uns aufspüren, dachte Robert. *Ifni. Was, wenn sie in der Lage sind, ihre Scanner auf die menschliche DNS abzustimmen?*

Der Roboter kreuzte immer noch über ihnen. Sie legten die Hände auf die Ohren und blinzelten, während die Repulsionsfelder an ihren Nerven zerrten. Robert spürte eine Welle von

Déjà vu, als hätten er und die anderen solches und Ähnliches in früheren Leben oft und wiederholt erlebt. Drei der Chims vergruben den Kopf in den Armen und wimmerten leise.

Hatte die Maschine ausgesetzt? Robert spürte plötzlich, dass dies der Fall war, dass das Flugobjekt drauf und dran war …

Dann war es auch schon vorbeigerauscht, schüttelte die Baumwipfel zehn Meter weiter … dann zwanzig … vierzig Meter weiter. Dann zog das Flugboot immer weitere Kreise, und das Geheul seiner Triebwerke wurde immer leiser, je weiter sich das Gasboot entfernte. Die Maschine gewann an Höhe und schien nach weiteren Zielen zu suchen.

Roberts und Benjamins Blicke trafen sich wieder, sie blinzelten einander zu.

Der Chim schnaufte. Wahrscheinlich glaubte er, dass Robert nicht so rechthaberisch sein sollte. Denn schließlich gehörte doch alles, was er tat und befahl, in den Wirkungskreis eines Patrons.

Auch der *Stil* zählte. Und Benjamin wusste genau, dass Robert einen würdevolleren Weg hätte wählen können, um sein Ziel zu erreichen.

Robert wollte eine andere Route einschlagen, um wieder heimzukommen, wobei jeder Kontakt mit dem frischen, immer noch aktiven Gas vermieden werden sollte. Die Chims hatten eine Weile stramm zu tun, um ihre Siebensachen zusammenzuklauben und das rußige schwarze Pulver zu entfernen. Dann packten sie ihr Zeug, zogen aber ihre Kleider nicht wieder an.

Es war nicht der fremde Gestank allein, der sie störte. Zum ersten Mal waren auch die sonst so vertrauten Dinge suspekt geworden. Werkzeuge, Geräte und Kleidung, all diese Symbole einer höheren Zivilisation waren zu Verrätern geworden, denen man nicht trauen konnte.

Also wanderten sie nackt heimwärts.

Es dauerte noch eine Weile, bis das Leben in das kleine Tal zurückkehrte. Die nervösen Geschöpfe von Garth waren zwar durch diesen seltsamen, fremdartigen Nebel nie geschädigt worden, der sich von Zeit zu Zeit aus einem grollenden Himmel herabsenkte. Doch sie mochten ihn ebenso wenig wie diese lauten, zweibeinigen Wesen.

Nervös und verschreckt kehrten die einheimischen Tiere nach und nach zu ihren Futterplätzen oder zu ihren Jagdgründen zurück.

Vor allem die Überlebenden des Bururaller-Terrors waren besonders vorsichtig. Am nördlichen Ende des Tales hielten die Tiere an, lauschten und sicherten, schnüffelten und sogen argwöhnisch die Luft ein.

Viele von ihnen kehrten gleich wieder um, während andere in das Gebiet vordrangen. Dennoch – solange das Gas nicht verflogen war, würde es keine Rückkehr geben.

Eine dunkle Gestalt bewegte sich über den felsigen Abhang abwärts und bahnte sich ihren Weg zwischen den Steinbrocken, dort wo die Rußschicht am dicksten war. Sie kletterte über Fels und Stein im Zwielicht und versuchte nicht, sich zu verbergen oder im Schatten Schutz zu suchen, weil ihr hier nichts, aber auch gar nichts zustoßen konnte. Dann legte sie eine kurze Pause ein, hielt an und schaute sich um, als würde sie etwas Bestimmtes suchen.

Da lag etwas am Boden, glitzerte im Schein der späten Nachmittagssonne. Das Wesen beschnüffelte das glitzernde Ding – eine dünne Kette mit einem Anhänger –, das zwischen den Felsbrocken verborgen lag, und hob es auf.

Eine Weile saß dieses Wesen da, betrachtete seinen Fund nachdenklich, wobei es leise seufzte – dann ließ es das glitzernde Ding fallen und an jener Stelle liegen, wo es gelegen hatte.

Als die Luft wieder rein war, kamen die Bewohner des Waldes allmählich zurück und suchten nach verborgenen Stellen und

Orten, wo sie sich verstecken konnten. In wenigen Minuten war alles vergessen, und der Alltag nahm wieder seinen Lauf.

Die Erinnerung war sowieso eine unnötige, nutzlose Belastung. Und die Tiere hatten Wichtigeres zu tun, als darüber nachzudenken, was während der letzten Stunde passiert war. Die Nacht sank herab, und dies *allein* war wichtig. Jagen und gejagt werden, fressen und gefressen werden, leben und sterben.

Fiben 36

»Wir müssen sie schlagen, wir müssen ihnen auf den Pelz rücken, aber so, dass sie nicht wissen, woher der Angriff kommt.«

Gailet Jones saß im Schneidersitz auf dem Teppich mit dem Rücken zu den glühenden Kohlen im Herd, gegenüber dem ad hoc Widerstandskomitee und hielt einen Finger hoch.

»Die Menschen auf Cilmar und auf den anderen Inseln sind gegen Repressalien absolut hilflos. Ebenso auch all die Chims, die hier in der Stadt wohnen. Also müssen wir sehr vorsichtig vorgehen und alles genau überlegen, bevor wir zuschlagen. Denn wenn die Gubru merken, dass sie es mit einem organisierten Widerstand zu tun haben – ich weiß nicht, was dann alles passiert.«

Fiben saß im Schatten am anderen Ende des Raums und schaute aufmerksam zu, während einer der neuen Zellen-Führer, ein Professor vom College, die Hand hob. »Aber wieso können sie die Geiseln unter dem Kriegsrecht bedrohen? Es gibt doch schließlich einen Galaktischen Codex. Ich habe doch irgendwo gelesen, dass …«

Einer der älteren Chims unterbrach ihn. »Dr. Wald, wir können uns nicht auf den Galaktischen Codex verlassen. Wir wissen kaum Bescheid und haben keine Zeit, uns eingehend mit der Materie zu befassen.«

»Wir könnten immerhin hineinschauen«, schlug der ältere Chim unsicher vor. »Die Stadtbibliothek ist geöffnet.«

»O ja«, grunzte Gailet. »Ich kann mir sehr gut vorstellen, dass sie uns Tür und Tor öffnen werden, um irgendwelchen Fragen über Kriegsführung und Widerstand nachzugehen – jetzt, wo ein Gubru-Bibliothekar drin sitzt.«

»Nun, vielleicht …«

Die Diskussion dauerte schon eine ganze Weile. Fiben aber hustete in die vorgehaltene Hand, und alle schauten auf. Es war das erste Mal, dass er sich zu Wort meldete.

»Es geht um die Mauser«, sagte er ruhig. »Selbst wenn wir wüssten, dass die Geiseln in Sicherheit sind. Außerdem hat Gailet in einem weiteren Punkt recht.«

Sie warf ihm einen kurzen Blick zu, halb argwöhnisch, halb ärgerlich, weil er ihr beistehen wollte. *Sie ist ein kluges Mädchen,* dachte er. *Aber wir werden bald Ärger kriegen, sie und ich.*

Also fuhr er fort: »Wir müssen unseren ersten Streich so führen, dass er harmloser aussieht, als er ist. Im Augenblick sind die Invasoren entspannt, arglos und haben nichts von uns zu befürchten. Das ist ein Zustand, eine Gelegenheit, die einmalig ist. Wir brauchen uns also keine Gedanken zu machen und können alles in Ruhe vorbereiten, bis der Widerstand organisiert ist.«

»Das heißt, wir halten die Dinge auf Sparflamme, bis wir wieder etwas vom General hören.«

Er lächelte Gailet an und lehnte sich an die Wand. Sie aber schaute ihn böse an und sagte kein Wort. Sie waren, was die Organisation des Widerstandes in Port Helenia betraf, vor allem unter dem Kommando einer jungen Alien, verschiedener Meinung – und daran hatte sich nichts geändert.

Aber sie brauchte ihn, zumindest vorerst und für eine Weile. Fibens Stunt in der Affentraube hatte Dutzende neuer Rekruten aus den Wäldern hervorgelockt und sie elektrisiert – hatte einen Teil der Kommune aufgescheucht, die zunächst auf die Propaganda der Gubru hereingefallen waren.

»Also gut«, sagte Gailet. »Fangen wir einfach an. Vielleicht mit einer Kleinigkeit, die du deinem General berichten kannst.« Ihre Blicke trafen sich. Fiben aber hielt ihrem Blick stand, während sich auch andere Stimmen erhoben.

»Was, wenn wir vielleicht …«

»Was, wenn wir auffliegen …«

»Vielleicht ein Generalstreik …«

Fiben hörte all den Vorschlägen zu – all den Vorschlägen und Plänen, wie man eine uralte, verschlagene, erfahrene, mit allen Wassern gewaschene galaktische Spezies zum Narren halten könnte. Und er glaubte zu wissen, was Gailet dachte, was sie denken *musste* nach diesem nerventötenden Trip nach Port Helenia.

Sind wir wirklich vernünftige Wesen, auch ohne unsere Patrone? Können wir Kräfte und Mächte herausfordern, können wir es wagen, eine Großmacht zu bekämpfen, die wir kaum begreifen können?

Fiben nickte im Einverständnis mit Gailet Jones. *Richtig. Wir müssen es auf die simple Tour versuchen.*

Galaktiker 37

Die ganze Sache kam recht teuer und ging ins Geld – doch dies war nicht das Einzige, was den Suzerain von Kosten und Vorsicht störte. All die neuen Antiweltraum-Festungen, der ständige Einsatz des Gases an jeder Stelle, an jedem Ort, wo Erdlinge vermutet wurden – das waren Dinge, auf denen der Suzerain von Balken und Klaue bestand. Und jetzt, in der Anfangsperiode der Besetzung, war es nicht gut möglich, dem Militärbefehlshaber etwas zu versagen, was er für unbedingt nötig hielt.

Doch das Rechnungswesen war nicht die einzige Aufgabe des KV-Suzerains. Seine weitere Aufgabe bestand darin, die Spezies der Gubru vor Rückschlägen und Irrtümern zu bewahren und Schaden von ihr zu wenden.

Das war ein weiterer Grund für die Gewaltenteilung bei den Gubru. Denn da war der aggressive Geist der Klauen-Soldaten, die stets bestrebt waren, jede Möglichkeit für die Roost zu nutzen und sich als Elitetruppe zu beweisen. Da war der Priester und Lehrer, der Suzerain der Guten Sitten, der mit Argusaugen darüber wachte, dass stets *Der Richtige Weg* befolgt wurde. Und da war der KV-Suzerain, der dafür Sorge tragen musste, dass alles im Rahmen blieb: ein ewiger Mahner, der verhüten musste, dass sich keiner auch nur einen Schritt zu weit vorwagte und gewisse Grenzen überschritt.

Der KV-Suzerain ging in seinem Büro ruhelos auf und ab. Hinter den Gärten, die das Gebäude umgaben, lag die kleine Stadt, welche die Menschen Port Helenia nannten. Im ganzen Haus huschten Gubrus und Kwackoos geschäftig hin und her, studierten Akten, rechneten und arbeiteten Pläne aus.

Schon bald würde ein neues Konklave mit den übrigen Suzerains stattfinden. Und der KV-Suzerain wusste, dass dabei weitere Anträge gestellt werden würden. So würde der BK fragen, warum man einen Großteil der Kampfflotte abberufen hatte. Und es galt zu beweisen, dass die Gubru-Nestmeister die großen Schlachtschiffe woanders brauchten, jetzt wo Garth einigermaßen sicher war.

GS würde wahrscheinlich wieder bemängeln, dass die Planetare Bibliothek dieser Welt höchst unzureichend sei und wahrscheinlich beschädigt wurde, anscheinend durch die irdische Regierung, die geflohen war. Oder ob sie vielleicht durch den flüchtigen tymbrimischen Trickmeister Uthacalting sabotiert wurde. Wahrscheinlich würde man den Antrag stellen, eine neue Zweigstelle einzurichten, was horrende Kosten verursachen würde.

Der KV-Suzerain plusterte sein Gefieder auf. Diesmal war er von Hoffnung erfüllt, von Hoffnung und Zuversicht. Er hatte die anderen beiden einfach laufen lassen, zumindest für eine Weile, weil alles friedlich verlief und alles unter Kontrolle war.

Die beiden anderen waren jünger, hatten weniger Erfahrung – ausgezeichnet zwar, aber etwas vorschnell und unüberlegt. Also musste man ihnen zeigen, wo es langging – höchste Zeit ihnen beizubringen, wie sie zu verfahren hatten, damit eine vernünftige Politik erzielt werden konnte. Diese Debatte war von entscheidender Bedeutung – das wusste der KV-Suzerain nur zu genau.

Der Suzerain putzte sich den Schnabel und schaute in den friedlichen Nachmittag hinaus. Da lagen liebliche Gärten mit freundlichen offenen Rasenflächen und mit Bäumen, die aus Dutzenden von Welten importiert worden waren. Der frühere Besitzer war nicht mehr da, doch seine Spuren waren noch überall zu finden.

Wie schade, dass es nur so wenige Gubru gab, welche die Ästhetik anderer Spezies verstanden oder sich überhaupt darum kümmerten. Auf Anglic wurde dies als *Empathie* bezeichnet. Allerdings hatten einige Sophonten die Sache übertrieben. Die Thennaniner und die Tymbrimer zum Beispiel, jeder nach seiner Art, hatten sich zu Absurditäten hinreißen lassen und die Klarheit ihrer Einmaligkeit ruiniert. Dennoch gab es auch einige unter den Roost Masters, die glaubten, dass eine kleine Anerkennung dieses Andersseins sich in den nächsten Jahren als nützlich erweisen könnte.

Mehr als nur nützlich – und Vorsicht war die Mutter der Porzellankiste.

Der Suzerain hatte seine Pläne gemacht. Die klugen Schemata seiner Peers würden sich unter seiner Führung vereinen, und die Konturen einer neuen Politik begannen sich bereits abzuzeichnen.

Das Leben war eine ernste Sache, dachte der KV-Suzerain, gelegentlich aber sogar äußerst angenehm!

Und so summte er eine Weile zufrieden vor sich hin.

Fiben 38

»Alles fertig.«

Der hochgewachsene Chim wischte sich die Hände an seinem Overall ab. Max trug lange Ärmel, um sein Fell vor Schmierfett zu schützen, doch der Schneider hatte sich anscheinend verrechnet. Er stellte seinen Werkzeugkasten beiseite, setzte sich zu Fiben und malte mit einem Stab eine rohe Skizze in den Sand.

»Hier an dieser Stelle treten die Stadtgasleitungen in das Botschaftsgelände ein, und hier gehen sie unter der Kanzlei hindurch. Mein Partner und ich haben unter diesen Verkleidungen eine Spleiße angelegt. Wenn Dr. Jones das Kommando gibt, werden wir 50 Kilogramm D-17 hineingießen. Das dürfte reichen.«

Fiben nickte, während der andere Chim die Zeichnung wegwischte. »Hört sich prima an, Max.«

Es *war* ein guter Plan, einfach, und was noch wichtiger war, kaum zu orten, ob die Sache nun erfolgreich verlaufen würde oder nicht. Und schließlich war dies das Wichtigste.

Er fragte sich, wie wohl Athaclena über diesen Plan denken würde. Wie die meisten Chims war auch Fiben mit der Zeit dahintergekommen, dass die Persönlichkeit der Tymbrimer doch sehr von alten Videofilmen und Synchrontexten geprägt, aber auch durch die Sprüche des Botschafters geprägt war. Es schien, als würden die größten Alliierten der Erdlinge Spaß an der Freude haben, ebenso auch an Ironie mit tieferer Bedeutung.

Hoffentlich, dachte Fiben. *Denn sie müssen schon eine Menge Humor aufbringen, wenn sie erfahren, was wir mit der tymbrimischen Botschaft anstellen wollen.*

Ihm kam es unheimlich vor, hier im Freien zu sitzen, keine

hundert Meter vom Botschaftsgelände entfernt, wo sich die Hügel des Sea Bluff Park über das Meer von Cilmar erhoben. In alten Filmen saßen die Hauptdarsteller ebenso herum, im Licht der untergehenden Sonne, weil sie schwer an ihrer Mission zu tragen hatten und ein entsprechend düsteres Gesicht machten. Auch wurden sie erst bei Einbruch der Dunkelheit tätig.

Doch das lag weit zurück, in dunklen Zeiten, vor den Zeiten der Hightech-Infrarot-Aufklärer. Irgendwelche Aktivitäten nach Einbruch der Dunkelheit würden nur die Aufmerksamkeit der Invasoren wecken. Also gingen die Saboteure bei Tageslicht zu Werke und schützten vor, den Park zu pflegen, um ihre Aufgabe durchführen zu können.

Max holte ein Sandwich aus der Tasche seines Overalls, biss hinein und verschlang große Stücke, während sie warteten. Der große Chim, der mit gekreuzten Beinen dasaß, machte nicht weniger Eindruck als in jener Nacht in der Affentraube. Angesichts der breiten ausladenden Schultern und der scharfen Eckzähne konnte man meinen, dass er zum genetischen Ausschuss gehörte. In Wirklichkeit aber scherte sich die Entwicklungsbehörde wenig um kosmetische Feinheiten. Denn ihr war die ruhige, gelassene, fast phlegmatische Natur eines solchen Geschöpfes bedeutend wichtiger. Ihm wurde bereits einmal eine Vaterschaft beschert, und ein weiteres Weibchen aus seiner Gruppe war bereits von ihm schwanger.

Max war ein Angestellter von Gailets Familie seit der Zeit, als sie noch ein kleines Mädchen war, und hatte sie umsorgt, als sie ihre Ausbildung auf der Erde beendet und auf ihren Heimatplaneten zurückgekehrt war. Und dass er sie zutiefst schätzte und verehrte, war klar wie der lichte Tag.

Einige weitere Chims mit gelber Karte wie Max gehörten ebenfalls zur Stadtguerilla. Und Fiben war nicht wohl in seiner Haut, weil Gailet darauf bestanden hatte, nur Chims mit blauer oder grüner Karte zu verpflichten. Dennoch wusste er, warum sie das wollte. Denn da sie wusste, dass einige Chims mit dem Feind kollaborierten, lag es nahe, ihr Zellennetz mit Hilfe derjenigen auszubauen, die unter der Herrschaft der Gubru am meisten zu verlieren hatten.

Trotzdem – die Diskriminierung wollte Fiben nicht schmecken.

»Nu, geht's besser?«

»Hmmm?« Fiben schaute auf.

»Deine Muskeln«, gestikulierte Max. »Wieder eingerenkt?«

Fiben musste lächeln. Max hatte sich schon tausendmal entschuldigt, weil er damals nicht eingegriffen hatte, als ihn die Probanden in die Zange nahmen, damals in der Affentraube, und dass er ihn nachher auf Gailets Befehl niedergeschlagen hatte. Weder er noch Gailet wussten damals, was sie mit Fiben anfangen sollten – und sicher war sicher.

»Ja, viel besser. Nur da und dort noch ein kleiner Schmerz. Vielen Dank.«

»Mmm. Prima.« Max nickte zufrieden. Fiben aber notierte bei sich, dass *Gailet* noch nie ein Wort darüber verloren oder sich dafür entschuldigt hatte, was er damals durchmachen musste.

Fiben zog einen weiteren Bolzen an dem Rasenmäher fest, den er gerade reparierte. Das war nur Tarnung für den Fall, wenn zufällig eine Gubru-Streife vorbeikommen sollte. Doch bisher hatten sie noch Glück gehabt. Die meisten Invasoren schienen sich auf der Südseite der Aspinal Bay aufzuhalten und eins ihrer mysteriösen Bauprojekte zu überwachen.

Er holte ein Fernrohr aus seinem Gürtel und beobachtete das Botschaftsgebäude. Das ganze Areal war von einem Kunststoffzaun umgeben, von einem glitzernden Draht gekrönt, der in Abständen von kleinen rotierenden Wachbojen durchsetzt war. Die kleinen Drehscheiben sahen zwar sehr dekorativ aus, aber Fiben wusste es besser. Denn diese Schutzgeräte machten einen direkten Angriff durch irreguläre Truppen so gut wie unmöglich.

Auf diesem Gelände standen fünf Gebäude. Das größte, die

Kanzlei oder das Verwaltungsgebäude, war mit einem kompletten Satz moderner Antennen für Rundfunk-, Psi- und Quantenwellen bestückt – ein guter Grund, warum die Gubru sofort eingezogen waren, nachdem die früheren Besitzer das Gelände fluchtartig geräumt hatten.

Vor der Invasion war die Belegschaft der Botschaft hauptsächlich aus Menschen und Chims zusammengesetzt gewesen. Der einzige Tymbrimer, der für diesen winzigen Außenposten bestimmt war, war der Botschafter selbst neben seinem Piloten und Adjutanten und seiner Tochter.

Die Invasoren waren diesem Beispiel gefolgt. Es wimmelte nur so von Avianern. Nur ein einziges kleines Gebäude, das auf einem Hügel genau Fiben gegenüberstand und auf das Meer hinausblickte – nur dort war nichts von dem eifrigen, rastlosen Kommen und Gehen der Gubrus und der Kwackoo zu merken. Dieses pyramidenförmige fensterlose Gebäude wirkte eher wie ein Steinhaufen als wie ein Haus, und keiner der Fremden wagte, sich diesem Bau auf mehr als hundert Meter zu nähern.

Fiben aber musste an etwas denken, das ihm der General erzählt hatte, bevor er die Berge verließ.

»Solltest du je eine Gelegenheit finden, Fiben, versuche das diplomatische Geheimarchiv der Botschaft zu durchforsten. Wenn die Gubru, aus welchen Gründen auch immer, die Finger von den Akten gelassen haben, müsste dort eine Botschaft meines Vaters zu finden sein.«

In diesem Augenblick hatte sich Athaclenas Fell gesträubt.

»Sollten aber die Gubru ins Geheimarchiv eingedrungen sein, muss ich es wissen. Das sind Informationen, die für uns nützlich sind.«

Es war unwahrscheinlich, dass sie eine Chance hatten, all das durchzuführen, was sie verlangte, ob nun die Fremden die Gesetze respektierten oder nicht. Der General musste sich mit einem visuellen Bericht aus der Ferne begnügen.

»Was siehst du?«, fragte Max und kaute ruhig an seinem Sandwich herum, als wäre ein Guerillakrieg eine alltägliche Sache.

»Einen Moment noch.« Fiben stellte das Glas schärfer ein und wünschte, er hätte ein besseres Instrument. Soweit er feststellen konnte, war der Steinhaufen auf der Hügelkuppe unberührt. Ein kleines blaues Licht blinkte vom Dach des kleinen Bauwerks. Hatten es vielleicht die Gubru aufgesteckt?, fragte er sich.

»Ich bin nicht sicher«, sagte er. »Aber ich denke …«

Das Rufgerät an seinem Gürtel piepte – ein weiteres Stückchen normalen Lebens, das aufhören würde, sobald der Kampf begann. Das kommerzielle Netz funktionierte immer noch, obwohl es natürlich von Gubru-Sprachcomputern überwacht wurde.

Er griff nach dem Telefon. »Bist du es, Liebling? Ich kriege langsam Hunger. Ich hoffe, du hast mein Mittagessen mitgebracht.«

Kleine Pause. Und dann, als Gailet Jones sprach, klang ihre Stimme ziemlich scharf. »Ja, *Liebling.*« Sie bediente sich zwar ihrer Geheimsprache, doch offensichtlich hatte sie wenig Spaß daran. »Peles Hochzeitsgesellschaft hat heute frei. Ich habe sie eingeladen, an unserem Picknick teilzunehmen.«

Fiben ritt der Teufel, und er konnte es sich nicht verkneifen, ein bisschen nachzubohren. »Das ist wunderbar, Liebling. Vielleicht werden wir beide Zeit finden, um uns in die Büsche zu schlagen – du weißt, was ich meine … ook, ook.«

Und bevor sie überhaupt noch Luft holen konnte, setzte er hinzu: »Bis bald, Schnuckelchen.«

Er steckte das Telefon wieder ein. Max aber starrte ihn unverwandt an, während er auf beiden Backen kaute. Fiben zog eine Augenbraue hoch, Max aber zuckte die Achseln, als wollte er sagen: »Das geht mich gar nichts an, ist nicht mein Bier.«

»Ich will mich lieber auf die Socken machen und aufpassen, dass Dwayne nichts passiert«, meinte Max. Er rappelte sich hoch und klopfte den Sand von seinem Overall. »Kopf hoch, Fiben!«

»Bis dann, Max. Halt die Ohren steif!«

Der große Chim nickte ihm zu und stieg den Hügel hinab, schlenderte dahin, als wäre nichts geschehen.

Fiben klappte die Motorhaube zu und startete den Mäher. Der Motor pfiff und schnurrte wie eine Nähmaschine. Fiben schwang sich auf den Sitz und fuhr vorsichtig den Abhang hinab.

Für einen Werktag-Nachmittag war der Park sehr gut besucht. Dies war ein Teil des Plans, um die Vögel an die Chims zu gewöhnen, die sich anders benahmen als sonst und den Park ziemlich oft besuchten.

Auch dies war Athaclenas Idee gewesen. Fiben wusste nicht genau, ob ihm die Sache schmecken sollte – aber es war nun einmal der Vorschlag einer Tymbrimerin, dem Gailet begeistert zugestimmt hatte. Das Gambit eines Anthropologen, dachte Fiben und schnaufte verächtlich.

Er lenkte sein Fahrzeug zu den Weiden, die am Ufer eines Baches unweit vom Botschaftsgelände standen, dicht neben dem Zaun, in unmittelbarer Nähe der kleinen Wachposten, die überall herumschwirrten. Dort stellte er den Motor ab und stieg aus. Er schlenderte am Ufer entlang, dann aber beschleunigte er seine Schritte, weil er einen Baum entdeckt hatte, der ihm zusagte. Er kletterte den Stamm hoch und schwang sich auf einen Ast, auf eine Art Hochsitz, von wo aus er das ganze Gelände überblicken konnte. Dann holte er einen Beutel Erdnüsse hervor und begann eine Nuss nach der anderen zu knacken.

Die nächste Wächtermaschine hielt für einen Moment an. Wahrscheinlich hatte sie ihn mit Röntgenstrahlen oder über Radar geortet. Freilich gab es nichts weiter festzustellen, als dass das Objekt unbewaffnet und harmlos war. Doch die Suche war nicht von ungefähr. Denn seit vergangener Woche war an dieser Stelle immer wieder ein Chim aufgetaucht, der hier im Schatten der Bäume Mittagspause machte und seine Brote verzehrte.

Fiben aber musste an jenen Abend in der Affentraube denken. Vielleicht wussten Athaclena und Gailet wirklich, was sie wollten. Wenn die Vögel vorhatten, uns zu konditionieren – warum sollten wir dann den Spieß nicht umkehren?

Und wieder ging sein Telefon.

»Ja?«

»Ach, ich glaube, dass es Donal nicht sehr gut geht. Wahrscheinlich wird er an unserem Picknick nicht teilnehmen können.«

»Wie schade!«, sagte er und steckte den Apparat wieder weg. Dann knackte er noch eine Erdnuss. Das D-17 wurde in die Zuleitungsrohre eingespeist, welche Wasserstoff zur Botschaft lieferten. Es würde noch einige Minuten dauern, bis sich die Wirkung zeigte.

Es war eine simple Idee, obwohl er so seine Bedenken hatte. Der Sabotageakt sollte nach einem Unfall aussehen und musste zu einem Zeitpunkt erfolgen, wenn Gailets unbewaffnetes Kontingent bereits Stellung bezogen hatte. Man hatte nicht an Zerstörung gedacht – eher wollte man herausfinden, wie die Besatzer bei einem Überfall reagierten. Denn sowohl Gailet als auch Athaclena wollten etwas über das Alarmsystem und über den Noteinsatz der Gubru erfahren.

Also musste jetzt Fiben Auge und Ohr des Generals sein.

Drüben auf dem Gelände sah er Aviane kommen und gehen, die das Gebäude betraten oder verließen. Das kleine blaue Licht, die Kugel über dem Hügel, blinkte noch immer, hob sich von den hellen Wolken ab, die über der See standen. Gubru-Boote summten in der Luft und ließen sich langsam auf dem weiten Rasen vor der Botschaft nieder. Fiben schaute gespannt zu und wartete darauf, was passieren würde, wenn die Sache endlich stieg.

D-17 war ein gewaltiges Korrosionsmittel, wenn es längere Zeit mit dem Stadtgas in Berührung blieb. Es würde sich schon bald durch die Rohre fressen. Und dann, wenn es der Luft ausgesetzt war, würde es noch eine weitere unangenehme Wirkung hervorrufen.

Es würde zum Himmel stinken!

Fiben musste nicht lange warten. Er lächelte, als die ersten Wolken aus dem Gebäude aufstiegen. Innerhalb weniger Momente gab es eine Explosion, welche Türen und Fenster aus dem Rahmen riss, während die Galaktiker wie aufgescheuchte Vögel aus dem Gebäude flatterten und vor lauter Panik und Ekel zirpten und kreischten. Fiben wusste nicht, wer sie alle waren und kümmerte sich auch nicht darum, weil er so viel lachen musste.

Dieser Teil des Scherzes war nun seine Idee gewesen. Und wieder knackte er eine Erdnuss und steckte sie in den Mund. Dies war ja besser als Baseball!

Die Gubru liefen in alle Himmelsrichtungen davon, sprangen von den Balkonen, selbst ohne Antigrav-Ausrüstung. Einige humpelten auf verstauchten Beinen davon.

So weit, so gut. Der Feind hatte so gut wie nichts zu befürchten, und so schlimm war es auch wieder nicht. Wichtig war nur zu wissen, was die Gubru in einem Notfall tun würden.

Die Sirenen heulten auf. Fiben schaute kurz auf seine Uhr. Es waren genau zwei Minuten vergangen. Das hieß, dass der Alarm von Hand ausgelöst wurde. Also waren die allmächtigen galaktischen Computer doch nicht allwissend. Zumindest waren sie nicht darauf programmiert, auf einen Gestank zu reagieren.

Die Wachbojen stiegen von den Zäunen auf, jaulten und wirbelten hastiger als zuvor. Fiben putzte sich die Erdnussschalen vom Schoß und setzte sich gemächlich auf, während er die todbringenden Wächter beobachtete. Sollten sie so programmiert sein, dass sie den Verteidigungsgürtel automatisch erweiterten, in welchem Notfall auch immer, konnte es für ihn gefährlich werden.

Doch die Wächter drehten sich weiter im Kreis, und ihr Tanz wurde immer hektischer. Es dauerte aber noch weitere drei Minuten, bis ein weiterer Alarm ertönte und endlich Kampfeinheiten auftauchten, kleine Luftfahrzeuge, die wie schlanke Pfeile aussahen und tief über das jetzt leere Gebäude hinwegflogen. Die Gubru aber, die auf dem Rasen hockten, hatten Besseres zu tun, als sich über die Ankunft ihrer kleinen Flotte zu freuen. Sie schnatterten nur aufgeregt, während das Donnern der Motoren die Bäume erschütterte und der Wind in ihre Federn fuhr.

Ein Gubru-Beamter stakte über das Gelände, zirpte und zwitscherte und versuchte, seine Untergebenen zu beruhigen. Fiben aber schaute wieder durch sein Fernglas und beobachtete das Gewimmel, nahm aber vor allem diesen seltsamen Vogel genau unter die Lupe, der hier anscheinend das Sagen hatte. Dieser Gubru kam ihm etwas merkwürdig vor. Sein weißes Federkleid sah heller und lichter aus als das der anderen. Außerdem trug er ein schwarzes Stoffband um den Hals.

Wenige Minuten später sauste ein Versorgungsfahrzeug herbei und schwebte über dem Boden, bis ihm die schnatternde Vogelschar endlich Platz machte, damit das Objekt landen konnte. Als das Gefährt endlich gelandet war, stiegen zwei Invasoren aus, die verzierte Atemmasken trugen. Sie verbeugten sich vor dem diensthabenden Beamten und betraten dann das Gebäude.

Offensichtlich hatte der diensthabende Gubru gemerkt, dass der Gestank, der aus den korrodierten Gasleitungen austrat, keine Gefahr darstellte. Doch all diese Umstände, die damit verbunden waren, machten diesen Schreibtischleuten und Planern mehr zu schaffen als der schlechte Geruch. Sie waren zweifellos irritiert, weil dieser Arbeitstag buchstäblich im Eimer war.

Es vergingen weitere Minuten. Fiben beobachtete die Ankunft eines Konvois von Bodenfahrzeugen, der mit heulenden Sirenen heranbrauste und die aufgeregten Zivilbediensteten erneut in Angst und Schrecken versetzte. Der Senior-Gubru wedelte mit den Armen, bis der Lärm endlich aufhörte. Dann winkte der Aristokrat den Ultraschall-Kampfmaschinen zu, die über ihm schwebten.

Die Kampfmaschinen drehten ab und entfernten sich so schnell, wie sie gekommen waren. Wieder erzitterten die Fensterscheiben, und die Kanzleileute schrien vor Schrecken auf.

»Ein ziemlich schreckhaftes Völkchen, nicht wahr?«, bemerkte

Fiben. Zweifellos waren die Gubru-Soldaten besser abgehärtet und für solche Störungen weniger empfindlich.

Fiben stemmte sich an seinem Ast hoch, stand auf und schaute hinüber zu den anderen Parkflächen. Dort standen die Chims in langen Schlangen am Zaun, und noch mehr strömten aus der Stadt herbei. Sie hielten sich von den Wachen in respektvoller Entfernung, doch sie kamen, rückten immer näher heran und tuschelten aufgeregt miteinander.

Da und dort befanden sich Gailet Jones' Spione unter ihnen und registrierten jede Reaktion der Aliens.

Fiben musste unwillkürlich daran denken, was Athaclena zu ihm gesagt hatte.

»Das Erste, worauf die Gubru stoßen werden, wenn sie in der Bibliothek die Bänder über eure Spezies studieren, wird der sogenannte ›Affenreflex‹ sein, das heißt die Neigung von euch Anthropoiden, aus purer Neugier und Wissensdurst für alles Neue zu schwärmen.

Konservativen Arten kommt diese Neigung von Menschen und Chims seltsam vor – besonders avianen Wesen, die keinen Funken Humor besitzen.«

Sie hatte gelächelt.

»Wir werden sie an diese Verhaltensweise gewöhnen, bis wir sie so weit haben, dass sie wirklich daran glauben, diese seltsamen Klienten der Erdlinge seien tatsächlich so närrisch wie die Lemminge ... Dann werden sie euch nicht mehr fürchten, aber sie sollten ... wie ein Affe zum anderen sprechen.«

Fiben wusste, was sie meinte, dass nämlich Tymbrimer den Menschen und Affen in diesem Charakterzug ähnlich waren. Ihre Zuversicht hatte auch ihn erfüllt – bis er merkte, dass sie die Stirn runzelte und plötzlich schnell und leise vor sich hinsprach, weil sie offensichtlich vergessen hatte, dass er Galactic Sieben verstand.

»Affen ... ein Affe zum anderen ... Sumbaturalli! *Muss ich ständig in Metaphern denken?«*

Fiben war ehrlich überrascht. Zum Glück sollte und durfte er

Athaclena nicht verstehen. Sie musste lediglich wissen, dass sie von ihm verlangen konnte, was sie wollte, und dass er sofort hüpfen würde, wenn sie nur mit dem kleinen Finger schnippte.

Nach einer Weile trafen immer mehr Wartungsleute in Bodenfahrzeugen ein, und diesmal waren auch ein paar Chims dabei, die die Uniform der Städtischen Gaswerke trugen. Als sie die Kanzlei betraten, hatten es sich die Gubru-Beamten bereits auf dem Rasen im Schatten bequem gemacht und zirpten aufgeregt, indem sie sich immer noch über den penetranten Gestank beschwerten.

Fiben konnte es ihnen nicht übelnehmen. Der Wind hatte in seine Richtung gedreht, und er musste selbst angewidert die Nase rümpfen.

Nun gut, das war's dann wohl. Sie werden den ganzen Nachmittag beschäftigt sein. Und vielleicht haben wir auch etwas daraus gelernt. Höchste Zeit, nach Hause zu gehen und die Ergebnisse auszuwerten.

Zunächst wollte er nicht an die Zusammenkunft mit Gailet Jones denken. Sie war zwar eine hübsche und helle Chimmie, aber sie neigte dazu, manchmal offiziell und bierernst zu sein. Und offenbar war sie ihm nicht ganz grün – als wäre er an allem schuld, was sich in der Zwischenzeit ereignet hatte.

Auch gut. Heute Abend werden wir wieder in den Bergen sein und dem General Bericht erstatten. Fiben war zwar in einer Stadt geboren, doch jetzt neigte er dazu, die Vögel im Wald lieber zu mögen als diejenigen, die sich jetzt in der Stadt breitmachten.

Er drehte sich um, legte beide Arme um den Baumstamm und begann sich allmählich abzuseilen. In diesem Augenblick geschah es. Ein großer stumpfer Gegenstand traf ihn in den Rücken, so schwer und so hart, dass ihm die Luft wegblieb.

Fiben versuchte, sich am Baumstamm festzuklammern. Sein Kopf dröhnte, und Tränen schossen ihm in die Augen. Es gelang ihm gerade noch, sich an der rauen Rinde festzuhalten, während die Äste über ihm wogten und die Blätter urplötzlich von einer ungeheuren Druckwelle weggerissen wurden. Dabei rüttelte der Baum, als wollte er ihn abschütteln!

In seinen Ohren krachte es, als die Überdruckwelle vorbeibrauste. Dann wehte nur noch ein Wind, der immer leiser wurde, und auch der Baum hörte allmählich zu schwanken auf. Schließlich, während er sich immer noch an den Stamm klammerte, konnte sich Fiben so weit zusammenreißen, dass er sich umdrehen und umschauen konnte.

Eine gewaltige Rauchsäule schwebte genau über jener Stelle, wo einst die Kanzlei gestanden hatte. Flammen züngelten an rußigen Mauern empor und Rußstreifen zeigten an, welchen Weg das überhitzte Gas nach der Explosion genommen hatte.

Fiben blinzelte.

»Gebratene Hühnchen«, sagte er und schämte sich nicht dieses Vergleichs, der ihm gleich im ersten Augenblick eingefallen war.

Er kletterte wieder auf seinen Ast hinauf, auf den kahlen, nunmehr entblätterten Ast. Es dauerte fast eine Minute, bis die Sirenen wieder aufheulten, und eine weitere Minute verging, bis ein Schwebewagen startete und gegen die heiße Luft ankämpfte, die von der Brandstelle emporstieg.

Fiben hielt Ausschau, um zu sehen, was die Chims am Zaun inzwischen getan hatten. Durch die Rauchschwaden konnte Fiben erkennen, dass die Menge nicht geflohen war, eher hatte sie zugenommen. Aus allen Gebäuden, die in der Nähe lagen, kamen Chims gelaufen und hielten Maulaffen feil. Rufe und Schreie wurden laut, und Fiben schaute in ein Meer von weit aufgerissenen braunen Augen.

Nun grunzte er zufrieden. Das war gut so, das war sogar ausgezeichnet, solange sich keiner verriet.

Und noch etwas stellte er urplötzlich fest, als hätte ihn ein Stromschlag getroffen: Die Wächterscheiben lagen alle am Boden! Überall entlang des Zauns lagen sie wie reife Pflaumen, die vom Baum gefallen waren.

»Zum Teufel auch!«, murmelte er. »Diese dummen Glucken haben auch hier versucht, Geld zu sparen. Diese Verteidigungsmechs waren allesamt ferngesteuert!«

Als das Hauptgebäude in die Luft flog – aus welchen Gründen dies auch immer geschehen war – wurde wahrscheinlich auch die Zentralsteuerung beschädigt. Wenn jemand genug Grips hatte, um einige dieser Bojen aufzuklauben …

Er erblickte Max etwa hundert Meter links, der sich über eine dieser Scheiben hermachte und mit einem Stock auf sie einstach.

Gut, der Mann, dachte Fiben. Er stand auf, lehnte sich an den Baumstamm und streifte die Sandalen von den Füßen. Dann streckte er die Beine und prüfte seinen Stand. *Hier geht es nicht,* dachte er seufzend.

Fiben beugte sich vor, nahm einen Anlauf und lief über den schmalen Ast. Im letzten Augenblick benutzte er die Spitze des Astes wie ein Sprungbrett und schwang sich in die Luft.

Der Zaun lag etwas hinter dem Bach. Fiben streifte den Zaun mit einem Zeh, als er darüber hinwegsegelte, und landete in einer Rolle auf dem Rasen jenseits des Gitters.

»Uff!«, stöhnte er. Zum Glück hatte er sein immer noch lädiertes Fußgelenk nicht verletzt. Doch seine Rippen schmerzten, und als er tief Luft holte, erwischte er auch einen Mundvoll Rauch, der von den Brandstellen aufstieg. Er hustete, holte ein Taschentuch aus seinem Overall, legte es auf die Nase und rannte dann auf die Unglücksstelle zu.

Der einst so schöne Rasen war mit den Leichen von Invasoren bedeckt. Auch Kwackoos lagen herum, vierbeinige Geschöpfe mit verkrampften Füßen, geduckt und zusammengerollt. Fiben konnte gerade noch einen Zusammenstoß mit einem lebendigen Gubru vermeiden. Doch der Vogel schien ihn überhaupt nicht wahrzunehmen und hüpfte schreiend und schnatternd davon.

Die Bürokraten der Invasoren aber waren ganz aus dem Häuschen, rannten kopflos hin und her. Es war das totale Chaos, und ihre Schreie waren nicht zu überhören.

Ein Donnergetöse kündigte die Rückkehr der Soldaten an, der Luftwaffe, die von oben wie ein Pfeil herniederschoss. Fiben versuchte, sein Husten zu unterdrücken, obwohl er für all den Rauch und Staub dankbar war. Keiner von oben konnte ihn orten, und was die Gubru hier unten betraf, waren sie kaum in der Lage, ihn zu bemerken. Fiben hüpfte über angesengte Aviane. Und der Gestank, der ihm in die Nase stieg, war wirklich dazu angetan, ihm den Appetit zu verderben. Er hatte das Gefühl, dass ihm schlecht wurde. Es war nur eine Art von *touch and go,* während er an der brennenden Kanzlei vorbeilief. Das Gebäude war ganz in Flammen gehüllt, und der Pelz an seinem rechten Arm kräuselte sich von der Hitze.

Er stieß auf eine Gruppe von Avianen, die sich in den Schutz des nächsten Gebäudes zurückgezogen hatten. Sie hatten sich um einen Leichnam versammelt, dessen einst so leuchtendes Gefieder jetzt zerzaust und ruiniert war. Als nun Fiben so plötzlich und unerwartet auftauchte, stoben die Gubru auseinander und zirpten wie eine aufgescheuchte Vogelschar.

Bin ich verloren? Rauch, nichts als Rauch, wohin das Auge blickte. Er drehte sich auf dem Absatz um, suchte nach einem Zeichen, das ihm die Richtung wies.

Da! Fiben erblickte durch den dunklen Rauch einen kleinen blauen Lichtschein. Er spurtete wieder los, obwohl es in seinen Lungen wie Feuer brannte. Doch dann atmete er auf, als er den Lärm und die Hitze hinter sich gelassen hatte, während er sich seinen Weg durch die Bäume und das Unterholz des Steilhangs bahnte.

Nun hatte er aber die Entfernung falsch eingeschätzt, stolperte, schlitterte über den Abhang und fand sich dann endlich direkt vor dem Kastell der tymbrimischen Botschaft wieder. Er taumelte und suchte nach einem Halt, um wieder Atem zu schöpfen.

In diesem Moment wurde ihm klar, dass er sich genau an der richtigen Stelle befand und am richtigen Ort gelandet war. Die blaue Kugel auf dem Dach sah nicht besonders vertrauenerweckend aus. Sie zielte direkt auf ihn, pulsierte und hämmerte wie ein klopfendes Herz.

Bisher hatte Fiben ziemlich heftig und fast etwas unüberlegt kurzentschlossen gehandelt. Die Explosion war eine günstige, unvorhersehbare Gelegenheit, die man ausnützen musste.

Na schön. So weit, so gut. Und was jetzt? Bei der blauen Kugel konnte es sich durchaus um ein tymbrimisches Gerät handeln, vielleicht war sie aber auch von den Invasoren angebracht worden.

Hinter ihm heulten Sirenen auf, und die Schwebefahrzeuge kamen in Scharen angeflogen, Rauchwolken zogen über ihn hinweg, aufgewirbelt durch das chaotische Starten und Landen großer Maschinen. Fiben hoffte, dass Gailets Beobachter auf den Dächern dies alles genau registrierten. Soweit er sein eigenes Volk kannte, standen jetzt die meisten irgendwo herum und hielten Maulaffen feil oder hüpften vor lauter Aufregung herum. Dennoch hoffte er, dass sie aus den Ereignissen dieses Nachmittags einiges gelernt hatten.

Er trat einen Schritt vor. Die blaue Kugel pulsierte und war nach wie vor direkt auf ihn gerichtet. Er hob den linken Fuß hoch.

Ein hellblauer Lichtstrahl schoss hervor und schlug genau an der Stelle ein, wo er gerade hatte hintreten wollen.

Fiben machte einen Luftsprung, sprang fast einen Meter hoch. Doch kaum war er wieder unten, schoss der blaue Blitz wieder hervor und verfehlte seinen rechten Fuß nur um wenige Millimeter. Rauch stieg aus den angesengten Zweigen auf und vereinte sich mit den schweren Wolken, die über seinem Kopf vorbeizogen.

Fiben wollte sich schnell zurückziehen, doch diese verdammte Kugel ließ ihn nicht los. Ein blauer Blitz fuhr zischend in den Boden hinter ihm, sodass er beiseitespringen musste. Und sogleich erfolgte der Angriff von der anderen Seite.

Zisch und *zapp!* Hopp, verflucht, und wieder *zapp!*

Der Strahl war viel zu gut gezielt, als dass es sich um einen Zufall handeln konnte. Die Kugel aber wollte ihn anscheinend nicht töten. Andererseits hielt sie ihn gefangen und wollte ihn nicht abhauen lassen. Zwischen den einzelnen Blitzschlägen überlegte Fiben fieberhaft, wie er dieser Falle entkommen konnte … diesem infernalen praktischen Scherz …

Dann schnippte er mit den Fingern, während er wieder einmal von einer heißen Stelle hüpfte. Aber freilich! Dass ihm das nicht früher eingefallen war!

Hier hatten die Gubru die Finger nicht im Spiel, denn die Kugel sah so gar nicht nach einem avianen Gerät aus. Das war genau jene Art Scherzartikel, die Uthacalting so sehr liebte.

Fiben fluchte vor sich hin, während ein neuer Strahl seine Zehen versengte. Diese verdammten Eatees! Selbst die besten unter ihnen waren kaum zu ertragen. Er biss die Zähne zusammen und versuchte einen Schritt vorwärts.

Diesmal fuhr der blaue Blitz in einen Stein und teilte ihn sauber in zwei Hälften, genau an jener Stelle, wo er hatte hintreten wollen. Fiben wollte instinktiv wieder hochspringen, doch er bezwang sich, zog den Fuß nicht zurück und versuchte wie zufällig einen weiteren Schritt zu tun.

Normalerweise hätte man annehmen müssen, dass so ein Abwehrgerät auf lange Strecken programmiert war und erst dann Ernst machte, wenn ihm ein Gegenstand oder ein Lebewesen näher kam. Bei einer solchen Logik war das ganze Gehüpfe sinnlos.

Die blaue Kugel aber drehte sich und schleuderte nach wie vor ihre Blitze. Zwischen den Zehen seines linken Fußes stieg ein kleiner Rauchfaden auf.

Nun hob er den rechten Fuß.

Erst der Warnschuss, dann der Ernstfall. Auf diese Weise würde ein Gerät der Erdlinge funktionieren. Aber wie würden die *Tymbrimer* so was programmieren? Fiben war sich nicht sicher, ob er sich auf solch vage Vermutungen verlassen sollte. Ein Sophont der Klientenklasse konnte nicht gut bei Feuer und Rauch analysieren, und ganz bestimmt nicht dann, wenn auf ihn geschossen wurde!

Es kommt auf einen Versuch an, dachte er. *Also weiter mit Gefühl!* Er setzte den rechten Fuß auf und ergriff einen Zweig mit den Zehen. Der blaue Wächter beobachtete ihn unverwandt, wie ein magisches Auge, schleuderte dann wieder einen blauen Blitz, der diesmal etwa einen Meter vor ihm einschlug. Eine Handvoll Erde wirbelte hoch und flog auf ihn zu, als hätte jemand nach ihm geworfen, und das brennende Gras knisterte vor seinen Füßen.

Fiben schluckte.

Das Ding ist keine Tötungsmaschine! sagte er immer wieder zu sich. *Wozu auch? Die Gubru hätten diese Kugel bereits aus der Ferne vernichten können, und das nicht erst heute.*

Nein. Dieses Ding diente einem anderen Zweck. Es war eine Geste, eine Deklaration der Rechte im Rahmen der Regeln und Gesetze des Galaktischen Protokolls, antik, überholt und umständlich, wie etwa das Protokoll am ehemaligen japanischen Kaiserhof.

Und es war dafür gedacht, die Gubru an der Nase … oder besser: am Schnabel herumzuführen.

Also blieb Fiben stehen und wich nicht vom Fleck. Hinter ihm schüttelten weitere Druckwellen die Bäume, und die Hitze brannte in seinem Genick. All der Lärm, all die Geräusche machten ihm schwer zu schaffen und drückten auf sein Gemüt.

Die Gubru sind mächtige Krieger, ermahnte er sich. *Aber sie sind auch leicht erregbar …*

Der blaue Blitz rückte näher, und Fibens Nüstern flatterten. Ihm blieb nichts weiter übrig, als die Augen fest zuzudrücken.

Wenn ich richtig in der Annahme gehe, so ist auch dies ein verdammter tymbrimischer …

Dann öffnete er die Augen. Der Blitzstrahl hatte diesmal seinen rechten Fuß seitlich anvisiert. Seine Zehen krümmten sich, und er hatte den Wunsch, erneut einen Sprung zu wagen. Fiben wurde mulmig, als der nächste Blitz wie ein Messer niederfuhr und einen Kieselstein dicht neben ihm spaltete und dann weiterwanderte, um …

Um seinen Fuß zu treffen und abzuschneiden!

Fiben fuhr zusammen und konnte nur mit Mühe einen Schrei unterdrücken. Irgendetwas lief schief, irgendetwas war nicht in Ordnung. Sein Kopf dröhnte, während er den Strahl beobachtete, der sich über seinen Fuß legte und dann als schmaler Lichtstreifen auf den Trümmerhaufen fiel, der direkt unter seinen gespreizten Beinen lag.

Er starrte misstrauisch auf seinen Fuß. Er hätte wetten können, dass der Strahl sofort anhalten würde – aber dem war nicht so.

Dennoch … sein Fuß war nicht verletzt.

Der Strahl zündete einen trockenen Zweig an und kletterte dann an seinem linken Fuß hinauf.

Er spürte ein leises Prickeln, und er wusste, dass dies psychosomatischer Natur war. Denn der Strahl, der ihn berührte, war nichts weiter als ein Lichtpunkt auf seiner Wade.

Nur wenige Zentimeter unter seinem Fuß begann es wieder zu brennen.

Während sein Herz immer noch wie wild schlug, schaute Fiben zu der blauen Kugel auf und fluchte vor sich hin, obwohl sein Mund so trocken war, dass er kaum ein Wort herausbrachte.

»Sehr witzig«, flüsterte er.

Da musste doch wahrhaftig irgendein Psi-Sender versteckt sein, denn Fiben hatte das Gefühl, als schwebte ein *Lächeln* im Raum … ein kleines Alienlächeln, das vielleicht besagen sollte, man sollte die ganze Sache nicht so ernst nehmen.

»Sehr schlau, Uthacalting«, dachte Fiben, während er sich hochrappelte und auf schwankenden Beinen in Richtung Steinhaufen wankte. »Wirklich sehr schlau. Und du machst dich auch noch über mich lustig.« Es war schwer zu glauben, dass Athaclena von diesem Clown von einem Vater abstammte, der diesen kleinen Zirkus inszeniert hatte. Gleichzeitig wünschte sich Fiben, ein Mäuschen zu sein, um zu sehen, was vor sich ging, wenn die ersten Gubru die diplomatische Kanzlei durchforsteten.

Die blaue Kugel pulsierte immer noch, aber sie sandte keine Strahlen oder Blitze mehr aus. Fiben näherte sich dem Steinhaufen, rückte ganz dicht ran und schaute darüber hinweg. Dann ging er langsam und vorsichtig am Rand entlang. Auf halbem Weg, dort wo die Klippen über das Meer hinwegschauten, kaum zwanzig Meter weiter war eine Luke. Fiben blinzelte, als er all die Schlösser, Riegel, Bolzen, Kombinationsschlitze und Schlüssellöcher vor sich sah.

Nun ja, dachte er, es *ist eine Art Safe für diplomatische Geheimpapiere oder so was Ähnliches.*

Doch all diese Schlösser sagten ihm deutlich, dass er kaum eine Chance hatte, in diesen Geheimraum einzudringen und dort vielleicht eine Botschaft von Uthacalting zu finden. Zwar hatte ihm Athaclena ein paar Codewörter mitgegeben, um diese versuchsweise einzusetzen – aber das war eine andere Geschichte.

Nun war auch die Feuerwehr gekommen. Durch den Qualm und den Rauch konnte Fiben Chims von der Stadtwache erkennen, die über die Aliens hinwegstolperten und Schläuche auslegten. Es konnte nicht mehr lange dauern, bis jemand auftauchen würde, um Ordnung in dieses Chaos zu bringen. Und wenn jetzt seine Mission hier gescheitert war, musste er hier abhauen, solange dies noch möglich war. Vielleicht konnte er den Weg über das Steilufer nehmen, von wo aus er das Meer von Cilmar überblicken konnte. So konnte er die feindlichen Stellungen umgehen und in die Nähe einer Buslinie gelangen.

Fiben beugte sich vor und betrachtete wieder die Luke. Mist! Die Panzertür wies mindestens zwei Dutzend Schlösser auf. Aber ein schmales rotes Seidenband wäre ebenso nützlich – oder nutzlos – gewesen, um das Eindringen der Invasoren zu verhindern.

Denn entweder wurden die Konventionen respektiert oder nicht. Was, zum Teufel, sollen dann all diese Schlösser und Riegel?

Fiben knurrte, während ihm wieder einmal ein Licht aufging. Auch dies war wohl ein tymbrimischer Scherz – ein Witz, den die Gubru nicht begreifen würden, wie intelligent sie auch waren. Es gab Zeiten, wo die Persönlichkeit mehr galt als die Intelligenz.

Vielleicht bedeutet das …

Fiben hechtete zur anderen Seite des Steinhaufens. Der Rauch trieb ihm die Tränen in die Augen, und er schneuzte sich in sein Taschentuch, während er die Mauer gegenüber der Luke absuchte.

»Verdammte elende Mutmaßungen!«, schimpfte er, während er zwischen den glatten Steinen herumkletterte. »So was kann sich nur ein Tymbrimer ausdenken … oder ein stupider, lammfrommer, halbentwickelter Chim-Klient wie …«

Ein lockerer Stein glitt unter seiner rechten Hand weg. Fiben hielt sich fest und wünschte, er hätte die schlanken, feingliedrigen Finger eines Tymbrimers. Dann fluchte er vor sich hin, als er sich einen Nagel abbrach.

Schließlich lockerte sich der Stein. Fiben blinzelte.

Also hatte er doch recht, denn hier hinten gab es ein Versteck. Nur dass das verdammte Loch leer war.

Diesmal konnte Fiben sich nicht mehr beherrschen – er begann vor lauter Enttäuschung zu toben und zu schreien. Das war einfach zu viel. Die Deckplatte segelte in den Busch, er aber stand da an diesem steilen Abhang und fluchte in der gleichen Tonart wie seine Vorfahren vor der Entwicklung, wenn sie sich über das unverschämte Verhalten der Paviane aufregten.

Dann war sein Zorn verraucht, und hinterher fühlte sich Fiben besser. Er hatte zwar einiges durchgemacht, und seine Handflächen waren von den scharfen Steinen aufgerissen, doch hatte er zumindest etwas Dampf abgelassen.

Es war höchste Zeit, hier zu verschwinden. Direkt unter einer dicken Rauchschwade, die vorbeizog, sah Fiben ein großes Fluggerät landen. Eine Rampe wurde herabgelassen, und eine Truppe bewaffneter Gubru hastete über das versengte Gras. Über jedem Gubru aber schwebten zwei kleine Kugeln. *Jetzt aber los!*

Fiben war schon drauf und dran, den Abstieg zu beginnen, als er noch einen kurzen Blick in diese tymbrimische Nische warf. Im selben Augenblick wurde der dichte Rauchvorhang durch eine kühle Brise kurz aufgerissen, und die Sonnenstrahlen fielen hell auf die Klippen. Und da sah er ein silbernes Licht, das kurz aufleuchtete und seine Aufmerksamkeit auf sich zog. Er langte in die Nische und fand einen dünnen Faden, der um einen schmalen Spalt an der Rückwand der kleinen Höhle gewunden war. Er zog daran.

Im selben Moment ertönte ein verstärktes Gequake. Fiben wirbelte herum und erblickte eine Gruppe Klauen-Soldaten, die auf ihn zustürmten. Ein Offizier fingerte an seinem Vodor herum, den er um den Hals trug, während er an den automatischen Übersetzungsprogrammen herumwählte.

»… Cathoo-psh' v'chim'ph …«

»… Kah-koo-kee, k'keee! EeeEeEE! k …«

*»… Hisss-s-ss pop*crackle!* …«*

»… Puna bliv't mannennering …«

»… was tust du denn da! Brave Klienten spielen nicht mit Sachen, die sie nicht verstehen!«

Dann erblickte der Offizier die offene Nische – und gleichzeitig sah er, dass Fiben ganz schnell etwas in die Tasche seines Overalls stopfte.

»Halt! Zeig uns, was …!«

Fiben aber wartete gar nicht ab, bis der Soldat seinen Befehl beendet hatte. Er kletterte auf den Steinhaufen. Die blaue Kugel begann zu pulsieren, als er vorbeiging, und die Angst, die er empfand, wich für einen Moment einem herzlichen, trockenen Gelächter, während er sich über die Kuppe schwang und auf der anderen Seite hinabrutschte. Laserblitze zischten über seinen

Kopf hinweg und spalteten den Stein, als er wieder auf dem Boden landete.

Verdammtes tymbrimisches Spielzeug! Zum Teufel mit eurem seltsamen Sinn für Humor – dies war sein einziger Gedanke, als er sich wieder hochrappelte und in die einzig mögliche Richtung zu spurten begann, während er sich im Schatten des Steinhaufens versteckte und dann direkt auf die steilen Klippen zulief.

Gailet 39

Max schüttete eine Ladung kaputter Gubru-Wächterscheiben auf das Dach, direkt neben Gailet Jones. »Wir haben ihre Empfänger ausgebaut«, meldete er. »Aber wir müssen trotzdem verdammt vorsichtig sein.«

Professor Oakes, der bei ihnen saß, schaute auf seine Stoppuhr. Der ältliche Chim grunzte zufrieden. »Die Luftunterstützung wird zurückgezogen. Wahrscheinlich glauben sie, dass es ein Unfall war.«

Berichte und Meldungen folgten einander auf dem Fuße. Gailet aber ging nervös auf und ab. Gelegentlich trat sie an die Brüstung und schaute auf das rege Treiben im Sea Bluff Park hinab. *So was hatten wir eigentlich nicht vor,* dachte sie. *Vielleicht können wir von Glück sprechen. Wir haben allerhand dazugelernt.*

Es könnte natürlich auch eine Katastrophe werden. Das ließ sich im Augenblick nicht sagen.

Wenn nur der Feind nicht hinter unsere Schliche kommt.

Ein junger Chim, knapp zwölf Jahre alt, legte sein Fernglas weg und wandte sich Gailet zu. »Die Semaphoren melden, dass von unseren vier Beobachtern drei zurückgekehrt sind, Ma'am. Doch nichts über den vierten Mann.«

»Wer ist das?«, fragte Gailet.

»Nun, dieser Milizoffizier aus'n Bergen. Ein gewisser Fiben Bolger, Ma'am.«

»Das habe ich mir fast gedacht«, seufzte Gailet.

Max, der immer noch über seinem Schrotthaufen hockte, schaute auf und sah bestürzt aus. »Ich habe ihn gesehen. Als der Zaun versagte, hat er sich darüber hinweggeschwungen und rannte auf das Feuer zu. Ha – ich glaube, ich hätte besser auf ihn aufpassen müssen.«

»Das war nicht deine Aufgabe, Max. Du hast genau richtig gehandelt. Bei all den närrischen Stunts!« Sie seufzte. »Ich hätte es eigentlich wissen müssen, dass er so was tut. Wenn er erwischt wird und uns preisgibt …« Sie brach plötzlich ab. Es hatte keinen Sinn, den anderen noch mehr Angst einzujagen.

Immerhin, dachte sie schuldbewusst, *hätte dieser arrogante Chim ebensogut dran glauben können.*

Sie biss sich auf die Lippen, lehnte sich wieder an die Brüstung und schaute der sinkenden Sonne nach.

Fiben 40

Hinter Fibens Rücken ertönte wieder das vertraute *Zip-Zip* der blauen Kugel, die aus allen Rohren feuerte. Die Gubru schwatzten weniger als erwartet – schließlich waren es Soldaten. Immerhin waren sie wachsam, aber sie wussten nicht genau, wo sie hinschauen sollten. Fiben hatte keine Zeit, darüber nachzudenken, ob der Verteidiger des Tresors nun seinen Rücken decken oder einfach nur die Invasoren necken wollte. Aber im Augenblick war er zu sehr beschäftigt, um darüber nachzudenken.

Ein einziger Blick über die Kante genügte – und schon musste er schlucken. Die Klippe war zwar nicht glatt, immerhin aber war es auch kein Weg, den jemand einschlagen würde, um an dem Sandstrand Picknick zu machen.

Nun erwiderten die Gubru das Feuer der blauen Kugel. Es konnte also nicht mehr lange dauern. Fiben betrachtete den steilen Abhang nachdenklich. Und während er so dastand, musste er daran denken, dass er als Farmer sein Leben auf dem Land gefristet, seine Spermaproben auf Anruf abgeliefert und vielleicht eine Familiengemeinschaft gefunden hätte, der er sich anschließen konnte.

»Scheiße!«, kommentierte er in menschlicher Sprache, während er über den grasbewachsenen Abhang rutschte.

Das war nun tatsächlich ein vierhändiger Job. Er griff sich einen Vorsprung mit Daumen und Fingern des linken Fußes, schwang sich über das Hindernis, suchte nach einem neuen Halt und brachte es fertig, einen neuen Sims zu erreichen. Dann kam der Moment, wo er nun wirklich alle viere brauchen konnte. Zumindest hatte man trotz aller Höherentwicklung und Evolution seinem Volk zumindest diese Fähigkeit gelassen. Wenn er Füße gehabt hätte wie ein Mensch, wäre er sicher längst abgestürzt.

Fiben schwitzte aus allen Poren, während er nach einem Halt tastete, wo er seinen Fuß hinsetzen konnte, nach einer Stütze, die *unbedingt* zu finden sein musste. Im selben Moment schien der Felsen zu schwanken und hätte ihn um ein Haar abgeworfen. Die Klippen, das Ufer wurden von einer gewaltigen Explosion erschüttert. Fiben drückte das Gesicht in die Felswand, klammerte sich fest – fast fürchtete er um sein Leben, da seine Beine einknickten und über dem Abgrund in der Luft baumelten.

Bei allen verdammten … Er musste keuchen und spucken, als eine Staubwolke vom Klippenrand aufstieg. Aus dem Augenwinkel sah er Steine fliegen, die über den Himmel segelten und dann zischend im Meer versanken.

Dieser verfluchte Steinhaufen musste in die Luft gesprengt worden sein!

Irgendetwas sauste an seinem Kopf vorbei. Er duckte sich, dennoch erwischte er einen blauen Blitz und hörte im Kopf ein Aliengelächter. Die Fröhlichkeit steigerte sich bis zu einem Höhepunkt, wobei er das Gefühl hatte, dass irgendetwas seinen Hinterkopf streifte. Dann verebbte das Gelächter, während das blaue Licht wieder aufblitzte und in südlicher Richtung direkt über den Wellen davonhüpfte.

Fiben schnaufte und suchte keuchend nach einem Halt für seine Füße. Schließlich gelang es ihm, sich abzustützen und auf den nächsten einigermaßen sicheren Sims hinunterzulassen. Er zwängte sich in einen engen Spalt, sodass man ihn von der Klippe nicht sehen konnte. Erst dann hatte er die Kraft, laut vor sich hinzufluchen.

Eines Tages, Uthacalting, eines Tages …

Fiben wischte sich den Staub aus den Augen und schaute hinunter. Er hatte etwa die Hälfte des Weges zur Bucht zurückgelegt. Sollte er je sicher unten landen, wäre es nur ein Spaziergang bis zum Vergnügungspark an der Nordwestecke der Aspinal Bay.

Und von da aus konnte man leicht in den Alleen und Nebenstraßen untertauchen.

Die nächsten paar Minuten waren entscheidend. Die Überlebenden der Gubru-Streife würden annehmen, dass er bei der Explosion getötet worden war und seine sterblichen Überreste mit dem ganzen Schotter aus dem Tresor über die See verstreut wurden. Vielleicht würden sie auch annehmen, dass er über einen anderen Weg geflohen sei. Denn schließlich würde es nur ein Narr wagen, über einen solchen Steilhang ohne jede Ausrüstung abzusteigen.

Fiben konnte nur hoffen, dass er richtig kalkuliert hatte. Denn würde man hier nach ihm suchen, würden sie ihn ebenso verbraten wie jene Vögel, die im Feuer der Kanzlei verschmort waren.

Direkt vor ihm begann die Sonne hinter den westlichen Horizont zu sinken. Der Rauch, der an diesem Nachmittag von den Brandstätten aufgestiegen war, hatte mit seinen düsteren Farben den Glanz dieses prächtigen Sonnenuntergangs verdunkelt. Draußen auf dem Wasser konnte er da und dort ein paar Boote erblicken. Zwei Frachtschiffe dampften langsam auf die fernen Inseln zu – er sah winzige braune Gestalten auf Deck. Offensichtlich brachten sie Verpflegung für die menschlichen Geiseln.

Einige der Salze, die im Meerwasser von Garth vorhanden waren, waren leider Gift für die Delfine. Wäre die dritte Spezies der Terragener in der Lage gewesen, sich hier zu etablieren, wäre es dem Feind viel schwerer gefallen, die Bewohner des Archipels so gründlich zu isolieren. Außerdem hatten die 'Fine ihre eigene Art zu denken. Vielleicht wäre ihnen etwas eingefallen, wozu Fibens Volk nicht fähig war.

Die südlichen Vorgebirge verstellten Fiben die Sicht auf den Hafen. Doch er konnte schimmernde Silberstreifen ausmachen, Gubru-Kriegsschiffe oder Tender, die mit der Raumabwehr zu tun hatten.

Na schön, dachte Fiben, *bisher ist mir noch keiner nachgestiegen. Also immer langsam! Halt die Luft an, bevor du den Abstieg wagst!*

Dies war der leichtere Teil gewesen.

Fiben griff in die Tasche und holte die schimmernde Schnur hervor, die er in der Nische gefunden hatte. Es konnte natürlich auch eine Art Spinnengewebe oder sonst was Unwichtiges sein. Doch es war das einzige Ding, das er vorzeigen konnte, um sein kleines Abenteuer glaubhaft zu machen. Er wusste immer noch nicht, wie er Athaclena erklären sollte, dass er bei all seinen Bemühungen wenig oder gar nichts erreicht hatte. *Wenig, sehr wenig.* Und da war noch die Sache mit der Zerstörung des tymbrimischen Geheimtresors. Eine weitere Sache, die der Erklärung bedurfte.

Er holte sein Fernrohr hervor und schraubte den Linsendeckel ab. Fiben legte den silbernen Faden hinein, setzte den Deckel wieder ein und verschraubte ihn sorgfältig, während er die Vergrößerungslinse beiseitelegte.

O ja, es sollte ein schöner Sonnenuntergang werden.

Die glühenden Reste an den Brandstätten funkelten und sprühten, die Funken wurden hochgerissen und vermischten sich mit all dem Rauch und dem Staub, den die Gubru-Ambulanzen aufwirbelten, die pausenlos um die Klippen herumschwirrten. Fiben schaute dem Treiben zu, während er selbstvergessen in die Tasche langte, um den schäbigen Rest von Erdnüssen hervorzuholen – doch im Augenblick hatte er mehr Durst als Hunger. Außerdem, dachte er, nehmen moderne Chims sowieso zu viele Proteine zu sich.

Das Leben ist hart, dachte er, während er versuchte, es sich in diesem schmalen Spalt einigermaßen bequem zu machen. *Doch die Lebewesen der Klientenklasse hatten es noch nie leicht gehabt – oder?*

Da lebt man in einem Regenwald, fristet sein Dasein, so gut es geht, und fühlt sich in seiner ökologischen Nische einigermaßen wohl – und dann ist *mit einem Schlag* alles vorbei. Bumms, da fiel die Lampe um. Denn irgendein autoritärer Bursche, der sich wie ein Gott vorkommt, sitzt dir plötzlich im Nacken und versucht, dir die Früchte vom Baum der Erkenntnis mit aller Gewalt schmackhaft zu machen. Von da an bist du ein Wesen zweiter Klasse, weil du ständig am »höheren« Standard deines Patrons gemessen wirst. Du kannst auch keine Nachkommen zeugen, wie es dir passt, und auf einmal bist du für eine Menge Dinge »verantwortlich« – Wer, zum Teufel, hat im Urwald je etwas von Verantwortung gehört – Verantwortung gegenüber deiner Patronatsspezies, deiner Nachkommenschaft …

Ein verdammt schweres Geschäft. Doch in den Fünf Galaxien gibt es nur eine einzige Alternative – nämlich die Ausrottung. Siehe die früheren Herren von Garth.

Fiben leckte den salzigen Schweiß von den Lippen und wusste, dass es nur eine nervöse Reaktion war, die in ihm diese Welle der Bitterkeit aufsteigen ließ. Für gegenseitige Beschuldigungen war sowieso kein Grund vorhanden. Wenn er wirklich ein Vertreter seiner Spezies war – einer von den wenigen Chims, der dazu bestimmt war, vor den Terragenern und vor den großen Galaktischen Instituten für alle Neoschimpansen zu sprechen – so war die Sache schon einer Überlegung wert. Im Augenblick aber war Fiben noch am Zögern.

Ich glaube, die haben mich ganz vergessen, dachte er und wunderte sich über sein Glück.

Inzwischen war die Sonne in Glanz und Gloria fast untergegangen. Ihre letzten Strahlen malten satte rote und orangefarbene Streifen auf das seichte Meer von Garth.

Teufel noch mal, nach einem Tag wie diesem – was war da schon dran, in der Dunkelheit über einen steilen Felsen hinabzuklettern? Vielleicht auch abstürzen – das war's dann eben gewesen.

»Wo, zum Teufel, bist du gewesen?«, fauchte ihn Gailet Jones an, als er durch die Tür schlurfte. Ihre Augen sprühten Funken.

»Ach, sei doch still!«, seufzte er. »Lass mich in Frieden! Ich hatte einen schweren Tag.« Er drängte sich an ihr vorbei und wankte durch die Hausbibliothek, die mit Karten und Papieren übersät war. Fiben latschte über eine große Landkarte, die auf dem Boden ausgebreitet lag, und machte sich nichts daraus, als zwei Beobachter von Gailet lautstark protestierten. Sie duckten sich und wichen beiseite, als er über sie hinwegstieg.

»Wir hatten unsere Untersuchungen schon vor *Stunden* beendet!«, sagte Gailet pikiert, die ihm auf dem Fuß folgte. »Max hat es fertiggebracht, einige ihrer Wächterscheiben zu organisieren …«

»Ich weiß. Ich sehe es«, murmelte er, während er in den Raum taumelte, der ihm zugewiesen worden war. Dann begann er sich auf der Stelle auszuziehen. »Hast du was zu essen?«, fragte er.

»Essen?«, sagte Gailet erstaunt. »Wir müssen deine Informationen in die Operationskarte der Gubru eintragen, um die weißen Flecken zu füllen. Diese Explosion war ein Glücksfall, und wir hatten nicht genügend Beobachter zur Hand. Die Hälfte von ihnen, die wir hatten, stand nur einfach da und staunte, als der Wirbel losging.«

Fibens Overall fiel mit einem leisen Plumps zu Boden, und er stieg aus der Hose. »Das Essen kann warten«, murmelte er. »Ich brauche was zu trinken.«

Gailet Jones errötete und wandte sich halb ab. »Sei so freundlich und mach keinen Ärger«, sagte sie.

Fiben hatte sich gerade einen steifen Orange-Brandy eingeschenkt. Nun drehte er sich um und schaute sie fragend an. War dies wirklich die gleiche Chimmie, die ihn vor etwa zwei Wochen zu einer Pink-Party hatte schleppen wollen? Er klopfte sich auf die Brust und wischte einige Staubkörnchen weg, während Gailet mit Abscheu zusah.

»Eigentlich wollte ich ein Bad nehmen, doch ich denke, ich werde es jetzt lassen«, meinte er. »Bin viel zu müde, muss mich ausruhen. Werde morgen wieder heimkehren.«

Gailet blinzelte. »In die Berge?«

Fiben nickte. »Ich muss Tycho holen und 'm General Bericht erstatten.« Er lächelte müde. »Keine Bange. Ich werde ihr sagen, dass du dich hier prächtig hältst und dass alles bestens ist.«

Die Chimmie schnaubte verächtlich. »Du hast den ganzen Nachmittag damit verbracht, dich im Schlamm zu wälzen und dich einpökeln zu lassen. Ein Milizoffizier! Und dabei dachte ich, du wärst ein Gelehrter!

Beim nächsten Mal, wenn dein teurer General eine Verbindung mit unserer Bewegung hier in der Stadt wünscht, dann sage ihr, sie soll jemand anderen schicken. Verstanden?«

Sie drehte sich auf dem Absatz um und warf die Tür hinter sich zu.

Was hat sie gesagt?, fragte sich Fiben, während er hinter ihr herschaute. Irgendwie hatte er das Gefühl, etwas falsch gemacht zu haben. Doch er war zu müde, um darüber nachzugrübeln. Sein ganzer Körper ächzte, seine Lungen brannten, und seine versengten Zehen taten höllisch weh. Und er spürte kaum sein Bett, als er sich einfach hineinfallen ließ.

In seinen Träumen rotierte und pulsierte ein blaues Licht. Und dieses Licht strömte etwas aus, das entfernt einem Lächeln ähnelte.

Lustig, schien es zu besagen. *Sehr lustig, aber nicht zum Lachen. Eher ein Vorgeschmack auf die Dinge, die da kommen sollen.*

Fiben ächzte leise im Schlaf. Dann tauchte ein anderes Traumbild auf, die Traumgestalt eines kleinen Neoschimpansen mit knochiger Stirn und langen Armen, die auf einem Tastenfeld ruhten, das an seiner Brust festgeschnallt war. Dieser atavistische Chim konnte nicht sprechen, doch Fiben erschauerte, als ihn dieses Traumbild angrinste.

Dann folgte eine ruhigere Schlafphase, und Fiben wurde in das Land angenehmerer Träume entführt.

Galaktiker 41

Der GS-Suzerain mochte keinen Fuß auf ungeweihten Boden setzen. Also thronte er auf einer Sitzstange, einer Art Sänfte, begleitet von einem Konvoi flatternder Kwackoo-Adjutanten, deren gedämpftes Gefiepe fast mehr unter die Haut ging als das Gezirpe ihrer Gubru-Patrone. Durch die Entwicklung waren sie zwar den Gubru etwas näher gerückt, vielleicht auch, was ihre Weltanschauung betraf, wenn überhaupt, doch ihrer Natur entsprechend benahmen sie sich weniger feierlich und würdevoll als ihre Patrone.

Der GS-Suzerain versuchte, solche Unterschiede zu berücksichtigen, während der gluckende Schwarm der rundlichen fusseligen Kwackoos die Antigrav-Stange von jener Stelle wegtrugen, wo der Leichnam gelegen hatte. Vielleicht war es geschmacklos, aber man konnte bereits ein Geflüster vernehmen, wie man sich darüber unterhielt, wer wohl als Nächster gewählt würde. Wer wird wohl der nächste KV-Suzerain sein?

Es musste bald etwas geschehen. Botschaften waren bereits an die Roost Masters auf der Heimatwelt gegangen, doch im Notfall musste ein Seniorbürokrat auf der Stelle ernannt werden, weil die Kontinuität gewahrt werden musste.

Nun war er diesen Hühnchen keineswegs gram – im Gegenteil. Ihr leiser Singsang lenkte ihn ab und vertrieb seine Sorgen und Bedenken zumindest für kurze Zeit. Die nächsten Tage und Wochen versprachen mühsam und arbeitsreich zu werden und mit sehr viel Stress einherzugehen. Die Staatstrauer war nur eine formale Angelegenheit und berührte ihn nur am Rande, weil andere, wichtigere Aufgaben auf ihn warteten. Es galt, eine neue Politik ins Auge zu fassen – und freilich waren auch die Auswirkungen dieser Tragödie auf die bevorstehende Mauser zu überlegen.

Die Untersuchungsbeauftragten warteten auf die Ankunft der Stange inmitten eines kleinen Waldes mit geköpften Bäumen nahe der immer noch rauchenden Mauern der Kanzlei. Als ihnen der Suzerain zunickte, dass sie beginnen sollten, führten sie eine Art Pantomime auf – teils aus Gesten, teils als audiovisuelle Darstellung –, um darzulegen, was sie über die Ursache der Explosion und des Brandes herausgefunden hatten. Und während sie ihre Feststellungen als synkopiertes Lied *a capella* vortrugen, versuchte der Suzerain sich zu konzentrieren. Immerhin war dies eine heikle Sache.

Zwar durften die Gubru nach dem Gesetz die Botschaft eines Feindes besetzen, doch sie konnten für jeden Schaden zur Rechenschaft gezogen werden, der auf ihr Konto ging.

Nun ja, es war halt geschehen, berichteten die Untersuchungsbeauftragten. *Das Gebäude wurde in Schutt und Asche gelegt.*

Nein, es wurden keine zweckdienlichen Aktivitäten unsererseits festgestellt, die vielleicht diese Ereignisse ausgelöst haben könnten. Es gibt auch keine Anzeichen dafür, dass dieser Weg vom Feind gewählt und die Folgen uns zur Last gelegt wurden.

Und wenn der Botschafter der Tymbrimer sein eigenes Gebäude sabotiert hätte – was hat das mit uns zu tun? Wenn wir den Schaden nicht verursacht haben, müssen wir auch nicht zahlen, keine Entschädigung leisten!

Der Suzerain zirpte eine kurze Verwarnung. Denn es lag nicht bei den Untersuchungsbeauftragten, über irgendwelche Besitzrechte zu bestimmen. Ihnen oblag es lediglich, die Fakten auszuwerten. Außerdem waren Kostenfragen Sache der Beamten des neuen KV-Suzerains, wenn erst die Folgen dieser Katastrophe beseitigt worden waren.

Der Reigen der Beauftragten drückte Bedauern und Entschuldigung aus. Der Suzerain aber musste darüber nachdenken, welche

Konsequenzen nach diesem Vorfall zu erwarten waren. Dieses an sich unwichtige Ereignis hatte das delikate Gleichgewicht des Triumvirats ins Wanken gebracht, und dies unmittelbar vor einem neuen Konklave, und es würde Rückschläge geben, selbst nachdem der neue dritte Suzerain in sein Amt eingeführt war.

Kurzfristig wäre dies allerdings eine Hilfe für die beiden Überlebenden. Der BK hätte freie Hand, nach Gutdünken zu verfahren, um die paar menschlichen Wesen zu verfolgen, die noch am Leben waren, koste es, was es wolle. Und der GS konnte sich seinen Forschungen widmen, ohne dass ständig über die Kosten gemeckert wurde.

Und da war dann auch noch der Wettbewerb um die Vorrangstellung zu bedenken. Denn erst neulich war man sich darüber klar geworden, wie eindrucksvoll der alte Suzerain von Kosten und Vorsicht war. Immer mehr und entgegen aller Erwartungen war er es gewesen, der ihre Debatten organisiert, ihre besten Ideen zur Geltung gebracht, Kompromisse geschlossen und so dafür gesorgt hatte, dass es schließlich zu einem Konsens kam.

Der BK-Suzerain war ehrgeizig. Dem Suzerain der Guten Sitten passte die Wendung und die Richtung nicht, auf welche die Dinge zusteuerten. Ebenso wenig passte es ihm, dass der Amtsschimmel seine klügsten und kühnsten Pläne blockieren sollte, nur um den Buchstaben der bürokratischen Vorschriften zu erfüllen, insbesondere solche mit bizarren Ideen über die Gefühle, die er gegenüber Aliens gleich welcher Couleur hegte.

Dennoch war dies besser als nichts. Ein neues Triumvirat war eher zu begrüßen. Denn die Drei mussten sich erst zusammenraufen – ein Nachteil für sie, ein Vorteil für ihn.

Also wieso, warum, wovor sollte ich mich fürchten?, fragte sich der GS. Er erschauerte, sträubte seine Federn und versuchte, sich auf die Gegenwart, auf den Augenblick zu konzentrieren, vor allem auf den Bericht der Untersuchungsbeauftragten. Wenn er sie richtig verstand, wollten sie andeuten, dass die Explosion und der Brand in die Kategorie jener Ereignisse gehörten, welche die Erdlinge als »Zufall« bezeichneten.

Zu Beginn seiner Priesterlaufbahn wurde dem Suzerain nahegelegt, Anglic, diese fremde, nicht galaktische Sprache der Wolflinger zu erlernen. Es war eine schwierige und frustrierende Sprache – gleichzeitig war auch die Nützlichkeit solcher Kenntnisse in Frage gestellt, zumal die Sprachcomputer bedeutend bequemer waren.

Dennoch hatte der Chefbürokrat darauf bestanden, und er musste erstaunt feststellen, dass man von jedem Esel etwas lernen kann, und dass diese Sprache durchaus ihre Vorteile hatte, weil man zumindest solche Begriffe wie »Zufall« jetzt einigermaßen fassen konnte.

Der Begriff bezog sich anscheinend auf die Ereignisse, die hier stattgefunden hatten und von den Untersuchungsbeauftragten geschildert worden waren – eine ganze Anzahl unvorhersehbarer Faktoren in Übereinstimmung mit beachtlichen Inkompetenzen bei der Stadtgasversorgung, nachdem man die menschlichen Mitarbeiter entfernt und interniert hatte. Und dennoch war die Definition dieses Begriffes selbst in Anglic nicht perfekt, konnte zu Missverständnissen führen. Denn das Wort hatte keine präzise Bedeutung.

Andererseits behaupteten die Menschen: »Es gibt keine Zufälle.« Doch wenn das stimmte, weshalb dann ein Wort für etwas, das es nicht gab.

»Zufall« bedeutete alles, von der Feststellung, dass die Ursachen eines beobachteten Ereignisses nicht bekannt waren, bis hin zum reinen Randomismus einer Wahrscheinlichkeitssimulation auf siebter Ebene. Alles in allem: die »Ergebnisse» waren »zufällig«.

Wie konnte eine solche Spezies zu den Raumfahrern gehören, auf dem hohen Niveau einer *Patronatsspezies* eingestuft werden, zum Weltraumclan gezählt werden, wenn sie das Universum auf solch nebulöse, undefinierbare, kontextabhängige Weise betrachtete? Im

Vergleich zu diesen Erdlingen waren selbst diese Teufel von ausgebufften Tymbrimern so leicht zu durchschauen wie der schiere Äther!

Diese komplizierte Denkweise hatte der Priester bei dem Bürokraten am meisten gehasst. Sie hatte zu den irritierendsten Eigenschaften des toten Suzerain gehört.

Gleichzeitig aber war er beliebt und wertvoll gewesen. Man würde ihn vermissen.

So standen die Dinge, als ein Konsens gebrochen, wenn ein Zusammenschluss, kaum begonnen, auch schon gescheitert war.

Der Suzerain zirpte eine Wortkette von Definitionen. Eine Selbstbetrachtung war fällig, und schließlich musste man klarstellen, was hier eigentlich geschehen war.

Unter gewissen Voraussetzungen würden wohl die Gubru die Tymbrimer – und sogar die Erdlinge – entschädigen, eine Wiedergutmachung für den Schaden berappen müssen, der hier angerichtet worden war. Der Gedanke war mehr als unangenehm, aber vielleicht ließ sich die Sache vermeiden, wenn der große Plan der Gubru erfüllt war.

Die Ereignisse an anderen Orten der Fünf Galaxien würden darüber entscheiden. Dieser Planet war nichts weiter als eine kleine, wenn auch wichtige, harte Nuss, die mit links geknackt werden musste. Immerhin war es die Aufgabe des neuen KV-Suzerains, die Gesamtkosten so gering wie möglich zu halten.

Dass aber die Gubru-Allianz – die einzigen echten Erben der Vorfahren – immer noch intakt war, wenn die Progenitoren eines Tages zurückkehrten, war ein persönliches Anliegen und eine höchstpersönliche Aufgabe des Suzerains der Guten Sitten.

Mögen die Winde diesen Tag bringen, flehte er.

»Das Urteil wird vorerst aufgehoben, aber nicht aufgeschoben«, sagte der Suzerain. Und die Untersuchungsbeauftragten klappten sofort ihre Mappen zu.

Nachdem die Angelegenheit mit der Kanzlei und mit dem

Brand vorerst erledigt war, gab es noch einige Dinge zu klären, die sich dort oben auf dem Hügel ereignet hatten.

Die quirligen Kwackoos waren sofort zur Stelle, formierten sich und trugen ihn auf der Stange mit sich fort – eine gluckende, hüpfende Schar, die einer Handvoll aufgeregtem Federvieh auf einem Hühnerhof glich.

Der Tresor oben auf dem Hügel qualmte immer noch. Der Suzerain hörte aufmerksam dem Bericht der Beauftragten zu, die gelegentlich ein Solo zirpten, dann unisono zueinanderfanden und schließlich im Kontrapunkt vor sich hinsummten. Aus dem ganzen Stimmengewirr gelang es dem Suzerain schließlich, sich ein Bild über die Ereignisse zu machen, die zu diesem Ergebnis geführt hatten.

Man hatte einen Neoschimpansen vor Ort gesehen, der um den Tresor herumschlich, ohne einen Passierschein der Besatzungsmächte zu besitzen – eine klare Verletzung des Protokolls, das in Kriegszeiten gültig war. Keiner wusste, warum dieses närrische Halbtier da war und was es hier überhaupt zu suchen hatte. Vielleicht war er vom sogenannten Affenkomplex getrieben – von diesem irritierenden, unbegreiflichen Drang, der auch die Erdlinge veranlasste, Aufregungen und gefährliche Situationen zu suchen anstatt sie tunlichst zu vermeiden.

Vielleicht war es eine Art Affekt, wie es die Erdlinge nannten, ein Gefühlszustand von besonderer Intensität, den man in der Umgangssprache als Erregung bezeichnete. Und in Handlungen, die im Affekt ausgeführt werden, geht die willentliche, durch sachliche und moralische Gesichtspunkte bestimmte Kontrolle weitgehend verloren. Eine Affekthandlung also, die ohne beziehungsweise mit wenig bewusster Steuerung abläuft.

Eine bewaffnete Abteilung hatte diesen seltsamen Neoschimp überrascht, die routinegemäß diesen Abschnitt sicherte. Der Befehlshaber der Patrouille hatte diesen behaarten Menschenklienten angesprochen und aufgefordert, sich zu stellen und auszuweisen.

Doch wie es bei diesen Primaten, diesen Vorfahren der Menschen üblich war, zeigte er sich widerspenstig, beachtete auch nicht die primitivsten Regeln der Höflichkeit und rannte einfach davon. Während man noch versuchte, ihn aufzuhalten, trat irgendein Abwehrgerät in Aktion, und der Tresor wurde im Lauf der anschließenden Schießerei zerstört.

Diesmal musste der Suzerain feststellen, dass das Ergebnis durchaus zufriedenstellend war. Wie dem auch sei, der Schimpanse war offiziell ein Alliierter dieser verwünschten Tymbrimer. Dennoch hatte er die Immunität dieses diplomatischen Tresors verletzt. Die Soldaten waren also völlig im Recht, als sie das Feuer gegen den Schimpansen oder gegen diese Kugel eröffneten. Dadurch wurde kein Besitzerrecht verletzt, dachte der Suzerain.

Die Beauftragten führten einen Tanz der Befreiung und des Wohlbehagens auf. Freilich – je genauer die alten Riten beachtet wurden, umso leuchtender würde das Gefieder der Gubru sein, wenn die Progenitoren zurückkehrten.

Mögen die günstigen Winde diesen Tag bald bringen.

»Aufmachen, eindringen, hineingehen«, befahl der Suzerain der Guten Sitten. »Tretet ein und untersucht das Geheimnis, kommt ihm auf die Spur!«

Freilich war zu erwarten, dass die Sicherheitseinrichtungen einen Großteil des Tresorinhalts zerstört hatten. Dennoch konnten vielleicht noch irgendwelche Informationen vorhanden sein, die es wert waren, sie zu entziffern.

Die einfachen Schlösser konnten leicht abmontiert werden, und mit Hilfe von Spezialgeräten gelang es auch, das massive Tor aus den Angeln zu heben. Allerdings brauchte dies alles seine Zeit. Mittlerweile hielt der Suzerain eine kurze Predigt für die Klauen-Soldaten, um sie im Glauben an die alten Werte zu stärken. Es war wichtig, dass sie jetzt nicht nur noch irgendeiner friedlichen Beschäftigung nachgingen und sich einfach gehenließen – man musste sie nach wie vor bei der Stange halten. Also hielt ihnen der Suzerain vor, dass während der letzten zwei Tage mehrere kleine Gruppen von Guerillas in den Bergen südöstlich der Stadt spurlos verschwunden waren, einfach untergetaucht, ohne entdeckt zu werden. Nun war es an der Zeit, sich daran zu erinnern, dass ihr Leben dem Nest gehörte. Nur Nest und Ehre – alles andere war unwichtig.

Endlich war auch der letzte Bolzen gelockert. Was dies betraf, waren die berühmten Tymbrimer nicht so clever wie sonst. Ihre Schlösser waren kein Hindernis und für die Gubru-Roboter leicht zu knacken. Die Panzertür ging dröhnend auf, und die Beauftragten traten ein, wobei sie Instrumente und Werkzeug in Händen hielten.

Nur wenige Augenblicke später brach eine gefiederte Gestalt in aufgeregtes Zirpen aus und hielt einen schwarzen, kristallinen Gegenstand im Schnabel. Darauf folgte gleich ein weiterer, und die Beine der Beauftragten ruckten und zuckten in aufgeregten Tanzschritten, während sie die Gegenstände einen nach dem anderen dem Suzerain zu Füßen legten.

Intakt! Alles intakt!, riefen sie. Und sie hüpften von einem Bein aufs andere und tanzten. Zwei Datenspeicher waren intakt geblieben!

Die Freude, welche die Untersuchungsbeauftragten ergriffen hatte, sprang wie ein Funke auf die Soldaten und dann auf die Zivilisten über, die ein Stückchen abseits warteten. Selbst die Kwackoos hüpften und gluckerten freudig, weil dies zumindest als ein Coup vierter Ordnung gelten durfte. Ein Klient der Erdlinge hatte die Immunität des Tresors durch ungebührliches Verhalten verletzt – ein Zeichen der gescheiterten Entwicklung. Dadurch war das Eindringen in die Geheimkasematten des Feindes rechtens und sanktioniert.

Tymbrimer und Menschen würden beschämt werden, und der Clan der Gooksyu-Gubru würde allerhand erfahren und lernen!

Die Feier war gubru-frenetisch. Doch der Suzerain selbst tanzte nur für ein paar Sekunden mit. Unter diesen Umständen musste alles doppelt und dreifach überlegt werden. Es gab eine ganze Menge suspekter Dinge, die das Universum betrafen – eine Reihe von Dingen, die besser für immer vergessen und begraben sein sollten, bevor sie durch irgendeinen dummen Zufall das Nest gefährdeten.

Der Suzerain neigte den Kopf, schaute einmal hin und einmal her. Dann blickte er auf die Datenwürfel hinab, die schwarz und glänzend auf dem versengten Boden lagen. Diese Würfel sahen irgendwo bedrohlich aus, und er hatte das leise, unangenehme Gefühl, dass ihm nichts Gutes bevorstand, wenn diese Daten erst einmal ausgewertet waren.

Es war kein erkennbares Psi-Gefühl, auch keine sonstige Art oder Form einer wissenschaftlich belegbaren Vorahnung. Wäre dies der Fall gewesen, so hätte der Suzerain befohlen, die Würfel auf der Stelle zu vernichten.

Dennoch … Es war alles sehr seltsam.

Für einen kurzen Moment erschauerte er bei der Vorstellung, dass diese Kristalle Augen waren, die den glitzernden, raumschwarzen Augen einer großen gefährlichen Schlange glichen.

Robert 42

Robert lief dahin, wobei er einen neuen Holzbogen in der Hand hielt. Der einfache selbstgemachte Köcher, der zwanzig neue Pfeile enthielt, klopfte sanft gegen seinen Rücken, während er über den Waldpfad hinaufrannte. Sein Strohhut war aus Binsen geflochten, seine Mokassins aus einheimischem Wildleder gefertigt.

Der junge Mann versuchte, sein linkes Bein zu schonen, während er dahinlief. Der Verband über dem Gelenk verdeckte nur eine kleine Wunde. Doch selbst der Schmerz, den die brennende Wunde verursachte, ließ sich ertragen, wenn er daran dachte, dass ein Fehlschuss immer noch bedeutend besser war als das Gegenteil.

Das Bild dieses hochgewachsenen Vogels tauchte wieder vor ihm auf, der ungläubig den Pfeil anstarrte, der sein Brustbein gespalten hatte, während sein Lasergewehr auf den Waldboden fiel, und weil er wusste, dass ihn die zu Tode erschrockenen Klauen-Soldaten bereits aufgegeben hatten.

Auf dem Berg herrschte Stille, nur sein Atem und das leise Schlurfen seiner Mokassins waren zu hören, wenn sie hier und da ein Steinchen streiften. Die Schweißtropfen trockneten schnell, während die kühle Brise auf Armen und Beinen eine Gänsehaut hervorrief.

Der Wind frischte auf, während er weiterhin aufstieg. Der Pfad wurde immer steiler, und schließlich war Robert über den Bäumen angelangt, hoch oben am Bergkamm.

Die plötzliche Sonnenwärme, die auf ihn einströmte, war ihm jetzt willkommen, denn seine Haut war braungebrannt wie eine Nussschale und abgehärtet, sodass ihn auch all die Dornen und Zweige nicht mehr störten.

Wahrscheinlich sehe ich aus wie ein alter Indianer, dachte er belustigt. Er sprang über einen gestürzten Baumstamm und bog nach links ab, dort wo sich der Pfad teilte.

Als Kind war er stets stolz auf seinen Familiennamen gewesen. Der kleine Robert Oneagle musste niemals die Rolle des Bösewichts übernehmen, wenn die Kinder den »Aufstand der Konföderierten« spielten. Er war stets ein Cherokee oder Mohawk, der in Raumanzug und voller Kriegsbemalung die Söldner des Diktators während des Satellitenkrieges bekämpfte.

Wenn dies hier alles zu Ende ist, muss ich Weiteres über meinen Stammbaum erfahren, dachte Robert. *Ich frage mich, inwieweit meine Familie amerindianischen Ursprungs ist.*

Weiße flockige Stratuswolken zogen über den Bergkamm hinweg Richtung Norden, während er am Kamm entlanglief und die Hügel kreuzte – ein Weg, der nach Hause führte.

Nach Hause, Richtung Heimat.

Dieser Gedanke kam leicht und wie von ungefähr, weil er jetzt unter diesen Bäumen und unter diesem offenen Himmel eine Aufgabe zu erfüllen hatte. Nun konnte er an diese Höhlen, die ihm wie ein Orkus vorgekommen waren, als an sein Zuhause, an seine Heimat denken, weil sie in schweren Zeiten Sicherheit und Obdach gewährten.

Und Athaclena war da.

Er war länger als erwartet unterwegs gewesen. Sein Weg hatte ihn sehr weit geführt, durch das Gebirge bis hin nach Spring Valley, wo er Freiwillige geworben, Beziehungen geknüpft und das Wort verbreitet hatte.

Und freilich hatten er und seine Partisanen so manches Scharmützel mit dem Feind ausgetragen. Robert wusste, dass es nur um Kleinigkeiten ging – weil nur gelegentlich eine Gubru-Streife abgefangen und mit Stumpf und Stiel ausradiert wurde. Die Widerstandsbewegung schlug wirklich nur dann hart zu, wenn ein Sieg ziemlich sicher war. Denn es durfte keine Überlebenden geben, die der Heeresleitung der Gubru, dem Suzerain von Balken und Klaue hätten berichten können, dass die Erdlinge schließlich gelernt hatten, sich unsichtbar zu machen.

Wenn es sich aber auch nur um kleine Siege, um Teilsiege handelte, wirkten sie Wunder, was die Moral betraf. Immerhin hatten sie den Gubru ein bisschen eingeheizt, dort oben in den Bergen – doch was sollte das nützen, wenn der Feind außer Reichweite war?

Doch die meiste Zeit, die er auf seiner Reise verbrachte, war mit Dingen ausgefüllt, die kaum etwas mit der Widerstandsbewegung zu tun hatten. Wo immer er auch auftauchte, war er sofort von Chims umringt, die bei seinem Anblick Luftsprünge machten und zu schwatzen begannen – beim Anblick des letzten noch freien Vertreters der menschlichen Spezies. Und zu seinem größten Entsetzen wollten sie ihn stets und sofort auf der Stelle zum inoffiziellen Richter, zum Schiedsmann oder zum Paten ihrer Neugeborenen machen. Noch nie vorher war ihm all die Last, die Bürde, die Verantwortung so deutlich geworden, die eine Patronatsspezies zu tragen hatte.

Nicht dass er die Chims verwünscht hätte, davon konnte keine Rede sein. Denn er wusste, dass während der kurzen Zeit, die sie als Neoschimpansen auf der Welt waren, ihre Spezies noch nie eine so lange Trennung von den Menschen hatte hinnehmen müssen.

Wo er auch immer hinkam, eilte ihm die Kunde voraus, dass der letzte Mensch aus den Bergen keine Vorinvasionsgebäude aufsuchen oder jemanden sehen wollte, der Kleidung oder sonstige Erzeugnisse am Leibe trug, die von den Gubru stammten. Als dann allgemein bekannt wurde, auf welche Weise die fremden Gasschiffe ihr Ziel fanden, brachten die Chims ganze Industrien wieder auf die Beine. Das Handwerk blühte auf, und plötzlich war die alte, vergessene Kunst des Spinnens und Webens, des Gerbens und Schusterns wieder gefragt.

Im Allgemeinen ging es den Chims in den Bergen recht gut.

Nahrung war reichlich vorhanden, und die Jungen gingen wieder zum Unterricht. Hie und da hatten einige verantwortungsvolle Typen sogar damit begonnen, das ökologische Projekt für die Urbarmachung von Garth zu reorganisieren, wobei sie die dringendsten Programme ankurbelten und auch Improvisationen nicht scheuten, um die menschlichen Experten zu ersetzen.

Vielleicht brauchen sie uns wirklich nicht, dachte Robert unwillkürlich.

Seine eigene Spezies hätte um ein Haar die Heimatwelt, die Erde, in ein ökologisches Chaos gestürzt, im Lauf der Jahre, kurz bevor die Menschheit sich endlich zusammenriss. Der Ausbruch einer Katastrophe wurde buchstäblich im letzten Moment gestoppt. Und so war es erfreulich zu sehen – wenn auch mit einem lachenden und einem weinenden Auge –, dass so viele der sogenannten Klienten vernünftiger handelten als die Menschen ein Jahrhundert vor dem Kontakt.

Haben wir wirklich irgendein Recht, uns diesem Völkchen gegenüber wie Götter aufzuspielen? Wenn der ganze Zauber einmal vorüber ist, wäre es vielleicht am besten, wenn wir fortgingen und sie ihrem Schicksal überlassen würden, damit sie sich selbst ihre Zukunft bauen.

Eine romantische Idee, doch sie hatte einen Haken.

Die Galaktiker würden es niemals zulassen.

Also ließ er sie gewähren. Er ließ zu, dass sie sich um ihn scharten, ihn um Rat fragten und ihre Kinder nach ihm benannten. Und dann, als er alles für sie getan hatte, was im Augenblick in seiner Macht stand, hatte er sich auf den Heimweg gemacht. Allein – denn von jetzt an konnte kein Chim mehr mit ihm Schritt halten.

Die Einsamkeit des vergangenen Tages hatte ihm gutgetan. Er hatte Zeit zum Nachdenken. Während der vergangenen Wochen und Monate hatte er eine Menge über sich selbst gelernt, seit diesem schrecklichen Nachmittag, als er von Schmerzen gepeinigt am Boden lag und er sich wünschte, Athaclena möge kommen und ihn retten. Allerdings hatte sich herausgestellt, dass es nicht die Monster und Schreckgespenster seiner Neurose waren, die ihm am meisten zu schaffen machten. Diese waren leicht zu bekämpfen, sobald man sie erkannte und sich ihnen stellte, wenn man wusste, wo sie herstammten und welcher Art sie waren. Immerhin war es nicht schlimmer, als sich mit ungelösten Problemen herumzuschlagen, die aus der Vergangenheit auftauchten und den Delinquenten immer noch belasteten.

Es war viel wichtiger, sich darüber klarzuwerden, wer und was er als Mensch war, was ihn als Menschen auszeichnete und was er damit anfangen konnte. Diese Gedanken waren ihm erst kürzlich gekommen, und erst jetzt begann er wirklich darüber nachzudenken. Robert aber gefiel die Richtung immer mehr – die Richtung, die sein Denkprozess eingeschlagen hatte. Er nahm eine Kurve, die der Gebirgspfad machte, trat aus dem Hügelschatten, die Sonne im Rücken. Vor ihm, Richtung Süden, lag jene karstige Kalkformation, welche die Valley of Caves – das Tal der Höhlen – vor seinen Blicken verbarg.

Robert hielt plötzlich an, als ihm ein metallischer Glanz ins Auge fiel. Über den Vorsprüngen jenseits des Tals, etwa zehn Meilen entfernt.

Gasboote, dachte er. Benjamins Techniker hatten in jenem Gebiet elektronische Geräte, Gegenstände aus Metall und Kleidungsstücke ausgebreitet, um endlich dahinterzukommen, auf welche Dinge die Gubru-Roboter reagierten. Robert aber hoffte, dass sie einige Fortschritte erzielt hatten, während er unterwegs war.

Andererseits aber kümmerte ihn all dies nur wenig. Der neue Langbogen fühlte sich gut an, lag angenehm in seiner Hand. Die Chims in den Bergen bevorzugten kräftige selbstgezimmerte Armbrüste und ähnliche Waffen, die zwar schwerer zu handhaben waren und mehr Kraftaufwand erforderten, um sie zu spannen, doch die Wirkung und das Ergebnis waren dieselben – nämlich tote Vögel. Der Einsatz archaischer Kunstfertigkeiten und Geräte hatte an Bedeutung gewonnen – ein Ereignis, das im Mythos des Wolflinger-Clans sein Echo fand.

Freilich hatte diese Hinwendung zu den Urzeiten auch unliebsame Folgen. Eines Tages, nach einem geglückten Anschlag, hatte er beobachtet, dass einige der einheimischen Gebirgschims sich klammheimlich aus dem Lager davonstahlen. Er drückte sich in den Schatten und folgte ihnen zu einem Ort, der in einem versteckten Seitental gelegen war, wo ein loderndes Feuer brannte.

Bereits früher, als die Chims den besiegten Gubru die Kleider vom Leib rissen, ihre Waffen plünderten und die Kadaver beiseiteschafften, hatte er bemerkt, dass ihm einige Chims verstohlene, wenn nicht gar schuldbewusste Blicke zuwarfen. In dieser Nacht schaute er von einem dunklen Hügelabhang zu, wie langarmige Gestalten im Licht der Sterne tanzten. Und da briet irgendein undefinierbares Ding am Spieß über den Flammen, während der Wind einen süßlichen, rauchigen Geruch herbeiwehte.

Robert hatte das Gefühl, dass es bei den Chims ein paar Dinge gab, die sie ihren Patrons nicht unbedingt auf die Nase binden wollten. Er zog sich in den Schatten zurück und ging wieder ins Hauptlager hinunter, während er die Chims ihrem Ritual überließ.

Doch er konnte diese Bilder nicht verbannen. Sie tauchten immer wieder in seinen Gedanken auf, wie wilde Fantasiegebilde eines Albtraums. Robert hatte nie danach gefragt, was mit den Kadavern der toten Galaktiker geschah – doch seit dieser Zeit konnte er nicht mehr an den Feind denken, ohne dass ihm dieser Geruch sofort in die Nase stieg. *Wenn man nur noch mehr Galaktiker in die Berge locken könnte,* überlegte er. Nur dort unter den Bäumen war es vielleicht möglich, die Invasoren ins Mark zu treffen.

Der Nachmittag neigte sich seinem Ende zu. Nun war es endlich Zeit, den langen Weg nach Hause zu beenden. Robert drehte sich um und wollte gerade ins Tal hinabsteigen, als er plötzlich anhielt und überrascht blinzelte. Da lag was in der Luft, und er meinte ein schwebendes Etwas zu entdecken, das wie ein Schmetterling oder wie eine Motte im toten Winkel seines Sichtfelds herumflatterte. Es war unmöglich, dieses Ding scharf ins Auge zu fassen.

Ooooh, dachte Robert.

Er gab es auf, dieses Nicht-Ding ins Auge zu fassen, wandte sich ab und ließ sich von diesem schwebenden Schmetterling verfolgen. Die sanfte Berührung öffnete die Blütenblätter seines Geistes, so wie sich eine Knospe öffnet, wenn sie ein Sonnenstrahl berührt. Das flatternde Ding tanzte vor ihm her und winkte ihm zu … eine einfache Glyphe der Zuneigung und milder Belustigung … kein Rätsel selbst für ein dickfelliges, verschwitztes, staubbedecktes, braungebranntes Menschenkind mit behaarten Armen.

»Sehr lustig, Clennie«, meinte Robert und schüttelte den Kopf. Doch die Knospe öffnete sich, blühte auf, und das *kenning* verbreitete wohlige Wärme. Er wusste genau, welchen Weg er gehen musste, ohne dass ihm jemand die Richtung gezeigt hätte. Er wich vom Hauptpfad ab und schwenkte in einen schmalen Wildpfad ein.

Auf halbem Weg zum Gipfel stieß er auf eine braune Gestalt, die im Schatten eines Dornbusches saß. Der Chim schaute von seinem Buch auf, in dem er geblättert hatte und winkte ihm müde zu.

»Hi, Robert! Guckst'n bisschen besser aus der Wäsche als damals, wo ich dich zuletzt g'sehen hatte.«

»Fiben!« Robert grinste. »Wann bist du zurückgekommen?«

Der Chim unterdrückte ein müdes Gähnen. »Oh, etwa vor einer Stunde. Die Burschen in den Höhlen haben mich gleich hier raufgejagt, um ihr Federvieh anzuschauen. Hab einiges aus'r Stadt für sie mitgebracht. Für dich rein gar nix, tut mir leid.«

»Hattest du Schwierigkeiten in Port Helenia?«

»Nu' ja, wie man's nimmt. Bisserl getanzt, bisserl angekratzt, bisserl rumgestreunt und angepfiffen.«

Robert musste lächeln. Denn Fibens Akzent war stets dann am dicksten, wenn er große Dinge herunterspielen wollte und die ganze Geschichte in die Länge zog. Hätte ihn Robert fortfahren lassen, so wären sie noch im Morgengrauen dagesessen.

»Fiben, was ich noch fragen wollte ...«

»Schon gut, sie ist dort oben«, erwiderte der Chim. »Und ziemlich geknickt. Aber frag nicht, warum – ich bin ja nur ein Schimpanse. Bis später, Robert.« Er nahm sein Buch wieder auf, und er sah diesmal nicht unbedingt wie ein unterwürfiger Klient aus. Robert aber grinste.

»Vielen Dank, Fiben. Bis später.« Dann eilte er den Pfad hinauf.

Athaclena drehte sich nicht um, als er sich ihr näherte. Schließlich hatten sie sich bereits begrüßt. Sie stand auf der Hügelkuppe, die nach Westen ging, das Gesicht der Sonne zugewandt, Arme und Hände weit ausgestreckt.

Robert spürte sofort, dass jetzt eine weitere Glyphe über Athaclena hinwegschwebte, gestützt von den wehenden Fühlern ihrer Corona. Im Vergleich dazu war ihre kleine Begrüßungszeremonie nichts weiter gewesen als ein Scherz am Rande. Er konnte die Glyphe zwar nicht sehen, doch war bereits ein *kenning* vorhanden, um seine Komplexität zu begreifen. Immerhin war es da, für geschärfte Empathien fast greifbar.

Robert sah auch, dass sie etwas in den Händen hielt ... etwas wie einen schmalen Faden von unsichtbarem Feuer – mehr intuitiv als wirklich gesehen –, der sich wie ein Bogen zwischen ihren beiden Händen wölbte.

»Athaclena, was ist ...?«

Doch dann brach er plötzlich ab, als er vor ihr stand und in ihr Gesicht schaute.

Ihre Gestalt hatte sich irgendwie verändert. Noch waren die

menschlichen Umrisse vorhanden, die menschliche Gestalt, in die sie während all der langen Wochen ihres Exils geschlüpft war. Doch etwas Undefinierbares, das die ganze Zeit verdrängt worden war, war zurückgekehrt, wenn auch nur für einen kurzen Augenblick. Ihre goldgefleckten Augen schimmerten, und in ihnen war ein seltsames Leuchten, ein Glanz, der im Gegentakt zu der kaum sichtbaren Glyphe tanzte.

Roberts Sinne waren jetzt geschärft. Er schaute wieder auf die glitzernde Schnur, die sie in den Händen hielt – und dann kam plötzlich die Erkenntnis.

»Dein Vater …?«

Athaclenas Zähne schimmerten perlweiß. *»W'ith-tanna Uthacalting bellinarri-t'hoo, haoon'nda! …«*

Sie atmete tief durch weit geöffnete Nüstern. Ihre Augen, die ganz weit auseinanderlagen, flackerten.

»Robert, er lebt!«

Er blinzelte, und ihm drängten sich eine Menge Fragen auf. »Großartig! Aber … wo! Weißt du etwas über meine Mutter? Über die Regierung? Was sagt sie?«

Sie antwortete nicht sofort. Athaclena hielt die Schnur hoch, die von Sonnenlicht überflutet schien. Robert hätte schwören mögen, dass er Töne vernahm, *echte* Töne, die der zitternde Faden aussandte.

»W'ith-tanna Uthacalting!« Athaclena schien genau in die Sonne zu schauen.

Sie lachte, nicht mehr so nüchtern und still wie jenes Mädchen, das er gekannt hatte. Nein, sie kicherte auf tymbrimische Art, und Robert war froh, nicht *selbst* Gegenstand dieser Heiterkeit zu sein. Denn der tymbrimische Humor deutete oft darauf hin, dass irgendeiner recht bald nichts mehr zu lachen haben würde.

Er folgte ihrem Blick, der über das Sind-Tal hinwegglitt, wo eine Formation der allgegenwärtigen Gubru-Transporter mit leisem Gebrumm am Himmel dahinzog. Unfähig, mehr als die Konturen ihrer Glyphe nachzuzeichnen, forschte er in seinem Geist und fand schließlich etwas Ähnliches in menschlicher Fassung. Und er formte so etwas wie eine Metapher im Geiste.

Plötzlich wandelte sich Athaclenas Lächeln und wurde irgendwie *katzenartig.* Und jene Kriegsschiffe, die sich in ihren Augen spiegelten, sahen auf einmal aus wie ahnungslose *Mäuse.*

DRITTER TEIL

GARTHLINGE

Die Evolution der menschlichen Spezies wird nicht in den 10 000 Evolutionsjahren zahmer Tiere erfolgen, sondern in den Jahrmillionen der Evolution wilder Tiere – weil der Mensch ein Raubtier ist und stets ein solches bleiben wird.

Charles Galton Darwin

Die natürliche Auslese wird sich nicht so bald auswirken,
bei Weitem nicht so sehr und nicht so schnell
wie die bewusste Auslese.
Wir werden uns zivilisieren und verwandeln,
um uns jenem Idealbild zu nähern,
das wir uns vorstellen und das wir anstreben.
Innerhalb einer Generation werden wir uns
bis zur Unkenntlichkeit verändert haben.

Greg Bear

43 Uthacalting

Das Sumpfland, wo die Yacht gesunken war, war mit tintenschwarzen Flecken übersät. Aus den geborstenen versunkenen Tanks sickerte eine dunkle Flüssigkeit in die Wasser der breiten flachen Flussmündung. Überall dort, wo der schlüpfrige Boden berührt wurde, waren alle Insekten, alle Kleinlebewesen sofort getötet worden – selbst das zähe Salzgras war vernichtet, ausgerottet mit Stumpf und Stiel.

Beim Absturz war das kleine Raumschiff hart aufgeschlagen und dann ein ganzes Stück dahingeschlittert, hatte eine lange, gewundene Schneise der Zerstörung geschlagen, bevor es sich schließlich kopfüber in die vermarschte Flussmündung bohrte. Dann lag das Wrack tagelang an dieser Stelle, während es immer mehr leckschlug und allmählich im Schlamm versank.

Weder der Regen noch die Gezeiten konnten jene Spuren abwischen, welche der Kampf in seine verbeulten Flanken gegraben hatte. Die Außenhaut der Yacht, einst sauber und hübsch anzuschauen, war nun mit Einschlusslöchern übersät, Treffer neben Treffer. Der Absturz war nur noch das Finale, das Ende vom Lied.

Der Thennaniner, der da groß und breit am Heck eines selbstgezimmerten Bootes saß, betrachtete die kleinen flachen Inseln und Sandbänke, die an ihm vorbeizogen, wobei ihm der Gedanke an das Wrack nicht aus dem Kopf wollte.

Eins war allerdings sicher: Das gestrandete Raumschiff würde nie mehr fliegen. Obendrein hatte es das Marschland zerpflügt. Bei diesem Gedanken schwoll sein Kamm an und spreizte sich wie der Kopfputz eines Häuptlings der Indianer.

Uthacalting zog sein Paddel aus dem Wasser und wartete höflich, bis sein Mitfahrer zu Ende gedacht und sich abgeregt hatte.

Dabei hoffte er inständig, dass der thennaninische Diplomat nicht eine weitere Vorlesung über die ökologische Verantwortung und über die Bürden seines Patronats halten würde.

Aber Kault war Kault, und Kault blieb Kault.

»Der Geist dieses Ortes wurde beleidigt«, sagte das mächtige Wesen, während es schwer durch seine Kiemen atmete. »Wir vernünftigen Wesen dürften unsere Kriege nicht in Welten wie dieser austragen und sie mit Weltraummüll vergiften.«

»Der Tod ist überall, Kault, nichts und niemand ist vor ihm sicher. Und die Evolution ist dazu angetan, Tragödien zu schaffen.« Das war ironisch gemeint, aber Kault nahm es wörtlich. Die Kiemen des Thennaniners flatterten.

»Ich weiß, mein tymbrimischer Freund und Kollege. Es geht mir nur darum, dass alle Welten, die wir hegen und pflegen müssen, sich in Ruhe entwickeln sollten und nicht aus ihrem natürlichen Zyklus geworfen werden dürften. Eiszeiten und planetoide Zusammenstöße sind Teil einer natürlichen Ordnung. Und all die Arten, all die Lebewesen sind von Natur aus auf solche Ereignisse eingestellt.«

»Doch dies hier ist ein besonderer Fall. Eine Welt, die so schwere Schäden hinnehmen musste wie Garth, kann solche Katastrophen kaum mehr verkraften. Eines Tages wird diese Welt zusammenbrechen, und sie wird wüst und leer und unfruchtbar werden. Es ist noch gar nicht lange her, dass sich die Bururaller hier ausgetobt hatten – eine echte Katastrophe, von deren Folgen sich dieser Planet grade erst zu erholen begann. Nun werden durch unsere Schlachten diesem Planeten noch mehr unerträgliche Dinge zugemutet … so wie etwa dieser ganze Unrat.«

Kault zeigte angewidert auf die Flüssigkeiten und Gase, die aus dem Wrack der Yacht sickerten.

Im Augenblick zog es Uthacalting vor, sich in Schweigen zu

hüllen. Freilich war jede galaktische Spezies vom Patronatsniveau stets ein Umweltfan, wenn man so will. Dies war eins der ältesten und höchsten Gesetze. Denn jene Sternfahrerspezies, die sich mit den Vorschriften des ökologischen Gesetzes nicht zumindest solidarisch erklären, waren von der Mehrheit abgewählt worden, um die künftigen Generationen der Sophonten zu schützen.

Doch auch hier gab es verschiedene Stufen. Die Gubru zum Beispiel waren weniger an den aufstrebenden Welten, eher an ihren Produkten interessiert, an ausgereiften Spezies, um die Farbpalette des konservativen Fanatismus des Gubru-Clans zu bereichern. Die Soro hatten ihre helle Freude daran, soeben flügge gewordene Klientenspezies zu manipulieren. Und was die Tandu anging – die waren einfach fürchterlich.

Der ökologische Puritanismus von Kaults Spezies lag manchmal fast an der Grenze des Erträglichen. Doch dies war eine Einstellung, die Uthacalting einigermaßen verstehen konnte. Einen Wald zu roden oder eine Stadt auf einer registrierten Welt zu errichten war eine Sache. Solche Wunden heilten in kürzester, zumindest in absehbarer Zeit. Doch es war eine andere Sache, Giftstoffe in die Biosphäre einzuleiten, die absorbiert wurden, die sich akkumulierten und nur schwer abbauen ließen. Uthacaltings Abneigung gegen all diese öligen Stoffe war kaum geringer als die Kaults. Aber im Augenblick ließ sich kaum etwas dagegen tun.

»Die Erdlinge hatten ein gutes Entsorgungssystem auf diesem Planeten aufgebaut, Kault. Wahrscheinlich wurde dieses System durch die Invasion lahmgelegt. Vielleicht werden sich die Gubru selbst um dieses Problem kümmern und diesen Augiasstall ausmisten.«

Der Thennaniner drehte sich um und spuckte in weitem Bogen aus. Uthacalting aber wusste, dass dies ein Ausdruck tiefster Verachtung war.

»Die Gubru sind faul – lauter Hosenscheißer und Ketzer

obendrein! Ich weiß nicht, Uthacalting: Wie kannst du nur so naiv optimistisch sein?« Kaults Kamm bebte, und seine lederartigen Lider flatterten. Uthacalting aber blickte zur Seite, seine Lippen ein einziger schmaler Strich. »Ach so. Aha!«, giftete Kault. »Ich weiß schon Bescheid. Du versuchst meinen Sinn für Humor auf ironische Weise zu testen.« Der Kamm des Thennaniners schwoll für einen Augenblick an. »Sehr witzig. Die feine tymbrimische Art. Schon begriffen. Also los, machen wir weiter!«

Uthacalting wandte sich ab und griff wieder nach seinem Paddel. Er seufzte und bildete *tu'fluk,* eine Glyphe, die seine Enttäuschung über einen Scherz, der nicht angekommen war, ausdrückte.

Wahrscheinlich wurde dieser grobe Kerl als Botschafter für eine Erdlingswelt ausgesucht, weil er eine Eigenschaft besaß, die bei den Thennaninern als Sinn für Humor galt. Ein Spiegelbild von Uthacalting also, der von den Tymbrimern aus dem gleichen Grund gewählt worden war ... allerdings auch wegen seiner vergleichsweise ernsteren, seriösen Natur, wegen seiner Zurückhaltung und seines Taktgefühls.

Nein, dachte Uthacalting, während die beiden dahinruderten und sich durch das Salzgras-Gestrüpp kämpften. *Kault, mein Freund, du hast die Pointe nicht mitgekriegt. Aber du wirst schon bald merken, wie der Hase läuft.*

Es war eine lange Reise zurück zur Flussmündung. Garth hatte sich mehr als zwanzigmal um seine Achse gedreht, seit er und Kault mit dem Fallschirm abgesprungen waren und das angeschossene Schiff seinem Schicksal überlassen hatten. Die unglücklichen Ynnin-Klienten der Thennaniner hatten sich in panischer Angst in die Tragseile ihrer Fallschirme verwickelt und waren zu Tode gestürzt. Von diesem Augenblick an waren die beiden Diplomaten allein.

Immerhin brauchten sie bei diesem Frühlingswetter nicht zu frieren, und das war nicht zu verachten.

Es war eine langsame, mühsame Reise in ihrem selbstgezimmerten Boot, das sie aus Zweigen und Fallschirmseide gebaut hatten. Das Wrack lag nur ein paar hundert Meter von der Stelle entfernt, wo sie es gesichtet hatten, doch es dauerte fast vier Stunden, bis sie sich durch die gewundenen und vielfach verzweigten Kanäle durchgekämpft hatten. Und obwohl die Landschaft flach war, wurde die Sicht durch das hohe Gras blockiert.

Dann tauchte das Wrack plötzlich auf – das Wrack eines stolzen kleinen Raumschiffes.

»Ich weiß immer noch nicht, warum wir zu dem Wrack zurückkehren mussten«, maulte Kault. »Wir haben genügend Lebensmittel mitgenommen, um einige Zeit an Land zu überleben. Wenn sich die Lage einigermaßen beruhigt hat, könnten wir durchaus …«

»Warte hier«, sagte Uthacalting schroff, und es machte ihm nichts aus, dass er seinem Gefährten das Wort abschnitt. Thennaniner waren nicht besonders empfindlich, wenn es um Höflichkeiten ging, Ifni sei Dank. Er glitt über den Rand des Bootes ins Wasser. »Es hat keinen Sinn, dass wir uns beide in Gefahr begeben. Ich mache allein weiter.«

Uthacalting kannte seinen Gefährten zu genau, um zu wissen, wie ihm zumute war. Die thennaninische Zivilisation legte viel Wert auf Zivilcourage – vor allem, seit sie so viel mit der Raumfahrt zu schaffen hatte. »Ich werde dich begleiten, Uthacalting«, sagte er und legte sein Paddel weg. »Du könntest in Gefahr kommen.«

Uthacalting aber hob die Hand und hielt ihn zurück. »Unwichtig und unnötig, mein Kollege und Freund. Deine physische Beschaffenheit ist für diese Umgebung denkbar ungeeignet. Außerdem könnte das Boot umkippen. Also warte erst einmal ab. Ich bin gleich zurück.«

»Also gut«, meinte Kault und war sichtlich erleichtert. »Ich werde hier auf dich warten.«

Uthacalting watete durch das seichte Wasser und suchte im

sumpfigen Boden nach einem Halt. Dabei vermied er sorgfältig all die Öl- und Treibstofflachen und hielt auf jene Sandbank zu, wo das geborstene Heck der Yacht aus dem Schlamm ragte.

Es war sehr schwierig und mühsam. Uthacalting spürte deutlich, wie sich sein Körper verwandeln wollte, um diese Anstrengung zu meistern, aber er unterdrückte diese Reaktion. Dabei half ihm die Glyphe *nuturunow,* seine Anpassung auf ein Mindestmaß zu beschränken. Die Strecke, die er noch zurückzulegen hatte, war den Preis nicht wert, den er für eine Umwandlung zahlen musste.

Seine Halskrause blähte sich auf, teils um *nuturunow* zu stützen, teils auch, weil seine Corona im hohen Gras und all dem Gestrüpp nach möglichen Gefahren suchte. Nun war natürlich nichts mehr im Busch, was ihm gefährlich werden konnte – dafür hatten schon die Bururaller gesorgt. Dennoch prüfte er die Umgebung sorgfältig. Während er durch den Schlamm watete, tastete er das Empathienetz dieser Marschlandschaft vorsichtig ab.

Es wimmelte von Kleintieren, wohin er auch schaute. Da gab es ganze Scharen von kleinen Vögeln, kleinen Echsen, Wühlmäusen und ähnlichem Pelzgetier, die hier im Ried herumwuselten. Nun war es seit langer Zeit bekannt, dass es Sauerstoffatmer gab, die sich jeweils auf ihre Weise schützen konnten. Wenn die Zellen ihrer Haut sich nach außen wölbten, dann gab es Federn, und wenn sich die Zellen nach innen stülpten, dann sprossen die Haare. Und wenn dann das Fell immer dicker wurde, wenn es sich immer enger an den Körper schmiegte, dann bekam das Tier eine Hornhaut.

In dieser Gegend hatten sich alle drei Typen entwickelt, und dies jeweils auf eine typische Art. Federn waren für Aviane ideal, die eine maximale Isolierung bei einem Minimalgewicht benötigten. Der Pelz aber hüllte die Warmblütler ein, die eine Abkühlung nur schwer verkrafteten.

Doch dies war freilich nur die Spitze des Eisbergs. Die Möglichkeiten, das Problem des Lebens und Überlebens anzupacken, waren mannigfaltig, ja schier unbegrenzt. Jede Kreatur war einzigartig, jede Welt ein wundervolles Experiment an Vielfalt. Ein Planet musste einfach eine große Kinderstube sein und musste in dieser Rolle geschützt werden, darin waren sich Uthacalting und sein Gefährte einig.

Sein Volk und Kaults Volk waren verfeindet – zwar nicht so, wie die Gubru und die Menschen auf Garth, sie waren eher Gegner besonderer Art und beim Institut für zivilisierte Kriegsführung registriert. Es gab eine ganze Reihe von Konflikten, auch so manche gefährlicher und sehr ernster Art, die durchaus ins Auge gehen konnten. Dennoch konnte Uthacalting diesen Thennaniner gut leiden, und das war gut so. Aber es war doch einfacher, mit einem sympathischen Menschen über ernste Dinge Scherz zu treiben.

Seine durchweichten Hosenbeine rührten das ölige Wasser auf, während er durch den Schlamm watete. Uthacalting prüfte das Gelände auf Strahlung, dann schritt er leichtfüßig auf die havarierte Yacht zu.

Kault beobachtete den Tymbrimer, bis er hinter der Flanke des havarierten Schiffes verschwand. Er verhielt sich still, wie man ihm gesagt hatte, während er gelegentlich sein Paddel benutzte, um gegen den Strom anzukommen und die scheußlichen Öllachen zu vermeiden. Seine Kiemen sonderten Schleimbläschen ab, vielleicht eine Art Deodorant, um den mörderischen Gestank zu vertreiben.

In den Fünf Galaxien waren die Thennaniner als zähe Kämpfer und wackere Sternfahrer bekannt. Doch nur auf einem lebenden, atmenden Planeten konnten Kault und Konsorten sich wirklich entspannen. Dies war auch der Grund, warum ihre Schiffe einer Welt ähnlich sahen, solide und dauerhaft. Ein Flugobjekt thennaninischer Machart hätte man nicht mit einem simplen Laserstrahl vom Himmel holen können, wie dieses tymbrimische Dingsda.

Zwar schauten die Tymbrimer stets eher auf Wendigkeit und nicht so sehr auf Schutz – doch Katastrophen dieser Art schienen die thennaninische Philosophie zu bestätigen.

Durch den Absturz war die Auswahl etwas begrenzt. Die Gubru-Blockade zu durchbrechen hätte am nächsten gelegen – oder auch mit den überlebenden menschlichen Würdenträgern ins Exil zu gehen. Doch man hatte sich um eine Entscheidung herumgedrückt und dadurch vielleicht auch die letzte Chance verpasst.

Vielleicht aber war der Absturz auch ein »Sturz in die Realität«, der ihnen die Entscheidung abgenommen hatte. Denn hier war Schmutz, hier war das Wasser, und sie standen mitten im Leben.

Kault schaute auf, als Uthacalting wieder hinter dem Wrack auftauchte. Er trug einen kleinen Ranzen mit sich. Und als der tymbrimische Gesandte ins Wasser glitt, standen ihm die Haare zu Berge. Kault aber wusste, dass diese Methode nicht so wirksam war wie der thennaninische Kamm, um sich abzureagieren und Dampf abzulassen.

Einige Gruppen seines Clans werteten solche Erscheinungen als echten Beweis für thennaninische Überlegenheit, doch Kault war in dieser Hinsicht etwas toleranter. Jede Lebensform hatte ihre Nische, ihren Platz im aufstrebenden Universum – selbst die wilden und unberechenbaren Wolflinger, die Menschen, ja selbst die Ketzer.

Uthacaltings Corona breitete sich aus, während er sich seinen Weg zum Boot bahnte, aber nicht etwa, um einfach Dampf abzulassen. Vielmehr versuchte er, eine Spezialglyphe zu formen.

Lurrunanu schwebte im hellen Sonnenschein. Die Glyphe begann im Feld seiner Corona zu wachsen, konzentrierte sich, strebte eifrig vorwärts und sprang dann zu Kault über, tanzte über dem Kamm des großen Thennaniners, neugierig und entzückt zugleich.

Der Galaktiker aber war ahnungslos. Er merkte nichts, und das konnte man ihm nicht einmal übelnehmen. Schließlich war eine Glyphe nichts Reales, nichts, was man anfassen konnte.

Kault half Uthacalting wieder ins Boot, indem er ihn am Gürtel packte und in den Bug des schwankenden Kahns hievte. »Ich habe ein paar Lebensmittel gerettet und auch etwas Werkzeug und Gerät, das wir vielleicht brauchen können«, sagte Uthacalting in Galactic Sieben, während Kault ihn ins Boot zog.

Der Ranzen ging auf, und einige Flaschen kullerten auf den Boden. Die Glyphe schwebte immer noch über dem Thennaniner und wartete auf den richtigen Moment. Und als sich dann Kault bückte, um die Flaschen und Bücher aufzuklauben, stieß die wirbelnde Glyphe hinab.

Sie traf den Thennaniner mit voller Wucht, prallte aber an seiner dicken Haut ab. Uthacalting fachte die Glyphe noch einmal an. Die Glyphe ging erneut zum Angriff über, genau in dem Moment, wo Kault wieder eine Flasche nahm, die leichter war als die anderen und sie Uthacalting reichte. Doch der skeptische, sture Alien wehrte die Glyphe erneut ab.

Uthacalting startete noch einen letzten Versuch, während er an der Flasche herumfummelte und sie dann beiseitelegte. Doch diesmal prallte die Glyphe von dem Thennaniner einfach ab.

»Geht's dir gut?«, fragte Kault.

»Ja, danke, alles bestens.« Uthacaltings Pelz glättete sich, und er seufzte enttäuscht. Irgendwie würde er doch eine Möglichkeit finden, um Kaults Neugier zu wecken.

Nun ja, dachte er, *ich habe mir die Sache nicht leicht vorgestellt. Aber kommt Zeit, kommt Rat.*

Vor ihnen lagen mehrere hundert Kilometer Wildnis, dann die Berge von Mulun und schließlich das Sind-Tal, bevor sie Port Helenia erreichen konnten. Irgendwo in diesem Raum wartete Uthacaltings geheimer Partner, bereit, Kault einen längst geplanten Streich zu spielen. *Nur mit der Ruhe,* sagte sich Uthacalting. *Gut Ding will Weile haben.* Er verstaute den Ranzen unter seinem

Sitz und band ihn mit einem Seil fest. »Komm, wir wollen aufbrechen! Wir werden irgendwo Fische fangen können, und die Bäume werden uns vor der Mittagssonne schützen.« Kault röhrte so was wie Zustimmung und nahm sein Paddel. Dann bahnten sie sich ihren Weg durch die Marschen und ließen das Wrack der Yacht hinter sich, das allmählich im Sumpf versank.

44 Galaktiker

Im Orbit über dem Planeten waren die Invasionsstreitkräfte in eine neue Operationsphase eingetreten.

Im Anfang galt es, einen kurzen, überraschenden, ebenso heftigen, erbitterten wie sinnlosen Widerstand zu bekämpfen. Darauf folgte die Konsolidierung, folgten die Pläne für Ritual und Läuterung. Während all dieser Zeit aber hatte sich die Flotte defensiv verhalten.

Die Fünf Galaxien befanden sich im Aufruhr. Jede andere Allianz hätte die Gelegenheit gehabt, Garth zu besetzen. Sogar die Allianz der Erdlinge und Tymbrimi – obwohl an anderer Stelle schwer bedrängt – hätte sich hier für einen Gegenangriff entscheiden können. Die taktischen Computer hatten bereits ausgerechnet, dass die Wolflinger von allen guten Geistern verlassen sein mussten, wenn sie solches wagten. Doch die Menschen waren unberechenbar – man konnte nie wissen.

In dieses Theater war schon viel zu viel investiert worden. Der Clan der Gooksyu-Gubru konnte hier keine Verluste mehr einstecken. Also hatte sich die Kampfflotte anders formiert. Über den Wartezeit-Nexus überwachten die Schiffe die fünf Hyperraum-Schichten vor Ort, sowie die nahe gelegenen Transferpunkte.

Die Nachrichten berichteten von den Wehen und Leiden der Erde, über die Verzweiflung und Mutlosigkeit der Tymbrimer und über die Schwierigkeiten bei den Versuchen, Alliierte unter den lethargischen moderaten Clans zu werben. Im Lauf der Zeit wurde es klar, dass aus dieser Richtung keinerlei Bedrohung zu erwarten war.

Doch einige der größeren Clans schliefen nicht – diejenigen, die auf schnelle Vorteile setzten. Einige waren an der Suche nach dem verschollenen Delfinschiff beteiligt. Andere wieder nutzten die Gelegenheit, um den alten Groll wieder neu zu schüren. Jahrtausende alte Verträge platzten wie Seifenblasen und verdampften gleich einer Gaswolke vor einer plötzlich aufgetauchten Supernova. Vom heimatlichen Gubru kamen neue Befehle. Sobald die Befestigungs- und Verteidigungsanlagen am Boden fertig waren, sollte die Flotte unverzüglich aufbrechen, um andere Aufgaben wahrzunehmen. Die restlichen Streitkräfte auf Garth würden wohl ausreichen, um jeder möglichen Gefahr zu begegnen.

Die Roost Masters hatten allerdings die Befehle mit Komplimenten und Geschenken, aber auch mit gewissen Auflagen verbunden. So schickten sie dem Suzerain von Balken und Klaue eine Vorladung, und dem Suzerain der Guten Sitten wurde eine verbesserte Planetare Bibliothek für die Expedition nach Garth versprochen.

Der neue Suzerain von Kosten und Vorsicht brauchte allerdings keine Kompensation. Die Order hörte sich wie ein Triumph an, wie eine einzige Lobeshymne für all die Vorsicht, die er walten ließ. Der Chefbürokrat konnte einen Punktegewinn verzeichnen, den er allerdings im Wettbewerb mit seinen erfahreneren Peers bitter nötig hatte.

Die Marineeinheiten setzten sich zum nächsten Transferpunkt ab und waren zuversichtlich, dass die Angelegenheiten auf Garth in guten Händen lagen. Die Bodentruppen allerdings schauten den abfliegenden Schlachtschiffen weniger zuversichtlich nach. Denn hier auf dem Planeten gab es immer noch eine kleine Widerstandsgruppe, die nicht zu unterschätzen war.

Die Aktivitäten – bisher kaum mehr als ein lästiger Mückenstich – hatten bei den Schimpansen im Hinterland begonnen. Und da sie Verwandte und Klienten der Menschen waren, war ihr irritierendes und ungebührliches Verhalten kein Wunder. Also leitete das Oberkommando der Gubru entsprechende Vorsichtsmaßnahmen ein. Dann wandten sie ihre Aufmerksamkeit anderen Dingen zu.

Gewisse Informationen – Daten aus fremder Quelle – zogen aber die Aufmerksamkeit des Triumvirats auf sich – Informationen, die mit dem Planeten Garth selbst zu tun hatten. Der Hinweis konnte sich auch als Windei erweisen. Doch wenn etwas Wahres dran war, dann waren die Chancen unermesslich.

Auf jeden Fall musste man der Sache nachgehen, weil sich hier wertvolle Möglichkeiten und Vorteile boten. Darin waren sich alle drei Suzerains einig. Und dies war auch gleichzeitig der erste Versuch, zu einem echten Konsens zu kommen.

Ein Zug Soldaten der Klauen-Elite bewachte die Expedition, die sich ihren Weg in die Berge bahnte. Schlanke Avianer in Kampfanzügen stießen pfeilgrad über die Baumwipfel herab. Das leise Summen ihres Fluggeschirrs erfüllte die enge Schlucht. Ein Schwebetank war auch dabei, der über ihren Köpfen hing, während ein zweiter dem Konvoi als Rückendeckung diente.

Die wissenschaftlichen Untersuchungsbeauftragten in ihren Luftkissenfahrzeugen fühlten sich bei all diesen Schutzmaßnahmen ziemlich sicher, während ihre Fahrzeuge landauf fuhren und notgedrungen alle Unebenheiten und Spitzen am Grat vermieden. Dennoch, sie hatten keine Eile. Das Gerücht, dem sie nachgingen und auf die Spur kommen wollten, war vielleicht nur eine Seifenblase. Aber die Suzerains hatten darauf bestanden, die Sache auf alle Fälle zu erforschen.

Sie erblickten ihr Ziel am späten Nachmittag des zweiten Tages, ein flaches Gebiet auf der Sohle eines schmalen, engen Tales. Hier waren vor nicht langer Zeit einige Gebäude bis auf die Grundmauern niedergebrannt.

Die Schwebetanks bezogen an den beiden Enden der Brandstätte Stellung. Dann stiegen die Gubru-Wissenschaftler und ihre

Kwackoo-Assistenten aus ihren Booten. Sie hielten sich in respektvoller Entfernung von den immer noch stinkenden Ruinen, während sie ihren Robotern Befehle zuzirpten, damit sie die entsprechenden Proben entnahmen. Die kleinen eifrigen Kwackoos aber, die weniger empfindlich waren als ihre Patrone, stürzten sich mit sichtlichem Vergnügen in die Trümmer und schnatterten aufgeregt miteinander, während sie herumschnüffelten und nach Spuren suchten.

Eins war allerdings sofort klar. Die Zerstörung dieser Gebäude war beabsichtigt, weil die Brandstifter irgendetwas im Rauch unter diesen Ruinen verstecken wollten.

Der Abend sank sehr schnell herab, wie dies in tropischen Zonen stets der Fall ist. Und schon bald mussten die Wissenschaftler im Lampenschein arbeiten, bis schließlich der Teamleiter Feierabend befahl. Die weiteren eingehenderen Studien mussten bis zum nächsten Tag warten.

Die Spezialisten zogen sich für die Nacht in ihre Fahrzeuge zurück und unterhielten sich darüber, was sie alles entdeckt hatten. Sie hatten zwar einige Spuren gefunden, aber keine spektakulären Dinge, die einen Wissenschaftler vom Stuhl reißen konnten.

Nun hatten sie genügend Zeit, ihre Arbeit bei Tageslicht fortzusetzen. Und als es dunkel wurde, machten die Techniker ihre Läden zu. Sechs Drohnenwächter stiegen auf; lautlos und von mechanischem Fleiß angetrieben, kreisten sie geduldig über den Fahrzeugen. Die Nacht sank auf Garth herab. Nun knackte und raschelte es im Gehölz, die Nachtschwärmer waren erwacht. Die mechanischen Wächter aber achteten nicht darauf, drehten unberührt und gleichgültig ihre Runden. Die Nacht war über Garth hereingebrochen.

Kurz vor Morgengrauen bewegten sich aber andere Gestalten im blassen Sternenschein unter den Bäumen. Die kleineren einheimischen Tiere huschten in die Dunkelheit und suchten Schutz, lauschten, während die Neuankömmlinge ganz leise und vorsichtig vorbeischlichen.

Die Wächterdrohnen hatten diese neuen Tiere ebenfalls bemerkt und sie mit ihren programmierten Kriterien verglichen. *Harmlos,* lautete ihr Urteil. Und auch diesmal unternahmen sie nichts.

Athaclena 45

»Schau, da brüten ein paar Enten!«, sagte Benjamin von seinem Ausguck aus, der am westlichen Hügelhang lag.

Athaclena schaute zu ihrem Chim-Adjutanten hinauf. Für einen Moment musste sie über Benjamins Metapher nachdenken. Vielleicht bezog er sich auf die aviane Natur des Feindes.

»Also fühlen sie sich wohl, wenn es das ist, was du meinst«, sagte sie. »Aber sie haben recht. Die Gubru verlassen sich mehr auf ihre Kampfroboter als wir Tymbrimer. Diese Drohnen sind zwar teuer, aber zuverlässig und sie können hervorragend sein.«

Benjamin nickte ernst. »Ich will daran denken, Ser.«

Dennoch fühlte Athaclena, dass er wenig beeindruckt war. Er hatte den Raubzug von heute Morgen mitgeplant und mit den Vertretern in Port Helenia koordiniert. Benjamin war sich seines Erfolgs sicher.

Die Chims aus der Stadt sollten einen Angriff in den frühen Morgenstunden im Sind-Tal anzetteln, kurz vor dem Zeitpunkt, wo die Aktion hier beginnen sollte. Das offizielle Ziel lautete, den Feind zu verunsichern und ihm eventuell eine Lektion zu erteilen, an die er noch lange Zeit denken musste. Athaclena war sich nicht sicher, ob dies überhaupt möglich war. Dennoch hatte sie das Abenteuer gebilligt. Denn sie wollte nicht, dass die Gubru zu tief in das Geheimnis des Howlett Center eindrangen.

Zumindest jetzt noch nicht.

»Sie haben ihr Lager unter den Ruinen des alten Hauptgebäudes aufgeschlagen«, sagte Benjamin, »genau an der Stelle, wo wir sie haben wollten.« Athaclena beäugte misstrauisch das Nachtglas des Chims. »Bist du sicher, dass man solche Geräte nicht orten kann?«

Benjamin nickte, ohne aufzuschauen. »Ja'M. Wir haben solche und ähnliche Instrumente an einem Hügelhang in der Nähe eines kreuzenden Gasboots ausgelegt, doch es hat seinen Kurs nicht mal geändert, hat überhaupt nicht reagiert. Wir haben die Liste jenes Materials, das der Feind erschnüffeln kann, ziemlich zusammengestrichen. Schon bald …«

Benjamin erstarrte, und Athaclena konnte seine plötzliche Spannung deutlich spüren.

»Was ist los?«

Der Chim kroch etwas nach vorn. »Ich sehe Gestalten, die sich zwischen den Bäumen bewegen. Das sind wahrscheinlich unsere Jungs, die in Stellung gehen. Nun werden wir sehen, ob diese Kampfroboter wirklich so programmiert sind wie erwartet.«

Zerstreut, wie er war, bot ihr Benjamin sein Fernglas nicht an. *So viel zum Patron-Klient-Protokoll,* dachte Athaclena. Nicht als ob es ihr etwas ausgemacht hätte – ihre eigenen Sinne waren ihr lieber.

Dort unten entdeckte sie drei verschiedene Spezies von Zweibeinern, die sich um die Gubru-Expedition herum aufbauten. Wenn sie aber bereits Benjamin entdeckt hatte, musste sie wohl innerhalb des Aktionsradius dieser empfindlichen Wächterdrohnen sein.

Dennoch reagierten die Roboter nicht. Sekunde um Sekunde verging, aber die herumwirbelnden Drohnen eröffneten nicht das Feuer auf die Gestalten, die sich da näherten, alarmierten auch ihre schlafenden Herren nicht.

Sie seufzte erleichtert, während sie wieder Hoffnung schöpfte. Dass sich die Dinger nicht rührten, war eine wichtige Information. Die Tatsache, dass sie immer noch still ihre Kreise zogen, sprach Bände, nicht nur darüber, was hier auf Garth, sondern überall im Raum unter den glitzernden Sternen vor sich ging, die oben am Himmel blinkten. Sie erzählten eine Menge über den Stand der Dinge in den Fünf Galaxien, sodass sie die Gesamtsituation überblicken konnte.

Es gibt noch Gerechtigkeit auf der Welt, dachte Athaclena. Die Gubru sind in Verlegenheit.

Wie andere fanatische Clans legte auch die Gubru-Allianz die Gesetze des planetar-ökologischen Managements nach Belieben aus. Und da sie das paranoide Wesen der Avianen nur zu gut kannte, wusste sie auch, dass sie ihre Roboter je nach Lage der Dinge programmiert hatten – je nachdem, ob diese Gesetze noch galten oder nicht.

Wäre in den Fünf Galaxien das Chaos ausgebrochen, so hätten sie ihre Maschinen so programmiert, dass Tausende von Quadratkilometern sterilisiert worden wären, bevor sie auch nur das *geringste* Risiko eingingen.

Doch wenn die Gesetze immer noch galten, würde es der Feind nicht wagen sie zu brechen – weil es die gleichen Gesetze waren, die auch ihn schützten, wenn sich das Kriegsglück einmal wenden sollte.

Denn der Paragraf 912 dieses Gesetzes lautete: Unbeteiligte und Nichtkämpfer waren nach Möglichkeit auszusparen. Dies galt ebenso für nichtkämpfende Spezies, mehr als für Einzelpersonen, insbesondere auf einer Katastrophenwelt wie Garth. Die Einheimischen waren durch eine Milliarden Jahre alte Tradition geschützt.

»Du bist in deinen eigenen Wünschen, deinen eigenen Annahmen gefangen. Du bist einfach voreingenommen und siehst überall Gespenster«, murmelte sie in Galactic Sieben vor sich hin. Offenbar hatten die Gubru ihre Geräte programmiert, auf ganz bestimmte Gegenstände zu achten, so etwa auf Industrieerzeugnise wie Waffen, Kleidung und Maschinen aller Art. Doch sie hätten nicht einmal im Traum daran gedacht, dass der Feind ihr Lager nackt und bloß stürmen könnte, sodass sie von den Tieren des Waldes nicht zu unterscheiden waren.

Sie musste lächeln, als sie an Robert dachte. Dieser Teil des Plans war seine Idee gewesen.

Ein grauer Schein breitete sich über den Himmel aus und löschte allmählich das Licht der blasseren Sterne. Zu Athaclenas Linken hockte ihre Ärztin, die ältliche Chimmie Elayne Soo. Sie schaute auf ihre Ganzmetalluhr und klopfte bedeutungsvoll auf das Uhrglas. Athaclena aber nickte und erteilte die Erlaubnis zum weiteren Handeln.

Dr. Soo spitzte die Lippen und ließ einen Pfiff hören, den Ruf eines Fyuallu-Vogels. Athaclena hörte das Schwirren der Bogensehnen nicht, als dreißig Armbrüste gleichzeitig ihre Bolzen abschossen. Dennoch war sie gespannt. Sollten die Gubru echt fein ausgeklügelte Drohnen gebaut haben …

»Heureka!«, rief Benjamin aufgeregt. »Alle in Scherben! Alle Roboter k.o.!«

Athaclena holte wieder tief Luft. Denn Robert war dort unten. Jetzt konnte sie vielleicht hoffen, dass er und die anderen eine Chance hatten. Sie berührte Benjamins Schulter, und der Chim reichte ihr das Fernglas.

Irgendjemand musste jedoch gemerkt haben, dass die Monitore erloschen waren. Ein leises Summen ertönte, und die Dachluke eines Schwebetanks öffnete sich. Eine behelmte Gestalt schaute über den stillen Rasen und klapperte aufgeregt mit dem Schnabel, als sie das Wrack eines Roboters erblickte, das dicht daneben niedergegangen war. In den Zweigen des Baumes, dicht neben ihm, rauschte es. Der Soldat wirbelte mit gezogenem Laser herum und konnte gerade noch sehen, wie jemand oder etwas sich von einem Baum zum anderen schwang. Die dunkle Gestalt war in blaues Licht gehüllt.

Doch der Schuss ging daneben. Der verwirrte Gubru-Schütze konnte keine schemenhafte Gestalt verfolgen, die weder flog noch fiel, sondern sich an einer langen Ranke über die kleine Lichtung hinwegschwang. Er gab noch ein paar Schüsse ab, dann war seine Chance dahin. Es knackte leise, als die Schattengestalt seine Beine um den schlanken Avianen legte und ihm das Rückgrat brach.

Athaclenas dreifacher Puls klopfte schnell, als Roberts Silhouette über dem Turm des Tanks auftauchte, direkt über dem geschundenen Kadaver des Klauen-Soldaten. Er hob den Arm zum Signal, und die Lichtung war sofort von wimmelnden Gestalten erfüllt.

Chims liefen eifrig zwischen den Tanks und Schwebefahrzeugen hin und her und schleppten irdene Gefäße mit sich. Hinter ihnen tauchten größere Gestalten auf, mit schwerem Gepäck. Athaclena hörte, wie Benjamin im Groll vor sich hinmurmelte. Sie war es gewesen, die auch die Gorillas angeheuert hatte. Eine Entscheidung, die anscheinend nicht besonders beliebt war.

»... fünfunddreißig ... sechsunddreißig ...«, zählte Elayne Soo die Sekunden. Sobald der Morgen nahte, konnte man all die Chims sehen, die die fremden Raumschiffe stürmten. Dies war Plan Nummer drei. Würde der Überraschungsangriff ausreichen, um die unvermeidliche Reaktion lange genug hinauszuzögern?

Ihr Glück konnte höchstens noch achtunddreißig Sekunden dauern. Sirenen heulten auf, erst vom vorderen, dann vom hinteren Tank.

»Vorsicht!«, rief eine Stimme von oben.

All die pelzigen, haarigen Gestalten schwangen sich in die Bäume, während Klauen-Soldaten aus ihren Booten strömten und das Feuer eröffneten. Chims fielen und stürzten, ihr Fell brannte oder war angesengt, oder sie fielen, von Kugeln durchsiebt. Athaclena aber zog ihre Corona ein, um nicht vor Schmerzen zu vergehen.

Das war die erste Begegnung mit dem totalen Krieg. Dies war nun kein Spaß mehr, sondern Schmerz und Leid und sinnloser Tod.

Die Klauen-Soldaten fielen scharenweise. Sie hüpften herum und suchten nach Zielen, rannten den schemenhaften Gestalten nach, die sich in die Bäume geschwungen hatten, aber sie wurden von Geschossen niedergemäht. Die Kämpfer versuchten, ihre

Waffen auf Energiequellen einzustellen – doch da waren keine Laser, keine Impuls-Projektoren, nicht einmal chemische Waffen irgendwelcher Art. Die ganze Zeit aber schwirrten die Bolzen der Armbrustschützen um ihre Ohren. Und so fiel ein Gubru-Krieger nach dem anderen.

Der erste Tank, dann der zweite erhoben sich und sausten auf röhrenden Luftströmen davon. Ihr Anführer zog eine Schleife – dann drehten die Maschinen ab und donnerten über den Wald hinweg, wobei sie einen Strom von Auspuffgasen hinter sich ließen.

Die Gipfel der hohen Bäume schienen für einen Moment in der Luft zu schweben. Dann barsten ihre Stämme, bevor sie in einer Wolke von Holzsplittern und Rauch auf den Boden krachten. Ranken wehten hin und her, wanden sich wie Schlangen, die ihr Gift in alle Richtungen versprühten. Chims schrien, die von gebrochenen Ästen stürzten.

Ist dies die Sache wert? Kann es etwas auf der Welt geben, was dies alles wert ist?

Athaclenas Corona hatte sich in der Aufregung des Augenblicks geweitet, und sie spürte, wie eine Glyphe Gestalt annehmen wollte. Aber sie verscheuchte verdrossen das halbfertige Gebilde, eine Antwort auf ihre Frage. Denn ihr stand der Sinn nicht nach irgendwelchen tymbrimischen Spitzfindigkeiten oder gepfefferten Witzen. Ihr war eher zum Weinen, auf eine durchaus menschliche Art, und sie wusste nicht, wie ihr geschah.

Der Wald war von Angst und Schrecken erfüllt, und die einheimischen Tiere flohen Hals über Kopf vor der Verwüstung. Einige rannten direkt über Athaclena und Benjamin hinweg, fiepend und quiekend, von panischer Angst getrieben. Der Radius des Mordens weitete sich aus, als die tödlichen Fahrzeuge auf alles zu feuern begannen, was sich rührte. Überall gab es Explosionen, und Flammen schlugen empor.

Dann, ebenso plötzlich, wie er zu feuern begonnen hatte, stellte der Führungstank das Feuer wieder ein. Erst glühte das eine, dann das zweite Geschützrohr rötlich auf, geriet in Weißglut und verstummte. Der Krach ließ allmählich nach.

Der zweite Tank schien das gleiche Problem zu haben, doch er versuchte weiterzufeuern, trotz seiner geborstenen, brechenden Rohre.

»Duck dich!«, rief Benjamin aus und riss Athaclena zu Boden. Die Crew am Hügelhang konnte noch rechtzeitig in Deckung gehen, bevor der hintere Tank mit einer gewaltigen Stichflamme explodierte. Metallsplitter und verbogene Panzerplatten sausten über ihren Köpfen durch die Luft.

Athaclena blinzelte das scharfe Nachbild weg. In ihrer augenblicklichen Verwirrung, ausgelöst durch die Überlastung der sinnlichen Wahrnehmung, fragte sie sich, warum wohl Benjamin so sehr auf irdische Wasservögel versessen war.

»Der andere hat sich festgefressen!«, rief jemand. Als Athaclena wieder klar sehen konnte, war es unschwer zu erkennen, dass von der Vorderplatte des Führungstanks Rauch aufstieg. Aus dem Geschützturm drang ein knirschendes Geräusch – anscheinend war er bewegungsunfähig. Ein scharfer Metallgeruch mischte sich mit dem beißenden Gestank brennender Pflanzen.

»Es hat geklappt!«, rief Elayne Soo. Dann war sie hinter der Hügelkuppe verschwunden, um die Verwundeten zu versorgen.

Benjamin und Robert hatten vorgeschlagen, eine Gubru-Patrouille mit chemischen Mitteln außer Gefecht zu setzen. Athaclena hatte aber den Plan geändert, damit er ihre Zwecke erfüllte. Sie wollte keine toten Gubru haben, wie bisher – diesmal wollte sie lebende Vögel fangen.

Nun waren sie endlich da, gefangen und eingepfercht in ihre Fahrzeuge, unfähig sich zu bewegen oder irgendetwas zu unternehmen. Ihre Sendeantennen waren geschmolzen und verschmort – und mittlerweile war der Angriff im Sind-Tal bereits in vollem Gang. Was aber die oberste Heeresleitung der Gubru betraf, so hatte sie in der Nähe ihrer Heimatwelt alle Hände voll zu tun. Und auch die Hilfstruppen mussten bald eintreffen.

Einen Augenblick lang war es still, während immer noch Trümmer auf den Waldboden herabregneten. Allmählich aber begannen sich die Staubwolken zu lichten, und die Staubkörnchen setzten sich am Boden ab.

Dann hob plötzlich ein ganzer Chor an zu singen. Es war wie eine Art Urschrei aus vielen Kehlen, nicht anders als zu jener Zeit, bevor die Menschheit zum ersten Mal versucht hatte, die Gene der Schimpansen zu manipulieren. Athaclena aber vernahm noch einen anderen Ruf, eine Art Triumphgeheul – Roberts »Tarzan-Schrei«.

Es ist gut zu wissen, dass er all dieses Töten und Morden überlebt hat, dachte sie. *Wenn er jetzt nur noch den Plan befolgen und von nun an außer Sichtweite bleiben würde!*

Aus dem Schatten der geköpften Bäume traten Chims hervor und eilten zu Dr. Soo, um bei der Versorgung der Verwundeten zu helfen. Eine weitere Gruppe umzingelte die kampfunfähigen Tanks.

Benjamin schaute Richtung Nordwesten, wo einige Sterne in der Morgendämmerung verblassten. Aus dieser Richtung war ein Donnergrollen zu hören, als würden dort Kämpfe stattfinden. »Ich frage mich, wie Fiben und die Burschen in der Stadt wohl zurechtkommen«, sagte er.

Jetzt war es das erste Mal, dass Athaclena ihre Corona freisetzte. Sie bildete die Glyphe *kuhunnagarra* … die Essenz einer aufgeschobenen Unsicherheit. »Das liegt außerhalb unserer Reichweite«, sagte sie. »Wir müssen hier und jetzt handeln.«

Sie hob die Hand und gab den Einheiten am Hang das Zeichen zum Abmarsch.

Fiben 46

Aus dem Sind-Tal stieg Rauch auf. Da und dort waren an einigen Stellen Brände in den Kornfeldern zwischen den Obstgärten ausgebrochen und verstreuten Ruß in einen Morgen, der blass und dämmrig aufstieg.

Einige hundert Meter über dem Boden, hoch in den Lüften, klammerte sich Fiben an den rauen Holzrahmen eines selbstgebauten Flugdrachens und versuchte durch sein Fernglas, die einzelnen Brandstätten zu orten. Der Kampf hier im Sind-Tal war alles andere als gut verlaufen. Die Operation war als Überraschungsangriff geplant gewesen, um die Invasoren zu überrumpeln und sie empfindlich zu treffen. Doch das Unternehmen endete in einer wilden Flucht.

Und jetzt sank die Wolkendecke herab, wie unter der Last dunkler Rauchschwaden, ein Gleichnis ihrer sinkenden Hoffnung. Schon bald würde er nicht mehr als einen Kilometer Sicht haben.

»Fiben!«

Unten links, nicht weit vom Schatten entfernt, den der Flugdrache warf, stand Gailet Jones und winkte ihm zu. »Fiben, kannst du etwas von der C-Gruppe sehen? Haben sie die Gubru-Wache erwischt?«

Er schüttelte den Kopf.

»Keine Spur!«, rief er. »Doch da steigt irgendwo Rauch auf, wahrscheinlich aus feindlichen Waffen.«

»Wo? Und wie viel? Ich gebe dir etwas mehr Leine, damit du besser …«

»Hat keinen Sinn!«, rief er. »Ich komm runter.«

»Aber wir brauchen Daten …«

Er aber schüttelte hastig den Kopf. »Überall wimmelt es nur so von Streifen. Wir müssen hier raus!« Fiben gab den Chims ein Zeichen, die die Steuerleine hielten.

Gailet biss sich auf die Lippe und nickte. Dann begannen sie, den Flugdrachen einzuholen.

Als dann der Überfall in die Binsen ging, der Angriff zusammenbrach und die Kommunikationsmöglichkeiten wieder einigermaßen in Gang kamen, war Gailet nur noch schärfer auf Informationen aus. Er aber konnte sie gut verstehen, denn auch er wollte wissen, was draußen in der Welt passierte. Denn dort draußen hatte er Freunde! Im Augenblick war es jedoch besser, sich der eigenen Haut zu wehren.

Dabei hatte alles so gut begonnen, dachte er, während sich sein Drache langsam zu Boden senkte.

Der Aufstand hatte begonnen, als die Chims, die auf den Baustellen der Gubru arbeiteten, jene Sprengladungen zündeten, die sie in den vergangenen Wochen sorgfältig platziert hatten. An fünf von acht Stellen waren genügend Vögel hochgegangen, um den Himmel mit ihren ausgerupften Federn zu verdunkeln.

Doch dann wurde die Überlegenheit der Technologie deutlich sichtbar. Denn die automatischen Abwehrsysteme reagierten schnell und mähten die Guerillas nieder, bevor sie zum Angriff übergehen konnten. Hatte man sich vielleicht verkalkuliert?

Wie dem auch immer sei, die Situation sah nicht rosig aus.

Fiben sah sich gezwungen, den Drachen zu luven, während der sperrige Gleiter niederging. Der Boden raste auf ihn zu, und er zog die Beine hoch, um sich auf die Landung vorzubereiten. Es war eine harte Landung. Er hörte das Splittern eines Sparrens, als der Flügel den Boden berührte und den Aufprall milderte.

Lieber ein Sparren als ein Knochen, dachte er, während er sich aus seinen Haltegurten löste und das schwere Stoffzeug abwarf. Ein echter Gleiter mit allem Drum und Dran, wie es sich gehörte, wäre bedeutend besser gewesen. Doch weil man immer noch nicht wusste, auf welche Weise der Feind gewisse Industrieerzeugnisse orten konnte, hatte er auf einem selbstgebastelten Ersatzgerät bestanden.

Der große Chim, Max, war sofort zur Stelle und hielt ein gekapertes Gubru-Lasergewehr in der Hand. Max streckte die freie Hand aus. »Alles in Ordnung, Fiben?«

»Ja, Max, alles bestens. Wir wollen das Ding gleich abwracken.«

Max' Leute machten sich sofort daran, den Drachen zu zerlegen und ihn im Schatten der Bäume zu verbergen. Schwebefahrzeuge und Kampfflugzeuge der Gubru hatten die ganze Zeit mit pfeifenden Triebwerken über ihren Köpfen geschwebt, seit das glücklose Unternehmen begonnen hatte. Der Drache als solcher fiel überhaupt nicht auf, für Radar und Infrarot praktisch unsichtbar. Immerhin hatten sie allerhand riskiert, das Ding am helllichten Tag zu benutzen.

Gailet stieß am Rande des Obstgartens zu ihnen. Sie wollte zwar nicht so recht an die Geheimwaffe der Gubru glauben – auch nicht an die Fähigkeit des Feindes, Industriewaren zu entdecken. Schließlich aber hatte sie sich der Mehrheit gebeugt und klein beigegeben. Denn die Chims trugen jetzt halblange braune Hemden über ihren Shorts und eine Art selbstgemachte Tunika. Sie aber drückte ein Notizbuch und einen Schreiber an ihre Brust.

Sie hatte die ganze Zeit an ihrem tragbaren Datenschirm gesessen und hatte jetzt ganz bestimmte Vorstellungen.

Wenn sich Fiben einen Moment eingebildet hatte, so etwas wie Erleichterung in ihrer Miene zu entdecken, als er sich aus dem ramponierten Fluggerät befreite, hatte er sich gewaltig geirrt. Denn Gailet war neugieriger und geschäftiger denn je.

»Was hast du gesehen? Wie stark sind die Befestigungsanlagen des Feindes in Port Helenia? Wie nahe ist Yossys Team an die Skynet-Batterie herangekommen?«

So viele gute Chims und Chimmies mussten an diesem Morgen ihr Leben lassen. Doch alles, was sie interessiert, sind ihre verdammten Daten!

Die Raumverteidigungs-Basis war eines der verlockenden Ziele. Denn bis jetzt hatten die sporadischen Überfälle aus dem Hinterhalt keinen Gubru hinter dem Ofen hervorlocken können. Fiben hatte nachdrücklich betont, dass der erste Schlag von entscheidender Bedeutung sei. Denn die Gelegenheit, den Feind so unvorbereitet zu treffen, war einmalig und günstig.

Dennoch hatte Gailet die Operation im Sind-Tal eher auf ihre Beobachter als auf die Kampftruppen ausgerichtet. Für sie war jede Information wichtiger als die Möglichkeit, dem Feind bleibenden Schaden zuzufügen. Und zu Fibens größter Verwunderung hatte der General diesem Plan zugestimmt.

Er schüttelte den Kopf. »Da ist eine Menge Rauch in dieser Richtung, sodass ich annehme, dass Yossy irgendetwas fertiggebracht hat.« Fiben klopfte sich den Staub von Armen und Beinen. »Ich habe eine ganze Menge feindlicher Bewegungen gesehen, wahrscheinlich lauter Verstärkung, die sie jetzt zusammenziehen.« Er klopfte sich an die Stirn.

Gailet schnitt eine Grimasse, weil sie gehofft hatte, alle Neuigkeiten hier und sofort zu erfahren. Doch der Plan ging vor, und es war schon später, als man dachte. »Okay, wir sehen uns später. Im Augenblick gehen andere Dinge vor.«

Du willst mich wohl verarschen, dachte Fiben sarkastisch. Dann drehte er sich um. »Ihr Burschen, habt ihr endlich das Ding versteckt?«

Die drei Chims waren gerade dabei, eine kleine Mulde unter den dicken Wurzeln eines großen Baumes mit Blattwerk zu bedecken. »Alles fertig, Fiben.« Dann klaubten sie ihre Jagdgewehre auf, die sie unter einem anderen Baum verborgen hatten.

Fiben runzelte die Stirn. »Ich glaube, es wäre besser, diese Waffen loszuwerden. Denn sie sind terranische Produkte.«

Gailet aber schüttelte heftig den Kopf. »Und durch was sollen wir sie ersetzen? Mit unseren paar Laserwaffen, die wir den Gubru abgenommen haben, können wir nicht viel ausrichten. Ich bin bereit, den Feind nackt und bloß anzugreifen, aber auf keinen Fall unbewaffnet«, sagte sie, und ihre braunen Augen glühten.

Fiben stieg die Galle hoch. »Du bist zu einem Angriff bereit. Warum sollten wir diese verdammten Vögel nicht mit einer spitzen Feder jagen? Das ist doch deine allerliebste Waffe!«

»Das ist unfair! Ich mache all diese Notizen und Aufzeichnungen nur, weil …«

Doch sie konnte den Satz nicht zu Ende sprechen, weil Max dazwischenrief: »Runter! Volle Deckung!«

Erst war ein scharfes Pfeifen zu hören, dann wurde die Luft von einem gewaltigen Knall erschüttert, und ein weißes Objekt sauste dicht über den Baumwipfeln dahin. Abgerissenes Laub wirbelte davon und schwebte über dem Gras. Fiben hatte sich hinter einem knorrigen Stamm versteckt, dessen Wurzeln aus dem Boden ragten, lugte hervor und sah, wie sich das fremde Luftfahrzeug hochschraubte, eine Schleife zog und wieder zurückkam.

Er spürte, dass Gailet dicht bei ihm war. Max aber, zu seiner Linken, hatte sich bereits in die Äste eines anderen Baums geschwungen. Die übrigen Chims hatten sich mehr nach rechts verzogen und am Rande des Obstgartens Schutz gesucht.

Fiben sah, dass einer von ihnen seine Waffe hob, als der Flieger wieder zurückkam.

»Nein!«, rief er, doch er wusste bereits, dass seine Warnung zu spät kam. Der Rand der Rasenfläche explodierte. Erdklumpen flogen himmelwärts, wie von der Hand zürnender Dämonen geschleudert. In einem kurzen Augenblick fuhr der Mahlstrom durch die nächsten Bäume und riss alles in Stücke. Blattwerk, Äste, abgerissene Zweige, Schmutz, Fleischfetzen und Knochen wirbelten durch die Luft und wurden in alle Winde zerstreut.

Gailet starrte mit weit aufgerissenem Mund auf das Chaos.

Fiben aber warf sich auf sie, bevor die Walze der Explosion über sie hinwegrollte. Er spürte den Sog der weißen Kampfmaschine, als sie sich dröhnend entfernte. Die Bäume, die noch standen, erzitterten unter dem Luftdruck. Ein Trümmerregen ging auf Fibens Rücken nieder.

»Hmmm-hmp!«

Gailets Gesicht tauchte unter seinem Arm wieder auf. Sie keuchte und schnappte nach Luft.

»Geh von mir runter, du verdammter, blöder, stinkender, lausiger …! Runter mit dir, bevor ich ersticke …!«

Fiben sah, wie die feindliche Maschine hinter den Hügeln wegtauchte und verschwand. Er sprang schnell hoch und half ihr auf die Beine. »Los«, rief er, »wir müssen hier weg!«

Gailet hörte auf zu fluchen und zu schimpfen, sobald sie wieder auf den Beinen war. Sie starrte ungläubig auf die Verwüstung, welche die Gubru-Waffen angerichtet hatten, und konnte es einfach nicht fassen.

Die zerfetzten Chims und ihre Waffen lagen am Boden verstreut zwischen geborstenen Ästen und umgestürzten Stämmen.

»Wenn du vorhast, eine dieser Waffen zu nehmen, dann bist du ab sofort auf dich selbst angewiesen, Schwester.«

Gailet blinzelte. Dann schüttelte sie den Kopf und brachte nur noch ein leises »Nein« hervor. Diesmal war sie endgültig überzeugt.

Dann aber drehte sie sich plötzlich um. »Max!«

Sie wollte gerade auf die Stelle zugehen, wo sie ihren großen ergebenen Freund und Diener zuletzt gesehen hatte. Doch in diesem Moment war ein donnerndes Geräusch zu hören.

Fiben hielt sie zurück. »Truppentransporter. Wir haben keine Zeit zu verlieren. Wenn er noch lebt, kann er sich durchschlagen. Los jetzt, wir müssen fort.«

Das Dröhnen riesiger Maschinen kam immer näher, dennoch leistete sie noch Widerstand. »Ach, in Ifnis Namen, lass uns unsere Aufzeichnungen retten!«, meinte er spöttisch.

Das hatte gesessen. Gailet ließ zu, dass er sie mitschleifte. Sie stolperte ein paar Schritte hinter ihm her, dann hatte sie ihn eingeholt. Dann aber rannten beide los.

Was für ein Mädchen, dachte Fiben, während sie im Schatten der Bäume dahinjagten. *Sie mag eine Nervensäge sein, aber sie hat Mumm. Sowas wie vorhin, hat sie wohl zum ersten Mal erlebt, aber sie dachte nicht daran, die Flinte ins Korn zu werfen.*

Ach ja?, sagte eine andere kleine Stimme in ihm. *Und wann hast du je so was gesehen? Weltraumschlachten sind dagegen kleine Fische.*

Fiben musste sich selbst gestehen, dass er nur deswegen nicht gekotzt hatte, weil er vor dieser sonderbaren Chimmie nicht das Gesicht hatte verlieren wollen. Diesen Triumph hätte er ihr nie gegönnt.

Sie wateten zusammen durch ein schlammiges Gewässer und suchten dann am anderen Ufer Deckung.

Athaclena 47

Nun hing alles von Benjamin ab.

Athaclena und Robert beobachteten von ihrem Ausguck an den Hängen aus, wie sich ihr Freund dem liegengebliebenen Gubru-Konvoi näherte. Zwei weitere Chims begleiteten Benjamin, wobei der eine von ihnen eine weiße Fahne hochhielt. Sie trug das Emblem der *Bibliothek* – den Strahlenkranz der Galaktischen Zivilisation.

Die Chim-Gesandten hatten ihre selbstgenähten Kleider abgestreift und trugen silbrige Roben, die auf Zweibeiner ihrer Größe und Statur zugeschnitten waren. Doch es erforderte Mut, sich auf diese Weise zu nähern. Obwohl die Fahrzeuge nicht mehr einsatzfähig waren und seit einer guten halben Stunde sich nichts mehr gerührt hatte, mussten sich die Chims doch fragen, was der Feind eigentlich vorhatte.

»Zehn zu eins, dass die Vögel zunächst versuchen werden, einen Roboter einzusetzen«, murmelte Robert, während er seinen Blick nicht von der Szene im Tal wandte.

Athaclena schüttelte den Kopf. »Keine Wette, Robert. Schau! Die Tür des mittleren Bootes geht auf.«

Von ihrem Ausguck aus konnten sie die ganze Lichtung überblicken. Die Ruinen des Howlett Center standen finster über den Trümmern eines immer noch schwelenden Schwebetanks. Der zweite aber, sein Zwillingsbruder, lag mit seinen geborstenen nutzlosen Geschützrohren da wie ein Boot mit schwerer Schlagseite.

Genau zwischen den beiden Wracks tauchte jetzt eine schwebende Gestalt auf.

»Was habe ich gesagt?«, meinte Robert und rümpfte die Nase. Es war tatsächlich ein Roboter, und auch er trug eine weiße Fahne mit dem Strahlenkreis-Emblem.

»Diese verdammten Vögel wollen einfach nicht zugeben, dass die Chims mehr sind als Erdenwürmer, nicht bevor man sie dazu zwingt«, kommentierte Robert. »Sie wollen eine Maschine einsetzen, um mit uns zu verhandeln. Ich will nur hoffen, dass Benjamin weiß, was er zu tun hat.«

Athaclena berührte Roberts Arm, als wollte sie ihn daran erinnern, dass er leiser sprechen sollte. »Er weiß gewiss, was er tut«, meinte sie sanft. »Und Elayne Soo steht ihm bei.« Dennoch überkam sie ein Gefühl der Hilflosigkeit, während sie auf die Dinge warteten, die da kommen sollten. Dies war eine Sache, die nur Patronatsvölker auszufechten hatten. Klienten sollten in einer solchen Situation nicht herausgefordert werden.

Die schwebende Drohne – anscheinend ein Exemplar aus der Gubru-Musterkollektion, die in aller Eile auf eine diplomatische Funktion umgerüstet worden war, hielt etwa vier Meter vor den vorrückenden Chims an, die bereits stehen geblieben waren und ihr Banner in den Boden gerammt hatten. Der Roboter ließ eine Reihe von Tönen hören, die sich wie das Getschilpe von Spatzen anhörten – eine Sprache oder eine Botschaft, die weder Athaclena noch Robert deuten konnten. Der Tonfall hörte sich aber eindeutig herrisch an.

Zwei der Chims traten einen Schritt zurück und grinsten nervös.

»Du wirst es schaffen, Ben!«, knurrte Robert. Und Athaclena sah, wie sich seine Armmuskeln spannten. Wären diese Muskeln nichts weiter als tymbrimische aufgeputschte Drüsen gewesen, anstatt ... Sie erschauerte bei diesem Vergleich und schaute wieder nach unten.

Dort stand Benjamin wie ein Fels, wobei er scheinbar die Maschine ignorierte. Er stand einfach da und wartete ab. Er hatte seine Ansprache beendet, und einen Moment lang herrschte Stille. Dann hob er den Arm, wie es ihn Athaclena gelehrt hatte – eine einfache Geste, die besagte, dass Lebewesen nicht bereit waren, mit Maschinen zu verhandeln.

Der Roboter jaulte wieder auf, diesmal etwas lauter, mit einer Spur von Verzweiflung.

Die Chims aber standen einfach da, warteten und gaben dem Roboter keine Antwort. »Was für ein Hochmut!«, seufzte Robert. »Gut so, Ben. Zeig ihm, was eine Harke ist.«

Minuten vergingen, aber es geschah nichts.

»Dieser Gubru-Konvoi ist ohne Psi-Schilde in die Berge gekommen!«, meldete Athaclena plötzlich. Sie berührte ihre rechte Schläfe, während ihre Corona wehte. »Und wenn sie welche gehabt haben, so wurden sie beim Angriff beschädigt. Wie dem auch sei, ich kann auch sagen, dass sie allmählich nervös werden.«

Die Invasoren besaßen immer noch einige Sensoren. Sie würden jede Bewegung im Wald, jeden Boten, jeden Melder registrieren, der sich näherte. Und bald würde eine zweite Angriffstruppe anrücken, diesmal mit modernen Waffen ausgerüstet.

Die Resistance hatte ihre größten Reserven für einen Überraschungsangriff aufgespart. Die Antimaterie neigte dazu, Resonanzen von sich zu geben, die aus großer Entfernung zu orten waren. Nun war es allerdings an der Zeit, die Karten auf den Tisch zu legen. Jetzt musste auch der Feind bereits wissen, dass er nicht in Sicherheit war, nicht einmal in seinen Panzerfahrzeugen.

Urplötzlich und ohne weiteres Aufhebens ergriff der Roboter die Flucht und schwebte zum mittleren Boot. Dann, nach einer kurzen Pause, ging die Tür wieder auf, und ein neues Gesandtenpaar erschien.

»Kwackoos«, meldete Robert.

Athaclena unterdrückte die Glyphe *syrtunu*. Ihr menschlicher Freund neigte dazu, das Offensichtliche in Worte zu kleiden.

Die flaumigen kleinen Vierbeiner, loyale Klienten der Gubru, näherten sich, während sie aufgeregt miteinander zirpten und schnatterten. Als sie die Chims erreicht hatten, bauten und plusterten sie sich vor ihnen auf. Einer trug einen Vodor um den dicken Hals, doch die Übersetzungsmaschine schwieg.

Die drei Chims falteten die Hände vor der Brust und neigten ihren Kopf zur Begrüßung. Dann richteten sie sich wieder auf und warteten.

Auch die Kwackoos standen einfach da. Und diesmal war es offensichtlich, wer wen ignorierte.

Durch ihr Fernglas konnte Athaclena erkennen, dass Benjamin sprach. Sie aber schimpfte leise vor sich hin, weil sie nur zuschauen, aber kein Wort verstehen konnte.

Immerhin schienen die Worte des Chims Eindruck zu schinden. Die Kwackoos zirpten und zeterten nervös wie ein Spatzenschwarm. Durch den Vodor kamen Worte, die aber viel zu leise waren, als dass man sie hätte verstehen können, doch das Ergebnis war eindeutig. Benjamin wartete nicht ab, bis sie geendet hatten. Er und seine Kameraden holten ihr Banner, wandten sich ab und marschierten davon.

»Gut, der Junge«, sagte Robert zufrieden. Er kannte seine Chims. Es musste sie zwar gewaltig jucken, aber sie gaben sich kühl und gelassen.

Der Kwackoo-Anführer hörte auf zu reden und starrte den Chim ungläubig nach. Dann begann er zu hüpfen und stieß spitze Schreie aus. Auch seine Partner waren ziemlich aufgeregt. Nun konnte man auch oben auf dem Hügel die Worte hören, die durch den Verstärker des Vodors drangen. »… kommt zurück! …« immer und immer wieder.

Die Chims aber gingen ungerührt auf die Baumreihe zu, bis dann auch Athaclena und Robert das *Wort* endlich hörten:

»… kommt zurück … BITTE, kommt zurück …!«

Mensch und Tymbrimerin schauten sich an und tauschten ein Lächeln. Dies war zweifellos schon ein halber Sieg.

Benjamin und seine Genossen blieben abrupt stehen, machten kehrt und schlurften zurück, steckten die Standarte mit dem Strahlenkranz wieder in den Boden. Dann standen sie schweigend da und warteten. Dann, endlich, verbeugten sich die gefiederten Emissäre, wenn es ihnen auch schwerfiel.

Es war eine mickrige Verneigung – kaum dass sie zwei ihrer vier Knie beugten –, aber immerhin. Die vertraglich verpflichteten Klienten der Gubru hatten die ebenfalls vertraglich verpflichteten Klienten der menschlichen Wesen als gleichberechtigt anerkannt. »Wahrscheinlich haben sie dies dem sicheren Tod vorgezogen«, flüsterte Athaclena ehrfurchtsvoll, obwohl sie solches erwartet hatte. »Die Kwackoos sind fast 6000 Erdenjahre alt. Die Neoschimpansen dagegen sind erst seit drei Jahrhunderten sapient und sind die Klienten der Wolflinger.« Sie wusste, dass sich Robert durch ihre Worte nicht verletzt fühlen würde. »Die Kwackoos sind schon lange genug entwickelt, um das Recht zu haben, über Leben und Tod zu entscheiden. Sie und die Gubru sind wie vor den Kopf geschlagen. Wahrscheinlich haben sie die Tragweite der Dinge nicht so recht bedacht. Und vielleicht können sie kaum glauben, was ihnen geschieht.«

Robert grinste. »Warte mal ab, bis sie den Rest gehört haben. Wahrscheinlich werden sie sich wünschen, nie geboren worden zu sein.«

Die Chims erwiderten die Verbeugung auf die gleiche zurückhaltende Art. Dann sprach einer der großen Avioiden schnell in seinen Vodor, der seine Worte in Anglic übersetzte.

»Wahrscheinlich möchten die Kwackoos mit einem der Rädelsführer sprechen«, sagte Robert, und Athaclena nickte zustimmend.

Benjamin versuchte seine Nervosität zu verbergen, indem er bei der Antwort seine Hände benutzte. Aber dies war wirklich kein Problem. Er zeigte auf die zerstörten Schwebetanks, auf die hilflosen Boote an allen Seiten des Waldes, wo die Aufräumtrupps mit der Beseitigung der Wracks beschäftigt waren.

»Er sagt ihnen, *er* ist der Anführer.«

Es lief alles nach Plan, alles nach dem Drehbuch, das Athaclena geschrieben hatte. Und während sie diesen Plan gemacht hatte, hatte sie sich stets darüber gewundert, wie leicht es ihr gefallen war, sich von der subtilen Heuchelei tymbrimischer Art auf die Notlüge umzustellen, die bei den Menschen gang und gäbe war.

Benjamins Gesten halfen ihr, die Unterhaltung zu verfolgen. Durch Empathie und ihre eigene Vorstellung glaubte sie, die Lücken ausfüllen zu können.

»Wir haben unsere Patrone verloren«, hatte Benjamin nun zu sagen. *»Ihr und eure Herren haben sie uns genommen. Wir vermissen sie und warten sehnsüchtig auf ihre Rückkehr. Wir wissen aber auch, dass sie nicht stolz auf uns sein werden, wenn wir hilflos und tatenlos herumstehen. Nur durch unsere Taten können wir beweisen, wie weit und wie hoch wir entwickelt sind.*

Also handeln wir so, wie sie es uns gelehrt hatten – indem wir uns wie vernünftige Wesen benehmen, wie denkende Wesen voll Anstand und Würde.

Also verlange ich im Namen der Ehre und bei den Gesetzen des Krieges, dass ihr und eure Herren euer Ehrenwort gebt oder andernfalls die Konsequenzen unseres berechtigten Zorns in Kauf nehmt!«

»Der wird es wirklich schaffen, der gibt es ihnen«, flüsterte Athaclena bewundernd.

Robert musste sich räuspern, um nicht laut aufzulachen. Die Kwackoos schienen immer mehr in Verzweiflung und Panik zu geraten, während Benjamin seine Rede hielt. Und als er geendet hatte, hüpften sie aufgeregt herum und piepsten, zirpten und schnatterten, plusterten ihr Gefieder auf und gaben ihrem Missfallen laut Ausdruck.

Benjamin freilich ließ sich nicht verblüffen. Er schaute auf seine Armbanduhr und sagte drei Worte.

Und ganz unvermittelt hörten die Kwackoos auf zu protestieren. Wahrscheinlich waren irgendwelche Befehle eingetroffen, weil sie sich plötzlich wieder verbeugten, auf dem Absatz kehrtmachten und hastig zu ihrem Schiff zurückliefen.

Die Sonne war über den Hügeln im Osten aufgegangen, Morgenlicht fiel auf die geborstenen, geköpften Bäume. Unten auf der Verhandlungsstätte wurde es allmählich warm, doch die Chims standen immer noch da und warteten. Von Zeit zu Zeit schaute Benjamin auf seine Uhr und verkündete die restliche Zeit.

Am Waldesrand erblickte Athaclena ihr Sonderkommando, das jetzt damit beschäftigt war, ihren einzigen Antimaterie-Projektor aufzubauen. Höchstwahrscheinlich war dies auch den Gubru bekannt.

Sie hörte, wie Robert leise die Minuten zählte.

Schließlich – und wirklich im letzten Moment – gingen die Luken der drei Schwebefahrzeuge auf, und aus jeder Luke kam eine Prozession hervor. Die ganze Besatzung der Gubru, in die schimmernden Roben der Senior-Patrone gekleidet, zogen daher. Sie sangen ein Lied in hohen Tönen im Chor, begleitet vom Bass ihrer treuen Kwackoos.

Dieser Festzug gehorchte einer alten Tradition. Die Wurzeln reichten zurück in Zeiten und Epochen, bevor die ersten Lebewesen auf der Erde an Land gekrochen waren. So war es auch nicht schwer, sich vorzustellen, wie nervös sich Benjamin und die anderen vorkamen, als diejenigen, die ihr Ehrenwort geben sollten, sich vor ihnen versammelten. Selbst Roberts Kehle war trocken. »Vergiss nicht, dich noch einmal zu *verbeugen*«, flüsterte er eindringlich.

Athaclena aber lächelte, weil sie den Vorteil ihrer Corona nutzen konnte. »Fürchte dich nicht, Robert. Wir denken stets.« Und in der Tat faltete Benjamin die Hände, so wie ein Junior-Klient einen Senior-Patron respektvoll grüßt. Die Chims aber machten eine tiefe Verbeugung. Nur Benjamin riskierte ein heimliches Grinsen, das seine Unterwürfigkeit Lügen strafte.

»Robert«, sagte sie und nickte zufrieden. »Deine Leute haben in knapp vierhundert Jahren allerhand fertiggebracht.«

»Das Lob gebührt nicht uns«, erwiderte er. »Grundsätzlich war alles von Anfang an bereits vorhanden.«

Die Aviane brachen zu Fuß in Richtung Sind-Tal auf. Wahrscheinlich würde man sie über kurz oder lang abholen. Doch selbst wenn nicht, hatte Athaclena dafür gesorgt, dass ein entsprechender Bescheid erging. Sie mussten ihre Heimatbasis ohne jede Belästigung erreichen. Jeder Chim, der ihnen auch nur eine Feder krümmte, musste damit rechnen, geächtet zu werden. Sein Plasma sollte ins Abwasser gegossen und seine Gen-Linie ausgetilgt werden – so ernst war die Sache.

Die Prozession verschwand über die Bergstraße. Dann ging man unverzüglich an die Arbeit.

Ganze Heerscharen von Chims machten sich über die verlassenen Fahrzeuge her, um sie abzutakeln und abzuwracken, in der kurzen Zeit, die ihnen noch blieb, bis die Vergeltung über sie hereinbrach. Die Gorillas knurrten ungeduldig, grunzten und gaben sich Zeichen, während sie auf die Ladungen warteten, die sie in die Berge schleppen sollten.

Inzwischen hatte Athaclena ihren Kommandoposten etwa zwei Meilen unter den schützenden Grat einer Hügelkette in den Bergen verlegt. Sie beobachtete durchs Fernglas, wie die letzten Güter geborgen, aufgeladen und fortgeschafft wurden und nur noch praktisch leere Hüllen im Schatten der Gebäuderuinen zurückblieben.

Robert war schon viel früher gegangen, weil Athaclena darauf bestanden hatte. Er musste am nächsten Tag zu einer weiteren Mission aufbrechen und sich unbedingt ausruhen.

Ihre Corona wehte, und sie erkannte Benjamin, bevor seine leise schlurfenden Schritte auf dem Pfad zu hören waren, als er den Hügel heraufkam. Und als er dann zu sprechen begann, klang seine Stimme düster.

»General, wir haben über Semaphor erfahren, dass die Angriffe im Sind-Tal erfolglos verlaufen sind. Zwar wurden ein paar Eatee-Baustellen in die Luft gejagt, doch der Rest war eine einzige Katastrophe.«

Athaclena schloss die Augen. So was hatte sie erwartet und befürchtet. Dort unten gab es eine Menge Sicherheitsprobleme, und Fiben hatte wohl richtig vermutet, dass die Widerstandsgruppe in der Stadt von Verrätern durchsetzt war.

Dennoch hatte Athaclena den Angriff nicht abgeblasen. Er diente einem wertvollen Zweck, weil dadurch die Gubru-Verteidigungskräfte abgelenkt und ihre schnell reagierenden Jäger und Kampfmaschinen an einem anderen, weit entfernten Ort gebunden und beschäftigt waren. Sie konnte nur hoffen, dass nicht allzu viele Chims ihr Leben lassen mussten, weil sie den Zorn der Invasoren auf sich gelenkt hatten.

»Dieser Tag hat einiges wettgemacht«, sagte sie zu ihrem Adjutanten. Dennoch wusste sie, dass dieser Sieg eher symbolisch war. Ihr Versuch, den Feind zu vertreiben, war nutzlos. Und da sie sich allmählich an Metaphern gewöhnt hatte, kam ihr ein solcher Versuch vor, als würde eine Raupe versuchen, einen Baum auszureißen.

Nein. Wenn wir gewinnen können, dann nur durch List.

Benjamin räusperte sich, und Athaclena blickte zu ihm hinab. »Du glaubst wohl immer noch nicht so recht, dass es gut war, sie am Leben und abziehen zu lassen«, meinte sie.

Er nickte. »Nein, Ser, ganz und gar nicht. Ich glaube zwar, verstanden zu haben, was Sie mir über Symbolismus und ähnliche Dinge erzählt haben … und ich bin stolz, wenn Sie meinen, dass wir die ganze Zeremonie richtig durchführten. Ich bin aber immer noch der Meinung, dass es besser gewesen wäre, sie auf dem Scheiterhaufen zu verbrennen.«

»Denkst du an Rache?«

Benjamin zuckte die Achseln. Beide wussten genau, dass die

Mehrheit der Chims so oder ähnlich dachte. Nun geht es nicht nur um Symbole, dachte er. Es geht um mehr. Denn die Völker der Erde waren geneigt, all die Ehrenbezeigungen, Verbeugungen und die feinen Klassenunterschiede der Galaktiker als Auswüchse einer versumpften dekadenten Zivilisation zu betrachten, die endgültig in eine Sackgasse geraten war.

»Sie wissen genau, dass ich nicht an so was denke«, sagte Benjamin. »Ich versuche, Ihrer Logik zu folgen. Es war wohl ein großer Sieg, dass wir es fertiggebracht haben, sie überhaupt dazu zu bringen, mit uns zu reden. Doch es geht um etwas anderes.«

»Und worum, wenn ich fragen darf?«

»Die Vögel hatten die Gelegenheit, um das Center herumzuschnüffeln. Sie haben mit Sicherheit irgendeine Spur von Entwicklung entdeckt. Und ich kann auch nicht ausschließen, dass sie zwischen den Bäumen auch einen Blick auf die Gorillas erhaschten.« Benjamin schüttelte den Kopf. »Ich glaube einfach, dass wir sie nach alldem nicht hätten so ziehen lassen dürfen.« Athaclena legte die Hand auf seine Schulter. Aber sie sagte nichts, weil es im Moment nichts zu sagen gab.

Wie konnte sie es Benjamin erklären?

Syulff-kuonn nahm über ihrem Kopf Gestalt an, tanzte und wirbelte herum vor lauter Spaß an der Freude, weil die Dinge so verliefen, wie es ihr Vater geplant hatte.

Nein, sie konnte Benjamin nicht erklären, dass sie es war, die darauf bestanden hatte, die Gorillas herzubringen und sie an diesem Unternehmen teilhaben zu lassen – als einen Schritt in einem langfristigen, komplizierten und sehr praktischen Scherz.

Fiben und Gailet 48

»Kopf runter!«, knurrte Fiben.

»Willst du endlich aufhören, auf mir rumzuhacken?«, gab Gailet gereizt zurück. Sie schaute über die Grashalme hinweg. »Ich wollte nur sehen, ob …«

Dann brach sie plötzlich ab, als Fiben die Arme unter ihr wegzog. Sie landete hart, schnaufte und rollte über einen Abfallhaufen. »Du verdammter, niederträchtiger Flohpelz …«

Ihre Augen sprühten immer noch vor Zorn, während ihr Fiben die Hand fest auf den Mund legte. »Ich habe dir bereits gesagt«, flüsterte er. »Mit ihren Sensoren, wenn du überhaupt welche gesehen hast, können sie dich jederzeit orten. Unsere einzige Chance liegt darin, wie Schlangen über den Boden zu kriechen, wenn wir je den Weg zurück finden wollen.«

Aus der Nähe war das Summen landwirtschaftlicher Maschinen zu hören. Dieses Summen hatte sie hierhergelockt. Wenn sie nur nahe genug herankommen konnten, um mit den Farmern zu verhandeln oder sich unter die Bauern zu mischen, konnten sie vielleicht den Fängen der Invasoren entgehen.

Soweit Fiben wusste, waren er und Gailet die Einzigen, die den Aufstand im Tal überlebt hatten, dem kein Glück beschieden gewesen war. Und es war kaum vorstellbar, dass die Guerillas in den Bergen unter Athaclenas Kommando besser davongekommen waren. Hier war für Empörung und Beleidigtsein wirklich kein Platz.

Er nahm die Hand von Gailets Mund. *Wenn Blicke töten könnten,* dachte er, während er ihr in die Augen sah. Mit ihren verschmutzten, verklebten Haaren sah sie wahrhaftig nicht wie eine ernstzunehmende intellektuelle Chimmie aus.

»Ich … ich dachte … du … hast gesagt …«, sagte sie, während sie versuchte, sich zusammenzunehmen, »der Feind könnte uns nicht orten, wenn wir nur Kleidung aus einheimischen Stoffen tragen.«

»Das wäre so, als würden sie alles hängen lassen und nur auf ihre Geheimwaffe vertrauen. Doch vergiss nicht: Sie haben alles, die beste Ausrüstung, die nur denkbar ist. Infrarot, Radar, seismisches Sonar, Psi …«

Er brach plötzlich ab, weil von links ein leises Jaulen ertönte. Wenn es der Mähdrescher war, den sie vorhin gehört hatten, so gab es immerhin eine Chance, als Anhalter mitgenommen zu werden.

»Warte hier!«, flüsterte er.

Gailet aber packte ihn am Handgelenk. »Nein! Ich komme mit!« Sie schaute schnell nach rechts und links, dann schlug sie die Augen nieder. »Lass mich … lass mich nicht allein.«

Fiben biss sich auf die Lippe. »Also gut. Aber bück dich und bleib dicht hinter mir.«

Sie bewegten sich im Gänsemarsch dahin, teilweise robbten sie über den Boden. Allmählich wurde das Jaulen lauter. Fiben spürte eine leichte Berührung im Nacken.

Gravitation, dachte er. *Und ziemlich nahe.*

Er merkte erst, wie nahe das Ding war, als die Maschine über die Grasstoppeln hinwegglitt und knapp zwei Meter weiter sichtbar wurde.

Er hatte ein großes Fahrzeug erwartet. Doch das Ding war kaum größer als ein Basketball, mit silbrig glänzenden glasigen Knöpfen übersät – Sensoren. Es schaukelte leicht im Nachmittagswind und beobachtete sie.

Teufel noch mal! Er seufzte, hockte sich auf seine Schenkel und ließ die Arme mutlos hängen. Nicht weit entfernt hörte er leise Stimmen. Sie gehörten zweifellos dem Besitzer dieses Dings.

»Es ist eine Kampfdrohne, nicht wahr?«, fragte Gailet müde.

Er nickte. »Ein Schnüffler. Ein billiges Modell, denk ich. Immerhin gut genug, um uns zu finden und festzuhalten.«

»Was sollen wir tun?«

Er zuckte die Achseln. »Was *können* wir tun? Am besten aufgeben.«

Hinter seinem Rücken aber suchte er den dunklen Boden ab, und seine Finger schlossen sich um einen glatten Stein.

Die fernen Stimmen näherten sich auf diesem Weg. *Verdammt und zugenäht,* dachte er.

»Hör zu, Gailet! Wenn ich mich jetzt bewege, duck dich. Und dann nichts wie ab hier. Bring deine Notizen zu Athaclena, wenn sie überhaupt noch am Leben ist.«

Dann, bevor sie überhaupt noch etwas fragen konnte, stieß er einen Schrei aus und schleuderte den Stein mit aller Kraft.

Dann geschahen verschiedene Dinge gleichzeitig. Fiben spürte in seinem rechten Handgelenk einen stechenden Schmerz. Daraufhin folgte ein Blitz, der so hell war, dass er Fiben blendete. Und dann, als er vorschnellte, spürte er tausend kleine Nadelstiche in der Brust.

Als er auf das Ding zusegelte, überkam Fiben das seltsame Gefühl, als hätte er dies schon einmal getan, als hätte er diesen Augenblick schon tausendmal erlebt, in tausend früheren Leben. Eine Art vertrautes Gefühl, am flackernden Rand der Erinnerung haftend, wehte über ihn hinweg, während er unter dem pulsierenden Schwerfeld der Drohne hinwegtauchte und sich dann auf das Gerät stürzte.

Die ganze Welt drehte sich um ihn, als das Ding versuchte, ihn abzuschütteln. Sein Laserstrahl traf Fibens Schatten und setzte das Gras in Brand. Fiben musste um sein Leben bangen, als die Felder und der Himmel vor seinen Augen verschwammen.

Doch das Gefühl des *Déjà vu* schien tatsächlich zu helfen. Fiben glaubte, solches und Ähnliches schon tausendmal getan zu haben. Irgendwo im Hinterkopf meldete sich zwar eine Stimme, dass dem nicht so war, doch seine Erinnerung strafte sie Lügen und gab ihm ein ungerechtfertigtes Vertrauen, das er allerdings bitter nötig hatte, während er versuchte, den Griff seiner verletzten rechten Hand zu lockern und nach dem Steuerkasten des Roboters zu tasten.

Himmel und Erde wurden eins. Fiben musste einen Fingernagel opfern, während er die Klappe hochstemmte und das Schloss aufbrach. Seine Hand, die er in die Öffnung steckte, bekam nur Drähte zu fassen.

Die Maschine aber drehte sich um die eigene Achse und raste los, als würde sie seine Absicht spüren. Fiben verlor den Boden unter den Füßen, seine Beine baumelten in der Luft. Er wurde herumgewirbelt wie eine Stoffpuppe. Er konnte sich nur noch an den Drähten festhalten. Und es ging rundum, rundum, rundum … wie auf einem Karussell.

In diesem Augenblick war nur eins deutlich und klar, nämlich die Linse des Roboterlasers direkt vor seinen Augen.

Leb wohl, schöne Welt, dachte er und schloss die Augen.

Dann war er plötzlich frei. Er flog dahin, während er immer noch Drähte in der rechten Hand hielt. Und als ihn dann ein Schlag traf, schrie er auf und krümmte sich zusammen, wobei er knapp vor einer schwelenden Feuerstelle landete.

Freilich war dies alles schmerzhaft, und es tat alles sehr weh. Fibens Rippen schmerzten, als hätte eines der leidenschaftlichen Gorillaweibchen aus Howletts Center die Nacht mit ihm verbracht und ihn voll gefordert. Er war mindestens zweimal angeschossen worden und glaubte bereits sterben zu müssen. Nun konnte kommen, was da wollte – er war vorerst froh, dass er noch am Leben war.

Er wischte sich den Staub und den Ruß aus den Augen. Keine fünf Meter entfernt aber lag das Gerät im Gras, wirbelte und spuckte und versengte den Rasen. Kein Lob für die Qualität galaktischer Erzeugnisse.

Welcher Eatee hatte den Gubru diesen Schrott angedreht?, fragte sich Fiben. *Vielleicht war es ein Jophur – immerhin möchte ich ihn jetzt gern an die Brust drücken.*

Aufgeregte Stimmen. Rennende Füße. Fiben schöpfte auf einmal wieder Hoffnung. Er hatte erwartet, dass die Gubru auftauchen und nach ihrem abgewrackten Ding suchen würden. Doch die daherkamen, das waren Chims! Er wimmerte und jammerte, presste die Hand auf den Bauch – dennoch musste er lächeln.

Doch sein Lächeln, gefror, als er den Ankömmling endlich erblickte.

»Sieh mal, wen haben wir denn da? Mr. Blaukarte persönlich! Sieht aus, als hättest du ein paar Hindernisrennen hinter dir, Collegeboy. Und du scheinst immer noch nicht zu wissen, wann man dich geschlagen hat.«

Es war der sorgfältig rasierte Chim mit dem Schnurrbart, mit diesem elegant gezwirbelten und gewichsten Bart unter der Nase. Fiben aber erkannte den Anführer der Probationer-Gang, dem er seinerzeit in der Affentraube begegnet war, denjenigen, der sich Eisengriff nannte.

Bei allen Chims auf dieser Welt – warum musste es ausgerechnet er sein? Mittlerweile trafen Weitere ein, die Lederjacken – und alle trugen das gleiche Emblem auf dem Ärmel … eine ausgestreckte Klaue mit drei scharfen Krallen.

Sie bauten sich um ihn herum auf, umzingelten ihn, und alle trugen Gewehre, Saber-Gewehre modifizierter Art. Anscheinend alles Mitglieder der neuen Kollaborateur-Miliz, von denen Fiben und Gailet bereits gehört hatten.

»Erinnerst du dich an mich, Collegeboy?«, fragte Eisengriff grinsend. »Wahrscheinlich wohl. Ich kann mich sehr genau an dich erinnern.«

Fiben seufzte, als sie Gailet Jones daherschleiften, während zwei der großen Chims sie an den Armen festhielten. »Geht es dir gut?«, fragte er leise, aber er konnte die Antwort nicht in ihren Augen lesen. Fiben nickte. Da gab es nicht viel zu sagen.

»Kommt her, meine jungen genetischen Schönheiten!«, sagte Eisengriff, während er Fiben am verwundeten Handgelenk packte. »Da sind ein paar Leute, die euch sehen möchten. Und diesmal gibt es keine Ausreden, verstanden?«

Fiben wandte den Blick von Gailet, als ein stechender Schmerz in seinen Arm fuhr und ihn stolpern ließ. Aber er war nicht stark genug, um sich wieder zu fangen.

Als seine Schergen ihn von Gailet wegzerrten, hatte er die erste Möglichkeit, sich umzusehen, und er sah, dass sie nur ein paar hundert Meter von der Stadtgrenze Port Helenias entfernt waren. Ein paar Chims schauten mit weit aufgerissenen Augen auf ihn herab – offensichtlich Bauern, die auf einer Landmaschine hockten.

Fiben und Gailet wurden zu einem kleinen Tor in der Mauer geführt, jene Barriere, die sich hügelauf, hügelab durch die Landschaft zog und sie in ihrem Netz gefangen hielt.

Galaktiker 49

Der Suzerain der Guten Sitten machte seiner Aufregung Luft, indem er sein Gefieder aufplusterte und auf seiner Deklamationsstange hin und her hopste. Diese Würmer waren noch immer nicht vor ihm erschienen und hatten sich erdreistet, ihm die neuesten Nachrichten mehr als eine Planetenumdrehung lang vorzuenthalten!

Freilich standen die Überlebenden des Überfalls in den Bergen immer noch unter Schock. Ihr erster Gedanke war, sich bei der Militärkommandantur zu melden, wurden aber durch die Ereignisse im Flachland aufgehalten. Doch was war dieser fast geglückte Angriff im Vergleich zu jenen Schlachten, die in den Tiefen des Weltraums ausgetragen wurden?

Zwar konnte der Suzerain sehr gut verstehen, warum solche Fehler gemacht wurden, dennoch war er enttäuscht. Die Affäre in den Bergen war viel bedeutender als irgendein anderes Scharmützel der Guerillas.

»Ihr hättet euch auslöschen sollen, mit Stumpf und Stiel!« Der Suzerain zirpte aufgeregt und machte seiner Enttäuschung in einer Art rituellem Tanz Luft, den er vor den versammelten Gubru-Wissenschaftlern aufführte. Die Spezialisten aber sahen nach dem langen Treck aus den Bergen immer noch ziemlich mitgenommen aus und wurden jetzt immer mehr in Verzweiflung und Niedergeschlagenheit getrieben.

»Dadurch, dass ihr den Eid abgelegt, euer Ehrenwort gegeben habt, wurde unserem Besitz und unserer Ehre größter Schaden zugefügt«, meinte der Suzerain schließlich.

Hätte es sich hier um Militärs gehandelt, so hätte der GS gewiss

Reparationen von ihnen und ihren Familien verlangt. Doch die meisten ihrer Eskorten wurden umgebracht, und Wissenschaftler waren in Dingen von Besitz und Recht weniger bewandert als die Soldaten.

Also beschloss der Suzerain, ihnen zu vergeben.

»Obwohl ich eure Entscheidung würdigte, wenn ich sie auch nicht unbedingt gutheißen kann – es bleibt bei eurem Ehrenwort.«

Die Techniker führten einen Freudentanz auf, weil sie einigermaßen von einer großen Last befreit wurden. Es würde keine Repressalien geben, noch hatten sie andere schlimme Dinge zu befürchten, wenn sie nach Hause zurückkehrten. Ihrer eigenen kleinen Welt sollte kein Schaden zugefügt werden.

Die ganze Sache würde allerdings sehr teuer zu stehen kommen. Diese Wissenschaftler mussten unverzüglich das Garth-System verlassen und würden mindestens für ein Jahr nicht ersetzt werden. Außerdem musste eine gleiche Anzahl von Menschen aus der Haft entlassen werden!

Da hatte der Suzerain plötzlich einen Einfall – und seltsamerweise war er sogar amüsiert. Nun gut, er würde sechzehn Menschen freilassen, aber dafür sorgen, dass die Bergschimpansen nicht mit ihren gefährlichen Herren vereint wurden. Denn die freigelassenen Menschen sollten zur Erde zurückgebracht werden!

Das wäre dann wohl der gerechte Ausgleich. Ein solches Unterfangen würde zwar kostspielig sein, aber weit weniger Gefahren bergen, als wenn man solche Kreaturen auf den Hauptkontinent von Garth loslassen würde!

Man durfte gar nicht daran denken, was diese Neoschimpansen dort oben in den Bergen alles angerichtet hatten. Wie konnte das nur passieren? Die Proto-Klienten, die man in der Stadt beobachtet hatte, wären kaum zu solchen Leistungen fähig gewesen.

Sollten sich vielleicht dort draußen doch noch Menschen verbergen?

Doch der Suzerain konnte einfach nicht hinter das Geheimnis kommen. Statistisch gesehen konnte kaum irgendwo noch ein menschliches Wesen existieren – sie mussten alle längst tot sein.

Freilich mussten die Angriffe der Gasbomber verstärkt werden. Sicher würde der neue Suzerain von Kosten und Vorsicht seine Einwände haben, weil sich dieses Programm als sehr kostspielig erwiesen hatte. In dem Punkt aber würde der Suzerain der Guten Sitten für die Militärs Partei ergreifen.

Der GS spürte ein leises Rühren in sich, nur so leise wie ein Hauch. War das vielleicht ein frühes Zeichen einer Umwandlung im sexuellen Bereich? Doch das war verfrüht, und es sollte nicht beginnen, nicht jetzt, wo sich die Probleme häuften und wo immer noch nicht feststand, wer von den drei Peers dominieren würde. Die Mauser musste warten, bis alles wieder in Ordnung war, bis ein Konsens erreicht wurde und man endlich wusste, wer der stärkste von ihnen war!

Der Suzerain zirpte ein Gebet an die verlorenen Progenitoren, und die anderen fielen im Chor ein.

Wenn man nur gewusst hätte, wie die Schlachten draußen in der Galaxis entschieden würden! Hatte man bereits das Delfin-Schiff gefunden? Waren die Flotten der Allianz bereits unterwegs, um sich den Altvorderen zu näheren und das Ende aller Dinge herbeizuführen?

War die Zeit der Verwandlung bereits gekommen?

Hätte der Priester sicher gewusst, dass die Galaktischen Gesetze endgültig gefallen waren, so hätte er diesen Eid, dieses Ehrenwort und die damit einhergehende Anerkennung der Chims als vernünftige Wesen einfach ignorieren können.

Immerhin gab es aber auch einen Trost. Denn selbst mit menschlicher Hilfe würden es diese Halbaffen nicht fertigbringen, ihre Vorteile wahrzunehmen. Das war nun mal die Art der wolflinger-ähnlichen Spezies. Sie ignorierten die Subtilitäten der alten galaktischen Kultur, wählten stets den direkten Weg und mussten in den meisten Fällen daran glauben.

Trost, zirpte er. *Jawohl, Trost und Sieg.*

Da gab es aber noch etwas, noch eine weitere Sache, auf die man ein Auge haben musste – wahrscheinlich das Wichtigste überhaupt. Der Suzerain wandte sich wieder an den Expeditionsleiter.

»Diese Abmachung sollte dazu dienen, dass ihr abschwört, dass ihr versprecht, jenen Ort nie mehr zu betreten.«

Der Tanz der Wissenschaftler drückte Zustimmung aus. Ein einziger Ort, ein kleiner Fleck auf der Oberfläche von Garth war für die Gubru verbotenes Land, bis die Sterne sanken oder bis sich die Spielregeln änderten.

»Dennoch, seid ihr noch vor dem Angriff auf Spuren mysteriöser Aktivitäten – Genmanipulationen – geheime Entwicklungen gestoßen?«

Auch dies hatte in ihrem Bericht gestanden. Der Suzerain aber befragte sie sorgfältig nach Einzelheiten. Zwar reichte die Zeit nur für eine oberflächliche Befragung, doch die Hinweise waren aufregend und die Implikationen schockierend.

Dort oben in den Bergen versteckten die Schimpansen eine vorbewusste, präsapiente Art! Vor der Invasion hatten sich die Chims und ihre Menschen-Patrone mit der Entwicklung einer neuen Klientenspezies beschäftigt!

So also! Der Suzerain tanzte. Also hatten die Daten, die man aus dem Tresor der Tymbrimer geholt hatte, doch nicht gelogen! Irgendwie, durch irgendein Wunder, hatte diese Katastrophenwelt doch noch einen Schatz geliefert! Und jetzt, wo die Gubru Himmel und Erde beherrschten, waren die Erdlinge immer noch dreist genug, ihre Entdeckungen für sich zu behalten!

Kein Wunder, dass sie die planetare Zweigstelle der Bibliothek so gründlich geräumt hatten. Sie wollten das Beweismaterial vernichten oder verstecken.

Doch jetzt, freute sich der Suzerain, *kennen wir ihr Geheimnis.*

»Ihr seid entlassen. Ihr seid eurer Ämter enthoben. Ihr werdet an Bord eurer Schiffe gehen und heimfliegen«, sagte er zu den verblüfften Wissenschaftlern. Dann wandte sich der Suzerain an seine Kwackoo-Adjutanten, die unter seiner Sitzstange hockten.

»Seht zu, dass ihr den Suzerain von Balken und Klaue erreicht!«, sagte er kurz angebunden. »Sagt ihm, dass ich ihn unverzüglich sprechen möchte!« Einer der gefiederten Vierbeiner machte eine Verbeugung und eilte davon, um den Kommandanten der Streitkräfte anzurufen.

Der Suzerain aber hockte immer noch auf seiner Stange, weil er keinen Fuß auf den Boden setzen wollte, bevor die Schutzzeremonien nicht zu Ende waren.

Gelegentlich verlagerte er sein Gewicht und ruhte sich aus, Kopf im Nacken, Schnabel im Gefieder, während er in tiefes Nachdenken versank.

VIERTER TEIL

VERRÄTER

Klage die Natur nicht an. Sie hat ihre Pflicht getan.
Tu du die deine.

John Milton, *Das verlorene Paradies*

50 Die Regierung im Untergrund

Der Bote saß auf einem Sofa in der Ecke des Ratszimmers, eine Decke über den Schultern und schlürfte heiße Brühe aus einer dampfenden Tasse. Manchmal erschauerte der junge Chim, müde und erschöpft, wie er war. Sein Haar klebte in feuchten Strähnen an Kopf und Körper, weil er die letzte Strecke seiner gefährlichen Reise in eisigen Wassern schwimmend zurückgelegt hatte.

Es ist sowieso ein Wunder, dass er es bis hierher geschafft hat, dachte Megan Oneagle, während sie ihn beobachtete. *All die Spione und Kundschafter, die wir ausgesandt haben und die bestens ausgerüstet waren – keiner von ihnen ist je zurückgekehrt. Doch dieser kleine Chim hat es uns gezeigt. Auf einem kleinen Floß war er gekommen, aus Baumstämmen gezimmert, mit Segeln aus selbstgewebtem Leinen.*

Und er hat eine Botschaft von meinem Sohn gebracht.

Megan wischte sich wieder einmal die Tränen ab, die ihr in die Augen schossen, während sie an die ersten Worte des Kuriers dachte, der die letzte Strecke schwimmend durch die unterirdischen Höhlen zurückgelegt hatte, um ihr Asyl tief im Herzen der Insel zu erreichen.

»Captain Oneagle schickt seine besten Grüße und Wünsche, Wü… Wünsche, Ma'am.«

Er hatte ein Päckchen hervorgeholt, in Ölpapier eingewickelt, um es vor Nässe zu schützen – dann war er in die Arme seiner Pfleger gesunken.

Eine Botschaft von Robert, dachte sie, immer noch verwundert. Er lebt. Er ist frei. Und er hilft, eine Armee zu führen. Sie wusste nicht, ob sie bei diesem Gedanken weinen oder lachen sollte.

Natürlich durfte sie stolz auf ihren Sohn sein. Robert war vielleicht der einzige erwachsene Mensch auf Garth, der noch frei herumlief. Und selbst wenn seine »Streitkräfte« nicht mehr waren als ein zusammengewürfelter Guerillahaufen, hatten sie mehr erreicht als der schäbige Rest der offiziellen planetaren Miliz.

Aber nicht nur, dass sie auf Robert stolz war, er hatte sie auch in Staunen versetzt. Hatte der Junge vielleicht mehr Mumm in den Knochen, mehr Substanz, als sie angenommen hatte? Vielleicht war es sein schweres Schicksal, das ihn zum Mann hatte reifen lassen.

Vielleicht hat er mehr von seinem Vater, als mir lieb ist.

Sam Tennance war ein Sternenschiff-Pilot, der etwa alle fünf Jahre in Garth reinschaute, einer der drei Ehemänner Megans. Jeder von ihnen war eine Weile zu Hause, selten kamen alle drei zusammen – und dann ging es wieder auf große Fahrt. Andere Frauen hatten wohl kaum mit solchen Problemen zu tun, hätten sich auch kaum damit befasst. Doch was den Raumfahrern recht war, das war ihr billig und war ihr auch als Politikerin und Karrierefrau willkommen. Von den drei Ehemännern hatte sie nur Sam Tennance ein Kind geschenkt.

Und ich wollte nicht, dass mein Sohn ein Held wird, dachte sie. *So kritisch, wie ich ihm gegenüber war, glaube ich, habe ich nie gewünscht, dass er Sam ähnlich wird.*

Wäre Robert nicht so eigensinnig gewesen, könnte er jetzt in Sicherheit sein – interniert auf den Inseln mit dem Rest der menschlichen Bevölkerung, könnte im Kreis seiner Freunde seinen Hobbys nachgehen – anstatt sich dort draußen verzweifelt und aussichtslos gegen einen allmächtigen Feind zu wehren.

Mag aber auch sein, dass er in seinem Brief auch maßlos übertreibt, versuchte sie sich zu beruhigen.

Zu ihrer Linken erhob sich ein Gemurmel und Geraune, während die Mitglieder der Exilregierung den Bericht, auf Baumrinde mit selbstgemachter Tinte geschrieben, erst überflogen und dann gründlich studierten. »Verdammt und zugenäht!«, fluchte

Colonel Millchamp. »Das also war es! So konnten sie wissen, wo wir sind und was wir vorhaben, bevor wir überhaupt eine Kampagne starten konnten!«

Megan trat näher an den Tisch heran. »Bitte, Colonel, fassen Sie zusammen.«

Millchamp schaute zu ihr auf. Der stattliche Milizoffizier mit dem roten Gesicht wedelte mit einer Handvoll Papier, bis jemand seinen Arm ergriff und ihm die fliegenden Blätter aus der Hand nahm.

»Optische Fasern!«, rief er.

Megan aber schüttelte den Kopf. »Wie bitte?«

»Sie haben die Leitungen gedopt! Jeden Draht, jedes Telefonkabel, jedes Kommunikationsrohr … Fast jedes Stück Elektronik auf dem Planeten! Sie sind alle so abgestimmt, dass sie auf einem Wahrscheinlichkeitsband mitschwingen, auf dem die verdammten Vögel senden können …« Colonel Millchamp verschlug es vor lauter Ärger die Stimme. Er machte auf dem Absatz kehrt und ging fort.

Megan war offensichtlich verwirrt und ratlos.

»Vielleicht kann ich die Sache erklären, Madam Koordinator«, sagte John Kylie, ein hochgewachsener Mann mit blassem, gelblichem Teint, der Gesichtsfarbe des ewigen Raumfahrers. Im Zivilberuf war er Captain auf einem Frachtschiff, das innerhalb des Systems verkehrte. Sein Handelsschiff hatte an einem lächerlichen Weltraum-Scharmützel teilgenommen, und es gehörte zu den wenigen, die es geschafft hatten – wenn dies der richtige Ausdruck war. Überfordert, angeschlagen, schließlich darauf beschränkt, sich mit seinen armseligen Comm-Lasern gegen die Kampfplanetoiden der Gubru zu wehren hatte es die zum Wrack geschossene *Esperanza* gerade noch geschafft, Port Helenia zu erreichen, weil der Feind damit beschäftigt war, das Gimelhai-System gemächlich zu konsolidieren. Sein Skipper diente jetzt als Megans Marineberater.

Kylie sah ziemlich deprimiert aus. »Madam Koordinator – können Sie sich noch an das ausgezeichnete Geschäft erinnern, das wir vor etwa zwanzig Jahren gemacht hatten, an dieses Elektronik- und Photonwerk? Es war eine niedliche vollautomatische Fabrik, für eine kleine Kolonialwelt wie die unsere wie geschaffen.«

Megan nickte. »Damals war Ihr Onkel der Koordinator. Wenn ich mich richtig erinnere, war es Ihre erste Handelsreise, um die Verhandlungen zu beenden und die Fabrik nach Garth zu bringen.«

Kylie nickte. Er machte einen niedergeschlagenen Eindruck. »Eines der Hauptprodukte dieser Fabrik sind optische Fasern. Einige waren der Meinung, dass der Gelegenheitskauf bei den Kwackoos fast zu günstig war, um keinen Haken zu haben. Doch wie sollten wir wissen, dass sie so etwas im Schilde führten? Dass sie so weit vorausdachten? Einfach nur, weil sie sich irgendwelche Chancen für die Zukunft ausgerechnet hatten …?«

Megan schnappte nach Luft. »Die Kwackoos! Die sind ja Klienten der …«

»… der Gubru.« Kylie nickte. »Diese verdammten Vögel mussten damals schon damit gerechnet haben, dass eines Tages so was passieren würde.«

Megan erinnerte sich daran, was ihr Uthacalting beizubringen versuchte – dass nämlich die Wege der Galaktiker stets lang und unerforschlich waren, und dass sie eine Engelsgeduld hatten gleich den Planeten auf ihren Bahnen.

Irgendjemand räusperte sich. Es war Major Prathachulthorn, der untersetzte kräftige Marineoffizier der Terragener. Er und seine kleine Eskorte waren die einzigen Berufssoldaten, die nach der Weltraumschlacht übrig geblieben waren – das letzte trotzige Aufgebot auf dem Raumhafen von Port Helenia. Millchamp und Kylie hielten außerdem noch einige Reserven in Bereitschaft.

»Das ist ein schwerwiegender Faktor, Madam Koordinator«, sagte Prathachulthorn. »Die in dieser Fabrik hergestellten optischen Fasern wurden nahezu in allen militärischen oder zivilen Ausrüstungen und Geräten verwendet, die auf diesem Planeten hergestellt wurden. Sie sind so gut wie in jedem Gebäude verlegt. Können wir auf die Feststellungen Ihres Sohnes vertrauen?«

Megan wollte schon die Achseln zucken, doch ihr politischer Instinkt hielt sie zurück. *Wie, zum Teufel, kann ich das wissen?,* dachte sie. *Der Junge* ist *für mich ein Fremder.* Sie riskierte einen Blick auf den kleinen Chim, der ihr die Nachricht von ihrem Sohn gebracht hatte. Sie hätte nie geglaubt, dass ihr Sohn zu so was fähig war.

War sie am Ende vielleicht eifersüchtig?, musste sie sich fragen.

Die Nächste, die sich zu Wort meldete, war ein weibliches Mitglied der Marine. »Der Bericht ist von der Tymbrimerin Athaclena gegengezeichnet«, sagte Lieutenant Lydia McCue, während sie ihre Lippen schürzte. »Das ist eine weitere Verifikation, ein zweites Gütesiegel.«

»Bei allem Respekt, Lydia«, erwiderte der Major. »Das Tymbrimermädchen ist kaum den Kinderschuhen entwachsen.«

»Sie ist die Tochter des Botschafters Uthacalting«, erwiderte Kylie empört. »Und die Chim-Techniker haben auch mitgeholfen, um das Experiment durchzuführen.«

Der Major schüttelte den Kopf. »Also haben wir keinen schlüssigen Beweis.«

Einige der Ratsmitglieder schnappten nach Luft. Das einzige Neoschimpansen-Mitglied des Rats, Dr. Suzinn Benirshke, errötete und schlug den Blick nieder, wobei sie angelegentlich die Tischplatte betrachtete. Doch der Major war sich nicht bewusst, etwas gesagt zu haben, das jemanden verletzen konnte, obwohl er für sein mangelndes Taktgefühl bekannt war. *Er ist halt auch einer von der Marine,* dachte Megan. Dieses Corps gehörte zur Elite der terragenen Kampftruppen, das die weitaus geringste Anzahl an Chims und Delfinen aufwies. Doch die Marine rekrutierte sich nach wie vor überwiegend aus Männern – die letzte Bastion eines überholten Sexismus.

Commander Kylie blätterte die roh geschnittenen Blätter von Robert Oneagles Bericht durch. »Dennoch müssen Sie zugeben, Major, dass das Szenario durchaus plausibel ist. Immerhin wäre dies eine Erklärung für Ihre Rückschläge, und ebenso für den gescheiterten Versuch, Kontakt mit den Inseln oder mit dem Festland herzustellen.«

Der Major dachte einen Augenblick lang nach, dann nickte er. »Plausibel – mag sein. Dennoch sollten wir selbst ermitteln, bevor wir uns darauf einlassen.«

»Was ist los, Major?«, fragte Kylie. »Vielleicht gefällt es Ihnen nicht, Ihre Waffen, Ihren Phasenbrenner beiseitezulegen und stattdessen Pfeil und Bogen in die Hand zu nehmen?«

Der Major aber gab ungewöhnlich sanft zurück. »Keineswegs, Ser, solange auch der Feind über keine anderen Waffen verfügt. Das Problem ist darin zu suchen, dass dies leider nicht der Fall ist.«

Für einen Augenblick herrschte Stille, weil anscheinend keiner etwas zu sagen hatte. Dann kehrte Colonel Millchamp zum Tisch zurück und knallte die Faust auf die Platte. »Wie dem auch sei – warum sollen wir hier tatenlos herumstehen?«

Megan runzelte die Stirn. »Was soll das heißen, Colonel?«

Millchamp aber war sichtlich verärgert. »Ich meine, was sollen unsere Streitkräfte hier am Boden?«, grollte er. »Allmählich werden wir alle verrückt, während die Erde vielleicht gerade in diesem Moment um ihr Leben kämpft!«

»Es gibt im interstellaren Raum nicht *diesen Augenblick*«, gab Commander Kylie zu bedenken. »Die Simultanität ist ein Mythos. Dieses Konzept ist in Anglic und in anderen Erdensprachen niedergelegt, aber …«

»Ach, sparen Sie sich Ihre Metaphysik!«, meinte Millchamp bissig. »Es geht einzig und allein darum, die Feinde der Erde empfindlich zu treffen.« Dann nahm er wieder die drei Rindenblätter in die Hand. »Dank den Guerillas wissen wir jetzt, wo die Gubru ihre Planetenbasen platziert haben. Es ist absolut unwichtig, was die Vögel in der Bibliothek gefunden haben oder auf welche Weise sie vielleicht ausgetrickst wurden. All dies kann uns nicht davon abhalten, unseren Wespenschwarm, unsere niedlichen kleinen Dingerchen auf sie loszulassen.«

»Aber …«

»Wir haben drei Raketen versteckt – sie wurden in der Weltraumschlacht nicht eingesetzt, und die Gubru können nicht wissen, dass wir welche besitzen. Wenn sie gut genug gegen die Tandu waren, verdammt sei ihr Herz mit den sieben Kammern, werden sie sich auch für Bodenziele der Gubru eignen!«

»Und wozu soll das gut sein?«, fragte Lieutenant McCue sanft.

»Wir können ein paar Gubru-Schnäbel verbiegen! Botschafter Uthacalting hat gesagt, dass Symbole bei der galaktischen Kriegsführung wichtig sind. Im Moment kann man behaupten, dass wir keinen Streit vom Zaun brechen wollen. Doch ein symbolischer Streich, ein Hieb, der wehtut, wäre für die Fünf Galaxien ein Zeichen, dass wir uns nicht herumschubsen lassen!«

Megan Oneagle massierte ihren Nasenrücken, dann sagte sie mit geschlossenen Augen: »Mir hat der Gedanke stets missfallen, dass das Prinzip ›Auge um Auge, Zahn um Zahn‹ unserer amerindianischen Vorfahren in einer hypertechnologischen galaktiven Zivilisation Platz greifen soll.« Dann schaute sie auf. »Doch es wird wahrscheinlich dazu kommen, wenn wir keinen anderen Weg finden.«

»Wir dürfen aber auch nicht vergessen, dass Uthacalting uns zur Geduld ermahnt hat.« Sie schüttelte den Kopf. »Bitte nehmen Sie Platz, Colonel Millchamp. Nehmen Sie alle Platz. Ich habe beschlossen, unsere Kraft nicht für eine Geste zu verschwenden – nicht bevor ich nicht sicher weiß, dass kein anderer Ausweg übrigbleibt, um dem Feind die Stirn zu bieten.«

»Vergessen Sie nicht, dass jedes menschliche Wesen auf diesem Planeten eine Geisel auf den Inseln ist und von den Dosen des

Gubru-Gegengifts abhängt. Auf dem Festland aber, da sind die armen Chims, bei allem guten Willen, einsam und verlassen.«

Die Offiziere saßen da wie begossene Pudel. *Sie sind frustriert,* dachte Megan, *und ich kann es ihnen nicht einmal übelnehmen.*

Als der Krieg immer deutlichere Konturen annahm, als man nach Möglichkeiten suchte, einer Invasion Widerstand zu leisten, war keiner auf den Gedanken gekommen, einen solchen Vorschlag zu machen.

Vielleicht wäre ein Volk, das mit den Geheimnissen der Großen Bibliothek vertrauter und in der Kunst der Kriegsführung eher bewandert war, ähnlich wie diese äonenalten Galaktiker – vielleicht wäre ein solches Volk auf alle Möglichkeiten besser vorbereitet gewesen. Doch jetzt hatten die Gubru ihre Verteidigungspläne zunichtegemacht.

Nun hatte sie aber den tieferen Grund nicht genannt, warum sie eine solche Geste ablehnte. Die Menschen waren in der galaktischen Etikette wenig bewandert. Und ein solcher Streich in Ehren hätte nur dazu geführt, dem Feind einen weiteren Anlass für noch mehr Horror und Terror zu bieten.

Welch eine Ironie des Schicksals! Wenn Uthacalting recht hatte, so war es ein kleines Erdenschiff auf halber Strecke zwischen hier und den Fünf Galaxien, das die Krise ausgelöst, den Stein ins Rollen gebracht hatte!

Megan schaute auf und beobachtete den kleinen Chim vom Festland, Roberts Boten, der sich jetzt dem Tisch näherte, die Decke immer noch über den Schultern. Der Blick seiner dunkelbraunen Augen war besorgt.

»Ja, Petri?«, fragte sie.

Der Chim verbeugte sich.

»Ma'am, der Arzt hat gesagt, dass ich jetzt ins Bett gehen muss.«

Sie nickte. »Gut so, Petri. Alles andere können wir auch später erledigen … dir vielleicht noch ein paar Fragen stellen. Doch jetzt sollst du dich ausruhen.«

Petri nickte. »Ja'M. Vielen Dank, Ma'am. Doch da war noch was. Ich will es Ihnen sagen, solange ich's noch weiß.«

»Ja? Um was geht's?«

Der kleine Chim war sichtlich verlegen. Er riskierte einen Blick auf die Menschen, die ihn beobachteten, dann kehrte sein Blick zu Megan zurück. »Es ist persönlich und vertraulich, Ma'am. Captain Oneagle hat es mir eingeschärft – und ich darf es nur Ihnen sagen.«

Megan lächelte. »Ach, sehr schön. – Würden Sie uns bitte für einen Augenblick entschuldigen?«

Dann ging sie mit Petri zum anderen Ende des Raums. Dort angekommen setzte sie sich, um in Augenhöhe mit dem kleinen Chim zu sein. »Sag mir, was Robert dir gesagt hat.«

Petri nickte, und sein Blick ging ins Leere. »Captain Oneagle sagte, ich soll Ihnen sagen, dass die Tymbrimerin Athaclena das Kommando hat und die Armee organisiert.«

Megan nickte. So was hatte sie bereits geahnt und erwartet. Robert mochte neue Quellen, neue Tiefen entdeckt haben, doch er war nicht der geborene Führer und würde es auch nie und nimmer sein.

Petri aber fuhr fort. »Capt'n Oneagle sagte mir, ich soll Ihnen sagen, dass es wichtig ist, dass die Tymbrimerin Athaclena einen Ho-Honorar-Patron-Status über uns Chims besitzt. Ganz legal, hat er gesagt.«

Megan nickte wieder. »Na schön. Wir können darüber abstimmen und unsere Entscheidung mitteilen.«

Doch der kleine Chim schüttelte den Kopf. »Uch, Ma'm, wir können nicht drauf warten. Ich … ich soll Ihnen sagen, dass Captain Oneagle und das Tymbrimermädchen Athaclena eine … eine Art … ein Bündnis … eine … vielleicht … ein Ehebündnis geschlossen haben … So, glaube ich, hat er es genannt … Ich …«

Dann schwieg er plötzlich, weil sich Megan erhoben hatte.

Sie drehte sich zur Wand und lehnte die Stirn gegen den kühlen Stein. *Dieser Junge, dieser verdammte Idiot!,* fluchte sie.

Doch es war das Beste, was sie tun konnten, sagte ihre bessere Hälfte.

Und nun bin ich eine Schwiegermutter, flüsterte die ironische Stimme.

Wahrscheinlich würden aus dieser Verbindung keine Enkel hervorgehen, weil Ehen zwischen so grundverschiedenen Arten und Spezies nicht dafür prädestiniert waren. Außerdem gab es noch eine Menge ganz anderer Dinge zu bedenken.

Hinter ihrem Rücken debattierte der Rat.

Ach, wenn es nur Uthacalting bis hierher geschafft hätte, dachte Megan. *Wir könnten seine Erfahrung, seine Weisheit und seinen Humor gut brauchen. Und vielleicht könnte er mir auch diese Dinge erklären, angesichts deren sich eine Mutter so verloren fühlt.*

Nun musste sie sich auch gestehen, dass sie den tymbrimischen Gesandten vermisste. Sie vermisste ihn mehr als irgendeinen ihrer drei Ehemänner, und noch mehr, Gott möge ihr gnädig sein, vermisste sie ihren eigenen Sohn, der ihr so fremd geworden war.

Uthacalting 51

Es war faszinierend zuzusehen, wie Kault mit dem Ne'Eichhörnchen spielte, einem der einheimischen Tiere dieser südlichen Gegend. Er lockte das Tierchen herbei, indem er ihm reife Nüsse auf seiner großen thennaninischen Hand anbot. Das ging schon seit über einer Stunde so, während sie im Schatten eines dornigen Brombeerstrauchs warteten, bis die Hitze der Mittagssonne etwas nachließ.

Der Anblick machte Uthacalting nachdenklich. Das Universum hielt immer wieder Überraschungen für ihn bereit, selbst der gute alte Kault war stets für eine Überraschung gut.

Das Tierchen fiepte nervös, nahm aber seinen ganzen Mut zusammen, machte ein paar Hopser auf den riesigen Thennaniner zu und streckte die Pfoten aus. Dann holte es sich geschwind eine Nuss.

Es war erstaunlich. Wie hatte das Kault nur fertiggebracht?

Uthacalting ruhte im schwülen Schatten. Die Vegetation hier im Hochland, das über der Flussmündung lag, wo sein Boot gestrandet war, kam ihm zwar fremd vor. Doch er konnte deutlich spüren, wie ihm der Duft, der würzige Geruch, der pulsierende Rhythmus dieser kleinen stillen Lichtung immer anheimelnder und vertrauter wurde.

Seine Corona, die wie eine Art Radar wirkte, verriet ihm das Versteck kleiner Raubtiere, die sich während der heißen Stunden des Tages im Schatten verbargen, jedoch stets auf dem Horchposten waren – noch kleinere Lebewesen belauerten, auf leichte Beute erpicht. Hier gab es keine großen Tiere, doch Uthacaltings *kenning* verriet ihm, dass irgendwo ein Insektenschwarm vorbeikroch, der nach Leckerbissen für die Königin suchte.

Das kleine Eichhörnchen war sich nicht schlüssig, ob es sich noch einmal nähern sollte, doch dann hoppelte es wieder heran und holte sich eine weitere Nuss aus Kaults ausgestreckter Hand.

Es war wirklich ein Wunder – weil eigentlich nichts sein konnte, was nicht sein durfte. Uthacalting fragte sich, wieso und warum dieses Eichhörnchen diesem riesigen, gewaltigen, kräftigen Thennaniner traute, der doch furchterregend war. Das Leben hier auf Garth war hektisch, ja paranoid im Kielwasser der Bururalli-Katastrophe, deren tödliches Bahrtuch immer noch über diesen Steppen weit östlich und südlich der Mulun-Berge hing.

Kault war absolut nicht in der Lage, ein solches Wesen einfach zu hypnotisieren, wie es vielleicht ein Tymbrimer fertiggebracht hätte, der Lebewesen mit dem Singsang seiner Glyphen umgarnte und einlullte. Denn ein Thennaniner war, was seine Psi-Sinne betraf, so kalt und starr wie ein Fels.

Doch Kault sprach zu dem kleinen Wesen in seinem komplizierten galaktischen Dialekt, und Uthacalting hörte gespannt zu.

»Kennst du, kleines Wesen, überhaupt dein Los? Weißt du etwas über den Sinn des Lebens? Kennst du das Schicksal, das deinen Nachkommen beschieden ist, denen, die nach dir kommen?«

Das Eichhörnchen fiepte, während es auf beiden Backen kaute. Das Tierchen war für einen Moment wie gelähmt, als Kaults Kamm anschwoll und wieder abschwoll und er schwer durch seine Kiemen atmete. Der Thennaniner konnte zwar nicht so gut mit dem kleinen Tier umgehen, wie es vielleicht Uthacalting gelungen wäre – dennoch schien das Eichhörnchen die Liebe und Zärtlichkeit zu spüren, die ihm Kault entgegenbrachte.

Welch eine Ironie des Schicksals, dachte Uthacalting. Die Tymbrimer hatten es sich gut gehen lassen, konnten sich aber nicht mit so einem kleinen Wesen identifizieren. Doch dieses Tier war eins von hundert Millionen anderen. Warum sollte man sich ausgerechnet um dieses eine da kümmern?

Aber Kault schien die Kreatur zu lieben. Ohne irgendwelche Gefühle, ohne irgendwelche Verkettung, ohne eine direkte Verbindung von Wesen zu Wesen liebkoste er das kleine Tier, schloss es in sein Herz – einfach aus Liebe zur Kreatur.

Es gibt immer noch viele Menschen, die eisern behaupten, dass es Empathie auch ohne Psi gibt, dachte Uthacalting verärgert. »Sich in die Lage des anderen versetzen«, so lautete die alte Metapher. Bisher hatte er immer geglaubt, dies sei eine ihrer seltsamen Ideen aus der Zeit vor dem Kontakt, doch jetzt war er sich nicht mehr so sicher. Mag sein, dass die Terraner gefühlsmäßig irgendwo auf halbem Weg zwischen Thennaninern und Tymbrimern anzusiedeln waren, was solche und ähnliche Dinge betraf.

Kaults Volk glaubte fest und leidenschaftlich an die Entwicklung, an die Potenz verschiedener Lebensformen, eines Tages doch noch vernünftig und wissend zu werden. Die längst verlorenen Progenitoren der galaktischen Kultur hatten vor Milliarden Jahren solches befohlen, und der Clan der Thennaniner nahm diesen Befehl mehr als ernst. Ihr kompromissloser Fanatismus überstieg jede Vorstellung. Und zu gewissen Zeiten – wie etwa jetzt bei diesem galaktischen Aufruhr – konnten sie verdammt gefährlich werden.

Uthacalting rechnete mit diesem Fanatismus. Und er hoffte, dass es ihm gelingen würde, diesen Fanatismus im Rahmen seiner eigenen Pläne zum Tragen zu bringen.

Das Eichhörnchen holte sich noch eine letzte Nuss aus Kaults Hand, dann hatte es wohl genug. Es wedelte mit dem fächerförmigen Schwanz und huschte dann ins Unterholz. Kault aber wandte sich wieder Uthacalting zu. Die Kiemen an seinem Hals gingen auf und zu, während er Luft holte.

»Ich habe eine ganze Reihe von Genomen-Berichten studiert, welche die Ökologen der Erde zusammengetragen hatten«, sagte der thennaninische Konsul. »Noch vor ein paar Tausend Jahren verfügte dieser Planet über ein bedeutendes Potenzial. Man hätte diese Welt niemals den Bururallern überlassen dürfen. Der Verlust der höheren Lebensformen auf Garth war eine echte Tragödie.«

»Die Nahaller wurden schwer für die Sünden ihrer Klienten bestraft, nicht wahr?«, fragte Uthacalting, obwohl er die Antwort bereits wusste.

»O ja. Sie wurden in den Klientenstatus zurückversetzt und der Aufsicht und Pflege eines verantwortungsvollen älteren Patronats-Clans überantwortet, das heißt meinem. Eine traurige Sache.«

»Wie das?«

»Weil die Nahaller eigentlich ein reifes und elegantes Volk sind. Sie haben nur einfach die Nuancen nicht begriffen, die erforderlich sind, reine Fleischfresser weiterzuentwickeln, und haben mit ihren Klienten, den Bururallern, eine Niete gezogen. Doch sie sind nicht allein für ihren Irrtum verantwortlich. Ein Teil dieses Fiaskos ist auch dem Galaktischen Entwicklungsinstitut anzulasten.«

Uthacalting unterdrückte ein fast menschliches Lächeln. Stattdessen sandte seine Corona eine Glyphe aus, die Kault nicht sehen konnte. »Würden positive Nachrichten auf oder von Garth den Nahallern helfen?«, fragte er.

»Aber sicher.« Kault quittierte die Frage, indem er mit seinem Kamm wedelte, anstatt wie ein Mensch mit den Achseln zu zucken. »Wir Thennaniner waren in keiner Weise mit den Nahallern liiert, als die Katastrophe hereinbrach. Doch das änderte sich, als sie unter unser Kuratel gestellt wurden. Nun ist mein Clan für diesen geschlagenen Ort in mancherlei Weise verantwortlich. Das ist auch der Grund, warum ein Konsul hierhergesandt wurde – nämlich um sicherzustellen, dass die Erdlinge dieser bedauernswerten Welt keinen weiteren Schaden zufügen.«

»Nun, haben sie das?«

Kault schloss für einen Moment die Augen, dann öffnete er sie wieder. »Was haben sie?«

»Haben die Erdlinge etwas falsch gemacht?«

Kault wedelte wieder mit seinem Kamm. »Nein, gewiss nicht. Unsere Völker mögen zwar Krieg miteinander führen, doch ich habe nichts feststellen können, was gegen sie spricht. Ihr ökologisches Managementprogramm war mustergültig.«

»Dennoch möchte ich einen Bericht über die Aktivitäten der Gubru schreiben.«

Uthacalting glaubte aus Kaults Stimme so etwas wie Bitterkeit herauszuhören. Denn sie waren bereits auf so manche Spur gestoßen, die deutlich darauf hinwies, dass das Programm für die Sanierung der Umwelt zusammengebrochen und kläglich gescheitert war. Erst vor zwei Tagen waren sie an einer Station vorbeigekommen. Die Station war verlassen, die Fallen und Käfige für die Versuchstiere waren verrostet, das Futter und die Proben ranzig geworden, weil die Kühlaggregate ausgefallen waren.

Anscheinend hatte auch der ökologische Assistent, der letzte Neoschimpanse, der noch die Stellung gehalten hatte, irgendwann beschlossen, seinen Posten zu verlassen, um einem kranken menschlichen Kollegen zu helfen. Es war aber ein langer Weg bis zur Küste, um dort nach einem Gegengift für das Gubru-Gas zu suchen.

Uthacalting fragte sich, ob er es wohl je geschafft hatte. Die ganze Einrichtung war gründlich verseucht. Und der nächste Außenposten der Zivilisation war sehr weit entfernt, selbst wenn man ein Schwebefahrzeug benutzte. Offensichtlich hatten die Gubru diese Station absichtlich unbesetzt gelassen. »Wenn das stimmt, so muss die Sache dokumentiert werden«, meinte Kault. »Ich bin froh, dass du mir erlaubt hast, dir in bewohnte Regionen zu folgen. Dadurch haben wir auch Gelegenheit, noch mehr Daten über diese Verbrechen zu sammeln.«

Diesmal musste Uthacalting über Kaults Wortwahl lächeln. »Vielleicht werden wir wirklich etwas finden, das von Interesse ist.«

Sie brachen wieder auf, als die Sonne Gimelhai sich neigte und nicht mehr so sehr auf ihrer Haut brannte.

Das Flachland südöstlich der Mulun-Berge sah aus wie ein Meer, bedeckt von sich kräuselnden Wellen, die über dem Boden erstarrt waren. Anders als im Sind-Tal und dem offenen Gelände auf der anderen Seite der Berge war hier keine Spur von Tieren und Pflanzen zu finden, welche die Ökologen der Erde angesiedelt hatten, nur Kreaturen, die auf Garth heimisch waren.

Und leere Nischen.

Uthacalting kam die Spärlichkeit, mit der verschiedene Spezies auftraten, wie eine gähnende Leere in der Aura dieses Landes vor. Und die Metapher, die ihm einfiel, erinnerte ihn an ein Musikinstrument, dem die Hälfte seiner Saiten fehlte.

Wie treffend, wie zart, wie romantisch! Er hoffte, dass sich Athaclena seinen Rat zu Herzen genommen und die Weltanschauung der Erdlinge gründlich studiert hatte.

Tief unten auf der Ebene von *nahakieri* hatte er letzte Nacht von seiner Tochter geträumt, hatte sie und ihre Corona im Traum gesehen und durch *kenning* die bedrohliche, schreckliche Schönheit von *tutsunucann* erblickt. Dann war er zitternd und bebend gegen seinen Willen erwacht, als wollte er instinktiv diese Glyphe meiden.

Durch jede andere Glyphe als diese hätte er mehr über Athaclena erfahren – wovor sie sich fürchtete und was sie tat. Doch die Glyphe schimmerte und glänzte nur – eine Essenz banger Erwartung. Er konnte daraus nur ersehen, dass sie noch lebte – nur so viel, und nicht mehr.

Dies aber musste vorerst reichen.

Der große Thennaniner hatte sich einen Großteil ihres Gepäcks aufgeladen. Er marschierte gemächlich dahin, sodass es leicht war, ihm auf dem Fuße zu folgen. Uthacalting unterdrückte mögliche körperliche Veränderungen, die ihm den Marsch für kurze Zeit erleichtert hätten, die aber auf längere Sicht schädlich waren. Also bemühte er sich eher um eine leichtere Gangart und blähte die Nüstern, um mehr Luft schnappen zu können, dabei aber wenig Staub einzuatmen.

Direkt vor ihnen lag eine Kette von kleinen baumbestandenen Hügeln an einem Flussufer, die den Pfad säumte, der in die fernen Berge führte. Uthacalting schaute auf seinen Kompass. Diese Hügel kamen ihm irgendwie bekannt vor. Allerdings vermisste er sein Trägheitsrichtgerät, das beim Absturz verloren gegangen war. Wenn er nur wüsste …

Da. Er blinzelte. Hatte er sich nur eingebildet, einen blassen blauen Schein gesehen zu haben?

»Kault!«

Der Thennaniner verhielt seinen Schritt. »Mmmm?« Er drehte sich um und schaute Uthacalting an. »Hast du was gesagt, Kollege?«

»Kault, ich glaube, wir sollten diese Abzweigung dort einschlagen. Wir könnten vielleicht diese Hügel erreichen, um noch vor Einbruch der Dunkelheit einen Lagerplatz zu finden und etwas zu essen.«

»Mmmm. Das liegt aber etwas abseits.« Kault schwieg für einen Moment, rastete und holte tief Luft. »Nun gut. Diesmal will ich mich ganz auf dich verlassen.« Dann bog er ohne zu zögern in die neue Richtung ab und marschierte schnurstracks auf die drei grünen Hügel los.

Es war etwa eine Stunde vor Sonnenuntergang, als sie den Wasserlauf erreichten und ihr Lager aufzuschlagen begannen. Während Kault das Tarnzelt aufstellte, prüfte Uthacalting ein paar wattige, rötliche, längliche Früchte, die er von den Zweigen der nahen Bäume gepflückt hatte. Sein tragbares Messgerät verriet ihm, dass dieses Obst genießbar war. Es schmeckte etwas süßlich und fade, schien aber einen gewissen Nährwert zu haben. Also brauchbar.

Die Kerne im Innern waren allerdings hart und hölzern, wahrscheinlich um den Magensäften zu widerstehen, das Verdauungssystem eines Tieres zu durchwandern und mit seinen Fäkalien ausgeschieden zu werden – eine Art der Anpassung von Bäumen, welche Früchte trugen, eine Erscheinung, die auf vielen Welten zu finden war.

Vielleicht hatte irgendwann in alter Zeit irgendein Allesfresser diese Früchte als letzte Nahrungsquelle benutzt und zum Dank den Samen auf diese nicht ungewöhnliche Weise über den Boden verteilt. Wenn diese Tiere auf Bäume klettern mussten, um ihr Futter zu erreichen, mussten sie doch so etwas wie Hände besessen haben, zumindest irgendeine Art Kletterwerkzeug. Vielleicht besaßen sie auch ein gewisses Potenzial. Eines Tages dann vorbewusst, traten sie in den Prozess des Lifting ein und mauserten sich schließlich zu einer vernunftbegabten Spezies.

Doch all dies endete mit den Bururallern, wobei dann nicht nur die großen Tiere starben. Dennoch war der Apfel nicht weit vom Stamm gefallen. Und aus dem Samen ging neues Leben hervor – neues Leben blühte aus den Ruinen. Denn die Saat war aufgegangen, aus den Keimen jener Körper und Samen, welche auf diese seltsame Weise verteilt wurden. Und die zarten Pflanzen hatten im bergenden Mutterschoß, im Schatten der Natur überlebt. Also hätte hier ein Wald stehen müssen, ein hochgebauter Wald anstatt der mickrigen Vegetation, die Wiese und Flur erfüllte.

Ob dies auch wirklich der richtige Ort ist?, fragte sich Uthacalting. Es gab so viele Zeichen, die darauf hindeuteten, doch keines davon lieferte einen schlüssigen Beweis. Er schaute sich um, doch da waren keine blauen Lichter mehr zu entdecken.

Kault saß vor dem Zelt und pfiff leise irgendwelche atonalen Melodien durch seine Kiemen vor sich hin. Uthacalting aber entlud einen Armvoll Früchte direkt vor die Füße des Thennaniners und ging dann zum gurgelnden Wasser hinunter. Der Fluss hüpfte hier über Steine und Felsen, und das rote Licht der untergehenden Sonne spiegelte sich auf seiner Oberfläche im Zwielicht.

Und genau an dieser Stelle stieß Uthacalting auf das Artefakt.

Er bückte sich, hob das Ding auf und untersuchte es.

Ein Stück Naturstein, behauen und poliert, auf einer Seite abgerundet, um ihn gut in den Griff zu bekommen … ein Faustkeil vielleicht?

Uthacaltings Corona wehte. *Lurrunanu* nahm wieder Gestalt an, webte und waberte zwischen seinen silbrigen Fühlern. Die Glyphe rotierte langsam, während Uthacalting die kleine Steinaxt in der Hand drehte. Er dachte über das primitive Werkzeug nach, *lurrunanu* aber beobachtete Kault, der ein Stückchen bergauf immer noch leise vor sich hinpfiff.

Die Glyphe spannte sich und bewegte sich auf den plumpen Thennaniner zu.

Steinwerkzeuge – und ausgerechnet hier, an dieser Stelle, dachte Uthacalting. Er hatte Athaclena gebeten, nach Zeichen Ausschau zu halten, weil es da gewisse Gerüchte gab … Sagen von Erscheinungen im wilden Hinterland von Garth …

»Uthacalting!«

Er wirbelte herum und versuchte, das Steinwerkzeug hinter seinem Rücken zu verbergen, während er den Thennaniner anschaute. »Ja, Kault?«

»Ich …« Kault war sich seiner Sache nicht sicher. »*Metho kanmi, b'tquil'ph* … Ich …« Kault schüttelte den Kopf. Seine Augen schlossen sich und öffneten sich wieder. »Ich frage mich, ob du diese Früchte auch von meiner Sicht aus untersucht hast – ob sie für mich genauso bekömmlich sind wie für dich.«

Uthacalting seufzte. *Was soll das? Sind vielleicht auch Thennaniner neugierig?*

Er ließ den Stein aus der Hand gleiten und in den Schlamm des Flusses fallen, wo er ihn gefunden hatte. »Aye, aye, Kollege. Die Früchte sind essbar und nahrhaft, solange du die Beilagen nicht vergisst.«

Dann kehrte er zu seinem Kameraden zurück, um ihm bei einem frugalen kalten Mahl im glitzernden Licht der Galaxien Gesellschaft zu leisten.

Athaclena 52

Die Gorillas stiegen über die messerscharfen Felskanten des engen Canyons ab, klammerten sich an Seile, die aus verschlungenen, gedrehten Waldranken bestanden. Dabei wussten sie geschickt jene Stellen zu vermeiden, wo die erst kürzlich stattgefundenen Explosionen gewaltige Spalten und Löcher gerissen hatten.

Und während sie abstiegen, während sie sich abseilten, kreuzten und durchdrangen sie glitzernde Regenbogen, und ihr Fell schimmerte von all den winzigen Wassertropfen, die sie wie ein leichter Mantel bedeckten.

Ein ganzer Orkan von Tönen begleitete ihren Abstieg, ein Donnerhall, den die Felswände tausendfach zurückwarfen, der ihre keuchenden Atemgeräusche verschluckte, den Schlachtenlärm erstickte, das Toben jenes tödlichen Sturms, der soeben über sie hinweggebraust war. Für kurze Zeit konnte der rauschende Wasserfall mit diesem Lärm konkurrieren, aber es konnte wohl nicht mehr lange dauern.

Denn dort, an jener Stelle, wo die schäumenden Wasser früher auf glitzerndes glattes Gestein geprallt waren, lag jetzt geborstenes Metall und versengter Kunststoff herum. Gewaltige Steinbrocken, die sich von den Felswänden lösten, hatten den ganzen Schrott am Fuße des Wasserfalls zusammengekehrt, wo er jetzt allmählich verteilt und hinweggespült wurde. Und das Wasser tat sein Übriges.

Athaclena schaute von ihrem Ausguck hinab. »Sie sollen nicht wissen, wie wir dies fertiggebracht haben«, sagte sie zu Benjamin.

»Dieses faserige Zeugs, das wir unter dem Wasserfall ausgelegt haben, wird bald verrotten, und die Strömung wird alles in wenigen Stunden hinwegspülen. Sollte der Feind einen Hilfstrupp hierhersenden, wird keiner mehr feststellen können, wie wir das hingekriegt haben.«

Sie beobachteten die Gorillas, die mit einer kleinen Chim-Truppe zusammentraten, die sich ihren Weg durch die Trümmer der drei Gubru-Schwebetanks bahnte. Dann, als sie sahen, dass alles soweit in Ordnung war, schulterten die Chims ihre Armbrüste und begannen in den Trümmern herumzustochern, während sie die Gorillas anwiesen, hier einen Stein zu heben und dort ein Stück Panzerplatte wegzuräumen.

Die feindliche Patrouille war ganz schnell angerückt, weil sie leichte Beute witterte. Ihre Instrumente hatten angezeigt, dass sich etwas oder jemand hinter dem Wasserfall verbarg. Das war der richtige Platz, weil das Wasser eine Schranke bildete, welche mit Hilfe normaler Detektoren kaum zu überwinden war. Nur die speziellen Resonanz-Suchgeräte hatten reagiert und den Schlupfwinkel der Erdlinge verraten.

Um nun dieses versteckte Nest durch einen Überraschungsangriff auszuräumen, hatten die Tanks den Canyon direkt angeflogen, von einem Schwarm Kampfdrohnen höchster Qualität eskortiert, der über ihnen schwebte.

Aber als sie dort angekommen waren, konnten sie keinen Feind, keinen Gegner entdecken, den sie bekämpfen konnten. Denn weit und breit war kein einziger Erdling zu sehen, nur dieses Bündel, dieses Netz, dieses feingesponnene Netz, das an ein Spinnengewebe erinnerte.

Und dann dieser Draht, wahrscheinlich ein Stolperdraht.

Außerdem einige hundert Kilogramm hausgemachtes Nitroglyzerin, fein säuberlich und sorgfältig auf die Felswände verteilt.

Das sprühende Wasser hatte den Staub hinweggefegt und tausende kleiner Teilchen davongeschwemmt. Dennoch lag der größte Teil der Gubru-Streitkräfte immer noch an jener Stelle, wo sie gestanden hatten, als die gewaltige Explosion die überhängenden

Felswände erschütterte und dunkles vulkanisches Gestein gen Himmel schleuderte. Athaclena sah einen Chim, der sich aus dem Wrack emporarbeitete und eine kleine, aber tödliche Gubru-Rakete hochhielt. Und schon bald verschwand eine Menge Gubru-Munition im Gepäck der Gorillas, die auf solche und ähnliche Ladung nur warteten. Dann verschwand die Kolonne wieder hinter dem schützenden Regenvorhang des Wasserfalls.

Athaclena suchte die schmalen Streifen blauen Himmels ab, die man durch das Laub der Bäume sehen konnte. Es konnte nur Minuten dauern, bis die Kampfmaschinen des Feindes auftauchten. Bis dahin mussten die kolonialen Guerillas das Feld geräumt haben, sonst würde es ihnen so ergehen wie den bedauernswerten Chims, die das Schicksal vorige Woche im Sind-Tal ereilt hatte.

Nach diesem Debakel hatten es ein paar Flüchtlinge bis in die Berge geschafft. Doch Fiben Bolger war nicht unter ihnen; auch war kein Bote mit den Aufzeichnungen Gailet Jones' gekommen, die man ihr fest versprochen hatte. Und wegen Mangel an Information konnte Athaclenas Truppe nur ahnen, wie lange es dauern würde, bis die Gubru auf diesen neuen Anschlag reagierten.

»Beeilung, Benjamin!«, sagte Athaclena und schaute ostentativ auf ihre Uhr.

Ihr kleiner Assistent nickte. »Ich will ihnen Beine machen, Ser.« Dann rückte er ihrem Signalgeber auf den Pelz. Die junge Chimmie aber begann, Flaggensignale zu geben.

Noch mehr Gorillas und Chims tauchten am Rand der Klippe auf, stolperten über das feuchte, schimmernde Gras. Und als dann die Chim-Putzkolonne aus der Kluft stieg, die das Wasser ausgewaschen hatte, grinsten die Schimpansen Athaclena fröhlich an, während sie ihre großen Brüder auf jene verborgenen Pfade leiteten, die durch den Wald führten.

Jetzt war Athaclena beruhigt, war doch eine große Last von ihren Schultern genommen. Nun war sie eine Erdenbürgerin geworden, eine Ehrenbürgerin der Erde – selbst in den Augen derjenigen, die früher nur ungern Befehle »von einer Eatee« übernommen hatten und die ihr jetzt voll und ganz zur Verfügung standen.

Welch eine Ironie! Als sie den Vertrag unterzeichneten, der sie zu Partnern machte, hatten sie es beide so ausgerichtet, dass sie und Robert sich jetzt seltener sahen als zuvor. Nun, da sie seiner Autorität nicht mehr bedurfte, weil sie ein Vollmitglied der menschlichen Gesellschaft war, hatte er es vorgezogen, an anderen Orten seinen Ideen nachzugehen und wieder selbständig zu handeln.

Ich wollte, ich wäre solchen Sachen auf den Grund gegangen, dachte sie verstimmt. Sie wusste nicht einmal genau, was es bedeutete, einen solchen Vertrag vor Zeugen zu unterschreiben. Eine »Eheschließung« zwischen den Angehörigen verschiedener Spezies war wohl nach den herkömmlichen Regelungen möglich, vor allem im Geschäftsbereich, wenn es etwa um eine »Elefantenhochzeit« ging. Ebenso konnten Partner im Rahmen eines Geschäftsbereichs »heiraten«, selbst dann, wenn ihre genetische Linie grundverschieden war. So konnte etwa ein reptilienhafter Bi-Gle ohne weiteres einen chitingepanzerten F'ruthianer »heiraten«. Nachkommen aus solchen Verbindungen wurden nicht erwartet. Doch im Allgemeinen wurde vorausgesetzt, dass die Partner eine solche Verbindung respektierten.

Irgendwie kam ihr die ganze Sache lustig vor. In einem besonderen Sinne hatte sie jetzt einen »Ehemann«.

Der aber war nicht da.

So war es auch Mathiculanna ergangen, durch all die langen einsamen Jahre, dachte Athaclena und griff nach dem Medaillon, das an einer Kette an ihrem Hals hing.

Uthacaltings Botschaft und das Vermächtnis ihrer Mutter – vielleicht waren sie hier vereint. Und vielleicht auch ihre *laylacllapt'n* – Geister, die fest zusammenhielten, so fest wie ihr Bund zu Lebzeiten.

Wahrscheinlich fange ich an, irgendetwas zu begreifen, was ich wohl nie über sie gewusst habe, dachte sie.

»Ser? … Oh, Verzeihung – *Ma'am?*«

Athaclena blinzelte und schaute auf. Benjamin kam den Pfad herunter, dort wo die allgegenwärtigen Kletterpflanzen und -ranken über einem kleinen Teich mit rosigem Wasser hervorlugten. Eine Chimmie-Technikerin lugte durch einen Spalt des Rankengeflechts und justierte ein empfindliches Instrument.

Athaclena ging Benjamin entgegen. »Hast du irgendeine Nachricht von Robert?«, fragte sie, wobei sie sich an die Kleine wandte.

»Jasser«, erwiderte die Chimmie. »Ich habe mit Sicherheit eins der Spurenelemente entdeckt, das er mitgenommen hat.«

»Und welches?«, fragte Athaclena gespannt.

Die Chimmie grinste. »Das mit der linksdrehenden Adenin-Spirale. Wie vereinbart, soll dies ein Siegeszeichen sein.«

Athaclena atmete auf. Also hatte auch Robert Erfolg gehabt. Seine Gruppe wollte einen kleinen Beobachtungsposten des Feindes angreifen, nördlich vom Lorne-Pass, und musste tags zuvor auf den Feind gestoßen sein. Zwei kleine Erfolge in so vielen Tagen. Wenn das so weiterging, konnten sie die Gubru in etwa einer Million Jahren besiegen.

»Antworte, dass wir unsere Ziele ebenfalls erreicht haben.«

Benjamin lächelte, als er dem Signaler eine Phiole mit glasklarer Flüssigkeit überreichte, die dann in den Teich geschüttet wurde. Innerhalb von Stunden würde man die gekennzeichneten Moleküle meilenweit orten können. Vielleicht schon morgen würde Roberts Funker auf ihre Botschaft antworten.

Freilich war dies ein mühsames und langsames Verfahren. Doch sie konnte sich gut vorstellen, dass die Gubru keinen Verdacht schöpfen würden – zumindest nicht für eine Weile.

»Wir sind fertig mit dem Aufräumen, General. Jetzt sollten wir am besten Leine ziehen.«

Sie nickte. »Ja, Benjamin. Wir müssen verduften.«

Dann rannten sie den Pfad hinauf in Richtung Pass und über den Weg, der nach Hause führte.

Nur wenig später begannen die Bäume hinter ihnen zu schwanken, und ein Donnergetöse erschütterte den Himmel. Es knallte so laut, dass für eine Weile das Tosen des Wasserfalls nicht mehr zu hören war – als hätte irgendwo der Blitz eingeschlagen.

Zu spät, dachte sie verächtlich und meinte die Kampfmaschinen des Feindes.

Diesmal seid ihr zu spät dran.

Robert 53

Der Feind hatte damit begonnen, bessere Drohnen einzusetzen. Diesmal zahlten sich die höheren Kosten aus, weil die Drohnen nicht mehr so leicht vernichtet werden konnten.

Die geschlagene Gubru-Patrouille trat den Rückzug an, durch dichtes Urwaldgebiet und schlug eine fast 200 Meter breite Schneise. Bäume wurden gespalten und vernichtet, und Ranken und Lianen wanden sich wie getretene Würmer. Die Schwebetanks taten ein Übriges, bis sie endlich eine große Lichtung geschaffen hatten, wo die schweren Maschinen landen konnten. Hier kreisten die übrig gebliebenen Fahrzeuge, bildeten eine Art Wagenburg und feuerten gnadenlos auf alles, was sich bewegte.

Robert schaute zu, während eine Gruppe von Chims mit ihren Handkatapulten und chemischen Granaten der Stelle zu nahe kam. Sie verfingen sich in den berstenden Bäumen, gingen in einem Regen von Holzsplittern unter und wurden wie von Sensen dahingemäht.

Robert signalisierte mit der Hand den Befehl zum Rückzug, und dass sich die Truppe verteilen sollte. Der Befehl wurde von Mann zu Mann weitergegeben. Dies war wohl alles, was man diesem Konvoi antun konnte, zumindest angesichts der Gubru-Streitkräfte, die jetzt mit geballter Kraft zweifellos anrückten. Ihre Leibwache aber sammelte die erbeuteten Waffen und verschwand im Schatten über ihm und zu seiner Seite.

Robert hasste dieses Sicherheitsnetz, das die Chims um ihn woben, um ihn zu schützen und ihm schlichtweg zu verbieten, sich einer kritischen Stelle zu nähern, bevor alles hundertprozentig sicher war.

Von Klienten wurde erwartet, ihre Patrone jeweils als Einzelpersonen zu behandeln, während die Patrone die Klienten als eine Spezies betrachteten und beschützten.

Athaclena aber schien besser geeignet, mit solchen Dingen fertigzuwerden. Sie stammte aus einer Zivilisation, die davon ausging, dass dies der rechte Lauf der Dinge sei. *Außerdem,* musste er zugeben, *machte sie sich über männlichen Ehrgeiz und Heldentum keine Gedanken*. Eins seiner Probleme lag darin, dass er den Feind nur selten zu Gesicht bekommen hatte, noch je über ihn gestolpert war. Dabei war es sein sehnlichster Wunsch, einmal direkt auf die Gubru zu stoßen und ihnen Auge in Auge gegenüberzustehen.

Der Rückzug wurde erfolgreich durchgeführt, bevor noch der Himmel von feindlichen Kampfmaschinen wimmelte. Seine Gefährten, die Erdlingsguerillas, spalteten sich in kleine Gruppen auf und machten sich einzeln auf den Weg zu ihren weit verstreuten Lagern, bis sie durch den Nachrichtendienst im Wald zu den Waffen gerufen wurden. Nur Roberts Squadron kehrte zu den Bergen zurück, in deren Höhlen ihr Hauptquartier lag.

Das erforderte einen großen Umweg, weil sie sich weit im Osten im Mulun-Bereich befanden und weil der Feind Außenposten auf verschiedenen Berggipfeln eingerichtet hatte, die leicht aus der Luft zu versorgen waren und durch raumgestützte Waffen verteidigt und beschützt wurden. Eine dieser Postenketten säumte den direkten Weg, der nach Hause führte. Also geleiteten die Chim-Scouts Roberts Gruppe durch einen Dschungelspalt direkt nördlich vom Lorne-Pass.

Die schnurähnlichen Transfer-Raketen lagen überall herum. Ein Wunder, freilich, doch hier unten waren sie ein Hindernis. Robert hatte genug Zeit zum Nachdenken. Er fragte sich vor allem, was die Gubru hier wollten, wenn sie überhaupt hierher in die Berge heraufstiegen.

Natürlich war er froh, dass sie kamen, weil so die Resistance eine Chance hatte, den Feind empfindlich zu treffen und ihm einmal an den Kragen zu gehen. Sonst blieb den Guerillas nichts anderes übrig, angesichts des gewaltigen Waffenaufgebots, als dem Feind ins Gesicht zu spucken.

Doch warum machten sich die Gubru überhaupt die Mühe, sich mit den kleinen Widerstandsgruppen, mit dem Aufstand im Mulun auseinanderzusetzen, wenn sie den Rest des Planeten fest im Griff hatten? War irgendein symbolischer Grund vorhanden – eine Idee, die zur galaktischen Tradition gehörte –, der sie dazu trieb, auch das letzte Widerstandsnest auszuheben.

Doch selbst dies war keine Erklärung für die vielen Zivilisten, die sich in den Außenposten der Gubru aufhielten. Denn die Gubru hatten eine ganze Schar von Wissenschaftlern und Gelehrten ins Mulun gebracht. Also mussten sie nach etwas Bestimmtem suchen.

Nun erkannte Robert die Gegend wieder, wusste, wo er sich befand, und er gab das Signal zum Anhalten.

»Warten wir einen Moment und halten wir nach den Gorillas Ausschau«, sagte er.

Sein Lieutenant, eine Chimmie in mittleren Jahren, die eine Brille trug und auf den Namen Elsie hörte, runzelte die Stirn und schenkte ihm einen prüfenden Blick. »Die Gasboote des Feindes verseuchen gelegentlich ein Gebiet ohne erkennbaren Grund, Sir. Nur so per Zufall. Wir Chims können erst dann wieder beruhigt sein, wenn Sie wieder ganz sicher unter Tage aufgehoben sind.«

Robert war nicht besonders auf die Höhlen erpicht, besonders nicht, bevor Athaclena von ihrer letzten Mission zurück war. Er schaute auf seinen Kompass und seine Karte. »Los – der Unterschlupf kann nicht weit entfernt sein, höchstens ein paar Meilen abseits unseres Weges. Und so, wie ich euch Chims vom Howletts Center kenne, müsst ihr eure kostbaren Gorillas an einem Ort untergebracht haben, der noch sicherer ist als die Höhlen.«

Sie waren dort untergebracht, und Elsie wusste es genau. Sie steckte den Finger in den Mund und ließ einen kurzen Pfiff ertönen. Die Scouts aber schlugen sofort einen anderen Weg ein, Richtung Südwest, während sie sich über die Baumwipfel schwangen.

Trotz des unebenen Geländes legte Robert den Großteil des Weges auf ebener Erde zurück. Denn er war nicht in der Lage, sich von Ast zu Ast zu schwingen, Meile für Meile wie die Chims. Denn Menschen waren für solche »Verkehrsmittel« nicht geeignet.

Sie erklommen einen weiteren Seitencanyon, der kaum mehr war als ein Spalt in der Flanke eines gewaltigen Felsturms. Im schmalen Hohlweg waberten Nebelschwaden, die im vielfach gebrochenen Tageslicht schillerten. Regenbogen schimmerten und glänzten. Einmal aber, als die Sonne hinter seinem Rücken hervorlugte und dann etwas höher stieg, schaute Robert auf eine driftende Dunstwolke hinab und erblickte seinen eigenen Schatten im Kreis eines dreifarbigen Halo, einer Gloriole wie sie auf uralten Heiligenbildern und Ikonen zu sehen war.

Es war der *Glorienschein* … ein umgekehrter Regenbogen von 180°, viel seltener zu beobachten als seine gewöhnlichen Vettern, die sich üblicherweise über ein Regengebiet wölbten und deren Anblick die Herzen von Unschuldigen und Sündern gleichermaßen höher schlagen lassen.

Wenn ich nur nicht so verdammt rational wäre, dachte er. *Wenn ich nicht genau wüsste, was es ist, hätte ich geglaubt, es wäre ein Zeichen.*

Er seufzte, und die Erscheinung war verschwunden, bevor er sich wieder zum Gehen wandte.

Es hatte Zeiten gegeben, wo Robert seine Vorfahren beneidet hatte, weil sie vor Anbruch des 21. Jahrhunderts in Unwissenheit gelebt hatten und die meiste Zeit damit verbrachten, sich dem Übernatürlichen zu widmen und irgendwelchen philosophischen Gedanken nachzuhängen, um die gähnenden Lücken ihrer Unwissenheit zu füllen. Damals, zu jener Zeit konnte man so gut wie alles glauben.

Einfache, gefällige, elegante Erklärungen für das menschliche Verhalten … wahrscheinlich kam es nicht darauf an, ob sie wahr und richtig waren, solange sie als überkommenes Recht galten, solange sie von jedermann akzeptiert wurden. Ansichten, Philosophien und Richtlinien waren reichlich vorhanden. Man konnte sogar daran glauben, ein Heiliger zu sein, wenn es beliebte. Und keiner war da, um den Menschen vor Augen zu führen und zu beweisen, dass die Antwort auf alle Fragen nicht einfach zu finden war, dass es keine magische Kugel, keinen Stein der Weisen gab, nur die allgegenwärtige, einfache klare Vernunft.

Der Mythos vom Goldenen Zeitalter war geschrumpft, besonders in der Rückschau. Zwischen dem Ende der Finsternis und dem Kontakt mit der Galaktischen Gesellschaft war kaum mehr als ein Jahrhundert verstrichen. Für hundert Jahre war der Krieg auf der Erde unbekannt.

Und jetzt schau uns mal an, dachte Robert. *Ich frage mich, ob sich das Universum gegen uns verschworen hat? Wir waren aufgewachsen, hatten unseren Frieden gefunden … um schließlich festzustellen, dass die Sterne bereits von Monstern und Verrückten beherrscht wurden.*

Nicht doch, berichtigte er sich selbst. Nicht alle sind Monster. Denn der Großteil der galaktischen Clans war immerhin ein Volk dezenter Art. Doch die Fanatiker ruhten nicht. Sie waren stets am Werk – früher auf Erden, heute in den Fünf Galaxien – und ließen die gemäßigte Mehrheit der Völker nicht in Frieden leben.

Wahrscheinlich waren Goldene Zeiten nicht für die Dauer gedacht.

In dieser geschlossenen Felsenkluft ging auch der Schall seltsame Wege. Manchmal schien es, als schritten sie durch eine Welt, die taub und stumm geworden war, wie durch eine Watteschachtel, einen schalldichten Raum, wo jeder Laut erstickt wurde. Dann schnappte er wieder ein paar Worte auf, Bruchstücke einer Unterhaltung, die seine Pfadfinder im Flüsterton führten – ein seltsamer akustischer Trick, weil die Chims wahrscheinlich mehrere hundert Meter von ihm entfernt waren.

Er beobachtete sie, die Chims. Sie machten immer noch einen nervösen Eindruck, diese Guerillakämpfer, die noch vor wenigen Monaten Farmer, Bergleute und ökologische Waldarbeiter gewesen waren. Doch sie wurden von Tag zu Tag immer zuversichtlicher, zäher und entschlossener.

Und immer wilder, musste Robert ebenfalls feststellen, während er sie zwischen den Baumstämmen hin und her flitzen sah, wo sie untertauchten und wieder auftauchten wie Schatten. Da war etwas Kämpferisches und Wildes in der Art, wie sie sich bewegten, wie ihre Augen blitzten, während sie sich von Ast zu Ast schwangen. Es bedurfte nur selten eines Wortes, um zu wissen, was der andere tat. Ein Grunzen, eine schnelle Geste, eine Grimasse – das war oft mehr als genug.

Außer ihren Bogen und Köchern und ihren selbstgemachten Waffentaschen trugen sie nichts am Leibe, waren nackt, wie Gott sie erschaffen hatte. All die Verlockungen, die Bequemlichkeiten der Zivilisation, wie Schuhwerk und Textilien, waren dahin, und mit ihnen so manche Illusion.

Robert schaute an sich hinab. Da stand er – mit nackten Waden, Bundhosen, Mokassins, einen Leinentornister über den Schultern, von Mücken gebissen, verletzt, zerkratzt und dennoch härter Tag für Tag. Seine Fingernägel waren schmutzig, sein Haar wucherte. Er hatte sich das Haar über der Stirn abgeschnitten und im Nacken zu einem Zopf gebunden. Sein Bart war schon längst nicht mehr stachelig.

Einige der Eatees denken, dass die Menschen selbst der Weiterentwicklung bedürfen, dass wir kaum mehr als Tiere sind … Robert griff nach einer Ranke und schwang sich über ein finsteres Dornengebüsch und landete hart auf einem umgestürzten Baumstamm. *Diese Ansicht ist unter den Galaktikern gang und gäbe. Und wer bin ich, um zu behaupten, dass sie unrecht haben?*

Dort oben aber tat sich was, da war etwas im Gange. Zwischen den Bäumen wurden schnelle Handsignale ausgetauscht. Seine

Leibwache, die für seine Sicherheit verantwortlich war, deutete ihm an, er möchte einen Umweg in Richtung Westen, an der Aufwindseite des Canyons machen. Nachdem er ein paar Meter hochgeklettert war, wusste er auch warum. Denn selbst hier, bei all dem Dunst und Nebel war der süßliche Geruch von abgestandenem Giftgas, rostendem Metall, von Tod und Verwesung deutlich zu spüren.

Bald hatte er einen Punkt erreicht, von wo aus er das kleine Tal bis hin zu einer schmalen Schneise überblicken konnte. Das Gras war wieder gewachsen und bedeckte einen Haufen Maschinen und Gerät, einst wohl der Stolz seines Herstellers und seines Besitzers – und jetzt nur noch ein Haufen Schrott.

Die Chims flüsterten miteinander, und die Pfadfinder gaben Handzeichen. Die Gruppe näherte sich nervös dieser Ruinenlandschaft, bahnte sich ihren Weg durch den Abfall. Einige von ihnen suchten nach brauchbaren Waffen, während andere den Himmel beobachteten. Robert glaubte, bleiche Knochen zwischen den Wracks zu sehen, die der ewig hungrige Urwald bereits kahlgefressen hatte. Er wusste aber, dass ihn die Chims daran hindern würden, sich dieser Stelle zu nähern. Also wartete er ab, bis Elsie mit einem Bericht zurückkehrte.

»Sie waren überladen«, sagte sie, während sie an dem kleinen schwarzen Flugschreiber herumfingerte. Sie war so aufgeregt, dass sie kaum sprechen konnte. »Sie haben versucht, zu viele Menschen nach Port Helenia zu bringen, einen Tag darauf, als das Gas erstmals eingesetzt wurde. Einige waren bereits krank, und dies war der einzige Transport.«

»Der Flieger hat's nicht geschafft, seine Maschine hochzuziehen und die Gipfel zu überwinden.« Sie zeigte auf die nebelumhüllten Höhlen im Süden. »Sie müssen mindestens ein Dutzendmal gegen die Felsen geprallt sein, um so weit weg abzustürzen.«

»Sollen … sollen wir ein paar Chims zurücklassen, Sir? Eine … eine Art Bestattungskommando?!«

Robert stocherte im Boden herum. »Nein. Markieren und in die Karten eintragen! Ich werde Athaclena fragen, ob wir die Stelle fotografieren sollen, gewissermaßen als Beweis.«

»Inzwischen wollen wir die sterblichen Überreste Garth überlassen. Ich ...« Er wandte sich ab. Jetzt fiel es nicht nur den Chims schwer, die richtigen Worte zu finden. Dann nickte er und gab das Zeichen zum Aufbruch. Und während sie weiter aufstiegen, überlegte er: Es musste eine Möglichkeit geben, den Feind noch empfindlicher zu treffen als bisher!

Vor vielen Tagen, in einer dunklen, mondlosen Nacht, hatte er zugeschaut, als zwölf ausgesuchte Chims zum Gubru-Lager hinabsegelten und auf selbstgebastelten nahezu unsichtbaren Papierdrachen auf den Flügeln des Windes dahinritten. Dann hatten sie ihre Nitro- und Gasbomben abgeworfen und waren noch im Sternenlicht verschwunden, bevor der Feind sich überhaupt bewusst wurde, was geschehen war.

Da hatte es Geräusche und Rauch gegeben, Aufruhr und Kopflosigkeit, aber keine Möglichkeit, um festzustellen, ob der Angriff überhaupt erfolgreich gewesen war. Immerhin konnte er sich daran erinnern, wie schwer es ihm gefallen war, von einem sicheren Posten aus zuzuschauen. Er war ein ausgebildeter Pilot und für eine solche Mission weitaus besser qualifiziert als irgendeiner dieser Bergchims.

Doch Athaclena hatte präzise Befehle erteilt, an die sich die Neochims eisern hielten. Und Robert hatte nichts zu sagen.

Verdammt, es ist mein Fehler, dachte er, während er sich durch ein Dickicht schlug. Denn dadurch, dass er Athaclena zum Konsorten gemacht hatte, wurde ihr auch jener Status verliehen, den sie brauchte, um diesen kleinen Aufstand zu inszenieren ... außerdem eine gewisse Autorität, welche der seinen sogar übergeordnet war. Also konnte er nicht mehr nach Gutdünken schalten und walten.

Also war sie nun in gewisser Weise seine Frau. Eine Art Ehe, dachte er, eine recht seltsame Sache. Während Athaclena versuchte, ihre Erscheinung zu korrigieren, damit sie eher aussah wie ein Mensch, dienten diese Bemühungen eher dem Zweck, Robert daran zu erinnern, wozu sie nicht imstande war. Dies war der tiefere Grund, warum eheähnliche Verbindungen zwischen den verschiedenen Spezies so selten waren.

Was wird wohl Megan über solche Neuigkeiten denken … Außerdem frage ich mich, ob unser Bote überhaupt durchgekommen ist.

»Schscht!«

Er schaute schnell nach rechts. Dort balancierte Elsie auf einem Ast. Sie zeigte hügelauf, wo ein Nebelspalt die Sicht auf hochfliegende Wolken freigab, die gleich Booten mit gläsernem Boden auf unsichtbaren Luftkissen über den tiefblauen Himmel glitten. Unter den Wolken aber waren die gezackten Abhänge eines Berges zu sehen. Aus seinen Flanken stiegen schlanke Rauchsäulen auf.

»Mount Fossey«, sagte Elsie knapp. Und Robert wusste sofort, warum die Chims glaubten, dies sei ein sicherer Ort … sicher genug selbst für ihre kostbaren Gorillas.

Die Küste des Meeres von Cilmar war nur von wenigen, selten noch aktiven Vulkanen gesäumt. Dennoch gab es im ganzen Mulun-Bereich immer noch Gebiete, wo der Boden gelegentlich bebte und ebenso gelegentlich auch Lava an die Oberfläche trat. Doch dieser Bereich weitete sich immer mehr aus.

Mount Fossey zischte und brodelte. Überall dampfte und kochte es, überall waren Geysire zu finden, diese heißen Springquellen, die periodisch Wasser und Dampf zum Himmel schleuderten. Hier liefen die Transfer-Ranken zusammen, die aus allen Richtungen kamen, verflochten sich zu dicken Kabeln, die sich dann wie Schlangen an den Flanken des halb erloschenen Vulkans hochwanden. Hier ruhten sie in schattigen, dampfenden Teichen, wo die Spurenelemente, welche durch die Spalten heißen Gesteins gedrungen waren, schließlich in die Ökologie des Waldes übergingen. »Das hätte ich mir denken können«, sagte Robert. Es war unwahrscheinlich, dass die Gubru hier je etwas entdecken könnten. Ein paar nackte Anthropoiden würden auf diesen Hängen bei all der Hitze, dem Schaum und dem chemischen Potpourri nicht auszumachen sein. Sollte es den Invasoren einfallen, hierherzukommen und nachzuschauen, konnten die Gorillas und ihre Pfleger im Urwald untertauchen und später wieder zurückkehren, sobald die Störenfriede weg waren.

»Wessen Idee war das?«, fragte er, als sie unter dem Zeltdach des Hochwaldes wandelten. Der Schwefelgeruch wurde immer stärker.

»Das war 'ne Idee vom General«, erwiderte Elsie.

Das kann ich mir lebhaft vorstellen. Robert aber war keineswegs beleidigt. Athaclena war klug, fast zu klug für eine Tymbrimerin. Er wusste, dass er als Mensch höchstens guter Durchschnitt war. »Warum hat man mir nichts gesagt?«

Elsie war die Sache peinlich. »Nun ja – Sie haben nie gefragt, Ser. Sie waren mit Ihren Versuchen beschäftigt, mit diesen optischen Fasern, weil Sie hinter das Geheimnis des Feindes kommen wollten, hinter seine Entdeckungstricks. Und …«

Ihre Stimme erstarb.

»Und was?«, bohrte er weiter.

Sie zuckte die Achseln. »Und weil wir nicht sicher waren, ob Sie das Gas eines Tages doch noch erwischen würde. In diesem Fall hätten Sie in die Stadt müssen, wegen des Gegengifts. Man hätte Ihnen Fragen gestellt, man hätte Sie verhört, vielleicht auch einem Psi-Test unterzogen.«

Robert schloss die Augen und öffnete sie wieder. Dann nickte er. »In Ordnung. Für einen Moment musste ich mich fragen, ob man mir noch traut.«

»Aber Ser!«

»Vergiss es«, sagte Robert und winkte ab. Athaclenas Entscheidung war wieder einmal goldrichtig und logisch gewesen – wie stets, wenn sie sich etwas in den Kopf gesetzt hatte. Er aber wollte so wenig wie möglich darüber nachdenken.

»Also auf zu den Gorillas!«

Sie saßen in kleinen Familiengruppen beieinander und waren schon aus der Ferne deutlich zu unterscheiden. Sie waren viel größer, viel dunkler und viel haariger als ihre Neochim-Vettern. Ihre breiten vorgewölbten Gesichter, schwarz wie Obsidian, drückten friedliche Konzentration aus, während sie ihre Mahlzeit verzehrten, einander angrunzten oder jener Beschäftigung nachgingen, die zu ihren Hauptaufgaben gehörte, nämlich Stoffe und Tuche für jeden nur denkbaren Zweck zu weben.

Die Weberschiffchen flogen über die hölzernen Webstühle hin und her, zogen ihre Fäden, schnippten und klickten im Rhythmus des monotonen Gesangs dieser großen Affen. All dieses Geklicke und das tiefe atonale Gebrumm begleiteten Robert und sein Gefolge, während sie auf ihr Fluchtzentrum, auf ihr Asyl zusteuerten.

Da und dort legte ein Weber gelegentlich die Arbeit nieder, tat das Schiffchen beiseite und verständigte sich mit seinem Nachbarn durch Handzeichen. Robert konnte zwar diese Sprache lesen, doch redeten die Gorillas in einer Art Dialekt miteinander, in einer Sprache, die sich wesentlich von jener der kleinen Chims unterschied. Freilich war es eine einfache Sprache, doch auf ihre Art irgendwie elegant. Sie hatte Stil und gehörte nur ihnen allein.

Nun waren die Gorillas nicht einfach große Schimpansen, sondern eine ganz andere Spezies, die einen anderen Weg eingeschlagen hatte – einen anderen Weg zur Vernunft.

Die einzelnen Gorillagruppen setzten sich aus einer Anzahl erwachsener Weibchen, aus ein paar Jungtieren und einem ausgewachsenen Männchen mit Silberpelz zusammen. Das Fell des

Patriarchen war grau entlang des Rückgrats und an den Rippen. Sein Kopf lief spitz zu und verlieh ihm eine imposante Erscheinung. Durch die Entwicklung wurde zwar die Haltung der Neo-Gorillas verändert, doch die größeren Männchen mussten sich beim Gehen immer noch auf mindestens einen Knöchel stützen. Denn sie waren wegen ihres gewaltigen Brustkörpers und ihrer massigen Schultern immer noch zu schwer und zu kopflastig, um aufrecht auf zwei Beinen gehen zu können.

Dagegen liefen die kleinen Gorillakinder mühelos auf zwei Beinen herum. Ihre Stirn war rund und glatt, ohne die knochigen Wülste über den Augen, die ihnen später so ein wildes Aussehen verliehen. Robert wunderte sich, wie ähnlich Kinder aller Spezies waren – Kinder der Gorillas, der Chims und der Menschen. Erst später im Leben kamen dann die gravierenden Unterschiede voll zum Tragen.

Neotenie, dachte Robert. Dies war eine klassische Theorie vor dem Kontakt, die sich als wahr erwies – eine Theorie, die besagte, dass ein Teil des Wissens und der Vernunft auf einer möglichst niedrigen, kindlichen Stufe gehalten werden sollte – je länger, je lieber. So zum Beispiel bewahrten die menschlichen Wesen das Antlitz, die Anpassungsfähigkeit und (wenn sie nicht ausgelöscht wurde) die schier unersättliche Neugier junger Anthropoiden bis ins hohe Alter.

War dieser Charakterzug rein zufälliger Natur? War es nur einem Zufall zu verdanken, dass sich der *Homo habilis* am eigenen Zopf aus dem Sumpf gezogen und sich zur sternfahrenden Intelligenz emporgeschwungen hatte? Oder war es ein Geschenk jener mysteriösen Wesen, die, wie manche glaubten, einst die menschlichen Gene manipuliert hatten – jene Patrone der Menschheit, die man schon seit langer Zeit so schmerzlich herbeisehnte und vermisste?

All dies waren nur Mutmaßungen, doch eins war sicher. Alle anderen Säugetiere verloren jegliches Interesse am Lernen und am Spiel nach der Pubertät. Menschen aber, Delfine – und jetzt, Generation für Generation, Neoschimpansen – waren nach wie vor von jener Welt fasziniert, in die sie hineingeboren worden waren.

Eines Tages würden auch erwachsene Gorillas diesen Weg einschlagen. Denn schon heute waren die Mitglieder eines manipulierten Stammes klüger und bewahrten ihre Neugier länger als ihre irdischen Vettern. Und eines Tages würden ihre Nachfolger, ihre Nachfahren diesen Charakterzug stets bewahren und würden für immer jung bleiben, was die Vernunft betraf.

Allerdings nur, wenn es die Galaktiker zuließen.

Die Gorillababys liefen frei herum und steckten überall ihre Nase rein. Doch sie bekamen keinen Klaps, wurden nur sachte beiseitegeschoben, wenn sie irgendwo im Weg waren, wurden höchstens mal kurz angeblafft. Während er an einer Gruppe vorbeiging, erblickte Robert ein grauhaariges Männchen, das gerade ein Weibchen bestieg. Drei Jungrillas kletterten über den breiten Rücken des Männchens und hängten sich an seine kräftigen Arme. Doch das Männchen ließ sich dadurch bei seinem Vergnügen nicht im Geringsten stören.

Andere Gorillakinder trotteten durch rauschendes Laub und kullerten zu Roberts Füßen. Aus ihren Mündern hingen Strähnen irgendeines Kunststoffs, den sie irgendwo aufgeklaubt und zerkaut hatten. Einige der Kinder schauten ehrfürchtig zu ihm auf. Doch das letzte, ein kleiner Kerl, weniger scheu als die anderen, winkte ihm munter zu. Robert lächelte und nahm den kleinen Burschen auf den Arm.

Weiter oben am Abhang, oberhalb der heißen, dampfenden Quellen sah Robert weitere braune Gestalten, die sich unter den Bäumen dahinbewegten.

»Junge Männchen«, erklärte Elsie. »Und Bullen, die bereits zu alt sind, um Patriarchen zu sein. Vor der Invasion überlegten die

Planer im Howletts Center, ob sie in ihr Familiensystem eingreifen sollten. Es ist ihr Schicksal, aber ein trauriges und hartes Schicksal für die armen alten Männer – ein paar Jahre Lust, Liebe, Leidenschaft, doch sie müssen teuer dafür bezahlen, weil sie auf ihre alten Tage einsam und verlassen sind.« Sie schüttelte den Kopf. »Wir haben nicht daran gedacht, bevor die Gubru kamen. Nun haben wir wahrscheinlich unsere letzte Chance verpasst.«

Robert verzichtete gern auf einen Kommentar, weil er immer noch darüber nachdenken musste, was ihm Elsie über die Vorgänge im Howletts Center erzählt hatte. Schließlich war es mehr als arrogant, so selbstherrlich zu entscheiden. Robert aber konnte keinen Silberstreifen am Horizont entdecken.

Während sie sich den heißen Quellen näherten, erblickte er eine Reihe von Chims, die ernsthaft und konzentriert ihrem Gewerbe nachgingen. Da schaute einer in das weit aufgerissene Maul eines Gorillas, der sechsmal so groß war wie er, während er mit irgendeinem zahnärztlichen Instrument in seinem Gebiss herumstocherte. Dort versuchte ein Lehrer, einer Klasse von Gorillakindern die Zeichensprache beizubringen.

»Wie viele Chims sorgen hier für die Kleinen?«

»Dr. de Shriver vom Center, etwa ein Dutzend Chim-Techniker, ihre Mitarbeiter plus etwa zwanzig Wachen und Freiwillige aus den Siedlungen der Umgebung. Je nachdem, ob wir gelegentlich ’rillas als Kriegshelfer einsetzen.«

»Und wie werden die alle verpflegt?«, fragte Robert, während sie über die Böschung einer Quelle hinabstiegen. Einige Chims aus ihrer Gruppe waren schon vor ihnen eingetroffen, lagerten auf der feuchten Böschung und nippten an Suppentassen. In einer nahe gelegenen Höhle befand sich eine provisorische Vorratskammer, wo einheimische Arbeiter mit Schürzen vor dem Bauch eifrig die Suppentassen füllten.

»Das ist freilich ein Problem«, nickte Elsie. »Die Gorillas sind wählerisch, und es ist nicht leicht, die entsprechende Kost für sie zusammenzustellen, ihnen eine ausgewogene Nahrung zu bieten. Selbst in den restaurierten Gebieten Afrikas braucht ein ausgewachsener Graurücken etwa sechzig Pfund an Grünzeug, Früchten und Insekten pro Tag. In der freien Natur müssen Gorillas weite Strecken zurücklegen und sich tummeln, um ihr Futter zu suchen, was hier natürlich nicht möglich ist, weil wir sie nicht einfach herumlaufen lassen können.«

Robert ließ sich auf die feuchten Steine nieder, und stellte das Gorillakind auf den Boden, das am Rand des Teiches entlangkrabbelte und immer noch auf seinem Stück Kunststoff herumkaute. »Das scheint ein echtes Dilemma zu sein«, sagte er zu Elsie.

»Ja. Doch zum Glück hat Dr. Schultz das Problem vergangenes Jahr gelöst. Ich bin froh, dass ihm dies noch gegönnt war, bevor er starb.«

Robert zog seine Mokassins aus. Das Wasser schien ziemlich heiß zu sein. Er tauchte die Fußspitzen hinein und zog dann den Fuß schnell wieder zurück. »Autsch! Wie hat er das fertiggebracht?«

»Wie bitte?«

»Wie hat Dr. Schultz das Problem gelöst?«

»Durch Mikrobiologie, Ser.« Sie schaute schnell auf, und ihre Augen glänzten. »Ach, da kommt ja unsere Suppe!«

Robert nahm eine Tasse von einer Chimmie entgegen, deren Schürze mit Sicherheit aus einem Stoff bestand, den die Gorillas gewoben hatten. Das Chimmie-Mädchen hinkte, und Robert fragte sich, ob sie vielleicht bei irgendeinem Kampf verwundet worden war.

»Vielen Dank«, sagte er und ließ den Duft in die Nase steigen. Erst jetzt, wo er an seiner Tasse schnupperte, wurde ihm bewusst, wie hungrig er war. »Elsie, was meinst du mit Mikrobiologie?«

Sie schlürfte ihre Suppe mit Genuss. »Darmflora. Symbionten. Wir alle haben sie, diese kleinen, harmlosen Partner, die in unseren

Därmen und in unserer Mundhöhle hausen. Sie helfen uns dabei, unsere Nahrung zu verdauen, gegen freie Kost und Logis.«

»Ach so.« Freilich wusste Robert über Bio-Symbionten Bescheid, das wusste jedes Schulkind.

»Dr. Schultz hat ein paar Würmer entdeckt, die den Gorillas schmecken, und eine Menge einheimischer Pflanzen aus der Vegetation von Garth, die sie ebenfalls mögen. Sie …«

Sie wurde durch einen kleinen schrillen Schrei unterbrochen, der ganz anders klang als der Ruf eines Affenkindes. »Robert!«, rief eine piepsende Stimme.

Sie schaute auf und Robert lächelte erfreut. »April! Die kleine April Wu. Wie geht es dir, mein Sonnenschein?«

Das kleine Mädchen war angezogen wie Sheena, das Dschungelmädchen. Sie saß auf den Schultern eines ausgewachsenen männlichen Gorillas, dessen schwarze Augen unendlich zärtlich blickten. April zeigte nach vorn und gab eine schnelle Folge von Handzeichen. Der Gorilla ließ ihre Beinchen los, sie aber reckte sich hoch und stand hoch auf seinen Schultern, während sie sich auf seinen Kopf stützte. Ihr Spielgefährte ließ sich aber alles gefallen und grunzte freundlich und zufrieden.

»Fang mich, Robert!«

Robert rappelte sich in Windeseile hoch. Bevor er noch etwas sagen konnte, stieß sich das Kind ab – eine sonnenbraune Windmühle, von langem blondem Haar umweht. Robert konnte sie gerade noch erwischen. Und für einen Moment, bevor er das Mädchen sicher im Griff hatte, schwankten seine Knie, und sein Herz schlug schneller als während eines Scharmützels, eines Kampfs, oder wenn er einen Berg bestieg.

Robert wusste, dass man das kleine Mädchen zu den Gorillas gebracht hatte, damit es in Sicherheit war. Und zu seinem größtem Bedauern musste er feststellen, dass er seit seiner Genesung viel zu sehr beschäftigt gewesen war – zu sehr, um an dieses Kind zu denken, an das einzige freie menschliche Wesen in den Bergen.

»Hallo, Süße!«, rief er. »Wie geht's denn so? Passt du auch schön auf die 'Rillas auf?«

Das Kind nickte ernst. »Ich pass schon sehr gut auf die 'Rillas auf, Robert. Wir haben viel zu tun. Wir sind hier allein.«

Robert drückte das kleine Ding ans Herz. Und in diesem Augenblick kam er sich sehr einsam und verlassen vor. Denn erst jetzt merkte er, wie sehr er die Nähe und die Freundschaft menschlicher Wesen vermisste. »Nun ja – jetzt ist keiner da, nur du und ich«, sagte er sanft.

»Du und ich und Tymbimmie Athaclena«, erinnerte sie ihn.

Ihre Blicke trafen sich. »So oder so – du tust aber brav, was Dr. de Shriver sagt, nicht wahr?«

Sie nickte. »O ja. Dr. de Shriver is' sehr nett. Sie sagt, ich werde Mama und Papa bald wiedersehen.«

Robert war beschämt, und es tat ihm weh, was das Kind soeben gesagt hatte. Er musste unbedingt mit Dr. de Shriver sprechen, was die Täuschung dieses kleinen Mädchens betraf. Wahrscheinlich brachte sie es nicht übers Herz, diesem Kind zu sagen, dass es noch lange in ihrer Obhut bleiben musste. Wollte man es jetzt nach Port Helenia schicken, so musste man gleichzeitig auch das Geheimnis der Gorillas preisgeben – und das wollte im Augenblick selbst Athaclena verhindern.

»Bring mich runter, Robert«, bat April mit einem süßen Lächeln und zeigte auf einen flachen Felsen, wo sich die Gorillakinder jetzt vor einigen Mitgliedern von Roberts Gruppe versammelten. Die Chims lachten und scherzten mit den Kleinen, und ihre Stimmen hörten sich freundlich an – ein Umstand, den Robert durchaus verstehen konnte. Eine noch sehr junge Klientenspezies konnte sich gegenüber einer noch jüngeren einfach nicht anders verhalten. Die Chims waren den Gorillas väterlich und wohlgesonnen, beschützten, hegten und pflegten sie nach Kräften.

Robert dagegen kam sich ein wenig vor wie ein Vater, der die unangenehme Aufgabe hat, seinen Kindern auf irgendeine Weise beizubringen, dass das Nesthäkchen nicht mehr lange in ihrer Obhut bleiben würde.

Er trug April zur anderen Böschung hinüber und setzte sie auf den Boden. Hier war die Wassertemperatur weitaus erträglicher. Er streifte seine Mokassins ab und steckte die Zehenspitzen in das warme Wasser.

April und das Gorillababy aber leisteten Robert Gesellschaft, stützten ihre Ellbogen auf sein Knie. Elsie hatte neben ihm Platz genommen. Es war eine kleine, friedliche Szene. Und wäre wie durch Zauber auch noch ein Neodelfin aufgetaucht, der freundlich grinsend aus dem Wasser hervorlugte, hätte das Tableau ein gutes Familienbild abgegeben.

»Hey, was hast du denn da im Mund?« Er streckte die Hand nach dem kleinen Gorilla aus, doch dieser wich zurück, bis er außer Reichweite war. Das kleine Wesen schaute ihn aus weit aufgerissenen Augen neugierig an.

»Was ist das für ein Ding, auf dem er da herumkaut?«, wandte sich Robert an Elsie.

»Sieht aus wie ein Plastikstreifen. Aber … wieso konnte das Kleine hier so was aufklauben? Hier gibt es nichts, keinen anderen Stoff, der nicht auf Garth hergestellt wurde.«

»Das aber ist kein Produkt von Garth«, sagte jemand. Es war die Chimmie, die ihnen die Suppe serviert hatte. Sie lächelte und wischte die Hände an ihrer Schürze ab, bevor sie sich niederbeugte, um das Gorillakind aufzunehmen. Das Kind gab seinen »Kaugummi« zurück, ohne sich zu wehren. »Alle unsere Kleinen kauen auf diesen Dingern herum. Sie wurden geprüft und für harmlos befunden – und wir sind absolut sicher, dass sie die Gubru-Detektoren nicht alarmieren, indem sie ›Terraner‹ anzeigen.«

Elsie und Robert schauten sich verwundert an. »Woher wollt ihr das wissen? Was ist das für ein Stoff?«

Sie neckte den kleinen Affen, wedelte mit dem Plastikstreifen vor seinem Gesicht, bis das Baby zirpend nach dem »Kaugummi« griff und das schon zerkaute Stück wieder in den Mund stopfte.

»Einige Eltern haben ein paar Fetzen von diesem Stoff mitgebracht, gleich nach unserem ersten erfolgreichen Anschlag beim Howletts Center. Sie sagten, das Zeug riecht gut. Und nun kauen die Bürschchen pausenlos an diesen Streifen herum.«

Sie lächelte auf Elsie und Robert hinab. »Das ist diese Superplastikfaser von den Kampfmaschinen der Gubru. Sie wissen schon, das ist der Stoff, auf dem sich die Kugeln plattdrücken.«

Robert und Elsie starrten sie an.

»Hey, Kongie. Wie haben wir's denn?«, sagte die Chimmie zum kleinen Gorilla. »Du kluges kleines Ding, du. Sag mal – wenn du schon so gern auf Panzerplatten rumkaust, wie wär's denn mit größeren, schmackhafteren Dingen? Vielleicht eine ganze Stadt, vielleicht erst mal was Einfaches wie New York?«

Das Baby aber ließ den zerkauten, zerknutschten Streifen aus dem Mund hängen und gähnte herzhaft, wobei es eine Reihe scharfer, blitzender Zähne entblößte.

Die Chimmie aber lächelte. »Schon gut. Ich weiß, dass Klein-Kongie die Idee gefällt.«

Fiben 54

»Halt endlich still!«, sagte Fiben zu Gailet, während er mit den Fingern durch ihr Fell fuhr.

Eigentlich hätte es gar keiner Worte bedurft. Denn obwohl sich Gailet von ihm abgewandt und ihm den Rücken gekehrt hatte, wusste er, dass ihre Miene jetzt Glück und Zufriedenheit ausstrahlte, während er ihr den Rücken kraulte. In diesem Augenblick, wo sie die simple Lust der Berührung und Liebkosung genoss – still, entspannt und glücklich zugleich –, begann auch ihre Hinterpartie in einem fast vulgären Rot zu glühen.

Leider dauerte die ganze Idylle nur einen Moment. Denn Fiben entdeckte etwas kleines, winziges, ein huschendes Ding und griff instinktiv danach, bevor es im feinen Fell verschwinden konnte.

»Au!«, rief sie, als seine Fingernägel ihre Haut ritzten und gleichzeitig eine kleine Laus erwischten. »Was machst du denn da?«

»Essen«, sagte er, während er das sich windende Etwas zwischen den Zähnen zermalmte. Doch selbst jetzt hörte er nicht mit dem Kraulen auf.

»Du lügst«, sagte sie, aber ihre Stimme klang nicht sehr überzeugend.

»Soll ich's dir zeigen?«

Sie fuhr zusammen. »Lieber nicht. Mach nur so weiter.«

Er spuckte die tote Laus aus, obwohl er das Protein vielleicht hätte brauchen können. All die zahllosen Male, wo er sich mit anderen Chims zum Kraulen zusammengetan hatte – mit Freunden, Klassenkameraden, mit der Throop-Familie seinerzeit auf

Cilmar Island – wurde er noch nie so deutlich wie jetzt an den ursprünglichen Zweck dieses Rituals erinnert, an dieses uralte Vermächtnis des Dschungels: nämlich sich gegenseitig von den Parasiten zu befreien. Er hoffte nur, dass sich Gailet nicht zu zickig anstellen würde, ihm den gleichen Dienst zu erweisen. Denn nach so vielen Wochen, wo er im Stroh geschlafen hatte, wäre ihm eine solche Behandlung mehr als angenehm gewesen, weil sein Fell scheußlich juckte.

Seine Arme schmerzten, und er musste sich gewaltig strecken, um Gailet zu erreichen, weil sie mehr als eine Armlänge voneinander entfernt an die Steinwand gekettet waren.

»Nun ja«, sagte er, »ich bin so ziemlich fertig. Zumindest habe ich alle jene Orte durch, die du unbedingt erforscht haben wolltest. Und ich nehme nicht an, dass jene Chimmie, die vor einigen Montaen *pink* zu mir gesagt hat, zu prüde sein könnte, um einen nackten Affen zu kraulen.«

Gailet aber schniefte nur, fand ihn einer Antwort nicht würdig. Gestern schien sie noch froh, ihn wiederzusehen, als ihn die abtrünnigen Chims hierhergeschleppt hatten. Nach so langer Trennung und Isolierung freuten sie sich wie Kinder, als wäre der verlorene Sohn nach langer Zeit unvermutet zurückgekehrt.

Nun hatte sie sich aber anscheinend gefangen, hatte sich wieder in der Gewalt und suchte nach jedem Haar in der Suppe, kritisierte alles, was Fiben tat oder sagte. »Ein bisschen mehr«, drängte sie. »Etwas weiter links.«

»Kribbel-krabbel, kribbel-krabbel«, murmelte Fiben. Er wusste, dass Chims berühren und berührt werden wollten, vielleicht ein bisschen intensiver als ihre menschlichen Patrone, die gelegentlich in aller Öffentlichkeit Händchen hielten, aber selten etwas anderes wagten. Fiben fand es entzückend, nach so langer Zeit endlich jemanden zum Kraulen zu haben. Und es war fast so angenehm, es bei einem anderen zu tun, wie es sich selbst machen zu lassen.

Seinerzeit auf dem College hatte er irgendwo gelesen, dass die Menschen solche intimen Berührungen auf den Sexualpartner beschränkten. In grauer Vorzeit sollten es sogar Eltern abgelehnt haben, ihre Kinder in die Arme zu nehmen! Und früher, in fernen dunklen Zeiten waren die Leute auch nicht fähig, sich ohne sexuelle Hintergedanken zu streicheln, zu kämmen und zu massieren, allein nur aus lauter Spaß an der Freude, aus purer Lust an der Berührung und am Beisammensein.

Zu seiner Belustigung hatte eine kurze Nachforschung in der Bibliothek diese Gerüchte bestätigt. Was mussten die bedauernswerten Männer und Frauen auf Erden doch alles erdulden! Immerhin war es erfreulich, die Bilder der alten Zoos, der Zirkusse und der »Jagdtrophäen« zu betrachten.

Fiben wurde durch das Geklirr von Schlüsseln aus seinen Gedanken gerissen. Die altmodische Holztür öffnete sich einen Spalt, irgendjemand klopfte an und trat dann ein.

Es war die Chimmie, die ihnen das Abendessen brachte. Fiben konnte bisher ihren Namen nicht erfahren, doch ihr herzförmiges Gesicht kam ihm irgendwie bekannt vor.

Ihre helle Montur mit den Reißverschlüssen ähnelte der Motorradkleidung jener Bande, die für die Gubru arbeitete. Ihr Kostüm war an Fesseln und Handgelenken mit elastischen Bändern verschnürt, und ihr Holoprojektor-Armband warf das Bild aufrecht stehender Vögel in den Raum.

»Da kommt Besuch für euch beide«, sagte das weibliche Probie leise. »Ich denke, ihr wolltet Bescheid wissen. Es bleibt genug Zeit, um euch vorzubereiten.«

Gailet nickte kühl. »Vielen Dank«, presste sie hervor, wobei sie die Chimmie kaum eines Blickes würdigte. Fiben aber, trotz seiner misslichen Lage, schaute der Wärterin nach, während sie sich abwandte und davonging. Ihm war etwas aufgefallen, und er machte sich so seine Gedanken.

»Verdammte Verräter!«, schimpfte Gailet und rasselte mit ihren

Ketten. »Manchmal wünsche ich mir sehnlichst, ein Chim zu sein. Ich würde … ich würde …«

Fiben aber blickte zur Decke und seufzte.

Gailet versuchte, so gut es ging, sich umzudrehen und ihn anzuschauen. »Und wie lautet jetzt dein Kommentar, wenn ich fragen darf?«

Fiben zuckte die Achseln. »Na ja, wenn du ein Chim wärst, könntest du vielleicht versuchen, dich von deinen Ketten zu befreien. Du darfst aber nicht vergessen, dass deine Fesseln nicht so schwer sind wie die meinen.«

Er hob beide Arme hoch, so gut es ging, doch er schaffte es kaum, ihr seine Fesseln zu zeigen. Und als er die Arme hob, rasselten seine schweren Ketten. Ein stechender Schmerz fuhr durch sein bandagiertes rechtes Handgelenk, sodass seine Hände auf den harten Zementboden knallten.

»Ich glaube, es gäbe andere Gründe, warum sie sich wünscht, ein Chim zu sein«, sagte eine Stimme an der Tür. Fiben schaute auf und erblickte den Probanden Eisengriff, den Führer der Abtrünnigen. Der Chim lächelte theatralisch, während er seinen gewachsten Schnurrbart zwirbelte – eine Geste, die Fiben aus tiefstem Herzen zuwider war.

»Tut mir leid, Leute, aber ich habe das Ende des Gesprächs mithören müssen.«

Gailet schürzte verächtlich die Oberlippe. »Also hast du gelauscht. Was soll's? Es soll heißen, dass du ein Lauscher bist, und ein Verräter obendrein.«

Der kräftige Chim grinste unverschämt. »Bin ich vielleicht auch noch ein *Voyeur,* oder soll ich einer werden? Glaubt ihr, ich bin ein Spanner? Was glaubt ihr, warum ich euch beide nicht zusammengekettet habe, hm? Es hätte eine Menge Spaß gegeben, weil ihr euch beide so gern habt.«

Gailet schnaufte. Sie rückte ostentativ von Fiben ab und kauerte sich an die Wand.

Fiben verzichtete darauf, dem Burschen die Genugtuung einer Antwort zu verschaffen. Dafür schaute er Eisengriff fest in die Augen.

»Klar«, fuhr Eisengriff im Plauderton fort, »ist es durchaus verständlich, dass eine Chimmie wie du sich wünscht, ein Chim zu sein. Insbesondere mit deiner weißen Karte. Dabei ist eine weiße Karte für ein Mädchen eine glatte Verschwendung!«

»Was ich nicht verstehen kann«, sagte Eisengriff zu Fiben, »was ich absolut nicht verstehen kann, ist, warum ihr beiden tatet, was ihr getan habt – nämlich in der Gegend herumlaufen und für die Menschen Räuber und Gendarm zu spielen. So was ist für mich schier unbegreiflich. Du mit einer blauen Karte, sie mit einer weißen – ihr beiden könntet miteinander rammeln, so oft sie *pink* ist – ohne Pillen, ohne ihren Beschützer zu fragen, ohne Genehmigung der Entwicklungsbehörde. Kinder zeugen, so oft und so viele ihr wollt.«

Gailet schaute den Chim mit eiskaltem Blick an. »Du bist widerlich.« Eisengriff lief rot an, was bei seinem glattrasierten, blassen Gesicht besonders auffiel. »Warum? Weil es mich fasziniert, was mir versagt geblieben ist? Etwas, das ich nicht haben kann?«

»Du kannst tun und lassen, was du willst«, grollte Fiben.

Eisengriff lief, wenn überhaupt möglich, noch röter an. Er wusste, dass ihn seine Gefühle trogen. Er beugte sich nieder, sodass sein Gesicht in gleicher Höhe mit Fibens Gesicht lag. »Halt die Luft an, Collegeboy. Wer weiß, wozu du noch fähig bist, wenn wir einmal über dein Schicksal entschieden haben«, setzte er mit einem hämischen Grinsen hinzu.

Fiben rümpfte die Nase. »Ich weiß, dass die Kartenfarbe eines Chims keine Rolle spielt. Selbst du hättest eine Menge Mädchen haben können, wenn du dir zumindest einmal den Mund gründlich gespült …«

Er grunzte und warf sich zur Seite, als die Faust seinen Bauch traf. *Man muss halt für sein Vergnügen bezahlen,* dachte Fiben, während sich sein Magen umdrehte und er nach Luft schnappte. Nach der Miene des Verräters zu urteilen hatte er es ihm gründlich gegeben. Denn Eisengriffs Reaktion sprach Bände.

Fiben schaute auf und begegnete Gailet Jones' Blick. In ihren Augen war Furcht und Sorge zu lesen.

»Wollt ihr beide endlich aufhören? Ihr benehmt euch ja wie Kinder … wie unvernünftige Wesen …«

Eisengriff wirbelte herum und zeigte mit dem Finger auf sie. »Was weißt du schon, ha? Bist du vielleicht so eine Art Experte? Oder vielleicht ein Mitglied dieser verdammten Entwicklungsbehörde? Bist du vielleicht schon Mutter?«

»Ich habe in Galaktischer Soziologie promoviert«, sagte Gailet stolz.

Eisengriff lachte bitter auf. »Also ein Titel, den man einem superklugen Affen verliehen hat. Du musst ja allerhand geleistet haben, bist vielleicht sogar zu Kreuze gekrochen, um diesen Titel zu kriegen, mit Brief und Siegel und all dem Scheiß!«

Er schlich sich näher an sie heran. »Hast du immer noch nicht begriffen, kleines Fräulein? Dann will ich es dir sagen. Wir sind alle nichts weiter als Viecher, prä-sapiente Tiere! Nur zu, sag mir, wenn ich unrecht habe!«

Nun war es an Gailet, die Farbe zu wechseln. Sie riskierte einen Blick auf Fiben, und der wusste genau, dass sie sich jetzt an jenen Nachmittag im College von Port Helenia erinnerte, als sie auf den Glockenturm hinaufgestiegen und auf den Campus hinabgeschaut hatten, wo keine Menschen mehr zu sehen waren, wo es aber von Chim-Studenten wimmelte, die so taten, als wäre alles in Butter. Und wahrscheinlich musste sie auch daran denken, wie schwer es ihr gefallen und wie bitter es für sie gewesen war, diese Szene mit den Augen eines Galaktikers zu betrachten.

»Ich bin ein vernünftiges Wesen«, murmelte sie, wahrscheinlich, um sich selbst zu überzeugen.

»Jawohl«, schnaubte Eisengriff. »Was du sagen willst, soll heißen, dass du ein bisschen eher dem Ideal entsprichst ... eher als wir anderen ... dass du eher jener Vorstellung entsprichst, die sich die Entwicklungsbehörde von einem Neoschimpansen macht.

Nun sag mir aufrichtig: Was wäre, wenn du eine Passage zur Erde buchen würdest, und wenn der Captain die Kurve im Hyperraum im D-Niveau falsch kratzen würde? Was wäre, wenn du dann ein paar hundert Jahre später ankommen würdest? Was glaubst du, was deine kostbare weiße Karte dann noch wert wäre?«

Gailet schaute weg. *»Sic transit gloria mundi.«* Eisengriff schnippte mit den Fingern. »Du wärst dann nur noch ein Relikt, Schrott, längst überholt, würdest eine Phase darstellen, die im gnadenlosen Prozess der Entwicklung, der Evolution längst zum alten Eisen gehört.« Er lachte, streckte den Arm aus und fasste sie am Kinn, damit sie ihm in die Augen schauen musste. »Du wärst dann nichts weiter als ein Proband, meine Süße!«

Fiben schnellte vor, doch seine Ketten rissen ihn zurück. Wieder einmal schoss der Schmerz aus seinem verletzten Handgelenk wie ein Blitz hoch, doch in seinem Zorn merkte er es kaum. Obendrein verschlug ihm die Wut die Sprache. Und als er sich nach seiner Mitgefangenen umdrehte, sah er, dass es Gailet nicht anders ging. Die Chimmie war besonders wütend, weil sie zugeben musste, dass dieser Bastard eigentlich recht hatte.

Eisengriff schaute Fiben lange an, bevor er von Gailet abließ. »Vor hundert Jahren«, fuhr er fort, »wäre ich etwas Besonderes gewesen. Man hätte mir alle meine kleinen und großen Sünden verziehen. Dann hätte man mir eine weiße Karte gegeben, für meine Schlauheit und meine Standhaftigkeit.

Es ist die Zeit, mein lieber Chim, meine liebe Chimmie, die alles entscheidet. Dabei ist es so ziemlich egal, in welche Generation man hineingeboren wurde.«

Dann richtete er sich auf. »Oder vielleicht doch nicht?«, meinte er lächelnd. »Vielleicht hängt es auch davon ab, wer eure Patrone sind, hm? Wenn sich die Normen ändern, wenn das Vorbild, die

Vorlage für den zukünftigen idealen *Pan sapiens* sich wandelt, ja dann …« Er spreizte die Hände und ließ seine Worte nachwirken.

Gailet fand als Erste ihre Sprache wieder.

»Du … erwartest … tatsächlich … dass die Gubru …«

Eisengriff hob die Schultern. »Die Zeiten ändern sich, meine Lieben. Vielleicht werde ich mehr Enkel haben als jeder von euch.«

Endlich war es Fiben gelungen, seinen Zorn herunterzuschlucken und seine Stimme wiederzufinden. Er lachte aus vollem Halse. »Ja?«, fragte er zurück und grinste. »Erst musst du mit deinem *anderen* Problem fertigwerden, Bürschchen. Wie willst du deine Gene weitergeben, wenn du nicht einmal fähig bist …«

Diesmal gelang es ihm, Eisengriffs Fußtritt auszuweichen. Denn Fiben war auf den Angriff gefasst und rollte sich beiseite. Doch dann ging ein Hagel von Schlägen und Fußtritten auf ihn nieder.

Nun fiel kein einziges Wort mehr, und Fiben konnte mit einem kurzen Blick feststellen, dass es diesmal Eisengriff war, der die Sprache verloren hatte. Er konnte nur noch lallen, während er den Mund aufmachte und wieder zumachte – Schaum in den Mundwinkeln. Schließlich wurde es der große Chim müde, Fiben zu treten und zu prügeln. Er wandte sich enttäuscht ab und stapfte hinaus.

Die Chimmie mit den Schüsseln schaute ihm nach. Sie stand an der Tür und wusste nicht so recht, was sie tun sollte.

Fiben grunzte, während er sich wieder auf den Rücken drehte.

»Oha!«, jammerte er, als er seine Rippen betastete. Doch keine Rippe schien gebrochen. »Schließlich hat es Simon Legree doch nicht fertiggebracht, einen pompösen Abgang hinzulegen. Ich hatte schon fast erwartet, dass er sagt: ›Warte nur, es ist noch nicht aller Tage Abend, ich komme bald wieder‹, oder sonst was Originelles.«

Gailet schüttelte den Kopf. »Was hast du davon, ihn zu reizen?«

Er aber zuckte die Achseln. »Ich habe so meine Gründe.«

Langsam und vorsichtig rückte er immer näher an die Wand heran. Die Chimmie im Motorradanzug behielt ihn zwar im Auge und beobachtete ihn scharf. Doch als sich ihre Blicke für einen Moment trafen, wandte sie sich zum Gehen und machte die Tür hinter sich zu.

Fiben hob den Kopf und holte ein paarmal tief Luft.

»Was soll denn *das* schon wieder?«, fragte Gailet.

Er aber schüttelte den Kopf. »Nichts. Gar nichts. Purer Zeitvertreib.«

Und als er wieder hinschaute, hatte ihm Gailet den Rücken zugekehrt, und es sah aus, als ob sie weinte.

Eigentlich kein Wunder, dachte Fiben. Wahrscheinlich litt sie sehr darunter, gefangen zu sein, nachdem sie die Führerin einer Rebellion gewesen war. Denn sie beide wussten nur zu gut, dass die Resistance verloren, weggewischt, am Ende und einfach kaputt war. Und es gab kaum eine Hoffnung, dass die Sache oben in den Bergen besser gelaufen war. Athaclena, Robert und Benjamin konnten längst in Gefangenschaft geraten sein, während Port Helenia immer noch von Vögeln und Quislingen beherrscht wurde.

»Mach dir nichts draus«, versuchte er sie zu trösten und aufzurichten. »Du weißt, dass ein Chim, der den Intelligenztest bestanden hat, überall durchkommt und stets auf die Füße fällt wie eine Katze. Also Kopf hoch, Chimmie!«

Gailet wischte sich die Augen und wandte den Kopf, um ihn anzuschauen. »Ach, hör doch auf!«, sagte sie.

Okay, es war ein alter Witz, musste Fiben zugeben. *Aber es war einen Versuch wert.*

Dennoch – sie drängte sich näher an ihn heran und deutete ihm an, sich umzudrehen. »Na los, komm schon! Jetzt bist du dran. Vielleicht …«

Sie riskierte ein scheues Lächeln, als wüsste sie nicht genau, ob sie nun ihrerseits einen Scherz wagen sollte. »Vielleicht werde ich auch einen kleinen Imbiss finden.«

Fiben grinste. Er watschelte heran und rückte so nahe, wie es seine Ketten erlaubten, wobei er vergaß, wie sehr ihn seine Verletzungen plagten. Er spürte ihre Hände, die durch sein verfilztes Fell fuhren und drehte die Augen himmelwärts.

»Ach, aachh!«, seufzte er entzückt.

Diesmal war es ein anderer Wächter, der ihnen das Mittagessen brachte – eine dünne Suppe und zwei Scheiben Brot. Dieser männliche Probie hatte nichts von Eisengriffs Gewandtheit an sich. Es fiel ihm offenbar schwer, selbst die einfachsten Sätze zu bilden und schnarrte, als Fiben versuchte, ihn auszufragen. Seine linke Backe zuckte pausenlos, und Gailet flüsterte Fiben zu, dass ihr der irre Blick des Wärters Angst machte.

Fiben aber versuchte sie abzulenken. »Erzähl mir was über die Erde«, bat er. »Wie sieht es dort aus?«

Gailet tauchte die letzte Brotrinde in ihre Suppe. »Was soll ich viel sagen? Jeder weiß über die Erde Bescheid.«

»Ja, sicher, vom Video und aus den Büchern, die in unseren Wunderwürfeln gespeichert sind. Aber nicht aus persönlicher Erfahrung. Du bist als Kind mit deinen Eltern auf die Erde gekommen, nicht wahr? Und dort hast du auch deinen Doktor gemacht.«

Sie nickte. »An der Universität von Djakarta.«

»Und was war dann?«

Ihr Blick schweifte in die Ferne. »Dann bewarb ich mich um eine Stelle bei dem terragenen Zentrum für Galaktische Studien in La Paz.« Fiben kannte diesen Ort. Viele Diplomaten, Gesandte und Agenten der Erde wurden hier geschult, um zu lernen, wie man in den verschiedenen antiken Kulturen der Fünf Galaxien dachte und handelte. Und solches Wissen war von entscheidender Bedeutung, wenn die Führer nach Mitteln und Wegen suchten, damit die drei irdischen Spezies in einem gefährlichen Universum bestehen konnten. Das Schicksal des Wolflinger-Clans hing von den Absolventen dieses Instituts ab.

»Ich bin beeindruckt, dass du dich überhaupt beworben hast«, sagte er, und er meinte auch, was er sagte. »Und haben sie … ich will sagen, hast du es geschafft?«

Sie nickte. »Ich … ja, aber sehr knapp. Immerhin bekam ich meine Qualifikation. Man sagte mir, wenn ich besser abgeschnitten hätte, wäre es kein Problem gewesen.«

Offensichtlich war ihr die Erinnerung peinlich. Sie wirkte unentschlossen und war wohl geneigt, das Thema zu wechseln. Gailet schüttelte den Kopf. »Doch dann wurde mir mitgeteilt, man würde es vorziehen, wenn ich nach Garth zurückkehrte. Ich sollte da einen Lehrstuhl übernehmen. Und man legte mir gleichzeitig nahe, dass ich hierzulande eher von Nutzen sein würde.«

»›Man‹ und ›sie‹. Wer ist denn das von dem du da dauernd sprichst?« Gailet zupfte nervös am Fell ihres Armes. Dann wurde ihr bewusst, was sie tat, und sie ließ die Hände in den Schoß sinken. »Die Entwicklungsbehörde«, sagte sie leise.

»Aber … wieso können sie über die Zuweisung von Lehrstühlen oder über die Laufbahn eines Absolventen entscheiden?«

Sie schaute ihn an. »Die haben eine *Menge* zu sagen, Fiben, wenn es um den genetischen Fortschritt von Neodelfinen oder Neochims geht. Sie können zum Beispiel verhindern, dass man Raumfahrer wird, allein aus der Angst heraus, dass dein kostbares Plasma irritiert werden könnte. Oder sie können dir die Laufbahn als Chemiker verbieten, um irgendwelchen unvorhersehbaren Mutationen vorzubeugen.«

Sie klaubte einen Strohhalm auf und drehte ihn langsam zwischen den Fingern. »Oh, wir haben eine Menge mehr Rechte als andere junge Klientenspezies. Ich weiß es, und ich denke stets daran.«

»Doch es wurde beschlossen, dass deine Gene auf Garth notwendig sind«, warf Fiben mit leiser Stimme ein.

Sie nickte. »Ja, da gibt es ein Punktesystem. Hätte ich beim Examen wirklich gut abgeschnitten, wäre alles in bester Ordnung gewesen. Ein paar Chims haben es geschafft. Doch ich war so eine Art Grenzfall. Man hat mich mit dieser verdammten weißen Karte abgespeist – eine Art Trostpreis oder vielleicht eine Hostie für irgendein Sakrament – und hat mich auf meinen Heimatplaneten, auf den guten alten Planeten Garth zurückgeschickt.«

»Es scheint, dass mein *raison d'être* jene Kinder sind, die ich bekommen soll. Alles andere ist nichts als Zufall.«

Sie lachte, und ihr Lachen klang etwas bitter. »Teufel noch mal, ich habe dieses Gesetz schon vor Monaten gebrochen, mein Leben und meinen Bauch bei diesem Aufstand riskiert. Selbst wenn wir gesiegt hätten – und die Zeichen standen günstig –, selbst wenn ich eine dicke Auszeichnung vom TAASF bekommen hätte, selbst wenn ich im Triumphzug hingetragen worden wäre – es würde nichts ausmachen. Denn in dem Moment, wo der Rausch verflogen war, hätte mich die Entwicklungsbehörde immer noch ins Gefängnis werfen können!«

»Allmächtiger!«, seufzte Fiben und lehnte sich an die kalten Steine. »Aber du hast doch nicht … ich meine, noch nicht …«

»Ob ich nicht schon Kinder oder Nachkommen habe? Eine gute Frage. Einer der wenigen Vorteile, ein weibliches Wesen mit einer weißen Karte zu sein, besteht darin, dass ich jeden mit einer blauen Karte oder mit einer höheren zum Vater wählen kann und den Zeitpunkt selbst bestimmen kann, solange ich mehr als drei Kinder habe, bevor ich dreißig bin. Ich brauche sie nicht einmal selbst großzuziehen!« Und wieder dieses spitze, bittere Lachen. »Die Hälfte der Chim-Hochzeitsgruppen würden sich einen Ast abbrechen, um meine Kinder adoptieren zu dürfen!«

Sie schildert ihre Situation in den dunkelsten Farben, dachte Fiben. *Obwohl es kaum mehr als zwanzig Chims auf diesem Planeten geben dürfte, die von der Behörde so hoch geschätzt werden. Und für den Angehörigen einer Klientenspezies war eine solche Einschätzung die allerhöchste Ehre.*

Nun hatte er wahrscheinlich so gut wie alles begriffen. Sie

musste nach Garth heimkehren, wobei ihr eine Tatsache bewusst war: Umso brillanter ihre Karriere, je größer ihre Erfolge, desto wertvoller ihre Ovarien … und dass sie die peinlichen gynäkologischen Untersuchungen in der Plasma-Bank immer öfter über sich ergehen lassen musste, und dass ihr jedes Mal dringend nahegelegt wurde, für Nachkommen zu sorgen.

Die Einladung, sich einer Hochzeitsgruppe anzuschließen oder sich einen Gefährten zu suchen, würde auf dem Fuße folgen. Dabei konnte man nicht wissen, ob eine Gruppe sie ihrer selbst wegen begehrte. Junggesellen und Singles würden ihre Bekanntschaft suchen, allein wegen des Status, den ihnen die Tatsache einbringen würde, Vater ihres Kindes zu sein.

Und dann war da noch die Eifersucht – und die Chims waren da wenig zart besaitet, konnten ihre Gefühle nicht verbergen, so etwa auch nicht ihren Neid. Also Probleme, wo man nur hinschaute, und obendrein solche, die nicht leicht zu lösen waren.

»Eisengriff hatte recht«, sagte Gailet. »Für einen Chim wäre alles viel einfacher. Eine weiße Karte für einen Chim wäre eine Wucht, das ist klar. Doch was nützt sie einer Chimmie, die ihren eigenen Kopf hat und ihren eigenen Weg gehen will?«

Sie wandte sich ab, und ihr Blick ging ins Leere.

»Ich …« Fiben suchte krampfhaft nach Worten, doch im Augenblick fiel ihm nichts ein. Er konnte nur dasitzen, stumm, dumm und mit rotem Kopf. Vielleicht eines Tages würden seine Nachkommen im sechsten oder siebten Glied die richtigen Worte finden, die richtige Antwort wissen, wie man jemanden trösten konnte, der verzweifelt und verbittert war und der nichts mehr wissen und nichts mehr hören wollte.

Dieser voll erblühte, hochentwickelte Neochim, der seinen Platz ein paar Stufen höher auf der Generationskette einnahm, war vielleicht helle und klug genug. Doch Fiben wusste, dass er vorerst nichts weiter als ein Affe war.

»Hm … ja, nun«, sagte er und hüstelte verlegen. »Ich denke an eine Zeit auf Cilmar Island, kurz vor deiner Rückkehr nach Garth. Ist es vielleicht schon zehn Jahre her? Ifni! Ich glaube, ich war damals noch ein ganz junger Spund …« Er seufzte. »Wie dem auch sei, die ganze Insel stand kopf, als Igor Patterson ankam, um an der Universität Vorlesungen zu halten.«

Gailet hob den Kopf ein bisschen hoch. »Igor Patterson? Der Trommler?«

Fiben nickte. »Also hast du von ihm gehört.«

Sie aber lächelte sarkastisch. »Wer hätte wohl noch nichts von ihm gehört?«

Gailet breitete die Hände aus und ließ sie mit den Handflächen nach oben wieder sinken. »Er ist einfach wundervoll.«

Das war nun die Summe aller Teile, die letzte Konsequenz. Denn Igor Patterson war der Größte.

Der Donnertanz war nur ein Aspekt der Vorliebe aller Neoschimpansen für den Rhythmus. Dabei spielte das Schlagzeug eine wichtige Rolle, der Beat beherrschte die ganze Gegend von den Farmländern von Hermes bis zu den raffinierten Wolkenkratzern der Erdenmenschen. Selbst in früherer Zeit – als die Chims noch gezwungen wurden, Tastaturen und Bildschirme auf der Brust zu tragen, um überhaupt sprechen zu können – schon zu jener Zeit hatte die neue Spezies ein Faible für den Beat.

Und dies, obwohl alle großen, berühmten Schlagzeuger auf Erden und in den Kolonien Menschen waren – alle bis auf Igor Patterson.

Er war der erste – der erste Chim mit dem feinen Gefühl, mit dem untrüglichen Sinn für Rhythmus, der neben den Besten seines Faches bestehen konnte. Wenn man Patterson zuhörte, wie er »Clash Ceramic Lighting« spielte, war es eine einzige Wonne. Ein Chim musste dabei vor Stolz fast bersten. Er war ein leuchtendes Beispiel dafür, was die Entwicklungsbehörde von einem Chim erwartete, gleichzeitig aber auch dafür, was ein Chim sein *wollte.*

»Die Carter Foundation hatte ihn auf eine Tournee durch die

Kolonien geschickt«, fuhr Fiben fort. »Gleichzeitig war es auch eine Art Goodwill-Tour für die außenliegenden Chim-Gemeinden. Und freilich sollte hier auch ein bisschen Glück und Freude unter das Volk gebracht werden.«

Gailet schnaufte, weil die Sache ziemlich eindeutig war. Freilich hatte Patterson eine weiße Karte. Die Chim-Mitarbeiter der Entwicklungsbehörde hätten wohl darauf bestanden, auch wenn er nicht so charmant, so intelligent und so umgänglich gewesen wäre, wie man es sich nicht besser wünschen konnte.

Fiben aber glaubte genau zu wissen, was sich Gailet sonst noch dachte. Für ein Männchen mit einer weißen Karte gab es keine Probleme – eine lebenslange Party, das war's. »Ich mag wetten«, sagte sie. Fiben aber glaubte, so etwas wie leichte Eifersucht aus ihrer Stimme herauszuhören.

»Tja, du hättest dabei sein sollen, als er hier auftauchte, um sein Konzert zu geben. Es war eine der gelungensten Veranstaltungen. Ich saß ziemlich weit hinten, ein bisschen abseits, und zufällig war ich an diesem Abend scheußlich erkältet. Das aber war mein Glück.«

»Wieso?« Gailet zog die Brauen zusammen. »Was hat das zu tun mit … oh.« Sie runzelte die Stirn und biss die Zähne zusammen. »O ja, ich verstehe.«

»Das glaub ich dir aufs Wort. Die Klimaanlage lief auf hohen Touren, dennoch war dieser Duft so stark, dass man es kaum aushalten konnte. Ich zitterte und fror unter den Ventilatoren. Um ein Haar hätte ich mir den Tod geholt …«

»*Willst* du jetzt endlich zur Sache kommen?« Gailets Lippen waren nur noch ein dünner Strich.

»Nun ja – wie du richtig vermutet hast, hatte jede Chimmie auf der Insel, die gerade läufig war, eine Karte ergattert. Keine von ihnen benützte Olfa-Spray. Sie waren mit der allgemeinen Zustimmung ihrer Gruppenmänner angereist, hatten flammendrosa Lippenstifte bei sich, nur für den Fall, dass …«

»Ich kann es mir lebhaft vorstellen«, sagte Gailet. Und für einen Augenblick glaubte Fiben ein leichtes Lächeln zu erkennen, während sie sich die Szene vorstellte. Doch ihre Heiterkeit war schnell verflogen. »Und was geschah dann?«

Fiben streckte sich und gähnte. »Was glaubst du, was dann geschah? Es gab einen Aufruhr, was sonst?«

Vor lauter Staunen blieb ihr der Mund offen stehen. »Tatsächlich? Und das in der Universität?«

»Es ist so wahr, wie ich hier sitze.«

»Aber …«

»Oh, während der ersten paar Minuten lief alles bestens. Mannomann, der gute alte Gregor übertraf sich selbst, kann ich dir sagen. Die Menge wurde allmählich verrückt. Und dann gerieten die Dinge plötzlich außer Rand und Band.«

»Ja, aber …«

»Kannst du dich noch an den alten Professor Olvfing von der Fakultät der *Terragenen Traditionen* erinnern? Du weißt, dieser alte Chim, der ein Monokel trägt. Der, der seine Freizeit damit verbrachte, ein Gesetz über die Monogamie von Chims noch vor Ende der Legislaturperiode durchzudrücken?«

»Ja, ich kannte ihn«, sagte sie mit geweiteten Augen.

Fiben machte mit beiden Händen eine eindeutige Geste.

»Nein! In aller Öffentlichkeit? *Professor Olvfing?*«

»Mit dem Dekan des College für Ernährungswissenschaften, keinem Geringeren.«

Gailet stieß einen scharfen Pfiff aus. Sie wandte sich ab, Hände vor der Brust. Wahrscheinlich musste sie einen Lachanfall unterdrücken oder einfach tief schlucken.

»Freilich hat ihm sein angetrautes Weib später verziehen. Denn sie hatte nur die Wahl, ihm zu verzeihen oder ihn an eine Zehnergruppe zu verlieren, die diesen Stil pflegte.«

Gailet klopfte sich keuchend auf die Brust. Sie wandte sich noch weiter von Fiben ab und schüttelte wie wild den Kopf.

»Der arme Igor Patterson«, fuhr Fiben fort, »hatte auch so seine Probleme. Einige der Burschen vom Football-Team waren als Rausschmeißer eingesetzt. Und als dann die Sache außer Kontrolle geriet, versuchten sie es mit Feuerlöschern. Dadurch wurde die Angelegenheit etwas schlüpfrig, doch es änderte nicht viel an der Sache.«

Gailet keuchte lauter. »Fiben …«

»Es war wirklich zu schlimm«, sagte er nachdenklich. »Igor hatte sich da richtig hineingesteigert, sein Rhythmus ging unter die Haut, aber echt, und er wuchs über sich hinaus … bis dann eben diese vierzigjährige Chimmie, nackt und glitschig wie ein Delfin, direkt vor seinen Füßen landete.«

Gailet konnte sich nicht mehr helfen, hielt sich den Bauch vor Lachen, streckte eine Hand hoch und bat um Gnade. »Bitte, hör endlich auf …«, wimmerte sie leise.

»Zum Glück war es die große Trommel, in die sie hineinsegelte. Es dauerte eine ganze Weile, bis sie sich wieder hochrappelte, aber lange genug, dass sich der arme alte Igor durch die Hintertür vor dem Mob retten konnte.«

Sie kippte seitwärts um. Für einen Moment war Fiben besorgt, weil ihr Gesicht rot angelaufen war. Sie aber lachte schallend, trommelte auf den Boden, während Tränen aus ihren Augen strömten. Gailet rollte sich auf den Rücken und wurde von Lachanfällen geschüttelt.

Fiben zuckte die Achseln. »Und dies alles nach der ersten Nummer, nur weil Patterson seine eigene Version von dieser verdammten Nationalhymne gespielt hatte. Schade. Ich hatte nicht die Chance, seine Version von ›In A Gadda Da Vida‹ zu hören.«

»Jetzt, wo ich darüber nachdenke«, sagte er und seufzte erneut, »ist es wohl egal.«

Punkt 20.00 Uhr ging das Licht aus, und auch für die Gefängnisse gab es keine Ausnahme. Noch vor Sonnenuntergang war ein Wind aufgekommen und rüttelte an den Jalousien ihres kleinen

Fensters. Die Brise kam vom Ozean und brachte einen schweren Salzgeruch mit sich. Aus der Ferne war das Grollen eines frühen Sommergewitters zu hören.

Sie schliefen, fest in ihre Decken eingewickelt, lagen so dicht beieinander, wie es ihre Ketten gerade erlaubten, Kopf an Kopf, dass jeder den anderen in der Dunkelheit atmen hören konnte. Und während sie schlummerten, atmeten sie den modrigen Geruch der Steine und den Mief der feuchten Strohballen ein und bliesen die sanften Töne ihrer Träume aus, wenn sie im Schlaf murmelten.

Gailets Hände zuckten, als wollten sie dem Rhythmus einer illusorischen Flucht folgen, wobei ihre Ketten leise klirrten.

Fiben lag da, ohne sich zu rühren. Doch von Zeit zu Zeit blinzelte er, während er die Augen gelegentlich öffnete und wieder schloss, ohne bei Bewusstsein zu sein. Manchmal atmete er auch tief ein, und es dauerte eine Weile, bis er wieder ausatmete.

Keiner von den beiden merkte das leise Summen, das vom Flur hereindrang, weder das Licht, das durch die Ritzen der Holztür in ihre Zelle fiel. Draußen waren schlurfende Schritte zu hören, und Klauen tapsten über das Pflaster.

Und als sich dann der Schlüssel im Schloss umdrehte, fuhr Fiben hoch, rollte sich zur Seite und setzte sich auf. Und während die Scharniere quietschten, rieb er sich die Augen. Gailet hob den Kopf und bedeckte die Augen mit beiden Händen, um sie gegen das grelle Licht von zwei Lampen zu schützen, die an Stäben hochgehalten wurden.

Fiben schnüffelte – es roch nach Lavendel und Federn. Und als er und Gailet unsanft von mehreren Wächtern hochgerissen wurden, erkannte er die gutturale Stimme ihres Oberwärters Eisengriff.

»Nehmt euch zusammen! Ihr bekommt wichtigen Besuch.«

Fiben blinzelte und versuchte, sich an das grelle Licht zu gewöhnen. Dann erblickte er einige gefiederte Vierbeiner, große

Kugeln aus weißen Daunen, gestiefelt und gespornt. Zwei von ihnen hielten Stäbe hoch, an denen die hellen Laternen baumelten. Die anderen aber wuselten um eine Art kurzer Stange herum, die in einer schmalen Plattform endete und sich als eine Sitzstange erwies. Und auf dieser Stange saß – besser noch stand – ein großer Vogel.

Er war mit zahllosen Ordensbändern behängt. Der große zweibeinige Gubru verlagerte andauernd nervös sein Gewicht von einem Fuß auf den anderen. Vielleicht war es das Licht, welches das Gefieder des Fremden beleuchtete, doch es sah viel bunter, auch viel leuchtender aus als das übliche Weißgrau. Fiben kam es vor, als hätte er diesen Alien schon früher einmal irgendwo gesehen.

Was, zum Teufel, hat dieses Ding vor, dass es zur nachtschlafenden Zeit herumgeistert?, fragte sich Fiben. *Ich habe immer geglaubt, dass die Gubru so etwas nur sehr ungern tun.*

»Erweist den Ältesten, den Mitgliedern des Hohen Clans der Gooskyu-Gubru den schuldigen Respekt!«, sagte Eisengriff scharf, während er Fiben hochzerrte.

»Das will ich sofort tun«, erwiderte Fiben und räusperte sich, um vor dem großen Vogel auszuspucken.

»Nein!«, rief Gailet. Sie nahm seinen Arm und flüsterte ihm zu: »Nein, Fiben, bitte nicht! Tu das für mich! Und benimm dich *genauso* wie ich!«

Ihre braunen Augen bettelten, und Fiben schluckte. »Na schön, meinetwegen, Gailet.« Sie aber wandte sich wieder dem Gubru zu und kreuzte die Arme über der Brust. Fiben tat wie ihm geheißen und verbeugte sich fast so tief, wie sie es tat.

Der Galaktiker riskierte einen Blick auf ihn, erst mit dem einen, dann mit dem anderen großen starren Auge. Dann rückte er zum anderen Ende der Stange, sodass die Sitzstangenhalter für sein Gleichgewicht sorgen mussten. Und dann schließlich begann er eine ganze Reihe schneller Zirplaute von sich zu geben.

Seine vierbeinigen Begleiter gaben jetzt seltsame Töne von sich, die sich wie eine Art Unisono-Chor anhörten: »*Summmmm.*«

Nun trat einer der Kwackoo-Adjutanten vor. An einer Kette, die um seinen Hals geschlungen war, baumelte eine leuchtend helle Metallscheibe. Und aus dem Vodor drang jetzt ein Text, eine leise, kaum verständliche Übersetzung in Anglic.

»Es wurde beschlossen und verkündet …
… es wurde befunden …
Dass ihr beiden …
das Gesetz … das Kriegsgesetz nicht gebrochen habt.
Summm.
Es wurde für recht befunden …
dass ihr beiden … was ihr getan habt … …
dass ihr es im Sinne und im Interesse eurer Patrone tatet.
Summm.
Wir haben gehört … erfahren …
dass euer Status
… dass ihr der Gipfeltrieb eures Gen-Stroms …
Speziesströmung … eurer Spezies …
hier und jetzt seid.
Summmmm.
Daher wollen wir euch anbieten … vorschlagen …
euch mit einer Einladung beehren … mit unserem Segen …
mit einer Chance, die Wohltat der Repräsentation zu empfinden.
Summmmmmm.
Es ist eine Ehre … ein Benefiz …
Ruhm und Ehre …
Auszusuchen … zur freien Wahl …
die Zukunft eurer Spezies zu gestalten.
Summmm!«

Hier war die Ansprache plötzlich zu Ende, der Sprecher brach ebenso unvermittelt ab, wie er begonnen hatte.

»Verbeug dich noch mal!«, flüsterte ihm Gailet zu. Er verbeugte sich mit über der Brust gekreuzten Armen, wie sie es ihm vorgemacht hatte. Und als Fiben wieder aufschaute, hatte die kleine Gruppe der Fremden bereits kehrtgemacht und ging auf die Tür zu. Die Sitzstange wurde zwar etwas gesenkt, dennoch musste sich der große Gubru ducken, um durchzukommen, während er seine gefiederten Arme wie Balancierstangen ausstreckte. Ihm folgte Eisengriff auf dem Fuße. Sein Blick aber, den er den beiden zuwarf, drückte Abscheu und Ekel aus.

Fibens Kopf dröhnte. Bereits nach dem ersten Satz hatte er es aufgegeben, der Rede des Sprechers in formalem Galactic Drei zu folgen. Selbst die Übersetzung in Anglic war konfus und schier unverständlich.

Das grelle Licht verblasste, während der Zug durch den Gang dahinruckte und zuckte. Und in der Dämmerung, die jetzt wieder eintrat, schauten sich Fiben und Gailet verblüfft an.

»Will mir endlich jemand sagen, was das zu bedeuten hat?«, fragte er. Gailet runzelte die Stirn. »Das war ein Suzerain. Einer ihrer drei Führer. Wenn ich mich nicht irre, war es der Suzerain der Guten Sitten.«

»Das sagt mir gar nichts. Bin so klug als wie zuvor. Was, in Ifnis Namen, ist ein Suzerain der Guten Sitten?«

Gailet aber überhörte diese Frage. Denn sie war in tiefes Nachdenken versunken. »Warum ist er zu uns gekommen, anstatt uns zu sich kommen zu lassen?«, überlegte sie laut. Doch es war mehr eine rhetorische Frage. »Und warum kam er mitten in der Nacht? Hast du mitgekriegt, dass er nicht einmal abgewartet hat, ob wir sein Angebot annehmen? Wahrscheinlich war er sich viel zu vornehm dafür, wollte sich nicht herablassen. Doch seine Adjutanten können sich ja unsere Antwort auch später holen.«

»Eine Antwort auf was? Auf welches Angebot? Gailet, ich konnte dem Gelabere nicht folgen …«

Doch sie wehrte nervös mit beiden Händen ab. »Nicht jetzt. Ich muss nachdenken, Fiben. Lass mir ein paar Minuten Zeit.« Sie ging zur Wand zurück, setzte sich auf ihr Strohlager und starrte die blanken Steine an. Und Fiben glaubte, dass es wohl eine ganze Weile dauern würde, bis sie zu einem Resultat kommen würde.

Du hast die Auswahl, dachte er. *Und du kriegst, was du verdienst, wenn du dich in ein Genie vergaffst …*

Er blinzelte und schüttelte den Kopf. *Also, was nun?*

Doch ein Geräusch im Flur lenkte ihn von seinen Gedanken ab. Ein Chim trat ein, mit einem Arm voll frischem Stroh und mehreren sauber gefalteten dunkelbraunen Decken. Der Stapel bedeckte das Gesicht des Neochims. Erst als er seine Ladung ablegte, konnte Fiben einen kurzen Blick auf das Gesicht riskieren und sah, dass es jene Chimmie war, die ihn früher so merkwürdig gemustert hatte und die ihm so seltsam bekannt vorkam.

»Ich habe euch etwas frisches Stroh und noch ein paar Decken gebracht. Die Nächte werden allmählich kühl.«

Er nickte. »Vielen Dank.«

Sie aber wich seinem Blick aus, wandte sich ab und ging wieder auf die Tür zu, wobei sie sich sehr graziös bewegte, selbst in ihrer etwas plumpen Motorradkluft. »Warte!«, sagte er plötzlich.

Sie blieb stehen, das Gesicht noch immer der Tür zugekehrt. Fiben näherte sich ihr, soweit es seine Ketten erlaubten. »Wie heißt du?«, fragte er leise, weil er Gailet nicht in ihren Gedanken stören wollte.

Sie aber zog die Schultern hoch, kehrte ihm immer noch nicht das Gesicht zu. »Ich … ich bin …« Jetzt klang ihre Stimme ganz leise. »M-man nennt mich Sylvie …«

Und selbst jetzt, wo sie durch die Tür schritt, bewegte sie sich wie eine Tänzerin. Dann rasselten Schlüssel, und eilige Schritte entfernten sich über den Flur.

Fiben aber starrte die Tür an. »Da soll mich doch dieser oder jener holen!«, sagte er.

Er drehte sich um und ging zur Wand zurück, wo Gailet saß und vor sich hinmurmelte. Er beugte sich über sie, legte ihr eine frische Decke um die Schultern – dann kehrte er in seine Ecke zurück, wo er sich genüsslich auf einen herrlich duftenden Strohballen sinken ließ.

Uthacalting 55

Das seichte Wasser war mit schäumenden Algen durchsetzt, dort wo ein paar langbeinige einheimische Vögel nach Futter suchten und hie und da ein paar Insekten aufpickten. Buschige Pflanzen standen dicht beieinander und säumten das Ufer und die Ufersteine.

Von der Böschung des kleinen Sees führten Fußspuren bis hinauf zum buschigen Hügelhang. Ein einziger Blick auf die Spuren im Schlamm genügte – und Uthacalting wusste sofort, dass da irgendein seltsames dreibeiniges Wesen den Weg vom See zum Hügel entlanggepilgert war. Dann, als er aus dem Augenwinkel wieder einen blauen Blitz erblickte – ähnlich jenem Schein, der ihn an diesen Ort geführt hatte – schaute er schnell hoch. Zwar versuchte er noch, dieses Licht genauer ins Auge zu fassen – doch bevor ihm dies gelang, war es schon wieder verschwunden.

Uthacalting kniete nieder, um die Spuren im Schlamm zu untersuchen und musste lächeln, als er die Abdrücke mit seiner Handspanne maß. Welch hübsche Konturen! Das dritte Bein war wohl exzentrisch, sein Abdruck etwas blasser, als hätte ein Zweibeiner, auf einen Stock gestützt, den Weg vom See zu den Büschen am Hügelhang zurückgelegt.

Uthacalting hob einen Zweig auf, der heruntergefallen war, doch er zögerte noch einen Augenblick, bevor er die Konturen verwischte.

Soll ich sie lassen?, fragte er sich. *Ist es wirklich notwendig, sie zu verstecken?*

Er schüttelte den Kopf.

Nicht doch. Wie sagten die Menschen? Du sollst den Tag nicht vor dem Abend loben.

Die Fußspuren verschwanden allmählich, während er mit dem Zweig über sie hinwegwischte. Gerade als er die Spuren beseitigt hatte, hörte er schwere Schritte und das Krachen von Zweigen hinter sich. Er schaute sich um und erblickte Kault, der über den schmalen Pfad auf den kleinen See zustapfte. Die Glyphe *lurrunanu* schwebte über dem großen Kopf des Thennaniners mit dem dicken Kamm, schoss hin und her wie ein frustriertes parasitisches Insekt und suchte nach einer schwachen Stelle, die höchstwahrscheinlich nicht vorhanden war.

Uthacaltings Corona schmerzte wie ein überbeanspruchter Muskel. Er ließ die Glyphe auf Kaults dicke Haut prallen – doch es dauerte eine ganze Weile, bis er reagierte. Dann zog er die Glyphe wieder ein und ließ den Zweig zu Boden fallen.

Der Thennaniner war aber kaum an der Landschaft und am Boden interessiert. Er konzentrierte sich auf ein kleines Instrument, das in seiner gewaltigen Handfläche lag. »Ich werde immer argwöhnischer, mein Freund«, sagte Kault, als er zu dem Tymbrimer trat.

Uthacalting spürte, wie das Blut durch die Arterien seines Nackens rauschte. *Hat er's endlich kapiert?,* fragte er sich.

»Wieso, Herr Kollege?«

Kault legte das Instrument zusammen und steckte es in eine seiner zahlreichen Westentaschen. »Es gibt Zeichen …« Sein Kamm flatterte. »Ich habe eine entschlüsselte Durchgabe der Gubru mitgehört, und ich glaube, dass da etwas im Gange ist, und nichts Gutes.«

Uthacalting seufzte. O nein. Kaults eingleisiger Sinn konzentrierte sich auf eine völlig andere Sache. Und jeder noch so trickreiche Versuch, ihn davon abzubringen, musste unweigerlich scheitern.

»Wie schaut es jetzt bei den Invasoren aus? Was haben sie vor?«

»Vor allem ist der militärische Verkehr nicht mehr so hektisch. Ganz plötzlich scheinen sie sich mehr für diese kleinen Scharmützel in den Bergen zu interessieren als noch vor wenigen Tagen oder Wochen. Vielleicht erinnerst du dich daran, dass wir uns darüber gewundert haben, welchen Aufwand sie treiben, um diesen kleinen Partisanenwiderstand zu ersticken.«

Uthacalting aber glaubte mit einiger Sicherheit den Grund zu kennen, was die Gubru zu solch frenetischer Aktivität antrieb. Aus dem, was die beiden sich zusammenreimen konnten, ging eindeutig hervor, dass sich die Invasoren davor fürchteten, etwas in den Bergen von Mulun zu *finden.* Sie hatten Soldaten und Wissenschaftler in die Berge geschickt, ohne Mühe und Kosten zu scheuen und hatten anscheinend kräftig draufgezahlt.

»Kannst du dir irgendeinen Grund vorstellen, warum die Kämpfe eingestellt wurden?«, fragte er Kault.

»Ich bin mir nicht ganz sicher, nicht nach dem, was ich entziffern konnte. Eine Möglichkeit besteht darin, dass es den Gubru gelungen ist, jenes Ding aufzustöbern und einzufangen, auf das sie so scharf waren …«

Höchst zweifelhaft, dachte Uthacalting überzeugt. *Es ist schwer, einen Geist in die Falle zu locken.*

»Oder sie haben die Suche aufgegeben …«

Wahrscheinlich, gab Uthacalting zu. Es war unvermeidlich, dass die Aviane früher oder später dahinterkamen, dass man sie zum Narren gehalten hatte und nicht mehr länger einem Phantom nachjagten.

»Oder vielleicht auch«, meinte Kault schließlich, »haben es die Gubru einfach aufgegeben, jeden nur möglichen Aufstand niederzuschlagen und all diejenigen liquidiert, die sich ihnen in den Weg stellten.«

Uthacalting hoffte inständig, dass diese letzte Antwort nicht zutraf. Es gehörte freilich zu seinem Berufsrisiko, den Feind auf diese Weise zu täuschen und bis aufs Blut zu reizen. Ihm blieb nur noch die Hoffnung, dass seine Tochter und Megan Oneagles Sohn nicht letztlich die Rechnung für diesen Scherz bezahlen mussten, den er sich mit diesen verdammten Vögeln erlaubt hatte.

»Hmm«, kommentierte er. »Hast du nicht gesagt, dass dich auch noch etwas anderes stört?«

»Das da«, fuhr Kault fort. »Dass nämlich nach fünfmal zwölf planetaren Tagen, wo sie während dieser Zeit nichts zugunsten dieser Welt getan haben, die Gubru jetzt plötzlich die Werbetrommel rühren, Amnestie und Arbeit für die ehemaligen Mitglieder des Ökologischen Recovery Service anbieten.«

»Nun ja – es kann auch sein, dass sie sich jetzt konsolidiert haben und sich eher ihren Verpflichtungen widmen können.«

Kault schnaufte. »Vielleicht, vielleicht aber auch nicht. Die Gubru sind Krämerseelen, die jeden Pfennig dreimal umdrehen – humorlose, egoistische Querulanten. Sie sind fanatisch auf jene Aspekte der galaktischen Tradition fixiert, die ihren Interessen entgegenkommen. Sie kümmern sich wenig darum, die aufstrebenden Planeten zu hegen und zu pflegen. Denn sie sind letztendlich nur und ausschließlich am kurzfristigen Status ihres Clans interessiert.«

Obwohl Uthacalting zustimmte, war Kault für ihn nichts weiter als ein unparteiischer Beobachter. Der Thennaniner gehörte aber nun wirklich nicht zu den Leuten, die einem anderen Humorlosigkeit vorwarfen.

Immerhin war eins klar. Solange sich Kault mit diesen Dingen beschäftigte und sich über die Gubru Gedanken machte, konnten ihn wohl kaum solche Kleinigkeiten wie etwa Spuren im Schlamm interessieren.

Überall um ihn herum war die Prärie belebt, wimmelte es von Tieren. Die kleinen Fleischfresser und ihre Beutetiere suchten Schutz, versteckten sich in kleinen Nischen und Löchern, um den Nachmittag zu erwarten, bis die Hitze etwas nachließ – denn um die Mittagszeit würde es zu viel Aufwand und Energie kosten, um zu jagen oder zu fliehen. Was dies betraf, waren die großen Galaktiker keine Ausnahme. »Komm!«, sagte Uthacalting. »Die Sonne steht hoch. Wir müssen einen schattigen Platz finden, um zu rasten. Ich sehe ein paar Bäume am anderen Ufer des Wassers.«

Kault folgte ihm ohne Widerrede. Es sah so aus, als würde es ihn wenig interessieren, wenn sie gelegentlich von ihrem Weg abwichen, solange die fernen Berge nur Tag für Tag immer näher rückten. Die weißen Gipfel nahmen immer mehr Gestalt an, waren jetzt keine verschwommenen Konturen mehr am Horizont. Dennoch konnte es Wochen dauern, um sie zu erreichen, und eine unbestimmte Zeit, um den Weg durch unbekannte Pässe zum Sind-Tal zu finden. Doch Thennaniner waren geduldig, wenn es ihnen in den Kram passte.

Als sie dann endlich im Schatten der Bäume saßen, konnte Uthacalting keinen »blauen Schimmer« mehr entdecken, obwohl er stets wie ein Habicht Ausschau hielt. Dennoch verriet ihm seine Corona, sein *kenning,* dass irgendwo da draußen etwas oder jemand sehr froh und zuversichtlich war, ein Bewusstsein oder ein Geist, der sich draußen in der weiten Steppe verbarg, ein Ding, das groß, klug und seltsam vertraut war.

»Was mich angeht, gelte ich als eine Art Experte für Terraner«, sagte Kault etwas später, als sie unter den knorrigen Ästen saßen und sich unterhielten. Kleine Insekten schwirrten um die Kiemen des Thennaniners, um dann mit jedem Ausatmen verscheucht zu werden. »Dies und meine ökologische Expertise haben dazu geführt, dass ich auf diesen Planeten entsandt wurde.«

»Vergiss nicht deinen Sinn für Humor«, setzte Uthacalting lächelnd hinzu.

»Jawohl.« Kaults Kamm schwoll an – und dies bedeutete bei einem Thennaniner, dass er zustimmte, das Analogon eines Nickens. »Daheim galt ich als ein Teufel, vor allem was den Umgang mit Wolflingern und Tymbrimern betraf.« Dann ließ er eine

Reihe Keuchlaute hören – wahrscheinlich sollte dies ein Lachen sein, weil Thennaniner sonst keine Möglichkeit hatten, wie ein Mensch zu lachen. *Macht nichts,* dachte Uthacalting. *Nach thennaninischen Begriffen hat er eine Menge Humor bewiesen.*

»Hast du irgendwelche direkten Erfahrungen mit Erdlingen gehabt?«

»O ja«, sagte Kault. »Ich bin auf der Erde gewesen. Ich durfte ihre Regenwälder durchstreifen und all die Lebensformen betrachten, alles, was da kreucht und fleucht. Ich habe Neodelfine und Wale getroffen. Doch während mein Volk meint, die Menschen seien noch nicht ganz entwickelt, und dass sie noch Jahrtausende an sich herumschleifen und -polieren sollten – unter der richtigen Aufsicht freilich – muss ich gestehen: Ihre Welt ist wunderschön, und ihre Klienten sind vielversprechend.«

Einer der Gründe, dass die Thennaniner in diesen Krieg verwickelt waren, lag in der Hoffnung, alle drei Erdlingspezies durch Zwangsadoptierung für ihren Clan zu gewinnen – freilich »im Interesse und zum Wohle der Terraner«. Trotzdem, um der Wahrheit die Ehre zu geben, waren sich auch die Thennaniner in dieser Frage nicht einig. So bevorzugte Kaults Partei eine Werbekampagne über 10 000 Jahre, um die Erdlinge zu überzeugen und sie zu einem solchen Schritt zu überreden.

Doch allem Anschein nach hatte Kaults Partei in der Regierung augenblicklich keine Mehrheit.

»Außerdem habe ich während einer Expedition, wo ich mit den Fah'fah'n*fal verhandelte, ein paar Erdlinge getroffen, die im Auftrag des Galaktischen Instituts für Auswandererfragen unterwegs waren.«

Uthacaltings Corona explodierte und zeigte ein Gewirr silbriger Fühler, ein Zeichen der Verwunderung und Überraschung. Und obwohl er wusste, dass selbst Kault einen solchen Ausbruch merken musste, kümmerte er sich nicht darum. »Du … du warst … du hast die Wasserstoffatmer getroffen?« Er wusste nicht einmal, wie man den Namen dieser Hyper-Aliens aussprach, weil der Name in keiner sanktionierten galaktischen Sprache vorkam.

Aber Kault hatte noch mehr Überraschungen bereit.

»Tja, die Fah'n.« Kaults Kiemen vibrierten, während er wieder einmal zu lachen versuchte. Doch diesmal hörte sich der Versuch einigermaßen realistisch an. »Die Verhandlungen fanden im Subquadranten Poul-Kren statt, nicht weit von dem Ort entfernt, den die Erdlinge als Orion-Sektor bezeichnen.«

»Das liegt sehr nahe bei Terras Canaan-Kolonien.«

»Richtig. Und dies war ein Grund, warum sie zur Besprechung eingeladen wurden. Obwohl nun diese Treffen und Besprechungen, die in unregelmäßigen Zeitabständen stattfinden, wo sich die Zivilisationen der Sauerstoffatmer und Wasserstoffatmer treffen, mit zu den kritischsten aller Zeiten gehören, hielt man es für angebracht, auch ein paar Terraner einzuladen, um ihnen einen Eindruck über die Feinheiten der Diplomatie vorzuführen.«

Vielleicht war er wirklich nur verblüfft und überrascht, dennoch hatte Uthacalting das Gefühl, dass er tatsächlich ein *kenning* von Kault eingefangen hatte … eine Spur von irgendetwas Namenlosem, das den Thennaniner tief berührte. *Er sagt mir nicht alles,* dachte Uthacalting. *Da muss es einen anderen Grund geben, warum die Erdlinge miteinbezogen wurden.*

Viele Milliarden Jahre hatte zwischen zwei parallelen, separaten Kulturen Friede geherrscht. Es sah fast danach aus, als ob die Fünf Galaxien eigentlich zehn wären, weil es zumindest so viele stabile Welten mit Wasserstoffatmern gab wie Planeten wie Garth, die Erde und Tymbrim. Diese beiden Ufer des Lebens, die jeweils eine große Anzahl von Spezies und Lebensformen beherbergten, hatten so gut wie nichts gemeinsam. Die Fah'n und ihre Welten waren wüst und leer, obendrein viel zu kalt, um selbst von den Galaktikern begehrt zu werden.

Außerdem operierten sie auf anderen Ebenen der Zeit, auf verschiedenen Ebenen und bei verschiedener Geschwindigkeit.

Die Wasserstoffatmer bevorzugten den langsameren Weg, die Routen über D-Niveau-Hyperraum oder sogar den normalen Raum zwischen den Sternen, wo es einigermaßen sicher zuging, während sie die »Schnellstraßen« lieber den schnelllebigen Erben der legendären Progenitoren überließen.

Von Zeit zu Zeit kam es dann zum Konflikt. Ganze Systeme und Clans starben plötzlich aus. Für solche Kriege gab es weder Regeln noch Gesetze.

Gelegentlich gab es auch eine Art Tauschhandel, Metalle gegen Gase oder Maschinen im Austausch gegen seltsame Dinge, die nicht einmal in der Großen Bibliothek verzeichnet waren.

Es gab Zeiten, wo ganze Spiralarme von der einen oder anderen Zivilisation plötzlich abgeschrieben und verlassen wurden. Die Auswanderungsbehörde aber organisierte diese gewaltige Bewegung für Sauerstoffatmer etwa alle hundert Millionen Jahre. Nach der offiziellen Version sollten große Sternentrakte für eine Zeit »stillgelegt« werden, damit die Planeten neues vorbewusstes Leben entwickeln konnten. Doch der andere Sinn und Zweck war ebenso bekannt … Nämlich zwischen Wasserstoff- und Sauerstoffatmern eine schier unüberbrückbare Kluft zu legen, und zwar immer dort, wo man sich gegenseitig nicht mehr ignorieren konnte.

Und jetzt sagte ihm Kault, dass vor Kurzem eine Verhandlung ausgerechnet im Poul-Kren Sektor stattgefunden hatte, und dass auch Menschen an dieser Besprechung beteiligt gewesen waren.

Warum habe ich nichts davon erfahren?, fragte er sich.

Er wollte diesen Faden weiterspinnen, aber er konnte keine Gelegenheit finden. Kault war offensichtlich nicht bereit, diese Gedanken weiter zu verfolgen und lenkte wieder auf ein früheres Thema ein.

»Ich glaube immer noch, dass etwas mit den Durchsagen der Gubru nicht stimmt, Uthacalting. Aus ihren Sendungen geht hervor, dass sie Port Helenia und die Inseln durchkämmen, um nach den Ökologie- und Entwicklungsexperten unter den Erdlingen zu suchen.«

Uthacalting beschloss, seine Neugier zunächst zurückzustellen – ein schwerer Entschluss für einen Tymbrimer. »Nun, wie ich schon sagte, haben die Gubru vielleicht beschlossen, ihre Pflicht auf Garth zu erfüllen.«

Kault aber gab einen gurgelnden Laut von sich, der, wie Uthacalting wusste, Zweifel und Bedenken ausdrückte. »Selbst wenn es so ist, dann würden sie Ökologen brauchen. Wozu aber Entwicklungsspezialisten? Irgendetwas Merkwürdiges geht hier vor, das kann ich fast riechen«, meinte Kault. »Die Gubru waren für ein paar Megasekunden ziemlich durcheinander.«

Selbst ohne den Kleinempfänger oder sonstige Nachrichten über Funk hätte Uthacalting dies gewusst. Das verriet ihm jenes immer wieder aufflammende blaue Licht, dem er seit Wochen folgte. Das flackernde Licht sagte ihm, dass man den diplomatischen Tresor der tymbrimischen Botschaft aufgebrochen hatte. Den Köder, den er in der Höhle ausgelegt hatte nebst einer Reihe anderer Hinweise, Spuren und Spitzfindigkeiten konnte nur ein intelligentes Wesen deuten.

Anscheinend war dieser Scherz, den er sich mit den Gubru geleistet hatte, den Invasoren teuer zu stehen gekommen.

Aller guten Dinge sind drei, doch alles geht einmal zu Ende. Mittlerweile dürften selbst die Gubru dahintergekommen sein, dass es sich nur um einen tymbrimischen Trick handelte. Denn die Aviane waren nicht unbedingt dumm und beschränkt. Früher oder später mussten sie gemerkt haben, dass es so was wie »Garthlinge« nicht gab.

Die Weisen sagen, man sollte einen Scherz nicht zu weit treiben. Mache ich einen Fehler, wenn ich den gleichen Scherz mit Kault treibe?

Aber diesmal lag die Sache ganz anders. Denn es war ein längerer, viel langsamerer Prozess, eine eher *persönliche* Angelegenheit, Kault an der Nase herumzuführen.

Wie dem auch sei – was könnte ich sonst tun, um mir die Zeit zu vertreiben?

»Erzähl mir doch was über deine Bedenken«, sagte Uthacalting laut zu seinem Gefährten. »Ich bin sehr gespannt und sehr interessiert.«

Galaktiker 56

Gegen alle Erwartungen war es dem neuen Suzerain von Kosten und Vorsicht tatsächlich gelungen, Punkte zu sammeln. Sein Gefieder begann kaum die königlichen Farben der Kandidatur anzunehmen, und er war weit hinter seinen Konkurrenten gestartet. Trotzdem – als er tanzte, blieb den anderen Suzerains nichts anderes übrig, als genau hinzuschauen und seinen wohlbegründeten Argumenten ihr Ohr zu leihen.

»Dieser Versuch war falsch, missglückt, teuer und wenig weise«, zirpte er und drehte sich in feinen Pirouetten um seine Achse. *»Wir haben Schätze, Zeit und Ehre verschwendet, indem wir eine Schimäre suchten*

verfolgten

jagten.«

Der neue Chefbürokrat hatte ein paar Vorzüge. Er war durch seinen Vorgänger geschult worden – dem verstorbenen, eindrucksvollen KV-Suzerain. Außerdem hatte dieses Konklave ebenso eindrucksvolle wie fast kriminelle Fakten ans Licht gebracht. Auf dem Boden lagen Datenwürfel verstreut. Die Darstellungen des Zivildienstleiters waren in der Tat niederschmetternd.

»Diese Welt kann unmöglich ein Zufluchtsort, ein Versteck für vorbewusste Überlebende der Bururaller sein. Es war nichts weiter als ein übler Scherz, ein gemeiner Trick, den die Wolflinger und die Tymbrimer gemeinsam ausgeheckt hatten, damit wir Wohlstand und Reichtum

für nichts und wieder nichts

einsetzen

wegwerfen, verschleudern, verschwenden!«

Für den Suzerain der Guten Sitten kam dies einer Demütigung gleich, ja fast einer Katastrophe.

Während des Interregnums, in dem ein neuer Bürokratenkandidat gesucht wurde, hatten der GS und der BK unumschränkt regiert, ohne dass ihnen jemand hineinreden konnte. Zwar wussten sie, dass es nicht klug war, ohne die mögliche Opposition eines Dritten vorzugehen – doch wer war schon klug und weise, wenn sich die Gelegenheit bot?

Der BK war ausgezogen, um die Partisanen in den Bergen aufzustöbern und zu vernichten, und damit Ehre und Lorbeer einzuheimsen. Was ihn betraf, so hatte der GS kostspielige Baumaßnahmen eingeleitet und die Lieferung einer neuen Planetarbibliothek vorangetrieben.

Es war ein sehr angenehmes Interregnum auf Gegenseitigkeit. Der Suzerain von Balken und Klaue akzeptierte jede Beschaffung, und der Suzerain der Guten Sitten gab seinen Segen für alle Unternehmungen der Klauen-Soldaten. Eine Expedition nach der anderen wurde in die Berge geschickt, wobei sich auch die gut geschützten und beschützten Wissenschaftler ihre Kastanien aus dem Feuer holten.

Es wurden zahlreiche Fehler begangen. Die Wolflinger erwiesen sich als teuflische Gegner, schlau und verschlagen bei ihren Angriffen aus dem Hinterhalt. Dennoch hätte es nie irgendwelche Einwände gegen die Kosten gegeben, hätte man nur das gefunden, wonach man suchte. Es wäre jeden Aufwand, jede Mühe wert gewesen, wenn nur …

Doch wir wurden ausgetrickst, am Schnabel herumgeführt, zum Narren gehalten, dachte der GS verbittert. Der Schatz hatte sich als Lüge, als Täuschung erwiesen. Und der neue KV-Suzerain rieb es ihnen jetzt unter die Nase. Der Bürokrat führte einen nahezu brillanten Eiertanz auf – aber er hatte auch ein wachsames Auge. So etwa beschloss er, dass es keine weiteren nutzlosen Expeditionen in die Berge geben würde, zumindest nicht bevor eine preiswertere Methode gefunden war, um die Aufständischen zur Strecke zu bringen.

Das Gefieder des BK-Suzerains fiel kläglich zusammen. Der GS wusste, wie sehr dies den BK kränkte. Beide aber waren von diesem »Züchtigungstanz« wie hypnotisiert, der nur würdig und recht war. Denn auch zu zweit konnten sie diesen Kandidaten, der so offensichtlich im Recht war, nicht einfach abwählen.

Der Bürokrat wechselte in eine neue Kadenz, die zu einem neuen Tanz überleitete. Er schlug vor, die neuen Bauprojekte einfach zu streichen, denn sie dienten in keiner Weise dem Zweck, die Position der Gubru auf dieser Welt zu sichern. Die Projekte waren in Angriff genommen worden in der Annahme, dass diese »Garthling«-Kreaturen gefunden werden könnten. Nun war es einfach sinnlos geworden, eine Hyperraum-Weiche und einen Zeremonienhügel zu bauen.

Dieser Tanz war mächtig und überzeugend, von Diagrammen und Statistiken gestützt. Der GS-Suzerain aber wusste, dass etwas geschehen musste, dass etwas getan werden musste, aber sofort, oder er würde gestürzt werden. Es war einfach unvorstellbar, so kurz vor dem Ziel die Segel streichen zu müssen, wobei sie kurz vor der MAUSER standen!

Doch selbst wenn man diese Vorschriften und Gesetze erst einmal beiseiteließ, war die Botschaft der Roost Masters immer noch zu bedenken. Die Könige und Prinzen waren über die Uneinigkeit verzweifelt. Hatten die Drei auf Garth endlich einen neuen Weg gefunden, eine neue Politik entwickelt? Die Berechnungen hatten deutlich bewiesen, dass eine originelle und imaginative Lösung bald gefunden werden musste, sonst würde die Initiative für alle Zeiten an einen anderen Clan übergehen.

Es war ein erschreckender Gedanke, das Schicksal der Spezies im Schlepptau zu haben.

Doch trotz aller Finessen und Feinheiten war eins sicher, was den neuen Chefbürokraten betraf. Dem neuen KV-Suzerain fehlte einfach die Tiefe, der Durchblick, der seinen Vorgänger ausgezeichnet hatte. Der GS-Suzerain aber wusste genau, dass kleinliche, kurzsichtige Etatstreichungen so gut wie nichts bringen würden.

Also musste etwas geschehen, und zwar sofort! Der GS setzte sich in Positur, breitete seine gefiederten Arme aus. Und aus purer Höflichkeit, wenn auch ungern, brach der Bürokrat seinen Tanz ab und senkte den Schnabel. Der GS ging die Sache langsam an, rückte mit kleinen Schritten auf seiner Stange hin und her. Gelegentlich bediente er sich auch der Kadenz seines Gegners, die ihm dieser vorgeführt hatte.

»Wenn auch keine Garthlinger da sind, gibt es für uns dennoch eine Chance, eine Gelegenheit, um die Zeremonienstätte zu nützen,

die wir

geplant,

erbaut,

und so fein ausgerichtet haben.

Es gibt einen Plan, ein Schema, ein Konzept, um für unseren Clan

Ruhm,

Ehre, und

Anstand zu erringen.«

»Als Mittelpunkt, Brennpunkt, Essenz dieses Plans müssen wir die Klienten der Wolflinger

untersuchen

inspizieren

erforschen.«

Am anderen Ende des Raums blickte der BK-Suzerain auf. Im Auge des verzweifelten Militärs glühte ein Hoffnungsschimmer. Der GS aber wusste, dass er vorübergehend gewonnen oder zumindest einen Aufschub erreicht hatte.

Viel, unendlich viel würde davon abhängen, ob sich diese neue Idee bewähren, ob sie auch wirklich funktionieren würde.

Athaclena 57

»Siehst du?«, rief er von oben hinab. »Es hat sich während der Nacht bewegt!«

Athaclena musste die Augen beschatten, während sie zu ihrem menschlichen Freund hinaufblickte. Der hockte auf einem Ast, mehr als dreißig Fuß über dem Waldboden. Er zog an einem belaubten grünen Strang, der in einem Winkel von 45 Grad herabbaumelte.

»Bist du sicher, dass es die gleiche Ranke ist, die du gestern Abend beschnitten hast?«, rief sie.

»Aber sicher! Ich bin hinaufgeklettert und habe einen Liter chromhaltiges Wasser – einen Stoff, den diese Gewächse besonders mögen – in eine Astgabel gegossen, dort, weiter oben, ein ganzes Stück über mir. Und wie du siehst, hat diese Ranke genau an jener Stelle festgemacht!« Athaclena nickte, weil er nunmehr seine Behauptung bewiesen hatte. »Ich seh's, Robert. Und jetzt kann ich es auch glauben.«

Athaclena musste lächeln. Denn manchmal handelte Robert wie ein junger Tymbrimer – so schnell, so impulsiv und so koboldhaft. Auf eine gewisse Weise war dies verwirrend. Fremde – Aliens – pflegten auf seltsame und oft herrische Weise vorzugehen, nicht wie … wie *Buben*.

Doch Robert ist kein Fremder, kein Alien, ermahnte sie sich. *Er ist mein Konsorte.* Sie aber hatte so lange unter Terranern gelebt, dass sie sich manchmal fragen musste, ob sie nicht bereits angefangen hatte, wie ein Erdenmensch zu denken.

Sollte ich eines Tages – wenn überhaupt – nach Hause zurückkehren, würde ich dann meine Umgebung schockieren, würde ich sie mit

Metaphern erschrecken oder amüsieren? Vielleicht durch ein bizarres Wolflinger-Benehmen? Wäre eine solche Aussicht für mich attraktiv?

Der Krieg war vorerst eingeschlafen. Die Gubru hatten es aufgegeben, Expeditionen in die Berge zu schicken, die trotz aller Vorsichtsmaßnahmen doch gefährlich waren. Ihre Außenposten verhielten sich still, und zur großen Erleichterung der Chim-Farmer und Dorfbewohner war seit mehr als einer Woche auch das Dröhnen der Gasschiffe nicht mehr im Tal zu hören gewesen.

Und da sie nun etwas Zeit hatten und Luft holen konnten, hatten sie und Robert beschlossen, sich einen Tag Ruhepause zu gönnen, um sich näher kennenzulernen. Wer weiß, wann der Krieg wieder aufflammen würde – und ob sich noch einmal eine solche Gelegenheit bot?

Außerdem bedurften beide der Zerstreuung und Ablenkung. Auch war bis jetzt noch keine Antwort von Roberts Mutter gekommen, auch das Schicksal des Botschafters Uthacalting war unklar, trotz der kurzen Nachricht, die Athaclena von ihm empfangen hatte. Alles was sie jetzt tun konnte, war, ihren Teil so gut wie möglich durchzuführen und zu hoffen, dass er immer noch am Leben war und dass es ihm gut ging.

»In Ordnung«, rief sie zu Robert hinauf. »Ich akzeptiere. Die Ranken können trainiert werden, nachdem man sie entsprechend behandelt hat. Jetzt komm endlich runter! Dein Sitz schaut ziemlich unsicher aus.«

Aber Robert lächelte nur. »Ich werde auf meine Art und Weise hinabsteigen. Du kennst mich, Clennie. Einer Gelegenheit wie dieser kann ich nicht widerstehen.«

Athaclena war gespannt. Da war es wieder, dieses seltsame Etwas dicht am Rand seiner emotionalen Aura – ähnlich wie *syulffkuonn,* das coronale *kenning,* das einen jungen Tymbrimer umgab, der sich diebisch über einen gelungenen Scherz freute.

Robert straffte die Ranke und nahm sie fest in beide Hände. Dann holte er tief Luft und weitete seinen Brustkorb, wie es kein

Tymbrimer fertiggebracht hätte. Er stieß einen lauten jodelnden Schrei aus, der durch den Wald widerhallte.

Athaclena seufzte. *Nun ja, er muss dem Idol der Wolflinger, Tarzan, seine Reverenz erweisen.*

Robert aber packte die Ranke, die eher eine zähe Liane war, mit beiden Händen und stieß sich von dem Ast ab. Er segelte dahin, mit ausgestreckten, geschlossenen Beinen in einem leichten Bogen über den Waldboden hinweg, dicht über den Büschen, wobei er aus voller Kehle Freudenschreie ausstieß.

Dies war wieder eins jener Dinge, die sich die Menschen in jenen finsteren Jahrhunderten ausgedacht hatten, bevor sie Intelligenz, Einsicht und Wissenschaft errangen. Denn keine der durch die BIBLIOTHEK geschulten galaktischen Spezies, ja nicht einmal die Tymbrimer, hätten je an ein solches Transportmittel gedacht.

Das Pendel, an dem Robert schwang, ging hin und her, trug Robert wieder hoch hinauf in die Richtung eines dichten Laubwerks, von Ästen und Zweigen durchwoben, dicht an den Stamm eines gigantischen Baumriesen. Roberts Schrei aber verstummte abrupt, wobei er durch das Blattwerk krachte und dann untertauchte und verschwand.

Dann wurde es still, nur noch ein paar gebrochene Zweige und Blätter segelten herab. Athaclena wartete einen Augenblick lang, dann rief sie: »Robert? Robert, wo bist du?«

Doch sie bekam keine Antwort, und im Dickicht rührte sich nichts. »Robert! Ist dir was passiert? Warum antwortest du nicht?«, fragte sie, wobei die Wörter in Anglic nur schwer über ihre Zunge kamen.

Sie versuchte, ihn mit Hilfe ihrer Corona zu lokalisieren, während die kleinen Fühler über ihren Ohren sich nach vorne neigten. Hier irgendwo musste er sein, wahrscheinlich verletzt und Schmerzen leidend.

Sie lief über die Lichtung, sprang über Hindernisse hinweg,

während die *Gheer*-Transformation einsetzte und sich ihre Nüstern weiteten, um tiefer atmen zu können, als sich ihr Puls verdreifachte. Als sie den Baum erreichte, spürte sie, wie sich ihre Fuß- und Fingernägel verhärteten. Sie streifte ihre weichen Schuhe ab und begann am Stamm emporzuklettern. Sie suchte und fand Halt an der rauen Borke und hatte bald den ersten Ast des Baumriesen erreicht.

Hier oben war das Rankengeflecht ganz dicht, krümmte und wand sich, baumelte über dem tückischen Sumpf, der Robert um ein Haar verschlungen hätte. Sie prüfte eine der Ranken auf ihre Festigkeit und schwang sich dann zur nächsten Etage empor.

Athaclena wusste, dass sie es langsam tun musste. Denn trotz ihrer tymbrimischen Geschwindigkeit und Anpassungsfähigkeit war ihre Muskulatur nicht so stark wie die der Menschen, und ihre Corona führte die Wärme nicht so schnell ab wie die Schweißdrüsen beim Menschen. Dennoch konnte sie nicht anders, konnte ihre Geschwindigkeit nicht drosseln.

In dem Blatt- und Buschwerk, wo Robert gelandet war, sah es aus wie in einem Treibhaus – feucht und dunkel. Athaclena blinzelte und schnüffelte, als sie in die Finsternis eindrang. Die Gerüche und Düfte erinnerten sie daran, dass dies eine wilde Welt war – und sie war kein Wolflinger, der in einem solchen Urwald zu Hause war. Athaclena musste ihre Fühler einziehen, damit sie nicht im Dickicht hängen blieben. Und darum war sie auch höchst überrascht, als etwas aus den Schatten nach ihr griff und sie festhielt.

Ihr Hormonpegel zuckte hoch. Sie keuchte und rollte sich ab, um ihrem Angreifer zu entkommen. Doch dann, gerade noch rechtzeitig, spürte sie Roberts Aura, seinen menschlichen Mannesduft und seine starken Arme, die sie fest umschlangen. Athaclena wurde für einen Moment schwindlig, als die *Gheer*-Reaktion plötzlich gebremst wurde.

Es geschah aber in diesem seltsamen Zustand, während sie

infolge des Wechsels und der Umstellung wie gelähmt war, dass Robert ihre Lippen mit den seinen berührte. Zunächst kam ihr dies sinnlos, ja verrückt vor. Doch dann, als sich ihre Corona wieder ausbreitete, begann sie auch wieder Gefühle zu empfinden … Und plötzlich fielen ihr Szenen aus menschlichen Videodramen ein – Szenen, die von Vereinigung und von Sexspielen handelten.

Der Sturm der Gefühle, der über Athaclena hinwegbrauste, war so stark und so widersprüchlich, dass sie noch für eine Weile zur Salzsäule erstarrt blieb. Vielleicht aber fühlte sie sich auch einfach wohl, konnte in seinen starken Armen ausruhen. Erst als Robert von ihr abließ, rückte sie schleunigst von ihm ab und lehnte sich schweratmend an den Stamm des Baumriesen.

»An … An-thwillathbielna! Naha … Du … du … *blenchuq!* Wie kannst du es wagen … *Cleth-tnub …«* Dann ging ihr die Luft aus, und sie musste aufhören, in zwei Sprachen zu fluchen. Robert aber schien dies nicht zu stören – er war ebenso lieb und zärtlich wie vorher.

»Oha – Athaclena, ich habe nicht alles mitbekommen. Mein GalSieben ist immer noch sehr dürftig, auch wenn ich mich darum bemüht habe. Sag mir bitte … was ist ein *blenchuq?*«

Athaclena machte eine Geste, drehte den Kopf, was etwa einem tymbrimischen Achselzucken gleichkam. »Mach dir nichts draus. Sag mir lieber: Bist du verletzt? Und wenn nicht, warum hast du das soeben getan?

Drittens sag mir, warum ich dich nicht bestrafen soll, weil du mich an der Nase herumgeführt und mich überfallen hast!«

Roberts Augen weiteten sich. »Ach, nimm das alles nicht so ernst, Clennie. Ich bin dir dankbar, dass du gekommen bist, um mir zu helfen. Ich war ein bisschen benommen, aber ich war froh, dich wiederzusehen.«

Athaclenas Nasenflügel bebten. Ihre Fühler wehten, weil sie irgendeine ätzende Glyphe vorbereitete. Robert aber spürte dies genau und hob die Hand. »Schon gut, schon gut. Alles bestens! Ich bin nicht schwer verletzt, nur ein bisschen angekratzt. Übrigens war es großartig, ein echter Spaß.«

Doch sein Lächeln schwand, als er sie anschaute. »Nun ja, was Frage zwo betrifft – ich habe dich auf diese Weise begrüßt, weil dies eine übliche menschliche Geste ist, seine Gefühle und seine Freude auszudrücken, auch wenn ich wusste, dass du es nicht verstehen würdest.«

Athaclena runzelte die Stirn, und ihre Fühler wanden sich vor Verlegenheit.

»Und schließlich«, seufzte Robert, »wüsste ich keinen einzigen Grund, warum du mich nicht bestrafen sollst. Es ist dein gutes Recht, ebenso wie das Recht eines jeden irdischen Mädchens, sich zu wehren, wenn man es gegen seinen Willen … hm … vergewaltigt, wenn du so willst. Und ich bin mir sicher, dass du mich entsprechend bestrafen wirst.

Alles, was ich zu meiner Verteidigung sagen kann, ist, dass ein gebrochener Arm für einen jungen Erdenmann gelegentlich ein Hindernis sein kann. Und oft ist es nötig, dass der Mann impulsiv handelt. Wenn er die Zeichen richtig deutet, wird ihn das Mädchen nicht zurückweisen. Und wenn er falschliegt, dann muss er eben dafür bezahlen.«

Athaclena konnte deutlich erkennen, dass sich Roberts Miene verdüsterte, dass er nachdenklich wurde. »Weißt du«, fuhr er fort, »ich hab's noch nie auf diese Weise versucht, so wahr ich hier sitze. Mag sein, dass die Menschen in dieser Beziehung nichts weiter als dumme *cleth th-tnubs* sind.«

Athaclena blinzelte. Die Spannung hatte allmählich nachgelassen und versiegte über die Spitzen ihrer Corona, während sich ihr Körper wieder regenerierte. Die Verwandlungsknoten unter ihrer Haut pulsierten und absorbierten den *Gheer*-Flux.

Wie kleine Mäuschen, dachte sie, doch diesmal zitterte sie weniger als sonst. Athaclena musste lächeln. Roberts seltsames Geständnis hatte die Dinge zurechtgerückt. »Interessant«, meinte sie. »Da gibt es Parallelen zur tymbrimischen Methode. Denn auch unsere Männer müssen sehen, wo sie bleiben, müssen ihre Chance wahrnehmen.«

Sie legte eine Pause ein und runzelte die Stirn. »Doch stilistisch gesehen ist eure Technik so grob! Und die Fehlerquote muss gewaltig sein, weil ihr ja keine Corona habt, um zu spüren, was das Mädchen empfindet. Außer eurem rohen empathischen Sinn steht euch nichts weiter zur Verfügung als Andeutungen, Koketterie und Körpersprache. Ich bin überrascht, dass ihr euch fortpflanzen könnt, ohne euch schon vorher gegenseitig umzubringen!«

Roberts Miene verdüsterte sich, und sie wusste genau, dass er errötete. »Oh, ich nehme an, ich habe etwas übertrieben.«

Athaclena aber konnte sich nicht helfen, sie musste wieder lächeln. Und diesmal war es ein breites Lächeln – nicht mit dem Mund. Denn auch ihre Augen rückten so weit wie möglich auseinander.

»Das, Robert, habe ich bereits gemerkt.«

Der Menschensohn aber wurde puterrot. Er schaute auf seine Hände und es trat fast peinliche Stille ein. Athaclena aber spürte, dass sich tief in ihr etwas rührte, und sie erkannte die einfache Gefühlsglyphe *kiniwullun* … eine Parabel dafür, was jeder junge Mann unvermeidlich tat und tun musste. Nun saß er da wie ein Häufchen Unglück, und seine offene Aura, seine Verlegenheit und seine Aufrichtigkeit ließen seine seltsamen, fremden Augen, seine hervorspringende Nase fast vergessen. In diesem Augenblick kam er ihr vertrauter vor als irgendein Freund aus der Schulzeit.

Schließlich kam Athaclena aus jener dunklen Ecke hervor, wo sie sich versteckt hatte.

»Na schön, Robert«, seufzte sie. »Also komm und erklär mir, warum du so sehr motiviert warst, warum du dieses klassische menschliche Ritual beim Kontakt mit der Angehörigen einer anderen Spezies angewendet hast. Wahrscheinlich, weil wir eine Art Ehevertrag unterzeichnet haben. Hast du dich vielleicht verpflichtet gefühlt, diese Ehe zu vollziehen, um die menschliche Tradition zu erfüllen?«

Er zuckte die Achseln und schaute weg. »Nein, das ist keine Entschuldigung. Ich weiß, dass Eheschließungen zwischen verschiedenen Spezies Vernunftehen sind. Wahrscheinlich ist es geschehen, weil … nun, weil du einfach so hübsch und so klug bist, und weil ich so einsam bin und … und weil ich ein bisschen in dich verliebt bin.«

Ihr Herz begann schneller zu schlagen, und diesmal waren nicht die *Gheer*-Chemikalien schuld daran. Ihre Fühler streckten sich, doch sie bildeten diesmal keine Glyphe. Sie hatte eher das Gefühl, dass sich ihre Fühler nach ihm ausstreckten, als würden sie den Linien eines Magnetfelds folgen.

»Ich glaube … ich glaube, dass ich begriffen habe, Robert. Und ich möchte, dass du weißt …«

Sie wusste kaum, wie sie sich ausdrücken, was sie sagen sollte. Sie wusste nicht einmal, was sie in diesem Augenblick wirklich dachte. Athaclena schüttelte den Kopf. »Robert«, fragte sie leise. »Willst du mir einen Gefallen tun?«

»Alles, was du willst, Clennie. Alles auf der Welt«, sagte er mit geweiteten Augen.

»Nun gut. Dann lass die ganzen Erklärungen sein, warum du mich so berührt hast, wie vorhin … mit all den physischen Aspekten. Doch wenn du es noch mal tust, dann etwas behutsamer und zärtlicher, wenn ich bitten darf.«

Am Tag darauf setzten sie ihren Weg langsam und vorsichtig zu den Höhlen fort.

Die beiden schritten gemütlich aus, hielten manchmal an und freuten sich über die Sonnenstrahlen, die kleine, helle Flecken auf den Boden malten, betrachteten kleine Pfützen und Teiche, die in allen Regenbogenfarben schimmerten, fragten sich wohl auch, welche Chemikalien hier gelagert waren oder sich auswirkten, was all die Ranken und Lianen damit zu tun hatten, aber sie wollte auf ihre Fragen eigentlich gar keine Antwort haben. Manchmal standen sie einfach da und hielten sich an den Händen, horchten und lauschten auf die sanften Stimmen des Urwalds auf diesem Planeten.

Gelegentlich setzten sie sich hin und schmiegten sich zärtlich aneinander und genossen ihre Nähe.

Athaclena aber musste überrascht feststellen, dass alle Nervenstränge, die erforderlich waren, sich an Ort und Stelle befanden. Da war keine Versenkung, keine Kontemplation, keine Autosuggestion nötig – nur eine geringe Verlagerung einiger Kapillaren und Druckrezeptoren –, um das Experiment durchzuführen. Irgendwann mussten auch die Tymbrimer solche Kontakte wie das Küssen gekannt haben – zumindest waren sie dazu fähig.

Wenn sie ihre frühere Gestalt wieder annahm, konnte sie auch ihre Lippen, ihren Hals, ihre Ohren entsprechend anpassen. Die kühle Brise war angenehm, als sie und Robert dahinschlenderten. Sie war wie eine hübsche Empathieglyphe, die sie mit den Spitzen ihrer Corona webte. Und das Küssen, dieser warme Druck, wühlte alle primitiven Gefühle in ihr auf.

Freilich wäre dies alles nicht möglich gewesen, wenn Menschen und Tymbrimer sich von vornherein nicht so ähnlich gewesen wären. Es gab eine Menge charmanter, unbedarfter Theorien, die bei einfachen Leuten beider Spezies die Runde gemacht hatten, um diese Ähnlichkeit, diese Übereinstimmung zu erklären – so etwa auch die, dass die beiden Völker gemeinsame Vorfahren hatten. Freilich war diese Vorstellung lächerlich. Dennoch wussten beide, dass ihr Fall nicht der erste seiner Art war. Feste Beziehungen über mehrere Jahrtausende hinweg hatten zu mancher Verbindung zwischen den beiden Spezies geführt, einige davon wurden sogar öffentlich bekannt. Also mussten solche Erfahrungen bereits öfter gemacht worden sein.

Sie allerdings wurde sich kaum solcher Beziehungen bewusst, weil sie in ihrer Kindheit und Jugend so etwas eher für ein Märchen gehalten hatte. Athaclena musste feststellen, dass ihre Freunde auf Tymbrim sie wahrscheinlich für mehr als prüde halten mussten. Und jetzt benahm sie sich auf eine Art und Weise, die die meisten schockiert und ihnen den Atem verschlagen hätte!

Dennoch war sie sich immer noch nicht sicher, ob sie irgendeinen aus ihrer Heimat gewollt hätte – wenn sie je wieder dorthin zurückkehrte –, und dass sie vielleicht meinte, ihre Verbindung mit Robert sei so eine Art Vernunftehe. Uthacalting hätte darüber wahrscheinlich schallend gelacht.

Wie dem auch sei, sagte sie sich, *ich muss hier und heute leben.* Das Experiment war immerhin so eine Art Zeitvertreib. Und es hatte durchaus auch seine angenehmen Seiten. Robert aber war ein enthusiastischer Lehrer. Freilich wollte sie auch gewisse Art Grenzen setzen. So war sie zwar bereit, irgendwelche Fettgewebe auf ihrer Brust auf besondere Weise zu verteilen, und das Spiel mit den neuen Nervenenden war faszinierend. Doch es gab auch Grundsätze, wo sie hart bleiben musste. Denn sie war nicht bereit, irgendwelche grundlegenden Mechanismen zu ändern … für keinen Erdenmenschen auf dieser Welt!

Auf dem Rückweg hielten sie immer wieder an, um ein paar Außenposten der Rebellen zu inspizieren und sich mit kleinen Gruppen von Chim-Kämpfern zu unterhalten. Die Moral war ziemlich hoch. Die Veteranen der dreimonatigen harten Kämpfe fragten, wann ihre Anführer eine Möglichkeit finden würden, noch mehr Gubrus aufzulauern, die sich in Reichweite in den Bergen aufhielten. Athaclena und Robert aber lachten nur und versprachen alles Mögliche, soweit es ihre strategischen Kenntnisse zuließen.

Immerhin mussten sie feststellen, dass sie sich recht bald etwas einfallen lassen mussten. Denn wie sollte man einen Gast wieder herbeilocken, dem man schon so oft eins auf den Schnabel gegeben hatte? Vielleicht war es besser, den Feind von hier aus anzugreifen.

Das Problem lag einfach darin, dass man kaum irgendwelche Nachrichten aus dem Sind-Tal und aus Port Helenia erhalten hatte. Ein paar Überlebende des Aufstandes waren gekommen und hatten berichtet, dass die Organisation mehr als wacklig war. Seit jenem katastrophalen Tag, an dem die Welt praktisch unterging, hatte niemand mehr Gailet Jones oder Fiben Bolger gesehen. Mit einigen wichtigen Personen in der Stadt wurde zwar wieder ein Kontakt hergestellt, doch der war noch recht provisorisch, eher ein Flickwerk – und auf eine solche Verbindung konnte man sich kaum verlassen.

Es wurde auch überlegt, neue Spione auszusenden. Die Gelegenheit war günstig angesichts der Ankündigungen und der Werbekampagne der Gubru, die allen Experten der Ökologie und der Entwicklung lukrative Stellen anboten. Doch in der Zwischenzeit hatten die Aviane ihre Verhörgeräte mit Sicherheit verbessert und einen entsprechenden Lügendetektor für Chims entwickelt. Also beschlossen Robert und Athaclena, das Risiko vorerst nicht einzugehen.

Sie schlenderten durch ein schmales Tal, das nur selten betreten wurde, nach Hause, als sie einen Südhang erreichten, der mit einheimischen Gräsern und Büschen bewachsen war. Sie blieben einen Moment lang stehen und betrachteten eine Fläche, die mit einer kriechenden Vegetation bedeckt war.

»Ich habe dir noch nie eine Mahlzeit aus gebackenen Efeuwurzeln serviert«, sagte Robert plötzlich.

Athaclena schniefte – ein Zeichen dafür, dass sie den Spaß und die Ironie akzeptierte. Der Ort, wo sich der Unfall ereignet hatte, war ziemlich weit entfernt. Dennoch brachte dieser Abhang all die Erinnerungen an jenen entsetzlichen Nachmittag zurück, wo ihre »Abenteuer« begonnen hatten.

»Sind die Pflanzen krank? Ist mit ihnen etwas nicht in Ordnung?« Sie zeigte auf die Platten, die sich überlappten wie die Schuppen eines Märchendrachen. Die oberen Schichten sahen weder so glasglatt und fettig aus wie jene, an die sie sich erinnerte. Die oberen Schichten dieses Bewuchses schienen nicht so dick und nicht so spröde zu sein.

»Hm.« Robert bückte sich, um eine der Formationen zu prüfen. »Der Sommer geht langsam zu Ende. Und die Sommerhitze dörrt die oberen Platten und Schichten aus. Bis zur Mitte des Herbstes, wenn die Ostwinde vom Mulun herabwehen, werden die Platten so dünn wie Oblaten sein. Habe ich dir schon mal gesagt, dass es sich um Samenträger handelt? Der Wind wird sie aufgreifen, und sie werden zum Himmel auffliegen wie eine Wolke von Schmetterlingen.«

»O ja. Ich kann mich erinnern, dass du es mal erwähnt hast«, sagte Athaclena nachdenklich. »Hast du aber nicht auch gesagt, dass …«

Doch sie wurde durch einen scharfen Ruf unterbrochen.

»General! Captain Oneagle!«

Eine Gruppe von Chims tauchte plötzlich auf, kam über den schmalen Waldpfad gerannt: zwei Mann ihrer Eskorte – der dritte aber war Benjamin! Er sah erschöpft aus. Offensichtlich hatte er den Weg von den Höhlen im Laufschritt zurückgelegt, um sie zu suchen.

Athaclena spürte, wie Robert starr vor Schrecken wurde. Doch durch ihre Corona wusste sie bereits, dass Ben keine schlechten Nachrichten brachte. Das war kein Notfall, es war kein feindlicher Angriff zu melden.

Dennoch schien ihr Chim-Adjutant irgendwie zerstreut und verwirrt zu sein. »Was ist los, Benjamin?«, fragte sie.

Er wischte sich das Gesicht mit einem handgewebten Taschentuch ab. Dann langte er in eine andere Tasche und holte einen kleinen schwarzen Würfel hervor. »Sers, Ihr Kurier, der junge Petri, ist endlich zurückgekehrt.«

Robert trat einen Schritt vor. »Hat er die Zufluchtsstätte erreicht?«

Benjamin nickte. »Er war dort, und er hat eine Botschaft vom Rat mitgebracht. Bitte«, setzte er hinzu und streckte ihm den Würfel entgegen.

»Eine Botschaft von Megan?«, fragte Robert atemlos, während er den Würfel betrachtete.

»Jawohl, Ser. Petri sagt, es geht ihr gut, und sie sendet ihre besten Grüße und Wünsche.«

»Das … das ist ja großartig!«, sagte Robert, während er immer noch nach Luft schnappte. »Nun haben wir wieder Kontakt! Wir sind nicht mehr allein!«

»Jawohl, Ser, das ist richtig. In Wirklichkeit …« Athaclena beobachtete, wie Benjamin nach den richtigen Worten suchte. »In der Tat hat Petri mehr als eine Botschaft mitgebracht. Da sind fünf Leute, die in den Höhlen auf Sie warten.«

Robert und Athaclena blinzelten. »Fünf *Menschen?*«

Benjamin nickte, doch er war nicht sicher, ob diese Bezeichnung auch richtig war. »Terragener der Marine, Ser.«

»Oh«, sagte Robert. Athaclena aber verhielt sich still, denn ihr *kenning* vermittelte ihr mehr, als wenn sie genau zugehört hätte.

Benjamin nickte. »Profis, Ser. Fünf menschliche Wesen. Ich kann Ihnen gar nicht sagen, wie man sich fühlt, nach all der Zeit ohne … ich meine, nur mit Ihnen beiden für so lange Zeit. Die Chims gerieten schier aus dem Häuschen. Es wäre besser, wenn Sie beide so schnell wie möglich zurückkehren würden.«

Robert und Athaclena sagten gleichzeitig: »Natürlich.«

»Also dann – wir wollen sofort aufbrechen.« Und fast unbemerkt löste sich die Vertrautheit, die Nähe zwischen Robert und Athaclena. Sie hatten sich an den Händen gehalten, als Benjamin auftauchte. Diesmal aber reichten sie sich nicht wieder die Hand. Denn solches schien unangebracht, während sie über den schmalen Pfad dahineilten. Denn sie brauchten sich nicht anzuschauen, um zu wissen, was der andere dachte. Die Dinge hatten sich geändert – ob zum Guten oder zum Schlechten, das würde sich herausstellen.

Robert 58

Major Prathachulthorn beugte sich über die Computerausdrucke, die wie welkes Herbstlaub über seinem Tisch verstreut waren. Hier herrschten wohl chaotische Zustände, dachte Robert, während er den kleinen, schmächtigen, dunklen Mann beobachtete. Denn üblicherweise musste der Major nicht nach seinen Unterlagen suchen, er hatte sie stets griffbereit. Es genügte ein kurzer Blick aus seinen tiefliegenden Augen, um sofort zu erspähen, wonach er suchte – und was sein Adlerauge erblickte, hatte er gleich mit einem schnellen Griff.

Von Zeit zu Zeit warf der Marineoffizier einen kurzen Blick auf einen Holotank und flüsterte in sein Kehlkopfmikrofon. Im Tank wirbelten Daten herum, überlagerten sich und formten sich neu auf sein Kommando.

Robert stand abwartend vor dem Tisch, der aus rohen Balken und Brettern gezimmert war. Nun geschah es bereits zum vierten Mal, dass der Major ihn eingeladen und aufgefordert hatte, ein paar knifflige Fragen zu beantworten. Und Robert war jedes Mal von der Präzision und vom Wissen dieses Mannes angetan.

Freilich war der Major ein Profi. In nur einem Tag hatte er es mit seinem kleinen Team fertiggebracht, das selbstgemachte taktische Programm der Partisanen neu zu organisieren und die Daten wieder auf Vordermann zu bringen, wobei er Muster und Einsichten entwickelte, von denen die Amateurguerillas kaum zu träumen wagten.

Der Major war genau das, was ihre Bewegung jetzt notwendig brauchte, exakt jene Person, die man sich heiß herbeigefleht hatte.

Dennoch mochte Robert den Mann nicht, und seine Standhaftigkeit befremdete ihn, auch seine Art, sich zu geben. Und jetzt versuchte er herauszufinden, warum dem so war.

Nicht nur, weil er mich strammstehen lässt, während er sich wichtig macht. Sondern, dachte Robert weiter, weil er mir zeigen will, wer hier der Boss ist. Und diese Einsicht und Erkenntnis verhalf ihm dazu, die Situation mit Fassung zu tragen. Der Major war jeder Zoll ein Musterbeispiel für terragene Autorität, obwohl er nichts weiter als ein militärisches Abzeichen, ein Epaulett auf der linken Schulter trug. Selbst in voller Uniform hätte Robert nicht so sehr nach einem Soldaten ausgesehen wie der Major in seinem schlecht sitzenden Anzug, aus einem Tuch geschneidert, den die Gorillas unter einem schwefligen Vulkan gewebt hatten.

Der Erdenmann verbrachte eine ganze Weile damit, mit seinen Fingern auf die Tischplatte zu trommeln. Dieses Getrommel erinnerte Robert an seine Kopfschmerzen, die er bereits seit einer Stunde mit Hilfe von Biofeedback zu bekämpfen versuchte. Aus irgendwelchen Gründen schien aber diese Technik diesmal nicht zu funktionieren. Er fühlte sich eingesperrt, klaustrophobisch und kurzatmig, am Rand der Übelkeit.

Endlich blickte der Major auf. Und zu Roberts Verwunderung hörte sich die erste Bemerkung dieses Mannes wie ein Kompliment an.

»Nun gut, Captain Oneagle«, sagte er. »Ich muss Ihnen gestehen, ich habe befürchtet, dass die Dinge weitaus schlimmer stehen.«

»Es freut mich, das zu hören, Sir.«

Die Augen des Majors wurden schmal, als hätte er aus Roberts Stimme einen leisen sarkastischen Unterton herausgehört. »Um genau zu sein«, fuhr er fort, »habe ich befürchtet herauszufinden, dass Sie in Ihrem Bericht den Exilrat belogen haben, und dass ich Sie deswegen an die Wand stellen lassen muss.«

Robert konnte nur mit Mühe einen Impuls unterdrücken,

zornig aufzubrausen, und versuchte sich möglichst gelassen zu geben. »Ich freue mich, Sir, dass dies nicht notwendig ist.«

»Ganz meinerseits. Ich bin sicher, dass Ihre Mutter zumindest irritiert gewesen wäre. Wenn ich mir andererseits überlege, dass Ihr Unterfangen eine Art Amateurunternehmen war, bin ich bereit, Ihre Bemühungen anzuerkennen.«

Der Major schüttelte den Kopf. »Doch nein, das wäre zu wenig. Wollen wir mal so sagen: Ich hätte manches anders gemacht. Doch angesichts der Tatsache, dass die offiziellen Armeeeinheiten … ah … zumindest danebengegriffen haben, kann ich bestätigen, dass Sie und Ihre Chims gute Arbeit geleistet haben.«

Robert wurde leichter ums Herz. »Ich bin sicher, dass die Chims froh sein werden, dies zu hören, Sir. Gleichzeitig möchte ich darauf hinweisen, dass ich dort nicht der alleinige Anführer war. Denn die Tymbrimerin Athaclena hat ein Großteil der Lasten getragen.«

Die Miene des Majors wurde säuerlich. Robert aber wusste nicht genau, warum er verstimmt war: Ob nun deshalb, weil Athaclena eine Galaktikerin war, oder weil Robert als Offizier der Miliz die Befehlsgewalt und Autorität nicht für sich behalten hatte.

»O ja, ›der General‹.« Er versuchte, ein väterliches Lächeln aufzusetzen. Dann nickte er. »Ich werde sie in meinem Bericht entsprechend erwähnen. Die Tochter des Botschafters Uthacalting ist immerhin eine beachtliche junge Dame. Und ich hoffe, dass sie weiterhin bereit ist, uns im Rahmen ihrer Möglichkeiten zu helfen.«

»Die Chims verehren sie, Sir«, sagte Robert mit Nachdruck. Der Major nickte. Und als er seinen Blick über die Wände schweifen ließ, klang seine Stimme nachdenklich. »Die tymbrimische Mystik, ich weiß. Manchmal fragte ich mich, ob das Medium weiß, was, zum Teufel, es tut und wie es auf solche Ideen kommt. Alliierte oder nicht – unser Volk hat zumindest begriffen, dass der

Erdenclan stets allein richtungsweisend sein wird. Wir werden es nie fertigbringen, irgendeiner galaktischen Spezies unser volles Vertrauen zu schenken.«

Und dann, als er glaubte, zu viel gesagt zu haben, schüttelte er den Kopf und wechselte das Thema. »Was nun die zukünftigen Operationen gegen den Feind betrifft …«

»Wir haben darüber nachgedacht, Sir. Ihre mysteriöse, hektische Tätigkeit in den Bergen ist anscheinend beendet, nur wissen wir nicht, wie lange der Friede dauern wird. Dennoch haben wir ein paar Ideen, mit denen wir uns herumschlagen, irgendwelche Möglichkeiten und Strategien, die wir anwenden können, falls sie überhaupt jemals zurückkehren.«

»Gut so«, sagte der Major und nickte. »Doch Sie müssen wissen, dass wir in Zukunft alle Aktionen im Mulun mit den anderen planetaren Streitkräften koordinieren müssen. Irreguläre und Partisanen sind kaum in der Lage, den Feind an seinen empfindlichsten Stellen zu treffen. Der Versuch der aufständischen Chim, die Weltraumbatterien bei Port Helenia zu stürmen, diese Revolutionäre, die einfach hinweggefegt wurden, war ein warnendes Beispiel.«

Robert musste einsehen, dass der Major recht hatte. »Jawohl, Sir. Obwohl wir seitdem etwas Munition und Waffen gekapert haben, die nützlich sein könnten.«

»Ja, ein paar Raketen. Das wäre nicht verkehrt, wenn wir dahinterkommen, wie sie zu gebrauchen sind – vor allem aber, wenn wir wissen, wo wir sie gezielt einsetzen können.«

»Die Daten, über die wir verfügen, sind vorerst recht spärlich«, fuhr der Major fort. »Ich möchte noch mehr Daten sammeln und dann dem Rat berichten. Später wird es dann unsere Aufgabe sein, sämtliche Aktionen vorzubereiten und zu unterstützen, die der Rat beschließt.«

Nun stellte Robert endlich die Frage, die er sich bis jetzt aufgehoben hatte, jene Frage, die er schon immer stellen wollte, als er zurückgekehrt war und diese kleine Gruppe Menschenoffiziere hier vorgefunden hatte, die alles von unten nach oben kehrten, alles durchwühlten und ihre Nase in alles steckten. »Und was geschieht mit unserer Organisation, Sir? Athaclena und ich haben einigen Chims den Offizierstatus verliehen. Doch außer mir besitzt hier niemand ein echtes koloniales Offizierspatent.«

Der Major schürzte die Lippen. »Nun ja, Sie sind der einfachste Fall, Captain. Freilich werden Sie den Rest der Aufgabe übernehmen. Sie können die Tochter des Botschafters Uthacalting zu ihrer Höhle zurückbegleiten und unseren nächsten Bericht nebst einer Empfehlung zur Beförderung und Auszeichnung gleich mitnehmen. Ich glaube, dass dies dem Koordinator gefällt. Sie können dann die Sache durch einen Bericht über die Gubru-Resonanztechnik ergänzen.«

Doch aus dem Tonfall des Majors war deutlich herauszuhören, was er sich denken würde, sollte Robert das Angebot annehmen. »Andererseits würde ich es begrüßen, wenn Sie meinem Stab beitreten würden, im Range eines Oberleutnants zur See zusätzlich zu Ihrem Kolonialstatus. Ihre Erfahrungen wären für uns auf jeden Fall wertvoll.«

»Danke, Sir. Ich glaube, ich werde bleiben, wenn es Ihnen angenehm ist.«

»Sehr gut. Dann werden wir jemand anderen bestimmen, um die Dame Athaclena zu begleiten …«

»Ich bin sicher, dass auch Athaclena gern bleiben würde«, setzte Robert hastig hinzu.

»Hmm. Na ja, auch gut. Ich bin sicher, dass sie uns für eine Weile behilflich sein kann. Ich will Ihnen was sagen, Captain. Ich werde über die ganze Sache in meinem nächsten Brief an den Rat berichten. Aber eins muss von vornherein feststehen – dass die Lady keinen Militärstatus mehr hat. Und die Chims dürfen sie nicht mehr als kommandierenden Offizier betrachten. Ist das klar?«

»Jawohl, Sir, alles klar.« Robert musste sich nur fragen, warum jemand bemüht war, bei zivilen Neoschimpansen einen solchen Befehl durchzudrücken, die jeden so nannten, wie es ihnen gerade einfiel.

»Gut. Und was diejenigen betrifft, die früher unter Ihrem Kommando standen … Ich habe zufällig ein paar Blankoformblätter da, um die entsprechenden Leute vorzuschlagen. Wahrscheinlich können Sie einige Chims nennen, die sich besonders hervorgetan haben.«

Robert nickte. »Ich werde mein Bestes tun, Sir.« Er erinnerte sich, dass dieses oder jenes Mitglied der »Armee« neben ihm bereits in der Miliz gedient hatte. Vor allem aber dachte er an Fiben – der wahrscheinlich längst tot war – und der Gedanke daran machte ihn traurig. *Verdammte Höhlen! Die gehen mich gar nichts an. Und es fällt mir immer schwerer, meine Zeit hier zu verschwenden.*

Der Major war ein disziplinierter Soldat und hatte Monate im unterirdischen Refugium des Rats verbracht. Doch Robert verfügte nicht über eine solche Charakterstärke. *Ich muss hier raus!* Dies war sein einziger Gedanke.

»Sir«, sagte er rasch. »Ich möchte Sie um die Erlaubnis bitten, das Basislager für ein paar Tage verlassen zu dürfen, um mich am Lorne-Pass … in den Ruinen des Howletts Center umzusehen.«

Der Major runzelte die Stirn. »Dorthin, wo illegal Gorillas hochgezüchtet wurden?«

»An jenen Ort, wo wir unseren ersten Sieg errungen haben«, gab Robert zurück, »und wo wir den Gubru Paroli geboten haben.«

»Hm«, brummte der Major. »Und was glauben Sie dort finden zu können?«

Robert unterdrückte einen Impuls, der ihn veranlassen wollte, die Achseln zu zucken. In seiner Klaustrophobie, in seiner Not, eine Ausrede zu finden, um endlich hier rauszukönnen, klammerte er sich krampfhaft an einen Gedanken, an eine Idee, die ihm schon vor längerer Zeit gekommen war, und die ihm keine Ruhe ließ.

»Eine mögliche, eine denkbare Waffe, Sir. Ein Konzept für ein Ding, das sehr hilfreich sein könnte, wenn es funktioniert.«

Die Ankündigung weckte das Interesse des Majors. »Und was ist das für eine Waffe?«

»Ich möchte im Augenblick nicht über Einzelheiten sprechen, Sir. Nicht, bis ich die Gelegenheit habe, einige Dinge zu verifizieren. Ich brauche höchstens zwei bis drei Tage dafür, das verspreche ich.«

»Hmm. Nun ja, gut«, sagte der Major und schürzte die Lippen. »So viel Zeit benötige ich auch, um diese Datensysteme zu ordnen. So viel Zeit kann ich Ihnen einräumen. Nachher werde ich Sie allerdings brauchen. Wir müssen einen Bericht für den Rat zusammenstellen.«

»Jawohl, Sir. Ich werde mich beeilen.«

»Dann wäre alles so weit geklärt. Nehmen Sie Lieutenant McCue mit. Ich möchte, dass einer meiner Leute das Gebiet besichtigt. Erklären Sie ihr, wie Sie Ihren kleinen Coup geführt haben, stellen Sie den Lieutenant den wichtigsten Partisanenführern in diesem Gebiet vor und kommen Sie dann so schnell wie möglich zurück. Wegtreten!«

Robert schlug, so gut es ging, die Hacken zusammen. *Ich glaube, jetzt weiß ich, warum ich ihn nicht ausstehen kann,* dachte er, während er salutierte, kehrtmachte und die herabhängende Wolldecke beiseiteschob, die als Tür für den unterirdischen Dienstraum diente.

Seit er in die Höhlen zurückgekehrt war und festgestellt hatte, dass sich der Major und seine Mannen wie Besitzer benahmen, dass sie herumstolzierten, die Chims gängelten, überall ihre Nase hineinsteckten, alles durchfilzten, kritisierten und bewerteten, was getan worden und was geschehen war, kam sich Robert vor wie ein *Kind,* dem es bisher gestattet war, eine dramatische Rolle zu spielen, ein wirklich großartiges, herrliches *Spiel.* Doch nun musste sich das Kind gefallen lassen, väterlich gestreichelt und getätschelt zu werden – ein widerliches Gefühl.

Es war eine Analogie, die ihn verlegen machte – dennoch wusste er, dass schließlich alles seine Richtigkeit hatte.

Robert stieß einen leichten Seufzer aus, verließ eilig das Büro und das dunkle Zeughaus, das er mit Athaclena geteilt hatte und wo es jetzt von Erwachsenen wimmelte.

Erst als er unter dem hohen Zelt des Waldes angekommen war, konnte Robert wieder frei atmen. Die wehenden Äste, die vertrauten Düfte, die frische Luft spülten den muffigen Geruch der Höhle aus seiner Lunge. Die Scouts, die vor ihm und neben ihm dahinflitzten, waren alte Bekannte – schnell, loyal und furchterregend mit ihren Armbrüsten und ihren dunklen Gesichtern. *Meine Chims,* dachte er und fühlte sich etwas schuldig, dass er keinen besseren Ausdruck fand. Doch das Gefühl des Besitzers war allgegenwärtig. Es war wie in »alten Tagen« – wie vorgestern – als er sich noch wichtig vorkam und glaubte, dass man ihn brauchte.

Doch die Illusion verflog, sobald Lieutenant McCue das Wort ergriff. »Diese Bergwälder sind sehr schön«, sagte sie. »Ich wollte, ich hätte Zeit gehabt, hier heraufzukommen, bevor der Krieg ausbrach.«

Der Erdling-Offizier blieb am Rande des Pfades stehen und berührte eine blaugeäderte Blume, doch die Blume schloss ihren Kelch, faltete die Blütenblätter zusammen und zog sich vor ihr ins Dickicht zurück. »Ich habe über diese Dinge gelesen, aber dies ist die erste Gelegenheit, dass ich sie mit eigenen Augen sehe.«

Robert murmelte etwas Unverständliches. Er war zwar bereit, höflich zu sein und jede direkte Frage zu beantworten, war aber an einer Unterhaltung nicht interessiert, vor allem nicht mit der Stellvertreterin des Majors.

Lydia McCue war eine athletische junge Frau, dunkel und sehr gut gebaut. Ihre Bewegungen waren graziös, und selbst in ihrer selbstgewebten Bluse und ihrem Rock sah sie aus wie eine Folklore-Tänzerin, wäre da nicht der große Bogen gewesen, den sie am Arm trug, wie ein Kind ein Körbchen. In ihren Hüfttaschen steckten genug Pfeile, um die Hälfte der Gubru in einem Umkreis von hundert Kilometern zu durchbohren. Und die Messer, die in ihren Manschetten und Gamaschen steckten, dienten nicht als Schmuck.

Anscheinend bereitete es ihr keinerlei Schwierigkeiten, ihm über den gewundenen Pfad zwischen all den Ranken und Lianen zu folgen. Dies war ihm aber nur recht, weil er keinesfalls seine Schritte verhalten und eine langsamere Gangart einschlagen wollte. Robert war sich aber bewusst, dass er sich irgendwie unfair verhielt. Sie war wahrscheinlich ein sehr nettes Mädchen für einen Berufssoldaten. Doch da war etwas um sie herum, was Robert trotz allem mächtig störte.

Er wünschte sich, Athaclena hätte ihn auf dieser Tour begleitet. Sie aber hatte darauf bestanden, in ihrem Unterschlupf in der Nähe der Höhlen zu bleiben, wo sie mit zahmen Ranken und Glyphen experimentieren wollte, die viel zu subtil waren, um von ihm mit seinen bescheidenen Möglichkeiten erfasst zu werden. Also war er wütend davongerannt und hatte seine Eskorte fast um ein paar Kilometer überholt.

»So viel Leben.« Die Erdenfrau hielt mit ihm Schritt und sog die würzige Luft ein. »Das ist ein friedlicher Ort.«

Du liegst falsch, Mädchen, bist auf dem Holzweg, dachte Robert bei allem Verständnis für ihre menschliche Ignoranz für die Wirklichkeit, was den Planeten Garth betraf, für jene Wirklichkeit, die überall mit Händen zu greifen war. Dank Athaclenas Lehren war er dazu fähig, die Wellen des Lebens instinktiv zu spüren, die durch den stillen Wald brandeten.

»Dies ist ein unglückliches Land«, erwiderte er einfach. Und er fuhr auch nicht fort, als sie ihn verwundert anschaute. Denn er wollte ihr seine Gefühle nicht preisgeben.

Eine Zeit lang schritten sie wortlos nebeneinander her. Und es wurde langsam Tag. Einmal pfiffen die Scouts; sie suchten Schutz und verbargen sich unter dicken Ästen, als große Kreuzer über sie hinwegzogen. Und als Entwarnung gegeben wurde, setzte Robert seinen Weg fort, ohne auch nur ein Wort zu sagen.

Schließlich ergriff Lydia McCue wieder das Wort. »Dieser Ort, wohin wir gehen«, fragte sie, »dieses Howletts Center – was ist das eigentlich? Würden Sie mir vielleicht etwas mehr darüber verraten?«

Dies war eine einfache Frage, und verständlich obendrein. Also konnte er nicht gut eine Antwort verweigern. Denn der Major hatte ihm aufgetragen, ihr alles zu zeigen und nach Möglichkeit alles zu erklären. Doch Robert wich dem Blick ihrer schwarzen Augen aus, während er sprach. Er versuchte so neutral wie möglich zu sein, sich so sachlich wie nur möglich verhalten, doch die Emotion presste ihm die Stimme. Robert erzählte Lydia von den fehlgeleiteten, dennoch brillanten Arbeiten und Erfolgen der Renegaten. Seine Mutter hatte freilich nichts über das Howletts Center gewusst. Es war nur einem Zufall zu verdanken, dass er etwa ein Jahr vor der Invasion davon erfuhr und beschloss, Schweigen darüber zu bewahren.

Mit den Versuchen war es jetzt freilich vorbei. Es würde einem Wunder gleichkommen, die Gorillas vor der Sterilisation zu bewahren, weil nun das Geheimnis auch solchen Leuten wie dem Major bekannt war.

Nun mochte zwar der Major die galaktische Zivilisation hassen wie die Pest, ein Hass, der fast an Fanatismus grenzte, doch er wusste genau, wie wichtig es war, dass die Terraner ihren Pakt mit den großen Instituten nicht brachen. Gerade jetzt lag die Hoffnung der Erde in den alten Codes der Progenitoren. Und um diese Codes zu schützen und zu bewahren, musste man wie

Cäsars Frau über den Dingen stehen und seinen Rachedurst unterdrücken.

Lydia hörte aufmerksam zu. Sie hatte hohe Backenknochen und dunkle Augen, ein fast slawisches Gesicht – und Robert mochte sie nicht gern anschauen. Diese Augen lagen zu dicht beieinander, waren zu starr, zu unbeweglich. Also widmete er seine Aufmerksamkeit dem Pfad, der sich vor ihnen dahinwand.

Dennoch brachte es die junge Marineoffizierin mit ihrer sanften Stimme fertig, ihn wieder einmal zu becircen. Robert begann von Fiben Bolger zu erzählen, über die Zeit, wo sie nur um ein Haar dem Gasbombenangriff auf der Mendoza-Farm entgangen waren und über die erste Wanderung seiner Freunde ins Sind-Tal hinab.

Und von der zweiten Exkursion, von der Fiben dann nicht mehr zurückkehrte.

Sie stiegen einen Hang hinauf und erreichten einen mit spitzen Felssteinen bestückten Gipfel, und kamen dann zu einem Ausguck, von wo aus sie ein schmales Tal westlich vom Lorne-Pass überblicken konnten. Robert zeigte auf die Umrisse einiger ausgebrannter Ruinen. »Das war das Howletts Center«, sagte er leise.

»Das ist doch der Ort, wo ihr die Gubru gezwungen habt, die Chim-Kombattanten zu akzeptieren, nicht wahr? Und wo ihr sie gezwungen habt, einen Schwur zu leisten?«, fragte Lydia. Robert glaubte, so etwas wie Respekt aus ihrer Stimme herauszuhören, und wandte den Kopf, um sie anzuschauen. Sie aber erwiderte seinen Blick mit einem Lächeln, und Robert spürte, wie ihm heiß wurde. Sein Gesicht glühte.

Er wandte sich hastig ab, deutete auf den Hügelhang nahe dem Zentrum und beschrieb in kurzen Worten, wie die Falle gestellt wurde, und wie er sich wie ein Artist am Trapez über den Gubru-Posten hinweggeschwungen hatte. Sein Part war sowieso nicht von Bedeutung. An diesem Morgen waren es die Chims, die im

Vordergrund standen. Und er wollte, dass die Soldaten der Erdlinge dies gefälligst zur Kenntnis nahmen.

Er hatte gerade seine Geschichte beendet, als sich Elsie näherte. Die Chimmie salutierte, eine Geste, die noch nie notwendig gewesen war, bevor die Marines auftauchten.

»Ich weiß nicht, ob wir dorthin gehen sollen, Ser«, sagte sie mit ernster Miene. »Der Feind hat sich bereits einmal für diese Ruinen interessiert. Vielleicht ist er zurückgekehrt.«

Robert aber schüttelte den Kopf. »Als Benjamin die Überlebenden des Feindes schwören ließ, geschah es unter anderem unter der Bedingung, dieses Tal nie mehr zu betreten und sich diesem Ort selbst unter Aufsicht fortan nicht mehr zu nähern. Haben wir auch nur den leisesten Hinweis dafür, dass sie ihr Wort gebrochen haben?«

Elsie schüttelte den Kopf. »Nein, aber …« Sie presste die Lippen zusammen, denn sie wollte nicht vorlaut sein und verkniff sich jeden weiteren Kommentar. Aber was die Schwüre der Eatees betraf, hatte sie so ihre berechtigten Zweifel.

Robert lächelte. »Also gut. Und jetzt los! Wenn wir uns beeilen, können wir noch vor Einbruch der Nacht zurück sein.«

Elsie zuckte die Achseln und gestikulierte kurz mit den Händen. Mehrere Chims schossen hinter den Felsnadeln hervor und verschwanden im Wald. Einen Augenblick später ertönte ein Pfiff als Zeichen dafür, dass die Luft rein war. Der Rest der Mannschaft überquerte den schmalen Spalt im Laufschritt.

»Die sind aber tüchtig«, sagte Lydia leise, nachdem sie wieder unter den Bäumen gelandet waren.

Robert nickte und hielt ihr zugute, dass sie nicht »für Amateure« hinzugesetzt hatte, wie es der Major in diesem Fall gewiss getan hätte. Er war ihr dankbar und wünschte sich, sie wäre nicht so nett.

Dann marschierten sie weiter, bahnten sich ihren Weg zu den Ruinen, wobei sie sorgfältig auf Zeichen achteten, ob nicht doch jemand seit der Schlacht hier gewesen sei, seit der Schlacht, die vor Monaten stattgefunden hatte. Und obwohl nichts zu entdecken war, ließen sich die Chims nicht täuschen, waren vorsichtig wie immer.

Robert versuchte ein *kenning,* versuchte, das NETZ zu benutzen, um irgendwelche Eindringlinge zu entdecken, doch seine Gefühle versperrten ihm den Weg. Er wünschte, Athaclena wäre da.

Das Howletts Center war gründlicher zerstört worden, als man es vom Hügelhang aus feststellen konnte. Die rauchgeschwärzten Gebäuderuinen waren zusammengesunken und von der wuchernden Vegetation bedeckt, die aus dem nun lange nicht mehr gepflegten Rasen und aus den Gartenanlagen hervorschoss. Die Fahrzeuge der Gubru, zu Schrott geworden, lagen unnütz im dichten, kniehohen Gras.

Nein, da ist noch keiner gewesen, dachte er. Robert stieg über die Wracks hinweg, kickte manchmal ein Stück wie eine leere Konservendose beiseite, aber er konnte nichts entdecken, was noch brauchbar gewesen wäre. *Warum wollte ich unbedingt hierherkommen?,* fragte er sich. Dabei wusste er ganz genau den Grund. Er wollte einfach aus den Höhlen raus, wollte dem Major entkommen.

Und vielleicht auch, um all den seltsamen, fragenden Blicken zu entfliehen, die auf ihn gerichtet waren.

Wahrscheinlich aber lag der tiefere Grund darin, dass dies jener Ort war, wo er den ersten direkten Kontakt mit dem Feind gehabt hatte.

Vielleicht aber hatte er auch gehofft, seine Gefühle wiederzubeleben, diesen Gefühlszustand, der nur wenige Tage zurücklag, als er noch unbeschwert durch die Gegend streifte. Auch hatte er gehofft, in Begleitung eines anderen weiblichen Wesens hierherzukommen, nicht mit dieser Frau, die ihm überall auf den Fersen war, dauernd nach links und nach rechts schaute und alles, was sie sah, sofort professionell bewertete und einordnete.

Robert verscheuchte die Gedanken, die ihm durch den Kopf wirbelten, und ging auf die kaputten Schwebetanks der Aliens zu. Er kniete nieder und teilte das hüfthohe Gras.

Überall lagen Gubru-Maschinen, ausgeweidete Panzerfahrzeuge, Getriebe, Propeller, Reste von Antigravaggregatsteilen …

Die meisten Teile waren von einer dünnen gelben Patina überzogen. An einigen Stellen hatte sich das helle Plastik verfärbt, war dünn geworden und teilweise auch durchbrochen. Robert holte einen kleinen Brocken hervor, der unter dem Druck seiner Finger sofort zerfiel.

Mich soll doch dieser oder jener holen. Ich hatte recht. Meine Nase, mein Spürsinn haben mich nicht getrogen.

»Was ist das?«, fragte Lieutenant McClure, die ihm über die Schulter blickte.

Robert aber schüttelte den Kopf. »Im Moment weiß ich es noch nicht. Aber da hat sich irgendetwas durch diese Wrackteile hindurchgefressen.«

»Darf ich mal sehen?«

Robert reichte ihr ein Stück Keramik, das verrottet und korrodiert war. »War dies der Grund, warum Sie unbedingt hierherkommen wollten? Hatten Sie so was vermutet?«

Er aber sah nicht ein, ihr all die komplizierten Gründe, vor allem die rein persönlichen, auseinanderzusetzen. »Dies war zum größten Teil der Fall. Vielleicht dachte ich, wäre hier irgendeine Waffe zu finden. Als das Zentrum evakuiert wurde, wurden sämtliche Aufzeichnungen und Einrichtungen verbrannt. Doch all diese Mikroben, die Dr. Schultz in ihrem Labor gezüchtet hatte, konnten nicht vertilgt werden.«

Dabei hatte er nun wohlweislich verschwiegen, dass er eine Probe von Gorillaspeichel in seinem Gepäck mitführte. Denn, so dachte er, hätte er die Hinterlassenschaft der Gubru nicht in diesem Zustand vorgefunden, so hätte er vorgehabt, seine Experimente auf eigene Faust durchzuführen.

»Hm.« Lydia zerknüllte das Material in der Hand. Dann bückte sie sich und kroch unter die Maschine, um festzustellen, welche Teile beschädigt worden waren. Schließlich rappelte sie sich wieder hoch und setzte sich neben Robert.

»Es kann sich als nützlich erweisen. Doch da wäre immer noch das Problem des Liefersystems. Wir können es nicht wagen, die Berge zu verlassen, um die kleinen Biester über die Gubru-Ausrüstung in Port Helenia zu verteilen.

Außerdem sind Bio-Sabotagewaffen nur kurzfristig wirksam. Sie müssen plötzlich und unerwartet eingesetzt werden, weil die Gegenmaßnahmen sehr schnell erfolgen und auch schnell Wirkung zeigen. Schon nach wenigen Wochen wären die Bakterien neutralisiert – auf chemischem Wege, entweder durch Schutzanstrich oder durch Klonen anderer Tierchen, welche die unseren auffressen. Dennoch«, meinte sie, während sie ein weiteres Stück umdrehte und Robert anlächelte, »ist dies großartig. Was Sie hier bereits getan haben, und jetzt das ... Dies ist der richtige Weg, um einen Guerillakrieg zu führen! Mir gefällt das sehr, und wir werden Mittel und Wege finden, um dies alles zu verwerten.«

Ihr Lächeln war so offen und so freundlich, dass Robert es unwillkürlich erwidern musste. Und in diesem Augenblick spürte er eine Gemütsbewegung, die er bereits den ganzen Tag zu unterdrücken versucht hatte.

Verdammt noch mal, sie ist reizend, musste er sich gestehen. Sein Körper sandte Signale aus, die bedeutend stärker waren als alles, was er je in Athaclenas Gegenwart empfunden hatte. Dabei kannte er diese junge Frau so gut wie gar nicht. Er liebte sie nicht und war ihr nicht in jener Weise verbunden, wie seiner tymbrimischen Lebensgefährtin. Dennoch war sein Mund trocken, und sein Herz schlug rascher, wenn sie ihn anschaute – dieses Menschenmädchen mit den schmalen Augen, der schlanken Nase und den hohen Brauen.

»Es wäre besser, wenn wir uns auf den Heimweg machten«,

sagte er schnell. »Gehen Sie los, Lieutenant, und sammeln Sie ein paar Proben. Wir werden sie dann in der Basis untersuchen und prüfen.«

Er übersah den langen Blick, den sie ihm schenkte, während er sich erhob und Elsie ein Zeichen gab. Und schon bald – mit Proben, die sie in ihrem Gepäck verstaut hatten – stiegen sie wieder in Richtung der Felsnadeln hinauf. Die Wächter aber seufzten erleichtert, schulterten ihre Waffen und schwangen sich wieder in die Bäume.

Robert folgte seiner Eskorte, ohne darauf zu achten, wo er hintrat. Dabei versuchte er, nicht an das Mitglied seiner eigenen Spezies zu denken, das neben ihm dahinschritt. Also runzelte er die Stirn und verschanzte sich hinter düsterem Schweigen, während er seinen eigenen Gedanken nachhing.

Fiben 59

Fiben und Gailet saßen dicht beieinander unter dem starren Blick maskierter Gubru-Techniker, die ihre Instrumente klinisch kalt und neutral auf die beiden Chims richteten. Schwebende Plattformen hingen überall im Raum, große Kugeln, mit zahlreichen Linsen bestückt, schauten mit ihren Glasaugen auf die beiden herab. Die Testkammer glich einem Urwald aus glitzernden Röhren und blinkenden Geräten – alles antiseptisch und steril.

Dennoch roch es überall nach diesen Vögeln. Fiben rümpfte die Nase und nahm sich zusammen, um seine nicht gerade freundlichen Gedanken an die Gubru zu unterdrücken. Bei den imposanten Apparaten handelte es sich mit Sicherheit überwiegend um Psi-Detektoren. Und während es zweifelhaft war, dass diese Maschinen wirklich Gedanken lesen konnten, hatten die Galaktiker zumindest die Möglichkeit, die oberen Schichten ihrer Verhaltensweise abzutasten.

Fiben aber wollte sich ablenken, suchte nach einem anderen Thema – vielleicht auch, um die Beobachter zu täuschen. Also sprach er zu Gailet: »Ich habe mit Sylvie gesprochen, bevor sie an diesem Morgen kamen, um uns zu holen. Sie sagte mir, sie sei seit jenem Abend, als ich zum ersten Mal nach Port Helenia kam, nicht mehr in der Affentraube gewesen.«

Gailet wandte sich Fiben zu. Ihr Blick war streng und abweisend.

»So? Spielchen wie dieser Striptease dürften jetzt überholt sein. Doch ich bin sicher, dass die Gubru schlau genug sind, ihre Talente anderweitig einzusetzen.«

»Sie hat es strikt abgelehnt, so was wieder zu tun, Gailet. Ehrlich. Ich weiß nicht, warum du so ablehnend über sie denkst.«

»Ich aber kann nicht begreifen, wieso du mit einem unserer Gefängniswärter so freundlich umgehen kannst!«, fuhr Gailet ihn an. »Sie ist eine Probandin, und eine Kollaborateurin dazu!«

Fiben schüttelte den Kopf. »Sylvie ist in Wirklichkeit keine Probandin, weder grau noch gelb. Sie hat eine grüne Repro-Karte. Und sie hat sich den Gubru nur angeschlossen, weil …«

»Mich interessiert einen Dreck, aus welchen Gründen sie es tat! Ich kann mir gut vorstellen, was für eine Geschichte sie dir erzählt hat, eine traurige, tränenreiche Story vom Rotkäppchen, du Narr, während sie mit den Wimpern klimperte und dich zu becircen versuchte …«

Aus einer der Maschinen drang eine tiefe, atonale Stimme.

»Ihr jungen Neoschimpansen … seid still. Seid still, ihr jungen Klienten …«, tönte es aus irgendeinem Lautsprecher.

Gailet drehte sich hastig um und biss die Zähne zusammen.

Fiben blinzelte. *Ich wollte, ich könnte sie besser verstehen,* dachte er. Denn er hatte schon die ganze Zeit krampfhaft überlegt, was Gailet wieder auf Touren bringen könnte.

Zunächst war es Gailets Launen zu verdanken, dass er sich mit Sylvie auf ein Gespräch einließ, ganz einfach nur, um etwas Gesellschaft zu haben. Er wollte es zwar Gailet erklären, aber dann dachte er, dass dies nichts bringen würde. Vielleicht sollte man lieber abwarten. Sie würde sich schon wieder fangen, wie schon so oft.

Noch vor einer Stunde hatten sie miteinander gelacht und gescherzt und sich gegenseitig verspottet, während sie sich mit einem komplizierten mechanischen Puzzle beschäftigten. Für wenige Minuten war es ihnen gelungen, all die mechanischen und all die fremden Augen zu vergessen, während sie in Teamarbeit die einzelnen Teile ordneten, sortierten und dann wieder neu ordneten. Und als sie dann fertig waren und den Turm betrachteten, den sie zusammengebaut hatten, wussten sie, dass sie die Aliens überrascht hatten. In diesem Augenblick der Zufriedenheit und

Harmonie hatte Gailet nach seiner Hand gegriffen, war ihre Hand in die seine geschlüpft, unschuldig, aus reiner Freude.

So verging die Zeit ihrer Gefangenschaft. Manchmal glaubte Fiben, aus dieser Erfahrung wirklich etwas zu profitieren. Es war zum ersten Mal in seinem Leben, dass er einfach so dasitzen und nachdenken konnte. Ihre Wächter stellten ihnen jetzt Bücher zur Verfügung, und er griff gierig nach einigen Werken, die er schon immer hatte lesen wollen. Die Unterhaltungen mit Gailet hatten ihm die geheimnisvolle Welt der Alienologie geöffnet. Er aber hatte ihr von dem großen Werk erzählt, das hier auf Garth vollbracht wurde, um das geschädigte Ökosystem zu regenerieren.

Doch da waren auch die langen, dunklen Zwischenzeiten, wo sich die Stunden mühsam dahinschleppten. Da kam es ihm vor, als würde gleich die Decke herabstürzen, als würden die Gefängnismauern dicht zusammenrücken und sie einschließen. Und dann sprachen sie wieder vom Krieg, dachten an ihren fehlgeschlagenen Aufstand, über die Freunde, die sie verloren hatten, und an das Schicksal, das der Erde beschieden war.

In solchen Stunden hätte Fiben alles darum gegeben, um einfach unter den Bäumen und unter dem hellen Himmelszelt zu wandern.

So empfanden beide selbst diese Routineuntersuchungen durch Gubru als willkommene Abwechslung und Erleichterung. Zumindest wurden sie von ihren Gedanken abgelenkt.

Doch dann zogen sich die Maschinen plötzlich zurück und gaben den Weg vor ihnen frei. *»Wir sind fertig … fertig … Ihr wart gut, sehr gut, ihr habt … Nun folgt der Kugel, folgt ihr, zum Transport.«*

Als sich Fiben und Gailet erhoben, nahm eine braune, achtflächige Projektion vor ihnen Gestalt an. Ohne sich anzuschauen, folgten sie dem Hologramm, vorbei an den stummen avianischen Technikern, aus der Testkammer hinaus und über einen langen Flur.

Dienstroboter huschten an ihnen vorbei mit dem leisen Gewisper gut gepflegter Maschinen. Einmal schoss ein Kwackoo-Techniker aus einer Bürotür heraus, musterte sie mit einem verwunderten, starren Blick und verschwand wieder hinter der Tür. Schließlich traten Fiben und Gailet durch eine Pforte und standen plötzlich im hellen Sonnenlicht. Fiben musste seine Augen beschatten. Es war ein schöner Tag, doch alle Anzeichen sprachen dafür, dass sich der kurze Sommer seinem Ende zuneigte. Die Chims, die er in den Straßen zwischen den Gubru erblickte, trugen leichte Pullover und Turnschuhe – ein weiteres Zeichen dafür, dass der Herbst nicht mehr fern war.

Doch kein Chim schaute sie an. Sie waren auch zu weit entfernt, um ihre Stimmung zu erraten oder zu hoffen, dass einer von ihnen Gailet oder ihn erkennen könnte.

»Wir werden nicht wieder das gleiche Fahrzeug benutzen«, flüsterte Gailet und zeigte auf ein langgezogenes Geländer, das sich unter ihnen zur Landerampe hinzog. Das Militärfahrzeug, das sie hierhergebracht hatte, war durch ein großes Schwebeboot ohne Dach ersetzt worden, eine Art Cabriolet. Auf dem offenen Deck stand ein geschmücktes Piedestal hinter dem Cockpit. Und Kwackoo-Diener waren eifrig damit beschäftigt, ein Sonnensegel aufzustellen, um ihren Meister vor der heißen Sonne Gimelhai zu schützen.

Den großen Gubru erkannte er sofort. Diesmal sah er etwas gerupfter aus, sein Gefieder war zottiger als in jener Nacht, da er sie in dem unterirdischen Gefängnis besucht hatte. Dennoch plusterte er sich auf, als wollte er einen besonderen Eindruck machen, als wollte er sich von all den dahergelaufenen Funktionären abheben, die sich früher gezeigt hatten. Dennoch sah er irgendwie schäbig aus – sein Federkleid zerrupft und ausgefranst. Der Avian-Aristokrat hatte einen gestreiften Kragen um und rückte ungeduldig auf seiner Sitzstange hin und her.

»Schön, schön«, murmelte Fiben. »Vielleicht ist es unser alter Freund, der bei ihnen um Sitte und Ordnung bemüht ist.«

Gailet musste an sich halten, um nicht laut aufzulachen. »Es ist der Suzerain der Guten Sitten«, half sie ihm. »Der gestreifte Kragen weist ihn als Führer der Priesterkaste aus. Nun vergiss aber nicht, dich anständig zu benehmen. Red nicht zu viel und schau genau zu, was ich mache!«

»Ich werde Sie *nachäffen,* Lady.«

Gailet ignorierte seinen Sarkasmus und folgte dem braunen Führungshologramm über die lange Rampe bis hin zu dem grellfarbenen Boot. Fiben folgte ihr mit nur wenigen Schritten Abstand.

Die Projektion verschwand, sobald sie die Landerampe ereicht hatten. Ein Kwackoo mit leicht rosa angehauchtem Federkleid verbeugte sich kurz vor den beiden. »Es ist eine Ehre – eine Ehre … dass euer Patron – der noble Patron sich herabgelassen hat, euch zu besuchen … euch … ihr halbfertigen Wesen … ein Geschenk eures Schicksals.«

Der Kwackoo sprach ohne die Hilfe eines Vodors. Das an sich war kein Wunder, wenn man die hochentwickelten Sprechorgane dieser Kreatur berücksichtigte. Er sprach die Worte in Anglic sehr deutlich aus, doch etwas atemlos, was darauf hinwies, dass der Alien etwas nervös und wahrscheinlich erwartungsvoll war.

Wahrscheinlich gehörte der Suzerain der Guten Sitten nicht unbedingt zu jenen Chefs im Universum, die leicht zufriedenzustellen waren. Fiben verbeugte sich wie Gailet und schwieg, während sie antwortete. »Wir fühlen uns geehrt durch die Aufmerksamkeit, die euer Herr, der hohe Patron des großen Clans, uns gnädigst widmet«, sagte sie langsam in wohlgesetztem Galactic Sieben. »Dennoch behalten wir uns im Namen unserer eigenen Patrone das Recht vor, sein Vorgehen und seine Handlungsweise zu missbilligen.«

Selbst Fiben keuchte und rang nach Luft, während die versammelten Kwackoos aufgeregt durcheinanderflatterten wie eine aufgescheuchte Hühnerschar.

Doch ihr hohes Gezirpe erstarb sofort, sobald sich der Chef-Kwackoo schnell umdrehte und sich vor dem Suzerain verneigte, der bis ans äußerste Ende seiner Sitzstange und ganz nahe an die beiden Chims herangerückt war. Der Gubru riss den Schnabel weit auf, wobei er den Kopf hin und her drehte und Gailet erst mit dem einen, dann mit dem anderen Auge betrachtete. Fiben aber brach der kalte Schweiß aus.

Schließlich richtete sich der Alien auf und quakte etwas in einer eigenen Version von Galactic Drei. Nur Fiben merkte, wie sich Gailet entspannte und sich ihre starre Haltung wieder löste. Er konnte zwar der Rede des Suzerains nicht folgen, doch ein Vodor aus der Nähe übersetzte prompt seine Worte.

»Gut gesagt – gut gesprochen … sehr gut für gefangene Soldaten der Klientklasse von Terra … Also kommt – kommt und seht … kommt, seht und hört unser Angebot, das ihr mit Sicherheit nicht zurückweisen werdet – nicht einmal im Namen eurer Patrone.«

Gailet und Fiben schauten sich gegenseitig an. Dann verbeugten sie sich gleichzeitig.

Die frühe Morgenluft war klar, und der leichte Ozongeruch versprach, dass es nicht regnen würde. So alte Vorhersagen waren angesichts der allgegenwärtigen Technik sowieso nutzlos.

Das Flugboot kreuzte außerhalb des jetzt geschlossenen Strandes von Port Helenia und flog dann über die Bucht. Nun hatte Fiben erstmals Gelegenheit zu sehen, wie sich der Hafen seit der Ankunft der Aliens verändert hatte.

Die Fischereiflotte war so gut wie lahmgelegt, die meisten Kutter lagen vor Anker, waren eingemottet oder in Trockendocks verstaut. Auch der Handelshafen war so gut wie tot. Ein paar Seeschiffe dümpelten vertäut vor sich hin, offenbar seit Monaten unbenutzt und verlassen. Fiben beobachtete einen Kutter, der gerade in die Bucht einlief, einer der wenigen, die noch in Betrieb waren. Vielleicht brachte er einen Fang mit sich – vielleicht aber hatte er auch einen Defekt, mit dem die Chim-Besatzung auf See nicht fertiggeworden war. Das Boot schaukelte auf den Wellen, genau an jener Stelle, wo die See gegen die Bucht brandete. Die Besatzung aber hatte alle Hände voll zu tun, weil der Durchgang jetzt enger war als zu Friedenszeiten. Denn die Straße war durch eine gewaltige, hochragende Metallwand blockiert – durch jene Festung, welche die Aliens errichtet hatten.

Das Gubru-Schlachtschiff war in eine schimmernde Dunstwolke gehüllt. Wassertropfen kondensierten an den Kanten seiner Beobachtungsschirme, Regenbogen blitzten auf, und über den Fischkutter fiel ein feuchter Nebel, während er sich langsam seinen Weg um die nördliche Landzunge bahnte. Fiben konnte die Gesichter der Chim-Besatzung nicht ausmachen, während das Boot des Suzerains über den Kutter hinwegschwebte, doch er konnte erkennen, dass so mancher seine Arme erleichtert sinken ließ, als das Boot endlich ruhigere Gewässer erreichte.

Die obere Landzunge der Bucht schwenkte mehrere Kilometer nördlich und östlich in Richtung Port Helenia. Und bis auf ein kleines Leuchtfeuer waren diese rauen Klippen nicht besetzt. Die Äste der Pinien bewegten sich sanft in der frischen Brise.

Südwärts, jenseits der engen Straße, sah es allerdings ganz anders aus. Hinter dem fest verankerten Schlachtschiff hatte man die Landschaft verändert. Die Wälder waren gerodet, die Konturen der Steilufer verändert worden.

An einer Stelle jenseits des Vorgebirges, die außer Sichtweite lag, stiegen dicke Dampfwolken auf. Ganze Schwärme von Schwebefahrzeugen und Schwertransportern flogen summend und brummend hin und her.

Weiter südlich in Richtung Raumhafen waren neue Gebäude errichtet worden als Teil der Gubru-Verteidigungsanlagen – jene Bauten, welche die Guerillas in der Stadt bei ihren Operationen nur wenig störten. Doch das Flugboot drehte ab und flog auf den Neubau zu, der auf den schmalen Berghängen zwischen der Aspinal Bay und der Cilmar-See stand.

Fiben wusste, dass es nutzlos war, seine »Gastgeber« zu fragen, was da überhaupt vor sich ging. Die Kwackoo-Diener und Techniker waren zwar höflich, aber diese Höflichkeit war seltsamer Art und wohl auf höheren Befehl zurückzuführen. Darüber hinaus war die Dienerschaft verschwiegen und zu keiner Information bereit.

Gailet trat zu ihm an die Reling und ergriff seinen Arm. »Schau doch«, sagte sie mit unterdrückter Stimme.

Und beide schauten zu, wie das Boot über das Steilufer stieg. In der Nähe der Küste war ein Hügel eingeebnet worden. Eine Reihe von Gebäuden, die Fiben als Protonenkraftwerke identifizierte, lagen am Fuße des ehemaligen Hügels eng beieinander, während die Zuführungsleitungen an ihren Flanken nach oben gerichtet waren. Auf dem Dach lag ein halbkugelähnliches, tassenförmiges Gebilde, schimmernd und offen wie ein Marmorgefäß im Sonnenschein.

»Was mag das wohl sein? Ein Kraftfeldprojektor? Oder vielleicht eine Art Waffe?«

Fiben nickte, schüttelte den Kopf und zuckte schließlich die Achseln. »Keine Ahnung. Sieht nicht nach einer militärischen Anlage aus. Doch was das Ding auch immer tut, es braucht eine Menge Saft. Himmel, schau dir nur all diese Kraftwerke an!«

Ein Schatten huschte über sie hinweg – nicht kühl und federleicht wie eine Wolke, die an der Sonne vorbeizieht. Es war vielmehr eine große, gewaltige, kühle Masse, die summend und brummend über ihre Köpfe hinwegzog. Fiben erschauerte, aber nicht allein wegen des plötzlichen Temperaturabfalls. Er und Gailet zogen instinktiv den Kopf ein und schauten zu dem riesigen Lastfahrzeug hinauf, das nur wenige hundert Meter über ihnen kreuzte. Ihre »Gastgeber« aber schien das nicht weiter zu stören. Der Suzerain saß auf seiner Stange und ignorierte das Dröhnen, welches die Chims erzittern ließ.

Sie mögen zwar keine Überraschungen, dachte Fiben. *Aber sie sind ziemlich zäh, wenn sie wissen, was läuft.*

Ihr Fahrzeug begann in einer langgezogenen Schleife langsam die Baustelle zu umrunden. Fiben betrachtete das große weiße Ding, welches einer Tasse ähnlich sah, als sich der Kwackoo mit dem rosa Gefieder näherte und leicht den Kopf neigte.

»Der Größte der Großen … entbietet euch seinen Gruß – und möchte Gemeinsamkeit – Komplementarität … der Ziele und Zwecke vorschlagen.«

Am anderen Ende des Bootes war der Suzerain der Guten Sitten zu sehen, der königlich auf seinem Piedestal thronte. Fiben aber wünschte sich, er könnte in der Miene eines Gubru lesen. *Was hat der alte Vogel vor?,* fragte er sich. Doch Fiben war sich nicht sicher, ob er das auch wirklich wissen wollte.

Gailet gab die knappe Verbeugung des Kwackoo ebenso knapp zurück. »Bitte, sag deinem geehrten Patron, dass wir uns seinen Vorschlag überlegen werden.«

Das Galactic Drei des Suzerains war gestelzt und formal, von kleinen graziösen Tanzschritten begleitet. Die Vodor-Übersetzung konnte Fiben nur wenig helfen. Er hörte lieber Gailet als dem Alien zu, während er herauszufinden versuchte, was die überhaupt miteinander zu quatschen hatten.

»… zulässige Revision des Wahlrituals für den Entwicklungs-Ratgeber … Modifikationen zu Zeiten der Spannung durch frühere Klientenvertreter … wenn nach bestem Wissen und Gewissen im Interesse ihrer Patronatsspezies durchgeführt …« Gailet, die zum Gubru aufschaute, schien offensichtlich erschüttert. Ihre zusammengepreßten Lippen waren ein einziger schmaler Strich, und ihre verschränkten, verkrampften Finger waren weiß vor Spannung. Als der Suzerain mit seinem Gezirp aufhörte, quakte der Vodor noch

etwas weiter. Dann senkte sich Stille auf sie herab, die nur durch das Pfeifen des Luftzugs und dem fernen Dröhnen der Triebwerke gestört wurde.

Gailet musste schlucken. Sie verbeugte sich und hatte offensichtlich Schwierigkeiten, ihre Stimme wiederzufinden.

Du wirst es schaffen, dachte Fiben bei sich. Jedem Chim konnte es ab und zu passieren, dass er eine Sprechsperre hatte, ganz besonders unter Druck und unter diesen Umständen. Er wusste aber auch, dass sie keine Hilfe begehrte.

Gailet keuchte und musste wieder schlucken. Endlich aber hatte sie ihre Sprache wiedergefunden.

»Ge – geehrter – sehr geehrter … hm … Fürst … Wir können weder im Namen unserer Patrone, auch nicht im Namen aller Chims auf Garth sprechen. Was … was Sie von uns verlangen, ist … ist …«

Nun sprach der Suzerain wieder, als wäre ihre Antwort komplett gewesen. Vielleicht aber auch, weil es nicht als unhöflich galt für ein Mitglied der Patronatsklasse, einen Klienten zu unterbrechen.

»Ihr müsst … müsst nicht jetzt und sofort antworten«, kam aus dem Vodor, während der Gubru weiterzirpte und auf seiner Stange herumtrippelte. »Studiert – lernt – überlegt … Alles, was ihr braucht, das ganze Material wird euch zur Verfügung gestellt. Diese Gelegenheit kommt nicht wieder, sie ist aber von Vorteil.«

Dann hörte das Gezirpe wieder auf, und der Vodor brummte hinterher. Damit waren sie wohl entlassen, weil der Suzerain einfach die Augen schloss.

Wie auf ein Signal hin, das Fiben nicht wahrnehmen konnte, drehte der Pilot vom Hügelhang ab und nahm über die Bucht Kurs auf Port Helenia. Und schon bald versank das gewaltige Schlachtschiff hinter ihnen in einer Dampfwolke, von Regenbogen überbrückt.

Fiben und Gailet folgten einem Kwackoo, der sie zu ihren

Sitzen im Fond des Bootes führte. »Was soll das alles heißen?«, flüsterte ihr Fiben zu. »Was hat dieses verdammte Wesen über eine Art Zeremonie gesagt? Was sollen wir tun?«

Gailet bedeutete ihm, still zu sein. »Ich werde dir das später erklären. Jetzt lass mich erst einmal nachdenken.«

Gailet setzte sich in eine Ecke und verschränkte die Arme über den Knien, während sie wie abwesend das Fell an ihrem linken Bein zurechtstrich. Ihr Blick war verschwommen, und als Fiben ihr andeutete, dass er ihr Fell kämmen wollte, gab sie keine Antwort. Sie schaute nur auf den Horizont, als wäre sie weit entrückt.

Als sie wieder in ihre Zelle zurückkehrten, mussten sie feststellen, dass sich so manches geändert hatte. »Ich glaube, wir haben alle Tests bestanden«, meinte Fiben, während er ihr Quartier betrachtete.

Die Ketten waren bald nach dem Besuch des Suzerains entfernt worden, in jener finsteren Nacht, die bereits mehrere Wochen zurücklag. Das Stroh war durch Matratzen ersetzt, und auch Bücher waren gestattet.

Die Einrichtung war nicht länger spartanisch. Ein Plüschteppich war ausgelegt, eine kostbare Holotapete bedeckte die Wände. Auch bequeme Betten und Sessel waren da, ein Tisch und sogar ein Musikdeck.

»Nichts als pure Bestechung«, murmelte Fiben, während er ein paar Recorderwürfel sortierte. »Mich soll doch dieser oder jener holen – aber wir müssen etwas haben, das sie interessiert. Vielleicht ist auch der Widerstand noch nicht am Ende. Vielleicht setzen ihnen auch Robert und Athaclena zu. Und nun wollen sie, dass wir …«

»Das hat nichts mit deinem General zu tun, Fiben«, flüsterte Gailet kaum hörbar. »Oder zumindest nicht viel. Das da ist eine größere Sache, eine ganze Nummer größer.« Ihre Miene war gespannt. Auf dem Rückweg hatte sie sich in Schweigen gehüllt und war offensichtlich nervös. Gelegentlich meinte Fiben zu hören, wie der Mechanismus in ihrem Hirn tickte.

Gailet aber forderte ihn auf, ihr zur neuen Holowand zu folgen. In diesem Augenblick zeigte sie dreidimensionale Bilder abstrakter Formen und Muster – eine schier endlose Ansicht von schimmernden Würfeln, Kugeln und Pyramiden, die sich in unendliche Weiten erstreckten. Sie saß mit gekreuzten Beinen da und drehte an den Schaltern. »Das ist ein sehr teures Gerät«, sagte sie etwas lauter als erforderlich. »Machen wir uns den Spaß und versuchen wir herauszufinden, wozu es gut und wozu es fähig ist.«

Als sich Fiben neben ihr niederließ, verblassten die euklidischen Formen und verschwanden. Das Steuergerät klickte unter Gailets Hand, und sofort erschien eine neue Szene. Die Wand tat sich auf und gab den Blick auf eine große sandige Bucht frei. Wolken füllten den Himmel bis zu einem grauen Horizont, wo Sturm- und Gewitterwolken drohten. Brecher rollten weniger als 20 Meter entfernt an den Strand, so realistisch, dass sich Fibens Nüstern weiteten, als wollte er die salzige Brise riechen.

Gailet aber konzentrierte sich auf die Steuergeräte. »Dies dürfte der Preis sein, die Fahrkarte ins Glück«, hörte er sie murmeln. Die fast perfekte Landschaft begann zu flimmern, und an ihrer Stelle tauchte ein grüner Blätterwald auf – ein Urwald, fast greifbar im flimmernden grünen Dunst, wie auf einem jener mythischen »Fernsehgeräte«, die man aus romantischen Fiktionen der Vergangenheit kannte, bevor es Holotapeten gab. Fiben dachte über die Szene nach, die Gailet gewählt hatte. Und er wusste sofort, dass dies nicht ein Dschungel auf Garth war. Der Regenwald war von pulsierendem Leben erfüllt, eine einzige bunte, lebensfrohe Welt. Vögel flatterten von Ast zu Ast, und man konnte das Kreischen der Affen in den Bäumen hören.

Also ist es die Erde, dachte er und musste sich gleichzeitig fragen, ob es ihm die Galaxie jemals erlauben würde, seinen Traum zu erfüllen und einmal die Heimatwelt zu sehen. *Ziemlich unwahrscheinlich allerdings, so wie die Dinge liegen.*

Dann aber brachten ihn Gailets Worte in die Wirklichkeit zurück. »Ich möchte da noch etwas nachjustieren, um das Bild noch realistischer zu machen.« Der Geräuschpegel stieg an, und die Stimmen des Urwalds umrandeten sie jetzt wie eine stürmische See. *Was will sie denn überhaupt?*, fragte er sich.

Noch während Gailet sich mit der Lautstärke abmühte, machte sie mit der linken Hand eine Geste. Fiben blinzelte, wusste aber sofort Bescheid. Das war ein Zeichen in Babysprache, die alle Kinder benutzten, bevor sie der Sprache mächtig waren. Und die Geste sollte heißen:

Erwachsene hören mit.

Die Urwaldlaute schienen den Raum zu füllen, die Außenwände warfen ihr Echo zurück. »So«, sagte sie dann leise. »Jetzt können sie nicht mehr mithören. Wir können frei sprechen.«

»Aber …« Fiben wollte etwas einwenden, doch sie machte die gleiche Handbewegung. *Erwachsene hören zu …*

Und wieder einmal musste er über Gailets Klugheit staunen. Freilich wusste sie, dass diese Strategie die Schnüffler nicht davon abhalten konnte, jedes Wort mitzuhören. Doch vielleicht würden die Gubru und ihre Agenten denken, die Chims seien dumm genug, um daran zu glauben! Wenn sie sich nun so verhielten, als würden sie echt daran glauben, nicht abgehört werden zu können …

Das ist ein Netz im Netz, dachte Fiben. *Die perfekte Falle. Spionagearbeit vom Feinsten.* Doch irgendwie machte die Sache Spaß.

Auf jeden Fall war die Sache lebensgefährlich, das wusste er genau.

»Der Suzerain der Guten Sitten hat ein Problem«, sagte Gailet laut, die Hände in den Schoß gelegt.

»Das hat er dir gesagt? Aber wenn die Gubru wirklich in Schwierigkeiten sind, warum …?«

»Ich habe nicht wirklich *die Gubru* gemeint – obwohl ich glaube, dass es stimmt. Ich meine den Suzerain selbst. Der Priester muss sich irgendwann mächtig übernommen haben, und nun muss er wohl dafür bezahlen.«

Fiben aber saß einfach da und wusste nicht, ob er weinen oder lachen sollte, weil es für ihn schier unbegreiflich war, dass sich ein Alien-Lord herablassen sollte, dem Erdenwurm eines terranischen Klienten solche Dinge anzuvertrauen. Eine solche Vertraulichkeit hätte leicht ins Auge gehen können. »Und was soll das wohl gewesen sein?«, fragte er.

»Also, zunächst einmal«, fuhr Gailet fort und kratzte sich am Knie, »hat er vor einigen Monaten darauf bestanden, seine Elitetruppen und mehrere Wissenschaftler in die Berge zu schicken.«

»Und warum das?«

Gailets Miene wurde ernst. »Nun ja … sie sollten nach … nach Garthlingen suchen.«

»Nach *was?*« Fiben blinzelte. Dann musste er lachen. Doch das Lachen verging ihm, als er ihren warnenden Blick sah. Die Hand, mit der sie immer noch ihr Knie kraulte, machte eine warnende Geste.

»Nach Garthlingen«, wiederholte sie.

Bei allen guten Geistern, dachte Fiben. *Ignorante Chims mit gelber Karte erschrecken ihre Kinder, jagen ihnen Furcht mit Märchen über die Garthlinge ein.* Würden die neunmalklugen Gubru wohl auch auf solche Märchen hereinfallen?

Gailet kam die Geschichte aber nicht so lustig vor. »Du kannst dir vorstellen, Fiben, warum der Suzerain sich so erregen wird, wenn er erst einmal angenommen hat, dass es die Garthlinge wirklich gibt. Denk nur, was dies für ein fantastischer Coup für jeden Clan wäre, die Adoptionsrechte für eine vorbewusste, präsapiente Spezies geltend zu machen, die den Bururaller-Terror überlebt hat. Zumindest wäre die sofortige Übernahme der Pachtrechte der Erde die nächstmögliche Konsequenz.«

Fiben sah das ein. »Aber … aber was in aller Welt hat ihn darauf gebracht, dass …«

»Ich werde den Verdacht nicht los, als wäre unser tymbrimischer Gesandter Uthacalting für die Fixierung des Suzerains verantwortlich. Fiben, du erinnerst dich doch an jenen Tag, an dem du versuchtest, den diplomatischen Tresor der Tymbrimer aufzubrechen, und er explodierte.«

Fiben machte den Mund auf und schloss ihn wieder. Dann versuchte er krampfhaft nachzudenken. Welches Spielchen war es wohl, das Gailet diesmal zu spielen versuchte?

Der Suzerain wusste sehr wohl, dass Fiben derjenige Chim war, der sich geduckt seinen Weg bei all dem Rauch und Gestank zwischen den verschmorten Leichen der Gubru-Beamten gebahnt hatte – an jenem Tag, als die ehemalige tymbrimische Botschaft in die Luft flog. Er wusste auch, dass Fiben es war, der mit der Wache am Tresor sein Spiel gespielt hatte und direkt vor der Nase der Klauen-Soldaten über einen Steilhang entkommen war.

Wusste er es, weil es ihm Gailet erzählt hatte? Und wenn dem so war, hatte sie ihm auch etwas über jene geheime Botschaft gesagt, die Fiben im Tresor gefunden und Athaclena übergeben hatte?

Doch er konnte sie nicht befragen, weil ihm ihr warnender Blick den Mund verschloss. *Ich hoffe, sie weiß, was sie tut,* flehte er inständig. Fiben spürte, dass er feucht unter den Achseln wurde und wischte sich den Schweiß von der Stirn. »Weiter!«, sagte er mit trockener Stimme.

»Dein Besuch verletzte die diplomatische Immunität und lieferte den Gubru jene Ausrede, nach der sie suchten, um in den Tresorraum einzubrechen. Dann hatten sie das, was sie für einen richtigen Glücksfall hielten. Denn sie fanden einen Nachweis dafür, sogar schlüssige Beweise, dass sich der tymbrimische Botschafter höchst privat und auf eigene Faust mit dem Garthling-Problem befasst hatte.«

»Von *Uthacalting?* Aber …« Dann ging Fiben plötzlich ein Licht auf. Erst starrte er Gailet aus großen Augen an, dann machte er einen doppelten Salto, keuchte und versuchte, sein Lachen zu unterdrücken. Die Freude wollte ihm schier die Brust sprengen. Nur die kurze Sprechsperre, die bei Gailet eintrat, bewahrte ihn davor, dass sie ihn wie einen Schuljungen zurechtwies. Er keuchte, holte tief Luft und trommelte gegen seinen Brustkasten. »Verzeih mir«, sagte er dann kleinlaut.

»Nun glauben die Gubru, dass all diese Unterlagen eine Fiktion waren, nichts weiter als ein diplomatischer Trick«, fuhr sie fort.

Das ist kein Scherz, dachte Fiben bei sich.

»Uthacalting hatte verfügt, alle Entwicklungsunterlagen außer diesen fiktiven Daten aus dem Archiv auszuräumen, um dem Suzerain vorzutäuschen, dass etwas verheimlicht werden sollte. Es wird die Gubru eine Menge Zeit und Mühe kosten, um dahinterzukommen, dass sie Uthacalting an der Nase herumgeführt hat. So haben sie eine Planetarbibliothek der Forschungsklasse eingeflogen, haben oben in den Bergen ein paar Wissenschaftler und Soldaten verloren, bevor sie merkten, wie der Hase lief.«

»Verloren?«, hakte Fiben nach. »Wieso *verloren?*«

»Chim-Partisanen«, erwiderte Gailet knapp. Und wieder war da dieser warnende Blick. *Na komm schon, Gailet,* dachte er. *Schließlich bin ich nicht ganz bekloppt.* Fiben wusste nur zu gut, dass er weder Athaclena noch Robert erwähnen durfte. Er schrak sogar davor zurück, überhaupt an sie zu denken.

Dennoch konnte er ein Lächeln nicht unterdrücken. Vor allem, weil die Kwackoo so höflich waren! Wenn schon Chims einen intelligenten Krieg führen wollten und dies gemäß den offiziellen Regeln, dann mussten alle Chims mit einem Minimum an Respekt behandelt werden.

»Die Berg-Chims haben den ersten Tag überlebt! Sie müssen die Invasoren schwer getroffen haben und setzen ihnen jetzt noch zu.« Er wusste, dass er sich einigermaßen ins Zeug legen konnte. Das würde die Sache nur noch verschärfen.

Gailet lächelte dünn. Diese Neuigkeiten mussten gemischte Gefühle hervorrufen. Denn immerhin war sie mit ihren Plänen doch ziemlich gescheitert.

So, dachte Fiben. *Uthacaltings hinterhältiger Scherz hatte die Gubru davon überzeugt, dass es auf diesem Planeten etwas gab, das mindestens so bedeutend war wie der Wert der Kolonie als Pfand. Garthlinge! Man stelle sich das vor. Sie waren in die Berge gezogen, um einem Mythos nachzujagen. Und irgendwie hatte der General eine Möglichkeit gefunden, sie zu verwunden, sobald sie in Reichweite waren.*

Ach, es tut mir so leid für all das, was ich über ihren alten Herrn gedacht habe! Welch ein großartiger Scherz, Uthacalting, welch eine Idee!

Nun aber wussten die Invasoren Bescheid. Und ich frage mich, ob sie nicht vielleicht …

Fiben schaute auf und merkte, dass ihn Gailet beobachtete, als wollte sie seine geheimsten Gedanken lesen. Zumindest aber schien Fiben begriffen zu haben, warum sie nicht frank und frei sprechen konnte.

Wir müssen eine Entscheidung treffen, kam es ihm plötzlich in den Sinn. *Sollten wir versuchen, die Gubru zu belügen?*

Er und Gailet hätten freilich versuchen können, auf Uthacaltings Scherz noch einen draufzusetzen und den Spaß noch eine Weile zu treiben. Vielleicht konnten sie den Suzerain dazu bringen, zumindest noch einmal in den Bergen nach den mythischen Garthlingen zu suchen. Das wäre wohl den Aufwand wert, um eine weitere Klauen-Elite in die Reichweite der Bergpartisanen zu locken.

Doch waren sie beide klug und gewitzt genug, um eine solche Sache durchzuziehen? Er konnte sich kaum vorstellen, wo so etwas hinführen mochte. *O ja, Massa, da gibt es überall Garthlinge zuhauf, jawohl, Boss, auf Ehre und Gewissen. Sie können einem ehrlichen Chim trauen, Massa.* Oder man konnte auch die umgekehrte

Psychologie anwenden, um den Gegner zu reizen. *Führe mich nicht in Versuchung …*

Doch keine dieser Möglichkeiten durfte wohl jener Methode entsprechen, mit deren Hilfe Uthacalting die Gubru an der Nase herumführte. Der gescheite, trickreiche Tymbrimer hatte seine Gegner auf eine sehr subtile Weise in die Irre geführt. Fiben aber dachte nicht im Traum daran, auf der Basis eines so hinterhältigen, komplizierten und ausgeklügelten Plans zu operieren.

Sollten sie sich – er und Gailet – gezwungen sehen, die Gubru anzulügen, bestand immerhin die Gefahr, disqualifiziert zu werden und das Angebot des Suzerains nicht annehmen zu können. Fiben hatte keine Ahnung, was diese Kreatur eigentlich mit ihnen vorhatte. Immerhin war es eine Chance herauszufinden, warum die Invasoren in solcher Eile solche Großbauten hier an der Küste der Cilmar-See hochzogen. Diese Information konnte von entscheidender Bedeutung, ja sogar lebenswichtig sein.

Dennoch war es das Risiko nicht wert, meinte Fiben schließlich.

Nun musste er überlegen, wie er seine Gedanken Gailet mitteilen sollte.

»Selbst eine hochentwickelte Spezies kann Fehler begehen und Irrtümern erliegen«, sagte er langsam und betont. »Besonders dann, wenn sie sich auf einer fremden Welt befindet.« Und indem er so tat, als würde er nach einem Floh suchen, machte er eine Geste in Babysprache, die da heißen sollte: *Ist das Spiel jetzt beendet?*

Gailet schien einverstanden, weil sie ihm zunickte. »Die Missverständnisse sind jetzt ausgeräumt. Sie wissen, dass die Garthlinge nichts weiter als ein Mythos sind. Die Gubru sind nun überzeugt, dass dies nur ein tymbrimischer Köder war. Wie dem auch sei: Ich habe den Eindruck, dass die anderen Suzerains – die das Kommando mit dem Priester teilen – weitere sinnlose Streifzüge in die Berge genehmigen würden, wo sie dann von den Guerillas vernichtet werden.«

Fiben warf den Kopf zurück. Sein Herz schlug für ein paar Augenblicke schneller. Dann erst begriff er, was Gailet gemeint hatte … wie das letzte Wort, das sie gesprochen hatte, auszulegen war. Homonyme gehörten zu jenen unangenehmen Resten, die ins Anglic übernommen worden waren, die aus dem Altenglischen, Chinesischen und Japanischen stammten und immer wieder zu Fehlinterpretationen führten. Während die galaktischen Sprachen sorgfältig konstruiert waren, um den Informationsgehalt zu maximieren und Zweideutigkeiten zu eliminieren, waren die Wolflingersprachen ungeregelt und ungepflegt ins Kraut geschossen mit einer Menge Idiosynkrasien, wie etwa Wörtern, die zwar ähnlich klangen, sich aber im Sinn total unterschieden.

Fiben stellte fest, dass er die Hände zu Fäusten geballt hatte, und versuchte sich zu entspannen. *›Guerillas‹, nicht ›Gorillas‹. Also wusste sie nichts über das Entwicklungsprojekt in den Bergen,* sagte sich Fiben noch einmal. *Sie hat keine Ahnung, wie ironisch sich ihre Bemerkung anhörte.*

Dies war ein weiterer Grund dafür, Uthacaltings »Scherze« ein für alle Mal zu beenden. Der Tymbrimer konnte kaum mehr über das Howletts Center wissen als seine Tochter. Hätte er nämlich über die geheimen Experimente Bescheid gewusst, die hier durchgeführt wurden, hätte er sich mit Sicherheit einen anderen Trick ausgedacht als den, die Gubru immer wieder in die gleichen Berge zu scheuchen.

Die Gubru dürfen auf keinen Fall wieder in die Berge gehen, dachte er. *Ein Glück, dass sie die Gorillas noch nicht entdeckt haben.*

»Dumme Vögel«, sagte er, auf Gailets Linie einschwenkend. »Dass die auf eine alte Legende hereinfallen – das halt ich im Kopf nicht aus. Was kommt nach den Garthlingen? Peter Pan?«

Gailet aber schaute ihn strafend an. »Du musst versuchen, etwas respektvoller zu sein, Fiben.« Dennoch spürte er, dass sie ihm insgeheim zustimmte. Wahrscheinlich hatten sie verschiedene Gründe, doch Uthacaltings Scherz war jetzt zu Ende.

»Alles, was jetzt geschieht, Fiben, ist unsere Sache.«

»Unsere Sache? – Wieso?« Fiben blinzelte.

»Ich nehme an, dass der Krieg für die Gubru nicht sehr günstig verläuft. Sie haben mit Sicherheit das Delfin-Schiff nicht gefunden, nach welchem alle Welt jagt und sucht, irgendwo am anderen Ende der Galaxis. Und dass sie Erdenmenschen als Geiseln genommen haben, scheint vorerst weder die Erde noch die Tymbrimer zu stören. Das alles hat nur dazu beigetragen, den Widerstand zu stärken und Terra bei bisher noch neutralen Völkern einige Sympathien einzubringen.«

Fiben runzelte die Stirn. Es war schon eine ganze Weile her, dass er über Sinn und Zweck der ganzen Sache nachgedacht hatte – über den Aufruhr, der wie ein Lauffeuer durch die Fünf Galaxien raste, über die *Streaker,* über die Belagerung von Terra. Doch was wusste Gailet *wirklich,* und was war reine Spekulation?

Die Tapete an der Wand direkt neben ihm zeigte einen großen schwarzen Vogel mit grell gefärbtem Schnabel und weit ausgebreiteten Schwingen. Der Vogel trat einen Schritt vor und schaute Gailet und Fiben erst mit dem einen, dann mit dem anderen Auge an. Der Tucan erinnerte Fiben an den Suzerain der Guten Sitten – und ihn schauderte.

»Wie dem auch sei«, fuhr Gailet fort, »scheint dieses Unternehmen auf Garth ein Aderlass zu sein, ein aufwendiges und kostspieliges Unternehmen, das die Gubru kaum verkraften können, besonders dann nicht, wenn der Frieden wieder in die Galaktische Gemeinschaft einkehrt und das Institut für Zivilisierte Kriegsführung sie zwingt, den Planeten wieder freizugeben. Also schaut bei diesem Unternehmen kein Profit für sie heraus.«

Fiben hatte eine Eingebung. »All diese Bauten im Süden sind wohl ein Teil des Plans, nicht wahr? Vielleicht will der Suzerain auf diese Weise seinen Kopf aus der Schlinge ziehen?«

Gailet schürzte die Lippen. »Wenn du so willst, ja. Bist du dahintergekommen, was sie da eigentlich bauen?«

Der bunte Vogel auf dem Ast kreischte laut und schien Fiben anzulachen. Doch als dieser genau hinschaute, war der Vogel schon wieder emsig damit beschäftigt, Würmer vom Waldboden aufzupicken. Fiben schaute Gailet an. »Sag du es mir – vielleicht weißt du es besser.«

»Ich kann mich nicht mehr genau daran erinnern, was der Suzerain gesagt hat. Er war ziemlich nervös, wie du selbst gesehen hast.« Sie schloss für einen Moment die Augen. »Würde … würde dir eine *Hyperraum-Weiche* etwas sagen?«

Der Vogel an der Wand flatterte in einem Wirbel von Federn und Blättern auf, als Fiben auf die Füße sprang und mehr als einen Meter zurückwich. Er starrte Gailet ungläubig an.

»Eine *was?* Aber das … das ist doch Irrsinn! Eine Weiche auf der Oberfläche eines *Planeten* bauen? Das ist doch …«

Dann schwieg er und musste an die große schimmernde Schüssel und an die Mammut-Kraftwerke denken. Fiben presste die Lippen zusammen, faltete die Hände Daumen an Daumen. In dieser Haltung brachte sich Fiben in Erinnerung, dass er offiziell fast als Mensch galt – und dass er als ein solcher denken musste, wenn er sich solch unmöglichen Dingen gegenübersah. »Wozu …«, flüsterte er, während er seine Lippen leckte und sich auf die Worte konzentrierte, »wozu soll das gut sein?«

»Ich bin mir darüber noch nicht recht im Klaren«, meinte Gailet. Ihre Stimme wurde durch die Geräusche des fiktiven Waldes fast übertönt. Ihr Finger zeichnete ein Muster auf den Teppich als Zeichen ihrer Unsicherheit. »Ich glaube, dass dies ursprünglich für irgendeine Art von Zeremonie gedacht war, wenn es ihnen gelungen wäre, Garthlinge aufzustöbern und sie gefügig zu machen. Jetzt aber braucht der Suzerain einen Grund, um die Investitionen zu erklären und eine andere Verwendung für seine Weiche zu finden.

Wenn ich den Gubru-Führer richtig verstanden habe, Fiben, dann soll die Einrichtung für uns verwendet werden.«

Fiben setzte sich wieder hin. Und sie schauten sich eine Weile nicht an. Um sie herum waren nur die verstärkten Urwaldlaute, die Farben eines leuchtenden Nebels, der im Laub eines holografischen Regenwaldes waberte, und das unhörbare Gemurmel ihrer eigenen inneren, unsicheren Angst. Das Faksimile eines großen Vogels beobachtete sie eine Zeit lang aus wachen Augen – ein Vogel, der auf dem Faksimile eines Astes saß. Und als sich der geisterhafte Nebel in einen substanzlosen Regen verwandelte, breitete der Vogel seine substanzlosen Schwingen aus und flog davon.

60 Uthacalting

Der Thennaniner war so verstockt, dass man wahrscheinlich nicht zu ihm durchdringen konnte.

Kault sah aus wie die Karikatur eines typischen Thennaniners, eines Vertreters seiner Spezies: unerschütterlich, felsenfest, zu jeder Schandtat bereit und obendrein so vertrauensselig, dass es Uthacalting schier an den Rand der Verzweiflung trieb. Die Glyphe *teev'nus* konnte Uthacaltings Verwirrung kaum ausdrücken, die jeder Beschreibung spottete. Im Lauf der letzten Tage hatte etwas anderes in den Fühlern seiner Corona Gestalt angenommen – etwas, das ihn an eine menschliche Metapher erinnerte.

Uthacalting merkte, dass er sich bald »verpissen« wollte.

Wie aber sollte er Kault misstrauisch machen? Uthacalting fragte sich, ob er in Kaults Träume eindringen und ihm seine Gedanken suggerieren sollte. Oder wäre es besser, das ganze Szenario aufzuschreiben und die losen Blätter einfach liegenzulassen, an einer Stelle, wo Kault sie dann finden würde?

Uthacalting wusste nur zu gut, dass *innerhalb einer Spezies Einzelwesen sehr verschieden sein konnten*. Und Kault stellte eine Anomalie dar, die selbst bei Thennaninern selten vorkam. Immerhin würde er keine Gelegenheit mehr haben, hinter seinem tymbrimischen Gefährten herzuspionieren. Uthacalting aber konnte bis heute noch nicht begreifen, wie Kault es geschafft hatte, so hoch auf die diplomatische Leiter zu klettern.

Zum Glück waren die negativen Aspekte der thennaninischen Kultur bei Kault weniger ausgeprägt. Kaults Parteigänger waren anscheinend nicht so scheinheilig und eingebildet, nicht so sehr von ihrer Rechtschaffenheit überzeugt wie diejenigen, die im

Augenblick die Politik bestimmten. Umso bedauerlicher, dass Uthacaltings Vorstoß – sollte er je gelingen – darauf abzielte, den gemäßigten Flügel noch mehr zu schwächen.

Bedauerlich zwar – doch es musste ein Wunder geschehen, um Kaults Gruppe jemals wieder an die Macht zu bringen, dachte Uthacalting.

Aber so, wie die Dinge liefen, musste er alle moralischen Bedenken beiseiteschieben und durfte nicht über die möglichen Folgen seines praktischen Scherzes nachdenken. Bis zu diesem Augenblick hatte er noch so gut wie nichts erreicht. Es war eine eher frustrierende Reise. Zumindest aber – und dies war der einzige Trost – war man hier frei und nicht in ein Gubru-KZ gesperrt.

Sie befanden sich im weiten, gewellten Hügelland, das immer mehr und unaufhaltsam zu den Hängen der Mulun-Berge aufstieg. Das armselige, spärliche Ökosystem der Ebene wich allmählich zurück und machte einer weniger monotonen Szene Platz – Zwergbäumen, Buschwerk und erodierten Terrassen, deren rotbraune Sedimentschichten im Morgenlicht glitzerten, als würden sie sich an längst vergangene Tage erinnern.

Als sie sich auf dem Wanderpfad allmählich dem Gebirge näherten, ging Uthacalting zielsicher auf ein blaues Licht zu, das am Horizont blinkte – ein blasser Schein, den er gelegentlich ausmachen konnte. Und er wusste sicher, dass Kaults optische Sinne diesen Funken überhaupt nicht wahrnehmen konnten. Denn so war die ganze Sache gedacht, darauf beruhte sein Plan.

Während er vertrauensvoll dem Blinklicht folgte, das in Abständen aufleuchtete, versuchte Uthacalting, irgendwelche Spuren zu finden, Spuren zu legen und Spuren zu verwischen. Wenn er auf ein Steinwerkzeug stieß, schaffte er es beiseite, machte sich heimlich Notizen und steckte sie schnell ein, sobald sein Gefährte näher kam.

Nun hätte auch ein Blinder mit dem Krückstock merken können, dass hier etwas nicht mit richtigen Dingen zuging, hätte nachgedacht und Fragen gestellt. Aber man hätte nicht Kault heißen dürfen, um misstrauisch zu werden. Kault aber stellte keine Fragen.

Grad an diesem Morgen war der Thennaniner an der Reihe, den Führer zu machen. Ihr Weg führte am Rand einer sumpfigen Fläche entlang, die immer noch von den Herbstregen dampfte. Hier gab es einige Fußspuren, die ihren Pfad kreuzten, höchstens ein paar Stunden alt. Sie stammten offensichtlich von einem Wesen, das sich auf zwei Beinen fortbewegte und sich mit der Faust abstützte. Doch Kault marschierte über die Spuren hinweg, öffnete seine breiten Kiemen, schnüffelte und lobte lauthals die frische Luft des Tages.

Uthacalting musste mit Bedauern feststellen, dass dieser Teil seines Plans wohl ein Schuss in den Ofen war. Vielleicht sollte sein Plan überhaupt nicht zum Tragen kommen.

Mag sein, dass ich vielleicht einfach nicht klug genug bin. Vielleicht haben Kaults Spezies und die meine die allerdümmsten Exemplare für diese Mission auf dem verlorenen Planeten am Arsch der Galaxis ausgewählt.

Selbst unter den Menschen musste es solche geben, die mit Sicherheit besser und klüger verfahren wären, so etwa einer jener legendären Agenten des Terragenen Rates.

Allerdings waren, als das Unheil hereinbrach, keine Agenten oder schöpferische Tambrimer auf Garth anwesend. Also war er gezwungen, den besten Plan zu verwirklichen, den er fertigbrachte.

Nun musste sich Uthacalting fragen, wie wohl die andere Hälfte seines Plans funktioniert hatte. Zweifellos waren die Gubru auf ihn hereingefallen – fragte sich nur, wie weit und wie lang? Und was hat sie das wohl alles gekostet – wie viel Aufwand und Kosten? Was aber vom Standpunkt eines galaktischen Diplomaten wichtiger war – wie weit waren die Gubru behindert und schockiert?

Wenn die Gubru ebenso hartnäckig, stur und langsam waren wie Kault …

Doch nein, die Gubru sind zuverlässig, sagte sich Uthacalting. *Denn zumindest waren sie geschickt, tüchtig und erfahren, was Täuschung und Heuchelei betraf.* Insofern waren sie leichter zu bekämpfen als die Thennaniner.

Er beschattete die Augen, um zu sehen, wie sich der Tag gestalten würde. Die Luft wurde wärmer. Da war ein huschendes Geräusch wie von brechendem Blätterwerk. Kault tauchte einige Meter hinter ihm auf, summte in tiefem Bass eine Art Marschlied vor sich hin und fegte mit einem langen Stock die Blätter vor seinen Füßen weg. Uthacalting aber war ebenso überrascht wie verblüfft. *Wenn sich unsere Spezies offiziell im Kriegszustand befinden – warum fällt es Kault so schwer zu merken, dass ich offensichtlich etwas vor ihm verberge?*

»Hmmmp«, grunzte der große Thennaniner, während er sich näherte. »Kollege, warum sind wir stehen geblieben?«

Er sprach Anglic. Denn vor ein paar Tagen hatten sie ausgemacht, jeden Tag eine andere Sprache zu benutzen, allein um sich zu üben. Uthacalting zeigte zum Himmel. »Es ist fast Mittag, Kault. Gimelhai wird allmählich sehr heiß. Wir sollten uns lieber ein schattiges Plätzchen suchen und aus der Sonne gehen.«

Kaults lederner Kamm blähte sich auf. »Aus der Sonne gehen? Aber wir sind ja nicht *in* – oha. Aha. Ha Ha. Wieder so eine Wolflinger Redewendung. Sehr drollig. Aber du hast recht, Uthacalting. Wenn Gimelhai den Zenit erreicht, kommt man sich wirklich vor, als müsste man in seinem eigenen Fett schmoren. Also lass uns nach einem schattigen Plätzchen suchen.«

Auf einer nahen Hügelkuppe standen ein paar Zwergbäume und ein paar Büsche. Diesmal war es Kault, der voranging und mit seinem Buschmesser eine Bresche durch das hohe, verfilzte Gras schlug.

Mit dieser Arbeitsteilung waren sie bisher sehr gut gefahren.

Kault leistete die Schwerarbeit, um eine komfortable Nische einzurichten, tief unten, wo der Boden kühl war. Uthacalting aber mit seinen zarteren Händen schlug eine Art Zelt auf, indem er den weiten Mantel des Thennaniners im Boden verankerte. Dann lehnten sie sich an ihr Gepäck wie in einen Sessel und machten eine Art Siesta, bis die heißesten Stunden des Tages vorbei waren.

Während Uthacalting vor sich hindöste, nutzte Kault die Zeit, um Daten zu notieren und Proben in seinem Schurz zu sammeln. Er klaubte Zweige, Beeren, Erdkrumen auf, zerrieb sie zwischen seinen großen kräftigen Fingern und hielt sich Staub und Pulver dicht an die Kiemen, bevor er sie mit Hilfe jener wenigen Instrumente untersuchte, die er aus den Trümmern der havarierten Yacht gerettet hatte.

Der Eifer des Thennaniners war für Uthacalting besonders frustrierend, weil Kaults ernstgemeinte Untersuchungen des Ökosystems nicht einen einzigen Beweis dafür erbracht hatten, dass Uthacalting richtiglag, als er diesen Weg einschlug. *Wahrscheinlich,* überlegte er, *mochte es daran liegen, dass er alles auf sich selbst bezog.* Die Thennaniner waren ein höchst systematisches Volk. Und möglicherweise wurde Kault durch seine Weltanschauung daran gehindert, Dinge zu erkennen, die nicht ins Muster passten, das er sich durch seine gründlichen Studien zurechtgelegt hatte.

Ein interessanter Gedanke. Uthacaltings Corona war drauf und dran, eine Glyphe zustimmender Bewunderung und Überraschung zu bilden, als er plötzlich dahinterkam, dass die thennaninische Methode gar nicht so verkehrt war. Zunächst hatte er angenommen, dass es Dummheit oder Kurzsichtigkeit war, die Kault davon abhielt, über seine Fallen zu stolpern, aber …

Wie dem auch sei, all diese Dinge sind nichts weiter als Täuschung und Lüge. Mein Verbündeter draußen im Busch legt Zeichen und Hinweise für mich aus, um zu »finden« und zu »verbergen«. Und wenn Kault solche Zeichen ignoriert, liegt das dann an seiner seltsamen Weltanschauung, die seinen Blick trübt? Eigentlich hat es ganz danach ausgesehen, dass man ihn unmöglich hinters Licht führen kann!

Wie dem auch sei, wahr oder unwahr – es war eine interessante Idee.

Syrtunu entstand und versuchte abzuheben, doch Uthacaltings Corona war zu schwach, um der Glyphe auf die Sprünge zu helfen.

Dafür wanderten seine Gedanken zu Athaclena.

Er wusste, dass seine Tochter immer noch am Leben war. Wenn er mehr erfahren wollte, dann musste er sich der Psi-Geräte des Feindes bedienen. Dennoch spürte er deutlich einen Unterton, der in diesen Spuren mitschwang – auf den *nahakieri*-Ebenen des Gefühls – der ihm sagte, dass er noch einiges über Athaclena erfahren würde, sollten sie sich jemals in dieser Welt wiedersehen.

»Letzten Endes gibt es auch Grenzen, was die elterliche Fürsorge betrifft«, schien ihm eine sanfte Stimme zuzuflüstern, während er allmählich in einen Halbschlaf glitt. *»Außerdem müssen Kinder ihr Schicksal selbst meistern.«*

Und was ist mit den Fremden, die in ihr Leben treten?, fragte Uthacalting die schimmernde Gestalt seiner längst verstorbenen Frau, die jenseits seiner geschlossenen Augenlider vor ihm zu schweben schien.

»Mann, was soll schon mit ihnen sein? Auch diese werden sie formen, und sie wiederum diese. Doch unsere eigene Zeit verebbt.«

Ihr Gesicht war so klar … Dies war ein Traum, wie ihn angeblich menschliche Wesen hatten, der aber bei Tymbrimern selten war. Er war fast greifbar, und die Botschaft wurde durch Worte, nicht durch Glyphen vermittelt. Ein Strom von Emotionen ließ seine Fingerspitzen erbeben.

Mathiculannas Augen rückten weit auseinander, und ihr Lächeln erinnerte ihn an jenen Tag in der Hauptstadt, als ihn ihre Corona zum ersten Mal berührt hatte … und wie er mitten in einer belebten Straße plötzlich stehen geblieben war. Halb geblendet durch eine namenlose Glyphe war er ihren Spuren durch Alleen, über Brücken, an dunklen Cafés vorbei gefolgt und hatte verzweifelt nach ihr gesucht, bis er sie endlich fand, auf einer Bank, wo sie auf ihn wartete, keine zwölf sistaars von jenem Ort entfernt, wo er sie erstmals wahrgenommen hatte.

»Siehst du?«, fragte die Traumgestalt mit der Stimme jenes Mädchens von einst. *»Wir sind geformt. Wir verändern uns, wir haben uns verändert. Doch wir bleiben trotzdem diejenigen, die wir einst waren.«*

Uthacalting rührte sich. Das Bild seiner Frau zerfiel und verschwand in rollenden Lichtwellen. Die Glyphe *syullf-tha* schwebte im Raum an jener Stelle, wo sie gestanden hatte … ein Gleichnis für ein Rätsel, das noch nicht gelöst war.

Er seufzte, setzte sich auf und rieb sich die Augen.

Aus irgendwelchen Gründen glaubte Uthacalting, dass das helle Tageslicht die Glyphe verscheuchen würde. Doch jetzt musste er feststellen, dass die Glyphe mehr als ein Traum gewesen war. Ohne seinen Willen schwebte sie hoch und entfernte sich langsam von Uthacalting, schwebte auf seinen Gefährten, den großen Thennaniner zu.

Kault saß Rücken an Rücken mit Uthacalting, immer noch in seine Studien vertieft, ohne zu merken, dass sich *syullf-tha* verwandelt hatte … und auf subtile Weise zu *syulff-kuonn* wurde. Die Glyphe senkte sich langsam über Kaults steifen Kamm, sank tiefer hinab, drang in ihn ein und verschwand. Uthacalting aber schaute erstaunt zu, als Kault grunzte und aufschaute. Die Kiemen des Thennaniners flatterten, während er seine Instrumente beiseitelegte und sich Uthacalting zuwandte.

»Da gibt es etwas sehr Merkwürdiges, Kollege. Irgendetwas, das ich mir nicht erklären kann.«

Uthacalting aber befeuchtete die Lippen, bevor er antwortete. »Sag mir, was dich stört oder was dir Sorgen macht, geehrter Gesandter.«

Kaults Stimme hörte sich an wie Donnergrollen. »Da scheint

es doch wirklich ein Wesen zu geben … irgendein Wesen, das vor nicht zu langer Zeit über diesen Pfad gewandelt ist. Spuren seiner Mahlzeiten und auch das Gegenteil habe ich schon vor einigen Tagen entdeckt. Es ist sehr groß … viel zu groß für eine Kreatur von Garth.«

Uthacalting wusste nur zu gut, dass *syulff-kuonn* sich stets erfolgreich durchsetzte, wo so manch andere, subtilere und stärkere Glyphe kläglich versagte. »Wirklich? Ist dies von Bedeutung?«

Kault aber schwieg, als wüsste er nicht, ob es klug sei, noch mehr zu verraten. »Mein Freund, es ist recht seltsam. Immerhin wage ich zu behaupten, dass es seit dem Bururaller-Terror noch kein Tier geschafft hat, so hoch in diese Buschlandschaft hinaufzuklettern. Und die Art, wie es sich fortbewegt, ist höchst seltsam.«

»Seltsam – wieso?«

Kaults Kamm schwoll rhythmisch an, ein Zeichen für seine Verwirrung und Unentschlossenheit. »Ich hoffe, dass du mich nicht auslachst, Kollege!«

»Dich auslachen? Wie käme ich dazu?«, gab Uthacalting entrüstet zurück, obwohl genau das Gegenteil der Fall war.

»Also will ich's dir verraten. Ich bin überzeugt, dass dieses Wesen *Hände* hat, Uthacalting. Da bin ich sicher.«

»Hm«, machte Uthacalting, ohne sich weiter darauf einzulassen. Seinen Kommentar behielt er für sich.

Der Thennaniner dämpfte seine Stimme. »Da waltet ein Geheimnis, Kollege. Hier auf Garth sind seltsame Dinge im Gange.«

Uthacalting unterdrückte seine Corona und glättete seine Miene. Jetzt erst wusste er, warum *syulff-kuonn,* diese Glyphe – die Vorwegnahme, aber auch die Bestätigung eines gelungenen Scherzes – sich durchsetzen konnte, dort, wo vorher alle anderen Glyphen versagt hatten.

Dieser Scherz ging auf meine Kosten!

Uthacalting schaute unter dem Rand ihres Sonnenschutzdachs hervor und sah, dass der helle Nachmittag durch einen

Widerschein, der von jenseits der Berge kam, in bunten Farben zu glühen begann.

Hier draußen im Busch hatte sein Bündnispartner wochenlang »Spuren« gelegt, seit die tymbrimische Yacht gestrandet war, und dies genau an jener Stelle, die Uthacalting gezielt für die Bruchlandung vorgesehen hatte – nämlich an der Grenze des Marschlandes südöstlich von den Bergen. Der kleine Jo-Jo – dieser leicht behinderte Chim, der kaum sprechen konnte und sich nur mit Gesten verständigte – lief getreu und brav vor Uthacalting her, nackt wie ein Tier, legte Fußspuren, verstreute Steinwerkzeug auf seinem Weg und hielt durch die blaue Wächterkugel ständigen Kontakt mit Uthacalting.

Dies alles war Teil eines ausgeklügelten Plans, um den Thennaniner zu überzeugen, dass auf Garth präsapientes, entwicklungsfähiges Leben vorhanden war. Doch Kault hatte nichts von alldem bemerkt, hatte auch all die Hinweise übersehen, die offen auf der Hand lagen.

Nein. Was Kault schließlich auffiel, war Jo-Jo *selbst* … besser die Spuren, die der kleine Chim, der vor ihnen herlief, zurückließ und sie schließlich dorthin führte, wo sein Meister sie haben wollte.

Uthacalting konnte zufrieden feststellen, dass die Glyphe *syulffkuonn* genau die richtige war. Also war ihm der Spaß gelungen.

Und noch immer glaubte er, Mathiculannas Stimme zu hören. *»Du kannst nie wissen …«* Zumindest klang die Stimme so in seinen Ohren.

»Erstaunlich«, sagte er zu dem Thennaniner. »Erstaunlich und faszinierend.«

Athaclena 61

Gelegentlich kam es ihr seltsam vor, dass sie sich an die Umwandlung zu gewöhnen begann. Die neugeordneten Nervenenden, die neu verteilten Fettgewebe, ihre vorspringende, jetzt schon humanoide Nase – all dies waren Dinge, an die sie sich im Lauf der Zeit bereits so sehr gewöhnt hatte, dass sie daran zweifelte, ob es ihr je gelingen würde, in ihre tymbrimische Standardgestalt zurückzufinden.

Athaclena erschrak jedes Mal, wenn dieser Gedanke in ihr auftauchte.

Bis jetzt hatte sie gute Gründe dafür gehabt, dieses menschliche Erscheinungsbild zu bewahren. Denn solange sie eine Armee halbentwickelter Wolflinger-Klienten anführte, war es nur von Vorteil, wenn sie wie ein menschliches Wesen aussah. Denn zwischen ihr, den Chims und den Gorillas war dadurch so etwas wie ein heimliches Band vorhanden.

Und auch mit Robert, wusste sie.

Würden sie jemals wieder Seite an Seite sitzen und das traute Beisammensein genießen, das zwischen den verschiedenen Spezies eigentlich verboten war? Im Augenblick sah es leider nicht danach aus. Ihre Verbindung existierte im Augenblick nur auf dem Papier, das heißt auf einem Stück Baumrinde, unterschrieben, gestempelt und gesiegelt – ein nützliches politisches Dokument. Ansonsten war nichts mehr wie früher.

Sie schaute zu Boden. Im trüben Wasser zu ihren Füßen erblickte Athaclena ihr eigenes Spiegelbild. »Weder Fisch noch Fleisch«, murmelte sie auf Anglic, ohne zu wissen, wo sie diesen Ausspruch gelesen oder gehört hatte, dessen methaphorischer

Inhalt ihr aber bekannt war. Ein junger Tymbrimer, der sie in ihrer jetzigen Gestalt erblickt hätte, würde sich vor Lachen ausschütten. Und was Robert anging, hatte sie sich ihm noch vor einem Monat sehr nahe gefühlt. Seine wachsende Zuneigung ihr gegenüber – sein roher Wolflinger-Hunger – hatte sie auf seltsame Weise entzückt und bezaubert.

Nun ist er wieder unter seinesgleichen, und ich bin allein.

Athaclena schüttelte den Kopf und beschloss, solche Gedanken zu vertreiben. Sie nahm eine Flasche und zerstörte ihr Spiegelbild, indem sie den Inhalt ins Wasser goss. Flockiger Schlamm wirbelte hoch und zerriss das feine Schattengespinst der Ranken, das über dem Wasser lag.

Dies war der letzte Teich einer Kette kleiner Gewässer, einige Kilometer von den Höhlen entfernt. Bei ihrer Arbeit musste sich Athaclena konzentrieren und sorgfältig Buch führen, wusste sie doch, dass sie kein ausgebildeter Wissenschaftler war und dass sie diesen Umstand durch Präzision wettmachen musste. Ihre einfachen Experimente wiesen allmählich vielversprechende Resultate auf. Und wenn ihre Assistenten aus dem Nachbartal, die sie ausgesandt hatte, um entsprechende Daten zu sammeln, rechtzeitig zurückkehrten, so hätte sie einiges in der Hand, um Major Prathachulthorn zu imponieren.

Ich mag vielleicht aussehen wie ein Monster, doch ich bin immer noch eine Tymbrimerin! Und ich werde meine Nützlichkeit beweisen, selbst wenn die Erdenmenschen nicht viel von mir halten.

Ihre Konzentration ließ sie so tief in Gedanken versinken, und der Wald um sie herum war so still, dass die Worte, die plötzlich an ihr Ohr drangen, wie Donnerschläge wirkten.

»Da bist du also, Clennie! Ich habe schon überall nach dir gesucht.« Athaclena wirbelte herum, wobei sie fast ein Röhrchen voll bernsteingelber Flüssigkeit verschüttet hätte. All die Ranken und Lianen kamen ihr plötzlich vor wie ein Netz, in dem sie sich verfangen sollte. Ihr Puls begann für einen Sekundenbruchteil zu rasen, bis sie endlich *Robert* erkannte, der von einer hochgewölbten Wurzel einer gewaltigen Eiche auf sie herabschaute.

Er trug Mokassins, ein weiches, leichtes Lederwams und Gamaschen. Mit dem Bogen über der Schulter und dem Köcher sah er aus wie ein Held jener alten Märchen, die ihr ihre Mutter vorgelesen hatte, als Athaclena noch ein Kind war. Es dauerte länger, sich zu fassen, als ihr lieb war.

»Robert. Du hast mich erschreckt.«

»Tut mir leid, das habe ich nicht gewollt«, gab er zurück.

Sie aber wusste genau, dass dies nicht ganz stimmte. Roberts Psi-Schild war besser denn je, und offensichtlich war er stolz, dass er sich unbeobachtet heranpirschen konnte. Eine simple, aber deutliche Version von *kiniwullun* flackerte wie eine Art Heiligenschein über seinem Kopf. Wenn sie ihn aus schmalen Augenschlitzen betrachtete, hätte sie fast geglaubt, ein junger Tymbrimer stünde vor ihr …

Athaclena erschauerte. Denn sie hatte bereits beschlossen, die Dinge nicht auf die Spitze zu treiben. »Komm runter, Robert, und setz dich zu mir! Und erzähl mir, was du die ganze Zeit getrieben hast.«

Robert hielt sich an einer Ranke fest, schwang sich leicht auf den schlammigen Boden und stieg über den Platz hinweg, wo ihr Experimentierkasten am Rande eines dunklen Teiches lag. Dann legte er Bogen und Köcher ab und setzte sich mit gekreuzten Beinen hin.

»Ich habe mich ein bisschen umgesehen, ob sich etwas Brauchbares finden lässt.« Er zuckte die Achseln. »Der Major hat endlich damit aufgehört, mich nach Informationen auszuquetschen. Nun soll ich als eine Art Moralapostel für Chims dienen.« Dann aber sprach er in einer Art Diskant weiter, während er den Major nachäffte. »Wir müssen unsere kleinen Chim-Brüder motivieren, Oneagle. Sehen Sie zu, dass Sie ihnen beibringen, wie wichtig sie für die Widerstandsbewegung sind.«

Athaclena nickte, weil sie wusste, was Robert wirklich dachte, auch wenn er seine Gedanken nicht aussprach. Trotz aller Erfolge, welche die Chims zu verzeichnen hatten, hielt sie der Major für überflüssig – höchstens als Fußvolk für niedrige Dienste zu gebrauchen. Vielleicht wollte er dem sonst unqualifizierten jungen Mann eine Art Spielzeug zuschustern, um der Mutter, der Planetarkoordinatorin, einen Gefallen zu tun.

»Ich glaube, der Major wäre von deiner Idee angetan, diese Bakterien gegen die Gubru einzusetzen«, meinte Athaclena.

Robert schneuzte sich. Er hob einen Zweig auf und drehte ihn nachdenklich zwischen den Fingern. »Oh, er hat zumindest zugegeben, es sei großartig, dass die Gorillas die verwesten Trümmer der Gubru-Fahrzeuge entdeckt haben. Und er war auch damit einverstanden, Benjamin und noch einige Chim-Techniker für mein Projekt zur Verfügung zu stellen.«

Athaclena aber war damit beschäftigt, ihren unklaren Gefühlen nachzugehen. »War es nicht Lieutenant McCue, der dir geholfen hat, den Major zu überzeugen?«

Robert schaute weg, als der Name der jungen Erdenfrau erwähnt wurde. Im selben Augenblick bekam auch seine Abschirmung einen Riss, sodass Athaclenas Argwohn teilweise bestätigt wurde.

»Lydia hat freilich geholfen. Doch der Major ist der Meinung, dass es vorerst schier unmöglich ist, genug Bakterien zu den wichtigsten Gubru-Einrichtungen zu schicken, bis sie von den Gubru entdeckt und neutralisiert werden. Dabei kann ich mich des Gefühls nicht erwehren, dass der Major noch irgendeinen Hintergedanken hat – vielleicht etwas, das für seinen großen Plan nützlich ist.«

»Weißt du, was er wirklich vorhat?«

»Er lächelt nur und sagt, dass er den Vögeln eins auf den Schnabel geben will. Da gab es sichere Informationen über Großbauten, die die Gubru südlich von Port Helenia ausführten, und das könnte ein attraktives Ziel sein. Aber weitere Einzelheiten wollte er nicht verraten. Schließlich sind Strategie und Taktik etwas für Profis, nicht wahr? – Trotzdem bin ich nicht hergekommen, um über den Major zu reden. Ich habe etwas mitgebracht, um es dir zu zeigen.« Robert griff nach seinem Rucksack und holte einen Gegenstand heraus, der in ein Tuch gewickelt war. Er schlug das Tuch auseinander. »Kommt dir das Ding bekannt vor?«

Auf den ersten Blick schien es sich um einen zerknüllten Lappen zu handeln, von dessen Rändern verknotete Schnüre baumelten. Bei näherer Betrachtung erinnerte das Ding, das da in Roberts Schoß lag, an einen verschrumpelten Pilz. Robert ergriff den größten Knoten, wo sich die meisten dünnen Fäden verklumpten und zog die Fäden auseinander, bis sich der filmähnliche Stoff in der leichten Brise ganz entfaltete.

»Ja … das Ding kommt mir irgendwie bekannt vor, Robert. Ich würde sagen, es ist ein kleiner Fallschirm, aber das Ding da ist offensichtlich natürlichen Ursprungs … als würde es von irgendeiner Pflanze stammen«, meinte sie kopfschüttelnd.

»Ziemlich genau getroffen. Versuch dich ein paar Monate zurückzuerinnern, Clennie, an einen ziemlich traumatischen Tag … an jenen Tag, den keiner von uns je vergessen wird.«

Seine Worte klangen rätselhaft, doch die aufflackernden Gefühle waren ein Anstoß für ihre Erinnerung. »Das da?« Athaclenas Finger streichelten das weiche, fast durchsichtige Material. »Stammt das vielleicht vom Efeu?«

»Richtig«, erwiderte Robert und nickte. »Im Frühling sind die oberen Schichten glänzend, gummiartig und so steif und fest, dass man fast Schlitten darauf fahren kann …«

»Sicher, wenn du Lust dazu hast«, scherzte Athaclena.

»Nun ja. Wie dem auch sei. Doch bis dann der Herbst gekommen ist, sind die oberen Schichten verwittert, bis sie so ausschauen wie dieses Ding da.« Er wedelte mit dem kleinen Tuch, indem er es bei seinen fadenähnlichen Ausläufern packte, dass es im Wind wehte. »In ein paar Wochen werden die Dinger noch trockener und noch leichter sein.«

Athaclena schüttelte den Kopf. »Ich kann mich nicht erinnern, dass du es mir damals erklärt hast. Es geht wohl um die Fortpflanzung, nicht wahr?«

»Richtig. Diese kleine Sporenkapsel«, sagte er und breitete die Hand aus, um sie herzuzeigen, »wird wie ein Fallschirm von den Herbstwinden davongetragen. Dann wimmelt es nur so von diesen kleinen Fliegern, die manchmal sogar den Flugverkehr stören. Und dort unten in der Stadt stören sie ganz erheblich.

Ich nehme aber an, dass jene Urwesen, die diesen Efeu einst befruchtet haben, während des Bururaller-Terror ausgerottet wurden. Demnach dürften diese Pflanzen jetzt steril sein. Wäre dies nicht der Fall, so wäre bereits das ganze Sind-Tal von diesem Efeu überwuchert. Und jedes Wesen, das sich vielleicht von diesen Pflanzen ernährte, müsste längst ausgestorben sein.«

»Faszinierend.« Athaclena merkte eine leichte Schwingung in Roberts Aura. »Du hast mit diesen Dingen etwas vor, nicht wahr?«

Robert steckte den kleinen Fallschirm wieder ein. »Ja. Vorerst ist es aber nicht mehr als ein Gedanke, weil ich nicht glaube, dass der Major auf mich hören wird. Er hat mich dank meiner Mutter etwas anders eingestuft.«

Freilich war Megan Oneagle teilweise für die Beurteilung und Entlassung ihres Sohnes verantwortlich. *Wie konnte nur eine Mutter ihr Kind so missverstehen?*, fragte sich Athaclena. Die Menschen hatten seit ihren finsteren Jahrhunderten einen langen Weg zurückgelegt, dennoch hatte sie immer noch Mitleid mit den *k'chu-non,* den Ärmsten der Armen unter den Wolflingern. Sie mussten noch eine ganze Menge über sich selbst lernen.

»Vielleicht wird der Major nicht direkt auf dich hören, Robert. Doch Lieutenant McCue genießt seine Hochachtung. Sie wird dich sicher anhören und deinen Vorschlag dem Major übermitteln.«

Robert aber schüttelte den Kopf. »Das weiß ich nicht gewiss.«

»Wieso nicht?«, fragte Athaclena. »Diese junge Erdenfrau mag dich, das ist sicher. Und ganz besonders, weil ich in ihrer Aura …«

»Das hättest du *nicht* tun dürfen, Clennie«, meinte Robert. »Du solltest nicht auf diese Weise in den Gefühlen anderer herumschnüffeln. Das … das gehört sich einfach nicht.«

Sie aber schlug den Blick beschämt nieder. »Wahrscheinlich hast du recht. Aber du bist mein Freund und mein Lebensgefährte, Robert. Wenn du enttäuscht bist, dann ist es schlimm für uns beide, nicht wahr?«

»Es mag wohl so sein«, erwiderte er und wich ihrem Blick aus.

»Also zieht dich diese Lydia McCue irgendwie sexuell an?«, fragte Athaclena. »Hegst du ihr gegenüber irgendwelche Gefühle?«

»Ich weiß nicht, warum du mich überhaupt solche Dinge fragen kannst …«

»Weil ich dich nicht mehr wiedererkenne, weil mein *kenning* versagt, Robert«, fiel ihm Athaclena aufgeregt ins Wort. »Du bist mir gegenüber nicht mehr aufrichtig. Und wenn du solche oder ähnliche Gefühle hast, solltest du sie mit mir teilen. Vielleicht kann ich dir dann irgendwie helfen.«

Jetzt schaute er sie wieder an, und seine Miene verdüsterte sich. »Du und mir *helfen?*«

»Sicher. Du bist mein Lebensgefährte und mein Freund. Wenn du diese Frau deiner Spezies begehrst – warum soll ich dir da nicht helfen? Warum soll ich dir nicht helfen, glücklich zu werden?«

Robert blinzelte nur, doch Athaclena erkannte die Risse in seiner Abschirmung. Sie spürte, wie ihre Fühler ihr um die Ohren wehten, sie sanft streichelten und eine feine neue Glyphe bildeten. »Hast du Schuldgefühle wegen dieser neuen Gefühle, Robert? Glaubst du, dass du mich mit solchen Gefühlen *verraten* hast?«, setzte Athaclena lachend hinzu. »Doch Lebensgefährten und Konsorten verschiedener Spezies dürfen durchaus Geliebte,

Liebhaber oder Flirts mit jeweils anderen Spezies haben. Das weißt du doch genau!

Also was bleibt noch für mich übrig, Robert? Ich kann dir gewiss keine Kinder schenken. Und wenn es auch möglich wäre – kannst du dir vorstellen, wie unsere Nachkommen aussehen würden?«

Nun war es an Robert zu lächeln. Er schaute weg, und im Raum zwischen ihnen nahm ihre Glyphe festere Formen an.

»Und was den Sex betrifft, weißt du genau, dass ich anders gebaut bin und dir nichts als Enttäuschung bereiten kann, du komischer Affen-Mann! Warum also sollte ich mich nicht freuen, wenn du jemanden findest, der dir all das bieten kann, was du begehrst?«

»So … so einfach ist es nun doch nicht, Clennie. Ich …«

Sie hob die Hand und lächelte, wobei sie ihm Schweigen gebot und andeutete, dass er endlich aufhören sollte. »Ich bin da«, sagte sie sanft. »Ich bin immer für dich da, Robert.«

Der junge Mann war verwirrt. Er kam sich vor, als würde er zwischen zwei Stühlen sitzen. Er schaute nach oben und versuchte, jenes *Nichts* ins Auge zu fassen, das sie geschaffen hatte. Dann aber fiel ihm ein, was er gelernt hatte und schaute wieder weg, um *kenning* zu erlauben, dass er sich für die Glyphe öffnete, die sie ihm geschenkt hatte.

La'thsthoon schwebte und tanzte über ihm, und Robert atmete erleichtert aus. Seine Augen weiteten sich vor Überraschung, während sich seine Aura ungewollt auftat und wie eine Blume erblühte. Etwas, ein Gebilde, das Athaclenas Glyphe ähnlich war, ging hervor als Resonanz, als Bestätigung und schwebte auf ihre Corona zu.

Zwei zarte Wölkchen, ein menschliches und ein tymbrimisches, gingen spielerisch auseinander und kamen dann wieder zusammen.

»Hab keine Angst, Robert, dass du verlierst, was du an mir

hast«, flüsterte Athaclena. »Übrigens wäre wohl keine menschliche Geliebte fähig, dir so was zu bieten.«

Sie lächelte. Dann lachte sie, und er stimmte fröhlich in ihr Lachen ein. Die Glyphe aber, die über ihnen schwebte, besiegelte ihr Beieinandersein.

Erst viel später, als Robert bereits gegangen war, lockerte Athaclena den Schirm, den sie über ihre innersten, geheimsten Gefühle gespannt hatte. Jetzt erst, als er fort war, konnte sie sich ganz ihrer Eifersucht hingeben.

Jetzt geht er zu ihr.

Was Athaclena getan hatte, war richtig, nach all den Normen, Sitten und Gebräuchen, die sie kannte. Sie hatte eben richtig gehandelt.

Dennoch war alles so unfair!

Ich bin ein Freak. Und ich war schon einer, bevor ich auf diesen Planeten kam. Und jetzt bin ich kaum mehr wiederzuerkennen.

Robert konnte ruhig eine Erdenfrau als Geliebte haben – doch Athaclena war, was dies betraf, einsam und verlassen. Denn einen solchen Trost konnte sie bei ihresgleichen nicht finden.

Mich berühren, mich in den Armen halten, seine Fühler und seinen Körper um den meinen zu schlingen, mich zu entflammen …

Es war das erste Mal, dass Athaclena überrascht feststellte, dass sie solche Gefühle hegte, dass sie solcher Gefühle fähig war … Diese Sehnsucht, mit einem Mann ihres eigenen Volkes zusammenzusein – nicht mit einem Freund, einem Mitschüler, sondern mit einem *Liebhaber* – vielleicht sogar mit einem potenziellen Ehemann.

Mathiculanna und Uthacalting hatten ihr gesagt, dass es eines Tages geschehen würde – dass jedes Mädchen seinen Partner, jedes Töpfchen sein Deckelchen finde. Jetzt aber konnte sie nichts als Bitterkeit empfinden und verfluchte ihre Einsamkeit. Teilweise machte sie Robert für die Einschränkungen seiner Spezies verantwortlich. Wenn er nur *seinen* Körper verändern könnte wie sie! Wenn er ihr nur auf halbem Weg entgegenkommen könnte!

Doch sie war die Tymbrimerin, artspezifisch »Meister der Anpassung«. Und wie weit sie bereits gegangen war, merkte Athaclena, als sie etwas Feuchtes spürte, das über ihre Wangen herabrann. Und so elend, wie sie sich fühlte, wischte sie ihre Tränen ab, die ersten, die sie je im Leben vergossen hatte.

So fand sie ihr Assistent Stunden später, so fand sie ihre Gruppe wieder, die von dem Streifzug zurückkehrte. Da saß sie am Rand eines schlammigen Teiches, während die Herbstwinde durch die Baumwipfel bliesen und die grauen Wolken peitschten, die ostwärts Richtung Gebirge zogen.

Galaktiker 62

Der Suzerain von Kosten und Vorsicht war verwirrt und besorgt. Alle Zeichen deuteten auf eine Mauser hin. Doch die Dinge liefen nicht so, wie er es sich wünschte.

Am anderen Ende des Pavillons schritt der Suzerain von Balken und Klaue vor seinen Adjutanten auf und ab, größer und selbstsicherer denn je. Unter den Deckfedern war ein blasser rötlicher Schein zu erkennen. Keiner der anwesenden Gubru konnte auch nur einen Schimmer einer solchen Verfärbung vorweisen. Schon bald, vielleicht schon innerhalb von zwölf Tagen, würde der Vorgang einen Stand erreicht haben, von wo aus es keine Rückkehr mehr gab.

Die Besatzungsmacht würde bald eine neue Königin haben.

Der Suzerain von Kosten und Vorsicht überdachte die Unfairness aller, während er sein Gefieder putzte. Sie alle waren am Austrocknen, doch keiner wies auch nur die geringste Spur einer endgültigen Färbung auf.

Zunächst war er zum Kandidaten und zum Chefbürokraten erhoben worden, nachdem sein Vorgänger ums Leben gekommen war. Das hatte er sich schon immer gewünscht, aber er wollte nicht unbedingt in ein bereits feststehendes Triumvirat gestoßen werden. Seine Peers waren nun auf dem besten Weg zur Sexualität, zur sexuellen Reife. Und er war gezwungen, jetzt nachzuziehen.

Zunächst sah es so aus, als würde dieser Umstand kaum eine Rolle spielen, vielleicht auch weniger ins Gewicht fallen. Alle Welt war überrascht, dass er von Anfang an eine Menge Punkte gewonnen hatte. Und nachdem der Suzerain von Kosten und

Vorsicht dahintergekommen war, welchen Unsinn die beiden anderen während des Interregnums verzapft hatten, war ihm der große Sprung nach vorn gelungen.

Dann wurde ein neues Gleichgewicht erreicht. Denn der BK und der GS hatten es blendend verstanden, ihre politische Position zu verteidigen.

Doch was die Mauser anging, musste eine korrekte Entscheidung gefällt werden. Der Preis sollte an denjenigen gehen, an jenen Führer, der sich durch Weisheit und Klugheit besonders hervorgetan hatte. So war es üblich, und so wurde verfahren.

Dennoch wusste der KV, dass solche Dinge oft durch Zufall, durch eine plötzliche Wendung im Metabolismus entschieden wurden.

Oder dadurch, dass sich zwei gegen den dritten verschworen. Der Suzerain von Kosten und Vorsicht musste sich fragen, ob es klug gewesen sei, während der letzten Wochen das Militär gegenüber dem Priester zu unterstützen und dadurch dem BK eine jetzt unangreifbare Position zu sichern.

Doch er hatte keine andere Wahl. Dem Priester *musste* Paroli geboten werden, weil dieser Suzerain offensichtlich außer Rand und Band geraten war und die Kontrolle verloren hatte.

Zunächst war da dieser Unsinn mit den »Garthlingen«. Wäre sein Vorgänger noch am Leben gewesen, so hätte er solchen Extravaganzen ganz schnell einen Riegel vorgeschoben. So aber wurden Riesensummen verschwendet … so etwa für eine neue planetare Zweigbibliothek, für Expeditionen in die Berge, in diese Berge, wo überall Gefahren lauerten, für den Bau einer Hyperraum-Weiche für eine Adoptionszeremonie – bevor überhaupt feststand, dass es hier etwas zu adoptieren gab.

Dann war da noch die Sache mit dem ökologischen Management. Der Suzerain der Guten Sitten hatte darauf bestanden, das Programm der Erdlinge zumindest auf niedrigster Stufe wieder aufzugreifen. Doch der Suzerain von Balken und Klaue hatte es strikt abgelehnt, dass irgendein Mensch die Inseln verließ, wer es auch immer sein mochte. Also wurde die Hilfsmannschaft mit hohem Kostenaufwand von außerhalb eingeflogen. Eine ganze Schiffsladung von Gärtnern der Linten, die sich zurzeit neutral verhielten, war unterwegs. Und nur das Große Ei wusste, wie man sie bezahlen sollte.

Jetzt, als die Hyperraum-Weiche fast fertig war, erklärten sich auch die beiden anderen Suzerains bereit zuzugeben, dass die Sache mit den »Garthlingen« wohl nichts weiter war als ein tymbrimisches Windei. Doch würden sie es zulassen, dass die Baumaßnahmen eingestellt wurden?

Doch nein. Denn jeder hatte seine guten Gründe dafür, dass der Bau fertiggestellt wurde. Hätte der Bürokrat zugestimmt, dann hätte es einen Konsens gegeben, einen Schritt in Richtung jener Gepflogenheiten, jener Politik, welche sich die Roost Masters so sehnlichst wünschten. Aber wie konnte man einem solchen Unsinn zustimmen?

Der Suzerain von Kosten und Vorsicht zirpte enttäuscht. Für ein weiteres Gespräch mit dem Suzerain der Guten Sitten war es bereits zu spät. Und dessen fanatischer Hang zur Redlichkeit war wohl nicht dazu angetan, seinen Peers einen Gefallen zu tun oder ihnen entgegenzukommen.

Nun wäre es höchste Zeit gewesen, den anfänglichen Wettstreit zu vergessen, sich gegenseitig zu respektieren und sich schließlich und endlich zusammenzuschließen. Aber selbst jetzt, angesichts einer unmittelbar bevorstehenden Mauser, tanzte jeder aus der Reihe. Die Kandidaten konnten sich immer noch nicht ausstehen und bekämpften sich bis aufs Messer.

Der Suzerain von Kosten und Vorsicht war über die Entwicklung der Dinge alles andere als erfreut – immerhin blieb ihm ein einziger Trost: nämlich die Hoffnung, den Suzerain der Guten Sitten endlich von seiner allzu hohen Sitzstange zu holen.

Ein Assistent des Chefbürokraten näherte sich und überreichte dem Suzerain eine Nachricht. Nachdem dieser die Botschaft überflogen hatte, stand er eine Weile in Gedanken versunken da.

Dort draußen herrschte Aufregung … zweifellos war der dritte Peer eingetroffen. Doch für einen Moment überdachte der Suzerain von Kosten und Vorsicht noch einmal die Nachricht, die ihm von seinen Spionen hinterbracht worden war.

Bald schon, ja, sehr bald. Bald werden wir geheime Pläne durchschauen, Pläne, die allen guten Gepflogenheiten widersprechen. Dann … dann werden wir vielleicht einen Silberstreifen am Horizont erblicken … eine Änderung … eine Veränderung der Sexualität … recht bald.

Fiben 63

Fibens Kopf brummte.

Als er noch Student auf der Universität war, sah er sich oft gezwungen, Stunde für Stunde seinen Studien nachzugehen, Tag für Tag gestresst, immer wieder eine neue Prüfung vor Augen, sodass er manchmal vor lauter Spannung und Erwartung schier krank wurde.

Doch es gab auch Zeiten der Entspannung, Zeiten, in denen man Luft holen konnte, wenn man nach Hause fuhr – Zeiten, wo ein Chim ein bisschen Spaß haben konnte.

Es hatte auch einige Professoren an der Uni gegeben, die Fiben besonders gut leiden mochte. Im Augenblick aber war er auf Gailet Jones angewiesen und musste versuchen, von ihr so viel wie möglich zu erfahren.

»Du bist also der Meinung, dass die Galaktische Soziologie unsinnig und langweilig ist?«, meinte Gailet böse, als er die Bücher angewidert beiseite legte und sich schmollend in die hinterste Ecke des Raumes verzog. »Na schön. Aber leider geht es hier im Moment nicht um die Planetare Ökologie«, setzte sie hinzu. »Also wirst du der Lehrer sein und ich die Schülerin.«

Fiben schnaufte. »Vielen Dank für die Möglichkeit. Ich hatte schon geglaubt, dass du allwissend bist.«

»Das ist nicht fair!« Gailet legte das große, schwere Buch weg, das sie im Schoß liegen hatte. »Du weißt nur zu gut, dass es bis zur Zeremonie nur noch wenige Wochen sind. Und zu diesem Zeitpunkt werden wir aufgerufen sein, für unsere ganze Spezies zu sprechen! Sollten wir uns also nicht so gut wie möglich vorbereiten?«

»Bist du dir so sicher, welches Wissen relevant sein wird? Wer sagt denn, dass die planetare Ökologie *keine* wesentliche Rolle spielt?«

Gailet zuckte die Achseln. »Das ist durchaus möglich.«

»Oder die Mechanik, oder die Raumfahrt ... oder *die Liebeskunst, die sexuelle Praxis* ... oder so was Ähnliches, in Gottes Namen!«

»In diesem Fall hätte deine Spezies das Glück, dass du zu den Auserwählten zählst und sie würdig vertreten kannst, nicht wahr?«, gab Gailet zurück. Dann trat für eine Weile Schweigen ein, während sich die beiden wortlos anstarrten. Schließlich hob Gailet die Hand. »Fiben, es tut mir leid. Ich weiß, dass dich das alles frustriert. Doch ich habe mich, weiß der Himmel, nicht um diese Position gerauft.«

Nein, sicher nicht, dachte er. *Doch das spielt keine Rolle. Du warst dafür wie geschaffen. Das Neoschimpansentum konnte sich keine bessere Chimmie wünschen, die so rational, so fest und, ach, so kühl sein konnte, wenn ihre Zeit einmal gekommen war.*

»Was die Galaktische Soziologie betrifft, Fiben, weißt du wohl, warum sie einen wichtigen Punkt darstellen dürfte.«

Und da war er wieder, dieser seltsame *Blick* in Gailets Augen. Fiben aber wusste nur zu gut, dass ihre Worte vielschichtig waren, und dass sie viel mehr meinte, als sie sagte.

Zunächst meinte sie, dass die beiden Chim-Vertreter das richtige Protokoll kennen mussten, und dass sie während des Rituals zahlreiche strenge Tests bestehen mussten. Ansonsten würden die Beamten des Instituts für Entwicklungswesen die Zeremonie für null und nichtig erklären.

Der Suzerain der Guten Sitten aber ließ keinen Zweifel darüber aufkommen, dass in einem solchen Fall das Resultat höchst unerfreulich ausfallen würde.

Doch da gab es noch einen weiteren Grund, warum Gailet wollte, dass er so viel wie möglich wusste. *Irgendwann werden wir über den Punkt hinauskommen, wo es kein Zurück mehr gibt ... wo wir nicht mehr die Wahl haben, ob wir nun mit dem Suzerain zusammenarbeiten wollen oder nicht. Gailet und ich können nicht über alles offen sprechen, nicht während die Gubru möglicherweise alles mithören. Wir müssen im Konsens arbeiten, und das bedeutet für sie, dass ich geschult werden muss.*

Oder geschah es einfach deshalb, weil Gailet nicht bereit war, die Verantwortung für eine Entscheidung allein zu tragen, wenn die Zeit gekommen war?

Freilich wusste Fiben jetzt eine ganze Menge mehr über die galaktische Zivilisation als vor seiner Gefangennahme, vielleicht sogar mehr, als er je erfahren wollte. Diese verschachtelte und verflochtene, verfilzte Zivilisation, die sich aus Tausenden verfeindeter und zänkischer Patronats- und Klientenlinien zusammensetzte, wurde nur notdürftig durch ein lockeres Netzwerk aus uralten Institutionen und Traditionen zusammengehalten. Fiben wurde schwindlig, wenn er auch nur daran dachte. Die meiste Zeit würde er sich wohl zynisch und distanziert geben, die Galaktiker als verzogene, verwöhnte Bälger betrachten, die alle negativen Eigenschaften der Nationalstaaten auf Erden in sich vereinten, bevor es die Menschheit endlich schaffte, über den eigenen Schatten zu springen.

Doch dann würde der Tag kommen, wo sich alles kristallisiert und ihm Gailet eine Tradition oder ein Prinzip nahebringen und erläutern würde, eine *Weisheit,* die im Lauf von vielen hundert Millionen Jahren gewachsen war.

Nun war er an einem Punkt angelangt, wo er nicht mehr weiterwusste. »Ich brauche etwas frische Luft«, sagte er. »Ich werde einen Spaziergang machen.« Dann holte er seinen Parka. »Ich bin etwa in einer Stunde zurück.«

Dann ging er zur Tür, ging hinaus und schloss sie hinter sich, ohne sich noch einmal umzublicken.

»Brauchst du eine Begleitung, Fiben?« Es war Sylvie, die ihn ansprach. Sie trug ein einfaches, knöchellanges Kleid mit langen Ärmeln. Man konnte sich kaum vorstellen, dass es die gleiche Sylvie war, die seinerzeit in der Affentraube auf diesem Kulissenberg getanzt hatte und mit ihrem Sex eine ganze Horde von Chims begeistert hatte. Ihr Lächeln war scheu, fast verlegen. Und Fiben musste feststellen, dass sie diesmal besonders nervös war.

»Was dann, wenn ich nein sage?«, fragte er. Doch dann grinste er breit, bevor Sylvie sich überhaupt fassen konnte. »War nur ein Scherz. Freilich, Sylvie. Gib mir Rover Zwölf. Es ist eine freundliche alte Kugel, die seine Kinder nicht verschreckt.«

»Beobachtungsroboter RVG-12, hier B.O. RVG 12 als Begleiter für Fiben Bolger beim Ausgang«, befahl sie in ihr kleines Sprechgerät, das sie die ganze Zeit in der Hand hielt. Hinter ihr in der Halle tat sich eine Tür auf, und eine ferngesteuerte Kugel, die einfache Version eines Kampfroboters schwebte heraus, dessen einzige Aufgabe es war, einen Gefangenen beim Freigang zu begleiten und dafür zu sorgen, dass er nicht abhaute.

»Schöne Zeit noch, und einen angenehmen Spaziergang, Fiben.«

Er aber winkte Sylvie zu. »Vielen Dank. Was kann sich ein Häftling sonst noch wünschen? Was bleibt ihm sonst noch übrig?«

Der letzte Weg, sagte Fiben zu sich. *Der letzte Weg, der zum Galgen führt.* Aber er winkte fröhlich zurück. »Also los, Rover!«, sagte er zu seinem automatischen Begleiter. Die Tür ging auf, und er trat in einen hellen Herbstnachmittag hinaus.

Seit ihrer Gefangennahme hatte sich viel verändert. Die Bedingungen ihrer Gefangenschaft, die Haftbedingungen wurden immer mehr gelockert, umso mehr, weil er und Gailet für die Durchführung des Plans, den sich der Suzerain der Guten Sitten ausgedacht hatte, immer wichtiger wurden. *Dennoch hasse ich diesen Ort,* dachte Fiben, während er über Betonstufen hinabstieg und durch einen ungepflegten Garten zum Tor schritt. Das ganze Gelände und alle Mauern waren mit ausgeklügelten Robotern bestückt, die in allen Winkeln und Ecken saßen. Und gleich beim Hauptportal stieß Fiben auf die Chim-Wachen.

Zum Glück war Eisengriff nicht dabei, doch die anderen

Probanden im Dienst waren ebenso unfreundlich. Denn obwohl sie nach wie vor auf der Lohnliste der Gubru standen, schienen sich ihre Herren wenig um sie zu kümmern. Das Entwicklungsprogramm auf Garth war nicht revidiert worden, die eugenische Pyramide nicht auf den Kopf gestellt. *Der Suzerain versuchte, ein Haar in der Suppe zu finden, einen Fehler in jener Methode nachzuweisen, nach der die Neoschimpansen entwickelt wurden – das wusste Fiben genau. Doch da war offensichtlich etwas schiefgegangen. Warum sollte er ein solches Pärchen mit jeweils einer blauen und einer weißen Karte so verhätscheln und für die Zeremonie vorbereiten, wie mich und Gailet?*

In der Tat war der Einsatz von Probanden als Hilfskräfte für die Invasoren ein Rückschlag; denn die Chim-Bevölkerung nahm es ihnen übel.

Fiben und die Wächter in ihrer Motorradkluft wechselten miteinander kein Wort. Er ignorierte sie, und sie versuchten, ihn nach Möglichkeit nicht zu reizen und ihm keinen Anlass für Beschwerden zu liefern. Einmal, als der Schließer zu lange mit seinen Schlüsseln herumfummelte, machte Fiben einfach auf dem Absatz kehrt und marschierte in seine Zelle zurück. Er sagte auch Sylvie kein Wort. Bei der nächsten Wachablösung war dieser Wächter verschwunden, und Fiben sah ihn nie mehr wieder.

Diesmal, aus einem Impuls heraus, brach Fiben mit der Tradition und sagte: »Schönes Wetter heute, nicht wahr?«

Der größere der beiden Probanden schaute überrascht auf. Irgendetwas an dem Chim in der Kluft kam Fiben bekannt vor, obwohl er sicher wusste, dass er ihn nie vorher gesehen hatte. »Das soll wohl ein Scherz sein«, sagte der Wächter und schaute zum wolkenverhangenen Himmel auf. Eine Kaltfront war im Anmarsch, und es würde bald regnen.

»O ja«, sagte Fiben grinsend. »Es ist ein Scherz. Immerhin ist es für meinen Geschmack viel zu sonnig.«

Die Wache warf Fiben einen finsteren Blick zu und trat beiseite. Das Tor ging knarrend auf, und Fiben schlüpfte in eine Nebenstraße hinaus, die von efeubewachsenen Mauern gesäumt wurde. Weder er noch Gailet hatten je einen ihrer Nachbarn zu Gesicht bekommen. Wahrscheinlich machten die örtlichen Chims um Eisengriffs Mannschaft und die stets wachsamen Alien-Roboter einen großen Bogen.

Er pfiff vor sich hin, während er in Richtung Bucht wanderte. Die Kugel schwebte nur einen Meter über und hinter ihm her. Als man ihm erstmals einen Freigang auf diese Weise gewährte, hatte Fiben die bevölkerten Teile von Port Helenia gemieden, ebenso die fast verlassenen Industriegebiete. Auch diesmal hielt er sich vom Einkaufs- und Geschäftsviertel fern, wo die Bevölkerung in Gruppen herumstehen und ihn anstarren würde. Doch jetzt hatte er nicht mehr das Gefühl, den Stadtbewohnern unbedingt aus dem Weg gehen zu müssen.

Er hatte bereits andere Chims gesehen, die von Wächterkugeln begleitet wurden. Zunächst dachte er, dass es sich ebenfalls um Gefangene oder Häftlinge handelte. Chims und Chimmies in Arbeitskleidung hatten den Weg gesäumt, waren beiseitegetreten und hatten den bewachten Chims eine breite Straße eingeräumt, so wie dies auch bei ihm der Fall war.

Dann erst merkte er den Unterschied. Denn diese eskortierten Chims waren teuer und modisch gekleidet, schlenderten erhobenen Kopfes stolz dahin. Die Facetten der Wächterkugeln waren nach außen und nicht auf die Bewachten gerichtet, ebenso ihre Waffen. *Quislinge,* dachte Fiben, *Verräter.* Er freute sich über die Blicke, welche die Chim-Bewohner diesen Kollaborateuren, diesen Edelverrätern zuwarfen, sobald sie ihnen den Rücken kehrten – hasserfüllte, verachtungsvolle Blicke.

Später dann, in seinem Quartier, hatte er die stolzen Buchstaben H-Ä-F-T-L-I-N-G auf den Rücken seines Parkas gestanzt. Von diesem Moment an waren die Blicke, die man ihm nachsandte, weniger kühl, eher fragend und respektvoll.

Die Kugel war nicht darauf programmiert, um ein Gespräch

mit den Bewohnern zu gestatten. Einmal, als eine Chimmie ein gefaltetes Blatt auf seinen Weg warf, testete Fiben die Toleranz des Geräts, indem er sich bückte, um das Papier aufzuheben …

Etwas später kam er wieder zu sich, im festen Griff der Kugel, auf dem Rückweg in sein Gefängnis. Und es dauerte mehrere Tage, bis er wieder ausgehen durfte.

Aber das machte ihm nichts aus. Es war den Versuch wert gewesen. Die Episode aber ging von Mund zu Mund, verbreitete sich wie ein Lauffeuer. Jetzt nickten ihm die Chims und Chimmies zu, wenn er an ihnen vorbeiging. Einige machten ihm sogar mit Handzeichen Mut.

Sie haben uns nicht untergekriegt, dachte Fiben stolz. Und die paar Verräter fielen kaum ins Gewicht. Das Einzige, was zählte, war das Verhalten eines Volkes als Ganzes. Fiben erinnerte sich, einst gelesen zu haben, wie sich während einem der wüstesten Kriege auf Erden vor dem Kontakt das kleine dänische Volk erfolgreich gegen die Nazi-Eroberer gewehrt hatte, die mit allen Mitteln versuchten, diese Menschen zu enthumanisieren. Dafür hielten sie zusammen, wie Pech und Schwefel. Diese Geschichte war eine Überlegung wert.

Wir werden durchhalten, signalisierte er in Zeichensprache. *Terra hat uns nicht vergessen. Sie werden kommen, um uns zu helfen.*

Er klammerte sich an diese Hoffnung, so schwer es ihm auch fiel. Als er die Feinheiten der galaktischen Gesetze von Gailet erfahren und gelernt hatte, musste er erkennen, dass selbst dann, wenn überall in den Spiralarmen plötzlich Frieden geschlossen würde, es möglicherweise nicht reichte, um die Invasoren rauszutreiben. Es gab Tricks und Finten, welche ein so alter Clan wie die Gubru kannten, es gab Mittel und Wege, einem schwächeren Clan die Freude an der Kolonie zu verderben. Zumindest aber war die Absicht der Aviane deutlich zu erkennen, die Herrschaft der Erde auf diesem Planeten zu beenden und ihn in ihren Machtbereich zu bringen.

Fiben wusste, dass der Suzerain der Guten Sitten nur nach einem Nachweis suchte, dass die Erdlinge die ökologische Wiederherstellung von Garth sabotierten. Jetzt aber, nachdem die Besatzungsmächte die Ergebnisse jahrzehntelanger Bemühungen zunichtegemacht hatten, wagten sie es nicht mehr, diesen Punkt zur Sprache zu bringen.

Der Suzerain der Guten Sitten hatte monatelang nach den »Garthlingen« suchen lassen. Wäre er auf diese präsapienten Wesen gestoßen, so wären alle Ausgaben gerechtfertigt gewesen. Irgendwann hatte er zwar Uthacaltings Scherz durchschaut, doch das hielt ihn nicht davon ab, sich weiter zu bemühen.

Während der ganzen Zeit seit der Invasion hatten die Gubru stets versucht, irgendwo ein Haar in der Suppe zu finden, was die Entwicklungsmethoden der Neoschimpansen betraf. Und gerade weil sie anscheinend den Status hochgebildeter Chims wie Gailet akzeptiert hatten, wollten sie erst recht nicht aufgeben.

Und da war diese verdammte Zeremonie der Aufnahme, der Akzeptanz, die Fiben immer noch nicht ganz verdaut hatte, obwohl Gailet verzweifelt versuchte, ihm die Sache immer wieder zu erklären.

Er konnte die Chims kaum sehen, nahm sie kaum wahr, all die Chims, die seinen Weg säumten, während er die gelben Blätter, die auf seinem Weg lagen, mit den Füßen beiseitestieß und er sich an verschiedene Passagen aus Gailets Vorträgen erinnerte.

»… die Klientenspezies müssen verschiedene Phasen durchlaufen, die vom Galaktischen Entwicklungsinstitut sanktioniert sind … Diese Zeremonien sind sehr kostspielig und können durch politische Manöver blockiert werden … Weil das Angebot der Gubru, die Kosten einer Zeremonie für die Klienten von humanoiden Wolflingern zu übernehmen, einmalig ist … Und weil der Suzerain auch vorgeschlagen hat, sein ganzes Volk einer anderen Politik zuzuführen und die Feindseligkeiten mit der Erde zu beenden …

… Freilich hat die Sache einen Haken …«

Fiben konnte sich sehr gut vorstellen, dass die Sache einen Haken hatte, und dass dies möglicherweise eine Falle war.

Er schüttelte den Kopf, als wollte er all die Worte, all die Texte und Gedanken loswerden. Gailet kam ihm irgendwie unnatürlich vor. Entwicklung und Evolution – alles gut und recht, und vielleicht war sie auch ein Prachtexemplar unter den Neochims – aber irgendwie war es unnatürlich, pausenlos daherzureden, zu überlegen, zu dozieren, ohne sich einen Moment der Entspannung zu gönnen und sein Hirn auszulüften.

Schließlich gelangte er an eine Stelle bei den Docks, wo Fischerboote in Erwartung des aufziehenden Sturms fest vertäut waren. Seevögel schrien und tauchten, um noch einen Happen zu erwischen, bevor die Flut kam und die See unruhig wurde. Einer dieser Vögel kam Fiben zu nahe und handelte sich sofort einen Warnschock von Rover, dem Wachroboter ein. Der Vogel aber – mit den Avianen so wenig verwandt wie Fiben – kreischte ängstlich auf und floh Richtung Westen.

Fiben setzte sich ans Ende der Pier. Dann zog er aus der Tasche ein halbes belegtes Brot und kaute genüsslich, während er die Wolken und das Wasser betrachtete. Im Augenblick zumindest konnte er seine Gedanken vertreiben, seine Sorgen vergessen, und all die Worte, die in ihm widerhallten.

Alles, was er sich wünschte, war jetzt eine Banane, ein Bier und Frieden – nichts als Ruhe und Frieden, um glücklich und zufrieden zu sein.

Etwa eine Stunde später begann Rover hartnäckig zu plärren. Der Roboter rückte zwischen Fiben und das Wasser, wo er aufgeregt auf und ab schnellte.

Fiben erhob sich und bürstete den Staub von seiner Hose. Er ging den Weg zurück, der am Dock entlangführte und schlurfte über das gefallene Herbstlaub zu seinem Gefängnis zurück. Diesmal säumten nur wenige Chims die windigen Straßen.

Die Wache mit dem so seltsam vertrauten Gesicht runzelte die Stirn, als Fiben am Tor auftauchte, doch er durfte ohne Weiteres passieren. *Es ist stets einfacher, ins Gefängnis hinein- als wieder herauszukommen,* dachte Fiben.

Sylvie saß an ihrem Schreibtisch, immer noch im Dienst. »War es ein schöner Spaziergang, Fiben?«

»Hm. Gelegentlich solltest du mal mitkommen. Wir könnten in den Park gehen, und ich könnte dir meine Cheeta-Nummer vorführen«, meinte er und winkte ihr freundlich zu.

»Die Nummer habe ich schon mal gesehen, weißt du noch? Sie war wenig überzeugend.« Doch Sylvies Stimme strafte ihren Scherz Lügen. Sie hörte sich irgendwie angespannt an. »Los, Fiben! Ich werde Rover wegschicken.«

»Ja, gut, in Ordnung.« Die Tür glitt zischend auf. »Gute Nacht, Sylvie.«

Gailet saß auf einem Plüschteppich an der Panoramawand, die eben eine staubige Savannenlandschaft zeigte. Sie schaute von dem Buch in ihrem Schoß auf und nahm die Lesebrille ab. »Hallo. Geht's dir jetzt besser?«

»Ja«, sagte er. »Tut mir leid wegen vorhin. Ich glaube, es war nur ein Anfall von Budenangst. Ich werde mich ein bisschen hinlegen und dann wieder an die Arbeit gehen.«

»Nicht nötig. Es reicht für heute.« Sie klopfte auf den Teppich, auf dem sie saß. »Komm lieber her und kratz mich mal ein bisschen. Ich werde mich revanchieren.«

Das brauchte sie Fiben nicht zweimal zu sagen. Gailet war eine ausgezeichnete Kraulpartnerin, das musste man ihr lassen. Er schälte sich aus seinem Parka und setzte sich hinter sie. Sie aber legte eine Hand wie von ungefähr auf sein Knie, während seine Finger durch ihr Haar fuhren. Und schon bald waren ihre Augen geschlossen, sie atmete tief, mit kleinen Seufzern.

Der Versuch, seine Beziehung zu Gailet zu definieren, war

frustrierend. Sie waren kein Liebespaar. Bei den meisten Chimmies war dies sowieso nur in bestimmten Phasen ihres Körperzyklus möglich und durchführbar. Und Gailet hatte ihm klargemacht, dass ihre sexuellen Gefühle sehr privater Natur waren, ähnlich denen einer Menschenfrau. Fiben hatte Verständnis dafür und bedrängte sie nicht.

Schlimm war nur, dass er pausenlos an sie denken musste. Er ermahnte sich, seinen Sexualtrieb nicht mit anderen Dingen zu verwechseln. *Ich mag vielleicht verliebt sein, aber ich bin kein Narr.* Eine Beziehung zu dieser Chimmie würde eine Bindung bedeuten, von der er nicht wusste, ob er sie wirklich eingehen wollte.

Und während er Gailet durchs Fell fuhr, spürte er Knoten und Verspannungen in ihrem Nacken. »Sag mal, du bist wirklich zäh! Was ist los mit dir? Haben diese verdammten Gu…«

Ihre Finger, die auf seinem Knie lagen, verkrampften sich, obwohl sie sich sonst nicht rührte. Fiben aber schaltete sofort um und setzte hinzu:

»… Gubru-Wächter … haben sie dich irgendwie belästigt? Sind sie am Ende frech geworden?«

»Und was, wenn es so wäre? Was könntest du dagegen tun? Vielleicht losziehen und meine Ehre verteidigen?«, sagte sie mit einem sarkastischen Lachen. Doch er spürte, dass sie erleichtert war, und diese Erleichterung war durch ihren Körper deutlich zu fühlen. Doch da war etwas im Busch. Er hatte Gailet noch nie so emsig erlebt.

Während er ihren Rücken striegelte, stießen seine Finger gegen einen Gegenstand, der in ihrem Fell verborgen war – ein kleines, rundes, flaches, scheibenähnliches Ding. »Ich glaube, da ist ein Knoten, mein Fell hat sich verfilzt«, sagte Gailet schnell, während er versuchte, das Ding herauszupuhlen.

»Sei vorsichtig, Fiben.«

»Ja, okay«, sagte er und beugte sich über sie. »Du hast recht. Da ist wirklich ein Knoten. Ich will versuchen, ihn mit den Zähnen zu lösen.«

Ihr Rücken bebte, und sie roch nach Schweiß, während er sich noch näher zu ihr hinabbeugte. *Dachte ich's mir doch! Eine Nachrichtenkapsel!* Als er seine Augen auf die Kapsel einstellte, wurde ein winziger Holografieprojektor sichtbar. Der Strahl drang in sein Auge und stellte sich automatisch auf seine Retina ein.

Es waren nur wenige Zeilen eines einfachen Textes. Doch was er da las, ließ ihn überrascht zusammenfahren. Es war ein Dokument, in seinem Namen geschrieben!

ERKLÄRUNG FÜR DAS, WAS ICH HIER TUE: AUFGEZEICHNET VON LIEUTENANT FIBEN BOLGER, NEO-SCHIMPANSE.

OBWOHL ICH WÄHREND MEINER GEFANGENSCHAFT GUT BEHANDELT WURDE UND DIE AUFMERKSAMKEIT SCHÄTZE, DIE MIR ZUTEIL WURDE, MUSS ICH VERSUCHEN MICH ZU BEFREIEN. UNS STEHT IMMER NOCH EIN KRIEG BEVOR, UND ES IST MEINE PFLICHT, JEDE MÖGLICHKEIT ZUM FLIEHEN ZU ERGREIFEN.

MEINE FLUCHT IST NICHT ALS BELEIDIGUNG DES SUZERAINS DER GUTEN SITTEN ODER DES GUBRU-CLANS GEDACHT: DOCH DIE LOYALITÄT GEGENÜBER DEN MENSCHEN UND MEINEM EIGENEN CLAN ZWINGT MICH DAZU, DEN FLUCHTVERSUCH UNVERZÜGLICH ZU WAGEN.

Unter dem Text war eine Fläche, die rötlich wie in Erwartung pulsierte. Fiben blinzelte, wich etwas zurück – und der Text verschwand.

Freilich waren ihm Aufzeichnungen wie diese bekannt. Er musste nur auf den roten Punkt schauen. Dann würde seine Zustimmung registriert werden, bestätigt mit seinem Retinamuster.

Dann würde dieses Dokument ebenso bindend sein wie seine Unterschrift auf einem Blatt Papier, unter einem üblichen Schriftstück.

Fliehen! Der Gedanke ließ Fibens Herz höher schlagen. *Fliehen … aber wie?*

Die Aufzeichnung enthielt nur *seinen* Namen. Wenn Gailet mit ihm gehen wollte, hätte sie sicher auch ihren Namen mit eingetragen.

Doch selbst wenn dies möglich gewesen wäre – war es dann richtig? Offensichtlich hatte ihn der Suzerain als Gailets Partner ausgewählt, um an einer Unternehmung teilzunehmen, die so kompliziert und so gefährlich war, wie noch keine in der Geschichte ihrer Spezies. Wie sollte er sie in einem solchen Moment im Stich lassen?

Er beugte sich wieder über den Text und las ihn noch einmal durch, wobei er angestrengt nachdachte.

Wann hatte Gailet überhaupt die Gelegenheit gehabt, so etwas zu schreiben? Hatte sie vielleicht irgendwelche Kontakte zur Résistance?

Außerdem war da etwas im Text, was Fiben *störte.* Es ging nicht einfach um die Rechtschreibung und um die schlechte Grammatik. Und plötzlich ging Fiben ein Licht auf. Diese Erklärung diente einem ganz bestimmten Zweck, und jemand hatte eine solche Urkunde dringend nötig.

Sicher hatte nicht Gailet, sondern jemand anders diesen Text aufgesetzt – sie hatte nur die Aufgabe, ihm diesen Text zu übermitteln.

»Sylvie hat vor Kurzem hereingeschaut«, sagte Gailet. »Wir haben uns gegenseitig gestriegelt. Und sie hatte die gleichen Schwierigkeiten mit einem ähnlichen Knoten.«

Sylvie! Kein Wunder, dass die Chimmie vorhin so nervös war! Fiben dachte angestrengt nach und versuchte, das Mosaik zusammenzusetzen. Also war es Sylvie, die diese Scheibe bei Gailet eingepflanzt hatte … Nein, sie musste das Ding selber getragen haben. Sie ließ Gailet den Text lesen und setzte dann Gailet mit ihrer Zustimmung diese Laus in den Pelz.

»Vielleicht habe ich Sylvie zu Unrecht verurteilt«, fuhr Gailet fort. »Sie ist trotz allem eine recht passable Chimmie. Ich weiß zwar nicht, wie weit sie abhängig ist, aber für mich ist sie am Ende nicht wankelmütig.«

Was wollte ihm Gailet sagen? Dass dies nicht ihre Idee war, sondern einzig und allein Sylvies Einfall? Immerhin musste Gailet die andere Chimmie berücksichtigen, durfte aber nicht ihre Gedanken aussprechen. Sie konnte Fiben nicht einmal einen Hinweis geben – zumindest nicht offen.

»Es ist ein fester Knoten«, sagte Fiben, während er sich zurücklehnte. »Ich will's noch mal versuchen.«

»Gut, lass dir nur Zeit. Du wirst es schon schaffen.«

Er kämmte eine andere Stelle durch, nahe der rechten Schulter, doch seine Gedanken schweiften in die Ferne.

Los, fang an zu denken!, ermunterte er sich.

Alles war so verdammt undurchsichtig! Das famose Testgerät des Suzerains muss gesponnen haben, als ihn die Techniker als »fortgeschrittenen« Neoschimpansen einstuften. In jenem Moment kam sich Fiben alles andere als leuchtendes Beispiel, als Prachtexemplar eines vernünftigen Wesens vor.

Also gut, versuchte er sich zu konzentrieren. *Man hat mir die Möglichkeit zur Flucht geboten. Fragt sich nur, ob das Angebot gilt.*

Einerseits konnte Sylvie ein Lockvogel, ihr Angebot eine Falle sein.

Doch das machte keinen Sinn. Fiben hatte nie sein Wort gegeben, niemals versprochen, nicht zu fliehen, wenn er eine Chance hatte. Als Offizier der Terragener war es sogar seine Pflicht, vor allem, wenn er es auf höfliche Art und Weise tun konnte, ohne das Protokoll der Gubru zu verletzen.

Vielleicht würde die Annahme des Angebots als die einzig

richtige Reaktion eingeschätzt werden. Sollte es sich hier um einen weiteren Gubru-Test handeln, so war es nur klug, gemäß ihrer Erwartung zu handeln und den Aliens zu zeigen, dass er wusste, was ein Klient in einer solchen Situation zu tun hatte.

Andererseits konnte das Angebot durchaus real sein. Fiben erinnerte sich, wie aufgeregt und bewegt Sylvie gewesen war. Während der letzten Wochen war sie recht freundlich zu ihm, schien ihm auf eine Weise zugetan, die für eine Chimmie recht ungewöhnlich war, hätte sie nur Katz und Maus mit ihm gespielt.

Gut. Aber wenn das Angebot real ist, wie will sie es durchziehen?

Es gab nur eine einzige Möglichkeit, um dies zu erfahren, indem er sie danach fragte. Natürlich musste man bei jedem Fluchtversuch das Überwachungssystem übertölpeln. Wahrscheinlich war dies möglich, doch Sylvie konnte nur einmal den Versuch wagen. Sobald er und Gailet Fragen zu stellen begannen, musste auch schon eine Entscheidung fallen.

Was ich nun wirklich entscheiden muss, ist dies: Soll ich Sylvie einfach sagen: »Na schön, also her mit deinem Plan.« Und wenn ich Ja sage, ist es besser, wenn ich sogleich aufbreche.

Ja nun – aber wohin soll ich gehen?

Freilich gab es da nur eine einzige Möglichkeit. Hinauf in die Berge, um Athaclena und Robert all das zu berichten, was er erfahren hatte. Das hieß aber, aus Port Helenia hinauszukommen – und aus diesem Gefängnis.

»Die Soro erzählen eine Geschichte«, sagte Gailet mit gedämpfter Stimme. Ihre Augen waren geschlossen, und sie schien entspannt, während er ihre Schulter massierte. »Sie berichten von einem gewissen Paha-Krieg, der zu jener Zeit tobte, als die Paha bereits entwickelt waren. Möchtest du sie hören?«

Fiben nickte, überrascht und erstaunt. »Freilich! Erzähl mir die Geschichte, Gailet.«

»Nun gut. Du hast sicher schon von den Paha gehört. Sie sind zähe Krieger und loyal zu ihren Soro-Patronatsherren. Seinerzeit hatten sie die Tests des Entwicklungsinstituts großartig bestanden. Also beschlossen die Soro eines schönen Tages, ihnen gewisse Verantwortungen und Pflichten zu übertragen. Sie schickten eine Gruppe aus, um einen Botschafter der *Sieben-Spin-Clans* zu eskortieren.«

»*Sieben-Spin* … – das ist eine Maschinenzivilisation, nicht wahr?«

»Sicher. Aber es sind keine Gesetzlosen. Sie sind eine der wenigen Maschinenzivilisationen, die der Galaktischen Gesellschaft als Mitglieder beigetreten sind. Sie halten sich nach Möglichkeit fern und bevorzugen hochverdichtete Spiralarmgebiete, die weder für Sauerstoffatmer noch für Wasserstoffatmer von Interesse sind.«

Was will sie damit sagen?, fragte sich Fiben.

»Wie dem auch sei – der Soro-Gesandte hatte mit den Sieben-Spins stets alle Hände voll zu tun, sobald dieser Paha-Scout etwas am Rande des lokalen Systems entdeckte und das Ding, was es auch sein mochte, näher unter die Lupe nahm. Und wie das Schicksal so spielt, stößt er auf ein Frachtschiff der Sieben-Spins, das von abtrünnigen Maschinen angegriffen wird.«

»Berserker? Planetenzertrümmerer?«

Gailet erschauerte. »Du hast zu viel Science Fiction gelesen, Fiben. Nein, es waren nur abtrünnige Roboter, die plündern und Beute machen wollten. Also: In dem selben Augenblick, wo unser Paha-Scout trotz seiner wiederholten Anrufe keine weiteren Anweisungen erhält, beschließt er, von sich aus etwas zu unternehmen. Er steigt ein und lässt die Waffen sprechen.«

»Lass mich raten – er hat das Frachtschiff gerettet.«

Sie nickte. »Ja, und er zerstreute die Abtrünnigen in alle Winde. Die Sieben-Spins zeigten sich dankbar. Unter dem Strich konnten die Soro einen saftigen Gewinn verbuchen.«

»Also war er ein Held.«

Gailet aber schüttelte den Kopf. »Nein, überhaupt nicht. Er

kehrte als ein Ausgestoßener in seine Heimat zurück, und man ließ ihn allein.«

»Verrückte Eatees«, knurrte Fiben.

»Nein, Fiben.« Sie berührte sein Knie. »Das ist ein wichtiger Punkt. Die Initiative bei einer neuen Klientenspezies zu fördern ist eine feine Sache – aber warum muss so etwas ausgerechnet dann stattfinden, wenn auf galaktischer Ebene wichtige Verhandlungen geführt werden? Würdest du einem klugen Kind trauen, das mit einem Fusionsreaktor spielt?«

Fiben hatte inzwischen begriffen, worauf Gailet hinauswollte. Ihnen beiden wurde ein Geschäft angeboten, das sich für die Erde sehr vorteilhaft anhörte – zumindest oberflächlich betrachtet. Der Suzerain der Guten Sitten war bereit, eine große Aufnahme-Zeremonie für Neoschimpansen zu finanzieren. Die Gubru würden dem Patronatsstatus der Menschen nichts mehr entgegensetzen und alle Feindschaft mit Terra beenden. Dafür verlangten alle Suzerains von Fiben und Gailet, den Fünf Galaxien über die Hyperraum-Weiche zu erklären, wie freundlich und kooperativ die Gubru waren.

Das hörte sich an, als ob der Suzerain der Guten Sitten unbedingt sein Gesicht wahren wollte, gleichzeitig war es ein großer Coup für die Erdlinge.

Fiben aber musste sich fragen, ob er und Gailet überhaupt das *Recht* hatten, so eine Entscheidung zu treffen. Wären da nicht irgendwelche Nebenwirkungen denkbar gewesen, die sich aus ihren Überlegungen ergaben – potenzielle Nebenwirkungen, die unter Umständen tödlich sein konnten?

Der Suzerain hatte ihnen mitgeteilt, dass es gute Gründe dafür gäbe, weshalb sie mit den menschlichen Führern in den Internierungslagern auf den Inseln keinen Kontakt haben durften. Seine Rivalität mit den beiden anderen Suzerains näherte sich einer kritischen Phase, und wahrscheinlich hätten sie sein Vorhaben nicht akzeptiert. Also baute der Suzerain der Guten Sitten auf einen Überraschungseffekt, um die anderen auszutricksen und sie vor vollendete Tatsachen zu stellen.

Doch irgendetwas in dieser Logik störte Fiben. Doch Aliens waren eben Aliens im wahrsten Sinne des Wortes. Er konnte sich nicht vorstellen, dass eine terranisch gestützte Gesellschaft auf solche Weise operieren würde.

Also wollte ihm Gailet wohl sagen, sie sollten sich der Zeremonie entziehen. Gut so! Was Fiben anging, hatte sie die Auswahl. Sie brauchte nur einfach *Nein* zu sagen – freilich mit allem schuldigen Respekt.

»Die Geschichte ist aber noch nicht zu Ende«, sagte Gailet.

»Und wie geht sie weiter?«

»Also: Ein paar Jahre später rückten die Sieben-Spin-Clans mit einem Nachweis heraus, dass die Paha alles versucht hätten, Instruktionen einzuholen, bevor sie zuschlugen, doch die Hyperraum-Bedingungen waren so ungünstig, dass ihre Meldung nicht durchkam.«

»Demnach …«

»Dies war für den Soro ein entscheidendes Argument. Einerseits hatte er eine Verantwortung übernommen, die ihm nicht zustand. Andererseits aber versuchte er, sein Bestes zu tun.

Der Scout wurde nachträglich rehabilitiert, und seinen Erben wurden die höheren Entwicklungsrechte zugesprochen.«

Es trat eine lange Pause ein, es war still. Keiner von ihnen sprach, während Fiben sorgfältig nachdachte. Dann aber wurde ihm plötzlich alles klar.

Es ist allein der Versuch, der zählt. Das ist es, was sie ihm sagen wollte. Es wäre unverantwortlich, mit dem Suzerain zusammenzuarbeiten, ohne zumindest versucht zu haben, mit unseren Patrons zu sprechen. Wahrscheinlich wird es schiefgehen, wahrscheinlich wird es nicht gelingen, aber ich muss es versuchen.

»Schauen wir uns diesen Knoten noch einmal an.« Er beugte sich vor und betrachtete die Kapsel aus nächster Nähe. Und wieder erschienen die Textzeilen, ebenso tauchte auch der rote Fleck wieder auf, der vor seinen Augen pulsierte. Fiben aber schaute direkt auf den Punkt und konzentrierte sich.

Ich akzeptiere.

Der Fleck wechselte sofort die Farbe, was einer Bestätigung entsprach. *Und was nun?,* fragte sich Fiben, während er sich zurücklehnte.

Die Antwort kam umgehend, indem die Tür langsam aufging. Sylvie trat ein. Sie trug dasselbe lange Kleid wie beim letzten Mal und setzte sich ihm gegenüber.

»Die Überwachung ist ausgeschaltet. Ich werde ein Band in die Kameras einlegen, ein Endlosband. Und ich glaube, dass ich es etwa eine Stunde lang arrangieren kann. Dann dürfte ihr Computer misstrauisch werden.«

Fiben holte die kleine Scheibe aus Gailets Fell, und sie streckte ihre Hand danach aus. »Nur noch eine Minute«, flüsterte Gailet, eilte zu ihrem Terminal und ließ die Kapsel hineinfallen. »Nichts gegen dich, Sylvie, aber der Text muss redigiert werden. Fiben kann dann meine Änderungen gutheißen.«

»Vergiss es! Ich weiß, dass du den Text ändern musst. Ich wollte nur, dass ihr begreift, was ich euch anzubieten habe.«

Alles ging so unglaublich schnell vor sich. Fiben aber spürte, wie seine Adern durch den Adrenalinschub zu singen und zu klingen begannen. »Also darf ich gehen?«

»*Wir* werden gehen«, berichtigte Sylvie. »Du und ich. Ich habe für Vorräte gesorgt, für Verkleidung, und ich weiß den Weg, der aus der Stadt hinausführt.«

»Du gehörst also zur Untergrundbewegung?«

Sie schüttelte den Kopf. »Nichts wäre mir lieber als das. Doch dies ist meine eigene Show. Ich … ich tu das für einen Preis.«

»Und wie sieht er aus? Was willst du?«

Sylvie schüttelte den Kopf und deutete an, dass sie warten

wollte, bis Gailet zurückkam. »Wenn ihr beiden die Chance nützen wollt, werde ich hinausgehen und die Nachtwache rufen. Ich habe sie sorgfältig ausgewählt und habe es auch geschafft, dass Eisengriff heute Nacht Dienst hat.«

»Was ist an diesem Burschen Besonderes dran?«

»Vielleicht hast du selbst schon gemerkt, Fiben, dass dir die Probanden sehr ähnlich sind, und er ist fast so gebaut wie du. Zumindest reicht diese Ähnlichkeit, um die Überwachungscomps in der Dunkelheit zu täuschen.«

Darum also war ihm der Chim an der Pforte so bekannt vorgekommen!, dachte Fiben. »Betäube ihn. Lass ihn bei Gailet, während ich in seine Klamotten schlüpfe. Ich werde seinen Pass benutzen.«

»Das ist nicht so einfach, wie du denkst, glaub mir.« Sylvie wirkte nervös und erschöpft. »Aber du hast es erfasst. Er und ich werden in zwanzig Minuten abgelöst. Wir müssen uns also beeilen.«

Gailet gesellte sich wieder zu ihnen und reichte Fiben das neu beschriebene Amulett. Er führte den Text dicht vors Auge und las ihn genau durch – nicht um Gailets Arbeit zu kritisieren, sondern weil er ihn sich Wort für Wort einprägen wollte, um ihn Athaclena und Robert wortgetreu zu übermitteln.

Gailet hatte die Botschaft gründlich redigiert und umgeschrieben.

So lautete diesmal der Text wie folgt:

ABSICHTSERKLÄRUNG DES FIBEN BOLGER, A-CHIM-ABHUMAN-KLIENT. BÜRGER DER TERRAGENEN FÖDERATION UND RESERVELIEUTENANT DER KOLONIALEN VERTEIDIGUNGSARMEE AUF GARTH:

ICH BIN ZUTIEFST DANKBAR FÜR ALL DAS ENTGEGENKOMMEN, DAS ICH WÄHREND MEINER GEFANGENSCHAFT ERFAHREN HABE UND WEISS DIE AUF-

MERKSAMKEIT SEHR WOHL ZU SCHÄTZEN, WELCHE MIR DIE HOCHGEACHTETEN SUZERAINS DES GROSSEN CLANS DER GUBRU WIDMETEN:

DENNOCH GLAUBE ICH, DASS ES MEINE PFLICHT IST ANGESICHTS DIESER UNERFREULICHEN AUSEINANDERSETZUNGEN ZWISCHEN DEN MEINEN UND DEN GUBRU BEI ALLEM SCHULDIGEN RESPEKT EINE WEITERE BESCHRÄNKUNG MEINER FREIHEIT IN HÖFLICHSTER FORM ABZULEHNEN.

TROTZ MEINES FLUCHTVERSUCHS MÖCHTE ICH DEM ERHABENEN SUZERAIN FÜR DIE EHRE DANKEN, MICH ALS VERTRETER MEINER SPEZIES BERÜCKSICHTIGT ZU HABEN. UND WENN ICH MICH ERNEUT DEM WIDERSTAND GEGEN DIE BESATZUNGSMÄCHTE DER GUBRU AUF GARTH ANSCHLIESSE, HOFFE ICH MICH SO ZU VERHALTEN, WIE DIES VON EINEM KLIENT SOPHONT UNSERER PATRONATSSPEZIES ERWARTET WIRD.

NUN WERDE ICH IM SINNE DER TRADITIONEN DER GALAKTISCHEN GESELLSCHAFT HANDELN NACH BESTEM WISSEN UND GEWISSEN.

Nun hatte Fiben genug von Gailet gelernt, um zu wissen, wie viel besser diese Version war. Er ließ seine Zusage noch einmal protokollieren, und der Registrierfleck wechselte wieder die Farbe. Dann gab er Gailet die Scheibe zurück.

Wichtig ist, dass wir es versuchen, sagte er zu sich, obwohl er wusste, wie riskant dieses Abenteuer war.

»Nun«, sagte Gailet, zu Sylvie gewandt. »Was ist der Lohn? Was willst du dafür?«

Sylvie biss sich auf die Lippe. Sie kehrte sich Gailet zu, aber sie zeigte auf Fiben. »Ihn«, sagte sie rasch. »Ich will, dass du ihn mit mir teilst.«

»Wie bitte?« Fiben wollte auf die Füße springen, doch Gailet hielt ihn mit einer schnellen Geste zurück. »Erklär uns das mal!«, forderte sie Sylvie auf.

Sylvie aber zuckte die Achseln. »Ich wusste nicht genau, welche Art Ehevertrag ihr geschlossen habt.«

»Wir haben gar keinen!«, gab Fiben hitzig zurück. »Und was, zum Teufel …«

»Sei still, Fiben!«, sagte Gailet ruhig. »Das stimmt, Sylvie. Wir haben keine Abmachung, weder für eine Gruppengemeinschaft noch monogam. Also was soll das alles? Was willst du von ihm?«

»Liegt das nicht auf der Hand?«, meinte Sylvie und riskierte einen kurzen Blick auf Fiben. »Wie auch immer er früher eingestuft war, hat er jetzt eine weiße Karte. Schau dir einmal seine Kriegsakte an, und überleg dir, wie er die Aliens in Port Helenia schon zweimal zum Narren gehalten hat. Ein solcher Coup allein würde bereits genügen, um ihn für eine blaue Karte vorzuschlagen.

Und jetzt hat ihn der Suzerain eingeladen, eine Spezies zu repräsentieren. So viel Aufmerksamkeit ist allerhand, so eine Karte sticht immer. Und so was hat Bestand, ganz gleich, *wer nun* den Krieg gewinnt. Das wissen Sie ebenso gut wie ich, Dr. Jones.

Also«, fasste Sylvie zusammen, »er hat eine weiße Karte, ich eine grüne. Außerdem mag ich zufällig seine Art. So einfach ist das.«

Ich? Ich *ein Weißkartier?* Fiben brach in lautes Gelächter aus. Ihm schwante aber, worauf Sylvie eigentlich hinauswollte.

»Wer auch immer gewinnt«, fuhr Sylvie ungerührt fort, während sie seine Heiterkeit ignorierte. »Ob es nun die Erde ist oder Gubru – ich will, dass mein Kind zu den Prominenten gehört und vom Institut beschützt wird. Mein Kind soll eine Zukunft haben. Und meinen Enkeln soll die Zukunft gehören.«

Sylvie machte die ganze Sache offensichtlich Spaß. Fiben aber war gerade nicht in der Stimmung, besondere Sympathien zu entwickeln.

Bei allen guten Geistern!, dachte er. *Und dabei spricht sie nicht zu mir, sondern zu* Gailet *und appelliert an ihr Verständnis!*

»He, darf ich auch was dazu sagen?«, protestierte er.

»Natürlich nicht, du Narr«, erwiderte Gailet kopfschüttelnd. »Du bist ein Chim. Und ein männlicher Chim wird auch eine Ziege oder ein Schaf besteigen, wenn sonst nichts vorhanden ist.«

Das war zwar übertrieben, aber es traf irgendwie zu, sodass Fiben errötete. »Aber …«

»Sylvie ist attraktiv und wird bald ihre Pinkzeit haben. Was erwartest du eigentlich, wenn du frei bist, wo wir uns alle von vornherein einig sind, dass sich deine Pflichten und deine Freuden miteinander decken?«, meinte Gailet. »Das ist nicht deine Entscheidung. Und jetzt bitte, zum letzten Mal – sei still, Fiben!«

Gailet wandte sich wieder an Sylvie, um sie weiter zu befragen, doch in diesem Augenblick konnte Fiben ihre Worte nicht hören. Denn ein Röhren in seinen Ohren blockierte alle anderen Geräusche. Das Einzige, woran er denken konnte, war der Schlagzeuger, der bedauernswerte Igor Patterson. *Nein, o nein. Gütiger Himmel, bewahre mich!*

»… Männer eben so sind.«

»Sicher. Aber ich nehme an, dass du mit ihm irgendeinen Vertrag hast, ob formal oder nicht. Die Theorie ist gut, doch kann jeder behaupten, dass die Sache anders läuft. Und er kann eventuell hartnäckig und widerspenstig sein, bis er weiß, dass mit dir alles in Ordnung ist.«

Ist dies die Art und Weise, auf die Chimmies über uns Chims heimlich denken?, grollte Fiben. Er musste an das sogenannte »Gesundheitstraining« auf der höheren Schule denken, wo jungen Chims irgendwelche Vorträge über prokreative Rechte verpasst und VD-Filme gezeigt wurden. Und ebenso wie die anderen Boy-Chims musste er sich auch fragen, was wohl die Chimmies während dieser Zeit lernten. *Sind es die Schulen, die ihnen diese kaltblütige Logik beibringen? Oder lernen sie es auf die harte Tour, nämlich durch uns?*

»Ich besitze ihn nicht«, meinte Gailet achselzuckend. »Wenn du recht hast, so hat niemand einen solchen Anspruch auf ihn … niemand außer der Entwicklungsbehörde – armer Bursche.« Sie runzelte die Stirn. »Alles, was ich von dir verlange, ist, dass du ihn sicher in die Berge führst. Und bis dahin wird er dich nicht berühren, verstanden? Du wirst deinen Lohn kriegen, sobald er bei den Guerillas angekommen ist.«

Ein Mensch, ein Mann vom Menschengeschlecht würde sich dies nicht gefallen lassen, dachte Fiben bitter. Aber waren auch Männer der menschlichen Spezies nicht unfertige Kreaturen von Klienten-Niveau, die »eine Ziege oder auch ein Schaf besteigen würden«, wenn sie nichts Besseres finden?

Sylvie nickte zustimmend und streckte die Hand aus. Gailet aber nahm ihre Hand und drückte sie. Nach einem langen Blick trennten sich dann ihre Hände.

Sylvie erhob sich. »Ich werde anklopfen, bevor ich hereinkomme – also in etwa zehn Minuten.« Sie schaute Fiben zufrieden an, wie jemand, der einen guten Handel abgeschlossen hat. »Also halt dich bereit, damit du dann abhauen kannst«, sagte sie und wandte sich zum Gehen.

Als sie fort war, fand Fiben endlich seine Sprache wieder. »Du hast eine glatte Zunge, Gailet. Aber vielleicht bildest du dir etwas zu viel auf deine Theorien ein. Was, zum Teufel, macht dich so sicher …?«

»Ich bin mir überhaupt nicht sicher«, fauchte sie zurück. Und ihr zweifelnder, verletzter Gesichtsausdruck erstaunte Fiben mehr als alles andere, das an diesem Abend geschehen war.

Gailet legte eine Hand vor die Augen. »Es tut mir leid, Fiben. Tu, was du für richtig hältst. Nur sei bitte nicht beleidigt. Im Augenblick kann keiner stolz auf sich selbst sein. Immerhin glaube ich, dass Sylvie nicht zu viel verlangt, so wie die Dinge jetzt stehen.«

Fiben las die geheime Spannung in Gailets Blick, und sein

Zorn verflog, machte der Sorge um sie Platz. »Glaubst … meinst du wirklich, dass alles glattgeht?«

Sie zuckte die Achseln. »Ich nehm's an. Der Suzerain wird wahrscheinlich einen anderen Partner für mich finden. Ich werde versuchen, die Sache so weit wie möglich hinauszuzögern.«

Fiben biss sich auf die Lippe. »Wir werden dir eine Nachricht von den Menschen zukommen lassen, das verspreche ich dir.«

Ihre Miene verriet ihm, dass sie da nur wenig Hoffnung hegte. »Tu das, Fiben.« Sie erhob sich und tätschelte zärtlich seine Wange. »Du weißt«, flüsterte sie, »ich werde dich wirklich vermissen.«

Der Augenblick ging vorbei. Sie zog ihre Hand zurück, und ihr Gesichtsausdruck war ebenso ernst wie vorhin. »Jetzt solltest du aber dein Zeug zusammensuchen und einpacken, was du mitnehmen willst. Inzwischen will ich dir noch einiges sagen, das du deinem General mitteilen sollst. Kannst du dir das merken, Fiben?«

»Aber sicher.« Doch dann stand er für einen Moment nachdenklich da und fragte sich, wann er wieder diesen zärtlichen Blick sehen würde, der für einen Moment in ihren Augen aufgeleuchtet war. Sie folgte ihm, während er seine Sachen zusammensuchte und Vorräte und Kleidungsstücke verstaute. Dann sagte sie leise noch ein paar Worte, bevor es an die Tür klopfte.

Gailet 64

Nachdem sie gegangen waren, saß Gailet in der Dunkelheit auf ihrer Matratze, eine Decke über dem Kopf, die Beine hochgezogen und wiegte sich in ihrer Einsamkeit hin und her.

Doch in dieser Finsternis war sie nicht allein, obwohl ihr dies lieber gewesen wäre. Gailet spürte den schlafenden Chim in ihrer Nähe, der sich in Fibens Decke gewickelt hatte. Er stieß kleine Wolken jener Droge aus, die ihm das Bewusstsein geraubt hatte. Die Probanden-Wache würde noch eine ganze Weile schlafen und stundenlang bewusstlos sein. Gailet aber wusste, dass es nicht so lange ruhig bleiben würde, wie die Wache vor sich hinschlummerte.

Nein, sie war nicht ganz allein. Dennoch war sich Gailet Jones noch nie so abgeschirmt, so isoliert vorgekommen.

Armer Fiben, dachte sie. *Vielleicht liegt Sylvie bei ihm richtig. Sicher ist er der beste Chim, den ich je getroffen habe … Dennoch …* Sie schüttelte den Kopf. *Dennoch konnte er die Sache nur teilweise durchschauen. Und den Rest wollte und durfte ich ihm nicht beibringen – zumindest nicht, um mein Wissen nicht den heimlichen Lauschern zu verraten.*

Sie wusste nicht, ob man Sylvie trauen konnte, weil Gailet sich nie darauf verstanden hatte, die Leute richtig einzuschätzen.

Doch ich mag wetten, dass Sylvie die Gubru-Überwachung nie übertölpelt hatte …

Gailet dachte angestrengt nach. Wie konnte eine kleine Chimmie die Alien-Monitore täuschen, dass sie nichts bemerkten? *Das wäre viel zu einfach gewesen, um daran zu glauben. O nein! Es war eine abgekartete Sache!*

Doch wer hatte das alles arrangiert? Und warum?

Und wenn – war es überhaupt von Bedeutung?

Freilich hatten wir keine andere Wahl. Fiben musste das Angebot annehmen.

Gailet aber fragte sich, ob sie ihn je wiedersehen würde. Sollte es sich hier nur um einen weiteren Test handeln, den der Suzerain der Guten Sitten angeordnet hatte, konnte Fiben durchaus schon morgen zurück sein, und zwar mit einer entsprechenden Qualifikation eines fortschrittlichen Neoschimpansen als Vorhut seiner Spezies auf Klientenstufe.

Sie erschauerte. Bis zu diesem Abend hatte sie nicht über die möglichen Folgen nachgedacht, doch Sylvie hatte ihr reinen Wein eingeschenkt. Selbst wenn sie je wieder zusammenkamen, würde es für sie und für Fiben nie mehr dasselbe sein. Und wenn ihre weiße Karte noch ein Hindernis zwischen ihnen war, so würde sich dies sehr schnell ändern.

Immerhin begann Gailet daran zu zweifeln, dass dies nichts als ein weiterer Test des Suzerains der Guten Sitten war. Und wenn nicht, dann war diese Fluchtmöglichkeit wohl eine Finte der Gubru – vielleicht eine Masche der *anderen* Suzerains, oder …

Gailet schüttelte erneut den Kopf. Sie wusste zu wenig, um die Dinge wenigstens über den Daumen zu peilen. Denn das Material war dürftig, die Daten reichten einfach nicht aus. Vielleicht war sie aber auch nur einfach zu beschränkt oder mit Blindheit geschlagen, um zu erkennen, wie der Hase lief.

Um sie herum war ein Spiel im Gange, und bei jedem Schritt wusste keiner so richtig, welchen Weg er einschlagen sollte. Fiben *musste* heute Nacht fort, ob nun die Möglichkeit zur Flucht, die ihm geboten wurde, eine Falle war oder nicht. Sie aber *musste* bleiben und alle Möglichkeiten ausschöpfen. Das war nun einmal ihr Schicksal.

Das Gefühl, manipuliert zu werden, ohne etwas dagegen unternehmen zu können, war für Gailet vertraut, während sich Fiben erst allmählich daran gewöhnen musste. Für Gailet aber war dieses Gefühl ein Leben lang ständiger Begleiter.

In einigen alten Religionen der Erde kannte man den Begriff der Vorsehung, das Wirken Gottes im Entwurf der Schöpfung (Weltenplan) und in dessen Ausführung durch Hinleitung der Welt und ihrer Geschichte zu dem von ihm vorausbestimmten und gewollten Endziel – sodass der sogenannte »freie Wille« nichts weiter als eine Illusion blieb.

Gleich nach dem Kontakt vor zwei Jahrhunderten hatten die menschlichen Philosophen die ersten Galaktiker, die sie trafen, gefragt, wie sie über solche und ähnliche Vorstellungen dächten. Und nur zu oft antworteten die Alien-Weisen väterlich: *»Diese Fragen können nur in einer unlogischen Wolflingersprache gestellt werden«*, lautete die typische Erwiderung. *»Es gibt kein Paradoxon«*, versicherten sie.

Und keine Mysterien, keine Rätsel, die es zu lösen galt … zumindest aber keine, denen man sich mit irdischer Philosophie nähern konnte.

Doch was die Vorsehung betraf, war dies für die Galaktiker nicht unbedingt schwer verständlich. Denn die meisten von ihnen glaubten, dass das Auftauchen und Wirken des Wolflinger-Clans nichts weiter als ein Spuk, eine kurze Episode war.

Dennoch musste Gailet an jene Zeit denken, als sie auf der Erde gelebt hatte, als sie einem gewissen Neodelfin begegnet war – einem betagten Dichter, der zurückgezogen lebte – und der ihr so manche Geschichte aus seiner Jugendzeit erzählt hatte, als er im Schlepptau der großen Wale mitschwamm und ihrem Gesang über die uralten Götter lauschte. Und sie war besonders berührt und fasziniert, als der alte ’Fin eines seiner Gedichte ihr persönlich widmete.

Kommt ein heller Ball geflogen
durch die klare blaue Luft,
sei kein scheuer kleiner Hase:
Gib ihm eins mit deiner Nase!

Gailet wusste, dass diese Verse in Trinary, der Hybrid-Sprache, welcher sich die Neodelfine bei ihren Dichtungen bedienten, vielleicht ganz anders und wohl auch eindrucksvoller klangen. Sie war zwar dieser Sprache nicht mächtig, aber die kleine Allegorie verfehlte auch in Anglic ihre Wirkung nicht.

Während sie noch darüber nachdachte, merkte Gailet, dass sie lächelte.

Gib ihm eins mit deiner Nase – das war's!

Der Schläfer an ihrer Seite schnarchte friedlich vor sich hin. Gailet aber presste die Zunge gegen die Vorderzähne und versuchte, dem Rhythmus der Trommeln zu lauschen.

Sie saß immer noch in Gedanken versunken da, als ein paar Stunden später die Tür aufging. Aus dem Vorraum strömte helles Licht herein. Ein paar vierfüßige Avianer trippelten herein – Kwackoos, wie sich unschwer erkennen ließ. An der Spitze der Prozession erblickte Gailet den Adjutanten des Suzerains der Guten Sitten in seinem pastellfarbenen Federkleid. Sie erhob sich, doch ihre kleine Verbeugung wurde nicht erwidert.

Der Kwackoo starrte sie an, dann beugte er sich über die schlafende Gestalt unter der Decke. »Dein Gefährte will nicht aufstehen. Das ist unbegreiflich und unverschämt.« Da kein Gubru weit und breit zu sehen war, fühlte sich der Aviane nicht verpflichtet, besonders höflich zu sein. Gailet aber blickte zur Decke. »Vielleicht geht es ihm nicht gut.«

»Braucht er ärztliche Hilfe?«

»Ich glaube, er wird auch so zurechtkommen.«

Der Kwackoo scharrte mit seinen dreigezehten Füßen. »Ich

will offen sein. Wir möchten deinen Gefährten untersuchen, um seine Identität festzustellen.«

Gailet zog eine Braue, obwohl sie wusste, dass dies der Kreatur nichts sagte. »Und wer, glaubst du, mag er sein? Vielleicht Großvater Bonzo? Wisst ihr Kwackoo denn nicht über eure Häftlinge Bescheid?«

Der Aviane redete sich immer mehr in Rage. »Dieses Sperrgebiet wurde den Hilfstruppen der Neoschimpansen unterstellt, die uns zur Seite stehen. Wenn sie einen Fehler gemacht haben, dann ist dies nur ihrer animalen Inkompetenz und ihrer vernunftlosen Nachlässigkeit zu verdanken.«

»Ach was!«, erwiderte Gailet lachend.

Der Kwackoo unterbrach sein aufgeregtes Tänzeln und horchte in seinen tragbaren Translator. Und während er sie immer noch anstarrte, fuhr Gailet fort: »Du kannst uns das nicht in die Schuhe schieben, Kwackoo. Wir beide wissen nur zu gut, dass es nur eine Täuschung war, die Chim-Probanden hier einzusetzen. Und sollte es irgendwo eine undichte Stelle geben, so müsst ihr in euren eigenen Reihen danach suchen.«

Der Kwackoo sperrte den Schnabel auf. Er züngelte wie eine Schlange und Gailet wusste, dass er damit bodenlosen Hass ausdrücken wollte. Der Alien winkte, und zwei kugelförmige Roboter zischten herbei. Mit Hilfe von Antigravfeldern hoben sie den schlafenden Neoschimpansen hoch, ohne auch nur die Decken zu verschieben. Dann schwebten sie mit ihm Richtung Tür. Da sich der Kwackoo nicht gescheut hatte, unter die Decken zu schauen, wusste er bereits, was sich unter ihnen verbarg.

»Es wird eine Untersuchung geben«, versprach er und wandte sich zum Gehen. In wenigen Minuten würden sie Fibens Abschiedsbrief lesen, wusste Gailet, der an die Bluse des schnarchenden Wächters geheftet war.

»Gut«, sagte sie. »Inzwischen hätte ich eine Bitte … besser gesagt: eine Forderung, die ich stellen möchte.«

Der Adjutant war bereits auf dem Weg zur Tür, an der Spitze seiner flatternden Eskorte. Bei Gailets Worten hielt er inne und verursachte eine kleine Verkehrsstockung. Seine Begleiter aber streckten die Zunge nach Gailet aus, während sie sich gegenseitig anrempelten. Ihr Führer mit dem rosa Kamm drehte sich um und schaute Gailet an.

»Du hast kein Recht, irgendwelche Forderungen zu stellen.«

»Diese hier stelle ich im Namen der galaktischen Tradition«, beharrte Gailet. »Zwinge mich nicht, mein Gesuch direkt an Seine Eminenz, den Suzerain der Guten Sitten zu richten.«

Es trat eine lange Pause ein, während der der Kwackoo ein mögliches Risiko zu überlegen schien. Dann fragte er: »Also gut – wie lautet dein Antrag?«

Diesmal war es an Gailet zu schweigen und abzuwarten.

Schließlich rang sich der Kwackoo dazu durch, eine Verbeugung anzudeuten, und Gailet erwiderte die Geste auf ebenso sparsame Weise.

»Ich möchte in die Bibliothek«, sagte sie in perfektem GalSieben. »In meiner Eigenschaft als galaktische Bürgerin muss ich darauf bestehen.«

Fiben 65

Es war sehr einfach, in der Uniform des betäubten Wächters zu passieren, nachdem ihm Sylvie die Parole zugeflüstert hatte, auf die die Roboter, die über dem Tor schwebten, reagierten. Der einsame Chim, der Wache schob, kaute an einem Sandwich und winkte den beiden zu, wobei er keinen Blick auf sie verschwendete.

»Wo bringst du mich hin?«, fragte Fiben, sobald sie die dunkle efeuumrankte Mauer des Gefängnisses hinter sich gelassen hatten.

»Zu den Docks«, erwiderte Sylvie über die Schulter. Sie schritt schnell über den feuchten, von Blättern bedeckten Bürgersteig, an dunklen, leeren Wohnhäusern vorbei, in denen einst Menschen gelebt hatten. Dann durchquerten sie eine Chim-Siedlung aus grell gestrichenen Gemeinschaftshäusern mit türähnlichen Fenstern. Fibens Blick erhaschte schattenähnliche Gestalten, Schatten, die auf zugezogene Vorhänge fielen.

»Warum zu den Docks?«

»Weil dort die Boote sind!«, erwiderte Sylvie. Ihr Blick schweifte suchend hin und her. Sie drehte den Chronometerring an ihrer linken Hand und schaute sich immer wieder um, als befürchtete sie, verfolgt zu werden.

Freilich war es verständlich, dass sie nervös war. Dennoch wurde es Fiben auf einmal zuviel, und er ergriff ihren Arm, sodass sie stehen bleiben musste. »Hör zu, Sylvie! Ich bin dir dankbar für alles, was du bisher getan hast. Doch jetzt wäre es an der Zeit, mich in deinen Plan einzuweihen.«

»Ich glaube auch«, meinte sie mit einem Seufzer. Ihr schüchternes, furchtsames Lächeln erinnerte ihn an jene Nacht in der

Affentraube. Denn was er damals für animalische Lust gehalten hatte, konnte durchaus Angst gewesen sein, die sie mit ihrer Show zu kaschieren versucht hatte.

»Es gibt nur zwei Möglichkeiten, aus der Stadt hinauszukommen. Die eine führt durch die Tür in der Umzäunung, die andere übers Wasser mit einem Boot. Ich habe vor, uns an Bord eines Fischkutters zu schleichen. Die Nachtfischer stechen gewöhnlich um …« – sie warf einen kurzen Blick auf die Uhr – »… in etwa einer Stunde in See.«

Fiben nickte. »Und was nun?«

»Wir werden dann über Bord gehen, wenn das Boot die Aspinal Bay verlässt, und werden zum North Point Park schwimmen. Von da aus wird es ein harter Marsch nach Norden entlang der Bucht sein, doch wir könnten bis Tagesanbruch die Berge erreichen.«

Fiben nickte zustimmend. Der Plan hörte sich gut an. Vor allem gefiel es ihm, dass es unterwegs eine Reihe von Möglichkeiten gab, sich die Sache anders zu überlegen. So konnten sie beispielsweise versuchen, unter Umständen den *südlichen* Punkt der Bucht zu erreichen. Denn der Feind würde sicher nicht annehmen, dass zwei Ausbrecher es wagen würden, quer durch die neue Hyperweichen-Anlage zu marschieren. Dort dürften eine Menge Baumaschinen parken. Der Gedanke, ein Gubru-Schiff zu stehlen, kam Fiben reizvoll vor. Wenn es gelingen würde, einen solchen Coup zu landen, hätten sie eine weiße Karte verdient!

Er schob schnell diesen Gedanken beiseite, weil er ihn an Gailet erinnerte. Teufel auch, er vermisste sie sehr!

»Hört sich sehr gut an, Sylvie.«

Sie lächelte geschmeichelt. »Vielen Dank, Fiben. Nun, können wir jetzt gehen?«

Er winkte ihr zu, sie möchte vorangehen. Sie suchten sich ihren Weg zwischen Läden mit heruntergelassenen Rollläden und geschlossenen Imbissbuden. Die Wolken über ihnen zogen tief und dunkel dahin, und die Nacht roch nach einem aufziehenden Gewitter. Ein böiger Südwestwind rührte Papierfetzen und Laub auf, während sie dahinschritten.

Als es zu nieseln begann, zog Sylvie die Kapuze ihres Parkas über den Kopf, während Fiben barhäuptig weiterging. Nasse Haare machten ihm nichts aus, zumal er im Moment alles genau sehen und hören wollte.

In Richtung Meer erblickte er ein flackerndes Licht am Himmel, von dumpfem Grollen begleitet. *Zum Teufel,* dachte Fiben, *genau das, was ich mir vorgestellt habe!* Er fasste seine Begleiterin am Arm. »Kein Fischer wird bei diesem Wetter rausfahren, Sylvie!«

»Doch der Kapitän dieses Bootes wird es wagen, Fiben.« Sie schüttelte den Kopf. »Ich ... ich sollte es dir eigentlich nicht sagen, aber er ... er ist ein Schmuggler. Das war er schon vor dem Krieg. Sein Schiff ist sturmfest und kann teilweise untertauchen.«

Fiben blinzelte. »Und was schmuggelt er heute?«

Sylvie schaute nach rechts und nach links. »Chims, die meiste Zeit. Von und nach Cilmar Island.«

»Cilmar! Wird er uns *dorthin* bringen?«

Sylvie runzelte die Stirn. »Ich habe Gailet versprochen, dich in die Berge zu bringen, Fiben. Dennoch glaube ich nicht, dass ich diesem Kapitän so weit trauen kann.«

Fibens Kopf schwirrte. Die Hälfte der menschlichen Bevölkerung dieses Planeten war auf Cilmar Island interniert! Warum sollte er also unbedingt versuchen, Robert und Athaclena zu erreichen, die kaum den Kinderschuhen entwachsen waren, wenn er die Möglichkeit hatte, Gailets Fragen den Experten an der Universität vorzutragen!

»Abwarten«, sagte er ungerührt, obwohl er längst beschlossen hatte, den Kapitän für seine Zwecke zu nutzen. Vielleicht war es möglich, bei diesem Sturm seinen Plan zu verwirklichen.

Bald waren sie in der Nähe der Docks angelangt – nicht weit von jener Stelle, wo Fiben den Nachmittag verbracht und den

Möwen zugeschaut hatte. Es regnete bereits in Strömen. Und so oft der Wind auflebte, fegte er all die Gerüche fort und säuberte die Luft – all den Gestank nach faulem Fisch und den Bierdunst, der aus einer Fischerkneipe drang, wo immer noch einige Lichter brannten und Musik in die Nacht hinausdrang.

Fibens Nüstern flatterten. Er schnüffelte und versuchte etwas zu wittern, einen Geruch, der mit Regen und Wind kam und ging, eine Spur, die ihm auf seinem Weg weiterhelfen konnte und seinen Vorstellungen entgegenkam.

Seine Begleiterin führte ihn um eine Ecke, und Fiben erblickte die Piers. Dunkle, große Schatten lagen dort vertäut – Fischerboote. Und eines davon musste wohl das Schiff des Schmugglerkapitäns sein. Fiben legte die Hand auf Sylvies Arm. »Wir sollten uns lieber beeilen«, meinte sie.

»Aber wir sollten auch nicht zu früh dran sein«, gab er zurück. »In der Koje dürfte es eng und stickig sein. Komm mal her! Da gibt es was, das wir wohl lange Zeit nicht mehr tun können.«

Sie schaute ihn verwundert an, während er sie um eine Ecke und in den Schatten drängte. Als er seine Arme um sie legte, wehrte sie sich zunächst, doch dann gab sie nach und wandte ihm das Gesicht zu.

Er küsste sie, und sie gab seinen Kuss zurück. Und als er mit den Lippen an ihrem linken Ohr zu knabbern begann, sie dann auf Wangen und Hals küsste, sagte sie mit einem Seufzer: »Ach, Fiben. Wenn wir nur etwas Zeit hätten. Wenn du wüsstest, wie sehr …«

»Still!«, sagte er zu ihr, während er sie losließ. Dann streifte er plötzlich seinen Parka ab und breitete ihn über dem Boden aus. »Was …?«, stammelte sie, doch er zog sie zu sich herab. Dann setzte er sich hinter sie.

Ihre Spannung ließ etwas nach, als seine Finger durch ihr Fell fuhren.

»Oha«, sagte Sylvie. »Ich habe einen Augenblick gedacht, du wolltest …«

»Dass ich vielleicht … Du solltest mich besser kennen. Ich bin keiner von diesen Quickies, ich mag es lieber gemütlich. Wir können uns ruhig Zeit lassen.«

Sie wandte den Kopf und lächelte zu ihm auf. »Ich bin glücklich. Eine Woche oder so werde ich nicht pink sein. Und ich glaube, wir sollten nicht lange warten. Es ist nur …«

Sie verstummte, als sich Fibens linker Arm schwer um ihren Hals legte und ihr die Kehle zuschnürte. Seine Hand fuhr blitzschnell in ihren Parka und holte ihr Taschenmesser heraus. Ihre Augen traten aus den Höhlen, während er die Klinge an ihre Halsschlagader setzte. »Kein Wort!«, flüsterte er ihr ins linke Ohr. »Nur ein Wort, und du wirst den Möwen zum Fraß vorgeworfen. Hast du verstanden?«

Sie nickte hastig und verzweifelt. Er spürte, wie ihr Puls raste, wie ihre Ader gegen die Schneide des Messers pochte. Aber auch Fibens Herz raste … »Sprich, aber tonlos!«, flüsterte er barsch. »Ich werde die Worte von deinen Lippen lesen. Sag mir, wo die Schergen sind!«

Sylvie blinzelte. Aber sie sagte laut: »Was …?« Und das war alles. Ihre Stimme erstarb, als er wieder kräftig zudrückte.

»Noch mal!«, flüsterte er.

Diesmal kamen die Worte leise von ihren Lippen.

»Was … sagst … du da, Fiben?«

Er aber flüsterte ihr kaum hörbar ins Ohr. »Die warten auf uns da draußen, nicht wahr? Und ich meine nicht die sagenhaften Chim-Schmuggler. Ich meine die lieben *Gubru,* meine Süße. Du willst mich direkt in ihre gefiederten Arme treiben.«

Sylvie bäumte sich auf. »Fiben … ich … nein! Nein, Fiben!«

»Es riecht nach Vögeln«, zischte er. »Die schwirren irgendwo da draußen herum. Und sobald ich sie gewittert habe, ergab die ganze Sache plötzlich einen Sinn!«

Sylvie schwieg und schlug die Augen nieder.

»Gailet muss glauben, dass ich ein Kopfgeldjäger bin. Und jetzt, wo ich darüber nachdenke, muss ich sagen, dass diese Flucht *tatsächlich* arrangiert war. Das Treffen war zu einem bestimmten Zeitpunkt vereinbart. Wahrscheinlich hatte aber niemand mit diesem Sturmgewitter gerechnet, das die Fischerflotte lahmlegt. Und die Geschichte mit dem angeblichen Schmuggler-Kapitän war doch nichts weiter als eine Täuschung, um mich in Sicherheit zu wiegen. Hast du dir das überlegt, Sylvie?«

»Fiben …«

»Halt den Mund! Es war zu schön, um wahr zu sein, sich vorzustellen, dass die Chims clever genug seien, direkt vor dem Schnabel des Feindes zwischen hier und Cilmar zu pendeln. Doch ich war einst Scout-Pilot, wenn du dich erinnerst. Und ich habe so darüber nachgedacht, wie riskant es ist, so eine Sache durchzuziehen, selbst bei diesem Wetter.«

Er schnüffelte wieder, zog die Luft ein – und da war er wieder, dieser ganz besondere Geruch.

Jetzt, wo er darüber nachdachte, fiel ihm ein, dass bei all den Tests, denen er und Gailet während der vergangenen Wochen unterzogen wurden, der Geruchssinn nicht geprüft worden war.

Freilich nicht. Weil die Galaktiker denken, er sei nichts weiter als ein animalisches Relikt.

Tropfen fielen auf seine Hand. Es war nicht der Regen, es waren Sylvies Tränen. Sie schüttelte den Kopf.

»Dir … dir wird kein Leid geschehen … Fiben. Der Suzerain möchte dir nur ein paar Fragen stellen. Dann kannst du gehen, wohin du willst. Er … er hat es versprochen.«

Also war das nichts als ein weiterer Test. Fiben musste über sich selbst lachen, weil er tatsächlich geglaubt hatte, dass er entkommen könnte. *Ich glaube, ich werde Gailet früher wiedersehen, als ich dachte.*

Er schämte sich nun, dass er Sylvie auf diese Weise behandelt hatte. Immerhin war es nichts weiter als ein Spiel. Einfach eine weitere Prüfung. Und unter diesen Umständen durfte er nichts zu ernst nehmen. Denn Sylvie hatte nur ihre Pflicht getan.

Er versuchte sich zu entspannen, lockerte den Griff an ihrer Kehle, als ihm plötzlich etwas einfiel, das Sylvie eben gesagt hatte.

»Der Suzerain hat gesagt, dass er mich gehen lässt?«, flüsterte er. »Soll das heißen, dass er mich wieder ins Gefängnis steckt, oder was sonst?«

Sie aber schüttelte heftig den Kopf. »N-nein!« murmelte sie. »Ich werde uns in die Berge bringen. Das ist ein Teil der Abmachung mit dir und Gailet! Der Suzerain hat versprochen, wenn du seine Fragen beantwortest ...«

»Augenblick mal!«, unterbrach sie Fiben. »Du meinst nicht den Suzerain der Guten Sitten, nicht wahr?«

Sie schüttelte wieder den Kopf.

Fiben ging plötzlich ein Licht auf. »Also welcher ... *welcher* Suzerain erwartet uns?«

Sylvie schniefte. »Der Suzerain für ... der ... Suzerain von Kosten und Vorsicht«, flüsterte sie.

Er schloss die Augen und dachte einen Moment lang darüber nach, was dies bedeutete. Also kein Trick mit doppeltem Boden, kein Test und schon gar kein Spiel – keine Spielerei. *Heiliger Strohsack,* dachte er. Nun galt es, den eigenen Hals zu retten.

Wäre es der Militär gewesen, der Suzerain von Balken und Klaue, wäre Fiben bereit gewesen, ab und zu etwas zuzugeben und die Verhandlungen hinauszuzögern, weil sonst die ganze Militärmaschinerie der Gubru voll zum Einsatz gekommen wäre. Die Chancen, so wie es jetzt aussah, waren gering.

Buchhalter, Erbsenzähler, Bürokraten. Das war die Heerschar, über die der Suzerain von Kosten und Vorsicht verfügte. *Vielleicht,* dachte Fiben, aber nur vielleicht.

Doch bevor er etwas unternehmen konnte, musste er erst mit Sylvie fertigwerden. Er konnte sie nicht einfach abservieren. Er war kein kaltblütiger Killer. Also blieb ihm keine andere

Wahl, als sie zur Mitarbeit zu überreden, und dies möglichst schnell.

Er konnte ihr sagen, dass dem Suzerain von Kosten und Vorsicht weniger zu trauen war als dem Suzerain der Guten Sitten. Und wenn sein Wort gegen ihres stand, warum sollte der Vogel Wort halten und sie laufen lassen?

Sein Unternehmen konnte illegal sein, zumindest nach den Normen der Invasoren – und in diesem Fall wäre er ein Narr gewesen, zwei Chims laufen zu lassen, die über seinen Alleingang Bescheid wussten. Und da Fiben die Gubru ziemlich genau kannte, konnte er sich sehr gut vorstellen, dass sie der Suzerain von Kosten und Vorsicht laufen lassen würde – durch eine Luftschleuse direkt in die unendlichen Weiten des Weltraums.

Wird sie mir wohl glauben, wenn ich ihr das sage?

Das konnte er nicht beurteilen, doch glaubte er, eine andere Möglichkeit gefunden zu haben, um Sylvies ungeteilte Aufmerksamkeit zu wecken. »Jetzt hör mir gut zu!«, sagte er. »Ich will nicht rausgehen und deinen Suzerain treffen, und das hat einen ganz einfachen Grund. Denn wenn ich jetzt rausgehe mit alldem, *was ich weiß,* kann ich meine weiße Karte vergessen.«

Sie schaute ihm fest in die Augen – und erschauerte, weil es ihr kalt den Rücken hinunterlief.

»Wie du siehst, Liebling, muss ich mich wie ein Superchim benehmen, um mich zu qualifizieren. Und welcher Superchim würde schon in eine Falle laufen, *wo er längst weiß, dass es eine Falle ist?* – Nein, Sylvie. Wahrscheinlich werden wir wieder erwischt. Doch wir müssen versuchen, vorher unser Bestes zu tun, damit wir entkommen können – oder es war alles vergebens. Weißt du nun, was ich meine?«

Sie blinzelte, dann nickte sie.

»He!«, flüsterte er ihr freundlich zu. »Lass den Kopf nicht hängen! Du solltest froh sein, dass ich die ganze Sache durchschaut habe. Das heißt nur, dass deine Kinder kluge Köpfe werden. Vielleicht findet eines einen Weg, diesen ganzen Kindergarten einfach in die Luft zu sprengen.«

Sylvie blinzelte und versuchte ein zaghaftes Lächeln. »Ja«, meinte sie schließlich. »Ich glaube, so ist es richtig.«

Fiben ließ seine Hand mit dem Messer sinken und gab Sylvie frei. Sie erhob sich. Dies war der Augenblick der Wahrheit. Sie musste nur einen kurzen Ruf ausstoßen, und die Schergen des Suzerains von Kosten und Vorsicht wären unverzüglich über sie gekommen.

Sie aber nahm ihre Ringuhr ab und reichte sie Fiben. *Die Wanze!*

Er nickte und reichte ihr die Hand, um ihr auf die Beine zu helfen. Sie kam taumelnd auf die Füße, weil sie sich noch immer nicht ganz von dem Schock erholt hatte. Er aber legte den Arm um sie und führte sie einen Block weiter südwärts.

Wenn es nur klappt – hoffentlich klappt es, dachte er.

Der Taubenschlag stand noch genau an jener Stelle, an die sich Fiben erinnerte, hinter einem verwahrlosten Gruppenhaus, das an den Hafen grenzte. Alles schlief anscheinend in süßer Ruh. Dennoch bewegte sich Fiben auf leisen Sohlen, als er ein paar Drähte durchschnitt und sich hineinschlich.

Die Luft war stickig, und es roch unangenehm nach Vögeln. Das leise Gurren der Tauben erinnerte Fiben an die Kwackoo.

»Kommt her, ihr Kleinen«, flüsterte er ihnen zu. »Ihr sollt mir helfen, eure großen Brüder heute Nacht an der Nase herumzuführen.«

Er erinnerte sich an diese Stelle von einem seiner Spaziergänge. Die Gelegenheit war günstig, womöglich entscheidend. Er und Sylvie konnten es nicht wagen, das Hafengebiet zu verlassen, bevor sie das Suchgerät nicht losgeworden waren.

Die Tauben scheuten vor ihm zurück. Während Sylvie Wache stand, gelang es Fiben, ein fettes kleines Exemplar zu fassen. Er befestigte das ringförmige Ding mit einem Stück Schnur an einem Bein. »Schöne Nacht für einen langen Flug, nicht wahr?«, flüsterte er und ließ die Taube fliegen. Und um ganz sicherzugehen, schickte er seine eigene Uhr ebenfalls auf die Reise. Er ließ die Tür offen. Sollten die Vögel früh zurückkehren, so würden ihre Gegner dem Signal hierher folgen. Doch ihr typischer geräuschvoller Auftritt würde alle gefiederten Wesen wieder aufscheuchen und einen neuen Wirbel verursachen.

Fiben beglückwünschte sich für seine Klugheit, während er und Sylvie ostwärts liefen, vom Hafen weg. Und schon bald befanden sie sich in einem baufälligen Industriegebiet. Fiben wusste genau, wo sie waren. Denn er war schon einmal hier gewesen, als er sein Pferd Tycho kutschiert hatte, damals, als er das erste Mal in die Stadt geschlichen war. Kurz bevor sie die Mauer erreichten, signalisierte er ihr anzuhalten. Er atmete schwer, während Sylvie leichtfüßig neben ihm ging.

Nun ja, sie ist eben eine Tänzerin, dachte er.

»Gut, jetzt wollen wir Leine ziehen«, sagte er zu ihr. Sylvie zuckte nicht mit der Wimper, das musste man ihr lassen. Die Logik leuchtete ihr ein. Schließlich gab es noch ganz andere Möglichkeiten als diese Uhr, auch andere Elemente an ihrer Person, mit deren Hilfe man sie verfolgen und orten konnte. Sie schlüpfte aus ihren Kleidern und war noch vor ihm fertig. Und dann, als alle Sachen auf einem Haufen lagen, ließ Fiben einen kurzen, anerkennenden Pfiff hören.

»Und was jetzt?«, fragte sie.

»Wir werden jetzt zum Zaun gehen.«

»Der Zaun? Aber, Fiben ...«

»Los, komm schon! Ich wollte mir das Ding schon früher aus der Nähe ansehen.«

Nur wenige hundert Meter weiter erreichten sie den breiten Erdgürtel, den die Aliens rund um Port Helenia gezogen hatten. Sylvie erschauerte, als sie sich dem hohen Zaun näherten, der im hellen Schein der Wächterkugeln glitzerte, die in weiten Abständen über ihm schwebten.

»Fiben«, sagte Sylvie, während er den Streifen betrat. »Wir können hier nicht raus!«

»Wieso denn nicht?«, fragte er. Dennoch blieb er stehen und drehte sich nach ihr um. »Kennst du jemanden, der es versucht hat?«

Sie schüttelte den Kopf. »Warum auch? Es ist der pure Wahnsinn! Diese *Wächterkugeln* …«

»Ja«, meinte Fiben nachdenklich. »Ich habe mich gerade gefragt, wie viele solcher Kugeln nötig sind, um den Zaun um die Stadt herum seiner ganzen Länge nach zu besetzen. Zehntausend? Zwanzigtausend? Dreißigtausend?«

Er erinnerte sich an die Wächterdrohnen, die seinerzeit die viel kürzere und viel empfindlichere Grenze der ehemaligen tymbrimischen Botschaft bewachten, an jenen Tag, als der Tresorraum explodierte und Fiben seine erste Lektion in Alien-Humor bekam. Diese Geräte erwiesen sich als weniger eindrucksvoll im Vergleich zu »Rover« oder dem typischen Kampfroboter, den die Klauen-Soldaten der Gubru im Kampf einsetzten.

Nun frage ich mich, ob diese hier harmloser sind, dachte er und machte einen Schritt vorwärts.

»Fiben!«, rief Sylvie in fast panischer Angst. »Versuchen wir's lieber am Tor. Wir könnten der Wache sagen … dass man uns ausgeraubt hat. Dass wir Farmer sind, die die Stadt besucht haben, und dass man uns unsere Kleider und unsere ID-Karten weggenommen hat. Wenn wir uns nur dumm stellen, wäre es möglich, dass man uns passieren lässt.«

Ja, sicher. Dennoch schritt Fiben immer näher heran. Nun stand er kaum mehr als ein halbes Dutzend Meter vor der Barriere. Sie bestand aus einer Reihe schmaler Leisten, die oben und unten mit einem Draht verbunden waren. Er hatte einen Punkt genau zwischen zwei Leuchtkugeln gewählt. Er hatte das Gefühl, dass sie ihn *beobachteten,* während er sich näherte.

Fiben wurde allmählich nervös. In der Zwischenzeit waren die Gubru-Soldaten sicher schon auf dem Weg hierher und konnten jeden Augenblick eintreffen. Vielleicht war es besser umzukehren, und das jetzt, sofort!

Er riskierte einen Blick auf Sylvie. Sie stand immer noch an der gleichen Stelle. Wahrscheinlich wäre sie überall lieber gewesen als hier, und Fiben wusste nicht, warum sie trotzdem auf ihrem Posten blieb.

Fiben packte mit der rechten Hand sein linkes Handgelenk. Sein Puls raste, und sein Mund war trocken wie Sandpapier. Zitternd und bebend riss er sich zusammen und machte einen weiteren Schritt auf den Zaun zu.

Die Angst, fast greifbar, schnürte ihm die Kehle zu, wie einst, als der Todesschrei des armen Simon Levin an sein Ohr drang, während dieser nutzlosen Raumschlacht. Ihm war, als würde sich eine schwere, dunkle Wolke auf ihn herabsenken – eine düstere Ahnung von Tod und Vergänglichkeit.

Fiben drehte sich langsam um und schaute Sylvie an.

Und er grinste.

»Verdammte Hühnerscheiße, verdammte Vögel!«, polterte er. »Das sind keine Wächterkugeln, nur simple *Psi-Radiatoren!*«

Sylvie blinzelte, öffnete den Mund machte ihn wieder zu. »Bist du *sicher?*«, fragte sie ungläubig.

»Komm mal her und sieh selbst!«, drängte er sie. »Hier an dieser Stelle wirst du das Gefühl haben, überwacht zu werden, und dass dich im Handumdrehen sämtliche Klauen-Soldaten aus dem Weltraum verfolgen!«

Sylvie schluckte, nahm all ihren Mut zusammen und trat auf den leeren Streifen hinaus. Fiben aber beobachtete sie Schritt für Schritt. Schließlich musste er Sylvie Mut machen. Eine andere Chimmie mit weniger Selbstbeherrschung wäre schon längst schreiend davongelaufen, bevor sie sich hier herausgewagt hätte.

Dicke Schweißtropfen standen auf ihrer Stirn und vermischten sich mit den Regentropfen.

Er musterte ihre nackte Gestalt, bar jeder Erregung, nur um sich zu zerstreuen und auf andere Gedanken zu bringen. *Sie hatte also tatsächlich bereits geboren.* Die Spuren der Mutterschaft wurden von vielen Chimmies oft verborgen oder kosmetisch überschminkt, damit sie attraktiver erschienen, doch in diesem Fall war eindeutig zu erkennen, dass Sylvie bereits ein Kind geboren hatte. *Ich möchte mehr über ihr Leben wissen.*

Als sie dann dicht neben ihm stand, die Augen geschlossen, flüsterte sie: »Was … was geschieht mit mir, gerade in diesem Augenblick?«

Fiben horchte in sich hinein, lauschte seinen eigenen Gefühlen. Er dachte an Gailet und an ihre Trauer um ihren Beschützer, den Riesenchim Max. Und er dachte an all die Chims, die von den Waffen des Feindes in Stücke gerissen worden waren. Und er dachte an Simon.

»Du kommst dir vor, als wäre der beste Freund auf dieser Welt gestorben«, sagte er zärtlich und nahm ihre Hand. Sie drückte seine Hand fest, und in ihrer Miene war Erleichterung zu lesen.

»Psi-Sender. Ist … ist das alles? Warum nur, weshalb diese billige Show?«

Fiben hustete, Sylvie aber lächelte, während sie die Hand auf den Mund legte.

Sie lachten sich an, standen da mitten im strömenden Regen, inmitten eines Haufens Sorgen und Nöte. Sie lachten, und als endlich ihre Tränen versiegten, schritten sie Hand in Hand auf den Zaun zu.

»Bist du bereit?«

»Ich bin bereit, Fiben.« Sylvie robbte hinter ihm her, stellte sich dann fest auf die Füße, zog sich an einer der Latten hoch und umklammerte die Mauer mit dem freien Arm.

Fiben, der über ihr stand, tat desgleichen, stellte sich fest auf die Füße und holte ein paarmal tief Luft.

»Jetzt – jetzt *los!*«

Sie hievten sich gegenseitig hoch. Der Abstand zwischen den Latten betrug nur wenige Zentimeter. Und während er und Sylvie sich abmühten, spürte er, dass sich der Spalt weitete.

Die Evolution war noch nie eine Verschwendung, dachte er, während er alle seine Kräfte einsetzte.

In einer Million Jahren hatten die Menschen alle Phasen der Evolution durchlaufen und Vernunft entwickelt, Vernunft und Verstand, das höchste Gut in der Galaxis – die Fähigkeit zu denken und nach den Sternen zu greifen.

Inzwischen waren die Ahnen Fibens auch nicht faul gewesen. *Wir sind groß und stark geworden!* Fiben klammerte sich an diesen Gedanken, während ihm der Schweiß von der Stirn tropfte und die Kunststoffplatten unter ihm ächzten. Er knurrte und konnte deutlich spüren, wie sich Sylvie abstrampelte und ihren Rücken an sein Bein schmiegte.

»Ach!« Sylvie verlor den Halt im Schlamm und wurde unsanft zurückgerissen. Fiben drehte sich um die eigene Achse, die federnden Platten prallten zurück und warfen ihn über sie.

Einige Minuten lang lagen sie einfach da und keuchten, bis Sylvie schließlich sagte: »Nein, Süßer, nicht heute. Ich habe Kopfschmerzen.«

Fiben lachte und rollte sich von ihr. Sie hatten den Humor bitter nötig. Die beste Waffe gegen das pausenlose Hämmern der Psi-Kugeln, die ihnen panische Angst suggerierten. Das Lachen wirkte befreiend.

Sie halfen sich gegenseitig auf die Füße und schauten nach, was sie erreicht hatten. Die Öffnung war deutlich breiter geworden, betrug jetzt etwa zehn Zentimeter. Dennoch war sie immer noch nicht groß genug. Und Fiben wusste, dass die Zeit knapp wurde. Ihnen blieben höchstens drei Stunden, um vor Tagesanbruch die Berge zu erreichen.

Wenn sie es schafften, dann waren Sturm und Gewitter auf ihrer Seite. Ein weiterer Regenvorhang ging über sie nieder, während sie sich hochrappelten und einen neuen Versuch unternahmen. Während der letzten halben Stunde war das Gewitter näher gerückt. Es blitzte und donnerte schon fast über ihren Köpfen. Der Sturm zerrte an den Bäumen und rüttelte an den Rollläden.

Da kommt ja alles zusammen, dachte Fiben. Sie hatten zwar die Gubru-Verfolger übertölpelt, doch der Regen machte den Zaun nur noch glitschiger. Und was den Schlamm betraf, war er eine einzige Katastrophe.

»Bist du bereit?«, fragte er.

»Sicher, wenn du es fertigbringst, dein Dings da wegzunehmen, das vor meiner Nase baumelt«, sagte Sylvie und schaute zu ihm auf. »Das lenkt ab, weißt du.«

»Dieses Dingsda wolltest du mit Gailet teilen, wie du gesagt hast, Liebling. Außerdem hast du es schon gesehen, damals auf dem Sturmberg in der Affentraube.«

»Ja, schon«, meinte sie mit einem Lächeln. »Doch es ist nicht dasselbe. Ich habe es deutlich größer in Erinnerung.«

»Halt endlich die Klappe und duck dich!«, knurrte Fiben. Und nun versuchten sie es noch einmal gemeinsam, setzten all ihre Kräfte ein.

Gib doch endlich nach! Er hörte Sylvie ächzen, während sich seine Muskeln zu verkrampfen drohten. Dann gab der Zaun endlich nach und neigte sich knirschend.

Diesmal rutschte Fiben aus und ließ das federnde Material zurückprallen. Und wieder landeten beide im Schlamm.

Nun regnete es in Strömen. Fiben rieb sich die Augen und schaute die Öffnung noch einmal genau an. *Vielleicht 12 Zen-Ifni! Das reicht immer noch nicht.*

Er spürte die fesselnde Kraft der Psi-Kugeln, deren Strahlen in seinen Schädel drangen. Die Botschaft war dafür gedacht, seine Kräfte zu schwächen und ihn und Sylvie zum Aufgeben zu zwingen. Seine Glieder waren schwer wie Blei, als er sich langsam hochrappelte und sich gegen den Zaun lehnte.

Wir haben es jedenfalls versucht. Wir haben zumindest geglaubt, es zu schaffen. Und wir hätten es fast geschafft, wenn nur …

»Nein!«, rief er plötzlich. »*Nein und noch mals nein.* Ich werde dich nicht lassen!« Er stemmte sich dagegen, versuchte sich durch die Lücke zu quetschen und die Öffnung zu erweitern. Ein Blitz flammte auf, beleuchtete sekundenlang ein freies Land mit Feldern und Wäldern, und dahinter die Ausläufer der Mulun-Berge.

Der Donner ließ den Zaun erzittern. Die Leisten zwängten Fiben ein, sodass er vor Schmerzen aufschrie. Und als er sich endlich losmachen konnte, sank er, total erschöpft, neben Sylvie zu Boden. Doch dann sprang er sofort wieder auf die Füße. Und wieder zerriss ein Blitz die dunkle Wolkendecke, fuhr in den Boden und dann erneut zum Himmel hinauf. Schlamm und Steine wirbelten hoch. Ein weiterer Blitz fegte die Steine hinweg und schleuderte ihm Kiesel ins Gesicht.

Hier war jedes Wort überflüssig – es gab auch keine Worte, um all dies auszudrücken. Der Schock lähmte ihn, und das Unterbewusstsein übernahm die Kontrolle.

Jetzt war nichts mehr weiter da als das Gewitter, der Wind und der Regen, Blitz und Donner. Fiben trommelte sich gegen die Brust, schürzte die Lippen und fletschte die Zähne im strömenden Regen. Das Gewitter sang Fiben ein Lied, einen gewaltigen Choral, dessen Echo Himmel, Erde und Luft wiedergaben. Er aber antwortete mit einem Geheul, ganz außer sich.

Diese Musik war keine angenehme, keine menschliche Musik, auch nicht so poetisch wie die Traumfantasien der Delfine. Nein – dies war eine Musik, die ihm durch Mark und Bein ging, die ihn aufwühlte, die ihn rüttelte und schüttelte, die ihn hin und her warf. Sie riss Fiben hoch wie eine Stoffpuppe und schleuderte ihn wieder in den Schlamm. Er landete auf dem Rücken, spuckend, speiend und schreiend wie ein Irrer.

Er spürte dennoch Sylvies Blick, der auf ihm ruhte. Sie klopfte auf den Boden und beobachtete ihn erregt aus weit aufgerissenen Augen. Das reichte, dass er nur noch fester an seine Brust trommelte und noch lauter schrie. Nun war er nicht mehr kraftlos und machtlos. Er nahm eine Handvoll Steine, warf sie hoch und beschwor Himmel und Hölle, beschwor den Blitz, damit er endlich einschlüge.

Und so kam es. Der Raum war plötzlich von grellem Licht erfüllt, seine Haare sträubten sich und sprühten Funken. Dieser lautlose Blasebalg warf ihn zurück wie eine Riesenfaust und schleuderte ihn gegen den Zaun.

Fiben schrie laut auf, als er hart gegen die Latten knallte. Und bevor ihm die Sinne schwanden, stieg ihm der beißende Geruch von versengtem Fell in die Nase.

Gailet 66

Während der Regen auf das Dach prasselte, öffnete sie die Augen in der Finsternis. Sie erhob sich und trat, in ihre Decke gewickelt, ans Fenster.

Ein Unwetter fegte über Port Helenia hinweg, ein Zeichen für den kommenden Herbst. Dunkle, furchterregende Wolken zogen eilig über den Himmel, und der Donner rollte. Man konnte kaum die Hand vor den Augen sehen. Dennoch lehnte sie ihre Stirn an das kühle Glas und blickte unentwegt in Richtung Osten.

In der Zelle war es angenehm warm. Dennoch musste sie die Augen schließen, während sie ein kalter Schauer durchfuhr.

Fiben 67

Augen ... Augen ... Augen überall. Sie wirbelten und tanzten, glühten in der Finsternis, verspotteten und verhöhnten ihn.

Ein Elefant erschien – stapfte durch den Urwald, trompetete laut, seine Augen schimmerten rubinrot. Er versuchte zu fliehen, doch das Tier packte ihn mit seinem Rüssel und trug ihn davon, schleuderte ihn hin und her, dass seine Rippen krachten.

Er wollte dem Tier sagen, es solle ihn endlich zu Tode trampeln ... nur damit es mit ihm zu Ende ginge. Doch nach einer Weile gewöhnte er sich an das Geschaukel. Der Schmerz ließ nach, und die Reise wurde in einem ständigen gleichmäßigen Rhythmus fortgesetzt ...

Das Erste, was er wahrnahm, als er wieder zu sich kam, war die Tatsache, dass der Regen nicht mehr auf sein Gesicht prasselte.

Er lag auf dem Rücken, auf irgendeiner Unterlage, die sich wie Gras anfühlte. Um ihn herum und über ihm grollte immer noch das Gewitter. Aber es war schon weitergezogen. Er spürte die feuchten Güsse an seinen Beinen und auf der Brust. Dennoch fiel kein einziger Regentropfen in sein Gesicht.

Fiben schlug die Augen auf, um herauszufinden, warum und wieso er immer noch am Leben war.

Die verschwommenen Konturen einer Gestalt hoben sich vom düsteren Hintergrund ab, und ein heller Blitz erleuchtete für einen Moment ein Gesicht, das über ihm war. Sylvie schaute besorgt auf ihn herab, hatte seinen Kopf in ihren Schoß gebettet.

Fiben versuchte zu sprechen. »Wo ...?«, doch das Wort drang wie ein Krächzen aus seiner Kehle. Anscheinend hatte er seine Stimme verloren. Fiben erinnerte sich dunkel an eine Episode am

Himmel, an ein Schreien und Heulen … Vielleicht war es das, warum ihm der Hals so weh tat.

»Wir sind draußen«, sagte Sylvie laut genug, um das Geprassel des Regens zu übertönen. Fiben aber blinzelte. *Draußen? Was soll das heißen?*

Winselnd hob er den Kopf, um sich umzuschauen.

Bei diesem Unwetter konnte man kaum etwas erkennen. Immerhin konnte er die verschwimmenden Konturen von Bäumen und sanften Hügeln ausmachen. Er drehte sich auf die linke Seite. Das waren unverkennbar die Skylines von Port Helenia mit einer Perlenschnur von kleinen Lichtern, welche die Gubru-Mauer säumten.

»Aber … wie sind wir hierhergekommen?«

»Ich habe dich getragen«, sagte sie einfach. »Du warst nicht gerade in der Verfassung, auf eigenen Füßen zu stehen, nachdem du den Zaun eingerissen hast.«

»Ich soll den Zaun eingerissen …?«

Sie nickte, und in ihren Augen war ein seltsames Licht. »Ich dachte, ich sehe Gewittertänze, Fiben Bolger. Doch dieser Tanz hier schlug alle Rekorde, auf mein Wort. Und selbst wenn ich uralt werde und Hunderte respektvoller Enkel bekomme, werde ich dies alles niemals so erzählen können, um glaubhaft zu wirken. Schlicht und einfach – die Story nimmt mir keiner ab.«

Allmählich dämmerte ihm auch, zu welcher Sorte er gehörte. Er erinnerte sich an seinen Zorn, an seine Wutausbrüche, weil er dem Frieden so nahe gerückt war, und weil der Friede dennoch in weiter Ferne lag. Und er schämte sich, dass er vor lauter Frust und Enttäuschung das Tier in sich losgelassen hatte.

Eine weiße Karte. Dass ich nicht lache. Fiben schnaubte, als er sich sagte, wie beschränkt der Suzerain der Guten Sitten sein musste, ausgerechnet einen Chim wie ihn für diese Rolle auszuwählen. »Ich muss für eine Weile die Beherrschung verloren haben.«

Sylvie berührte seine linke Schulter. Er stöhnte vor Schmerz auf, schaute hin und entdeckte eine hässliche Brandwunde. Dennoch schmerzte diese Stelle nicht mehr als all die anderen, wo er sich Beulen und Abschürfungen geholt hatte.

»Du hast den Himmel herausgefordert, Fiben«, sagte sie leise, »du hast es gewagt, den Zorn der Elemente auf dich herabzubeschwören. Und als er endlich kam … hat er deine Bitte, deinen Wunsch erfüllt.«

Fiben schloss die Augen. *Quatsch! Was soll dieser übersinnliche, überkandidelte Unsinn?*

Dennoch war da ein Teil seiner selbst, tief im Unterbewusstsein verborgen und dieser Teil war höchst zufrieden. Und dieser Teil seines Selbst glaubte fest an Ursache und Wirkung, und dass er genau das getan hatte, was Sylvie ihm schilderte. Fiben erschauerte. »Hilf mir – ich möchte mich aufsetzen, ja?«

Einen Augenblick lang verschwamm die Welt vor seinen Augen, alles schien zu schwanken und zu wanken. Dann endlich, als er sich aufgerichtet hatte, hörte das Karussell sich auf zu drehen, und nach einer Weile deutete er ihr an, dass er aufstehen möchte.

»Du solltest dich besser ausruhen, Fiben.«

»Erst wenn wir die Mulun-Berge erreicht haben«, erwiderte er. »Die Dämmerung kann nicht mehr weit sein, und das Unwetter wird nicht ewig dauern. Also los, ich werde mich auf dich stützen.«

Sie legte seinen unversehrten Arm über ihre Schulter und stützte ihn. Irgendwie brachte sie es fertig, ihn auf die Beine zu stellen.

»Ich weiß«, meinte er, »dass du eine kräftige kleine Chimmie bist. Oha – du hast mich bis hier herauf getragen, nicht wahr?«

Sie nickte, schaute zu ihm auf, mit dem gleichen Glanz in den Augen. Fiben aber lächelte ihr zu. »Ist ja schon gut«, meinte er. »Alles bestens.«

Und dann brachen sie auf, humpelten und hinkten auf die dunkle Hügelkette im Osten zu.

FÜNFTER TEIL

RÄCHER

Es war einmal in alten Zeiten, als Poseidon noch die Meere beherrschte und die Schiffe der Menschen so zerbrechlich waren wie Nussschalen, dass ein thrakisches Frachtschiff in einem frühen Windsturm auf ein Riff auflief und auseinanderbrach. In diesem Sturm, in diesen Wellenbergen ging alles unter mit Mann und Maus – bis auf das Maskottchen, einen Affen.

Und wie es das Schicksal wollte, tauchte ein Delfin auf, im letzten Moment, als auch der Affe schon zu ertrinken drohte. Da aber nun der Affe von der Freundschaft zwischen Menschen und Delfinen wusste, rief er: »Rette mich, um meiner armen Kinder willen in Athen!«

Der Delfin schwamm schnell wie ein Wiesel herbei und bot ihm seinen breiten Rücken. »Du siehst aber gar nicht nach einem Menschen aus«, meinte der Delfin, als der Affe seine Hand nach ihm ausstreckte. »Dazu bist du viel zu klein und viel zu hässlich.«

»Dennoch würde ich als Mensch immer noch durchgehen«, erwiderte der Affe keuchend und hielt sich krampfhaft fest, während der Delfin Kurs auf das Festland nahm. »Du sagst, du kommst aus Athen?«, fragte der Seebewohner.

»Aber freilich! Wer will das bezweifeln?«, meinte der Affe.

»Kennst du Piräus?«, drang der argwöhnische Delfin weiter in ihn.

Der Affe überlegte blitzschnell. »Sicher doch!«, rief er. »Piräus ist mein bester Freund! Ich habe erst vergangene Woche mit ihm gesprochen!«

Da bäumte sich der Delfin auf und schleuderte den Affen ins Meer, wo er ertrank. Die Moral von der Geschichte: Man sollte stets ein gutes Gedächtnis haben, wenn man sich für jemanden ausgibt, der man nicht ist.

M.N. Plano

Galaktiker 68

Das Bild auf dem Holoschirm flimmerte. Das war auch kein Wunder, weil das Bild aus einer Entfernung von vielen Parsecs kam, durch den Warpraum des Pormin-Transferpunkts. Das verwaschene Bild schwankte, und manchmal war es kaum zu erkennen.

Trotzdem wusste der Suzerain der Guten Sitten genau, was diese Botschaft zu bedeuten hatte.

Eine ganze Kollektion von Wesen stand zur Salzsäule erstarrt vor dem Piedestal des Suzerains, und er konnte sie alle identifizieren, alle Völker, alle Spezies. Da war zum Beispiel ein Pila – klein, behaart, mit kurzen Armen. Und da war ein hochgewachsener Z'Tang, der neben einem spinnenähnlichen Serentin stand. Da war auch ein lustloser Bi-Gle, der ein nicht zu definierendes Wesen umarmte – einen Klienten, vielleicht aber auch nur ein Schoßtier.

Und zur Bestürzung des Suzerain waren bei der Delegation auch ein Synthianer und ein Mensch zu entdecken. Ein *Mensch!*

Dennoch gab es keinen Anlass zur Beschwerde. Es war nur recht, einen Menschen in den Kreis der offiziellen Beobachter aufzunehmen – sofern ein qualifiziertes menschliches Wesen zur Verfügung stand –, da diese Welt für die Wolflinger registriert war. Dennoch war sich der Suzerain so gut wie sicher, dass das Entwicklungsinstitut *kein* menschliches Wesen für diesen Sektor engagiert hatte.

Vielleicht war dies ein Zeichen dafür, dass sich die politische Situation in den Fünf Galaxien verschlechtert hatte. Von den Roost Masters aus der Heimatwelt waren Nachrichten gekommen, die über ernste Rückschläge draußen zwischen den Spiralarmen berichteten. Es hatte Niederlagen gegeben, Verluste; die Verbündeten hatten sich als unzuverlässig erwiesen. Einst hatten die Flotten der Tandu und Soro einträgliche Handelsrouten befahren und waren jetzt drauf und dran, die Belagerung der Erde zu monopolisieren.

Es waren schwere Zeiten für den mächtigen Clan der Gooksyu-Gubru, in denen sie sich bewähren mussten. Im Augenblick hing alles von gewissen neutralen Gubru-Patrons ab. Sollte es gelingen, den einen oder anderen für die Allianz zu begeistern, würde dies einen Triumph, einen Sieg der Rechtschaffenen bedeuten.

Auf der anderen Seite wäre es eine Katastrophe, wenn sich einer der Neutralen der Gegenseite zuwenden und damit gegen den Großen Clan stimmen würde.

Diese Dinge zu beeinflussen und zu steuern war der Hauptgrund dafür, dass der Suzerain der Guten Sitten vorgeschlagen hatte, erst einmal Garth zu besetzen. Zunächst sollte diese Expedition dem Zweck dienen, Geiseln zu nehmen und durch sie gewisse Geheimnisse über die Hohe Kommandantur der Erde zu erpressen. Doch die psychologischen Profile waren, was den Erfolg betraf, höchst fragwürdig, zumal sich die Wolflinger als äußerst zäh und hartnäckig erwiesen.

Den einzigen Vorteil, den die Roost Masters aus dem Vorschlag des Suzerain ziehen konnten, war die Ehre, die er dem Anliegen des Clans bringen würde – das heißt, einen Coup zu landen und unter den unentschlossenen, wankelmütigen Parteien neue Verbündete zu finden. Und alles lief bestens. Der erste Suzerain von Kosten und Vorsicht allerdings …

Der Suzerain der Guten Sitten zirpte in den tiefsten Tönen der Verzweiflung. Erst jetzt wurde ihm klar, welche Weisheit ihnen allen entgangen war. Denn der alte Bürokrat hatte es prächtig verstanden, die aufgeregten Gemüter der jungen Generation mit Sinn und Verstand zu dämpfen.

Was wäre das für ein Konsens, eine Einheit, eine Politik gewesen!

Und gerade jetzt, während der pausenlosen Auseinandersetzungen des uneinigen Triumvirats, kamen noch schlechtere Nachrichten herein. Denn unter den offiziellen Beobachtern des Entwicklungsinstituts würde auch ein *Terraner* sein. Man konnte sich leicht ausrechnen, was das für Folgen haben könnte.

Dies aber war immer noch nicht das Schlimmste! Während der Suzerain verdrossen überlegte, trat der Erdenmensch als Sprecher einen Schritt vor und sagte in einwandfreiem Galactic Sieben:

»Ich entbiete meinen Gruß dem Triumvirat der Gooskyu-Gubru, das jetzt die Leasing-Hold-Kolonie von Garth besetzt hält. Ich grüße Euch im Namen von *Cough*Quinn'3, Hoher Examinator des Entwicklungsinstituts.* Diese Botschaft wurde von unserem Schiff auf dem schnellsten Weg übermittelt, damit Sie auf unsere Ankunft vorbereitet sind. Die Bedingungen im Hyperraum und an den Transferpunkten deuten darauf hin, dass die Gelegenheit günstig ist, sodass wir in der Lage sein werden, den vorgeschlagenen Zeremonien beizuwohnen und die Tests an jenem Ort und zu jenem Zeitpunkt durchzuführen, der von Ihnen vorgeschlagen wurde.

Ferner teilen wir Ihnen mit, dass das Galaktische Entwicklungsinstitut sich alle Mühe gegeben hat, Ihrem ungewöhnlichen Antrag stattzugeben – und dies so schnell wie möglich, trotz der mangelhaften Informationen.

Die Einweihungszeremonien sind fröhliche Veranstaltungen, besonders in Zeiten des Aufruhrs wie dieser. Sie feiern die Kontinuität der ständigen Erneuerung der galaktischen Kultur im Namen der hochverehrten Progenitoren. Die Klientenspezies sind die Hoffnung, die Zukunft unserer Zivilisation, und bei Gelegenheiten wie diesen können wir unsere Verantwortung, unsere Ehre und unsere Liebe und Verbundenheit zum Ausdruck bringen.

Also sehen wir diesem Ereignis entgegen, voller Neugier und

voller Erwartung, was wohl der erhabene Clan der Gooksyu-Gubru den Fünf Galaxien offenbaren will.«

Die Szene verblasste und verschwand – und nun hatte der Suzerain Zeit, diese Neuigkeiten und Botschaften zu überdenken.

Freilich war es bereits zu spät, die Gäste auszuladen und die Zeremonie zu streichen. Das sahen selbst die anderen Suzerains ein. Die Weiche musste fertiggebaut werden, und man musste sich darauf vorbereiten, die ehrbaren Gäste zu empfangen – sonst war sowohl die Sache als auch das Gesicht der Gubru verloren, verloren für alle Zeiten.

Der Suzerain tanzte den Tanz des Zorns und der Enttäuschung, während er pausenlos vor sich hinzirpte und Verwünschungen ausstieß.

Fluch den teuflischen, trickreichen Tymbrimern! In der Rückschau erwies sich der Gedanke an irgendwelche »Garthlinge« – dieser Wesen, die angeblich den Bururaller-Terror überlebt hatten – als völlig absurd. Und dennoch hatte diese falsche Fährte zunächst so vielversprechend, so plausibel ausgesehen – eine Gelegenheit, die man am Schopf packen musste.

Der Suzerain der Guten Sitten hatte diese Expedition in einer Führungsposition begonnen. Nach dem überraschenden Ableben des ersten Suzerain von Kosten und Vorsicht schien seine Stellung bei der Mauser gesichert.

Doch das änderte sich, als man keine Garthlinge fand – als endlich klarwurde, wie der Suzerain der Guten Sitten an der Nase herumgeführt worden war. Und dass noch immer kein Beweis für den Missbrauch von Garth oder der Klienten seitens der Menschen erbracht werden konnte, war ein Zeichen dafür, dass der Suzerain immer noch keinen Fuß auf den Boden dieses Planeten gesetzt hatte. Dieser Umstand aber hatte die hormonelle Entwicklung wiederum verzögert. All diese Faktoren waren Rückschläge, welche die Mauser ernstlich gefährdeten.

Dann kam der Aufruhr der Neoschimpansen – und das war

Wasser auf die Mühle der Militärs. Nun war der Suzerain von Balken und Klaue eindeutig im Vorteil und gewann immer mehr an Boden. Die kommende Mauser erfüllte den Suzerain der Guten Sitten mit Vorahnungen. Solche Ereignisse pflegten triumphierend und transzendent zu sein, selbst für Verlierer. Die Mauser war stets eine Zeit der Erneuerung und der sexuellen Erfüllung für die Spezies. Ebenso wurde auch eine *Kristallisierung der Politik* erwartet – ein Konsens über richtiges Handeln.

Zu dieser Zeit allerdings gab es nur wenig oder überhaupt keinen Konsens. Irgendetwas lief bei dieser Mauser schief, entsetzlich schief.

Das Einzige, worin sich alle drei Suzerains einig waren, war die Tatsache, dass die Hyperraum-Weiche für irgendeine Entwicklungszeremonie genutzt werden sollte. Es wäre Selbstmord gewesen, an diesem Punkt anders zu handeln. Doch darüber hinaus war man sich so uneinig wie selten zuvor. Ihr Streit und ihr gegenseitiges Misstrauen stellte die ganze Expedition in Frage. Die mehr religiösen Klauen-Soldaten begannen sich mit ihren Kameraden von anderen Truppenteilen zu streiten. Bürokraten, Reserveoffiziere oder ehemalige Offiziere außer Dienst mischten sich ein und debattierten über logische Probleme oder wurden sauer, wenn sie ihr Chef überging. Selbst im Kreise der Priesterschaft gärte es, wo eigentlich Einmütigkeit hätte herrschen sollen.

Der Suzerain der Guten Sitten war erst jüngst dahintergekommen, was Faktionalismus bewirken kann. Die Meinungsverschiedenheiten hatten einen Punkt erreicht, wo man fast an Verrat denken musste. Warum sonst wurden seine zwei exemplarischen Schimpansen gestohlen? Nun aber wollte der Suzerain von Kosten und Vorsicht eine Rolle bei der Wahl eines neuen Männchens spielen. Zweifellos war der Bürokrat an der Flucht des Chims Fiben Bolger nicht ganz unschuldig – und jetzt dürfte dieser mittlerweile zu Rauch und Asche geworden sein. Freilich gab es keine

Möglichkeit, die Verantwortung irgendeinem der rivalisierenden Suzerains in die Schuhe zu schieben.

Ein Kwackoo-Diener erschien und kniete nieder, einen Datenwürfel im Schnabel. Auf einen Wink hin ließ er den Würfel in ein Wiedergabegerät fallen.

Im Raum wurde es dunkel, und der Suzerain der Guten Sitten erblickte eine Landschaft voller strömendem Regen und Finsternis. Er fuhr unwillkürlich zusammen und erschauerte beim Anblick einer hässlichen Wolflinger-Stadt.

Die Kamera schwenkte über einen schlammigen Weg in einer dunklen Allee … streifte einen Taubenschlag aus Holz und Draht, wo die terranischen Vögel als Haustiere gehalten wurden … einen Haufen nasse Kleider neben einer Fabrikruine … Fußspuren, die durch den Schlamm zu einem verbogenen Zaun führten, und weitere Spuren … Spuren, hinaus in die dämmrige Wildnis …

Der Suzerain wusste Bescheid, konnte sich seinen Reim drauf machen, noch bevor der Kommentator seine Vermutungen bestätigte.

Der männliche Neoschimpanse hatte die Falle erkannt, die man ihm gestellt hatte. Und seine Flucht war offensichtlich gelungen. Der Suzerain aber tanzte auf seiner Sitzstange und trippelte die kleinen Schritte eines uralten Reigens.

»Der Schaden des Rückschlags, den
unser Programm erlitten hat, ist ernst.
Doch er ist nicht, muss nicht
irreparabel sein!«

Auf einen Wink des Suzerains hin gingen die Kwackoos in Stellung. Sein Befehl aber war direkt und unmissverständlich.

»Wir müssen unser Angebot,
den Reiz unseres Angebots
steigern, verbessern, verstärken.
Sagt der Chimmie, dass wir ihr Ersuchen
akzeptieren, zusagen, genehmigen.
Sie darf in die Bibliothek gehen.«

Der Adjutant verbeugte sich, und die anderen Kwackoos sangen im Chor: *»Summm!«*

Die Regierung im Untergrund 69

Der Holotank verblasste, als die interstellare Botschaft zu Ende war. Als die Lichter wieder angingen, schauten sich die Ratsmitglieder verblüfft und verwirrt an. »Was … was hat dies zu bedeuten?«, fragte Colonel Maiven.

»Ich bin nicht sicher«, erwiderte Colonel Kylie. »Eins ist aber klar. Die Gubru führen etwas im Schild.«

Der Flüchtlingsadministrator Mu Chen trommelte mit den Fingern auf den Tisch. »Es scheint sich um Beamte des Entwicklungsinstituts zu handeln. Wahrscheinlich wollen die Invasoren eine Art Entwicklungszeremonie planen und haben Zeugen geladen.«

Das leuchtet ein, dachte Megan. »Soll dies irgendetwas mit den mysteriösen Bauten südlich von Port Helenia zu tun haben?«, fragte sie. Diese Baustelle war bereits Gegenstand früherer Diskussionen gewesen.

Colonel Maiven nickte. »Ich wollte nicht so recht dran glauben, aber jetzt würde ich die Frage bejahen.«

Nun meldete sich das Chim-Mitglied zu Wort. »Warum wollen sie eine Entwicklungszeremonie für die Kwackoo hier auf Garth abhalten? Das macht keinen Sinn. Könnten sie dadurch an unserem Leasingrecht, an unserer Lizenz rütteln?«

»Das wage ich zu bezweifeln«, meinte Megan. »Vielleicht … vielleicht ist es aber auch nicht für die Kwackoo gedacht.«

»Für wen sonst?«

Megan zuckte die Achseln, und Kylie setzte hinzu: »Vielleicht tappen selbst die Beamten des Entwicklungsinstituts im Dunkeln.«

Eine Weile herrschte tiefes Schweigen, das schließlich von Kylie gebrochen wurde.

»Was hat es für eine Bedeutung, wie schwer mag es wiegen, dass der Sprecher ein menschliches Wesen war?«

Megan lächelte. »Offenbar war dies als Schlag gegen die Gubrus gedacht. Dieser Mensch konnte höchstens ein kleiner Lehrling am örtlichen Institut gewesen sein. Und da man ihn mit den Pila und Z'Tang und den Serentinern gleichsetzte und ihn in die erste Reihe stellte, so ist das ein Zeichen dafür, dass die Erde noch lange nicht am Ende ist. Und gewisse Mächte möchten dies den Gubru klarmachen.«

»Hm. Die Pila. Das sind zähe Kunden und Mitglieder des Soro-Clans. Ein menschlicher Sprecher mag als Beleidigung der Gubru angesehen werden – doch das ist noch keine Garantie dafür, dass mit der Erde alles in Butter ist.«

Megan verstand, was Kylie meinte. Wenn jetzt die Soro den Erdenraum beherrschten, standen harte Zeiten bevor.

Wieder herrschte tiefe Stille, dann sprach Colonel Maiven. »Es wurde eine Hyperraum-Weiche erwähnt. Solche Einrichtungen sind sehr kostspielig. Also müssen die Gubru große Stücke von dieser Zeremonie halten.«

In der Tat, dachte Megan, weil sie wusste, dass dem Rat ein bestimmter Antrag vorgelegt worden war. Und sie wusste auch, dass es diesmal schwerfallen würde, Uthacaltings Anweisungen einzuhalten und zu rechtfertigen.

»Haben Sie ein gewisses Ziel im Auge, Colonel?«

»Sicher, Madam Koordinator.« Maiven richtete sich auf und schaute ihr in die Augen. »Ich glaube, dies ist die Gelegenheit, auf die wir schon lange gewartet haben.«

Am Konferenztisch ging es hoch her. *Die Wahl ist von Langeweile, Frust und Klaustrophobie beeinflusst,* sagte sich Megan. *Dennoch – war dies nicht eine einmalige Chance zu entscheiden, ob man handeln oder für immer verloren sein sollte?*

»Wir können nicht angreifen, wenn die Emissäre des Entwicklungsinstituts erst einmal eingetroffen sind«, betonte sie und sah, dass jeder wusste, wie wichtig eine solche Entscheidung war. »Immerhin gebe ich zu, dass es da eine Hintertür gibt, durch die wir schlüpfen können.«

Der Konsens war nicht zu leugnen. Dennoch kam es Megan so vor, als müssten noch weitere Debatten stattfinden. Trotzdem spürte auch sie noch die ungeduldige Spannung, die alle ergriffen hatte.

»Also müssen wir Major Prathachulthorn neue Befehle erteilen. Er soll freie Hand haben, allerdings unter der Bedingung, dass der Angriff spätestens Anfang November erfolgt. Sind Sie damit einverstanden?«

Alle hoben die Hand, nur Commander Kylie zögerte noch einen Moment lang, bevor er sich der Entscheidung anschloss. Damit war der Vorschlag einstimmig angenommen.

Nun sind wir ein Herz und eine Seele, dachte Megan. Gleichzeitig aber fragte sie sich, ob in der Hölle ein besonderer Platz für Mütter vorgesehen war, die ihre eigenen Söhne in die Schlacht schickten.

Robert 70

Sie hätte nicht fortgehen müssen. Aber sie sagte selbst, es wäre besser so.

Robert kratzte sich das Kinn mit dem Dreitagebart und dachte dabei an Duschen und Rasieren. Der Major würde einen Termin einberaumen, sobald er grünes Licht hatte – und er war darauf bedacht, dass seine Offiziere in tadelloser Uniform erschienen.

Am liebsten will ich aber schlafen, wusste Robert. Soeben war eine ganze Reihe von Nachtübungen vorbei. Also wäre es nur recht und billig gewesen, sich aufs Ohr zu hauen.

Dennoch – nachdem er einige Stunden geschlummert hatte, fühlte er sich viel zu nervös, viel zu sehr mit rastloser Energie geladen, um noch länger im Bett zu bleiben. Also war er aufgestanden und zu seinem schmalen kleinen Tisch gegangen und hatte das Licht eingestellt, dass es seinen Mitbewohner nicht stören konnte. Dann las er eine Weile die detaillierten Befehle des Majors. Kein Zweifel – der Plan war ebenso genial wie professionell. Die verschiedenen Optionen boten eine Reihe effizienter Möglichkeiten, die geringen Streitkräfte einzusetzen, um den Feind empfindlich zu treffen. Wichtig war nur, das richtige Zielobjekt zu finden. Da aber gab es verschiedene Möglichkeiten – es war nur die Qual der Wahl, weil jedes Ziel erfolgversprechend war.

Dennoch hatte Robert irgendwo ein ungutes Gefühl. Der ganze Komplex konnte ihn nicht so recht überzeugen, obwohl er dies erhofft hatte. Und im Raum über seinem Kopf nahm ein Etwas Gestalt an – ein Etwas, das den Wolken glich, welche die Berge bei Sturm und Wetter erst neulich eingehüllt hatten – eine symbolische Manifestation seiner finsteren Ahnung.

Auf der anderen Seite der kleinen Kammer regte sich etwas

unter einer Decke. Ein schlanker Arm lugte hervor, schlanke Waden und schlanke Fesseln.

Robert konzentrierte sich und löschte dieses *Nichts,* das er mit Hilfe seiner schwachen Aura-Kraft zustande gebracht hatte. Er hatte sich in Lydias Träume eingeschlichen, und er fand, dass es unfair war, sie mit seinen Sorgen und Gedanken zu belästigen. Denn trotz ihrer physischen Intimität waren sie doch sehr verschieden und Fremde auf verschiedene Art.

Aber Robert dachte auch daran, dass es während der letzten Tage auch einige positive Aspekte gegeben hatte. So zeigte der Schlachtplan des Majors zum Beispiel, dass er einige Gedanken und Vorstellungen ernst nahm. Die Zeit aber, die er mit Lydia verbracht hatte, war mehr als nur eine körperliche Befriedigung gewesen. Bisher war es Robert nicht so ganz klar geworden, wie sehr er den körperlichen Kontakt mit seinesgleichen vermisst hatte. Menschen verkrafteten eine Isolierung besser als Chims, die in tiefe Depressionen stürzen konnten, wenn ihnen der Partner fehlte, wenn sie einen Kraulpartner längere Zeit vermissen mussten. Doch auch Männlein wie Weiblein der menschlichen Spezies hatten durchaus affenähnliche Bedürfnisse.

Dennoch schweiften Roberts Gedanken ab. Denn selbst während der Minuten höchsten Glücks mit Lydia musste er an eine andere denken.

Musste sie wirklich fort? Es gab eigentlich keinen logischen Grund, zum Mount Fossey zu gehen. Denn die Gorillas waren sehr gut versorgt.

Vielleicht aber waren die Gorillas nur eine Ausrede – eine Ausrede, um der negativen Aura des Majors zu entrinnen, eine Ausrede, um dem sprühenden Funkenschlag menschlicher Lust und Leidenschaft zu entgehen.

Athaclena ging wohl richtig in der Annahme, dass Robert eine Frau seiner eigenen Spezies gefunden hatte. Doch die Logik allein war nicht die Mutter aller Dinge. Jung und einsam, wie sie war, konnte sie in eine Falle laufen oder sogar schwer verletzt werden, allein durch das, was sie wusste.

»Verdammt«, murmelte Robert, während er die Papiere des Majors beiseitefegte. »Verdammt noch mal, sie fehlt mir so sehr!«

Draußen vor dem Vorhang, der Roberts Kammer von dem Rest der Höhle trennte, rührte sich etwas. Robert schaute auf die Uhr. Es war erst vier Uhr morgens. Er stand auf und schlüpfte in seine Hose. Das Rumoren um diese Zeit ließ nichts Gutes ahnen. Nur weil der Feind einen Monat lang stillgehalten hatte, war noch lange nicht gesagt, dass es auch so bleiben würde. Vielleicht hatten die Gubru Wind von ihren Plänen bekommen und hatten früher zugeschlagen.

Nackte Füße stapften über steinigen Boden. »Cat'n Oneagle?«, ertönte eine Stimme direkt hinter dem Vorhang. Robert lief hin und zog den Vorhang beiseite. Da stand die Chimmie, die schwer atmete. »Was ist los?«, fragte Robert.

»Hm, Sir, es wäre besser, wenn Sie sich beeilten.«

»Schon gut. Ich will nur meine Waffen holen.«

Der Chim schüttelte den Kopf. »Es geht nicht in den Kampf, Sir … nur ein paar Chims sind soeben aus Port Helenia eingetroffen.«

Robert runzelte die Stirn. Kleine Gruppen neuer Rekruten kamen die ganze Zeit aus der Stadt. Warum also diese Aufregung? Er hörte, dass sich Lydia rührte, weil die Stimmen ihren Schlaf störten. »Gut«, sagte er zu der Botin. »Wir werden sie später befragen …«

Sie aber fiel ihm ins Wort. »Sir! Es ist Fiben! Fiben Bolger, Sir. Er ist zurück.«

»Was?«, Robert blinzelte ungläubig.

Hinter seinem Rücken rührte sich etwas. »Rob?«, fragte eine Frauenstimme. »Was ist …?«

Robert machte einen Sprung, und die Wände warfen das Echo seines Freudenrufes zurück. Er umarmte und küsste die überraschte Chimmie, dann hob er Lydia hoch und warf sie wie ein kleines Kind in die Luft.

»Was also …?« Doch sie verstummte, weil sie zu dem leeren Raum sprach, in dem sie sich plötzlich befand.

Es gab tatsächlich keinen Grund zur Eile. Fiben und seine Eskorte waren immer noch weit entfernt. Als dann ihre Pferde auftauchten, die über den Pfad von Norden her antrabten, hatte sich Lydia bereits angezogen und war an Roberts Seite getreten. Das graue Licht der Morgendämmerung hatte gerade die letzten Sterne ausgelöscht.

»Alles ist auf den Beinen«, berichtete Lydia. »Man hat sogar den Major geweckt. Überall wimmelt es von Chims, die aufgeregt herumlaufen. Das muss wohl ein Chim sein, den alle Welt erwartet.«

»Fiben?«, sagte Robert lachend und pustete in die Hände. »Der gute alte Fiben ist schon was Besonderes, das kann man wohl sagen.«

»Das habe ich bereits mitbekommen.« Sie beschattete die Augen gegen das Morgenlicht und beobachtete die berittene Schar, die jetzt über den steilen Pfad heraufstieg. »Ist das der mit den Bandagen?«

»Hm!« Robert schielte zu ihr hinüber. Lydias Sehvermögen war während ihrer Marineausbildung biologisch geschärft worden, eine Eigenschaft, um die er sie beneidete. »Das würde mich nicht überraschen. Fiben ist stets blessiert und bandagiert, so oder so. Aber ich glaube, dass ihm dies wenig ausmacht. Das mag daran liegen, dass er ein unglaublich verrückter Draufgänger ist. Ich habe stets das Gefühl gehabt, dass er ein Unglücksrabe ist. Noch nie habe ich einen Chim gekannt, der sich in solche Abenteuer stürzt, nur damit er etwas zu erzählen hat.«

Nun konnte er auch die Gestalt seines Freundes erkennen. Er rief und winkte – Fiben rief und winkte zurück, obwohl sein linker Arm in einer Schlinge steckte. An seiner Seite ritt eine Chimmie auf einem Schimmel, eine Chimmie, die Robert nicht kannte.

Vom Höhleneingang eilte ein Bote herbei und salutierte. »Sers, der Major lässt ausrichten, dass Sie und Lieutenant Bolger sofort bei ihm vorsprechen, sobald der Lieutenant eingetroffen ist.« Robert nickte. »Sag dem Major, dass wir rechtzeitig zur Stelle sein werden.«

Als die Pferde die letzte Steigung nahmen, ließ Lydia ihre Hand in seine gleiten. Robert aber spürte eine plötzliche Welle von Freude und Schuldbewusstsein, die sie durchfuhr. Er drückte ihre Hand und versuchte, sie nicht spüren zu lassen, was er empfand.

Fiben lebt!, dachte er. *Ich muss es Athaclena mitteilen. Ich bin sicher, dass sie mehr als überrascht sein wird.*

Der Major schien nervös zu sein, weil er sich mal an dem einen, mal an dem anderen Ohrläppchen zupfte. Während er den Berichten seiner Untergebenen lauschte, rutschte er auf seinem Sessel hin und her, lehnte sich gelegentlich vor, um in seinen Unterlagen zu stöbern und hier und dort eine Information herauszupicken. Es sah so aus, als wäre er gelegentlich zerstreut und in Gedanken versunken. Doch so oft der Sprecher eine kleine Pause einlegte oder auch nur etwas langsamer sprach, war er sofort wieder hellwach und schnippte ungeduldig mit den Fingern. Der Major war offensichtlich ein Schnelldenker und konnte mehrere Dinge gleichzeitig verfolgen. Diese seine Art, dieses Benehmen war aber für die Chim unbegreiflich, machte sie nervös und verschlug ihnen gelegentlich die Sprache. Dies trug aber andererseits nicht dazu bei, die Meinung des Majors über die Chim zu ändern, die vor Kurzem noch unter Roberts und Athaclenas Kommando gestanden hatten.

Was Fiben betraf, gab es allerdings keine Probleme. Solange er mit Orangensaft versorgt wurde, fuhr er fort, seine Geschichte zu erzählen. Selbst der Major, der sonst gewöhnlich jeden Bericht zu unterbrechen und mit Fragen zu durchlöchern pflegte und gnadenlos auf Einzelheiten bestand, saß stumm da und lauschte der Geschichte über die katastrophale Lage im Tal, Fibens Gefangennahme, den Befragungen und Tests durch die Leute des Suzerains der Guten Sitten und den Theorien von Dr. Gailet Jones.

Gelegentlich riskierte Robert einen Blick auf die Chimmie, die Fiben aus Port Helenia mitgebracht hatte. Sylvie saß etwas abseits, zwischen den Chims Benjamin und Elsie, hoch aufgerichtet, konzentriert und gesammelt. Wenn sie gelegentlich gefragt wurde, um etwas zu bezeugen oder näher zu erklären, antwortete sie mit ruhiger Stimme. Sonst aber haftete ihr Blick konstant auf Fiben.

Fiben beschrieb die politische Situation zwischen den Gubru, soweit er sie durchschaut und begriffen hatte. Und als er schließlich bei jenem Abend angelangt war, als ihm die Flucht glückte, berichtete er auch über die Falle, die ihm der Suzerain von Kosten und Vorsicht gestellt hatte und zog schließlich eine simple Konsequenz: »Also haben Sylvie und ich beschlossen, Port Helenia nicht auf dem Seeweg zu verlassen.« Er zuckte die Achseln. »Wir sind durch einen Spalt im Zaun entkommen und erreichten schließlich einen Außenposten der Rebellen. Und nun sind wir da.«

Recht so!, dachte Robert. Freilich hatte Fiben seine Verletzungen nicht erwähnt, und auch nicht, auf *welche* Weise er entkommen war. Wahrscheinlich würde er die Einzelheiten in seinem Bericht an den Major erwähnen, doch jeder andere musste ihn wohl auspressen wie eine Zitrone.

Robert sah, dass Fiben ihn anschaute und ihm zuwinkte. *Ich mag wetten, das wird eine lange Nacht und viele Bierchen kosten,* dachte Robert.

Der Major beugte sich vor. »Sie haben also diese Hyperraum-Weiche wirklich gesehen? Und Sie wissen auch den genauen Standort?«

»Ich bin ein ausgebildeter Scout, Major. Und ich weiß genau, wo sich die Installation befindet. Meinem schriftlichen Bericht werde ich eine Skizze der Anlage und eine Karte beilegen.«

Der Major nickte. »Hätte ich nicht bereits andere Berichte über diese Anlage gehabt, so hätte ich Ihnen die Geschichte nicht abgenommen. Sie sagen, diese Installation sei kostspielig, selbst nach den Maßstäben der Gubru?«

»Jawohl, Sir. Die Menschen konnten in all den Jahren seit dem Kontakt für ihre Klienten nur jeweils eine Einweihungszeremonie abhalten, und beide haben auf Tymbrim stattgefunden. Das ist der Grund, warum andere Klienten, wie etwa die Kwackoos, uns tadeln können.

Zum Teil ist dies der politischen Behinderung durch atagonistische Clans wie den Gubru und den Soro zu verdanken, die es fertiggebracht haben, die terranischen Anträge für den Status zu unterminieren. Ein weiterer Grund ist aber auch darin zu suchen, dass wir nach galaktischen Normen so bitter arm sind.«

Fiben schien einiges gelernt zu haben, das war nicht zu leugnen. Und Robert merkte, dass er einen Teil seines Wissens von dieser Gailet Jones aufgeschnappt hatte. Mit seinem geschärften empathischen Sinn nahm er leise Schwingungen bei seinem Freund wahr, sooft der Name Jones erwähnt wurde.

Robert riskierte einen Blick auf Sylvie. *Hm. Für Fiben war das Leben anscheinend kompliziert geworden.*

Das erinnerte Robert freilich an seine eigene Situation. *Fiben ist nicht der Einzige,* dachte er. Ein Leben lang hatte er versucht, empfindsamer zu werden, um andere zu verstehen und seine eigenen Gefühle besser zu begreifen. Nun hatte sich sein Wunsch erfüllt, und es war ihm eine Last.

»Bei Darwin, Himmel, Hölle und Greenpeace – verdammt und zugenäht!«, sagte der Major und hieb mit der Faust auf den Tisch. »Mr. Bolger, Ihre Nachrichten kommen gerade zur rechten Zeit!« Dann wandte er sich Lydia und Robert zu. »Wissen Sie eigentlich, was dies bedeutet, meine Damen und Herren?«

»Hm, nun ja …«, setzte Robert an.

»Ein Ziel, Sir«, erwiderte Lydida knapp.

»Ein Ziel – das ist richtig! Das passt genau zu der Botschaft, die wir soeben vom Rat erhalten haben. Wenn wir diese Weiche zerstören können – nach Möglichkeit noch bevor die Vertreter des Entwicklungsinstituts eintreffen –, können wir die Gubru an einem Punkt treffen, wo es sie am meisten schmerzt!«

»Aber …«, wollte Robert einwenden.

»Sie haben gehört, was uns Ihr Spion berichtet hat«, sagte der Major. »Die Gubru werden draußen im Weltraum schwer bedrängt. Sie haben sich verkalkuliert; haben den Mund zu voll genommen. Ihre Führer hier auf Garth gehen sich gegenseitig an die Gurgel – und dies ist unsere Chance. Wir könnten es sogar schaffen, dass das Triumvirat zur gleichen Zeit am gleichen Ort ist, wenn wir nur schlau genug sind.«

Robert schüttelte den Kopf. »Glauben Sie nicht, Sir, dass wir uns die Sache noch einmal gründlich überlegen sollten, Sir? Ich meine das Angebot, das dieser Suzerain … wie heißt er gleich, dieser Suzerain …«

»… der Guten Sitten«, half Fiben aus.

»Der Suzerain der Guten Sitten, jawohl. Wie sieht es mit diesem Angebot aus, das er Fiben und Dr. Jones gemacht hat?«

Der Major aber schüttelte den Kopf und meinte: »Offensichtlich eine Falle, Oneagle. Nun seien Sie mal ernst.«

»Ich bin ernst, *und es ist mein voller Ernst, Sir.* Freilich, was diese Dinge angeht, bin ich kein Experte wie Fiben, und schon gar nicht wie Dr. Jones. Und ich muss zugeben, dass es sich womöglich um eine Falle handeln *könnte.* Doch oberflächlich betrachtet sieht es doch nach einem großen Geschäft für die Erde aus. Ein Geschäft, ein Angebot, das wir nicht einfach übergehen können, ohne zumindest dem Rat darüber zu berichten.«

»Dafür haben wir keine Zeit«, meinte der Major kopfschüttelnd. »Meine Befehle lauten, dass ich nach eigenem Gutdünken operiere und, wenn notwendig, entsprechende Maßnahmen einleiten kann, bevor die galaktischen Vertreter eintreffen.«

Robert spürte, wie ihn Verzweiflung übermannte. »Dann lassen Sie uns zumindest mit Athaclena beraten. Sie ist die Tochter eines Diplomaten. Vielleicht kann sie irgendwelche Zusammenhänge erkennen, die wir nicht sehen können.«

Der Major runzelte die Stirn, und dieses Stirnrunzeln sprach Bände. »Wenn die Zeit reicht, bin ich gern bereit, mir die Meinung der jungen Tymbrimerin anzuhören.« Doch es war deutlich, dass Roberts Vorschlag allein schon ausgereicht hatte, um ihn in den Augen des Majors herabzusetzen.

Und wieder knallte der Offizier die Faust auf den Tisch. »Im Augenblick wäre es mir lieber, eine Offiziersversammlung einzuberufen und potentielle Taktiken gegen diese Hyperweichen-Installation zu besprechen.« Er drehte sich um und nickte den Chims zu. »Das wäre im Augenblick alles, Fiben. Ich danke Ihnen für Ihre mutige Tat, die zur rechten Zeit erfolgt ist. Das gilt auch für Sie, Miss.« Er nickte Sylvie zu. »Ich erwarte Ihren schriftlichen Bericht.«

Elsie und Benjamin erhoben sich und hielten die Tür auf. Sie, die kleinen Offiziere gehörten nicht zum engeren Stab des Majors. Auch Fiben stand auf, von Sylvie gestützt.

Robert aber sagte zum Major schnell und mit gedämpfter Stimme: »Sir, wahrscheinlich ist es Ihrer Aufmerksamkeit entgangen, dass Fiben eine wichtige Stelle bei den kolonialen Streitkräften bekleidet. Sollte er ausgeschlossen werden, so könnte dies ... hm ... unangenehme politische Folgen haben.«

Der Major blinzelte. Er verzog kaum eine Miene – dennoch wusste Robert, dass er wieder ein paar Pluspunkte verloren hatte. »Ja, sicher«, meinte der Major ruhig. »Bitte sagen Sie Lieutenant Bolger, dass er stets willkommen ist, sofern er nicht zu sehr erschöpft ist.«

Damit wandte er sich wieder seinem Computer zu und begann,

neue Daten abzurufen. Robert aber spürte, dass Lydias Blick auf ihm ruhte. *Sie wird verzweifelt sein, dass sie mir nicht beibringen kann, taktvoller zu sein,* dachte er, während er hinter Fiben hereilte und ihn gerade noch erwischte, bevor er den Raum verließ.

Sein Freund aber grinste ihn an. »Ich glaube, es stinkt wieder einmal gewaltig«, sagte Fiben *sotto voce* mit einem Seitenblick auf den Major.

»Noch schlimmer als das; alter Chim. Ich dachte, du wärst längst erwachsen.«

Wenn Blicke töten könnten, dachte Robert belustigt, während er Fibens saures Gesicht betrachtete. *Du hast geglaubt, es wäre Wasser auf deine Mühlen.* Sie hatten schon früher über die möglichen historischen Quellen dieses Ausdrucks debattiert, waren aber zu keinem befriedigenden Ergebnis gekommen.

Fiben packte Sylvies Schultern und hoppelte in den Raum zurück. Sie beobachtete ihn für einen Moment, dann wandte sie sich ab und folgte Elsie durch die Halle.

Benjamin allerdings zögerte noch einen Moment, weil er Roberts Wink verstanden hatte, noch einen Augenblick zu warten. Er aber steckte dem Chim eine kleine Scheibe zu. Er wagte es zwar nicht, auch nur ein Wort zu sagen, doch gab er mit der Linken ein kurzes, stummes Signal.

»Tantchen«, sagte seine Geste.

Benjamin nickte kurz und ging.

Der Major und Lydia waren bereits tief in ihren Schlachtplänen versunken, als Robert zum Tisch zurückkehrte. Der Major wandte sich sogleich an ihn. »Ich befürchte, dass es für den Einsatz biologischer Waffen bereits zu spät ist, so genial Ihr Einfall auch war …«

Doch Robert hörte nicht richtig zu, die Worte gingen an seinem Ohr vorbei. Er setzte sich und musste daran denken, dass er zum ersten Mal in seinem Leben ein schweres Verbrechen begangen hatte. Denn dass er die Besprechung insgeheim mitgeschnitten hatte, war gegen alle Vorschriften und Gesetze. Und da er den Disk an Benjamin weitergegeben hatte, war dies ein grober Verstoß gegen das Protokoll.

Und dadurch, dass er einen Chim beauftragt hatte, das Protokoll an ein außerirdisches Wesen weiterzugeben, hatte er Hochverrat begangen.

Max 71

Ein großer Neoschimpanse wankte in die dämmrige unterirdische Kammer, die Hände gefesselt, an einer langen Kette geführt. Er hielt sich nach Möglichkeit von seinen Chim-Wärtern fern, die in der Uniform der Invasoren steckten und die am anderen Ende der Kette zogen, doch gelegentlich wagte er einen kurzen Blick auf die Alien-Techniker, die von ihren Sitzstangen herabblickten.

Sein Gesicht war zwar nicht verunstaltet, doch hier und da, wo man ihm das Fell wegrasiert hatte, waren Wunden und Narben, auch frische Implantate zu sehen. Die Wunden heilten bereits, aber die Narben würden wohl für immer bleiben.

»Komm schon, Reb«, sagte einer der Chim-Wächter und gab dem Gefangenen einen Schubs. »Die Vögel haben dich was zu fragen.«

Max ignorierte den Probanden, so gut es ihm gelingen wollte, während er zu einem erhöhten Platz in der Mitte des gewaltigen Raums geführt wurde. Dort warteten mehrere Kwackoos, die auf einer Instrumentenplattform standen.

Max schlug die Augen auf und schaute den Leiter der Gruppe an, verbeugte sich leicht – immerhin so, dass der Aviane die Verbeugung erwidern musste.

Neben den Kwackoo standen noch drei weitere Verräter. Zwei von ihnen waren gutgekleidete Chims, die ihren Reibach gemacht hatten, indem sie den Gubru Baumaschinen und Arbeiter vermittelt hatten. Es ging das Gerücht um, dass ein Teil der Geschäfte auf Kosten ihrer abwesenden menschlichen Geschäftspartner gegangen war. Anderen Gerüchten zufolge wiederum geschah dies mit Genehmigung und vollem Einverständnis von Leuten, die auf Cilmar oder anderen Inseln interniert waren. Max wusste nicht, welcher Version er glauben sollte. Der dritte Chim auf der Plattform war der Kommandeur der Probanden-Hilfstruppen – dieser große, gewaltige Chim, der sich Eisengriff nannte.

Max aber kannte auch das Protokoll, um die Verräter richtig zu begrüßen. Er grinste, fletschte seine großen Zähne und spuckte vor ihnen aus. Die Probanden schrien auf, zerrten an seinen Ketten und brachten ihn zum Straucheln, zogen ihre Polizeiknüppel, um ihn zusammenzuschlagen. Doch ein kurzes Zirpen des Kwackoo-Führers hinderte sie an ihrem Vorhaben. Sie traten einen Schritt zurück und verbeugten sich.

»Bist du sicher – absolut sicher –, dass dieses Individuum mit jenem identisch ist, nach dem wir gesucht haben?«, fragte der gefiederte Offizier. Eisengriff nickte.

»Dieser da wurde verwundet aufgegriffen nahe der Stelle, wo man Gailet Jones und Fiben Bolger gefangen hielt. Man hatte ihn vor dem Aufstand in ihrer Gesellschaft gesehen. Außerdem war er vor vielen Jahren das Faktotum dieser Meute. Ich habe eine Analyse angefertigt, um zu zeigen, auf welche Weise seine Kontakte mit diesen Individuen nutzbar zu machen sind – ein Grund, ihm besondere Aufmerksamkeit zu widmen.«

Der Kwackoo nickte. »Du warst sehr umsichtig«, sagte er zu Eisengriff. »Du wirst belohnt werden – durch einen hohen Status. Und dies, obwohl einer der Kandidaten des Suzerains der Guten Sitten aus unerfindlichen Gründen uns durch die Maschen geschlüpft ist. Nun sind wir aber in der glücklichen Lage, einen Ersatz zu suchen. Du wirst entsprechend informiert.«

Max hatte lange genug unter der Gubru-Herrschaft gelebt, um zu erkennen, dass es sich hier um *Bürokraten* handelte, um Leute des Suzerains von Kosten und Vorsicht. Dennoch hatte er keine Ahnung, was sie von ihm wollten und was er tun sollte, um ihnen bei ihren internen Machtkämpfen zu helfen.

Warum hatte man ihn hierhergebracht? In den Tiefen dieses selbstgebauten Berges jenseits der Bucht von Port Helenia steckte ein ganzes Bienenhaus von summenden Maschinen und Kraftwerken. Während der langen Fahrt mit dem Autolift spürte Max, wie sich seine Haare vor statischer Elektrizität sträubten, während die Gubrus und ihre Klienten ihre gewaltigen Geräte testeten.

Der Kwackoo-Funktionär wandte sich ihm zu und schaute ihn aus einem Auge an. »Du wirst nunmehr zwei Funktionen erfüllen«, sagte er zu Max, »wirst zwei verschiedenen Zwecken dienen. Erstens wirst du uns Informationen liefern – Daten über deinen früheren Herrn, Informationen, die für uns von Nutzen sind. Zweitens wirst du uns bei einem Experiment helfen – uns bei einem Versuch Hilfe leisten.«

Max grinste wieder. »Den Teufel werd' ich tun, und es is' mir auch scheißegal, ob das nu' unhöflich is' oder nich'. Ihr könnt euch mein'twegen als Clowns verkleiden un'n Dreirad fahren – könnt euch aber auch'n Ring durch die Nase ziehen, wenn's euch gefällt.«

Der Kwackoo blinzelte einmal, zweimal, während er einer Computerübersetzung zwecks Verifikation lauschte. Er zirpte seinen Kollegen zu, beriet sich kurz mit ihnen und wandte sich dann wieder an Max.

»Du hast uns … missverstanden. Es gibt keine Fragen. Du brauchst nicht zu reden. Deine Mitarbeit ist nicht notwendig.«

Die Aussage war ebenso knapp wie eindeutig. Max schauderte in plötzlicher Ahnung, weil ihm nicht mehr wohl in seiner Haut war.

Als er zum ersten Mal gefangen genommen wurde, hatte der Feind versucht, Informationen aus ihm herauszupressen. Er aber hatte es verstanden, sich mit aller Kraft zu stählen – dennoch war er erschüttert, als er merkte, wie sehr man an den »Garthlingen« interessiert war. Das war die Frage, die ihm immer wieder gestellt wurde: *»Wo sind die Präsapienten?«*

Garthlinge?

Es war nicht schwer, sie in die Irre zu führen, zu lügen, trotz all der Drogen und Psi-Maschinen, weil die Grundvoraussetzungen und *Vermutungen* des Feindes so töricht waren. Galaktiker, die auf ein Kindermärchen hereinfallen – das muss man sich einmal vorstellen! Es hatte einen Lokaltermin gegeben, und er hatte dabei eine Menge Tricks gelernt, um seine Befrager aufs Eis zu führen.

Vor allem wollte er sich nicht festlegen lassen, dass es die Garthlinge wirklich gab. Eine Weile schien dies die Aliens zu überzeugen, weil die Spur noch heiß war.

Schließlich gaben sie auf und ließen ihn in Ruhe. Vielleicht hatten sie mittlerweile gemerkt, dass man sie für dumm verkauft hatte. Nachher wurde ihm eine Arbeitsstelle auf einer Baustelle zugewiesen, und Max dachte, sie hätten ihn bereits vergessen.

Nun wusste er aber, dass dies nicht der Fall war. Doch die Worte des Kwackoo beunruhigten ihn.

»Was soll das heißen, dass keine Fragen gestellt werden?« Diesmal antwortete der Führer der Probanden, während er seinen Schnurrbart zwirbelte – Eisengriff der Große. »Das heißt, dass alles, was du weißt, aus dir *herausgepresst* wird. Denn all diese Geräte, die wir hier haben«, setzte er hinzu und holte weit aus, »werden jetzt auf dich gerichtet, allein auf dich, alter Freund. Und du wirst singen, ob du nun willst oder nicht«, meinte er mit hämischem Grinsen.

Max atmete tief durch und spürte, wie sein Herz schneller zu schlagen begann. Immerhin – und das war es, was ihm half – versuchte er sich zu konzentrieren und Worte zu bilden, weil er es seinen Peinigern nicht gönnen wollte, ihn sprachlos zu sehen.

»Das … das ist gegen die … gegen die … Kriegsgesetze, ge… gen die Kriegsregeln …«

Eisengriff zuckte die Achseln und überließ es dem Kwackoo-Bürokraten, die Sache zu erläutern.

»Die Gesetze schützen … sind eher für Spezies vorgesehen als für Einzelpersonen. Und alle diejenigen, die hier versammelt sind, gehören nicht zu den Parteigängern des Suzerains der Guten Sitten.«

Alsdann, dachte Max, *werde ich von Fanatikern gefangen gehalten.* In Gedanken nahm er Abschied von den Chims, von den Chimmies und den Kindern seiner Gruppenfamilie, besonders von seiner Hauptfrau, die er wahrscheinlich nie mehr wiedersehen würde. Und ebenfalls in Gedanken beugte er sich vor und verabschiedete sich von dieser Welt.

»Ihr habt zwei Fehler begangen«, sagte er zu seinen Wärtern. »Einmal habt ihr durchsickern lassen, dass Gailet noch lebt und dass euch Fiben wieder einmal einen Streich gespielt hat. Und weil ich dies weiß, is' mir egal, was ihr mit mir macht.«

Eisengriff tobte. »Freu dich deines Lebens und der kurzen Zeit, die dir noch bleibt. Dennoch wirst du eine große Hilfe sein, wenn es gilt, deine ehemalige Herrschaft um einige Grade herunterzustufen.«

»Mag sein«, erwiderte Max. »Aber ihr habt einen zweiten Fehler gemacht. Weil ihr mich an diese Dinge da gekettet habt …«

Er hatte seine Arme baumeln lassen. Jetzt riss er sie zurück und zog mit aller Kraft an seinen Ketten. Zwei der Wächter stürzten hin, und die Ketten glitten aus ihren Händen. Max stellte sich fest auf die Beine und schwenkte die schwere Kette wie ein Lasso. Seine Wächter versuchten in Deckung zu gehen, aber nicht alle schafften es beizeiten. Einem der Chims wurde die Kopfhaut vom Schädel rasiert, der andere versuchte verzweifelt zu flüchten und überrannte die drei Kwackoos, trat sie nieder wie Grashalme.

Max schrie und lachte vor Freude. Er schwang seine Waffe, seine Kette, bis alle am Boden lagen oder außer Reichweite waren. Dann drehte er sich um und schleuderte die Kette nach oben; sie wand sich um die Balustrade der Empore über seinem Kopf.

Dies war noch der einfachste Teil der Sache. Aber oben angekommen, kostete es ihn kostbare Sekunden, die Kette zu lösen. Und da sie an seinen Handgelenken festgemacht war, musste er sie wohl oder übel mitschleppen.

Und wohin jetzt?, fragte er sich, nachdem er mit der Kette klargekommen war. Max drehte sich auf dem Absatz um, als er rechts über sich weiße Federn erblickte. Also lief er in die andere Richtung und rannte eine Treppenflucht bis zur nächsten Etage hinauf.

Freilich war die Flucht ein absurder Gedanke. Er hatte kurzfristig nur zwei Ziele im Auge, nämlich so viel Schaden anzurichten, wie nur möglich, und dann seinem Leben ein Ende zu machen, bevor man ihn gegen seinen Willen zwingen konnte, Gailet zu verraten.

Zunächst schwang er seine Kette beim Laufen und zertrümmerte jeden Knopf, jedes Gerät und jedes Instrument, das in Reichweite war. Einige Ausrüstungsgegenstände erwiesen sich zäher und widerstandsfähiger, als sie aussahen, andere wiederum gingen sofort zu Bruch. Ganze Tabletts und Werkzeugkästen klirrten zu Boden und gingen in Scherben.

Dann schaute er sich nach weiteren Möglichkeiten um. Wenn ihn nichts weiter hinderte, wenn er nicht durch einen dummen Zufall oder durch Waffengewalt vorzeitig zum Aufgeben gezwungen wurde, konnte er hoch genug klettern, um einen Sprung über die Balustrade zu wagen.

Zwei Gubru-Techniker und zwei Kwackoo-Assistenten bogen um die Ecke, in technische Diskussionen vertieft, die sie in ihrem zirpenden Dialekt führten. Und als sie aufblickten, schwang Max seine Kette. Einer der Kwackoos ging zu Boden, dass die Federn flogen. Und während die Kette zurückschwang, schrie Max dem staunenden Gubru »Buh!« zu, der wie ein Huhn gackerte und das Weite suchte, eine Wolke blutiger Daunen hinter sich herziehend.

»Mit allem Respekt«, setzte Max hinzu. Man konnte nie wissen, ob irgendwo irgendwelche Kameras die Ereignisse filmten. Gailet hatte ihm gesagt, dass man Vögel durchaus umbringen dürfte, wenn es nur in höflicher Weise geschah.

Überall heulten Sirenen auf. Max stieß einen Kwackoo beiseite, setzte über einen anderen hinweg und rannte eine weitere Treppenflucht hinauf. Oben stieß er auf einen Karren, der randvoll mit feinen Photonenteilen gefüllt war und verlassen am Rand der Laderampe stand. Der Aufzugschacht hatte keine Schutzbrüstung. Max überhörte all die Rufe und Geräusche, die von allen Seiten an sein Ohr drangen und stemmte sich gegen den Karren. *Los! Beweg dich!,* murmelte er – und die Lore begann auf ihren Rädern dahinzurollen.

»Hey! Da ist er langgelaufen!«, hörte er einen Chim rufen. Max strengte sich noch mehr an und wünschte, dass ihn seine Wunden nicht zu kraftlos gemacht hätten. Der Karren aber rollte weiter.

»Du! Reb! Halt das Ding an!«

Er hörte eilige Schritte, doch er wusste, dass es bereits zu spät war, gegen die Trägheit der Masse anzukämpfen. Der Karren und seine Ladung kippten über die Kante. *Jetzt bin ich an der Reihe,* dachte Max.

Doch als dieser Befehl seine Beine erreichte, waren diese plötzlich wie gelähmt, ein Krampf, der durch Nervosität und Spannung ausgelöst worden war. Immerhin konnte er sich noch rechtzeitig umdrehen, um die Waffe zu sehen, die der Chim Eisengriff im Anschlag hielt.

Max ballte die Faust, als wäre der Proband in greifbarer Nähe. Und in seiner Verzweiflung zwang er sich, hintenüber in den Schacht zu stürzen.

Heureka! Erfolg!, dachte Max, als er sanfter aufschlug als erwartet. Die Benommenheit nach dem Sturz würde nicht lange dauern. *Jetzt sind wir quitt, Fiben,* dachte er.

Doch es war noch lange nicht zu Ende. Max spürte den Schmerz in seinem lädierten Arm, als er sich hochrappelte. Die Handschellen hatten blutige Schrammen hinterlassen, und die Kette, die über ihm hing, war straff und machte ihm schwer zu schaffen. Durch den Maschendraht, der die Plattform umgab, sah er Eisengriff, der mit aller Kraft an der Kette zog. Der Proband schaute auf ihn hinab und lächelte.

Max aber seufzte und schloss ergeben die Augen.

Als er wieder zu sich kam, stieg ihm ein beißender Gestank in die Nase. Er blinzelte und erblickte schließlich den schnurrbärtigen Neoschimpansen, der eine aufgebrochene Kapsel in Händen hielt, aus der immer noch Dämpfe aufstiegen.

»Ach, du bist ja wieder da, Freundchen!«

Max fühlte sich elend. Freilich hatte er sich ein paar Blessuren eingehandelt, war stocksteif und konnte sich kaum rühren. Seine Arme und Handgelenke brannten wie Feuer. Seine Arme waren auf seinem Rücken verschränkt und gefesselt, doch er wusste mit ziemlicher Sicherheit, dass man sie ihm gebrochen hatte.

»Wo … wo bin ich?«, fragte er.

»Du bist im Brennpunkt einer Hyperraum-Weiche«, sagte Eisengriff trocken.

Max aber spuckte vor ihm aus. »Du bist ein verdammter Lügner.«

»Wie du meinst«, sagte Eisengriff achselzuckend. »Na schön, dann will ich's dir erklären. Diese Maschine da ist eine besondere Einrichtung, eine Art *Verstärker.* Sie kann die Bilder und Vorstellungen aus dem Gehirn holen und sie für andere sichtbar machen. Während der Zeremonie wird die Vorrichtung unter der Kontrolle des Instituts stehen, doch die Vertreter sind noch nicht eingetroffen. Also werden wir die Anlage überlasten, einfach zu Testzwecken.

Normalerweise wird vorausgesetzt, dass das Subjekt kooperativ ist und die ganze Sache friedlich verläuft. Heute aber spielt das alles keine Rolle.«

Hinter Eisengriff ertönte eine scharfe, zirpende Stimme. Durch eine schmale Luke waren die Techniker des Suzerains von Kosten und Vorsicht zu sehen. »Höchste Zeit!«, sagte der Kwackoo-Führer barsch. »Dalli-dalli! Bewegt euch!«

»Warum diese Hast?«, fragte Max. »Habt ihr vielleicht Angst, dass jemand von der Gubru-Gegenseite mitgehört hat und bereits nach hier unterwegs ist?«

Eisengriff schaute auf, nachdem er die Luke geschlossen hatte, und zuckte die Achseln. »Wir haben zumindest Zeit genug, dir eine einzige Frage zu stellen – doch das reicht. Sag uns was über Gailet.«

»Niemals!«

»Das lässt sich aber nicht vermeiden«, sagte Eisengriff grinsend. »Hast du schon mal versucht, *nicht* an irgendetwas zu denken? Du wirst die Gedanken an sie nicht mehr los. Und sobald unsere Anlage einhaken kann, wird sie den Rest aus dir herausholen.«

»Du ... du ...« Max suchte nach Worten, doch diesmal versagten Stimme und Sprache. Er wand sich und versuchte, aus dem Brennpunkt der großen gewundenen Röhren zu entkommen, die von allen Seiten auf ihn gerichtet waren. Doch seine Kräfte versagten, und er konnte nichts tun.

Ihm blieb nur eins übrig – nicht an Gailet Jones zu denken. Doch der Versuch ging schief, weil er gerade *deswegen* pausenlos an sie denken musste.

Max stöhnte, während die Geräte zu summen begannen. Plötzlich hatte er das Gefühl, als würden die Schwerefelder von Hunderten Sternenschiffen über seine Haut rasen.

In seiner Vorstellung, in seinem Sinn aber wirbelten Hunderte von Bildern durcheinander. Und aus diesem Wirbel trat die Gestalt seines früheren Vorgesetzten und Freundes immer deutlicher hervor.

»Nein!« Max bemühte sich verzweifelt, auf andere Gedanken zu kommen. Er musste nicht versuchen, *nicht* an etwas zu denken.

Im Gegenteil – er musste etwas finden, worüber er nachdenken konnte – einen Punkt, auf den er sich konzentrieren konnte, ein neues Denkziel für die nächsten Sekunden, bevor er ganz willenlos wurde.

Ja, natürlich! Der Feind sollte sein Führer sein. Sie hatten ihn wochenlang ausgequetscht und immer wieder nur nach den Garthlingen gefragt. Es war ein Albtraum gewesen, doch jetzt wurde es für ihn ein Mantra.

»Wo sind die Präsapienten?«, hatten sie immer wieder gefragt. Max konzentrierte sich und musste trotz seiner Schmerzen lachen. »Bei all dem … blödsinnigen … dummen … idiotischen …«

Plötzlich war er gegen die Galaktiker mit Verachtung erfüllt. Wollten sie eine Projektion seiner selbst? Also – das konnten sie gern haben. Nun sollten sie *diesen* Gedanken verstärken. Draußen in den Bergen und Wäldern war jetzt die Dämmerung angebrochen. Also projizierte er diese Wälder, die ›Garthlinge‹, und musste selbst über das Bild lachen, das er da produziert hatte.

Und bevor ihm die Sinne schwanden, musste er noch einmal an die Sinnlosigkeit des Lebens denken.

Athaclena 72

Die Herbststürme waren wieder einmal gekommen, diesmal allerdings als eine gewaltige Zyklonfront, die über das Sind-Tal hinwegfegte. In den Bergen steigerte sich der Wind zum Orkan, riss das Laub von den Bäumen und wirbelte es davon, wirbelte es hoch und malte teuflische Gestalten an den stürmischen Himmel.

Als Kontrapunkt hatte der Vulkan zu grollen begonnen. Sein Rumpeln war leiser als der Sturmwind, doch das Beben machte die Lebewesen nervös, während sie Schutz suchten oder sich an die Baumstämme klammerten.

Hier bot auch die Vernunft keinen Schutz gegen die Düsternis, konnte die trübe Stimmung nicht aufhellen. In ihren Zelten dicht am Fuß der Berge rückten die Chims enger zusammen und lauschten dem Raunen des Windes und dem Grollen des Vulkans. Der eine oder andere, der die Spannung nicht mehr aushielt, flüchtete in den Wald, kam aber nach höchstens einer Stunde zurück, zerzaust und mit Herbstlaub im Fell.

Auch die Gorillas waren nervös, doch sie reagierten auf andere Weise. Bei Nacht schauten sie zu den Wolken hinauf, die schwer und düster über ihnen hinwegzogen, schnüffelten und sicherten, als würden sie auf irgendetwas Unvorhergesehenes warten. Athaclena wusste nicht genau, an was sie dies erinnerte, doch später, als sie in ihrem Zelt unter den Bäumen des Waldes saß, konnte sie den atonalen Gesang der Gorillas hören, die ein Duett, einen Wechselgesang mit dem Sturm anstimmten.

Das war ein Wiegenlied, das sie in den Schlaf wiegte, doch es hatte seinen Preis.

Erwartung … Ein solches Lied brachte Erinnerungen zurück, die nie ganz vergessen waren.

Athaclena drehte den Kopf auf ihrem Kissen hin und her. Ihre Fühler wehten – tastend, suchend, zurückweichend, erregt. Dann, allmählich, nahmen die Gedanken endlich eine vertraute Gestalt an.

»Tutsunucann …«, hauchte sie, unfähig, wach zu werden oder dem Unvermeidlichen zu entgehen. Und das Gebilde entstand über ihrem Kopf, aus einem Etwas, das ein Nichts war.

»Tutsunucann, s'ah brannitsun. A'twillith't …«

Ein Tymbrimer flehte nicht um Gnade, zumindest nicht in Ifnis Universum. Doch Athaclena hatte sich verändert, war ein Wesen geworden, das nur noch teilweise tymbrimisch war. *Tutsunucann* hatte jetzt Gefährten, sichtbare Bilder, die sich *Metaphern* nannten. Die Aura war verführerisch, wurde verstärkt, wurde fast greifbar, von der Substanz menschlicher Albträume erfüllt. *»… s'ah brannitsun …«*, seufzte sie, während sie sich unruhig im Schlaf hin und her wälzte.

Der Nachtwind blähte die Leinwand ihres Zeltes, und im Traum sah sie weit ausgebreitete Schwingen von Riesenvögeln. Böse, finstere Vögel, die direkt über die Baumwipfel hinwegflogen und mit Adleraugen suchten und suchten …

Ein leichtes Beben erschütterte den Boden unter ihrem Schlafsack. Athaclena erschauerte, während sie sich vorstellte, wie die Kreatur unter den Lavamassen verschüttet wurde, sah den Tod vor Augen, sah das unbändige, verschleuderte Potenzial dieser Welt – von den Bururallern vor langer Zeit verwüstet und zerstört. Die Kreaturen wühlten direkt unter dem geschundenen Boden, suchend …

»S'ah brannitsun, tutsunucann!«

Die Berührung ihrer eigenen wehenden Fühler fühlte sich an, als würden tausend kleine Ameisen oder Spinnen über sie hinwegkrabbeln. Der *Gheer*-Fluss sandte kleine Gnome aus, die ihr unter die Haut gingen und ungewollte Veränderungen hervorriefen.

Athaclena stöhnte, als die Glyphe immer näher heranschwebte gleich einem diabolischen Gelächter, näher, immer näher, sich über sie beugte, sie betrachtete und nach ihr griff …

»General? Mizz Athaclena. Verzeihung, Ma'am, sind Sie wach? Es tut mir leid, dass ich Sie störe, Ser, aber …«

Der Chim brach plötzlich ab. Er hatte den Zeltvorhang gelüftet, um eintreten zu können, aber er schreckte zurück, als er Athaclena erblickte, die sich plötzlich aufgerichtet hatte – die Augen weit aufgerissen, ihre katzenähnlichen Iriden geöffnet, die Zähne gefletscht wie eine Raubkatze, die sich bedroht fühlt.

Wahrscheinlich hatte sie den Chim gar nicht wahrgenommen. Sie blinzelte und beobachtete die Pulsierungen, die wie Wellen über Hals und Schultern gingen. Über ihren wehenden Fühlern schwebte für einen Augenblick etwas Unaussprechliches, das Entsetzen hervorrief.

Der Chim aber geriet in Panik und hätte am liebsten die Flucht ergriffen. Doch er nahm sich zusammen, schluckte tapfer und versuchte ein paar Worte hervorzubringen.

»M-M'am, b-bitte. Ich bin's … S-Sammy …«

Ganz allmählich, wie durch äußerste Willensanstrengung, kehrte das Licht des Bewusstseins in diese goldgefleckten Augen zurück. Athaclena erschauerte und stieß einen tiefen Seufzer aus, sank dann vornüber.

Sammy stand da und hielt sie fest, während sie haltlos schluchzte. In diesem Moment – verblüfft, erschrocken und erstaunt, wie er war – fühlte er, wie leicht und wie zerbrechlich sie in seinen Armen lag.

»Das war, als Gailet zu der Überzeugung kam, dass jeder Trick, wenn die Zeremonie überhaupt ein Trick war, ein subtiler Trick sein musste.

Wie man sieht, hat der Suzerain der Guten Sitten vor einiger Zeit eine Kehrtwendung gemacht, was die Chim-Entwicklung betrifft. Er ging von der Überzeugung aus, dass er Nachweise für ein Missmanagement finden würde, ja, dass es ihm sogar gelingen würde, die Neoschimpansen zur Abkehr von den Menschen zu bewegen. Nun aber scheint der Suzerain allen Ernstes … allen Ernstes nach repräsentativen Speziesvertretern zu suchen …«

Fiben Bolgers Stimme kam aus einem kleinen Wiedergabegerät, das auf der rauen Platte von Athaclenas Tisch stand. Sie lauschte der Aufnahme, die ihr Robert geschickt hatte. Der Bericht des Chims aus den Höhlen hatte auch seine humorvollen Momente. Fibens beeindruckend gute Natur und sein trockener Witz trugen dazu bei, Athaclenas düstere Gedanken zu verscheuchen. Doch jetzt, wo er über Dr. Gailet Jones' Gedanken über die Absichten der Gubru berichtete, klang seine Stimme leiser und hörte sich fast verlegen an.

Athaclena konnte Fibens Verlegenheit durch die Schwingungen in der Luft deutlich spüren. Manchmal brauchte der Vortragende nicht persönlich anwesend zu sein, um zu erraten, was er wirklich meinte.

Sie musste angesichts der Ironie des Schicksals lächeln. *Er beginnt zu erkennen, wer und was er ist, und das macht ihm Angst.* Athaclena spürte deutlich, dass er ihr sympathisch war. Da war nun ein denkendes Wesen, das sich nichts sehnlicher als Frieden wünschte, heiter und gelassen, der nicht in jenem Brei versinken wollte, wo die Ingredienzien des Schicksals gemixt wurden.

Sie hielt das Amulett in der Hand, welches das Vermächtnis ihrer Mutter und das ihres Vaters enthielt. Im Augenblick war *tutsunucann* immer noch da, und Athaclena wusste, dass die Glyphe bleiben würde. Nun würde es keinen Schlaf, keine Rast und Ruh mehr geben, bis sie sich in etwas anderes verwandelt hatte. Solch eine Glyphe war eine wohlbekannte Manifestation der Quantenmechanik – eine Probabilitäts-Amplitude, in eine Wolke der Unsicherheit gehüllt, prall gefüllt mit tausend Millionen Möglichkeiten. Sobald die Wellenfunktion zusammenbrach, blieb nichts mehr weiter übrig als das Schicksal.

»… delikate politische Manöver auf so vielen verschiedenen Ebenen – unter den lokalen Führern der Invasionsarmee, bei und unter den verschiedenen Parteien in der Heimatwelt der Gubru, zwischen den Gubru und ihren Verbündeten oder potentiellen Feinden, zwischen den Gubru und der Erde und zwischen den verschiedenen Galaktischen Instituten …«

Ihre Hand fuhr über das Medaillon. Manchmal musste ein Vertrauter eben nicht leibhaftig anwesend sein, um den tieferen Sinn der Dinge zu begreifen – um zu wissen, was er meinte.

Die ganze Situation war verworren. Was hatte sich Robert dabei gedacht, was wollte er erreichen, als er ihr diese Aufzeichnungen schickte? Glaubte er vielleicht, dass er auf diese Weise in die unendlichen Tiefen der galaktischen Weisheit hinabtauchen oder jemanden herbeizaubern könnte, der die Lösung wusste, der den Wert kannte, um sie aus diesem Irrgarten hinauszuführen?

Athaclena seufzte. *Ach, Vater, welch eine Enttäuschung habe ich dir bereitet. Wie sehr hat dich deine Tochter enttäuscht.* Das Medaillon schien unter ihren zitternden Fingern zu vibrieren. Und für einen Moment schien es, als würde sie kurz vor dem Ziel verzweifeln.

»… Bei Darwin, Himmel und Greenpeace!«

Es war die Stimme des Majors, die sie aus ihren Gedanken riss. Dann hörte sie noch eine Weile zu.

»… ein Ziel! …«

Athaclena erschauerte. Nun war alles ziemlich klar, aber die Erkenntnis war schrecklich – insbesondere diese ungeduldige Glyphe, die immer noch über ihr schwebte und nicht weichen wollte, machte ihr Sorgen. Nachdem sie sich einigermaßen wieder in der Gewalt hatte, wandte sie sich ihren Adjutanten Elayne Soo, Sammy und Dr. de Shriver zu. Die Chims saßen da und schauten sie erwartungsvoll an.

»Ich werde wieder hinaufsteigen«, sagte sie.

»Aber … aber der Sturm, Ma'am. Wahrscheinlich hat er sich

noch nicht gelegt. Und da ist auch noch der Vulkan. Wir hatten schon an eine Evakuierung gedacht.«

Athaclena aber stand auf. »Ich werde wahrscheinlich nicht lange wegbleiben. Bitte schickt keinen aus, um mich zu begleiten, zu beschützen oder mich zu suchen. Sie würden mich nur stören und mir all das, was ich tun muss, nur noch schwerer machen.«

Sie blieb am Zelteingang stehen, spürte den Wind, der an der Leinwand zerrte, als suchte er nach einem Spalt, um ins Zelt zu fahren. *Hab Geduld! Ich komme.* Dann sagte sie zu den Chims mit leiser Stimme: »Haltet die Pferde bereit, wenn ich zurückkomme.«

Der Zeltvorhang fiel hinter ihr. Die Chims schauten sich an und begannen dann, sich für den Tag zu rüsten.

Der Mount Fossey dampfte an verschiedenen Stellen, auch an solchen, wo kein Tau gefallen war. Wassertropfen fielen von den Blättern, die im Wind erschauerten, der sich inzwischen etwas gelegt hatte, doch immer wieder in neuen Stößen auflebte.

Athaclena kletterte einen schmalen Pfad hinauf. Ihr Wunsch wurde respektiert – die Chims hielten sich zurück und störten sie nicht.

Der Tag begann mit tief fliegenden Wolken, die gleich Flugzeugen einer Luftinvasion die Gipfel umschwebten. Zwischen den Wolken aber lugte stellenweise der blaue Himmel hervor. Das Auge eines Menschen hätte sogar ein paar blasse Sterne erblickt.

Athaclena versuchte an Höhe zu gewinnen, doch es war nicht die Höhe, die sie suchte, sondern die Einsamkeit. In den oberen Regionen war die Tierwelt eher sparsam vertreten, und dies war ihr nur recht, weil sie allein sein wollte.

An einer Stelle des Pfades, wo der Sturm den Abfall zusammengekehrt hatte, lag eine Art Teppich aus einem seltsamen, tuchähnlichen Stoff, den sie sofort erkannte: *Ein Teppich aus lauter kleinen Fallschirmen, den Flugsamen des Efeus.*

Dieser seltsame Samenteppich war eine Mahnung. Unten im

Lager hatten die Chim-Techniker alles darangesetzt, einen gewissen Terminplan einzuhalten, während sie verschiedene Varianten der Gorilla-Bakterien entwickelten, um dem Zeitplan der Natur gerecht zu werden. Jetzt aber sah es danach aus, als ob der Plan des Majors nicht zulassen würde, Roberts Ideen zu verwirklichen.

So ein Unsinn, dachte Athaclena. *Ich frage mich, warum die Menschen so lange gezögert haben.*

Vielleicht wollten sie nur glücklich sein, waren auf der Jagd nach dem Glück. Sie hatte viel über das 20. Jahrhundert gelesen, als sie nur um Haaresbreite einem verhängnisvollen Schicksal entgangen waren … einem Verhängnis, einer Katastrophe, die nicht nur die Menschheit, sondern auch alle zukünftigen sapienten Spezies bedrohte, welche ihre reiche, fruchtbare Welt hervorbringen konnte. Die Geschichte über eine Katastrophe, an der die Menschheit haarscharf vorbeigeschrammt war, gehörte mit zu den Gründen, warum so viele Spezies die *k'chu-non,* die Wolflinger fürchteten oder sogar hassten.

Die Erdlinge hatten einen Spruch, der da lautet: »Hier stehe ich, ich kann nicht anders. Gott helfe mir. Amen.« Das aber, was diesem siechen, verwüsteten Planeten Garth angetan wurde, war noch nichts im Vergleich dazu, was man der Erde hätte antun können.

Wer von uns hätte es unter solchen Umständen besser machen können? Das war hier die Frage, die sich all jene großen Clans stellen mussten, die großspurig auftraten, die sich im Wettstreit verzehrten und den Wald vor lauter Bäumen nicht sahen. Denn sie waren noch nie durch das Fegefeuer der Ignoranz gegangen, unter der die Menschheit so lange gelitten hatte. Wie wären sie sich wohl vorgekommen, ohne Patrone, ohne die Große Bibliothek, ohne überkommene Weisheit, allein unter der Flamme des Geistes, ohne Führung, ohne jede Hilfe, ohne Direktiven – nur durch den freien Willen gelenkt, das Universum herauszufordern oder die ganze

Welt zu vernichten. Das war die Frage, die sich nur einige wenige Clans zu stellen wagten.

Sie schob die kleinen Schirmchen mit dem Fuß beiseite und setzte ihren Aufstieg fort, während sie sich insgeheim über das Schicksal beklagte.

Schließlich erreichte sie einen steinigen Abhang, von wo aus man in Richtung Süden weitere Berge sehen konnte, und ganz in weiter Ferne die bunte Fläche einer leicht abfallenden Steppenlandschaft. Sie holte tief Luft und holte das Amulett hervor, das ihr ihr Vater gegeben hatte.

Das Tageslicht, das nun immer stärker wurde, konnte aber das Ding nicht verscheuchen, welches zwischen ihren wehenden Fühlern Gestalt anzunehmen begann. Und diesmal versuchte Athaclena nicht, das Gebilde zu unterdrücken. Im Gegenteil – sie tat so, als wäre es nicht vorhanden, wie jemand, der nicht möchte, dass seine Träume wahr werden.

Sie fingerte an dem Verschluss. Das Amulett öffnete sich, und der Deckel klappte auf.

Ihr wart ein treues Ehepaar, dachte sie in Gedanken an ihre Eltern. Denn dort wo früher zwei Fäden gelegen hatten, lag nur noch ein einziger Faden, der auf dem Samtfutter schimmerte. Ein Ende dieses Fadens wickelte sich um ihren Finger. Das Amulett fiel auf den felsigen Boden und lag vergessen dort, während sie das andere Ende des Fadens in die Luft warf. Der Fühler streckte sich und *summte,* erst nur ganz leise. Sie aber hielt ihn fest, ließ ihn im Wind wehen – und alsbald drangen harmonische Klänge in ihr Ohr.

Vielleicht hätte sie etwas zu sich nehmen sollen, um sich zu stärken für das Vorhaben, welches ihr vorschwebte. Solches kam bei ihrer Spezies nur selten vor, vielleicht nur einmal im Leben – wobei Tymbrimer *starben* …

»A t'ith'tuanoo, Uthacalting«, hauchte sie. Dann setzte sie den Namen ihrer Mutter hinzu. *»A t'ith, Mathiculanna!«*

Der Donner steigerte sich, wurde immer lauter. Es schien, als würden ihre Arme hochgerissen, als wäre es ein Echo ihres eigenen Herzschlags. Ihre Fühler reagierten auf die Töne, und Athaclena begann zu schwanken. *»A t'ith'tuanoo, Uthacalting …«*

»Wunderschön, wirklich wunderschön. Vielleicht wären noch ein paar Wochen nötig, um die Dinger noch potenter zu machen. Doch so wird's auch reichen, und vor allem werden sie verfügbar sein, wenn der Efeu reif ist.«

Dr. de Shriver legte die Bakterienkultur in den Inkubator zurück. Ihr selbstgezimmertes Labor an den Berghängen war gegen den Wind geschützt. Nun schien ihre Arbeit endlich Früchte zu tragen.

Ihr Assistent aber maulte: »Wozu soll das gut sein? Die Gubru werden sofort Gegenmaßnahmen ergreifen. Außerdem sagt der Major, dass der Angriff früher kommt, noch bevor das Zeug einsatzbereit ist.«

Dr. de Shriver nahm die Brille ab. »Es geht einzig und allein darum, dass wir weiter arbeiten werden, bis uns Miss Athaclena einen gegenteiligen Befehl erteilt. Ich bin Zivilist, und du auch. Fiben und Robert mögen den Dienstweg gehen oder auch nicht, wie es ihnen beliebt, wir aber haben die Wahl …«

Doch sie verstummte, sobald sie merkte, dass Sammy nicht mehr zuhörte. Er schaute über ihre Schulter hinweg. Sie fuhr herum, um zu sehen, auf was er starrte.

Athaclena sah an diesem Morgen fremdartig und unheimlich aus, nachdem sie aus ihrem Albtraum erwacht war. Ihre zerrupfte Erscheinung, ihre unheimliche Miene verschlugen Dr. de Shriver den Atem. Das Alien-Mädchen schaute sie aus schmalen Augenschlitzen an, aus Augen, die vor Müdigkeit verengt waren. Sie klammerte sich an die Zeltstange, und als die Chims versuchten, sie auf ein Feldbett zu legen, schüttelte sie den Kopf.

»Nein«, sagte sie einfach. »Bringt mich zu Robert. Bringt mich sofort zu Robert!«

Die Gorillas sangen in tiefem Bass, brummten ihr Lied ohne Melodie. Sammy lief raus, um Benjamin zu holen, während de Shriver Athaclena in einen Stuhl setzte. In ihrer Verlegenheit begann sie, Blätter und Staub vom Fell der jungen Tymbrimerin zu bürsten. Die Fühler ihrer Corona strahlten eine Hitze aus, die sie mit den Fingern spüren konnte.

Und über ihnen schwebte *tutsunucann* und schien die Luft vor den Augen der verblüfften Chims zu zerreißen.

Athaclena aber saß da, lauschte dem Brummen der Gorillas – und ihr war, als würde sie das Lied jetzt erst richtig verstehen, seinen Sinn begreifen.

Alle, alle würden ihre Rolle spielen, das wusste sie jetzt gewiss. Die Chims würden nicht besonders froh sein bei dem, was auf sie zukam. Doch das war ihr Problem. Jeder hat so seine Probleme.

»Bringt mich zu Robert!«, hauchte sie noch einmal mit schwacher Stimme.

73 Uthacalting

Er zitterte, hatte der aufgehenden Sonne den Rücken zugekehrt und kam sich ausgemergelt, ausgetrocknet vor, wie eine leere Hülse.

Noch nie hatte eine Metapher so genau ins Schwarze getroffen. Uthacalting blinzelte und kehrte allmählich wieder in die Wirklichkeit zurück … in diese Welt, zu der trockenen Steppe am Fuße der Mulun-Berge. Plötzlich kam er sich sehr alt vor, und die Jahre lasteten auf seinen Schultern.

Tief unten, auf der *nahakieri*-Ebene, spürte er eine Art Narkose. Nach all dem, was geschehen war, gab es keine Möglichkeit, sich zu vergewissern, ob Athaclena den Versuch überlebt hatte, sich so vieles aufzubürden.

Irgendetwas musste sie dazu gezwungen haben, dachte er. Denn zum ersten Mal hatte sich seine Tochter auf Dinge eingelassen, auf ein Experiment, auf ein Abenteuer, auf das sie weder ihre Eltern vorbereiten konnten, was sie auch in der Schule nicht lernen konnte.

»Du bist zurückgekommen«, sagte Kault einfach. Der Thennaniner, Uthacaltings Gefährte seit so vielen Monaten, stützte sich auf einen dicken Stock und beobachtete ihn aus einigen Metern Entfernung. Sie standen mitten in einem See von braunem Savannengras, während ihre langen Schatten mit der aufsteigenden Sonne immer kürzer wurden.

»Hast du irgendeine Nachricht erhalten?«, fragte Kault. Er war neugierig wie alle Wesen, die übernatürliche Dinge einfach nicht begreifen konnten.

»Ich …« Uthacalting befeuchtete seine Lippen. Doch wie sollte er erklären, dass er nichts *Greifbares* empfangen hatte? Eigentlich war es lediglich ein Angebot, das er seiner Tochter gemacht hatte, als er ihr beide Fäden überließ – seine eigenen und den seiner verstorbenen Frau. Nun hatte sie die Schuld der Eltern eingefordert, die ihr Kind ungefragt in eine fremde Welt gebracht hatten.

Man sollte nie etwas anbieten, nie etwas versprechen, bevor man nicht genau weiß, wohin es führen kann, wenn jemand darauf dringt, dieses Versprechen einzulösen.

Sie hat mich ausgelaugt, in der Tat. Ihm kam es vor, als wäre nichts mehr übrig geblieben. Dennoch war dies immer noch keine Gewähr dafür, dass sie den Versuch überlebt hatte, oder dass sie noch heil und unverletzt war.

Soll ich mich also hinlegen und sterben? Uthacalting erschauerte.

Noch nicht. Zumindest vorerst noch nicht.

»Ich habe Einkehr gehalten, meditiert, nachgedacht, mich konzentriert«, sagte er zu Kault.

»Sind die Gubru in der Lage, all die Dinge aufzuspüren, die du getan hast?«

Uthacalting brachte es nicht einmal fertig, *palanq* hervorzubringen, was einem Achselzucken gleichkam. »Ich glaube nicht. Vielleicht aber doch.« Seine Fühler lagen flach auf seinem Kopf, wie straff zurückgekämmtes Menschenhaar. »Ich weiß es einfach nicht.«

Der Thennaniner seufzte, seine Kiemen flatterten. »Ich wollte, du wärst mir gegenüber ehrlich, Kollege. Es tut mir leid, aber ich habe fast den Verdacht, dass du irgendetwas vor mir verbirgst.«

Nun war es ausgesprochen, auch wenn Uthacalting immer wieder versucht hatte, Kault solche Gedanken auszutreiben.

Der Thennaniner aber fuhr fort: »Ich habe das Gefühl, dass du mehr über diese faszinierende Kreatur weißt, deren Spuren ich entdeckt habe – mehr, als du mir über sie erzählt hast. Ich warne dich, Uthacalting. Ich bin dabei, ein Instrument zu bauen, das dieses Rätsel für mich lösen wird. Es wäre vielleicht angebracht, dass du mir die ganze Wahrheit sagst, bevor ich selbst dahinterkomme.«

Uthacalting nickte. »Ich habe deine Warnung verstanden. Jetzt aber sollten wir besser weitergehen. Wenn die Gubru merken, was soeben passiert ist, und kommen, um den Dingen auf den Grund zu gehen, wird es für uns beide besser sein, uns von diesem Punkt so weit wie möglich zu entfernen.«

Dennoch – er stand tief in Athaclenas Schuld. Zumindest durfte er nicht in Gefangenschaft geraten, bevor sie all das anwenden konnte, was sie empfangen hatte.

»Also gut«, meinte Kault. »Über diese Dinge reden wir später.« Uthacalting aber führte höflich und zuvorkommend wie stets seinen Gefährten in Richtung Berge – in eine ganz bestimmte Richtung – dorthin, wo ein blassblaues Licht blinkte, das nur für ihn allein sichtbar war.

Gailet 74

Die neue Zweigstelle der Planetaren Bibliothek war eine Schau. Ihre gelben Scheinwerfer grüßten von einem Areal, das erst kürzlich geräumt worden war und über dem Sea Bluff Park lag, etwa einen Kilometer südlich der tymbrimischen Botschaft.

Die Architektur des Gebäudes passte nicht so gut in das Stadtbild von Port Helenia, wie es bei dem alten Bau der Fall war. Ein fensterloser Kasten, dessen Pastellfarben grell von der eher düsteren Umgebung abstachen.

Gailet trat in eine Wolke von grauem Staub hinaus, als das Luftfahrzeug auf der Landepiste aufsetzte. Sie folgte ihrer Kwackoo-Eskorte über einen geteerten Fußweg, der zum Eingang des gewaltigen Gebäudes führte, das sich vor ihr auftürmte.

Ganz Port Helenia war auf den Beinen, damals, vor ein paar Wochen, als ein riesiger Frachter von der Größe eines Gubru-Schlachtschiffs langsam und träge am Himmel schwebte und das ganze vorgefertigte Gebäude an Ort und Stelle absetzte. Am Nachmittag war dann die Sonne lange Zeit verdunkelt, während die Techniker vom Bibliotheksinstitut dieses Heiligtum der Wissenschaft an Ort und Stelle verankerten.

Gailet aber fragte sich, ob die neue Bibliothek wirklich zum Wohle der Bürger von Port Helenia gereichen würde. Da gab es Landepisten auf allen Seiten, doch es gab keine Möglichkeit, das Gebäude mit dem Auto, mit dem Fahrrad oder zu Fuß zu erreichen. Als sie durch das von Säulen flankierte Hauptportal ging, wurde ihr bewusst, dass sie wahrscheinlich die erste Chimmie war, die je dieses Haus betreten hatte.

Innen strahlte ein sanftes Licht von der gewölbten Decke herab, indirektes Licht, das von überall und nirgendwo zu kommen schien. Ein gewaltiger Würfel beherrschte die Halle im Mittelpunkt, und Gailet wusste sofort, dass dies eine kostspielige Sache war. Der Haupt-Datenspeicher war viel größer als der alte, einige Meilen von hier entfernt. Er dürfte sogar größer sein als die Hauptbibliothek der Erde, wo sie ihre Forschungen in La Paz betrieben hatte.

Doch der Raum war leer, wüst und leer im Vergleich zu dem Betrieb rund um die Uhr, an den sie gewöhnt war. Freilich gab es hier Gubru und Kwackoo. Sie standen an den Terminals, die für Studienzwecke gedacht waren und in der großen, weiten Halle verstreut standen. Da und dort standen Aviane in kleinen Gruppen beieinander. Gailet sah, wie sich ihre Schnäbel bewegten und ebenso wie ihre Füße ständig in Bewegung waren. Doch all dies ging lautlos vor sich – kein Ton drang aus den Gruppen, kein einziger Laut drang an ihr Ohr.

An den Hüten, an den Bändern und Schleifen und an der Farbe des Gefieders konnte sie jeweils die Mitglieder des Klerus, die Bürokraten und die Militärs erkennen. Meistens standen die einzelnen Fakultäten in kleinen Gruppen, jede in ihrem eigenen Bereich. Es knisterte und prickelte in der Luft, wenn der Jünger eines bestimmten Suzerains einem anderen zu nahetrat.

An einer Stelle aber standen Gubru beieinander, die zwar ihr Gefieder plusterten, aber dennoch den Eindruck erweckten, dass irgendeine, wenn auch nur lockere Verbindung immer noch zwischen den einzelnen Gruppen bestand. Es gab Verbeugungen, da wurde mit Kopfnicken gegrüßt – man schielte und deutete auf vorbeihuschende holografische Bilder, doch alles eher rituell als faktisch und vernünftig.

Als Gailet eintrat, drehten sich einige der schwatzenden, hopsenden Vögel um und starrten sie an. Sie zeigten auf sie mit Stummelflügeln und Schnäbeln, und es war unschwer zu erkennen, dass sie genau wussten, wer Gailet war und wen und was sie repräsentierte.

Sie zögerte nicht, auch wenn ihre Wangen glühten.

»Kann ich Ihnen irgendwie behilflich sein, Miss?«

Zunächst dachte Gailet, dass dieses Ding, welches direkt unter dem Emblem, der Strahlenspirale der Fünf Galaxien auf einem Podest stand, eine Art Zierpflanze sei. Doch als das Ding sie ansprach, machte sie unwillkürlich einen kleinen Satz.

Denn die Pflanze sprach perfekt Anglic! Gailet registrierte das runde, ballonartige Laubwerk, das mit silbernen Pünktchen übersät war, die lautlos hin und her glitten, wenn sich die Blätter bewegten. Der braune Stamm endete in knolligen Wurzeln, die beweglich waren und der Kreatur erlaubten, sich mit langsamen, schlurfenden Schritten fortzubewegen.

Ein Kanten, dachte sie. *Nun hatte die Bibliothek tatsächlich auch einen Bibliothekar.*

Diese intelligenten Pflanzen gehörten zu den alten Freunden der Erde. Sie hatten nach dem Kontakt dem Rat der Terragener stets beigestanden, die Wolflinger sicher durch das Gestrüpp der galaktischen Politik geführt und dazu beigetragen, dass die Menschen ihren Status als Patrone eines unabhängigen Clans wahrnehmen konnten. Dennoch steckte Gailet ihre Hoffnungen zurück. Sie musste daran denken, dass all diejenigen, die in den Dienst der großen Galaktischen Institute traten, stets geneigt und bereit waren, auf jegliche Loyalität selbst auf der eigenen Linie zugunsten einer höheren, heiligen Mission zu verzichten. Ihre einzige Hoffnung war das Zerwürfnis der Parteien, auf das sie bauen konnte.

»Nun ja«, sagte sie und vergaß nicht, sich zu verbeugen. »Ich suche nach Informationen über Entwicklungszeremonien.«

Die kleinen glockenähnlichen Objekte – die sie anfangs für Lichtlein gehalten hatte, die aber eher an Christbaumschmuck erinnerten – rüttelten und schüttelten sich und klingelten fröhlich.

»Das ist ein ziemlich weites Feld, Miss.«

Sie hatte diese Reaktion erwartet und auch gleich die Antwort parat. Dennoch war es ungewöhnlich, sich mit einem intelligenten Wesen zu unterhalten, das nichts an sich hatte, was auch im Entferntesten an ein Gesicht erinnerte. »Ich möchte zunächst einmal eine allgemeine Übersicht haben.«

»Gut so, Miss. Station 22 ist für den Gebrauch durch Menschen und Neoschimpansen vorgesehen. Machen Sie es sich bequem. Sie brauchen nur dem blauen Strich zu folgen.«

Sie drehte sich um und erblickte ein schimmerndes Hologramm, das dicht neben ihr Gestalt gewann. Der blaue Pfad schien in der Luft zu schweben, führte um das Podest herum und in eine ferne Ecke des Raumes. »Danke«, sagte sie ruhig.

Und während sie der Leitlinie folgte, hörte sie hinter ihrem Rücken die Glöcklein klingen.

Station 22 machte einen freundlichen, einladenden, vertrauten Eindruck. Neben einer Standard-Holokonsole standen Tisch und Stuhl, ferner wohlbekannte Versionen von Datenspeichern und Druckern, säuberlich in einem Regal aufgereiht. Gailet setzte sich dankbar an den Tisch. Sie hatte schon befürchtet, dass sie sich an einer Gubru-Station den Hals verrenken müsste.

Dennoch war sie sichtlich nervös. Gailet zuckte zusammen, als der Bildschirm mit einem leisen »pop« hell wurde. In der Mitte erschien ein Text in Anglic.

BITTE GEWÜNSCHTE EINSTELLUNGEN MÜNDLICH ANGEBEN. ERFORDERLICHE HILFE WIRD AUF IHR SIGNAL HIN EINGESCHALTET.

»Erforderliche Hilfe«, murmelte sie. Dennoch war es wohl am besten, mit der niedrigsten Stufe zu beginnen. Hier konnte sie feststellen, ob sie eventuell wichtige, grundlegende Dinge vergessen hatte, und sie würde gleichzeitig erfahren, was die Galaktiker von sich aus für wichtig hielten.

»Weiter«, sagte sie.

Nun leuchteten auch die Bildschirme an beiden Seiten des

Terminals auf und zeigten Abbildungen anderer Wesen aus Welten, die weit entfernt waren in Raum und Zeit.

»Wenn die Natur eine neue präsentiente Spezies hervorbringt, ist die galaktische Gesellschaft hoch erfreut. Denn dann ist gewiss, dass die Zeit der Entwicklung gekommen ist …«

Die alten Muster kamen wieder zur Geltung. Gailet fädelte sich problemlos in den Informationsfluss ein und trank aus der Quelle des Wissens. Ihr Datenspeicher füllte sich mit Notizen und Kreuzverweisen, und sie verlor jedes Zeitgefühl.

Eine Mahlzeit stand plötzlich auf dem Tisch, und Gailet wusste nicht, wo die Speisen herkamen. In einer kleinen Kabine konnte sie ihre Notdurft verrichten, sobald die Natur ihr Recht forderte.

Während gewisser Phasen der galaktischen Geschichte hatten Einweihungszeremonien lediglich eine symbolische Bedeutung. Die Patronatsspezies waren dafür verantwortlich, ihre Klienten als geeignet einzustufen, und man glaubte ihnen aufs Wort, wenn sie verkündeten, dass ihre Zöglinge bereit waren. Es gab allerdings auch andere Epochen, in denen das Entwicklungsinstitut eine bedeutend größere Rolle spielte, so etwa während der Sumubulum-Meritokratie, wo der ganze Prozess in jedem Fall direkt von der Institution überwacht wurde.

Die augenblickliche Ära liegt irgendwo zwischen diesen beiden Extremen, wobei die Patrone nach wie vor die Verantwortung tragen, während das Institut die Möglichkeit hat, im Bedarfsfall einzugreifen. Nun musste aber das Institut im Lauf der Zeit immer massiver eingreifen, weil vor etwa 40 000 bis 60 000 GYUs bei der Entwicklung eine Menge Fehler gemacht wurden, die zu einer Reihe von Terror führten (siehe: Gl'kahesh, Bururaller, Sstienn, Muhurn8). Heutzutage darf ein Patron die Entwicklung eines Klienten nicht mehr in eigener Regie durchführen, sondern muss sich der Kontrolle des Stage Consort des Klienten und des Entwicklungsinstituts beugen.*

* GYU – Galactic Year Unit (Galaktische Jahreseinheit, ca. 14 Erdenmonate)

Heutzutage sind die Entwicklungszeremonien mehr als nur routinemäßige Feierlichkeiten. Sie dienen auch anderen wichtigen Zwecken. Erstens tragen sie dazu bei, die Vertreter von Klientenspezies zu testen – und zwar unter rigorosen Bedingungen –, um dem Institut zu beweisen, dass der betreffenden Spezies die Rechte und Pflichten der nächsthöheren Stufe zuzuerkennen sind. Zweitens bietet die Zeremonie der Klientenspezies eine Gelegenheit, sich einen neuen Konsorten für die nächste Stufe zu wählen, der sie beschützt und, falls erforderlich, für ihre Belange eintritt. Die Kriterien beim Testen hängen von der Entwicklungsstufe ab, welche die Klientenspezies erreicht hat. Zu den wichtigsten Faktoren gehören etwa die Phagozytät (z.B. Fleischfresser, Pflanzenfresser, autophag oder ergogen), die Art der Fortbewegung (z.B. Zweibeiner, Vierbeiner, Roller oder Sessile), die mentale Technik (z.B. assoziativ, extrapolativ, intuitiv, holografisch oder mutativ) …

Gailet arbeitete sich langsam, aber sicher durch die »Hilfsmaterie« durch, und es war kein Honiglecken. Diese Bibliothek brauchte dringend ein paar neue Übersetzungsprogramme, wenn der einfache Chim auf der Straße von Port Helenia dieses gewaltige Lagerhaus des Wissens benutzen sollte – wenn ihm überhaupt je die Gelegenheit dazu geboten wurde.

Dennoch war dies eine wundervolle Einrichtung, ein herrliches Gebäude – weit größer als die ehemalige armselige Bibliothek. Und anders als in La Paz wimmelte es hier nicht von Tausenden und Abertausenden von Kunden, die mit ihren Prioritätsausweisen wedelten und sich pausenlos darüber beschwerten, dass sie nicht sofort und unverzüglich zu irgendwelchen begehrten Quellen vordringen konnten. Gailet aber hatte das Gefühl, sie könnte hier monatelang, ja jahrelang sitzen bleiben und all das Wissen wie eine Verdurstende in sich hineintrinken, bis es ihr aus allen Poren quoll.

Da gab es beispielsweise einen Hinweis darauf, welche besonderen Vorkehrungen getroffen worden waren, um eine Entwicklung unter Maschinenkulturen zu ermöglichen. Und da war auch eine kurze Notiz über einen Paragrafen, was die *Wasserstoffatmer* betraf, die aus dieser mysteriösen Parallel-Zivilisation ausgeschieden und sich um eine Mitgliedschaft in der Galaktischen Gesellschaft beworben hatten. Gailet dürstete es, all diese Linien zu verfolgen, doch sie wusste, dass sie einfach keine Zeit dafür hatte. Sie musste sich auf jene Vorschriften und Gesetze konzentrieren, welche die zweibeinigen Warmblütler und Allesfresser betrafen – doch selbst diese Liste war schier endlos.

Also mach's so kurz wie nur möglich, dachte sie. Sie versuchte, sich auf solche Zeremonien zu konzentrieren, die bei Unstimmigkeiten oder zu Kriegszeiten stattgefunden hatten. Doch selbst dies war sehr schwer, weil alles so überaus verwickelt und kompliziert war. Sie wollte über der Ignoranz ihres Volkes und ihres Clans schier verzweifeln.

… ob nun ein Abkommen über eine Co-Partizipation vorher beschlossen wurde oder nicht, muss dies durch die Institute in einer Weise verifiziert werden, dass die Methoden der Adjudikation von zwei oder mehreren partizipierenden Parteien als traditionell angesehen werden …

Gailet merkte gar nicht, dass sie sich hingelegt und für eine Weile eingenickt war. Zeitweise kam sie sich aber vor, als würde sie über einer stürmischen See schweben, an Bord eines Schiffes, das sich mit ihren Atemzügen hob und senkte. Später dann war sie wie in Nebel gehüllt, während dunkle und helle Traumgestalten sie umgaukelten. Sie erblickte Zerrbilder vom Tod, von ihren Eltern und vom armen Max.

»Mmm-mm, nein«, murmelte sie. Und dann, an einem bestimmten Punkt angelangt, rief sie laut aus: »Nein!«

Sie versuchte sich aufzurichten. Ihr war, als würde ein *Gubru* über ihr schweben, der ein mysteriöses Gerät in seinen Klauen hielt, ähnlich dem, das seinerzeit auf sie und auf Fiben gerichtet war. Doch die Erscheinung schwankte und zerfiel, als der Aviane einen Knopf auf der Maschine drückte. Sie sank wieder zurück, und das Bild des Gubru gesellte sich zu den Bildern ihrer Träume.

Dann ging die Traumphase vorbei, ihr Atem ging ruhiger, und sie sank in tiefen, tiefen Schlaf.

Sie erwachte erst nach einiger Zeit, als sie eine Hand spürte, die ihr Bein streichelte. Dann aber legte sich die Hand um ihre Fesseln und griff hart zu.

Gailet keuchte, während sie sich schnell aufrichtete. Ihr Blick war immer noch vom Schlaf getrübt, und es dauerte einen Moment, bis sie wieder klar sehen konnte. Ihr Herz raste. Dann endlich war sie wieder voll da und merkte, dass sich ein großer Schimpanse dicht neben sie gesetzt hatte. Seine Hand ruhte immer noch auf ihrem Bein, und sein Grinsen war unmissverständlich. Der gewichste Schnurrbart aber war nur ein überflüssiges Symbol seiner Männlichkeit neben anderen Dingen, die er zur Schau stellte.

Da sie so plötzlich aus dem Schlaf gerissen wurde, dauerte es einen Moment, bevor sie ihre Sprache wiederfand. »Was … was tust *du* denn da?«, fragte sie scharf und riss ihr Bein aus seinen Fingern.

Eisengriff aber grinste unverschämt. »Nun, nun – begrüßt man so jemanden, der für dich so wichtig ist wie ich?«

»Du bist genau das, was du vorgibst«, meinte sie. »Ein schlechtes Beispiel!« Gailet rieb sich die Augen und setzte sich auf. »Du hast meine Frage nicht beantwortet. Warum belästigst du mich? Deine inkompetenten Probanden haben nicht mehr die Aufgabe, irgendjemanden irgendwann irgendwo zu bewachen.«

Die Miene des Chims verdüsterte sich. Dennoch genoss er offensichtlich die Situation. »Nun ja – ich wollte mal einfach in die Bibliothek reinschauen und einige Dinge studieren, genau wie du.«

»Du und hier etwas *studieren?* Dass ich nicht lache!«, spottete Gailet. »Ich selbst musste eine Sondergenehmigung beim Suzerain einholen. Was aber dich angeht …«

»Genau das wollte ich dir sagen.«

»Was denn?«, fragte Gailet zurück und blinzelte.

»Ich wollte dir gerade sagen, dass mich der Suzerain beauftragt hat, hierherzukommen und mit dir meine Studien fortzusetzen. Denn schließlich müssen sich Partner sehr gut kennenlernen, vor allem, bevor sie dann zusammen als Vertreter ihrer Spezies auftreten.«

Gailet zog hörbar die Luft ein. »Du …?« Ihr schossen tausend Gedanken durch den Kopf. »Ich glaube dir nicht!«

Eisengriff zuckte die Achseln. »Du brauchst nicht so überrascht zu tun. Meine genetischen Werte liegen hoch in den Neunzigern in allen Sparten … ausgenommen zwei oder drei kleinere Kategorien, die nicht besonders ins Gewicht fallen.«

Das allerdings wollte Gailet gern glauben. Eisengriff war offensichtlich schlau und geschickt, und seine ungewöhnlichen Eigenschaften waren durchaus dazu angetan, vom Entwicklungsausschuss positiv gewertet zu werden. Doch manchmal war der Preis dennoch zu hoch. »Das soll wohl heißen, dass deine widerlichen Qualitäten schlimmer sind, als ich es mir bisher vorgestellt habe.«

Der Chim lehnte sich zurück und lachte. »Von menschlicher Sicht aus magst du recht haben«, stimmte er zu. »Nach ihren Kriterien dürften sie nicht in die Nähe von Chimmies oder Kindern kommen. Doch die Ansichten ändern sich, und die Normen auch. Und jetzt habe ich die Gelegenheit, einen neuen Stil einzuführen.«

Gailet erschauerte und dachte darüber nach, was Eisengriff gesagt hatte.

»Du bist ein Lügner!«

»Zugegeben, *mea culpa*.« Dann trommelte er gegen seine Brust. »Doch es ist keine Lüge, dass ich mit einigen meiner Boys in der engeren Auswahl bin. Ja, da hat sich so manches geändert, seit unser Muttersöhnchen und der verhätschelte Liebling seiner Lehrer mit unserer Sylvie in den Urwald geflohen ist.«

Gailet war nahe daran, vor ihm auszuspucken. »Fiben ist zehnmal wertvoller als du, du atavistisches Miststück! Der Suzerain der Guten Sitten würde nicht im Traum daran denken, ihn durch dich zu ersetzen!«

Eisengriff aber grinste und hob mahnend den Finger. »Ach, *das* also ist des Pudels Kern! Ich sehe, dass wir über verschiedene Vögel sprechen.«

»Verschiedene …«, keuchte Gailet und bedeckte den Ausschnitt ihres Hemdes mit den Händen. »Allmächtiger!«

»Nun hast du es endlich begriffen«, nickte er, »du smarter, aristophrener kleiner Affe.«

Gailet sank in sich zusammen. Was sie am meisten überraschte, war ihre Trauer, ihre Verzweiflung. Ihr wollte schier das Herz brechen. *Wir waren die ganze Zeit nur Schachfiguren,* dachte sie. *Ach, armer Fiben!*

Dies war also die Erklärung dafür, warum man Fiben in jener Nacht nicht zurückgebracht hatte, als er mit Sylvie das Weite suchte. Oder am nächsten oder übernächsten Tag. Dabei war sich Gailet so gut wie sicher, dass es sich bei dieser ›Flucht‹ nur um einen weiteren Intelligenztest handeln würde.

Nun aber wurde sie eines Besseren belehrt. Die ganze Aktion war wohl von einem, vielleicht auch von beiden Gubru-Kommandeuren organisiert worden, um die Position des Suzerains der Guten Sitten zu schwächen. Und wie konnte dies besser geschehen, als seinen mit äußerster Sorgfalt ausgewählten Chim, den Vertreter seiner Spezies auf diese Weise zu »entführen«. Und diese Schuld konnte niemandem angelastet werden, weil kein Schuldiger zu finden war und nie gefunden werden konnte.

Natürlich mussten die Gubru jetzt die Zeremonie abhalten. Es war zu spät, um die Gäste auszuladen. Doch jeder der drei Suzerains rechnete sich andere Chancen aus.

Fiben …

»So, Professor! Wo geht es lang? Vielleicht kannst du mir sagen, wie ich mich als ein Chim mit weißer Karte verhalten soll.«

Sie schloss die Augen und schüttelte den Kopf. »Hau ab!«, sagte sie. »Bitte, hau endlich ab!«

Es fiel noch so manch böses Wort, sie aber verzog sich hinter den Vorhang ihres tiefen Schmerzes und schloss die Welt um sich aus. Dann kamen die Tränen, als sie sah, dass er endlich gegangen war. Dann kuschelte sie sich auf die Liege, wickelte sich in die Decke wie in Mutters Arme und begann haltlos zu weinen.

Galaktiker 75

Die beiden anderen tanzten um das Piedestal, sträubten ihr Gefieder und sangen in perfekter Harmonie.

»Steig herab, steig herab
– herab, steig herab!
Steig herab von deiner Stange.
Steig herab, komm zu uns –
– schließ dich an!
Komm in den Konsens!«

Der Suzerain der Guten Sitten erschauerte, während er sich seine Chancen ausrechnete. Nun waren sie in der Opposition völlig vereint. Der Suzerain von Kosten und Vorsicht hatte die Hoffnung aufgegeben, die gepriesene Position zu erreichen – dafür unterstützte er den Suzerain von Balken und Klaue in seinem Machtstreben. Der Suzerain der Guten Sitten hatte seine Vormachtstellung eingebüßt und war zurückgestuft worden – ihm gebührte nur noch der männliche Mauser-Status.

Zwei von den dreien hatten sich schließlich einverstanden erklärt. Doch um ihr Ziel zu erreichen, sowohl ihr sexuelles als auch ihr politisches Ziel, mussten sie es fertigbringen, dass der Suzerain der Guten Sitten endlich von seiner Stange herabstieg. Man musste ihn dazu zwingen, den Fuß auf den Boden von Garth zu setzen.

Der GS-Suzerain aber wehrte sich nach Kräften, brachte immer neue Argumente hervor, versuchte, ihren Rhythmus zu unterbrechen und ihre Argumente durch logische Einwände zu entkräften.

Eine richtige Mauser durfte nicht diesen Weg gehen. Dies war weder Zwang noch echter Konsens, das war die schiere Gewalt und Erpressung.

Dafür hatten die Roost Masters wohl nicht so viel Hoffnung auf das Triumvirat gesetzt. Was sie brauchten, war etwas mehr Politik und mehr Weisheit. Sie wollten mit der Zeremonie den Weg des geringsten Widerstands gehen. Sie wollten den höchsten Einsatz unter Missachtung aller Spielregeln wagen.

Wenn der alte KV-Suzerain nur noch am Leben wäre!, bedauerte der Priester. *Es ist oft so im Leben, dass man den Wert eines anderen erst erkennt, wenn er für immer von uns gegangen und unwiederbringlich verloren ist.*

»Steig herab, steig herab,
steig herab von deiner Stange.«

Bei ihren vereinigten Stimmen war dies nur noch eine Frage der Zeit. Ihr Unisono-Gesang durchdrang die Mauer der Ehrerbietung und Entschlossenheit, die der Priester um sich herum errichtet hatte, drang tief ins Reich der Hormone und Instinkte hinab. Die Mauser war durch die Widerspenstigkeit eines Mitglieds zwar vorerst blockiert, aber es konnte nicht mehr lange dauern, bis der Betreffende nachgeben musste.

»Steig herab, komm zu uns –
– schließ dich an!
Komm in den Konsens!«

Der Suzerain der Guten Sitten erschauerte, aber er blieb standhaft. Aber er wusste nicht, wie lange er noch durchhalten würde.

Die Höhlen 76

»Clennie!«, rief Robert erfreut aus. Als die berittenen Gestalten auftauchten, auf dem Pfad um eine Ecke kamen, hätte er um ein Haar die Rakete fallen lassen, die er und ein Chim aus den Höhlen schleppten.

»Hallo! Passen Sie auf mit dem Ding da … Captain.« Der Marine-Sergeant riss sich im letzten Augenblick zusammen, um Robert nicht zu duzen. Während der letzten Wochen hatte es die Mannschaft gelernt, Robert etwas respektvoller zu behandeln – was ihm auch durchaus zustand –, doch gelegentlich ging ihr Temperament mit ihnen durch, weil sie immer noch nicht begreifen konnten, warum sie einem Offizier gehorchen sollten, der nicht zu ihrem Verband gehörte.

Ein anderer Chim-Arbeiter eilte herbei und nahm den Raketenkopf aus Roberts Hand, während er sich darüber mockierte, wieso ein menschliches Wesen überhaupt *versuchte,* eine schwere Last zu tragen.

Robert ignorierte diese Beleidigung. Er rannte zu jener Stelle, wo der Pfad aufhörte, und ergriff die Zügel von Athaclenas Pferd. Dann streckte er die andere Hand aus, um ihr aus dem Sattel zu helfen.

»Clennie, ich freue mich, dass du …« Doch dann erstarb seine Stimme, während er ihre Hand drückte und versuchte, seine Verlegenheit zu verbergen. »Ich bin froh, dass du gekommen bist.«

Athaclenas Lächeln war aber ganz anders, anders als früher, und in ihrer Aura war etwas von Traurigkeit, die er noch nie an ihr wahrgenommen hatte.

»Freilich bin ich gekommen, Robert«, sagte sie lächelnd. »Hast du je daran gezweifelt?«

Er half ihr aus dem Sattel. Und obwohl sie versuchte, sich zusammenzunehmen und zu beherrschen, merkte er, wie sie zitterte und bebte. *Ach, Liebe, wie hast du dich verändert!* Als sie seine Gedanken wahrnahm, streckte sie die Hand aus und tätschelte seine Wange. »Es gibt da ein paar Vorstellungen und Gedanken, die sich die Galaktische Gesellschaft und die deine teilen, Robert. Die Weisen behaupten hier wie dort, dass das Leben einem Rad gleicht.«

»Einem Rad?«

»Ja«, sagte sie, und ihre Augen glitzerten. »Das Rad dreht sich. Es bewegt sich fort – und dennoch bleibt es dasselbe.«

Robert war erleichtert und fühlte, dass sie trotz aller Veränderungen immer noch die alte Athaclena war. »Du hast mir gefehlt«, sagte er.

»Du mir auch«, erwiderte sie lächelnd. »Jetzt aber erzähl mir was über diesen Major und seinen Plan.«

Robert ging in der engen Kammer auf und ab, die bis hinauf zu den Stalaktiten mit Vorräten gefüllt war. »Ich kann mit ihm verhandeln. Ich kann sogar versuchen, ihn zu überreden. Zum Teufel, er nimmt es sogar hin, dass ich ihn anschreie, solange dies auf privater Ebene geschieht und ich nach seiner Pfeife tanze, wenn er nur mit den Fingern schnippt, sobald die Debatte zu Ende ist.« Robert schüttelte den Kopf. »Aber ich kann ihn weder wirklich beeinflussen noch ihm einen Stein in den Weg legen, Clennie. Bitte, verlang nicht von mir, dass ich meinen Eid breche!«

Robert saß offensichtlich in der Klemme, was die widersprüchlichen Loyalitäten betraf, und Athaclena konnte seine Spannung deutlich spüren.

Fiben Bolger aber, den Arm immer noch in der Schlinge, hörte den beiden zu, doch hütete er sich vorerst, in die Debatte einzugreifen.

Athaclena schüttelte den Kopf. »Robert, ich habe dir bereits gesagt, dass der Plan des Majors zu einer Katastrophe führen könnte.«

»Dann geh hin und sag es *ihm!«*

Nun hatte sie dies schon einmal versucht, als sie beim Abendessen saßen. Der Major hatte höflich ihren Ausführungen gelauscht, während sie die möglichen Konsequenzen eines Angriffs auf das Zeremonienfeld der Gubru auseinandersetzte. Seine Miene war gütig, wie die eines Großvaters, der geduldig den Erzählungen seines Enkels zuhört, doch als sie geendet hatte, stellte er nur eine einzige Frage: Würde ein solcher Angriff als ein Angriff gegen den legitimierten Feind der Erdlinge oder als ein Angriff gegen das Entwicklungsinstitut gelten?

»Sobald die Delegation des Instituts eingetroffen ist, geht das Gebiet in ihren Besitz über«, hatte sie gesagt. »Also würde ein Angriff für die Menschheit katastrophale Folgen haben.«

»Und wie wär's mit *vorher?*«, hatte er lächelnd gefragt. Athaclena aber konnte nur irritiert den Kopf schütteln. »Bis dahin gehört das Gelände immer noch den Gubru. Und es ist kein militärisches Gelände! Es wurde für einen ›heiligen Zweck‹ hergerichtet. Und der heilige Ort, diese heilige Stätte … wenn man gegen die etwas unternimmt …«

So ging es eine ganze Weile hin und her, bis endlich deutlich wurde, dass alle Argumente nichts nützten. Schließlich versprach der Major, ihre Meinung zu berücksichtigen. Doch alle Welt wusste, was der Major davon hielt, sich von »ET-Kindern« belehren zu lassen.

»Wir sollten eine Botschaft an Megan senden«, schlug Robert vor. »Ich glaube, dass du das bereits getan hast«, erwiderte Athaclena.

Er konnte aber nur nicken. Freilich war es gegen das Protokoll, den Major zu übergehen und über seinen Kopf hinweg zu handeln. Einerseits konnte es so aussehen, dass ein Söhnchen nach seiner Mutter rief, konnte aber ebensogut auch als schweres Verbrechen geahndet werden.

Dies war ein weiterer Beweis dafür, dass Robert die Dinge zwar nicht beim Namen nennen und sich offen gegen seinen Vorgesetzten kehren würde, dass er aber jederzeit bereit sei, seinen Eid zu brechen, wenn er es für erforderlich hielt.

Irgendwo lag er mit seinen Vermutungen richtig, und Athaclena respektierte seine Einstellung.

Ich aber muss andere Aufgaben wahrnehmen, dachte sie. Fiben, der sich bisher still verhalten hatte, begegnete ihrem Blick und rollte ausdrucksvoll die Augen. Die beiden waren sich absolut einig, was Robert betraf.

»Ich habe dem Major bereits beigebracht, dass wir den Gubru einen Gefallen tun, wenn wir das Zeremonienstadion ausschalten. Denn schließlich wurde diese Anlage für die Garthlinge gebaut. Was sie mit uns Chims auch immer vorhaben, ist es der letzte Versuch, ihre Verluste einigermaßen wettzumachen. Doch was dann, wenn dieses Stadion versichert ist? Wir jagen es in die Luft, sie verwünschen uns und kassieren.«

»Der Major hat deinen Vorschlag erwähnt«, sagte Athaclena zu Fiben. »Ich finde ihn gut, aber ich glaube, er ist nicht so sehr davon überzeugt.«

»Ich meine, er dachte, es wäre so was wie ein Kuckucksei …«

Dann brach er plötzlich ab, als draußen harte Schritte auf dem Steinflur ertönten. »Klopf-klopf!«, sagte eine weibliche Stimme hinter dem Vorhang. »Darf man eintreten?«

»Bitte, Lieutenant McCue«, sagte Athaclena. »Wir sind sowieso schon fast fertig.« Das dunkelhäutige Mädchen trat ein und setzte sich neben Robert auf eine Kiste. Er schenkte ihr ein kleines Lächeln, schaute aber sofort wieder auf seine Hände hinab. Seine Armmuskeln spannten sich und lockerten sich wieder, während er seine Hände faltete und wieder entfaltete.

Athaclena spürte einen leichten Schmerz, als McCue ihre Hand auf Roberts Knie legte und ihn ansprach. »Man wünscht eine weitere strategische Konferenz, noch bevor es Abend wird.« Dann wandte sie sich lächelnd Athaclena zu und neigte den Kopf. »Sie werden herzlich dazu eingeladen. Denn Sie sind unser lieber Ehrengast, Athaclena.«

Athaclena aber musste an die Zeiten denken, als sie die Herrscherin dieser Höhlen gewesen war und eine Armee kommandiert hatte. *Doch ich darf mich von solchen Erinnerungen nicht beeinflussen lassen,* ermahnte sie sich.

Wichtig war einzig und allein nur, dass sich diese Kreaturen in den nächsten Tagen so wenig Leid wie nur möglich zufügten.

Und wenn es überhaupt möglich war, so war sie dazu ausersehen, einen gewissen Spaß bis zur Spitze zu treiben. Einen Scherz, den sie selbst kaum begreifen konnte, an dem sie jedoch vor Kurzem Gefallen gefunden hatte.

»Vielen Dank, Lieutenant. Ich glaube, ich sollte eher einige meiner Chim-Kameraden begrüßen und mich dann zurückziehen. Ich habe einen tagelangen anstrengenden Ritt hinter mir.«

Robert warf ihr noch einen kurzen Blick zu, während er mit seiner menschlichen Geliebten den Raum verließ. Über seinem Kopf aber schien eine metaphorische Wolke zu schweben, aus der es donnerte und blitzte. *Ich hätte nie geglaubt, dass man mit Glyphen so etwas fertigbringt,* sagte sich Athaclena. *Doch jeden Tag lernt man etwas hinzu.*

Fiben aber grinste, während er dem menschlichen Wesen auf dem Fuß folgte. Hatte sie etwas aus seinem Blick herausgelesen – vielleicht einen konspirativen Wink?

Als alle gegangen waren, begann Athaclena in ihrer Tasche zu stöbern. *Ich bin durch ihre Pflichten nicht gebunden,* dachte sie, *auch nicht durch ihre Gesetze.*

In den Höhlen konnte es sehr schnell dunkel werden, besonders wenn man die einzige Lampe auslöschte, welche die ganze Halle beleuchtete. Hier konnten auch scharfe Augen nichts nützen, wohl aber eine tymbrimische Corona.

Athaclena erzeugte eine kleine Sequenz einfacher Spezialglyphen. Die erste diente dem Zweck, vor ihr herzuschweben und ihr den Weg durch die Finsternis zu weisen. Mit Hilfe dieser Glyphe, die wie ein Radar funktionierte, konnte sie leicht jede Wand und jedes Hindernis erkennen. Sie bewegte sich wie eine Fledermaus, die ihre Augen nicht braucht, um sich im Dunkeln zurechtzufinden.

Eine weitere Glyphe rotierte dicht unter der Decke, um sicherzustellen, dass niemand den Eindringling in diesen tieferen Etagen entdecken konnte. Hier in dieser großen Halle schliefen keine Chims, weil dieser Teil für Offiziere der menschlichen Spezies reserviert war.

Lydia und Robert waren auf Streife. Sie hatten in diesem Abschnitt der Höhlen nur eine Aura hinterlassen. Athaclena aber trat vorsichtig näher.

Die dritte Glyphe schließlich sammelte Kräfte und wartete geduldig, bis sie an die Reihe kam.

Sicher stieg sie über die Kothaufen hinweg, die Tausende von Generationen fliegender Insektenfresser hinterlassen hatten, die hier wohnten, bis sie durch die Erdlinge und ihr lärmendes Wesen vertrieben worden waren. Sie atmete gleichmäßig und zählte leise wie ein Mensch vor sich hin, um ihre Gedanken zu disziplinieren.

Drei Glyphen gleichzeitig zu formen, die sie bewachten und beschützten – das hätte sie sich vor Kurzem noch nicht getraut. Jetzt aber kam es ihr natürlich vor, ging ihr leicht von den Fühlern, als hätte sie es bereits hundertmal getan.

Dies und so manche andere Fähigkeit hatte sie Uthacalting abgelauscht, der sich solcher und ähnlicher Techniken bediente, über welche bei den Tymbrimern nur selten gesprochen wurde, geschweige denn, dass man sich traute, sie anzuwenden.

Zunächst war ich eine Dschungelprinzessin, habe im Urwald gekämpft, habe dann ein Verhältnis mit einem menschlichen Wesen gehabt, und jetzt dies! Wie sehr würden meine Mitschülerinnen, meine Klassenkameraden staunen!

Und sie fragte sich, ob ihr Vater noch ebenso schlau war wie früher, ob er noch über die gleichen Fähigkeiten, die gleiche List verfügte, die sie ihm abgeguckt hatte.

Vater, du und Mutter, ihr habt dies lange vorausgesehen und arrangiert. Ihr habt mich vorbereitet, ohne dass ich es wusste. Habt ihr vielleicht gewusst, dass dies eines Tages notwendig sein würde?

Dennoch konnte sie sich des Eindrucks nicht erwehren, dass sie mehr gefordert hatte, als Uthacalting verkraften konnte. *Und dennoch, es war immer noch nicht genug.* Da gab es bodenlose, riesige Abgründe. Und tief in ihrem Herzen spürte sie, dass dieses weltenumspannende Ereignis, das Galaxien und Spezies umfasste, ohne ihren Vater nicht zu Ende zu bringen war. Die Scout-Glyphe schwebte vor einer Art Vorhang. Athaclena trat näher, aber sie konnte nicht feststellen, um was es sich eigentlich handelte, selbst als sie diesen »Vorhang« mit den Fingerspitzen berührte. Die Scout-Glyphe ballte sich zusammen und verschwand zwischen den wehenden Fühlern ihrer Corona.

Sie schob den Vorhang beiseite, so leicht und so lautlos wie möglich, und schlüpfte in die kleine Kammer. Die Wächterglyphe signalisierte, dass niemand etwas gemerkt hatte. Nur ihr *kenning* verriet, dass jemand dort schlummerte und regelmäßig atmete.

Der Major schnarchte nicht, er hatte einen leichten Schlaf und schien stets auf dem Sprung zu sein. Sie streifte den Rand seines ewig wachen Psi-Schildes, hinter dem er seine Gedanken, seine Träume und sein militärisches Wissen verbarg.

Ihre Soldaten sind gut und werden immer besser, dachte sie. Tymbrimische Militärberater hatten im Lauf der Jahre ganze Arbeit geleistet, um ihre Wolflinger-Alliierten zu schulen und sie zu einer ebenbürtigen galaktischen Armee auszubilden. Dabei hatten aber auch die Tymbrimer selbst eine Menge faszinierender Tricks gelernt, die bei einer Spezies schier unvorstellbar waren, die im galaktischen Kulturkreis gewachsen war.

Dennoch ließen sich die terragenen Marines nur wenig von ihren Militärberatern beeinflussen und gingen ihren eigenen anachronistischen Vorstellungen nach, weil sie eben *echte* Wolflinger waren.

Die Glyphe *z'schutan* näherte sich vorsichtig dem schlummernden Mann, ließ sich nieder, und Athaclena erblickte sie metaphorisch als eine Kugel aus flüssigem Metall. Sie berührte das Psi-Schild des Majors, glitt in goldenen Schleifen darüber hinweg und hüllte ihn rasch in einen leichten Schein.

Athaclena atmete auf. Ihre Hand glitt in ihre Tasche und holte eine gläserne Ampulle hervor. Dann trat sie näher und kniete vorsichtig neben dem Lager nieder. Und als sie die Phiole mit dem Narkosegas dem schlafenden Mann unter die Nase hielt, wurden ihre Finger steif.

»Ich tu's nur sehr ungern«, flüsterte sie.

Athaclena keuchte. Denn bevor sie sich noch rühren konnte, hatte er sie schon am Handgelenk gepackt. Alles, was sie in diesem Dämmerlicht sehen konnte, war das Weiße in seinen Augen. Und obwohl er hellwach war, blieb sein Psi-Schild intakt und strahlte immer noch Schlummerwellen aus. Jetzt erst merkte sie, dass alles nur Trug und Schein gewesen war – eine sorgfältig aufgestellte Falle!

»Ihr ETs neigt immer noch dazu, uns zu gering einzuschätzen, nicht wahr? Selbst ihr smarten Tymbrimer habt wohl noch immer nicht begriffen, dass wir mindestens so gut sind wie ihr.«

Die *Gheer*-Hormone kamen in Stoßwellen. Athaclena versuchte mit aller Kraft, sich zu befreien, doch die Hände an ihren Gelenken hielten sie wie Schraubstöcke fest. Sie versuchte zu kratzen und zu beißen, doch ihr Gegner verstand es, sie von sich fernzuhalten. Sie versuchte sich zur Seite zu rollen und so den eisernen Griff an ihren Armen zu lockern, während sie sich aufstützte, um zumindest wieder auf die Knie zu kommen. Doch die Hände ließen nicht locker, und die Gasampulle fiel zu Boden.

»Sie sehen«, sagte der Major, »es gibt einige unter uns, die nicht bereit sind, irgendwelche Kompromisse zu schließen. Was kann es uns bringen, wenn wir gute galaktische Bürger werden?«, schnarrte er. »Selbst wenn es funktioniert hätte, so hätten wir kaum etwas erreicht, hätten nur entsetzliche, scheußliche Dinge erlebt, die gar nichts mit Menschsein zu tun haben. Die Zeiten sind vorbei, wir haben keine andere Wahl. Denn die wollen uns gar nicht haben. Das Boot ist voll, das Maß ist voll bis zum Überlaufen. Und das wissen wir beide genau, Sie und ich.«

Athaclena atmete schwer und stoßweise. Der *Gheer*-Fluss rüttelte und schüttelte sie, zu einem Zeitpunkt, wo er nicht mehr nötig war. Sie kämpfte vergebens gegen die Kraft dieses Menschen an, der offensichtlich mehr als gut trainiert war und sich in Topform befand.

»Wir haben auch so unsere Geheimnisse«, meinte der Major. »Dinge, die wir weder unseren tymbrimischen Freunden noch einem Großteil unserer Leute verraten. Möchten Sie gern hinter diese Geheimnisse kommen?«

Athaclena aber rang immer noch nach Luft und konnte nichts erwidern. Die Augen des Majors aber glitzerten gefährlich, wie die Augen eines Raubtiers.

»Wenn ich Ihnen einige dieser Geheimnisse verraten würde, dann wäre das Ihr Tod«, setzte er hinzu. »Und ich bin nicht bereit, im Augenblick darüber zu entscheiden. Also will ich Ihnen nur eins verraten, was unsere Leute bereits wissen.«

Nun nahm er ihre beiden Gelenke in eine Hand, während sich die andere an ihre Kehle legte.

»Also sehen Sie, dass die Marines ebenso entschlossen und auch fähig sind, ein Mitglied einer verbündeten ET-Spezies zu knebeln, ja sogar zu töten, wenn es nötig ist. Wie lange wird es wohl dauern, bis Ihnen die Sinne schwinden, Miss? Ich will Ihnen was sagen. Warum fangen Sie nicht an zu zählen?«

Athaclena wehrte sich und wand sich, doch es war vergebens. Ihr blieb die Luft weg, und sie hörte wie von ferne, dass der Major vor sich hinmurmelte: »Dieses Universum ist ein verdammter, scheußlicher, beschissener Ort.«

Sie hätte sich niemals vorstellen können, dass es noch dunkler werden könnte, doch war sie plötzlich von einer tiefen Finsternis umgeben – und Athaclena fragte sich, ob sie je wieder erwachen würde. *Tut mir leid, Vater.* Und ihr war, als wären dies ihre letzten Gedanken.

Sie kam aber dann sehr schnell wieder zu sich. Der Druck auf ihrer Kehle hatte etwas nachgelassen, obwohl er immer noch recht schmerzhaft war. Sie holte ein wenig Luft und versuchte festzustellen, was überhaupt passiert war. Die Arme des Majors zitterten. Er strengte sich zwar immer noch an, doch seine Kraft war geschwunden.

Ihre überhitzte Corona war ihr keine Hilfe. Als der eiserne Griff des Majors sich lockerte, war sie so erstaunt, dass sie langsam und hilflos zu Boden glitt.

Der *Mensch* über ihr atmete jetzt schwer. Er grunzte und röchelte, dann krachte es, als das Lager umkippte. Ein Wasserkrug stürzte polternd herab, und es hörte sich an, als hätte jemand einen Datenspeicher zu Boden gerissen.

Athaclena spürte etwas unter ihren Händen. *Die Ampulle,* fiel ihr plötzlich ein. *Aber was war mit dem Major geschehen?*

Während sie gegen die durch die Enzyme verursachte Erschöpfung ankämpfte, kroch sie auf dem Boden herum, bis ihre Hand den zerbrochenen Datenspeicher ertastete. Zufällig berührten ihre Finger den Schalter, und der Bildschirm des ramponierten Geräts begann ein schwaches Licht auszustrahlen.

In diesem schwachen Schein erblickte Athaclena ein seltsames Tableau … Den Mann, der mit gespannten Muskeln sich gegen zwei braune Arme wehrte, die ihn von hinten umklammerten. Der Major wand sich und zischte wie eine Schlange, verlagerte sein Gewicht nach rechts und nach links – doch all seine Anstrengungen, sich freizukämpfen, waren vergebens. Athaclena sah ein dunkelbraunes Augenpaar über den Schultern des Mannes blitzen. Sie zögerte einen Moment lang, dann trat sie eilig hinzu, die Ampulle in der Hand.

Jetzt besaß der Major kein Psi-Schild mehr. Sein Hass lag nun offen da für jedes *kenning,* wenn sie nur genügend Kraft hätte. Sie musste sich aber sehr anstrengen, um die Ampulle zu halten und sie unter seiner Nase aufzubrechen.

»Der hält den Atem an«, murmelte der Neoschimpanse, als die blaue Dunstwolke um die Nasenflügel des Mannes schwebte und dann langsam zu Boden sank.

»Macht nichts«, gab Athaclena zurück und holte weitere zehn Ampullen aus ihrer Tasche.

Als der Major die Ampullen erblickte, gab er einen leisen Seufzer von sich. Er strengte sich an, um noch einmal davonzukommen, doch trotz seiner Anstrengungen wollte ihm dies nicht gelingen. Der Mann war zäh, das musste man ihm lassen. Es dauerte noch fünf Minuten, bis Athaclena sicher war, dass das Mittel gewirkt hatte.

»Was für ein Kerl«, meinte Fiben anerkennend. »Himmel noch mal, diese Marines sind zähe Burschen.« Er erschauerte und sank neben dem bewusstlosen Mann zu Boden.

Athaclena aber setzte sich ihm gegenüber.

»Danke, Fiben«, sagte sie leise.

Er aber zuckte die Achseln. »Es ist und bleibt Hochverrat, wenn man seinen Patron angreift. Und die ganze Sache ist in einem Tag gelaufen.«

Sie zeigte auf die Schlinge, in der sein linker Arm die ganze Zeit gesteckt hatte, seit jenem Abend, als er aus Port Helenia geflüchtet war. »Ach, das da?«, sagte er grinsend. »Ich habe damit nur etwas auf die Tränendrüse gedrückt. Aber behalte es bitte für dich.«

Dann wurde er wieder ernst und schaute auf den Major hinab. »Ich bin zwar kein Prophet, aber ich glaube kaum, dass ich beim Entwicklungsausschuss irgendwelche Pluspunkte zu verzeichnen habe, was diesen Abend betrifft.«

Er schenkte Athaclena einen kurzen Blick und ein leichtes Lächeln. Sie aber, trotz allem, was sie erlebt hatte, konnte sich nicht helfen – die ganze Sache kam ihr irgendwie *lustig* vor.

Sie musste lachen – leise, aber mit den vollen Tönen, wie ihr Vater zu lachen pflegte. Und irgendwie war sie davon gar nicht überrascht.

Nun war aber die Arbeit noch nicht getan. Athaclena musste Fiben auf dem Fuße folgen, während er den bewusstlosen Mann durch die schummrigen Tunnels schleifte. Als sie auf Zehenspitzen an dem dösenden Korporal vorbeischlichen, der zur Wachmannschaft des Majors gehörte, streckte Athaclena ihre Fühler aus, um sicherzugehen, dass der Mann auch wirklich fest schlief. Der aber murmelte etwas vor sich hin und wälzte sich auf seinem Lager auf die andere Seite. Athaclena vergewisserte sich noch einmal, dass das Psi-Schild des Mannes harmlos war und dass er wirklich fest schlief.

Fiben aber schnaufte, kräuselte die Lippen und schnitt ein Gesicht, während sie ihn über den Hang einer ehemaligen Mülldeponie in eine Seitenpassage führte, welche die Marines mit Sicherheit nicht kannten. Zumindest war dieser Weg auf der Höhlenkarte nicht verzeichnet, die sie sich an diesem Morgen aus den Basisdaten der Rebellen geholt hatte.

Fibens Aura verschärfte sich jedes Mal, sooft er sich die Zehen an irgendwelchem Abfall stieß. Am liebsten hätte er wohl geflucht, weil der Körper des Majors so schwer war. Doch er sparte sich seinen Kommentar, bis sie endlich in die feuchte, stille Nacht hinaustraten.

»Sport und Mutation«, seufzte er, als er seine Last niederlegte. »Schließlich gehört der Major nicht unbedingt zu den Riesen. Trotzdem – es wäre einfacher gewesen, ihn an Händen und Füßen hierherzuschleifen.«

Er schnüffelte in die Luft. Es war eine mondlose Nacht, doch der Nebel wallte über den Klippen wie eine fließende Dunstwolke, verbreitete einen leisen Schimmer. Fiben blickte Athaclena an. »Nun, Chefin, was jetzt? Die Gegend wird sich bald in ein Bienenhaus verwandeln, zumindest nachdem Robert und dieser Lieutenant McCue zurückgekehrt sind. Soll ich nun mein gutes Ross Tycho holen und dieses Prachtexemplar eines Erdling-Klienten wegschaffen? Das würde zwar Desertieren heißen, doch, zum Teufel, ich glaube, ich war nie ein besonders guter Soldat.«

Athaclena schüttelte den Kopf. Sie tastete mit ihrer Corona die nächste Umgebung ab und fand jene Spuren, nach denen sie suchte. »Nein, Fiben. Das kann ich nicht von dir verlangen. Außerdem hast du andere Aufgaben zu erledigen. Du bist aus Port Helenia geflüchtet, um uns vor dem Angebot der Gubru zu warnen. Nun musst du dorthin zurückkehren und deinem Schicksal ins Auge schauen.«

Fiben runzelte die Stirn. »Bist du sicher? Brauchst du mich wirklich nicht?«

Athaclena legte die Hände vor den Mund und ließ einen leisen Pfiff hören, der sich anhörte wie der Ruf eines Nachtvogels. Aus der Dunkelheit unter ihnen ertönte der gleiche Pfiff als Antwort. Sie wandte sich wieder Fiben zu. »Freilich brauche ich dich. Wir alle brauchen dich. Doch dort unten an der See kannst du uns den größeren Dienst erweisen. Außerdem spüre ich, dass du zurückwillst.«

Fiben legte die Hände zusammen und zog verlegen an seinen Daumen. »Bei allen guten Geistern – ich will's wirklich.«

»Nein, nicht so«, meinte sie lächelnd. »Es ist nur ein weiteres Zeichen dafür, dass der Suzerain der Guten Sitten sein Handwerk versteht, indem er ausgerechnet dich auserwählt hat – selbst wenn er sich wünschte, dass du deinen Patronen etwas mehr Achtung entgegenbringst.«

Fiben dachte einen Moment lang nach, als würde er die Ironie in ihren Worten spüren. Doch dann lächelte er, als er den Hufschlag eines Pferdes vernahm. »Alles in Ordnung«, sagte er, während er sich bückte, um den Major hochzuhieven. »Na komm schon, Väterchen. Diesmal werde ich mit dir so zart umgehen wie mit meiner liebsten Tante.« Er drückte dem Major einen Kuss auf die Wange und schaute zu Athaclena auf.

»Ist's so besser, Ma'am?«

Irgendetwas, das sie sich von ihrem Vater geborgt hatte, ließ ihre Fühler wehen. »Ja, Fiben«, sagte sie lachend. »So ist es schon viel besser.«

Lydia und Robert waren misstrauisch und hatten so ihre Bedenken, als sie in der Morgendämmerung zurückkehrten und ihren legalen Kommandanten nicht vorfanden. Die übrigen terragenischen Mariner aber machten nicht einmal den Versuch, ihr offenes Misstrauen Athaclena gegenüber zu verbergen. Eine kleine Gruppe von Chims hatte im Zimmer des Majors alle Spuren beseitigt, bevor irgendein menschliches Wesen den Raum betrat, doch es ließ sich nicht verheimlichen, dass der Major spurlos verschwunden war, ohne eine Nachricht zu hinterlassen.

Robert verhängte über Athaclena Hausarrest, ließ sie in ihr Zimmer sperren und stellte einen Marine-Posten vor die Tür, während sie der Sache nachgingen. Seine Erleichterung angesichts der wahrscheinlichen Verzögerung des geplanten Angriffs war einem nahezu hektischen Pflichteifer gewichen. Dagegen war Lieutenant McCue die Ruhe selbst. Sie gab sich scheinbar sorglos und gelassen, als wäre der Major nur kurz ausgegangen. Doch

Athaclena konnte die unterschwellige Verwirrung und den Konflikt deutlich spüren, die der Erdenfrau zu schaffen machten.

Immerhin konnte man da kaum etwas machen. Suchtrupps wurden ausgeschickt, die auf eine berittene Truppe von Chims stießen, die gerade zum Asyl der Gorillas zurückkehrte. Zu diesem Zeitpunkt war der Major nicht mehr bei ihnen. Er befand sich vielmehr hoch oben in den Bäumen und wurde von dem einen Baumriesen zum anderen transportiert – inzwischen wieder bei Bewusstsein und zornbebend, doch hilflos wie ein Baby.

Dies war wieder ein Fall, wo die Menschen für ihren »Liberalismus« bezahlen mussten. Sie hatten ihre Klienten zu Individualisten, zu Bürgern erzogen – und so war es möglich geworden, dass die Chims einen Menschen zum Wohle der anderen gefangen hielten. In gewisser Weise hatte auch der Major dazu beigetragen, durch seine Überlegenheit, durch seine Missachtung, durch sein penetrantes gönnerhaftes Verhalten, das er stets zur Schau trug. Dennoch war sich Athaclena ziemlich sicher, dass man den Major mit aller ihm gebührenden Achtung und Vorsicht behandeln würde.

Am Abend hielt Robert einen Kriegsrat ab. Athaclenas Hausarrest war gelockert worden, sodass sie an der Sitzung teilnehmen konnte. Fiben und die Chim-Lieutenants waren ebenso anwesend wie die Marine-Offiziere.

Weder Lydia noch Robert sprachen über den Plan des Majors, da man taktischerweise annahm, dass er ohne ihn nicht wirksam werden sollte.

»Vielleicht ist er zu einer persönlichen Forschungsreise aufgebrochen, vielleicht um die Außenposten unangemeldet zu inspizieren. Mag sein, dass er heute Abend oder spätestens morgen zurückkehrt«, meinte Elayne Soo unschuldig.

»Mag sein, mag aber auch nicht sein. Wir müssen auch das Schlimmste annehmen«, sagte Robert, wobei er es vermied, Athaclena anzuschauen. »Ich halte es aber für angebracht, die Exilregierung zu unterrichten. Es wird wohl etwa zehn Tage dauern, bis wir neue Anweisungen vom Rat erhalten und man uns einen Ersatzmann schickt.«

Wahrscheinlich nahm er an, dass ihn Megan Oneagle nicht im Stich lassen würde.

»Nun, ich möchte nach Port Helenia zurückgehen«, sagte Fiben schlicht. »Ich bin in der Lage, in den Kern der Dinge vorzudringen. Und außerdem – Gailet braucht mich.«

»Wieso glauben Sie, dass Sie die Gubru mit offenen Armen empfangen, wo Sie schon einmal geflüchtet sind?«, fragte Lydia. »Wieso wird man Sie nicht gleich an die Wand stellen?«

Fiben aber zuckte die Achseln. »Wenn ich auf den falschen Gubru stoße, kann dies durchaus der Fall sein.«

Eine lange Stille trat ein. Und als Robert um weitere Vorschläge bat, schwiegen die restlichen Chims und die Menschen verlegen. Wenn der Major da gewesen wäre und den Gang der Debatte auf seine Weise gelenkt hätte – vielleicht wäre es ihm gelungen, all die Zweifel und Bedenken zu zerstreuen. So aber wurde ihnen die Situation erst richtig bewusst. Sie waren nur eine kleine Schar, und ihre Möglichkeiten waren gering. Der Feind aber war im Begriff, Dinge und Ereignisse in Bewegung zu setzen, die sie kaum begreifen, geschweige denn verhindern konnten.

Athaclena wartete ab, bis die Atmosphäre so dick war, dass man sie mit dem Messer hätte schneiden können. Und dann sagte sie nur vier Worte: »Wir brauchen meinen Vater.«

Zu ihrer Überraschung nickten Robert und Lydia zustimmend. Denn selbst wenn schließlich die Befehle von der Exilregierung eintrafen, würden sie ebenso konfus und widersprüchlich sein wie immer. Ein guter Rat aber, vor allem mit Hilfe galaktischer Diplomatie, war mehr als nützlich.

Zumindest teilt Frau McCue nicht die Xenophobie des Majors, dachte Athaclena. Sie musste anerkennen, was ihr *kenning* über die Aura des Erdenmädchens erfahren hatte.

»Robert sagte mir, Sie seien sicher, dass Ihr Vater noch am Leben ist«, sagte Lydia. »Das ist großartig. Doch wo ist er jetzt? Wo können wir ihn finden?«

Athaclena lehnte sich vor und hielt ihre Corona im Zaum. »Ich weiß, wo er ist.«

»Weißt du das wirklich?«, fragte Robert. »Aber …« Doch seine Stimme erstarb, als er seine geheimen Gefühle auf sie richtete, um sie erstmals seit dem Vortag wieder zu berühren.

Athaclena erinnerte sich daran, wie sie sich gefühlt hatte, als sie sah, wie er mit Lydia Händchen hielt. Zunächst widerstand sie seinen Bemühungen, dann aber ließ sie ihn gewähren.

Robert lehnte sich erschöpft zurück, während er ständig blinzelte. »Ooh.« Das war alles, was er sagte.

Lydia schaute von einem zum anderen, ihre Blicke wanderten zwischen Robert und Athaclena hin und her. Und für kurze Zeit empfand sie so etwas wie Neid – doch das Gefühl ging vorüber. *Ich besitze ihn auf eine Weise, wo du mit mir nicht konkurrieren kannst,* dachte Athaclena froh. Und sie genoss diesen Augenblick mit Robert, der ihr allein gehörte.

»… *N'tah'hoo,* Uthacalting«, sagte sie in GalSieben. »Wir sollten lieber etwas unternehmen, und das sofort!«

Fiben und Sylvie 77

Sie erwartete ihn, als er Tycho über den Pfad geleitete, der aus dem Tal der Höhlen hinausführte. Sie saß geduldig im Schatten einer Kiefer und sprach erst, als er direkt vor ihr anhielt. »Wolltest du einfach abhauen, ohne Lebewohl zu sagen?«, fragte Sylvie. Sie trug ein langes Hemd und hatte die Arme über den Knien verschränkt.

Er machte das Pferd an einem Baumstamm fest und setzte sich zu ihr. »Naaa«, meinte Fiben. »So viel Glück war mir nicht beschieden.«

Sie schaute ihn von der Seite an und sah, dass er grinste. Sylvie schnüffelte und schaute in den Canyon zurück, wo sich der Morgennebel bereits auflöste und einen heiteren, wolkenlosen Tag versprach. »Ich glaube, du willst zurück.«

»Ich muss, Sylvie. Das ist …«

Sie aber fiel ihm ins Wort. »Eine Art Verantwortung, ich weiß. Du musst zu Gailet zurück. Sie braucht dich, Fiben.«

Er nickte und brauchte auch nicht ermahnt zu werden, dass er auch Sylvie gegenüber seine Pflichten hatte. »Nun … also … Dr. Soo kam dazu, als ich meine Klamotten packte. Ich …«

»Und du hast die Flasche gefüllt, die sie dir gegeben hat. Ich weiß.« Sylvie ließ den Kopf sinken. »Vielen Dank. Ich bin reichlich belohnt.«

Fiben schaute zu Boden, schlug die Augen nieder. Es war ihm peinlich, um den heißen Brei herumzureden. »Wann wirst du …?«

»Heute Nacht, nehme ich an. Ich bin bereit. Wann soll ich? Kannst du es mir sagen?«

Sylvias Parka und ihr langes Hemd waren bar jeder Zeichen,

ließen keine äußeren Merkmale erkennen. Dennoch – ihre Witterung, ihr Geruch war meilenweit zu spüren. »Ich hoffe von ganzem Herzen, dass deine Wünsche in Erfüllung gehen, Sylvie.«

Sie nickte stumm. Sie saßen nebeneinander, und Fiben überlegte krampfhaft, was er noch sagen sollte. Doch sein Kopf dröhnte, und er kam sich irgendwie albern vor. Denn er wusste, dass alles nichts taugte, was immer er auch gesagt hätte.

Doch plötzlich rührte sich etwas dort unten, am Scheideweg, wo sich die Pfade verzweigten und in verschiedene Richtungen führten. Eine hochgewachsene menschliche Gestalt tauchte hinter einem Felsen auf, ein Jogger im gleichmäßigen Laufschritt. Robert Oneagle eilte auf die Kreuzung zu, wo sich die Pfade trafen, trug nur seinen Bogen und einen leichten Rucksack mit sich.

Dabei riskierte er einen kurzen Blick nach oben und verlangsamte seine Schritte, als er die beiden Chims erblickte. Robert grinste, als ihm Fiben zuwinkte. Doch als er die Weggabelung erreicht hatte, wandte er sich südwärts, schlug einen wenig begangenen Pfad ein. Und schon bald war er im finsteren Wald verschwunden.

»Was hat er vor?«, fragte Sylvie.

»Sieht aus, als hätte er es eilig.«

Sie klopfte ihm auf die Schulter. »Das habe ich selbst gesehen. Aber *wo* will er hin?«

»Er will versuchen, über den Pass zu kommen, bevor es anfängt zu schneien.«

»Über den *Pass?* – Aber ...«

»Da nun der Major verschwunden ist, und da die Zeit so knapp ist, haben Lieutenant McCue und die anderen Marines beschlossen, den Alternativplan durchzuführen, welchen Robert und Athaclena ausgeheckt haben.«

»Aber er läuft doch Richtung Süden«, sagte Sylvie. Denn Robert hatte den Pfad beschritten, der tiefer ins Mulun-Gebiet führte.

Fiben nickte. »Er ist gegangen, um jemanden zu suchen. Und er ist der Einzige, der diese Aufgabe erledigen kann.« Sylvie aber konnte aus seinem Tonfall deutlich heraushören, dass dies alles war, was er über die Sache verraten wollte.

Nun saßen sie noch eine Weile schweigend da, Seite an Seite. Roberts kurze Anwesenheit hatte immerhin die Spannung auf recht angenehme Weise unterbrochen. *Das ist der ganz normale Wahnsinn,* dachte Fiben. Er mochte Sylvie, sogar sehr. Sie hatten bisher kaum Gelegenheit gehabt, miteinander zu reden, und dies hier war vielleicht die letzte Chance.

»Du … du hast mir nie etwas über dein erstes Kind gesagt«, meinte er schnell und musste sich gleichzeitig fragen, ob es ihm überhaupt zustand, eine solche Frage zu stellen.

Es war zwar offensichtlich, dass Sylvie schon einmal geboren und gesäugt hatte. Schwangerschaftsstreifen galten als höchst attraktiv bei einer Spezies, wo ein Viertel der Weibchen nie ein Kind gebar. *Doch das ist auch sehr schmerzhaft,* wusste er.

»Es geschah vor fünf Jahren. Ich war noch sehr jung.« Ihre Stimme hörte sich leise an, sie hatte sich in der Gewalt. »Sein Name war – wir nannten ihn Sichi. Er wurde vom Ausschuss geprüft und für … für anomal befunden.«

»Anomal?«

»Ja, das war das Wort, das sie gebrauchten. In gewisser Weise wurde er vorzüglich … in anderer Beziehung aber als verdächtig eingestuft. Es hieß, da wären keine erkennbaren Defekte vorhanden, doch irgendwelche »seltsamen« Qualitäten. Einige der Amtsträger hatten so ihre Bedenken. Der Entwicklungsausschuss aber beschloss, ihn zwecks näherer Prüfung und Untersuchung zur Erde zu schicken.«

»Sie waren alle sehr freundlich und sehr nett«, setzte sie hinzu. »Mir wurde sogar angeboten, ihm zu folgen.«

»Was du wahrscheinlich abgelehnt hast«, meinte Fiben und blinzelte.

Sie warf ihm einen Blick zu. »Ich weiß, was du jetzt denkst. Ich bin schrecklich. Und darum habe ich dir bis jetzt nichts davon gesagt. Du hättest unsere Abmachung zurückgewiesen. Du glaubst, dass ich eine untaugliche Mutter bin.«

»Nein, ich …«

»Zu jener Zeit sah es etwas anders aus. Meine Mutter war krank. Wir hatten keine Clan-Familie, und ich dachte, ich dürfte sie nicht der Fürsorge Fremder überlassen, weil ich sie dann vielleicht nie mehr wiedergesehen hätte.

Damals hatte ich nur eine gelbe Karte. Ich wusste, dass mein Kind auf der Erde eine Heimat finden würde … Entweder würde man es bevorzugt behandeln und in eine höhere Kaste der Neoschimpansen erheben, oder es würde ein Schicksal erleiden, das ich gar nicht kennen wollte. Ich war besorgt, ich fürchtete, dass man mir das Kind nehmen würde. Vielleicht fürchtete ich mich auch vor der Scham, dass es vielleicht als Proband eingestuft werden könnte.«

Sie starrte auf ihre Hände hinab. »Da ich mich nicht entschließen konnte, versuchte ich, mir Rat und Hilfe zu holen. Da war dieser Ratgeber in Port Helenia, ein Mensch, der für den lokalen Entwicklungsausschuss arbeitete. Der sagte mir, was vielleicht schieflaufen könnte, und dass ich wahrscheinlich einem Probanden das Leben geschenkt hatte.

Ich war dabei, als sie Sichi wegbrachten. Sechs … sechs Monate später starb meine Mutter.«

Sie blickte zu Fiben auf. »Und dann, drei Jahre später, kam eine Nachricht von der Erde. Man teilte mir mit, dass mein Baby jetzt ein glückliches Kind mit einer blauen Karte sei, das in einer Blaukarten-Familie aufwüchse. Und – ja – dass man mich befördert habe und ich jetzt eine grüne Karte erhielte.«

Sie verschränkte die Hände. »Oh, wie ich diese verdammte Karte hasse! Nun entzog man mir auch jene Mittel, die mir Jahr für Jahr zu Verhütung einer Schwangerschaft injiziert worden waren. Nun brauchte ich keine Genehmigung mehr, sollte ich wieder einen Partner finden. Von da an war es mir überlassen, meine fruchtbaren und unfruchtbaren Tage zu kontrollieren wie ein Erwachsener.« Sie schnaufte und lachte bitter. »Wie ein Erwachsener? Was sag ich da? Ich, eine Chimmie, die ihr eigenes Kind verstoßen hat? Das aber wurde *ignoriert,* und ich wurde obendrein noch dafür belohnt, weil mein Kind irgendwelche Tests bestanden hatte.«

Das war also der Grund für ihre Verbitterung und für ihre Zusammenarbeit mit den Gubru, dachte Fiben. Das erklärte so manches.

»Du bist also Eisengriffs Bande beigetreten. Nur aus Ablehnung des Systems. Vielleicht, weil du geglaubt hast, dass sich die Situation unter den Galaktikern anders gestaltete?«

»Vielleicht so was in dieser Richtung«, meinte sie und zuckte die Achseln. »Immerhin bin ich mit der Zeit auf andere Gedanken gekommen und mir ist einiges klargeworden.«

»Und das wäre?«

»Ich habe gemerkt, dass jenes System, das die Menschen bei uns eingeführt hatten, nicht so schlimm war wie das, das wir von den Galaktikern zu erwarten hatten. Nun ja – die Menschen sind arrogant. Doch die meisten von ihnen fühlen sich wegen ihrer Arroganz schuldig und versuchen, sich so weit wie möglich zu beherrschen. Ihre entsetzliche Geschichte hat sie gelehrt, dass sie nicht … Hub … Hub … dass sie sich vor Hub … hüten sollen.«

»Hybris.«

»Ja. Sie wissen, wie verhängnisvoll es sein kann, sich wie Götter aufzuspielen und auch noch daran zu glauben, dass sie Götter sind.«

»Doch die Galaktiker sind noch schlimmer als die Erdlinge. Sie haben nie daran gezweifelt, dass sie die Alleinherrschaft im Weltraum gepachtet haben. Die sind so verdammt eingebildet … Ich hasse sie.«

Fiben dachte darüber nach. Er hatte während der letzten Monate manches gelernt, und ihm kam es vor, als würde Sylvie ihren Fall viel zu dramatisch einschätzen. Im Moment hörte sie sich fast an wie der Major. Fiben aber wusste, dass es nur wenige galaktische Patronatsspezies gab, die Freundlichkeit und Dezenz zu schätzen wussten.

Immerhin stand es ihm nicht zu, ihre Einstellung und ihren Standpunkt zu beurteilen, auch nicht den Umstand, warum sie so verbittert war.

Jetzt konnte er auch ihre ehrliche Sorge verstehen, dass sie ein Kind haben würde, dem von vornherein nur eine grüne Karte zustand. Alles andere war keine Frage. Sie wollte ihr nächstes Kind behalten und wollte mit Sicherheit auch Enkel haben.

Und während er dicht neben ihr saß, fühlte sich Fiben recht ungemütlich, weil er um Sylvies augenblicklichen Zustand wusste. Denn anders als menschliche Frauen hatten Chimmies ganz genau bestimmte Zyklen der Empfängnis, und es war nicht so leicht, dies zu verbergen. Dies war einer der Gründe für die sozialen und familiären Differenzen, die zwischen den beiden verwandten Spezies bestanden.

Er fühlte sich irgendwie schuldig, dass er durch ihren Zustand erregt war. Zärtlichkeit war angesagt, Zärtlichkeit lag in der Luft, und er beschloss, diesen Zauber nicht durch Taktlosigkeit zu zerstören. Fiben wollte ihr von Herzen gern etwas Gutes tun, um sie zu trösten, doch er wusste einfach nicht, wie er es anfangen sollte.

Er befeuchtete die Lippen. »Ach, schau, Sylvie.«

Sie wandte sich ihm zu. »Ja, Fiben?«

»Nun ja … ich hoffe, du wirst … Ich meine, ich hoffe, dass ich genug …« Dann brach er ab. Seine Wangen glühten.

Sie aber lächelte. »Dr. Soo meint, dass dies wahrscheinlich der Fall ist. Und wenn nicht, wird es andere Möglichkeiten geben.«

Er schüttelte den Kopf. »Dein Vertrauen in Ehren. Ich aber

möchte nicht drauf wetten, dass ich je wieder zurückkomme.« Er schaute weg und wandte seinen Blick nach Westen.

Sie aber nahm seine Hand. »Was mich angeht, bin ich nicht zu stolz, um mich angesichts eines Angebots extra abzusichern. Es geht auch anders, wenn dir gerade danach ist.«

Er blinzelte und fühlte, wie sich sein Pulsschlag beschleunigte. »Ach, du meinst hier und jetzt?«

Sie nickte. »Wann und wo denn sonst?«

»Ich hoffte, dass du das sagen würdest.« Er lächelte und streckte die Arme nach ihr aus. Sie aber hob die Hand, ein Zeichen, dass er noch einen Moment warten sollte. »Was glaubst denn du, was ich für ein Mädchen bin? Kerzenlicht und Champagner kommen gleich, doch ein weibliches Wesen hat im Allgemeinen nichts gegen ein kleines Vorspiel einzuwenden.«

»Eine großartige Idee, sehr angenehm«, meinte Fiben. Er kehrte ihr den Rücken zum Kraulen zu. »Erst du, dann ich.«

Sie aber schüttelte den Kopf. »Nicht diese Art Vorspiel, Fiben. Ich habe an etwas gedacht, das mehr stimuliert.«

Sie streckte die Hand aus und holte hinter einem Baum einen zylindrischen Gegenstand hervor, der aus Holz gebaut und über den eine Haut gespannt war. Fiben machte große Augen.

»Eine *Trommel?*«

Sie saß da, mit dem kleinen selbstgebastelten Instrument zwischen den Knien. »Das ist dein Fehler, Fiben Bolger. Du hast mir etwas Besonderes beigebracht, und von jetzt an will ich mich nicht mit weniger zufriedengeben.«

Ihre Finger trommelten einen schnellen Rhythmus.

»Tanz«, sagte sie. »Bitte, tanz!«

Fiben seufzte. Offensichtlich war es ihr ernst. Diese choreomanische Chimmie war mit Sicherheit übergeschnappt, was immer der Entwicklungsausschuss auch sagen mochte. Sie schien der Typ zu sein, für den man schwärmte.

Es gibt einige Dinge, bei denen wir niemals sein werden wie die

Menschen, dachte er, während er einen Ast aufklaubte und ihn drohend schüttelte. Dann ließ er ihn fallen und versuchte es mit einem anderen. Er spürte, dass er voller Tatkraft und voller Energie war.

Sylvie aber begann die Trommel zu schlagen, mit einem schnellen, leidenschaftlichen Tempo, das seine Atemzüge beschleunigte. Der Glanz in ihren Augen brachte sein Blut zum Kochen.

Es ist so, wie es sein soll. Wir sind wir selbst, wusste er.

Fiben nahm den Ast in beide Hände, schlug zu wie mit einem Golfschläger, dass Steine und Blätter hochwirbelten und in alle Winde zerstoben – »ook …«, sagte er.

Der zweite Schlag fiel etwas härter aus, und als der Rhythmus noch schneller wurde, klang sein nächster Schrei noch enthusiastischer.

Der Morgennebel war verdampft, kein Donner grollte. Das wenig kooperative Universum hatte nicht ein einziges Wölkchen am Himmel bereit. Dennoch glaubte Fiben, dass er diesmal auch ohne Blitz und Donner auskommen könnte.

Galaktiker 78

Im Militärlager sechzehn der Gubru begann das Chaos, das zunächst die Führungsschicht erfasst hatte, sich allmählich auch auf die niederen Ränge auszuwirken. Da gab es Streitigkeiten über Anteile und Nachschub, man mokierte sich über das Verhalten der gemeinen Soldaten, deren Verachtung gegen die Verantwortlichen neue, gefährliche Formen annahm.

Zur Gebetsstunde am Nachmittag legten viele der Klauen-Soldaten die traditionellen Bänder und Schleifen an, um für die verstorbenen Vorfahren Fürbitte zu leisten, und folgten dem Priester-Kaplan, fielen unisono in seinen Gesang ein. Die anderen aber, die weniger devoten, welche sonst zumindest respektvoll den Schnabel hielten, gaben sich jetzt rebellisch und versuchten, ihrem Ärger Luft zu machen. Sie streuten Federn in den Wind, sodass ein Flaumregen wie Schnee über die Gläubigen herabrieselte.

Bei der Arbeit, bei den Wartungsgeschäften, bei den militärischen Übungen – überall wurden unzufriedene Stimmen laut. Nun wollte es der Zufall, dass der Befehlshaber des östlichen Lagers gerade auf Inspektionstour war und all diese Dinge persönlich mitbekommen konnte. Er zögerte keinen Augenblick lang und ließ die ganze Besatzung von Lager sechzehn in Reih und Glied antreten. Dann holte er den Verwalter und den Kaplan des Lagers zu sich auf eine Plattform und wandte sich an alle, die darunter versammelt waren.

»Lasst euch nicht nachsagen,
dass die Gubru-Soldaten
ihr hehres Ziel aus den Augen verloren haben!

Sind wir etwa Waisenkinder, verloren und verlassen?
Oder sind wir Mitglieder eines großen Clans?
Was waren wir, was sind wir, was sollen wir werden?
Kämpfer, Krieger, Baumeister –
vor allem aber Träger und Bewahrer unserer Tradition!«

Der Colonel sprach noch eine Weile auf diese Weise zu der Menge, sekundiert durch den Singsang des Verwalters und seines spirituellen Helfers – bis dann schließlich die beschämten Soldaten und die ganze Gemeinde in den Gesang einfielen, der sich schließlich zu einem Chor allerhöchster Harmonie vereinigte.

Nun waren sie alle vereint und einig, ein einziger Chor von Brüdern, Militärs, Bürokraten und Priestern – und alle, alle setzten alles daran, ihre Zweifel und ihre Bedenken zu überwinden.

Für kurze Zeit, zumindest vorübergehend, zeichnete sich so etwas wie ein Konsens ab.

Gailet 79

»… Selbst in diesen seltenen und tragischen Fällen bei der Spezies der Wolflinger hat es sehr harsche und grobe Versionen dieser Techniken gegeben. Und weil sie primitiv waren, gehörten auch sogenannte ›Ehrenkämpfe‹ zu ihren Ritualen, ein willkommenes Ventil für ihre Aggressionen.

Nehmen wir als Beispiel den jüngsten Wolflinger-Clan – die ›menschlichen Wesen‹ auf Sol III. Vor ihrer Entdeckung durch die galaktischen Kulturen pflegten ihre primitiven ›Stämme‹ ein Ritual, das dem Zweck diente, die Zyklen der sich immer mehr steigernden Gewaltakte zu kontrollieren – Handlungen, die von einer solchen Spezies außer Rand und Band normalerweise zu erwarten waren. (Zweifellos stammten diese Traditionen aus längst verschütteten Erinnerungen an ihre ehemalige Patronatsspezies, die sie in grauer Vorzeit verloren hatten.)

Zu den simplen, aber wirksamen Methoden der menschlichen Wesen vor dem Kontakt (siehe Zitate) gehörten etwa die Kampfspiele der ›amerikanischen Indianer‹, die Turniere und Ritterspiele der Europäer im Mittelalter und die gegenseitigen Abschreckungswaffen der kontinentalen ›Stammesstaaten‹ in der letzten Zeit. Freilich entbehren all diese Techniken der Subtilität, der feinen Balance und der Homöostase jener modernen Verhaltensregeln, die das Institut für zivilisierte Kriegsführung festgelegt hatte …«

»Das war's dann. Kaffeepause. Mir langt's. Schluß und Ende.« Gailet blinzelte, als die rüde Stimme sie wieder in die Wirklichkeit zurückrief. Das Gerät aber ließ den Text vor ihren Augen einfrieren.

Sie schaute nach links, wo ihr neuer »Partner« sich auf der Liege lümmelte, seinen Datenspeicher beiseiteschob und sich gähnend reckte und streckte. »Zeit für einen Drink«, meinte er erschöpft.

»Du hast es nicht einmal bis zum Ende der letzten editierten Zusammenfassung geschafft«, sagte Gailet.

Er aber grinste nur. »Ich weiß eigentlich nicht, warum wir diesen ganzen Schitkram durchgeackert haben. Die Eatees werden staunen, wenn wir in der Lage sind, uns zu verbeugen und den Namen unserer Spezies zu nennen. Sie werden auf keinen Fall erwarten, dass Neoschimpansen große Leuchten sind – das weiß ich gewiss.«

»Wahrscheinlich nicht. Und was dich betrifft, werden deine Werte sicher dazu beitragen, diesen Eindruck zu bestätigen.«

Nun runzelte er die Stirn, dachte einen Augenblick lang nach – dann versuchte er noch einmal ein krampfhaftes Lächeln. »Du aber, freilich, denkst anders darüber und werkelst vor dich hin. Das wird den Aliens bestimmt mächtig imponieren.«

Touché, dachte Gailet. Sie beide hatten nicht lange gebraucht, um herauszufinden, wo der andere am empfindlichsten zu treffen war.

Vielleicht ist dies nichts anderes als eine weitere Prüfung. Mag sein, dass man feststellen will, wo meine Geduld ein Ende hat, bevor ich in die Luft gehe.

Vielleicht … aber höchst unwahrscheinlich. Sie hatte den Suzerain der Guten Sitten seit mehr als einer Woche nicht mehr gesehen. Dafür musste sie sich mit drei pastellgetönten Gubru herumschlagen, die jeweils von einer Partei abgestellt worden waren, wo bei allen Sitzungen dieser blaugetönte Klauen-Offizier den Ton angab.

Gestern waren sie alle zur Zeremonienstätte gepilgert, zu einer Art »Generalprobe«, wie es hieß. Und obwohl Gailet immer noch nicht wusste, ob sie mitmachen würde, wenn alle Stricke rissen, wusste sie auch, dass es jetzt bereits zu spät war, um ihre Meinung zu ändern.

Der Hügel auf der Seeseite war so aufgeschüttet und hergerichtet worden, dass man die riesigen Kraftwerke nicht mehr sehen konnte. Die terrassierten Hänge führten elegant nach oben, Stufe für Stufe, nur von etwas welkem Laub bedeckt, das der Herbstwind hierhergeweht hatte. Leuchtende Banner wehten im Ostwind und markierten jene Stationen, wo die Vertreter der Neoschimpansen rezitieren, Fragen beantworten oder auf Herz und Nieren geprüft werden sollten.

Hier an dieser Stelle, von einem Gubru begleitet, der dicht neben ihm stand, war Eisengriff als das Musterexemplar eines Studenten erschienen. Wahrscheinlich aber war es mehr als sein Wunsch nach Anerkennung, der seinen Eifer, seinen Ehrgeiz anspornte – ein Zug, der für ihn so wenig charakteristisch wie nur möglich war. Immerhin hatten diese Fakten dazu beigetragen, seine Ambitionen zu steigern. An diesem Nachmittag ließ er sein Licht leuchten, wobei ihm seine Intelligenz und seine schnelle Auffassungsgabe zugute kamen.

Jetzt aber, mit ihm allein unter der großen Kuppel der Neuen Bibliothek, sah die Sache schon anders aus, und andere Aspekte seiner Natur traten zutage. »Also, wie ist es jetzt mit uns beiden?«, fragte Eisengriff, während er sich über ihren Sessel beugte und sie mit lüsternem Blick betrachtete. »Wollen wir rausgehen und etwas frische Luft schnappen? Wir könnten dann im Eukalyptusgraben verschwinden und …«

»Da gibt es zwei Möglichkeiten dafür«, fauchte sie. »Dick und Doof.«

Er aber lachte. »Dann lass es bis zur Zeremonie bleiben, wenn du es lieber öffentlich magst. Dann, Baby, werden uns alle Fünf Galaxien zuschauen.« Er grinste und rieb sich die Hände, und seine Gelenke knackten.

Gailet wandte sich ab und schloss die Augen. Sie musste sich zusammennehmen, damit ihre Unterlippe nicht zitterte. Rette mich, dachte sie wider alle Hoffnung und Vernunft. Doch der gesunde Verstand sagte ihr, dass ihr keine Hoffnung blieb. Immerhin war ihr weißer Knecht nichts weiter als ein Affe und wahrscheinlich bereits tot.

Sie konnte die Tränen nicht zurückhalten. *Fiben, ich brauche dich. Fiben, komm zurück!*

Robert 80

Sein Blut kochte, sein Blut sang in den höchsten Tönen.

Nachdem er mehrere Monate in den Bergen verbracht und dort wie seine Vorfahren gelebt hatte, sein Brot im Schweiße seines Angesichts essen musste, seine Haut von den Strahlen der Sonne gegerbt und tausendmal durch stachlige oder messerscharfe Blätter verletzt worden war – an all dies hatte er sich inzwischen gewöhnt. Dennoch hatte Robert all die Veränderungen nicht wahrgenommen, die in ihm selbst stattgefunden hatten – nicht bevor er die letzten paar Meter über den schmalen steinigen Pfad hinabstolperte und sich endlich den Weg über die Wasserscheide erkämpft hatte.

Der Gipfel des Rwanda-Passes. Ich habe in zwei Stunden mehr als zweitausend Meter geschafft, und doch schlägt mein Herz kaum schneller.

Ihm war nicht nach Rasten zumute, dennoch verhielt Robert seine Schritte und wechselte zu einer gemütlicheren Gangart über. Die Aussicht war es immerhin wert, langsamer dahinzuschreiten und die Landschaft zu betrachten.

Er stand auf dem höchsten Grat des Mulun-Gebirges. Hinter ihm, in nördlicher Richtung, erstreckte sich das Gebirgsmassiv wie ein dicker Strang ostwärts, breitete sich westwärts aus bis zum Meer, wo er sich in einem Archipel sattgrüner, hoch aufragender Inseln fortsetzte.

Er hatte anderthalb Tage gebraucht, um von den Höhlen kommend diese Stelle zu erreichen – und jetzt sah er das Panorama vor sich, das er überqueren musste, um seinen Bestimmungsort zu erreichen.

Ich weiß noch nicht einmal, wie ich das finden soll, wonach ich suche!

Athaclenas Hinweise waren ebenso nebulös wie ihre Vorstellung, wo sie ihn eigentlich hinschicken sollte.

Ein weiterer Gebirgszug türmte sich über ihm auf, mit Hängen, die steil in eine dunkel getönte Steppe abfielen, welche teilweise in Nebel gehüllt war. Bevor er aber diese Ebene erreichte, musste er noch über so manch steilen Pfad klettern, den seit langer Zeit keines Menschen Fuß betreten hatte. Robert war demnach wahrscheinlich der Erste, der nach Kriegsausbruch wieder diese verborgenen Pfade beschritt.

Das Schlimmste allerdings hatte er bereits hinter sich. Zwar machte ihm der Abstieg keinen Spaß, aber er wusste, wie er sich zu verhalten hatte und die Steilhänge nehmen musste, ohne sein Knie zu verletzen. Und dort weiter unten würde es Wasser geben.

Er schüttelte seinen Lederbeutel und nahm vorsichtig einen kleinen Schluck. Da blieb nicht mehr viel übrig, höchstens ein paar Deziliter, aber er glaubte, dass es reichen würde.

Er beschattete die Augen und prüfte die nächsten violetten Gipfel, den Steilhang, wo er diese Nacht sein Lager aufschlagen wollte. Dort würde es zwar Wasser geben, aber keine Regenwälder, wie im Feuchtgebiet auf der Nordseite des Mulun. Und er musste auch noch nach Nahrung suchen, bevor er sich in die strohtrockene Savanne begab.

Die heldenhaften Apachen konnten in wenigen Tagen die Strecke von Taos bis zum Pazifik im Laufschritt zurücklegen und ernährten sich von ein paar trockenen Samenkörnern, die sie unterwegs aufklaubten.

Nun war er aber alles andere als ein heldenhafter Apache. Er hatte lediglich ein paar Gramm Vitaminkonzentrate dabei – denn er hatte beschlossen, mit leichtem Gepäck zu reisen, damit er schneller vorankam. Und Schnelligkeit war jetzt oberstes Gebot trotz seines knurrenden Magens.

Er wich einer Stelle aus, wo ein Erdrutsch den Pfad beschädigt hatte. Dann aber beschleunigte er seine Schritte, als der Weg wieder frei war.

Diese Nacht schlief Robert in einer moosbewachsenen Nische, direkt über einer tropfenden Quelle, in eine Seidendecke eingehüllt. Er hatte angenehme Träume, und ihm war so leicht zumute, als würde er irgendwo schwerelos im Raum schweben, ohne das ständige Summen der Maschinen zu hören.

Nun war es die Stille im Empathie-Netz, nach all den Monaten, die er im ruhelosen, geräuschvollen Regenwald verbracht hatte – diese Stille, die sich gleich einer sanften, schützenden Einsamkeit über ihn herabsenkte und seinen Schlummer bewachte. In einem großen, leeren Land wie diesem konnte man so manches erkennen, so manches *kenning* bot sich an, selbst für seine nicht besonders geschulten Sinne.

Und zum ersten Mal war auch dieser harsche – metaphorisch fast *metallische* – Zwang nicht mehr vorhanden, dieser Einfluss fremder Gedanken, den er im Nordwesten noch so deutlich gespürt hatte. Was dies betraf, war er vor den Gubru, den Menschen und den Chims total abgeschirmt.

Dieses Gefühl hielt auch noch in der Morgendämmerung an. Er füllte seine Feldflasche mit dem Wasser der Quelle und nahm einen kräftigen Schluck, um seinen Hunger zu betäuben. Dann machte er sich wieder auf den Weg.

An diesem Steilhang war der Abstieg nicht ungefährlich, dafür legte er aber schnell Meile um Meile zurück. Bevor die Sonne noch den Zenit erreicht hatte, breitete sich schon die Steppe um ihn herum aus. Er lief zwischen den Vorbergen hindurch – und all die Kilometer, die er zurücklegte, fielen von ihm ab wie Gedanken, die, kaum entstanden, bereits vergessen waren. Und während er so lief, versuchte er die Gegend zu erforschen. Auch war er sicher, dass irgendwo Gefahr im Anzug war, dass da etwas auf ihn lauerte, sei es unter oder in dem hohen Gras. Wenn nur *kenning* mehr als ein lokalisierender Sinn gewesen wäre! Vielleicht war es diese Ungenauigkeit, welche die Menschen davon abgehalten hatte, ihre verkümmerten Sinne weiter zu entwickeln.

Dafür haben wir uns auf andere Dinge konzentriert.

Es gab da ein Spiel, das sowohl auf der Erde als auch unter interessierten Galaktikern gespielt wurde. Dabei wurde versucht, jene mythischen »verlorenen« Patrone der Menschheit zu rekonstruieren, diese Sternfahrer, von denen angenommen wurde, dass sie mit der Entwicklung menschlicher Wesen vor etwa fünfzigtausend Jahren begonnen hatten und dann wieder verschwunden waren, ohne ihr Werk zu vollenden.

Natürlich gab es auch ein paar eingefleischte Häretiker – selbst unter den Galaktikern –, die darauf schworen, dass die alten Erdlingstheorien zumindest ein Körnchen Wahrheit enthielten, dass es einer Spezies durchaus möglich war, sich selbst zu entwickeln … sich vom Niederen zum Höheren zu entwickeln, sich nach Gesetzen und inneren Anlagen zu entfalten – ein Vorgang, der als »Evolution« bezeichnet wurde.

Doch selbst auf der Erde war diese Theorie nunmehr umstritten. Die Patrone hatten Klienten entwickelt, die dann später ihrerseits neue Klientenspezies hervorbrachten. Dies war der Weg, dies war der Lauf der Dinge seit Urzeiten, seit den Tagen der Progenitoren, die so weit, weit zurücklagen.

Dies aber war nun wirklich ein großes, ein einziges Rätsel. Denn überall dort, wo die Patrone des Menschen auch gewesen waren, hatten sie es verstanden, ihre Spuren gründlich zu verwischen, und dies aus gutem Grund. Denn eine Patronatsspezies, die einen Klienten im Stich ließ, wurde als geächtet gebrandmarkt.

Dennoch gingen das Spiel und das Rätselraten weiter.

Gewisse Patronatsspezies wurden ausgemustert, weil sie sich niemals für eine Spezies von Allesfressern entschieden hätten. Andere wiederum konnten nicht auf der Erde existieren, selbst nicht während eines kurzen Besuchs – sei es wegen der Schwerkraft, wegen der für sie giftigen Atmosphäre oder aus sonstigen Gründen.

Die meisten von ihnen waren der Meinung, dass es keinen

Clan gab, der an eine Spezialisierung glaubte. Einige von ihnen entwickelten ihre Klienten zu einem ganz besonderen Ziel und Zweck.

Das Entwicklungsinstitut verlangte, dass jede neue intelligente Spezies in der Lage sein musste, ein Raumschiff zu lenken, logisch und gerecht zu handeln, ein Urteilsvermögen zu besitzen und eine Stufe zu erreichen, um eines Tages selbst zur Patronatsspezies zu werden. Doch darüber hinaus hatte das Institut auch Grenzen gesetzt und Auflagen bestimmt, was jene Nischen betraf, in welche mögliche Klientenspezies passen sollten. Das Spektrum reichte vom Facharbeiter über den Philosophen bis hin zu den Mitgliedern der allerhöchsten Kasten.

Doch die mysteriösen Patrone der Menschen mussten wohl Generalisten gewesen sein. Denn der Mensch galt nach wie vor als flexibles Wesen.

Und was die berühmte Flexibilität der Tymbrimer betraf, gab es einige Dinge, die sich selbst diese Meister der Adaption nie hätten träumen lassen.

So, wie auch dieses nicht, dachte Robert.

Ein Schwarm einheimischer Vögel flog mit flatternden Schwingen auf, als Robert ihre Futterstellen im Laufschritt überquerte. Diverse Kleintiere vernahmen das Geräusch seiner sich nähernden Schritte und suchten Schutz und Deckung, so gut es eben ging. Eine Herde von Tieren mit langen schlanken Beinen, staksig wie Rehe, sprang in elegantem Bogen dahin und überholte ihn, bevor er es sich versah. Zufällig flohen sie in Richtung Süden, in seine Richtung, sodass Robert der Herde folgte. Und schon bald hatte Robert jene Stelle erreicht, wo sie angehalten hatten, um wieder zu äsen. Dann aber flohen sie erneut und ließen eine breite Schneise hinter sich, schließlich legten sie wieder eine Pause ein, um erneut zu weiden und zu äsen.

Die Sonne stand schon hoch. Dies war jene Stunde des Tages, wo alle Tiere, die Jäger wie die Gejagten, Schutz vor der Mittagshitze suchten. Wo keine Bäume und Büsche standen, gruben sie sich in den Boden ein, um in tieferen Schichten Kühlung zu finden.

Doch an diesem Tag gab es ein Wesen, das sich durch nichts aufhalten ließ. Es kam und kam und rückte immer näher. Das Pseudo-Wesen blinzelte bestürzt, als sich Robert näherte. Die Herde aber machte sich wieder auf die Beine, stürmte davon und ließ ihn hinter sich, während sie diesmal einen größeren Abstand zu ihm hielt. Sie standen auf einem Hügel und hielten unverwandt Ausschau nach ihm. Aber das zweibeinige Ding rückte und rückte immer näher! Die Herde wurde unruhig, als würde sie Gefahr wittern.

Und dann stob sie wieder in wilder Flucht dahin. Der Schweiß auf Roberts gebräunter Haut schimmerte und glänzte im Sonnenlicht und rollte Tropfen für Tropfen im Rhythmus seiner Schritte herab.

Freilich verdunstete der Schweiß zum Großteil, während er im Laufschritt dahinrannte. Eine trockene Brise aus Südwest saugte den Schweiß und damit auch die Hitze auf, die sein Körper erzeugte. Er aber versuchte Schritt zu halten und die rehähnlichen Kreaturen nicht zu stören. Von Zeit zu Zeit nahm er einen Schluck aus seiner Feldflasche, dann setzte er seinen Weg fort.

Sein Bogen, den er sich über den Rücken gehängt hatte, war griffbereit. Doch, aus welchen Gründen auch immer, wäre es Robert nie eingefallen, ihn zu benutzen. Im Schein der Mittagssonne lief er gleichmäßig dahin. *Verrückte Hunde und Engländer,* dachte er. *Wie bei einer Fuchsjagd …*

Und Apachen … und Bantu … und so viele andere …

Die Menschen hatten sich daran gewöhnt zu glauben, dass es ihr Gehirn war, das sie von den Tieren auf der Erde unterschied. Und freilich hatten sie es mit ihren Waffen, mit ihrem Feuer und mit ihrer Beredsamkeit geschafft, die Herren ihrer Heimatwelt zu werden, lange bevor sie etwas über Ökologie oder über die

Pflichten einer überlegenen Spezies gelernt hatten, für diejenigen zu sorgen, die auf ihre Hilfe angewiesen waren. Während dieser finsteren Jahrtausende hatten intelligente, aber unwissende Männer und Frauen das Feuer benutzt, um ganze Herden von Mammuts und anderer Tiere in den Tod zu hetzen, wobei sie Hunderte von Tieren abgeschlachtet hatten, nur um sich das Fleisch von wenigen Tieren zu holen. Sie hatten Millionen von Vögeln abgeschossen, um sich mit ihren Federn zu schmücken. Und sie hatten ganze Wälder abgeholzt, um Opium anzubauen.

Die Intelligenz in der Hand unwissender Kinder war eine gefährliche Waffe. Robert aber kannte ein Geheimnis.

Wir hätten all diese Intelligenz nicht gebraucht, um unsere Welt zu regieren.

Nun näherte er sich wieder der Pseudowild-Herde, und obwohl ihn der Hunger wieder plagte, erfreute er sich an der Schönheit der einheimischen Kreaturen. Sie wurden zweifellos immer größer, von Generation zu Generation. Denn sie waren jetzt schon viel größer als ihre Vorfahren, als die Bururaller alle Tiere abschlachteten, die in dieser Ebene heimisch waren. Eines Tages würden sie einige leere Nischen füllen. Denn selbst jetzt waren sie weit schneller als ein Mensch.

Geschwindigkeit und *Ausdauer* aber sind zwei verschiedene Dinge. Als die Herde wieder zu fliehen versuchte, konnte Robert deutlich erkennen, dass die meisten Tiere in Panik geraten waren. Sie hatten Schaum vor dem Maul, ihre Zungen hingen heraus, und ihr Atem ging schwer und blähte ihren Brustkorb.

Die Sonne brannte vom Himmel herab. Der Schweiß rann in Strömen und schimmerte im Sonnenlicht. Sein Schweiß aber verdunstete und kühlte dadurch seinen Körper.

Unsere Werkzeuge, das Feuer und die Sprachen haben uns Vorteile gebracht, gaben uns die Mittel, um eine Zivilisation aufzubauen. Doch war denn dies alles, was wir hatten?

Irgendwo in seinem Hinterkopf, hinter seinen Augen, in den

feinen Nervensträngen erklang ein Lied, dort, wo ein Dämpfer aus Flüssigkeit eingebaut war, der sein Hirn vor den Erschütterungen seiner stampfenden Schritte schützte. Sein Herz klopfte wie eine Trommel und trieb ihn mit seinem Rhythmus voran. Die Sehnen in seinen Beinen waren gespannt – sie sangen und klangen wie die Saiten einer Violine, die mit dem Bogen gestrichen werden.

Nun konnte er sie bereits wittern, konnte sie riechen, und der Hunger, der in seinem Magen wühlte, trug nur noch dazu bei, seine atavistische Erregung zu steigern. Er identifizierte sich mit seiner Beute, die er ins Auge gefasst hatte. Und seltsamerweise spürte Robert eine Erfüllung, eine Freude, welcher er noch nie teilhaftig geworden war. Die Freude, dass er am Leben war, *die Freude am Leben*.

Er merkte es kaum, als er zwischen den Tieren wie wild dahinschoss, dass er wie ein Blitz durch die Herde fuhr, die sich erschöpft zur Rast gelagert hatte. Muttertiere und Jungtiere schauten auf, doch er schenkte ihnen keinen Blick. Robert hatte sein Ziel vor Augen und sandte eine einfache Glyphe aus, damit die Herde ruhig blieb und ihm Platz machte, während er sich auf einen großen Bock, den Leitbock der Herde konzentrierte.

Du bist der Richtige, dachte er. *Du hast gut gelebt, hast deine Gene weitergegeben. Deine Spezies braucht dich nicht mehr, nicht so sehr wie ich.*

Vielleicht hatten sich seine Vorfahren ihres empathischen Sinnes mehr bedient als der moderne Mensch. Im Augenblick aber konnte er eine reale Funktion dieses Instinkts erkennen. Denn er *spürte,* wie die Angst in dem Bock aufstieg und ihn zu überwältigen drohte, als seine Herde von ihm abfiel und dem Angreifer den Weg freimachte. Er wagte einen gewaltigen Sprung, um seinem Verfolger zu entkommen. Doch dann musste er wieder rasten, um sich zu beruhigen und seine Kräfte zu sammeln. Seine Flanken zitterten, während er zuschaute, wie sich Robert ihm näherte.

In blinder Furcht versuchte das Tier noch einmal zu fliehen.

Nun waren sie beide allein.

Gimelhai brannte und loderte; Robert legte die linke Hand an seinen Gürtel und lockerte die Scheide seines Messers. Dass er nicht die bloßen Hände benutzte, geschah aus einer gewissen Pietät für seine Beute und aus einem Gefühl von Dankbarkeit.

Ein paar Stunden später, nachdem er seinen Magen gefüllt hatte und sich anderen Gedanken widmen konnte, hatte er eine erste Ahnung. Er war weit nach Südwesten gewandert, in jene Richtung, in der, wie Athaclena glaubte, das Ziel liegen musste. Als sich dann der Tag neigte, beschattete Robert die Augen, um sie gegen das gleißende Licht des späten Nachmittags zu schützen. Dann schloss er die Augen und versuchte, sich mit Hilfe anderer Mittel voranzutasten, andere Sinne für seine Zwecke einzusetzen.

Ja, da war wirklich etwas in der Nähe, nahe genug für ein *kenning.* Und wenn er metaphorisch dachte, so war es ein sehr vertrauter Geruch.

Er lief weiter, folgte irgendwelchen Spuren. Als sich die Spuren plötzlich verdichteten, stand Robert vor einem Dickicht aus Dornbüschen. Die Sonne würde bald untergehen, und dann würde er keine Möglichkeit mehr haben, dieses Ding zu verfolgen, das diese Schwingungen aussandte – nicht in diesem dichten Unterholz, wo man sich nichts als Schrammen holen konnte. Wie dem auch sei, er wollte dieses Wesen nicht jagen – er wollte mit ihm reden, sofern es ein einigermaßen intelligentes Wesen war. Robert war sicher, dass ihn die Kreatur nunmehr wahrgenommen hatte. Er schloss die Augen und sandte eine einfache Glyphe aus. Die Glyphe schoss nach links, nach rechts und stürzte dann zwischen die Pflanzen. Es raschelte im Busch.

Robert öffnete die Augen. Zwei dunkle, glitzernde Punkte starrten ihn an, dunkel und tief wie ein See. »Na schön«, meinte er sanft. »Komm endlich raus! Wir sollten miteinander reden.«

Das Wesen zögerte für einen Moment. Dann trat ein Chim mit langen Armen aus dem Dickicht, behaarter als die anderen, mit dicken Augenwülsten und schwerem Kiefer. Das Wesen war verdreckt und vollkommen nackt.

Sein Körper war mit Wunden und Flecken von geronnenem Blut übersät – bestimmt keine harmlosen Verletzungen. *Nun, wir sind immerhin verwandt. Und Vegetarier leben nicht lang in einer Steppe.*

Als er merkte, dass der Chim keinen Augenkontakt wollte, ließ es Robert bleiben. »Hallo, Jo-Jo!«, sagte er mit aufrichtiger Anteilnahme. »Ich habe einen langen Weg zurückgelegt, um deinem Herrn eine Botschaft zu bringen.«

Athaclena 81

Der Käfig bestand aus dicken Holzstäben, die mit Draht zusammengebunden waren. Er hing an einem Ast in einem verborgenen Tal, dicht am Abhang eines brodelnden Vulkans. Das Tal war zwar windgeschützt, dennoch erbebten die Leinen, an denen der Käfig festgezurrt war unter den Windstößen, die ihren Weg ins Tal fanden, sodass der Käfig gelegentlich ins Schaukeln geriet.

Der Insasse des Käfigs – nackt, unrasiert, ein Wolflinger wie aus dem Bilderbuch – starrte Athaclena mit einem Blick an, der ganze Armeen hätte töten können. Athaclena spürte deutlich den Hass, den der Gefangene ausstrahlte und beschloss, ihren Besuch so kurz wie möglich zu machen.

»Vielleicht wollen Sie wissen, dass das Gubru-Triumvirat im Rahmen der Kriegsgesetze einen Waffenstillstand beschlossen hat«, sagte sie zum Major. »Die Zeremonienstätte ist jetzt heilig, und für die Dauer der Zeremonie dürfen keine Kampfhandlungen auf Garth stattfinden – es sei denn zur Selbstverteidigung.«

Der Major spuckte durch die Latten. »Was Sie nicht sagen! Wenn wir planmäßig angegriffen hätten, dann hätten wir es noch vorher geschafft.«

»Das wage ich zu bezweifeln. Denn selbst die besten Pläne werden nur selten perfekt durchgeführt. Und wären wir gezwungen, die Mission in letzter Minute abzubrechen, würden alle unsere Geheimnisse für nichts und wieder nichts entschleiert werden.«

»Das ist Ihre Meinung«, schnaubte der Major.

Athaclena schüttelte den Kopf. »Doch dies ist nicht der einzige oder der wichtigste Grund.« Sie war es bereits müde, das

Protokoll der Galaktiker dem Marineoffizier auseinanderzusetzen, dennoch wollte sie es noch einmal versuchen. »Ich habe es Ihnen schon einmal gesagt, Major. Kriege sind dazu da, um jene Zyklen zu markieren, welche die Menschen ›Auge um Auge, Zahn um Zahn‹ nennen, wo die eine Seite die andere für ihre Taten bestraft und umgekehrt. Und wenn da kein Riegel vorgeschoben wird, so kann dies bis in alle Ewigkeiten dauern. Seit den Tagen der Progenitoren wurden Gesetze und Regeln entwickelt, die einem solchen Wechsel Grenzen setzen, damit die Eskalation nicht außer Rand und Band gerät.«

»Verdammt noch mal«, fluchte der Major. »Also sind Sie der Meinung, dass unser Überfall nicht legal gewesen wäre, auch wenn wir beizeiten zugeschlagen hätten!«

Sie nickte. »Legal, vielleicht. Doch er hätte auch den Interessen des Feindes gedient. Weil es nämlich die *letzte* Aktion vor dem Waffenstillstand gewesen wäre.«

»Und wo, bitte, liegt der Unterschied?«

Sie aber versuchte, ihm die Sache noch einmal geduldig und in aller Ruhe auseinanderzusetzen. »Die Gubru haben einen Waffenstillstand angeboten, Major, obwohl sie immer noch in der Übermacht sind. Das war sehr anständig und einer Würdigung wert. Sie würden vielleicht sagen, dass sie Pluspunkte geholt haben.

Freilich könnten sie einen höheren Gewinn herausschlagen, wenn sie erst *hinterher* Schadenersatz fordern. Doch die Gubru sind nicht auf den Kopf gefallen. Sie wollen keine Vergeltung üben, eher ihre friedlichen Absichten verkünden, selbst dann, wenn es im Moment so aussieht, als würden sie eine Unterlassungssünde begehen – der beste Weg, sich Vertrauen zu schaffen …«

»Ha!«, lachte der Major. »Das wäre ein dicker Fisch, während ihre Zeremonienstätte in Trümmern liegt!«

Athaclena senkte den Kopf. Sie hatte nun wirklich keine Zeit für solche Debatten. Wenn sie hier zu viel Zeit vergeudete, so könnte Lieutenant McCue vermuten, dass man den Commander an dieser Stelle versteckt hatte. Die Marines suchten sowieso schon an allen Orten nach ihm.

»Vielleicht hatten sie vor, die Erde zu *zwingen,* eine neue Stätte als Ersatz zu finanzieren«, meinte sie.

Der Major starrte sie an. »Aber wir … wir sind doch im *Krieg!*«

Sie nickte, weil sie ihn missverstanden hatte. »Genau. Ein Krieg ohne Regeln ist unzulässig, doch dürfen auch starke neutrale Mächte solche Regeln nicht erzwingen. Die Alternative wäre Barbarei.«

Der Mann sah sie herablassend an, das war seine einzige Antwort.

»Die Zerstörung der Kultstätte hätte obendrein den Gedanken nahegelegt, dass die Menschen es nicht gern gesehen hätten, wie ihre Klienten geprüft und für eine Promovierung beurteilt werden. Nun aber sind es die *Gubru,* die für den Waffenstillstand bezahlen müssen. Euer Clan hat ein gewisses Status-Segment erzielt, weil er sich gekränkt und übervorteilt fühlte, zumal er auch nicht kleinlich war. Dennoch könnte dieser Zustand schon bald zu kritischen Situationen führen.«

Der Major runzelte die Stirn. Für einen Moment schien es so, als würde er sich konzentrieren, um jenen logischen Faden ihrer Gedanken zu fassen, der sie verband. Sie spürte deutlich, wie er sich anstrengte … doch dann ließ seine Konzentration nach. Er schnitt eine Grimasse und spuckte wieder aus. »Welch ein Unsinn. Man zeige mir tote Vögel. Dies ist die einzige Währung, in der ich rechnen kann. Tragt ihre Leichen zusammen, stapelt sie, bis der Haufen diesen Käfig erreicht, junge Frau, kleine Botschaftertochter. Dann werde ich dich vielleicht – aber nur *vielleicht* am Leben lassen, wenn es mir gelingt, hier herauszukommen.«

Athaclena erschauerte. Sie wusste nur zu gut, wie nutzlos es war, einen solchen Mann auf diese Weise in Gefangenschaft zu halten. Am besten wäre es wohl gewesen, ihm Drogen zu geben oder ihn sogar zu töten. Doch sie selbst brachte es nicht fertig. Sie wollte dem Schicksal nicht vorgreifen, vor allem aber die Chims nicht in so ein Verbrechen verwickeln.

»Guten Tag, Major«, sagte sie und wandte sich zum Gehen.

Er aber blieb stumm, rief ihr nicht nach, schrie nicht, als sie ging. Immerhin hatte alles, was sie ihm erklärt und gesagt hatte, doch einen tieferen Sinn.

Sie wählte einen verborgenen Pfad, der über die Schulter des Berges führte, an heißen, zischenden, dampfenden Quellen vorbei. Oben auf dem Bergkamm musste Athaclena ihre Fühler einziehen, um sie vor dem stürmischen Herbstwind zu schützen. Am Himmel waren nur ein paar Wolken zu sehen, doch die Luft war mit Staub erfüllt, der aus den fernen Wüsten herangeweht wurde.

Während sie sich an einem Ast festhielt, erblickte sie eine Menge Samen, die wie kleine weiße Schirme durch die Luft segelten. Der Herbst hatte seine Schuldigkeit bereits getan. Zum Glück war er zwei Tage früher gekommen, zwei Tage bevor die Gubru den Waffenstillstand verkündeten. Und dieser Umstand konnte durchaus positiv zu Buche schlagen.

Dennoch war dies kein guter Tag. Sie kam sich vor wie in jenen Nächten, als sie von Albträumen heimgesucht wurde, bevor sie in die Berge gestiegen war, um ihre Erbschaft anzutreten und das Geheimnis zu entschleiern, das ihre Eltern umgab.

Vielleicht sind die Gubru dabei, ihre Hyperwellen-Weiche warmlaufen zu lassen.

Mittlerweile war sie dahintergekommen, dass ihre Albträume in jener schrecklichen Nacht sich mit dem ersten Test der Invasoren deckte, den diese mit ihren gigantischen neuen Anlagen durchführten. Ihre Experimente aber streuten unkontrolliert Strahlen in alle Richtungen aus. Und jene Strahlungen, die man physisch wahrnehmen konnte, zeugten von einer bizarren

Mischung aus tödlicher Drohung und grenzenloser Fröhlichkeit zugleich.

Diese Art Widerspruch war alles andere als typisch für die normalerweise peinlich genauen Gubru, schien aber den Bericht von Fiben Bolger zu bestätigen, dass der Feind echte Probleme in seiner Führung hatte.

War dies vielleicht der Grund, warum die Glyphe *tutsunucann* so plötzlich kollabiert war, so plötzlich und unerwartet an diesem Abend? War *s'ustru'thoon,* diese überwältigende Harmonie mit Uthacalting, jener freigewordenen unkontrollierten Energie zu verdanken?

Konnten die Prüfläufe dieser gewaltigen Anlagen eine Erklärung dafür sein, dass sich die Gorillas plötzlich seltsam benahmen?

Athaclena aber wusste nur eins mit Sicherheit – dass sie schrecklich nervös war. *Bald,* dachte sie, *schon bald wird es zum Höhepunkt kommen.*

Sie hatte bereits die Hälfte des Weges zurückgelegt über den steilen Pfad, der zu ihrem Zelt hinabführte, als ihr ein paar atemlose Chims begegneten, die aus dem Wald kamen. »Miss … Miss …«, keuchte der eine von ihnen, während sich der andere die Seite hielt.

Ihre panische Angst löste zunächst einen Hormonstoß aus, der erst allmählich nachließ, nachdem sie ihre Angst bezwungen hatte und sich bewusst wurde, dass dies kein feindlicher Angriff war. Es war etwas anderes, das die Chims so aufgeregt hatte, dass sie außer Rand und Band waren.

»Miss Ath … Athaclena«, keuchte der erste Chim. »Sie müssen schnell kommen!«

»Was ist los, Petri? Was ist passiert?«

Er aber sagte atemlos: »Die 'rillas. Wir können sie nicht mehr kontrollieren!«

So, dachte sie. Seit über einer Woche hatte der atonale Singsang der Gorillas ihre Wächter schier zur Verzweiflung gebracht. »Und was machen sie jetzt?«

»Sie hauen ab!«, sagte der zweite Bote mit erstickter Stimme. Sie blickte ihn verblüfft an. »Was sagst du da?«

Petris braune Augen waren mit Furcht erfüllt. »Die hauen ab! Einfach so! Rotten sich zusammen und ziehen los in Richtung *Sind*, und es sieht so aus, als könnte sie nichts aufhalten!«

Uthacalting 82

Ihr Gewaltmarsch in Richtung Gebirge hatte seit einiger Zeit deutlich nachgelassen. Denn Kault verbrachte immer mehr Zeit mit seinen Instrumenten, die er sich zurechtbastelte, und verschwendete noch mehr Zeit, um mit seinem tymbrimischen Genossen zu debattieren.

Wie schnell sich die Dinge ändern, dachte Uthacalting. Er hatte sich lange darum bemüht, Kaults Misstrauen und Aufregung auf die Spitze zu treiben. Jetzt aber musste er an vergangene Zeiten denken, an die friedlichen Zeiten ihrer Kameradschaft, an all die schönen Tage, aber auch an die Zeit im Exil, und daran, wie frustriert sie seinerzeit gewesen waren.

Freilich war das eine Zeit, als Uthacalting noch kein Zerrissener war und die Welt noch mit tymbrimischen Augen durch einen Schleier der Heiterkeit betrachten konnte.

Und heute? Uthacalting wusste, dass er von anderen seiner Spezies als knallhart, aber seriös bekannt war. Nun würde man aber annehmen, dass er behindert sei, dass er vielleicht besser gestorben wäre.

Man hat mir zu viel abverlangt, zu viel zugemutet, dachte er, während Kault in einem Winkel ihrer Bleibe vor sich hinknurrte. Draußen fuhr eine scharfe Brise durch das welke Gras. Das Mondlicht schweifte über die Hügelkämme, und die ganze Landschaft sah aus wie ein stürmisches Meer.

Musste sie wirklich die letzten Reserven einsetzen?, fragte er sich, unfähig, sich aufzuraffen und irgendeinen vernünftigen Gedanken zu fassen.

Freilich wusste Athaclena nicht, was sie tat, in jener Nacht, in der sie beschloss, das Versprechen ihrer Eltern einzulösen. Die

Glyphe *s'ustru'thoon* stellte ein Gebilde dar, auf welches nicht jedermann trainiert wurde. Ein solch drastisches Mittel, eine solche Zuflucht, die nur äußerst selten benutzt wurde, spottete jeder wissenschaftlichen Beschreibung. Und was diese Glyphe anging, konnte und durfte sie nur einmal im Leben zum Einsatz kommen.

Jetzt aber, wo Uthacalting zurückblickte, musste er sich an etwas erinnern, was er seinerzeit nicht wahrgenommen hatte. Jener Abend war von großen Spannungen erfüllt. Schon Stunden vorher konnte er störende Energiewellen spüren, als würden geisterharte Halb-Glyphen gegen die Berge prallen. Vielleicht war dies die Erklärung dafür, warum der Ruf seiner Tochter mit solcher Wucht erfolgt war. Wahrscheinlich hatte sie irgendwelche außenliegenden Quellen angezapft!

Und er dachte auch noch an etwas anderes. In diesem Glyphensturm, den Athaclena ausgelöst hatte, war nicht *alles* von ihm auf sie übergegangen.

Seltsamerweise hatte er bis heute nicht daran gedacht. Nun aber hatte er das Gefühl, dass so manche Essenz, die er ausgesandt hatte, an ihr *vorbeigerauscht* war. Doch wo diese Essenzen gebunden, gelandet oder zu finden waren, konnte er sich nicht vorstellen. Vielleicht bei diesen Energiequellen, die er schon früher wahrgenommen hatte. Vielleicht …

Uthacalting war viel zu erschöpft, um sich rationale Theorien zu überlegen. Wer weiß? *Vielleicht wurden sie von Garthlingen absorbiert.* Doch dieser Gedanke war lächerlich, nichts weiter als ein übler Scherz, der ihm nicht einmal ein Lächeln zu entlocken vermochte. Dennoch war diese Ironie irgendwie ermutigend – ein Beweis dafür, dass noch nicht alles verloren war.

»Nun bin ich mir einigermaßen sicher, Uthacalting.« Die leise Stimme des Thennaniners war voller Zuversicht, während er Uthacalting anschaute. Er legte das Instrument beiseite, welches er aus Abfällen zusammengebaut hatte, die er noch aus dem verlorenen Raumschiff retten konnte.

»Sicher über was, Kollege?«

»Dass sich unsere Vermutungen auf eine einzig mögliche Tatsache konzentrieren. Die Daten, welche du mir gezeigt hast – deine Privatbänder über diese ›Garthling‹-Kreaturen –, haben es mir möglich gemacht, meinen Detektor entsprechend einzustellen. Und jetzt bin ich sicher, dass ich die Resonanz gefunden habe, nach der ich suchte.«

»Sicher – ja. Nun ich weiß nicht.« Uthacalting wusste im Moment nicht, was er von solchen Dingen halten sollte. Er hätte nicht im Traum daran gedacht, dass es Kault jemals gelingen würde, mythische Kreaturen zu orten.

»Ich weiß, was dich bedrückt, mein Freund«, sagte Kault, während er eine seiner massiven lederigen Hände hob. »Du meinst, dass meine Experimente die Aufmerksamkeit der Gubru auf uns lenken könnten. Aber keine Bange. Ich benutze ein sehr schmales Band, und mein Strahl wird vom nächsten Mond reflektiert. Es ist höchst unwahrscheinlich, dass sie die Quelle meiner kleinen Versuchsstation jemals orten können.«

»Aber ...« Uthacalting schüttelte den Kopf. »Was hast du überhaupt vor? Was ist es, wonach du suchst?«

Kault blähte die Kiemen. »Eine Art von Zerebralresonanz. Eine rein technische Angelegenheit«, meinte er. »Es hat etwas damit zu tun, das ich aus deinen Bändern über diese Garthling-Kreaturen herausgelesen habe. Nach den spärlichen Daten, die mir zur Verfügung standen, gibt es zumindest einen Hinweis darauf, dass diese präsapienten Wesen möglicherweise über ein Gehirn verfügt haben, welches dem der Erdlinge oder der Tymbrimer nicht unähnlich ist.«

Uthacalting war höchst erstaunt über die Art und Weise, über die Geschwindigkeit und den Enthusiasmus, wie Kault seine gefälschten Daten nutzte. Sein ehemaliges Selbst hätte sich diebisch darüber gefreut. »Also?«, fragte er zurück, um das Gespräch wieder in Gang zu bringen.

»Nun … vielleicht kann ich das durch ein Beispiel erklären. Nehmen wir einmal die Menschen …«

Also bitte, dachte Uthacalting wenig begeistert, ganz gegen seine sonstige Gewohnheit.

»Die Erdlinge repräsentieren einen der zahlreichen möglichen Wege, um schließlich zur Intelligenz zu gelangen. Sie haben *zwei* Gehirne, die schließlich zu einem einzigen verschmolzen.«

Uthacalting blinzelte. Sein Geist war träge. Er konnte im Moment nur langsam denken. »Du … du meinst, dass ihr Gehirn aus zwei teilweise unabhängigen Hälften besteht?«

»Ja. Und weil diese beiden Hälften irgendwie redundant sind, üben sie so etwas wie eine Art Arbeitsteilung aus. Diese Teilung ist besonders bei ihren Neodelfin-Klienten besonders deutlich.«

»Bevor die Gubru kamen, habe ich so manche Daten über die Neoschimpansen studiert, die ihrem Patron in so mancher Hinsicht ähnlich sind. Eins der Dinge, die die Menschen tun mussten, und gleich zu Beginn ihres Entwicklungsprogramms, war, Wege und Methoden zu finden, um die Funktion der beiden Gehirnhälften präsapienter Schimpansen zu koordinieren und zu einem einzigen Bewusstsein zu vereinen. Bis aber solches geschah, mussten die Neochims unter einem Zustand leiden, den man als ›Bikameralität‹ bezeichnet …«

Kault fuhr mit seinen Ausführungen fort, wobei er immer mehr in einen technischen Jargon verfiel, dem Uthacalting kaum folgen konnte. Die geheimnisvollen zerebralen Funktionen erfüllten ihre Unterkunft wie dicke Rauchschwaden. Uthacalting war nahe daran, eine Glyphe zu bilden, um der ganzen Sache ein Ende zu bereiten, doch ihm fehlte selbst die Kraft, seine Fühler zu rühren.

»… also weist die Resonanz darauf hin, dass sich in der Reichweite meines Instruments bikamerale Wesen befinden.«

Ach ja, dachte Uthacalting. Schon in Port Helenia, zu einer

Zeit, als er klug und mächtig und der Herr komplexer Schemata war, hatte er bereits den Eindruck gehabt, dass Kault eine ergiebige Quelle sei. Dies war einer der Gründe, warum er sich einen konföderierten atavistischen Chim ausgesucht hatte. Kault hatte wahrscheinlich die Spur des armen Jo-Jo gefunden, dessen Hirn in so mancher Hinsicht an die Gehirnmasse ähnlicher, noch unterentwickelter Schimpansen erinnerte, die vor vielen Jahrhunderten gelebt hatten. Und Jo-Jo hatte zweifellos etwas von jener »bikameralen« Eigenschaft an sich, von der Kault eben gesprochen hatte.

Nun zog Kault seine Schlüsse. »Nun bin ich so ziemlich überzeugt, dass wir nicht mehr länger zögern dürfen. Vielmehr müssen wir uns etwas einfallen lassen und eine Möglichkeit oder irgendwelche Instrumente finden, um interstellare Botschaften auszusenden.«

»Und wie willst du das fertigbringen«, fragte Uthacalting neugierig.

Kaults Kiemen flatterten vor Erregung. »Vielleicht können wir uns bis zur Planetaren Bibliothek durchschlagen, dort Schutz suchen und dann auf jeder Priorität unter den fünfzig Sonnen von Thennan bestehen. Vielleicht aber gibt es auch eine andere Möglichkeit. Ich würde mir nichts dabei denken, etwa ein Gubru-Raumschiff zu entführen. Denn auf irgendeine Weise muss ich unbedingt meinen Clan benachrichtigen.«

War dies noch die gleiche Kreatur, die es so eilig hatte, Port Helenia zu verlassen, bevor die Invasoren kamen? Kault hatte sich äußerlich genauso gewandelt wie Uthacalting innerlich. Die Begeisterung des Thennaniners loderte wie eine Flamme, während Uthacalting sein Licht sorgfältig unter den Scheffel stellen musste.

»Du willst also einen Anspruch auf die Präsapienten anmelden, um den Gubru zuvorzukommen?«, fragte er.

»Sicher – und warum eigentlich nicht? Ich wäre bereit, mein Leben einzusetzen, um sie vor solch entsetzlichen Patronen zu bewahren. Doch jetzt ist Eile geboten. Wenn die Nachrichten, die wir über unseren Empfänger gehört haben, der Wahrheit entsprechen, dürften die Emissäre des Instituts bereits nach Garth unterwegs sein. Ich glaube, dass die Gubru etwas Großes vorhaben. Vielleicht haben sie die gleiche Entdeckung gemacht. Wir müssen also schnell handeln, um nicht zu spät zu kommen.«

Uthacalting nickte. »Nur noch eine Frage, verehrter Herr Kollege.« Und nach einer Kunstpause fuhr er fort: »Warum soll ich dir helfen?«

Kault seufzte wie ein angestochener Ballon, und sein Kamm fiel in sich zusammen. Er schaute Uthacalting wütend an, so wütend, wie noch nie ein Tymbrimer einen Thennaniner erlebt hatte.

»Dies käme nur den Präsapienten zugute«, zischte er. »Sie könnten einem glücklicheren Schicksal entgegensehen.«

»Wahrscheinlich, aber höchst zweifelhaft. Geht es dir wirklich darum? Appellierst du allein an meine Uneigennützigkeit?«

»Errr. Hrm.« Kault schien betroffen, ja fast beleidigt, dass man solche und weitere Fragen an ihn stellte. War er aber wirklich so sehr überrascht? Schließlich war er Diplomat, der nur zu gut wusste, dass man Geschäfte im eigenen Interesse tätigen musste. »Es … es wäre eine große Hilfe für meine politische Partei, wenn ich einen solchen Schatz liefern könnte. Wahrscheinlich könnten wir dann die Macht übernehmen«, setzte er hinzu.

»Eine kleine Verbesserung über das Unhaltbare hinaus ist noch lange kein Grund zur Aufregung«, meinte Uthacalting kopfschüttelnd. »Du hast mir immer noch nicht gesagt, warum ich keinen Anspruch für meinen Clan anmelden soll. Ich habe all diese Dinge lange vor dir untersucht. Und wir Tymbrimer würden eine hervorragende Patronatsspezies für diese Kreaturen abgeben.«

»Du! Du … *K'ph mimpher'rrengi?«* Der Satz stand für »jugendliche Verbrecher«, eine Aussage, die Uthacalting wieder nur ein Lächeln entlockte. Kault rückte auf seinem Sitz hin und her, und

es fiel ihm sichtlich schwer, seine diplomatische Haltung zu bewahren.

»Ihr Tymbrimer verfügt nicht über die Strenge und über die Kraft, einen solchen Anspruch zu untermauern«, grollte er.

Na endlich, dachte Uthacalting. *Jetzt lässt er die Maske fallen.*

In Zeiten wie diesen und unter so schmutzigen Bedingungen brauchte man mehr als nur eine Priorität für einen Antrag, um eine präsapiente Spezies für sich zu beanspruchen. Denn das Entwicklungsinstitut musste offiziell noch weitere Faktoren prüfen. Und auch die Menschen hatten etwas zu sagen, wenn der Antrag durchgehen sollte. »Wer im Besitz ist, ist im Recht.« Dieser Grundsatz passte genau in diese Situation.

»Also zurück zu Frage eins«, sagte Uthacalting. »Wenn weder die Tymbrimer noch die Terraner die Garthlinge haben können – warum soll ich dann ausgerechnet *dir* helfen, damit *ihr* sie kriegt?«

Kault rückte auf seinem Sitz hin und her, als würde ihm der Boden unter dem Hintern zu heiß werden. Er konnte seine Not ebensowenig verbergen wie seine Verzweiflung. Schließlich in die Zwickmühle geraten, legte er los: »Ich kann mit an Sicherheit grenzender Wahrscheinlichkeit die Beendigung der Feindseligkeiten zwischen meinem und deinem Clan garantieren.«

»Das reicht aber nicht«, erwiderte Uthacalting schnell.

»Was kannst du mehr von mir verlangen!«, explodierte Kault.

»Eine aktuelle Allianz. Ein Versprechen, einen thennaninischen Schwur gegen diejenigen, die jetzt Tymbrim belagern.«

»Aber …«

»Und diese Garantie muss gültig sein, eine Garantie vorneweg. Und sie muss gelten, ob es nun diese Präsapienten gibt oder nicht, auf die ihr so versessen seid.«

Kault konnte nur noch stammeln. »Ich kann nicht erwarten, dass …«

»Das kannst du sehr gut. Warum sollte ich an diese ›Garthlinge‹ glauben? Für mich war die Geschichte nichts weiter als eine

Intrige, um uns hinters Licht zu führen. Ich habe *nie* behauptet, dass ich an sie glaube. Und dennoch verlangst du von mir, dich dorthin zu führen, wo Geräte stehen, um deine Botschaft durchzugeben. Warum soll ich das tun, ohne eine Garantie zum Nutzen meines Volkes?«

»Das … das ist einfach unerhört!«

»Wie dem auch sei, das ist mein Preis. Nimm's hin oder lass es!«

Für einen Moment glaubte Uthacalting, dass gleich etwas Unerwartetes geschehen würde. Es sah aus, als würde Kault die Beherrschung verlieren … und vielleicht sogar gewalttätig werden. Beim Anblick dieser massiven Fäuste, die sich schnell öffneten und schlossen, begann sein Blut zu kochen, und er spürte, wie ihn die ausgeschütteten Enzyme erregten. Und da war dieser Stoß von nervöser Angst, die ihn wachsamer werden ließ als all die Tage zuvor.

»Also gut … Es sei, wie du es wünschst«, grollte Kault schließlich.

»Gut«, sagte Uthacalting und atmete erleichtert auf, während er sich seinem Datenspeicher zuwandte. »Lass uns miteinander überlegen, wie wir all dies in den Rahmen eines Vertrags bringen.«

Es dauerte über eine Stunde, bis die richtige Formulierung gefunden war. Als dann der Text stand und sie beide unterzeichnet hatten, händigte Uthacalting ein Exemplar Kault aus und behielt das zweite für sich.

Erstaunlich, dachte er, als alles vorbei war. Er hatte hart geschuftet, um dieses Ziel zu erreichen. Dies war die zweite Hälfte seines großen Coups. Denn es war zwar herrlich, die Gubru an der Nase herumzuführen, doch dies hier war schier unglaublich.

Dennoch konnte sich Uthacalting seines Sieges nicht so richtig freuen. Und er wollte auch nicht an den Aufstieg denken, an dieses furiose Rennen hinauf in das Mulun-Massiv – ein verzweifeltes, schier unmögliches Unterfangen, das nur in einer Katastrophe enden konnte, wo sie beide Seite an Seite sterben mussten.

»Du weißt sehr wohl, Uthacalting, dass mein Volk diesem Geschäft niemals zustimmen wird, auch diesen Vertrag niemals erfüllt, sollte es sich herausstellen, dass ein Haken dabei ist. Wenn es die Garthlinge nicht gibt, werden mich die Thennaniner feuern. Sie werden alles daransetzen, auf diplomatischem Weg aus diesem Vertrag herauszukommen, und ich bin ruiniert.«

Uthacalting aber vermied es, Kault anzuschauen. Und dafür hatte er seinen guten Grund. *Ein großer Spaßmacher braucht keine Schuldgefühle zu haben,* sagte er zu sich selbst. *Wahrscheinlich habe ich zu lange in der Gesellschaft von Menschen verweilt.*

Nun war es eine ganze Weile still, während jeder von beiden seinen Gedanken nachhing.

Freilich werden sie Kault feuern. Und natürlich würden sich die Thennaniner nicht zu einer Allianz, geschweige denn zu einem Friedensvertrag mit der Erde/Tymbrimer-Entente überreden lassen. Alles, was Uthacalting vorhatte, war, unter den feindlichen Mächten Verwirrung zu stiften. Sollte es Kault durch ein Wunder gelingen, diese Botschaft abzusenden und die thennaninische Armada zu dieser »toten Hose« zu lenken, dann würden die beiden feindlichen Völker in eine Schlacht verwickelt werden, die ihre letzten Kräfte forderte … Eine Schlacht um des Kaisers Bart – wegen einer nicht existierenden Spezies, wegen der Geister jener Kreaturen, die vor fünfzigtausend Jahren ausgemerzt worden waren.

Welch ein Spaß, welch ein Vergnügen! Ich müsste jubeln vor Freude!

Aber er wusste auch, dass er *s'ustru'thoon* nicht die Schuld geben konnte, dass ihm die ganze Sache keine rechte Freude machte. Es war nicht Athaclenas Fehler, dass sie ihn kontaktiert hatte … und dass er daraufhin einen Freund verraten musste.

Nun ja, versuchte Uthacalting sich selbst zu besänftigen. *Darüber lässt sich streiten. Um Kault jene Geräte zu bieten, die er brauchte, um seine Botschaft durchzugeben, waren sieben Wunder hintereinander nötig, jedes größer als das andere.*

Und es sah so aus, als ob sie beide miteinander sinnlos sterben würden, ohne ihr Ziel erreicht zu haben.

Schließlich brachte es Uthacalting fertig, seine Fühler wieder vorsichtig auszufahren. Sie bildeten eine einfache Glyphe des Bedauerns und der Entschuldigung, als er den Kopf hob, um Kault wieder anzuschauen.

Er wollte gerade etwas sagen, als sich plötzlich etwas Überraschendes ereignete. Uthacalting spürte die *Anwesenheit* eines Wesens, die ihn wie ein Hauch, wie ein leiser Flügelschlag berührte. Doch bevor er sich richtig bewusst wurde, war die Erscheinung bereits ebenso schnell verschwunden, wie sie gekommen war.

Habe ich mir das nur eingebildet? Sehe ich vielleicht Gespenster?

Da war es wieder! Uthacalting beobachtete erstaunt und fasziniert, wie das Ding ihr Zelt umkreiste, seine Kreise immer enger zog und schließlich den Rand seiner eingezogenen Aura streifte. Er schaute auf und versuchte dieses Ding zu lokalisieren, welches genau über ihrem Zelt schwebte.

Was tu ich denn da? Will ich vielleicht eine Glyphe sehen? Er schloss die Augen und ließ das Un-Ding an sich herankommen, während er ein *kenning* startete.

»Puyr'iturambul!«, rief er.

Kault wirbelte herum. »Was ist das, mein Freund? Was …?« Uthacalting hatte sich erhoben und schritt wie an Schnüren gezogen in die kalte Nacht hinaus.

Die sanfte Brise wehte ihm Gerüche zu, während er wie ein Wild witterte und alle seine Sinne einsetzte, um sich in der Dunkelheit zu orientieren. »Wer bist du?«, rief Uthacalting. »Wer ist da?«

Zwei Gestalten tauchten im Mondschein auf. *Das war's also!,* dachte Uthacalting. Es war ein *Mensch,* der ihn herbeigerufen hatte, mit einer Botschaft, die leicht von einem jungen Tymbrimer stammen konnte.

Doch dies war noch nicht alles. Er schaute auf den großen,

braungebrannten, bärtigen Strolch – der aussah wie ein Held aus den barbarischen Sagen der Erde vor dem Kontakt. Dann endlich erkannte er Robert Oneagle, den Sohn der Planetarkoordinatorin.

»Guten Abend, Sir«, sagte Robert, der ein paar Schritte vor Uthacalting stehen geblieben war und sich vor ihm verbeugte. Dicht hinter Robert stand der Neoschimpanse Jo-Jo, der nervös die Hände rang. Dies allerdings gehörte nicht zum ursprünglichen Plan – also schlug er die Augen nieder, um Uthacaltings Blick auszuweichen.

»V'hooman'ph? Idatess!«, rief Kault in Galactic Sechs. »Uthacalting, was hat ein menschliches Wesen hier zu suchen?« Robert verbeugte sich wieder und grüßte sie protokollgemäß, wobei er beide bei ihrem vollen Spezies-Namen nannte. Dann sagte er in Galactic Sieben:

»Ich habe einen langen Weg hinter mir, um euch, verehrte Herrschaften, zu einer Party einzuladen.«

Fiben 83

»Langsam, Tycho! Nur mit der Ruhe!«

Das sonst so sanfte Tier bäumte sich auf und zerrte an seinem Geschirr. Fiben, der nie ein Reiter gewesen war, musste absteigen und das Pferd am Zügel nehmen.

»Jetzt gib aber Ruhe. Schön ruhig«, rief er. »Da zieht nur ein anderer Transport vorbei. Das haben wir jeden Tag erlebt. Es wird bald vorbei sein.«

Und tatsächlich verblasste der langgezogene Heulton, als die Flugmaschine schnell über ihren Köpfen hinwegflog, hinter den Bäumen verschwand und Kurs auf Port Helenia nahm.

Hier hatte sich eine Menge geändert, seit Fiben erstmals diesen Weg gegangen war, einige Wochen nach der Invasion. Damals war er im Sonnenschein über eine geschäftige Allee spaziert, von den zarten Farben des Frühlings umgeben. Jetzt aber spürte er den stürmischen Wind im Rücken, während er durch ein Tal ging, das mit den Zeichen eines frühen Winters aufwartete. Die Bäume hatten zum Großteil ihr Laub verloren, und der Wind fegte das welke Laub über Wiesen und Äcker. Die Obstgärten waren kahl, keine Frucht hing mehr an den Ästen der Bäume, und die Nebenstraßen waren menschenleer.

Luftverkehr. Das war's. Der Schwarm der Transporter wollte nicht abreißen. Lärm und Fahrtwind zerrten an den Nerven, wenn die Maschinen im Tiefflug vorbeidonnerten. Ein paarmal standen ihm die Rückenhaare zu Berge, und dies nicht allein wegen der pulsierenden Felder. Er war vielmehr darauf gefasst, herausgefordert, angehalten, ja vielleicht auf der Stelle erschossen zu werden.

Doch in Wirklichkeit hatten ihn die Galaktiker stets ignoriert, offenbar weil sie keinen einsamen Chim von den anderen unterscheiden wollten, die ausgesandt wurden, um bei der Ernte zu helfen, oder die Spezialisten, die zur Besatzung der neuen Öko-Stationen gehörten.

Fiben hatte mit einigen von ihnen gesprochen, lauter alte Bekannte. Sie erzählten ihm, warum sie ihr Ehrenwort gegen Frieden und Hilfeleistung auf niederer Ebene verpfändet hatten – nur, um ihre Arbeit wieder aufnehmen zu können. Angesichts des nahenden Winters gab es freilich nur wenig zu tun. Immerhin aber gab es ein Programm, und die Gubru waren froh, sie allein zu lassen, damit sie ihrer Arbeit nachgehen konnten. Denn die Invasoren waren freilich andernorts schwer beschäftigt. Anscheinend konzentrierte sich die galaktische Aktivität auf einen Punkt im Südwesten Richtung Raumhafen.

Und auf die Zeremonienstätte, dachte Fiben. Nun wusste er nicht genau, was er tun musste, sollte es ihm wirklich gelingen, die Stadt zu erreichen. Was wäre, wenn er direkt zu jenem schäbigen Haus marschierte, wo man ihn gefangen gehalten hatte? Würde ihn der Suzerain der Guten Sitten wieder akzeptieren?

Und was würde Gailet tun?

Würde sie überhaupt da sein?

Er kam an ein paar Chims vorbei, die abgerissene Arbeitskleidung trugen und die schäbigen Reste der Ernte auf einem Stoppelfeld zusammenklaubten. Sie grüßten nicht, was er auch nicht erwartet hatte. Das Nachklauben war eine Arbeit, die den ärmsten der Armen unter den Probanden zugeteilt wurde. Dennoch spürte er ihre Blicke im Rücken, während er mit Tycho in Richtung Port Helenia wanderte. Nachdem sich das Tier etwas beruhigt hatte, schwang sich Fiben wieder in den Sattel und ritt dahin.

Er dachte daran, auf dem gleichen Weg nach Port Helenia zu kommen, auf dem er die Stadt verlassen hatte, nämlich über den Zaun und bei Nacht. Wenn es einmal funktioniert hatte, warum sollte es ihm nicht noch einmal glücken? Wie dem auch sei – er wollte unbedingt den Nachfolger des Suzerains für Kosten und Vorsicht treffen.

Es war eine große Versuchung. Immerhin musste er dabei daran denken, dass er einmal Glück gehabt hatte. Doch das Glück zweimal herauszufordern grenzte an Wahnsinn.

Die Entscheidung wurde ihm aber abgenommen, als er um eine Ecke bog und einer Gubru-Wache Auge in Auge gegenüberstand. Zwei Kampfroboter komplizierter Bauart kreisten über ihm und hielten ihn im Visier.

»Gut gemacht, meine Freunde«, sagte er eher zu sich selbst. Wären die Roboter optisch programmiert worden, um sofort loszuballern, hätte er sie niemals erblicken können.

Vor dem Blockhaus standen aufgebockt Schwebefahrzeuge, und zwei Paar Füße mit jeweils drei Zehen schauten darunter hervor. Man musste nicht viel Galactic Drei können, um zu verstehen, dass das Gezirpe nichts als Frustration ausdrückte. Und als der Roboteralarm nicht aufhören wollte, hieb jemand auf den Boden des Fahrzeugs, dass es sich anhörte wie ein Gongschlag, gefolgt von entrüstetem Gequassel und Gezirpe.

Und schon bald tauchten zwei gebogene Schnäbel aus dem Schatten auf, gelbe Augen starrten ihn an. Einer der zerzausten Gubru versuchte, seinen Kamm wieder in Ordnung zu bringen. Fiben presste die Lippen aufeinander, um ein Lächeln zu unterdrücken. Er stieg von seinem Pferd und ging näher, bis er am Bunker angelangt war, wobei er sich wunderte, warum weder die Fremden noch die Maschinen ihn anredeten.

Er hielt vor den beiden Gubru und machte eine kurze Verbeugung.

Die aber schauten sich an und zwitscherten irritiert. Einer von ihnen gab einen Laut von sich, der sich wie ein Seufzer anhörte. Nun kamen auch die beiden Klauensoldaten unter der kaputten Maschine hervor und richteten sich auf. Und die beiden erwiderten Fibens Gruß mit einem kleinen, immerhin bemerkbaren Nicken.

Dann war es eine ganze Weile still.

Einer der Gubru ließ wieder einen Seufzer hören und fegte den Staub von seinem Gefieder. Der andere aber starrte Fiben nur an.

Und was jetzt?, versuchte er zu denken, was erwartete man von ihm? Fiben spürte ein Kribbeln in den Zehen.

Er verbeugte sich wieder. Dann, mit trockenem Mund, entfernte er sich rückwärts und ergriff die Zügel seines Pferdes, spazierte wie von ungefähr in Richtung des dunklen Zauns, der Port Helenia umgab.

Tycho nickte vor sich hin, schlug mit dem Schwanz und holte sich ein aromatisches Kraut, das er genüsslich verspeiste.

Tycho, pu-lease!, dachte Fiben. Und als dann die Gubru hinter einer Wegbiegung verschwanden, sank Fiben zu Boden. Er saß nur noch da, zitterte am ganzen Leib und brauchte ein paar Minuten, um sich wieder zu erholen.

»Also«, sagte er schließlich. »Hier scheint es doch so etwas wie einen Waffenstillstand zu geben.«

Nach diesem Erlebnis war die Wache am Stadttor überhaupt kein Problem mehr. Fiben hatte echt Spaß daran, dass die Klauen-Soldaten seine Verbeugung erwiderten. Er erinnerte sich daran, was er von Gailet über die galaktischen Umgangsformen gelernt hatte. Durch die Klientenklasse der Kwackoo anerkannt zu werden war lebenswichtig. Doch die Anerkennung durch die Gubru war unschätzbar.

Alle Anzeichen deuteten darauf hin, dass der Suzerain der Guten Sitten immer noch an der Macht war und noch lange nicht aufgegeben hatte.

Fiben ließ einen ganzen Rattenschwanz staunender Chims hinter sich, während er auf Tycho durch die Nebenstraßen von

Port Helenia galoppierte. Der eine oder andere rief ihm etwas nach, doch er hatte nichts anderes im Sinn, als sein ehemaliges Gefängnis so schnell wie möglich zu erreichen.

Als er dort angekommen war, sah er, dass das eiserne Tor offen und unbewacht war. Auch die Wächterkugeln waren vom Steinwall verschwunden. Er ließ Tycho im ungepflegten Garten grasen und watete durch ein Meer von Flugsamen, welche sich vor dem Tor häuften.

»Gailet!«, rief er.

Auch die Probandenwächter waren verschwunden. Durch die offene Tür wehte der Wind Abfall und Papierfetzen herein in die leere Halle. Als er endlich die Zelle erreichte, die er seinerzeit mit Gailet geteilt hatte, blieb er wie angewurzelt stehen und starrte hinein.

Es war ein einziges Chaos.

Die Möbel standen zum Teil noch da, doch das teure Hifi-System und die Holo-Wand waren abgerissen worden, wahrscheinlich von den Probies. Sein Datenspeicher aber stand immer noch da, wo er ihn hingestellt hatte.

Gailets Speicher aber war verschwunden.

Er schaute im Schrank nach – ihre Kleider waren noch vorhanden. Also hatte sie nicht gepackt. Er nahm das schimmernde Zeremoniengewand in die Hand, das ihm die Leute des Suzerains gegeben hatten. Der seidige Stoff fühlte sich in seinen Fingern glatt und kühl an wie Glas.

Doch Gailets Gewand war nicht mehr vorhanden.

»Ach du meine Güte!«, murmelte Fiben. Er machte auf dem Absatz kehrt und eilte in die Halle. Es dauerte nur einen Moment, um sich in den Sattel zu schwingen.

Tycho aber, beim beschaulichen Grasen gestört, war kaum bereit, den Kopf zu heben. Fiben musste ihm gut zureden, bevor das Tier überhaupt begriff, dass es sich jetzt schnell auf die Beine machen musste. Mit einer gelben Blume im Maul drehte sich das

Pferd endlich um, stapfte durchs Tor und weiter auf die Straße hinaus. Erst dort wurde Tycho zum Rennpferd, Hals und Kopf gestreckt, preschte es los, als gälte es, ein Turnier zu gewinnen.

Ross und Reiter huschten wie ein Schatten durch die stillen, leeren Straßen. Fiben galoppierte dahin, während seine Robe wie ein Banner im Wind flatterte. Es waren nur wenige, die den wilden Ritt beobachteten, bis Ross und Reiter schließlich den überfüllten Kai erreichten, wo es von Zuschauern wimmelte.

Es sah so aus, als ob alle Chims aus der Stadt anwesend wären. Sie schwärmten entlang der Wasserfront, eine einzige braune Masse von Leibern in Herbstparkas, und ihre Köpfe bewegten sich auf und nieder wie die Wellen der Bucht direkt unter ihren Füßen. Einige hockten auf Dächern, die sie erklommen hatten, einige hingen sogar an Abwasserrohren.

So war es besser, dass Fiben nicht zu Fuß war. Tycho war eine echte Hilfe, weil er die verwunderten Chims anschnauzte und sie mit dem Kopf beiseiteschob. Von seinem Hochsitz aus konnte Fiben leicht Ausschau halten, um zu sehen, was um ihn her vor sich ging.

Etwa in einer Entfernung von einem halben Kilometer waren ein Dutzend Fischkutter zu sehen, deren Besatzung aus Neochimps bestand. Einige der Kutter dümpelten in der Nähe eines weißen Schiffs, das sich glitzernd und glänzend von den schäbigen und zum Teil ramponierten Fischerbooten abhob.

Das Gubru-Schiff lag wie ein toter Fisch im Wasser. Zwei von der avianen Besatzung standen auf dem Cockpit, zwitscherten und wedelten mit den Armen, riefen Befehle, welche die Chim-Seeleute höflich, aber geflissentlich überhörten. Sie warfen Taue aus, befestigten sie an dem havarierten Schiff und schleppten es dann langsam und vorsichtig Richtung Küste.

Was soll's? Was für ein Gerenne!, dachte Fiben. *Wozu das alles?* Ein Patrouillenboot der Gubru hatte Schiffbruch erlitten. War dies Anlass genug, dass die ganzen Chims in der Stadt auf die Straßen strömten? Die Bewohner von Port Helenia mussten wohl auf jede Sensation aus sein, weil es ihnen anscheinend an Unterhaltung mangelte.

Erst jetzt merkte er, dass nur ein kleiner Teil der Stadtbewohner bei der Rettungsaktion zusah, die im Hafen vor sich ging. Die meisten aber schauten wie gebannt in Richtung Süden jenseits des Hafens.

Oh. Fiben stieß einen Seufzer aus, und auch ihm verschlug es für einen Moment die Sprache.

Neue, leuchtende Türme standen auf den fernen Felsen wie Burgen, die in der Nähe des kolonialen Raumhafens in den Himmel ragten. Diese schimmernden, glänzenden Monolithen sahen nicht wie Gubru-Transporter aus oder wie die eher kugelförmigen Schlachtschiffe.

Sie ragten wie schimmernde Kathedralen empor, voller Hoffnung und Zuversicht, Manifeste einer Tradition, die älter war als das Leben auf der Erde.

Kleine blinkende Leuchtkäfer hoben von den gewaltigen Sternenschiffen ab – *mit galaktischen Würdenträgern an Bord,* dachte Fiben – und kreuzten westwärts, zogen näher entlang des Bogens der Bucht. Schließlich ordneten sie sich auf einer Verkehrsschleife ein und setzten kreisend zur Landung über dem Südpunkt an. Das war der Punkt, wo, wie jeder in Port Helenia annahm, etwas Besonderes vor sich ging.

Unbewusst lenkte Fiben Tycho durch die Menge, bis er den Rand der Hauptwerft erreicht hatte. Hier hielt eine Kette von Chims, die ein ovales Abzeichen trugen, die Menge zurück. *Die Prokuratoren sind wieder da,* bemerkte Fiben. *Die Probanden hatten sich als unzuverlässig erwiesen, also mussten die Gubru wieder Zivilkräfte einsetzen.*

Ein Chen, der die Plakette eines Korporals trug, ergriff Tychos Zügel. »He, du! Du kannst doch nicht einfach …« Dann blinzelte er. »Ifni! Bist du es etwa, Fiben?«

Fiben erkannte Barnaby Fulton, einen der Chims, der seinerzeit ein Mitglied von Gailets Untergrundbewegung gewesen war. Er lächelte, obwohl seine Gedanken weit draußen über den stürmischen Wassern schwebten. »Hallo, Barnaby. Hab dich seit dem Aufstand im Tal nicht mehr gesehen. Freut mich, dass du immer noch die Stellung hältst.«

Die Neuigkeit verbreitete sich wie ein Lauffeuer. Chims und Chimmies tuschelten, sprachen im Flüsterton miteinander. Fiben hörte, dass sein Name mehrmals erwähnt wurde. Dann verebbte das Geraune, und Stille breitete sich aus, während einige Chims die Hand ausstreckten, um Tychos Flanken oder Fibens Beine zu betasten, um zu sehen, ob die beiden wirklich echt waren.

Barnaby versuchte, Fibens Aufmerksamkeit wieder auf sich zu lenken. »Immer wenn Not am Mann ist, Fiben. Übrigens – ein Gerücht sagt, dass du hier irgendwo in der Gegend sein musst.« Er zeigte auf die monumentalen Aktivitäten, die sich jenseits des Hafens abspielten. »Ein weiteres Gerücht besagt, dass du ausgebüchst bist, und dass man dich in die Berge gebracht hat. Ein drittes schließlich …«

»Wie lautet das dritte Gerücht?«

Barnaby schluckte. »Einige sagen, dass deine Saat aufgegangen ist.«

»Hmm«, sagte Fiben sanft. »Ich glaube, dass alle drei irgendwie richtigliegen.«

Nun sah er, dass die Schlepper das havarierte Gubru-Patrouillenboot in die Nähe des Docks gezogen hatten. Eine Anzahl anderer Schiffe mit Chim-Besatzung an Bord kreuzten weiter draußen, doch kein Boot kreuzte die Zeile von Bojen, die gut sichtbar sich über die ganze Bucht erstreckte.

Barnaby schaute nach rechts und nach links, dann sagte er mit leiser Stimme: »Hör mal, Fiben – es gibt ein paar Chims in der Stadt die … die sich reorganisieren. Ich musste zwar einen Eid leisten, um meine Marke wiederzubekommen, doch ich könnte

Professor Oakes benachrichtigen, dass du in der Stadt bist. Ich bin sicher, dass er für diesen Abend eine Versammlung einberufen will …«

Fiben aber schüttelte den Kopf. »Keine Zeit. Ich muss dort rüber.« Dabei zeigte er in die Richtung, wo die glitzernden Flugmaschinen die fernen Hügel erleuchteten.

Barnaby schürzte die Lippen. »Ich weiß nicht, Fiben. Da sind doch diese Wächterbojen. Die werden jeden zurückhalten.«

»Haben sie wirklich schon Schaden angerichtet?«

»Nicht, so weit ich sehen konnte. Aber …«

Barnaby brach ab, als Fiben die Zügel in die Hand nahm und seinem Pferd die Sporen gab. »Danke, Barnaby. Das ist alles, was ich wissen wollte«, sagte er.

Die Prokuratoren wichen zur Seite, als Tycho über den Kai trabte. Weiter draußen war die kleine Rettungsflotte soeben am Dock angelangt, und das havarierte Gubru-Schiff wurde vertäut. Die Chim-Matrosen verbeugten sich vielmals und bewegten sich in unbequemer Haltung im Blickfeld der irritierten Klauen-Soldaten und ihrer furchterregenden Kampfdrohnen.

Fiben lenkte sein Ross in eine andere Richtung, in eine Gegend, wo er den Aliens nicht begegnen und sie nicht begrüßen musste. Er saß aufrecht im Sattel, während er am Patrouillenboot vorbeiritt, und ignorierte sie ganz und gar, während er dem Ende des Piers zustrebte, wo die kleinen Fischkutter gerade vor Anker gegangen waren.

Er schwang sich aus dem Sattel. »Könnt ihr mit Tieren umgehen?«, fragte er den überraschten Seemann, der gerade damit beschäftigt war, sein Boot festzumachen. Und als dieser nickte, drückte ihm Fiben Tychos Zügel in die Hand. »Dann sind wir uns einig.«

Er sprang an Bord des kleinen Bootes und schritt hinter das Cockpit. »Schick die Rechnung an den Suzerain der Guten Sitten. An den Suzerain der Gubru. Hast du verstanden?«

Der Chim riss Mund und Augen auf, dann schloss er den Mund mit einem hörbaren Klicken.

Fiben startete den Motor und war zufrieden, als der sofort ansprang. »Hau ab!«, sagte er mit einem Lächeln. »Und pass gut auf Tycho auf!«

Der Seemann blinzelte nur. Er überlegte, ob er nun ausfallend werden sollte, als einige Chims auftauchten, die Fiben gefolgt waren. Einer von ihnen flüsterte dem Bootsmann etwas ins Ohr. Der Fischer grinste. Dann eilte er, um das Boot loszumachen und die Leine aufs Vorderdeck zu werfen. Und als Fiben bei seinem Ablegemanöver leicht gegen die Pier stieß, fuhr es dem Chim durch Mark und Bein. »V-viel Glück!«, brachte er endlich hervor.

»Ja, viel Glück, Fiben«, rief Barnaby.

Fiben wendete und schaltete die Schrauben auf Vorwärtsgang. Er schlug einen weiten Bogen ein und brauste dicht unter den Duraplast-Flanken des Gubru-Bootes dahin. Aus der Nähe sah das Schiff nicht mehr so weiß und glänzend aus. Die gepanzerte Außenhaut sah eher schäbig und verrottet aus. Auf der anderen Seite des Schiffes war ein aufgeregtes Gezirpe zu hören – wahrscheinlich waren auch die Klauen-Soldaten frustriert und machten ihrer Enttäuschung Luft.

Fiben aber verschwendete keinen einzigen Gedanken an sie, ließ sie einfach links liegen und brachte sein geborgtes Boot auf Südkurs, in Richtung jener Bojenkette, welche die Bucht teilte und die Chims von Port Helenia davon abhielt, am gegenüberliegenden Ufer irgendwelche abenteuerliche Einsätze zu wagen.

Die sturmgepeitschten Wasser trugen auf ihren Wellenkämmen all jenen Abfall mit sich, der zu dieser Jahreszeit üblich war: welkes Laub, Flugsamen und die Federn sich mausernder Vögel. Fiben musste aufpassen, um all dem Mist auszuweichen, ebenso wie all den angeschlagenen Booten, die bis zum Rand mit schaulustigen Chims gefüllt waren.

Er näherte sich mit niedriger Geschwindigkeit der Barriere und fühlte tausend Augen auf sich gerichtet, während er an der letzten Schiffsladung vorbeisegelte, an diesen Booten, in denen die Waghalsigsten und Neugierigsten aus Port Helenia saßen.

Himmel, weiß ich denn wirklich, was ich tu?, fragte er sich. Bisher hatte er die ganze Zeit fast automatisch gehandelt. Doch dann wurde ihm urplötzlich die ganze Situation bewusst. Was wollte er auf diese Weise erreichen? Was hatte er eigentlich vor? Wollte er die Zeremonie verhindern oder stören? Er schaute zu den gewaltigen Sternenschiffen hinüber, die jenseits der Bucht in Glanz und Gloria zum Himmel ragten.

Als ob es seine Sache gewesen wäre, die halbentwickelte Nase in die Angelegenheiten von Wesen zu stecken, die den großen und uralten Clans angehörten! Er konnte höchstens sich selbst und seine ganze Spezies in Schwierigkeiten bringen.

»Darüber muss ich nachdenken«, murmelte er. Fiben schaltete den Motor des Bootes auf Leerlauf, als die Bojenzeile näher heranrückte. Und er musste daran denken, dass aller Augen, alle Blicke jetzt an ihm hingen.

Mein Volk, wiederholte er. *Ich … ich sollte mein Volk repräsentieren.*

Ja, aber ich bin ausgerissen, der Suzerain hat offenbar seinen Fehler eingesehen und andere Maßnahmen getroffen. Oder die anderen Suzerains haben gewonnen, und ich wäre tot, sobald ich mich blicken ließe.

Was würden die sich nur denken, wenn sie wüssten, dass er erst vor ein paar Tagen geholfen hatte, einen seiner eigenen Patrone zu entführen, den legalen Kommandeur obendrein. Einen Repräsentanten seiner Spezies!

Gailet braucht mich nicht. Sie ist ohne mich besser aufgehoben.

Fiben warf das Ruder herum, sodass das Boot knapp neben einer der weißen Bojen längsseits ging, wobei er das Ding genauer unter die Lupe nahm.

Bei näherem Hinschauen entpuppte sich die Boje als ziemlich lädiert, war keinesfalls neu, eher etwas vergammelt und verrostet.

Doch wer war er – ein kleiner Chim – der so was beurteilen konnte?

Fiben musste bei diesem Gedanken blinzeln. Das war wirklich ein *starkes* Stück!

Er starrte auf die Boje und bleckte die Zähne. *Warum nur … warum nur, ihr Hundesöhne …*

Fiben stellte die Schraube ab und schaltete auf Leerlauf. Er schloss die Augen, presste die Hände auf die Schläfen und versuchte sich zu konzentrieren.

Ich habe mich gegen eine neue Angstbarriere gerüstet … so ähnlich wie am Zaun in dieser Nacht. Doch diese hier ist bedeutend subtiler! Hier wird an meine Minderwertigkeitsgefühle appelliert. Hier wird mit meiner Niedrigkeit, mit meiner Demut gerechnet.

Er öffnete die Augen und blickte auf die Boje zurück, und dann musste Fiben grinsen.

»*Welche* Niedrigkeit? *Welche* Demut?«, fragte er laut. Er lachte, während er das Ruder herumwarf und das Boot wieder in Gang brachte. Und diesmal, als er Kurs auf die Barriere nahm, zögerte er keinen Augenblick, noch hörte er auf jene Zweifel, die ihm die Maschinen in den Kopf hämmern wollten.

»Was können die denn tun«, knurrte er, »um die Zuversicht eines Burschen zu erschüttern, der schon so oft an sich selbst gezweifelt hat?« Hier hatte der Feind einen entscheidenden Fehler begangen, wusste Fiben, als er die Bojen hinter sich ließ, und damit auch die künstlich induzierten Zweifel. Die Entschlossenheit, die ihn nun wieder durchströmte, war kräftig und stand im deutlichen Kontrast zu seinem früheren Frust und seiner Niedergeschlagenheit. Nun steuerte er das andere Ufer an, nahm Kurs zu neuen Ufern, stark, sicher und zuversichtlich wie eh und je.

Irgendetwas rührte an sein Knie. Fiben schaute hinunter und erblickte das silberne Zeremoniengewand, das er im Schrank seiner ehemaligen Gefängniszelle gefunden hatte. Er hatte es in seinen Gürtel gesteckt, bevor er Tycho bestieg und mir nichts, dir nichts zum Hafen ritt. Kein Wunder, dass ihn die Leute in den Docks so angestarrt hatten!

Fiben musste lachten. Er hielt das Steuer mit einer Hand, schlüpfte in den Seidenmantel und steuerte dann einen stillen Ort in der Bucht an. Die Steilufer verdeckten die Sicht, sodass keiner sehen konnte, was auf der Seeseite der schmalen Halbinsel geschah. Doch das Dröhnen der Luftfahrzeuge, die immer noch eines nach dem anderen zur Landung ansetzten, ließ ihn hoffen, dass er noch nicht zu spät dran war.

Er setzte das Boot auf Grund, auf einer glitzernd weißen Sandbank, die von einem Teppich aus Flugsamen bedeckt war, den die Flut herangespült hatte. Fiben war gerade dabei, in die knietiefe Brandung zu waten, als er merkte, dass in Port Helenia etwas vor sich ging. Aufgeregte Rufe und Schreie kamen über das Wasser, drangen leise in sein Ohr. Die braune Masse auf der Dockseite drängte nach rechts.

Er nahm das Fernglas, das am Gangspill hing, und stellte es auf das Werftgelände ein.

Chims rannten hin und her, und viele von ihnen zeigten aufgeregt nach Osten zum Haupttor der Stadt. Einige rannten in diese Richtung. Andere wiederum schlugen den entgegengesetzten Weg ein … weniger vor Angst als aus purer Verwirrung, weil sie anscheinend den Kopf verloren hatten. Einige versuchten, an irgendwelchen Masten hochzuklettern, andere fielen einfach ins Wasser und mussten von den nüchterneren Genossen herausgefischt werden.

Was aber auch geschehen war, schien keine Panik sondern eher Bestürzung auszulösen.

Fiben aber hatte keine Zeit, um lange nachzudenken und die Steinchen dieses Puzzles zusammenzusetzen. Jetzt hatte er wohl auch die Grenzen seiner bescheidenen Möglichkeiten erkannt.

Beschränke dich jeweils nur auf ein Problem, sagte er sich. *Geh zu Gailet. Sag ihr, dass es dir leidtut, sie jemals verlassen zu haben. Sag ihr, dass du das nie wieder tun wirst.*

Das war einfach, und selbst für ihn leicht verständlich.

Fiben entdeckte einen schmalen Pfad, der von der Bucht nach oben führte. Er war zwar sehr steil und gefährlich, vor allem bei diesem stürmischen Wind. Und während er den Pfad einschlug, konnte er nur so viel Sauerstoff atmen, wie dies seine Lungen und sein Herz mit ihrer beschränkten Kapazität erlaubten.

Uthacalting 84

Die vier waren schon ein merkwürdiges Gespann, die da unter einem düsteren verhangenen Himmel in Richtung Norden dahineilten. Nur ein paar einheimische Kleintiere blinzelten sie erstaunt an, bevor sie schleunigst wieder Deckung suchten und an den überreifen Samen weiterknabberten.

Für Uthacalting war dieser Gewaltmarsch eine Demütigung. Denn wie es schien, waren ihm die anderen drei in vielen Dingen überlegen.

Kault seufzte und stöhnte – wahrscheinlich war ihm der raue, unebene Boden zuwider. Doch sobald der riesige Thennaniner Schritt gefasst hatte, war er nicht mehr zu bremsen.

Was nun Jo-Jo anging – der kleine Chim schien eine Kreatur seiner Umwelt zu sein. Er hatte den strikten Befehl von Uthacalting, in Sichtweite von Kault niemals auf allen vieren zu gehen, um den Argwohn des Thennaniners nicht zu erregen. Doch als der Boden immer rauer wurde, kletterte er schon mal über ein Hindernis, anstatt es zu umgehen. Und über die langen ebenen Strecken ritt Jo-Jo einfach auf Roberts Rücken.

Robert hatte darauf bestanden, den Chim huckepack zu nehmen, auch wenn sie verschiedenen Kasten angehörten. Der Menschensohn war sowieso unzufrieden. Freilich musste er die ganze Strecke zu Fuß und im Laufschritt zurücklegen.

Die Veränderung des Robert Oneagle war staunenswert, und sie war mehr als rein physischer Natur. Am Abend zuvor, als ihn Kault aufgefordert hatte, seine Geschichte zum dritten Mal zu erzählen, manifestierte Robert eine einfache Version von *teev'nus* über seinem Haupt. Uthacalting aber *erkannte,* wie vorsichtig dieses menschliche Wesen mit der Glyphe umging, die seinen Frust zum Ausdruck brachte, um den Thennaniner nicht zu beleidigen.

Uthacalting wusste, dass Robert nicht alles gesagt hatte. Doch was er gesagt hatte, war schon mehr als genug.

Ich habe immer gewusst, dass Megan ihren Sohn unterschätzt. Doch so etwas habe ich wirklich nicht von ihm erwartet.

Freilich hatte aber auch er seine Tochter unterschätzt.

Er hatte sie gewaltig unterschätzt. Aber er konnte es andererseits seinem eigenen Fleisch und Blut nicht übelnehmen, ihm mehr Kraft genommen zu haben, als er zu geben hatte und deren Verlust er überwinden konnte.

Er bemühte sich, mit den anderen Schritt zu halten, doch seine Wechselknoten begannen bereits zu erlahmen. Es ging nicht darum, dass Tymbrimer eher anpassungsfähig als zäh waren. Es lag auch an seinem *Willen.* Die anderen hatten einen Zweck und ein Ziel, eine Motivation, wurden sogar von Begeisterung getrieben.

Ihn aber trieb nichts anderes als die Pflicht.

Kault machte auf einem Hügelkamm halt, von wo aus man das gewaltige Gebirge sehen konnte, das sich zum Greifen nahe vor ihnen auftürmte. Sie waren bereits in einen Wald von Zwergbäumen eingedrungen, der immer dichter wurde, je höher sie hinaufstiegen. Uthacalting schaute zu den Steilhängen hinauf, die bereits in Schneewolken gehüllt waren, und hoffte inständig, dass sie da nicht hinaufklettern mussten.

Kaults schwere Hand umklammerte die seine, während ihm der Thennaniner über die letzten Meter half. Er wartete geduldig, bis sich Uthacalting etwas erholt und sein Atem sich beruhigt hatte.

»Ich kann immer noch nicht glauben, was ich gehört habe«, sagte Kault. »Etwas in der Geschichte des Erdlings ist schleierhaft, Kollege.«

»T'funatu …« Uthacalting schaltete auf Anglic, weil dies weniger anstrengend war. »Was … was ist es, das du kaum glauben kannst, Kault? Glaubst du vielleicht, dass Robert lügt?«

Kault wedelte mit beiden Händen, machte eine ablehnende Geste. Sein Kamm schwoll an wie stets, wenn er beleidigt war. »Sicher nicht! Ich glaube eher, dass der junge Mann etwas naiv ist.«

»Naiv? In welcher Weise?« Nun konnte Uthacalting endlich aufschauen, ohne alles doppelt zu sehen. Robert und Jo-Jo waren außer Sichtweite. Sie waren wahrscheinlich schon vorausgegangen.

»Ich meine, dass die Gubru sich offensichtlich mehr erhoffen, als was sie offiziell fordern. Der Handel, den sie anbieten – Friede mit der Erde gegen die Pacht von ein paar Inseln auf Garth und ein befristetes genetisches Erbrecht bei den Neoschimpansen, die verfügbar sind – ein solcher Handel würde die Kosten einer interstellaren Zeremonie nicht aufwiegen. Ich vermute eher, dass sie etwas anderes vorhaben, dass sie auf etwas anderes aus sind, das sie sich erschleichen wollen, mein Freund.«

»Und was sollte das sein?«

Kault schwang seinen Kopf hin und her, schaute sich um, als wollte er sich vergewissern, dass niemand in der Nähe war, um zu lauschen. Dann sagte er so leise wie möglich:

»Ich glaube, dass sie so was wie eine Schnapp-Adoption planen.«

»Eine *Was*-Adoption? Oh … du meinst …«

»Garthlinge«, beendete Kault Uthacaltings Satz. »Drum ist es ein Glück, dass ihr Erdlinge uns diese Neuigkeit gebracht habt. Wir können nur hoffen, dass sie für den Transport sorgen können, wie sie es versprochen haben, sonst können wir eine fürchterliche Tragödie nicht mehr verhüten.«

Uthacalting trauerte um all seine Verluste. Für Kault aber stellte sich eine verblüffende Frage, die eine wohlgebaute, delikat verzerrte Glyphe wert war.

Er hatte Erfolg gehabt, einen Erfolg, an den er nicht im Traum gedacht hätte. Nach Roberts Bericht hatten die Gubru die Garthling-Legende geschluckt, mit »Haken, Blei und Schwimmer«, wie er sich ausgedrückt hatte. Zumindest lange genug, um ihnen auch materiellen Schaden zuzufügen und sie in Verlegenheit zu bringen.

Auch Kalt glaubte inzwischen an diese mysteriöse Fabel. Doch was sollte man davon halten, dass Kaults Instrumente die Geschichte angeblich *verifiziert* hatten?

Unglaublich!

Und selbst die Gubru benahmen sich jetzt so, als ob sie mehr wüssten, als was die falschen Spuren verrieten, die Uthacalting gelegt hatte. Auch sie gingen so vor, als hätten sie Gewissheit!

Der Uthacalting von früher hätte wahrscheinlich *syulff-kuonn* gebildet, um eine solche erstaunliche Wende zu feiern. Doch in diesem Moment war er etwas verwirrt und sehr erschöpft. Dann ertönte ein Ruf, und beide drehten sich um. Uthacalting schielte immer noch und wünschte sich, etwas besser sehen zu können.

Über dem nächsten Kamm konnte er die Umrisse von Robert Oneagle erkennen. Jo-Jo aber, der auf seinen Schultern saß, winkte ihnen fröhlich zu. Und noch etwas war da – ein blauer Schein, der um die beiden Erdengeschöpfe spielte –, das Musterbeispiel eines perfekten Scherzes.

Es war das Licht, welches Uthacalting immer weiter geführt hatte, seit er vor Monaten abgestürzt war.

»Was sagen sie?«, fragte Kault. »Ich kann kein Wort verstehen.«

Auch Uthacalting verstand kein Wort. Aber er wusste, was die Terraner sagten. »Ich glaube, sie wollen uns sagen, dass wir nicht mehr viel weiter zu gehen haben«, sagte er etwas erleichtert. »Sie sagen, dass sie unseren Transport gefunden haben.«

Der Thennaniner aber blähte die Kiemen vor lauter Zufriedenheit. »Gut so. Ich hoffe jetzt nur noch, dass sich die Gubru anständig benehmen, wenn wir auftauchen, und uns als akkreditierten Botschaftern die uns gebührende Behandlung zukommen lassen.«

Uthacalting nickte. Doch während sie weiter bergauf stiegen, wusste er bereits zu gut, dass nicht alles Gold ist, was glänzt, und dass sie schweren Zeiten entgegengingen.

Athaclena 85

Sie versuchte ihre Gefühle zu unterdrücken. Es war eine ernste, ja fast tragische Situation, zumindest was die anderen anging.

Doch sosehr sie sich auch bemühte, konnte sie ihr Vergnügen kaum unterdrücken. Feine kleine verzierte Glyphen erhoben sich zwischen ihren wehenden Fühlern und schwebten wie Seifenblasen durch Baum und Strauch, füllten die Luft mit ihrer Heiterkeit. Athaclenas Augen waren weit auseinandergerückt, und sie legte die Hand vor den Mund, damit die Chims ihr menschenähnliches Lächeln nicht sehen konnten.

Das tragbare Hologerät stand auf einem Hügelkamm, von wo aus der Blick über das Sind-Tal nach Nordwesten ging, um den Empfang zu verbessern. Der Bildschirm zeigte die jüngsten Ereignisse aus Port Helenia. Während des Waffenstillstands war jegliche Zensur aufgehoben worden. Und obwohl in der Hauptstadt keine Menschen mehr lebten, gab es eine Menge von Chims, die auf die neuesten Nachrichten aus waren, eine ganze Reihe von »Nachrichtenjägern«, die mit ihren beweglichen Kameras sofort zur Stelle waren, um all den Mist brühwarm zu übertragen.

»Das hältst du im Kopf nicht aus«, schimpfte Benjamin. Und Elayne Soo murmelte hilflos, während sie das Treiben auf dem Bildschirm verfolgte: »Unglaublich! Das gibt ihnen den Rest.«

Das, was die Chimmie sagte, sprach nun wahrhaftig Bände. Denn der Holotank zeigte deutlich und unmissverständlich, was aus dem Sicherheitszaun geworden war, die Psi-Barriere, welche die Invasoren um Port Helenia errichtet hatten … Er wurde jetzt buchstäblich auseinandergerissen. Überall waren Chims zu sehen, die über die Mauersteine kletterten, die überall verstreut lagen, als hätte sie ein Wirbelwind erfasst und in die Gegend geschleudert. Sie schauten erstaunt um sich, während sie hier und da einen Brocken in die Hand nahmen. Einige unter ihnen, die etwas frecher und mutiger waren, warfen Steine, Metallteile und Plastiklatten mit Jubelgeschrei in die Luft. Andere wieder trommelten auf ihre Brust zu Ehren jener unaufhaltsamen Welle, die erst vor ein paar Minuten über sie hinweggefegt und dann in Richtung Stadt weitergerast war.

Auf den meisten Stationen war die Stimme des Sprechers von einem Computer erzeugt, doch auf Kanal 2 konnte ein Chim-Ansager über seine Eindrücke berichten.

»Zunächst – erst einmal haben wir alle geglaubt, dass ein böser Traum Wirklichkeit wird. Sie wissen schon ... wie ein Archetyp aus einem alten zweidimensionalen Film aus dem 20. Jahrhundert. Nichts und niemand konnte sie aufhalten! Sie walzten den Gubru-Zaun nieder, als wäre er aus Papier. Ich weiß nicht, was sonst noch geschehen konnte, was sonst noch hätte geschehen können, aber ich glaubte, dass der größte und stärkste jeden Moment unsere hübschesten Chimmies greifen und sie an den Haaren hinauf zum Turm der Terragener schleifen würde, um sie ...«

Athaclena musste die Hand noch fester auf den Mund pressen, damit sie nicht laut lachen musste. Sie versuchte sich zu beherrschen, aber sie war nicht allein. Denn eine der Freundinnen Fibens, Sylvie, ließ ein zirpendes Lachen vernehmen, während die anderen sie strafend ansahen. Die Lage war zwar nach wie vor ernst, doch Athaclena schaute der Chimmie in die Augen und sah, wie diese Augen leuchteten.

»Aber – es sieht ganz danach aus, als wären diese Kreaturen ganz aus dem Häuschen. Denn nachdem sie den Zaun demoliert hatten, haben sie bei ihrer Invasion auf Port Helenia noch mehr Schaden angerichtet. Es sieht ganz nach Plünderungen aus. Sie streifen durch die Straßen, stopfen sich mit Obst voll, öffnen alle Türen und gehen überallhin, wohin sie nur wollen. Aber was macht das schon ... ach, vergiss es!«

Diesmal gesellte sich ein weiterer Chim zu Sylvie. Athaclenas

Vision verblasste, und sie schüttelte den Kopf. Der Sprecher aber fuhr fort:

»Die Psi-Drohnen der Gubru entlang der Befestigungslinie scheinen ihnen nichts auszumachen, weil sie nicht auf ihr Hirnmuster programmiert sind …«

Athaclena und die Kampftruppe aus den Bergen wussten allerdings bereits seit zwei Tagen, wo die Gorillas hingegangen waren. Nach den ersten frenetischen Versuchen, diese kräftigen Primaten abzuwehren, hatte man resigniert und sie einfach gewähren lassen. Die Gorillas aber schoben jeden sanft beiseite oder stiegen über jeden hinweg, der ihnen im Weg stand. Sie ließen sich nicht aufhalten.

Das konnte nicht einmal April Wu. Das kleine blonde Mädchen hatte sich anscheinend in den Kopf gesetzt auszuziehen und seine Eltern zu suchen, und da niemand wollte, dass ihr ein Leid geschah, gab es keine Möglichkeit, sie zu bewegen, von den Schultern des großen Männchen mit dem Silberhaar auf dem Rücken herabzusteigen.

Immerhin hatte April den Chims eingeschärft, dass *irgendjemand* die ’Rillas überwachen und ein Auge auf sie haben sollte, weil es ihnen sonst schlecht gehen würde!

Athaclena erinnerte sich an Aprils Worte, während sie all die Schäden betrachtete, welche die Primaten den Gubru-Befestigungen zugefügt hatten. *Was hätten sie sonst noch angerichtet, wenn man sie nicht im Auge behalten hätte!*

Jetzt aber, wo das Rätsel gelöst war, gab es keinen triftigen Grund mehr, dieses Menschenkind nicht wieder seiner Familie zuzuführen. Denn alles, was das Mädchen noch sagen würde, konnte keinem mehr etwas schaden.

So viel also über das letzte Geheimnis des Howletts-Center-Projekts. Nun konnte Athaclena alle Daten und Belege vergessen, die sie so hoffnungsvoll zusammengetragen hatte, an jenem Abend, der bereits Monate zurücklag. Schon bald würden all die Fünf Galaxien über diese Kreaturen Bescheid wissen. Und aus der Nähe betrachtet, war dies wirklich eine Tragödie. Dennoch …

Athaclena erinnerte sich an jenen Tag im Frühling, als sie so sehr schockiert war, nachdem sie hinter die illegalen Entwicklungsexperimente im Wald gekommen war. Heute konnte sie sich ihre damalige Reaktion nicht gut vorstellen. *War ich damals wirklich so ein selbstgerecht-pedantischer Besserwisser?*

Jetzt war *syulff-kuonn* die einfachste und ernsteste unter den Glyphen, die sie aussandte, fröhlich und froh über einen großartigen Scherz. Die Chims wurden von ihrer fröhlichen Aura ergriffen. Und sie lachten, als auf dem Bildschirm ein Fahrzeug der Gubru erschien, mit zwitschernden, zirpenden, aufgeregten Kwackoo-Truppen besetzt, während sie von Gorillas gerupft wurden, die wahrscheinlich herausfinden wollten, wie solche Vögel schmeckten. Einige Chims kicherten, und das Gelächter verbreitete sich wie ein Lauffeuer.

Jawohl, dachte sie, *es ist ein herrlicher Spaß.* Für einen Tymbrimer war der beste Spaß immer der, den man sich auf Kosten anderer machte. Und dieser hier passte genau in ihr Konzept. Dies war nun wahrhaftig ein gewissenhaftes Experiment. Denn ihr Volk glaubte an ein Universum, das mehr war als nur ein physikalischer Mechanismus, mehr als Ifnis kapriziöse Ströme von Möglichkeiten, Chancen und Glück.

Wenn solches geschah – so sagten die tymbrimischen Weisen, die es wissen mussten –, konnte man nur Gott allein vertrauen.

War ich also früher auch eine Agnostikerin? Wie dumm von mir! Also dann, danke dir, Gott, und hab Dank, Vater, für dieses Wunder.

Die Kamera schwenkte zu den Docks, wo die Chims in den Straßen tanzten und das Fell ihrer großen, geduldigen, gutmütigen Vettern streichelten. Trotz der möglicherweise tragischen Konsequenzen konnten sich Athaclena und ihre Mannen nicht helfen, als sie sahen, wie gut die Kontakte dieser braunhaarigen

Verwandtschaft funktionierten. Zumindest im Moment waren alle Chims in Port Helenia mächtig stolz auf ihre großen Brüder.

Selbst Lieutenant Lydia McCue und ihr Korporal mussten lachen, als ein Gorillababy vor den Kameras vorbeitanzte, ein Junggorilla mit einer Halskette aus abmontierten Psi-Kugeln der Gubru. Sie sahen auch Klein-April, die im Triumphzug durch die Straßen ritt – und der Anblick eines Menschenkindes schien die Menge nur noch mehr zu elektrisieren.

Jetzt war die Gegend mit ihren Glyphen erfüllt. Athaclena aber wandte sich ab und ging fort, ließ die anderen mit ihrer Freude und ihrem Spaß zurück. Sie ging über einen Waldweg bergauf, bis sie eine Stelle erreicht hatte, von wo aus sie die Berge im Westen deutlich erkennen konnte. Sie stand da, streckte ihre Fühler aus und versuchte ein *kenning,* versuchte sich zu konzentrieren.

An diesem Ort wurde sie von einem Chim-Boten aufgestöbert. Der Bote näherte sich im Laufschritt und salutierte, bevor er ihr ein Blatt Papier reichte. Athaclena dankte ihm und faltete das Papier auseinander, obwohl sie von vornherein wusste, was die Botschaft enthielt.

»W'th-tanna, Uthacalting«, sagte sie leise und sanft. Denn ihr Vater hatte wieder Kontakt zu dieser Welt gefunden. Trotz aller Ereignisse der vergangenen Monate hatte sie einen praktischen Sinn bewahrt. Und nun war sie erleichtert, dass sie die Bestätigung über Funk erfahren hatte.

Freilich hatte sie gehofft, dass Robert Erfolg haben würde. Das war auch der Grund, warum sie nicht mit Fiben nach Port Helenia gegangen war oder später auch nicht mit den Gorillas.

Was hätte sie auch mit ihrer armseligen Erfahrung erreichen können, das ihr Vater nicht tausendmal besser gekonnt hätte? Wenn es einer fertigbringen konnte, ihre Hoffnungen Wirklichkeit werden zu lassen und ein noch größeres Wunder hervorzubringen, so war das allein Uthacalting.

Nein – sie musste hier ausharren, das war ihre Aufgabe, ihre

Pflicht. Denn sollten einmal auch Wunder geschehen, galt immer noch der alte Spruch: Hilf dir selbst, so hilft dir Gott.

Sie beschattete die Augen. Und obwohl sie nicht die geringste Hoffnung hatte, ein kleines Flugzeug über den Wolken zu erkennen, hielt sie weiter nach einem winzigen Punkt Ausschau, der all ihre Liebe, ihre Hoffnung, ihre inständigen Bitten erfüllen würde.

Galaktiker 86

Lustpavillons standen auf hohen Stelzen am gepflegten Hügelhang. Baldachine bauschten sich und flappten in der immer wieder auflebenden Brise. Schnelle Roboter waren pausenlos damit beschäftigt, jedes Blättchen wegzuräumen, das der Wind herbeiwehte. Andere wiederum servierten Erfrischungen für all die Honoratioren, die sich hier versammelt hatten.

Galaktiker verschiedener Form und Couleur fanden sich in kleinen Gruppen zusammen in einem eleganten diplomatischen Tanz und lösten sich wieder voneinander. Höfliche Verbeugungen, Gemeinplätze und wehende Fühler rundeten das Bild ab – ließen die komplizierten Nuancen von Status und Protokoll erkennen. Ein wissender Beobachter konnte aus diesen Feinheiten so manches herauslesen – und es war so mancher Beobachter anwesend, der genau Bescheid wusste.

Es wurden auch formlos Meinungen ausgetauscht und Beziehungen geknüpft. Hier ein Gespräch zwischen einem großen, bärartigen Pila, der in abgehacktem Ultraschallton mit einem schlacksigen spindeldürren Linten-Gärtner sprach. Ein bisschen weiter stritten sich drei Ringpriester mit einem Beamten des Kriegsinstituts über irgendwelche Übergriffe im Kosmos.

Es wurde schon oft behauptet, dass bei diesen Entwicklungszeremonien mehr praktische Diplomatie ausgeübt wurde als bei den formalen Verhandlungskonferenzen. So manches Bündnis wurde auch heute geschlossen und so manches auch gebrochen.

Nur wenige der galaktischen Besucher widmeten ihre Aufmerksamkeit denjenigen, die da geehrt werden sollten – eine Karawane kleiner brauner Gestalten, die den ganzen Morgen damit verbracht hatte, den Hügel mühsam zu erklimmen und ihn auf ihrem Weg nach oben viermal zu umrunden.

Bis jetzt hatte nahezu ein Drittel der Neochim-Kandidaten den einen oder den anderen Test nicht bestanden. Diejenigen, die abgewiesen worden waren, stiegen auch schon wieder den steilen Pfad hinab, einzeln oder zu zweit.

Die übrigen vierzig kletterten weiter, während sie symbolisch den Entwicklungsprozess noch einmal vorführten, der ihre Spezies im Lauf ihrer Geschichte auf diese Stufe gebracht hatte, wurden aber von den meisten Anwesenden am Hang einfach ignoriert.

Doch nicht alle Anwesenden waren unaufmerksam. In der Nähe des Gipfels prüften die Abgesandten des Galaktischen Entwicklungsinstitutes sehr genau die Testergebnisse der einzelnen Stationen. Und von ihrem Pavillon aus beobachteten einige menschliche Patrone ihre Schützlinge, die Neoschimpansen.

Sie sahen etwas hilflos und verloren aus, weil sie erst an diesem Morgen von Cilmar Island hierhergebracht worden waren – ein paar führende Persönlichkeiten, Professoren sowie ein Mitglied des örtlichen Entwicklungsrats. Die Delegation hatte einen förmlichen, prozeduralen Protest über die gesetzeswidrige Art und Weise eingelegt, auf welche die Zeremonie zustande gekommen war. Doch unter massivem Druck wagte es keiner der Menschen, auf seinem Recht zu beharren und die Zeremonie abzublasen – denn die möglichen Konsequenzen wären potentiell mehr als drastisch gewesen.

Außerdem – warum sollte es nicht mit rechten Dingen zugehen? Schließlich hatte ja die Erde seit zweihundert Jahren alles in Bewegung gesetzt, um eine solche Zeremonie für Neoschimpansen durchführen zu können.

Die menschlichen Beobachter waren sichtlich unglücklich, standen tatenlos herum und wussten nicht, was sie tun sollten, weil einige Gesandte und Repräsentanten der großen galaktischen

Nationen sie im Verlauf dieser formlosen diplomatischen Gespräche überhaupt nicht beachteten.

Gegenüber dem Pavillon der Schiedsrichter stand das elegante Sponsorenzelt. Viele Gubru und Kwackoo standen davor, hüpften von einem Bein auf das andere und verfolgten jede Bewegung mit kritischem Vogelblick.

Vor wenigen Augenblicken hatte sich auch das Gubru-Triumvirat gezeigt. Zwei von ihnen ließen bereits die neuen Farben der Mauser erkennen, während der dritte immer noch stur auf seiner Sitzstange hockte.

Einer von ihnen erhielt eine Botschaft, und alle drei verschwanden im Zelt, um eine kurze, dringende Besprechung abzuhalten. Das war aber schon einige Zeit her, und sie ließen sich immer noch nicht blicken.

Der Suzerain von Kosten und Vorsicht schlug mit den Flügeln und spuckte aus, während er die Botschaft einfach wegwarf.

»Ich protestiere! Ich protestiere gegen diesen Eingriff! Das ist Verrat, nichts als Verrat, unentschuldbar!«

Der Suzerain der Guten Sitten schaute von seiner Stange hinunter, verlegen wie noch nie. Der KV-Suzerain hatte sich als zäher und harter Gegner entpuppt, doch noch nie war er so wütend gewesen. Es musste also etwas geschehen sein, was ihn ganz aus dem Häuschen brachte.

Die Kwackoo-Diener klaubten die Kapsel in Windeseile auf, vervielfältigten sie und brachten die Kopien den beiden anderen Gubru-Lords. Und als der Suzerain der Guten Sitten die Daten überflogen hatte, mochte er kaum seinen Augen trauen.

Es war ein *einziger, einsamer Schimpanse,* der die unteren Hänge des hohen Zeremonienberges hinaufstieg. Er eilte an den automatischen Schirmen der ersten Stufe vorbei und näherte sich bereits der Schlucht, die ihn von der Ansammlung der Honoratioren trennte.

Der Neoschimpanse schritt aufrecht dahin, und seine Haltung und seine Zielstrebigkeit brachten deutlich zum Ausdruck, dass er durchaus wusste, was er wollte. Seine Vettern, die bereits durchgefallen waren und die den Hügel hinabstiegen, starrten ihn zunächst erstaunt an. Dann grinsten sie und berührten die Robe des Neuankömmlings im Vorbeigehen, während sie ihm Mut zusprachen.

»Das ist unerhört. Schließlich ist das hier kein Kostümfest!«, tobte der Suzerain von Balken und Klaue. Dann rief der Militärkommandeur: »Das ist ein Eindringling, und ich werde ihn gleich in Grund und Boden stampfen!«

»Du sollst es nicht und du *darfst* es nicht!«, gab der Suzerain der Guten Sitten aufgebracht zurück. »Es hat noch keine Vereinigung stattgefunden. Keine komplette Mauser! Du verfügst nicht über die Weisheit einer Königin! So weit sind wir noch längst nicht!«

»Die Zeremonien werden durch ehrwürdige Traditionen geregelt und bestimmt! *Alle* Mitglieder einer Klientenspezies müssen antreten, geprüft und ausgewertet werden!«

Der Gubru-Lord von Balken und Klaue riss den Schnabel auf und kreischte laut auf. Schließlich sträubte der Suzerain der Guten Sitten sein spärliches Gefieder und gab nach. »Wir müssten unter Umständen Reparationen zahlen. Es könnte sein, dass die Repräsentanten des Instituts abreisen und Sanktionen beschließen … Und die Kosten …« Dann wandte er sich enttäuscht ab. »Also meinetwegen. Diesmal lasse ich es noch durchgehen. Allein, isoliert kann er uns kaum etwas antun.«

Doch der Suzerain von Kosten und Vorsicht hatte so seine Bedenken. Einst hatte er große Stücke von diesem besonderen Klienten gehalten. Und als es so aussah, als hätte man ihn ihm gestohlen, hatte der Suzerain einen empfindlichen Rückschlag erlitten.

Nun endlich erkannte er die Wahrheit. Dieser männliche Neochim war weder gestohlen noch entführt worden, auch nicht durch seine Rivalen, die anderen Suzerains, eliminiert. Dieser Chim war tatsächlich entkommen!

Und jetzt war er wieder da, war wieder aufgetaucht, ganz allein auf weiter Flur. Wie war das möglich? Und was wollte er erreichen? Ohne Führung, ohne die Hilfe einer Gruppe – wie weit würde er wohl kommen?

Auf den ersten Blick hatte sich der Suzerain der Guten Sitten gefreut, war vielleicht sogar etwas belustigt – eine ungewöhnliche Gefühlsregung für einen Gubru. Jetzt aber war ihm eher etwas mulmig zumute … Denn das, so dachte er, könnte unliebsame Überraschungen bergen. Vielleicht war es sogar der Anfang vom Ende.

Fiben 87

Bisher war alles kinderleicht gewesen, und Fiben fragte sich, wozu der ganze Aufwand nötig war.

Er hatte befürchtet, dass er im Kopfrechnen geprüft würde oder wie Demosthenes eine Rede halten sollte, mit Kieseln im Mund. Doch zunächst gab es nichts weiter als eine Reihe von Schirmschranken, die ihn automatisch überwachten. Und nachher gab es nichts weiter als diese komischen Instrumente, die er bereits vor Wochen und Monaten bei den Gubru-Technikern gesehen hatte, die jetzt von verschiedenen seltsamen Aliens benutzt wurden.

So weit, so gut. Er schaffte den ersten Durchlauf in einer Zeit, die fast als Rekord galt.

Freilich hatte man ihm von Zeit zu Zeit auch ein paar Fragen gestellt. Woran erinnerte er sich in der letzten Zeit am liebsten? Wie gefiel ihm sein Beruf? War er mit der physischen Form seiner Generation von Neoschimpansen zufrieden, oder sollte da etwas verbessert werden? Würde ein Schwanz oder Schweif dazu beitragen, Werkzeuge irgendwelcher Art besser zu bedienen?

Gailet wäre stolz darauf gewesen, wie höflich er sich trotzdem verhielt – zumindest wagte er es zu hoffen.

Freilich besaßen die Galaktiker seine kompletten Personalakten – die genetischen, die schulischen und die militärischen – und waren in der Lage, Zugriff zu diesen Daten zu haben, während er an einigen verblüfften Klauen-Soldaten unter den Steilufern der Bucht entlangmarschierte und schnurstracks auf die äußeren Barrieren zuging, um den ersten Test zu bestehen.

Als ihn ein großer, hochgewachsener, baumlanger Kanten fragte, was mit der Nachricht sei, die er in jener Nacht hinterlassen hatte, als er aus seinem Gefängnis »ausbrach«, wurde ihm klar, dass das Institut auch Zugriff auf die Daten der Invasoren hatte. Er antwortete wahrheitsgemäß, dass es Gailet gewesen sei, die den Text aufgesetzt hatte, dass er aber gewusst habe, welchem Zweck diese Notiz dienen sollte.

Das Laubwerk des Kanten raschelte und rauschte, und tausend Silberglöckchen erklangen. Dieses halb pflanzliche Wesen schien irgendwie amüsiert und rückte bereitwillig beiseite, um Fiben passieren zu lassen.

Im immer wieder aufkommenden Wind fröstelte Fiben an den östlichen Hängen, doch die Westseite war der Nachmittagssonne zugekehrt und gegen die Brise abgeschirmt. Und während er versuchte, nach wie vor schnell auszuschreiten, kam er sich vor, als würde er einen Wintermantel tragen, obwohl man die spärliche Behaarung eines Chims kaum mehr als Fell bezeichnen konnte.

Der parkähnlich angelegte Hügel glich einer schönen Landschaft oder noch mehr einem gepflegten Englischen Garten, und der Pfad war angenehm gepflastert. Dennoch spürte er ein leises Beben in den Zehen, als würde der künstliche Hügel mit einer Harmonie mitschwingen, die weit unter der Schwelle der hörbaren Töne lag. Fiben, der die gewaltigen Kraftwerke gesehen hatte, bevor sie vergraben wurden, wusste genau, dass er sich das nicht nur einbildete.

An der nächsten Station trat ihm ein riesiger Pring-Techniker mit glühenden Augen und aufgeworfenen Lippen entgegen, der ihn von Kopf bis Fuß betrachtete und ein paar Daten in einen Speicher eingab, bevor er ihm den Weg freigab. Nun aber schienen einige der Honoratioren an den Hängen auf ihn aufmerksam zu werden. Einige von ihnen traten näher und prüften neugierig seine Testergebnisse. Fiben verbeugte sich höflich vor denen, die in seiner Nähe standen und versuchte, nicht an all die Augen zu denken, deren Blick jetzt auf ihn gerichtet war, an all die Leute, die ihn wie ein Wundertier bestaunten.

Irgendwann in früherer Zeit mussten auch ihre Vorfahren einer solchen Prüfung standhalten, sagte er zu sich.

Zweimal drehte Fiben seine Runden um die offiziellen Kandidaten, eine Schlange bräunlicher Kreaturen in kurzen Silberroben. Das erste Mal nahm keiner der Chims von ihm Notiz. Beim zweiten Mal wurde er mittels Instrumenten von einem Wesen überwacht, dessen Spezies und Herkunft er nicht identifizieren konnte. Gleichzeitig aber konnte er einige Gestalten, die da oben standen, ausmachen. Und auch einige Chims hatten ihn mittlerweile bemerkt. Einer von ihnen stieß seinen Kumpel mit dem Ellbogen an und zeigte auf Fiben. Doch dann waren sie alle wieder hinter der nächsten Ecke verschwunden.

Er hatte Gailet noch nicht gesehen – wahrscheinlich war sie ganz oben unter den Honoratioren. »Na komm schon!«, knurrte Fiben ungeduldig, verärgert und gleichzeitig besorgt über die lange Zeit, welche diese Kreatur brauchte. Dann aber fiel ihm ein, dass all die Geräte, die auf ihn gerichtet waren, seine Gedanken lesen und seine Stimmung registrieren konnten – also nahm er sich zusammen und versuchte sich zu konzentrieren. Er lächelte freundlich und verbeugte sich, als der Alien-Techniker ihm mit ein paar computerübersetzten Worten den Weg freigab.

Fiben aber eilte weiter, immer mehr irritiert durch die großen Entfernungen zwischen den Stationen, während er sich immer wieder fragte, ob es keine Abkürzung gäbe, um sein Ziel schneller zu erreichen.

Stattdessen wurde er immer langsamer, wurde immer wieder aufgehalten, weil die Tests von Mal zu Mal schwieriger wurden und eine tiefere Einsicht, ein komplizierteres Denken erforderten. Schon bald traf er noch mehr Chims, die den Hügel wieder hinabstiegen. Wahrscheinlich hatte man ihnen verboten, mit ihm zu sprechen, doch einige von ihnen warfen ihm bedeutsame Blicke zu, und ihre Leiber dampften vor Schweiß.

Fiben erkannte mehrere von diesen Chims, die abgewiesen

worden waren. Zwei von ihnen waren einst Professoren am College in Port Helenia gewesen, andere waren Wissenschaftler, die am ökologischen Programm für die Sanierung von Garth beteiligt waren. Nun war Fiben allmählich doch etwas verwirrt. All diese Chims mit den blauen Karten – die zu den größten und hellsten Köpfen gehörten. Wenn diese versagt hatten, so musste hier so manches schiefgelaufen sein. Nun war dies allerdings keine routinemäßige Sache wie die Zelebration der Tytal, über die ihm Athaclena berichtet hatte.

Man konnte fast davon ausgehen, dass der ganze Aufwand gegen die Erdlinge geplant war.

Nun näherte er sich einer Station, die von einem hochgewachsenen Gubru besetzt war. Der Aviane trug zwar die Farben des Entwicklungsinstituts und war wohl zur Neutralität verpflichtet. Doch hatte Fiben an diesem Tag schon genug solcher Gestalten in den Farben des Instituts gesehen – er hatte einfach die Schnauze voll.

Die vogelähnliche Kreatur bediente sich eines Vodors und stellte ihm eine kurze Frage über das Protokoll, dann ließ sie ihn passieren.

Ein Gedanke tauchte blitzartig in Fiben auf, während er diesen Testpunkt eilig verließ. Was, wenn der Suzerain der Guten Sitten durch seine Peers überstimmt worden war? Wie weit gingen noch die Vollmachten dieses Suzerain, wie konnte oder wollte er eine solche Zeremonie durchführen? Versprechen – Versprechen soll man halten. Aber wie stand es mit den anderen – mit dem Admiral und dem Bürokraten? Wahrscheinlich hatten sie verschiedene Prioritäten im Sinn.

Konnte die ganze Angelegenheit so manipuliert werden, dass die Neoschimpansen nicht gewinnen konnten, ganz gleich, wie gut sie sich auch auf eine Beförderung vorbereitet hatten? War so etwas möglich?

Und konnte ein solches Ergebnis den Gubru wirklich etwas einbringen?

Bei all diesen Sorgen und Gedanken fiel es Fiben nicht leicht, den nächsten Test zu bestehen, wo es um komplizierte Motorfunktionen ging und er gleichzeitig ein vertracktes dreidimensionales Puzzle lösen musste. Als er die Station verließ, fielen schon die ersten Abendschatten auf das Wasser der Aspinal Bay zu seiner Linken. Erst jetzt merkte er, dass sich weiter unten etwas tat, und hielt im letzten Moment an, um festzustellen, was da geschah.

»Was, in Ifnis Namen, ist das?« Fiben blinzelte und starrte dorthin.

Doch er war nicht allein. Nun kamen eine ganze Reihe galaktischer Honoratioren diesen Weg herab, angezogen von einer braunen Flut, die in diesem Moment gegen den Fuß des Zeremonienhügels brandete.

Fiben versuchte zu erkennen, was da vor sich ging, aber die Sonnenstrahlen, die das Wasser zurückwarf, blendeten ihn, weil das Licht trotz der bereits einfallenden Schatten noch zu grell war. Er konnte lediglich sehen, dass die Bucht mit Booten überfüllt war, dass es dort unten von Booten wimmelte und dass sie ihre Passagiere in die isolierte Bucht entluden, wo er vor Stunden gelandet war.

Also waren noch mehr der Stadtchims herbeigeströmt, um zuzusehen. Er hoffte, dass sich keiner danebenbenehmen würde, doch er bezweifelte, ob nicht doch einige der Zuschauer randalierten, dass es Verletzte und auch Schäden geben würde. Die Galaktiker wussten, dass die Neugier der Affen zu deren Grundzügen und Eigenschaften gehörte – und genau dies wurde im Augenblick deutlich unter Beweis gestellt. Wahrscheinlich hatte man den Chims weniger Plätze eingeräumt, von wo aus sie alles beobachten konnten, weniger, als ihnen nach dem Galaktischen Recht zustanden.

Dennoch hatte er jetzt keine Zeit mehr zu verlieren. Fiben drehte sich um und eilte wieder bergauf. Und obwohl er den nächsten Test in galaktischer Geschichte bestand, wusste er, dass diese gute Note kaum etwas an seinem Gesamtergebnis ändern würde.

Er war froh, als er endlich den westlichen Hang erreicht hatte. Als die Sonne sank, war dies die Stelle, wo der Wind nicht gar so eisig wehte. Fiben erschauerte, als er weiter hinaufstieg und sich der Menge näherte, die eine Etage höher versammelt war.

»Langsam, Gailet«, murmelte er. »Kannst du nicht einen langsameren Gang einlegen? Du hast noch nie eine Frage beantwortet, wenn sie gerade anstand. Konntest du nicht sagen, dass ich komme?«

Doch ein Teil von ihm fragte sich, ob sie überhaupt schon Bescheid wusste und ob sie sich darum kümmerte.

Gailet 88

Sie wusste genau, worauf es ankam. Und die Ursache ihrer Depression hatte andere Gründe, als nur die Müdigkeit, die sie nach einem langen, schweren Arbeitstag übermannte, auch nicht die Last, die Belastung, weil all diese verunsicherten Chims wie Kletten an ihr hingen, um sie durch all diese Schwierigkeiten zu führen, alle ihre Probleme zu lösen.

Es war auch nicht die Anwesenheit dieses gewaltigen Chims Eisengriff, der ihr nicht von der Seite wich. Es war für sie eine Enttäuschung, mit ansehen zu müssen, wie er all die Tests mit Leichtigkeit erledigte, all jene Prüfungen, durch die andere, bessere Chims durchfielen. Und genauso wie die anderen Günstlinge der Sponsoren war er dauernd hinter ihr her, mit einem Lächeln, einem Grinsen, das keines weiteren Kommentars bedurfte. Immerhin konnte ihm Gailet noch die Zähne zeigen und ihn die meiste Zeit übersehen.

Auch die Prüfungen als solche störten sie nur wenig. Im Gegenteil – es waren die besten Stunden des Tages. Irgendein alter Weiser unter den Menschen hatte einmal gesagt, dass nichts so förderlich sei, wie die Freude am eigenen Werk. Während sich Gailet konzentrierte, konnte sie so gut wie alles ausschließen und blockieren – die Welt, die Fünf Galaxien, alles, bis auf die Herausforderung, ihre eigenen Fähigkeiten zu beweisen. Bei all den Krisen und all den Fragen über Ehre und Pflicht spürte sie stets eine Art Zufriedenheit, sobald sie eine Aufgabe gelöst hatte, und dass sie *wusste,* dass alles sehr gut war, bevor es ihr die Prüfer des Instituts sagten.

Nein, die Tests und Prüfungen waren es nicht, die sie störten.

Gailet aber war stets im Zweifel darüber, ob sie auch die richtige Wahl getroffen hatte.

Ich hätte die Teilnahme verweigern sollen, dachte sie. *Ich hätte einfach nein sagen müssen.*

Doch die Logik belehrte sie eines Besseren. Gemäß Protokoll und nach allen Regeln der Kunst hatten die Gubru sie in eine Position gedrängt, wo ihr keine andere Wahl blieb – zu ihrem Vorteil und zum Vorteil ihrer Spezies, ihres Clans.

Dennoch wusste sie, dass man sie *benutzte.* Und sie kam sich irgendwie gedemütigt vor.

Während der letzten Studienwoche in der Bibliothek hatte sie sich oft dabei ertappt, dass sie unter den Bildschirmen voller mysteriöser Daten immer wieder vor sich hindöste. Ihre Träume waren unruhig und schwer, voller Vögel, die irgendwelche bedrohlichen Instrumente trugen, Bilder von Max und Fiben und noch so vielen anderen, die um sie herumschwebten, dass sie ganz verwirrt war, sooft sie aus ihrem Halbschlaf aufschrak.

Dann kam der TAG. Sie hatte ihre Robe mit einem Gefühl der Erleichterung angelegt, mit dem Gefühl, dass jetzt ein Ende nahte. Doch *welches* Ende?

Eine schlanke Chimmie trat aus der nächsten Prüfungskabine, wischte sich die Stirn mit dem Ärmel ihrer Silbertunika ab und kam herbei, um sich erschöpft zu Gailet zu gesellen. Michaela Nodding war bloß Grundschullehrerin mit grüner Karte, doch sie hatte sich als viel anpassungsfähiger und zäher erwiesen, als nicht wenige mit blauer Karte, die jetzt den einsamen, gewundenen Weg wieder hinunterstiegen. Gailet war erleichtert, ihre neue Freundin unter den Kandidaten zu sehen. Sie streckte die Hand aus und nahm die Chimmie bei der Hand.

»Ich wäre um ein Haar durchgefallen, Gailet«, sagte Michaela. Ihre Finger zitterten in Gailets Griff.

»Nun, nun – lass dich nicht ins Bockshorn jagen, Michaela«, sagte Gailet beruhigend, während sie das verschwitzte Haar ihrer

Kollegin zurückstrich. »Du bist alles, was ich habe. Ich wäre nie so weit gekommen, wenn du nicht da gewesen wärst.«

In Michaelas braunen Augen war so etwas wie Dankbarkeit zu lesen, mit etwas Spott vermischt. »Du lügst, Gailet. Es ist nett von dir, so was zu sagen, aber du brauchst keinen von uns, am wenigsten mich. Alles, was ich mir mühsam erarbeiten muss, machst du mit leichter Hand.«

Freilich stimmte das nicht ganz. Gailet hatte nämlich erfahren, dass die Prüfungen, die das Entwicklungsinstitut anbot, gestaffelt waren, dass man nicht so sehr darauf achtete, wie intelligent der Kandidat war, sondern wie sehr er sich anstrengte. Nun war Gailet anderen Chims gegenüber im Vorteil, was ihre Ausbildung und ihren IQ betraf – doch auch ihre Prüfungen wurden von Stufe zu Stufe härter.

Ein weiterer Chim – ein Proband namens Wiesel – kam aus der Kabine und schlenderte hinüber zu jener Stelle, wo Eisengriff mit einem dritten Mitglied der Bande wartete. Wiesel sah nicht besonders geschafft aus. Und alle drei überlebenden Probanden machten einen gelassenen, zuversichtlichen Eindruck. Eisengriff erhaschte Gailets Blick und winkte ihr zu. Sie aber wandte sich rasch ab.

Nun kam auch der letzte Chim heraus und schüttelte den Kopf.

»Das war's«, sagte er.

»Dann hat Professor Simmins …?«

Und als er nur die Achseln zuckte, musste Gailet seufzen. Das alles machte keinen Sinn. Irgendetwas war nicht in Ordnung, wenn hochgebildete, erfahrene Chims durchfielen, während Eisengriff und Konsorten die Prüfung ohne Mühe bestanden.

Natürlich konnte das Entwicklungsinstitut einen »Fortschritt« anders bewerten als der Erdenclan, der von Menschen geleitet wurde. Eisengriff und Wiesel und Stahlhand waren *intelligent,* zweifellos. Vielleicht hatten die Galaktiker all die verschiedenen negativen Charaktereigenschaften der Probanden unter dem Gesichtspunkt eingestuft, dass es sich hier um Relikte entsprechender terranischer Eigenschaften handelte, deren Spuren die Probanden noch in sich trugen.

Doch dies war nicht der eigentliche Grund, sagte sich Gailet, während sie an Michaelas Seite an den restlichen etwa zwanzig Kandidaten vorbei den Pfad weiter hinaufschritt. Gailet wusste, dass etwas anderes dahintersteckte. Die Probies waren viel zu sehr aufgekratzt, als wüssten sie bereits, dass etwas im Busch war.

Als sie sich der nächsten Station näherten, die mit einem plumpen, ledernen Soro-Inspektor und sechs Robotern besetzt war, drehte sich Gailet um und bemerkte, dass all die prächtig gekleideten Beobachter, die nicht dem Institut angehörten und nur gekommen waren, um eventuell diplomatische Kontakte zu knüpfen oder Verhandlungen zu führen – dass fast all diese Leute bereits gegangen waren. Einige von ihnen waren noch zu sehen, wie sie langsam den Hügel hinab und Richtung Osten schlenderten, als würde dort unten etwas Interessantes vor sich gehen, was ihre Aufmerksamkeit auf sich zog.

Denen würde es nicht im Traum einfallen, uns zu verraten, was da vor sich geht, dachte sie verbittert.

»Okay, Gailet«, seufzte Michaela. »Du bist wieder die Erste. Zeig es ihnen!«

Also konnte selbst eine Grundschullehrerin noch knurren und schnurren, um sich anzubiedern und einzuschmeicheln. Auch Gailet seufzte. »Also gut. Ich werde den Stier bei den Hörnern packen.«

Eisengriff grinste sie an, aber Gailet ignorierte ihn, während sie ihren Weg nach oben fortsetzte, sich vor dem Soro verbeugte und sich den Robotern präsentierte.

89 Galaktiker

Der Suzerain von Balken und Klaue tänzelte unter dem Zeltdach des Pavillons, das für das Entwicklungsinstitut reserviert war, unruhig hin und her. Dabei krächzte der Gubru-Kommandant aus voller Kehle.

»Unzulässig! Unglaublich! Unfassbar! Diese Invasion muss sofort gestoppt werden, muss sofort aufhören!«

Die routinemäßige Entwicklungszeremonie war empfindlich gestört. Beamte und Prüfer des Instituts – Galaktiker jeder Art und Größe – versammelten sich unter dem Zeltdach, konsultierten in aller Eile tragbare Bibliotheken und suchten nach einem Präzedenzfall ähnlicher Art, den sie noch nie erlebt hatten. Diese unvorhergesehene, unerwartete Störung hatte überall für ein Chaos gesorgt, insbesondere in jenem Winkel, wo der Suzerain vor einem spinnenähnlichen Wesen herumhüpfte.

Die Große Prüferin, eine arachnoide Serentiner, stand gelassen inmitten eines Kreises von Datenspeichern und hörte den Klagen des Gubru-Offiziers aufmerksam zu.

»Es ist eine vorsätzliche Verletzung aller Vorschriften, ein Vertragsbruch, ein Kapitalverbrechen – wie dem auch sei, werden meine Soldaten für Vergeltung sorgen!« Der BK-Suzerain sträubte sein Gefieder, um jenen rosa Schimmer herzuzeigen, der sich unter seinem Federkleid bereits abzeichnete – als ob es dem Serentiner etwas ausgemacht hätte, dass der Admiral nahezu weiblich, ja fast schon Königin war.

Das aber machte auf die Große Prüferin keinerlei Eindruck. Denn *alle* Serentiner waren weiblichen Geschlechts. Also was sollte das Aufplustern?

Die Große Prüferin versuchte jedoch, sich nichts anmerken zu lassen. »Die Neuankömmlinge haben sämtliche Kriterien erfüllt, die ihnen eine Teilnahme an dieser Zeremonie gestattet«, erwiderte sie geduldig in Galactic Drei. »Freilich haben sie für etwas Unruhe gesorgt und so manche Übertretung begangen, die später diskutiert werden soll, wenn dieser Tag vorbei ist. Immerhin handelt es sich nur um geringfügige Übergriffe, eine der Charakteristika dieser Zeremonie, die nun – zugegeben etwas unkonventionell sind.«

Der Gubru sperrte den Schnabel auf und machte ihn wieder zu. »Was willst du damit sagen?«

»Ich meine – dies ist die ungewöhnlichste und unregelmäßigste Entwicklungszeremonie seit Megajahren. Ich habe schon oft daran gedacht, diese Zeremonie überhaupt abzuschaffen.«

»Das wirst du nicht wagen! Wir würden protestieren, wir würden uns auflehnen, würden uns wehren, würden Schadenersatz verlangen …«

»Das könnte euch so passen!« Die Große Prüferin seufzte. »Alle Welt weiß, dass sich die Gubru übernommen haben. Aber ein Urteil, das zu Ungunsten eines der Institute gefällt wird, würde wohl einen Teil eurer Kosten decken.«

Diesmal musste der Gubru den Schnabel halten. Die Große Prüferin benutzte zwei Fühler, um sich ihren Chitinpanzer zu kratzen. »Viele meiner Verbündeten glauben, dass dies die ganze Zeit schon euer Plan war. Bei dieser Zeremonie, die ihr arrangiert habt, gibt es so viele Unregelmäßigkeiten – und bei näherem Hinsehen liegt das alles irgendwo *hart an der Grenze der Legalität*. Ihr habt es verstanden, allerhand Hintertürchen zu finden.

Da wäre zum Beispiel die Zustimmung zu einer Zeremonie seitens der menschlichen Wesen für ihre Klienten. Es ist unklar, was eure Beamten im Sinn hatten, als sie diese Papiere unterzeichneten, die du mir vorgelegt hast.«

»Man hat … es wurde ihnen der Zugang zur Bibliothek angeboten.«

»Eine Fähigkeit, die man bei Wolflingern nicht eben voraussetzt. Man vermutet, dass da irgendein Zwang dahintersteckt.«

»Wir haben eine Nachricht von der Erde, eine Zusage! Von ihrer Heimatwelt, von ihren Nest-Müttern!«

»Freilich«, meinte die Serentiner. »Sie haben euer Friedensangebot und das Angebot für eine freie Zeremonie akzeptiert. Wie hätte auch die bedauernswerte Spezies der Wolflinger unter solchen Umständen dieses Angebot ausschlagen können? Doch die semantische Analyse zeigt, dass sie sich auf nichts weiter einlassen wollten, als über die Sache zu *diskutieren*. Denn sie hatten wahrscheinlich nicht begriffen, dass ihr euch dadurch von den früheren Verpflichtungen losgesagt habt, die ihr vor mehr als fünfzig Paktaars eingegangen seid, und dass somit auf die Wartezeit stillschweigend verzichtet wurde.«

»Wenn sie uns missverstanden haben, wenn sie im Irrtum sind, so ist das ihre Sache«, zischt der Suzerain von Balken und Klaue.

»Natürlich. Teilt auch der Suzerain der Guten Sitten diese Meinung?«

Diesmal kam keine Antwort, und die Stille war bedrückend. Die Große Prüferin hob beide Vorderbeine und kreuzte sie in einer formalen Verbeugung. »Dein Protest ist angenommen. Die Zeremonie soll fortgesetzt werden unter den uralten Regeln der Progenitoren.«

Der Gubru-Kommandant hatte keine Wahl, konnte die Verbeugung nur noch erwidern. Dann drehte er sich auf der Kralle um, fegte aus dem Zelt, stieß seine Adjutanten und seine Wachmannschaft zornig beiseite und machte sich aus dem Staub, während seine Eskorte verwirrt und erstaunt hinter ihm herblickte.

Die Große Prüferin aber wandte sich an einen ihrer Roboter-Assistenten. »Worüber haben wir gesprochen, bevor der Suzerain eintraf?«

»Über ein Fahrzeug, das sich nähert und dessen Insassen diplomatischen Schutz und Beobachterstatus fordern«, erwiderte der Roboter in GalEins.

»Ach ja, die.«

»Sie werden immer nervöser, weil sie befürchten, dass ihnen die Gubru den Weg abschneiden und sie in die Zange nehmen könnten.«

Die Große Prüferin zögerte nur für einen Moment. »Sag ihnen, dass wir ihnen gern entgegenkommen. Sie möchten direkt zum Berg kommen. Sie stehen unter dem Schutz des Entwicklungsinstituts.«

Der Roboter eilte davon, um den Befehl zu überbringen. Dann kamen andere Hilfskräfte herbei, wedelten mit Computerausdrucken und schrieben vorläufige Berichte über weitere Anomalien. Nun wurden auch die Holo-Bildschirme einer nach dem anderen lebendig und zeigten Bilder von den Ankömmlingen am Fuß des Hügels, die aus verwitterten Booten stiegen und über die unbewachten Hänge nach oben strömten.

»Die Sache wird immer interessanter«, meinte die Große Prüferin seufzend. »Ich frage mich, was wohl demnächst passieren wird.«

Gailet 90

Es war nach Sonnenuntergang. Gimelhai war bereits hinter dem westlichen Horizont versunken, und der Himmel war mit dunklen Wolken bedeckt, als die erschöpften Überlebenden schließlich auch den letzten Prüfschirm passiert hatten und schweratmend ins Gras sanken. Sechs Chims und sechs Chimmies lagen schweigend dicht beieinander, um sich gegenseitig zu wärmen. Sie waren viel zu erschöpft, um sich gegenseitig das Fell zu kämmen, wollten nichts als Ruhe und Entspannung.

»Mama, warum haben sie nicht Hunde zur Entwicklung gewählt oder Schweine?«, maulte einer von ihnen.

»Oder Paviane«, sagte eine andere Stimme, und das Gemurmel im Hintergrund stimmte zu. Denn solche Kreaturen hatten eine solche Behandlung verdient.

»Jeden anderen außer uns«, ertönte eine dritte Stimme.

Ex exaltavit humilis, dachte Gailet bei sich. *Man hat sich die Bescheidensten und Demütigsten ausgesucht.* Das Motto der Terragenen Entwicklungsbehörde stammte aus der alten Bibel der Christen. Gailet aber konnte sich des Gedankens nicht erwehren, dass irgendwo irgendjemand gekreuzigt werden sollte. Sie schloss die Augen und verfiel sofort in einen leichten Schlaf. *Nur ein kleines Nickerchen,* dachte sie. Doch es dauerte nicht lang. Gailet wurde plötzlich aus ihren Träumen gerissen – aus einem Albtraum, der ihr vorgaukelte, dass ein Gubru über ihr stand und auf sie herabschaute. Sie schauderte und öffnete wieder die Augen.

Die Abenddämmerung war bereits angebrochen, das letzte Tageslicht verblasst. Über ihr blitzten die Sterne, die nichts Gutes verhießen.

Sie und die anderen rappelten sich schnell hoch, als ein hell erleuchtetes Schwebefahrzeug herangeflogen kam und direkt vor ihnen landete. Drei Gestalten entstiegen dem Fahrzeug: ein Gubru mit weißem Gefieder, ein spinnenähnlicher Galaktiker und ein rundlicher Mann der Menschenspezies, dessen Gewand wie ein Kartoffelsack von seinen Schultern baumelte. Und während sie sich mit den anderen Chims verbeugte, erkannte Gailet den Cordwainer Appelbe, den Leiter der Entwicklungsbehörde auf Garth.

Der Mann sah seltsam aus. Wahrscheinlich hatte man ihn gezwungen, an all diesen Dingen teilzunehmen, und Gailet fragte sich, ob der Mann nicht unter Drogeneinfluss stand.

»Nun, ich möchte euch allen gratulieren«, sagte er, während er vor die beiden hintrat. »Ihr sollt wissen, wie stolz wir auf euch sind. Mir wurde gesagt, dass man über einige Testergebnisse noch debattiert, aber dass die allgemeine Beurteilung des Entwicklungsinstituts durchaus positiv ist. Das heißt, dass die *Pan argonostes* – also die Neoschimpansen des Erdenclans höchstwahrscheinlich in der nächsten Zeit für die dritte Stufe geeignet sein werden.«

Nun trat der arachnoide Vertreter vor. »Das ist wahr. Und ich will versprechen, dass in Zukunft alle Anträge des Erdenclans bei weiteren Prüfungen bevorzugt behandelt werden.«

Vielen Dank, dachte Gailet, während sie sich mit den anderen verbeugte. *Nur bitte fisch mich nicht als Nächste raus!*

Nun begann die Große Prüferin mit einer längeren Ausführung über die Rechte und Pflichten von Klientenspezies. Sie sprach von den längst entschwundenen Progenitoren, die die galaktische Zivilisation vor so endlos langer Zeit aufgebaut hatten und von den Verfahren, die sie festgelegt hatten, zum Wohle der kommenden Generationen intelligenten Lebens.

Die Prüferin sprach in GalSieben, einer Sprache, der die meisten Chims zumindest folgen konnten. Gailet versuchte aufmerksam zuzuhören, doch ihre Gedanken schweiften immer wieder ab und sie überlegte, was jetzt alles auf sie zukam.

Sie spürte, dass jenes unterirdische Beben sich immer mehr steigerte, jenes leise Rumpeln, das sie den ganzen Weg bergauf begleitet hatte. Die Luft war mit einem kaum wahrnehmbaren Geräusch erfüllt, das sich anhörte wie ganz fernes Donnern. Gailet schwankte, als eine Welle von *Unrealität* über sie hinwegspülte. Sie schaute auf, und ihr war, als würden die Abendsterne heller leuchten als sonst. Einige schienen seitlich verschoben, verzerrt in einem Oval direkt über ihr. Und genau an dieser Stelle wurde es nun finster.

Die äolische Ansprache der Prüferin dauerte und dauerte, zog sich in die Länge, wollte schier kein Ende nehmen. Cordwainer Appelbe lauschte mit heiterer Miene. Doch der Gubru mit dem weißen Gefieder wurde von Minute zu Minute ungeduldiger, und Gailet glaubte den Grund dafür zu wissen. Jetzt, wo die Hyperraum-Weiche betriebsbereit war, ging jede Minute auf Kosten der Invasoren. Und sobald sich Gailet dessen bewusst wurde, fand sie die predigende Serentiner immer sympathischer. Sie gab Michaela einen leichten Stoß, als sie merkte, dass die Freundin eingedöst war, und setzte eine aufmerksame Miene auf.

Der Gubru aber sperrte immer wieder den Schnabel auf, als wollte er gegen alle Regeln des Protokolls die Prüferin unterbrechen. Und schließlich, als das spinnenähnliche Wesen eine kurze Pause einlegte, fuhr der Aviane scharf dazwischen. Gailet, die monatelang studiert hatte, konnte jedes Wort in GalDrei deutlich verstehen.

»… verschieben, verzögern, hinhalten. Deine Motive sind zweifelhaft, unglaublich und suspekt! Ich bestehe darauf, dass du endlich weitermachst, dich bewegst und die Sache in Gang bringst!«

Doch die Prüferin beachtete ihn nicht und fuhr in GalSieben fort.

»Indem ihr die Prüfungen bestanden habt, diese Prüfungen,

die viel schwerer waren, als ich sie bisher erlebt habe, habt ihr eure Eignung als Juniorbürger eurer Zivilisation bewiesen und eurem Clan Ruhm und Ehre gebracht.

Was ihr heute entgegennehmt, ist die Frucht eurer Arbeit – das Recht, die Liebe eurer Patrone zu festigen und einen entsprechenden Konsorten zu wählen. Diese Entscheidung ist von großer Bedeutung. Ihr müsst eine bekannte, sauerstoffatmende Sternfahrerspezies wählen, eine, die kein Mitglied eures Clans ist. Diese Spezies wird eure Interessen vertreten und neutral bei Auseinandersetzungen zwischen euch und eurer Patronatsspezies schlichten. Wenn ihr wollt, könnt ihr euch für die Tymbrimer aus dem Clan der Krallnither entscheiden, die euch auch bisher betreut haben. Allerdings steht es euch auch frei, eine andere Entscheidung zu treffen.

Ihr habt aber auch eine weitere Möglichkeit – nämlich eure Teilnahme an der galaktischen Zivilisation zu beenden und dafür zu plädieren, dass sich das Institut nicht mehr in eure Angelegenheiten einmischt. Selbst dieser drastische Schritt war von den Progenitoren vorgesehen, zur Sicherung der Grundrechte aller Lebewesen.«

Könnten wir – dürften wir das wirklich tun? Gailet war von diesem Gedanken wie berauscht. Sie wusste zwar, dass ein solcher Schritt praktisch unzulässig war – aber das Angebot war nun einmal da!

Sie erschauerte, nahm sich aber zusammen und versuchte sich wieder auf die Große Prüferin zu konzentrieren, die jetzt segnend die Arme hob. »Im Namen des Entwicklungsinstituts und im Angesicht aller galaktischen Zivilisationen erkläre ich euch, die Vertreter eurer Spezies für qualifiziert und fähig, euer Schicksal selbst zu bestimmen. Gehet hin in Frieden, und verkündet es allen Völkern.«

Die Serentiner trat zurück. Jetzt war der Zeremoniensponsor an der Reihe. Normalerweise war es ein menschliches Wesen oder eventuell auch ein Tymbrimer, doch diesmal nicht. Der Gubru-Emissär führte einen kleinen ungeduldigen Tanz auf. Dann bellte er schnell und kurz in einen Vodor, und seine Worte in GalSieben klangen wie Fanfarenstöße.

»Zehn von euch sollen die endgültigen Vertreter zur Weiche begleiten und Zeugnis ablegen. Das gewählte Paar soll die Bürde der Wahl und der Ehre tragen. Nennt mir die beiden Namen.«

»Doktor Gailet Jones, weiblich, Bürgerin von Garth, Terragene Föderation, Clan der Erde.«

Gailet wollte sich nicht rühren, doch ihre Freundin Michaela gab ihr heimlich einen Schubs. Gailet stolperte ein paar Schritte den Honoratioren entgegen und verbeugte sich. Und wieder ertönte der Vodor.

»Eisengriff Hansen, männlich, Bürger von Garth, Terragene Föderation, Clan der Erde.«

Die meisten Chims hinter ihrem Rücken schnauften und fauchten vor Verachtung. Gailet aber schloss die Augen. Ihre schlimmsten Befürchtungen waren wahr geworden. Bis zu diesem Augenblick hatte sie sich noch an die Hoffnung geklammert, dass der GS-Suzerain der Gubru immer noch etwas zu sagen hatte, dass er das Triumvirat überzeugen könnte, ein faires Spiel zu spielen. Doch jetzt …

Sie spürte seine Nähe, sie spürte, wie er an ihre Seite trat, dieser meistgehasste Chim – und sie wusste genau, dass er sie ebenso fies angrinste wie immer.

Genug! Ich habe mehr als genug ausgehalten, mich für die Sache eingesetzt. Die Große Prüferin war misstrauisch geworden. Wenn ich ihr vielleicht sagen würde …

Doch sie rührte sich nicht, und ihr Mund blieb verschlossen.

Ganz plötzlich und brutal wurde sich Gailet bewusst, was das alles zu bedeuten hatte, erkannte sie, warum sie diese Farce so lange mitgemacht hatte.

Man hat meinen Geist manipuliert, man hat mich getäuscht!

Nun hatte alles einen Sinn, die Steinchen fügten sich zu einem Bild zusammen. Sie brachte sich ihre Träume wieder in Erinnerung – all jene Albträume unter dem subtilen, unerbittlichen Zwang, in den Fängen unbarmherziger Maschinen.

Das Entwicklungsinstitut wäre sicher nicht gerüstet, um solche Tests durchzuführen.

Freilich nicht. Die Entwicklungszeremonien waren stets ein freudiges Ereignis, die von Patron und Klient gleichermaßen zelebriert wurden. Wer hatte jemals von einem Repräsentativen gehört, der zur Teilnahme gezwungen oder dafür konditioniert worden war?

Es musste geschehen sein, nachdem man Fiben entfernt hatte. Denn der Suzerain der Guten Sitten hätte wohl nie seine Zustimmung gegeben. Wenn die Große Prüferin das wüsste, könnten wir von den Gubru Reparationszahlungen erpressen, deren Wert einem ganzen Planeten entspricht!

Gailet öffnete den Mund. »Ich …«, und sie suchte nach Worten. Die Große Prüferin schaute sie an.

Gailet rann der Schweiß von der Stirn. Sie musste anklagen, oder zumindest auf diese Möglichkeit *hinweisen*.

Doch ihr Gehirn, ihre Gedanken waren wie gelähmt. Und sie kam sich vor, als könnte sie nicht mehr sprechen, als wüsste sie nicht mehr, wie man Wörter bildet.

Eine Sprechsperre – das heißt, dass es ihr einfach die Sprache verschlagen hatte. Der Gubru wusste genau, wie man einem Neoschimpansen imponieren konnte. Ein Mensch wäre vielleicht fähig gewesen, diese Barriere zu überwinden, doch Gailet erkannte, wie nutzlos dies in ihrer Lage gewesen wäre. Nun konnte sie zwar nicht in den Mienen anthropoider Wesen lesen, aber ihr kam es vor, als wäre die Serentiner etwas enttäuscht. Die Große Prüferin trat zurück und sagte: »Begebt euch jetzt zur Hyperraum-Weiche.«

Nein!, wollte Gailet ausrufen. Doch sie konnte nur einen leisen

Seufzer ausstoßen, als Eisengriff ihre Hand nahm und sie sich nicht dagegen wehren konnte.

In diesem Augenblick spürte sie, wie eine Vorstellung, wie ein Bild sich in ihren Sinnen formte – ein Avianer, das Gesicht eines Avianers mit gelbem Schnabel und kalten, starren Augen. Und sosehr sie sich auch dagegen wehrte – sie konnte das Bild nicht wegwischen. Und Gailet wusste, dass sie dieses Bild bis zum Gipfel des Zeremonienhügels mit sich tragen würde. Und einmal dort angekommen, würde man sie und Eisengriff in den ovalen Raum katapultieren, wo sie für jetzt und immerdar verharren mussten.

Oh, die Menschen würden sicher einwenden, dass die heutige Wahl manipuliert war. Und wahrscheinlich mehr als die Hälfte der Clans in den Fünf Galaxien würde es glauben. Doch das würde nichts ändern. Die Wahl würde dennoch unangefochten bleiben! Die Alternative würde lauten, das ganze System zu diskreditieren. Die stellaren Zivilisationen standen augenblicklich unter einem solchen Druck, dass sie weitere Belastungen kaum noch durchstehen könnten.

In der Tat könnten einige Clans auf den Gedanken kommen, dass es schon eine Menge Ärger mit diesem kleinen Stamm von Wolflingern gegeben hatte. Wie dem auch sei, würde man wahrscheinlich darauf dringen, dieses Problem ein für alle Mal aus der Welt zu schaffen.

All diese Überlegungen tauchten urplötzlich auf und wirkten auf Gailet wie ein Überfall. Die Gubru wollten nicht nur die neuen »Protektoren« der Chims werden. Nein – sie wollten die *Menschheit* mit Stumpf und Stiel ausrotten. Wenn dieses Ziel einmal erreicht war, dann wäre ihr Volk reif für die Adoption, und sie konnte sich lebhaft vorstellen, *wie* dies vor sich gehen würde.

Gailets Herz klopfte fast hörbar laut. Sie versuchte, nicht in jene Richtung zu schauen, in welche sie Eisengriff führte, doch das nützte ihr wenig. Sie wünschte sich inständigst einen Herzinfarkt oder einen Schlaganfall.

Lasst mich sterben!

Ihr Leben war sowieso keinen Pfifferling wert. Man hatte wahrscheinlich vor, sie gleich nach der Zeremonie »verschwinden« zu lassen, um einen Zeugen zu beseitigen. *Allmächtiger und Ifni, lass deinen Blitz gleich herunterfahren!,* wollte sie schreien.

In diesem Augenblick kam ihre Sprache wieder. Doch ihr war, als wäre nicht *sie* es, die diese Worte sprach.

»Halt! Hier ist Unrecht geschehen, und ich verlange, gehört zu werden.«

Gailet hätte nie geglaubt, dass ihr Herz noch schneller schlagen könnte, doch jetzt fühlte sie sich schwach und ausgelaugt. *O Gott, lass es geschehen ...*

Sie hörte Eisengriff fluchen und spürte, dass er ihre Hand losließ. Das allein schon machte sie glücklich. Um sie herum zirpten die Gubru aufgeregt, und die Chims stießen ein überraschtes »eep« aus. Irgendjemand – es war Michaela – nahm ihren Arm und führte sie weg.

Es war bereits tiefe Nacht geworden. Wolkenfetzen hingen am Himmel, beleuchtet von den hellen Reflexen der Zeremonienstätte und durch den turbulenten, gleißenden Energietunnel, der jetzt über dem künstlichen Hügel Gestalt annahm. Im scharfen Licht der Scheinwerfer eines Schwebewagens tauchte ein einzelner Neoschimpanse in verstaubter Festrobe auf, der von der letzten Teststation herkam. Er wischte sich den Schweiß von der Stirn und ging schnurstracks auf die drei perplexen Beamten zu.

Fiben, dachte Gailet. Benommen, wie sie war, merkte sie dennoch, dass die alten Zeiten wiederkehrten. *O Fiben, sei nicht so stolz, gib nicht so an! Denk ans Protokoll ...*

Gailet brach in ein kurzes hysterisches Lachen aus. Sie löste sich aus ihrer Erstarrung und legte die Hand vor den Mund. »O Fiben«, seufzte sie.

Eisengriff knurrte, aber der Neuankömmling ignorierte den Probanden. Fiben erhaschte ihren Blick und winkte. Und Gailet stellte erstaunt fest, dass ihre Knie bei dieser Geste vor Freude weich wurden – bei dieser Geste, die sie früher in Rage gebracht hatte.

Er trat vor die drei Beamten hin und machte eine kurze Verbeugung. Dann faltete er die Hände respektvoll und wartete auf die Erlaubnis zu sprechen.

»… ehrenrührig, unkorrigierbar, eine unzulässige Unterbrechung«, hallte aus dem Vodor des Gubru. »Wir verlangen sofortiges Entfernen, Sanktionen und Bestrafung …«

Doch das Geschrei hörte plötzlich auf, als die Große Prüferin mit einem ihrer Vorderarme den Vodor ausschaltete und dem Gubru einfach das Wort abschnitt. Dann trat sie vor und wandte sich an Fiben.

»Junger Mann, ich gratuliere dir, dass du es ohne jede Hilfe bis hier herauf geschafft hast. Dein Aufstieg und dieses dein unkonventionelles Vorgehen haben mehr Aufregung und mehr Trubel verursacht, mehr als je bei diesen Zeremonien passiert ist. Angesichts deiner Testergebnisse und deiner sonstigen Leistungen hast du dir deine Position redlich verdient.« Die Serentiner kreuzte zwei der Vorderarme und neigte sich ihm zu. »Nun«, meinte sie, als sie sich wieder aufrichtete, »nehme ich an, dass du eine Beschwerde vorzutragen hast – eine, die deine Handlungsweise rechtfertigt.«

Gailet hörte gespannt zu. Die Große Prüferin mochte zwar sympathisch und freundlich gesinnt sein, doch ihre Worte waren nicht ganz ohne Hintersinn und Tücke. Fiben sollte das bedenken. Ein falsches Wort, und alles würde noch schlimmer sein als vorher.

Fiben machte wieder eine Verbeugung. »Ich möchte mit allem schuldigen Respekt um eine Erklärung bitten, auf … auf welche Weise die Vertreter der Spezies ausgewählt wurden.«

Das war nicht schlecht. Dennoch musste Gailet noch immer gegen ihre Konditionierung ankämpfen. Wenn sie nur vortreten und helfen könnte!

Auf den Hügelhängen im Lichtkreis tauchten wieder die Honoratioren auf, all die galaktischen Gesandten, die sich vor einiger Zeit entfernt hatten, um irgendwelche Ereignisse am Fuße des Hügels zu verfolgen. Nun waren sie alle wiedergekommen, um einen Klienten aus einer der neuesten sapienten Spezies zu bestaunen, der es wagte, einen Lord des Instituts herauszufordern, damit dieser Rede und Antwort stehe.

Die Große Prüferin erwiderte mit geduldiger Stimme: »Für die Sponsoren der Zeremonie gehört es zur Tradition, ein Paar von denjenigen auszuwählen, die alle Prüfungen bestanden haben. Freilich stimmt es, dass die Sponsoren in diesem besonderen Fall erklärte Feinde eures Clans sind, ihre Feindschaft wird jedoch nach dem Ende des Rituals offiziell aufhören. Und Friede wird herrschen zwischen dem Clan der Terraner und dem der Gooksyu-Gubru. Ist es das, worüber du dich beschwerst, junger Mann?«

»Nein«, erwiderte Fiben kopfschüttelnd. »Darüber gewiss nicht. Was ich wissen will, ist: *Müssen wir die Wahl der Sponsoren einfach hinnehmen,* was die Wahl unserer Repräsentanten betrifft?«

Der Gubru-Emissär protestierte sofort lauthals, während sich die Chims überrascht anschauten. Eisengriff aber giftete: »Wenn das hier alles vorbei ist, werde ich mir diesen kleinen frechen Burschen kaufen …«

Die Große Prüferin aber gebot Stillschweigen. Ihre Facettenaugen richteten sich auf Fiben. »Junger Mann, was würdest du tun, wenn es an dir läge? Würdest du es auf eine Neuwahl eurer Peers ankommen lassen?«

Fiben machte wieder eine Verbeugung. »Ich würde es darauf ankommen lassen, Euer Ehren.«

Der Aufschrei des Gubru war diesmal so schrill, dass es in den Ohren klingelte. Gailet versuchte vorzutreten, aber Eisengriff hielt ihren Arm fest.

Also musste sie ausharren, die Verwünschungen und Flüche des Probanden über sich ergehen lassen.

Die Serentiner sagte schließlich: »Ich kann dich zwar gut verstehen, auch deine Beweggründe leuchten mir ein. Aber ich sehe keine Möglichkeit, deinem Antrag stattzugeben. Doch ohne einen Präzedenzfall …«

»Wir haben einen solchen!«, sagte eine tiefe Stimme, die vom Hügelhang hinter dem Rücken der Beamten erklang. Aus der Menge der galaktischen Besucher lösten sich vier Gestalten und traten ins Licht. Und wenn Gailet vorhin nur erstaunt war, so starrte sie jetzt ungläubig auf die Neuankömmlinge.

Uthacalting!

Der schlanke Tymbrimer war in Begleitung eines bärtigen Mannes, der seine schlecht sitzende Robe wahrscheinlich von einem Zweibeiner geborgt hatte, einem Galaktiker, der nicht unbedingt humanoid war. Er hatte die Robe über seine ursprüngliche Kleidung gezogen, die eindeutig aus *Tierfellen* bestand. Neben dem jungen Mann wankte ein Neochim daher, der sich nur mühsam aufrecht hielt und so manche Spuren von Atavismus aufwies. Der Chim blieb etwas zurück, als die anderen die Lichtung betraten, als wüsste er, dass er eigentlich nicht zu dieser Gruppe gehörte.

Das vierte Wesen – ein Riese, dessen aufgeblähter Kamm wie ein Helmbusch aussah, verbeugte sich verbindlich und wandte sich an die Große Prüferin.

»Ich grüße dich, Cough*Quinn'3 vom Entwicklungsinstitut.«

Die Serentiner erwiderte die Verbeugung. »Sei mir gegrüßt, ehrwürdiger Gesandter Kault der Thennaniner, auch du, Uthacalting von den Tymbrimern und eure Gefolgschaft. Es freut mich zu sehen, dass ihr gesund und munter angekommen seid.«

Der große Thennaniner breitete die Arme aus. »Ich danke Euer Ehren, dass Ihr mir erlaubt habt, Eure Funkeinrichtung zu benutzen, um mit meinem Clan nach so langer Zeit der Isolierung Kontakt aufzunehmen.«

»Das hier ist neutraler Boden«, erwiderte der Beamte des Instituts. »Ich weiß auch, dass es eine Menge Probleme gibt, die du mit dem Institut besprechen möchtest, sobald diese Zeremonie zu Ende ist. Doch für den Augenblick muss ich um Geduld bitten. Wollt Ihr mir bitte erklären, was Eure Bemerkung zu bedeuten hat, die Ihr bei Eurer Ankunft gemacht habt?«

Kault zeigte auf Uthacalting. »Dieser geschätzte Gesandte repräsentiert eine Spezies, die die Neochims beschützt und betreut hat, seit die Wolflinger der galaktischen Gesellschaft beigetreten sind. Möge er seine Ausführungen selber machen.«

Gailet merkte plötzlich, wie *müde und erschöpft* Uthacalting aussah. Die sonst so beweglichen Fühler des Tymbrimers lagen flach am Kopf, und seine Augen saßen dicht beieinander. Er musste sich bemühen, vorzutreten und einen kleinen schwarzen Würfel zu überreichen. »Hier sind die Referenzen«, setzte er an.

Ein Roboter eilte herbei und nahm den Datenspeicher aus seiner Hand. Ab sofort würde jetzt der Mitarbeiterstab des Instituts jedes Wort verfolgen und registrieren. Die Große Prüferin hörte Uthacalting aufmerksam zu.

»Die Referenzen werden zeigen, dass schon sehr früh in der galaktischen Geschichte die Entwicklungszeremonien dem Wunsch der Progenitoren entstammten, sich selbst vor *moralischen Fehlern* zu schützen. Sie, die jenen Prozess eingeleitet haben, den wir als Lifting bezeichnen, sich oft mit ihren Klientenspezies berieten, so wie es die Menschen heutzutage tun. Und die Vertreter der Klienten wurden niemals missbraucht.«

Uthacalting zeigte auf die versammelten Chims.

»Genau genommen machen die Sponsoren der Zeremonie einen *Vorschlag,* wenn sie ihre Wahl treffen. Die Klienten aber, die alle Tests erfolgreich bestanden haben, welche ihrem Niveau entsprechen, können die Wahl ausschlagen. Im Sinne des Wortes ist dieses Plateau ihr Territorium. Wir sind hier nur Gäste.«

Gailet sah, dass die galaktischen Beobachter aufgeregt und bestürzt waren. Viele von ihnen suchten Rat bei ihren Datenspeichern und benutzten auch jene Angaben, die Uthacalting gemacht hatte. Überall erhob sich ein Geschnatter und Getuschel in verschiedenen Sprachen. Dann traf ein neues Schwebefahrzeug ein mit mehreren Gubru und einem tragbaren Nachrichtengerät an Bord. Offensichtlich waren die Invasoren bestrebt, ihrerseits den Dingen auf den Grund zu gehen.

Während der ganzen Zeit war deutlich zu spüren, wie sich die Energie der Hyperraum-Weiche verstärkte und aufbaute. Das leise Dröhnen war jetzt allgegenwärtig, und Gailet spürte, wie ihre Muskeln und Sehnen in einem stetigen Rhythmus vibrierten.

Die Große Prüferin wandte sich an den nominellen menschlichen Beamten Cordwainer Appelbe. »Im Namen Eures Clans – seid Ihr bereit, diesen Antrag auf Abweichung vom normalen Verfahren zu unterstützen?«

Appelbe biss sich auf die Unterlippe. Er riskierte einen Blick auf Uthacalting, dann schweifte sein Blick zu Fiben und wieder zurück zum tymbrimischen Gesandten. Dann wagte der Mann erstmals ein Lächeln. »Aber freilich! Auf jeden Fall!«, sagte er in Anglic. Dann schaltete er wieder auf ein phrasenreiches blumiges GalSieben um. »Im Namen meines Clans unterstütze ich den Antrag des Botschafters Uthacalting.«

Die Große Prüferin wandte sich ab, um einem Bericht ihres Teams zu lauschen. Und als sie sich wieder Fiben zuwandte, herrschte überall Stille – alle hielten den Atem an.

»Die Prüfung der Angelegenheit ist zu euren Gunsten ausgefallen. Soll ich deine Kameraden auffordern, ihre Wahl durch Handzeichen kundzugeben? Oder sollen geheime Wahlen stattfinden?«

»Richtig!«, flüsterte eine Stimme in Anglic. Der junge Mann, der junge Menschensohn, der Uthacalting begleitete, grinste und gab Fiben ein Zeichen, wobei er den Daumen hochhielt. Zum Glück schaute kein Galaktiker zu, um diese Impertinenz zu bemerken.

Fiben versuchte, möglichst ernst auszuschauen und verbeugte

sich wieder. »Oh, eine Wahl durch Handzeichen würde ausreichen, Euer Ehren. Vielen Dank.«

Während der Wahl war Gailet wie gelähmt. Sie versuchte zwar, ihre Kandidatur zurückzuziehen. Doch sie war ebenso erstarrt und bestürzt wie vorhin, als es ihr die Sprache verschlagen hatte. Sie wurde einstimmig gewählt.

Der Wettbewerb der männlichen Vertreter ging ebenso glatt und problemlos vor sich. Fiben stand Eisengriff gegenüber und schaute dem hochgewachsenen Probanden ruhig in die Augen. Gailet aber meinte, es wäre am besten, sich zurückzuhalten, während die anderen sie erstaunt anblickten.

Freilich war sie dann mehr als erleichtert, als das Ergebnis bekannt wurde … neun zu drei für Fiben Bolger. Als er dann zu ihr trat, sank sie weinend in seine Arme.

»Nun. Nun«, sagte er. Und es war nicht so sehr das Klischee als der Klang seiner Stimme, die sie so sehr erfreute. »Ich habe dir doch versprochen, dass ich wiederkomme, nicht wahr?«

Sie nickte und wischte ihre Tränen fort. Ein Klischee war des anderen wert. Sie streichelte seine Wange, und ihre Stimme klang ein wenig spöttisch, als sie sagte: »Mein Held.«

Alle anderen Chims – außer den Probanden – scharten sich um die beiden, eine einzige jubelnde Menge. Und zunächst sah es so aus, als würde die Zeremonie zu einem Festakt werden. Sie bildeten eine Kette, jeweils zu zweit, hinter Fiben und Gailet, bis hin zum steilen Pfad, der zum Gipfel führte, eine Kette, die von dieser Welt alsbald bis zu den fernen Sternen reichen würde.

Plötzlich war ein scharfes Pfeifen zu hören, ein schriller Ton, der über das kleine Plateau hinwegfegte. Vor den Chims landete ein Schwebefahrzeug und verstellte ihnen den Weg. »O nein, nicht schon wieder!«, knurrte Fiben. Denn er hatte sofort das Fahrzeug erkannt, an dessen Bord die drei Suzerains der Invasionsmacht saßen.

Der Suzerain der Guten Sitten machte einen niedergeschlagenen

Eindruck. Er hockte auf seiner Stange, unfähig, den Kopf zu heben, um sie überhaupt anzuschauen. Die beiden anderen dagegen hüpften leichtfüßig zu Boden und wandten sich in harschem Ton an die Große Prüferin.

»Aber auch wir müssen … wollen … möchten … Einspruch erheben … einen Präzedenzfall vortragen … melden.«

Fiben 91

Wie eng liegen Sieg und Niederlage beieinander?

So musste sich Fiben fragen, während er aus seiner Robe stieg und zwei Chims seine Schultern mit Öl massierten. Er reckte und streckte sich und hoffte, dass er noch in der Lage war, in solchen Fällen zu unterscheiden.

Ich bin schon viel zu alt für all dies, dachte er. *Und es war ein langer, schwerer Tag.*

Es war kein Scherz, dass die Gubru behaupteten, den Finger in eine Wunde gelegt zu haben. Gailet versuchte, ihm dies zu erklären, während er sich bereitmachte. Wie gewöhnlich hatte wohl alles mit einer *Abstraktion* zu tun.

»Soweit ich sehen kann, Fiben, weisen die Galaktiker den Gedanken der Evolution nicht zurück, höchstens die Evolution der *Intelligenz*. Sie glauben an eine Entwicklung, die wir als *Darwinismus* bezeichnen, und dies für Kreaturen bis hin zu den Präsapienten, den Primaten. Darüber hinaus wird angenommen, dass die Natur weise ist und alle Lebewesen zwingt, ihre Fitness in der Wildnis zu beweisen.«

Fiben seufzte. »Komm endlich auf den Punkt, Gailet, und sag mir, warum ich diesem Monster Auge in Auge gegenübertreten soll. Ist eine Prüfung im Kampf nicht mehr als sinnlos, selbst nach Eatee-Standards?«

Sie schüttelte den Kopf. Eine kurze Weile schien es ihr die Sprache verschlagen zu haben. Doch das ging vorüber, und sie hatte ihre Sprache wiedergefunden.

»Nein, das glaube ich nicht. Vor allem nicht, wenn man die Sache etwas näher und sorgfältiger betrachtet. Schau – eins der

Risiken einer Patronatsspezies, die eine neue Klientenspezies bis hin zur Sternfahrerintelligenz erzieht, liegt darin, dass ihre Grundsubstanz, wenn man zu viel an ihr herumbastelt, möglicherweise verlorengeht, ihre *Fitness,* die sie vor allem als Kandidaten für die Entwicklung tauglich macht.«

»Du meinst …«

»Ich meine, dass die Gubru die Menschen durchaus anklagen können, sie behandelten die Chims nicht auf optimale Weise. Der einzige Weg, wie wir diese Anklage widerlegen können, ist, dass wir *beweisen,* dass wir immer noch fröhlich, zäh und physisch auf dem Damm sind.«

»Aber all diese Tests …«

Gailet schüttelte den Kopf. »Sie haben gezeigt, dass jeder auf diesem Plateau den Kriterien der Dritten Stufe gerecht werden kann. Selbst …« – Gailet schnitt eine Grimasse, als suchte sie nach Worten – »selbst diese Probanden sind gut genug, zumindest nach den Vorschriften des Instituts. Nur entsprechen sie eben nicht ganz unseren irdischen Normen.«

»So wie ihr Anstand und ihr Körpergeruch. Na schön. Aber ich weiß immer noch nicht …«

»Fiben, das Institut kümmert sich wenig darum, wer in die Weiche eintritt, zumindest nicht, wenn man erst einmal die Tests bestanden hat. Und wenn die Gubru fordern, dass der männliche Repräsentant unserer Spezies sich durch ein weiteres Kriterium qualifiziert – nämlich durch das der ›Fitness‹ –, so ist das ihr gutes Recht. Immerhin war ein Zweikampf zu gewissen Zeiten weitaus verbreiteter als freie Wahlen.«

Eisengriff grinste verächtlich über die kleine Lichtung hinweg Fiben zu, während zwei seiner Kameraden hinter ihm standen. Wiesel und Stahlhand aber scherzten mit dem kräftigen Chef der Probanden, lachten zuversichtlich und freuten sich über die Wendung zu ihren Gunsten.

Nun war es an Fiben, den Kopf zu schütteln und zu murmeln:

»Himmel noch mal, welch eine Methode, um eine Galaxis zu regieren. Am Ende hat Prathachulthorn doch recht gehabt.«

»Was war das, Fiben?«

»Nichts«, sagte er, als er sah, dass sich der Schiedsrichter, ein Beamter des Pila-Instituts, dem Mittelpunkt des Rings näherte. Fiben drehte sich um und schaute Gailet in die Augen. »Sag mir, dass du mich heiraten wirst, wenn ich siege.«

»Aber …« Sie blinzelte, dann nickte sie. Gailet wollte noch etwas sagen, doch dieser *Blick* streifte sie wieder, sodass sie einfach nichts mehr hervorbrachte. Sie erschauerte, und schließlich gelang es ihr, ein paar Worte hervorzubringen.

»Töte ihn – töte ihn – für mich – meinetwegen – Fiben!«

Ihr Blick war nicht blutrünstig, im Gegenteil. In ihren Augen war etwas anderes zu lesen: die schiere Verzweiflung.

Fiben nickte. Denn er wusste genau, was Eisengriff mit ihm vorhatte.

Der Schiedsrichter rief die beiden Kämpfer auf. Der Kampf sollte ohne Waffen und ohne Regeln stattfinden. Im Untergrund hatte sich das Rumoren zu einem Donnergrollen gesteigert, und die Nichtraum-Zone über ihnen flackerte an den Rändern. Und dieses Geflacker sah aus wie ein heraufziehendes Gewitter.

Es begann mit einer langsamen Umkreisung, sobald sich Fiben und sein Gegner gegenüberstanden. Im Seitenschritt beschrieben sie einen kompletten Kreis, der sie um die ganze Arena herumführte. Neun Chims standen am Hang, Uthacalting, Kault und Robert Oneagle am Rand der Kampfstätte. Ihnen gegenüber hatten sich der Gubru und die beiden Kumpane Eisengriffs aufgebaut, die dem Geschehen zuschauten. Und zwischen ihnen standen im weiten Bogen verschiedene galaktische Beobachter und Beamte des Entwicklungsinstituts.

Wiesel und Stahlhand ballten die Fäuste und winkten ihrem Anführer zu, wobei sie die Zähne bleckten.

»Gib's ihm, Fiben!«, feuerte die Gegenpartei der Chims ihr Idol an. Das ganze festliche Ritual, all die uralte Tradition und Wissenschaft war auf den Hund gekommen, endete in einer Arena der Gladiatoren. Auf diese Weise rächte sich Mutter Natur an denjenigen, die ihre Gesetze missachteten.

»Achtung, fertig, los!« Der Ruf des Pila-Schiedsrichters drang wie Ultraschall an Fibens Ohr, noch bevor der Vodor losdonnerte.

Eisengriff war sehr schnell, ging schnurstracks auf seinen Gegner los, und Fiben merkte zu spät, dass dies eine Finte war. Er scherte nach links aus, änderte die Richtung im letzten Moment und schlug mit einem Fuß aus.

Der Streich brachte zwar nicht das gewünschte Ergebnis, doch Eisengriff heulte auf, drehte sich um die eigene Achse und griff sich an die Rippen. Nun hatte aber Fiben das Gleichgewicht verloren und konnte nicht sofort nachfassen. Diese paar Sekunden aber schafften Eisengriff etwas Luft. Er schnellte wieder vor mit tödlichem Blick.

Das ist einer dieser Tage, wo es sich nicht lohnt, sein Bett zu verlassen, dachte Fiben, während sich die beiden Gegner erneut umkreisten.

Der Tag hatte begonnen, als er in den Ästen eines Baumes einige Meilen außerhalb von Port Helenia erwacht war, wo die kleinen Flugsamen die kahlen Äste der Bäume eines Obstgartens wie Schneeflocken bedeckten …

Eisengriff schlug zu und landete eine harte Rechte.

Fiben aber tauchte unter dem Arm seines Gegners weg und parierte den Schlag.

… Die Klauen-Soldaten waren höflich, sodass er auf Tycho reiten konnte, bis er das alte Gefängnis erreicht hatte.

Eine Faust flog an Fibens Ohr vorbei wie eine Kanonenkugel. Fiben aber duckte sich unter den ausgestreckten Arm seines Gegners, drehte sich um und rammte ihm den Ellbogen in den Magen.

… Während er in den verlassenen Raum starrte, wusste er, dass ihm nicht mehr viel Zeit blieb. Tycho war durch die öden Straßen galoppiert, und aus seinem Maul baumelte eine Blume …

Der Tritt aber war nicht hart genug. Noch schlimmer – er war zu langsam, um seitlich wegzutauchen, sodass Eisengriff Zeit hatte, seinen Arm fest um seine Kehle zu legen.

… und die Docks waren voller Chims – überall standen sie in Reih und Glied, an der Mole, an den Gebäuden, in den Straßen und starrten …

Unter dem Druck blieb Fiben fast die Luft weg. Fiben bückte sich und schob rückwärts seinen rechten Fuß zwischen die Beine seines Gegners. Er drückte in die andere Richtung, bis Eisengriff zu schwanken begann. Dann wirbelte er plötzlich herum und verlagerte sein Gewicht, während er wieder ausschlug wie ein Fohlen. Eisengriff glitten die Füße weg, aber er riss im Fallen Fiben mit sich. Der Proband ließ nicht locker, und bevor sein Griff erlahmte, fügte er Fiben mit den Zähnen ein paar empfindliche Wunden zu.

… Er hatte sein Ross gegen ein Boot getauscht und war in Richtung Bojen-Barriere gefahren …

Blut rann aus Fibens verwundeter Kehle. Der Gegner hatte seine Halsschlagader nur um ein Haar verfehlt. Er sprang zurück, als er sah, wie schnell Eisengriff wieder auf die Füße kam. Es war furchterregend, wie schnell sich dieser Chim bewegen konnte.

… Er hatte im Geist eine Schlacht mit den Bojen geschlagen und sich durch Vernunft die Durchfahrt erkämpft …

Eisengriff bleckte die Zähne, breitete seine langen Arme aus und stieß einen mörderischen, blutrünstigen Schrei aus. Dieser Schrei erinnerte Fiben an Kämpfe, die ausgetragen wurden, lange bevor die Chim überhaupt Raumschiffe flogen, an eine Zeit, wo die *Einschüchterung* bereits den halben Sieg bedeutete.

»Du schaffst es, Fiben!«, rief Robert Oneagle, um den magischen Bann Eisengriffs zu brechen. »Los, Junge! Tu's für Simon.«

Scheiße, dachte Fiben. *Ein typisch menschlicher Trick, um meine Schuldgefühle zu wecken.*

Immerhin versuchte er, seine Zweifel und Bedenken zu verscheuchen und schenkte seinem Feind ein breites Grinsen. »Freilich kannst du allerhand. Aber kannst du auch *dies?*«

Fiben landete einen Schlag auf seiner Schnauze. Dann musste er wieder wegtauchen, weil der Gegner parierte. Diesmal landeten beide kräftige Schläge, teilten Hiebe aus, die sich wie Trommelfeuer anhörten. Beide Chims begaben sich jetzt in ihre Ecke, dann drehten sie sich wieder um und bleckten schwer atmend die Zähne.

… Die Bucht war voller Gerümpel und Abfälle, und der Weg hinauf zu den Steilhängen war lang und beschwerlich. Doch dies war erst der Anfang. Die überraschten Beamten des Instituts waren bereits dabei, ihre Geräte abzubauen, als er plötzlich vor ihnen auftauchte und sie zwang zu bleiben und noch einmal einen Test durchzuführen. Die aber nahmen an, dass es nicht sehr lange dauern würde, bis sie ihn wieder heimschicken konnten …

Als sie das nächste Mal aneinandergerieten, musste Fiben ein paar schwere Schläge verkraften, die in seinem Gesicht landeten, bis er es endlich schaffte, seinen Gegner zu packen und ihn zu Boden zu werfen – mit einem nicht sehr eleganten Jiu-Jitsu-Griff. Gleichzeitig spürte er einen ziehenden Schmerz in seinem Bein.

Zunächst rollte Eisengriff hilflos über den Boden. Doch als Fiben versuchte, noch einmal zuzuschlagen, hätte ihm sein Bein fast den Dienst versagt.

Der Proband aber war sofort wieder auf den Beinen. Fiben versuchte, nach Möglichkeit nicht zu humpeln. Doch diesmal hatte ihn etwas getäuscht, weil Eisengriff jetzt seine rechte Seite in Angriff nahm. Und als Fiben versuchte auszuschlagen, gab sein linkes Bein nach.

… scheußliche Tests, feindliche Blicke, und die Spannung, wo er sich immer wieder fragen musste, ob er es je schaffen würde …

Während er hintenüberstürzte, schlug er dennoch aus. Doch alles, was ihm dieses Manöver einbrachte, war ein Griff, der seinen Knöchel wie ein Schraubstock umspannte. Fiben versuchte sich hochzurappeln, aber seine Finger griffen in weichen Boden. Er versuchte zur Seite zu robben, doch sein Gegner holte ihn zurück und stürzte sich auf ihn.

… Und all dies hatte er nur durchgemacht, nur um hierherzugelangen? So oder so, es war ein höllischer Tag …

Es gibt eine Menge Tricks, die man hervorragend bei einem Gegner einer weit höheren Gewichtsklasse anwenden kann. Einige solcher Tricks fielen Fiben ein, während er versuchte sich loszureißen. Und wäre er nicht so erschöpft gewesen, hätten einer oder zwei dieser Tricks bestimmt funktioniert.

Doch jetzt musste er zusehen, dass er sein Gleichgewicht wiederfand. Damit hatte er sich einen kleinen Vorteil verschafft, um Eisengriffs gewaltige Kraft zu kompensieren. Ihre Körper ruckten und zuckten, ihre Hände verkrampften sich und versuchten sich irgendwo festzukrallen. Ihre Gesichter in Bodennähe lagen so dicht beieinander, dass der eine den Atem des anderen spüren konnte.

Die Zuschauer waren seit einiger Zeit verstummt. Von keiner Seite mehr waren anfeuernde Rufe zu hören. Während sich Fiben und sein Feind in diesem tödlichen Kampf hin und her bewegten, erblickte Fiben den Hang des Zeremonienhügels. Und er konnte aus den Augenwinkeln sehen, dass die Zuschauer gegangen waren. Dort, wo noch vor Kurzem Galaktiker verschiedener Formen und Spezies gestanden hatten, war nichts weiter zu sehen als niedergetrampeltes Gras.

Der Rest eilte bergab Richtung Osten, gestikulierte und schrie aufgeregt in verschiedenen Sprachen. Fiben erkannte die spinnenartige Serentiner, die Große Prüferin, inmitten ihrer Adjutanten, die keinen Blick mehr auf die beiden Kampfhähne verschwendete. Selbst der Pila-Schiedsrichter hatte sich abgewandt, um irgendeinen Tumult am Fuße des Hügels zu beobachten.

Und all dies, nachdem das Schicksal des Universums vom Zweikampf zweier Chims abhängen sollte? Der noch stets wache Teil in Fiben war irritiert.

Er wurde neugierig, selbst hier und jetzt. Und er musste sich fragen: *Was, in aller Welt, hatten sie vor?*

Fiben schaute kurz auf, aber er verfehlte um den Bruchteil einer Sekunde seine Chance, die ihm der Proband unwillkürlich geboten hatte, während er leicht beiseiterückte. Doch Fiben reagierte zu spät, und Eisengriff bekam wieder Boden unter die Füße, drückte wieder fest zu.

»Fiben!«, Es war Gailets Stimme, die sich teilnahmsvoll und aufgeregt zugleich anhörte. Zumindest war jemand da, der immer noch zuschaute, vielleicht nur, um seine Demütigung und sein Ende zu erleben.

Fiben kämpfte wie ein Berserker, bediente sich sämtlicher fauler Tricks, die ihm gerade einfielen. Doch die besten Finten erforderten eine Kraft und Ausdauer, über die er nicht mehr verfügte. Langsam, aber sicher wurde er in die Ecke gedrängt.

Eisengriff grinste, als es ihm endlich gelang, seinen Arm um Fibens Luftröhre zu legen. Nun konnte er kaum noch Luft holen, sein Atem ging pfeifend, und wieder kam die Verzweiflung über ihn.

Eisengriff aber ließ nicht locker und machte seinem Namen alle Ehre. Seine entblößten Zähne glitzerten, als er Fiben aus nächster Nähe angrinste.

Dann fiel plötzlich ein großer dunkler Schatten über sie. Eisengriff blinzelte und sah, dass sich eine große Gestalt über Fiben aufbaute. Er sah einen haarigen schwarzen *Fuß.* Das Bein, zu dem der Fuß gehörte, war kurz wie ein Baumstumpf und endete in einem Berg von Haaren und Fell …

Fiben, um den sich die Welt zu drehen begann, kam wieder langsam zu sich, als der Druck auf seiner Kehle nachließ. Er versuchte etwas Luft zu holen und zu begreifen, wieso er überhaupt noch am Leben war.

Das Erste, was er erblickte, war ein sanftes braunes Augenpaar, das aus einem schwarzen Gesicht strahlte, und einen Kopf, der auf einem Muskelberg saß.

Doch dieses »Gebirge« lächelte. Das Wesen streckte seinen Arm aus, der nicht länger war als der eines kleinen Schimpansen, und betastete Fiben neugierig. Eisengriff aber erschauerte und wich zurück, erschrocken, ja fast furchterfüllt. Die Kreatur umklammerte Eisengriffs Arm und drückte fest zu, nur um zu prüfen, wie stark Eisengriff wirklich war.

Offensichtlich lief der Versuch zugunsten des Ankömmlings aus. Der gewaltige Gorillamann schnaufte zufrieden, und es sah fast so aus, als würde er lachen.

Dann stützte er sich auf einen Arm, wandte sich ab, humpelte davon und gesellte sich zu dem dunklen Zug, der hinter den verblüfften Chims vorbeistrebte. Gailet starrte fassungslos, und Uthacalting blinzelte mit seinen großen Augen.

Robert Oneagle schien Selbstgespräche zu führen, während die Gubru miteinander zirpten und schnatterten.

Doch was die Gorillas besonders interessierte, war Kault. Vier Weibchen und drei Männchen scharten sich um den hochgewachsenen Thennaniner und streckten die Arme aus, um ihn zu berühren. Er aber reagierte, indem er langsam, friedlich und fröhlich zu ihnen sprach.

Fiben wollte nicht den gleichen Fehler noch einmal begehen. Was nun die Gorillas hier zu suchen hatten, hier auf dem Gipfel des Zeremonienhügels, den die Gubru-Invasoren gebaut hatten, konnte er nicht begreifen, und eigentlich wollte er gar nicht darüber nachdenken. Aber diesmal fing er sich etwas schneller als sein Gegner und während der Proband noch voller Verachtung um sich blickte, konnte Fibens Faust bei ihm landen.

Das kleine Plateau war ein einziges Chaos, eine Szene außer Rand und Band. Die Abgrenzungen der Arena schienen keine Rolle mehr zu spielen, als Fiben und sein Gegner unter den Füßen und Beinen all der Chims und Gorillas und Gubru hinwegrollten – alles was da kreuchte und fleuchte. Niemand schenkte den beiden Kämpfern noch Aufmerksamkeit – aber Fiben war jetzt schon alles egal. Für ihn zählte nichts als ein Versprechen, das er gegeben hatte und das er halten musste.

Er stieß Eisengriff in die Seite und ließ es nicht zu, dass dieser sein Gleichgewicht wiederfand, bis der große Chim in seiner Verzweiflung Fiben packte und wie einen nassen Sack über die Schulter warf. Fiben landete hart auf dem Boden, drehte den Kopf und sah, wie der Proband seinen Kumpan Wiesel herbeirief, um ihm zu helfen, damit er einen weiteren Schlag mit dem Fuß landen konnte. Doch der Schlag ging ins Leere, als ihn ein gewaltiger Gorilla hochhob und ihn mit seinen kräftigen Armen umklammerte.

Eisengriffs anderer Kumpan wurde von Robert Oneagle festgehalten – oder besser *hochgehalten*. Der Chim mochte zwar viel stärker sein als ein Mensch, doch er war ziemlich hilflos, weil er gewissermaßen in der Luft schwebte. Robert hob Stahlhand hoch über seinen Kopf, wie es Herkules einst mit Anteus getan hatte, dann nickte der junge Mann Fiben zu.

»Pass auf, alter Freund!«

Fiben rollte sich zur Seite, und Eisengriff landete genau an der Stelle, wo er eben noch gelegen hatte. Eine Staubwolke stieg auf. Fiben setzte sich rittlings auf seinen Gegner und wandte einen halben Nelson an.

Die Welt schien sich um ihn zu drehen, und ihm war, als würde er einen wilden Stier reiten. Fiben witterte Blut, und der Staub, der in seine Lunge drang, wollte ihn schier ersticken. Seine Arme waren vor Müdigkeit wie gelähmt und drohten sich zu verkrampfen. Doch als er den schweren Atem seines Feindes vernahm, wusste er, dass er noch eine Weile aushalten könnte.

Eisengriffs Kopf sank tiefer und immer tiefer. Fiben verschränkte die Beine, umklammerte den Chim und trat ihn, sodass seine

Beine unter ihm wegglitten und er das Gleichgewicht verlor. Der Solarplexus des Probanden landete auf Fibens Ferse. Und während ein Schmerz durch Fibens Bein schoss, sodass er glaubte, seine Zehen wären gebrochen, drang ein Pfeifen aus Eisengriffs Mund, weil ihm plötzlich die Luft abgeschnitten wurde und er nicht mehr atmen konnte.

Irgendwie aber nahm er sich zusammen, rappelte sich hoch und wirbelte herum. Dann holte er mit seinem Arm aus und wandte genau jenen verbotenen Würgegriff an, unter dem er soeben fast vor die Hunde gegangen war. Immerhin mit gutem Recht, denn bei diesem Kampf galten keine Regeln irgendwelcher Art.

Ihre Knochen und ihre Gelenke krachten. Der Boden unter ihren Füßen dröhnte, am Himmel rollte und grollte der Donner. Füße von Aliens hüpften und schlurften überall herum, und die Luft war von aufgeregtem Gequassel und Gezirpe in einem Dutzend Sprachen erfüllt. Fiben aber lauschte nur dem sterbenden Atem seines Feindes … tastete nach seinem Puls, der immer schwächer wurde …

In diesem Augenblick aber schien etwas in seinem Schädel zu explodieren.

Ihm war, als wäre in ihm etwas aufgebrochen, eine Art gleißendes Licht, das aus seiner Brust strahlte. Benommen, wie er war, glaubte Fiben zunächst, dass ihm ein Proband oder ein Gubru von hinten eins übergezogen hätte. Doch das Licht war nicht von jener Art, wie es nach einem Schlag der Fall ist – er hatte keine Sterne gesehen. Es hatte ihn zwar getroffen, doch auf eine ganz andere Weise.

Fiben versuchte sich auf den Augenblick zu konzentrieren und hielt seinen Gegner, der immer schwächer wurde, mit eisernem Griff umklammert. Doch dieses sonderbare Ereignis konnte er nicht einfach ignorieren. Er versuchte verzweifelt, eine Entsprechung zu finden, doch ihm blieb eine passende Metapher versagt.

Dieser lautlose Ausbruch kam ihm fremd und gleichzeitig doch irgendwie vertraut vor.

Und plötzlich erinnerte sich Fiben an ein blaues Licht, das fröhlich vor ihm hertanzte und Warnstrahlen direkt vor seine Füße schoss. Er musste auch an eine »Stinkbombe« denken, die einen pompösen pelzigen kleinen Diplomaten in die Flucht geschlagen hatte. Und er dachte an die Geschichten, die der General zur Abendstunde erzählt hatte. Und all diese Assoziationen, diese Verbindungen machten ihn misstrauisch …

Nun schwiegen alle Galaktiker rund ums Plateau, hatten ihr vielsprachiges Gebrabbel eingestellt und starrten bergauf. Fiben musste den Kopf etwas heben, um zu sehen, was das für ein Anblick war, der sie so sehr fesselte. Doch vorher vergewisserte er sich, ob er seinen Feind immer noch fest im Griff hatte. Eisengriff war es zwar gelungen, etwas Luft zu holen, aber Fiben drückte ihm wieder die Kehle zu, sodass der große Chim wieder bewusstlos wurde. Dann erst hob er den Blick.

»Uthacalting«, flüsterte Fiben, als er die Quelle seiner Verwirrung erkannte.

Der Tymbrimer stand etwas weiter oben am Hang über den anderen. Er breitete die Arme aus, und sein weiter Radmantel flatterte im Wind, der die weit geöffnete Hyperraum-Weiche umwehte. Seine Augen aber lagen weit auseinander.

Uthacaltings Corona-Fühler wehten, und über seinem Haupt wirbelte ein undefinierbares *Etwas.*

Ein Chim stöhnte und presste die Hände an die Schläfen. Irgendwo im Hintergrund klapperte jemand mit den Zähnen, vielleicht ein Pring. Doch für die meisten der Anwesenden war die Glyphe unsichtbar. Was aber Fiben betraf, so wusste er zum ersten Mal in seinem Leben, was *kenning* hieß. Und was er wahrnahm und erkannte, nannte sich *tutsunucann*.

Die Glyphe war ein Monster – ein titanisches Energiebündel, die Essenz einer verzögerten Unbestimmbarkeit, eine tanzende

Glyphe, die sich drehte und Volten schlug. Und dann zerplatzte die Glyphe plötzlich wie eine Seifenblase. Fiben spürte, wie ihn die Glyphe umschwebte und durchschwebte – wie sie ihn durchdrang, wie ein allerhöchstes Glücksgefühl.

Uthacalting hatte die Emotionen hinweggefegt, als wäre ein Damm gebrochen. *»N'ha s'urustuannu, k'ham min't Athaclena w'thtanna!«,* rief er. »Tochter, hast du mir dies zurückgesandt, hast du auf diese Weise das zurückgezahlt, was ich dir geliehen habe? Oh, wie gut wir uns verstanden haben, welche Früchte es getragen hat! Und welch grausamen Scherz hast du dir mit deinem Vater erlaubt!«

Alle, die um ihn herumstanden, waren zutiefst gerührt. Die Chims blinzelten und stierten, Robert Oneagle aber wischte sich die Tränen fort.

Uthacalting drehte sich um und zeigte über den Pfad hinauf zur Zeremonienstätte. Dort oben, am Gipfel des Hügels war deutlich zu erkennen, dass die Weiche nun angeschlossen war. Die Maschinen im Untergrund hatten ihre Pflicht erfüllt, und oben tat sich ein *Tunnel* auf, dessen Eingang glitzerte und glänzte, in dem aber eine Dunkelheit herrschte, die schwärzer war als die Finsternis zwischen den Sternen. Es sah aus, als würde er das Licht *verschlucken,* sodass man die Öffnung kaum wahrnehmen konnte. Dennoch wusste Fiben, dass dies eine Echtzeitverbindung war zwischen diesem Ort und zahlreichen anderen Orten, wo sich die Zeugen versammelt hatten, um dieses Ereignis aller Ereignisse zu beobachten und aufzuzeichnen.

Ich hoffe, dass sich die Fünf Galaxien an der Show erfreuen. Fiben versetzte dem Probanden einen Handkantenschlag auf die Schläfe und blickte wieder in den Himmel hinauf.

Auf dem schmalen Pfad halbwegs zum Gipfel standen drei merkwürdige Gestalten. Die erste war ein kleiner Neoschimpanse mit viel zu langen Armen und kurzen O-Beinen. Jo-Jo klammerte sich an die eine Hand Kaults, des riesigen Thennaniners, während an seiner anderen Hand ein kleines Menschenmädchen hing, dessen langes blondes Haar wie ein Banner in der steifen Brise wehte.

Dieses unwahrscheinliche Trio aber starrte auf den Gipfel, wo sich eine seltsame Gesellschaft zusammengerottet hatte. Ein Dutzend Gorillas, Männchen und Weibchen, bildeten einen Kreis direkt unterhalb des schier unsichtbaren Raumlochs. Sie wiegten sich hin und her, starrten in die Leere, in das Nichts über ihren Köpfen und summten eine tiefe atonale Melodie.

»Ich glaube ...«, sagte die Große Prüferin, die Serentiner vom Entwicklungsinstitut, »ich glaube, dass so was schon einmal oder zweimal passiert ist ... aber höchstens in tausend Äonen.«

Und eine andere Stimme murmelte, eine tiefe, erregte Stimme in Anglic. »Das ist nicht fair. Dies sollte unsere Stunde sein!« Fiben sah, dass bei manchen Chims die Tränen übers Gesicht rannen. Andere wiederum hielten sich eng umschlungen und schluchzten.

Auch Gailet weinte, aber Fiben wusste, dass sie etwas sah, was die anderen nicht sehen konnten. Denn ihre Tränen waren ein Zeichen der Erleichterung, ein Ausdruck der Freude.

Von allen Seiten waren erstaunte Fragen zu hören.

»Welche Art Kreaturen, Einheiten, Wesen können sie nur sein?«, fragte einer der Gubru-Suzerains.

»... Präsapienten, Primaten«, erwiderte eine andere Stimme in GalDrei.

»Sie haben alle Teststationen erfolgreich passiert, also *mussten* sie für irgendeine Art Zeremonie bereit sein«, murmelte Cordwainer Appelbe. »Doch wie, in aller Welt, haben Gorill...« Robert Oneagle unterbrach seinen menschlichen Partner, indem er die Hand hob. »Bitte, sag diesen alten Namen nie wieder. Denn diese Geschöpfe, mein Freund, sind *Garthlinge.*«

Die Luft roch schwer nach Ozon, als wäre ein Blitz herniedergefahren. Uthacalting gab seiner Freude über die Symmetrie dieser großartigen Überraschung, über diesen großen Scherz lauthals Ausdruck, während seine tymbrimische Stimme voll und unirdisch ertönte. Und Fiben wurde sich gar nicht bewusst, dass er sich bereits hochgerappelt hatte und auf schwankenden Beinen stand, um besser sehen zu können.

Und er sah, wie sich etwas über den Köpfen dieser Riesenaffen zusammenbraute, summend und brummend über ihnen kreiste – eine milchige Substanz, die sich immer mehr verdichtete und allmählich Gestalt annahm.

»Soweit sich eine lebende Spezies erinnern kann, ist so was noch nie vorgekommen«, sagte die Große Prüferin. »Bei Klientenspezies wurden zahllose Entwicklungszeremonien durchgeführt während der letzten Jahrmilliarden. Sie wurden graduiert und haben ihre Partner gewählt, damit diese sie begleiteten und ihnen beistanden. Einige haben sogar die Gelegenheit genutzt, um das Ende einer solchen Entwicklung zu beantragen … und wieder zu jenen Wesen zu werden, die sie waren …«

Das filmartige, gallertartige Ding nahm jetzt ovale Umrisse an. Und im Innern wurden dunkle Gestalten sichtbar, wie Gespenster, die aus dem Nebel steigen.

»Doch nur die alten Sagen berichten von einer Spezies, die da kommen wird, die sich von sich aus durch Willen und Vorstellung entwickelt, die galaktische Gesellschaft in Staunen versetzt und eines Tages darauf besteht, ihre Patrone selbst zu wählen.«

Fiben vernahm ein Stöhnen, schaute nach unten und sah, dass Eisengriff, zwar noch schwach, zitternd und bebend, versuchte, sich auf einen Ellbogen zu stützen. Der geschlagene Chim war über und über mit verkrustetem Blut bedeckt.

Gib ihm den Rest. Er ist sowieso schon am Ende. Fiben selbst sah aber auch nicht viel besser aus.

Er hob den Fuß. Es wäre so leicht … Doch dann riskierte er einen Seitenblick und sah, dass ihm Gailet zuschaute.

Eisengriff wälzte sich auf den Rücken. In seinen Augen stand das blanke Entsetzen, als er zu Fiben aufschaute.

Nun gut. Fiben beugte sich nieder und reichte seinem Gegner die Hand. *Eigentlich weiß ich gar nicht, wofür wir gekämpft haben. Vielleicht haben wir für jemand anderen die Kastanien aus dem Feuer geholt.*

Ein erstauntes Murmeln ging durch die Menge, die Gubru aber schimpften aus allen Schnäbeln. Fiben half Eisengriff auf die Füße, dann drehte er sich um, weil er wissen wollte, warum die Gorillas so bestürzt und verängstigt waren.

Es war das Gesicht eines *Thennaniners:* riesengroß, deutlich – ein Bild, das im Brennpunkt der Hyperraumweiche schwebte und dem Gesicht Kaults glich wie ein Ei dem anderen.

Welch ein verkniffenes, ernstes Antlitz, welch eine sauertöpfische Miene, dachte Fiben. *Typisch Thennaniner.*

Ein paar der versammelten Galaktiker unterhielten sich laut und sichtlich überrascht, die meisten aber standen da, als wären sie festgefroren. Nur Uthacalting nicht, dessen freudige Überraschung in alle Richtungen sprühte wie eine Wunderkerze.

»Z'wurtin's'tatta … Dafür habe ich gearbeitet – und es gar nicht gewusst!«

Das titanische Bild des Thennaniners trieb rückwärts in das milchige Oval. Jeder konnte den dicken, geschlitzten Nacken und den gewaltigen Brustkorb sehen. Doch als dann seine Arme ins Bild kamen, konnte man deutlich erkennen, dass zwei Gestalten an seiner Seite standen, die seine Hände hielten.

»Schreibt es auf«, sagte die Große Prüferin zu ihrem Adjutanten. »Die namenlose Klientenspezies der Stufe Drei, die man als Garthlinge bezeichnet, haben die Thennaniner zu ihrer Patronatsspezies gewählt. Ferner haben sie die Neoschimpansen und die Erdenmenschen zu ihren Partnern und Protektoren bestimmt.«

Robert Oneagle schrie laut auf, Cordwainer Appelbe sank

geschockt in die Knie, und das Kreischen der Gubru war ohrenbetäubend. Fiben spürte, wie eine Hand in die seine glitt. Es war Gailet, die jetzt voller Stolz zu ihm aufschaute.

»Alsdann, gut so«, seufzte er. »Sie hätten's sowieso nicht zugelassen, dass wir sie behalten. Zumindest bekommen wir auf diese Weise eine Besuchserlaubnis. Und soviel ich gehört habe, sind die Thennaniner nicht so schlimm wie die anderen Eatees.« Sie schüttelte den Kopf. »Du weißt etwas über diese Kreaturen und hast mir nichts davon gesagt?«

Er aber zuckte die Achseln. »Eigentlich war es so etwas wie ein Geheimnis. Du hattest viel zu tun, und ich wollte dich nicht mit unwichtigen Kleinigkeiten stören. Ich hatte es einfach vergessen. *Mea culpa*. Nimm's mir nicht übel.«

In ihren Augen flackerte ein kurzes Licht auf. Dann seufzte sie und schaute zum Gipfel des Hügels. »Es wird nicht lange dauern, bis sie merken, dass es sich hier nicht um Garthlinge, sondern um irdische Kreaturen handelt.«

»Und was wird dann geschehen?«

Nun war es an ihr, die Achseln zu zucken. »Nichts Besonderes, glaube ich. Wo sie auch herkommen mögen, sie sind offenbar entwicklungsbereit. Die Menschen haben einen unfairen Vertrag unterzeichnet, der dem Erdenclan verbietet, sie zu liften und zu erziehen – und dieser Vertrag dürfte nach wie vor gelten. *Fait accompli*. Vielleicht können wir am Ende doch noch eine Rolle spielen. Hilf mir, damit alles seine Richtigkeit hat.«

Das Donnern und Grollen unter ihren Füßen begann langsam zu verstummen. Dafür wurden die Gubru immer lauter, und ihr aufgeregtes Zirpen und Schnattern füllte den Raum. Doch die Große Prüferin stand unerschütterlich da, wie ein Fels in der Brandung. Das Wesen war sehr beschäftigt, ließ die Aufzeichnungen einsammeln, gab den Assistenten Anweisungen für die Durchführung weiterer Tests und diktierte dringende Botschaften an das Hauptquartier des Instituts.

»Und wir müssen Kault helfen, seinen Clan zu informieren«, setzte das Wesen hinzu. »Die werden von diesen Nachrichten zweifellos überrascht sein.«

Fiben sah, wie der Suzerain von Balken und Klaue auf einen Gubru-Flieger zueilte und mit Höchstgeschwindigkeit startete. Der Luftstrom der Düsen plusterte das Federkleid der zurückbleibenden Aviane auf.

Dann traf Fibens Blick den Blick des Suzerains der Guten Sitten, der einsam und verloren von seiner Stange herabstarrte. Der Alien stand jetzt etwas höher aufgerichtet da und schaute Fiben aus seinen lidlosen gelben Augen unverwandt an.

Fiben verbeugte sich, und der Alien neigte sein Haupt, erwiderte seinen Gruß.

Über dem Gipfel und den Gorillas – jetzt offiziell die jüngsten Bürger der Zivilisation der Fünf Galaxien – schrumpfte das opalisierende Oval in den Trichter hinein, der immer enger und schmaler wurde. Es verblasste, doch nicht ohne den Anwesenden noch ein Schauspiel, einen Anblick zu bieten, den sie noch nie erlebt hatten – und wahrscheinlich auch nie mehr erleben würden.

Oben am Himmel schauten sich die Bilder des Thennaniners, die der Chims und all der Menschen gegenseitig an. Dann warf der Thennaniner den Kopf in den Nacken und – *lachte!* Lachte wirklich und lauthals.

Diese lederne Gestalt lachte aus vollem Hals, und seine Heiterkeit und Fröhlichkeit steckte auch die kleinen und großen Partner an. Er röhrte, pfiff, gluckste, kollerte, japste und keckerte und konnte sich kaum fassen.

Unter den verdutzten Zuschauern konnten allein Uthacalting und Robert Oneagle diese Kreatur verstehen, dieses geisterhafte Bild über ihrem Kopf, den Thennaniner, der etwas tat, was er nie vorher getan hatte. Das Bild aber lachte dröhnend weiter, selbst als es immer mehr verblasste und schließlich von dem Loch aufgesaugt wurde, das sich nun allmählich schloss. Der Weltraum schlug die Pforte zu, und die Sterne gingen wieder auf.

SECHSTER TEIL

BÜRGER

Ich bin ein furzender Langfinger,
unfreundlich für Nase und Augen;
ein blauarschiger Affe,
der in den Bäumen des Paradieses turnt.

Robert Louis Stevenson, *Ein Porträt*

Galaktiker 92

»Sie existieren. Sie haben Substanz! Es gibt sie – sie sind vorhanden!«

Die versammelten Gubru-Beamten und Offiziere aber nickten, neigten den Kopf und riefen unisono:

»Summmm!«

»Dieser Preis wurde uns verweigert, unsere Ehre gekränkt, die Gelegenheit vertan, und alles wegen dieser verdammten Pfennigfuchserei! Jetzt werden die Kosten noch höher, multipliziert und potenziert!«

Der Suzerain von Kosten und Vorsicht stand verloren und einsam in einer Ecke, ein Häufchen Elend und lauschte in einem kleinen Kreis von Getreuen, wie er von allen Seiten angegriffen wurde. Und jedes Mal, wenn die Versammlung ihren Refrain anstimmte, fuhr er schaudernd zusammen.

Der Suzerain der Guten Sitten stand hochaufgerichtet auf seiner Stange. Er trippelte vor und zurück, sträubte und plusterte sein Gefieder und zeigte die neue Farbe, die unter seinen Mauserfedern bereits hervorlugte. All die versammelten Gubru und Kwackoo aber zollten ihm mit ihrem Gezirpe schuldigen Respekt.

»Und jetzt, gerade jetzt kommt uns so ein herrenloser, pflichtvergessener, eigensinniger Jemand zuvor, stört unsere Mauser und unseren Konsens, der uns doch einiges einbringen hätte können. Achtet auf die Ehre, sorgt für Verbündete! Und seht zu, dass ihr den Frieden gewinnt!«

Der Suzerain erwähnte auch den Militärkommandeur, der es anscheinend nicht gewagt hatte, vor der Versammlung zu erscheinen, um die neuen Farben des Suzerains der Guten Sitten zu sehen und dessen neue Überlegenheit anzuerkennen.

Jetzt eilte ein vierbeiniger Kwackoo herbei, verbeugte sich und überreichte seinem Herrn und Gebieter eine Botschaft, der hoch oben auf seiner Stange saß. Auf geheimen, unerfindlichen Wegen erreichte aber eine Kopie auch den Suzerain von Kosten und Vorsicht.

Die Nachrichten vom Pourmin-Transferpunkt waren nicht weiter überraschend – man wusste bereits von großen Sternschiffen, die in großer Zahl auf Garth zuflogen. Nach diesem Debakel der Entwicklungszeremonie konnte man Neuankömmlinge durchaus erwarten.

»Also was nun?«, fragte der Suzerain der Guten Sitten und wandte sich an die anwesenden Offiziere. »Will der BK diese Welt verteidigen, gegen alle Befehle, gegen alle Vernunft, gegen alle Weisheit und Ehre?«

Die Offiziere freilich waren ratlos. Denn sie hatten ihren Anführer im Stich gelassen, als die konfuse, unglückliche Mauser-Koalition plötzlich eine Kehrtwendung gemacht hatte und in die Gegenrichtung steuerte.

Der Suzerain der Guten Sitten führte einen Tanz auf, der seine Ungeduld ausdrückte. »Ihr tut mir nichts Gutes, ihr tut dem Clan nichts Gutes an, wenn ihr hier herumsteht. Geht zurück, zieht hinaus, kehrt auf eure Posten zurück! Tut eure Pflicht, wie befohlen, doch lasst mich wissen, was er plant und was er tut.«

Das männliche Fürwort war absichtlich und wohlüberlegt. Denn obwohl die Mauser noch nicht zu Ende war, wusste jeder genau, woher der Wind wehte.

Die Offiziere verbeugten sich und eilten aus dem Pavillon.

Robert 93

Müll und Abfall bedeckte den Zeremonienhügel, der jetzt öde und verlassen war. Steife Brisen aus dem Osten fegten über die grasbewachsenen Hänge, kehrten den ganzen Plunder zusammen, der schon früher von den fernen Bergen hierhergeweht worden war. Da und dort stöberten Stadtchims im welken Laub auf den unteren Terrassen und suchten nach Andenken.

Weiter oben standen nur noch wenige Pavillons, und rund um diese Gebäude saßen mehrere Dutzend große, dunkle Gestalten, die sich gemütlich gegenseitig das Fell kraulten und mit den Händen gestikulierten, als wäre nichts für sie so wichtig wie die Frage, wer sich mit wem zusammentun würde und was es bei der nächsten Mahlzeit zu essen gäbe.

Robert kam es so vor, als wären die Gorillas mit ihrem Leben äußerst zufrieden. *Ich beneide sie,* dachte er. Doch was ihn betraf, waren selbst durch den großen Sieg seine Sorgen immer noch nicht beseitigt. Die Dinge auf Garth waren immer noch sehr gefährlich – vielleicht sogar gefährlicher als vor zwei Nächten, als das Schicksal eingriff und sie alle ziemlich überraschte.

Manchmal war das Leben kompliziert und schwierig. Allezeit.

Robert wandte seine Aufmerksamkeit wieder einem Datenspeicher zu und las den Brief noch einmal durch, den ihm die Beamten des Entwicklungsinstituts erst vor einer Stunde überbracht hatten.

… Freilich ist es für eine alte Frau sehr schwer – vor allem einer solchen wie mich, die von Kindesbeinen an gewöhnt war, ihre eigenen Wege zu gehen – aber ich muss zugeben, dass ich meinen eigenen Sohn falsch eingeschätzt habe. Ich habe dich gegängelt und unterdrückt, und es tut mir heute sehr leid.

Zu meiner Entschuldigung kann ich nur anführen, dass äußere Dinge einen Menschen täuschen können, und du warst immer schon ein seltsames Kind. Ich hätte instinktiv wissen müssen, was dich während dieser krisenreichen Monate bewegt hat und was du alles erreicht hast. Doch das habe ich leider versäumt, habe nicht auf meine innere Stimme gehört. Vielleicht schreckte ich auch davor zurück, meine eigenen Gefühle näher zu betrachten.

Wie dem auch sei, wir werden viel Zeit haben, über all diese Dinge zu sprechen, sobald erst wieder Friede eingekehrt ist. Lass mich vorerst sagen, dass ich sehr stolz auf dich bin. Dein Land, deine Heimat und dein Clan stehen tief in deiner Schuld, wie deine

dich liebende Mutter
Megan

Wie traurig, dachte Robert, dass er nach so vielen Jahren, in denen er versucht hatte, ihre Zuneigung zu gewinnen, sie ihm nun endlich Anerkennung zollte – und dass er jetzt nicht wusste, was er damit anfangen sollte. Seltsamerweise fühlte er seiner Mutter gegenüber Mitleid. Denn es musste ihr wirklich schwer gefallen sein, dieses Geständnis abzulegen, trotz des einigermaßen kühlen Tons, dessen sie sich befleißigte.

Auf Garth galt Megan Oneagle als eine feine Dame und gerechte Verwalterin. Nur ihre Ehemänner und Robert selbst kannten die andere Seite ihres Wesens, das von permanenten Verpflichtungen und privater Loyalität beherrscht war. Nun erlebte Robert zum ersten Mal, dass sie sich entschuldigte, und dies in einer wirklich wichtigen Sache, wo die Familie und intensive Emotionen eine tragende Rolle spielten.

Robert verscheuchte die Gespenster und öffnete die Augen. Er sah ein Raumschiff, das mit heulenden Triebwerken startete, ein großes Linienschiff, das silbrig glänzte wie ein Engel. Das Schiff zog einen Kreis, dann flog es davon in Richtung Weltraum.

»Wieder Ratten, die das sinkende Schiff verlassen«, murmelte er.

Uthacalting drehte sich nicht um, schaute dem davonfliegenden Raumschiff nicht nach. »Die galaktischen Besucher hatten schon mehr Unterhaltung, als ihnen lieb war, Robert. Diese Entwicklungszeremonie hat ihnen den Rest gegeben. Und für die meisten von ihnen ist die Aussicht auf eine Raumschlacht wohl wenig verlockend.«

»Also was mich betrifft, mir hat es gereicht«, setzte Fiben Bolger hinzu, ohne die Augen aufzumachen. Er lag ein bisschen weiter unten am Hang, den Kopf in Gailet Jones' Schoß gebettet. Im Augenblick hatte sie auch nicht viel zu sagen, war eher damit beschäftigt, ein paar Halme aus seinem Fell zu klauben, während Jo-Jo ihn am Bein kraulte.

Er hat's verdient, dachte Robert. Obwohl die Entwicklungszeremonie durch die Gorillas empfindlich gestört worden war, galten die Testergebnisse des Instituts nach wie vor. Sollte es die Menschheit schaffen, die erforderlichen Mittel für eine neue Zeremonie aufzubringen, würden zwei rustikale Koloniale die nächste Prozession all der klugen Chims von Terra anführen. Und obwohl Fiben nur wenig an solcher Ehrung lag, war Robert dennoch stolz auf seinen Freund.

Ein weiblicher Chim in einem einfachen Gewand kam über den Pfad herunter und verbeugte sich vor Uthacalting und Robert. »Wer möchte die neuesten Nachrichten hören?«, fragte Michaela Noddings.

»Ich bestimmt nicht!«, grunzte Fiben. »Mich kann das ganze Universum im Arsch lecken.«

»Fiben«, sagte Gailet vorwurfsvoll und leise, während sie zu Michaela aufblickte. »Ich möchte wissen, was sie zu sagen hat.«

Die Chimmie setzte sich und begann Fibens Schulter zu massieren. Fiben aber, besänftigt und zufrieden, schloss wieder die Augen.

»Kault hat Nachricht von seinen Leuten«, sagte Michaela. »Er ist auf dem Weg hierher.«

»Jetzt schon?«, sagte Robert überrascht. »Die wollen keine Zeit verlieren.«

Michaela schüttelte den Kopf. »Kaults Leute haben bereits Verbindung zum Terragenen Rat aufgenommen, um über den Einkauf der genetischen Basis der Gorillas zu verhandeln und irdische Experten als Ratgeber anzuheuern.«

»Hoffentlich hat der Rat einen entsprechenden Preis ausgehandelt.«

»Wer arm ist, kann nichts fordern«, meinte Gailet. »Nach den Aussagen der galaktischen Beobachter, die den Planeten bereits verlassen haben, befindet sich die Erde in einer höchst unglücklichen Lage, ebenso wie die Tymbrimer. Es wäre daher von entscheidender Bedeutung, die Feindschaft mit den Thennaninern zu beenden und sie als Alliierte zu gewinnen.«

Und dies um den Preis, die Gorillas, unsere Vettern, als unsere Klienten zu verlieren, sagte sich Robert. In dieser Nacht der Zeremonie hatte er die Ironie der ganzen Situation erkannt, schaute die Welt zusammen mit Uthacalting mit tymbrimischen Augen an. Jetzt fiel es ihm allerdings bedeutend schwerer, nicht nach dem Preis zu fragen.

Zunächst haben sie wirklich uns gehört, erinnerte er sich. *Und irgendwo müssen wir für sie einstehen. Uthacalting aber meint, dass ein Thennaniner so schlimm ist wie der andere.*

»Und was ist mit den Gubru?«, fragte er. »Sie haben versprochen, mit der Erde Frieden zu schließen, wenn die Zeremonie akzeptiert wird.«

»Nun ist diese Zeremonie nicht so ausgefallen, wie sie es sich vorgestellt haben«, gab Gailet zurück. »Was denken Sie, Botschafter Uthacalting?«

Die Fühler des Tymbrimers bewegten sich, wehten träge hin und her. Den ganzen gestrigen Tag über und auch an diesem Morgen hatte er kleine Glyphen erzeugt, die Robert mit seinen beschränkten Fähigkeiten nicht erkennen konnte, wo ihm das *kenning* versagt war, als würde sich Uthacalting darüber freuen, dass er wieder seine »Seifenblasen« hervorbringen konnte. »Sie werden natürlich so handeln, wie es zu ihrem Vorteil ist«, sagte Uthacalting. »Die Frage ist nur, ob sie auch wirklich wissen, was gut für sie ist.«

»Was meinen Sie? Was wollen Sie damit sagen?«

»Ich meine, dass die Gubru diese Expedition gestartet haben, ohne ein bestimmtes Ziel vor Augen zu haben. Ihr Triumvirat war sich nicht einig, und dies fand seinen Niederschlag auch in ihrer Heimatwelt. Ursprünglich hatte ihre Expedition den Zweck, die Geiseln von Garth zu erpressen, um gewisse Geheimnisse des Terragenen Rats zu verraten. Doch dann stellten sie fest, dass die Erde ebensowenig wie alle anderen daran interessiert war, was dieses Delfinschiff entdeckt hatte.«

»Gibt es irgendwelche Neuigkeiten über die *Streaker?*« warf Robert ein.

Uthacalting formte eine *palanq*-Glyphe und seufzte. »Es scheint, dass die Delfine auf wunderbare Weise einer Falle entronnen sind, die von den fanatischsten Patronen gestellt worden war – eine bemerkenswerte Heldentat. Es ist anzunehmen, dass die *Streaker* jetzt wieder frei und ungehindert durch den Raum fliegt. Die Fanatiker hatten eine Menge Ansehen eingebüßt, haben so gut wie ihr Gesicht verloren, und die Spannung ist noch größer geworden als zuvor. Dies ist ein weiterer Grund, warum die Gubru Roost Masters immer mehr in Panik geraten.«

»Als die Invasoren endlich merkten, dass sie durch die Geiseln keine Geheimnisse der Erde erfahren konnten, suchten die Suzerains nach anderen Möglichkeiten, um dennoch von dieser sehr aufwendigen Expedition zu profitieren«, setzte Gailet hinzu.

»Richtig. Aber als der erste Suzerain von Kosten und Vorsicht getötet wurde, geriet der Prozess ihrer Führung ins Wanken und führte zu Streit und Rangelei zwischen den beiden anderen und seinem Nachfolger. Denn anstatt sich zu einigen, versuchte jeder, seinen Vorteil zu wahren und trat mit den anderen in Konkurrenz. Ich weiß immer noch nicht, ob ich alles richtig verstanden habe, was sie vorhatten und was sie unternahmen. Eins ist allerdings sicher: Der letzte Coup, den sie gelandet haben, wird sie teuer zu stehen kommen und eine ganze Stange Geld kosten. Denn wenn man sich bei einer Entwicklungszeremonie verrechnet, kann man leicht ins Schleudern geraten.«

Robert sah, wie tief bestürzt Gailet war, als ihr endlich bewusst wurde, dass man sie nur benutzt und ausgenutzt hatte. Fiben nahm ihre Hand, ohne die Augen zu öffnen. »Und was bleibt für uns übrig?«, fragte Robert, indem er sich an Uthacalting wandte.

»Sowohl der gesunde Verstand als auch die Ehre lassen hoffen, dass die Gubru ihren Vertrag mit der Erde einhalten. Dies ist der einzige Weg, der aus dieser Sackgasse hinausführt.«

»Glauben Sie wirklich daran?«

»Würde ich sonst hier auf neutralem Boden bleiben, wenn ich daran glaubte? Du und ich, Robert, könnten mit Athaclena zusammensitzen, *khoogra* und sonstige Delikatessen genießen, die ich beiseitegeschafft habe. Und wir würden stundenlang über Gott und die Welt plaudern. Doch dies wird nicht geschehen, bevor die Gubru zwischen Logik und Selbstaufopferung entschieden haben.«

Robert erschauerte. »Wie schlimm kann es werden?«, fragte er mit leiser Stimme. Auch die Chims lauschten wortlos und schweigend.

Uthacalting blickte in die Runde. Er atmete die kalte, klare

Luft ein, wie ein Kenner die Blume eines vorzüglichen Weins genießt. »Dies ist eine schöne, eine liebliche Welt«, seufzte er. »Dennoch hat sie unsägliches Leid ertragen. Manchmal ist die sogenannte Zivilisation bereit, alles das zu zerstören, was sie eigentlich beschützen, hegen und pflegen sollte.«

Galaktiker 94

»Los, los!«, rief der Suzerain von Balken und Klaue. »Jagt sie! Verfolgt sie!«

Klauen-Soldaten und ihre Kampfdrohnen fielen über eine kleine Gruppe von Neoschimpansen her und überraschten sie mit ihrem Angriff. Die haarigen Erdlinge drehten sich um und feuerten mit ihren armseligen Waffen auf die Gubru. Zwei kleine Feuerbälle explodierten, und versengte Federn flogen durch die Luft, doch der Widerstand war sinnlos und zwecklos. Der Suzerain stieg über die verkohlten Baumstümpfe und Leichen hinweg und fluchte vor sich hin, als ihm seine Offiziere nur den Verlust an Chims melden konnten.

Da hatte es Gerüchte gegeben über andere Wesen, Menschen, Tymbrimer und, jawohl, dreimal verfluchte Thennaniner. War nicht erst vor Kurzem einer aus der Wildnis aufgetaucht? Sie waren doch alle Verbündete! Was sollte diese Verschwörung?

Nun trafen immer wieder und immer häufiger Botschaften ein, die verkündeten und forderten, dass der Militärkommandeur nach Port Helenia zurückkehren möge, an einem Konklave mit den anderen Suzerains teilnehmen sollte, an einer neuen Besprechung, an einem neuen Versuch für einen Konsens.

Konsens! Der BK-Suzerain spuckte auf den Stumpf eines lädierten Baums. Er konnte bereits spüren, wie seine Hormone verebbten, und dass die Farben in seinem Gefieder verblassten, die schon fast seine Farben geworden wären.

Konsens? Der Suzerain von Balken und Klaue würde ihnen schon zeigen, was er unter Konsens verstand. Er war fest entschlossen, seine Position als Führer wiederzugewinnen. Und die einzige Möglichkeit nach dieser katastrophalen Entwicklungszeremonie bestand darin, die Zähne zu zeigen und mit aller militärischen Macht aufzutrumpfen, die ihm zur Verfügung stand. Sollten die Thennaniner daherkommem und ihren »Garthlinge«-Preis fordern, würden sie sich einer gerüsteten militärischen Macht gegenübersehen. Dann konnten sie ihre neuen Klienten aus den Tiefen des Weltraums entwickeln!

Um sie aber im Zaum zu halten – um diese Welt den Roost Masters zurückzugeben –, musste man gegen Angriffe aus dem Hintergrund gefeit sein und die Opposition mit Stumpf und Stiel ausrotten!

Der Suzerain wollte nicht einmal zugeben, dass er bei seiner Entscheidung von Zorn und Rachedurst geleitet war. Denn hätte er es zugegeben, so wäre er sogleich unter den Einfluss des Suzerains der Guten Sitten geraten. Schon viele gute, verdiente Offiziere waren diesen Weg gegangen, damit sie der Hohepriester wieder in Amt und Würden einsetzte. Und dieser Umstand war besonders ärgerlich.

Der Kommandeur war fest entschlossen, ihre Loyalität zurückzugewinnen, für seine Zwecke, für seinen Sieg.

»Die neuen Detektoren funktionieren, sind effektiv und effizient!«, sagte er zufrieden, während er eine Art Freudentanz aufführte. »Mit ihrer Hilfe können wir die Erdlinge jagen und ohne jeden weiteren Materialaufwand ihre Spur verfolgen. Ihr eigenes Blut wird sie verraten!«

Der Adjutant des Suzerains teilte seine Begeisterung. Auf diese Weise würden die Guerillas schon bald ausgerottet sein. Doch ihre Freude wurde von einer Nachricht überschattet, als man berichtete, dass einer der Truppentransporter, der sie hierhergebracht hatte, defekt geworden war, verrostet, wie so manch andere Gubru-Ausrüstung in den Bergen und im Sind-Tal. Der Suzerain hatte eine dringende Aufklärung angeordnet. »Tut nichts zur Sache! Wir werden die restlichen Transporter benutzen.

Nichts und niemand mehr kann unsere Jagd behindern, nichts kann uns aufhalten!«

Und die Soldaten sangen im Chor:

»Summmm!«

Athaclena 95

Sie beobachtete den Mann, der jetzt bereits zum vierten Mal die Botschaft überflog und fragte sich, ob sie richtig handelte. Mit seinen schulterlangen, ungepflegten Haaren, seinem Bart und seiner Nacktheit sah der Major nun wirklich wie ein wilder, fleischfressender Wolflinger aus … wie eine Kreatur, die viel zu gefährlich war, um ihr zu trauen.

Er starrte auf die Botschaft, starrte auf den Text, und im Moment konnte sie nicht in seinem Gesicht lesen, sah nur die Spannung, die seine Schulter versteifte und in Wellen über seine Arme lief, bis hin zu den kräftigen, fest gefalteten Händen.

»Es sieht so aus, als ob ich Ihnen vergeben und Ihre Politik befolgen müsste, Miss.« Das letzte Wort hörte sich an wie das Gezisch einer Schlange. »Soll das nun heißen, dass ich frei bin, wenn ich mich brav benehme? Wie kann ich sicher sein, dass dieser Befehl echt ist?«

Athaclena wusste, dass sie kaum eine andere Wahl hatte. Während der letzten Tage konnte sie jene Chims nicht missen, die den Major bewacht hatten. Es gab nur wenige unter ihnen, die den Kommandoton des Majors ignorierten, obendrein hatte er bereits viermal versucht zu fliehen. Also gab es nur eine einzige Alternative, ihn nämlich hier an Ort und Stelle unschädlich zu machen. Dazu aber war sie einfach nicht bereit.

»Zweifellos würden Sie mich umbringen, sobald Sie dahinterkämen, dass die Botschaft nicht echt sei«, erwiderte Athaclena.

Er aber fletschte die Zähne. »Darauf haben Sie mein Wort«, gab er wütend zurück.

»Und was weiter?«

Er schloss die Augen und öffnete sie wieder. »Nach diesem Befehl der Exilregierung bleibt mir keine andere Wahl, als so zu tun, als wäre ich nie entführt worden, dass es keine Meuterei, keinen Aufstand gegeben hat, und meine Strategie Ihren Anweisungen anzupassen. Ich bin damit einverstanden, so lange Sie nicht vergessen, dass ich bei der ersten Gelegenheit meine Beschwerde den Kommandeuren der Erde vorlegen werde, die dann unverzüglich an die TAASF weitergeleitet wird. Und sobald die Koordinatorin Oneagle überstimmt ist, werde ich Sie suchen und finden, mein junges tymbrimisches Fräulein. Ich werde Sie aufstöbern und Ihnen auf den hübschen Pelz rücken.«

Sein Hass, den er offen zur Schau trug, ließ sie erschauern, gleichzeitig aber wusste sie jetzt Bescheid. Dieser Mann sagte, was er dachte, hielt mit seiner Meinung nicht hinter dem Berg. Sie nickte Benjamin zu.

»Lass ihn gehen!«

Die Chims machten enttäuschte Gesichter, vermieden den Augenkontakt mit dem dunkelhaarigen menschlichen Wesen, ließen den Käfig herunter und öffneten die Tür. Der Major trat heraus und rieb sich die Arme. Dann, plötzlich und unerwartet, wirbelte er herum und landete einen Faustschlag, der knapp ihr Kinn verfehlte. Und er lachte, als Athaclena und die Chims zurückwichen.

»Wo ist mein Kommando?«, fragte er barsch.

»Ich weiß es nicht genau«, erwiderte Athaclena, während sie versuchte, einen *Gheer*-Fluss zu unterdrücken. »Wir haben uns in kleine Gruppen aufgeteilt und wollten gerade die Höhlen verlassen, als uns klarwurde, dass sie gefährdet sind.«

»Und was ist da oben?«, drang der Major weiter in sie, während er auf die dampfenden Hänge des Mount Fossey zeigte.

»Wir erwarten jeden Augenblick einen feindlichen Angriff«, erwiderte sie treuherzig.

»Nun gut«, meinte er. »Ich glaube Ihnen nicht die Hälfte von dem, was Sie mir über diese ›Entwicklungszeremonie‹ und deren Folgen gestern erzählt haben. Doch eins ist sicher: Sie und Ihr Vater haben das Ganze inszeniert und die Gubru kopfscheu gemacht.«

Er sog die Luft tief ein, schnüffelte, als würde er bereits eine Spur wittern. »Ich hoffe, Sie haben eine taktische Landkarte und einen Datenspeicher für mich?«

Benjamin holte einen tragbaren Computer herbei, doch der Major hob die Hand. »Nicht jetzt. Gehen wir erst einmal fort. Ich möchte weg von diesem Ort.«

Athaclena nickte. Denn sie wusste nur zu gut, wie der Mann sich fühlte.

Er lachte, als er sich wie ein Kavalier vor ihr verbeugte, doch sie wollte ihm den Vortritt lassen. »Wie Sie wünschen«, kicherte er.

Und schon bald schwangen sie sich durch die Bäume und liefen unter dem dichten Blätterdach des Waldes dahin. Und wenig später hörten sie einen Donnerhall, der von jener Stelle kam, wo sie vorher ihr Lager aufgeschlagen hatten, obwohl kein Wölkchen am Himmel zu sehen war.

Sylvie 96

Die Nacht war von Feuerstrahlen erhellt, die immer wieder explosionsartig aufflammten und tiefe Schatten warfen, während sie sich immer tiefer zu Boden senkten. Es war ein schwerer Angriff auf die Sinne, der selbst den Schlachtenlärm und den Todesschrei der Sterbenden überdeckte.

Es waren die Verteidiger, die diese leuchtenden Fackeln gen Himmel sandten, weil die Angreifer kein Leuchtfeuer brauchten. Sie waren mit Radar und Infrarotgeräten ausgerüstet und griffen mit tödlicher Genauigkeit an, auch wenn sie für einen Augenblick von dem grellen Licht geblendet wurden.

Chims verließen fluchtartig ihr Lager, flohen in alle Richtungen, trugen nur etwas Verpflegung und ein paar Waffen auf dem Rücken. Die meisten von ihnen waren Flüchtlinge aus den Bergweilern, die bei den letzten Kämpfen niedergebrannt worden waren. Ein paar ausgebildete Guerillas blieben als verzweifelte Nachhut zurück, um den Rückzug der Zivilisten zu decken.

Sie setzten alles ein, was ihnen zur Verfügung stand, um die tödlichen, präzisen Detektoren des fliegenden Feindes zu verwirren und abzulenken. Die Fackeln waren von ausgeklügelter Konstruktion, die sich automatisch einstellten, um die aktiven und passiven Sensoren zu stören. Dadurch gelang es ihnen, die Avianen für eine Weile aufzuhalten, doch es blieb ihnen nicht viel Zeit. Obendrein waren ihre Vorräte knapp.

Außerdem schien der Feind über ein neues, geheimes System zu verfügen, das ihm erlaubte, die Chims selbst im dichtesten Busch aufzuspüren, selbst wenn sie splitternackt waren und nicht die geringsten Zivilisationsspuren aufwiesen.

Die Verfolgten konnten nichts weiter tun, als sich in immer kleinere Gruppen aufzusplittern. Und denjenigen, die vielleicht entkommen konnten, stand ein schreckliches Leben bevor – sie mussten als Tiere vegetieren, allein oder höchstens paarweise, verwildert, sich versteckend unter einem Himmel, der einst der ihre gewesen war und über den sie verfügen konnten, wie es ihnen passte.

Sylvie war gerade dabei, einer älteren Chimmie und zwei Kindern über einen bemoosten Baumstumpf hinwegzuhelfen, als sich plötzlich ihre Rückenhaare sträubten und eine nahende Gefahr signalisierten. Sie gab den anderen ein Zeichen, schnell in Deckung zu gehen, doch etwas – vielleicht war es der unstetige Rhythmus dröhnender Motoren – bewegte sie, noch etwas zu warten und über den Rand eines gefallenen Baumstammes hinwegzulugen. In der Dunkelheit konnte sie kaum die verwaschenen, weißlichen Umrisse der Gestalt erkennen, die durch den sternenhellen Wald schritt, geräuschvoll durchs Unterholz stapfte und dann im finsteren Urwald untertauchte.

Aber nein – dies war kein Lebewesen. Sylvie starrte in die dunkle Schneise, die das abstürzende Ding gerissen hatte. Sie lauschte und kaute an ihren Nägeln, während es von oben Blätter und Zweige regnete.

»Donna!«, flüsterte sie. Die ältliche Chimmie hob den Kopf und lugte unter einem Haufen Blätter hervor. »Kannst du es mit den Kindern alleine bis zum Treffpunkt schaffen?«, fragte Sylvie. »Du musst bergauf bis zum Fluss wandern und dann diesem bis zu einem Wasserfall und einer Höhle folgen. Glaubst du, dass du das schaffst?«

Donna schwieg einen Moment lang, konzentrierte sich und nickte schließlich. »Gut«, sagte Sylvie. »Wenn du Petri siehst, sag ihm, dass ein feindlicher Aufklärer abgestürzt ist und dass ich hingehe, um nachzusehen.«

Die alte Chimmie riss vor Furcht die Augen weit auf. Sie blinzelte ein paarmal, dann aber streckte sie die Arme nach den Kindern aus. Und während sie die Kleinen in die Arme nahm, hatte Sylvie bereits die dunkle Schneise zwischen den geschundenen Bäumen betreten.

Warum tu ich dies alles?, fragte sich Sylvie, während sie über gebrochene Zweige hinwegschritt, die immer noch einen Brandgeruch verbreiteten. Es raschelte im Busch, ein Zeichen dafür, dass irgendwelche Tiere nach Obdach suchten, nachdem ihre bisherige Behausung ruiniert worden war. Beim Ozongeruch sträubten sich Sylvies Haare. Und dann, als sie sich der Stelle näherte, stach ihr ein anderer bekannter Geruch in die Nase, die Witterung von Vögeln.

In der Dämmerung sah alles grau in grau aus, es gab keine Farben. Als sich die abgestürzte Flugmaschine plötzlich wie ein weißer Hügel vor ihr aufbaute, konnte Sylvie erkennen, dass das Ding sich in einem Winkel von 40 Grad in den Boden gebohrt hatte, wobei der Bug eingedrückt worden war.

Sie hörte das leise Klicken irgendeines elektronischen Geräts, das immer wieder ertönte. Sonst drang kein Ton aus dem Innern. Die Hauptluke war halb aus den Angeln gedreht.

Sie tastete sich an der immer noch warmen Außenhaut entlang und näherte sich vorsichtig. Ihre Finger streiften eines der Antigravaggregate, und der Rost rieselte herab wie Schnee. *Lausige Wartung,* dachte sie. *Ich frage mich, ob das Ding vielleicht deswegen abgestürzt ist.* Ihr Mund war trocken, und das Herz klopfte ihr im Hals, als sie die Lukenöffnung erreichte und hineinblickte.

Zwei Gubru saßen immer noch angeschnallt an ihrem Platz. Beide waren tot; ihr Kopf mit dem scharfen Schnabel baumelte am gebrochenen Genick.

Sylvie schluckte. Sie setzte einen Fuß auf das Trittbrett und betrat vorsichtig das schiefe Deck. Ihr Puls drohte stillzustehen, als eine Platte unter ihren Füßen krachte und einer der Klauen-Soldaten sich rührte.

Aber es war nur das havarierte Schiff, das unter ihren Schritten ächzte und leicht nach oben kippte. »O Gott!«, murmelte Sylvie und nahm die Hand von der Brust. Es fiel ihr schwer, sich zu konzentrieren, während alle ihre Instinkte Alarm schlugen und ihr rieten, hier so schnell wie möglich zu verschwinden.

Wie bereits in den letzten Tagen versuchte Sylvie sich vorzustellen, was Gailet Jones in einer solchen Situation tun würde. Sie wusste nur zu gut, dass sie nicht eine Chimmie sein konnte, wie Gailet eine war. Dazu hatte sie zu schlechte Karten. Doch wenn sie es mit aller Kraft versuchte …

»Waffen«, flüsterte sie und versuchte mit zitternder Hand, die Seitenwaffen der Soldaten aus dem Halfter zu ziehen. Sekunden kamen ihr wie Stunden vor, doch schon bald lagen zwei Gewehre und einige Pistolen außerhalb der Luke auf einem Haufen. Sylvie wollte sich bereits wieder abseilen, als ihr etwas einfiel und sie die Hand vor die Stirn schlug. »Ich Idiot! Athaclena braucht eher Computer und Informationen als Schießeisen!«

Sie kehrte ins Cockpit zurück und blickte sich hilflos um.

Nun mach schon! Du bist eine terragene Bürgerin, die zumindest ein Kolleg besucht hat. Außerdem hast du monatelang für die Gubru gearbeitet.

Sie nahm sich zusammen und entdeckte die Steuerarmatur und – nach den Symbolen, die sich offensichtlich auf die Raketengeschosse bezogen – die Konsole für die Bordwaffen. Auf einem flackernden Bildschirm, den die sterbenden Batterien gerade noch am Leben hielten, erkannte sie eine Landkarte, die in GalDrei beschriftet war.

Könnte dies jenes Ortungsgerät sein, das sie einsetzen, um uns zu finden?, fragte sie sich.

Eine Wählscheibe, die direkt unter dem Bildschirm angebracht war, trug Schriftzeichen und Wörter, die ihr aus der Sprache des Feindes bekannt waren. Versuchsweise berührte sie die Scheibe.

In der unteren linken Ecke des Bildschirms tat sich ein Fenster auf. Dann tauchten Zeilen in einer Sprache auf, die sie nicht lesen konnte. Doch über dem Text schwebte eine komplexe Zeichnung, die jeder Erwachsene einer zivilisierten Gesellschaft als eine chemische Strukturformel identifiziert hätte.

Sylvie war zwar keine Chemikerin, doch sie hatte eine Grundausbildung, und einige der abgebildeten Moleküle kamen ihr irgendwie bekannt vor. Sie nahm sich zusammen, konzentrierte sich und versuchte, das einzige Wort im Text zu enträtseln, das offensichtlich das Schlüsselwort war. Sie erinnerte sich an das Buchstabieren in GalDrei, das sie einst gelernt hatte und jetzt wieder in ihrer Erinnerung auftauchte.

»Hä… Häm… Hämog…«

Sylvie spürte deutlich, dass sie eine Gänsehaut bekam. Sie befeuchtete die Lippen mit der Zunge und sprach das Wort aus:

»Hämoglobin!«

Galaktiker 97

»Biologischer Krieg!« Der Suzerain von Balken und Klaue hüpfte über die Brücke des Schlachtschiffs und zeigte auf einen Kwackoo-Techniker, der ihm die Nachricht gebracht hatte. »Diese Korrosion, dieser Verfall, diese Schäden an Panzerung und Maschinen – war dies ein *Konstruktionsfehler?*«

Der Techniker verneigte sich. »Jawohl. Es gibt verschiedene angriffslustige Lebensformen wie etwa Bakterien. Als wir das Muster erkannten, haben wir sofort Gegenmaßnahmen eingeleitet. Allerdings wird es eine Weile dauern, alle Oberflächen mit Gegenmitteln, das heißt mit feindlichen Organismen zu behandeln, doch die Erfolgsaussichten sind gering.«

Letzten Endes ja, dachte der BK Suzerain verbittert. *Wo stammen diese Agenzien her?*

Der Kwackoo kramte aus seiner Tasche einen Klumpen dünnschichtigen, folienähnlichen Materials aus einem Beutel, der mit Bändern verschnürt war. »Als diese Dinger von den Bergen heranwehten, haben wir die Aufzeichnungen in der Bibliothek konsultiert und die Einheimischen befragt. Dieses Zeug tritt alljährlich bei Einbruch des Winters die ganze Küste entlang auf. Also haben wir es einfach ignoriert.

Wie dem auch sei – die Guerillas in den Bergen haben es anscheinend fertiggebracht, diese Flugsamen, oder was es ist, biologisch so zu infizieren, dass sie für unsere Ausrüstung destruktiv sind. Und bis wir es gemerkt haben, war das Zeug überall verteilt. Ein genialer Plan, muss ich zugeben.«

Der Militärkommandeur hüpfte hin und her. »Wie schlimm, wie ernst, wie katastrophal sind die Schäden?«

Wieder eine tiefe Verbeugung. »Etwa vierzig Prozent der Transportmittel auf dem Planeten sind betroffen. Zwei der Verteidigungsbatterien beim Raumhafen werden für zehn Planetartage außer Betrieb sein.«

»Zehn Tage!«

»Wie Sie wissen, kriegen wir aus der Heimatwelt keine Ersatzteile mehr.«

Doch das wusste der BK-Suzerain selbst am besten. Die meisten Routen nach Gimelhai waren durch die anrückenden feindlichen Flotten blockiert, die am Rande des Garthsystems aufzogen.

Aber damit nicht genug. Nun hatten sich die beiden anderen Suzerains zusammengetan, um dem Militärkommandeur die Stirn zu bieten. Zwar konnten sie Schlachten nicht verhindern, wenn die Partei des BK solchen zustimmte, aber sie genossen die religiöse und bürokratische Unterstützung allemal. Und die Auswirkungen dieser Unterstützung waren bereits deutlich erkennbar.

Der Druck stieg an, baute sich auf, bis der Kopf des Admirals zu schmerzen begann und seine Schläfen pochten. »Sie werden bezahlen!«, kreischte der Suzerain. Zum Teufel mit all den Priestern und Pfennigfuchsern!

Der BK-Suzerain dachte sehnsüchtig an die großen Flotten, die er in dieses System geführt hatte. Doch schon vor langer Zeit waren die meisten Schiffe von den Roost Masters abkommandiert worden, um woanders Lücken zu füllen, und die meisten von ihnen waren wohl nur noch rauchende Ruinen oder verdampft in den umkämpften Grenzgebieten der Galaxis.

Jetzt, um seine trüben Gedanken zu verscheuchen, begann der BK darüber nachzudenken, dass sich die Schlinge um die letzten Bastionen der Guerillas in den Bergen immer enger zusammenzog, sodass auch diese Gefahr schon bald aus der Welt geschafft sein würde.

Und dann … dann mochte das Entwicklungsinstitut die Neutralität seines lädierten Zeremonienhügels erzwingen, und dies inmitten einer eskalierenden Schlacht zwischen Planet und Raum! Unter solchen Umständen konnten sich auch mal Raketengeschosse verirren und überall einschlagen – so etwa in Städte mit Zivilbevölkerung, oder sogar auf neutralem Boden. Bedauerlich. Und wahrscheinlich würde es zahlreiche Opfer geben. Wie schade – aber so war es nun mal, das Kriegsglück war nicht wählerisch.

98 Uthacalting

Nun musste er seine Sorgen, seine Gefühle, die tief in ihm verborgen lagen, nicht mehr verstecken. Es machte auch nichts mehr aus, dass feindliche Detektoren eine physische Emanation registrierten, weil sie sowieso mit Sicherheit wussten, wo sie ihn finden würden, wenn die Zeit gekommen war.

In der Morgendämmerung, während es im Osten bereits graute und die wolkenverschleierte Sonne aufging, wanderte Uthacalting über die vom Tau benetzten Hänge und streckte alle seine Fühler aus.

Das Wunder, das sich vor wenigen Tagen ereignet hatte, ließ den Kokon seiner Seele bersten. Dort, wo er glaubte, es müsse ewiger Winter herrschen, brachen Knospen auf. Für beide, Menschen und Tymbrimer, erwies sich die *Liebe* als die größte Kraft. Doch immerhin war eine gewisse *Ironie* auch nicht zu leugnen.

Ich lebe, und mein kenning *sagt mir, dass die Welt schön ist.* Er legte all seine Kraft in eine Glyphe, die nun zart und leicht über seinen Fühlern schwebte. Es war schon erfreulich, an diesen Ort zurückzukehren, wo alles begonnen hatte … und zu sehen, wie all seine Späße und Scherze ihm all das eingebracht hatten, was er sich gewünscht hatte, und dies auf so seltsame Weise …

Die Morgendämmerung brachte Farben in die Welt. Es war eine winterliche Landschaft mit kahlen Obstbäumen und eingemotteten Schiffen. Die Wasser der Bucht warfen da und dort Schaumkronen auf. Dennoch war die Sonne warm.

Er dachte an das Universum, das oft so fremd, so bizarr und so voller Gefahren und Tragödien war.

Aber ebenso auch voller Überraschungen.

Überraschung … dieser Segen, der einem sagt, dass all dies Wirklichkeit ist – er breitete die Arme aus, als wollte er die ganze Welt umarmen – *und dass niemand, selbst in seinen kühnsten Träumen daran gedacht hatte, dass so etwas Wirklichkeit werden könnte.*

Er aber schaute seiner Glyphe nach, die sich von ihm gelöst hatte. Der Morgenwind trug sie davon wie einen Luftballon, und sie entschwebte, dem Zufall anheimgegeben.

Später dann folgten Besprechungen mit der Großen Prüferin, mit Kault und mit Cordwainer Appelbe. Alle suchten seinen Rat und seine Anweisungen. Er gab sich alle Mühe, die Ratsuchenden nicht zu enttäuschen.

Gegen Mittag zog ihn Robert Oneagle beiseite und brachte wieder seinen Fluchtplan vor. Der junge Menschensohn hatte vor, aus seinem Gefängnis auf dem Zeremonienhügel auszubrechen und mit Fiben zu flüchten, um den Gubru so viel Kummer und Sorgen wie nur möglich zu bereiten. Alle wussten über die Scharmützel in den Bergen Bescheid, und Robert wollte Athaclena in jeder Weise helfen.

Uthacalting stimmte zwar zu, dennoch sagte er: »Du schätzt dich nicht richtig ein, junger Freund.«

Robert blinzelte. »Was wollen Sie damit sagen?«

»Ich meine, dass die Gubru-Militärs sehr genau wissen, wie gefährlich ihr beiden, du und Fiben seid. Und wahrscheinlich haben sie mich ebenfalls auf ihre Liste gesetzt, wegen der paar Dinge, die ich selbst vollbracht habe. Warum, glaubst du, treiben die hier so einen Aufwand mit Patrouillen, obwohl sie woanders der Schuh drückt?«

Er deutete auf die Flugmaschine, die innerhalb der Grenzen des Institutsgeländes ihre Kreise zog. Zweifellos wurden sogar die Kühlrohre zu den Kraftstationen von teuren Drohnen von tödlicher Wirkung überwacht. Robert hatte vorgeschlagen, selbstgebaute Gleiter zu benutzen, doch war der Feind bereits klug genug, um auf solche Wolflinger-Tricks nicht mehr reinzufallen. Sie hatten teuer dafür bezahlen müssen.

»Auf diese Weise werden wir Athaclena helfen«, sagte Uthacalting. »Wir werden dem Feind gegenüber schweigen und geheimnisvoll lächeln, als hätten wir etwas, das sie nicht haben – indem wir diese Kreaturen verunsichern, die absolut keinen Sinn für Humor haben.«

Robert aber ließ durch nichts erkennen, dass er begriffen hatte. Doch zu Uthacaltings Freude sah er die Glyphe, die der junge Mann gebildet hatte, eine einfache Version von *kiniwullun*. Er lachte. Offensichtlich hatte Robert einiges von Athaclena gelernt und davon profitiert.

»Ja, mein fremder Adoptivsohn. Wir müssen den Gubru auf schmerzliche Weise beibringen, dass sie uns unterschätzt haben.«

Später, bei Sonnenuntergang, sprang Uthacalting plötzlich in seinem dunklen Zelt auf und ging nach draußen. Er schaute wieder nach Osten, während seine Fühler wehten und suchten wie Antennen.

Irgendwo dort draußen dachte seine Tochter angestrengt nach. Sie hatte irgendetwas erfahren, vielleicht hatte sie eine Nachricht erhalten. Und nun konzentrierte sie sich, als würde ihr Leben davon abhängen.

Dann war der kurze Moment vorüber, die Verbindung riss ab. Uthacalting drehte sich um, doch er kehrte nicht ins Zelt zurück. Dafür ging er ein paar Schritte nordwärts und hob die Klappe von Roberts Zelt. Der Menschensohn schaute von seiner Lektüre auf, während die Lichter des Datenspeichers grell auf sein Gesicht fielen.

»Ich glaube, es gibt eine Möglichkeit, von hier wegzukommen«, sagte er zu dem Menschen. »Zumindest für eine Weile.«

»Also bitte«, sagte Robert.

Uthacalting aber lächelte. »Habe ich dir nicht schon mal gesagt – oder war es deine Mutter –, dass alle Dinge in der Bibliothek anfangen und enden?«

Galaktiker 99

Die Lage spitzte sich zu. Der Konsens fiel irreparabel auseinander, und der Suzerain der Guten Sitten wusste nicht, wie er den zerbrochenen Krug kitten sollte.

Der Suzerain von Kosten und Vorsicht hatte sich ganz in sich zurückgezogen. Die Bürokratie war lahmgelegt und ohne Führung.

Und der Dritte im Bunde, der Suzerain von Balken und Klaue, ihr ein und alles, ihre letzte Hoffnung, würde einer Einladung zu einem Konklave nicht nachkommen. Anscheinend hatte er einen verhängnisvollen Kurs eingeschlagen, der nicht nur zu ihrer eigenen Vernichtung führen würde, sondern auch für diese Welt hier katastrophale Folgen haben würde. Und sollte dies eintreffen, würde diese Expedition ein Schuss in den Ofen sein und die bereits angeknackste Ehre und das Ansehen des Clans der Gooskyu-Gubru völlig ruinieren.

Dennoch – was konnte der Suzerain der Guten Sitten tun? Die Roost Masters, die Hohen Herren des Nestes von Gooskyu-Gubru, mit Problemen in der näheren Umgebung ihrer Heimatwelt beschäftigt, konnten ihnen weder raten noch helfen. Sie hatten auf das Triumvirat dieser Expedition gesetzt, dass es einig sei, dass die Mauser durchgeführt würde und dass endlich ein Konsens der Weisheit zustande käme. Doch die Mauser war schiefgegangen, entsetzlich schief. Und da gab es keinen Rat, keine Weisheit, die man anbieten konnte.

Der Suzerain der Guten Sitten kam sich hoffnungslos und verlassen vor, wie ein Kapitän, der sein Schiff auf Grund setzen muss – zu viel selbst für einen Priester, der bereit war, bei einem Sakrileg beide Augen zuzudrücken.

Der Verlust war sehr intensiv und sehr persönlich und so alt wie seine Spezies. Zwar waren die Federn, die unter seinem Daunenkleid sprossen, jetzt rot gefärbt. Doch es hatte bereits viele Gubru-Königinnen gegeben, die ihren Triumph nicht mit zwei anderen teilen mussten und nicht auf die Zustimmung solcher Mitstreiter angewiesen waren – zwei, die die Lust, die Ehre und die Herrlichkeit mit ihr teilten.

Nun waren alle Träume wahr geworden, doch er war allein, einsam und verlassen – eine bittere Erkenntnis.

Der Suzerain der Guten Sitten – die angehende Königin – steckte den Schnabel unter den Flügel und schaukelte leicht hin und her, wie es bei diesem Volk üblich war im Zustand äußerster Verzweiflung.

Athaclena 100

»Vampirgeräte«, meinte Lydia McCue zusammenfassend. Sie schob mit zwei terragenen Marines Wache, unter einer Tarndecke versteckt. Der Stoff war vielleicht dazu angetan, sie vor Entdeckung durch Infrarotstrahlen zu schützen, hoffentlich auch gegen die neuen Resonanzdetekoren des Feindes.

Vampirgeräte? dachte Athaclena, *wahrhaftig, ein guter Vergleich.*

Sie goss etwa einen Liter einer hellroten Flüssigkeit ins dunkle Wasser eines Waldteiches, wo hundert und aberhundert Kletterpflanzen wucherten.

Weit entfernt an einem anderen Ort waren andere Gruppen dabei, ähnliche Einleitungen in kleinere Teiche und Tümpel durchzuführen. Das alles erinnerte Athaclena an Wolflinger-Märchen, an Wolflinger-Sagen, die von magischen Riten in Zauberwäldern und von mystischen Beschwörungszeremonien erzählten. Über diese Analogie wollte sie ihrem Vater berichten, sollte sie je wieder Gelegenheit haben.

»Meine Chims sind fast ausgelaufen, um genug Blut für unsere Zwecke zu spenden«, sagte sie zu Lieutenant McCue. »Es gibt wahrscheinlich auch andere Möglichkeiten, doch nicht heute und nicht jetzt.«

Lydia murmelte Unverständliches und nickte. Die Erdenfrau befand sich immer noch in einem Konflikt mit sich selbst. Logischerweise musste sie zugeben, dass sich die Lage katastrophal entwickelt hätte, hätte der Major immer noch das Kommando gehabt. Die Ereignisse der folgenden Wochen hatten eindeutig bewiesen, dass Athaclena und Robert recht gehabt hatten.

Doch Lieutenant McCue konnte sich nicht so leicht von

ihrem Eid lösen. Seit Kurzem waren sich die beiden Frauen nähergekommen, hatten fast so etwas wie Freundschaft geschlossen, hatten lange Gespräche geführt und ihre Gedanken und Sehnsüchte ausgetauscht, was Robert Oneagle betraf. Doch jetzt, nachdem die Wahrheit über die Meuterei und über die Entführung des Majors an den Tag gekommen war, lag eine Welt zwischen ihnen.

Die rote Flüssigkeit kreiste und quirlte zwischen den zarten Wurzeln. Anscheinend reagierten die semimobilen Pflanzen positiv, da sie die neuen Substanzen aufsaugten.

Hier blieb keine Zeit für subtile Forschung, für subtile Experimente. Es war nur einfach diese Idee gewesen, die plötzlich über sie gekommen war, nachdem sie Sylvies Bericht erhalten hatte. Hämoglobin. *Also verfügten die Gubru über Detektoren, welche die Resonanzen des primären Blutbestandteils der Erdenmenschen registrieren konnten. Solch empfindliche Instrumente mussten aber sehr kostbar und sehr teuer sein!*

Es musste also ein Weg gefunden werden, um der neuen Waffe entgegenzuwirken, sonst würde sie als einziges intelligentes Wesen in den Bergen übrig bleiben. Der erste Versuch war drastisch und symbolisch für die Anforderungen, die eine Nation an ihre Bevölkerung stellte. Ihre Guerillatruppen irrten umher und waren durch den Aderlass ziemlich erschöpft und kraftlos. Die Chims sagten seit der Blutspendeaktion nicht mehr »General« zu ihr, sondern »Gräfin« und sie fletschten die Zähne, wenn sie ihrer ansichtig wurden.

Zum Glück gab es noch einige Chim-Techniker – überwiegend solche, die Robert geholfen hatten, die Mikroben zu verbreiten, um den Maschinenpark des Feindes zu ruinieren – um ihr bei diesem letzten Versuch zu helfen.

Verbinde Hämoglobin-Moleküle mit Substanzen, die bestimmte Kletterpflanzen aufsaugen. Hoffe, dass sie diese neue Kombination akzeptieren. Und bete, dass die Pflanzen diese Verbindung schnell genug transferieren.

Ein Chim-Bote war eingetroffen und flüsterte Lieutenant McCue etwas zu. Sie näherte sich Athaclena.

»Der Major ist so gut wie bereit«, sagte die dunkle Menschenfrau und setzte wie von ungefähr hinzu: »Und unsere Scouts haben Flugobjekte entdeckt, die auf dem Kurs nach hier sind.«

Athaclena nickte.

»Wir sind hier fertig. Lasst uns gehen! In den nächsten Stunden werden wir sehen, ob es etwas genutzt hat.«

Galaktiker 101

»Da! Wir registrieren eine Konzentration, eine Ansammlung, eine Akkumulation des schamlosen Feindes. Die Wolflinger flüchten in die vorhersagbare Richtung. Nun können wir zuschlagen, zugreifen, zupacken und erobern!«

Ihre Spezialdetektoren hatten die verborgenen Pfade im Wald aufgespürt. Der Suzerain von Balken und Klaue erteilte einen Befehl, und die Elitebrigade von Klauen-Soldaten schwärmte über das kleine Tal aus, wo ihre Beute in der Falle saß.

»Gefangene, Geiseln, neue Kriegsgefangene für Befragungen … das ist es, was ich will!«

Major Prathachulthorn 102

Der Köder war unsichtbar – nichts weiter als ein kaum wahrnehmbarer Fluss komplexer Moleküle, der durch das Netzwerk der Dschungel-Vegetation strömte. Der Major hatte keine Möglichkeit, sich zu vergewissern, ob dies alles überhaupt vorhanden war. Ihm war seltsam zumute, wie er da in seinem Versteck am Hang lag und über ein paar Tümpel in einer sonst unberührten Waldsenke hinwegschaute.

Dennoch hatte diese Situation etwas Symmetrisches, ja fast Poetisches an sich. Sollte dieser Trick tatsächlich funktionieren, so war der Sieg an diesem Morgen gewiss.

Und wenn, dann hatte er sich vorgenommen, zumindest ein paar Aliens den Hals umzudrehen, in voller Absicht und mit Genuss, ganz gleich, wie sich dies auf seine Karriere auswirken würde.

»Feng!«, fuhr er einen seiner Marines an. »Hör auf, dich zu kratzen!« Der Corporal schaute erschrocken und blitzschnell nach, ob er die Schutzschicht beschädigt hatte, die wie ein grüner Schleier seine Haut bedeckte. Der neue Stoff war in aller Eile zusammengebraut worden, in der Hoffnung, er würde die Hämoglobin-Resonanz blockieren, die dem Feind dazu diente, die Terraner im Schutz des Waldes aufzuspüren. Vielleicht hatten sie sich auch zu viel davon versprochen. Der Major hatte nur das Wort der Chims und dieser verdammten Tym…

»Major!«, flüsterte ihm jemand zu. Es war ein Neoschimpanse, der in seinem grüngefärbten Fell recht merkwürdig aussah und sich auch offensichtlich nicht wohl in seiner Haut fühlte. Dann kletterte er behände am Stamm eines hohen Baumes hinauf. Der

Major nickte ihm zu und machte eine Handbewegung in beide Richtungen.

Nun gut, dachte er, *einige dieser lokalen Chims mausern sich allmählich zu recht brauchbaren Untergrundkämpfern, das muss man ihnen lassen.*

Eine Reihe von Schallwellen schüttelte das Laubwerk von allen Seiten, gefolgt vom Düsengeheul nahender Flugobjekte. Sie rauschten über das kleine Tal in Baumhöhe hinweg, wobei sie das Gelände mit computergesteuerter Präzision überflogen. Gleichzeitig und im richtigen Moment kletterten Klauen-Soldaten aus Truppentransportern und stürmten zielstrebig auf ein Waldstück zu.

Die Bäume waren auf ihre Weise einmalig und vereint in ihrem Hunger nach einem bestimmten Spurenelement, das ihnen über weitreichende Ranken zufloss. Nur diesmal führten diese Ranken auch einen anderen Stoff mit sich, einen Stoff, der aus irdischen Reben stammte.

»Warte!«, flüsterte der Major. »Warten wir auf die großen Brummer.«

Schon bald spürten alle die Auswirkungen der sich nähernden Flugmaschinen und ihrer Antigravfelder, und das mit Macht. Über dem Horizont tauchte ein Gubru-Schlachtschiff auf und näherte sich in mehreren hundert Metern Höhe.

Das war ein Ziel, das jedes Opfer wert war, um alles restlos einzusetzen, worüber sie noch verfügten. Bis jetzt lag das Problem darin vorherzusagen, wann und wo ein solches Schiff auftauchen würde. Flicker-Swivver waren wundervolle Waffen, aber nur schwer zu transportieren, und sie mussten beizeiten in Stellung gebracht werden. Doch hier ging es um den Überraschungsmoment, und dieser war von Bedeutung.

»Wartet!«, murmelte er, während das große Schiff immer näher herankam. »Macht sie nicht kopfscheu!«

Weiter unten zirpten und schimpften die Klauen-Soldaten,

weil sie auf keinen Feind gestoßen waren, nicht einmal ein lumpiger Chim-Zivilist, den man fangen und zum Verhör führen konnte, war zu finden. Doch es konnte nicht mehr lange dauern, bis irgendeiner von ihnen hinter das Geheimnis kam. Dennoch sagte der Major: »Wartet noch eine Minute, nur noch einen Moment, bis ...«

Doch einer der Chim-Schützen hatte wohl die Geduld und den Kopf verloren. Plötzlich schossen Feuergarben von den Höhen auf der gegenüberliegenden Seite des Tals empor, worauf noch drei weitere Schüsse folgten. Der Major ging in Deckung und bedeckte sein Haupt.

Ein strahlender Glanz kam von hinten auf ihn zu und drang in seinen Schädel ein. Wellen von *Déjà vu* wechselten mit Anfällen von Übelkeit ab, und für einen Augenblick kam es ihm vor, als würde ihn die Flut einer Schwerkraftanomalie vom Boden reißen. Dann brauste eine Welle über ihn hinweg, die ihn in Mark und Bein erschütterte.

Es verging eine geraume Zeit, bis irgendjemand wieder klar sehen und denken konnte. Und sie erblickten eine Wolke aus aufgewirbeltem Sand und Staub, die über geköpften Bäumen und zerfetzten Ranken schwebte. Die nähere Umgebung war verwüstet und zeigte deutlich die Spuren des Gubru-Schlachtschiffs, das erst vor wenigen Momenten über diesem Ort geschwebt hatte. Und immer noch regneten rotglühende Abfälle herab und entfachten Brände, wo sie landeten.

Der Major grinste und feuerte eine Rakete ab – das Signal für den Angriff.

Einige der Flugobjekte, die zur Landung angesetzt hatten, waren durch die Überdruckwelle zerstört worden, zumindest aber schwer beschädigt. Drei von ihnen hatten es allerdings noch geschafft zu starten und mit Rachedurst Kurs auf jene Punkte zu nehmen, wo die Raketen abgefeuert worden waren. Doch ihre Piloten hatten immer noch nicht gemerkt, dass sie jetzt terragenen Marines gegenüberstanden. Es war schon erstaunlich, was eine erbeutete Waffe ausrichten konnte, wenn sie nur in die richtigen Hände geriet. Denn im nächsten Augenblick zerschmolzen und verglühten drei weitere Flugobjekte in der Talsohle und gingen in Rauch und Flammen auf.

Weiter unten marschierten Chims mit grimmigen Mienen auf, und der Kampf wurde nun immer mehr einer Mann gegen Mann, eine blutige Schlacht mit Lasern und Gewehren, mit Armbrust und Pfeil und Bogen.

Und als alles vorüber war, wusste der Major, dass sie gewonnen hatten.

Ich kann doch nicht das ganze Material diesen Eingeborenen überlassen, dachte er. Und so kam es, dass er die Verfolgung aufnahm, während die Nachhut der Gubru mit allen Mitteln versuchte, den Fluchtweg der Überlebenden zu decken. Und solange hier noch Chims lebten, würden diejenigen, die Augenzeugen des Geschehens waren, ihren Nachkommen erzählen, was sie gesehen hatten: Eine blassgrüne Gestalt in einem flatternden Gewand, eine bärtige Gestalt, die sich durch die Bäume schwang und schwerbewaffnete Klauen-Soldaten mit Messer und Schlinge angriff. Da gab es nichts, was ihn zurückhalten konnte, und in der Tat war kein lebendes Wesen mehr vor ihm sicher.

Es war eine beschädigte Kampfdrohne, die man notdürftig wieder zusammengeflickt und auf diese grimmige Weise ausgestattet hatte – wahrscheinlich, um eine logische Verbindung zwischen dem endgültigen Kollaps der Gubru-Armee und dieser furchterregenden Kreatur aufrechtzuerhalten, die an einer solchen Schlacht, an einem solchen Kampf offensichtlich ihre Freude hatte. Vielleicht war es aber auch nicht mehr als ein letzter Ausbruch mechanischer und elektrischer Reflexe.

Mit einem bitteren Lächeln tat er, was er nicht lassen konnte, drückte mit den Händen eine gefiederte Kehle nach der anderen zu und erwürgte diese verhassten Wesen, die sich in dieser Welt breitgemacht hatten und sie unberechtigterweise als die ihre beanspruchten.

Athaclena 103

So, dachte sie, als der aufgeregte Chim den totalen Sieg fröhlich in die Welt hinausposaunte. *Dies war ein Sieg an allen Fronten, der größte Triumph des Widerstands.*

In gewissem Sinn war der Planet Garth unser größter Alliierter – sein zwar beschädigtes, aber immer noch kraftvolles Netz des Lebens.

Die Gubru wurden durch Hämoglobin geködert, das teils von den Chims, teils von den Menschen stammte, das von den Ranken der Kletterpflanzen zu einem bestimmten Ort geleitet worden war. Athaclena war überrascht, dass ihr Plan so gut funktioniert hatte. Der Erfolg machte wieder einmal deutlich, wie schlimm es für den Feind war, dass er sich voll und ganz auf seine ausgeklügelten, raffinierten Geräte verlassen hatte.

Jetzt müssen wir entscheiden, was als Nächstes zu tun ist.

Lieutenant McCue schaute von dem Schlachtbericht auf, den ihr der Chim-Bote gebracht hatte, und schaute Athaclena in die Augen. Die beiden Frauen verharrten einen Augenblick lang in Schweigen. »Ich sollte lieber aufbrechen«, meinte Lydia schließlich. »Da wird es so manches zu organisieren geben, die Beute zu sichten, all die Geräte zu kontrollieren … und nun habe ich auch noch das Kommando.«

Athaclena nickte. Sie konnte den Major zwar nicht bedauern, aber sie akzeptierte ihn als das, was er war: ein Krieger. »Was meinen Sie, wo sie demnächst zuschlagen werden?«, fragte sie.

»Das kann ich mir nicht vorstellen, jetzt wo ihre wichtigste Methode, uns zu suchen und zu finden, nicht mehr funktioniert.« Lydia runzelte die Stirn. »Ist es sicher, dass die thennaninische Flotte nach hier unterwegs ist?«, fragte sie.

»Die Beamten des Entwicklungsinstituts sprechen über Funk offen darüber. Die Thennaniner kommen, um ihre neuen Klienten einzuklagen. Als Teil einer Vereinbarung, die sie mit meinem Vater und mit der Erde getroffen haben, sind sie verpflichtet, die Gubru aus diesem System zu vertreiben.«

Athaclena wusste noch immer nicht genau, wie weit das Schema ihres Vaters funktioniert hatte. Als die Krise begann, fast vor einem Garth-Jahr, sah es so aus, als könnten weder die Erde noch die Tymbrimer dieser weit abgelegenen Kolonie helfen. Und die meisten »moderaten« Galaktiker waren so langsam und so vorsichtig, dass kaum eine Hoffnung bestand, einen dieser Clans zum Eingreifen zu bewegen. Uthacalting hoffte, die Thennaniner an der Nase herumzuführen, damit sie die Kastanien aus dem Feuer holten – indem er die Feinde der Erde gegeneinander ausspielte.

Der Plan aber funktionierte über Uthacaltings Erwartungen hinaus gut, und zwar wegen eines Faktors, den ihr Vater nicht gekannt hatte: *die Gorillas.* War ihr Massenauflauf am Zeremonienhügel – war er durch den *s'ustru'thoon*-Austausch ausgelöst worden, wie sie früher angenommen hatte, oder war es der korrekten Einstellung der Großen Prüferin vom Institut zu verdanken, die erklärt hatte, dass es das Schicksal selbst gewesen sei, das dafür gesorgt habe, dass diese neue Klientenspezies zum richtigen Zeitpunkt am richtigen Ort auftauchte, um an der Wahl teilzunehmen? Athaclena aber hatte das Gefühl, dass da mehr dahintersteckte, als jemand ahnen konnte und was jemals einer wissen würde.

»Also werden die Thennaniner kommen, um die Gubru rauszuwerfen.« Lydia wusste nicht so recht, was sie von dieser Situation halten sollte. »Dann hätten wir gewonnen, nicht wahr? Ich meine, die Gubru können sich nicht mehr lange halten. Und wäre es militärisch auch möglich, würden sie so viel an Ansehen in den Fünf Galaxien einbüßen, dass selbst die Moderatesten empört wären und mobilisieren würden.«

Die Voraussicht der Erdenfrau war wirklich beeindruckend. Athaclena aber nickte. »In ihrer Lage müssten sie verhandlungsbereit sein. Doch dafür bedürfte es einer gewissen Logik. Ich aber fürchte, dass sich die Gubru-Militärs unvernünftig benehmen.«

Lydia erschauerte. »Ein solcher Feind ist weitaus gefährlicher als ein rationaler Gegner. Denn er handelt nicht aus intelligentem Selbstinteresse heraus.«

»Der letzte Anruf meines Vaters ließ durchblicken, dass die Gubru hoffnungslos zerstritten sind«, sagte Athaclena. »Die Sendungen vom Territorium des Instituts sind jetzt die besten Informationsquellen für die Guerillas. Robert, Fiben und Uthacalting haben alle miteinander alles Mögliche unternommen, um die Moral der Kämpfer in den Bergen zu stützen und die Invasoren zu irritieren.«

»Also heißt das, dass wir rücksichtslos und hart zupacken müssen«, seufzte die Erdenfrau. »Wenn sie sich aus der Meinung der Galaktiker nichts machen, werden sie sich auch nicht scheuen, Weltraumwaffen hier auf dem Planeten einzusetzen. Es ist also ratsam, dass wir uns so weit und so dünn wie möglich verteilen.«

»Hmm, ja«, stimmte Athaclena zu. »Doch wenn sie Brandbomben oder sogar Kernwaffen einsetzen, ist sowieso alles verloren. Vor solchen Waffen gibt es keinen Schutz.«

»Ich darf Ihren Truppen nichts befehlen, Lieutenant. Doch ich würde lieber in einem Flammenmeer untergehen, damit dieser Wahnsinn endlich sein Ende findet, als meinen Kopf in den Sand zu stecken, wie Ihr irdischer Vogel Strauß.«

Trotz der ernsten Lage musste Lydia McCue lächeln, während ein Hauch von Ironie am Rande ihrer einfachen Aura zu spüren war. »Der Strauß ist ein großer Vogel, ein Laufvogel, und er hat oft guten Grund, den Kopf in den Sand zu stecken.«

»Dann sagen Sie mir bitte, was Sie denken und was Sie vorhaben.«

Galaktiker 104

Buoult von Thennanien blähte seinen Kamm und putzte sorgfältig die leuchtenden Spitzen und Stacheln seiner Ellbogen, bevor er die Brücke der *Athanasfire* betrat. Hier neben dem großen Bildschirm, wo die Dispositionen der Flotte in schimmernden Farben sichtbar wurden und ihr Feuer versprühten, stand die menschliche Delegation, die ihn erwartete. Ihr Anführer, eine ältere Dame mit grauem Haar, das von blonden Strähnen durchsetzt war, verbeugte sich steif, wie es das Protokoll vorschrieb. Buoult erwiderte die Verbeugung in ebenso höflicher Weise, dann zeigte er auf den Bildschirm.

»Admiral Alvarez, ich hoffe, Sie können von sich aus behaupten, dass auch die letzten Minen des Feindes unschädlich gemacht wurden. Ich meinerseits bin bereit, dem Galaktischen Institut für Zivilisierte Kriegsführung unsere Deklaration zu übermitteln, dass das Verbot, was die Gubru in diesem System betrifft, ein Akt von *force majeure* ist.«

»Das hört sich sehr gut an«, sagte die Frau. Ihr menschliches Lächeln – wobei sie leicht die Zähne zeigte – gehörte zu den nonchalanten Gesten, mit denen sie ein Ereignis zu kommentieren und zu interpretieren pflegte. Eine Frau wie die legendäre Helene Alvarez, die mit allen Wassern gewaschen war und sich in galaktischen Angelegenheiten so gut auskannte, wusste genau um die Wirkung dieses Wolflinger-Ausdrucks auf andere. Dennoch musste sie sich erst dazu durchringen.

Nun spielten aber solch kleine Dinge eine wichtige Rolle in dem ganzen Komplex von Verhandlungen, wo stets der eine den anderen auszutricksen versuchte. Buoult war aber ehrlich genug, um zu gestehen, dass er sich der gleichen Mittel bediente. Dies war auch der Grund, warum er seinen Kamm aufgebläht hatte, bevor er auftrat.

»Es wird angenehm sein, Garth wiederzusehen«, setzte Alvarez hinzu. »Ich will nur hoffen, dass wir nicht die Ursache für eine weitere Katastrophe auf dieser unglücklichen Welt werden.«

»Wir sollten in der Tat so etwas mit allen Mitteln verhindern. Und im schlimmsten Fall – sollte diese Gubru-Bande außer Rand und Band geraten, wird ihr ganzer hässlicher Clan teuer dafür bezahlen.«

»Ich halte nicht viel von Schadenersatz und Wiedergutmachung. Hier geht es um ein ganzes Volk und um seine Ökosphäre, die in Gefahr ist.«

Buoult enthielt sich eines Kommentars. *Ich muss etwas vorsichtiger sein*, dachte er. *Es steht keinem anderen zu, die Thennaniner – die Verteidiger allen Potenzials – an ihre Pflicht zu erinnern, solche Orte wie Garth zu schützen. Und es war besonders ärgerlich, nun von den Wolflingern pausenlos getadelt zu werden.*

Denn die würden sich jetzt auf die Hinterfüße stellen, herumnörgeln und kritisieren, und wir werden zähneknirschend zuhören müssen, weil sie Konsorten einer unserer Klienten sein werden. Dies ist aber nur ein Preis, den wir für diesen Schatz bezahlen müssen, den Kault für uns ausgegraben hat.

Die Menschen drangen auf Verhandlungen, und sie erwiesen sich als zähe Partner, wie man von einem Clan erwarten konnte, der so verzweifelt nach Verbündeten suchte wie der ihre. Die thennanischen Streitkräfte hatten sich bereits von allen Punkten zurückgezogen, wo es Konflikte mit der Erde und mit den Tymbrimern gab. Doch die Terragener forderten noch viel mehr als Gegenleistung für die Entwicklung der neuen Klientenspezies, den »Gorillas«.

Sie verlangten nicht mehr und nicht weniger, als dass sich der große Clan der Thennaniner mit den verlorenen und verachteten Wolflingern und den hinterlistigen Tymbrimern verbündete. Und dies zu einer Zeit, wo die gewaltige Soro-Tandu-Allianz draußen im Weltraum wohl nicht mehr zu verhindern war. Ein solches Bündnis wäre selbst für die Thennaniner mit großen Risiken verbunden.

Wenn es nach Buoult gegangen wäre, der für Lebzeiten mit Erdlingen eingedeckt war, hätte er gesagt, sie sollten alle miteinander zu Ifnis Hölle fahren und ihre Alliierten dort suchen.

Doch Buoult hatte nicht darüber zu befinden. Es hatte schon immer eine kleine Gruppe in der Heimat gegeben, die mit dem Erdenclan sympathisierte. Kaults Coup, der dem Großen Clan ein weiteres kostbares Patronat eingebracht hatte, war dazu angetan, diese Regierungsfraktion schon bald für sich zu gewinnen. Unter diesen Umständen hielt es Buoult für klüger, seine Meinung für sich zu behalten.

Einer seiner Unterkommandeure näherte sich und salutierte. »Wir haben die Positionen der Gubru-Verteidigungsflotte geortet«, berichtete er. »Sie versammelt sich in nächster Nähe des Planeten. Ihre Verteilung ist ungewöhnlich. Unsere Kampfcomputer haben alle Mühe, diese Nuss zu knacken.«

Hmm, ja, dachte Buoult, während er den Bildschirm betrachtete. *Ein brillantes Arrangement einer eingeschränkten Streitmacht. Vielleicht sogar originell – untypisch für die Gubru.*

»Das macht gar nichts«, fauchte er. »Und wenn es keinen anderen Weg gibt, werden sie schon sehr bald feststellen, dass wir auch andere Möglichkeiten haben, als einfach loszuballern, dass wir uns auch mit Gewalt durchsetzen werden, wenn es denn sein muss. Sie müssen uns gewähren lassen, und sie werden uns gewähren lassen, auf mein Wort!«

»Freilich müssen sie«, stimmte ihm der Menschenadmiral zu. Doch die Dame klang nicht sehr überzeugend, und sie sah auch etwas verwirrt aus.

»Wir sind gefechtsbereit und nähern uns dem Sicherheitssystem«, meldete der Offizier an Deck.

Buoult nickte kurz. »Gut so. Macht weiter! Von da aus können wir Kontakt mit dem Feind aufnehmen und ihm unsere Absichten mitteilen.«

Die Spannung steigerte sich, während sich die Armada der blassgelben Sonne des Systems näherte. Und obwohl die Thennaniner behaupteten, nicht über psychische Kräfte zu verfügen, fühlte Buoult den Blick der Erdenfrau, der auf ihm ruhte, und er fragte sich, warum sie ihm so furchterregend vorgekommen war.

Sie ist ja nur eine Wolflingerin, tröstete er sich.

»Sollen wir unsere Diskussion wieder aufnehmen, Commander?«, fragte Admiral Alvarez schließlich.

Nun blieb ihm freilich nichts anderes übrig, als zuzustimmen. Es war viel besser, wenn so manches bereits entschieden war, bevor sie eintrafen und das Belagerungsmanifest verkündet wurde.

Dennoch hatte Buoult vor, keine Vereinbarung zu unterzeichnen, bevor er nicht die Gelegenheit hatte, sich mit Kault zu beraten. Dieser Thennaniner war als vulgär, ja als *frivol* bekannt, ein Umstand, der ihm das Exil auf dieser abgelegenen Welt eingebracht hatte. Doch nun war ein Wunder geschehen, ein Wunder, mit dem niemand gerechnet hatte. Und das würde seine politische Macht in seiner Heimatwelt stärken.

Buoult aber wollte Kaults Expertise anzapfen, wollte erfahren, wie er mit diesen wildgewordenen Kreaturen fertigwurde.

Seine Adjutanten und die menschliche Delegation verließen die Brücke und begaben sich in den Konferenzraum. Doch bevor auch er die Brücke verließ, riskierte Buoult einen Blick auf den Bildschirm und auf die drohende Gubru-Streitmacht, wobei er hörbar durch seine Kiemen atmete.

Was haben die Avianen im Sinn? Was haben sie vor?, fragte er sich. *Was soll ich tun, wenn diese Gubru durchdrehen?*

Robert 105

In einigen Teilen von Port Helenia gab es mehr Wächterdrohnen als sonst wo, die den Besitz ihrer Herren rigoros schützten und jeden vertrieben, der ihm zu nahe kam.

An anderen Orten dagegen sah es aus, als hätte bereits eine Revolution stattgefunden. Über der Ecke einer belebten Straße erblickte Robert ein neues Plakat, das erst kürzlich anstelle der Gubru-Propagandaplakate aufgeklebt worden war. Gemalt im Stil des sogenannten Focalist-Realismus zeigte es eine Gorillafamilie, die hoffnungsvoll auf einen glühenden Horizont blickte. Neben ihnen, als Symbol einer besseren, glücklicheren Zukunft, war ein idealisiertes Neoschimpansenpaar mit hoher Stirn abgebildet, das den Gorillas als Beschützer zur Seite stand.

Die schwer bewachte Fähre, in der er saß, passierte die Kreuzung viel zu schnell, als dass er Einzelheiten hätte erkennen können. Immerhin konnte er feststellen, dass die abgebildete Chimmie Gailet nicht gerecht wurde. Dafür war Fibens Porträt mehr als geschmeichelt.

Bald hatten sie die »freien« Teile der Stadt hinter sich gelassen und fuhren westwärts in jene Gegend, die einer strengen militärischen Kontrolle unterlag. Nachdem sie gelandet waren, eilte die Klauen-Wache heraus und stand stramm, als Robert und Uthacalting ausstiegen und über die Rampe kletterten, die zu der brandneuen Zweigbibliothek führte.

»Das ist eine ziemlich teure Einrichtung, nicht wahr?«, fragte der tymbrimische Botschafter. »Können wir sie behalten, wenn es den Thennaninern wirklich gelingt, die Vögel zu verjagen?«

Uthacalting zuckte die Achseln. »Wahrscheinlich. Und vielleicht auch den Zeremonienhügel. Eurem Clan steht mit Sicherheit Schadenersatz zu.«

»Aber Sie haben so Ihre Bedenken, wie?«

Uthacalting stand unter dem gewaltigen Eingang, trat in die gewölbte Halle und beäugte all die Datenspeicher, die sich dort türmten. »Ich denke nur, dass man das Fell nicht aufteilen sollte, bevor das Tier erlegt ist.«

Robert konnte Uthacaltings Standpunkt nur zu gut verstehen. Selbst eine Niederlage der Gubru würde immense Kosten verursachen.

»Man soll nicht über ungelegte Eier reden«, sagte er zu dem Tymbrimer, der stets sorgfältig darauf bedacht war, den Vorrat an Metaphern in Anglic zu ergänzen. Diesmal aber wollte Uthacalting Robert nicht danken. Seine weit auseinanderliegenden Augen flackerten, als er zurückblickte. »Denk mal darüber nach.«

Und schon bald war Uthacalting mit dem Chefbibliothekar, einem Kanten, ins Gespräch vertieft. Und da Robert ihrem schnellen, fließenden Galactic nicht folgen konnte, begann er einen Rundgang durch die neue Bibliothek, vermaß sie in Gedanken und beobachtete die Besucher.

Mit Ausnahme einiger Mitglieder des Teams, die zur Großen Prüferin gehörten, handelte es sich überwiegend um Aviane. Die anwesenden Gubru waren durch einen Abgrund in zwei Gruppen geteilt – das verriet ihm nicht nur sein *kenning,* das konnte man deutlich sehen, wenn man Augen im Kopf hatte. Die größere Gruppe, etwa ein Drittel der anwesenden Avianer, standen auf der linken Seite dicht zusammengedrängt, flüsterten miteinander und warfen hasserfüllte Blicke auf die kleinere Gruppe, die überwiegend aus Soldaten bestand. Die Militärs machten sich anscheinend wenig daraus, sprachen über ihre Aufgaben und ignorierten die scheelen Blicke der anderen Gruppe mit betonter Herablassung.

Robert versteckte sich nicht. Die Blicke, die ihm folgten, empfand er sogar als angenehm. Offensichtlich wussten alle, wer er war. Als er an ihnen vorbeispazierte, verstummten sie für einen Augenblick, um sich dann wieder ihren Gesprächen zuzuwenden.

Als er sich einer Gruppe von Gubru näherte – ihren Bändern nach Mitglieder der priesterlichen Kaste – verbeugte er sich höflich, sodass die ganze Gruppe gezwungen war, seine Verbeugung ebenso höflich zu erwidern.

Dann gelangte Robert endlich an ein Terminal, das so ausgelegt war, dass er es bedienen konnte. Uthacalting war immer noch in sein Gespräch mit dem Bibliothekar vertieft, sodass Robert beschloss, einmal nachzusehen, was er allein herausfinden konnte.

Zunächst hatte er wenig Glück. Der Feind hatte offensichtlich Sperren aufgebaut, um zu verhüten, dass unbefugte Personen Zugriff zu den Informationen über den näheren Raum oder über die Kampfflotte der Thennaniner bekamen. Dennoch gab Robert nicht auf und versuchte es immer wieder. Es kostete viel Zeit, und die Zeit verging wie im Flug, während er das laufende Datennetz durchforschte, um festzustellen, wo die Invasoren ihre Blockaden gesetzt hatten.

Er war so intensiv und so konzentriert beschäftigt, dass es eine ganze Weile dauerte, bis er merkte, dass sich in der Bibliothek etwas verändert hatte. Automatische Schalldämpfer hatten bisher jedes Geräusch von ihm ferngehalten. Doch als er jetzt aufblickte, sah er, dass die Gubru in Aufruhr waren. Sie wedelten mit ihren Flügelarmen und scharten sich um irgendwelche Holo-Geräte. Die meisten Soldaten aber waren einfach verschwunden.

Was, bei Garth, ist in sie gefahren?, fragte er sich.

Robert wusste, dass es die Gubru nicht besonders schätzen würden, wenn er ihnen über die Schultern blickte. Irgendwie war er frustriert. Was da auch immer vor sich ging, hatte die Vögel offensichtlich aufgescheucht.

He! dachte Robert. *Vielleicht sind es die lokalen Nachrichten.*

Er wandte sich schnell seinem eigenen Bildschirm zu und versuchte, eine öffentliche Videostation zu erreichen. Bis vor Kurzem war die Zensur noch sehr streng gewesen. Doch während der letzten Tage, als die Soldaten einberufen worden waren, war das Sendernetz unter die Kontrolle der Kaste der KV geraten. Und diese gleichgültigen Bürokraten waren nicht einmal an einem Minimum von Disziplin interessiert.

Der Bildschirm flimmerte, dann tauchte das Gesicht eines aufgeregten Chim-Reporters auf.

»... nach den neuesten Nachrichten scheint der Überraschungsangriff von Mulun die Besatzungsmächte immer noch nicht zu rühren. Die Gubru sind sich noch nicht einig, wie sie dem Manifest der heranrückenden Armee begegnen sollen ...«

Robert musste sich fragen, ob die Thennaniner ihre Absicht schon jetzt kundgetan hatten. Eine solche Absichtserklärung wurde erst in einigen Tagen erwartet. Doch dann fiel ihm dieses Wort plötzlich wieder ein.

Von *Mulun?*

»... Wir senden jetzt die Erklärung, die vor fünf Minuten von den Kommandeuren der Armee abgegeben wurde, die sich im Anmarsch auf Port Helenia befindet.«

Die Kamera machte einen Schwenk. Der Chim-Ansager verschwand, und an seiner Stelle erschien ein kürzlich aufgenommenes Bild, das drei Gestalten vor dem Hintergrund eines Waldes zeigte. Robert blinzelte, weil er diese Gesichter kannte, und zwei von ihnen erkannte er sofort. Eins gehörte einem Chim namens Benjamin – die beiden anderen aber gehörten den Frauen, die er liebte und verehrte.

»... also fordern wir unsere Unterdrücker heraus. Wir haben uns im Kampf stets fair verhalten, entsprechend den Vorschriften des Instituts für Zivilisierte Kriegsführung. Das können wir von unseren Feinden nicht behaupten. Sie haben sich krimineller Mittel bedient und den nicht kämpfenden oder kampfunfähigen einheimischen Kreaturen einer ohnehin geschwächten und zerbrechlichen Welt schweres Leid zugefügt.

Und was noch schlimmer ist – sie haben gelogen und betrogen.«

Robert war wie erstarrt. Das Bild zeigte jetzt ganze Scharen von Chims, die alle möglichen Waffen mit sich trugen und jetzt aus den Wäldern heraustraten, gefolgt und begleitet von ein paar wild blickenden Menschen. Die eine, die in die Kamera sprach, war Lydia McCue, Roberts menschliche Geliebte. Doch Athaclena stand dicht an ihrer Seite, und er konnte deutlich in ihren Augen lesen, wer diesen Text verfasst hatte. Und nun wusste er auch gewiss, wessen Idee dies war.

»Darum fordern wir den Feind auf, seine besten Soldaten, ausgerüstet mit den gleichen Waffen, über die wir verfügen, zu entsenden, um sich mit unseren Champions im Sind-Tal zu messen …«

»Uthacalting«, murmelte er mit belegter Stimme. Und dann, etwas lauter: *»Uthacalting!«*

Die Schalldämpfer waren vor hundert Milliarden Generationen von Bibliothekaren entwickelt worden. Doch während all der Zeit hatte es nur einige Wolflinger-Clans gegeben. In dem großen Raum wurden Stimmen laut, wurden aber von den Dämpfern unterdrückt, und die Stille kehrte wieder ein. Doch in den Hallen herrschte Aufruhr, und da nützten selbst die Schalldämpfer nur wenig.

Gailet 106

»Rekombinante Ratten!«, rief Fiben, als er den Anfang der Deklaration hörte. Er und Gailet verfolgten die Ereignisse über ein tragbares Hologerät an den Hängen des Zeremonienhügels.

Gailet winkte ihm zu, den Mund zu halten. »Sei still, Fiben. Ich möchte auch den Rest noch hören.«

Doch der Sinn der Botschaft war bereits nach den ersten paar Sätzen unmissverständlich. Ganze Kolonnen von Untergrundkämpfern in selbstgenähten Uniformen aus handgemachtem Stoff marschierten unaufhaltsam über offene, winterliche Flure. Zwei Kavallerieabteilungen flankierten den seltsamen Zug, als wären sie einem uralten Kinofilm entsprungen. Die marschierenden Chims grinsten nervös und beobachteten den Himmel, während sie ihre eigenen oder auch Beutewaffen fest umklammerten. Doch trotz alledem schien die Meute grimmig und entschlossen.

Als die Kamera wieder schwenkte, begann Fiben schnell nachzuzählen. »Da ist alles und jeder vertreten, solche, die ausgebildet sind, solche, die für jeden Kampf geeignet sind. Alles oder nichts.« Er schüttelte den Kopf. »Ich würde meine blaue Karte dafür geben, wenn ich nur wüsste, was sie damit erreichen will.«

Gailet schaute zu ihm auf. »Steck dir deine blaue Karte an den Hut«, schnaufte sie. »Ich sage dir, sie weiß *genau* was sie tut, Fiben.«

»Doch die Stadtguerillas wurden draußen im Sind erschlagen.«

Sie schüttelte den Kopf. »Das war damals. Wir kannten den tieferen Grund nicht. Wir haben weder Respekt noch Status gewonnen. Wie dem auch sei, es gab keine Zeugen.«

»Doch die Streitkräfte in den Bergen hatten gesiegt. Sie wurden anerkannt. Und nun passen die Fünf Galaxien auf wie die Schießhunde.«

Gailet runzelte die Stirn. »Oh, Athaclena weiß genau, was sie tut. Ich wusste nur nicht, dass die Lage so hoffnungslos ist.«

Sie saßen einen Moment lang schweigend da und beobachteten die Aufständischen, wie sie durch Obstgärten und über winterliche Wiesen und Felder marschierten. »Was?«, fragte Gailet. Er aber zeigte auf den Bildschirm, und nun war es an ihr, einen Pfiff der Überraschung auszustoßen.

Dort, zwischen den Chim-Soldaten, eine Flinte auf dem Rücken, marschierte eine Gestalt, die sie beide nur zu gut kannten. Sylvie schien nicht schwer an ihrer Waffe zu tragen. Im Gegenteil – sie wirkte eher wie ein Fels in der Brandung unter all den nervösen Neoschimpansen.

Was spielte sie für eine Rolle?, dachte Gailet. *Wie sollen wir das je herauskriegen?*

Sie saßen einfach da und schauten zu. Denn es blieb ihnen kaum etwas anderes übrig.

Galaktiker 107

»Diese Sache muss äußerst vorsichtig und mit Feingefühl angegangen werden«, proklamierte der Suzerain der Guten Sitten. »Wenn es sein muss, müssen wir sie uns einzeln vornehmen.«

»Aber die Kosten!«, jammerte der Suzerain von Kosten und Vorsicht. »Und die voraussichtlichen Verluste!«

Der Hohepriester beugte sich von seiner Sitzstange herab und flüsterte dem Junior mit lieblicher Stimme zu.

»Konsens, Konsens … Teile meine Vision von Harmonie und Weisheit. Unser Clan hat hier sehr viel verloren, und uns drohen noch weitaus größere Verluste. Doch wir haben immer noch nicht das Gesicht verloren, auch nicht unseren Edelmut, unser Ansehen, das uns selbst durch die Finsternis, durch die finsterste Nacht führen wird.«

Die beiden begannen sich im gleichen Rhythmus zu wiegen. Eine Melodie erklang, und der Refrain war stets der gleiche:

»Summm …«

Wenn jetzt nur der starke Dritte anwesend wäre! Die Vereinigung lag zum Greifen nahe. Eine Botschaft war an den Suzerain von Balken und Klaue ergangen, eine dringende Botschaft, dass er zurückkehren, dass er sich zu ihnen gesellen und endlich eins mit ihnen werden möge.

Wieso konnte er sich weigern zu kommen, wo er doch wusste, dass er mein Partner werden soll, fragte sich der Suzerain der Guten Sitten, nunmehr voll erblüht zu weiblichem Geschlecht. *Kann ein Wesen so hartnäckig sein?*

Dabei könnten wir drei bereits glücklich und in Frieden miteinander leben!

Doch dann traf ein Bote ein und brachte die neuesten Nachrichten, die sie beide in Verzweiflung stürzten. Das Schlachtschiff in der Bucht war gestartet und hatte mit seiner Eskorte Kurs auf das Landesinnere genommen. Also hatte der BK-Suzerain beschlossen zu handeln, und kein Konsens würde ihn daran hindern.

Die angehende Königin war zutiefst verstimmt.

Dabei hätten wir doch so glücklich werden können.

Athaclena 108

»Nun, dies dürfte unsere Antwort sein«, meinte Lydia resigniert. Athaclena aber war damit beschäftigt, ihr Pferd zu lenken – eine für sie ungewöhnliche und lästige Aufgabe. Zum Glück war es ein sanftes Tier, das bereitwillig auf ihre coronalen Signale und auf ihre Kommandoworte reagierte.

Sie schaute in die Richtung, die ihr Lydia McCue gezeigt hatte, dorthin, wo Wolken- und Nebelfetzen den westlichen Horizont verdeckten. Auch viele Chims blickten nun in diese Richtung. Da sah auch Athaclena das Flugobjekt, das glitzernd und schimmernd über den Himmel heranzog. Und ihr *kenning* verriet ihr, dass die Streitmacht im Anrücken war. Konfusion ... Bestimmung ... Schicksal ... Fanatismus ... Schmerz und Kummer ... Abneigung – ein ganzes Bündel fremder Gefühle prasselte aus den Schiffen auf sie herab. Doch eins war klar und deutlich:

Nämlich, dass die Gubru jetzt mit voller Kraft daherkamen, dass sie alles einsetzten, was ihnen zur Verfügung stand.

Die fernen Punkte nahmen allmählich Gestalt an. »Ich glaube, Sie haben recht, Lydia«, sagte Athaclena zu ihrer Freundin. »Es scheint so, als hätten wir die Antwort auf unsere Fragen.«

Die Marine-Frau schluckte. »Soll ich befehlen, uns zu zerstreuen? Vielleicht könnten einige von uns entkommen.« Aber es klang nicht sehr überzeugend.

Athaclena schüttelte den Kopf und bildete eine traurige Glyphe. »Nein. Wir müssen durchhalten. Rufen Sie die Truppen zusammen! Befehlen Sie der Kavallerie, die Leute auf den Hügel dort drüben zu führen!«

»Gibt es irgendwelche besonderen Gründe, dass wir es ihnen leichtmachen?«

Über den wehenden Fühlern Athaclenas wollte sich die Glyphe nicht in ein Symbol der Verzweiflung verwandeln. »Ja«, erwiderte sie. »Es gibt einen Grund. Den besten Grund auf der Welt.«

Galaktiker 109

Der Oberst der Klauen-Soldaten beobachtete die zerlumpte Armee der Aufständischen auf einem Holobildschirm und lauschte den fröhlichen Tiraden seines obersten Kriegsherrn.

»Sie alle sollen brennen, zu Rauch und Asche werden in unserem Feuer!«

Der Oberst fühlte sich elend. Dies war eine *zügellose* Sprache, unüberlegt und ohne die möglichen Folgen zu bedenken. Denn der Oberst wusste nur zu gut, dass selbst die brillantesten militärischen Pläne letztendlich zu nichts führen würden, wenn man die beiden anderen Stützen der Macht in solch fahrlässiger Weise außer Acht ließ. Gleichgewicht und Ausgleich waren das Wesen des Konsens, und die unabdingbaren Grundlagen für das Überleben.

Dennoch war die Herausforderung der Erdlinge ehrenwert! Man konnte sie ignorieren oder ihr mit einem leichten Gegendruck begegnen. Was aber der Militärkommandeur jetzt vorhatte, war höchst unerfreulich, und seine Methoden waren extrem.

Der Oberst merkte, dass er über seinen Suzerain wie über ein männliches Wesen zu denken begann. Der Suzerain war zwar ein brillanter Anführer, der seine Gefolgschaft inspirierte, doch jetzt, als Prinz, schien er die Augen vor der Wahrheit zu verschließen.

Dem Obersten bereitete es fast physische Schmerzen, so über seinen Kommandeur zu denken. Der Konflikt war wie ein Stachel in ihm, der immer tiefer ins Fleisch drang. Die Türen zum Hauptlift gingen auf, und drei weißgefiederte Boten traten ein – ein Priester, ein Bürokrat und einer der Offiziere, der zu den anderen Suzerains desertiert war. Sie gingen auf den Kommandeur zu und reichten ihm einen Kasten, der mit Intarsien geschmückt war. Der BK-Suzerain erschauerte und befahl, den Kasten zu öffnen.

In dem Kasten lag eine einzige wunderschöne Feder, rot bis zur Spitze.

»Lügen! Täuschung, Betrug! Ein offensichtlicher Schwindel!«, rief der Kommandeur, während er den Kasten vor den Augen der erstarrten Boten zu Boden schleuderte.

Der Oberst schaute zu, während die Feder im Luftstrom der Klimaanlage hin und her schwankte, bevor sie auf das Deck sank. Es kam ihm fast wie ein Sakrileg vor, die Feder einfach liegen zu lassen, dennoch wagte er es nicht, sie aufzuheben.

Wie konnte der Kommandeur *dies* ignorieren? Wieso wollte er die tiefblauen Schatten nicht akzeptieren, die sich an den Wurzeln seines eigenen Federkleids bemerkbar machten? »Die Mauser kann sich in ihr Gegenteil verkehren«, rief der BK-Suzerain zornig. »Das kann durchaus geschehen, wenn unsere Streitkräfte siegen!«

Nur, was er vorschlug, würde nicht in einem Sieg, sondern in einem Massaker enden.

»Die Erdlinge versammeln sich, treffen sich, kommen auf einem einzigen Hügelhang zusammen«, berichtete einer der Adjutanten. »Sie bieten, zeigen, offenbaren uns ein einziges, einfaches Ziel!«

Der Oberst seufzte. Er brauchte keinen Priester, um zu wissen, was dies zu bedeuten hatte. Die Erdlinge, die dahintergekommen waren, dass es keinen fairen Kampf geben würde, hatten sich zusammengerottet, um ihr Ableben einfach zu gestalten. Und da sie ihre Leben bereits verspielt hatten, gab es für ihr Verhalten nur einen einzigen Grund.

Sie tun es, um das empfindliche Ökosystem dieser Welt zu schützen. Sie hatten nie etwas anderes im Sinn, als Garth zu retten. In seiner Hilflosigkeit erkannte der Oberst all die bittere Demütigung, die man den Gubru zugefügt hatte. Man hatte sie gezwungen, zwischen Macht und Ehre zu wählen. Die Feder hatte den Oberst in ihren Bann gezogen, und seine Farben gingen ihm durch Mark und Bein, drangen unter seine Haut. »Ich werde meine Klauen-Soldaten bereitmachen, um den Terranern zu begegnen«, schlug der Oberst hoffnungsvoll vor. »Wir werden in gleicher Anzahl vorrücken, mit leichten Waffen, ohne Roboter.«

»Nein! Du darfst nicht, du wirst nicht, du sollst nicht! Ich habe mir alles genau überlegt und meiner Streitmacht die richtigen Rollen zugeteilt. Ich brauche, ich fordere allesamt, wenn wir uns mit den Thennaninern auseinandersetzen müssen! Da darf keine einzige Klaue fehlen!

Also hört auf mich. In diesem Augenblick, bei dieser Gelegenheit sollen die Erdlinge meine berechtigte Rache zu spüren bekommen!«, rief der Suzerain. »Ich befehle, dass die Waffen der Massenvernichtung entriegelt werden! Wir werden dieses Tal leerfegen, und das nächste, und das übernächste, bis alles Leben in diesen Bergen …«

Doch der Befehl wurde nicht zu Ende gesprochen. Der Oberst der Klauen-Soldaten blinzelte kurz, dann ließ er seine Saber-Pistole auf das Deck fallen. Auf das klappernde Geräusch folgten zwei dumpfe Schläge, als der ehemalige Militärkommandeur mit dem Kopf und mit dem Körper auf dem Boden aufschlug, dann trat Stille ein. Der Oberst erschauerte. Der Leichnam, der vor ihm lag, wies eindeutig die leuchtenden königlichen Farben auf. Das Blut des Suzerains sickerte durch das blaue Prinzengefieder und rann über das Deck, um die einsame Feder seiner Königin zu bedecken.

Der Oberst aber sagte zu seinen entsetzten Untergebenen: »Informiert, sagt, übermittelt dem Suzerain der Guten Sitten, dass ich mich selbst unter Arrest stelle, wo ich das Ergebnis, die Entscheidung über mein Schicksal erwarte.

Sagt den Majestäten, was jetzt zu tun ist!«

Eine lange Zeit, die sich endlos dehnte, marschierte der Sonderverband der Klauenelite weiter auf den Gipfel zu, wo sich die

Erdlinge versammelt hatten und ihn erwarteten. Keiner sprach. Und auf dem Kommandostand, dem höchsten Balken, rührte sich nichts.

Als der Bericht eintraf, war er wie eine Bestätigung dessen, was alle bereits seit einiger Zeit wussten. Die Gubru-Verwaltung hatte einen empfindlichen Rückschlag erlitten. Der ehemalige Suzerain der Guten Sitten und der ehemalige Suzerain von Kosten und Vorsicht hatten empfindliche Verluste zu beklagen.

Welch große Hoffnungen hatten sie gehegt, welche ausgeklügelten Pläne hatten sie für diesen Planeten geschmiedet, diesen abgelegenen Fleck im leeren Raum. Die Roost Masters, die Lords des heimatlichen Nestes, hatten alles so sorgfältig geplant wie Alchemisten – den richtigen Ofen, den richtigen Tiegel, ja sogar die richtigen Zutaten – drei ihrer Besten, drei Spitzenprodukte der genetischen Manipulation, drei vom Feinsten.

Wir wurden ausgesandt, um einen neuen Konsens heimzubringen, dachte die neue Königin. *Und der Konsens war greifbar nahe!*

Nun ist alles zu Staub und Asche geworden. Wir haben uns geirrt, als wir annahmen, dass die Zeit gekommen sei, Großes zu wollen, Größe anzustreben.

Es waren so viele Faktoren, die ein Hindernis für uns waren. Wenn nur der erste Kandidat von Kosten und Vorsicht nicht gestorben wäre … Wenn wir nicht durch den schlauen Tymbrimer und seine »Garthlinge« nicht zweifach hereingelegt worden wären … Wenn sich nur die Erdlinge nicht als so schlau erwiesen hätten, alle unsere Schwächen auszunutzen, und die Gubru-Soldaten nicht vor die Wahl gestellt hätten, sich zwischen Ehrlosigkeit und Königsmord zu entscheiden …

Doch es gibt keine Zufälle, wusste sie. *Sie hätten niemals erfolgreich sein können, wenn wir keine Schwäche gezeigt hätten.*

Dies also war der Konsens, über den man Roost Masters berichten würde. Da hatte es Schwächen, Fehler und Missverständnisse gegeben, die diese aufgeblasene und großspurige Expedition nun an den Tag gebracht hatte.

Es würde eine wertvolle Information sein.

Dies soll ein Trost für meine sterilen, unfruchtbaren Eier sein!, dachte die Königin, während sie ihren einzigen übrig gebliebenen Partner und Liebhaber tröstete.

Dem Boten aber gab sie einen kurzen Befehl mit auf den Weg. »Überbringt dem Obersten unsere Vergebung, unsere Amnestie, unser Mitgefühl. Und beordert die Truppen zur Basis zurück.«

Die tödlichen Kreuzer drehten ab und nahmen Kurs Richtung Heimat, verließen die Berge und die Täler, überließen sie denjenigen, die sie so bitter nötig hatten.

Athaclena 110

Die Chims standen erstaunt da, als sie merkten, dass der Tod anscheinend seinen Sinn geändert hatte. Lydia McCue schaute den Raumkreuzern nach, die sich entfernten, und schüttelte den Kopf. »Sie haben es gewusst!«, wandte sie sich an Athaclena, und ihre Stimme klang vorwurfsvoll. »Sie haben es die ganze Zeit über gewusst!«

Athaclena lächelte, und ihre Fühler schrieben unleserliche Zeichen in die Luft.

»Wollen wir lieber sagen, dass ich glaubte, es gäbe eine Möglichkeit«, meinte sie schließlich. »Hätte ich mich geirrt, wäre dies doch die einzige Möglichkeit gewesen, das Gesicht zu wahren.

Immerhin bin ich froh festzustellen, dass ich recht gehabt habe.«

SIEBTER TEIL

WOLFLINGER

Nicht im Geringsten. Ich trotze allen Vorbedeutungen:
Es waltet eine besondere Vorsehung
über den Fall eines Sperlings.
Geschieht es jetzt, so geschieht es nicht in Zukunft;
geschieht es nicht in Zukunft, so geschieht es jetzt;
geschieht es jetzt nicht,
so geschieht es doch einmal in Zukunft.
In Bereitschaft sein ist alles.

William Shakespeare, *Hamlet*, 5. Aufzug, 2. Szene

Fiben III

»Du lieber Himmel, ich hasse Zeremonien!«

Die Bemerkung brachte ihm einen Rippenstoß ein. »Hör auf zu maulen, Fiben! Die ganze Welt schaut zu!«

Er seufzte und versuchte gerade zu sitzen. Fiben musste an Simon Levin denken und daran, als sie das letzte Mal Parade gestanden hatten, gar nicht weit von hier. *Manche Dinge ändern sich nie,* dachte er. Nun war es Gailet, die ihn nötigte, würdevoll dreinzuschauen.

Warum musste nur jeder, der ihn mochte, dauernd an ihm herumnörgeln und versuchen, seine Haltung zu ändern? »Wenn sie Klienten wollten«, murmelte er, »die elegant aussehen, die sie entwick…«

Doch ihm wurde plötzlich das Wort abgeschnitten, und seine Rede endete in einem schmerzlichen »Au!«. Gailets Ellbogen waren bedeutend spitzer als die seines Kumpels Simon. Fiben blähte die Nüstern und schnaufte irritiert, aber er hielt still. In ihrer neuen schmucken Uniform, war *sie* vielleicht froh, hier sein zu dürfen, aber wer hatte *ihn* schon gefragt, ob er diese verdammte Medaille überhaupt haben wollte? Nein, freilich nicht. Kein Mensch hatte ihn danach gefragt.

Endlich hatte dieser dreimal verfluchte thennaninische Admiral seine Rede beendet, in der es um Tugend und Tradition ging, und erntete nur dünnen Beifall. Selbst Gailet schien erleichtert, als der riesige Galaktiker auf seinen Platz zurückkehrte. Immerhin hatten sich noch einige Redner zu Wort gemeldet, und es galt, auch dieses durchzustehen.

Der Bürgermeister von Port Helenia, der aus seiner Verbannung von den Inseln zurückgekehrt war, lobte die Stadtguerilla und schlug vor, dass sein Chim-Abgeordneter seine Pflichten im Rathaus so oft wie möglich wahrnehmen sollte – eine Aussage, die ihm herzlichen Beifall einbrachte … und wahrscheinlich ein paar Chim-Stimmen mehr bei der nächsten Wahl.

Cough*Quinn'3, die Große Prüferin des Entwicklungsinstituts, gab eine Zusammenfassung der Vereinbarungen und Verträge, die von Kault zugunsten der Thennaniner und des Erdenclans unterzeichnet worden waren, ebenso von dem legendären Admiral Alvarez, in dessen Rahmen die erdverwandten Spezies, früher als Gorillas bezeichnet, den langen Entwicklungspfad beschreiten würden, um letztendlich zu intelligenten Wesen zu werden. Die neuen galaktischen Bürger – bereits allgemein unter der Bezeichnung »Die Klientenspezies, die gewählt hatte« – sollten ein Lehen in den Mulun-Bergen erhalten, und dies für die nächsten fünfzigtausend Jahre. Nun waren sie wahrhaftig »Garthlinge« geworden.

Als Gegenleistung der technischen Hilfe von der Erde und für den Vorrat an Gorillas war der mächtige Clan der Thennaniner bereit, das terranische Lehen auf Garth nebst fünf anderen menschlichen und tymbrimischen Koloniewelten zu beschützen. Sie würden nicht direkt in den Konflikt eingreifen, der jetzt mit den Soro, den Tandu und anderen fanatischen Alien-Clans anstand – doch würde man keinen Druck mehr ausüben an diesen Fronten und jede Hilfe zukommen lassen, damit eine Rückkehr in die Heimatwelten ermöglicht wurde.

Und die Thennaniner waren der Trickster-Wolfling-Allianz auch nicht mehr feindlich gesinnt. Das allein wog bereits das Gewicht einer Armada auf.

Wir haben getan, was wir konnten, und noch viel mehr, dachte Fiben.

Bis zu diesem Punkt hatte es so ausgesehen, als würde die Mehrzahl der galaktischen »Moderaten« einfach im Winkel sitzen bleiben und die Fanatiker gewähren lassen. Nun gab es allerdings einen Hoffnungsschimmer, dass die »unvermeidliche Flut der Geschichte«, die alle Wolflinger-Clans hinwegspülen würde, durchaus aufzuhalten war. Die Sympathie für die Unterdrückten hatte infolge der Ereignisse hier auf Garth deutlich zugenommen. Ob da nun weitere Alliierte zu gewinnen waren, oder ob man wieder einmal in die Trickkiste greifen musste, konnte Fiben nicht vorhersagen. Aber er wusste mit Sicherheit, dass die letzte Entscheidung Tausende von Parsecs von hier fallen würde, wahrscheinlich auf der alten Mutter Erde.

Als Megan Oneagle zu sprechen begann, wusste Fiben, dass das Schlimmste bereits überstanden war.

»… wird sich als Fiasko erweisen, wenn wir nicht aus den Ereignissen der letzten Monate gelernt haben. Was hätten schwere Zeiten für einen Sinn, wenn man dadurch nicht weiser würde? Warum sonst die vielen Opfer all jener Helden, die für die gerechte Sache ihr Leben gelassen haben?«

Die Planetarkoordinatorin räusperte sich und raschelte mit ihren altmodischen Papiernotizen.

»Wir sollten eine Modifikation des Probandensystems vorschlagen, das sehr viel Ärger verursacht, den der Feind zu seinen Gunsten nützen kann. Wir sollten uns bemühen, die Einrichtungen der Neuen Planetarbibliothek zum Wohl aller zu nutzen. Und wir sollten auch die Einrichtungen auf dem Zeremonienhügel hegen und pflegen, bis zu dem Tag, wo der Friede wieder einkehrt und der Ort seinem ursprünglichen Zweck zugeführt werden kann: nämlich zur Zelebration eines Status, den die Spezies der *Pan argonostes* reichlich verdient hat.

Vor allem aber sollten wir die Reparationszahlungen der Gubru dafür verwenden, unsere Arbeit hier auf Garth zu finanzieren. Das heißt, die Ökosphäre dieses Planeten zu retten und zu bewahren, indem wir all unser Wissen, alle unsere Kenntnisse einsetzen, dem Verfall entgegentreten und unsere Wahlheimat wieder ihrem eigentlichen Zweck zuführen – indem wir uns der Aufgabe widmen, eine Vielfalt von Spezies zu züchten, die die Quelle aller Vernunft sein werden.

Weitere Pläne dieser Art werden in den nächsten Wochen öffentlich zur Diskussion gestellt.« Megan schaute von ihren Notizen auf und lächelte. »Doch auch an diesem Tag haben wir Grund zur Freude, indem wir diejenigen ehren, die unser ganzer Stolz sind, die es ermöglicht haben, heute in Freiheit hier zu stehen. Dies ist die Gelegenheit, ihnen zu zeigen, wie dankbar wir sind und wie sehr wir sie ins Herz geschlossen haben.«

Liebst du mich?, fragte Fiben. *Dann lass mich endlich hier raus!*

»In der Tat«, fuhr die Koordinatorin fort. »Für einige von euch Chim-Bürger wird die Anerkennung eurer Meriten nicht mit eurem Leben enden, auch nicht damit, dass ihr in die Geschichte eingeht. Sie wird fortdauern in alle Ewigkeit, von Geschlecht zu Geschlecht als Gründer ihrer Spezies, als Gestalter der Zukunft, bis hin ins dritte und vierte Glied.«

Puh!, seufzte Fiben.

Zu seiner Linken lehnte sich Sylvie so weit vor, dass sie über Fiben hinweg Gailet anschauen konnte, die zu seiner Rechten saß. Die beiden tauschten Blicke aus und lächelten sich zu.

Fiben seufzte erneut. Er hatte Cordwainer Appelbe in den Ohren gelegen, um diese Beförderung, die mit einer weißen Karte verbunden war, geheim zu halten! Doch auch diese Vorsichtsmaßnahme schien wenig zu nützen. Denn alle geilen Chimmies mit grünem oder blauem Status waren bereits hinter ihm her, all die Chimmies aus Port Helenia. Gailet und Sylvie waren da wirklich keine Hilfe. Warum, zum Teufel, hatte er sie geheiratet, wenn sie ihn nicht schützten? Schirm und Schutz, in der Tat, dachte Fiben und schnaufte. Und er hegte den leisen Verdacht, dass die beiden nichts Besseres zu tun hatten, als pink-ärschige *Kandidatinnen* für ihn auszuwählen.

Ob nun zwei Spezies vom selben Clan kamen, oder sogar vom selben Planeten, es würde immer irgendwelche grundlegenden

Unterschiede geben. Man brauchte nur an die Menschen zu denken, die sich vor dem Kontakt einfach aus zivilisatorischen Gründen verändert hatten.

Freilich – was Sex, Zeugung und Fortpflanzung bei den Chims betraf, musste man ihre Erbanlagen berücksichtigen, die schon lange vor der Entwicklung zu höheren Wesen naturgegeben vorhanden waren.

Immerhin war Fiben noch so weit menschlich konditioniert, dass ihm angst und bange wurde, wenn er daran dachte, dass ihn diese beiden unterbuttern könnten, jetzt, wo sie enge Freundinnen waren. *Wie konnte ich mich nur auf so was einlassen?*

Sylvie erhaschte seinen Blick und lächelte süß. Und sie spürte, wie Gailets Hand in die ihre glitt.

Nun gut, gab er mit einem Seufzer zu. *Eigentlich war es gar nicht so schwer.*

Nun wurden Namen vorgelesen, und die Betreffenden wurden aufgefordert, ihre Auszeichnungen entgegenzunehmen. Doch eine Weile spürte Fiben nur sie drei, die da dicht beieinandersaßen, als wäre der Rest der Welt nichts weiter als eine Illusion. Denn trotz seines Zynismus, den er zur Schau trug, fühlte er sich eigentlich »sauwohl«.

Robert Oneagle erhob sich, ging zum Podium, um seine Medaille entgegenzunehmen, wobei ihm anzumerken war, dass er sich in seiner Uniform bedeutend wohler fühlte als Fiben, der seinen menschlichen Kollegen betrachtete. *Ich muss ihn nach der Adresse seines Schneiders fragen.*

Robert trug immer noch seinen Bart, und sein Körper war durch den Aufenthalt in den Bergen gestählt. Nun war er kein Jüngling mehr – jeder Zoll ein Held wie aus dem Bilderbuch.

So ein Unsinn! Fiben schnaufte verächtlich. *Der ist ja ganz hinüber. Man muss ihn auf den Boden der Wirklichkeit zurückholen, sonst glaubt er noch alles, was in den Zeitungen steht.*

Roberts Mutter dagegen schien während des Krieges beträchtlich gealtert zu sein. Während der vergangenen Woche konnte Fiben öfter beobachten, wie sie ihren hochgewachsenen, sonnengebräunten Sohn anhimmelte, der sich mit der Grazie einer Raubkatze bewegte. Sie war stolz und verwirrt zugleich, als hätte jemand ihr Kind geraubt und ihr einen Wechselbalg untergeschoben.

Er ist jetzt nun einmal erwachsen, Megan.

Robert salutierte, machte auf dem Absatz kehrt und ging zu seinem Platz zurück. Doch als er an Fiben vorüberging, zuckte seine linke Hand und deutete zwei Worte an:

Ein Bier!

Fiben lachte, doch er unterdrückte seine Heiterkeit, als Sylvie und Gailet ihn scharf ansahen. Aber das machte ihm nichts aus. Es war gut zu wissen, dass Robert ähnlich dachte wie er. Klauen-Soldaten waren immer noch besser als dieser zeremonielle Blödsinn.

Robert setzte sich neben Lieutenant Lydia McCue, auf deren modischer Tunika die Medaillen glitzerten. Die junge Frau saß hoch aufgerichtet da und verfolgte gespannt die Ereignisse, doch Fiben konnte deutlich sehen, was all die Honoratioren und die Menge nicht sehen konnten, dass ihre Schuhspitze bereits unter Roberts Hosenbein geschlüpft war.

Der arme Robert rang nach Fassung. Der Friede, dachte er wohl, hatte seinen Preis. Nach seiner Meinung war der Krieg viel einfacher als der Frieden.

Fiben erkannte in der Menge eine kleine Menschengruppe, schlanke zweibeinige Gestalten, die wie Füchse aussahen und über deren Ohren Schmetterlingsfühler wehten. Unter den Tymbrimern konnte er Uthacalting und Athaclena erkennen. Beide hatten jede Ehrung, jede Auszeichnung abgelehnt. Das Volk von Garth musste also warten, bis sie abgereist waren, um dann vielleicht eine Gedenkstätte zu errichten. In einem gewissen Sinn war diese Einschränkung eine Art Belohnung.

Die Tochter des Botschafters hatte sich demaskiert, hatte so manche der körperlichen Veränderungen rückgängig gemacht, die sie hatten wie ein Erdenmädchen ausschauen lassen. Sie flüsterte leise mit einem jungen männlichen Tym, den Fiben als attraktiv bezeichnet hätte, zumindest auf die Art eines Eatee. Man konnte sich durchaus vorstellen, dass die beiden jungen Leute – nämlich Robert und seine Alien-Freundin – nun froh waren, dass sie sich wieder gefangen hatten und jeder zu seinem Volk, zu seiner eigenen Spezies zurückgekehrt war. Dennoch glaubte Fiben, dass da noch etwas im Busch war, obwohl beide Paare, die zueinandergefunden hatten, auf ihre Weise glücklich waren.

Und doch …

Er hatte sie kurz beobachtet, einst, während dieser endlosen diplomatischen Empfänge und Konferenzen, die Tymbrimerin und den Menschen, wie ihre Hände immer näher zusammenrückten, obwohl sie kein einziges Wort miteinander wechselten. Und Fiben wusste mit an Sicherheit grenzender Wahrscheinlichkeit, dass *irgendetwas* in dem schmalen Raum zwischen ihnen schwebte.

Ganz gleich, welche Freunde, Ehemänner, Ehefrauen oder Geliebte sie in Zukunft haben würden, Athaclena und Robert hatten etwas gemeinsam, selbst dann, wenn sie ganze Welten voneinander entfernt waren.

Sylvie kehrte zu ihrem Sitzplatz zurück, nachdem sie geehrt worden war. Selbst das wallende Gewand konnte die Rundungen ihres Körpers kaum noch verbergen. Das war wieder eine Veränderung, an die sich Fiben recht bald gewöhnen musste. Er dachte daran, dass die Feuerwehr von Port Helenia wohl etwas mehr Personal einstellen würde, wenn dieses Kind eines Tages in die Schule kommen und sich mit Chemie beschäftigen würde.

Gailet umarmte Sylvie und näherte sich dem Podium. Diesmal war der Beifall so laut, dass Megan Oneagle zur Ordnung rufen musste.

Doch als Gailet zum Sprechen ansetzte, redete sie nicht von Glorie und Sieg, wie es die Versammlung von ihr erwartet hatte. Denn sie hatte eine ernste Botschaft zu verkünden.

»Das Leben ist nicht fair«, sagte sie. Und das Gemurmel der Menschen verstummte, als Gailet ihren Blick über sie schweifen ließ und jeder das Gefühl hatte, dass sie jedem Einzelnen ins Auge schaute. »Jeder, der so etwas behauptet oder meint, dass es so sein müsste, ist entweder ein Narr oder hoffnungslos auf dem Holzweg. Das Leben kann schon sehr unbarmherzig und hart sein. Ifnis Tricks können sich als kapriziöse Spiele der Chancen und Möglichkeiten entpuppen. Die Gefahr lauert überall – sei es im Weltraum, wo ein einziger Fehler verhängnisvoll sein kann, oder wenn man im falschen Moment vom Bürgersteig auf die Fahrbahn tritt.

Dies ist nicht die beste aller möglichen Welten. Wenn es so wäre, würde sie unlogisch sein? Tyrannisch? Ungerecht? Selbst die Evolution, der Urquell aller Vielfalt und Verschiedenheit und das Herz der Natur, ist oft ein harter und unbarmherziger Prozess, der vom Tod lebt, der den Tod braucht, um neues Leben hervorzubringen.

Nein, das Leben ist nicht gerecht, und das Universum ist nicht fair.

Und dennoch«, fuhr Gailet fort, wobei sie den Kopf schüttelte, »dennoch kann diese Welt wunderschön sein. Schaut euch nur um. Und was ihr seht, ist mehr, als was ich euch sagen kann. Schaut in diese herrliche, auch manchmal triste Welt, die eure Heimat ist. Und *schützt und bewahrt* Garth, dieses Kleinod unter den Planeten!«

Die Versammlung fand auf den Höhen statt, etwas südlich von der Neuen Bibliothek, auf einem Rasenplatz, von wo man in alle Richtungen blicken konnte. Im Westen lag das Meer von Cilmar. Seine graublaue Oberfläche war mit bunten Seealgen durchsetzt und mit den schaumgleichen Spuren von Unterwassertieren durchzogen. Und darüber wölbte sich ein klarer, leuchtend blauer Himmel, den der letzte Wintersturm sauber gefegt hatte. Inseln schimmerten im Morgenlicht wie ferne Märchenreiche.

Auf der Nordseite des Rasenstücks stand der beige Turm der Bibliothek, fest im Boden und im Felsen verankert. Frisch gepflanzte Bäume aus zwei Welten wiegten sich im Wind, der um den gewaltigen Monolithen wehte, der ebenso zeitlos war wie das Wissen, das er in seinen Räumen barg.

Im Süden und Osten, jenseits der schäumenden Wasser der Aspinal Bay, lag das Sind-Tal, wo bereits die ersten Bäume sprossen und die Luft mit Frühlingsduft erfüllten. Weit in der Ferne aber türmten sich die Berge, diese schlafenden Titanen, bereit, ihre Schneemützen abzuwerfen.

»Unsere kleinen Lebewesen, unsere Spezies, ja selbst unser Clan kommen uns so ungeheuer wichtig vor, doch was ist das schon im Vergleich mit dieser Wiege der Schöpfung? Das war es, wofür es sich zu kämpfen lohnte. Dies alles zu beschützen und zu bewahren« – sie deutete mit weit ausholender Geste auf die See, den Himmel, das Tal und die Berge – »das machte unseren Erfolg aus.

Wir Erdlinge wissen besser als alle anderen, wie unfair das Leben sein kann. Seit den Progenitoren hat dies kein Clan so genau begriffen. Unsere heißgeliebten menschlichen Patrone mussten erst die Erde fast zerstören, bevor sie Einsicht und Weisheit gewannen. Chims, Delfine und Gorillas wären erst der Anfang aller Verluste gewesen, wenn sie nicht rechtzeitig erwachsen geworden wären.«

Und als sie fortfuhr, klang ihre Stimme gedämpft und fast wie ein Flüstern. »Als die echten Garthlinge untergingen, vor fünfzigtausend Jahren, bevor sie überhaupt eine Chance hatten, zum Nachthimmel emporzublicken und sich erstmals zu fragen, was wohl dieses Licht sei, das in ihrem Geist flimmerte.«

Gailet schüttelte den Kopf. »Nein. Der Krieg zur Bewahrung

des Potenzials dauerte viele Äonen. Und er ist auch hier und diesmal nicht zu Ende. Vielleicht wird er auch niemals enden.«

Als sich Gailet abwandte, herrschte zunächst tiefe Stille. Der Beifall aber, der dann folgte, war nur dünn und spärlich. Doch als sie zu Fiben und Sylvie zurückkehrte, zeigte sie ein blasses, aber siegreiches Lächeln.

»Denen hast du's aber gegeben«, sagte er zu ihr.

Nun war aber unvermeidlich Fiben an der Reihe. Megan Oneagle las eine Leistungsliste vor, die wahrscheinlich durch die Mühle irgendeines Publicity-Büros gedreht worden war, um zu verschleiern, wie sehr es überwiegend dem *Zufall* zu verdanken war, solche Erfolge erzielt zu haben. Fiben kam alles dies recht fremd und recht merkwürdig vor, und er konnte sich mit bestem Willen kaum an all die Taten erinnern, die ihm zugeschrieben wurden.

Ihm blieb nicht einmal die Zeit, um sich zu fragen, warum er als Letzter antreten sollte. Vielleicht geschah es aus reiner Bosheit. *Wenn er sich wie Gailet verhielt, war dies purer Selbstmord.*

Megan rief ihn auf und bat ihn, nach vorn zu kommen. Die verhassten Schuhe ließen ihn immer wieder stolpern, während er zum Podium latschte. Er begrüßte die Planetarkoordinatorin und versuchte Haltung zu bewahren, während sie ihm irgendeinen Orden an die Brust steckte und ihn mit den Insignien eines Reserveoberst der Verteidigungsstreitkräfte von Garth versah. Der Beifall der Menge, insbesondere der Chims, ließ seine Ohren erglühen, und dies wurde nur noch schlimmer, als er Gailets Anweisungen folgend in die Kameras winkte.

Nun gut, vielleicht kann ich dies verkraften, in kleinen Dosen.

Und als Megan ihm das Podium anbot, trat Fiben einen Schritt vor. Er hatte eine Menge Notizen auf zerknüllten Zetteln, die in seiner Tasche steckten. Doch er erinnerte sich an Gailets Rede und beschloss, allen einfach zu danken und sich dann wieder auf seinen Platz zu verkrümeln.

Dann nahm er sich zusammen, rückte das Rednerpult zurecht und begann. »Ich will euch nur eins sagen … AUUUU!«

Dann fuhr er zusammen, als plötzlich ein elektrischer Schlag seinen rechten Fuß traf. Fiben hüpfte auf einem Bein, massierte den schmerzenden Fuß, doch dann traf ein neuer Schlag auch seinen linken Fuß. Er schrie auf vor Schmerzen, dann schaute er hinunter und erblickte ein kleines blaues Licht, das aus dem Podium hervorzüngelte und diesmal seine Fesseln attackierte. Er machte einen Sprung, wedelte mit den Armen, schrie und rief und landete schließlich auf dem Rednerpult.

Es dauerte eine Weile, bis er das panische Sausen in seinen Ohren von dem hysterischen Gebrüll der Menge unterscheiden konnte. Er blinzelte, rieb sich die Augen und schaute sich um. Im Auditorium war die Hölle los. Chims standen auf ihren Faltstühlen und wedelten mit den Armen. Sie hüpften auf und nieder und grölten in den höchsten Tönen. Auch die Ehrengarde schien leicht verstört. Selbst die anwesenden Menschen lachten und spendeten Beifall.

Fiben schaute belämmert auf Gailet und Sylvie, und der stolze Blick in ihren Augen sprach Bände.

Die haben alle geglaubt, dies sei die Rede die ich vorbereitet habe!, wurde ihm plötzlich klar.

Im Rückblick allerdings sah er, wie alles in der Tat so perfekt war. Es hatte die Spannung gebrochen und war gleichzeitig ein idealer Kommentar, wie er sich fühlte, dass nun endlich wieder Friede herrschte.

Nur habe ich die Rede nicht selbst geschrieben, verdammt noch mal!

Er schaute in das Gesicht Seiner Ehren, des Bürgermeisters von Port Helenia. *Nicht doch! Die werden mir demnächst noch irgendein Amt andrehen!*

Wer hat mir das angetan?

Fibens Blick schweifte suchend über die Menge, und er merkte sofort, dass eine einzige Person ganz anders reagierte als die anderen und gar nicht überrascht war. Diese Person unterschied sich von der Menge einerseits durch ihre weit auseinanderliegenden Augen und ihre wehenden Fühler, andererseits durch ihre allzu menschliche Gefühlsäußerung unverhüllter Heiterkeit.

Und da war noch etwas, etwas, das Fiben fühlen konnte, etwas, das über der Corona des lachenden Tymbrimers schwebte.

Fiben seufzte. Und könnten Blicke töten, hätten sich die besten Freunde und Verbündeten der Erde einen neuen Botschafter suchen müssen.

Und als Athaclena Fiben zuwinkte, wurde er in seinen Vermutungen nur bestärkt.

»Sehr lustig«, murmelte Fiben in seinen Bart, während er sich ein weiteres Lächeln abrang und der jubelnden Menge zuwinkte. »Irre lustig, Uthacalting.«

Nachwort und Danksagung

Zuerst fürchteten wir die Tiere, die die Erde mit uns teilten. Dann, als unsere Macht wuchs, betrachteten wir sie als unseren Besitz, über den wir nach Wunsch verfügen könnten. Der jüngste Trugschluss (ein vergleichsweise ziemlich hübscher) ist die Idee, dass die Tiere in ihrer Natürlichkeit rechtschaffen sind, die Menschheit hingegen ein widerliches, übles, mörderisches, raubgieriges Krebsgeschwür am Rande der Schöpfung. Diese Betrachtungsweise besagt, dass die Erde und alle ihre Bewohner ohne uns besser dran wären.

In neuester Zeit haben wir uns einen vierten Standpunkt zugelegt: die Welt und unseren Platz in ihr zu betrachten. Einen neuen Blick auf das Leben zu werfen.

Wenn wir uns entwickelt haben, so müssen wir uns fragen: Ähneln wir dann nicht vielen Säugetieren auf vielerlei Art? Auf Arten, aus denen wir lernen können? Und wo wir abweichen, sollte daraus nicht auch einiges zu lernen sein?

Mord, Raub, die tragischsten Formen geistiger Krankheit – wir finden sie unter den Tieren ebenso wie bei uns. Die Fähigkeiten des Geistes vervielfältigen allenfalls den Schrecken dieser Fehlfunktionen in uns. Das ist nicht die Grundursache. Die Ursache liegt in der Dunkelheit, in der wir gelebt haben. Es ist die Unwissenheit.

Wir brauchen uns nicht als Monster zu betrachten, um eine Umweltethik zu lehren. Wir wissen heute genau, dass unser Überleben abhängt von der Erhaltung komplexer ökologischer Netzwerke und genetischer Vielfalt. Wenn wir die Natur auslöschen, werden wir sterben.

Aber es gibt einen weiteren Grund, andere Spezies zu beschützen. Er wird selten genannt. Vielleicht *sind* wir die Ersten, die sprechen und denken, die bauen und streben – aber vielleicht sind wir nicht die Letzten. Vielleicht werden andere bei diesem Abenteuer in unsere Fußstapfen treten.

Eines Tages werden wir vielleicht danach beurteilt werden, wie gut wir unsere Sache machten, als die Beschützerrolle auf Erden uns allein zufiel.

Der Autor möchte allen dafür danken, die ihm beim Abfassen des Manuskripts behilflich waren, von Informationen über das Verhalten von Primaten in freier Wildbahn bis hin zu grammatischen Korrekturen.

Besonderen Dank schulde ich Anita Everson, Nancy Grace, Kristie McCue, Louise Root, Nora Brackenbury und Mark Grygier für ihre wertvollen Hinweise. Professor John Lewis und Ruth Lewis, Frank Catalano, Richard Spahl, Gregory Benford und Daniel Brin danke ich für die Durchsicht des Manuskripts. Ebenso danke ich Steve Hardesty, Sharon Sosna, Kim Bard, Rick Sturm, Don Coleman, Sarah Bartter und Bob Goold.

Lou Aronica, Alex Berman und Richard Curtis danke ich für ihre Geduld.

Dank auch an unsere haarigen Vettern, ich bitte sie um Verzeihung. Hier habt ihr eine Banane und ein Bier.

David Brin

Erforschen Sie das faszinierende Universum
von David Brin weiter in: